Gainsbourg

Gilles Verlant

GAINSBOURG

avec la collaboration de
Jean-Dominique Brierre et Stéphane Deschamps

Albin Michel

22, rue Huyghens, 75014 Paris

www.albin-michel.fr

ISBN 2-226-12060-2

À ma femme, Annie
à mes fils, Victor et Oscar

à Serge forever
à Charlotte et à Lulu pour toujours

« La seule façon d'être suivi,
c'est de courir plus vite que les autres. »

Francis Picabia

Prologue

Constantinople, 1919. Cris, vociférations. Effluves de tabac turc, vapeurs d'alcool. Castagne. Un bar un peu glauque, des marins français d'un côté, des Anglais de l'autre. De temps en temps, ça explose. Bagarre générale.

Au fond de la salle, insensible au bruit, un jeune homme de vingt-trois ans joue du Chopin sur un piano droit. Son toucher est à la fois précis, nostalgique et sensible. Fixant ses doigts sur le clavier, il semble perdu dans ses souvenirs.

Son nom est Joseph Ginsburg, né à Kharkov le 27 mars 1896[1]. Ashkénaze. Juif et russe. Fou de musique. Fou de peinture, mais il a décidé de tout abandonner, quelques années plus tôt. Une histoire bien hallucinante, bien slave. Il se trouvait dans le transsibérien et transportait dans ses bagages d'étudiant modeste une toile qu'il avait faite, le portrait d'une jeune fille dont il était éperdu. Le trajet était long, il s'était assoupi. À son réveil, la toile avait disparu. Se tordant les mains de douleur comme un héros torturé de Dostoïevski, Joseph s'était juré ce jour-là de ne plus jamais toucher un pinceau de sa vie.

Dans le bar à Constantinople le petit pianiste joue toujours. De Chopin, il est passé à une chanson triste que les matelots français reprennent en chœur... La Russie est encore proche mais le jeune homme sait déjà que son exil est définitif. Il songe aux douze mois de bonheur qu'il a connus avec sa femme dans ce joli petit port de la mer Noire, à Théodosie, en Crimée, presqu'île de l'Ukraine. Cartes postales d'un univers disparu, la Russie des tsars et des troïkas...

1. Père : Hérich Ginsburg ; mère : Batachava Smilovici. Même si Serge préférait Ginzburg à Ginsburg pour raison d'esthétisme (« avec un z comme dans dizzident »), nous conserverons l'orthographe exacte.

Sa mémoire remonte le temps, il se revoit à l'âge de cinq ans à Marioupol, sur la mer d'Azov. Puis il se souvient de sa fuite, avec ses quatre frères et sœur, lorsque son père, qui était instituteur et n'avait aucune envie de s'engager dans les armées du tsar, avait quitté l'Ukraine pour la Biélorussie. C'était en 1904, la guerre russo-japonaise faisait rage.

En 1916 — il a vingt ans — Joseph se retrouve à Ekatierinoslav, futur Dniepropetrovsk, dont il fréquente assidûment le conservatoire.

Joseph Ginsburg : « Tout ce que je briguais en ce temps c'était un professorat, après un stage dans un grand conservatoire, par exemple celui de Petrograd ou de Moscou, qui me permettrait d'afficher à la porte "Joseph Ginsburg, Lauréat du conservatoire de...". Un grand salon avec un beau piano à queue et une plaque de cuivre à l'entrée, c'est tout ce qu'il fallait pour attirer de nombreux élèves [1]... »

En Ukraine, les pogroms de 1905 ont laissé des traces : à Odessa, la population chrétienne manipulée par le pouvoir, qui voulait faire diversion face au mécontentement, avait massacré trois cents Juifs et fait des milliers de blessés. On déplorait également de nombreuses victimes à Théodosie. C'est pourtant là, en 1917, que Joseph s'installe. On lui propose une chambre au 21, rue Sainte-Catherine, dans une famille de huit enfants, chez les Besman. Coup de foudre instantané pour l'une des filles, Brucha Goda, surnommée Olia, née le 15 janvier 1894 [2]. Très belle, très gaie, très rieuse. Une voix superbe, mezzo-soprano, un timbre russe hautement expressif...

Joseph Ginsburg : « Ses parents l'appelaient Olia, ses amis Olga Yacovlevna et les intimes Oletchka. Et moi, plus tard, Olioucitchka... Elle ne s'était pas fait prier longtemps quand je lui ai demandé de me chanter quelque chose. Elle entama une romance à la mode en s'accompagnant et si j'avais pris à la lettre ce qu'elle me chantait je me serais sauvé séance tenante :

> Va-t'en, va-t'en
> A quoi bon supplier et pleurer
> Aux paroles d'amour je suis froide comme la glace...

Comment aurais-je pu me sauver quand la chanteuse était si jeune et charmante, si attachante, pleine de fougue et de talent ? [...] Je me suis dit en l'admirant : heureux sera l'homme qui l'aura pour femme. [...] Le séjour à Théodosie est l'époque la plus heureuse de ma vie : pensez donc, j'avais vingt et un ans, pas de soucis matériels

1. Extrait du manuscrit *Voici déjà l'hiver*, Mémoires inachevés dont Joseph avait entamé la rédaction en 1970 (voir chapitre 1).
2. Elle est donc son aînée de deux ans.

(j'avais des élèves), une ville ensoleillée, une maison accueillante et une fille magnifique qui ne repoussait pas mes baisers. Et je m'adonnais librement à ma passion : le piano[1]. »

Mais voilà que gronde cette épouvantable révolution, ce Vladimir Ilitch Lénine et tout ce sang versé. Olia doit partir à Saint-Pétersbourg où elle travaille comme infirmière à l'hôpital des armées du tsar. C'est la guerre civile : Joseph traverse toute la Russie pour la rejoindre, trois jours et trois nuits de train sans arrêt stoppé par les troupes bolcheviques ou celles du général Wrangel qui veulent engager de force tous les étudiants et abattent les récalcitrants. Il leur échappe de justesse, caché sous les énormes jupes des paysannes qui ont pitié de lui.

Olia Ginsburg : « Un soir nous sommes allés au Bolchoï écouter Fedor Chaliapine, et pendant l'entracte on a entendu le tac-tac-tac des armes à feu. On n'avait pas peur. On était amoureux[2]... »

D'un côté, les rouges qui prennent le pouvoir, de l'autre le public extatique, ému aux larmes par le *Boris Godounov* de Moussorgski. Eisenstein, à propos de ces deux images, parlerait de la déflagration des collures. Mais à Saint-Pétersbourg c'est bientôt l'horreur totale. En plus de la guerre civile, les vivres manquent et la population exsangue est ravagée par des épidémies de typhus et de choléra. Au milieu de ce cauchemar, Joseph et Olia se marient, le 18 juin 1918. Ils prennent en même temps la plus importante décision de leur vie : fuir à tout prix. En 1919, ils se retrouvent à Batoum, en Géorgie, sur la mer Noire, au terme d'un voyage à haut risque.

Olia Ginsburg : « Un bateau partait de notre ville, réservé pour les militaires libérés qui allaient dans le Caucase. On ne vendait pas de billets... J'ai supplié un officier de nous laisser monter. J'étais pas mal encore quand j'étais jeune, sûrement que je lui ai fait de l'effet ! Bon, me dit-il, on va vous cacher dans la cale sous les capotes militaires. »

Joseph Ginsburg : « Dans nos souvenirs se détache l'itinéraire Crimée-France, souvenirs d'une netteté étonnante. Ayant quitté la Crimée, le très beau pays de ma femme, un pays merveilleux, nous avons fait escale à Batoum, escale qui a duré... un an. [...] Les montagnes du Caucase, enveloppées de violet, de parme, soleil... affectueux, flore luxuriante, la mer Noire... verte. Un an dans le paradis terrestre[3]. »

Mais il faut fuir encore. Ils réussissent à embarquer sur un cargo grec : « La cuisine sentait bon l'huile d'olive chaude et moi je me sentais l'âme d'un mousse en voyage de noces (cela en était un, d'ail-

1. *Voici déjà l'hiver, op. cit.*
2. Interview réalisée par Andrew Birkin, le frère de Jane, dans les années 70.
3. Lettre du 20 janvier 1969. Joseph et Olia passent cette année-là quelques semaines en Israël, au terme d'une traversée de la Méditerranée qui ravive leurs souvenirs.

leurs). On longeait les côtes turques. Escales à Trébizonde et à Samsoun. Le Bosphore — cette splendeur. Escale prolongée — un an ! — à Constantinople[1]. » Dans la capitale turque les émigrés affluent, dans l'espoir d'un échec de la Révolution et d'un retour proche. Mais c'est sans espoir. Les Ginsburg se font confectionner de faux papiers[2] et décident de gagner Marseille — nombreux sont les Russes qui s'installent à l'époque sur la Côte d'Azur, dont le climat rappelle celui de la Crimée — mais il ne s'agit pour eux que d'une étape avant de remonter vers Paris.

Joseph Ginsburg : « Puis jusqu'à Marseille, en neuf jours, encore sur un cargo grec, avec escale au Pirée et visite d'Athènes. Ah ! nostalgie des escales[3] ! »

Jacqueline Ginsburg : « La traversée de la mer Noire était à l'époque très périlleuse, à cause des pirates. Lorsque le frère cadet de ma mère, Michel Besman, a voulu rejoindre mes parents à Constantinople, il lui est arrivé une aventure incroyable — il était très jeune, à peine quinze ans... »

Gainsbourg : « ... Il a toujours été le malchanceux de la famille : il prend donc un bateau turc et se fait capturer par les pirates qui, au lieu de l'égorger, le foutent à poil, le mettent dans un tonneau et le rejettent à la mer en lui disant : “Maintenant, tu te démerdes.” »

Joseph et Olia ont plus de chance dans leur exil. A leur entrée en France (ils débarquent à Marseille le 25 mars 1921) ils ne souffrent pas du déclassement social comme beaucoup de Russes ou de Juifs immigrés.

A Paris — où Olia retrouve son frère aîné, qui y est installé depuis 1913 et qui occupe le poste de directeur à la banque Dreyfus — l'arrivée massive des Russes dans les années qui suivent la révolution bolchevique suscite un engouement passager et plutôt superficiel : on voit par exemple se multiplier les restaurants russes, les chansons russes, etc. Dans la population, l'idée reçue veut que tous les Russes à Paris conduisent des taxis...

En 1921, lorsque les Ginsburg s'installent dans la capitale — Joseph trouve du travail à La Chope d'Anvers, boulevard de Rochechouart, à 20 francs par jour[4] —, les Russes émigrés sont déjà plus de 31 000 en

1. Joseph : lettre du 20 janvier 1969, *op. cit.*
2. Où il est indiqué qu'ils sont nés à Constantinople.
3. Lettre du 20 janvier 1969, *op. cit.*
4. La récapitulation de sa carrière artistique, dûment remplie pour la caisse de retraite des artistes du spectacle, nous apprend qu'en 1922 il travaille au Liliana, à Lille, en 1923 à la Perla del Oceana à Saint-Sébastien (trois mois), en 1924 à L'Hostellerie de la Marjolaine à Dinard (trois mois), etc.

France. En 1924, la Société des Nations estime que le nombre est passé à plus de 100 000. Certains sont naturalisés français (ceux qui en font la demande) ; d'autres conservent le statut de réfugié apatride et sont munis d'un certificat d'identité international garanti par la SDN.

Les émigrés russes appartiennent pour la plupart à trois catégories : des combattants des corps expéditionnaires russes sur le front français et le front de Macédoine qui n'avaient pas regagné leur pays à la fin de la guerre 14-18 ; des combattants des armées blanches de Dénikine et de Wrangel qui avaient embarqué dans les ports de la mer Noire et étaient venus se réfugier en France, seule nation à avoir reconnu le gouvernement du général Wrangel ; enfin des civils comme les Ginsburg qui craignaient de souffrir des mesures prises par le nouveau gouvernement bolchévique (en vrac : les propriétaires, les hauts fonctionnaires, les Ukrainiens nationalistes, les membres de partis non bolchéviques, et les Juifs, bien sûr, d'autant que la déclaration d'indépendance de l'Ukraine en 1918 avait suscité de nombreux pogroms dans tout le pays et que l'on avait vu fleurir le slogan « Mort aux bourgeois et aux Juifs »).

De toute façon, la page est tournée. Joseph, vingt-cinq ans, et Olia, vingt-sept ans, n'ont qu'une envie : fonder une famille, loin du tumulte et des révolutions. En France, les Ginsburg ne doivent rien à personne : ils se débrouillent tout seuls, en se serrant les coudes, et ça leur réussit plutôt bien, même s'il y a le chagrin d'avoir laissé derrière eux des parents, des frères, des sœurs dont ils n'auront jamais plus de nouvelles. Toute leur vie sera construite sur le même modèle, ils en tireront orgueil et fierté, et leurs trois enfants n'oublieront jamais cette leçon...

1.

Eh ouais, c'est moi Gainsbarre...

Il s'appelle Lucien et il braille dans son berceau, dans la cuisine d'un petit appartement tristounet au 35 de la rue de Chine, dans le 20e arrondissement. Il est né le 2 avril 1928, à 4 h 55, à l'Hôtel-Dieu, sur l'île de la Cité, quelques instants après sa sœur jumelle Liliane. Ce qu'il ne sait pas encore, c'est qu'il a aussi une sœur aînée — âgée de deux ans à peine —, prénommée Jacqueline.

Quand Oletchka s'était retrouvée enceinte quelque temps après la naissance de Jacqueline, le couple avait longuement hésité. Ils avaient perdu un premier bébé né en 1922, un an après leur arrivée à Paris : le petit Marcel avait été emporté à seize mois par une vilaine bronchite. En 1926, Joseph, qui voulait une fille, avait été comblé. Cette nouvelle grossesse arrivait trop tôt. La décision fut prise d'aller voir un faiseur d'anges. A l'époque, on peut imaginer le sordide de l'affaire — Pigalle, le pseudo-toubib pas net, la cuvette d'émail fendillé aux couleurs suspectes. Affolée, Maman Ginsburg s'était enfuie. Le premier sursis d'une longue série, comme Gainsbourg, ce survivant et fils de survivants, se plaira à le raconter plus tard...

Et puis, Olia s'était dit qu'elle attendait peut-être un garçon, son rêve... Ou deux, puisqu'elle apprend bientôt qu'elle est enceinte de jumeaux. Au moment de l'accouchement, catastrophe, c'est Liliane qui sort la première. Oletchka éclate en sanglots, elle se voit déjà avec trois filles sur les bras.

Enfin, le petit Lulu se pointe.

Au salon, Papa Ginsburg répète la *Rhapsody In Blue* de Gershwin, sans partition : suite à un pari avec les musiciens de son petit orchestre, les Blue Star Boys, il l'avait apprise par cœur. Bercé par la musique, le petit s'endort.

Constantinople est déjà loin. À Paris, Joseph s'est fait une petite réputation comme pianiste de boîte. Chaque fois qu'un engagement se termine, il se rend au marché aux musiciens, place Pigalle. Léo Parus, qui est aussi pianiste, se souvient de l'avoir rencontré.

Léo Parus : « J'ai connu le père de Serge quand il était pianiste de cabaret, de bar et de restaurant russe. Joseph était un homme aimable, distingué, toujours bien habillé. Il avait un côté aristocratique, un aspect fin et délicat, ce qui tranchait dans le milieu des musiciens. Il parlait bien le français, avait même un parler raffiné. Comme nous étions tous les deux juifs d'origine russe nous parlions russe entre nous. Il était sérieux. Dans le travail, on pouvait compter sur lui. C'était un homme de devoir, la crème des hommes. A l'époque, surtout avant la guerre, les musiciens étaient nombreux car il y avait beaucoup de travail dans les restaurants, les cabarets et les brasseries. Il existait à Pigalle une sorte de "marché des musiciens". Nous nous retrouvions entre musiciens de 17 à 20 heures sur le terre-plein en face du café Pigalle pour trouver du travail. Les engagements allaient d'une soirée à une semaine. Nous étions bien payés, jusqu'à 100 francs par jour, alors qu'un instituteur gagnait 1 200 francs par mois. Le travail était varié : accompagnateur de chanteurs, musicien d'orchestre de brasserie, avec comme répertoire des chansons à la mode, des extraits d'opéras, des valses viennoises, un peu de jazz, ou musicien de cabaret, où il fallait jouer des morceaux à la demande du client, ce qui n'était pas vraiment passionnant. Les orchestres comprenaient de trois à huit musiciens. Quatre-vingt-quinze fois sur cent on jouait sans partition, jusqu'à cinq ou six heures d'affilée. C'était un métier fatigant. L'été nous faisions "les saisons" dans les casinos ou les stations thermales, car il n'y avait pas de travail à Paris. »

A la naissance des jumeaux, Joseph travaille effectivement beaucoup en province, notamment à Sète et Bordeaux [1], et se fait 80 ou 90 francs par nuit. Ce n'est pas la gloire, ce n'est pas la vie de bohème non plus ; sans être riches, les Ginsburg appartiennent à la petite bourgeoisie artistique. Au fil des années 30, ils vont même réussir à économiser de quoi s'acheter un petit appartement « occupé » au 59, rue Caulaincourt dont le minuscule loyer va leur permettre de survivre pendant la guerre.

Que sait-on d'autre sur les parents Ginsburg ? Qu'ils ne vivent pas — ni rue de Chine, ni rue de Montreuil, ni plus tard rue Chaptal — dans des quartiers juifs (par exemple le triangle République / Bastille / Hôtel de Ville). Qu'ils ne sont pas pratiquants et ne fréquentent pas de synagogue. Qu'ils ne mangent pas casher et qu'ils n'observent aucune fête juive. En Ukraine, où ils ont vécu, la plupart des Juifs sont

1. Où il travaille dix mois d'affilée, du 1er octobre 1928 au 30 juillet 1929, au Royal Tea (il y passera l'essentiel des années 1930 à 1932).

peu tournés vers la religion ; un proverbe juif ne dit-il pas que « le feu de l'Enfer brûle autour d'Odessa » ? « Les pratiques religieuses n'avaient pas cours chez nous, se souvient Jacqueline : mon père se déclarait libre-penseur. » On sait qu'ils viennent d'un pays où l'antisémitisme (chronique, traditionnel, ancré dans la société) est beaucoup plus marqué qu'en France, où il survient par crise, comme lors de l'affaire Dreyfus entre 1894 et 1906 ; on sait qu'ils sont fascinés par la culture occidentale mais qu'ils ne renient pas pour autant leurs racines : avant la naissance de Jacqueline, en 1925, Olia chante régulièrement au Conservatoire russe, rue de Rochechouart dans le 9e, à l'époque où les Ginsburg vivent encore au 110, rue de Montreuil. On sait enfin que Joseph — alors qu'il joue du piano plusieurs heures par nuit — fait quotidiennement ses gammes à la maison.

Gainsbourg : « Mes premiers souvenirs, j'étais un gamin de un ou deux ans, furent esthétiques et musicaux : mon père jouait chaque jour, pour son plaisir, Scarlatti, Bach, Vivaldi, Chopin ou Cole Porter. Il pouvait interpréter *La Danse du feu* de Manuel de Falla ou des airs sud-américains, c'était un pianiste complet. Voilà déjà un prélude à ma formation musicale : le piano de mon père, je l'ai entendu chaque jour de ma vie, de zéro à vingt ans. C'est très important... »

Liliane Zaoui : « Côté peinture, mon père avait l'esprit très ouvert, il appréciait particulièrement Matisse, Cézanne, Vlaminck, Derain et les impressionnistes. Il suivait régulièrement les ventes de tableaux à l'hôtel Drouot. Il avait sans cesse à la bouche les mots "esthétique" et "éclectique". "Avant-garde" était le suprême éloge, "pompier" ou "béotien" des condamnations sans appel. »

En 1970, un an avant sa mort, encouragé par son fils, Joseph Ginsburg avait commencé dans un petit cahier la rédaction de ses Mémoires intitulés *Voici déjà l'hiver*. Au hasard des pages on trouve cette profession de foi émouvante...

> Pour moi l'Art avec un grand A était ce qui comptait le plus. Un homme qui ne faisait pas de l'Art était un pauvre bougre, un béotien, quoi ! Epictète, que j'ai lu peut-être trop tôt, m'a inculqué le dédain pour les métiers des hommes : tout était petit, étriqué. Ce Grec a peut-être été le précurseur du nihilisme russe. Pour moi, il n'y avait que l'Art qui était élevé, le reste était terre à terre, donc négligeable.

Heureuse coïncidence : la vie artistique à Paris n'a jamais été aussi excitante qu'en ces années 20. On a d'abord vu l'ouverture de la « Grande Saison Dada », avec André Breton et ses amis, en avril 1921, au Sans-Pareil, suivie, en mai, à l'arrivée de Marcel Duchamp, par le vernissage de l'exposition dada de Max Ernst, tandis qu'Erik Satie donne *Piège de Méduse* au théâtre Michel. En juin de la même année, au « Salon Dada », on expose à la galerie Montaigne, au-dessus du théâtre des Champs-Elysées, des textes et poèmes de Tristan Tzara, Benjamin Péret, Louis Aragon, Paul Eluard et des photos de Man Ray. En 1924, Breton publie son premier *Manifeste du surréalisme.* En 1928, année de la naissance de Serge, a lieu une fameuse « Exposition surréaliste » à la galerie Goemans, à Paris. Enfin, en décembre 1929, Breton publie son *Second Manifeste du surréalisme* dans le numéro 12 du périodique *La Révolution surréaliste* qu'il dirige avec Péret depuis cinq ans. Entre-temps, à peine remis du choc créé par le suprématisme du « Carré noir sur fond blanc » de Malevitch, le public parisien a pu découvrir les œuvres de Piet Mondrian, équivalent pictural des architectes hollandais de l'école De Stijl, tandis que le Bauhaus allemand, jusqu'à sa condamnation par le pouvoir nazi en 1933, ne cesse d'étendre son influence, avec des professeurs tels que Klee, Kandinsky ou Moholy-Nagy, et établit la synthèse des arts majeurs (l'architecture) avec les arts mineurs (les arts appliqués, le mobilier). En 1921, Le Corbusier y associe son essai *L'Esprit nouveau.*

Côté musique, Paris accueille au début de la décennie « King » Oliver et son Original Creole Band, premier orchestre de jazz de l'histoire ; Prokofiev y joue l'opéra féerique *L'Amour des trois oranges* puis le *3e Concerto pour piano et orchestre*, et Maurice Ravel orchestre *Les Tableaux d'une exposition* de Moussorgski. Les années 20, c'est aussi la publication des deux tomes de l'*Ulysse* de James Joyce, les représentations des *Mariés de la Tour Eiffel* de Cocteau et Radiguet au théâtre de l'Œuvre, les premières pièces de Sacha Guitry, *Le Kid* et *La Ruée vers l'or* de Chaplin, le film à scandale *Folies de Femmes* d'Erich von Stroheim, *Le Docteur Mabuse* de Fritz Lang, *Nosferatu le vampire* de F.W. Murnau, *Les Dix Commandements* de Cecil B. DeMille, *La Roue* d'Abel Gance, *La Rue sans joie* de G.W. Pabst avec la jeune Greta Garbo ou encore *Le Cuirassé Potemkine* de Sergueï Eisenstein, censuré en France pour cause de « propagande révolutionnaire et démoralisation des armées »...

Si Joseph ne manque jamais de boulot, il peine à décrocher des engagements prestigieux. Il n'a pas accès non plus au circuit des musiciens qui travaillent pour les studios d'enregistrement ou les grandes vedettes du music-hall, qui à cette époque se nomment Alibert (« Constantinople »), Mistinguett (« Gosse de Paris »), Joséphine Baker (« J'ai deux amours »), Maurice Chevalier (« Valentine »), Lucienne Boyer (« Parlez-moi d'amour »), Berthe Sylva (« Les roses blanches »), Pills et Tabet (« Couchés dans le foin ») ou Georges Milton (« Pouêt ! Pouêt ! »). En septembre 1932, Joseph rencontre un pionnier du jazz français, Fred Adison, qui vient d'arriver à Paris et l'engage non pas dans son fameux grand orchestre mais dans sa petite formation, qui anime les après-midi du restaurant Chez Maxim's[1] (trois ans plus tard, Adison enregistre ses premiers succès comme chanteur : « Avec les pompiers », « Quand un gendarme rit », « Au lycée Papillon » qui font de lui une immense vedette, au même titre que Ray Ventura et ses Collégiens).

Léo Parus : « Joseph Ginsburg n'était pas un crack. Il n'était pas très coté dans le métier. On le prenait pour des remplacements dans des boîtes ou des restaurants russes tels que le Shéhérazade, le Novi ou le Drap d'Or, où beaucoup de musiciens étaient juifs et où il fallait surtout jouer des musiques tziganes et des pays de l'Est. Mais il n'avait pas le métier nécessaire pour ce genre de travail, même s'il avait une bonne formation classique. Rien à voir avec les pianistes les plus en vue tels que Berinsky, Niagu ou Codolban. Joseph était plutôt suppléant que régulier. Le violoniste faisait toujours équipe avec le même pianiste, mais jamais un grand nom du violon, par exemple Volodarski ou Krikava, n'aurait pris Joseph pour l'accompagner. »

En 1934, lorsqu'il est engagé pour cinq mois au casino de la Corniche à Alger, Joseph emmène la famille au complet. A son retour à Paris, il trouve une place de pianiste Aux Enfants de la Chance, où il va travailler trois saisons d'affilée, jusqu'à fin 1937. Serge n'oubliera jamais le nom de cette boîte, inspiré d'un roman de Kessel ; il en fera même une chanson en 1987.

Les Ginsburg ont depuis longtemps abandonné l'idée de retourner en Russie. Parfaitement intégrés, amoureux de la culture française, ils vont souvent au concert et ne manquent aucune exposition, prolongeant ainsi leur passion née en Russie pour la musique et la peinture. L'étape suivante, la naturalisation, n'est qu'une formalité. Le 11 mars 1927, Joseph fait une demande de nationalité française par déclaration pour Jacqueline, qui est accordée automatiquement. En 1932, toujours muni des faux papiers qui le disent né à Constantinople, il effectue les démarches nécessaires pour le reste de la famille et c'est ainsi que les décrets de naturalisation sont publiés le 9 juin 1932 dans *Le Journal officiel* pour Joseph, Liliane et Lucien et dix jours plus tard pour Olia, après qu'a été menée, comme il se doit, une enquête de voisinage et de moralité[2].

Déménagement : la famille Ginsburg s'installe au 11 bis, rue Chaptal, troisième étage, quatre fenêtres, à deux pas de la SACEM (Société des auteurs, compositeurs et éditeurs de musique) et du Hot-Club de

1. Joseph y travaille durant toute la saison 1932-33, avant de passer l'été au casino de Cabourg.

2. Dossiers de naturalisation n° 6662.32 pour Joseph et n° 6664.32 pour Olia.

France, en face du fameux hôtel particulier Renan-Scheffer, qui est devenu depuis le Musée de la vie romantique. Le choix de ce quartier, de cette rue, n'est pas un hasard, d'abord pour l'aspect pratique : Joseph vit désormais dans le quartier des musiciens, à proximité des boîtes de nuit de Pigalle où il travaille (lorsque l'on doit rentrer à pied à 5 heures du matin, avant le premier métro, mieux vaut habiter à proximité). Ensuite, le coin est chargé d'histoire et hanté par le souvenir des grands artistes qui y ont vécu au siècle précédent. En effet, dès 1820, on avait beaucoup parlé, dans ce 9e arrondissement en pleine mutation, des quartiers Saint-Georges et de la Nouvelle-Athènes (juste en dessous de la rue Chaptal, du côté des rues de La Rochefoucauld, de La Tour-des-Dames, Taitbout, d'Aumale, Notre-Dame-de-Lorette, etc.), des lotissements nouvellement créés où la Société des artistes parisiens avait pris l'habitude de se loger. Parmi les célébrités on y croisait les acteurs Talma et Mademoiselle Mars, mais aussi des peintres tels que Horace Vernet, Eugène Delacroix, Théodore Géricault, Eugène Isabey, Gustave Moreau, etc. Le lotissement du square d'Orléans avait vu ensuite s'installer dès 1830 Alexandre Dumas, George Sand et Frédéric Chopin. A la fin du siècle, c'est au tour de Monet d'y résider, un détail que devait connaître et apprécier le très raffiné Joseph...

Interviewé par Thomas Sertilange et Gilles Davidas pour *L'Oreille en coin* sur France-Inter le 21 novembre 1976, Serge s'était promené pour l'occasion dans le quartier de son enfance, bouleversé par l'émotion : il s'était revu en 1932, franchissant en pleurs le portail de l'école maternelle, en face du 11 bis.

Gainsbourg : « Ici le coiffeur, où j'avais des problèmes parce qu'il voulait à tout prix me filer des lotions après... et moi j'avais juste de quoi payer la coupe, oreilles bien dégagées, alors j'avais des complexes... Toujours près du 11 bis, il y avait un marchand de couleurs. J'étais fasciné parce qu'il y avait des billes à vendre. [...] Ici, la rue Henner que je descendais en patins à roulettes, à toute allure, je faisais le tour du pâté. [...] Toujours un quartier très calme, encore qu'à l'époque on entendait parfois des coups de feu des gangsters de Pigalle qui descendaient jusqu'ici pour régler leurs comptes. [...] On avait droit tous les jeudis, quand on avait des bonnes notes, mes sœurs et moi, à un gâteau. Alors on descendait tous les trois main dans la main jusqu'à une boulangerie qui, je crois, existe encore[1]... »

Deux ans plus tard, en septembre 1934, Lucien rentre à l'école communale de la rue Blanche, où il va passer cinq ans, jusqu'en juin

1. Interview par Gilles Davidas et Thomas Sertilange réalisée le 17 novembre 1976, diffusée dans *L'Oreille en coin* sur France-Inter le 21 novembre 1976

1939. En effet, comme 98 % des Juifs vivant en France, toujours soucieux d'une parfaite intégration, les Ginsburg envoient leurs enfants à l'école publique laïque et républicaine : l'école catholique est exclue pour les Juifs pratiquants, les écoles privées sont au-dessus de leurs moyens.

Dans l'appartement de la rue Chaptal, la famille vit repliée sur elle-même. L'absence de grands-parents resserre encore les liens entre Joseph, Olia et leurs trois enfants. Jacqueline ne se souvient pas d'« amis de la famille », seulement des visites rendues à leurs oncles, deux autres frères d'Olia ayant réussi à la rejoindre à Paris, Michel (Moïse) et Anani Besman. Anani, tailleur de son état, vit pas loin de chez les Ginsburg, rue du Faubourg-Poissonnière. Sa femme est une Juive polonaise à l'accent gratiné dont s'amusent les enfants. « Un dimanche sur deux nous allions manger chez eux, raconte la grande sœur : pour Lucien, Liliane et moi, c'était la corvée : on s'ennuyait ferme. »

Entre eux, Joseph et Oletchka parlent russe. Quand ils passent au français, ils ne parviennent pas non plus à dissimuler un accent assez prononcé. Quand ils s'engueulent, ils s'envoient parfois des injures en argot russe ou en yiddish en croyant que les mômes ne vont rien comprendre, mais ils se trompent. A table, dans ce petit bout de Russie déracinée, on mange du bortsch, des pirojki et autres plats typiques.

A l'âge de quatre ans on avait mis Jacqueline au piano. Le même scénario s'était reproduit pour Liliane et Lulu. En revenant de l'école, chacun a droit à une leçon d'une heure. Prévoyant le coup, les trois enfants placent leurs mouchoirs à gauche du clavier : ils savent que chaque leçon se termine par des larmes. Si Lulu fait un fa au lieu d'un fa dièse, son père le reprend d'une voix forte et autoritaire : « Pourquoi as-tu fait ça ? » Lucien, dans un murmure : « Mon doigt a accroché »... puis il se met à pleurer, immédiatement imité par ses sœurs.

Quand la leçon est terminée et les nez mouchés, les gosses font leurs devoirs. Jacqueline est une élève brillante, elle rafle tous les prix d'excellence. Très tôt, elle consacre en effet toute son énergie à sa réussite scolaire, ce qui ravit son papa mais déstabilise le petit frère, déjà traumatisé par un précédent épisode...

Gainsbourg : « Je me souviens avoir trépigné de fureur à l'âge de deux ans parce que j'ai vu partir ma sœur aînée, chouchoutée par mon père, tandis que je restais chez une nourrice à la campagne[1]. »

Liliane travaille un peu moins bien et Lucien est un petit garçon modèle mais sans grande passion pour l'école. Faut dire qu'un institu-

1. Confié à l'hebdomadaire *Elle* le 17 avril 1978, cité par Michel David in *Serge Gainsbourg. La scène du fantasme*, Editions Actes Sud Variétés, Paris, 1999.

teur, nommé Charlet, l'a pris en grippe et se permet même de l'appeler « le petit Juif » ; un jour que ce Charlet passe à côté de lui il lance : « Mais ça pue la pisse ici ! » à la grande honte du jeune Lulu.

Néanmoins, Papa et Maman Ginsburg ont bon espoir : leurs enfants seront médecins ou avocats. A la rigueur, dentistes ou professeurs. Rien d'autre n'est envisageable. Sauf, bien sûr, si le fils décide de devenir peintre.

Gainsbourg : « A l'époque de la communale, je commence à voler, je deviens un petit kleptomane. Je chaparde des soldats de plomb de grand prix, des petites voitures de course, des pistolets que j'arrachais des panoplies et faisais tomber dans mon cartable. Mais impossible de les rapporter à la maison : ils auraient été découverts et je n'aurais pas pu expliquer leur provenance. Le vol n'était qu'un vertige, le vertige de l'interdit. Alors je les donnais à mes petits copains, des fils de concierges aussi peu fortunés que moi, jusqu'au jour où je me suis fait piéger. Le directeur du magasin m'a pris en flagrant délit et m'a dit : "Reste ici, nous allons faire venir ton père !"... Mais j'avais donné une fausse adresse. Quand il s'en est aperçu, le mec m'a renvoyé à coups de pied dans le cul. Cela a été définitif : après ça, je n'ai plus jamais volé, j'avais été terriblement humilié ! »

Jacqueline Ginsburg : « Mon frère faisait souvent l'école buissonnière, il chipait quelques sous dans le sac de ma mère et il allait s'acheter des sucreries dans une épicerie du bas de la rue Blanche qui s'appelait Le Goût délicat. »

Gainsbourg : « Mon père était sévère. Il adorait surtout Jacqueline, du moins je le croyais. Quand j'étais gosse et que j'avais fait une connerie, il me faisait le plan d'ôter sa ceinture et de me donner une correction, sur les fesses nues, à la cosaque. Ma mère attendait quelques instants dans la pièce à côté puis elle venait à mon secours. J'admettais ce côté disciplinaire, mais ce que je trouvais intolérable c'était que le soir, au dîner familial, il s'excusait de sa brutalité. Dans ma petite tête d'oiseau, j'aurais préféré qu'il soit dur et qu'il le reste. Mais comme il avait un cœur en or, il se justifiait vis-à-vis de moi et ça me perturbait. »

Jacqueline Ginsburg : « Parfois, mon père l'enfermait dans le placard, dans le noir dont mon frère avait une peur terrible. En fait, il était très peureux. Donc, il ouvrait la porte, en larmes, avec le nez qui coulait, et ma sœur et moi, on commençait à rigoler. Du coup, il riait aussi et on se moquait de lui encore plus en le traitant de Jean-qui-rit Jean-qui-pleure. Dans son placard, il n'avait pas le droit d'éclairer mais il avait un petit interrupteur et il allumait quand même. Ses punitions ne servaient à rien ; il disait : "Je l'f'rai plus ! je l'f'rai plus !" mais il recommençait toujours. »

Gainsbourg : « Les mômes ont parfois un côté maso : après la dérouillée, je me couchais sur le dos, sur mon petit lit en fer, et je pleurais... Mais en même temps je me disais : "Je suis le plus heureux des petits garçons et aussi le plus malheureux..." Vous savez pourquoi ? Parce que j'adorais le moment où les larmes, coulant à la verticale, atteignaient la commissure des oreilles... »

Certains commentateurs de la vie de Gainsbourg ont dramatisé jusqu'au sensationnalisme les méthodes éducatives du père Joseph. Les quelques coups de ceinture ont métamorphosé notre héros en enfant battu, victime d'un tortionnaire. C'est peu crédible : d'abord, nous étions à une époque où les châtiments corporels étaient monnaie courante et n'avaient pas encore été dénoncés par les psychologues de l'enfance. Ensuite, il ne s'agissait pas de punitions gratuites : Lulu ne recevait cette version musclée de la traditionnelle fessée que lorsqu'il avait fait une grosse bêtise. Certes, Joseph ne portait jamais la main sur ses filles, ce qui a pu troubler le jeune Lucien. Mais elles étaient beaucoup plus sages et avaient parfaitement compris qu'elles n'auraient aucun souci tant qu'elles ramenaient de bons bulletins. En revanche, parce qu'il insistait souvent sur l'incohérence du comportement paternel (les excuses après la ceinture), on peut chercher de ce côté l'origine d'un rejet de son autorité, doublé d'un mépris tenace pour sa modeste carrière, comme nous le verrons dans les chapitres suivants.

Liliane Zaoui : « A part les crises de colère de mon père, l'atmosphère était très gaie à la maison : ma mère fredonnait souvent des romances russes et nous étions fiers de la profonde tendresse qui unissait nos parents. Mon père était en adoration devant ma mère : les jours où elle était préoccupée elle ne chantait pas ; il s'en apercevait tout de suite. Ils étaient très amoureux mais comme Maman était peau-de-vache et pas très démonstrative, j'étais surtout touchée par les attentions de mon père. Il venait l'embrasser, l'appelait "ma joie" ou "mon soleil", quand ils se promenaient ils se tenaient toujours par la main... »

Le petit Lulu est non seulement timide, comme ses deux sœurs, mais aussi trouillard. Quand il se couche — il n'a pas de chambre à lui et doit se contenter d'un lit pliant en fer dans la salle à manger — il appelle sa grande sœur pour qu'elle regarde si personne n'est caché derrière les rideaux. Son imagination travaille. Dès que les parents sont couchés, elle vient en douce et après avoir tout vérifié, ils commencent à chuchoter et à rigoler : invariablement, Jacqueline éclate de rire et Maman Ginsburg crie : « Voulez-vous vous coucher tout de suite ! »

Comme tous les gosses de l'époque, leurs lectures favorites sont *Le Journal de Mickey* et *Robinson*. Lucien aime surtout Luc Bradefer, Guy l'Éclair, Mandrake, la famille Illico, le Tarzan de Burroughs et Bicot.

Gainsbourg : « La bande dessinée m'est arrivée au cerveau d'un seul coup, il y a longtemps : j'ai eu les numéros 1 de *Mickey* et de *Robinson*[1]. C'était en 1936-37 : je me souviens de Luc Bradefer dans *Robinson*. Dans Mickey, il y avait la tante dont on traduisait le nom par Madame Bellecour et puis l'oncle qu'on appelait Monsieur Dusabot. Dans la grisaille de mon enfance, c'était un univers utopique et en couleurs primaires. *Pim Pam Poum*, c'était extraordinaire ! »

Très vite, Lucien s'amuse à dessiner de petites BD sous le titre « Les aventures du Professeur Flippus » ainsi que des vignettes aux crayons de couleurs que l'on croirait sorties d'un livre de contes féeriques. De fait, il dévore son premier livre, que Jacqueline lui a offert, les *Contes* de Jacob et Wilhelm Grimm. Lulu s'évade dans ces mondes imaginaires et souvent terrifiants. Parmi ses contes préférés, l'histoire des « Sept corbeaux » au cours duquel les sept fils d'un homme, victimes de sa malédiction, sont transformés en corbeaux d'un noir brillant et s'envolent à tire-d'aile. Ou encore l'atroce histoire de « L'enfant difficile » :

> Il était une fois un enfant difficile de caractère entêté qui ne faisait jamais ce que sa mère lui disait. Alors le bon Dieu, qui n'était pas content de lui, le fit tomber malade, et il n'y eut pas un docteur capable de le guérir ; en peu de temps, il fut couché dans son petit cercueil. Mais quand on l'eut mis dans sa tombe et recouvert de terre, voilà que son petit bras ressortit et se dressa en l'air ; on eut beau le coucher et le recoucher encore, le couvrir et le recouvrir encore de terre fraîche, cela n'y changea rien et le petit bras ressortait toujours. Il fallut que sa mère, pour finir, revînt elle-même sur sa tombe fouetter le petit bras à coups de verges ; et lorsqu'elle l'eut ainsi corrigé, le petit bras resta tranquille et l'enfant connut alors son repos sous la terre[2].

Ensuite, il lit les contes d'Andersen et de Perrault (« Le Petit Poucet », « Cendrillon », « Le Petit Chaperon rouge », « La Barbe bleue », « La Belle au bois dormant », etc.). Froussard comme il est, ses cauchemars sont peuplés d'ogres et de sorcières... Le reste du temps, le petit Lucien collectionne les timbres des colonies françaises d'Afrique, les images de cyclistes, tels Georges Speicher et Antonin Magne, que l'on trouve dans les chewing-gums Globo, et il joue avec son Meccano.

Gainsbourg : « Etant enfant, je m'identifiais à mon jeu de Meccano, je pouvais me détruire et me construire à mon gré. J'avais la clé — anglaise, une prémonition — et les boulons en main[3]. »

1. *Journal de Mickey* : n° 1 le 21 octobre 1934 ; *Robinson* : n° 1 le 26 avril 1936.
2. Cité par Marie-Marie in *Il était une oie*, manuscrit inédit.
3. Interview publiée dans *Le Quotidien de Paris*, 1982.

Lucien joue seul, le plus souvent. Il n'a pas d'amis. Ses sœurs ont leurs copines, il reste en rade. Parmi ses jouets il y a aussi un gyroscope, un tank qui crache des étincelles et un petit fusil à air comprimé avec lequel il pète un jour le carreau d'une classe de l'école maternelle, en face du 11 bis. Parfois, il pousse jusqu'au square de la Trinité — une église (« horrible, la plus laide que j'ai jamais vue ») qui lui fait froid dans le dos, tout comme « le gardien, sans doute rescapé des tranchées, qui n'avait qu'un bras ». Là, Lulu joue au ballon ou fait flotter sur le bassin un petit bateau à voile : « C'est trop triste, je vois l'ombre d'un petit garçon qui n'est plus moi-même, qui est mort... vaut mieux oublier, oublions oublions[1] ! »

Au journaliste de l'hebdomadaire *Elle* qui lui demandait s'il avait un souvenir de grand bonheur, Serge racontait ceci : « Oui, à l'hôpital Saint-Louis, j'étais gamin, on m'avait retiré les amygdales et j'ai reçu une petite auto de course en métal d'un rouge violent que l'on remontait avec une clé. Elle est partie buter contre le mur à toute allure[2]... »

A la maison, rue Chaptal, on écoute à la radio les pièces policières du vendredi soir mais pas les rengaines à la mode. Papa Ginsburg désapprouve : « Tu vas arrêter de chanter ces saloperies ! » intime-t-il à son fiston, qui parfois les fredonne. Pour Joseph, la chanson est un genre populiste, rien à voir avec Stravinski, Milhaud, Chostakovitch, Chopin ou Debussy... « Dans le même temps, se souvient Liliane, nous étions accoutumés à entendre les succès de l'époque car mon père répétait à la maison le répertoire qu'il devait jouer dans les boîtes de nuit. » Parmi les rengaines populaires de la saison 1936-37, on trouve « Vas-y Léon », chanté par Monthéhus, « Les mômes de la cloche » par Edith Piaf, « Quand on s'promène au bord de l'eau » par Jean Gabin, « Ça vaut mieux que d'attraper la scarlatine » par Ray Ventura et ses Collégiens, « Vous qui passez sans me voir » par Jean Sablon, « Marinella » par Tino Rossi, « Quand les andouilles voleront » par Georgius, « Le chapeau de Zozo » par Maurice Chevalier, « C'est un mauvais garçon » par Henri Garat ou encore « Ignace » par Fernandel.

En 1936, année où Lulu fête son huitième anniversaire, on note encore deux chansons qui vont s'incruster dans sa mémoire, au point de ressurgir bien des années plus tard, à commencer par « Sombre dimanche », créé par Damia, une chanson qui avait marqué son époque et fait l'objet d'une parodie (« Triste lundi » par Georgius), à cause de sa mauvaise réputation : la légende voulait qu'elle suscite la mélancolie jusqu'à pousser au suicide ceux qui l'écoutaient trop sou-

1. Interview par Gilles Davidas et Thomas Sertilange, *op. cit.*
2. Interview publiée dans *Elle* le 17 avril 1978.

vent. Gainsbourg en fera une reprise en 1987 sur l'album *You're Under Arrest*, sous le titre « Gloomy Sunday ». Sur le même album, coïncidence frappante, figure sa relecture de « Mon légionnaire », qui fut également un énorme succès des années 1936-37, signé Marguerite Monnot/Raymond Asso, créé par Marie Dubas à Marseille en avril 1936 et repris un an plus tard par la toute jeune « Môme » Piaf à peine sortie de la fameuse affaire Louis Leplée (son impresario, dont l'assassinat avait valu à la Môme d'être un temps soupçonnée)[1]. Ces deux chansons, il va les ressusciter un demi-siècle plus tard, sous les traits de Gainsbarre, l'« affreux » de la création. Retour sur image, flash-back émouvant...

Gainsbourg : « J'étais tellement mignon qu'à l'école communale on m'appelait Ginette : Eh Ginette, ça va Ginette ? Un jour, avec ma maman, je vais chez la marchande de légumes et comme il pleuvait, j'avais mis mon capuchon. Et voilà que la maraîchère se penche et me dit : "Et qu'est-ce que vous voulez, mademoiselle ?" Ooooh... J'ai été blessé. Enfin, j'étais mimi... et puis, ça s'est détérioré. »

Jacqueline Ginsburg : « Mon frère nous faisait hurler de rire, ma sœur et moi, il nous mettait littéralement en transe tellement il faisait le clown, il a toujours eu ce sens de l'humour colossal, cet esprit de dérision vis-à-vis de lui-même et des autres. Mais vous dire pourquoi... C'est le genre de plaisanterie idiote qui peut faire marrer les enfants : par exemple mon frère se mettait derrière la vitre, il regardait passer les gens dans la rue et les imitait en chantant un air de fanfare. Les fanfares avaient le don de nous faire pleurer de rire parce que nous trouvions ça ridicule. Il avait déjà un œil très critique, un œil de caricaturiste : il remplira par la suite des carnets entiers de ses dessins, influencés notamment par les cartoons américains et Walt Disney... »

Jane Birkin : « Je crois que l'humour de Serge vient en grande partie de sa mère. Son père était doux, d'un romantisme extraordinaire, mais sa mère avait un côté caustique et sarcastique. Autant son père était dénué de toute méchanceté, autant sa mère était malicieuse et piquante. Je crois que Serge est un mélange des deux, le romantisme et le sarcasme. Quand elle racontait une histoire, sa maman ne se mettait jamais en faute et Serge a hérité ça d'elle : il se croit toujours victime des circonstances et c'est un rituel d'en être très triste... »

1. Gainsbourg préférait la version originale, par Marie Dubas dont il faut noter par ailleurs que la diffusion des disques fut interdite pendant la guerre, car elle était juive. La chanson, inspirée selon la légende d'une amourette vécue à dix-sept ans par Edith Piaf avec un soldat rencontré pendant une tournée dans les casernes, et tombé plus tard aux colonies, avait été créée par Marie Dubas parce qu'Edith ne croyait pas suffisamment en elle à cette époque pour l'interpréter elle-même.

De temps à autre, cédant aux pressions des trois enfants, Joseph et Olia les emmènent au cinéma. Lucien, toujours aussi trouillard, ressort terrorisé d'un épisode de *Fantomas* réalisé par Paul Fejos. Cette nuit-là, il fait encore pipi au lit. A dix ans, le petit garçon plutôt sage reçoit la croix d'honneur à l'école. Il l'épingle fièrement sur sa blouse noire bordée d'un liseré rouge et revient à la maison. En chemin il croise Fréhel, la grande chanteuse réaliste. De son vrai nom Marguerite Boulc'h, Fréhel est âgée de quarante-huit ans lors de cette rencontre, mais elle en paraît vingt de plus. Toxicomane notoire, la légende veut qu'elle ne se séparait jamais de son poudrier, plus grand qu'une boîte à camembert et rempli de cocaïne (on raconte aussi que lorsqu'elle faisait renifler son mouchoir à son chien, celui-ci se mettait à tourner comme un cinglé autour de la pièce). Lancée par la Belle Otéro, qui avait été sa maîtresse, elle avait été aimée par Maurice Chevalier qui l'avait ensuite abandonnée pour sa rivale Mistinguett, lorsqu'il s'était rendu compte qu'il devenait cocaïnomane à son contact ; après une tentative de suicide, on la retrouve en 1914 chantant dans des beuglants à Bucarest ; en 1922, en tournée à travers l'Europe, jusqu'aux confins de l'Orient, elle avait été rapatriée pour cause de toxicomanie aiguë par l'ambassade de France à Constantinople. Au milieu des années 30, même si physiquement elle n'était plus qu'une épave, Fréhel avait reconquis son public avec des chansons telles que « Où est-il donc ? », « Tel qu'il est » ou « La chanson des fortifs ». Quelques mois avant la guerre, elle va même obtenir le plus grand succès de sa seconde carrière en créant la fameuse « Java bleue » de Vincent Scotto et Géo Koger.

Gainsbourg : « En 1937-38, j'avais neuf-dix ans et voilà que je croise Fréhel qui ressemblait à un tas immonde et qui habitait à deux pas, dans l'impasse Chaptal, où il y avait le Grand Guignol. Elle se baladait dans la rue avec un pékinois sous chaque bras, en peignoir, avec un gigolo à distance réglementaire, cinq mètres derrière, comme à l'armée. Je revenais de mon école communale et j'avais la croix d'honneur sur mon tablier — Fréhel m'a arrêté, elle m'a passé la main dans les cheveux, elle m'a dit : "Tu es un bon p'tit garçon"... Elle ne me connaissait pas ! — "Tu es sage à l'école, je vois que tu as la croix d'honneur alors je vais te payer un verre"... Je revois parfaitement la scène : c'était en terrasse du café qui fait le coin de la rue Chaptal avec la rue Henner. Elle s'est pris un ballon de rouge et m'a payé un diabolo-grenadine et une tartelette aux cerises ! Premier contact avec le show-business, c'était de taille, elle était assez forte, cette femme[1]... »

1. D'après l'interview réalisée le 17 novembre 1976 par Gilles Davidas et Thomas Sertilange, *op. cit.* et des éléments relatés par Serge à l'auteur. Le troquet en question s'appelait l'Annexe et était assidûment fréquenté non seulement par Fréhel mais aussi par les patrons jazzophiles du Hot-Club de France.

Parmi ses succès les plus légendaires, Fréhel chantait « La coco », un texte que Gainsbourg s'amusait à citer de mémoire :

L'orchestre jouait un brillant tango
Dans ses bras il tenait sa belle
Mais sur la table j'ai pris un couteau
Et ma vengeance fut cruelle
Oui j'étais grise, j'ai fait une bêtise,
J'ai tué mon gigolo
Devant mes copines comme une coquine
Dans le cœur j'y ai mis mon couteau
Donnez moi d'la coco pour troubler mon cerveau.

Pendant ce temps, Joseph joue du piano dans les boîtes de nuit : il passe l'essentiel de l'année 1938 ainsi que les cinq premiers mois de 1939 chez Mimi Pinson, sans parler des cachets occasionnels. C'est un métier pas mal payé mais qui comporte quelques exigences. Il faut par exemple jouer des airs à la demande, être capable d'enchaîner un prélude de Bach et « Les roses de Picardie ». Et puis il faut rester jusqu'au dernier client.

Jane Birkin : « A chaque Nouvel An, le père de Serge travaillait jusqu'à six heures du matin et l'un des souvenirs les plus gais pour les enfants, alors que leur père dormait encore, c'était de trouver sur la table du salon tous les chapeaux, les confettis, les trompettes que leur père avait ramassés après la fête. Pour les gosses, le 1er janvier était comme un second Noël... »

L'été, c'est encore mieux. Joseph joue dans les casinos et, à une époque où les congés payés n'existent pas, la modeste famille Ginsburg passe ses étés à Arcachon (1929 à 32), Cabourg (1933), Trouville (1935) ou Fouras, en Charente-Maritime (1936).

Gainsbourg : « C'est là que j'ai vu des concours d'élégance automobile, des superbes bagnoles, des Delage, des Bugatti... La règle voulait que la voiture s'arrête, le mec restait au volant et la gonzesse sortait, sublime, haute couture, avec un chien de race. Je côtoyais le luxe... Je me souviens de fiacres, de chevaux enrubannés et pomponnés, d'aristocrates et de fumiers de rupins à la sortie des palaces... »

Cette fascination pour le luxe et pour les femmes élégantes ne le quittera jamais, comme on le verra plus tard. Dans l'immédiat, il a d'autres préoccupations...

Gainsbourg : « Quand j'avais dix ans, mon chanteur préféré était Charles Trenet. J'en étais amoureux, je faisais une fixation sur lui... Je me souviens de vacances, d'une plage. J'étais épris d'une petite fille de mon âge. A l'époque on diffusait par haut-parleurs les chansons de la

TSF et je suis tombé amoureux d'elle sur "J'ai ta main dans ma main" de Trenet. Ça m'a marqué, c'est pour ça que je crois très fort à la collure de l'image et du son dans les souvenirs... Amour fulgurant et d'une pureté absolue. Elle était mignonne : j'avais déjà un penchant pour l'esthétisme[1]. »

En 1981, préfaçant un recueil de textes de Trenet, qu'il avouait par ailleurs avoir « déifié » quand il était petit[2], il avait écrit cet hommage respectueux :

A la frontière du souvenir
Et de l'oubli où s'arabesquent les fils
D'or barbelés de mes songes secrets,
J'entrevois un passeur de rêves
Auréolé d'un feutre clair
Et de soleils fulgurants d'avant-guerre

Son chant est d'une sirène mâle
A qui des hauts-parleurs coniques
Surplombant les sables émouvants
De mes premières vacances [...]
Prêtent le don d'ubiquité
Et le pouvoir des magiciens [...]

J'entends et je veux laisser entendre
Que mon initiale passion juvénile
Aux initiales du fou chantant
Fut asexuée quoique sensuelle
Homosexuelle pure et sombre comme l'améthyste [...]

A la fin de l'été 1939, à la déclaration de la guerre, les Ginsburg se trouvent cette fois à Dinard où le papa a signé un contrat pour jouer au casino municipal, le Balnéum, un établissement de style colonial. Le 2 septembre, Joseph — qui était devenu français en 1932 mais avait été dispensé du service actif l'année suivante parce qu'il avait plus de trente ans et des enfants à charge — est rappelé par décret de mobilisation générale. Quelques jours plus tard, la famille au grand complet l'accompagne à la gare de Dinard, d'où il part sans uniforme. Affecté au 223e RAT, qu'il rejoint le 19 septembre, il est renvoyé dans ses foyers le 23 octobre après avoir vaguement creusé quelques tranchées puis est rayé des contrôles en date du 17 novembre 1939. Entre-temps, Olia est remontée à Paris en compagnie de ses enfants pour plaider

1. Trenet avait enregistré « J'ai ta main » en janvier 1938. Lorsque le « fou chantant » interpréta ce titre lors de ses concerts à la Salle Pleyel en novembre 1999, il la présenta en la dédiant à la mémoire de Gainsbourg.

2. Il s'en était confié à Arnaud Viviant dans *Le Monde de la musique* en mai 1986.

auprès de son école la cause de Liliane, qui avait raté son examen d'entrée en 6e pour une broutille : à la question « Quelle est votre saison préférée ? » elle avait répondu, en fille de musicien, « La saison à Trouville », ce qui n'avait pas du tout fait rire ses professeurs. De fait, on confirme à Olia que l'entrée en 6e est refusée à sa fille cadette et la famille retourne aussitôt à Dinard, où la maman, toujours pleine de ressources, réussit à inscrire ses trois enfants dans un lycée de guerre organisé à la hâte dans la Villa Nahan — une propriété magnifique constituée d'un manoir entouré d'un immense parc au bord de la Rance.

Jacqueline Ginsburg : « Grâce à ça, nous avons vécu une année 1939-40 de rêve. C'était une année de vacances ! Comme les enfants sont inconscients, la grande attraction c'était d'aller sur la place du Marché regarder l'arrivée des camions et des charrettes de l'exode... »

Gainsbourg : « Avant d'abandonner Saint-Malo, les Anglais ont mis le feu aux réservoirs d'essence et nous avons vu d'immenses nuées noires s'élever vers le ciel, un spectacle fantastique. Quelques jours plus tard, nous étions en train de jouer sur la digue de Dinard et nous avons aperçu une petite silhouette s'approcher, toute seule sur la plage. C'était le premier soldat allemand. »

2.

J'ai gagné la Yellow Star

A Dinard, malgré une classe surchargée (44 élèves), Lucien termine très correctement son année scolaire ; son bulletin de fin d'année[1] nous apprend qu'il est 18e en français (14 de moyenne), 15e puis 14e en latin (14 de moyenne), 12e puis 8e en grec (15 de moyenne), 1er en histoire (19,5 de moyenne, avec une pointe à 20/20 !), 2e puis 7e en anglais (16,5 de moyenne) et 5e en maths (10). Bref, il est admis en 5e, sans observation.

En mai 1940, après huit mois de « drôle de guerre », les armées du Reich passent à l'attaque et entrent en France, après avoir conquis la Belgique et les Pays-Bas. Le 14 juin, les Allemands défilent dans Paris, alors que deux millions de réfugiés se jettent sur les routes, fuyant l'envahisseur et les bombardements. Le 18, de Gaulle lance son fameux « Appel » sur les ondes de la BBC. Le 22, Pétain signe le honteux armistice à Rethondes. Début juillet, Olia et les enfants retournent à Paris d'où Joseph, qui y était remonté dès sa démobilisation, n'avait cessé de leur envoyer de l'argent pour assurer leur quotidien.

Les Ginsburg avaient assisté à la montée en puissance de l'antisémitisme dans les années 30 mais, à l'instar de centaines de milliers de Juifs, ceci n'avait entamé en rien leur loyauté à l'égard de l'Etat français. En revanche, ils sont ébranlés quand ils voient apparaître les premières affiches antijuives dans leur quartier : dès août 1940, dans un café de la rue de Châteaudun, à 300 mètres de la rue Chaptal, une pancarte annonce « Etablissement interdit aux Israélites »[2].

---

1. Reproduit dans le *Gainsbourg* de Micheline de Pierrefeu et Jean-Claude Maillard, Bréa Éditions / Disque d'Or, Paris, 1980.

2. Cf. *Les Juifs en France pendant la seconde guerre mondiale* par Renée Poznanski, Editions Hachette, Paris, 1994, p. 49.

Les premières professions touchées dès l'été 1940 par les mesures d'exclusion sont les plus visibles : les musiciens, artistes lyriques et chansonniers juifs sont congédiés des théâtres et cabarets où ils se produisent ; les journalistes juifs ne trouvent plus où écrire, les peintres juifs n'ont plus accès aux galeries où exposer et vendre leurs toiles. Ces différents métiers — bientôt rejoints par toutes les autres catégories de la population juive, sans exception — sont les premiers à grossir les rangs des nouveaux pauvres qui n'ont d'autre ressource pour s'alimenter que les cantines populaires[1]. Un an plus tard, à l'été 1941, on évalue que 50 % de la population juive en France se trouve privée de tout moyen d'existence[2].

Dès l'automne 1940, l'antisémitisme envahit la rue et l'on voit se multiplier d'immondes graffitis du genre : « Quand on est juif, on va en Palestine ou on se débine », « Les Juifs seront bientôt réduits en poussière, alors fais ta malle, petite fille », « Un, deux, trois, boum et ta boutique saute » ou « Alors mon petit youpin, tu ne comprends pas le français ? »[3]. Le 27 septembre 1940 une ordonnance du chef de l'administration militaire allemande en France définit le Juif : « Celui qui appartient à la religion juive ou qui a plus de deux grands-parents juifs c'est-à-dire appartenant à la religion juive[4]. » Le 2 octobre les Juifs de Paris et du département de la Seine apprennent par les journaux qu'ils doivent se faire recenser : du 3 au 20 octobre ils sont invités, par ordre alphabétique, à se présenter dans les divers commissariats. Le 8 octobre c'est donc au tour de la lettre G...

Olia Ginsburg : « Je vous dirai que les Juifs étaient bêtes, bêtes comme pas permis ! Ils avaient dit : "On ne touchera pas les Juifs, il faut simplement les enregistrer pour savoir combien il y en a." Alors chacun doit se présenter à la police pour donner son nom et tout. Moi je dis à mon mari : "Tu sais, je veux pas que tu le fasses." Il me répond : "Ah non ! Il faut !" Je lui dis : "Tu verras, après on aura des ennuis." Et lui : "Mais non, penses-tu."[5] »

Rares sont ceux qui dérogent au devoir de déclaration. Docilement, « par refus de renier leurs origines et habitude d'obéir à la loi[6] », les Juifs, auxquels aucune organisation juive n'avait conseillé de se soustraire à l'obligation qui leur était faite, font la queue devant le commissariat de leur quartier à la date prescrite. Lors de ce recensement,

1. R. Poznanski, *op. cit.*, p. 50.
2. *Ibid.*, p. 70.
3. *Ibid.*, p. 55.
4. *Ibid.*, p. 56.
5. Interview réalisée par Andrew Birkin dans les années 70.
6. R. Poznanski, *op. cit.*, p. 57.

pour qu'il soit efficace et que l'on puisse retrouver plus aisément les réfractaires, « le préfet de police est prié de prendre toutes les mesures nécessaires pour que les cartes d'identité des Juifs soient reconnaissables par des signes particuliers. A cet effet, sur la face de la carte d'identité, il faudra porter un cachet rouge, *Juif* ou *Juive*, aux dimensions de 1,5 cm sur 3,5 cm ». Les Juifs sont donc à nouveau convoqués, individuellement cette fois, dès le 22 octobre, pour que leur carte d'identité ou titre de séjour soient ornés du cachet infamant. Toujours aussi obéissant, Joseph se plie à cette nouvelle formalité. Et pourtant, les indices inquiétants se multiplient : les commerçants juifs ont jusqu'au 31 octobre pour faire apposer sur leur vitrine une affiche spéciale portant la mention « Judisches Geschäft / Entreprise juive »[1]. Au début du mois de décembre elles sont déjà 4 660 boutiques et échoppes d'artisans à porter l'affichette de la honte — soit plus de 400 commerces rien que dans le 9e arrondissement[2]. L'étape suivante consiste évidemment à confisquer ces « entreprises juives » à leurs propriétaires et à en trouver de nouveaux, 100 % français. Le 22 juillet 1941 c'est chose faite lorsqu'une loi organise « l'aryanisation de toutes les entreprises, biens et valeurs appartenant à des Juifs ».

Entre-temps, détail qui choque profondément les enfants Ginsburg, plus encore que le livre *Comment reconnaître le Juif ?* du professeur Georges Montando qu'ils voient exposé à la devanture des librairies, plus encore que les affiches de la propagande antisémite, on voit fleurir dans le métro celles qui font la promotion du film *Le Juif Süss*, film de propagande haineuse. Trente-cinq ans plus tard, Serge saura s'en souvenir en signant les *lyrics* de « Est-ce est-ce si bon » sur l'album *Rock Around The Bunker*.

Le 29 mars 1941, les autorités de Vichy créent le Commissariat général aux questions juives pour mener la politique d'exclusion et exercer la propagande avec méthode. A l'automne 1941, c'est au tour de la Police aux questions juives. Dans l'intervalle ont eu lieu les premières rafles à Paris : dans l'après-midi du 13 mai 1941 près de 6 700 convocations sont remises par des agents de la police française :

> Monsieur X est invité à se présenter en personne, accompagné d'un membre de sa famille, le 14 mai 1941 à 7 heures du matin, 2, rue Japy (gymnase) pour examen de sa situation. Prière de se munir de pièces d'identité. La personne qui ne se présenterait pas aux jours et heures fixés s'exposerait aux sanctions les plus sévères.

Plus de 3 700 Juifs (polonais dans leur grande majorité) se rendent effectivement au gymnase Japy ou à la caserne Napoléon, ou à la

1. *Ibid.*, p. 56.
2. *Ibid.*, pp. 61-62.

caserne des Minimes ou en d'autres lieux de convocation. Tous ceux qui ont été convoqués sont retenus tandis que leurs accompagnateurs sont chargés de leur rapporter des effets personnels. Par la gare d'Austerlitz, ils sont ensuite envoyés dans des camps de transit. Le jour même, le quotidien *Paris-Midi* commente : « Cinq mille Juifs sont partis, cinq mille Juifs ont couché leur première nuit dans un camp de concentration. Cinq mille parasites de moins dans le Grand Paris qui avait contracté une maladie mortelle[1]. »

Le 20 août 1941, nouvelle rafle dès 5 h 30 du matin dans le 11ᵉ arrondissement qui se retrouve cerné et dont les stations de métro ont été fermées : les policiers français ont reçu l'ordre d'arrêter tous les Israélites mâles âgés de dix-huit à cinquante ans. Ils procèdent à 4 232 arrestations en trois jours, tous sont envoyés au camp de Drancy. Ces arrestations sèment naturellement la panique et amplifient le phénomène des fuites en zone libre des diverses communautés juives.

Cependant, Lucien passe une année scolaire 1940-41 normale, en 5ᵉ, à Condorcet toujours, malgré un maître qui se révèle particulièrement désagréable en insistant lourdement sur son nom : Gins-burg, Gins-burg, Gins-burg... Du haut de ses treize ans, avec ses boîtes d'aquarelles, ses crayons de couleur, ses fusains et ses pastels — tous achetés dans une boutique de la rue Chaptal — cela fait déjà un bout de temps qu'il montre des dispositions certaines au dessin et à la peinture.

Gainsbourg : « Mon père, qui avait juré de ne plus jamais toucher un pinceau, m'emmène dans une académie de peinture, à Montmartre[2]. Là, je suis les cours de deux vieux postimpressionnistes, Camoin et Jean Puy. Initiation érotique, je laisse un jour passer devant moi — j'étais déjà galant — une jeune femme, très belle. C'était un modèle. Moi je n'en étais pas encore au nu, je travaillais sur le plâtre, je dessinais au fusain. Par la suite, je me souviens d'un autre modèle, une Africaine qui s'appelait Joséphа. Un jour, j'ai aperçu entre ses jambes un bout de serviette hygiénique, ça m'a révulsé... »

C'est à treize ans que Lulu est surpris par son père en train de se masturber : Joseph lui ordonne d'arrêter ça tout de suite, sans explication. C'est là que commence et s'achève son seul et unique cours d'éducation sexuelle. Succinct, certes, mais au moins évite-t-il d'enten-

1. R. Poznanski, *op. cit.*, p. 80.

2. L'Académie Montmartre est une école privée dirigée par Mme Dorée, amie du peintre Camoin, qui accueille environ 45 élèves, sur le boulevard, entre les places Clichy et Blanche. Fernand Léger en devient directeur vers 1946-47 (dans ses locaux s'installa par la suite une école de danse).

dre des âneries du genre « ça rend sourd » ou « si tu refais ça, tu iras en enfer ».

Gainsbourg : « C'était hyper-strict chez moi, russkof, judéo-russkof strict. Il y a juste un jour, mon père, parce que j'avais pissé sur le coin des goguenots, qui m'a dit : "Tiens ta queue et dirige ton jet". Enfin il a pas dit "queue", il a dit "tutu". C'est ça : "Tiens ton tutu et dirige ton tutu, mais ne pisse pas sur les côtés". Voilà, c'est toute la misérable approche sexuelle que j'ai faite avec mon père[1]. »

Interviewé par Pablo Rouy et Marco Lemaire pour le magazine gay *GPH* en 1984, Serge le caméléon donnait une version plus fleurie de l'incident...

Gainsbourg : « Un jour mon père m'a dit : "Faut pas que tu te branles". Je devais sûrement avoir fait des taches sur le drap. Le lendemain je me suis foutu le doigt dans le cul et j'ai dit : "Ah, intéressant". Je ne le disais pas d'une façon aussi chic. C'était une déviation physique, physiologique et instinctuelle que j'ai trouvée très bien. Papa m'a donné un interdit d'un côté. Ce fut mon premier *trip* dans l'autre sens, ce qui ne m'a pas empêché de retourner aux femmes. »

A la rentrée scolaire 1941, qui correspond à sa 4e, Lucien n'est plus inscrit à Condorcet, pour raisons de santé, et la situation des Juifs dans la capitale se dégrade de jour en jour : dès juin 1941, par exemple, la Propaganda-Staeffel fait placarder des affiches antisémites grand format. Dans la nuit du 2 octobre, sept engins explosifs occasionnent des dégâts dans autant de synagogues (rue de la Victoire, rue des Tournelles, rue Pavée, etc.). Quelques jours plus tard, la Ligue française distribue des tracts posant la question : « Voulons-nous vivre français ou mourir juifs ? » Au début du mois de janvier 1942, c'est au tour du Parti populaire français de Doriot d'éditer des affichettes affirmant que « les Juifs ont volé 500 milliards au travail français ». Au même moment s'achève une exposition intitulée « Le Juif et la France » au Palais Berlitz, qui a attiré plus de 200 000 visiteurs accueillis par « une grande composition allégorique représentant une sorte de vampire à longue barbe, aux lippes épaisses et au nez crochu, dont les doigts décharnés, semblables à des serres d'oiseau de proie, s'agrippent à un globe terrestre[2] ».

En face de chez les Ginsburg, au 10 de la rue Chaptal, dans les locaux de la SACEM, une autre infamie est perpétrée, comme on l'a découvert en mai 1999 lorsque a été révélé le scandale des auteurs juifs dépossédés. En octobre 1941, ses deux lettres précédentes (datées de juillet et août 1941) étant restées sans réponse, la SACEM demande

1. Propos recueillis par Bayon, interview publiée dans *Libération*, 1984.
2. Voir *L'Illustration* du 20 sept. 1941, cité par R. Poznanski, *op. cit.*

au Commissariat général aux affaires juives quelles directives la société doit suivre vis-à-vis de ses « membres, auteurs et compositeurs de musique juifs ». De sa propre initiative (lettre adressée à ses membres le 17 novembre 1941), la SACEM décide de priver les sociétaires en question de leurs droits d'auteur, sans avoir reçu de consigne de l'administration de Vichy : pour continuer à toucher ses droits il faut attester de son aryanité avant le 10 décembre ; la SACEM ordonne à ses sociétaires juifs de se déclarer comme tels mais aussi d'indiquer s'ils possèdent des comptes bancaires. La circulaire les avertit qu'une fausse déclaration pourrait « entraîner, pour le signataire, l'internement dans un camp de concentration ». Le 10 janvier 1942, la SACEM reçoit enfin la réponse attendue alors qu'elle a déjà établi la liste des sociétaires juifs et bloqué les versements : la section financière du Commissariat général aux questions juives lui donne pour instruction d'adopter les règles fixées, le 19 décembre 1941, à la Société des gens de lettres ; il est précisé que « les droits d'auteur perçus par les auteurs eux-mêmes sont assimilés à des honoraires. Ils peuvent donc être mis librement à la disposition des intéressés ». Mais la SACEM persiste à bloquer les fonds... A la fin de la guerre, alors que le gouvernement ordonne de verser l'argent bloqué à la Caisse des dépôts et consignations, elle n'en fait rien.

Nombreuses sont par ailleurs les branches professionnelles « qui s'engagent bien au-delà des dispositions du statut et outrepassent les dispositions législatives et réglementaires en vigueur [1] ». On constate le même genre de comportement du côté de certains médecins ou avocats. Mais aussi dans le monde du spectacle et du music-hall : en août 1941 le journal *Cinéma Spectacles*, paraissant à Marseille, publie un communiqué, qualifié de très important, demandant aux directeurs de théâtre, orchestres, etc., de bien s'assurer « de l'aryanisme des troupes ou artistes qui leur seront proposés, toute infraction pouvant engager leur responsabilité personnelle [2] ».

Après une saison 1940-41 très difficile (officiellement, il n'a travaillé que deux mois à l'Ange rouge), Joseph a pourtant trouvé un engagement régulier à la Cabane cubaine, où il va passer le plus gros de la saison 1941-42. Cependant, par prudence sans doute, il ne répond pas au syndicat des musiciens qui lui écrit en février 1942 pour lui demander pourquoi il n'a pas réglé sa cotisation. Mais Joseph et Olia ont d'autres soucis : Lucien n'a pas pu s'inscrire à la rentrée en 4e parce qu'il est tombé malade. Déjà qu'il n'était pas costaud, ses parents n'ayant comme lui aucun intérêt pour le sport, il passe à un stade quasi

1. *Ibid.*, p. 150.
2. R. Poznanski, *op. cit.*, p. 150.

rachitique. Dans un premier temps, les docteurs ne comprennent rien à son affection : affaibli, incapable de se lever, il tousse et reste couché de longues semaines, le ventre gonflé et douloureux. Serait-ce la typhoïde ? Il refuse de manger : Olia lui prépare des petits biscuits-sandwiches mais il fait semblant de les grignoter et les cache sous son lit dès que sa mère a le dos tourné.

En fait, il est atteint d'une péritonite tuberculeuse, mortelle à l'époque à 99 %. Explication : dans un premier temps, la tuberculose s'installe. Le patient crache des horreurs. La farandole des bacilles de Koch. Puis l'infection se propage, par voie sanguine, jusqu'au péritoine, la membrane qui enveloppe les intestins... Finalement, le plus grand spécialiste français en pédiatrie, le professeur Robert Debré[1], est appelé au chevet du petit Lulu. In extremis, il le sauve en donnant le bon diagnostic — à ce détail près qu'il n'existe en ce temps-là aucun traitement pour ce type d'infection. Seule solution : envoyer le gamin en cure, respirer le bon air à la montagne. Impossible à envisager vu la situation. On se rabat sur la campagne et Lucien est aussitôt expédié à Courgenard, petit village de 500 habitants dans la Sarthe. La maladie l'a laissé dans un état pitoyable, il ressemble à un petit vieux et c'est tout juste si les gosses de paysans ne lui envoient pas des pierres.

Pourquoi Courgenard ? Parce que les Ginsburg venaient d'y passer leurs vacances, durant l'été 1941, sur les conseils d'une voisine, Mme Choisy, qui avait l'habitude de se mettre au vert à La Bassetière, à deux pas de l'église romane, chez les Dumur, une famille de paysans. Ceux-ci louent pour une somme minuscule une petite maison indépendante de leur ferme, un deux-pièces, où s'installe la petite famille, « dormant sur des paillasses » selon les souvenirs de Jacqueline. Dans cette petite maison les Dumur avaient déjà accueilli plusieurs familles, notamment en juin 1940, durant l'exode.

S'en aller à Courgenard ressemble à une expédition, d'autant que le voyage comporte un certain nombre de risques. En évitant les contrôles dans les gares, il s'agit de prendre le train jusqu'à La Ferté-Bernard. Là, le père Dumur vient les chercher en carriole. Et s'il n'est pas au rendez-vous, eh bien tant pis, il faut faire les 9 kilomètres à pied, avec les valises... Arrivés à la ferme, les Ginsburg sont accueillis par Jean, le grand fils, qui a dix-huit ans en 1941, et ses trois sœurs. Bien des années après, Jean deviendra le maire de la petite commune.

Jean Dumur : « Au début de l'été 1941, ils étaient arrivés tous les cinq, et peu de temps après, quelques semaines peut-être, le père est

1. Qui sauva par ailleurs, dans son service hospitalier, nombre d'enfants juifs, leur permettant d'échapper à la déportation ou encore en hébergeant de faux malades. Il est aussi le père et grand-père des futurs ministres Michel et Jean-Louis Debré.

retourné à Paris, la mère et les enfants sont restés. Le jour, je travaillais dans les champs et Lucien m'accompagnait, mais il était trop jeune pour travailler, parfois il m'aidait un peu à ramasser les pommes de terre. Ensuite il est revenu seul et il a vécu avec mes parents. Mais ma petite sœur, Thérèse, s'en souvient mieux. Elle avait des photos et des dessins qu'il avait faits de la famille. »

Thérèse Gaugain : « Suite à l'état de santé de Lulu, les parents Ginsburg ont demandé aux miens de le prendre chez eux pour sa convalescence, pour qu'il mange des repas équilibrés, des produits de la ferme. Il a donc vécu chez nous pendant quelques mois. C'était un garçon calme et posé, il faisait partie de la famille. La journée, il faisait des dessins, il nous accompagnait partout, il nous observait tandis qu'on travaillait à la ferme et qu'on aidait les parents. Mes parents étaient très attentifs à lui. Mais comme on n'était pas du même milieu, on ne savait pas converser. Et on dit des gens de la Sarthe que, dans les soucis comme dans les joies, on n'est pas très expansifs. »

Olia exige de ses enfants qu'ils se tiennent correctement en toute circonstance. Un jour qu'il s'installe nonchalamment et pose ses pieds sur les barreaux d'une chaise, Lucien se fait gronder. Pas question de laisser de traces de boue sur un meuble. Pas question de se faire remarquer.

Thérèse Gaugain : « Sa mère lui avait acheté des sabots de bois comme les miens et il a eu beaucoup de mal à les chausser et à marcher avec. Elle voulait sans doute lui faire plaisir. C'était pour être comme moi, mais moi, bien sûr, j'avais l'habitude. Lulu m'avait croquée, comme on dit, dans le jardin, en train de ratisser une allée. Il n'avait pas d'autre occupation que de regarder la vie autour de lui. Je me souviens de lui assis sur le bord du fossé, dans le bourg, en train de faire des jolis dessins. »

Cette bulle de sérénité et de gentillesse suscita plus tard une grande nostalgie chez les parents Ginsburg : ils reviendront à Courgenard au milieu des années 60, passer quelques jours au café-hôtel-restaurant du village. Serge lui-même y fit deux ou trois pèlerinages, accompagné par Jane.

C'est sans doute à la campagne, à cette époque, qu'il vit sa première expérience érotique. Voici la version qu'en a donnée Bayon, en s'inspirant directement des propos de Serge, dans son roman *Les Animals*, en 1990 : « J'ai trouvé un toutou, une petite chienne et puis, comme ça, je dirais "instinctuellement", j'étais dans le champ avec elle, elle était si mignonne, petite bâtarde, j'ai pris — je ne sais pas si c'est l'auriculaire ou l'annulaire — et je le lui ai mis dans le... J'ai trouvé d'une douceur ce fourreau ! Oh... je ne sais pas si j'ai jamais retrouvé cette douceur chez une femme. Et alors, la petite, elle jetait des coups d'œil en arrière, elle était contente. Bon, j'ai essayé de mettre ma queue mais je ne pouvais pas : j'étais gamin [...] je ne pouvais pas bander. »

Remis d'aplomb par le bon air de la campagne et par un peu de sport (« A treize ans, après ma maladie, on m'a fait faire des haltères », racontait-il à *L'Equipe* quarante ans plus tard), Lucien revient à Paris. Il a virtuellement perdu une année scolaire. Ses parents, qui ne veulent pas le faire redoubler (chez les Ginsburg, rien n'est plus honteux qu'un échec scolaire), lui paient des cours privés, avant de l'inscrire pour l'année scolaire 1942-43 au Cours Du Guesclin. Entre-temps, la vie quotidienne des Juifs à Paris est devenue totalement infernale.

Première étape dans la mise en application en France de la solution finale, le port de l'étoile jaune est instauré dès le mois de juin 1942, par la 8e ordonnance du commandement militaire allemand. Outre l'humiliation et la peur, cette mesure constitue une mise à l'épreuve des rapports des Juifs avec la société française : le port de la « Yellow Star [1] » revient à annoncer aux voisins, aux commerçants, aux passants que l'on croise dans la rue, qu'on est juif, qu'on est un paria. Obligatoire pour tous les Juifs âgés de plus de six ans, l'étoile doit être en tissu jaune solide et porter en caractères noirs l'inscription « Juif » ; elle doit avoir la dimension de la paume d'une main et les contours noirs ; enfin, elle doit être portée, solidement cousue, bien visiblement sur le côté gauche de la poitrine à partir du 7 juin 1942.

> J'ai gagné la *Yellow Star*
> Et sur cette *Yellow Star*
> Inscrit sur fond jaune vif
> Y'a un curieux hiéroglyphe

Quatre cent mille insignes sont confectionnés et distribués à la hâte au commissariat, selon l'ordre alphabétique. C'est évidemment le chef de famille qui se soumet à cette nouvelle obligation [2].

Joseph va donc chercher les cinq étoiles : soigneusement repassées, les gosses les épinglent, sans les coudre, sur leurs manteaux. D'ailleurs, s'ils étaient sortis sans, le concierge collabo, infirme de la guerre 14-18, n'aurait pas manqué de les dénoncer. Olia, qui avait déconseillé à son mari de se soumettre au recensement des Juifs en octobre 1940, voit ses pires craintes confirmées.

---

1. « Yellow Star », album *Rock Around The Bunker*, 1975.
2. Contrairement aux affabulations d'Yves Salgues dans son livre *Gainsbourg ou la provocation permanente* (Editions J.-C. Lattès, Paris, 1989) où il est raconté que Lucien, quatorze ans, s'en était chargé.

Olia Ginsburg : « Ensuite ils nous ont interdit de sortir après 8 heures le soir, puis on n'a plus pu voyager ni prendre le chemin de fer. Eh bien moi, j'allais chaque semaine à la campagne chercher du ravitaillement. Je ne portais pas l'insigne, je n'avais pas peur ! Je rapportais des paniers pleins à mes enfants, ils avaient à manger jusque-là ! Des œufs, du porc, des lapins, des mottes de beurre grandes comme ça, alors que dans d'autres familles, on mourait de faim. Mais j'ai risqué beaucoup. Un jour j'étais dans un wagon avec des Français. Arrive un Allemand qui crie : "Sortez tous !" Là j'ai eu peur : si on m'avait demandé mes papiers — je n'en portais pas encore de faux — ils auraient vu "Ginsburg" et auraient dit : "Aaah ! Vous voyagez ! De quel droit ?" J'aurais été tout de suite envoyée dans un camp. Tout le monde me disait : "Vous risquez trop." Moi je répondais tant pis, j'ai décidé ce que je vais faire. »

Se soustraire au port de l'étoile est très risqué : l'Union générale des Israélites de France fait même campagne pour inciter les Juifs à « porter l'insigne dignement et ostensiblement ». Ceux-ci, qui surnomment bientôt l'étoile leur « décoration », la portent souvent avec fierté, à la fois pour rassurer les enfants et pour « mettre en évidence l'échec des Allemands dans leur entreprise d'humiliation des Juifs[1] ». Dans un premier temps, c'est bien ainsi que les Juifs ressentent le port de l'étoile : comme une humiliation supplémentaire, destinée à les isoler davantage du reste de la population et à entraîner un mouvement d'hostilité contre eux. Ils ont peur d'être molestés dans le métro ou dans les queues devant les magasins d'alimentation, partout où ils peuvent tomber sur des nazillons ou des délateurs, et appréhendent le premier jour d'école pour les enfants, craignant qu'ils deviennent les souffre-douleur de leurs condisciples.

En réalité le port de l'étoile crée d'après certains commentateurs un mouvement de sympathie dans la population ; beaucoup s'indignent de cette mesure. Dans la rue, ceci se traduit parfois par des gestes de connivence, des sourires, des coups de chapeau discrets, quoique la réaction la plus répandue consiste à faire semblant de ne pas voir, comme si de rien n'était. Cette indifférence imprévue rassure les Juifs qui craignaient d'être des objets de curiosité malsaine.

Jacqueline Ginsburg : « Même portant l'étoile, je n'ai jamais eu de problème ni la moindre remarque de la part des élèves du lycée Jules-Ferry, qui ont toutes été adorables avec moi, ainsi qu'avec les quatre ou cinq élèves juives de ma classe. Pour nous la vie continuait normalement, on allait en classe, il n'y avait que cela qui comptait. »

1. R. Poznanski, *op. cit.*

Pour réduire les risques, les déplacements de Jacqueline et Liliane se limitent aux trajets aller et retour au lycée Jules-Ferry. Le reste du temps, elles restent à la maison. Mais il leur arrive de ne plus supporter d'être ainsi confinées.

Liliane Zaoui : « Nous étions gamines et inconscientes. Maman nous avait confectionné des étoiles doublées avec des épingles cachées dans les pointes, au lieu d'être cousues. Cela nous permettait de les ôter lorsque le soir il nous arrivait de sortir pour aller au théâtre ou au cinéma, notamment au Cineac Rochechouart. On risquait gros. »

Cette fois, il est devenu impossible pour Joseph de trouver du travail ; les parents sont venus à bout de leurs maigres économies et le petit loyer que leur rapporte l'appartement de la rue Caulaincourt est insuffisant pour nourrir la tribu. Quelques jours après avoir été chercher les étoiles, il prend une décision déchirante : pour subvenir aux besoins de sa famille, il faut qu'il passe en zone libre. Il prend contact avec un passeur mais l'expédition se transforme rapidement en calvaire. Forcé d'effectuer une partie de la route à pied, il arrive terriblement affaibli, il a maigri de 20 kilos. De Nice, il envoie une photo de lui sur la promenade des Anglais, méconnaissable. Dès qu'il récupère, il se met au travail et zigzague à travers le sud de la France : on le voit successivement à Bandol, dans les Pyrénées (août 1942), au casino d'Aix-les-Bains (septembre), à Lyon (octobre), puis à Toulon (début 1943). Serge raconta plus de quarante ans après que des musiciens parisiens avaient menacé son père et précipité son départ.

Gainsbourg : « Ils lui disent : “Tu n'as pas le droit de jouer parce que tu es juif. Casse-toi !” Dur, dur, dur... Ils voulaient lui piquer sa place. Il a dû [...] passer en zone libre. Ça, ça ne s'oublie pas. [...] Il nous envoyait de l'argent dans des lettres comme ça, en douce. Il y a d'ailleurs une photo de lui, où il est d'une maigreur terrifiante. On voit qu'il se fait un sang d'encre. Emacié, exsangue[1]... »

Ne pas porter l'étoile ou la fixer simplement avec des épingles suffit pour se faire interner : dès la mi-juin 1942, on envoie plus de 100 Juifs démunis d'insignes à Drancy. Mais le pire reste à venir : le 30 juin, Adolf Eichmann, chef de la section juive de la police allemande, vient réclamer à Paris la déportation de tous les Juifs de France et renforce à cet effet les effectifs et les pouvoirs des SS basés à Paris, tandis que sont adoptées de nouvelles mesures vexatoires.

Après avoir été privés de radio (dès le 1er septembre 1941, les Juifs sont supposés remettre leurs postes de TSF à l'autorité locale de police), ils sont cette fois obligés de monter dans le dernier wagon du

1. Interview par Jean-François Bizot et Karl Zéro in *Actuel*, nº 60, octobre 1984.

métro ; la 9e ordonnance allemande (juillet 1942) prévoit qu'ils ne sont admis dans les magasins que de 15 à 16 heures ; les PTT reçoivent l'instruction de débrancher les appareils téléphoniques de tous les abonnés juifs ; enfin, l'accès des établissements ouverts au public leur est désormais interdit (restaurants, cafés, cinémas, salles de concerts, music-halls, piscines, musées, bibliothèques, galeries d'expositions et même cabines téléphoniques !).

Les rafles se multiplient partout en France au cours du mois de juillet 1942. Puis, le 16, organisée par René Bousquet, c'est la rafle du Vel d'Hiv'. Dès 4 heures du matin, 4 500 policiers français reçoivent pour mission d'arrêter 27 361 Juifs apatrides de deux à cinquante-cinq ans pour les femmes, de deux à soixante ans pour les hommes. La Compagnie du métropolitain met à leur disposition 50 autobus ; le lendemain, à 17 heures, ont été arrêtés 3 031 hommes, 5 802 femmes et 4 051 enfants. Beaucoup d'hommes, avertis à temps, ont réussi à fuir. Le résultat total de la rafle est de moitié en dessous du chiffre escompté : 13 152 Juifs. Les familles sont parquées au Vélodrome d'Hiver, les célibataires sont envoyés directement à Drancy ; 8 160 hommes, femmes et enfants restent sur place en attendant d'être envoyés dans les camps. La désorganisation est effroyable, la tragédie dépasse toute description.

L'étau se resserre. Une copine de classe de Liliane est prise dans une rafle, tout comme Michel Besman, l'oncle malchanceux qui avait eu maille à partir avec les pirates de la mer Noire... Né le 27 avril 1902 à Théodosie, il habite à l'époque 3, avenue Wilson à Saint-Denis et exerce la profession de mécanicien. Cinq jours après son arrestation lors des rafles des 16 et 17 juillet, il est envoyé à Auschwitz de la gare du Bourget-Drancy avec 1 000 autres Juifs, 615 hommes (dont des adolescents de seize ans) et 385 femmes, dont une majorité de Polonais et près d'un quart de Russes, tous exerçant des métiers humbles (cordonniers, tapissiers, tailleurs, tôliers, serruriers, couturières, chapeliers, etc.). De ce convoi, qui arrive à Auschwitz le 24 juillet, il n'y aura que cinq survivants[1].

Jacqueline Ginsburg : « Comme d'autres familles juives de la rue Chaptal, nous étions prévenus des jours de rafles par un inspecteur de

---

1. Recherche effectuée aux Archives du centre de documentation juive contemporaine. Entre le 27 mars et le 30 septembre 1942, 38 206 Juifs sont déportés de France en 41 convois — au rythme d'un convoi d'un millier de Juifs tous les deux ou trois jours du 17 juillet à la fin du mois de septembre — qui aboutissent tous à Auschwitz. En 1945, on ne décompte que 779 survivants. Au total, ce furent 75 721 Juifs de France qui furent ainsi déportés au cours de la guerre — 3 % seulement en revinrent.

police du quartier qui faisait circuler l'information par le bouche-à-oreille. Nous n'avions pas le téléphone. Ces jours-là, nous allions dormir chez des amis juifs français, les Ginsbourg, installés en France depuis deux ou trois générations[1]. »

Dans le Paris de l'après-rafle, les jeunes du PPF (Parti populaire français, nazi) sèment la terreur aux terrasses des cafés, tandis que la peur envoie au-delà de la ligne de démarcation un flot ininterrompu de Juifs qui se lancent sur la route : on voit par exemple arriver à Lyon des familles exténuées, démunies et malades. Les départs sont désorganisés : il s'agit cette fois d'une fuite éperdue, d'une peur panique. Les quotidiens, qui ont reçu des consignes de silence, ne publient rien sur les rafles entre le 16 et le 31 juillet 1942. Quelques mois plus tôt, Hitler avait pourtant annoncé froidement ses intentions à de multiples reprises, notamment le 26 février 1942 dans *Paris-Soir* : « Cette guerre n'anéantira pas l'humanité aryenne mais l'élément juif. Des préparatifs sont en cours en vue du règlement de comptes définitif. »

Restée à Paris, alors que s'approche la rentrée scolaire de septembre 1942, Olia organise sa nouvelle vie, seule avec les trois enfants. La séparation va durer près de dix-huit mois, dix-huit mois à guetter le courrier, à attendre le feu vert de Joseph, à craindre les rafles qui se poursuivent par vagues, celle de novembre 1942 visant surtout les Juifs grecs, celle du 11 février 1943 faisant plus de 1 500 victimes, dont 1 200 Juifs âgés de soixante ans et plus. Tout ceci tandis que des inspecteurs zélés, spécialisés dans la chasse au « faciès spécifiquement judaïque », poursuivent leurs arrestations dans les rues de Paris[2], les cantines juives de la rue Richer, du 110, rue Vieille-du-Temple ou du passage Charles-Dallery devenant de véritables souricières, tout comme les rues de Belleville ou des Rosiers...

Olia Ginsburg : « Un jour, j'ai vu de mes yeux, je n'ai pas voulu le croire, devant un commissariat des policiers français qui disaient à des pauvres gens "Montez, montez !" en les embarquant dans un camion. Ils partaient et ne sont jamais revenus. Et ma fille Jacqueline a failli être déportée ! Mon mari était donc parti en zone libre avec un camarade musicien. Celui-ci écrit à sa femme et lui demande de le rejoindre. Elle avait trouvé un passeur et vient me voir : "Donnez-moi Jacqueline, je vais l'emmener chez son père, elle sera bien avec moi !" J'ai dit : "Jamais de ma vie je ne veux être séparée de mes enfants !" Elle me rétorque : "Mais votre mari est avec le mien, là-bas !" Je lui ai dit : "Quand il m'écrira et nous dira de venir, nous partirons tous ensem-

1. Cette surprenante homonymie est une pure coïncidence ; dans le cas des Ginsbourg, il faut prononcer Jinsbourg et non Guinsbourg.

2. Celles-ci se poursuivront jusqu'à la fin du mois de juillet 1944.

ble." Alors elle est partie seule mais quelqu'un l'a dénoncée et elle a été ramassée... »

En septembre 1942, tandis que Jacqueline et Liliane retournent au lycée Jules-Ferry, Serge, quatorze ans et demi, se retrouve inscrit en 3e à Du Guesclin, une école privée rue de Turin, dans le 9e arrondissement toujours, mais côté quartier de l'Europe. Dans sa classe, il rencontre un garçon de son âge nommé Daniel Foucret, un passionné de dessin, comme lui, mais aussi de foot, lui non plus.

Daniel Foucret : « Vous connaissez l'expression "il n'a pas passé son bac, c'est son bac qui lui est passé au-dessus". Eh bien, lui, l'école lui passait au-dessus, il n'en avait rien à foutre. Un détachement ! En mathématiques, ce n'est pas qu'il était nul : ça n'existait pas pour lui. Je le vois encore, je pourrais vous le dessiner, il était assis juste devant moi, il se retournait comme ça, décontracté, et il me disait entre les dents : "T'as fait le problème ?" et moi, déjà, je lui passais ma copie. Faut dire que j'étais le meilleur en maths. J'avais pas de mérite, je venais d'une autre école où les maths étaient très poussées, j'avais six mois d'avance. On était devenus assez copains pour plusieurs raisons. La première parce qu'on faisait des affaires ensemble. Il était très pauvre, si bien qu'il me vendait ses gâteaux vitaminés, des gâteaux qu'on distribuait aux élèves. Ensuite, je me souviens de son air d'incompréhension totale quand je lui racontais mes exploits au football. Le vendredi matin, je vous rappelle que le jeudi était le jour de congé, Lucien me demandait : "Qu'est-ce que t'as fait hier ? — Ah ben, j'ai joué au foot." C'était ma grande passion, ma vie tournait autour du foot. "Et toi ? — Ah moi, j'ai joué de la musique." C'était le seul musicien qu'on connaissait et il ne parlait que de ça. »

Du Guesclin est une petite école privée, pas chère — on est dans un quartier populaire. Il n'y a pas de cour de récré. Entre les cours, les enfants restent à leur table, à parler. Dans la classe, Lucien est le seul à porter l'étoile, mais les enfants comme les profs s'en fichent totalement.

Daniel Foucret : « La guerre était tellement pénible pour les petits étudiants parisiens, tout était tellement difficile, la discipline, le ravitaillement, les alertes, le métro, les gens qui nous en voulaient parce qu'on n'avait pas fait la guerre de 14 et qu'on ne faisait pas celle-là non plus... On n'avait le droit de rien alors quand on était entre nous, on ne pensait qu'à une seule chose : rigoler, s'amuser, se distraire. On avait quatorze ans et on n'avait que des emmerdes, alors se soucier des emmerdes des autres, c'était pas notre problème. Il ne nous parlait pas de son étoile jaune, on ne parlait pas du rationnement. »

Cette lassitude, cette frustration face aux interdits de toutes sortes s'exprime aussi en chansons, comme le rappelle Jacques Vassal dans *L'Encyclopédie de la chanson française des années 40 à nos jours*[1] : tandis que Lucienne Boyer chante « Je ne crois plus au Père Noël » (un Père Noël à moustaches blanches et feuilles au képi, sans doute), une partie de la jeunesse, visée par le Service du travail obligatoire, commence à narguer l'occupant et les ligues vichystes ; on les appelle les zazous et ils affichent leur différence, d'abord par le biais du vêtement (vestes longues jusqu'aux genoux, pantalons ultra-courts) et de la coiffure (cheveux longs et houpette), le tout contrastant avec les costumes stricts et les coupes rases prônés par les tenants de l'ordre moral... Côté musique, ils ne jurent que par le swing (le rythme est synonyme de gaieté et de liberté, de danse et de sensualité) qui est considéré, de Berlin à Vichy, comme l'expression même de la dépravation et de la dégénérescence. Après Charles Trenet, l'idole de Lucien, et sa « Poule zazou », c'est son ex-complice, le Suisse Johnny Hess — pas si neutre que cela — qui devient le champion de ce courant et chante « J'suis swing » et « Ils sont zazous » en 1943.

En février-mars 1943, alors qu'est annoncée la visite à Paris de Heinrich Himmler, ministre de l'Intérieur d'Hitler et créateur des camps d'extermination, de nouveaux articles violemment antisémites sont publiés à la fois dans *Paris-Soir* (sous la plume de Jean Bosc, « Le crime des Juifs »), *Le Matin* (sous la plume de Jacques Ploncard, qui réclame l'« institution d'un ministère de la Race ») et *L'Appel*, où Pierre Constantini exige une « épuration féroce »[2]. En vérité, à une époque où le délit de faciès se solde par un aller simple à Auschwitz, Lucien a un terrible problème, comme le soulignent Foucret et de nombreux témoins que nous croiserons plus loin...

Daniel Foucret : « Disons qu'il était fortement typé juif, il faisait vraiment "petit Juif", avec ses grandes oreilles, son nez, ses grands yeux noirs... et puis il était petit, détail très important, et il a grandi dans l'année. A la rentrée il devait faire 1,50 mètre puis il a grandi d'un coup et en fin d'année scolaire il me dépassait d'une demi-tête... »

De toute la famille Ginsburg, Lucien est en effet celui qui ressemble le plus aux représentations caricaturales que les antisémites font de leur cible favorite. Doit-on y chercher l'une des sources des terribles complexes de laideur qu'il développe dès l'adolescence ?

En attendant, s'il est nul en maths, il s'intéresse à d'autres matières. En latin, il découvre avec délectation le récit de la conquête des Gaules par Jules César et les *Poésies* de Catulle (il avait conservé précieuse-

1. Editions Hors Collection, Paris, 1997.
2. Cités par R. Poznanski, *op. cit.*

ment son livre d'école, dans la collection Garnier, édition 1931, dans sa bibliothèque rue de Verneuil). Le prof de français l'initie à l'art du sonnet, l'une des formes poétiques les plus parfaites — il s'y essayera avec le talent que l'on sait sur l'album *Histoire de Melody Nelson* en 1971 —, par le biais des *Trophées* du « décadentiste » (l'expression date de 1870) José Maria de Heredia dont il se plaisait toujours à citer quelques vers quarante ans plus tard :

> Comme un vol de gerfauts hors du charnier natal
> Fatigués de porter leurs misères hautaines
> De Palos de Moguer, routiers et capitaines
> Partaient, ivres d'un rêve héroïque et brutal

Sa timidité, en revanche, ne s'arrange pas. Le moindre contact avec des inconnus le jette dans des affres dont le traumatisme va le poursuivre longtemps, si l'on en croit cette interview accordée au *Quotidien de Paris* en 1981...

Gainsbourg : « Ma sœur m'avait emmené un jour chez un médecin. J'étais tellement ému, je devais avoir quinze ans, que sur le pas de la porte, je me suis mis à bafouiller : « Au revoir... Merci... Au plaisir... A bientôt... Y'a pas de quoi... » Toutes les formules de politesse et n'ayant plus rien à dire, je me suis longuement frotté les pieds au paillasson. Je vois encore la scène... Cette timidité a duré si longtemps et puis un jour vers mes trente ans, sur ma barque, ma petite coquille de noix, j'ai mis un mouchoir sur lequel j'avais pleuré tant d'années et alors le vent s'est mis à souffler... »

Peut-être est-ce par timidité que Lucien ne parle jamais à ses condisciples de ses cours de dessin à l'académie Montmartre. Ou encore parce que certains d'entre eux sont particulièrement balèzes : un certain Lallemand, dont le père est illustrateur, bluffe ses camarades avec le dessin d'une tête de cheval. Foucret lui-même se débrouille pas mal, au point qu'il fera carrière comme galeriste et agent de peintres.

Daniel Foucret : « Ce qui plaisait beaucoup à Lulu, c'est que je dessinais des petites bandes dessinées porno. Il suffisait de voir un sein ou une jarretelle... Ces bandes avaient beaucoup de succès dans notre petit comité. »

Après six mois passés à soigner sa péritonite à la campagne, après les cours de rattrapage à domicile et l'école Du Guesclin où il a vraisemblablement été accepté en 3e sans avoir le niveau requis (mais chez les Ginsburg, on ne redouble pas), Lucien commence à se désintéresser complètement du lycée à mesure que grandit sa passion pour le dessin et la peinture. A l'académie Montmartre, il porte l'étoile jaune mais l'atelier est un no man's land, un univers protégé : à ses côtés, un officier allemand travaille à son chevalet. Passé le porche, il aurait pu avoir pour le petit émigré juif et russe un tout autre regard...

En cours d'année scolaire, les choses se compliquent pour Jacqueline et Liliane. Toujours la peur des rafles, bien sûr. Leur maman décide d'envoyer les filles en pension chez les sœurs, à Senlis, dans un couvent où l'on veut bien les cacher. Elles y passent les mois d'avril à juin 1943, mais à la fin du trimestre la mère supérieure prévient Olia qu'elle ne peut garder les deux sœurs plus longtemps parce que, là aussi, ça devient trop risqué. Malgré le danger, Jacqueline et sa sœur sont donc à nouveau inscrites au lycée Jules-Ferry à la rentrée de septembre 1943, tandis que Serge retourne sans doute à Du Guesclin, au moment où la disette s'aggrave : en juin on a vu nombre de boulangeries fermer, faute de farine ; à la fin de l'été c'est la viande qui vient à manquer. Le mois de septembre est aussi marqué par des bombardements alliés sur Paris et la banlieue qui font 300 morts et 1 500 blessés. Depuis la capitulation de von Paulus à Stalingrad, en janvier 1943, il est vrai que ça commence à sentir le roussi pour les nazis : il y a déjà eu le débarquement des Alliés en Sicile en 1942, puis en mai 1943 la victoire de Montgomery sur l'Afrikakorps en Tunisie, on a vu en France se constituer le Conseil national de la résistance, puis en juillet la débâcle allemande à Koursk, la chute de Mussolini et le bombardement de Hambourg. Des images indélébiles qui ressurgiront quelques décennies plus tard dans la chanson « Rock Around The Bunker »[1] :

Y tombe
Des bombes
Ça boume
Surboum
Sublime
Des plombes
Qu'ça tombe
Un monde
Immonde
S'abîme

Mais le débarquement allié, tant espéré, va encore se faire attendre de longs mois, une attente qui devient de plus en plus palpable au fil des jours : les images de la destruction de Berlin par les bombardements alliés sont saluées par des applaudissements au cinéma Palace-Italie durant la première séance du 25 décembre 1943 (ensuite, on passe les bandes d'actualité en salle éclairée pour éviter les incidents).

1. « Rock Around The Bunker », album *Rock Around The Bunker*, 1975.

La répression policière et administrative — ainsi que l'action malfaisante des Milices — n'a jamais été aussi intense qu'en cette fin d'année : Philippe Henriot, nouvellement nommé secrétaire d'Etat à l'Information et à la Propagande, s'exprime désormais deux fois par jour au Radio Journal de France, où il est écouté par une grande majorité de Français, déversant les flots fielleux de son ardeur anticommuniste et de son hystérie antisémite.

Entre-temps, Olia et les enfants ont été soulagés d'apprendre que Joseph est en sécurité du côté de Limoges [1]. Mieux encore, il a tout organisé pour les accueillir ; sous le nom de Guimbard, il s'est installé dans le vieux quartier du Viraclau, à proximité de la place de la République, une place très animée, même en 1943-44, avec pas moins de treize bars et quatre cafés-concerts. Il a trouvé à se loger au 13, rue des Combes (devenu depuis le n° 11), dans un petit deux-pièces, l'un des huit garnis d'un hôtel meublé appartenant à M. Philippe Nadaud, débitant de liqueurs et d'eaux-de-vie à cette même adresse (son troquet, qu'on appelle « le café de la mère Nadaud », est situé au rez-de-chaussée). Parmi les voisins rue des Combes, on trouve à l'époque les bains-douches mutualistes, d'autres bistrots comme L'Echanson ou Chez Cafassier, le siège du quotidien *Le Populaire*, ou encore, juste à côté du n° 13, le salon de coiffure de M. Pierre Riou.

Très centrale, la rue des Combes, présente cependant quelques dangers : vers le haut, près de la place Dauphine se trouve en 1943 une sorte de blockhaus tenu par des Allemands qui contrôlent souvent les papiers ; à 200 mètres de là, rue du Général-Cerez, s'est installé l'état-major de la Milice, dont l'un des chefs, le docteur Chadoune, sera élu maire de Limoges à la Libération... Au bas de la rue des Combes, de nombreux spectacles se déroulent dans un cirque-théâtre.

Joseph, sous le pseudonyme « Jo d'Onde », travaille notamment à La Coupole, place de la République, au Cyrano et au Café Riche, où il se trouve au moment où sa famille vient le rejoindre. Parmi ses amis le chef d'orchestre et violoniste Pierre Guyot l'aide énormément durant ces années noires : c'est grâce à lui qu'il trouve à se loger, c'est sur ses conseils qu'il va réussir à cacher ses filles dans une institution religieuse et son fiston au collège de Saint-Léonard-de-Noblat. A Limoges, Joseph croise également une vieille connaissance...

Léo Parus : « J'ai retrouvé Joseph à Limoges, où j'étais moi-même réfugié avec ma femme, comme beaucoup de Juifs et d'Alsaciens. Les Juifs avaient tous de fausses pièces d'identité. Aucun ne portait l'étoile jaune. A Limoges j'avais trouvé du travail dans l'un des cinq ou six

1. Un coin pas forcément accueillant : fin 1941, le préfet de la région avait décidé d'épurer la ville de « tous les Juifs étrangers qui y résident ».

cafés de la ville où il y avait un orchestre. La première année la musique avait été interdite par Vichy, puis fut autorisée seulement la musique classique. Nous jouions souvent "La Marche lorraine" pour provoquer les Allemands. »

Dans des extraits du journal intime de Mme Léo Parus, on apprend que Joseph leur rend régulièrement visite : il vient même fêter chez eux le réveillon du 31 décembre 1943, quelques jours avant l'arrivée de sa petite famille. Parmi ses autres amis et connaissances, la violoniste Monique d'Anglade, de son vrai nom Yvette Hervé.

Yvette Hervé : « Joseph, alias Jo d'Onde, a joué avec moi et mon mari Jean Hervé dans un orchestre à Limoges vers 1942-43. Nous étions cinq : deux violons (moi-même et Armand Bitsch), un violoncelle (mon mari), une contrebasse (nommé Pendola) et un piano (Léo Parus). Après l'arrestation de Léo, il nous a fallu un pianiste, c'est Jo d'Onde qui l'a remplacé. C'était un homme de métier mais il n'était pas aussi bon pianiste que Parus. Nous avions deux sessions, 17-19 heures, puis 21-23 heures. Notre répertoire était éclectique : classique, jazz, opérette, des airs tziganes, etc. La clientèle était chic, c'était des bourgeois qui venaient pour écouter de la musique. Des fois, il y avait des officiers allemands. Le soir, le café était calfeutré, on baissait le rideau de fer ; vers 23 heures on entendait l'écho de bombardements. Jo d'Onde était un homme d'une grande distinction. Délicat, charmant et pratiquant le baise-main. Il était très cultivé. Il avait un accent assez prononcé mais parlait un français extrêmement raffiné. Un jour il m'a longuement entretenue sur les *Lettres* de Mme de Sévigné. C'était un Russe du temps des tsars, à l'époque où parler français était très chic. Il était habillé d'une façon très stricte, avec un complet sombre ; contrairement à son fils, il n'avait pas du tout le type juif. »

En décembre 1943, Joseph donne enfin le signal du départ à Olia. Comme elle est l'aînée, du haut de ses dix-sept ans, et que son passage est jugé plus risqué, Jacqueline part seule, munie de faux papiers, toujours au nom de Guimbard. Elle n'en mène pas large lorsque ceux-ci sont contrôlés, en gare de Vierzon. Saine et sauve, à son arrivée à Limoges, elle est accueillie par Joseph. Le 9 janvier, celui-ci présente sa fille à Léo Parus et son épouse. Enfin la famille est réunie : Olia, Liliane et Lucien débarquent après un voyage en train heureusement sans histoire. Avant de partir, la maman, décidément très ingénieuse, a pris soin d'organiser un faux déménagement avec l'aide de ses voisins, M. et Mme Fiancette. Comme elle sait que les appartements des Juifs passés en zone libre sont systématiquement pillés par les Allemands et les collabos, elle a trouvé grâce aux Fiancette une chambre de bonne un peu plus loin dans la rue Chaptal et y a fait entasser tous leurs meubles, sauf le piano de Joseph entreposé chez des amis. Résultat, à la Libération, les Ginsburg pourront se réinstaller sans problème, comme on le verra plus loin...

Pierre Riou, le coiffeur de la rue des Combes à Limoges, qui avait vingt-deux ans en 1944, raconta ses souvenirs en 1998, à la fermeture de son salon :

Pierre Riou : « Les enfants sont restés ici six mois, pas plus. Je voyais souvent le père, il était distingué et portait une fine moustache, la mère de Gainsbourg sortait peu. Ils étaient les seuls réfugiés du meublé. Un jour, en mars 1944, il y a eu une rafle ; le père a pu y échapper. Mon petit commis, Narcisse, est mort sous les coups de la Milice à la caserne des Dragons, cité Blanqui[1]. »

Proche de la rue des Combes, c'est rue Portail-Imbert qu'est située l'institution religieuse du Sacré-Cœur où Jacqueline et Liliane sont inscrites en pension, sur les conseils de Pierre Guyot ; elles ne voient leurs parents que le dimanche, après la messe à la cathédrale en compagnie de tous les collégiens et collégiennes de Limoges, messe qu'elles suivent en faisant semblant, naturellement.

Mme Pierre Guyot : « Mon mari, violoniste, était aussi chef d'orchestre. Le père de Serge jouait comme pianiste dans l'orchestre qui se produisait dans un café, Le Cyrano. Pour faire ses gammes il venait chez moi car chez lui il n'avait pas de piano. Les filles de Joseph allaient dans la même école religieuse que ma fille, au Sacré-Cœur. On avait donné aux deux sœurs la clef du jardin de l'école pour qu'elles puissent s'enfuir en cas de problème avec les Allemands ou de rafle de la Milice. Quand Lucien quittait le samedi le collège où il était interne, pour passer le week-end avec ses parents, sa mère lui donnait rendez-vous chez moi et venait le chercher. »

Liliane Zaoui : « Les religieuses avaient eu la bonté de nous accepter, malgré le danger, elles avaient même préparé notre fuite en cas d'arrestation de nos parents, ce qui s'est d'ailleurs produit. Mais ce monde catholique m'était étranger et je pestais parce que je n'étais pas habituée à l'internat. Et puis au pensionnat je voyais toutes ces filles de la campagne qui ouvraient leurs colis et déballaient des rillettes, des confitures, du pain blanc... Tandis que notre régime ne variait pas d'un jour à l'autre : nous qui n'avions, depuis le début de la guerre, grâce à Maman, jamais connu la faim, nous ne mangions que des rutabagas et topinambours ! »

Lucien est envoyé à une vingtaine de kilomètres à l'est de Limoges, au collège de Saint-Léonard-de-Noblat, une jolie cité médiévale, dans un paysage vallonné. Au pied de la colline que domine Saint-Léonard

1. Interview par F. Adeline dans *Centre-France* le 7 octobre 1998.

coule la Vienne. L'église romane est un lieu de pèlerinage : selon la légende les femmes qui caressent le verrou de fer situé dans celle-ci retrouvent la fertilité. Le collège où Lucien s'installe en janvier 1944 a ouvert ses portes en 1887 ; c'est un bâtiment austère en U, aux murs gris clair, avec un bâtiment central de deux étages et deux ailes de trois étages, situé à la sortie du village, fréquenté surtout par des fils de paysans ou d'artisans (les enfants de parents aisés vont à Limoges). Pour entrer on passe une grille en fer et on traverse un jardin ; la cour de récréation, aux dimensions réduites, ouvre sur la campagne vallonnée ; au fond de la cour se trouvent les toilettes puis un jardin où le directeur, Louis Chazelas, faisait pousser quelques légumes, et une basse-cour sur la droite. Chazelas est un homme organisé : il monte des expéditions avec les élèves, à bicyclette, pour aller chercher des œufs dans les fermes... On est mieux nourri à Saint-Léonard qu'au Sacré-Cœur de Limoges : au menu les enfants reçoivent de la soupe midi et soir et du ragoût sept fois par semaine, avec de larges rations de pommes de terre et carottes (pour la viande, c'est seulement le samedi). Dernier détail, qui a son importance comme on va le voir, une partie seulement de l'aile gauche était utilisée avec le réfectoire, l'autre partie ayant brûlé en 1941.

Pour la deuxième fois de son existence, après les six mois passés en convalescence à Courgenard, Lucien est séparé de ses parents. Une nouvelle expérience traumatisante dans sa vie de jeune adolescent, qui a quinze ans et neuf mois environ au moment où il écrit les lignes qui suivent. Il a en effet commencé la rédaction d'un journal intime dans un petit carnet, dont seules deux pages — écrites en petits caractères, recto-verso — ont été retrouvées (la coupe brutale à la fin de la deuxième indique qu'il en existait davantage). Les phrases sont courtes et Serge passe constamment à la ligne mais ce n'est pas dû seulement à la taille du carnet : on devine qu'il a voulu ainsi, maladroitement, naïvement, rythmer son texte, pour le rendre plus dramatique[1].

> — Alors, au revoir Monsieur !
> La porte se referma et maman disparut...
>
> Je restai face à face avec le directeur. Sa grosse panse m'inspirait confiance.
> — Prends ton bagage et suis-moi, me dit-il.
> Je me baissai sur mes paquets grotesques. Comment pourrais-je porter tout seul ce qu'avec maman j'avais traîné avec gouttes de sueur et jurons !

1. Ce document exceptionnel, ainsi que les autres lettres qui suivent, ont été retrouvés par feue Mme Gabrielle Sansonnet, que nous allons croiser plus loin. Seules quelques fautes d'orthographe ont été corrigées.

Quand j'eus dans ma main les ficelles de plus de la moitié des paquets, mes doigts crispés refusèrent de s'ouvrir davantage. Par des coups d'œil sournois entre mes jambes j'apercevais les deux chaussures du directeur qui attendait en silence...

— Donne, je vais t'aider, me dit-il soudain.

Il prit ce qui restait. Il n'était pas fier... Et il partit en avant.

Je m'ébranlai.

Un sac de biscuit craqua...

Nous montâmes un escalier jaune et luisant. Pas mal pour un collège ! me dis-je.

Ô illusion !

Au premier étage le directeur ouvrit une porte et ce que je vis alors me fit oublier mon embarras et ma timidité.

Des lits de fer, des murs blancs...

Une vraie salle d'hôpital !

C'est ça un dortoir ! J'étais inquiet.

Plus loin, dans un réduit, des cuvettes en tôle, des tuyaux de plomb. Les lavabos !

En bas, la cour. L'ardoise noire des urinoirs acheva de m'effondrer...

Brusquement, je fus en étude.

Une mer furieuse de cheveux, des bérets, des yeux...

Les yeux braqués sur nous acquièrent une certaine puissance quand ils sont en nombre.

Bah ! des gamins et même des jeunes gens ne m'intimident pas, à plus forte raison quand ce sont des campagnards.

Il y avait dans cette salle d'étude un désordre inouï. Sur le parquet des papiers de toutes sortes et de toutes couleurs.

Des murs sales. Des vieilles gravures.

Un poêle fumait...

Quand je m'assis au premier rang, le directeur avait disparu. J'aperçus alors le surveillant et en voyant cette tête renfrognée j'étais loin de penser qu'il serait plus tard un de mes meilleurs camarades.

Le soir je revis le dortoir.

Il fallut se mettre au pied du lit, puis au signal du surveillant se déshabiller.

C'était la première fois que j'allais dormir avec des inconnus.

C'était la première fois que je me déshabillais devant n'importe qui.

Alors je dois dire que je me cachai.

La lumière s'éteignit.

Et la salle se trouva obscure.

Par les fenêtres, je vis le second dortoir et celui de l'étage au-dessus qui s'éteignaient l'un après l'autre.

Soudain je sentis une présence à mon chevet, derrière moi.

Ma tête roula sur l'oreiller.

— Vous n'avez pas froid ?

C'était la voix du directeur. Je bégayai dans mes draps un « non... » qu'il ne dut pas entendre, et il s'éloigna.

J'entendis une porte grincer au fond, puis ce fut tout...

Enfin, j'allais pouvoir tranquillement m'apitoyer sur mon sort malheureux !

Mais je m'endormis.

— Tu n'vas pas toucher à mon poulain : j'te casse la gueule !

C'était Morelon qui riait ainsi, en riant comme un abruti.

Voilà huit jours que j'étais au collège.

J'étais habitué maintenant à la maison et à la grossièreté des campagnards.

Un Alsacien, Brumpt, était devenu mon camarade et ce Morelon me pilotait et me... « protégeait » !

J'avais déjà mon surnom : « Philosophe ».

Seuls ces pecnots savaient pourquoi !...

J'étais en bon accord avec les surveillants, Lebras et « Pampelune », Pampelune, je veux dire M. Calien. Ces gamins sont sans pitié...

On était en étude.

Comme la cloche allait bientôt sonner la récréation, on ne se gênait pas de parler tout haut, d'autant plus que c'était Pampelune qui surveillait.

Parfois, cependant, un « bûcheur » élevait fortement la voix, mécontent :

— Alors quoi, c'est un vrai bordel ici !

J'étais assis derrière Morelon et à côté de Brumpt.

Les cheveux blonds, le nez busqué, le menton saillant de celui-ci lui donnaient un genre spécial, qui me plut.

Malheureusement il y avait en lui quelque chose d'épais et de lourd, ce qui lui valut le surnom de « rustre ».

Il était en train de m'expliquer avec un [coupe]

Nous avons retrouvé plusieurs de ses condisciples, y compris le neveu et le fils du directeur du collège, Louis Chazelas, sans réussir à mettre la main sur Morelon ni sur Brumpt. Mais le faisceau des témoignages confirme ce que nous pressentions déjà sur les qualités et défauts de l'élève Lucien Ginsburg...

Lucien Fusade : « Guimbard était mon voisin de classe, en 2e en 1944. Un garçon long, filiforme ; sa façon de s'habiller n'était pas la nôtre. Il était plus élégant, il détonait. La majorité des élèves étaient de la campagne... Il avait une passion pour le dessin. Il dessinait souvent au crayon sur un calepin, surtout des silhouettes de femmes. Ce n'était pas un élève brillant, mais l'enseignement que nous recevions était dogmatique, nous n'avions pas la liberté de parole et d'expression. »

Robert Faucher : « En classe il était assis à côté de moi, il parlait peu. Il n'a jamais évoqué sa situation mais nous la connaissions car il n'était pas seul dans son cas. Il y avait toujours en permanence une dizaine d'enfants juifs réfugiés au collège. Les profs faisaient tout leur possible pour qu'ils soient noyés dans la masse, ils s'arrangeaient pour qu'ils aient la moyenne, pour qu'ils passent inaperçus. Gainsbourg n'était pas du tout intégré. En classe il n'écoutait absolument rien. En maths, il savait tout juste compter. Le français ne l'intéressait pas. Il n'y a qu'en anglais qu'il était bon, il avait l'air de le parler couramment. Il passait son temps pendant les cours à dessiner, parfois des nus. Il dessinait très vite, en trois coups de crayon ça ressemblait à quelque chose. »

Guy Moreau : « Mon père était gendarme à Saint-Léonard. Il savait que des enfants étaient cachés au collège. D'ailleurs, beaucoup de Juifs se cachaient dans le village. »

Yves Parachaud : « Le directeur avait loué un terrain pour planter des pommes de terre, les élèves allaient y travailler. Nous apportions aussi de la nourriture de chez nous, par exemple des haricots secs. Nous mangions sur des tables de huit. Nous avions droit, une fois par jour, pas plus de dix minutes, à aller au "galetas", où chaque élève avait sa malle de provisions personnelles. Nous accommodions une tartine de pain qui nous était distribuée à 16 h 30 dans la cour : pâté, rillettes... Nous étions chauffés par des poêles à bois et sciure, fournis pas les tanneries de Saint-Léonard, sciure que les élèves allaient chercher eux-mêmes avec une grande carriole ; il nous arrivait aussi d'aller couper du bois à six ou sept kilomètres... »

Evidemment, il n'est pas question pour Lucien Guimbard d'écrire directement à ses parents à Limoges, rue des Combes. Trop risqué. Des relais fiables sont organisés. C'est pourquoi, le 24 février 1944, il envoie un courrier à « Mademoiselle Jacqueline Ginsbourg (sic !) chez Madame Sansonnet / Le Grand Vedeix (par Saint-Cyr) » :

Mes chers Papa, Maman,
Jacqueline et Liliane

Je viens de recevoir votre colis ! ! !
Je l'ai mis dans un coin, j'ai fait ce que j'avais à faire, puis sans me presser je suis monté au dortoir et j'ai ouvert le paquet...
— Un pull-over. Ah merveille !
— Une paire de chaussettes — Très bien !
Je viens d'en user une paire.
— Une autre paire de chaussettes.
Qu'y a-t-il dans celle-ci ?
— Ah, très bien — un « nécessaire de couture ».
Tiens, qu'est-ce qu'il y a là-dedans ? ? ? Oï ! Ouille ! Aïe !

— Qu'est-ce que vous voulez que je vous dise ?

Le plus sage, maman, est de te remercier le plus simplement du monde.

Je te remercie donc, maman, et de tout mon cœur, et de tout mon appétit...

Ça, c'est un record !

Je ne l'ai pas encore goûté. Je le conserve jalousement, et il va me durer un bon temps...

Je n'en suis pas encore revenu ! Et Jacqueline et Liliane, je vous tire la langue !

Il est vrai que vous vous en fichez — vous aimez mieux Limoges qu'un gâteau, si énorme soit-il. N'est-ce pas ?

Mais moi, j'aime mieux, j'aime beaucoup mieux un gâteau, surtout s'il est d'une taille... respectueuse, que, rien du tout !

[manque quelques lignes]

[...] qui fait le service. Et quand il s'agit de distribuer la cuistance, il n'y a pas meilleure camaraderie :

— T'en veux de ça ?

— Qu'est-ce que c'est ?

— Des fayots !

— Ouais, un peu !

— Comme ça ?

— Encore un peu...

— Comme ça ? Ça y est ? merde ! tu t'décides ?

Quand un type ne veut pas de ça, l'autre en profite. Moi j'en profite souvent. Ici, ils n'aiment pas le boudin. Pourtant c'en est du bon ! Quand on s'en sert, chacun en a un bout long comme mon pouce (il est vrai que mon pouce est assez long...).

Certains jours j'en profite :

— Qui veut mon boudin ?

— Moi !

— Tu veux le mien ?

— Oui !

— Et l'mien ?

— Ouais !

— Allez, prends le mien !

— Amène.

Et comme ça j'arrive à en collectionner une quantité assez respectueuse !

Mais assez parlé de goinfreries !

Après avoir mangé, arrivent les grosses farces des grands élèves.

Quand on a dix-neuf ans, il ne suffit pas d'envoyer des miettes de pain dans le nez du copain. C'est comme cela qu'il arrive des accidents assez risibles mais non pour le patient. Quand on a le contenu d'une bouteille d'eau dans la poche de son veston, c'est mouillant mais non risible. Moi je me suis retrouvé en étude avec une pomme de terre cuite écrasée dans ma poche...

Au dortoir mêmes blagues (dans leur genre). Lit en portefeuille, ce n'est pas grand-chose. Quelquefois et quand l'Elément le permet, c'est une boule de neige entre les deux draps.

Le soir, quand le surveillant s'absente ce sont les batailles à coups de polochon (ce sont les oreillers ronds et allongés). Pan ! Et pan ! Les plumes volent... on entend les cris des combattants mêlés au bruit mat des polochons retombant avec force sur les têtes. Joli ensemble. Je vous dirai que j'aime bien regarder assommer un type mais je n'ai aucun goût pour être réveillé le matin à coups de ces matraques emplumées. Dans le dortoir des grands, au poulailler, c'est terrible quand ils s'y mettent. Aucun surveillant ne peut arrêter cela (surtout la veille des « fuites » [jour de départ]). Quand un copain est visé, rien à faire, il n'a plus qu'à se résigner. Le plus souvent on le « campe ». Voilà comment cela se passe : un type est couché. Deux autres s'approchent de son lit, et du même côté ils fourrent leurs bras sous le matelas, ils soulèvent et hop, ils font valser le type, qui se retrouve par terre sous son matelas. Et voilà.

Quand il y a eu de la neige, les bagarres à boules de neige se succèdent sans interruption. Quand on en vise un, tout le monde dessus ! C'est comme ça que deux types m'ont attrapé par derrière et un troisième m'a frictionné énergiquement la figure avec une poignée de neige bien froide... Avec ce système on est bien secoué !

Mais, en groupant toutes ces grosses blagues, la vie ici semble mener un train d'enfer. Il ne faut pas penser cela. Ça arrive de temps en temps, mais autrement tout est tranquille. Vous n'êtes pas très contentes mais vous, vous avez vos jeudis et vos dimanches !

Je vous embrasse bien fort.

Lucien

Yves Parachaud : « Nous vivions dans le collège en vase clos, nous sortions peu. En quatre ans d'internat je suis allé trois fois au cinéma de Saint-Léonard. Nos distractions se limitaient à des promenades sur la route, nous marchions en rangs par deux, les petits devant jusqu'à la sortie du village, ensuite des groupes se formaient. Le dimanche nous allions au match de foot. Nous avions près de 30 heures de cours et 40 heures d'étude par semaine. Même le jeudi matin et le dimanche matin nous étions en étude. Le directeur, Louis Chazelas, était un homme d'une soixantaine d'années, grand, brun, dégarni, les lunettes cerclées, il portait toujours un chapeau marron rond, il avait trois enfants, deux garçons et une fille. Un des garçons a été résistant, l'autre s'est enfui en Afrique du Nord pour se battre contre l'Allemagne. Le directeur roulait les r. Quand nous avions fait une bêtise ou que nous ne travaillions pas il pointait le doigt sur nous et disait : “Crroutache”, une expression à lui ! C'était un homme de la terre, un patriote : il apostrophait un mauvais élève en lançant : “Philippe Andouillard !” — le choix du prénom n'était pas innocent : on imagine ce qu'il pensait en secret de Philippe Pétain. Même les enseignants le craignaient, il faisait régner une discipline de fer dans l'établissement. C'était un peu la caserne : lever à 6 h 30, 7 à 8 heures étude, 8 heures petit déjeuner. Ensuite nous allions en cours. Les élèves faisaient le ménage : balayage, lits dans les dortoirs, etc. »

Jean Chazelas : « Durant la guerre il y avait environ 80 internes répartis dans trois dortoirs, sur un total de 150 élèves à peu près. Il y avait deux sortes d'élèves qui n'étaient pas de la région : ceux dont les familles s'étaient déplacées pour fuir les conséquences de la guerre, les gens du Nord et d'Alsace notamment, qui ne se cachaient pas vraiment, puis il y avait les enfants juifs qui fuyaient les persécutions. La présence des premiers a permis de faire passer incognito les seconds dans la masse des élèves. Pour ceux qui étaient plus âgés, mon oncle avait trouvé des solutions : ils étaient par exemple surveillants. Au deuxième étage, dans l'aile gauche, celle qui avait partiellement brûlé en 1941, il existait une chambre avec trois ou quatre lits, des rideaux aux fenêtres. Là se cachaient des enfants de passage, qui ne venaient pas en cours. Nous n'avons jamais vu l'étoile jaune pendant la guerre, nous ne savions même pas que cette chose existait. La guerre ne rentrait pas dans l'établissement. »

Georges Chazelas : « Il y a eu au collège au moins une vingtaine d'élèves cachés par année scolaire. Les gens intéressés savaient que l'on pouvait envoyer des enfants dans ce collège mais mon père ne s'est jamais engagé dans la Résistance. Il a agi en dehors de toute organisation. En 1944 il y a eu une descente de la Milice dans le collège après un attentat, mais ils n'ont rien trouvé. »

Marcel Maton (prof de mathématiques) : « Le chef d'établissement me mettait au courant de la présence dans le collège d'enfants réfugiés. Il me donnait le nom exact de l'enfant et son nom d'emprunt. Une fois, il m'a mis en 2de un enfant qui avait déjà le bac. Ce dernier jouait le jeu, et moi aussi, devant les autres élèves. Le directeur prenait des risques. Nous avions en effet quelques élèves qui étaient miliciens ou qui avaient des grands frères dans la Milice. »

Yves Parachaud : « Je me souviens de deux frères qui feignaient de ne pas se connaître pour ne pas éveiller les soupçons : l'un répondait au nom de Caïn, l'autre de Cayenne... Le collège a caché deux ou trois marins qui se cachaient après le sabordage de la flotte à Toulon ; ils avaient près de vingt ans, ils allaient en étude avec nous mais nous nous doutions bien qu'ils se cachaient. Nous étions au courant pour la pièce aménagée par le directeur : quand nous jouions dans la cour de récréation nous apercevions parfois des têtes aux fenêtres et des rideaux qui bougeaient. »

Dans la nuit du 26 au 27 février 1944, un courageux officier de la Royal Navy fait passer un messager de la Résistance, en mission secrète, de Dartmouth jusqu'en Bretagne. L'officier s'appelle David Birkin, futur papa de la petite Jane, qui naîtra le 14 décembre 1946. Quant au messager, selon sa propre légende, il se nomme François Mitterrand (devenu président de la République, il fera attribuer la Légion d'honneur à David Birkin pour officialiser cet événement, à une époque où son passé sous l'Occupation lui cause quelque souci)...

A Limoges, cependant, le danger guette. Les miliciens, de plus en plus malfaisants, sèment la panique rue des Combes.

Gainsbourg : « Dans le deux-pièces sordide où nous vivions, ma mère avait dissimulé nos faux papiers sous la toile cirée de la table de cuisine. Un beau jour, perquisition, non pas des SS mais de la milice française, celle qui nous a fait le plus de mal. Ma mère s'assoit sur le coin de la table et dit aux mecs de fouiller à leur guise. Ils ont tout regardé mais ils ont oublié de demander à ma mère de se lever et ils n'ont rien trouvé. »

Après cette première alerte, les parents sont arrêtés et gardés en détention pendant 48 heures et c'est au prix d'énormes mensonges qu'ils parviennent à s'en tirer.

Olia Ginsburg : « J'avais des faux papiers au nom de Guimbard et j'avais prétendu, sans en démordre, que j'étais la femme de ménage des Ginsburg. Mais mon mari avait craqué lors d'un interrogatoire plus serré... Mon plus mauvais souvenir, c'est d'avoir été enfermée dans une cellule avec des prostituées, des femmes affreuses, qui fumaient et qui s'insultaient tant qu'elles me faisaient rougir les oreilles ! Le patron de l'endroit où travaillait mon mari a tout de suite été alerté et il nous a fait porter un dîner, c'est grâce à ses démarches que nous avons pu nous en sortir... »

Mme Pierre Guyot : « Joseph a été arrêté lors d'une répétition de l'orchestre. Des policiers sont arrivés, il a été en garde à vue. C'est mon mari qui lui a apporté à manger. »

Les Ginsburg sont relâchés mais avec injonction de ne pas quitter Limoges. Ce qui ne les empêche pas, dans les jours qui suivent, de s'enfuir à la campagne, au Grand Vedeix à Saint-Cyr, chez les Sansonnet ; nous avons rencontré leur fille, Gabrielle, quelques semaines avant son décès.

Gabrielle Sansonnet : « C'est une histoire de la vie de tous les jours... Les parents de Gainsbourg ont habité chez mes parents au Grand Vedeix. Ils habitaient une petite maison juste à côté de la nôtre dans le hameau. C'était en 1944. Le papa de Serge est venu un jour, j'étais toute seule à la maison. Des gens leur avaient dit que nous pourrions les loger. A l'époque, on se logeait n'importe où, on n'avait pas besoin de beaucoup de confort. Ils cherchaient à se cacher, ici c'est un coin de campagne pas vraiment perdu mais où on ne vient pas vous chercher. C'étaient des gens très gentils. Ils n'ont jamais compris qu'on savait ce qu'ils étaient. Je sortais avec les filles qui étaient un peu plus jeunes que moi, j'avais vingt-deux ans, on partait à vélo, je me rappelle d'une fois on est passées dans un bourg et j'ai dit : "Tiens, ces gens-là, ils sont israélites". Je cherchais à leur faire dire, mais Liliane et Jacqueline ne m'ont jamais dit : "Nous aussi nous sommes israélites". J'allais à la messe, elles venaient avec moi, elles se cachaient à leur manière. »

C'est dans une boîte à chaussures que Gabrielle Sansonnet retrouva, à la mort de ses parents, les feuillets du journal intime et les lettres de Lucien. Celui-ci écrit encore à sa famille le mercredi 15 mars 1944, en utilisant un langage codé (faible = Juif, ma santé = le fait que je suis juif, etc.) mais aussi en montrant tous les signes d'un complexe de supériorité et d'un snobisme plutôt gratinés. A la date où il rédige ces lignes, il n'est qu'à une quinzaine de jours de son seizième anniversaire :

> Mes chers Papa, Maman,
> Jacqueline et Liliane,
>
> J'ai bien reçu lundi votre colis mais comme je venais de vous écrire un volume de quinze pages, j'ai attendu jusqu'à recevoir votre lettre répondant à la mienne.
>
> Je l'ai reçue à midi.
>
> Et je vous écris.
>
> Bien que j'aurais pu me passer de ce colis, il m'a fait du bien au cœur et il me fait du bien au palais et à la langue...
>
> Quand je l'ai ouvert, j'ai d'abord vu le beau fond de culotte couleur tête-de-nègre sur fond chocolat-café-crème... Encore deux ou trois trous et j'aurai une culotte écossaise... Encore dix trous comme celui-là et alors ça me fera des pantalons marron foncé avec des dessins marron clair... spirituel.
>
> Puis j'ai examiné les victuailles.
>
> Du chocolat ? — ah merveille !....
>
> (Un petit morceau est parti)
>
> Qu'y a-t-il dans cette boîte légèrement cabossée ? — hum ! reniflons... Je crois que c'est... mais le goût renseigne mieux que l'odorat... un couteau, toc, un coup de langue... c'est bien ce que je pensais, c'est de l'excellent pâté... Bien ! Bien !
>
> Ici, une motte de beurre en miniature ; j'espère qu'il n'est pas rance... voyons ?... Oh mais... non... c'est du très bon beurre. De mieux en mieux...

Voyons ! dans ce paquet ?... ho, ho ! voilà le bouquet... Très bons, ces petits biscuits !

(Il en manque deux)

Je crois que je n'ai rien oublié...

Quand j'ai lu la lettre, j'ai été un peu chagriné de l'idée que vous vous faisiez de ma santé ici.

Dès le premier jour, on a su que *[il manque quelques mots]*

Le directeur a un neveu à qui il dit tout et ce neveu a des copains à qui il dit tout, et ces copains ont des copains à qui ils disent tout et voilà, si ce n'est pas par lui c'est par un autre, il n'y a rien à faire. La longueur de mon nez pour qui je dis ce qui est *[? ? ?]*...

Enfin il n'y a rien à faire je le redis au risque de faire une répétition, n'allez pas croire que parce qu'on sait que je suis un faible je ne suis pas bien ici.

Le directeur a fait savoir que si il y avait allusion aux faibles il y aurait des conséquences graves pour le moqueur ou l'insulteur, car le directeur n'admet pas que l'on se moque des faibles.

De plus ici ils sont très gentils et personne ne fait attention à ma faiblesse, n'ayez aucune crainte à ce sujet, un type qui insulte les faibles se fait parfois passer à tabac par les autres.

Mais je vous le répète personne ne m'a jamais rien dit et personne ne me dira jamais rien, je suis ici un peu à l'écart des autres mais ce n'est pas pour cette question c'est parce qu'ici tous sont fils de fermiers ou de modestes administrateurs et ils ont des idées modestes.

Alors ils m'ont mis à part au point de vue des idées de l'avenir, des idées en général avec mon dessin (l'Artiste), et mes bouquins (le Poète, le Philosophe).

Et ce n'est pas pour améliorer ma popularité que je m'abaisse à feindre des idées qui ont pour idéal la culture des choux et des carottes, le métier d'instituteur, ou d'employé des postes, télégraphe ou téléphone...

D'après ce que je viens de dire il ne faut pas vous imaginer que je fais bande à part !

Un camarade m'a fait comprendre dans quel milieu j'étais :

— Tu es ici, m'a-t-il dit, quand je lui parlais de mes idées et de mes projets, dans un milieu de paysans ou de fonctionnaires. Et si tu emploies le mot « paysan » avec si peu de respect (nous discutions sur l'avenir), tu seras vite mis hors de notre bande.

J'ai compris qu'il fallait un peu freiner mes sentiments, mais pour cela je n'en ai pas moins dit tout ce que je pensais. Alors je ne m'étonne pas quand derrière ou devant moi j'entends dire « l'artiste ! », « le philosophe ! », « le Watteau ! », « le Raphaël » et tout... et tout... D'ailleurs cela ne me chagrine pas... César a dit qu'il vaut mieux être premier au village que second à Rome. C'est à discuter...

Mais revenons à nos moutons.

Je répète que pour la énième fois je ne risque rien ici. Tous ceux qui sont dans mon cas se connaissent ici. Ils n'ont jamais eu d'embêtement. En tout cas n'ayez aucune crainte.

Le directeur a demandé des renseignements sur mon cas au ministre de l'Instruction, et malgré ma santé et même celle de deux surveillants nous sommes ici régulièrement sous la protection du directeur.

Mais au-dehors du Collège il est bien entendu que personne ne parle de la méchanceté de mon cher oncle...

Maintenant je réponds à la lettre de ce matin. Merci pour l'argent. Je ne demanderai ainsi rien au directeur.

[il manque quelques mots]

Je vais demander au directeur quoi faire pour ma montre. Sûrement me la prendra-t-il pour l'apporter chez un horloger. Sinon je la donnerai à « mon prof de latin » qui s'en chargera car il sort pour mettre les lettres à la poste. Donc j'apporte la couverture et le cahier de sonates.

Je prendrai « un aller seulement » comme vous me dites (c'est pour vous montrer que j'écris avec votre lettre devant mes yeux et que j'ai bien compris ce qui me reste à faire...).

Lundi, j'ai donné mon linge à laver à une autre blanchisseuse — tout va très bien de ce côté. Je n'ai donné que :

7 mouchoirs
1 torchon... de toilette
1 chemise (à col jaune)
1 caleçon

[il manque quelques mots]

J'ai une chemise sale sur moi, ainsi qu'une flanelle, mes draps (qui sont beaux !) et deux paires de chaussettes.

Faut-il demander à la blanchisseuse de me raccommoder mon drap et mes chaussettes ? Car le petit drap avait un petit trou et tous les soirs j'y fourre mon pied et mes chaussettes ont tellement été portées que je ne suis pas en cas de les raccommoder : le drap a un trou à s'enfiler dedans et les chaussettes des trous qui donnent envie d'y passer la tête.

Ou presque...

J'attends les instructions.

Et je vous embrasse en attendant mieux.

Lucien

Tentons d'interpréter. Les parents ont été arrêtés et l'ont fait comprendre à Lucien. Ils s'inquiètent pour lui, mais Chazelas, le directeur, grâce à son « ministre de l'Instruction » (sans doute un ou plusieurs informateurs qui le tiennent au courant d'éventuelles descentes de la Milice ou des SS), veille sur la « santé » de Lucien et des autres Juifs présents au collège, y compris les deux surveillants mentionnés dans la lettre. Dans l'établissement, personne n'évoque « la méchanceté de mon cher oncle » (en clair, Adolf Hitler). Joseph et Olia lui donnent néanmoins une série d'instructions pour qu'il soit prêt à partir d'un moment à l'autre en cas de problème (avec l'aide du directeur, qui doit apporter « ma montre [...] chez un horloger »), afin de les rejoindre (« un aller seulement ») au Grand Vedeix. Lucien joue au fanfaron, pour donner le change, mais peureux de nature comme il est, on peut aisément l'imaginer torturé par la frousse. D'ailleurs, qui ne l'aurait pas été, dans son cas ? Dans l'attente d'un éventuel départ précipité, son imagination travaille, nourrie par les livres d'aventures qu'il dévore à l'époque, signés Fenimore Cooper (*Le Dernier des Mohicans*, dont la fin le fait pleurer), Trelawney (*Mémoires d'un gentilhomme corsaire*), Daniel Defoe (*Robinson Crusoé*) et Rudyard Kipling (*Le Livre de la jungle*). C'est pourquoi on peut légitimement mettre en doute l'anecdote suivante, pourtant racontée par Serge à de multiples occasions au fil des années 80...

Gainsbourg : « Un jour le directeur de l'établissement me convoque et il me dit : “Mon p'tit gars, il va y avoir une descente de la Milice pour vérifier s'il n'y a pas de Juifs à l'école, alors voilà ce que tu vas faire : tu vas prendre cette hache et te cacher dans les bois. Si on te demande quelque chose tu diras que tu es fils de bûcheron.” Je m'en vais donc comme le Petit Poucet et je me construis une petite hutte, c'était l'aventure. Pas de chance, au moment où la nuit tombe, un orage éclate : en moins d'une heure, je suis trempé jusqu'aux os. Le lendemain, des petits garçons sont venus m'apporter à manger. Quand le terrain a été libre, je suis retourné au collège. »

A-t-il réellement vécu cette aventure ? A-t-il romancé l'expédition qu'il dut faire quelques semaines après cette lettre pour rejoindre sa famille ? S'est-il nourri plus tard, pour bâtir sa légende, d'éléments racontés par son ami Gert Alexander dans la maison de Champsfleur à Mesnil-le-Roy, comme nous le verrons plus loin ?

Le 6 juin 1944, les Alliés débarquent en Normandie.

Le 10, un détachement de la division SS « Das Reich » décide d'une expédition punitive à Oradour-sur-Glane, à vingt kilomètres à peine du Grand Vedeix, pour venger l'enlèvement et l'assassinat (supposé) d'un des leurs. Un témoin rescapé raconte : « Ils ont demandé aux hommes de se rassembler en quatre ou cinq groupes. Chacun des groupes est ensuite emmené dans une grange, dont les Allemands bouclent les portes. Les femmes et les enfants sont conduits dans l'église, qui est verrouillée. Il était à peu près 2 heures de l'après-midi. A ce moment-là on entend depuis les villages voisins des rafales de mitraillette et l'on voit de la fumée monter du village et des fermes proches. Les maisons ont été incendiées l'une après l'autre, après avoir été fouillées de fond en comble, ce qui a pris plusieurs heures. Vers 17 heures les SS sont revenus dans l'église ; ils ont posé une espèce de caisse sur le prie-Dieu de communion, il en sortait des mèches qui brûlaient. L'air est très vite devenu irrespirable [...] Et puis les Allemands ont commencé à tirer par les fenêtres de l'église, ils sont rentrés pour achever les derniers survivants à la mitraillette et puis ils ont jeté quelque chose par terre et l'église s'est mise à brûler... Vers 18 heures, les Allemands ont arrêté en bout de ligne le train qui passait au même moment, ils en ont fait descendre tous ceux qui se rendaient à Oradour-sur-Glane, ils les ont criblés de balles et puis ils ont jeté les cadavres dans l'incendie[1]. »

Au total, le massacre d'Oradour coûte la vie à 642 de ses habitants. De toute la population du village, sept personnes seulement sont miraculeusement épargnées : « L'officier allemand qui a donné l'ordre de cette boucherie, disait Serge, aurait pu pointer le doigt deux centimètres à côté, sur sa carte d'état-major. » Après avoir échappé à la cuvette de l'avorteur et à la péritonite de ses treize ans, il interprétera cela plus tard comme un nouveau sursis...

« Durant l'année 1944 et en particulier du mois de mai au mois d'août, les miliciens se sont livrés à de nombreux crimes et exactions dans la région de Limoges », rapportait le 27 avril 1945 le chef du service régional de la police judiciaire[2]. Et il poursuivait : « A notre connaissance, pendant cette période, 42 personnes ont été tuées dans des circonstances diverses par des miliciens, 106 autres ont été victimes d'arrestations arbitraires, violences, vols ou pillages d'appartements. » Pourtant, c'est la même police de Limoges qui, moins d'un an plus tôt, lançait l'avis de recherche suivant :

RÉGION DE POLICE DE LIMOGES
SERVICE RÉGIONAL DE POLICE DE SÛRETÉ
Services Signalétique et des diffusions
5, cours Vergniaud à Limoges Tél. 34-70

Circulaire n° 27/44 N du 22 juin 1944

INDIVIDUS À RECHERCHER

1° GINSBURG Joseph né le 27/3/1896 à Constantinople de Hérich et de Bata Chava SMILOVICI, de nationalité française par naturalisation — pianiste — domicilié en dernier lieu à Limoges 3 rue St-Paul

Objet d'un arrêté d'internement de M. le Préfet Régional de Limoges

2° BESMAN Goda, épouse GINSBURG, née le 2/1/1894 de nationalité française par naturalisation, même domicile.

Objet d'un arrêté d'internement de M. le Préfet Régional de Limoges

Objet d'une mesure de résidence assignée à Limoges.

— En cas de découverte, les susnommés seront conduits à la Permanence de Police de Limoges et il y aura lieu d'aviser l'intendance du Maintien de l'Ordre (Cabinet — Service des internements).

1. Cité dans *Chronique du XXe siècle*, Editions Chronique, 1993.
2. Cités par R. Poznanski, *op. cit.*

Joseph et Olia ignorent que leur fuite a été découverte à Limoges et que ce nouveau danger plane au-dessus de leurs têtes. Chez les Sansonnet, ils se cachent, bien sûr, sans pour autant s'enfermer à double tour. Ils attendent la fin de l'année scolaire pour être à nouveau tous réunis — c'est chose faite aux premiers jours du mois de juillet.

Gabrielle Sansonnet : « Je me souviens que Jacqueline attendait les résultats de son bac à cette époque, et quand elle l'a eu tout le monde était content. C'était une famille très unie, heureuse. Un petit bonheur tranquille, une vie de tous les jours même si parfois ils étaient inquiets. Les trois enfants occupaient la même chambre, la maison était modeste mais ils ne manquaient de rien. J'avais moins de rapports avec Lucien. Je sais qu'il faisait beaucoup rire ses sœurs. Il était très gentil, il bricolait, il aidait mon père à ramasser des haricots ou des pommes de terre. Il était un peu isolé ici, il n'avait pas de copains et l'école était finie. Ils sont restés jusqu'à la fin de l'été. »

Le 25 août, c'est la libération de Paris. Le lendemain, immense liesse populaire, de Gaulle défile sur les Champs-Elysées. Entre le 21 et le 25 juillet, 250 enfants ont encore été arrêtés dans les maisons de l'UGIF (Union générale des Israélites de France) de la région parisienne et envoyés dans les camps. Le 17 août le dernier convoi était parti de Drancy pour Buchenwald. Au total, près de 76 000 Juifs français ont disparu pendant la guerre, entre exécutions et déportations.

Dans leur malheur, malgré l'angoisse et la peur de tous les instants, quatre années durant, on peut affirmer que les Ginsburg s'en sont bien tirés. Hormis l'oncle Besman, mort à Auschwitz, la famille est intacte. Ils ont échappé aux rafles, à la déportation, aux confiscations, aux exécutions. De retour à Paris, grâce aux voisins bienveillants, ils ont retrouvé leurs meubles et leur appartement. Jacqueline a eu son bac ; malgré une scolarité chamboulée (une année à Dinard, le lycée Jules-Ferry, le couvent de Senlis, le Sacré-Cœur de Limoges), Liliane s'en sort également avec les honneurs. Pour Lucien, en revanche, comme on va le voir au chapitre suivant, le bilan est nettement moins positif.

Comme des centaines de milliers de Juifs qui ont survécu à la terreur nazie, les Ginsburg ne parleront plus jamais, entre eux, des épreuves qu'ils ont traversées. Black-out total, par respect pour les morts, par pudeur vis-à-vis de ceux qui ont tout perdu. Silence radio mais à de notables exceptions près, en particulier l'étonnante interview d'Olia improvisée par Andrew Birkin, le frère de Jane, un passionné d'histoire, dans les années 70. Sa position d'homme public changea aussi la donne pour Serge mais celui-ci attendit les années 80 pour réellement s'exprimer sur le sujet, même si c'est en 1975 — trente ans après la capitulation allemande — qu'il avait enregistré l'album *Rock Around The Bunker*, un disque en forme d'exorcisme.

Il ne sera plus jamais question de porter la « Yellow Star ». Ou plutôt si. En 1969 Serge portera à nouveau l'étoile de David, mais en platine cette fois, et signée Cartier...

3.

J'avoue j'en ai bavé

Tandis qu'Olia et les enfants reprennent possession de leurs pénates à Paris, Joseph choisit de travailler encore quelques mois à Limoges. Encore hébergé chez les Sansonnet au Grand Vedeix, une lettre d'un ami musicien datée du 27 septembre lui annonce que « les orchestres ont recommencé à Limoges depuis hier au soir » ; Joseph y joue dès le dimanche 1er octobre, dans une nouvelle boîte située avenue « de la Libération » (encore entre guillemets, c'est tout nouveau !) : « répétition samedi matin, audition au patron samedi après-midi ». Il ne gagne que 300 francs par jour, loin des 900 francs d'avant-guerre, mais au moins, il retravaille. Le 8 octobre, Joseph rend visite à Léo Parus et son épouse. Le 15 novembre, Joseph écrit à Gabrielle Sansonnet à qui il annonce son départ pour le 21 au matin. Enfin, il remonte à Paris où l'attendent de gros soucis : les résultats de Lucien, qui est retourné à Condorcet depuis septembre (classe 1 A 2), sont tout simplement désastreux.

Au premier trimestre son bulletin nous annonce 1/20 en français (21e), 0,5/20 en version latine (16e), 1/20 en thème latin (19e) et 0/20 en version grecque (20e). En maths (7/20) et en chimie (2/20), c'est à peine mieux. Seuls ses résultats en histoire (9/20) et en anglais (8,5/20) semblent encourageants.

Ses penchants rêveurs ont pris le dessus. Aux devoirs et leçons il préfère les délices de la lecture : il se plonge dans *Adolphe* de Benjamin Constant, *Madame Bovary* de Flaubert, le *Journal de l'année de la peste* de Daniel Defoe (d'après Serge « le premier constat journalistique de l'histoire de la littérature »), puis découvre *Là-bas* et *A rebours* de Joris-Karl Huysmans, dont il « apprécie la froideur esthétique presque inhumaine », froideur qu'il retrouvera plus tard, disait-il, chez Nabokov, dans *Lolita*. La quête symbolique et décadente du héros, des Esseintes, la perfection névrosée du style, l'absurde richesse du vocabulaire, la constante recherche du mot rare, tout concourt à jeter l'adolescent qui approche de son dix-septième anniversaire dans une fascination morbide. Chez les Russes, c'est Gorki qu'il préfère (« très hard »). Comme il l'expliquera bien plus tard, lors d'une interview publiée en 1985 dans *L'Humanité*, il rencontre Rimbaud, Baudelaire et Edgar Allan Poe [1] peu de temps après, au moment où il attaque sa formation de peintre.

Mais revenons à cet *Adolphe* qu'il ne cessera de citer tout au long de sa carrière, dès la sortie de son premier album en 1958, jusqu'aux dialogues de *Charlotte For Ever* en 1986 :

« Dites un mot, écrivait-elle ailleurs. Est-il un pays où je ne vous suive ? Est-il une retraite où je ne me cache pour vivre auprès de vous, sans être un fardeau dans votre vie ? Mais non, vous ne voulez pas. Tous les projets que je propose, timide et tremblante, car vous m'avez glacée d'effroi, vous les repoussez avec impatience. Ce que j'obtiens de mieux, c'est votre silence. Tant de dureté ne convient pas à votre caractère. Vous êtes bon, vos actions sont nobles et dévouées, mais quelles actions effaceraient vos paroles ? Ces paroles acérées retentissent autour de moi. Je les entends la nuit. Elles me suivent, elles me dévorent, elles flétrissent tout ce que vous faites. Faut-il donc que je meure ? Eh bien, vous serez content. Elle mourra, la pauvre créature que vous avez protégée... mais que vous frappez à coups redoublés. Elle mourra, cette importune Ellénore que vous ne pouvez supporter autour de vous, que vous regardez comme un obstacle, pour qui vous ne trouverez pas sur la terre une place qui ne vous fatigue. Elle mourra. Vous marcherez seul au milieu de cette foule à laquelle vous êtes impatient de vous mêler ! Vous les connaîtrez, ces hommes que vous remerciez aujourd'hui d'être indifférents. Et peut-être un jour, froissé par ces cœurs arides, vous regretterez ce cœur dont vous disposiez, qui vivait de votre affection, qui eût bravé mille périls pour votre défense, et que vous ne daignez plus récompenser d'un regard [2]... »

A l'âge où l'on se cherche des héros auxquels s'identifier, dans un monde qui ne peut inspirer qu'horreur ou dégoût [3], taraudé par ses

1. Du *Journal de l'année de la peste*, il possédait la première édition française (Denoël, 1928). D'Edgar Allan Poe, on lui offre en 1947 les deux volumes des *Nouvelles Histoires extraordinaires* dans l'édition Gründ, numérotée, avec d'hallucinantes illustrations par Gus Bofa. En 1949, il s'achète — après en avoir offert ou égaré un premier exemplaire ? — les *Œuvres* d'Arthur Rimbaud dans l'édition Mercure de France qu'il dédicace d'un touchant « A moi-même ».

2. Voir *Movies* (intégrale des scénarios de ses films), édition établie et annotée par Franck Lhomeau, Editions Joseph K., Nantes, 1994 (pp. 208-209).

3. Nous sommes à la fin 1944 : tornade de V2 sur Londres, exécutions sommaires de collabos, tonte des pauvres filles qui ont couché avec l'occupant ; puis ce sera, jusqu'en août 1945, la découverte des camps de la mort, les photos des charniers et des morts vivants qui y ont échappé, l'exécution de Mussolini, le suicide d'Hitler dans son bunker, le procès de Pétain et enfin les bombes atomiques sur Hiroshima et Nagasaki.

complexes de laideur, par ce nez et ces oreilles qui l'ont tant angoissé au temps des rafles, moqué pour sa juvénilité (il est imberbe et le sera encore de longues années, il fume pour se vieillir), conscient de sa supériorité (l'orgueil est un trait de famille chez les Ginsburg), mais aussi profondément romantique et idéaliste (ses fantasmes autour de l'Art avec un grand A, qui se cristallisent autour de la peinture), nombreuses sont les raisons que l'on peut chercher à l'authentique révélation qui l'étreint à la lecture d'*Adolphe*, portrait d'un homme trop sec, trop exigeant envers lui-même, rejetant l'amour d'Ellénore, incapable d'attachement, persuadé que toute passion est vouée à l'échec et à la déception. Le tout dans un style aride et d'une concision terrible[1].

Retour à Condorcet. Au deuxième trimestre c'est pire encore : 0,25/20 (18ᵉ) en français, 0 en version latine, 0 en version grecque, le reste à l'avenant. « Perdrait son temps dans cette classe s'il ne faisait des efforts très énergiques pour se relever », apprécie le proviseur, même si le professeur de français-latin-grec affirme que ses « compositions sont nulles » et que Serge « n'est pas à sa place en première ». Les autres, plus laconiques, alignent les « faible », « très faible », « un peu faible »... Il n'est ni turbulent ni révolté, juste en situation d'échec scolaire annoncé depuis sa 4ᵉ « virtuelle », annulée pour cause de maladie. Il a perdu en somme tout intérêt pour le lycée, il fait souvent l'école buissonnière. Un prof, portant encore discrètement la francisque des pétainistes, n'hésite pas à afficher son mépris pour l'élève Ginsburg et pour la « race » qu'il représente. Car l'antisémitisme ne s'est pas tu après le débarquement allié : s'il ne se solde plus par des dénonciations et des rafles, il se manifeste encore par vagues, telle celle du printemps 1945 où l'on voit des commerçants qui avaient repris des boutiques confisquées aux Juifs refuser de les restituer ; on assiste même à des manifestations antijuives dans quelques arrondissements de Paris.

Parmi ses condisciples en cette année 1944-45, on trouve Pierre Dardelet, avec qui il restera lié et qui l'applaudira quatorze ans après aux Trois Baudets, Gérald Biesel, futur parolier, notamment pour Polnareff (« La poupée qui fait non », « Love Me, Please Love Me » sous le nom de F. Gérald), Ivan Députier devenu ensuite critique de jazz réputé, ou encore Roland Bonneville de Marsangy, qui perdra la vie quelques années plus tard durant la guerre d'Indochine[2].

1. On peut noter aussi que la plupart de ses œuvres de référence, d'*Adolphe* à *La Nausée* en passant par *A rebours*, *Les Chants de Maldoror* du comte de Lautréamont ou encore *Robinson Crusoé* de Defoe sont des romans à un seul personnage... Tout comme *Evguénie Sokolov*, son conte parabolique publié en 1980 (merci à Xavier Lefebvre).

2. Pour le plaisir de l'anecdote : durant la guerre, s'il avait suivi une scolarité normale, Serge aurait pu se retrouver dans la même classe que le fils de Maurice Thorez, celui du maréchal Juin ou encore... le fils du docteur Petiot, si l'on en croit nos témoins.

Roland Guinet : « Nous étions ensemble en 1re A2, c'est-à-dire « classique » (français, latin-grec, anglais). J'ai d'ailleurs gardé une photo de classe de cette année, mais Gainsbourg n'y est pas. A vrai dire, il était souvent absent. Je pense qu'il était perturbé par l'étoile jaune qu'il avait dû porter longtemps. Il n'avait pas vraiment de copain dans la classe et ne participait pas trop au chahut général. Il ne voulait pas se faire remarquer. Un jour, avec plusieurs copains, on avait investi l'infirmerie du lycée et on avait trouvé les livrets médicaux des élèves. On s'était amusé à les falsifier, et sur celui de Gainsbourg, à la rubrique "signe particulier" on avait marqué : "fait fuir les femmes", parce qu'il n'était vraiment pas très beau. »

Lucien ne fera jamais sa terminale, il ne passera jamais son bac : le 2 mars 1945, un mois avant son dix-septième anniversaire, c'est la révolution chez les Ginsburg : alors que Jacqueline, sa sœur aînée, poursuit brillamment son parcours à la Sorbonne, Lucien décide d'interrompre ses études. Ou il se fait virer de Condorcet, selon sa propre version, dont on peut douter. Pour les parents, qui ont toujours tout misé sur la réussite à l'école et qui se sont démenés pour que leurs trois enfants suivent une scolarité normale, envers et contre l'occupant et les autres caprices du destin, le coup est terrible. Seule consolation pour Joseph, le peintre frustré [1] : Lucien continue à suivre avec passion les cours de dessin et de peinture de l'académie Montmartre. Or, comme il le confie une vingtaine d'années plus tard sur France-Inter, son père voulait qu'il soit peintre (phrase capitale : son père *voulait* qu'il soit peintre) — et lui se trouve « tellement mordu que je ne voulais plus travailler, plus faire d'études — j'ai été foutu dehors du lycée Condorcet — et je suis allé en archi aux Beaux-Arts [2] ».

C'est à l'académie Montmartre, bientôt rebaptisée académie Fernand-Léger [3], que Lucien rencontre le peintre et (futur) sculpteur Jacob Pakciarz, de sept ans son aîné. Né en Pologne, arrivé à trois ans en France où son père, déjà meneur syndicaliste en Pologne, s'inscrit au parti communiste, Pakciarz est un survivant : interné au camp de

1. Qui lui-même avouait dans ses Mémoires inachevés (*Voici déjà l'hiver*, 1970) qu'il avait abandonné ses projets universitaires au profit de la musique et de la peinture : « C'est ainsi que je me suis abandonné à mes deux passions »...

2. Interview par Gilles Davidas et Thomas Sertilange, diffusée dans *L'Oreille en coin* sur France-Inter le 21 novembre 1976.

3. Du nom du peintre inventeur du « tubisme » et « maître du fantastique social » (comme le qualifie le critique d'art Frank Maubert) qui en a repris les rênes. Léger, un des peintres les plus surfaits du XXe siècle, est en cette deuxième moitié des années 40 au sommet de sa popularité : une vaste rétrospective lui est consacrée au musée d'Art moderne de Paris en octobre 1949. Il meurt en 1955.

Drancy le 20 août 1941, il réussit à s'échapper et se réfugie en Suisse jusqu'à la Libération. Toute sa famille a été déportée et tuée à Auschwitz. A Paris, pour vivre, il peint des abat-jour.

Jacob Pakciarz : « Il m'a invité chez ses parents pour un anniversaire. C'était dans le petit appartement de la rue Chaptal, un appartement modeste avec un piano. Il était en révolte à l'égard de la famille. On était là, une bande de plusieurs jeunes, il nous a dit : "On arrive toujours à réaliser ce qu'on a envie de faire. Si on le veut très fort." Il avait beaucoup de force et d'ambition. Il manifestait à cette époque une grande hostilité envers son père. Il le méprisait d'être un musicien de bar. Il le voyait comme un raté. Je pense que sa réflexion sur "on arrive toujours à réaliser ce qu'on veut" fait allusion à cela. Comme s'il avait voulu dire : "Mon papa a manqué sa vie. Il n'a pas eu assez de persévérance pour être un grand pianiste. Et je ne serai pas comme lui." C'est à mon avis l'origine de sa mélancolie. Il n'était pas fier de son père. Il en souffrait et en même temps il culpabilisait. »

Sans doute y a-t-il négociation au sommet entre Lucien, Joseph et Olia. Pour rentrer en architecture aux Beaux-Arts, à l'époque, il ne fallait pas avoir le bac, il suffisait de passer un examen et de suivre un an de cours préparatoire. On peut imaginer le pacte suivant : plutôt que de redoubler et changer de lycée, il se laisse convaincre de faire archi alors qu'il est obsédé par la peinture ; il aurait sans doute été plus logique de s'inscrire en peinture aux Beaux-Arts mais maman Olia a dû se montrer persuasive. Elle a déjà assez d'un artiste sur les bras, avec son Joseph qui rentre aux aurores, vu qu'il a repris le circuit des cabarets à Montmartre.

Dans *L'Humour juif dans la littérature de Job à Woody Allen*, Judith Stora-Sandor propose une lecture intéressante des relations parents / enfants qui nous semble correspondre d'assez près à ce que Lucien vit à l'époque :

> L'enfant juif ne devait pas seulement être le plus doué de tous pour se conformer à l'idéal parental, mais il devait aussi être le plus prudent, le moins violent... Sa supériorité intellectuelle et morale devait lui suffire à s'imposer partout, pour se conformer à l'idéal du moi — condition *sine qua non* pour garder l'amour de ses parents — l'enfant juif ne devait pas se montrer agressif.

On se souvient des lettres écrites depuis son collège près de Limoges et du regard de supériorité que Lucien jetait sur ses condisciples, allié à un souci d'être protégé par eux. Quant à l'idéal du moi lié au modèle paternel il est flagrant, et il va s'affirmer au fil des ans. Ainsi Lucien va-t-il suivre pas à pas les traces de Joseph, pratiquant comme lui la peinture et le piano...

Finalement, tout rentre dans l'ordre, tout le monde se réconcilie et attend la rentrée de septembre. Souvenons-nous que chez les Ginsburg, les liens familiaux sont très étroits et que la guerre, qui les a davantage resserrés, est encore proche ; Joseph est fou de sa femme, Lucien adore sa maman : en revanche, il n'a pas d'ami, il n'apprécie pas la fréquentation des gens de son âge. Il n'a qu'un copain, un vieux poète et romancier catalan, ex-député du parlement de Catalogne, qui a fui l'Espagne en 1936 et vit près de la place Clichy. Joan Puig i Ferreter (on prononce « Poutch »), soixante-trois ans, a une barbe blanche qui le fait ressembler à Victor Hugo. Fils naturel d'un propriétaire terrien et de l'une de ses servantes, il avait failli tuer son géniteur d'un coup de fusil lorsqu'il avait appris le secret de sa naissance, vers dix-huit ans, mais avait manqué de vaillance au moment critique. Romantique, sanguin, il a vingt ans, au tout début du siècle, lorsqu'il mène la vie de bohème dans le sud de la France et vole quand il a trop faim... En 1904, il publie un recueil de poèmes et sa première pièce de théâtre, qui est montée à Barcelone, où il s'installe quelques années plus tard. Devenu journaliste, il est célèbre dès les années 1925 à la sortie d'un roman intitulé *Les facècies de l'amor*, suivi d'un récit autobiographique relatant ses expériences de journaliste esclave de la presse commerciale (*Servitud*).

En 1929, alors qu'il reçoit un prix pour un nouvel ouvrage lors d'une soirée huppée, il fait un discours agressif sur l'ambiance intriguante et envieuse qui règne dans le milieu littéraire de Barcelone. Arrivé à Paris après un périple rocambolesque (avec sa famille, il voyage dans le cargo qui transporte les fonds des anti-franquistes destinés à l'achat des armes), il se remet à écrire. On le retrouve ensuite dans la rubrique faits divers après qu'il a tabassé l'amant de sa femme avec un fer à repasser [1].

« Poutch » et le gamin ont des conversations interminables dont Lucien ressort ébloui... Mais il poursuit également son initiation musicale avec Joseph, dont le mépris pour la chanson n'a pas varié d'un poil [2] : ensemble ils préfèrent écouter sur le phonographe familial les

1. En 1952, Puig i Ferreter entamera la publication de *El peregrino apasionado*, œuvre autobiographique en dix volumes (le dernier paraîtra en 1963, sept ans après sa mort). Les spécialistes parlent d'« un effort gigantesque, sans précédent en littérature catalane ». Figure littéraire, politique et humaine très discutée, les poèmes de Puig i Ferreter lui ont valu ce commentaire du critique Alejandro Plana qui, étrangement, colle plutôt bien à Gainsbourg : « Il y a toujours le signal d'un effort pour contenir la force lyrique, pour fuir de l'image brillante et de toute grâce inutile. »

2. Les années 1945-46 sont pourtant celles de « La vie en rose » (Edith Piaf), « La mer » (Charles Trenet), « Les trois cloches » (Edith Piaf et les Compagnons de la Chanson), « Dans les plaines du Far-West » (Yves Montand), « Les crayons » (Bourvil), « Petit papa Noël » (Tino Rossi), « Pigalle » (Georges Ulmer), « Battling Joe » (Yves Montand), « La belle de Cadix » (Luis Mariano), etc.

six disques 78 tours du *Sacre du printemps* de Stravinski, de Béla Bartók ils apprécient les *Musiques pour cordes, percussions et célesta*, de Claude Debussy l'opéra *Pelléas et Mélisande*, d'Alban Berg ils décortiquent *Lulu*. Sans oublier les favoris de Joseph, Chostakovitch et Prokofiev. Et Chopin, bien sûr, en particulier lorsqu'il est interprété par Alfred Cortot, un pianiste génial, qui avait été adulé dans le monde entier mais qui avait imprudemment accepté le poste de ministre de la Culture, à l'époque on disait encore « haut-commissaire aux Beaux-Arts », dans le gouvernement de Pétain.

Peu de temps après, Joseph emmène son fiston, comme il en avait pris l'habitude avant-guerre, aux répétitions des grands concerts du théâtre des Champs-Elysées. Ça se passe l'après-midi, c'est gratuit, et ce jour-là Cortot est à l'affiche.

Gainsbourg : « Alfred Cortot n'était pas seulement le plus grand interprète de Chopin, il en avait décrypté l'âme au travers des partitions. Je le vois entrer sur scène, s'avancer vers le piano, sous les huées, et se faire jeter... C'était un collabo notoire, il avait joué pour les SS mais moi, gamin, je me disais : “Comment peut-on ?” On était là pour la musique, pas pour faire de la politique. J'étais blessé pour lui... »

Littérature, musique, peinture : Joseph veille à son éveil. Pour le sexe, qui commence à le démanger méchamment, il faut qu'il se débrouille tout seul. A force de dessiner des femmes nues d'après modèle à l'académie Montmartre, il ne pense plus qu'à ça. Le jeune Gainsbourg, « avec sa petite queue qui se branlait devant les *Paris-Hollywood* en sépia avec les poils recouverts à la retouche[1] », n'a qu'une idée en tête : perdre son pucelage. Pas facile quand on se trouve, comme lui, extrêmement laid. En particulier quand il revient de chez le coiffeur, avec sa raie à cran et qu'il inspecte dans la glace cette gueule qui est la sienne, avec ses oreilles décollées, à qui il commence à vouer une haine féroce.

Gainsbourg : « Evidemment, j'étais raide fauchman mais je décide de me payer une petite pute. Je vais donc du côté de Barbès où je tombe sur un groupe de cinq prostituées, cinq pauvres gamines, et dans mon émoi je choisis la plus nulle mais aussi sans doute la plus gentille. Quand elle a refermé la porte de sa piaule, j'étais mort de trac. Je lui ai dit que je n'avais jamais fait ça. Elle m'a montré le chemin de son engin glauque et visqueux et quand ça a été fini, elle m'a dit que je n'étais pas maladroit. Quand je suis rentré chez mes parents, j'avais l'impression que ça se voyait, je suis allé dans les chiottes et là je me suis branlé pour retrouver mes rêves de puceau. Voilà l'affaire. »

1. Interview par Jean-François Bizot et Karl Zéro in *Actuel*, n° 60, octobre 1984.

Par la suite, Lucien se paiera d'autres escapades à Barbès. Une pute le vexera profondément en ne cessant de mastiquer son chewing-gum, même à l'instant critique. Une autre refusera de se laisser caresser en disant : « Ah ! non ! Touche pas mon indéfrisable ! » Une dernière le remballe en lui disant : « Tu es bien mignon, tu reviendras quand tu seras grand ! » On les croisera à nouveau en 1958 quand il chantera « L'alcool » sur son premier album :

Bien sûr il y a les filles de joie sur le retour
Celles qui mâchent le chewing-gum pendant l'amour
Mais que trouverais-je dans leurs corps meurtris
Sinon qu'indifférence et mélancolie

Septembre 1945, Lucien est effectivement inscrit comme élève libre de l'École nationale supérieure des beaux-arts, dans un atelier préparatoire d'architecture. Nouvelle initiation, à la rigueur cette fois, à la perfection du nombre d'or, à la beauté des lignes pures. Mais l'année suivante, en maths, il est complètement largué, malgré les leçons particulières payées par son papa. Un bizutage sordide — lui qui a déjà tant de mal à tolérer la promiscuité — achève de le dégoûter. Au bout de deux ans, moins peut-être[1], il abandonne l'archi. Nouveau conflit avec son père.

Entre-temps les Ginsburg ont déménagé. Ils réussissent même en 1946 une jolie opération en achetant « occupé »[2] un appartement avenue Bugeaud, dans le 16e, à deux pas de l'avenue Foch et de la place Dauphine, puis ils négocient avec le locataire pour s'y installer rapidement.

Gainsbourg : « Je me souviens encore du déménagement, je me revois transportant mon lit pliant sous le regard des bourgeois chicos du quartier, la honte... Un joli petit appartement sur cour, où je suis revenu souvent, au hasard de mes déconvenues sentimentales et autres. Ma sœur l'occupe encore... Mon père m'avait autorisé à installer un petit atelier, dans la mansarde. »

Avenue Bugeaud, Joseph reçoit la visite d'un vieil ami...

Léo Parus : « J'ai revu Joseph à Paris après la guerre. Il avait trouvé cet appartement coquet. C'est là que j'ai fait la connaissance de son fils. Son père voulait qu'il soit pianiste, mais le jeune homme ne travaillait pas assez l'instrument. Le père me disait : "Je ne sais pas quoi faire

1. Malgré tous nos efforts, nous n'avons pas réussi à localiser un seul de ses condisciples.

2. Ils revendent à cette occasion le petit appartement au 59, rue Caulaincourt qu'ils avaient également acheté « occupé » avant-guerre et dont les modestes revenus leur avaient permis de survivre sous l'Occupation.

de mon fils. Il n'aime pas la musique, il n'aime pas travailler." Dans sa chambre il y avait une guitare. C'était vers 1946. »

Gainsbourg : « Ce coup-là mon père m'a fait comprendre qu'il était temps de songer au jour où je devrais subvenir à mes propres besoins. Côté peinture, mes profs me prédisaient un avenir brillant, ils parlaient de ma forte personnalité. Mais comme mon père savait qu'on crevait souvent la dalle quand on essayait de vivre de sa peinture, il avait eu soin de me faire prendre des cours de guitare. C'est un gitan qui m'apprit à en jouer, il avait les cheveux extraordinairement noirs, un noir corbeau. A l'époque, on utilisait encore des plumes Sergent-Major et il me faisait des crobards pour la position des doigts. Quand il faisait une tache d'encre sur les siens, il se les essuyait en se passant la main dans les cheveux... »

A la guitare, Serge est totalement influencé par Django Reinhardt, à l'époque au zénith de sa gloire. Pour qu'il se fasse quelques sous, Joseph trouve pour son fils une série de boulots médiocres mais pas déplaisants. Il se retrouve le samedi soir grattant sa guitare dans des bals, des dancings, des noces, des baptêmes et des bar-mitzvas. Les contacts se font place Pigalle, au marché des musiciens. Un jour, à la suite d'une dispute, Lulu décide de se débrouiller tout seul et, sur cette même place, il se dégote un chanteur borgne spécialisé dans la chansonnette ritale genre « O Sole mio ». Ils font les terrasses de bistrot pendant deux jours sans gagner le moindre sou. Lulu revient à la maison, un peu penaud.

Gainsbourg : « Place Pigalle, on faisait la manche pour trouver des cachetons — j'avais appris la guitare et on stationnait en attendant qu'on nous désigne du doigt pour un bal le samedi soir. On faisait le pied de grue en attendant... Et mon père me poussait, il me mettait sur des coups parce qu'il était bien placé, il a fait toutes les boîtes de nuit de Pigalle — je jouais de la guitare sèche à l'époque, j'étais pas brillant, je faisais de la guitare rythmique... Il y avait quatre catégories de musiciens, je ne le savais pas à l'époque — les plus tocards attendaient debout, les seconds, qui avaient des places plus ou moins stables, attendaient au café en face, assis, ensuite les cracks, ou ceux que je croyais être des cracks, étaient au café plus bas. On pouvait y rencontrer le saxophoniste André Ekyan, le pianiste Léo Chauliac [1]... puis il y avait des super-cracks, ceux qu'on ne voyait jamais, ceux qui travaillaient dans les séances d'enregistrement. Moi je jouais de tout : paso-doble, musette, je chantais même en espagnol... [2] »

1. Deux solistes qui appartenaient au gratin des jazzmen français de l'entre-deux-guerres ; Chauliac avait accompagné Trenet pendant la guerre.

2. Interview diffusée dans *L'Oreille en coin* sur France-Inter le 21 novembre 1976, *op. cit.*

Alors qu'il fête ses dix-huit ans, Lucien est toujours un garçon rêveur, timide, vivant dans un autre monde. Il n'a pas le moindre soupçon de poil de barbe à se mettre sous le fil du rasoir et pétune déjà comme un pompier...

Gainsbourg : « J'ai commencé à treize ans... en suivant un lascar qui a jeté sa sèche encore allumée. Je l'ai ramassée et j'ai tiré. A l'époque je n'avais pas d'argent. Je fumais des parisiennes, les "P4". On pouvait les acheter au détail. A l'époque je les fumais jusque-là (il montre un mégot de 5 millimètres), jusqu'à ce que cela brûle mes doigts. C'est là où se trouvent tout le goudron et toute la nicotine[1] ! »

Avenue Bugeaud, ses parents lui offrent ce dont il avait toujours rêvé : la chambre de bonne. Il apprécie la lumière qu'offre l'unique vasistas aux premiers rayons du soleil. Dans sa mansarde, Lucien peint comme un forcené, il se cherche, mais n'est jamais satisfait du résultat ; au fur et à mesure il gratte les toiles et ne conserve rien. Pétrifié par l'influence des grands maîtres, il veut atteindre un niveau de perfection impossible, le génie sinon rien. Il en gardera toujours un complexe, l'éternelle distinction entre arts majeurs et mineurs. Par défi esthétique, il change radicalement sa façon d'écrire en supprimant tout ce qui obligerait sa main à retourner en arrière, aux dépens de l'orthographe. Plus d'accents, ni grave, ni aigu, ni circonflexe ; plus d'apostrophe, de barre de t, de point sur les i...

Jacob Pakciarz : « Je revois Lucien avec sa canadienne dégueulasse sur laquelle il essuyait son pinceau. Il grattait la guitare, il se faisait un peu de sous les soirs dans les bars. On a sympathisé à cause de notre amour pour Bonnard. C'était notre idole. L'éclat de la lumière, la couleur chez Bonnard nous hantaient tous les deux. Une peinture sans tragédie, sans drame. Dans le droit-fil de la vision du monde proposée par Cézanne : la structure et la lumière avant tout. Lucien faisait des petites natures mortes, gracieuses, aimables, très subtiles, un peu dans l'esprit de Villon. En peinture, Lucien était doué mais frileux. Il ne prenait pas de risques. »

L'influence de Bonnard est évidente lorsqu'on a la chance d'observer l'une des plus jolies toiles signées Ginsbourg (avec un « o »), celle qui est en la possession de Juliette Gréco et qui représente deux enfants sur une plage (« Ma sœur jumelle et moi en train de jouer dans le sable », *dixit* Serge[2]). Bonnard le nabi qu'il ne citera jamais, plus tard, parmi ses peintres favoris, mais qui le hante à dix-huit ans. Les goûts de Serge en peinture seraient-ils encore proches des penchants

1. Interview publiée dans *Le Point*, 1987.

2. Cité par Frank Maubert in *Gainsbourg, voyeur de première*, Editions La Table Ronde, Paris, 1998.

de son père pour les impressionnistes et post-impressionnistes, alors qu'il suit les cours d'André Lhote et Fernand Léger, tous deux issus du cubisme ? Aurait-il fait l'impasse sur l'art abstrait, qui était né avec le siècle et qui avait explosé dans les années 20 et 30 ?

Ce qui est clair, c'est qu'il déteste Léger (« Léger ? Un lourd... »), dont il ne suit même pas les corrections. André Lhote, au contraire, même s'il est aujourd'hui considéré comme un peintre mineur, un petit maître cubiste, est avant tout un grand théoricien. Il eut sur Serge une influence déterminante : « Professeur magnifique et excellent technicien. [...] On l'appelait "le coiffeur", je ne sais trop pourquoi. Son *Traité* a longtemps été mon livre de chevet [1]. » Les cours de Lhote sont constitués de théorie, de visites aux musées et d'exercices commentés. Au Louvre, où Lucien passe des journées entières, il copie les toiles de Delacroix, du Titien, de Géricault et Courbet, qui le fascine : « Je restais des heures devant *L'Atelier de l'artiste*. Aux Beaux-Arts, je me suis dit : "Je serai Courbet ou je ne serai rien". Il a été le Flaubert de la peinture. Avec lui, l'art bascule dans le scandale. Il ose les sujets [2]. » Trente-trois ans plus tard, lorsqu'il écrivit le conte parabolique *Evguénie Sokolov*, il évoqua ses profs :

> Je jugeais mes correcteurs avec un dédain secret malgré le renom qu'ils avaient obtenu de leurs travaux personnels, n'appréciant ni le néoclassicisme des uns, ni le modernisme rétrograde des autres, ni cette façon dont je me devais de les appeler Maître comme un nègre du dix-septième siècle et ce n'est que beaucoup plus tard que je leur sus gré de m'avoir initié à un art aussi noble.

Parmi ses autres camarades à l'académie Léger, les peintres Simone Véliot, Claudine Sonjour et Vacha Neubert ont bien voulu témoigner.

Vacha Neubert : « Serge avait environ dix-huit ans et moi trente. Il m'appelait papa. Pendant près de deux ans il est venu chez moi. Il peignait surtout des natures mortes, à l'huile sur papier d'Ingres, et dessinait des nus. Il appréciait les couleurs claires, très pastellisées. Sa peinture était fine, vaporeuse, dans un style un peu chinois. Pour une soirée de nouvel an à l'académie il avait réalisé une affiche à la manière de Toulouse-Lautrec. A cette époque Serge était un garçon timide qui fumait déjà beaucoup. Il avait un côté très fin mais pas pédérastique. Il donnait une impression de dédain. Il n'a jamais essayé de vendre sa peinture et n'avait pas l'air de vouloir réussir. Il m'a dit qu'un jour il se ferait coller les oreilles et refaire le nez. Avec les filles il n'osait pas, et il m'a avoué qu'il fréquentait les putes. Un jour je lui ai commandé

1. *Ibid.*
2. *Ibid.*

un tableau. Il a fait un nu qui lève la jambe et met un chausson : “Le chausson rouge”. Plus tard, un jour de misère, j'ai peint par-dessus pour utiliser la toile. »

Simone Véliot : « J'ai été très amie avec Gainsbourg pendant un an, en 1946-47. Le jour de mon arrivée à l'académie je suis entrée dans la grande salle de travail, il y avait une estrade. C'est Lucien qui m'a accueillie. Il était seul. Il s'installait. Il était tiré à quatre épingles : col blanc empesé, cravate, costume impeccable, gants de cuir. Il était tous les jours comme ça. Pas du tout bohème. Il m'a dit : “Je vais vous préparer un chevalet.” Il était adorable. Le professeur à l'époque était Yvan Cerf, qui a été remplacé par la suite par André Bouhéret. Lucien était très assidu. Il venait tous les matins mais il ne suivait pas les leçons de peinture. Il travaillait tout seul. Il faisait des huiles, des gouaches. Ça me faisait penser à du Bonnard. Le premier jour, il a peint un mendiant qui venait poser. C'était dans les bleus. J'ai trouvé ça très beau. J'ai senti qu'il y avait une sensibilité. »

Claudine Sonjour : « J'ai connu Lucien à l'académie Montmartre vers 1947. Il était assez fuyant. Il parlait peu, mais pas comme quelqu'un qui n'a rien à dire, comme quelqu'un qui ne recherche pas le contact. Il avait l'air d'avoir une haute opinion de lui-même. Je pense qu'il se foutait de ce que les profs lui disaient. En peinture, il n'aimait que les courbes. Il disait : “Dans la nature les droites n'existent pas.” »

Simone Véliot : « Je savais qu'il était juif, mais jamais il n'évoquait la période de la guerre et le fait qu'il avait dû se cacher. Il était très sauvage, ne s'occupait pas des autres. Il s'est mis à me courtiser. Mais je n'ai pas voulu, pourtant il me plaisait, car il avait un charme énorme. Alors on est devenus très amis. Il m'a dit : “Je vous considère comme ma sœur”, car on n'a jamais cessé de se vouvoyer. Tous les jours il me raccompagnait à pied jusque chez moi à la République. On marchait pendant des heures. On discutait philosophie, littérature. Il lisait beaucoup. Il aimait la poésie, me citait des vers de Rimbaud. Il m'a invitée chez ses parents. C'était un appartement luxueux, avec un piano à queue. Il avait une petite chambre de bonne au-dessus. On y allait et il me jouait de la guitare et chantait ses poèmes. C'était un peu embryonnaire mais on sentait déjà le talent. Il était très sûr de ses capacités. Un jour en regardant une de mes peintures il m'a dit : “Ça me plaît. On dirait du moi.” De temps en temps le dimanche on organisait des surprises-parties à l'académie. J'amenais mon phono. Une ou deux fois il a joué de la guitare. »

Parmi les chansons qu'on écoute en 1947, on peut imaginer aisément qu'il évite « Ma cabane au Canada » (par Line Renaud) au profit de « J'ai bu » par Georges Ulmer, « Revoir Paris » par Charles Trenet ou « Les feuilles mortes » de Prévert et Kosma, la chanson du film *Les*

Portes de la nuit de Marcel Carné, interprétée par Cora Vaucaire et Yves Montand[1].

> Les feuilles mortes se ramassent à la pelle
> Tu vois, je n'ai pas oublié
> Les feuilles mortes se ramassent à la pelle
> Les souvenirs et les regrets aussi

Simone Véliot raconte encore qu'il est à l'époque très amoureux d'une fille nommée Olga Tolstoï qui « fréquentait le cours de temps en temps, je crois surtout pour voir Lucien. C'était une jolie fille. Le genre russe, très grande, très élégante, un peu excentrique ».

Vacha Neubert : « À cette époque, il a connu cette très belle fille : la comtesse Olga Tolstoï. Elle avait dix-huit ans, était capricieuse. Il lui faisait la cour. Moi j'habitais un hôtel de la rue Blanche. Je lui ai proposé ma chambre pour qu'il puisse être seul avec elle. Je lui ai acheté une bouteille de vin pour lui donner du courage et les ai laissés dans cette chambre. Je les ai retrouvés assis sur le lit. Ils n'avaient rien fait. Il était très timide. »

Claudine Sonjour : « Un jour Olga l'a appelé de chez moi pour lui fixer un rendez-vous. Elle m'a donné l'écouteur. Il lui a dit : "D'accord, mais tu ne me refais pas le coup de la dernière fois." Je pense qu'il faisait allusion au fait qu'elle se refusait à lui. »

Gainsbourg : « C'était avec une petite-fille ou une arrière-petite-fille de Tolstoï. Elle était vierge. Je l'avais emmenée dans une chambre mansardée mais une fois sous mon corps elle avait pris peur et je l'avais respectée. Le lendemain, nous devions nous revoir mais elle n'est jamais venue. Je l'ai attendue en me disant, animalement, que j'avais eu tort de ne pas lui avoir fait l'amour. Elle m'a blessé, oh la vache... J'étais désespéré, c'était une garce finie. J'ai eu ma revanche quinze ans plus tard, en février 1962, à Alger, à la fin de la guerre d'Algérie... je devais y faire une télé, j'étais déjà célèbre... Là on m'envoie une carte de visite : "Olga Tolstoï — et puis un autre nom — souhaiterait vous voir." Sous-entendu, elle voulait se faire sauter. Et je revois cette fille, usée par les ménages et les enfantements, que je reconnais à sa dentition, à son sourire. Ce coup-là c'était moi qui voulais plus... »

Tout doucement, il sent poindre en lui les prémices d'une misogynie tenace, amplifiée par ce premier chagrin d'amour et par d'autres mésaventures...

Simone Véliot : « Un jour il vient chez moi et me dit : "Il faut que vous me rendiez un service. Il y a une fille qui veut me tuer. Elle me

1. Ces « Feuilles mortes » qu'il citera bien sûr dans « La chanson de Prévert » en 1961.

poursuit avec un revolver. Elle va avoir ma peau. Je voudrais que vous lui parliez pour essayer de la raisonner." J'ai refusé et il m'en a voulu. Cela a marqué la fin de notre amitié. »

Au printemps 1947, toujours à l'académie Léger, Serge rencontre celle qui deviendra sa première femme en 1951, Elisabeth Levitsky, une liaison qui devient plus sérieuse en octobre de la même année. Au début, ça n'accroche pas : elle est belle, sophistiquée, il est intimidé et sarcastique... De deux ans son aînée (il a dix-neuf ans, elle en a vingt et un), Elisabeth, fille d'aristocrates russes immigrés, est mannequin de mode ; la première fois qu'elle entre au cours de dessin, raconte-t-elle, elle porte un tailleur de chez Lucien Lelong (une grande maison de couture des années 30-40), des talons hauts et un chapeau à voilette : « J'ai senti qu'on se moquait de moi, je me suis retournée, et c'était lui. J'étais rouge de honte[1]. »

Quelques mois plus tard, en octobre 1947, le déclic se fait, alors qu'il la raccompagne une fois de plus à la pension de famille où elle loge près de la place Clichy...

Elisabeth Levitsky : « Au bout d'une semaine de ce manège, il finit par me demander, au lieu de rester dans la rue, s'il peut monter. Je trouvais qu'il était vraiment timide et qu'il mettait du temps à se décider. Il avait sa guitare. Il m'a fait un petit concert de jazz et moi une tasse de thé. On se disait vous, il m'expliquait tous ces accords très compliqués. Moi, j'étais sur le lit de cette toute petite chambre et je me disais : "Qu'est-ce qu'il attend ?" Mais il était trop tard pour son dernier métro. Alors je me suis poussée et je lui ai dit : "Viens donc !" Il s'est assis à côté de moi, il a posé sa guitare et il a éteint. Et comme il est arrivé à baiser sept fois de suite dans la nuit, il ne l'a jamais oublié. "Sept d'un coup ! comme le petit tailleur !", répétait-il toujours par la suite... »

Elisabeth travaille, elle est la secrétaire du poète surréaliste Georges Hugnet. Celui-ci avait publié une *Petite anthologie poétique du surréalisme* en 1934, soit dix ans après la publication du premier *Manifeste du surréalisme* d'André Breton : il y avait réuni des textes de Breton, Salvador Dali, René Char, Paul Eluard, René Crevel, Paul Nougé, Benjamin Péret, ainsi que quelques-uns de ses propres poèmes et les modes d'emploi de quelques jeux surréalistes. Dans son *Manuel de Saint-Germain-des-Prés*, Boris Vian en fait l'éloge : « Poète, peintre, cinéaste d'avant-garde, relieur et fabricant d'objets étranges dans son

1. Tous les extraits d'interviews d'Elisabeth Levitsky proviennent d'une série d'entretiens accordés à son ami Laurent Dispot, le seul journaliste à qui elle se soit jamais confiée, publiés par le magazine *Elle* (numéro du 1er avril 1991).

atelier du 13 de la rue de Buci aux belles années du surréalisme », Hugnet habite en 1947 un appartement boulevard du Montparnasse qui « regorge de bibelots fascinants ». Animateur du restaurant Le Catalan rue des Grands-Augustins, dont il avait décoré le rez-de-chaussée avec sa collection d'objets 1900, Hugnet est une sorte de pilier de la Rive gauche : à la Libération, il avait fait partie d'un groupe d'amis comprenant Michel Leiris, Picasso, Jean-Paul Sartre, Simone de Beauvoir, Raymond Queneau, etc. En avril 1947, date qui correspond également avec l'ouverture du Tabou dans une cave de la rue Dauphine[1], Hugnet organise et préface une exposition de « nappes de restaurant » à la librairie Paul Morihien, des dessins improvisés par tous ses amis, artistes et écrivains, sur les nappes de papier du Catalan. Sa femme Myrtille, qu'il rencontre en août 1949, se souvient du rôle d'Elisabeth.

Myrtille Hugnet : « Nous l'appelions Lise, elle a été la secrétaire de Georges pendant environ deux ans. Elle était chargée de faire l'inventaire de sa bibliothèque et lui servait aussi de dame de compagnie car Hugnet, qui était agoraphobe, souffrait de vertiges et devait être accompagné lorsqu'il sortait. C'est Lise qui l'accompagnait, elle allait partout avec lui. Il s'en est séparé à l'époque où nous nous sommes rencontrés. Lise n'a jamais mentionné à mon mari l'existence de Gainsbourg. Par contre, elle fréquentait un groupe de Martiniquais auquel appartenaient le poète Edouard Glissant et l'avocat Roland Souvelor-Danceny et elle avait fait comprendre à mon mari qu'elle avait été la compagne de Glissant. »

Gainsbourg : « Elle parvient à mettre la main sur les clefs de l'appartement de Dali où nous allons : là, fulgurance, un appartement d'une beauté somptueuse. Nous y passons quelques nuits, je tringle la gamine comme un malade dans un grand lit carré de trois mètres sur trois, couvert de fourrure. Le salon était tapissé d'astrakan, je foulais à mes pieds des dessins de Miro, Ernst, Picasso ou Dali, des toiles non encadrées, la classe... Dans la salle de bains de Gala il y avait une baignoire à la romaine et des centaines de flacons de parfums, de lotions en tous genres. Il y régnait une odeur de regret, de flash-back, de luxe

1. Un mois plus tard, photographiée avec le futur metteur en scène Roger Vadim à l'entrée du Tabou, Juliette Gréco se retrouve en couverture du magazine *Samedi Soir*. L'article, qui relate la vie nocturne des « troglodytes » de Saint-Germain-des-Prés, lance l'expression « existentialiste » et la fascination (jazz, parfum de scandale, premières filles « libérées », etc.) pour la Rive gauche. Les débuts dans la chanson de Gréco n'ont lieu qu'en 1949, d'abord sur scène au Bœuf sur le Toit puis sur disque avec, entre autres, « Si tu t'imagines », sur un texte de Raymond Queneau et une musique de Kosma.

effréné... J'avais dix-neuf ans, je faisais de la peinture, c'était hallucinant[1]. »

Myrtille Hugnet : « En 1940, Salvador Dali et Gala avaient effectivement quitté Paris en laissant les clés de l'immense appartement qu'ils louaient au 147 de la rue de l'Université à Paul Eluard, en lui demandant de veiller à ce que l'appartement soit occupé car les appartements vides étaient réquisitionnés. Sachant qu'Hugnet n'avait pas assez de place dans son appartement du boulevard du Montparnasse, Eluard lui avait proposé d'entreposer des affaires dans une partie de l'appartement, qui a également servi à héberger différentes personnes, dont un poète irlandais, ainsi que Lise. Je ne sais comment elle a réussi à se procurer les clefs des pièces où étaient entreposées les affaires personnelles et les toiles de Dali, notamment le fameux salon en astrakan, dont seul Eluard avait un double... »

En septembre 1947, l'archi étant oubliée, Lucien s'inscrit à l'Ecole normale de musique de Paris, fondée par Alfred Cortot et située 114 bis, boulevard Malesherbes dans le 17e. Au crépuscule de sa carrière, comme échappé d'un autre siècle, le concertiste ressemble de façon troublante à Chopin, son héros : masque d'outre-tombe, œil noir, joues creusées et lèvres pincées. Mais Lucien ne suit pas l'enseignement du vieux professeur : s'il suit régulièrement les cours de solfège et d'harmonie durant toute l'année scolaire, c'est pour améliorer sa technique ; il a sans doute déjà pris la décision de devenir compositeur de chansons (auteur, ce sera pour plus tard, comme on le verra plus loin). Et puis cette inscription lui permet de reculer encore de quelques mois l'échéance de l'inéluctable service militaire. En décembre, Elisabeth déménage pour la Rive gauche et le foyer d'artistes de la Schola Cantorum mais un problème se pose : elle gagne (modestement) sa vie et lui galère. « Je ne voulais pas vendre mes tableaux, j'étais un incorruptible en peinture », explique-t-il rétrospectivement au micro de France-Inter en 1976, mais il enjolive vraisemblablement l'affligeante réalité : s'il n'ose pas proposer ses toiles aux marchands c'est « non pas par fierté mais par timidité ». On peut également présumer que Lucien l'orgueilleux a peur de l'échec, peur d'essuyer des refus — alors même qu'il aurait peut-être pu, par l'entremise de Georges Hugnet (qu'il n'a à priori jamais rencontré), approcher des personnalités importantes du monde de l'art.

Gainsbourg : « J'avais donc vingt ans et je vivais aux crochets d'Elisabeth. Un jour, avec mon père, il y a un drame terrible. Il me dit :

1. Montage de déclarations faites à l'auteur et à Frank Maubert, *op. cit.*

“Je ne veux pas que mon fils soit un gigolo, tu vas recevoir une baffe...” Et là, l’horrible chose, je lève les poings et je lui dis : “Arrive, viens ici, tu vas voir si je suis encore un gamin !” C’est atroce... Il a baissé les bras, et moi aussi. »

Selon son ami Jacob Pakciarz (qui deux ans plus tard fera embaucher Lucien au foyer de Champsfleur, à Maisons-Laffitte), « quand il crevait la faim il aurait pu retourner chez son père mais il s’y refusait. Le couple qu’il formait avec sa première femme n’était pas lumineux. Ça faisait morose ». En 1948, on sait encore que Lucien et Lise, en plus des cours de peinture d’André Lhote et Fernand Léger, sont inscrits à l’académie de la Grande Chaumière, à deux pas du carrefour Vavin, à Montparnasse[1]. Quand arrive l’été, Lucien, qui a reçu ses papiers militaires et sait qu’il est convoqué le 15 novembre, va se refaire une santé au camp des Sokols, à Sciez-sur-Léman près de Thonon-les-Bains. Une sorte de camp scout d’origine tchèque où l’on pratique avec acharnement la gymnastique, fréquenté surtout par des adolescents et jeunes adultes de familles russes émigrées, le tout chapeauté par des organisations de bienfaisance. Nous avons retrouvé un garçon qui se souvient très précisément de ces vacances en Haute-Savoie...

Boris Fiakolvsky : « On vivait sous des tentes américaines, les filles étant séparées des garçons. Chaque matin il y avait un lever de drapeaux et on chantait des hymnes maintenant désuets. Gainsbourg était plus âgé, cinq ans de plus que nous environ, il avait vingt ans. Il dormait sous la même tente que nous, on était six ou sept. Ce qui le distinguait de nous, c’était qu’il ne parlait pas très bien russe alors que nous le parlions couramment. Comme il était plus vieux et que ses parents étaient peut-être plus fortunés que les nôtres, son aisance matérielle nous faisait envie, il ne le montrait pas forcément mais il recevait beaucoup de colis et de l’argent... Lulu ne participait pas beaucoup aux activités, il préférait regarder les filles... Il se vantait d’avoir connu dans ce camp une belle blonde aux yeux bleus qui devait avoir son âge, il nous a dit qu’il se l’était faite ! Les filles, ce n’est pas ce qui nous intéressait le plus, sauf Jean-Conrad, un copain d’enfance qui était beau gosse, avec qui il était en rivalité... »

Les moniteurs du camp organisent des compétitions sportives mais Lulu reste dans son coin. Solitaire comme à son habitude, il passe son temps à lire et à gratter sa guitare ; en vue de son service, il s’habitue à la discipline, aux journées strictement minutées, avec réveil à 8 heures,

1. La Grande Chaumière avait ouvert ses portes en 1902 sur les lieux d’un ancien bal, le plus réputé de Paris au XIXe siècle. Dès sa création l’académie avait joué un rôle primordial dans la vie artistique parisienne ; elle jouit encore d’une flatteuse réputation quand Serge et Lise s’y inscrivent.

douche, salut au drapeau, petit déjeuner, etc. Durant son séjour, qui dure un mois, Lucien se paye des voyages à Genève pour ramener des cigarettes américaines, qui sont encore assez rares à l'époque et que les gamins lui envient, au point d'essayer de lui en faucher.

Jean-Conrad Kasso : « Un matin, j'étais clairon, on lève le drapeau puis le colonel nous convoque sous sa tente. Il nous annonce qu'il a reçu une lettre de dénonciation comme quoi on avait volé des cigarettes et un chronomètre à Lucien. Bon, on était à côté de la Suisse et on était attiré par tout ce qui brillait : les montres, les chronos... C'était le frère de Boris qui avait fait le coup. »

Boris Fiakolvsky : « On a dû quitter le camp avant la fin du mois, un copain, mon frère et moi, à cause de cet incident ! On avait envoyé mon frère pour lui faucher un ou deux paquets de ses fameuses cigarettes, profitant du moment où nous étions tous à la cantine. Il s'en est aperçu, il s'est plaint à la direction et on s'est fait virer sur-le-champ ! Ça ne rigolait pas à cette époque ! »

« J'étais simplement un garçon triste et sévère, c'est tout », raconte Serge des années plus tard au micro de Michel Lancelot et de son « docteur », dans la séquence « Radio Psychose » sur Europe 1[1]...

Gainsbourg : Quand j'avais vingt ans, on m'appelait dans des surprises-parties et puis j'avais une certaine rigueur, une certaine pureté, et je n'admettais pas que les jeunes gens disparaissent dans les pièces à côté pour faire des bêtises.

Le docteur : Pourtant, justement, vingt ans c'est l'âge, et je le mets entre guillemets, des « bêtises ». Pourquoi est-ce que vous n'y participiez pas et pourquoi est-ce que vous n'en faisiez pas, vous, comme les autres ? Plutôt que de vous contenter de ce rôle de juge et de spectateur ?

Gainsbourg : Parce que j'étais un romantique et que je cherchais l'amour. Et je n'en étais pas encore aux amours physiques pures. [...]

Le docteur : Il vous est certainement arrivé dans l'existence, lorsque vous étiez plus jeune, d'aller dans des bandes. Que se passait-il ?

Gainsbourg : Ce qui se passait ? Dès que j'apparaissais, l'ambiance était morte. Cassée. Peut-être est-ce dû à la fixité de mon regard, je ne sais pas. Les personnes pensaient que je les jugeais, ce qui est vrai. Trop de lucidité. Alors, le seul moyen, celui que j'ai employé dans l'armée, parce qu'il y a quand même dans l'armée une promiscuité indispensable, c'est l'alcool.

Le docteur : Ça marchait ?

Gainsbourg : Avec l'alcool, oui... J'étais un petit rigolo comme les autres. Et c'est ce que je pratique toujours actuellement. Je bois parce que

1. « Radio Psychose » faisait partie de la légendaire émission *Campus* ; le texte de l'émission consacrée à Serge (le 30 octobre 1968) fut reproduit dans *Rock & Folk*, n° 32, daté de septembre 1969.

je suis un sauvage. Je suis difficile d'accès et trop... trop glacé. Pas drôle, quoi. Je reconnais que ce n'est pas drôle non plus pour les autres.

Jacob Pakciarz : « Physiquement je le vois comme un type penché, avec la poitrine creuse. Lucien, c'était le gars mélancolique, complètement introverti. Il n'était pas simple de lui arracher trois mots. Il ne se racontait pas, ne parlait pas de ses angoisses, mais elles apparaissaient en filigrane. Les conversations étaient presque anodines. On sentait une charge lourde, mais rien n'était abordé. Il était trop orgueilleux pour se confier. Le désir de ne pas dire était chez lui majeur. »

Le 15 novembre 1948, Lucien Ginsburg est appelé sous les drapeaux, caserne de Charras à Courbevoie (Hauts-de-Seine), 93e régiment d'infanterie, 1er bataillon (dont l'écusson porte l'inscription : « A de tels hommes rien d'impossible »), pour douze mois de service[1]. Dans un premier temps, le service militaire n'est pas trop pénible, il se fait des potes, des garçons plutôt humbles, un fils de bistrot, un apprenti pâtissier, etc. Cinquante par chambrée, sur des lits superposés. Avec eux, il apprend à boire. Chaque fois que saute une perm', ils se murgent au gros rouge tirant sur le violet. Lulu leur dessine des figures érotiques extrêmement suggestives qu'ils regardent les yeux exorbités. Il observe l'effet produit : la plupart n'ont jamais rien vu de tel, hormis des graffitis de chiottes (à l'époque, seuls les gens fortunés possèdent des dessins pornographiques ou des romans érotiques illustrés d'estampes). A la guitare, il leur interprète des choses distinguées comme « Ça y est, je sens bien qu'tu m'l'as mis »...

Gainsbourg : « Chez Dali, j'avais découvert une partie de sa collection de photos et d'objets érotiques précieux. J'avais volé deux photos, très petites mais superbes, où l'on voyait deux gamines d'à peine sept ans qui se chatouillaient la... Dans mon sommeil, ces lascars me les ont piquées. »

Parmi les appelés avec qui il effectue son service, on trouve une écrasante majorité d'Alsaciens. Certains, entre eux, le surnomment derrière son dos « le sale Juif » et il en prend conscience : « De par mon appartenance à la population juive du 9e arrondissement, j'ajoutais à ma punition. On a toujours observé dans l'armée des tendances discriminatoires. Le racisme n'y est ni religieux ni politique ; il se fonderait plutôt sur la réputation de richesse matérielle de la classe israélite, que l'on envie, que l'on jalouse[2]. »

1. Et non pas « douze mois plus un mois de taule » comme le disait Serge ; prolongeant une permisson pour rester plus longtemps avec sa fiancée, il avait failli être collé pour désertion mais y avait échappé.

2. *Gainsbourg ou la provocation permanente*, Yves Salgues, *op. cit.*

Nous avons retrouvé plusieurs de ses camarades alsaciens, notamment Jules Schneider (cultivateur), Jacques Apffel (menuisier), André Boehli (boulanger-pâtissier), ainsi que l'infirmier Léonard Zurlinden.

Léonard Zurlinden : « Il est resté à l'infirmerie pendant trois ou quatre jours à cause d'une grippe pendant l'hiver 1948-49. A l'époque il grattait déjà sa guitare. Il restait dans son coin. Les autres, qui étaient bien plus malades que lui, se plaignaient du bruit. Je ne crois pas qu'il chantait, il cherchait plutôt des accords. Il nous a aussi fait quelques coups très emmerdants. D'abord, c'était interdit de fumer dans l'infirmerie et lui, il s'obstinait à fumer tout le temps. Ensuite, un samedi soir, il avait fait le mur avec sa guitare, sans doute pour aller jouer quelque part et gagner des sous, et n'était rentré que le lendemain dans la matinée. C'était très risqué parce que s'il lui était arrivé un pépin, on aurait tous trinqué. Après cet épisode, il a été viré de l'infirmerie par le chef-infirmier. »

Jules Schneider : « Je me souviens de lui à l'infirmerie. Il nous disait qu'il jouait dans un orchestre. J'ai tout de suite été frappé par ses yeux et son nez. Il était enrhumé et quand le médecin passait, il lui demandait : “Votre nom ?” et lui murmurait, alors le médecin disait : “Plus fort !” et il répondait tout bas : “Je peux pas”, mais dès que le médecin était parti, il parlait de nouveau normalement. C'était un tire-au-flanc, la risée de la chambrée, il ne voulait jamais rien faire. On montait faire des exercices de tir au Mont-Valérien, et sur l'actuelle place de la Défense, on faisait des exercices de défilé autour d'un monument. Le 93e était spécialisé dans les défilés parce qu'on avait une très bonne musique. Mais je ne crois pas qu'il en ait fait tant que ça, parce qu'il fallait marcher droit, et qu'il n'avait pas appris à marcher au pas. »

Ce que Lucien ne supporte pas, c'est le réveil aux aurores, à 5 heures du matin, au son du clairon. En hiver, la crosse du fusil est glaciale, certains perdent connaissance et s'écroulent.

Jacques Apffel : « C'est quand j'ai vu Gainsbourg des années plus tard à la télévision que j'ai réalisé que je le connaissais, et j'ai dit à ma femme : “J'étais au service militaire avec lui !” Personne ne le connaissait vraiment, c'était pas du tout le genre copain-copain. »

André Boehli : « Je travaillais dans les cuisines. Il y avait des clans : les Alsaciens restaient entre eux, les Parisiens pareil. C'était une caserne plutôt agréable, mais quand on est arrivés, c'était dégueulasse. On a refait nous-mêmes les chambres, et ceux qui avaient refait les plus belles chambres recevaient quinze jours de perm' en cadeau. »

A celle qui bientôt deviendra sa femme, Serge écrit des lettres enflammées, d'un romantisme à fleur de peau :

> Oui, en entendant ta voix j'ai vu que la réalité sera encore plus belle que nos lettres. Le moindre détail de ton corps m'est présent et je deviens fou d'attendre. Je t'aime sans retenue de la plus violente passion.
>
> Lucien

Gainsbourg : « Mon meilleur souvenir, c'est à la caserne de Charras, la salle des visites. Nous étions séparés du sergent chargé de la surveillance par un panneau de bois à hauteur d'épaule. J'étais en treillis et je reçois ma petite gonzesse. Je la fais mettre à genoux et tout en regardant imperturbablement l'officier je la laisse me mener au climax... »

Après cinq mois à Courbevoie, le premier bataillon est muté au camp de Frileuse, dans les Yvelines, à 20 kilomètres de Versailles. Un camp modèle, monté par le maréchal de Lattre de Tassigny, où règne une discipline de fer — au point que Serge ne cessera plus tard de le décrire comme un « camp disciplinaire » où, à l'en croire, il devient tireur d'élite à la mitrailleuse légère. « A Frileuse, c'était pas du gâteau, précise Léonard Zurlinden : la "piste du risque", pour les entraînements de parachutiste, était particulièrement dure. »

A Paris, durant une perm', Lucien croise son ami Pakciarz et se plaint de ce qu'on lui impose : glisser le long d'un câble, se jeter dans un tas de sable en évitant de s'écraser sur un mur en béton : « Je peux pas faire ça, lui confie-t-il, j'ai la trouille, je crois que je vais déserter »... « Tous les jours on y allait pour se casser la figure... », raconte-t-il à Guy Vidal dans *Pilote* en 1964. Un jour, pendant le parcours du combattant, il souffre de vertiges ; lors d'une course de fond il a un malaise. Le 14 juillet 1948, il fait une prise d'armes pour le maréchal de Lattre de Tassigny, venu passer ses troupes en revue. A Paris, Elisabeth l'attend patiemment.

> Tu voulais t'acheter un soutien-gorge ne t'en prive pas. Nous ferons la tournée des grands ducs quelques fois puis nous serons plus modestes mais comme nous nous aimons la moindre chose sera charmante n'est-ce pas. (...) Dis-moi que tu m'aimes comme je t'aime du seul véritable amour, LE PREMIER LE SEUL combien je t'adore.
>
> Lucien

Ces lettres, reproduites après sa mort[1], nous montrent un tout autre aspect du personnage. Idéaliste, adolescent tardif, très amoureux, incapable de songer au lendemain. A cent lieues d'imaginer qu'un jour il sera Gainsbourg.

Au service il avouera plus tard avoir vécu de grands moments de désespoir : sa misanthropie grandit à mesure qu'il est confronté à la

1. Reportage par Laurent Dispot in *Globe*, n° 60, septembre 1991.

promiscuité, Lucien le dandy, féru d'art et de littérature, souffre dans cet univers clos et féodal. D'autant qu'il s'y passe des trucs pas clairs... Un soir, avec ses potes, il va se saouler à l'extérieur de la caserne ; un officier le croise, l'apostrophe et Lucien lui répond en se foutant de lui. L'autre, vexé, le gifle. Ses copains le défendent : l'officier — qui avait déjà été rétrogradé pour la même raison — n'avait évidemment pas le droit de le frapper. Le lendemain, il le convoque dans son bureau : « Ecoutez, Ginsburg, si j'avais vraiment voulu vous casser la gueule, voilà comment j'aurais fait. » Et là, raconte Serge, « il me prend la chemise kaki, il fait un simulacre de cassage de gueule. "Je voulais seulement vous dessaouler", me dit-il. » Là, vite fait, Gainsbourg calcule : il pourrait dénoncer l'officier mais avec le risque de se reprendre un mois de taule pour insubordination. Du coup, il ferme sa gueule[1].

Nous avons en revanche les plus grands doutes quant à cette autre anecdote, qui se situerait au camp de Frileuse vers mai 1949.

Gainsbourg : « Le souvenir le plus atroce, c'est le jour où on demande des volontaires pour aller fusiller une collabo qui avait été condamnée à mort. L'officier débarque et nous dit : "Il faut des volontaires pour aller liquider une femme collabo." Je me dis quoi, fusiller une gonzesse, mais il est pas bien... Fusiller un mec, c'est déjà pas possible. A bout portant ? Les poignets liés au poteau, non, pas question, je ne suis pas un bourreau. J'ai un copain qui dit : "J'y vais !" Tu vois douze lascars de vingt ans partir fusiller une gonzesse. Je dis à mon copain : "Toi tu y vas aussi ?" Il m'a raconté : "On nous a donné une balle à chacun, dont une balle à blanc, et on a exécuté la fille." Le mec revient, blanc, non pas blanc comme un linge, mais blanc, blême, exsangue. "Alors, hein, t'as gagné, hein, pourquoi t'es si blanc que ça ?" "Hé, hé, écoute Lucien [...] c'est atroce, c'est atroce ce qui m'est arrivé. Donc on a eu tous un fusil (c'était un MAS 48 à l'époque, rectifié), on l'a donc fusillée au MAS. Et puis le rituel veut que le lieutenant vienne, heu, péter la cervelle, donner le coup de grâce d'une balle de revolver en plein crâne. Après ça le lieutenant a dit : 'Voilà, vous prenez une éponge et vous nettoyez le poteau d'exécution. Vous le nettoyez net, vous nettoyez la cervelle'." Mon copain a pris l'éponge, c'est lui qui a eu la serviette pleine de la cervelle de la gonzesse. Ce garçon-là a été marqué à vie, mais il l'avait cherché. Je lui ai dit : "Eh bien mon petit coco, tu l'as voulu, tu l'as eu !" Et il a pleuré[2]. »

Une autre fois il avait conclu son histoire, bien rodée, par ces mots : « Il est parti dans la froidure du matin dans la peau d'un héros. Il est

1. Interview par Jean-François Bizot et Karl Zéro in *Actuel*, n° 60, octobre 1984.
2. Mélange de déclarations faites à l'auteur et à Bizot et Zéro in *Actuel*, n° 60, *op. cit.*

revenu, effondré, dans celle d'un salaud[1]. » Or, tout laisse penser que Serge n'a pas vécu cette histoire directement ; on peut imaginer qu'elle lui a été plutôt relatée par un sous-off' lors d'une soirée alcoolisée. Pour la simple raison que, chronologiquement, ça ne colle pas : au printemps 1949, il n'y a plus de condamnation à mort pour ces femmes collabos, y compris (la majorité d'entre elles) celles que l'on a appelées les « collaboratrices horizontales » ou « poules à boches ». Durant la « tonte » de l'été 1944, même si elles furent passées sous silence, les exécutions sommaires ont existé. Le plus souvent, les filles qui ont couché avec l'occupant sont jugées publiquement, exhibées à la foule qui les insulte ; les comités de Libération les humilient ensuite en leur rasant le crâne et en les travestissant de bonnets d'âne. A partir de la mi-août 1944 jusqu'à juin 1945, ont lieu des procès, organisés par les tribunaux révolutionnaires de Libération, qui décident d'exécuter « les plus coupables comme traîtres à leur patrie et pour venger les jeunes hommes torturés[2] ». D'autres sont condamnées à des peines variables, de deux à trois ans de travaux forcés. Néanmoins, et c'est là que l'anecdote trouve son origine, certaines d'entre elles ont été fusillées « pour l'exemple », notamment par de jeunes appelés, avant le terme de leurs deux ou trois années de prison, telles les dénommées Francine Fromont, Rose Blanc ou Henriette Schmidt. On sait encore que ce type d'exécution a certainement eu lieu au camp « modèle » de Frileuse. Mais en 1949, les survivantes avaient été relâchées...

Le 14 novembre 1949, Lucien est « renvoyé en congé libérable ». Autrement dit, fin du service militaire. « J'ai failli faire l'EOR, l'Ecole des officiers de réserve, racontait-il, mais comme ça m'emmerdait de commander les autres, je me suis débrouillé... » Avant le service, il ne buvait que de l'eau. Il en sort, à l'en croire, « éthylique au dernier degré ». Disons plutôt qu'il a appris à boire. Qu'il a découvert les vertus décomplexantes de l'alcool. Trente-cinq ans plus tard, dans les années 80, il avouait que ses copains flics lui rappelaient ses potes de beuverie, à l'armée.

Retour à la vie civile et à la peinture, Lucien réintègre les ateliers de la Grande Chaumière et de l'académie Montmartre. Comme il faut bien croûter, Lucien reprend également les concerts, avec sa guitare et ses espagnolades. Justement, que chante-t-on en 1949-50 ? Henri Salvador,

1. In *Télé-7 Jours* du 28 mai 1985.
2. *Les Français parlent aux Français*, 20 août 1944. Nos autres sources : *La Grande Histoire des Français sous l'Occupation* (volume 9), *Les Règlements de comptes, de septembre 1944 à janvier 1945* et *Un été 44* de Henri Amouroux, Editions Robert Laffont et Arthaud, ainsi que *Les Tondues*, d'Alain Brossat, Editions Pluriel.

encore débutant (il a été révélé deux ans plus tôt avec « Clopin-clopant » et « Maladie d'amour »), interprète « Parce que ça me donne du courage » de Mireille et Jean Nohain avant de créer « Une chanson douce ». Piaf entonne « L'hymne à l'amour », André Claveau roucoule « Cerisier rose et pommier blanc ». Yves Montand pousse « Une demoiselle sur une balançoire ». Des sommets sont atteints avec Line Renaud et son « Etoile des neiges ». Robert Lamoureux fait rire les foules avec « Papa, Maman, la bonne et moi », Bourvil avec « La tactique du gendarme », les Frères Jacques avec « L'entrecôte ». On commence à parler de Gréco (« Si tu t'imagines », « Sous le ciel de Paris ») et de Léo Ferré. Celui-ci compose « Île Saint-Louis » sur des paroles de Francis Claude ; tous les deux se produisent au Quod Libet dans les caves de l'hôtel Saint-Thomas d'Aquin, rue du Pré-aux-Clercs. Le même Francis Claude qui, quelques années plus tard, va pousser Gainsbourg sur la scène du Milord l'Arsouille, comme nous le verrons plus loin.

Fin 1949-début 1950, si l'on suit la chronologie établie par Elisabeth Levitsky (la seule source que nous possédons pour certaines périodes de ses années bohème, celle-ci en fait partie), après avoir vécu quelque temps dans le foyer d'artistes de la Schola Cantorum, le couple déménage à l'hôtel Royer-Collard, dans la chambre du couple Rimbaud-Verlaine, avec pour voisins, justement, Léo Ferré et Madeleine.

Elisabeth Levitsky : « Nous avions eu une chambre dans ce foyer d'artistes, le seul où les pianos étaient autorisés et qui donnait sur la même cour intérieure que la Schola Cantorum. Et il y avait, attenante, une chapelle anglicane, désaffectée. L'acoustique y était très bonne, et elle était louée régulièrement par des orchestres et des chanteurs de jazz pour des répétitions. Au fond de notre chambre, il y avait un placard pour les vêtements. Mais au fond de ce placard, il y avait une ancienne porte condamnée, qui communiquait... avec la chapelle. Les musicos interdisaient formellement qu'on les écoute et qu'on les dérange. Lulu passait des heures dans ce placard à les épier comme un voyeur, par la porte entrouverte à peine. Délicieusement terrorisé qu'on puisse le découvrir. Perché sur un tabouret dans la pénombre, entre des robes, des pantalons pendus, tout ouïe, avide de dérober ces manières, ces techniques. C'est fou ce qu'on peut apprendre quand c'est de l'interdit[1] ! »

La dèche est permanente mais Lucien continue à nourrir ses neurones. Par exemple, il est très impressionné par la découverte de Jean-Paul Sartre qui a publié coup sur coup, en 1948, *La Nausée* et la pièce de théâtre *Les Mains sales*. Dans le premier, roman de la solitude

1. Interview par Laurent Dispot, in *Elle* du 1er avril 1991.

quintessenciée, il est fasciné par le personnage d'Antoine Roquentin, trentenaire idéaliste, pour qui la création artistique se révèle le seul moyen possible d'échapper au vide et à l'ennui où le tient la vie. Dans *Les Mains sales*, il est attiré par Hugo, jeune révolutionnaire bourgeois tenté par le communisme, par provocation, et chargé par le parti d'assassiner Hoederer, dont les idées (la stratégie plus efficace que la théorie) sont trop dangereuses pour la cause, mais qui devient un martyr visionnaire une fois exécuté[1].

Lucien lit les surréalistes, en particulier Péret et Breton, ainsi que les dadaïstes, Tzara bien sûr, mais aussi Picabia dont il ne cessa jamais de relire le fameux *Jésus-Christ Rastaquouère*, imprimé à mille exemplaires en 1920. En poésie, Rimbaud, encore et toujours. Il met aussi la main sur une édition hollandaise des *Onze Mille Verges* de Guillaume Apollinaire, livre interdit en France, alors que Jean Genet publie l'autobiographique *Journal du voleur*, Simone de Beauvoir *Le Deuxième Sexe* et Aragon son roman *Les Communistes.* De Boris Vian le dernier roman *L'herbe rouge* n'a pas plus d'impact que les deux précédents, *L'Ecume des jours* (1946) et *L'Automne à Pékin* (1947) ; tout juste réussit-il à titiller les échotiers des feuilles à scandale avec son troisième pseudo-polar sous le pseudonyme Vernon Sullivan, *Elles se rendent pas compte* (*J'irai cracher sur vos tombes* remonte à 1946). Le prince de Saint-Germain-des-Prés s'en moque, tant qu'il peut souffler dans sa trompinette au Tabou... Côté mode, on ne parle que du new look lancé par Christian Dior ; côté peinture, l'école new-yorkaise — en particulier l'« Action Painting » de Jackson Pollock — s'expose à la Biennale de Venise ; à Paris, André Lhote, prof de Lucien, publie son *Traité de la figure.*

Il en bave, mais il est amoureux et il peint. Il vit sans doute, malgré les difficultés matérielles, l'une des périodes les plus heureuses de sa vie. Deux déclarations, l'une faite en 1974 à la radio canadienne, l'autre en 1976 à France-Inter, semblent le confirmer. Petit montage...

Gainsbourg : « La peinture m'a marqué. J'avais trouvé là un art majeur qui m'équilibrait, qui m'équilibrait intellectuellement. La chanson et la gloire m'ont déséquilibré. J'étais heureux avec la peinture... j'ai tellement adoré la peinture, [je m'en veux tant] d'avoir eu la lâcheté d'abandonner... »

---

1. Sans avoir de lien textuel avec son œuvre, ces livres (tout comme *Adolphe* et d'autres, cités plus haut) ont sans doute contribué à l'attitude et au personnage qu'il s'est forgés à l'époque (n'oublions pas qu'il n'a que vingt et un ans au sortir du service) et qu'il peaufinera tout au long de sa vie : tour à tour cynique, sauvage, mélancolique, homme déçu, éprouvé moins par ses échecs en amour et amitié que par son peu de disposition au bonheur.

4.

Mes illusions donnent sur la cour

Nous sommes en 1950, à l'hôtel Saint-André-des-Arts, et Lucien se pose des questions : ne serait-il pas opportun, en attendant de trouver sa voie en matière picturale, de gagner un peu d'argent, histoire de ne pas devoir, une fois de plus, déménager à la cloche de bois ?

Son ami Jacob Pakciarz, qui s'est trouvé entre-temps un boulot de professeur de dessin au centre d'éducation de Maisons-Laffitte, une institution pour les enfants juifs et les jeunes rescapés des camps nazis, lui suggère de poser sa candidature pour un job de moniteur. L'histoire de Champsfleur, officiellement « Maison des Réfugiés israélites », 6, avenue de la République — aujourd'hui une maison de retraite de la Croix-Rouge — et celle de son directeur, Serge Pludermacher, méritent d'être détaillées, d'autant que Serge va y passer deux ans de sa vie, de vingt-deux à vingt-quatre ans, et qu'il ne s'agit pas seulement, comme on va le voir, d'un boulot alimentaire, mais d'une autre étape dans sa période de formation [1].

Le centre de Champsfleur, qui se trouve à mi-chemin entre Maisons-Laffitte et Le Mesnil-le-Roi, avait ouvert ses portes en 1947 ; plus de 200 enfants de déportés juifs — dont certains espéraient retrouver un jour des membres de leurs familles — y sont accueillis dans l'immédiat après-guerre. Serge Pludermacher, né en 1918 à Vilna, en Lituanie, est le fils de Gerchon Pludermacher, l'un des fondateurs du Bund (parti socialiste juif, fondé en Russie en 1897) [2]. Champsfleur, comme de

1. Différents recoupements nous permettent de situer cette période de septembre 1950 à juin 1952, sans pouvoir l'affirmer à 100 % (peut-être ne s'agit-il pas des deux années scolaires complètes, peut-être plus : on sait en tout cas, comme on le verra plus loin, que Lucien et sa femme logent à nouveau à la Schola Cantorum début 1953). On sait aussi qu'il participe aux grandes manœuvres du début juillet 1951, à la suite de son service militaire.

2. Ces détails ont leur importance, même si Lucien n'a rien à voir avec les idées politiques qui circulent dans les milieux du Bund, de l'Arbeiterring, etc., qu'elles soient socialistes ou sionistes.

nombreux établissements du même type — il en existe une quarantaine autour de Paris —, est financé entre autres par le Bund, l'Ose, l'Office de secours à l'enfance, et le Joint, fonds de solidarité mis en place par la communauté juive américaine. Pendant la guerre Pludermacher avait été fait prisonnier lors d'une rafle avec un groupe d'enfants juifs dont il s'occupait, menacés de déportation, au château de Chabannes ; par miracle, ils avaient réussi à s'échapper. Avec Rachel, celle qui deviendra sa femme en 1945, il travaille ensuite comme éducateur dans d'autres maisons où étaient cachés des enfants, à Moutiers puis à Izieu, avant de se cacher du côté de Guéret, dans la Creuse, où naît en juillet 1944 leur fils Georges Pludermacher, aujourd'hui pianiste de réputation internationale, célèbre notamment pour ses créations de Xenakis et ses interprétations de Debussy.

Albert Hirsch, aujourd'hui sculpteur, est un ancien enfant du foyer de Champsfleur. En 1991, il a publié un album émouvant sur Pludermacher et sur la maison qu'il dirigeait. Né en 1940 de parents originaires de Pologne, le petit Albert passe la guerre caché dans une ferme. Puis il se retrouve orphelin de père et sa maman, qui est couturière, ne peut plus le nourrir. Elle entend parler du foyer de Maisons-Laffitte : il y est accepté en 1947.

Albert Hirsch : « Il y avait là des enfants dont les familles avaient été décimées et qui attendaient d'être adoptés. L'ambiance était extraordinaire mais n'occultait pas le manque de parents. Les enfants de Champsfleur étaient tous mélancoliques, il y avait un désespoir. Certains étaient des rescapés des camps. Tous les éducateurs n'étaient pas juifs, entre autres Jean Cizaletti, un psychologue, un homme hors du commun que Pludermacher avait trouvé à la Sorbonne. Chaque enfant qui arrivait à Champsfleur passait devant Cizaletti qui faisait une analyse de ses possibilités, de ses aptitudes. Pendant la journée, nous allions à l'école laïque et républicaine, à Maisons-Laffitte, à Carrières-sous-Bois, à Mesnil-le-Roi, etc. On se frottait tous les jours aux enfants du village. On se bagarrait à chaque sortie d'école. Il y avait de l'antisémitisme. Le fait que nous recevions une éducation privilégiée à Champsfleur se sentait, ça créait des jalousies. »

Avant Champsfleur, Serge Pludermacher — de dix ans l'aîné de Lucien — avait ouvert la maison des Buissons, au Mans, en avril 1945, pour la même mission. Tous les témoins que nous avons lus ou rencontrés évoquent un homme exceptionnel, autoritaire mais généreux, dont les idées en matière d'éducation sont finalement assez proches de celles ayant cours chez les Ginsburg : le sémioticien Claude Zylberberg, qui séjourna à Maisons-Laffitte avec sa sœur Huguette Attelan, quand ils étaient enfants, évoque le visionnaire « qui avait trente ou quarante ans d'avance sur tout le monde » et qui voulait « d'abord être un initiateur, tel un Robinson juif au lendemain d'un naufrage dont personne ne sera jamais en mesure de dire l'étendue[1] ». Pludermacher favorise la culture sous toutes ses formes, surtout celle que l'on acquiert par l'initiation ; dans ce but il met en place des cours de danse classique, de mandoline, de peinture, etc., avec des professeurs de talent (une ancienne danseuse étoile, un premier violon, une remarquable prof de piano nommée Olga Goldenstein qui fut l'initiatrice de Georges Pludermacher. A Champsfleur, les enfants dessinent, sculptent sur bois, font de la pyrogravure, de la broderie, de la couture, ils suivent des cours d'histoire de la musique. Le jeudi, le week-end, durant les congés scolaires, en plus des activités sportives (auxquelles participe Lucien, à petites doses) on les emmène au théâtre, au cinéma, au concert. Durant les repas, qui sont pris avec les éducateurs et les directeurs, on écoute des disques ou de grandes émissions de radio. Les sujets d'actualité font l'objet de discussions entre enfants et adultes. Certains apprennent le yiddish, enseigné par Rachel Pludermacher, y compris des chants traditionnels avec une rescapée des camps d'Auschwitz et de Treblinka, Frida Wilensky, qui par ailleurs dirige la chorale et l'orchestre de mandolines.

Claude Zylberberg : « Lucien était moniteur, avec d'autres. Il n'était pas question de parler de surveillant, il s'agissait plutôt d'un encadrement, d'une présence adulte pour ces enfants. Au moment où il arrive à Champsfleur, nous étions entre 30 et 40 enfants et nous étions tous scolarisés. Nous quittions la maison le matin pour aller à l'école et nous n'y revenions que le soir. »

Huguette Attelan : « Le centre était composé de deux maisons : celle pour les petits, jusqu'à dix ans, et celle pour les grands, de onze à quinze ans. Quand Gainsbourg y était, je devais avoir treize-quatorze ans, c'était en 1950-51. J'allais déjà au lycée à Saint-Germain-en-Laye. Gainsbourg s'occupait des enfants, leur faisait faire de la musique. Je me souviens de l'orchestre de mandolines qu'on avait créé. On était une quinzaine et il nous accompagnait à la guitare. C'était quelqu'un de très timide, y compris avec nous, les enfants. On l'aimait bien, même si on rigolait de lui parfois parce qu'il était complètement imberbe. »

Albert Hirsch : « Gainsbourg a débarqué à Champsfleur pour des raisons strictement matérielles : il était nourri, logé, blanchi et en plus il touchait un petit salaire. Quand il est arrivé, il se foutait parfaitement de faire de l'éducation. Il s'est dit : "Je vais être peinard et pouvoir continuer à peindre." Pludermacher l'a pris à l'essai et Lucien s'est

1. Dans la préface de *Serge Pludermacher, portrait, témoignages*, par Albert Hirsch et Claude Itzykson, Edition Publipanel, 1991.

révélé un éducateur aimé des enfants. Il s'est pris petit à petit au jeu. Ça l'a intéressé et même passionné. Je me souviens parfaitement du jour de son arrivée. Il est habillé d'un duffle-coat beige, qui était l'uniforme de tous les gars de Saint-Germain-des-Prés. Il a la boule à zéro, il est rasé. Il tient son amie Lili d'une main et une guitare de l'autre. Elle était style Saint-Germain, avec une frange à la Gréco. Elle était belle, avec de très grands yeux. Elle portait toujours des habits assez moulants. Pludermacher a attribué à Lucien le groupe auquel j'appartenais, nous étions plutôt turbulents. Au premier contact, on a commencé à se foutre de lui à cause de son physique. Il ne ressemblait à personne, d'abord parce qu'il arrivait à la dernière mode. Personne ne se balade en duffle-coat à Mesnil-le-Roi ! Il faisait plus jeune que son âge. Il était assez timide mais comme il ne voulait pas se faire bouffer il s'est montré tout de suite assez ferme afin de se faire respecter. Quand ça n'allait pas il nous tirait l'oreille. Il était sévère mais n'élevait jamais la voix. Il se contentait de dire : "Ne m'emmerdez pas." Puis le charme a opéré. »

A Champsfleur, où il s'installe donc avec Lise (qui n'y travaille pas et se rend tous les jours à Paris[1]), Lucien se fait un ami, nommé Gert Alexander, alias « Mäneken » (« petit bonhomme », vu sa taille), alias Mickey. Né près de Berlin, il était arrivé en France en juillet 1939, à douze ans, sans ses parents mais avec quarante garçons juifs, sauvés par un bienfaiteur, M. de Monbrison, un Français, catholique, qui possédait un château et qui, en 1936, avait déjà sauvé quarante filles républicaines espagnoles. Toute la famille de Gert Alexander était restée en Allemagne puis déportée. Personne n'était revenu. Les maisons d'enfants, quand il rencontre Lucien, il connaît ça : dès qu'il est en âge, durant la guerre, il ne se contente pas d'y vivre, mais il y travaille, par exemple comme cuisinier ou comme coursier d'un genre particulier – une histoire qu'il a certainement racontée au futur Gainsbourg[2]...

Gert Alexander : « Dans la Creuse, au château de Chabannes, où je rencontre Serge Pludermacher, nous avions eu la visite des Allemands. Après une première rafle, on a caché les enfants dans la forêt. J'étais leur ravitailleur, à vélo, je leur apportais à manger. On m'appelait "le courrier du tsar" parce que j'allais aussi chercher les gens à la gare ou les fausses cartes d'identité à Limoges. J'avais alors seize ans. »

1. Elle n'était pas présente dans la vie du foyer mais venait aux veillées (voir plus loin). « On avait l'impression que les enfants l'emmerdaient prodigieusement, nous a dit un témoin. Elle n'était pas antipathique, elle était distante. »

2. Peut-être la source de la fameuse anecdote du jeune Lucien Ginsburg caché dans la forêt avec sa hache de bûcheron, à Saint-Léonard-de-Noblat (voir chapitre 2).

A Champsfleur, Gert et Lucien s'occupent surtout des grands, une trentaine de gosses à eux deux. Leurs fonctions sont relativement simples : il faut les réveiller le matin, surveiller qu'ils se lavent, qu'ils mangent leur petit déjeuner puis les accompagner à l'école. De 9 heures à 11 h 30, temps libre. Les enfants reviennent pour déjeuner, puis retour à l'école, et à partir de 16 h 30, il faut vérifier qu'ils font leurs devoirs avant les différentes activités artistiques et culturelles.

Albert Hirsch : « Le matin Lucien venait nous réveiller et nous accompagnait à l'école, distante d'un kilomètre et demi. Nous y allions à pied mais lui avait un vélo demi-course. Lorsqu'il allait à Paris il laissait son vélo à la gare. Parfois il me le prêtait et m'envoyait chercher des Gitanes ou des Troupes. Ou alors il me demandait d'aller chez l'épicier et de ramener un litre de vin emballé dans un journal. Car le vin était interdit à Champsfleur. Le jeudi, le samedi et le dimanche il nous donnait des cours de dessin et de peinture. Il était bon pédagogue mais il ne dessinait jamais avec nous. Il nous donnait des thèmes, il décrivait ce qu'il voulait qu'on fasse. J'avais des aptitudes pour le dessin et il l'avait remarqué. Il y avait un peintre assez connu qui s'appelait Dobrynski, un peintre de l'Ecole de Paris, collègue de Modigliani et ami de Soutine, qui venait tous les dimanches pour peindre les enfants. Lucien était assez impressionné, il voyait qu'il s'agissait là d'un véritable artiste. Puis il y avait la chorale, dont s'occupait Frida, qui par ailleurs, dans mon souvenir, donnait des cours de piano à Lucien. Il y avait deux pianos à Champsfleur, et de très bons pianistes : Frida, Olga Goldenstein, Edmond Rosenfeld, et Georges Pludermacher, qui était un enfant prodige. Je pense que Lucien était un peu complexé vis-à-vis d'eux. Mais Frida, qui était une femme d'un enthousiasme extraordinaire, l'a encouragé. »

Georges Pludermacher : J'avais six-sept ans quand j'ai connu Gainsbourg. Il était marrant, il était filiforme, semblait grand dans son duffle-coat trop court, il avait une drôle de démarche, on aurait dit qu'il sautait comme un elfe. Son regard était très mobile, sa voix douce et régulière. Il parlait toujours assez bas comme s'il voulait nous mettre dans le secret. Il donnait l'impression d'un enfant qui a grandi trop vite. A cette époque venaient à Champsfleur une ou deux fois par mois des animateurs musiciens, par exemple les frères Englander. L'un d'eux, qui était violoniste, avait monté avec les enfants un orchestre de mandolines. Quand il a cessé de venir c'est Lucien qui a pris la suite. De mon côté je jouais déjà du piano, j'en ai commencé l'étude à trois ans et demi. Mon professeur était Olga Goldenstein. Celle-ci n'appréciait guère Lucien et disait : "Il désaccorde sans arrêt le piano en jouant son jazz !" Un jour Lucien a fait mon portrait au crayon, très sérieusement. Il y a eu plusieurs séances de pose. Pendant les séances il me parlait, se débrouillait pour que ce ne soit pas trop ennuyeux. »

A Champsfleur, Lucien peint. Sans acharnement, comme s'il s'éloignait déjà de sa première passion. Huguette Attelan se souvient l'avoir vu à deux ou trois reprises, avec ses couleurs, peignant dans la salle où se réunissaient les enfants et où il y avait une belle lumière. Il offre deux toiles à Mäneken, son copain avec qui il passe des après-midi entières à jouer aux échecs en écoutant de la musique classique : un portrait et une vue de la Seine en hiver à Mesnil-le-Roi[1]. A « Jojo » Pludermacher, il file un dessin. Quand il ne joue pas aux échecs, avec son pote, qui a le même âge que lui, à un an près, il s'amuse à faire des concours autour du phonographe, consistant à tour de rôle à deviner le nom du musicien ou le titre du morceau.

Une photo le montre accompagnant à la guitare l'orchestre de mandolines des enfants. Au départ de Frida Wilensky, Lucien s'occupe de la chorale en commençant par changer le répertoire. Il laisse tomber les chants yiddish et les chants révolutionnaires du Bund au profit du *Chœur des chasseurs* d'un opéra de Weber ou des *Ruines d'Athènes* de Beethoven dont il prépare les arrangements pour les enfants : « Il avait plaisir à diriger le chœur, se souvient Albert Hirsch. Quand on faisait quelque chose avec lui il en ressortait toujours quelque chose. Quand on faisait des dessins on faisait de beaux dessins. »

Gainsbourg : « Je m'occupais de la chorale, je m'étais procuré des partitions, des chansons traditionnelles, des choses simples, et je distribuais les voix, par petits groupes de cinq ou six : à gauche les garçons, à droite les filles et moi qui faisais la basse. Au moment des répétitions, les mômes me faisaient craquer, c'était superbe... »

On sait aussi qu'il veille à l'intendance de nuit. A l'extinction des feux, il effectue sa petite tournée dans le dortoir des garçons, toujours propre, puis des filles où, invariablement, ça sent le pipi.

Gainsbourg : « J'ai jamais compris pourquoi, mais ce souvenir olfactif m'est resté. Ce qui est important, c'est que j'ai eu des dessins d'enfants magnifiques, par exemple une petite fille qui m'avait fait une locomotive sur le toit d'une maison, c'était sublime, surréaliste ! Au cours, je ne leur imposais rien, j'avais constaté que les choses se détérioraient quand ils grandissaient : à partir d'un moment, les œufs devaient être ovales, les cubes cubiques. La poésie disparaissait. »

Pour amuser les enfants mais aussi parce qu'il y songe vraisemblablement de plus en plus, c'est encore à Champsfleur que Lucien écrit

1. Deux toiles reproduites dans l'édition revue et augmentée de *Gainsbourg, voyeur de première*, par Frank Maubert, *op. cit.*

et compose ses premières chansons. Tous nos témoins nous l'ont confirmé.

Gert Alexander : « Il composait sur sa guitare, dans sa chambre, mais surtout au piano qui servait aux répétitions de danse, où il travaillait quand les enfants étaient à l'école. Il avait fait une chanson intitulée “Lolita”, pour une fille, une Espagnole, très belle, qui était femme de ménage et qui lavait le linge, dont c'était le prénom. Il en était un peu amoureux, comme moi. Aussi bizarre que ça puisse paraître, j'ai aussi été le premier imprésario de Lucien. L'histoire, c'est qu'à Mesnil-le-Roi, dans la forêt de Saint-Germain-en-Laye, il y a une clairière où, pour le 14 juillet, il y avait toujours une fête foraine, avec une tribune et un orchestre. C'est un truc comme à la campagne, où on danse, il y a des baraques où l'on sert à boire, etc. Et puis il y avait une sorte de radio-crochet local. On y était avec Lucien et des grands enfants de la maison, et je lui dis : “Mais Lucien, pourquoi tu vas pas chanter sur la scène, pour essayer, puisque tu veux devenir chanteur ?” Et lui : “Oh, non, non...” Il était très timide, il n'osait pas. Et moi je suis allé derrière, voir celui qui organisait ça, et je lui ai dit : “Vous savez, j'ai un semi-professionnel qui est là qui voudrait bien essayer de chanter une de ses chansons.” Il y est allé, on lui a prêté une guitare, et le résultat a été absolument catastrophique. D'abord, c'était la première fois qu'il chantait devant un public, il devait y avoir là 300 ou 400 personnes, ensuite on l'entendait à peine, personne ne comprenait rien à sa chanson — résultat, il s'est fait huer et siffler. »

Claude Zylberberg : « A l'époque, il était déjà auteur de chansons. Lorsqu'il y avait des veillées organisées, il prenait la guitare et chantait des compositions à lui. Je ne me souviens que d'une, rigolote et grammaticale, qui s'intitulait quelque chose comme “Mettre le verbe avant le complément”. »

Albert Hirsch : « Il y avait un moment privilégié que nous attendions tous, c'étaient les veillées, qui avaient lieu une fois par mois. Gainsbourg entrait dans le jeu d'une façon extraordinaire. C'est là qu'il a commencé à nous chanter ses chansons comme “Robinson Crusoé” et “Lili”. Ce n'était pas du tout des chansons pour les enfants. Lili faisait : “Tu n'étais pas jolie jolie / Et pour toi j'ai risqué ma vie...” Il nous disait que c'était de lui. Il s'accompagnait à la guitare, une jambe posée sur une chaise, comme Brassens. Il nous chantait aussi une chanson d'après un poème de Ronsard : “L'amour de moi...” Celle-là, il nous l'avait même apprise à la chorale. Comme il aimait Trenet, il nous avait interprété “Il pleut dans ma chambre”. Tout le monde assistait à ces veillées. Chacun préparait un numéro : des sketches, des petites pièces de théâtre. Lucien faisait l'animation de la soirée au même titre que les autres. Un jour il s'était déguisé en fakir.

Il avait une sorte de veste pied-de-poule, un turban sur la tête et nous avait fait des tours de cartes extraordinaires. Il avait une dextérité incroyable. C'était fait avec le plus grand sérieux. »

Gainsbourg : « Je leur faisais des tours de magie, j'avais un vieux bouquin d'illusionnisme et j'étudiais des tours le soir que je leur faisais le lendemain. J'avais par exemple un tour très compliqué : après avoir choisi une carte dans un jeu, un enfant me tirait dans le dos avec un petit fusil à air comprimé et, par un système de fil en nylon transparent, la carte apparaissait où il avait visé. Un jour, une petite fille s'approche et lève ses yeux sur moi : "Monsieur, puisque vous êtes magicien, est-ce que vous pourriez me transformer en princesse ?" Son regard était d'une pureté, d'une crédulité superbes. Je lui ai passé la main dans les cheveux et je lui ai dit : "Voilà, tu es une petite princesse"... »

Georges Pludermacher : « Parmi ses tours de magie, je me souviens qu'il faisait se promener tout seul un chandelier sur une table. En fait il se servait d'un aimant, mais nous les enfants, nous étions épatés ! Il avait déjà un sens scénique évident. »

Jane Birkin : « Les gens ignorent tout à fait cette facette de Serge, il est adoré par les enfants, c'est son meilleur public : il leur fait des grimaces, il les fait pleurer de rire. Il captive le cœur des gosses, il est une sorte de "Pied Piper", les enfants le suivraient partout, même dans ses bêtises, parce qu'il ose faire des choses qui sont interdites par les adultes. Quand il brûle un billet à la télévision, ce n'est jamais qu'une farce d'enfant qui continue et les parents sont choqués, ils disent : "Il devrait savoir que ça ne se fait pas, c'est un grand garçon maintenant." Mais pas du tout ! Il est toujours resté un enfant et c'est ça qui est formidable ! »

De côtoyer durant deux ans Serge Pludermacher, un bonhomme d'exception comme l'affirment les témoins[1], suscite une question : a-t-il eu ou non une influence sur Lucien Ginsburg ? Albert Hirsch en est convaincu : il se demande même si le futur Gainsbourg n'aurait pas choisi son prénom en hommage au père de Georges Pludermacher.

Albert Hirsch : « Serge avait pris Lucien en sympathie et il lui a donné les meilleurs conseils du monde. Il l'a aidé à se trouver artistiquement. Notamment de prendre le parti de la musique plutôt que de la peinture. Ç'a été un détonateur. Quand il est arrivé à Champsfleur il était bohème, là-bas il a pris conscience qu'il devait travailler s'il voulait devenir professionnel. »

1. Pludermacher dut quitter Maisons-Laffitte en 1952 ; il abandonna l'enseignement et travailla comme comptable à Paris. Il est mort en décembre 1983.

Georges Pludermacher : « Quand il a quitté Champsfleur, nous n'avons plus entendu parler de lui. Quelques années plus tard, on a découvert qu'il était chanteur quand il a sorti "Le poinçonneur des Lilas". Mon père, Serge, a eu l'air un peu agacé. Il a dit : "Pourquoi a-t-il changé de prénom ? Pourquoi il ne se fait plus appeler Lucien ?" »

Huguette Attelan : « Pludermacher et Gainsbourg s'entendaient très bien. Il avait certainement une grande admiration pour notre directeur. Gainsbourg, je l'ai revu lors d'une fête donnée par un ancien de la maison, à Paris. C'était l'époque où il n'était pas encore très connu, il accompagnait Michèle Arnaud. »

Albert Hirsch : « On sentait chez lui une certaine tristesse. On voyait qu'il n'était pas heureux. Il savait déconner avec nous, mais c'était une façade. Il n'était pas dans la joie. Quand il a quitté Champsfleur avec Lili il est venu nous dire au revoir. Il nous a dit : "Je vais à Paris. Je vais essayer de me débrouiller". On était tristes. »

Son séjour à Maisons-Laffitte n'a été marqué que par deux événements. D'abord, son absence, en juillet 1951, pour cause de grandes manœuvres : l'Occident s'est installé dans la guerre froide, l'armée joue à la guéguerre et rappelle ses pioupious. En deux ans, Lucien constate que ses ex-potes sont devenus adultes, la plupart ont des enfants et la bague au doigt. Ensuite, son mariage. Imposé à sa compagne, modérément enthousiaste, plutôt par conformisme... Il est prononcé le samedi 3 novembre 1951 à la mairie de Mesnil-le-Roi.

Gainsbourg : « Je l'ai épousée parce que je me suis dit que c'était pas bien pour les enfants de voir un couple non marié. Ensuite, il s'est avéré qu'on n'a jamais eu de progéniture[1]... »

Durant l'été ou à la rentrée 1952, le couple retourne à Paris, et s'installe dans un hôtel rue de l'Échaudé. Que s'est-il passé dans la capitale durant ces deux années ? Le monde de la peinture a été séduit par le mouvement Cobra, qui a révélé Jorn et Alechinsky. En route vers l'art officiel, le piteux Mathieu a publié son premier traité, *Note sur le poétique et le signifiant*. Alexander Calder a été primé à la Biennale de Venise pour ses stabiles en tôle d'acier. Côté musique, le premier concert de musique concrète s'est tenu à l'Ecole normale de Paris. L'actualité littéraire et théâtrale est riche : Camus a publié *L'Homme révolté*, Eugène Ionesco a monté *La Cantatrice chauve*, Henri de Mon-

1. Notons au passage qu'ils vivaient en concubinage à Champsfleur, au vu et au su de tout le monde, et que ça n'avait gêné personne jusque-là, ni le directeur ni les enfants. Un établissement athée et socialiste, certes, mais quand même : nous sommes au début des années 50 !

therlant *Malatesta*. Sartre a triomphé avec *Le Diable et le bon Dieu*, tandis que Jean Vilar a créé le TNP, Théâtre national populaire, pour y jouer *Mère Courage et ses enfants* de Bertolt Brecht, avant que Samuel Beckett ne suscite le scandale, en 1952, avec *En attendant Godot*. Sur les grands écrans (les petits n'intéressent encore qu'une poignée d'initiés), Hitchcock tétanise les foules avec *L'Inconnu du Nord-Express*, Luchino Visconti échappe au néo-réalisme avec le mélo *Bellissima*, tandis que Vittorio De Sica tourne *Miracle à Milan*. En France, Robert Bresson révèle son style austère avec le *Journal d'un curé de campagne*. En 1952, René Clément reçoit le premier prix du Festival de Venise avec *Jeux interdits*, André Cayatte le prix spécial du jury au Festival de Cannes avec *Nous sommes tous des assassins*, tandis que Jean Renoir réalise *Casque d'or*, Max Ophüls *Le Plaisir*, Julien Duvivier *Fanfan la Tulipe*, René Clair *Les Belles de nuit* et que Michel Boisrond révèle Brigitte Bardot dans *Cette sacrée gamine*.

Encouragé par son père, Lucien recommence le circuit des boîtes et des bals comme guitariste-pianiste d'ambiance, ce qui lui donne une bonne excuse pour s'éloigner de la peinture. Impossible en effet de mener les deux de front : en tant que musicien, il rentre parfois aux petites heures, en tant que peintre, il devrait se lever à l'aube pour bénéficier de la plus belle lumière. La question est de savoir si on lâche une passion ou si c'est elle qui vous laisse tomber... Revenant sur cet abandon, Serge parlera de trahison et de lâcheté mais avouera aussi que c'était « par peur de la misère[1] ».

Liliane Zaoui : « Ma mère ne cessait de répéter que la peinture conduisait à la misère. Je trouvais mon frère très doué, ses toiles étaient figuratives, plutôt impressionnistes, mais je me disais que ce n'était pas achevé, que ce n'était qu'un passage. Ses études, ses dessins et sanguines étaient vraiment excellents, ça m'a fendu le cœur lorsque j'ai appris qu'il les avait détruits. »

Jacqueline Ginsburg : « Les seules toiles qui sont restées sont celles qu'il avait offertes à mes parents : lorsqu'il leur a demandé l'autorisation de les faire disparaître, ils s'y sont formellement opposés. »

C'est ainsi que Jacqueline est à la tête de la plus vaste collection de toiles signées Lucien Ginsburg : deux huiles et un pastel ! Sans parler d'un autoportrait et d'un vase peint dans les années 50... Ensuite, nous avons Gert Alexander et ses deux toiles. Puis Liliane, qui n'en possède qu'une, tout comme Juliette Gréco et un marchand d'art à Pau, Éric Lhoste, qui a racheté 5 000 francs, en 1986, un portrait à l'huile d'une

1. In *Paroles et Musique*, n° 35, décembre 1983.

Mme Paulette Franckhauser, fille du propriétaire d'un café à Argelès-Gazost dans les Hautes-Pyrénées, où Serge venait prendre l'apéro durant l'été 1951 ou 1952, alors qu'il jouait avec l'orchestre du casino local[1]...

Du mois de février au mois de mai 1953 M. et Mme Ginsburg sont hébergés en pension complète au Home Saint-Jacques, dans la rue du même nom ; ce foyer est habituellement réservé aux élèves de la Schola Cantorum, située juste à côté, mais la direction fait parfois des exceptions pour les artistes-peintres. Le tarif mensuel est de 35 000 (anciens) francs pour les deux. Dès le mois de juin, Elisabeth Ginsburg loge seule et règle la note, qui est cette fois de 20 000 francs par mois. Lucien est-il retourné chez ses parents ? En tout cas, c'est la dèche.

Gainsbourg : « A cette époque, je faisais beaucoup de collages et pour me faire un peu de blé je peignais des fleurs sur des meubles anciens pour faire des faux Louis XIII, lui ou un autre. Je coloriais aussi des photos noir et blanc pour les entrées de cinéma, un petit jeu auquel j'étais devenu très habile. C'est ainsi que j'ai rougi les lèvres de centaines de Marilyn pour le film *Niagara*. Je travaillais à l'aniline, c'était 1 franc la photo — 1 franc de l'époque —, bref, je vivotais[2]... »

De son côté, Joseph voit tous ses espoirs s'effondrer. Que son fils se contente de colorier des photos de cinéma le révolte. Pourtant, en décembre 1953, la situation matérielle semble s'améliorer. M. et Mme Ginsburg vivent à nouveau sous le même toit, mais dans deux chambres séparées, qui leur coûtent au total 46 500 francs par mois. Cela ne dure que deux mois : en février et mars 1954 Lucien Ginsburg occupe seul la chambre n° 8. Vers le 15 février, au Blue Note, qu'il fréquente assidûment, il écoute bouleversé Billie Holiday chanter « Gloomy Sunday ». Puis il quitte le foyer : grâce à son père, qui y avait lui-même travaillé, il est engagé pour la première fois, durant les vacances de Pâques 1954, comme pianiste d'ambiance au Club de la Forêt, chez Flavio, au Touquet. Au terme de cette période d'essai, on lui confirme son engagement pour l'été suivant.

Le Touquet, sur la Côte d'Opale, est une station balnéaire très chic : les Parisiens friqués s'y rendent comme aujourd'hui ils vont à Deauville, d'où le nom « Le Touquet-Paris-Plage ». Ils y croisent des Boulonnais, qui viennent en voisins, et des Anglais qui fréquentent assidûment le casino (les jeux sont interdits outre-Manche jusqu'en 1964). Tout ce beau monde se retrouve à l'hôtel Westminster, un élé-

1. Pour la petite histoire, Lucien fit aussi le portrait de sa cousine Huguette Latapie. Celle-ci, jugeant le portrait peu ressemblant, le jeta au feu.

2. Le film *Niagara* sort en France début septembre 1953. Il continuera ce boulot jusqu'au printemps 1955 ; il se souvenait aussi d'avoir colorié les pendentifs d'Ava Gardner — peut-être dans *La Comtesse aux pieds nus*.

gant palace à la lisière de la forêt, au pied duquel s'était ouvert durant l'été 1949 le club du même nom. On y vient pour boire l'apéritif, on y boit un dernier verre ou on y fait la fête après avoir joué au casino. Ce n'est pas encore un restaurant mais on peut y déguster sur le pouce un croque-monsieur, du foie gras, du caviar, des homards. Flavio Cucco, le patron des lieux, est une figure célèbre de la vie nocturne au Touquet : avant-guerre déjà, il avait animé le Chatham, une boîte située dans la rue principale. Né à Londres d'un père italien et d'une mère britannique, sa parfaite connaissance de la langue est appréciée de la clientèle anglaise. Un article publié dans *La Voix du Nord* en juin 1950 décrit son établissement : « Le Club de la Forêt a trouvé en l'ami Flavio un animateur de classe. Un animateur qui sait créer l'ambiance dans un cadre de satin et avec un seul pianiste jouant doucement, tout doucement, en sourdine, pour ne gêner personne et... apaiser les cœurs. A moins qu'une jeunesse ardente lui demande d'abandonner la mélodie pour le swing. »

Flavio Cucco : « En 1954, le père de Gainsbourg était venu chez nous les quatre jours du week-end de Pâques et il m'avait tout de suite parlé de son fils, me disant : "Il est jeune, c'est ça qu'il vous faut ici, et puis il joue bien mieux que moi." Le week-end suivant il s'est présenté et je l'ai tout de suite engagé. Il travaillait bien : l'après-midi, en terrasse, à l'heure du thé ; en début de soirée, à l'apéro, il jouait au bar ; ensuite le soir, jusqu'à 2 heures du matin... »

Entre-temps les deux sœurs de Lucien se sont mariées : Liliane a rencontré l'homme de sa vie en Italie en avril 1954 et le couple s'installe bientôt à Casablanca où la jumelle de Serge trouve un poste de prof d'anglais au lycée français.

Liliane : « Ça paraît impensable pour la génération actuelle, mais j'ai finalement peu de souvenirs de mon frère ; nous vivions en vase clos et nous étions tous deux timides et renfermés. Lorsqu'il se confiait c'était plus volontiers à notre sœur aînée qu'à moi... Déjà tout petit il vivait dans ses rêves, dans sa sphère, et moi aussi. Il a acquis très vite une forte personnalité, il était le créateur, moi j'étais passive, je me contentais d'admirer... L'éloignement géographique a fait le reste... Quand on se voyait, il ne me posait jamais de questions : je crois tout simplement que ça ne l'intéressait pas. »

Nous reviendrons plus longuement au Touquet, où Lucien passe bientôt sa première saison d'été, mais parlons d'abord d'un autre épisode, qui se situe chronologiquement à la même époque et que nous regretterons toujours de n'avoir pu évoquer avec Serge, ayant découvert une mine d'informations inédites à la SACEM, trois mois après sa mort. C'est en effet au printemps 1954 que Joseph se débrouille pour que son fils suive des cours de composition et d'orchestration afin qu'il réussisse son examen d'entrée à la SACEM – un examen difficile, en ce temps-là (Brassens l'a raté plusieurs fois) –, dans le but de lui permettre de toucher des droits d'auteur en tant qu'arrangeur... ou, éventuellement, en tant qu'auteur-compositeur. De son côté, Elisabeth donne un coup de main à Lucien pour la transcription sur partition. Le 1er juillet 1954, celui-ci est également accepté comme auteur : sur un thème imposé (« Notre premier baiser »), il jette ces vers qui ne laissent pas présager grand-chose...

Le temps a effacé
Dans mon cœur l'amertume
Tous mes chagrins passés
Aujourd'hui se consument
Mais je ne puis pourtant
Je ne puis oublier
Un souvenir troublant
Notre premier baiser

Selon le récit que faisait habituellement Gainsbourg de ses débuts dans le métier, soigneusement peaufiné après coup, sans doute pour gommer les années d'errances et de déceptions, tout s'était passé très vite, entre le moment où il avait vu Boris Vian sur scène — le fameux déclic sur lequel nous reviendrons — et celui où il avait écrit et composé « Le poinçonneur des Lilas ». Or, nous savons qu'il dépose le 26 août 1954, moins de deux mois après son examen d'entrée à la SACEM, ses six premières chansons [1], dont une au titre prémonitoire : « Ça n'vaut pas la peine d'en parler ». De fait, il n'en avait jamais parlé à personne, de façon peut-être, à la sortie de son premier album en 1958, à réécrire un tantinet l'histoire. Deux de ces titres déposés en août 1954 seront pourtant sauvés de l'oubli quelques années plus tard, à commencer par « Défense d'afficher », l'histoire d'une fille qui attend son jules et écoute parler les murailles, qu'il offrira à Pia Colombo et Juliette Gréco en 1959 :

Combien d'injures sur ces murs gris
Combien de haine
Combien de peine
J'ai beau r'garder en l'air
Histoire de changer d'air
J'vois qu'les lessives pavoisées
Drapeaux blancs d'la réalité

1. Pour la liste complète des premières chansons : voir en annexe, section discographie.

Il dépose aussi « Les amours perdues » qu'il offrit à la même Gréco avant d'en donner sa propre version sur son troisième album 25 cm, en 1961 :

Tous les serrements de cœur
Tous les serments d'amour
Tous les serre-moi serre-moi
Dans tes bras mon amour

Quelques semaines plus tard, une nouvelle tentative frôle le navrant (« C'est la dernière page c'est la dernière image / C'est notre joli rêve qui s'achève ») : l'on comprend pourquoi le futur Gainsbourg se cache encore sous l'habile pseudonyme Julien Grix (ou Gris : Julien pour Stendhal, Gris à cause du peintre Juan Gris, peut-être aussi un clin d'œil à Le Grix, nom d'épouse de sa sœur aînée Jacqueline), signature qu'il abandonnera en décembre 1956. Il n'en reste pas moins que c'est en 1954 que Lucien prend la décision de se lancer dans la chanson, du moins comme auteur-compositeur. Peut-être essaye-t-il de placer ses chansons chez des éditeurs, ou directement chez des interprètes. Il n'est pas impossible non plus qu'il veuille suivre l'exemple d'un Francis Lemarque, chanté depuis de nombreuses années par Yves Montand (« A Paris », « Marjolaine », « Quand un soldat ») ou d'un Léo Ferré dont « Le piano du pauvre » et « Paris Canaille » sont chantés en 1953-54 par Catherine Sauvage. Ou encore d'un Aznavour qui, depuis 1951, a multiplié les succès par chanteuses et chanteurs interposés : à Juliette Gréco, il a offert « Je hais les dimanches », à Eddie Constantine « Et bâiller et dormir », à Patachou « Parce que »[1], à Edith Piaf « Jezabel ». Il faut savoir que le monde de la chanson française fonctionne encore globalement à cette époque — même si une nouvelle génération d'auteurs-compositeurs-interprètes fait son apparition avec Brassens, Ferré et d'autres — selon un modèle ancien et bien établi, où les métiers sont séparés, avec d'un côté ceux qui fabriquent les chansons et de l'autre ceux qui les rendent populaires. A ce propos, qu'écoute-t-on en 1953 et 1954 ? Des bêtises comme « L'amour est un bouquet de violettes » (Luis Mariano) et « Le chien dans la vitrine » (Line Renaud). Mais aussi « Mes mains » et « Quand tu danses » (Gilbert Bécaud), « Les amoureux des bancs publics » et « La chasse aux papillons » (Georges Brassens), « Le noyé assassiné » (Philippe Clay), « Un jour tu verras » (Mouloudji) ou encore « La goualante du pauvre Jean » (Edith Piaf).

1. Que Lucien inclura dans son répertoire de pianiste de bar et interprétera des années plus tard, notamment à la télévision.

C'est probablement à son retour du Touquet, à la rentrée 1954, que Lucien remplace à nouveau son père, mais cette fois à Paris, dans le 18e, au cabaret Madame Arthur dont il devient le pianiste et chef d'orchestre (deux autres musiciens seulement : un batteur et un saxophoniste-violoniste), une place qu'occupe Joseph depuis 1947. De cela non plus il ne parla jamais et ce sont aussi les recherches à la SACEM au printemps 1991 qui nous permirent de découvrir cet épisode pourtant aussi passionnant que savoureux de ses années d'apprentissage. On a du mal à imaginer pourquoi il le tut, lui qui révéla tant d'anecdotes autrement plus salées dans sa carrière, lui qui n'hésita pas à s'afficher en travesti sur la pochette de l'album *Love On The Beat* en 1984, un album où plusieurs chansons tournaient autour du thème de l'homosexualité.

En 1954 comme aujourd'hui, Madame Arthur est un cabaret fameux pour ses numéros travestis — à l'époque on dit encore « transformistes ». En clair, le jeune Gainsbourg, farouchement hétérosexuel, se retrouve entouré de folles et accompagne toute la nuit des numéros de travelos, qui oscillent entre le glauque, le burlesque et le troublant, quarante ans avant que l'expression « drag-queen » ne rentre dans le langage courant. Il y rencontre Louis Laibe, le directeur artistique, avec qui il va bientôt composer toute une série de morceaux, l'essentiel du spectacle qui fait les beaux soirs de Madame Arthur au cours des saisons 1954-55 et 1955-56.

Louis Laibe : « Joseph Ginsburg, que l'on appelait le père Jo, était très gentil mais quand il se déplaçait on aurait dit un croque-mort, il n'était pas drôle. Quand Serge venait remplacer son père, il ne savait pas ce que c'était qu'un blue jean, il ne connaissait pas les chemises ouvertes, il était toujours habillé en jeune homme de bonne famille et j'aime autant vous dire qu'on ne lui tapait pas sur le ventre, il était aussi sérieux que son père. Serge était conditionné par son père contre les homosexuels, il était donc très discret de ce côté-là, je n'ai jamais vu Gainsbourg sortir avec un travelo ou avec un pédé à l'époque, c'est pour ça que j'ai été soufflé quelques années plus tard quand je l'ai vu chanter "Mon légionnaire" : je me demandais où il allait ! C'est un garçon qui m'a toujours surpris. »

L'une des vedettes du cabaret se nomme Coccinelle, travesti hyperglamour qui sera deux ans plus tard la première transsexuelle célèbre en France, après avoir subi une opération au Maroc, mais elle ne chante aucun des titres signés, pour la musique, par Lucien. C'est entre février et juin 1955 que celui-ci dépose avec Louis Laibe une série de chansons aux titres exotiques dont ce dernier signe, pour la plupart, les paroles, de « Zita la panthère » à « Tragique cinq à sept » en passant par « Arthur Circus », « Pourquoi », « Charlie », « Locura Negra (Frénésie noire) », « Maximambo », « Jonglerie chinoise », « La trapéziste », « La danseuse de corde » et « L'haltérophile ».

Louis Laibe : « Chez Madame Arthur, nous n'étions jamais choquants, ni graveleux : notre principe était de faire oublier le côté un peu vicieux de la chose au profit de la joliesse de la performance. Il fallait être prudent en ce temps-là, si on ne voulait pas se retrouver à la Tour Pointue[1] ou se faire casser la tête à la sortie. Très vite j'ai eu l'idée d'écrire avec Lucien les chansons de notre nouvelle revue, sur le thème du cirque, qui fut chez nous un spectacle important. A l'époque il y avait quand même 30 à 35 artistes sur scène, la maison était petite mais nos revues étaient connues du monde entier ! "Arthur Circus" ouvrait le tableau, puis nous avions "La trapéziste", écrite en souvenir d'une vedette du cirque Médrano qui avait eu un accident. "Zita la Panthère" était chantée par mon partenaire, Maslowa, un garçon qui avait un tempérament fou. Ça racontait l'histoire d'une tigresse amoureuse de son dompteur... Pour ce tableau, il était déguisé en panthère ; au bout de sa longue queue il avait une fermeture Eclair qu'il ouvrait à la fin de la chanson pour en sortir une houppette avec laquelle il se poudrait le museau, c'était très drôle. "Je suis Zita la panthère et on peut tout me demander..." Parmi nos autres interprètes il y avait aussi Toinou Coste, un garçon de 120 kilos qui imitait Fréhel, et Lucky Sarcell, un ancien boy de Mistinguett qui s'était fait virer des Folies-Bergère après avoir loupé une entrée en scène parce qu'il était en train de priser une dose de coco sous les escaliers. Il était laid de visage mais avait de jolies gambettes : je le présentais sur scène comme "la seule chanteuse qui chante avec ses jambes"... »

Ce Lucky Sarcell fut en réalité le premier interprète de Gainsbourg, puisque celui-ci lui offrit « Antoine le casseur », la seule chanson dont il écrivit aussi les paroles, début 1955 :

C'est pour lui qu'j'fais l'tapin
Que j'vends mon valseur et l'toutime
Et si lui c'est un chaud lapin
On peut dire que moi je suis une chaude lapine
Les caves que j'éponge ça m'laisse froid
Du vrai y'a qu'Antoine qui y a droit
Mon sentiment est si profond
Qu'y'a qu'lui seul qu'a pu arriver au fond

Gratiné, non ? Côté musical, ce fut sans doute, au même titre que son expérience de pianiste de bar, au Touquet, une école prodigieuse... Avec Laibe, il compose des chansons dans tous les styles : des blues,

1. Le Quai des Orfèvres.

des valses, des javas, des ambiances africaines, des mambos sud-américains et du pur music-hall. Une expérience dont il se souviendra des années après en travaillant pour les revues de Zizi Jeanmaire au Casino de Paris et à Bobino.

Louis Laibe : « J'avais écris un poème en réponse à la chanson "Parce que" d'Aznavour, tout simplement intitulé "Pourquoi". Je trouvais cette chanson très belle et l'avais mise dans mon répertoire. Le matin sur les coups de 4 heures, quand la grosse clientèle était partie, il nous arrivait de faire un tableau à la carte. J'avais à cette heure-là une clientèle de toutes les putes de la Chapelle ; elles avaient fini leur travail avant de le reprendre en toute fin de nuit et elles arrivaient, avec leur sous-maîtresse qui portait un vison, en rang comme au pensionnat ! Elles prenaient toujours les tables du fond et la sous-maîtresse leur commandait du champagne si elles avaient bien travaillé. Quand le spectacle était fini et qu'elles devaient retourner au travail, la sous-maîtresse se levait, tapait dans les mains et disait : "Allez les ponettes, aux asperges !" Les filles aimaient bien cette chanson dont Serge avait signé la musique. Je me rappelle que la dernière fois que j'ai vu Gainsbourg, c'était vers 1975, un soir d'hiver, chez Arthur ; il me dit : "Tu sais qu'il y avait de bonnes choses parmi les chansons que nous avons faites ensemble, 'Pourquoi', par exemple, elle était vraiment bien..." Je lui ai répondu : "Enfoiré ! Tu ne l'as jamais sortie parce que tu préfères signer les paroles et la musique, comme ça tu n'as pas de droits d'auteur à partager !" [1] »

En mars et avril 1955, d'autres dépôts à la SACEM concernent des chansons dont les paroles sont cette fois écrites par un certain Paul Alt, alias Diego Altez, d'origine marrane et acrobate de métier, qui n'a rien à voir avec la faune de Madame Arthur : avec sa compagne Laura, il se produit au Bal du Moulin-Rouge. Jacques Lasry les a présentés : Lucien est impressionné par son agilité mais ne peut s'empêcher d'être sarcastique ; Paul est bluffé par ses connaissances musicales et ses talents de peintre même si, en lui montrant ses toiles, Lucien le prévient : « Tout ce que je fais, c'est de la merde ». Paul emmène parfois Lucien en virée dans sa Sunbeam décapotable, à tombeau ouvert. Toujours aussi trouillard, Lulu gémit : « Je vais crever ! Je vais crever ! »

Aucune de leurs chansons ne verra le jour malgré des titres alléchants tels que « J'ai goûté à tes lèvres » et « J'ai le corps damné par l'amour ». Du propre aveu de l'auteur, elles étaient plus nulles les unes que les autres, sauf une...

---

1. Laibe ne l'a peut-être pas reconnue mais la mélodie des « Goémons », que Gainsbourg enregistre en 1962, est décalquée sur celle de « Pourquoi », définie comme « valse » et déposée à la SACEM le 10 mars 1955 (merci à Xavier Lefèbvre).

Paul Alt : « Elle s'intitulait "Je broyais du noir" et nous en étions assez fiers. Sur l'idée de Serge, nous avions essayé de rencontrer Juliette Gréco, pour la lui proposer. Nous l'avons attendue dans les coulisses d'un club où elle se produisait, mais elle était quasi inapprochable. J'en ai eu marre de poireauter et j'ai dit à Serge : "Viens, on se casse." Lui, fasciné par Gréco, était prêt à prendre son mal en patience... »

Combien de temps précisément Lucien travaille-t-il chez Madame Arthur ? Malgré toutes nos recherches, il est difficile de l'affirmer. De la rentrée 1954 au printemps 1955 ? C'est probable, si on prend pour points de repère les dates de dépôts des différentes chansons. Il est possible également qu'il ait laissé tomber le cabaret en cours de saison pour accepter un nouvel engagement, une fois de plus arrangé par Joseph, au Milord l'Arsouille, comme plusieurs témoins semblent l'indiquer. A chaque carrefour de sa vie, Serge l'a souvent répété, on retrouve son père. Cette fois, celui-ci a appris par le circuit des musiciens qu'on cherche un pianiste-guitariste dans ce cabaret Rive gauche mais du « mauvais » côté de la Seine, puisque situé rue de Beaujolais, à deux pas du Palais-Royal.

On parle beaucoup en effet de ce qui est devenu, depuis la fin des années 40, un véritable style, annoncé déjà avant-guerre au Bœuf sur le Toit ou chez Agnès Capri puis développé après la Libération à l'Ecluse (ouverte en 1947) ou à l'Echelle de Jacob (ouverte en 1948). On y écoute Cora Vaucaire, Marcel Mouloudji, les Frères Jacques. Le style Rive gauche — inspiré par les chansons de Prévert et Kosma et le groupe Octobre — se cristallise un temps autour de Juliette Gréco, puis une nouvelle génération de cabarets voit le jour au cours de la seconde moitié des années 50 : la Colombe, sur l'île de la Cité, le Cheval d'Or rue Descartes, le Port du Salut ou la Fontaine des Quatre Saisons tenu par Pierre Prévert (frère de Jacques) rue de Grenelle ; on y entend Vian, Mouloudji, mais aussi Germaine Montero, Monique Morelli, Philippe Clay ou d'autres encore tels Catherine Sauvage, Anne Sylvestre, Francesca Solleville, Romain Bouteille et Boby Lapointe (ainsi que Jacques Higelin et Brigitte Fontaine, plus tardivement). Rive gauche signifie « chanson poétique » avant de devenir synonyme d'engagement ; il s'exporte aussi de l'autre côté de la Seine, soit à Montmartre, aux Trois Baudets et chez Patachou, soit au Milord l'Arsouille.

Romain Bouteille : « Quand je débarque sur les scènes de la Rive gauche, ça se passe à la Contrescarpe, au Cheval d'Or et à l'Ecluse. C'est là que se fabriquent les talents que l'on va voir après sur la Rive droite, avec du fric en plus. Il y avait aussi le Bateau Ivre, Chez Bernadette, l'Echelle de Jacob et le Port du Salut, avec Boby Lapointe, un invendable comme moi. Le point commun de tous ces lieux était leur taille. C'était petit. Les gens s'asseyaient n'importe comment, sur des chaises avec un ballon de rouge qui valait 10 centimes. Ils écoutaient une dizaine de numéros courts, mais inspirés. Cérébraux. C'était le circuit des pauvres, c'était une humeur. Sur la Rive droite on n'invente pas, ou peu, on récupère. On y connaît très bien le jazz, parce que c'est cher. »

André Halimi, qui fera carrière comme réalisateur de télévision, est à l'époque un journaliste débutant qui rôde dans le milieu des cabarets et des music-halls. En 1959 il va d'ailleurs publier le livre *On connaît la chanson (Histoire vivante, vedettes et panier de crabes de la chanson contemporaine)* qui le grille pour un bon moment avec le métier...

André Halimi : « Le Milord l'Arsouille était particulier parce qu'il se situait Rive droite et c'était assez bourgeois, mais les artistes qui y passaient — même Léo Ferré y a chanté — venaient de la Rive gauche. C'était très cher, plus cher que les caves de Saint-Germain. Francis Claude avait un public très Neuilly, très 16e arrondissement, "anar de droite". Les gens venaient s'encanailler dans un cabaret où régnait un esprit d'impertinence, d'insolence, mélange de Sacha Guitry et de Léo Ferré. Il y avait un ton. »

Un ton peut-être hérité du temps où Cora Vaucaire — la créatrice des « Feuilles mortes » désormais surnommée « la Dame blanche » par opposition à Gréco, toujours vêtue de noir — avait régné sur les lieux, à partir de 1950, lorsque le cabaret s'appelait encore le Caveau Thermidor. Mais la salle avait été vendue l'année suivante et un autre prince des nuits parisiennes nommé Francis Claude l'avait rebaptisé Milord l'Arsouille. Basque d'origine, né à Paris, Francis s'était très tôt passionné pour le monde du spectacle tout en préparant l'inspection des Finances ; après un bref intermède en 1939 dans la Coloniale puis dans la Légion étrangère, il avait fait ses débuts sur scène au Perroquet, à Nice ; à la Libération il avait ouvert le Quod Libet à Saint-Germain avant de prendre les rênes du Milord, dont il est à la fois directeur artistique et vedette, grâce à ses sketches et monologues réputés pour leur drôlerie et leur finesse.

Francis Claude : « L'endroit me plaisait, c'est là où a été chantée pour la première fois "La Marseillaise" à la Révolution française. C'est là où Danton et Camille Desmoulins rédigèrent les premiers numéros de *La Lanterne*. A la Restauration on l'appelait le Caveau des Aveugles parce que le propriétaire avait engagé des musiciens aveugles pour qu'ils ne voient pas les orgies auxquelles se livrait la clientèle[1]. »

1. Classée monument historique, cette cave avait aussi accueilli Merveilleuses et Incroyables durant le Directoire ; elle s'appelait alors Caveau des Sauvages. En 1935,

Le nom de Milord l'Arsouille lui avait été suggéré par un personnage de cette époque licencieuse, lord Seymour, un comte bâtard à demi anglais qui menait une double vie et se déchaînait en se déguisant, se laissant entraîner dans des bagarres et jetant l'argent par les fenêtres. Moralité, il n'était lui-même que lorsqu'il portait un masque : « Milord avec les arsouilles, arsouille avec les milords. » L'histoire est belle, elle avait séduit Marcel Carné qui avait pensé en faire un film avec Pierre Brasseur dans le rôle principal[1].

Pour décorer la salle, Francis Claude fait appel au peintre Gabriel Terboets, dit Tchekov. Les murs sont bientôt recouverts de proclamations révolutionnaires ; on y accroche les portraits de Marat et de Charlotte Corday ; une fresque évoque les frasques de l'élégant milord qui donne son nom au cabaret. La salle, pouvant accueillir de 150 à 200 personnes, est équipée d'un bar et d'une petite estrade servant de scène. Jacky, dit « le marin », fils d'une femme député, éternellement vêtu d'un costume de velours et d'une casquette de marinier, se charge des relations publiques. Francis Claude a une idée épatante pour récupérer les clients du Quod Libet : il loue une diligence noire et jaune, avec son cocher, et l'envoie chercher les clients sur l'autre rive, place Saint-Germain-des-Prés, et la navette est gratuite...

Dès son ouverture, fin 1950, le cabaret connaît un succès prodigieux. Léo Ferré et Jacques Douai sont parmi les premiers artistes programmés, Francis Claude présente un numéro philosophique au cours duquel il enchaîne les mots d'esprit ; en duo avec Louis Lions, il raconte les aventures bouffonnes de deux paysans du Sud-Ouest, sous le nom de Darrigade et Fouziquet. Au Milord, on côtoie bientôt Orson Welles, Jacques Charon, Francis Carco, Jean Cocteau, Maurice Chevalier, Robert Hirsch, ou Mireille. Parmi les piliers de l'établissement, ceux qui feront pratiquement partie des meubles jusqu'à ce que Francis Claude jette l'éponge, fin 1962, il y a Jacques Dufilho, Maurice Biraud et la chanteuse Michèle Arnaud, future interprète de Gainsbourg, dont « la présence poétique et la voix chaude envoûtent le public[2] ». Mais sur la petite scène du Milord d'autres vedettes se succèdent, tels Alain Barrière, Mouloudji, Hélène Martin, Georges Moustaki, Catherine Sauvage, Jacques Brel (Francis Claude l'engage en

des Allemands aimant Paris y avaient fondé une boîte, Die Lantern ; réquisitionné pendant l'Occupation, l'endroit servit de réfectoire pour les officiers de la Wehrmacht en garnison à Paris (lire à ce sujet *Le Cabaret-Théâtre 1945-1965* par Geneviève Latour, Bibliothèque historique de la ville de Paris, 1996).

1. Le film *Milord l'Arsouille*, finalement tourné en 1955, réalisé par André Haguet avec Jean-Claude Pascal était sorti à Paris en janvier 1956.

2. Toutes ces informations proviennent de l'ouvrage *Le Cabaret-Théâtre 1945-1965*, *op. cit.*

1954, juste après son passage à l'Ecluse), Guy Béart ou, plus tard, Jean Ferrat. Toutes les stars de l'époque sauf une, Georges Brassens.

Gainsbourg : « Un soir, au Milord, je vois Boris Vian. J'encaisse ce mec, blême sous les projos, balançant des textes ultra-agressifs devant un public sidéré. Ce soir-là, j'en ai pris plein la gueule. Il avait sur scène une présence hallucinante, mais une présence maladive ; il était stressé, pernicieux, caustique. C'est en l'entendant que je me suis dit : "Je peux faire quelque chose dans cet art mineur" [1]... »

Ursula Vian : « Il est vrai qu'il était terrifiant, parce qu'il avait un trac fou, sa raideur glaçait le public. »

Alain Goraguer : « Sur scène, Boris était absolument rigide. Il portait un costume Mao avant la lettre, complètement droit avec plein de boutons, presque un uniforme, et en plus, c'était un grand balèze. Alors quand il chantait "Monsieur le Président, je vous fais une lettre", il était d'une agressivité totale. Même les chansons drôles, il les délivrait de cette façon. »

Boris Vian, le nom est lâché... « Son apparence physique intrigue, attire immédiatement le regard. Longue silhouette mince, yeux de glace gris-bleu, immense front de Martien, visage en lame », comme le décrit son biographe Philippe Boggio [2]. Boris Vian qui était récemment arrivé à la chanson par nécessité, par curiosité, parce qu'il n'avait pas encore abordé ce genre d'expression, lui qui avait démontré ses talents dans des domaines aussi divers que le roman (*L'Ecume des jours*), le journalisme (ses innombrables chroniques sur le jazz), l'imposture (*J'irai cracher sur vos tombes* de Vernon Sullivan, soi-disant traduit de l'américain par Boris) ou la fête (les fameuses soirées du Tabou en 1948-49 avec Juliette Gréco, Anne-Maria Casalis et consorts, dont il était un infatigable pilier).

Et pourtant, tout comme Gainsbourg, Boris n'aimait pas la chanson avant d'en faire. Dans un article publié dans le magazine *Arts* en septembre 1953, il avait projeté de la « bâillonner », tout en disant son admiration pour Ferré, Trenet, Mouloudji, Brassens ou Leclerc. C'est au début de l'année 1954 qu'il y jette toute son énergie, à l'époque où sa compagne Ursula est elle-même tentée par l'interprétation. Il écrit d'emblée des chansons contestataires, anarchistes : c'est le 15 février 1954, par exemple, qu'il dépose à la SACEM le texte et la musique de ce véritable hymne antimilitariste qu'est « Le déserteur », sa chanson

1. Mélange de déclarations faites à l'auteur, à la revue littéraire *L'Arc*, numéro spécial Boris Vian, 1984, et à Philippe Koechlin, pour le mensuel *Musica*, 1964.

2. *Boris Vian*, Editions Flammarion, Paris, 1993. La plupart des informations qui suivent sont tirées de cet ouvrage de référence.

la plus fameuse, que crée Mouloudji dans une version légèrement édulcorée le jour de la défaite des forces française à Diên Biên Phu. Au printemps de la même année, Boris rencontre Jacques Canetti. Il propose ses chansons à Philippe Clay, à Juliette Gréco, à Suzy Delair, à Renée Lebas (celle-ci lui présente Jimmy Walter, qui va mettre en musique nombre de ses textes, tel « J'suis snob »). Finalement, Vian se rend à l'évidence : pour faire entendre ses chansons, il va falloir les chanter lui-même : « Le besoin de popularité, de reconnaissance, derrière la pudeur maladive. La nécessité psychologique, nerveuse, d'en découdre », comme l'écrit Boggio. Il passe des auditions les 4 et 11 décembre 1954 au théâtre des Trois Baudets[1]. Ses débuts officiels ont lieu dans la même salle le 4 janvier 1955, avec « sa veste sombre de clergyman, comme un prédicateur vidé de sa foi [...] Boris exsangue, vert de trac, sans geste, planté droit, comme pour ne pas tomber en arrière ». On dirait qu'il psalmodie : « Le parler-chanter sans vibration. Il ne chante pas, il brade pour en finir [...] la salle s'enfle de son malaise si perceptible et le lui renvoie. » A deux reprises « devant l'indifférence ou l'embarras, il insulte la salle »... Vian veut arrêter mais Canetti le pousse à continuer : le 28 janvier, il chante à la Fontaine des Quatre Saisons, chez Pierre Prévert.

Juliette Gréco : « Je pense que Serge et Boris sont frères quelque part : une même violence, une même retenue, un même mystère. Frères dans la dérision, la cruauté et la tendresse... »

André Halimi : « J'ai vu Boris Vian chanter à la Fontaine des Quatre Saisons, rue de Grenelle, il faisait quatre ou cinq chansons, accompagné par un pianiste. Nous étions trois dans la salle. J'étais malheureux pour lui, c'était horrible, cauchemardesque. Je n'ai même pas été le saluer après, je me mettais à sa place. »

A la fin du mois d'avril 1955, Vian enregistre une dizaine de titres (ceux qui se retrouveront sur les EP rarissimes *Chansons impossibles* et *Chansons possibles*, publiés à la fin de l'année) dans les grands studios Philips, avec Jimmy Walter, Claude Bolling et la complicité du compositeur-arrangeur Alain Goraguer — futur orchestrateur de Gainsbourg — pour un pamphlet cinglant, « La java des bombes atomiques », qui vaut à Vian les honneurs de la une du *Canard enchaîné* le 13 juin 1955. Parmi les autres chansons — devenues autant de standards — on trouve « J'suis snob », « La complainte du progrès » ou encore « Je bois »...

1. C'est le 11 décembre 1954, d'après Boggio, que Gainsbourg assiste aux débuts de Vian, qu'il aurait donc revu ensuite au Milord.

Je bois
Dès que j'ai des loisirs
Pour être saoul
Pour ne plus voir ma gueule
Je bois
Sans y prendre plaisir
Pour pas me dire
Qu'il faudrait en finir

Toujours en juin 1955, Vian se produit tous les soirs aux Trois Baudets à la même affiche que Fernand Raynaud et la pièce adaptée des *Carnets du major Thompson* de Pierre Daninos, par Yves Robert. Puis il part en tournée d'été avec Goraguer, avec la même affiche ; à Annecy, Biarritz puis Bayonne « Boris essuie ses premiers vrais sifflets et beaucoup de ricanements [...] plus l'hostilité monte, plus Boris répond de sa fixité moribonde ». Comme nous le verrons, ce scénario se reproduira au détail près lors de la première tournée Canetti à laquelle participera Serge, au printemps 1959...

Outré par son « Déserteur », des anciens combattants manifestent à plusieurs reprises, à Nantes, puis Lorient et Perros-Guirec, pour l'empêcher de chanter : le croyant russe, ils traitent Boris de communiste et vocifèrent « En Russie ! en Russie ! ». A Dinard, le concert vire au meeting politique lorsque le maire, M. Verney, aidé par un groupe d'anciens combattants, grimpe sur scène sous les acclamations, et prie Boris de bien vouloir sortir. Le scandale est relayé dès la rentrée dans *Le Canard enchaîné* ; le 20 septembre 1955, Boris est de retour aux Trois Baudets. En novembre-décembre 1955, il monte un spectacle qui fait un bide à l'Amiral. En juillet 1956, il est victime d'un œdème pulmonaire aigu, qui lui impose de longs mois de repos. Il n'est plus question pour lui de se produire sur une scène (mais il continue à écrire et composer) ; sa période chanson a donc duré de décembre 1954 à mars 1956, une vingtaine de mois à peine, dont quinze mois en scène.

Au chapitre des points communs, on ne peut s'empêcher d'être amusé par cette autre coïncidence : Boris enregistre une chanson avec Brigitte Bardot le 16 novembre 1956, un essai demeuré inédit et sans suite ; « La Parisienne » est signée Vian-Goraguer :

Morale ou gaine
Rien ne me gêne
Pour avancer
On a le monde
Quand on est blonde
Et bien roulée

Mais revenons à Lucien qui, malgré ses boulots chez Madame Arthur d'abord, au Milord l'Arsouille ensuite, est perpétuellement dans la dèche. Il continue à colorier des milliers de photos de cinéma, qu'il livre à la MGM, sur les Champs-Elysées, mais il n'en peut plus de ce travail. Pour le dépanner, lui et sa femme, qui a commencé à prendre du poids de façon intempestive et incontrôlable, Joseph et Olia proposent qu'ils s'installent dans la chambre de bonne sous les toits de l'avenue Bugeaud. Joseph a repris sa place chez Madame Arthur, on sait aussi qu'il joue tout l'été dans un palace breton, à Tréboul... Dans sa mansarde, Lucien manifeste déjà son sens de l'esthétique maniaque, qu'il poussera au paroxysme dans le salon de la rue de Verneuil où chaque photo, chaque bibelot était très précisément à sa place : dans l'immédiat, il ne possède qu'un cendrier, un briquet et son paquet de clopes. Mais il cherche déjà la manière la plus harmonieuse de les disposer sur le plateau posé sur un tabouret qui leur sert de table. Trois étages plus bas, chez ses parents, Lucien fait tourner les derniers disques d'Art Tatum et de Dizzy Gillespie.

En juillet 1955, Lucien dépose deux titres à la SACEM, l'un avec Paul Alt, l'autre avec Billy Nencioli qui signe les paroles d'« Abomey ». Ce dernier, de quatre ans plus jeune que lui[1], ancien musicien dans des orchestres de danse (violon, guitare, etc.), chante depuis peu au College Inn et au Milord. Invité par Francis Claude qui anime par ailleurs une émission de radio très réputée, consacrée à la chanson, Nencioli est repéré par l'éditeur Raoul Breton, qui lui prend des titres comme « Tante Amélie », « On ne trouve ça qu'à Paris », « Porte des Lilas », etc. Mais il est rappelé en Algérie pendant six mois et ne sort son premier 45 tours chez Columbia qu'en 1957, préfacé par Aznavour. En 1958, il remporte le prix de l'Académie du disque avec la chanson « Porte des Lilas »[2].

Billy Nencioli : « Michèle Arnaud et Francis Claude formaient un couple génial, car ils s'occupaient vraiment de la chanson française. J'ai passé une audition au Milord et une semaine après je chantais... J'y suis resté trois mois, je chantais des chansons humoristiques comme "Vas te marier" ou "Ferme la fenêtre Marie" et Lucien m'accompagnait au piano. On a sympathisé et il m'a montré dans les coulisses le texte d'une chanson intitulée "Les mots inutiles". Il m'a demandé ce que j'en pensais, j'ai trouvé ça génial et je lui ai suggéré qu'il me laisse le temps pour faire une musique. »

1. Né à Cannes en 1932, Billy Nencioli est mort le 23 juillet 1997 à l'âge de soixante-cinq ans. Au cours de sa carrière, il a écrit des chansons pour Dalida, Enrico Macias, etc. Il avait également composé le thème de *Récré A2*.

2. *Porte des Lilas* est aussi le titre d'un film de René Clair avec Georges Brassens, Pierre Brasseur, Dany Carrel et Henri Vidal fin 1957. C'est en juin 1957 que Serge dépose à la SACEM son « Poinçonneur des Lilas ».

Nencioli ne la fit jamais ; Serge finit en 1958 par déposer la chanson sous le titre « Vienne à Vienne », en modifiant trois mots du texte d'origine, déposé en avril 1955. On peut regretter qu'il ne l'ait pas enregistrée — d'autant que les paroles sont pour la première fois authentiquement gainsbouriennes et qu'elles semblent exprimer ce qu'il ressent à l'égard de la chanson d'amour, ou de l'amour en général :

Les mots sont usés jusqu'à la corde
On voit l'ennui au travers
Et l'ombre des années mortes
Hante le vocabulaire
Par la main emmène-moi hors des lieux communs
Et ôte-moi de l'idée
Que tu ne peux t'exprimer
Que par des clichés
Vienne, à Vienne tu ne parlais pas
Simplement tu prenais mon bras
Et tu voyais à mon sourire
Qu'il n'était rien besoin de dire
Les mots d'esprit laiss'nt incrédule
Car le cœur est trop animal
Mieux qu'apostrophe et point-virgule
Il a compris le point final

Billy Nencioli : « Un soir d'été il m'a invité chez lui à manger des spaghettis, dans la chambre de bonne de ses parents. C'est sa femme, qui a cuit les pâtes, elle nous a servi une bouillie dégueulasse. La chambre était toute petite, le lavabo dans le couloir, il n'y avait qu'une table, un réchaud et un petit lit et ils dormaient tous les deux là. On a discuté de chansons : à cette époque son intention était de composer pour les autres, il ne voulait pas chanter. Après le repas on est descendus chez ses parents et il m'a joué des thèmes sur un très beau piano à queue dans un grand salon, il voulait que je mette des paroles sur ses musiques. »

Le mariage avec Elisabeth bat de l'aile ; les coups de canif dans le contrat se multiplient. Ceux qui se commettent à distance, quand Lucien se trouve au Touquet. Et les petites infidélités d'un soir, après le Milord l'Arsouille. Nencioli se souvenait de deux Américaines draguées une nuit au Whisky à Gogo, rue de Beaujolais...

Billy Nencioli : « Ce grand personnage assez laid et mince comme un clou ne pensait qu'aux femmes. Nous rencontrons donc ces filles, une petite brune très belle et une grande blonde magnifique. A cette époque je gagnais 1 500 francs au Milord, anciens bien sûr, Serge lui devait gagner dans les 1 000 balles et au Whisky à Gogo le scotch était à 800 francs. C'était très cher mais on leur a offert un verre et ensuite j'ai vu Serge partir avec cette blonde à l'hôtel où elle résidait, il l'a emmenée en trois mots... et moi j'ai perdu mon temps avec mon Américaine qui ne voulait pas coucher sans se marier ! »

Billy et Lucien parviennent finalement à signer une seule chanson ensemble, le mystérieux « Abomey » cité ci-dessus, un mambo ridicule né d'un défi du même tonneau...

Billy Nencioli : « A l'affiche du Milord, il y avait une sacrée bande de comiques, y compris Francis Claude et Maurice Biraud. En plaisantant, nous avions parlé de ces chansons de variétés pour orchestre qui pouvaient devenir des succès de tour de chant, par d'autres interprètes. Pour faire de l'argent, quoi. Avec Serge, dans cet esprit, nous avons écrit “Abomey” en dix minutes sur le bord d'une table. »

Au début, Gainsbourg — toujours sous le nom Julien Grix — est engagé au Milord comme pianiste d'ambiance ; il meuble le silence avant le spectacle et accompagne certains des artistes à l'affiche. Un peu plus tard, quand, vers minuit, Michèle Arnaud monte sur scène, Jacques Lasry le remplace au piano tandis qu'il passe à la guitare et qu'un troisième garçon, chanteur d'opéra dans le civil, empoigne une contrebasse. On peut avoir une excellente idée de l'ambiance qui régnait dans le cabaret en écoutant l'album *Une soirée chez Milord l'Arsouille* publié fin 1956 sur disque Ducretet, avec Michèle Arnaud, Jacques Dufilho, Francis Claude et Maurice Mérane. Lasry, futur créateur des célèbres *Structures sonores* avec Baschet, est un pilier de l'établissement depuis quelques années déjà lorsque Serge y fait irruption au printemps 1955.

Jacques Lasry : « Je suis entré au Milord en 1951 grâce à Francis Claude ; il m'avait aussi engagé à la radio où il présentait une émission hebdomadaire intitulée *Isabelle où es-tu ?* qui programmait beaucoup de nouveaux chanteurs. Francis s'était donné pour but de lancer des jeunes mais il fallait que leurs chansons aient des textes intéressants. J'étais chargé d'auditionner chez moi avenue des Ternes les jeunes interprètes, d'orchestrer leur chanson et de les accompagner à la radio. Au Milord, on ne faisait pas de la chansonnette, c'était bien au-dessus de la chanson populaire. Pour Michèle Arnaud, j'ai composé “Le pont Mirabeau” sur des paroles d'Apollinaire, j'ai mis en musique un texte d'Oscar Wilde adapté par Francis Claude. »

Jacques Dufilho : « Le public du Milord était très évolué, aimant plus la poésie que l'effet facile. On y venait après le théâtre... J'y ai joué cinq ans. Sitôt mon numéro comique terminé au Milord je courais à la Galerie 55 : autant vous dire que mes contacts avec Serge furent furtifs. Michèle Arnaud était la reine des lieux, elle découvrait des auteurs, les lançait, chantait avec beaucoup de pudeur et de délicatesse, il n'y avait pas un grain de poussière dans son répertoire... »

Peu de temps après l'arrivée de Lucien, Michèle Arnaud veut le virer pour cause d'ampli de guitare pourri : toujours le même problème d'argent. Lasry l'entend et dit à Michèle que si elle le vire, il partira aussi. Gainsbourg : « Jamais je n'oublierai votre geste. »

Jacques Lasry : « C'est moi qui ai fait rentrer Lucien au Milord. Un jour Michèle m'avait demandé de trouver quelqu'un car on commençait à faire de plus en plus de galas. Il nous fallait donc quelqu'un pour me remplacer au piano quand je l'accompagnais en tournée, qui puisse également jouer de la guitare avec moi au Milord. J'ai lancé un appel du côté de la place Pigalle, là où tous les musiciens se réunissaient ; quelques jours après j'ai reçu un coup de téléphone et c'était Gainsbourg qui me dit d'une voix à peine audible : "Je cherche du travail, je joue de la guitare et je joue du piano, voulez-vous m'écouter ?" Il est venu chez moi, j'étais tout de suite très charmé par le caractère doux, éduqué du personnage, qui était d'une discrétion et d'une politesse exquises. Il a joué "The Man I Love" au piano, j'ai trouvé ça très bien et on s'est tout de suite entendus. »

Il est sans doute temps d'en dire plus à propos de la belle et hautaine Michèle Arnaud, personnage capital dans la carrière de Gainsbourg. De son vrai nom Micheline Caré, elle est née à Toulon en 1919 (elle a donc une dizaine d'années de plus que Serge). Fille d'un officier de marine, elle a fait ses études à Paris, à la fac de droit et en sciences politiques, puis a obtenu sa licence en philosophie. Elle a vingt-cinq ans au milieu des années 40 et découvre l'existentialisme ; elle fréquente le Tabou, la Rose Rouge, mais aussi le Quod Libet animé par son futur mari Francis Claude : c'est en y voyant Léo Ferré qu'elle décide de se lancer dans la chanson en reprenant ses titres : de fait, en 1952, elle enregistre « Ile Saint-Louis » (créé par Léo trois ans plus tôt), puis elle obtient le grand prix de Deauville la même année avec « Tu voulais... », une chanson de Florence Véran. Sur son premier 25 cm figurent tous ses succès de scène, car elle est désormais la vedette permanente du Milord : « L'Ile Saint-Louis », « Tu voulais », « Sur deux notes » (de l'ex-Collégien Paul Misraki) et « La complainte des infidèles » de Mouloudji. « Son talent était fait d'intelligence, de chic et d'humour », comme l'écrit le mensuel *Platine* en mai 1998, deux mois après sa mort, à l'âge de soixante-dix-neuf ans ; « sa diction est parfaite mais sa froideur limitera son succès : elle restera une chanteuse intimiste ». Celle que l'on surnomme « l'intellectuelle de la chanson » — en d'autres temps, elle aurait tenu un salon littéraire — est certes respectée pour le choix de ses chansons et la qualité de ses interprétations (après Ferré, elle chantera du Béart, et surtout, au moment opportun, elle aura le bon goût de déceler en Gainsbourg un futur grand) mais elle n'obtiendra jamais de grand succès populaire. Un problème de look, sans doute : outre une ressemblance physique et vocale avec Cora Vaucaire, elle passe pour une snob ; dans la presse, on apprend qu'elle s'est encore remariée, cette fois avec un industriel, des photos la montrent dans sa propriété à Chatou, entourée de sa collection de toiles de Bernard Buffet... Proche des cercles du pouvoir, ses admirateurs viennent de tous les horizons politiques : à l'époque où Serge gratte la guitare à ses côtés, on remarque certains soirs au premier rang, flanqué de son fidèle ami André Rousselet, le ministre de l'Intérieur François Mitterrand, avec qui elle a une aventure.

En 1955 Michèle Arnaud grave « La prière » de Francis Jammes mis en musique par Georges Brassens, « Sous le pont Mirabeau » et « La vie d'artiste » de Ferré ou encore « Un jour tu verras » de Mouloudji (également interprété par Jacqueline François et Line Renaud : comme souvent, Arnaud est concurrencée par des chanteuses plus populaires). A son propos, Philippe Bouvard dira ceci : « Ses chansons, elle les choisit amoureusement, comme un bibliophile poursuit les éditions rares [...] Pourtant, elle ne fait rien par nécessité. D'où certaines jalousies. On n'aime pas beaucoup dans les milieux artistiques contemporains les vocations qui restent à l'abri des tentations démagogiques. Et l'on s'irrite facilement de voir qu'une chanteuse peut réussir en suivant son bon plaisir — et lui seul. »

Le Milord marche bien. C'est complet tous les soirs : la revue commence vers 22 heures et se termine vers 1 heure du matin. Michèle en est l'attraction principale, elle chante sept ou huit chansons en fin de programme.

Jacques Lasry : « On terminait le spectacle à 1 heure et comme on n'avait plus sommeil, on allait boire un verre au café Washington avec Francis Claude, où l'on croisait toutes les prostituées du coin. Lucien et moi on se disait vous, il avait exactement dix ans de moins que moi. Je le raccompagnais tous les soirs chez lui comme j'habitais avenue des Ternes et lui chez ses parents du côté de la porte Dauphine. Nous restions souvent une demi-heure, une heure dans l'auto et nous parlions de peinture, de littérature, de tout sauf de la chanson. Un jour ses parents m'ont invité chez eux à dîner pour me remercier de l'avoir engagé au Milord. Le père était en smoking ce soir-là, il s'est levé au milieu du repas et nous a dit : "Maintenant je vais travailler !" Il jouait quelque part dans un cabaret... »

Gainsbourg passe à nouveau l'été 1955 au Touquet, chez Flavio. Avant de reprendre au Milord, il passe quelques jours de vacances chez les Lasry, en Bretagne, une maison en bord de plage, où il rencontre leurs trois enfants, dont Claude, leur fille aînée, âgée d'une douzaine d'années.

Claude Lasry : « Serge est venu avec sa femme, une Russe assez forte mais qui avait un visage d'une beauté extraordinaire. Je me souviens qu'on entendait un grand grincement dans la chambre du haut quand elle se couchait, le bruit nous faisait rire. Entre elle et Lucien il n'y avait jamais de familiarité, je ne l'ai jamais vu l'embrasser ni lui faire un câlin, il était distant, elle était très seule, ils ne parlaient pas ensemble, c'était très bizarre. Comme j'étais l'aînée j'avais beaucoup de contacts avec Gainsbourg ; il me faisait des dessins, il était super-gentil. Je me souviens d'assemblages délirants, il dessinait une voiture et ensuite il imaginait, il mettait une bougie à la place des phares et toute la voiture était construite comme ça, de façon abracadabrante... C'était intelligent comme démarche, ses dessins étaient complètement humoristiques ! »

L'année 1955 s'achève sans nouveaux dépôts de chansons à la SACEM. Lucien doit cependant observer avec intérêt la montée en grade d'un chanteur au physique a priori difficile, Philippe Clay, la révélation de l'année, récompensé par le grand prix du disque de l'Académie Charles-Cros pour son premier 45 tours quatre titres qui comprend « Le noyé assassiné » et « La goualante du pauvre Jean ». Dans la foulée, il publie son premier 33 tours sur disques Philips avec un poème de Boris Vian, un autre de Prévert, « La rue » de Léo Ferré, « Le danseur de Charleston », « Si j'avais un piano », etc. Les autres grandes vedettes du moment se nomment Yves Montand, Sidney Bechet (trois mille de ses fans ont littéralement saccagé l'Olympia en 1954, l'année où cette salle légendaire est rendue au music-hall grâce à Bruno Coquatrix), Gilbert Bécaud (pour « Monsieur 100 000 volts », on arrache aussi les sièges), Eddie Constantine (« Cet homme laid qui nous plaît tant », écrit Jacqueline Cartier dans le nouveau mensuel *Music-Hall* ; en 1955 il chante « L'homme et l'enfant » avec la petite Tania, énorme succès sur Barclay, un petit label qui monte), Georges Brassens (c'est à la fin 1955 qu'il crée « L'Auvergnat »), Jacqueline François (tout le monde fredonne ses « Lavandières du Portugal ») ou encore Luis Mariano, les Frères Jacques, Mick Micheyl, ainsi que Bourvil et Georges Guétary qui triomphent dans l'opérette *La Route fleurie*. On parle aussi de Robert Lamoureux, d'Annie Cordy, du come-back de Trenet avec « J'aime le music-hall », d'Aznavour qui ne cesse de grimper et d'un débutant nommé Jacques Brel. Côté vedettes internationales, la rumeur qui gronde outre-Atlantique autour d'Elvis Presley tarde à nous parvenir ; en revanche, on commence à parler chez nous du très émotif Johnnie Ray qui, aux Etats-Unis, aligne les hits, tels « Please Mr. Sun » et « Here Am I — Broken Hearted ».

Trois ans plus tard, Serge le citera parmi ses artistes favoris, alors même que le style exagérément expressif de ce chanteur américain, sorte de chaînon manquant entre Sinatra et Presley (sourd d'une oreille, à moitié indien, Ray sanglotait sur scène à la moindre occasion), semble à l'antipode du sien. C'est peut-être sur les disques de Johnnie Ray que Serge entend pour la première fois des guitares électriques, à moins qu'il ne faille chercher du côté d'un autre de ses préférés, le tromboniste et chef d'orchestre Ray Conniff.

De 1956, ultime année d'apprentissage avant que les choses ne deviennent sérieuses, nous ne savons pas grand-chose, si ce n'est que son couple se délite. Pourtant, leur situation matérielle s'est quelque peu améliorée : ils quittent la mansarde de l'avenue Bugeaud pour une chambre de bonne au sixième étage d'un bel immeuble bourgeois au n° 6 rue Eugène-Labiche, dans le 16e arrondissement. Au moment d'emménager, comme le raconte Lise, ils sont obligés de faire monter leur piano par l'escalier de service, en pièces détachées. Anecdote qui lui inspire plus tard « Le charleston des déménageurs de piano », une chanson qu'aurait pu signer Boris Vian :

Pour nous prendre aux tripes
Faut se lever de bonne heure
Dire qu'il y a des types
Qui sur c't'engin de malheur
Arrivent à faire croire à tous les ballots
Que la vie c'est comme au piano

Elisabeth Levitsky : « Lorsque nous habitions là, il y avait un critique pour la musique dans les journaux... Comment est-ce qu'il s'appelait déjà... Garvady ? Nardvoti ? Oui, c'est ça : Gavoty ! Ce type, qui habitait l'étage en dessous, nous envoyait des lettres recommandées : “Cessez de massacrer Bach et Chopin !” Moi c'était Bach, Lulu c'était Chopin. Et tous les deux persuadés de jouer le mieux du monde, bien entendu [1] ! »

Si 1956 se révèle une année sans relief pour le biographe, c'est sans doute parce que Lucien se concentre sur sa vie personnelle. En deux mots, il a de gros soucis conjugaux. Loin est déjà le temps où il lui écrivait :

Que mon cœur soit près du tien quand tu t'endors, puisses-tu ne plus faire de cauchemars, et dispose de mes lèvres selon tes désirs. Et dire que nous sommes déjà mariés et que je n'ai pas besoin de te demander ta main ! je t'adore.

Lucien

1. Recueilli par Laurent Dispot, in *Elle* du 1er avril 1991. Bernard Gavoty, décédé en 1981, était critique de musique classique pour *Le Figaro* et conférencier.

Sans qu'il soit question de scènes de ménage, « mais de discussions de fond de plus en plus tendues [1] », il s'éloigne de Lise au fil des mois. Avait-il cessé de l'aimer lorsqu'elle avait changé, physiquement et mentalement, avait-elle cessé de l'aimer alors qu'il trahissait la peinture ? La vie de bohème, la pauvreté, avaient-elles eu raison de la passion qui transparaissait dans ses lettres ? Evasif, Gainsbourg esquiva toujours ces questions en parlant de son « erreur de jeunesse ». Le divorce, à l'amiable, sera prononcé le 9 octobre 1957.

Lucien est sans doute également dépité de n'avoir pas encore réussi à placer la moindre chanson ailleurs que chez Madame Arthur — autant dire que les droits d'auteur qui découlent des numéros composés un an plus tôt représentent des clopinettes. De fait, il ne dépose dans les mois qui suivent que deux nouveaux titres à la SACEM, qu'il signe, pour les paroles et la musique, encore sous le nom de Julien Grix. Du premier, le blues « Pour avoir Peggy » (février 1956), il ne subsiste qu'un fragment peu convaincant :

Pour avoir Peggy
Il suffit d'y mettre le prix
Et quand t'as payé
Tu n'peux le regretter
Son amour c'est du sensationnel
C'est du soleil
Qui t'éblouit

Le 25 juin 1956, un an avant « Le poinçonneur des Lilas », c'est au tour de « On me siffle dans la rue ! », dont on peut soupçonner qu'elle a été écrite pour une chanteuse, mais certainement pas pour Michèle Arnaud. Serait-ce une commande tardive de l'une de ses interprètes transformistes chez Madame Arthur ? Les paroles le laissent à penser :

Y'en a qui vous regard' d'un air cynique
D'aut' qu'ont d'l'arrogance dans les yeux
Les timid' prenn't un air romantique
Mais la plupart pour des yeux bleus
Sont prêts à tomber amoureux

Pourquoi quand j'me promène cheveux au vent
Pourquoi donc sifflent-ils entre leurs dents ?

Serge ne parla jamais de ces chansons. Il évoquait plus volontiers ses saisons d'été au Club de la Forêt. Du 1er juin au 30 septembre 1956,

1. Laurent Dispot, in *Elle* du 1er avril 1991, *op. cit.*

Serge reprend donc ses quartiers chez son ami Flavio. Il y retrouve ses copines, parmi lesquelles Kostio, une femme très élégante et très homosexuelle, ainsi qu'une Madame A., spécialisée dans les lainages et propriétaire d'une boutique, chez qui il lui arrive de passer la nuit. Mais c'est en tout bien tout honneur qu'il emmène parfois Dani, la fille de Flavio[1], âgée d'une quinzaine d'années, au cinéma.

Dani Delmotte : « Lucien ne buvait pas du tout, il était très bien élevé, très cultivé. Quand l'établissement était vide, il passait ses après-midi à composer sur notre piano crapaud. Quand il n'avait pas de copine ou qu'il avait des soucis il m'emmenait au cinéma du casino, où l'on projetait souvent des films en VO non sous-titrés pour la clientèle anglaise, qu'il me traduisait au fur et à mesure. »

L'été, au Touquet, Lucien s'amuse : il bosse beaucoup et se découvre des talents de crooner. Vient à passer son futur arrangeur, bras droit de Boris Vian, Alain Goraguer.

Alain Goraguer : « J'étais au Touquet en touriste, je prenais l'apéro et lui était là, en plein air, avec son piano. Souvent, un pianiste de bar, on ne le remarque pas, à moins qu'il ne joue très bien, ou très mal. Mais lui, je l'avais remarqué à cause du choix de ses chansons, rien que de très beaux standards américains chantés d'une façon très murmurée, déjà. Et j'avais été frappé par son visage, son air de grande tristesse. »

Jacqueline Ginsburg : « Mon frère m'avait invitée au Club de la Forêt et immédiatement j'avais trouvé incroyable la façon dont il tombait les Anglaises, pourtant on ne peut pas dire qu'il était joli garçon avec sa brosse et ses oreilles décollées. Même sans être connu, il attirait les femmes comme un aimant. Il a toujours eu une formidable mémoire auditive et il s'était débrouillé pour retenir l'une ou l'autre chanson espagnole où "mi corazón" revenait toutes les trois secondes. Il chantait ça d'un air pénétré et les bonnes femmes craquaient complètement. »

Gainsbourg : « Pianiste de bar, c'est la meilleure école. Mon répertoire allait de "Monsieur William" de Léo Ferré à "Parce que" de Charles Aznavour en passant par Cole Porter, Gershwin, Irving Berlin ou encore "Comme un petit coquelicot" de Mouloudji. Je me revois chantant "Les escaliers de la Butte sont durs aux miséreux...[2]" en observant les riches briser les homards, tous les mecs en pingouins... Je gagnais 2 000 anciens francs par nuit... Deux sacs ! Mais j'étais tellement snob déjà : je ne jouais pas non-stop, de temps en temps j'avais

1. Elle a épousé Guy Delmotte, entré en 1968 comme chef-coq et a pris la succession de son père, décédé en 1995.

2. Tirée du film *French Cancan* de Jean Renoir, « La complainte de la Butte » avait été chantée en 1955 par Cora Vaucaire, puis par André Claveau et par Patachou.

droit à un break — alors, j'allais au bar et je disais : "Maintenant, je suis client, tu me sers... Combien je te dois ? 2 000 balles ? Les voilà..." J'étais content... fallait être con... Enfin, pas si con que ça, j'étais fier. Un autre soir, j'étais au piano et un type me donne une pièce de 1 franc. Moi avec toute mon arrogance je me lève et lui dis :" Monsieur, je ne suis pas un juke-box !" »

Flavio Cucco : « Une chose est certaine, il ne vivait pas comme un moine et comme il était bien placé pour plaire aux filles, il ne s'en privait pas. Vers 23 heures je voyais arriver les filles du coin, celles qui travaillaient au Touquet ou celles qui y passaient leurs vacances sans pouvoir se payer le Club de la Forêt. Et je peux vous dire que son charme les subjuguait... »

Gainsbourg : « Un jour que j'anime le thé, de 5 à 7, se présente une femme sublime — et dans ma bouche sublime veut vraiment dire sublime, plus belle que Brigitte... Nos regards se croisent alors que je joue "My Funny Valentine" et je vois que j'ai un ticket monstrueux... J'aperçois à son doigt une alliance, mais elle était seule, elle passait sans doute le week-end dans ce triangle équilatéral très chic, entre l'hôtel Westminster, le casino et le Club de la Forêt. Lorsqu'elle revient le soir elle porte une robe de soirée superbe, elle est tellement belle que le silence se fait dans la salle... Elle s'assoit à proximité du piano et je dis au maître d'hôtel : "Allez demander à cette jeune femme ce qu'elle aimerait que je lui joue" et elle me fait dire "My Funny Valentine" tout en m'envoyant une coupe de champagne... Un peu plus tard elle se lève, s'arrête et me regarde dans les yeux. En cinq secondes chrono je me dis : "Celle-là elle veut se taper le petit pianiste, eh ben moi je veux pas." J'ai baissé les yeux, je l'ai laissée partir... Et je l'ai toujours regretté. »

Dani Delmotte : « Je me souviens d'une Anglaise ravissante, grande, mince et blonde, prénommée Faye, qui passait ses vacances au Touquet avec sa belle-sœur. Elle était la femme d'un homme d'affaires anglais qui travaillait dans le chewing-gum. Pendant la semaine les maris retournaient travailler à Londres, laissant derrière eux leurs femmes qui en profitaient pour se donner du bon temps. Je revois Faye danser seule sur la petite piste sous les yeux de Serge. Les jours suivants, il n'arrêtait pas de faire des allers et retours au Westminster ; il revenait avec la cravate de travers et la chemise à moitié ouverte. »

Une aventure qui tourne au vinaigre : pris en flagrant délit avec la belle Faye, Serge est bientôt traîné devant les tribunaux londoniens : à l'époque on ne se moquait pas des lois sur l'adultère...

De retour à Paris, Lucien retourne au Milord, qui ne désemplit pas, surtout depuis les derniers coups d'éclat de Michèle Arnaud. Au printemps 1956, elle s'est produite à Bobino, à la même affiche que Roger

Pierre et Jean-Marc Thibault, où elle fait un gros succès en chantant « L'inconnu de Londres » de Ferré et « La truite » d'après Schubert. Le 24 mai, elle a représenté le Luxembourg lors de la première édition du grand concours Eurovision de la chanson avec « Ne crois pas ». Le 13 septembre, toujours accompagnée par Jacques Lasry, elle a fait son premier Olympia en lever de rideau d'Eddie Constantine. Enfin, à l'automne 1956, elle chante « Sa jeunesse » d'Aznavour et « Que sera sera », créé aux Etats-Unis par Doris Day — mais une fois de plus, elle se fait doubler par une autre interprète, Jacqueline François. Voilà des années qu'elle chante et le vrai succès lui échappe encore. Chaque fois qu'elle choisit un titre — son goût très sûr ne lui fait jamais défaut —, c'est la même déveine. L'idéal, se dit-elle in petto, serait de découvrir un auteur-compositeur débutant de grand talent et de s'assurer l'exclusivité de ses services. Cet oiseau rare, elle ne le sait pas encore, elle l'a sous la main.

5.

Y'a pas d'soleil sous la terre

Avec ses cheveux coupés ras, ses oreilles décollées, ses yeux mi-clos et sa timidité toujours aussi maladive, Lucien se ronge d'amour pour Michèle Arnaud. Celle-ci l'appelle « ce cher Serge », sans se douter un instant qu'il va bientôt lui apporter sur un plateau les chansons finement ciselées dont elle a tant besoin. Serge ? Eh oui, Lulu a deux pseudo : Julien Grix à la SACEM, Serge quand il fait le pianiste...

Gainsbourg : « Ce coup-là, je change de nom. Lucien commençait à me gonfler, je voyais partout "Chez Lucien, coiffeur pour hommes", "Lucien, coiffeur pour dames". Les psychologues disent que ce qu'il y a de plus important dans votre vie, c'est le prénom : certains sont bénéfiques, d'autres maléfiques. Sur le moment, Serge m'a paru bien, ça sonnait russe ; quant au "a" et au "o" rajoutés à Ginsburg, c'est en souvenir de ces profs de lycée qui écorchaient mon nom... »

Une gitane lui lit les lignes de la main et prédit des voyages autour du monde, une vie amoureuse tourmentée, une menace de mort vers quarante-cinq ans. Tout se vérifiera, pour ceux qui croient aux présages. En attendant, même s'il a travaillé tout l'été sur de nouvelles compositions, au Touquet, il ne dépose aucun nouveau titre ; ses dernières expériences comme parolier étaient, disons-le franchement, plutôt navrantes. Serge est peut-être atterré par le niveau de bêtise atteint par cet art mineur en cette année 1956 qui s'achève... D'un côté, nous avons les grosses vedettes : Brassens, qui chante « Je m'suis fait tout p'tit », voit régulièrement ses chansons interdites sur les ondes de la RTF ; Aznavour enchaîne les saucissons — ou les tubes, si l'on adopte la nouvelle expression lancée par Boris Vian — tels « Sur ma vie » et « Vivre avec toi » ; Bécaud publie son troisième long playing avec « Alors raconte » et finit l'année en beauté avec « La corrida » ; Léo Ferré crée « Pauvre Rutebeuf » et « Le temps du plastique ». Brel — surnommé « l'abbé Brel » par Tonton Georges — n'a pas encore rasé sa moustache ; avec sa guitare et ses chansons cathos, on dirait un prêtre-ouvrier, mais sa réputation grandit depuis la sortie de son premier album 25 cm. Nous assistons aux débuts de la précoce Marie-Josée Neuville, surnommée « la collégienne de la chanson » avec « Johnny Boy » puis « 18 ans ». Ceux qui font rire la France se nomment Fernand Raynaud, Roger Pierre et Jean-Marc Thibault et Henri Salvador qui, sous le pseudonyme Henry Cording, publie « Rock'n'roll Mops » et d'autres parodies de ce nouveau rythme venu des USA, imaginées par Boris Vian. 1956 est en effet l'année où le jeune public français a la révélation du rock'n'roll par le biais du cinéma : « Rock Around The Clock », la chanson du film *Graine de violence*, fait du poupin Bill Haley une superstar internationale. Tandis que les Platters percent avec « Only You », le chanteur country Tennessee Ernie Ford suit le même chemin grâce à « 16 Tons » (« Seize tonnes », repris en France par Jean Bertola, Armand Mestral...), un morceau qui plaît beaucoup à Serge : « J'ai adoré "16 Tons", c'est génial... les paroles : "J'ai un poing en fer et l'autre en acier, si tu passes à côté de moi, tu vas voir ce que je vais te mettre". Génial !... »

Mais 1956 c'est aussi la cristallisation d'une mode qui va miner un moment les amateurs de bonne chanson française : celle des tubes exotiques et des chanteurs et chanteuses « à accent ». Avant d'être laminée par Dalida (qui fait une entrée fracassante avec « La plus belle chose au monde » d'après « The Many Splendored Thing » du film *La Colline de l'adieu*), Gloria Lasso vole cette année-là de succès en succès (« Amour, castagnettes et tango », « L'étranger au paradis », « Mandolino », « Lisboa Antigua », etc.) ; Lucienne Delyle chante « Arrivederci Roma », Caterina Valente « Coco Polka », Tino Rossi « Méditerranée », Georges Guétary « Domani » et Dario Moreno reste plus de neuf mois au sommet avec « J'irai revoir ma blonde »... En un mot, le cauchemar est total, et nous ne parlons même pas des débuts de Marino Marini à Paris, lors d'un *Musicorama* d'Europe 1...

C'est dans ce contexte navrant que Serge se remet timidement à l'écriture et la composition. Pour la première fois, le nom et la signature « Serge Gainsbourg » apparaissent le 3 janvier 1957 sur le bulletin de dépôt d'une chanson intitulée « Cha cha cha intellectuel » dont seul un court fragment a survécu, au dos du document[1] :

J'suis pas une intellectuelle
J'trouve que la vie est trop belle
Pour m'plonger dans les bouquins
J'préfère prendre la vie comme elle vient

1. Voir *Dernières Nouvelles des étoiles. L'intégrale*, édition établie et annotée par Franck Lhomeau, Editions Plon, 1994.

Le même jour, il dépose « La ballade de la vertu » dont les paroles sont signées Serge Barty. De son vrai nom Serge Barthélémy, Barty n'a rien à voir avec le monde du music-hall : il est à l'époque économiste au ministère des Finances. Quelques mois plus tard il propose à Gainsbourg un autre texte, le génial « Ronsard 58 », dont la misogynie correspond parfaitement aux humeurs de notre héros... Mais si l'on suit la chronologie des chansons déposées à la SACEM, on découvre encore un ultime brouillon le 8 avril 1957, « La chanson du diable » :

Le diable un jour fut torturé
Par le démon de la chair
Et il décida d'enterrer
Sa vie de célibataire

Enfin, en juin, Lucien Ginsburg achève sa lente métamorphose en Serge Gainsbourg. En effet, le 28, il déclare quatre titres d'un coup qui cette fois révèlent — enfin ! — un talent réellement original : « Mes petites odalisques », « La jambe de bois (Friedland) », « Le poinçonneur des Lilas » et « La cigale et la fourmi ». Ce dernier, confié aux éditions musicales Tutti (le premier éditeur à lui proposer un contrat, dès février 1958), ne verra jamais le jour, alors qu'on y trouvait un *gimmick* amusant :

A Pigalle ayant chanté tout l'été
Désirée se trouva fort dépourvue
Quand sans habit se vit nue
Elle quitta l'avenue Marceau
Se trouva dans le ruisseau
Au bout d'un temps la famine
Lui ôta ses vitamines
Si bien qu'elle voulut prêter
Son beau corps pour subsister
Jusqu'à la saison nouvelle
Je me paierai se dit-elle
Avant l'août, foi d'animal
Un vison c'est l'principal

Le 19 juillet 1957 Serge entame sa quatrième et dernière saison d'été, pour un mois, au Club de la Forêt. Il est cette fois accompagné par le guitariste Romain Tonazzi, dit Tony Romain, et gagne 62 000 anciens francs pour 31 jours de travail, soit 2 000 francs par jour, dont il envoie une partie à Lise, restée à Paris. Comme d'habitude, c'est Joseph qui a joué les intermédiaires : son fiston rechignait à l'idée de faire encore une saison tout seul au Touquet. Une de ses connaissances, Antonio Tonazzi, alias Scylio, qui est aussi chef d'orchestre, lui recommande son fils. Les deux garçons, logés par Flavio, mettent au point un répertoire très jazz et il n'est pas rare qu'ils s'échangent leurs instruments en fin de soirée. Ils jouent des boston, danse dont les Anglais raffolent, des standards comme « True Love » ou « On The Sunny Side Of The Street ». L'après-midi, Serge travaille sur les arrangements du « Poinçonneur des Lilas », parfois il le chante le soir.

Avant de jouer, ils dînent ; Tonazzi (décédé en 1998) se souvenait d'un Serge très pessimiste qui n'arrêtait pas de lui parler de Schopenhauer... Il est pourtant à l'aube d'un tournant décisif, qui va se concrétiser dans les quatre derniers mois de l'année, alors qu'il retourne vivre chez ses parents et reprend sa place de guitariste-pianiste au Milord[1].

Michèle Arnaud : « La première fois que j'ai vu arriver cet être, je l'ai trouvé bizarre, à la fois timide et culotté, *show-off* et introverti. Il a mis quelques mois avant de m'adresser la parole et ça a été pour me déclarer : “Je vais divorcer.” Je lui ai demandé pourquoi, il m'a répondu que sa femme ne correspondait plus à son idéal esthétique. »

Un témoin qui souhaite rester anonyme sur ce point raconte l'anecdote suivante : « Serge m'avait présenté Elisabeth, je me souviens de cette Russe, jolie et très bourgeoise. Cette fois-là, j'ai presque donné des gifles à Gainsbourg parce qu'il lui avait fait une réflexion désagréable mais qu'il voulait gentille... Il lui avait dit bêtement : “Si tu étais restée mince je ne t'aurais jamais laissée tomber.” Je me suis mise en colère et je lui ai dit qu'on n'avait pas le droit de dire des choses aussi idiotes ! Quant à elle, elle riait ; ça lui faisait sans doute de la peine mais elle ne voulait pas le montrer... »

Le jugement est prononcé par le tribunal civil de la Seine le 9 octobre 1957, dix ans jour pour jour après leur première nuit d'amour. Elisabeth Ginsburg redevient Levitsky avant de se remarier en 1960. Plus tard, Lise sera militante CFDT et s'occupera du Centre pour le développement de l'information sur la formation permanente. Le Lucien qu'elle avait rencontré en 1947 à l'académie Montmartre a mûri sous ses yeux ; ils auront vécu la passion, la bohème, la dèche, partagé leur amour de la peinture et de la musique. De dix-neuf à vingt-neuf ans, Lulu a lâché ses idéaux : lui qui rêvait de devenir peintre officiel, tenant salon, se compromet à présent dans cet art mineur pour lequel son père a toujours eu tant de mépris. Les seules chansons qu'il a placées, en tant qu'auteur-compositeur (il n'imagine pas le moins du monde, de 1954 à la rentrée 1957, les interpréter lui-même), l'ont été auprès de travelos obèses ou canailles dans un cabaret burlesque. Et pourtant, l'idée que de grandes choses l'attendent au prochain

1. Tony Romain le reverra dix ans plus tard sur le tournage du film *Le Pacha* : il tient la guitare derrière Gainsbourg alors qu'il chante le « Requiem pour un con ».

tournant a dû faire son chemin sous son crâne ; sinon, pourquoi passerait-il avec Elisabeth cet accord qu'elle nous détaille ?

Elisabeth : « Notre “contrat”, comme nous disions. Le contrat du silence et de l'anonymat. Le bon tour que nous avons joué ensemble, pendant trente ans, aux médias et aux fans. »

On peut s'amuser à pousser plus loin l'analyse. Serge a donc décidé de se lancer dans la chanson. Fidèle à la fierté que lui ont inculquée Joseph et Olia, il est évidemment question de s'efforcer d'être le meilleur (ce qui était son credo en peinture : « le génie sinon rien », et il avait arrêté). On est comme ça, chez les Ginsburg, on l'a vu au fil des précédents chapitres : ce fameux orgueil, inculqué autant par la mère que par le père, se traduit d'abord par une conscience aiguë de leur intelligence et de leur différence (famille d'artistes, famille cultivée, repliée sur elle-même) ; ils sont convaincus d'appartenir à une élite qui n'a évidemment rien à voir avec celle du sang ou de l'argent ; dotés d'un sens critique doublé d'un humour très développés, particulièrement chez Serge, ils se moquent volontiers des autres, y compris au sein de leur propre famille (souvenons-nous de la tante de Lucien, Juive polonaise « à l'accent prononcé », que les enfants imitaient et qui leur faisait vaguement honte). « Qu'on ne nous confonde pas avec ces gens-là ! » semblent-ils nous dire. Tout ce qui leur rappelle leurs origines (pauvres, immigrés, Juifs, Russes) est vécu comme une vexation cinglante. En plus de l'angoisse et des privations, ils ont cruellement souffert des lois antijuives pendant la guerre et répondaient à cette insulte permanente qui leur était faite par une inconscience qui aurait pu leur coûter la vie (l'étoile épinglée et non cousue, les filles qui sortaient au cinéma après le couvre-feu imposé aux Juifs).

« Qu'on ne me confonde pas avec les autres chanteurs ! » nous dira Serge dès ses débuts. On ne peut comprendre ni le personnage ni l'œuvre sans intégrer cette notion : chez les Gainsbourg, on est terriblement orgueilleux. On ne pratique pas l'autodérision (pourtant partie intégrante de l'humour juif) : quand il se moquera plus tard, y compris en chanson, de ses grandes oreilles et de sa laideur, cela ressemblera toujours à de l'autoflagellation (en clair : il en a trop souffert, il en souffre trop pour pouvoir en rire).

Chez les Gainsbourg, on est aussi respectueux des règles, on obéit aux lois, on a un sens moral très élevé. Si l'on transpose ça au niveau artistique, qu'est-ce que ça donne ? Un garçon qui avait beaucoup trop de respect pour la peinture pour en contester les règles ; l'Art majeur auquel il voue une véritable adoration le paralyse, le tétanise. En revanche, comme il n'a aucun respect pour la chanson, il va se laisser aller à toutes les audaces. Comme Boris Vian, qui lui a sans doute montré la voie — mais il va y consacrer beaucoup plus de temps, d'énergie et de professionnalisme, en faisant l'impasse sur le côté bâclé et l'humour au premier degré, deux constantes chez Boris. Contrairement à ce dernier, il ne s'est pas dit un beau jour : « Je vais faire de la chanson pour me marrer et faire de la thune, en leur prouvant que c'est nul. » Au contraire : s'il a des facilités comme mélodiste — et un bagage classique qui va lui servir en toute circonstance —, il met plusieurs années à écrire des textes convenables (contrairement à Boris le pigiste qui avait l'habitude de pisser de la copie à la commande) et fait appel à quatre paroliers différents entre 1954 et 1957... Ce n'est pas un hasard si l'accouchement des paroles sera tout au long de sa carrière un cauchemar permanent, dont il repousse l'échéance jusqu'à la dernière limite (la veille d'entrer en studio, les nuits blanches, etc.). Bref, ce n'est pas seulement en voyant Boris Vian sur scène que Serge a le déclic : il passe près de *quatre ans*, soir après soir, à accompagner les chanteurs qui se succèdent sur la scène du Milord ; quatre ans à jouer de la guitare ou du piano derrière Michèle Arnaud, quatre ans à analyser, à disséquer son répertoire (Mouloudji, Ferré, Brassens, etc.). Plus quatre étés à jouer des nuits entières chez Flavio, au Touquet ! Il a eu le temps de s'apercevoir qu'il est possible de dire des choses intelligentes et dignes en quelques couplets. Tout ceci va ressurgir, magnifiquement mûri et synthétisé, dans les mois qui suivent.

Exit Lise, Serge déclare peut-être sa flamme à Michèle Arnaud. Avec ou sans succès. Celle-ci a déjà une vie privée compliquée, on l'a vu. Patrick Lehideux, un riche industriel, fils d'un ancien ministre de Pétain, lui fait une cour effrénée ; il l'épousera en 1964.

Gainsbourg : « J'ai composé pour elle parce que j'en étais amoureux, très amoureux, cette jeune femme me fascinait, il n'y avait pas un gramme de vulgarité en elle... On pourrait à son propos citer la phrase de Balzac : “En amour il y en a toujours un qui souffre et l'autre qui s'ennuie”... Elle a été une des chances de ma vie, elle a eu l'intelligence de percevoir en moi un style nouveau. »

Francis Claude : « Un soir, au Milord, Michèle, Serge et moi parlons peinture. Serge, au bout d'un moment, se met à se tortiller et finit par nous avouer qu'il peint et qu'il aimerait nous montrer ses toiles. Michèle, très curieuse, est emballée et nous nous rendons chez lui le lendemain. Sa peinture, pour autant que je m'en souvienne, était très sensible, pas du tout subversive, une ambiance à la Corot... Tout à coup, sur le piano, Michèle avise une chanson intitulée “Défense d'afficher » — paroles et musique de Serge Gainsbourg. Elle lui dit : “Mais tu nous avais caché ça !” Il se retortille comme un ver et s'en va nous chercher “Le poinçonneur des Lilas”, “La jambe de bois” — il nous ramène cinq chansons, cinq chefs-d'œuvre. »

Jacques Lasry : « Quelques semaines avant que je ne quitte le Milord pour travailler sur les *Structures sonores*[1], Serge était venu avec des partitions et des manuscrits. Michèle Arnaud m'a prié de rester quelques minutes car elle voulait savoir ce que Gainsbourg avait composé ; elle se demandait si elle pourrait chanter quelques-unes de ses chansons. Il me donne la musique et je vois des partitions extrêmement soignées pour un homme qui disait ne pas s'intéresser à la chanson. Il m'a demandé de bien les jouer... Il ne m'avait jamais dit qu'il composait des chansons, c'est comme s'il avait honte ! Quelque temps après il me téléphone et me dit que Francis Claude veut qu'il chante “Le poinçonneur des Lilas” à la radio, il m'a apporté la musique, j'ai donc été le premier à avoir orchestré cette chanson[2]. »

Francis est enthousiasmé mais Michèle... ne lui prend qu'une seule chanson. « Mes petites odalisques », « Le poinçonneur » et « La jambe de bois » sont trop masculines. « La cigale et la fourmi » pourrait convenir, mais elle est moins forte. Elle jette finalement son dévolu sur « Ronsard 58 », paroles de Serge Barthélémy, un condensé de misogynie teigneuse, pas très éloigné — par son thème et sa cruauté — de « Si tu t'imagines » de Raymond Queneau qui avait lancé Gréco une dizaine d'années plus tôt :

Tant qu't'auras ma belle de chouettes avantages
T'auras des amants, t'auras du succès
T'auras des vacances sur les beaux rivages
Et des bikinis à t'en faire craquer
T'auras des visons, t'auras des bagnoles
Des types bien sapés te f'ront du baise-main
Tu f'ras des sourires, tu joueras ton rôle
Mais tu n's'ras jamais qu'une petite putain

On peut imaginer comment cette chanson pouvait être reçue par le public du Milord, en particulier par le solide pourcentage d'hommes d'âge posé accompagnés de leurs poules... Michèle Arnaud ne retient peut-être qu'un seul titre mais demande aussitôt à son guitariste de plancher sur de nouvelles chansons dans le même esprit. Le 20 décembre 1957, il dépose à la SACEM « La recette de l'amour fou » et « Douze belles dans la peau », qu'elle s'approprie aussitôt :

---

1. Il est remplacé par François Marlhy, également organiste à Notre-Dame d'Auteuil, et qui a accompagné sur scène les débuts de Gainsbourg interprète.
2. On sait qu'il passe au moins deux fois en direct à la radio fin 1957 : il interprète « Le poinçonneur » en public sur Paris-Inter (futur France-Inter, la bande a disparu). A une autre occasion, il aurait chanté et été interviewé par Cora Vaucaire.

Quand t'auras douze belles dans la peau
Deux duchess's et dix dactylos
Qu'est-ce que t'auras de plus sinon,
Sinon qu'un peu de plomb
Un peu de plomb dans l'aile
Pas plus dans la cervelle !

Le 5 janvier 1958, Francis Claude présente Serge dans l'émission qu'il anime à la radio, sur Paris-Inter, comme un jeune talent qu'il est fier d'avoir découvert et qui est « sociétaire de Milord l'Arsouille à part entière » : « Tout à l'heure il jouait du piano, il jouera plus tard de la guitare, à ses moments qui ne sont pas perdus pour tout le monde il fait de la peinture et il trouve le moyen de composer des chansons étranges qu'il défend avec une personnalité bien à lui... » Sur ce, d'une voix mal assurée, Serge interprète « Mes petites odalisques », chanson dont héritera un an plus tard un autre débutant nommé Hugues Aufray :

S'en vont les fredaines
Restent les rengaines
Alors s'en vont les amoureux
Rêver à la chaleur du pieu
Du pieux souvenir de celles
Qui furent un jour infidèles
Parce qu'elles en avaient assez
Assez d'entendre ressasser
Toujours le même disque
Mes p'tites odalisques
Tournez, tournez, tournez en rond
Comme tourne ma chanson

Quelques semaines plus tôt le même Francis Claude l'avait poussé sur la scène du Milord, à moitié mort de trac.

Jacques Lasry : « J'avais arrêté de travailler pour Michèle et un beau matin je vois arriver Serge chez moi avenue des Ternes, très excité, qui me dit : "Hier j'ai chanté au Milord, Francis m'a fait passer... J'ai chanté 'Le poinçonneur' et ça a fait un boum énorme !" Quand je l'ai vu sur scène pour la première fois, le soir même, c'était extraordinaire, il avait ce tremblement léger, il avait l'attitude de celui qui est en communication prophétique avec quelque chose, en fait il était en communication avec lui, pas avec le public. »

En février 1958, dans le mensuel *Music-Hall* une publicité des disques Ducretet Thomson annonce la sortie du nouvel extended-play de Michèle Arnaud. Elle publie en titre vedette une jolie version de « Marjolaine », une chanson à la mode signée Francis Lemarque (c'est même son premier gros succès personnel, à quarante ans : il vit depuis une douzaine d'années dans l'ombre d'Yves Montand à qui il a donné ses plus belles chansons, telles que « A Paris » et « Quand un soldat »). Sur le même EP, Michèle interprète « Douze belles dans la peau » et « La recette de l'amour fou » qui sont donc, historiquement, les deux premières chansons de Serge gravées dans le vinyle. Deux mois plus tard, son deuxième interprète est le séduisant Jean-Claude Pascal qui enregistre les deux mêmes chansons pour un EP La Voix de son Maître (ce coup-ci, le titre vedette est « Croquemitoufle » que lui a offert en avant-première son ami Gilbert Bécaud. Mais c'est Michèle Arnaud, avec sa froideur un peu snob, qui met le mieux en valeur « La recette de l'amour fou », mini-pièce tragi-comique en deux actes et une chute :

> Jouez la farce du grand amour
> Dites « jamais » dites « toujours »
> Et consommez
> Sur canapé
> Mais après les transports
> Ah ! S'il s'endort
> Alors là, foutez-le dehors.

Il est courant à l'époque qu'une chanson soit publiée simultanément par de multiples interprètes : en 1957-58 on compte 25 versions différentes de « Cigarettes, whisky et petites pépées » (seule la version d'Eddie Constantine nous est restée en mémoire), 26 versions des « Lavandières du Portugal », 32 versions de « Buenas Noches Mi Amor », 49 versions de « Bambino » et... 91 versions différentes de « Que Sera Sera ». Une inflation démente qui causera, on s'en doute, la fin rapide du phénomène, dont les responsables sont les tout-puissants éditeurs de musique : pour placer leurs chansons, certains payent parfois les artistes pour les chanter ; ceux-ci demandent jusqu'à 100 000 anciens francs (1 000 francs) pour « cautionner » un nouveau titre — d'autres refusent de rentrer dans la combine, comme Montand [1]. Le système permet aussi de prolonger le succès d'une chanson au-delà des limites de la résistance nerveuse : il n'est pas rare de voir des titres passer six mois, un an, voire un an et demi dans les palmarès (exemple « Cigarettes, whisky et petites pépées » d'Eddie Constantine, sorti au printemps 1957 et toujours classé à la rentrée 1958, soit quinze mois plus tard).

Au moment où démarre Gainsbourg, la chanson occupe une place de choix en France : plusieurs centaines de titres sont diffusés chaque jour sur les trois postes d'Etat, la télévision et les trois postes périphéri-

1. Lire à ce sujet le passionnant *On connaît la chanson (Histoire vivante, vedettes et panier de crabes de la chanson contemporaine)* par André Halimi, préfaces de Georges Brassens et Guy Béart, Editions La Table Ronde, Paris, 1959.

ques (Europe n° 1, Radio Luxembourg et Radio Monte-Carlo). La vie quotidienne des Français a vu l'entrée en force de la radio, de la télévision et du tourne-disque, avec une fulgurante montée en puissance des deux derniers appareils durant les années 1955-60, ce dont le marché du disque bénéficie évidemment : l'usine Philips à Louviers fait travailler 500 ouvriers en 1958, tout comme l'usine Pathé Marconi à Chatou. En 1951, il s'est vendu en France 5 450 000 78 tours, 90 000 33 tours et 5 000 45 tours ; en 1954 on passe à 5 500 000 78 tours, 2 600 000 33 tours et 800 000 45 tours ; enfin, en 1957, il se vend 800 000 78 tours, 9 500 000 33 tours et 10 millions de 45 tours !

Si aucun classement digne de ce nom ne permet encore de repérer les vrais gros vendeurs de disques[1], on peut se faire une idée de la popularité d'une chanson par ses ventes en « petits formats » (partition et paroles sur quatre pages). On sait néanmoins que la « chanson française de qualité », créneau dans lequel Serge va bientôt tenter de s'imposer, a son public : il n'est pas rare que les EP de Georges Brassens (« La prière », « Chanson pour l'Auvergnat », etc.) dépassent les 150 000 exemplaires.

Mais la tendance lourde, annoncée l'année précédente et que l'on doit à Europe n° 1, est l'invasion de la chanson étrangère et particulièrement italienne en France, même si la station organise par ailleurs les *Coqs de la chanson* pour se donner bonne conscience. Lucien Morisse, le patron de la station, adore ça : il rôde dans les festivals de San Remo et Naples et rafle un maximum de nouveaux titres. Sans surprise, les gagnants de l'année se nomment Dalida (compagne de Morisse, elle cartonne avec « Bambino », « Buenas Noches Mi Amor », « Tu n'as pas très bon caractère », etc., et fait son premier Olympia), et Marino Marini (il chante « La Panse », « Bonjour à Paris » et « Oh La La (Chella Lla) ») qui en une année vend plus d'un million de disques en France, tandis que son spectacle bat le record de recette à l'Olympia[2].

1. Un phénomène typiquement français que les hit-parades des radios périphériques ne résoudront pas dans les années 60, bien au contraire : le Top 50, basé sur les ventes réelles, ne s'imposera qu'à partir de novembre 1984, sur Europe 1 et Canal+.

2. Au printemps 1958, la mode exotique est à son zénith alors que l'irritant Domenico Modugno, le « Sinatra sicilien », roucoule « Blu Dipinto Di Blu (Volare) » — un titre découvert lors du concours Eurovision de la Chanson — et que les maisons de disques gavent le public de chanteurs italiens : Torre Bruno, Mario Cavaliero, Teddy Ernesto, Gino Latilla, Tonina Torrielli, Claudio Villa, etc. Dalida interprète la version française de « Nel Blue etc. » (sous le titre « Dans le bleu du ciel bleu »). Elle est à l'époque la championne de la chanson traduite, phénomène qui a envahi la chanson française en même temps que la mode exotique — les yé-yé ne feront que perpétuer dès 1960 une tradition mise au point par leurs aînés...

Côté anglo-saxon, on parle du film *The Girl Can't Help It* (*La Blonde et moi*, avec Jayne Mansfield) et de ses « 12 attractions musicales » qui, d'après les chroniqueurs, « ont sonné le glas du rock'n'roll » : « il ne s'en relèvera pas. C'est du moins le souhait que l'on fait » ; pas de chance pour les grognons, c'est l'inverse qui se produit : au même moment un certain Jean-Philippe Smet, futur Johnny Hallyday, va voir et revoir *Amour frénétique* (*Loving You*, en VO) avec Elvis Presley. A en croire certains journalistes, le nouveau rythme qui a détrôné le rock'n'roll est le calypso, dont la vedette se nomme Harry Belafonte : de fait, « Day-O (Banana Boat Song) » est un énorme tube fin 1957 en France ; il s'en enregistre plus de 40 versions différentes, notamment par Mick Micheyl, les Compagnons de la Chanson, John William et Dario Moreno...

Pour revenir à la chanson, 1957 est une année moyenne. Les grands prix de l'Académie Charles-Cros ont été attribués à un ami de Brassens, nommé René-Louis Lafforgue (pour son 33 tours *Julie la rousse*), à Lucette Raillat (« La môme aux boutons ») et à Simone Langlois pour ses interprétations des chansons de Jacques Brel. La chanson « Bal chez Temporel » de Guy Béart sur des paroles de l'écrivain André Hardellet est également récompensée – Béart qui est la révélation de l'année et qui sort à vingt-sept ans son premier album chez Fontana (avec entre autres « Qu'on est bien »)[1]. On parle également de Colette Renard (« Irma la douce ») ; des débuts dans le disque de Magali Noël avec une chanson de Boris Vian (« Fais-moi mal, Johnny ») ; des chansons catho du Père (Aimé) Duval, aussitôt surnommé « la calotte chantante » par Brassens le mécréant, qui publie chez Philips son cinquième album 25 cm (avec « L'amandier », « Au bois de mon cœur », « Oncle Archibald », etc.). Tandis que Raymond Devos (l'autre révélation de la saison) remplit l'Alhambra, Gilbert Bécaud triomphe à l'Olympia (avec Dalida en vedette américaine), puis la

1. On ne peut s'empêcher de relever quelques points communs inattendus entre Béart et Gainsbourg que par ailleurs tout semble séparer et qui s'offriront une belle engueulade télévisée à l'occasion d'un *Apostrophes* de Bernard Pivot à la fin de l'année 1987 : ils débutent pratiquement en même temps ; Boris Vian est directeur artistique des premiers pas de Béart ; Béart est découvert par Canetti ; il fera partie comme Serge du spectacle et des tournées *Opus 109* ; Zizi Jeanmaire et Juliette Gréco chanteront ses chansons ; ils n'ont aucun « coffre » ; ils sont très mal reçus quand ils se produisent sur scène (Béart se paye des bides aux Trois Baudets six mois avant Serge) ; leurs débuts sont salués par l'Académie Charles-Cros ; leurs premiers succès sont des chansons liées à des films (*L'Eau vive* d'après Jean Giono pour Béart, *L'Eau à la bouche* pour Gainsbourg) ; enfin André Hardellet qui signe les paroles de « Bal chez Temporel » fera tourner Serge dans un court-métrage qu'il réalise dans les années 70.

scène est prise d'assaut par l'Américain Frankie Laine, alias « Monsieur Rythme », un pâle ersatz d'Elvis.

On note encore, fin 1957, que la firme Philips veut lancer une série de « nouvelles têtes de la chanson » dont les huit premiers EP's sortent simultanément, avec des arrangements signés Claude Bolling ou Alain Goraguer. Signés par le directeur artistique Jacques Canetti, qui est aussi le patron du théâtre des Trois Baudets, ces nouveaux venus, qui se nomment Denise André, Claude Parent, Micheline Remette, Ginette Rolland, Juan Catalano, Luc Davis, Didier Lapeyrère et Louis Massis (qui enregistre la « Java javanaise » de Vian), ont un terrible point commun : aucun ne perce ! C'est pourtant dans ce contexte que Serge va se voir proposer un contrat par la même maison...

A partir du 28 février 1958, Michèle Arnaud se produit à Bobino avec André Dassary (qui s'est refait une santé et à qui l'on a pardonné d'avoir chanté pendant la guerre « Maréchal, nous voilà »). C'est à cette occasion qu'elle crée « La recette de l'amour fou » et que l'on aperçoit pour la première fois le nom de Serge dans la presse, des coupures instantanément envoyées par courrier aéroporté, avec la fierté que l'on devine, par Papa Ginsburg à Liliane la jumelle à Casablanca. Voici ce qu'on lit dans *Combat* le 8 mars :

> Sa voix naturellement distinguée s'accommode à merveille d'un répertoire choisi (...) je note l'apparition d'un compositeur original, Serge Gainsbourg, dont nous reparlerons sans doute.

Exact : en mai, quand elle retourne à l'Olympia — elle y avait déjà chanté en octobre 1957, à la même affiche que le fantaisiste Henri Genès et les Platters —, sur les huit chansons qu'elle interprète, quatre sont de Serge. Entre-temps, Michèle a fait ses premiers pas à la télévision comme productrice de l'émission *Chez vous ce soir*, présentée par Jean-Claude Pascal, dont la première a eu lieu le 29 mars 1958. Parmi les invités, Serge Gainsbourg dont c'est la première apparition à la télé[1]. Au Milord, son trac ne s'améliore pas, comme en témoigne un jeune fantaisiste nommé Bernard Haller qui assiste à ces premiers pas...

Bernard Haller : « Gainsbourg chantait deux chansons dont "Le poinçonneur" ; ce n'était pas un succès triomphal, les gens étaient étonnés de son physique, je me demande si la deuxième chanson ce n'était pas "La jambe de bois" — qu'on n'a plus entendue par la suite et qui était désopilante ! »

Drôle d'histoire en effet que celle de cette « Jambe de bois (Friedland) » qui plut aussi énormément à Boris Vian : au bord du

1. Les images n'ont jamais été retrouvées ; aucun détail non plus sur le titre qu'il interprète ce soir-là, même si on peut présumer qu'il s'agit du « Poinçonneur ».

suicide, se sentant inutile, une jambe de bois déboule sur un champ de bataille, Français contre Cosaques. Ne voulant pas de moignon moujik, elle demande à un boulet de canon qui passe par là de rebrousser chemin et de lui rendre un petit service :

> Vise-moi c't'officier français
> Si tu lui fauches une guibole
> Tu peux me croire sur parole
> Qu'si la gangrène s'y met pas
> Je serai sa jambe de bois

Mais voilà que le soldat l'aperçoit, se baisse et se la prend en pleine poire... Le 17 février 1958, Serge l'avait enregistrée pour Philips, lors d'une séance d'essai au Studio Blanqui, dans le plus simple appareil (piano et voix), en même temps que quatre autres titres : « Le poinçonneur des Lilas », « Ronsard 58 », « La recette de l'amour fou » et « Douze belles dans la peau ».

Chez Philips, on l'a vu, le patron de l'artistique s'appelle Jacques Canetti — sans doute l'homme le plus important du show-business français dans les années 50 : même si c'est déontologiquement douteux, il est à la fois haut responsable dans une maison de disques, patron du théâtre des Trois Baudets où se produisent toutes les stars du music-hall et organisateur de tournées partout en France, pour les plus grands noms du métier (Devos, Brel, Brassens, Béart, etc.). Parmi les producteurs maison on trouve Denis Bourgeois et Boris Vian ; pour Philips, Boris a produit Magali Noël, Henry Cording, Kenny Clarke et Alain Goraguer ainsi que la série d'anthologies « Jazz pour tous ». Pour Fontana, il supervise les séances de Miles Davis pour la bande originale du film *Ascenseur pour l'échafaud* ; enfin il publie en France les premiers disques de Screamin' Jay Hawkins (EP dans la collection rock'n'roll « A cracher des flammes » et premier 25 cm avec « I Put A Spell On You », etc.)[1]. Tout cela pour dire que Boris aurait pu se retrouver en studio avec Serge mais que ce privilège revient à Denis Bourgeois.

Denis Bourgeois : « J'ai été voir Serge au Milord et je lui ai immédiatement proposé d'enregistrer une maquette. Quand Canetti a entendu les chansons, il a eu le coup de foudre et la signature du contrat n'a été qu'une question de jours, d'autant qu'il était courtisé par une autre marque de disques. Ma première initiative a été de réunir Serge et Alain Goraguer. »

---

1. Screamin' Jay Hawkins qui est mort en février 2000 et dont Serge a toujours été fan (on se souvient même d'un siphonnant « Constipation Blues » en duo à la télé pour *Les Enfants du rock* dans les années 80).

Jacques Lasry : « Je sais que la firme Ducretet, envoyée par Michèle, l'avait déjà approché. Puis Philips l'avait demandé, tout le monde se précipitait au Milord, moi je n'y étais plus, je n'étais pas témoin mais Serge venait me raconter un nouvel épisode quasiment tous les jours... Ayant moi-même été un artiste Ducretet, et pas très content d'eux, je lui ai conseillé d'aller chez Philips car ils étaient beaucoup mieux armés, beaucoup plus étoffés pour faire de lui un artiste. »

Jacques Canetti : « Je lui ai proposé un contrat assez rapidement, à l'époque je faisais un peu ce que je voulais chez Philips. Je me suis dit que Gainsbourg était quelqu'un qui ferait une carrière sur le plan disque, pas seulement comme auteur-compositeur, d'ailleurs la suite l'a prouvé. Serge a signé tout de suite, il était très docile. Son père avait beaucoup d'amitié pour moi parce que j'étais patient avec son fils. »

Le 3 mai, soit six mois avant la sortie de son premier album 25 cm, Serge a droit à son premier vrai « papier », sur deux colonnes, dans *Combat*, sous la plume d'Henry Magnan :

SERGE GAINSBOURG CHEZ MILORD L'ARSOUILLE

On en parle et on en reparlera. Il s'appelle Serge Gainsbourg et il a horreur de chanter pour ne rien dire [...] Il a tout à fait raison de croire, en authentique poète, à la valeur intrinsèque des mots [...] Salut à lui !

Serge, qui chante désormais quatre titres (cinq quand il obtient un rappel), a bientôt de la visite : sur les conseils de Francis Claude, arrive Yves Montand, accompagné de Simone Signoret.

Gainsbourg : « J'étais ému. Après m'avoir vu au Milord, il me convoque chez lui et me dit : "Qu'est-ce tu veux, mon p'tit gars, tu veux faire l'auteur, le compositeur, l'interprète ?" et moi, comme un crétin, je lui dis : "Je veux tout." C'était pas méchant, mais c'était sorti comme ça. Lui, boum, le masque. Il voulait travailler avec moi mais finalement il ne s'est rien passé. Rétrospectivement, c'est sans doute mieux : si Montand m'avait pris mes chansons, comme il est un très grand interprète, il m'aurait fait de l'ombre, comme il en a fait à Francis Lemarque. »

Croisant quelques mois plus tard dans la rue Albert Hirsch, qu'il avait connu enfant à Champsfleur, Serge raconte qu'il aurait eu l'arrogance de lancer à Montand : « Je ne vous sens pas dans mes chansons ! » Lui qui attend depuis plus de trente-six mois de placer un titre chez un interprète de renom, voilà en tout cas qu'il fout une magnifique occasion en l'air... Et pourtant, ce jour-là, il peut se dire, en s'auto-citant : « J'ai oublié d'être bête », du titre d'une autre chanson restée inédite :

J'ai oublié d'être bête
Ça m'est sorti de la tête
Hélas, je ne sais comment
Me faire entendre à présent
J'ai perdu mon assurance
Du même coup contenance
Le soleil et mes amis
Et le nord et le midi

Avant de monter sur scène, Serge ne parvient pas à se débarrasser d'un trac qui le mène parfois au bord de la nausée. Son entrée est encore plus dure lorsque Francis Claude « double » dans un autre cabaret et ne peut l'annoncer en chair et en os. Dans ces cas-là, il avait enregistré un disque souple et sa voix résonnait dans le silence : « Vous l'avez entendu au piano tout à l'heure, son nom est Serge Gainsbourg : ce n'est pas un cachet que nous lui donnons, c'est un comprimé ! » Quand Serge se posait ensuite derrière son micro, l'atmosphère n'était pas froide, elle était carrément sibérienne, comme nous le raconte celui qui va devenir son arrangeur sur les conseils de Denis Bourgeois.

Alain Goraguer : « L'accueil qu'on lui faisait sur scène, je l'avais déjà connu avec Boris Vian, un mélange de haine et de fascination. On lisait presque dans les pensées, quand les remarques désobligeantes ne fusaient pas purement et simplement, le genre “Toi, t'as une sale gueule, tu chantes comme un con”. Ni Vian ni Gainsbourg ne dégageaient quelque chose de sympathique, ils avaient le trac et ça se sentait, ils auraient tourné le dos au public, ça n'aurait pas été pire... »

Francis Claude : « Boris, que j'avais eu l'occasion d'observer, notamment sur la scène du Milord, était moins pur. Chez Serge, il y a tout de même une certaine pureté de l'enfance. Boris était plus roué. »

L'arrivée de Gainsbourg sur Philips coïncide avec le début de la reconnaissance pour Brel, un autre artiste maison, qui obtient son premier vrai succès avec « Quand on n'a que l'amour » (prix de l'Académie Charles-Cros) et publie son troisième album 25 cm. Gréco, toujours elle, avait été la première à chanter du Brel en 1954 (« Le diable (ça va) ») ; il lui avait rendu la politesse en lui écrivant sur mesure « Je suis bien » et « On n'oublie rien ». Au printemps 1958, on sifflote « Hello ! Le soleil brille... », chanson du film *Le Pont sur la rivière Kwaï* popularisée par la pétulante Annie Cordy ; on fredonne « Les marchés de Provence » de Gilbert Bécaud, « Aye mourir pour toi » de Charles Aznavour, « Diana » de Paul Anka, « Zon, Zon, Zon » de Colette Renard, « Le jardin extraordinaire » de Charles Trenet, « Dors mon amour » du revenant André Claveau (grand prix de l'Eurovision 1958), « La foule » d'Edith Piaf et « Marjolaine » de Francis Lemarque, déjà croisé plus haut. Au même moment, Boris Vian, Georges Brassens, Henri Salvador et Guy Béart débattent dans les pages du mensuel *Music-Hall* et autour du micro d'André Halimi de la « conspiration de la médiocrité » qui semble sévir dans le monde de la chanson. Le mois suivant, le même Halimi lance une autre question dans le même magazine : « La chanson est-elle un art mineur ? »

De son côté, lentement mais sûrement, Serge se forge un répertoire. Le 16 avril 1958, il dépose à la SACEM « Le charleston des déménageurs de piano ». Le 2 mai c'est au tour de « La femme des uns sous le corps des autres » et de « La purée », une saynète plutôt bavarde, incluant un monologue parlé, où l'on voit s'insulter un clodo alcolo et un rupin chafouin, qui elle aussi restera inédite :

> C'est un mendiant famélique
> Squelettique
> Ouvrant des voitures les portières
> Pour un' verre
> Esprit lucide
> Et même acide
> Ayant tout perdu fors l'honneur
> D'importuner jusqu'aux ambassadeurs

A-t-il écrit cette chanson sur mesure pour Philippe Clay ? C'est très probable. L'info filtre en effet dans la presse que ce dernier a l'intention de graver au moins deux de ses titres, une idée qui ravit Serge à peine remis de son bide avec Montand. Du haut de son mètre quatre-vingt-dix-neuf, Clay est depuis quelques années déjà l'une des vedettes les plus populaires du music-hall français (« Le noyé assassiné », « Monsieur James », etc.) : à la fois comédien, acrobate, danseur, il n'a pas son pareil sur scène pour donner vie aux chansons qu'il s'approprie. En 1958, il est à nouveau au sommet grâce à la chanson (« La gambille »), au cinéma (on l'a vu dans *Notre-Dame de Paris* de Jean Delannoy puis dans *French Cancan* de Jean Renoir où il incarnait un étonnant Valentin le Désossé), et grâce à la scène (un passage triomphal à l'Olympia) ; en 1958 toujours, il publie un EP dont le titre principal se nomme, étrange coïncidence, « Les stances de Ronsard ».

Une singulière ressemblance physique (souvent relevée par les chroniqueurs de l'époque) les rapproche ; ils ne vont pas tarder cependant à se brouiller sévèrement. Si l'on croit une première version, Clay aurait promis à Gainsbourg d'enregistrer tout un album de ses chansons. Une autre version fait état d'un Clay vexé d'apprendre que Serge a enregistré lui-même ses chansons — pour la même maison de disques — alors qu'il les lui avait promises et qui, du coup, annule sa propre séance[1].

1. Interview accordée par Serge à *La Tribune de Genève* le 25 février 1959.

Gainsbourg : « Les artistes sont bien décevants : prenez Philippe Clay. Je l'ai entendu vingt fois chanter mes chansons, mais toujours chez lui. Jamais sur scène. Alors je suis devenu interprète par la force des choses avec des couplets dont les autres ne voulaient pas[1]. »

Philippe Clay : « A l'origine c'est lui qui m'a parlé du "Poinçonneur", mais je ne l'ai jamais chanté. Cette chanson était pour moi, j'aurais dû l'interpréter, j'en ai fait des conneries dans ma vie ! »

Ils finiront par faire la paix, des années après. Clay connaîtra un sérieux passage à vide à partir de 1962 : Serge lui offrira cette année-là « Chanson pour tézigue ». En 1964, on les verra en duo à la télévision chanter « Accordéon » et « L'assassinat de Franz Léhar ». A cette occasion, Serge lâche à un journaliste de *La Tribune de Genève* cette remarque cruelle : « C'est drôle de travailler pour les autres. Quand je sentais bien Philippe Clay, il ne me prenait aucune chanson. A présent que je ne le sens plus, il en veut. »

Le 13 mai 1958, le jour où les Français d'Algérie prennent d'assaut le gouvernement général et créent un Comité de salut public autour du général Massu tandis que l'Assemblée nationale se transforme en foire d'empoigne, Gainsbourg est à nouveau invité à la radio, par Roger Bouillot, dans l'émission *La Soirée du club d'essai* sur Paris-Inter, qui s'enregistre en public dans la salle de l'Alliance française. Ce soir-là, Serge — qui n'a pas trouvé de pianiste et se fait accompagner par son père — chante « Le poinçonneur » et l'antimilitariste « Jambe de bois (Friedland) », ce qui est assez culotté vu le contexte...

Avec Denis Bourgeois, il prépare minutieusement la première vraie séance d'enregistrement (celle de février n'était qu'une formalité avant de signer le contrat), prévue pour le 10 juin. Tous deux se demandent aussi à qui ils pourraient bien refiler « Le poinçonneur » : à l'évidence cette chanson pourrait rencontrer un gros succès — mais pas par un débutant au physique disons... difficile. Montand, c'est râpé. Clay, c'est la brouille. Ils pensent ensuite aux Frères Jacques, mais voilà qu'ils sont approchés par un débutant nommé Hugues Aufray, dont ils ne savent rien, sinon qu'il dit avoir publié deux EP's sous le nom de Bob Aubert et son Typic Brésilien, qu'il est le frère de Pascale Audret, une jeune actrice prometteuse révélée par le film *L'Eau vive* et qu'il connaît quelque succès dans la boîte qu'il a montée, baptisée la Polka des mandibules. En mai 1958 il participe aux *Numéros 1 de demain* organisés par Europe n° 1 et le mensuel *Music-Hall* et voilà qu'il est sélectionné grâce au « Poinçonneur des Lilas », ce qui lui permet de signer aussitôt un contrat avec Barclay !

1. Gainsbourg à Philippe Bouvard dans *Le Figaro* le 16 mai 1962.

Hugues Aufray : « Au Milord l'Arsouille, je vois un soir Gainsbourg qui chante « Mes petites odalisques » et « Le poinçonneur ». Je suis tout de suite accroché et je me dis que ce mec a vraiment du talent. Alors je retourne au Milord un soir, deux soirs, trois soirs, sans jamais aller lui parler en coulisse parce que je suis très timide. En revanche, j'écoute et j'apprends ces deux chansons par cœur, je repère les mots, je note les paroles sur un bout de papier car bien sûr, à l'époque, il n'y avait pas de magnétophone portable... J'avais l'habitude de procéder comme cela, j'avais fait pareil pour les chansons brésiliennes qui figuraient déjà à mon répertoire : des copains les chantaient et moi je les relevais, à l'oreille, c'est la base du folklore, la tradition orale. J'ai donc appris ces chansons et je les ai intégrées dans mon tour de chant ; comme elles étaient très belles, j'avais du succès. Denis Bourgeois, le directeur artistique de Gainsbourg, s'en est inquiété en se disant : "Attention, ce type-là est en train de nous déflorer notre truc !" Mais de ma part il n'y avait aucune malhonnêteté, je n'avais pas commis de vol ! Je me suis rendu au bureau de Bourgeois et je me suis expliqué en disant que je n'avais voulu porter de tort à personne. Gainsbourg, qui était présent, semblait assez flatté. »

Jacques Lasry, l'ex-pianiste de Michèle Arnaud, raconte une version assez différente de l'incident : « Un jour Hugues Aufray me téléphone et me dit : "Je viens de découvrir les chansons de Gainsbourg, c'est exactement ce qu'il me faut." J'organise donc une rencontre chez la femme de Francis Claude qui tenait un restaurant où on buvait du vin à gogo et ce jour-là j'ai découvert un Gainsbourg débordant d'assurance ! Après une discussion assez serrée, il a refusé sèchement de donner ses chansons à Hugues, il était presque agressif. Il n'a pas donné d'explication, le refus était radical. Il avait un sens critique énorme. »

La version Aufray du « Poinçonneur » sortira pourtant en mars 1959, plus de six mois après que les Frères Jacques en eurent fait le succès que l'on va voir. Premier arrivé, dernier servi, on comprend pourquoi Aufray a longtemps gardé une dent contre Serge qui pourtant lui offre l'exclusivité de « Mes petites odalisques ».

La stratégie de Bourgeois est claire : pour lancer son poulain, à la fois comme auteur-compositeur et comme interprète, il faut qu'un nom prestigieux cautionne ses premiers pas dans le métier. Les Frères Jacques, que l'on surnomme « les athlètes complets de la chanson » et qui sont célèbres depuis dix ans déjà, avec leurs collants, leurs moustaches et leurs couvre-chefs (« La queue du chat » date de 1948, « Le complexe de la truite » de 1954) semblent un excellent choix.

Paul Tourenne : « Nous étions à la recherche de textes et Canetti, qui était notre manager, nous a parlé de ce type formidable qu'il venait de rencontrer et qui s'appelait Serge Gainsbourg. On l'a reçu dans l'appartement de François[1] et il nous a joué trois ou quatre chansons dont "Le poinçonneur des Lilas". Il était terriblement timide et il était obligé de démarcher pour placer ses chansons, donc ce n'était pas facile pour lui... Je me souviens, on était tous les quatre accroupis autour du piano pour essayer d'entendre ce qu'il disait, on n'osait pas lui dire : "Vous ne voulez pas chanter plus fort ? On n'entend rien !" On lui a fait répéter trois fois les chansons et on a fini par lui prendre "Le poinçonneur". On l'a enregistrée les 23 et 24 juin 1958 puis on l'a créée sur la scène de la Comédie des Champs-Elysées deux mois plus tard. Le public a d'emblée énormément apprécié cette chanson, l'une des rares que nous interprétions sans mise en scène, on ne faisait rien, c'était une évocation, on était tous les quatre sur scène en se tournant le dos, chacun était isolé dans un coin et rêvait, les mains derrière le dos. De cette façon, la chanson avait beaucoup d'impact car le public n'était pas distrait pas une chorégraphie. Ce n'est pas une chanson drôle, elle est plutôt dramatique... Nous n'étions pas de gros vendeurs de disques, même si nous remplissions les salles de spectacle, mais "Le poinçonneur" a très bien marché, au point d'être notre plus grosse vente pendant quelques années. On vend beaucoup de Prévert depuis quarante ans mais cette chanson de Gainsbourg a été notre petit tube à nous, c'est pour cela que nous en sommes très fiers ».

Sur scène, dès le 23 octobre 1958 à la Comédie des Champs-Elysées, les Frères Jacques présentent « Le poinçonneur » comme « le premier concerto gainsbourgeois ». Leur version, orchestrée par Pierre Philippe, a tourné tout l'été à la radio. Celle de Serge est publiée en septembre, en même temps que son premier album 25 cm, *Du chant à la une !*. Pour la petite histoire, Gainsbourg croisait souvent le même employé de la RATP dans une station de métro ; un jour il lui avait demandé ce dont il rêvait. Le poinçonneur avait répondu cette phrase superbe : « Voir le ciel... »

J'suis l'poinçonneur des Lilas
Le gars qu'on croise et qu'on n'regarde pas
Y'a pas d'soleil sous la terre
Drôle de croisière
Pour tuer l'ennui j'ai dans ma veste
Les extraits du *Reader's Digest*
Et dans c'bouquin y'a écrit
Que des gars s'la coulent douce à Miami
Pendant c'temps je fais l'zouave

1. Les Frères Jacques sont quatre : André et Georges Bellec, François Soubeyran et Paul Tourenne. Ils sont entre autres fameux pour leurs interprétations de Brassens et de Prévert.

Au fond d'la cave
Paraît qu'y a pas d'sot métier
Moi j'fais des trous dans des billets

Le 10 juin 1958 Serge entre donc au studio Blanqui, appartenant à Philips, avec Alain Goraguer et son ensemble. Ils enregistrent trois titres ce jour-là : « La jambe de bois (Friedland) », « Douze belles dans la peau » et « Le charleston des déménageurs de piano ». Le choix d'Alain Goraguer était limpide : il était l'homme idéal, celui qu'il fallait à Serge pour mettre en évidence son talent singulier. Goraguer, arrangeur et accompagnateur de Boris Vian, avait fait les orchestrations de « Fais-moi mal, Johnny » pour Magali Noël, et écrit des chansons pour Salvador (qui l'avait ensuite engagé pour ses concerts à Bobino) ; il avait publié à l'automne 1956 un EP avec son trio (Paul Rovère à la contrebasse, Christian Garros à la batterie, qui jouèrent aussi sur les premiers enregistrements de Serge) intitulé *Go, Go, Goraguer !*, avec « What Is This Thing Called Love » de Cole Porter, « Prelude To A Kiss » de Duke Ellington et deux compositions originales.

Alain Goraguer : « J'ai été convoqué chez Philips et dans le bureau il y avait Gainsbourg, ce garçon que j'avais vu quelques mois plus tôt à la terrasse du Touquet dans son look pianiste d'ambiance. Le contact a été immédiatement fantastique, trois jours plus tard nous étions inséparables. Quand nous avons commencé les enregistrements, même si Serge était ravi, je sentais déjà une sorte de désespoir de la réussite tardive, il voulait frapper un grand coup tout de suite. En plus, il avait tout contre lui, en premier lieu son physique qu'il n'acceptait pas et qu'il faisait tout pour exagérer : chaque fois qu'il avait un nouveau complet il se débrouillait pour le friper en vingt-quatre heures. C'était déjà son côté "anti"... »

Né en 1931 à Rosny-sous-Bois d'un père breton et d'une mère corse, Goraguer avait grandi à Nice et appris le violon (au point d'exécrer l'instrument), puis le piano. Sur les conseils de Jack Diéval, jazzman renommé, il décide à vingt ans de tout lâcher pour la musique et s'installe à Paris. Fana de jazz, il adore Art Tatum, Erroll Garner, Bud Powell et Thelonious Monk. Quand il voit à Paris le grand orchestre de Dizzy Gillespie et le Modern Jazz Quartet, il craque complètement. En tant qu'arrangeur, il rivalise largement avec les pointures de l'époque, Michel Legrand ou André Popp. A propos de son ami, Vian avait écrit ceci :

> Il y a deux façons de le faire courir, c'est de le mettre en présence d'un okapi, d'un singe, d'un ornithorynque, voire d'un simple chien, ou bien de lui indiquer négligemment où il trouvera un bon piano. Car il déteste tous les animaux, sauf cette bête noire ou jaune à trois pattes et à 88 dents que l'on fabrique chez Pleyel, Erard ou Steinway.

Ni Serge ni Alain ne sont satisfaits de ce premier enregistrement de « La jambe de bois (Friedland) », chanson qui ne figurera pas sur le premier album et à laquelle ils vont consacrer une nouvelle séance le 12 janvier 1959[1]. Le 13 juin Serge dépose « L'alcool » à la SACEM puis « Du jazz dans le ravin » et « Ce mortel ennui » le 1er juillet. Entre-temps, les 17 juin, 1er et 3 juillet, toujours au studio Blanqui, ils ont mis en boîte tous les autres titres qui vont figurer sur le premier album 25 cm : « La recette de l'amour fou », « Le poinçonneur des Lilas », « L'alcool », « Ronsard 58 », « La femme des uns sous le corps des autres », « Du jazz dans le ravin » et « Ce mortel ennui ».

D'emblée, par son style, Gainsbourg se démarque de tout ce qui existe, de tous les chanteurs dont on parle. Pas le moindre point commun entre lui et Brassens, Brel, Clay ou Lemarque[2]. Ce qui le sépare de la Rive gauche, c'est carrément un abîme. De ce côté-là de la Seine, on est poétique et engagé, on pratique l'ironie façon clin d'œil. Avec Gainsbourg, les mots qui se fondent dans la musique, au lieu d'être plaqués sur quelques accords, sont ultra-pessimistes ; chez lui, pas d'ironie, mais du sarcasme. Techniquement, dès ses premières chansons, il refuse les ficelles classiques : pratiquer des montées de ton, forcer la voix pour obtenir un effet dramatique, etc. Et s'il « chante à l'époque un peu à la française, le crayon entre les dents », comme le dit joliment Eddy Mitchell, il évite de rouler les r comme Barbara ou Brassens... Pour « Le poinçonneur » Goraguer a imaginé une intro enlevée, agrémentée d'une flûte et de glissandos au piano, qui donnent à la musique un caractère dansant et joyeux, alors que le texte évoque la mélancolie d'un homme travaillant sous la terre. Pour « Ce mortel ennui », le même concocte une intro on ne peut plus monkienne et déjà l'on frôle le chef-d'œuvre :

> Ce mortel ennui
> Qui me vient
> Quand je suis avec toi
> Ce mortel ennui
> Qui me tient
> Et me suit pas à pas [...]
> Bien sûr il n'est rien besoin de dire
> A l'horizontale

---

1. Pour un EP publié quelques semaines plus tard dans l'indifférence la plus totale.
2. Il n'est pas impossible que Serge participe au même moment à une séance de Francis Lemarque sur laquelle travaille également « Alain Goraguer, son orchestre et chœurs » : Lemarque met en boîte « Elle n'avait que 17 ans » d'après « She Was Only Seventeen (He Was One Year More) » de Marty Robbins, qui est un tube de l'été 1958 aux Etats-Unis : on y entend distinctement Serge chanter « 17 aaannns » dans les chœurs (merci à Daniel Vandel, Annie Vincent et Daniel Delorme).

Mais on ne trouve plus rien à se dire
A la verticale

Gainsbourg : « Si j'écoute peu mes anciennes chansons, c'est par peur, peur de retrouver pas mal de visages féminins qui sont passés dans ma vie. Si j'écoute "Ce mortel ennui" je revois mentalement la petite mignonne à qui j'ai pensé en l'écrivant. Elle était pas si conne d'ailleurs : quand c'est sorti elle s'est dit : "Ça, c'est pour moi" et elle s'est cassée... »

Gainsbourg est décalé. Il a trente berges et il chante pour les gens de son âge, un public intello blasé, autant dire pas grand monde. On n'est pas séduit par ses chansons, on se sent attaqué. A la sortie de l'album, les journalistes auront beau jeu de rapprocher le cynisme de Serge de celui du film *Les Tricheurs* de Marcel Carné qui sort en octobre 1958 et dont les personnages s'interdisent, par orgueil, de tomber amoureux.

Chez Serge, au volant de sa Jaguar (vue de l'esprit : il n'a jamais su conduire), il est question de séduire les femmes en les agressant, sur fond de pessimisme noir.

Ecoute, c'est toi qui conduis ou moi ?
C'est moi, bon alors tais-toi
Y'a du whisky dans la boîte à gants
Et des américaines, t'as qu'à taper dedans
Ecoute, écoute un peu ça poupée
T'entends, mon air préféré
Mets-moi la radio un peu plus fort
Et n'aie pas peur, j'vais pas aller dans les décors

Evidemment, la « Jag » vole dans le fossé :

Et pendant qu'tous deux agonisaient
La radio, la radio a continué d'gueuler

La vie est vache et Gainsbourg a l'intention de souligner cette vérité d'un double trait, tandis qu'Alain Goraguer et Michel Hausser font des merveilles, le premier au piano, le second au vibraphone... Pendant ce temps, après le boulot, le poinçonneur, ou son double, cherche l'oubli dans « L'alcool » :

Mes illusions donnent sur la cour
Des horizons j'en ai pas lourd
Quand j'ai bossé toute la journée
Il m'reste plus pour rêver
Qu'les fleurs horribles de ma chambre

Le plus plaisant, c'est que la misogynie affichée de Gainsbourg n'effraie aucunement sa première interprète féminine, Michèle Arnaud, qui donne sa version de « La femme des uns sous le corps des autres » sur un EP qu'elle publie elle aussi à la rentrée 1958, juste avant de chanter à l'Olympia en première partie de Georges Brassens. Bruno Coquatrix, directeur de la salle, lui demande selon la légende d'atténuer certains passages de « Jeunes femmes et vieux messieurs » et surtout de « La femme des uns sous le corps des autres ». Ce qu'elle refuse. Bécébégé peut-être, mais goût du risque et de la liberté.

La femme des uns
Sous l'corps des autres
A des soupirs
De volupté

D'abord on s'dit vous
Et puis on s'dit tout
On s'envoie un verr'
On s'envoie en l'air

Questionné à propos de cette chanson, l'auteur parlera d'un « pamphlet contre le libertinage » tout en se défendant d'être blasé :

Gainsbourg. : « Oh blasé, certainement pas. Blasé seulement sur tout ce que j'ai pratiqué, tout ce que j'ai essayé, qui me désespérait. Je ne suis pas un libertin. J'ai pratiqué le libertinage, j'ai fait beaucoup de sottises, mais cela me désespérait. En réalité, j'ai gardé un idéal sur mes idées de l'amour. Je suis intact. Je pense que je suis intact. Si j'avais vraiment été un libertin, eh bien je n'aurais pas été désespéré après chaque séance. [1] »

Sur le même super-45 tours de Michèle Arnaud figure une chanson inédite et cinglante intitulée « Jeunes femmes et vieux messieurs » :

Jeunes femmes et vieux messieurs
Si elles sont fauchées quelle importance
Jeunes femmes et vieux messieurs
Du pognon ils en ont pour deux

Depuis le mois de février, qui avait vu la sortie du premier disque contenant des chansons de Serge, Michèle Arnaud lui a fait des infidélités : elle a publié deux autres EP's avec notamment une version du fameux « Diana » de Paul Anka ainsi que du « Croquemitoufle » de Gilbert Bécaud. Ce qui ne l'empêche pas de demander à Serge de donner des leçons particulières de guitare à son fils Dominique, le

1. Extrait de « Radio Psychose », émission diffusée le 30 octobre 1968 sur Europe 1, reproduite dans *Rock & Folk*, nº 32 en septembre 1969.

futur Dominique Walter, âgé à l'époque d'une quinzaine d'années (nous le recroiserons plus loin, dans son look chanteur). Durant l'été 1958, Juliette Gréco a chanté « Bonjour tristesse » (du film homonyme) ainsi que « Chandernagor » et « Qu'on est bien » de Guy Béart ; Tino Rossi et Gloria Lasso roucoulent « Bon voyage » et Line Renaud chante « Buena sera » ; on commence à parler de Barbara, qui publie son premier disque chez Pathé, et de François Deguelt qui chante « Ma prière (My Prayer) » et « Loin de vous (Only You) » des Platters.

Le 16 juillet, Serge fait sa deuxième télé : il est l'invité de la belle Jacqueline Joubert, maman du petit Antoine de Caunes, dans l'émission « Avec le sourire » où il chante « Douze belles dans la peau », après cette courte interview qui nous le montre pétrifié par le trac...

Jacqueline Joubert : Serge Gainsbourg, je voudrais bien savoir pourquoi vous êtes aussi méchant avec vos contemporains ?

Serge Gainsbourg : C'est... mettons que ce soit une attitude.

J.J. : Ah ! C'est une attitude ; non, vous n'êtes pas un garçon à prendre une attitude. Vous avez beaucoup trop d'esprit pour ça.

S.G. : Ah, admettons qu'il est...

J.J. : Vous pouvez parler plus fort, vous savez.

S.G. : Il est plus aisé d'attaquer que d'encaisser. [...]

J.J. : En tout cas, vous avez des chansons qui attaquent très bien, je dois dire. Elles attaquent si bien que les grandes vedettes s'y sont intéressées ? [...] Vous êtes un petit peu... Là je vais employer un grand mot, ne soyez pas choqué, vous êtes une sorte de Daumier de la chanson, hein ?

S.G. : Ce sont de bien grands mots.

J.J. : Ce sont de bien grands mots mais en tout cas vos chansons sont de petits chefs-d'œuvre. Vous êtes très fier d'avoir écrit « Douze belles dans la peau » ?

S.G. : (sourire glacé)

J.J. : C'est drôle, hein ?

Couverture rouge brique, sur fond de faits divers aux titres mystérieux (« L'assassin d'Haget n'a pas de cicatrice mais il a un sourcil plus haut que l'autre ! »), c'est *Du chant à la une !*... Le premier 25 cm de Serge dont un portrait de trois quarts vous fixe froidement, la bouche dédaigneuse, est publié en septembre. Au verso, un texte de Marcel Aymé, l'auteur du *Passe-muraille*, de *La Jument verte* et des *Contes du chat perché*.

Denis Bourgeois : « Je tenais beaucoup à cette idée, il faisait partie des idoles de notre génération, c'était à la fois l'écrivain le plus moderne, le plus direct et concentré, le plus cynique. Quand j'ai été le voir dans sa maison de campagne, en emportant un petit pick-up portable, j'avais le trac : au téléphone, sa femme m'avait dit qu'il n'aimait pas la musique et encore moins les chansons qu'il entendait à la radio. Il a écouté le disque devant moi, glacial, il n'a ouvert la bouche que pour me dire : "Revenez demain" et, le lendemain, il m'a tendu ce texte. »

Serge Gainsbourg est un pianiste de vingt-cinq ans qui est devenu compositeur de chansons, parolier et chanteur. Il chante l'alcool, les filles, l'adultère, les voitures qui vont vite, la pauvreté, les métiers tristes. Ses chansons, inspirées par l'expérience d'une jeunesse que la vie n'a pas favorisée, ont un accent de mélancolie, d'amertume, et souvent la dureté d'un constat. Elles se chantent sur une musique un peu avare où, selon la mode de notre temps, le souci du rythme efface la mélodie. Je souhaite à Gainsbourg que la chance lui sourie autant qu'il le mérite et qu'elle mette dans ses chansons quelques taches de soleil.

Marcel Aymé

Sur la version « promo » de son premier 25 cm, réservée à la presse, avec double pochette (agrémentée d'un bandeau annonçant « Après Brassens, Brel, Béart : inédit », qui montre que Philips avait d'emblée placé la barre au plus haut pour son nouvel artiste[1]) on apprend qu'« il écrit et chante des chansons pour rire noir » et qu'« il aime le chachlik, Edgar Poe et la vitesse » avec en sus une interview rigolote :

— Si vous n'aviez pas été vous, qui auriez-vous aimé être ?

Le marquis de Sade (réponse immédiate). Robinson Crusoé (réponse après réflexion).

— Votre phrase préférée de Baudelaire ?

L'étrangeté est une des parties intégrantes du beau.

— Sur une île déserte vous emporteriez...

Sept livres : *Une vieille maîtresse* de Barbey d'Aurevilly, les poésies de Catulle, *Don Quichotte* de Cervantès, *Adolphe* de Benjamin Constant, *Les Contes fantastiques* de Poe, les contes de Grimm et de Perrault.

Cinq disques : Schönberg, Bartók, Johnnie Ray, Stan Kenton, Ray Conniff.

Cinq femmes : Mélisande, Ophélie, Peau d'âne, une manucure, Vivien Leigh.

Et un blue-jean.

Jusqu'à la fin du mois de juillet Serge avait chanté tous les soirs au Milord avec à l'affiche les habituels Jacques Dufilho, Darrigade et Fouziquet, Francis Claude et Michèle Arnaud. Après la fermeture estivale, le cabaret rouvre ses portes le 2 octobre avec le même programme, qui se poursuit sans interruption, mais avec en prime un débutant nommé Jean Ferrat du 19 novembre au 16 décembre, lui-même remplacé ensuite par un certain Christian Nohel[2].

1. Du moins Denis Bourgeois y croyait-il : pour la petite histoire, Jacques Canetti misait à l'époque sur Jean-Claude Darnal et Ricet Barrier.

2. Jean Ferrat qui bientôt enregistre ses premières chansons (« Ma môme », etc.) avec... Alain Goraguer et son orchestre.

Parmi les premiers fans enthousiastes de Serge, on trouve le regretté Lucien Rioux de *France-Observateur* qui dix ans plus tard sortira le premier bouquin sur Gainsbourg dans la collection « Poètes d'aujourd'hui » chez Seghers.

Lucien Rioux : « Sur scène, au Milord, il était très mal à l'aise, très angoissé, et ça se voyait. Le public avait un réflexe de rejet, de refus, à cause de son physique essentiellement. Du coup il a adopté une attitude provocatrice, il regardait les gens d'une manière inquiétante, il essayait de renverser les rôles : au lieu d'être gêné par eux, il essayait de les gêner... »

Sacha Distel : « Moi, j'avais repéré sa manière très moderne de jouer du piano au niveau harmonique, les musiciens de jazz, et j'en suis un, entendent des choses très bizarres que d'autres ne percevraient peut-être pas. Et puis il y avait cette tronche incroyable, cette caricature sémite : un complexe d'enfer se lisait sur son visage... »

Jean-Claude Brialy : « Je l'avais connu bien avant de travailler avec lui grâce à Michèle Arnaud quand il n'était encore que pianiste au Milord l'Arsouille, il m'avait tout de suite séduit par son intelligence, son humour caustique et ce charme qui le faisaient ressembler à un prince de la Renaissance, il évoquait un peu Médicis avec ses grands yeux et ce nez busqué, cette façon un peu élégante et arrogante de toiser, même quand il était inconnu et pauvre... »

Les rares coupures de presse de l'époque confirment cette impression : « On connaît ses chansons, il les chante lui-même avec un filet de voix, sans gestes, un air mélancolique et indifférent, deux grands yeux rêveurs et deux grandes oreilles d'éléphant volant », lit-on dans *Les Beaux-Arts Bruxelles.* A Paris, *L'Officiel des spectacles* : « Gainsbourg écrit des chansons exquises et les dit très mal, ainsi que l'exige la tradition. Il est mou, il est insaisissable, toujours semble-t-il au bord de l'évanouissement, de la disparition. » Dans *Arts* sous le titre « Gainsbourg : plus laid que Clay », on lit cette description d'une incroyable dureté : « Oreilles perpendiculaires à la tête, paupières énormes, bras misérables. Mais comme dans le cas de Philippe Clay, tant d'horreur sur le visage n'est faite que pour mieux montrer une âme sensible. » Pourtant l'auteur prédit que Serge sera bientôt aussi célèbre que sa chanson « Le poinçonneur des Lilas » : « Il sera dans les mois qui suivent enregistré, photographié, affiché. Et à quand l'Olympia ? »

Les journaux publient également les premières critiques de l'album *Du chant à la une !...* Dans *Ciné-Revue* (16 janvier 1959) on lit : « Il y a bien longtemps que je n'avais entendu chanter avec autant de simplicité naturelle des mots actuels qui répondent à coups de vie aux pulsations des cœurs et du sang. » Dans *Regards* (février 1959) : « Son humour glacé, sa lucidité blasée et même les pointes de sadisme amer qui percent çà et là font songer au climat d'un certain journalisme. Climat foncièrement malsain, est-il besoin de le dire ? Mais Gainsbourg n'est pas dupe : il cherche une porte de sortie au désenchantement et au cynisme de la génération des *Tricheurs.* » Sous la plume de Claude Sarraute dans *Le Monde* du 22 novembre 1958 : « A l'audition, cela paraissait très Dean-Sagan, très à la page et très habilement fait. Avec une tranquille assurance, la voix désabusée d'un enfant du siècle, cet ancien pianiste de bal chantait l'ivresse des sens, de l'alcool et de la vitesse. Impressions qu'il est difficile de retrouver après l'avoir vu planté derrière un micro. Sa nervosité, son agressive timidité dénotent une sensibilité, une inquiétude grosses de possibilités encore mal exploitées. C'est une bonne surprise. »

La journaliste Eve Dessarre, dans *France-Observateur*, se fend d'un papier de fond, à la fin de l'année 1958, avec une bonne longueur d'avance sur ses collègues, sous le titre « Serge Gainsbourg ou le délire de la solitude ». Extraits choisis :

> Hier, on ne lui prêtait guère d'attention. Il était, à Milord l'Arsouille, le cabaret de Francis Claude, le pianiste de service [...] Aujourd'hui, il chante ses propres chansons et, à l'écouter, on a froid dans le dos. Parce que ces « machins » (le terme est de Gainsbourg) expriment une froide violence, un délire raisonné. Lui-même ressemble à ce qu'il chante. Un garçon blême, aux oreilles décollées, avec un nez qui dévore le visage et une bouche très rouge, toujours plus ou moins tordue en virgule. On est devant un Pierrot lunaire qui a exploré le désespoir jusqu'au point précis où l'on se met à rigoler de soi-même et des autres.

On y apprend que « La jambe de bois (Friedland) » a déjà été mise à l'index par la RTF. Craint-on les réactions offusquées des anciens combattants et autres mutilés des deux guerres ? Juge-t-on la chanson trop antimilitariste au moment où de Gaulle, que l'on vient de rappeler au pouvoir, tente de maîtriser les événements en Algérie ?

Gainsbourg le souligne avec plaisir :

> « Je suis content que de tels trucs les dérangent, tout comme je jubile, les soirs où le public, à Milord l'Arsouille ou aux Trois Baudets, m'écoute en me regardant de travers [...] Pourquoi une chanson ne serait-elle pas effroyable ? Les surréalistes se sont bien permis de l'être en littérature... Et Goya ne l'était peut-être pas dans ses tableaux ? » Il allume une cigarette pour occuper ses mains qui s'agitent tout le temps : « La vie moderne l'est, elle aussi, ce qui ne veut pas dire qu'il faille la prendre au sérieux. Je suis peintre. J'ai trente ans. Je m'en veux et j'en veux à certains d'avoir perdu tant de temps à faire autre chose. J'en veux à tous ceux qui travaillent du matin au soir à des tâches qui ne les intéressent pas du tout. Je tape sur ceux-là et sur tous les métiers absurdes qu'on a inventés. Tel ce

poinçonneur qui passe sa journée à "faire des trous, des p'tits trous, encore des p'tits trous"... »

Gainsbourg déteste les chansons sentimentales, lit-on plus loin : « Avant je détestais les chansons tout court. Je fermais le poste de radio. » Puis la journaliste l'aiguille sur la misogynie et sa vie amoureuse :

> Soudain la figure se décontracte et la voix devient normale, devient celle d'un adolescent de trente ans : « Au bout d'un moment les filles m'encombrent. Je ne sais plus où les fourrer, dans ma solitude. J'ai toujours été seul, même quand j'étais gosse. »

Rétrospectivement, Gainsbourg dira : « Mon premier disque, c'était trop tôt. C'était noir. Trop noir. Et personne n'a envie d'avoir ça chez soi. » Pourtant, il peut compter sur un supporter influent... Deux semaines plus tôt, Boris Vian avait inauguré sa collaboration avec *Le Canard enchaîné* par une défense de Georges Brassens intitulée « Public de la chanson, permets qu'on t'engueule ! » (et de fait, il le grondait de ne pas apprécier assez le dernier microsillon de Tonton Georges, avec « Le pornographe du phonographe », « La femme d'Hector », etc.). Le 12 novembre, il récidive en livrant, à propos de l'album *Du chant à la une !...*, cet article pour le moins dithyrambique :

> DU CHANT A LA UNE : SERGE GAINSBOURG
>
> Allez, lecteurs ou auditeurs toujours prêts à brailler CONTRE, contre les fausses chansons et les faux de la chanson, tirez deux sacs de vos fouilles et raquez au disquaire en lui demandant le Philips B 76447 B... réclame non payée, je ne travaille plus chez Philips, et j'y travaillerais encore que ce serait exactement pareil.
>
> C'est le premier 25 cm 33 tours d'un drôle d'individu nommé Gainsbourg Serge et né à Paris le 2 avril 1928. En ce qui me concerne j'espère que ce ne sera pas le dernier. En ce qui vous concerne, c'est vous qui pouvez *faire* que ce ne soit pas le dernier. Un disque, c'est coûteux à fabriquer, un nouvel artiste, c'est coûteux à lancer, surtout quand les disquaires, noyés sous le tout-venant et paralysés par les augmentations de TVA, n'ont même plus le temps d'écouter ce que les maisons de disques leur envoient.
>
> Qu'entendrez-vous sur ce disque ?
>
> D'abord — honneur à ceux que l'on oublie toujours — vous entendrez, soutenant Gainsbourg et s'entendant avec lui comme larrons en Parlement, Alain Goraguer et les neuf arrangements qu'il a écrits sur les chansons. Chacun, techniquement parlant, vaut dans les 17 à 19 sur 20, malgré un piano parfois mal accordé ; mais ça, c'est pas la faute de Goraguer ; un piano doit être accordé sur le vibraphone quand il y en a un à la séance.
>
> Vous entendrez, cachée au milieu d'une face, une chanson qui vous inquiétera : « Ce mortel ennui qui me vient... quand je suis près de toi... »

Vous entendrez trois réussites techniques (carrure, style, chutes, etc.) absolues : « Le poinçonneur des Lilas », sombre, fiévreuse et belle, qu'interprètent déjà également les Frères Jacques. Ils y sont admirables, mais écoutez-y l'auteur. C'est le prototype de chanson forte qui manque au tour actuel d'Yves Montand. « Douze belles dans la peau » est d'aussi bonne qualité ; Michèle Arnaud la chante, je crois, et bien. Jean-Claude Pascal aussi : hommage à son goût. « La femme des uns sous le corps des autres », avec son rythme sud-américain, est une amère et joyeuse réussite.

Au passage, si quelque andouille désire accuser Gainsbourg de pessimisme, je me permettrai de lui demander s'il aime tant que ça le pléonasme et si, d'aventure, il a écouté l'air...

Vous entendrez « Ronsard 58 », plus scolaire, mais qui a le mérite d'être une chanson de jazz *pas démodée pour la musique* comme celles qu'on fait couramment en France dans l'esprit du jazz de 1935 (qui était parfait en 1935).

Vous entendrez « La recette de l'amour fou » et vous vous rappellerez, puisque je vais vous le dire, que Gainsbourg ne regrette qu'une chose : c'est de n'avoir pas connu l'École universelle de surréalisme par correspondances et affinités, directeur André Breton.

Et vous aurez encore « L'alcool », « Du jazz dans le ravin » et « Le charleston des déménageurs de piano ». Cette dernière souligne utilement ce fait que le piano, c'est délicieux pour celui qui en joue et pour ceux qui l'écoutent. Mais, de temps en temps, faudrait tenir compte de ceux qui le transportent...

Et quand vous aurez écouté tout ça, filous comme vous êtes, vous viendrez me dire que Gainsbourg n'a pas une grande voix. Bon, elle est un peu sourde, il a des nasales un peu trop nasales, mais il ne chante pas l'opéra, si vous voulez l'opéra, achetez Depraz. Qu'il rappelle, par moments, Clay. Oui, parce que leurs voix ont un peu le même timbre, et alors ? Il a, aussi, ce bon côté tendu et mordant de Clay.

Vous viendrez aussi me dire que ce garçon est un sceptique, qu'il a tort de voir les choses en noir, que ce n'est pas « constructif »... (si, si, vous dites des choses comme ça).

A quoi je répondrais qu'un sceptique qui construit des paroles et des musiques comme ça, faudrait peut-être y regarder à deux fois avant de le classer parmi les désenchantés de la nouvelle vague... C'est tout de même plus intéressant qu'un bon crétin d'enthousiaste avide de démolir ce qu'il n'aime pas...

Et on peut, en 1958 et après, s'efforcer de construire autre chose qu'un pavillon en meulière avec des incrustations de céramique bleu-vert et des chats en faïence sur le toit.

Pourtant, il manque une chose à ce disque. Une chanson, peut-être la meilleure de Gainsbourg. Elle narre les amours d'un boulet de canon et d'une jambe de bois qui cherche à se placer.

Cette chanson s'appelle « Friedland ».

Gainsbourg l'a enregistrée.

Mais elle ne figure pas sur le disque. Il faut l'écouter à Milord l'Arsouille, où chante Serge.

On a dû la supprimer pour ne pas déplaire au bon roy Charles XI.

Pourtant, si je ne m'abuse, Friedland, ça se passait du temps de l'Usurpateur ?

Boris Vian [1]

Gainsbourg : « A la parution de cet article, ma première réaction a été de prendre une gomme et de voir si mon nom pouvait s'effacer... Je l'ai fait parce que je n'en croyais pas mes yeux, j'étais un peu con ! »

Ursula Vian : « Boris m'avait emmenée au Milord pour voir Serge, il m'avait dit : "Ecoute ça, c'est formidable." Il y avait une complicité évidente entre ces deux êtres, une compréhension immédiate et profonde qui n'avait pas besoin d'être explicite, ils étaient l'un et l'autre bien trop réservés pour exprimer leur admiration réciproque. »

Sylvie Rivet : « Boris m'a dit un jour : "Je donnerais dix ans de ma vie pour avoir écrit 'La jambe de bois' !" Cette chanson surréaliste n'était pas populaire et laissait tout le monde indifférent, sauf Boris. Serge a failli tomber dans les pommes quand je lui ai répété ! »

Il est temps de présenter ce nouveau personnage essentiel dans la vie de Serge à la charnière 1958-59 : Sylvie Rivet, son attachée de presse de luxe. De luxe parce qu'il s'agit d'une très belle femme, qui réunit toutes les qualités qu'un homme comme Serge apprécie : la classe, l'humour, l'élégance, le charme. Sur la carte de visite de cette ex-hôtesse de l'air, il est indiqué « Directrice du service des relations publiques de la société phonographique Philips ».

Sylvie Rivet : « Serge était gentil, il était toujours d'accord pour tout. Il gagnait très peu d'argent à Milord l'Arsouille, dans les 3 ou 4 000 anciens francs, qu'on lui donnait chaque soir de la main à la main. Il invitait quelqu'un à boire et c'était fini, il n'avait plus un sou. Il m'empruntait de l'argent pour prendre un taxi : le lendemain il me le rendait puis il recommençait... Il avait un seul costume, un prince-de-galles, et le soir il le mettait sous le matelas pour le repasser ! Je me souviens qu'un jour, il venait de publier "Le poinçonneur des Lilas", nous sortons de chez moi, il y avait des gens à la fenêtre, et quelqu'un l'aperçoit et dit : "Oh ! Viens voir, viens voir, il y a Gainsbourg qui passe !" Alors je lui dis "Vous voyez bien qu'on vous reconnaît !" et il me répond : "Oui, c'est à cause de mes oreilles"... »

Le métier d'attachée de presse, s'il est moins spécialisé qu'aujourd'hui (une seule chaîne de télévision, trois stations périphériques,

1. Texte publié dans *Le Canard enchaîné* du 12 novembre 1958, repris dans *La Belle Epoque (Variétés)*, recueil de chroniques, Christian Bourgois éditeur, Livre de Poche, 1996.

Paris-Inter et les autres radios d'Etat), n'en est pas moins ardu quand il s'agit de lancer un nouvel artiste. L'espace dédié à la chanson, dans les quotidiens, est extrêmement réduit. Côté magazines, face aux nombreux hebdomadaires consacrés au cinéma (nous sommes en plein âge d'or des *Ciné-Revue*, *Ciné-Monde*, etc.), la presse télé n'en est qu'à ses balbutiements (*La Semaine radiophonique* se charge d'en donner les maigres programmes). Quant à la presse musicale, elle est inexistante, à l'exception de *Discographie française* (revue essentiellement professionnelle) et de *Music-Hall*, un mensuel noyauté par les maisons de disques dont les articles sont souvent écrits par les attachés de presse eux-mêmes. Dans le numéro daté d'octobre 1958 (paru en septembre), une page de pub, partagée avec Ricet Barrier, présente Gainsbourg comme « poète de l'étrange et de l'humour noir ». Le mois suivant, Serge se retrouve en quatrième de couverture (traditionnellement payée par Philips, publicité à peine déguisée), aux côtés du même Ricet Barrier et, dans l'article qui lui est consacré, on peut lire ceci :

> S'il est souvent difficile de déceler chez un jeune chanteur la future très grande vedette, pour Serge Gainsbourg on ne peut douter une seule minute. L'entendre, c'est évoquer tout de suite la gloire, la vraie, la grande. Son physique étrange, l'intelligence de ses chansons, le rythme de ses accords, la résonance des mots qui nous heurtent parce qu'ils sont drus et vrais, tout cela lui confère une personnalité intense, à la fois sensible et terriblement dure. Nulle influence, même des plus grands, n'est perceptible. Entendre Serge Gainsbourg c'est recevoir un coup de poing ou une douche, mais c'est aussi s'éloigner du médiocre, du commun. On raconte qu'il a débuté comme guitariste de Michèle Arnaud et qu'il avait rêvé de devenir peintre... Maintenant les jeux sont faits. Serge Gainsbourg a abandonné les couleurs pour ne se consacrer qu'aux blanches et aux noires. Qu'il reste fidèle à ses promesses de qualité, qu'il nous raconte encore de cyniques histoires. Il lui sera beaucoup pardonné parce qu'il aura beaucoup chanté !

Au cours de l'automne, « Hello ! Le soleil brille... » est toujours classé dans les meilleures ventes, tout comme « When » des Kalin Twins (adapté en français par Claude Piron, pionnier du rock français, sous le titre « Viens »), « Si tu vas à Rio » de Dario Moreno et « Mon manège à moi » d'Edith Piaf. On danse le « Tequila » avec les Champs et le « Houla Hoop » avec Georgia Gibbs (« The Hula Hoop Song »). Dalida-superstar est omniprésente dans les palmarès de fin d'année : jusqu'à dix titres classés simultanément, notamment « Du moment qu'on s'aime », « Come Prima » et « Les gitans ». Paul Anka (« Crazy Love ») fait craquer le cœur des jeunes filles ; leurs frères sont fous d'Elvis Presley (« King Creole ») : ensemble, ils sont à l'avant-garde de cette génération qui va faire un triomphe à *Salut les copains* (l'émission sur Europe nº 1 puis le magazine). Des jeunes qui ne fréquentent nullement le théâtre des Trois Baudets, 2, rue Coustou à Montmartre, qui rouvre le 1er novembre après cinq mois de fermeture et une saison 1957-58 exceptionnelle : on a vu se succéder sur scène Lafleur, Catherine Sauvage, Raymond Devos, Guy Béart et Jacques Brel. Brel qui est la grande révélation de l'année : le 19 novembre 1958, il réussit un coup d'éclat en volant la vedette à Philippe Clay dont il fait la première partie à l'Olympia ; au lendemain de ce concert mémorable, le Tout-Paris bruisse de la rumeur de son triomphe... Pour la réouverture des Trois Baudets, Jacques Canetti a d'amusantes idées de marketing avant la lettre : d'abord, à l'exception de Raymond Devos, la tête d'affiche, il présente une série de nouveaux talents (dont Gainsbourg, Simone Langlois, l'humoriste René Cousinier, Ricet Barrier et Béart, vedette américaine sous le nom *Opus 109* (sous-entendu « le sang neuf pour 59 »).

Jacques Canetti : « J'ai dit à Serge : “Vous devriez passer aux Trois Baudets, vous êtes exactement le type d'artiste que je recherche”. D'autant qu'il était complètement inconnu, c'était beaucoup plus amusant. Et Serge a accepté de venir jouer quelque temps après. Michèle Arnaud n'était pas très contente de voir Gainsbourg filer dans mon théâtre mais il n'était le poulain de personne, il faisait ce qu'il voulait [1]. »

La deuxième idée simili-marketing du père Canetti consiste à demander à Boris Vian d'écrire des textes de présentation qui sont dits sur scène par les dix « speakerines » engagées spécialement pour l'occasion [2]. Pour annoncer Serge, Boris Vian rédige ceci :

> Prenez un garçon de trente ans doué pour la peinture, la musique, la chanson, enfin doué pour la vie quoi. Mettez-le dans une pièce avec un piano et un stylo : laissez-le tourner, chercher, laissez-le brûler, laissez-le faire son trou, son petit trou qui deviendra grand dans le monde de la chanson, Serge Gainsbourg !

Le régisseur des Trois Baudets, devenu depuis peintre de renom, se nomme Georges Arditi. Son fils, futur comédien, n'a que treize ans mais il vient parfois traîner ses basques dans les coulisses du théâtre.

1. Canetti ne croyait pas en Gainsbourg : Denis Bourgeois dut lourdement insister auprès du boss des Trois Baudets pour imposer Serge.

2. « Speakerines » pour faire moderne : Canetti, qui emprunte le mot désignant ces jolies femmes qui annoncent les programmes à la télévision, avait engagé dix demoiselles, pour la plupart mannequins ou comédiennes débutantes, qui portaient des noms exotiques comme Carole Grove, Juliette Vilno, Chan Tung, Vinka Parese, etc.

Pierre Arditi : « J'aperçois Serge dans son costume prince-de-galles, avec ses pompes en daim à bouts pointus, son col roulé, ses cheveux ras, je trouvais qu'il avait une classe folle, une silhouette extraordinaire. Son jeu de scène était très strict : une main dans la poche, l'autre claquant les doigts, très rat de cave, très jazzy-Saint-Germain ! »

Georges Arditi : « Je travaillais pour mon cousin Canetti, le grand caïd des variétés de l'époque, qui m'avait donné ce boulot pour me dépanner, c'était le soir, ça ne m'empêchait pas de peindre pendant la journée. La France entière venait passer des auditions devant lui et je l'entends encore dire : "Oui, merci, on vous écrira, au suivant !" Au théâtre régnait une atmosphère formidablement sympathique. Le seul souvenir précis que je garde de Serge est son succès phénoménal avec les bonnes femmes : il n'était pas très beau mais il avait un charme fou. Parmi les speakerines engagées par Jacques, il y en avait une qui s'appelait Minouche, une ravissante blonde de dix-huit ans qui était immédiatement tombée dans l'escarcelle de Gainsbourg. Pour tout le théâtre, ça a été un coup d'éclat : elle était la plus jolie du lot ! »

Boris Vian, toujours lui, assiste à la première et en rend compte dans ce texte resté inédit, écrit à l'origine pour *Le Canard enchaîné* (dans le même article, il évoque « Brel, toujours mystique et bourré d'espoir jusqu'au canon » en première partie de Clay) :

> Chacun des neuf numéros est présenté par une séduisante personne, et si ce détail de mise en valeur est de nature à semer quelque perturbation dans la coulisse, il n'en est pas moins revigorant pour le spectateur. Il faut, en tout cas, y aller écouter en chair et en os Gainsbourg, Cousinier et les autres — à Devos va évidemment la palme de la soirée ; c'est vraiment un des grands clowns qui restent.

Le public du Milord est plutôt bourgeois et snob, celui des Trois Baudets beaucoup plus populaire : la salle, qui peut accueillir jusqu'à 350 spectateurs, reste parfois de marbre lorsque Serge interprète ses deux ou trois chansons (généralement « Le poinçonneur » et « La recette de l'amour fou »). Du 24 ou 26 novembre, on procède à un enregistrement public au théâtre, pour un album à la distribution confidentielle. Le 15 décembre, Guy Dornand évoque le spectacle dans *Libération* [1] et, citant l'auteur du *Journal d'une femme de chambre*, s'attarde sur Gainsbourg :

> Ce Mirbeau de la chanson, qui se pose en rival de Léo Ferré, le restera-t-il ou préférera-t-il être d'abord le poète du « Poinçonneur des Lilas » ou de « Ronsard 58 » ? C'est un tempérament à coup sûr, un auteur de valeur.

1. Le *Libération* de l'époque, qui n'a rien à voir avec le quotidien né en 1973.

Mais a-t-il raison, avec son physique blême, sa voix blanche de vouloir être aussi interprète ?

Parmi ses fonctions, Georges Arditi sert de comparse, sur scène, à Raymond Devos. Il s'occupe aussi des « faux rideaux », une technique vieille comme le music-hall et très prisée par Canetti : « Après deux chansons on fermait les rideaux, du coup le public applaudissait et on rouvrait immédiatement pour faire croire que l'artiste était rappelé, pour qu'il fasse une troisième chanson. Ce coup-là, on l'a fait pour Béart et pour Gainsbourg. Pour Brel, c'était inutile, il avait un succès fou. » René Cousinier, qui raconte ses histoires méridionales dans le même spectacle[1], avait rencontré Serge quelques semaines plus tôt, lors d'un gala organisé par Canetti à Liège, en Belgique : « Ce qui était gênant, c'était que tout le monde le confondait avec Philippe Clay. Je me souviens qu'il disait même de Clay : "L'idéal ce serait qu'il meure, comme ça on ne nous confondra plus." »

Courant le cachet, son emploi du temps est réglé au cordeau : dès qu'il a terminé ses deux chansons aux Baudets, il redescend au Palais-Royal, vu qu'il « double » au Milord. Les mois de novembre et de décembre 1958 s'écoulent à ce rythme, émaillés de quelques rendez-vous avec la presse ; le 25 novembre, Serge est invité sur Radio Luxembourg à l'émission *Super Boum*, réalisée par Gilbert Carpentier[2] et animée par Maurice Biraud, qui reçoit également Jeanne Moreau. Ses chansons passent très peu en radio, où règne encore une féroce censure : à la RTF, on colle une estampille infamante sur tout ce qui pourrait inciter à un relâchement des mœurs, qu'il s'agisse du « Temps du plastique » de Ferré, du « Pornographe » de Brassens ou du « Ronsard 58 » de notre héros. A la télé, on l'aperçoit parmi les variétés de la soirée de réveillon du 31 décembre, présentée par Roger Pierre et Jean-Marc Thibault, qui voit défiler Danielle Darrieux, Gilbert Bécaud, Raymond Devos, Guy Béart, Marcel Amont, Annie Cordy, Jean Richard, Poiret et Serrault, etc., mais aussi le couple dont tout le monde parle : le débutant nommé Sacha Distel et la star des stars Brigitte Bardot (qui a fait sensation cette année-là en tournant *En cas de malheur* avec Jean Gabin) et qui danse un pas de deux... Au milieu de ce *Who's Who* du music-hall et du cinéma, Serge chante « La recette de l'amour fou ». A scruter ainsi toute cette agitation, on pourrait croire que son lancement est sur les rails, que tel le Spoutnik récemment propulsé sur orbite, il va bientôt trouver son public. Il n'en est rien : 1959 sera l'année de tous les espoirs et de tous les désenchantements.

1. Elégamment surnommé « René la branlette », il eut plus tard son propre cabaret à Montmartre : « Chez Cousinier ».

2. Future moitié de Gilbert et Maritie Carpentier, le plus fameux couple de producteurs de l'histoire des variétés à la télévision, que l'on croisera souvent dans les chapitres suivants.

6

Humeur anthracite

L'année 1959 commence comme l'autre s'est achevée : Serge galope du boulevard de Clichy à la rue de Beaujolais. Aux Trois Baudets, où il cumule souvent matinées et soirées, l'affiche a été modifiée : exit Devos, on y applaudit désormais Gainsbourg, Béart, Barrier, les Cinq Pères, mais aussi Darras et Noiret[1] et les Trois Ménestrels. Du 17 au 19 février, tel un avant-goût des longues tournées qui l'attendent dès le mois de mars, Serge se produit à Genève avec Raymond Devos, Béart, Barrier, Simone Langlois, Lafleur et Bernard Haller. Parmi les spectateurs, on trouve un certain Pierre Koralnik avec qui Serge travaillera quelques années plus tard pour la comédie musicale *Anna*. Il résume assez bien la situation...

Pierre Koralnik : « J'ai vu un monsieur en costume bleu trop étroit, coiffé en brosse, très laid, une sorte de E.T. avant la lettre, et il ne m'avait pas impressionné. C'était plus intelligent, plus subtil que le style Rive gauche, mais c'était encore ça. »

Au Milord, Claude Sylvain, épouse du patron Francis Claude, a rejoint la troupe. Il en est ainsi jusqu'au 3 mars, date à laquelle le programme continue sans lui. Entre-temps, une séance de réenregistrement de « La jambe de bois (Friedland) », le 12 janvier, avec Goraguer et son orchestre, n'a pas rendu la chanson plus commerciale. Enfin, le 21 février, dans l'émission télé *Chez vous ce soir* produite par Michèle Arnaud, Serge interprète « L'alcool », la plus froide et la plus dépressive de ses premières chansons.

Parmi ses camarades de jeu, aux Trois Baudets, on trouve donc Ricet Barrier et les Cinq Pères. Le premier est déjà une grosse vedette qui fait rire la France entière avec « La servante du château » et « La

1. Jean-Pierre Darras et Philippe Noiret en duo comique.

java des Gaulois »[1]. Les seconds, parmi lesquels Philippe Doyen et Fernand Moulin, sont des vétérans dont les débuts aux Trois Baudets remontent à 1948 quand ils s'appelaient encore les Compagnons de la musique, avant que Francis Blanche ne les rebaptise les Cinq Pères. Toujours habillés de bleu, dans la tradition des *Comedian Harmonists* d'avant-guerre, « leurs parodies sonores sont de petits chefs-d'œuvre de virtuosité vocale, de rythme et de gags irrésistibles », lit-on dans la presse.

Ricet Barrier : « Nous avons été lancés ensemble par Canetti : Serge était dans le gris avec son "Poinçonneur" et moi dans le rose avec ma "Servante du château". Nous avions souvent des discussions houleuses après le spectacle : Gainsbourg râlait car il se trouvait laid, il détestait ses grandes oreilles. Il m'avait raconté qu'il voulait se les faire arranger — je lui avais dit : "T'es con ! Garde-les, tes oreilles, t'as les plus grandes de toute la profession !" »

Philippe Doyen : « Sur scène, Serge chantait trois chansons. Il se prenait des bides terribles. Il faut dire qu'il passait au tout début du spectacle, en deuxième position. Il était accompagné au piano par Gilbert Leroy, qui assurait aussi les liens entre les numéros et qui, pendant la journée, était organiste au Gaumont-Palace. »

Une certaine Micheline Ciolek interviewe Serge au Milord pour une feuille confidentielle et polycopiée non identifiée :

> M.C. : Lorsque vous êtes sur scène, le public vous influence-t-il dans votre façon d'interpréter ?
>
> S.G. : Oui, si le public est mauvais, je deviens plus agressif, et plus je deviens agressif, plus le public devient mauvais. Il faut prendre position : il faut soit aimer, soit détester. De toute façon, je ne m'attends pas à des hourrahs dans l'immédiat.

Jacques Canetti : « Il est vrai que le public n'accrochait pas beaucoup, Serge avait la même attitude que Boris Vian. Le fait de ne pas séduire sur scène, ça veut juste dire qu'on n'est pas prêt, qu'on n'a pas encore le capital sympathie qu'il faut avoir pour accrocher le public. Au moins Gainsbourg était-il lucide : il ne se faisait aucune illusion. En studio, c'était pareil : il se marrait sans arrêt de lui-même et s'améliorait au fur et à mesure des enregistrements. Il était perfectionniste. En revanche, sur scène, comme je-m'en-foutiste, il était inégalable. Beaucoup d'artistes de cette valeur se prennent très au sérieux — ce n'était pas son cas. »

---

1. Dès 1965, il connaîtra une seconde carrière en devenant la voix de Saturnin le Canard à la télé.

Dans *Bonjour Philippine* daté de février-mars 1959, Boris Vian en met une nouvelle couche à propos de Ricet Barrier et Gainsbourg :

Né le 2 avril 1928 à Paris, nous assure la rumeur publique, à qui Gainsbourg donne déjà pas mal de travail, ce nouvel auteur-compositeur-interprète brille déjà d'un bel éclat dans la promotion 58 des découvertes Philips. A dire vrai, et sans vouloir piétiner sauvagement les mérites de Philips (j'ai pas les pieds assez grands), c'est à une dame blonde et charmante nommée Michèle Arnaud que Serge, qui fut son accompagnateur pendant quatre ans, doit d'avoir débuté sur scène. Il appartenait au prospecteur en chef Canetti, assisté de son prospecteur adjoint Denis Bourgeois, de réaliser le premier disque de Gainsbourg, non sans le secours de ce dernier et du pianiste arrangeur Alain Goraguer. [...]

Serge Gainsbourg, levez-vous. On vous accuse d'écrire des chansons féroces. On vous accuse d'avoir la dent dure. De voir la vie en noir, etc.

Serge Gainsbourg n'a pas besoin de répondre. Il vaut mieux qu'il fasse encore des chansons ; pendant ce temps-là, je répondrai pour lui ; de toute façon, ces accusations sont absurdes. Va-t-on féliciter un aveugle d'être aveugle ? On le plaindra. Et va-t-on reprocher à Gainsbourg d'ouvrir les yeux ? Ça serait tout de même assez extraordinaire ! Oh, je vois déjà un spécimen d'auditeur au cerveau enrobé de saindoux et au gros ventre plein d'optimisme protester que tout va bien et que cette jeunesse moderne a la haine de ce qui est beau. Ha Ha ! dirai-je, compendieusement, à cet auditeur [...]. Un gros ventre vous bouche la vue, ou des phrases toutes faites, ou un conformisme reposant. Prenons un exemple : vous reprochez à Serge cette chanson qui s'intitule : « La femme des uns sous le corps des autres ». Puis-je me permettre de poser la question : est-ce Gainsbourg qui a inventé l'adultère et le mot n'existait-il pas avant lui ? (Un certain temps avant, dirai-je même.)

— Il n'est pas forcé de choisir ce sujet-là, répond l'amateur d'amour toujours et d'yeux mauve-guimauve.

— Eh quoi ! lui dis-je (c'est là que je suis des plus sournois). Vous sentez-vous donc touché, monsieur ?

Sur ce, il se lève et il s'en va. Et je reconnais la personne qui était avec lui. C'est ma femme ! L'affreux personnage !...

Ah ! vous, Gainsbourg, donnez-moi la recette de l'Amour fou !...

Boris Vian [1]

Gainsbourg : « Boris m'invite chez lui, cité Véron, derrière le Moulin-Rouge, et il me dit, en ouvrant un livre de *lyrics* de Cole Porter : "Vous avez la même prosodie, la même technique du rejet et de l'allitération" — je suis parti en roulant des mécaniques... »

Sylvie Rivet : « Serge idolâtrait Boris Vian et je l'ai emmené chez lui un après-midi, je les ai laissés ensemble, Boris était seul avec son piano

1. Texte reproduit dans *La Belle Epoque (Variétés), op. cit.*

blanc crème, Ursula n'était pas là. Sur la porte de Boris était punaisé un papier où il avait écrit : *Seul le Collège de Pataphysique n'entreprend pas de sauver le monde*, ce qui avait fait la joie de Gainsbourg. Il était très intimidé, très admiratif ; il lui a d'ailleurs dédié plus tard son premier film. Je ne sais pas ce qu'ils se sont dit, ils ne se sont vus qu'une seule fois. Quand il est ressorti de chez son "maître" je ne lui ai rien demandé, je l'ai laissé avec ses pensées, ses secrets. Jusqu'à sa mort Serge parlait encore de Boris avec des étoiles dans les yeux[1]. »

C'est le moment choisi par Juliette Gréco pour faire irruption dans sa vie, alors qu'elle s'apprête à remonter sur scène après deux ans consacrés à son idylle avec le producteur hollywoodien Darryl F. Zanuck, qui avait tenté de la lancer au cinéma. Interprète majeure, égérie essentielle, Gréco a toujours eu à ses pieds les plus grands, les empruntant autant à la littérature (Françoise Sagan, Pierre Mac Orlan, Marguerite Duras, Sartre et Queneau) qu'à la chanson haut de gamme (Ferré, Brel, Brassens, Béart). Il est évident que pour son come-back il lui faut un crack : elle va l'applaudir au Milord et sans tarder, Gainsbourg — qu'elle surnomme « chauve-souris », d'après la presse — lui propose « Il était une oie » :

> Il était une oie, une petite oie
> Qui mettait à son étalage
> Les fruits verts de ses seize ans
> Et les pépins qu'il y avait dedans

Gainsbourg : « Lorsque nous nous sommes rencontrés, j'étais mort de trac. J'étais très intimidé par cette femme très belle, j'aimais son arrogance... »

Philippe Doyen : « Le Gainsbourg que j'ai connu à cette époque était tellement discret ! A la veille de son rendez-vous avec Gréco, il nous a demandé : "Et si je lui apportais une rose, vous croyez que ce serait bien ?" On lui a répondu oui, et il l'a fait. C'était tellement touchant qu'il nous pose cette question... »

Juliette Gréco : « Je garde le souvenir de lui quand il était venu à la maison m'apporter ses chansons. Il était nul ! Il avait peur, il était paniqué. J'avais des très beaux verres à whisky, en cristal gravé. Je lui sers un drink, mais il avait les mains tellement tremblantes et humides que le verre lui a glissé des mains et s'est brisé à ses pieds ! »

---

1. Pour être exact, il faut préciser que Serge n'aimait pas Boris Vian en tant qu'écrivain, il le trouvait illisible — ce qu'il a aimé en lui, c'est « le personnage avant toute chose » (in *20 Ans*, recueilli par Philippe Adler, juin 1968).

Au printemps 1956, Juliette avait consacré un EP à Françoise Sagan, puis un autre à Guy Béart, deux ans plus tard[1]. En février 1959, quand elle publie l'EP *Juliette Gréco chante Serge Gainsbourg*, magnifique coup de pouce et de prestige, elle est accompagnée par André Popp et son orchestre.

Ricet Barrier : « A l'époque on s'amusait à dessiner une fille vue de dos avec des grands cheveux, et de chaque côté de ses longs cheveux on traçait deux demi-cercles qui dépassaient : la caricature représentait Gréco embrassant Gainsbourg ! »

Juliette Gréco : « Ce dessin était d'un goût parfait. Ce qui est effrayant, c'est la bêtise et la méchanceté des gens : l'illustration parfaite de l'attitude que les gens ont eue à l'égard de Gainsbourg. C'est-à-dire : "Il est moche ! Il est laid ! Comment peut-on !" Il a eu une revanche exemplaire qu'il méritait grandement. Mais il en est quand même mort, de ce non-amour du départ. Moi, à l'époque, je disais qu'il était beau. Je le trouvais beau. Ce qui m'a plu dans ses chansons, c'est lui. C'est un homme passionnant, séduisant, d'une grande tendresse. J'aimais "Il était une oie", sorte de portrait cruel mais vrai d'un certain type de fille. Ce n'est pas parce qu'il dit la vérité qu'il est misogyne. Il n'y a pas chez lui la moindre bassesse, mais une grande lucidité. Il m'a donné une toile de lui, la seule qu'il n'avait pas détruite, jetée ou brûlée, l'une des choses les plus tendres que j'ai vues. J'y tiens comme à la prunelle de mes yeux. »

La toile en question représente deux petits enfants, nus et de dos, sur une plage. Le petit garçon tient un petit avion du bout des doigts, entre eux il y a une pelle et un râteau. Des couleurs très douces, post-impressionnistes, et sa signature de peintre : Ginsbourg.

Parmi les autres titres de l'EP *Juliette Gréco chante Serge Gainsbourg* on trouve sa propre version de « La jambe de bois (Friedland) » ainsi que « Les amours perdues », l'une des toutes premières chansons qu'il ait écrites, en août 1954. Enfin, elle crée « L'amour à la papa », texte saignant dans lequel Serge stigmatise les niaises qui manquent de « technique » :

> Tu n'es pas une affaire
> Tu ne peux faire
> Qu'l'amour à la papa
> Crois-moi, crois-moi
> Y'a trente-deux façons de fair' ça

1. Sur la pochette de *Juliette Gréco chante Guy Béart*, ce dernier avait eu droit à sa photo en médaillon, privilège qui ne sera pas accordé à Serge.

Evidemment, les rumeurs vont bon train dans le Landerneau du music-hall. Et si Gréco parle aujourd'hui de la relation parfaite qu'elle eut avec Serge, faite d'amitié et de respect, on les aperçoit bras dessus, bras dessous dans les endroits à la mode.

Juliette Gréco : « Je suis sortie avec Serge et les gens me regardaient comme si j'exhibais l'homme de Neandertal. Il y a une photo qui a été prise au Club Saint-Germain, qui a fait le tour du monde, où j'ai un petit tailleur Chanel et Serge tourne les yeux de côté, d'un air étrange. Les gens nous regardaient en disant : "Mais qu'est-ce qui lui prend à Gréco de sortir avec ce monstre ?" C'était insensé ! Alors que moi, j'avais un plaisir fou à parler avec lui, à l'écouter. C'est quelqu'un que j'aimais infiniment. »

Dans les mois qui suivent, Juliette enregistre à son tour une interprétation très garce de « La recette de l'amour fou » ainsi qu'une autre de ses tout premiers titres, millésime 1954, « Défense d'afficher », qu'une débutante nommée Pia Colombo se charge de créer. Que Serge ressorte ainsi de ses cartons deux chansons vieilles de près de cinq ans peut s'analyser de deux ou trois façons : soit il n'était pas si mécontent que ça de ses premiers efforts ; soit c'était une manière de se venger de ses années de galère, lorsque personne n'avait voulu de ces mêmes chansons (y compris Gréco qu'il n'avait jamais réussi à approcher, comme on l'a vu au troisième chapitre) ; soit il est tragiquement à court de titres et n'accouche que dans la douleur, lui qui va se targuer, très justement, d'aligner les chansons, y compris nombre de tubes, à un rythme stupéfiant dès 1963-64. Il y a sans doute du vrai dans ces trois options, mais nous penchons surtout pour la troisième, qui se vérifie historiquement (il a mis plus d'un an à réunir les neuf chansons de son premier album 25 cm) et l'on verra plus loin combien il souffre pour son deuxième long-playing...

Michèle Arnaud voit sans doute à contrecœur celui qu'elle a découvert tomber dans les filets de sa rivale Juliette Gréco. Mais elle n'est pas rancunière : sur son nouvel EP, qui sort également en début d'année, figurent sa propre version d'« Il était une oie » ainsi que le « Ronsard 58 » qu'elle chante depuis un an sur la scène du Milord.

Jacques Canetti, qui dirige l'agence d'artistes Radio-Programme, en tant qu'imprésario, lance son spectacle *Opus 109* sur les routes de France, avec changement de tête d'affiche en cours de route. C'est ainsi que, dès le 3 mars[1], Jacques Brel (accompagné au piano par

1. A priori la tournée avec Brel en vedette se déroule comme suit (nous ne donnons que les dates pour lesquelles nous avons des infos sûres ; il ne devait sans doute pas y avoir plus d'un jour « off » par semaine, d'autres concerts ont probablement eu lieu entre les 7 et 11 mars, entre le 12 et le 17, etc.) : le 3 mars à Saint-Brieuc, le 4 à Brest, le 5 à Quimper, le 6 à Nantes (Gala du Droit, à l'Apollo) ou à Lorient (ou les deux), le 7 au Havre, le 11 à Rennes (pas certain, un gala au Théâtre municipal est en tout cas annoncé dans l'édition locale de *Ouest-France*), le 12 à Laval (Théâtre

Gérard Jouannest), Ricet Barrier, Serge Gainsbourg, les Cinq Pères et Simone Langlois s'en vont affronter les publics de province, épaulés par Bernard Haller (dans un numéro de mime), Lafleur (poète, chanteur, hurluberlu et violoncelliste qui se produit en kilt) et Preston (un illusionniste-humoriste).

Denis Bourgeois : « Radio-Programme trustait les quarante artistes les plus fameux de France et Canetti programmait ses poulains aux Trois Baudets ou dans des tournées en province. C'est comme ça que Serge se retrouva dans des salles trop grandes, face à un public qui ne le connaissait pas, et je peux vous dire qu'il a transpiré : il ne s'est pas fait jeter mais souvent les silences étaient pires... »

Gainsbourg : « Canetti était un véritable négrier. J'ai fait une tournée avec Brel dans les villes de province, on arrivait dans les salles des fêtes avec des pianos pourris, il n'y avait pas de sono bien sûr, il fallait se démerder avec ça. Parfois, entre les étapes, Brel me prenait dans sa bagnole, une Pontiac décapotable, et il fonçait à 150 à l'heure. Notre grand jeu consistait alors à nous cracher à la gueule... Intéressant, non ? Dans chaque ville, Brel avait déjà des fanatiques — je n'aime pas le mot fan —, il était flagrant, à mes yeux, qu'il allait casser la baraque. A la sortie des loges, une foule de mecs et surtout de gonzesses lui demandaient des autographes. Moi j'attendais dans mon coin que ça se passe. Mais un jour j'aperçois dans la foule une fille de treize ou quatorze ans, au regard sublime. Elle s'approche, très intimidée, et me dit : “Moi, je suis venue pour vous, monsieur Gainsbourg.” Ça m'a bouleversé... »

André Halimi : « Sur le plan artistique, je reconnais que Canetti avait du flair, mais il était très dur. La rumeur publique dit qu'il a trompé beaucoup de gens sur le plan financier. On m'a raconté qu'une fois Brassens a été le voir dans son bureau et l'a attrapé par la cravate, de rage, parce que les chiffres d'une tournée étaient complètement erronés. Mais Canetti était un homme qui travaillait sans arrêt et qui croyait beaucoup en ce qu'il faisait. »

Juliette Gréco : « Il était intelligent, adroit, très bon homme d'affaires. J'ai eu avec lui des discussions très violentes. Un jour, nous étions en tournée et je suis arrivée en retard pour la répétition à cause d'un problème de voiture, et je vois arriver le propriétaire des lieux ivre de

municipal), puis à Angers (Grand Théâtre), à Poitiers, le 17 à Bordeaux (Théâtre français, concert manqué par Serge pour cause de *Musicorama* à Paris), le 19 à Arcachon, le 20 à Bayonne (Théâtre municipal), le 22 à Pau (Casino municipal), les 23 et 24 à Toulouse (théâtre du Capitole ; on sait que les artistes dédicacent leurs disques au magasin Télédisc le 23 à 18 heures, peut-être ne chantent-ils que le 24), et enfin les 25 et 26 mars à Marseille (théâtre du Gymnase).

haine qui me dit : “Mais enfin, de quel droit !...” Je lui réponds que je suis navrée... Et il me rétorque : “Avec le prix que je vous paie !” Et moi, intriguée : “Quel prix ?” et il m'annonce une somme surprenante. Ça m'a fait très mal. C'était comme ça tout le temps, et pour tout le monde. Patachou a cogné Canetti. Moi aussi. Ce n'est pas une question d'argent, c'est une question de dignité, simplement. »

Gérard Jouannest : « Aux Trois Baudets, nous étions payés des clous mais les programmations étaient très fortes. Là, j'ai commencé avec les Trois Ménestrels, puis j'ai connu Brel, qui m'a demandé de l'accompagner[1]. Ça n'a pas plu à Canetti, qui aimait bien décider de tout et à qui on n'avait pas demandé son avis. C'est pas que je ne m'entendais pas bien avec lui, plutôt qu'il m'ignorait complètement parce que je ne lui cirais pas les pompes. J'ai une théorie sur ce garçon, qui racontait à qui voulait l'entendre qu'il avait découvert Untel et Untel : à l'époque, il signait tout le monde — résultat, forcément, quelques-uns sont restés. Mais on oublie de parler de tous ceux qui ont disparu et sur lesquels il misait des fois plus que sur d'autres. A l'époque de cette tournée, le préféré de Canetti, c'était Béart, pas Brel. Quant à Gainsbourg, il était une attraction parmi les autres avant la vedette. »

Jacques Canetti : « Je partais du principe que ce que l'on fait à un moment donné dans la peine devient de la joie par la suite, mais chez Gainsbourg ça n'a jamais été de la joie, ça a toujours été une obligation qui pesait lourd. Il avait heureusement des copains qui partaient en tournée avec lui, les affiches à cette époque étaient extrêmement riches. Mais Gainsbourg était quelqu'un de Paris, il aimait Paris et il aimait y rester. Si j'accordais autant d'importance aux tournées, c'était par une sorte de douce folie, c'était le seul moyen de faire connaître mes artistes en province. »

L'ordre de passage des artistes de la tournée *Opus 109* ne varie pas : après Bernard Haller, Ricet Barrier détend l'atmosphère ; celle-ci se contracte à nouveau à l'arrivée de Gainsbourg qui chante habituellement trois ou quatre chansons, dont « La femme des uns » et « Le poinçonneur » ; puis c'est au tour de Lafleur, de Simone Langlois, des Cinq Pères et de Preston, avant la vedette, Brel. Au lendemain d'une des premières dates en Bretagne, on lit à propos de Serge dans *Ouest-France* : « Il a l'air absent de la scène, à tel point qu'on se demande s'il est bien là. » En revanche, Brel triomphe et chante « Au printemps », « Quand on n'a que l'amour », « L'air de la bêtise », « La bourrée du célibataire », « Sur la place », « Le diable » et « Les Flamandes » : « Longuement ovationné, rappelé sans fin, Jacques Brel a obtenu le

1. Ce que fera Jouannest jusqu'au bout, composant avec Brel des chansons comme « Marieke », « On n'oublie rien », « J'arrive », « La chanson des vieux amants », etc.

succès que mérite son beau talent », lit-on dans le même article. Serge déprime : à sa confidente et amante Sylvie Rivet, il livre son blues :

Quimper, 5 mars 1959

> C'est une ville épouvantable, il y a tellement d'eau qui tombe qu'on n'a pas besoin de pleurer pour en rajouter. Il n'y a pas l'ombre d'une fleur dans ce pays, il n'y a que les affreuses fleurs de la tapisserie de la chambre. Ici il y a trop de mélancolie pour qu'il m'en reste encore.

Le 14 mars 1959, événement qui consacre une arrivée particulièrement remarquée dans le petit monde de la chanson de la qualité, Serge remporte pour son premier album le grand prix du disque de l'académie Charles-Cros[1], qui lui est remis par Juliette Gréco lors d'une cérémonie au Palais d'Orsay à l'occasion du festival international de la haute fidélité et de la stéréophonie. Rétrospectivement, sur les douze premiers mois de sa carrière, il dira plus tard : « Ça a démarré trop vite, j'ai eu un grand prix à mon premier disque. Scéniquement, je n'avais pas de métier[2]. » Le mardi 17 mars, pourtant, il se produit sur la scène de l'Olympia à l'occasion d'un *Musicorama* d'Europe nº 1, à l'instigation de Juliette Gréco : selon *La Discographie française* (1er avril 1959), celle-ci chante les quatre chansons qu'il vient de lui offrir puis elle « laisse la vedette du spectacle à son nouvel auteur préféré ». Le lendemain, il rejoint dare-dare la tournée Canetti et retrouve ses camarades de galère, y compris Fernand des Cinq Pères.

Fernand Moulin : « Quand Gainsbourg a reçu le grand prix du disque, je ne me souviens plus dans quelle ville on jouait mais ça devait être un bled parce qu'il n'y avait rien, pas le moindre troquet un peu chic. Du coup, après le spectacle, Gainsbourg nous a dit : "Rendez-vous au buffet de la gare !" Et quand toute la troupe est arrivée, il nous avait préparé une surprise : il avait fait placer une bouteille de cognac sur toutes les tables pour fêter son prix. Le lendemain, j'ai été très malade. Mes camarades ont dû me tenir sur scène pour que je ne perde pas l'équilibre. »

---

1. Il y a cette année-là quatre lauréats dans la catégorie variétés : outre Serge, on trouve Denise Benoît, Marcel Amont et Jacques Dufilho. Il existe deux académies du disque à la fin des années 50 : l'Académie du disque français et l'académie Charles-Cros ; la première existe depuis 1931 et comprend des compositeurs comme Georges Auric et Darius Milhaud, et des auteurs comme Jean Cocteau, Pierre Mac Orlan et André Malraux ; la seconde existe depuis 1948 et compte dans ses rangs des personnalités telles que Frank Ténot, Maurice Dalloz, Robert Beauvais, Jacques Hess, Armand Panigel, Marc Pincherle, Jean Thevenot, Paul Gilson, etc. Autre prix très convoité, concurrent des deux précédents, les Coqs de la chanson française sont organisés par Europe nº 1.
2. Recueilli par Philippe Koechlin pour le magazine *Musica*, avril 1964.

Bernard Haller : « On écumait la France profonde, on errait de Bretagne en Normandie, Brel était la vedette du spectacle mais n'était pas encore une star. On cherchait des petits hôtels à deux francs six sous, on était fauchés, mais Serge ne descendait que dans les grands hôtels, il s'en foutait éperdument, il était assuré qu'il était bien parti, il claquait largement son cachet dans le prix de sa chambre. Tous les soirs je l'observais alors qu'il entrouvrait le rideau. Je lui disais : "Mais qu'est-ce que tu fous ?" Il me répondait : "Je les compte : à partir de 150, je me maquille !" Sur scène, il avait la classe, il se rasait, il mettait la cravate avec le petit complet noir, il avait déjà l'idée de son image de marque. Nous, sur scène, on était plein feu, tous projecteurs allumés — mais quand le régisseur annonçait : "Et voici maintenant, le grand prix de l'Académie du disque Charles-Cros : Serge Gainsbourg !" Et paf ! Il était en place et il faisait allumer uniquement la poursuite sur sa gueule : blafard comme il était, avec ses oreilles à angles droits qui recevaient la lumière, c'était Dracula, il était monstrueux ! Le public hurlait mais ça ne le démontait pas, il commençait à chanter et il terminait sur "Le poinçonneur". Il avait déjà ce côté provoc, il savait qu'il avait une gueule insensée et il s'en servait magistralement en accentuant ses défauts. »

Gérard Jouannest : « Pour la tournée c'est moi qui l'accompagnais. Je jouais aussi derrière Simone Langlois, les Cinq Pères et les autres. Canetti ne me payait pas plus pour ça. On a raconté beaucoup de choses sur le trac de Brel, mais Gainsbourg c'était pire. Je me souviens qu'il fallait carrément le pousser pour qu'il entre en scène. Sinon, il ne voulait pas y aller. Moi qui étais déjà là, en train de jouer, ça me faisait mal au ventre de le voir arriver. »

Gainsbourg : « Pour combattre le trac, j'avais un truc infaillible : je demandais toujours que le projecteur soit le plus éblouissant possible... pour ne pas voir la tête des gens dans la salle. Parce qu'il y en a... ils avaient de ces gueules ! »

Gérard Jouannest : « Il était tellement paniqué... Il avait une tenue incroyable devant le micro, les genoux et les mains tremblants, s'il avait pu se cacher derrière il l'aurait fait. Je lui disais : "Mais détends-toi, tu peux pas accrocher le public en restant comme ça." Mais il n'y avait rien à faire. Brel pensait que Serge pouvait aller très loin, à condition d'être un peu plus sûr de lui. Il a arrêté de chanter en public assez vite à cause de cette panique. Surtout qu'à l'époque il n'était pas question d'alcool, il était très sage. C'était un premier communiant ! Je me souviens aussi qu'on voyageait ensemble. Brel conduisait, moi j'étais à côté, derrière il y avait Gainsbourg et Ricet. Cette tournée était un bide. On faisait des moitiés de salles. Des fois, il y avait quasiment personne et Brel disait : "Bon, ben les gars, ce soir on travaille pas, je vous paye." Quand il n'y avait personne, ce n'était pas Canetti qui payait, c'était Brel. »

Même s'il est cautionné par l'académie Charles-Cros, les ventes du premier album *Du chant à la une !...* restent très modestes. Chaque soir, le cauchemar se renouvelle au moment d'entrer sur scène ; fin mars, après un dernier concert à Toulouse, Brel quitte la tournée, qui se poursuit avec Béart en tête d'affiche. Avec quelques jours d'avance sur le calendrier, avant son départ, Brel offre à Serge un briquet Dupont en or pour son anniversaire. A Sylvie Rivet, Serge raconte leur dernière virée :

Toulouse, 24 mars 1959

> Il est maintenant 6 heures et je viens de rentrer, on a traîné avec Brel ! Je suis content, je vais dormir et rester tout seul dans cette chambre. [...] Brel vient de repartir en emportant ses amitiés, ses litanies et ses guitares de bonne volonté, je vais me retrouver seul mais quelle turbulence, quel charmant garçon...

Quelques jours auparavant, Gainsbourg, Brel, Jouannest, Barrier et les autres avaient dîné après le spectacle dans un restaurant à Poitiers. A la table d'à côté, un groupe de filles ; Serge repère la plus jolie et le fait remarquer à ses camarades, mais il est trop timide pour se lever et l'aborder, malgré leurs encouragements. La bande décide ensuite de sortir en boîte pour écluser un dernier godet. Là, ils retrouvent la jolie fille et ses copines. Pour les faire rire et pour le charrier, Brel leur dit : « Je vais vous imiter Gainsbourg sur scène ! » Les pieds en dedans, les genoux fléchis et le micro tremblant, il fait le pitre un moment en ânonnant « Le poinçonneur ». Tout le monde se marre, y compris Serge qui se décide finalement à inviter la fille à danser. Et là, elle se lève et tout le monde découvre qu'elle a... un pied-bot. Du coup, la blague de Brel crée un malaise. Serge, embarrassé mais gentleman, propose plus tard de la raccompagner chez elle. De retour à l'hôtel, toute la bande l'attend à la sortie de l'ascenseur, hilare ; chacun imite cruellement la fille en claudiquant, les pieds en dedans, pour le chambrer sur sa conquête éclopée. Manque de bol, c'est le portier de l'hôtel qui apparaît et... il boite. Deuxième gaffe... Le lendemain, la troupe s'apprête à quitter la ville et Gainsbourg suggère de passer dire au revoir à la jolie fille qui ne travaille pas très loin. Il donne l'adresse à Brel, qui conduit. Lorsqu'ils arrivent, ils découvrent qu'elle est... vendeuse dans un magasin de chaussures !

Gainsbourg : « Brel, je n'ai jamais compris sa prosodie mais il avait ceci d'étonnant qu'il ne vivait que pour son métier. Quand il ne chantait pas, il atteignait le fond de la dépression. Dans sa loge, quelques minutes avant de monter sur scène, il travaillait à la guitare, il composait de nouvelles chansons. »

Après quelques concerts dans le midi de la France, la tournée reprend en Italie[1]. Avant cela, Serge s'offre deux jours de vacances à Nice, où il rencontre Louis Nucera, journaliste au *Patriote de Nice*, futur attaché de presse de la maison Philips et, bien sûr, futur écrivain de renom. Ils ont le même âge, à trois mois près, et très vite se découvrent d'autres points communs.

Louis Nucera : « Le lendemain du concert, j'ai fait un papier pour dire qu'il était vraiment formidable. J'avais été bouleversé par la tristesse, le pathétique qui émanait du personnage sur scène. Je suis allé le voir après pour l'interviewer, et j'ai trouvé un homme désespéré, qui m'a communiqué son angoisse. Il était aussi un peu hautain, comme s'il se considérait d'essence supérieure au petit journaliste qui venait le voir. Et quand je lui disais que ses chansons étaient belles, il estimait que la chanson était quelque chose de mineur. Comme j'étais ami avec Picasso et Raymond Moretti, je me suis mis à lui parler de peinture, et soudain les barrières sont tombées. Il m'a alors raconté qu'il avait peint beaucoup, qu'il avait été dans le figuratif, en passant par le fauvisme, l'impressionnisme. Il m'a parlé de Lhote, de Léger. Il disait que pour lui le plus grand peintre, c'était Courbet. Il m'a annoncé qu'il avait brûlé ce qu'il avait fait parce qu'il n'était pas satisfait. Il m'a parlé d'un vase à la manière de Gauguin[2], de tableaux qui imitaient Bonnard et Morandi. Et puis je l'avais fait rigoler en lui parlant du Douanier Rousseau, que j'aime beaucoup. Je lui ai raconté l'histoire de Rousseau, qui n'était pas naïf qu'en peinture et qui avait été invité chez Maxim's où on lui avait servi du caviar ; en sortant il avait dit : “C'était très bon, sauf les lentilles qui avaient le goût et l'odeur du poisson.” »

La troupe d'*Opus 109* reprend la route, direction l'Italie, avec toujours Ricet Barrier, Simone Langlois, Lafleur et Guy Béart. Simone Langlois avait débuté en 1949, à l'âge de treize ans, sur la scène des Trois Baudets. Fameuse interprète de Brel, qu'elle avait chanté quand il n'était encore qu'un inconnu, son répertoire comprend en 1959 de jolies versions d'« Au printemps » et « Je ne sais pas ». Deux ans plus

---

1. La liste des concerts est sans doute incomplète mais comprend le samedi 28 mars à l'Opéra de Toulon, le 29 au Casino des Sablettes (ville non identifiée, concert annoncé dans *Le Provençal / Marseille*) et le 2 avril — le jour de ses trente et un ans — au Palais de la Méditerranée à Nice. Sur la route du retour, après l'Italie, la troupe d'*Opus 109* donne encore quelques concerts supplémentaires en France (à nouveau à Toulon et le 21 avril à Agen au Théâtre municipal).

2. Le vase est aujourd'hui en la possession de sa sœur Jacqueline Ginsburg, voir chapitre 4.

tard, bien sûr, elle créera la version féminine de « Ne me quitte pas ». Lafleur, lui, connaissait Gainsbourg de longue date : il l'avait croisé au Milord à l'époque où il accompagnait Michèle Arnaud ; lui-même écumait les cabarets, jusqu'à cinq par soirée, avec son kilt et son violoncelle. Ce premier prix de conservatoire, ex-Concerts Pasdeloup, connaît en cette fin d'années 50 un gentil succès avec un numéro intitulé « Les ratés de la bagatelle ». Canetti, qui était coutumier du fait, l'avait aussi engagé pour cette tournée parce qu'il possédait une voiture, en l'occurrence une Peugeot 403. Un atout indiscutable quand il s'agit de faire des économies...

René Lafleur : « Au début j'avais emmené Simone Langlois et dans l'autre voiture il y avait Béart, Ricet Barrier et Gainsbourg. Au bout de quelques jours il nous a rejoints dans ma 403 et on a fait toute l'Italie ensemble : ils étaient très contents, lui et Simone, car je les ai baladés partout. »

Pour Serge comme pour Béart et les autres, la tournée se solde par un bide effarant : le public italien, habitué aux grandes voix, ne leur pardonne rien. A Rome la presse annonce : « Una serata di music-hall con i *Tre asinelli* di Canetti », mais les salles sont quasi vides, à l'exception du Piccolo Teatro à Milan, qui est plein à craquer. Heureusement, il reste les joies du tourisme...

Simone Langlois : « Serge était extrêmement élégant, il portait toujours des cravates. J'étais la seule fille de la troupe et je le trouvais mignon, alors il me faisait gentiment la cour, mais il fumait tellement qu'au moment de l'embrasser, je lui ai dit : “Oh non ! Je ne veux pas !” Lors de cette tournée en Italie on a dépensé tout notre argent, quand nous sommes rentrés nous devions à Canetti, notre tourneur, 600 000 francs de l'époque ! Avec Serge j'ai visité la Rome antique, le Palais Médicis à Florence, il nous expliquait l'histoire des peintures, on a passé quelques semaines vraiment extraordinaires. Je me souviens de cette galerie à Milan où il s'était amusé à me laisser partir devant, alors moi qui étais toute blonde et toute jeune, je me faisais aborder par les Italiens et puis Serge arrivait avec un air féroce comme s'il allait leur casser la figure et moi je criais : “C'est mon frère, c'est mon frère !” Du coup les Italiens, terrorisés, se sauvaient ! »

René Lafleur : « On s'est baladés à Sienne en pleine nuit, avec tous les volets fermés on aurait dit une ville du Moyen Age. A Rome je les ai emmenés au Colisée : Serge était content de monter mais une fois arrivé en haut, il a été pris de vertige, il ne pouvait plus bouger, j'ai dû le descendre sur mon dos ! »

Après un dernier gala à Turin, les galériens d'*Opus 109* font encore quelques dates en province avant de remonter sur Paris, notamment à Toulon, à la veille de Pâques, où le public est très clairsemé. Serge, avec sa maladresse qui produit une gêne dans le public et « ses longues mains molles et ses yeux perpétuellement baissés », paraît très insolite à la journaliste Line Brun de *La République — Toulon* : « Certaines de ses chansons ne passent pas plus la rampe qu'elles ne passent sur les ondes », ajoute-t-elle vacharde, avant de raconter comment il abrège son numéro quand une pièce de monnaie lui est jetée sur scène...

Ricet Barrier : « Après ce concert nous sommes sortis traîner dans les bars et on s'est pris une gamelle avec des nénettes, c'était des entraîneuses, elles étaient mariées avec les serveurs de la boîte ! Serge avait passé deux heures à faire la cour à l'une d'elles et il était vert de rage, je l'ai vu hurler sur le trottoir : "Quand je pense que dans deux ans ces filles-là m'arracheront mon slip !" »

René Lafleur : « On rentre à Paris dans la nuit, mais à 200 kilomètres de la capitale, voilà que je crève. Je suis parti chercher de l'aide mais avant, Gainsbourg m'a demandé de verrouiller la porte de la voiture ! Quand je suis revenu avec un laitier pour changer la roue, j'ai aperçu dans la lumière des phares Serge et Simone, deux têtes et quatre yeux qui dépassaient : ils étaient terrés dans la 403 et morts de trouille ! »

L'épouse de Lafleur, plaisamment prénommée Renée, est à l'époque réceptionniste chez Philips. Elle est témoin de l'idylle entre Serge et la belle Sylvie Rivet, qui plus tard le quittera pour devenir un temps la compagne officielle de Brel (celui-ci cite son prénom dans « L'ivrogne » sur l'album *5* qui sort en février 1961). Brel qui, un jour de 1967, fera cette étonnante remarque à Gainsbourg : « Moi, je me trompe et toi, tu triches... »

Renée Lafleur : « Serge était complexé par son physique, il était très mal à l'aise... Les feuillets entre ses mains tremblaient et dès qu'il y avait une fille qui passait, il devenait rouge comme une tomate ; en fait, à cette époque ce sont les filles qui l'ont violé. On avait beaucoup de tendresse pour lui, on avait envie de le protéger. Sylvie et lui étaient très discrets, personne ne pouvait le savoir. Ce n'est pas lui qui a démarré et ce n'est pas lui qui a cassé... »

Nous sommes au printemps 1959 et l'on écoute « Fever » de Peggy Lee (en français « 39 de fièvre » par Caterina Valente et d'autres), « Dansons mon amour (Hava Nagila) » par Dalida, « Fais ta prière (Tom Dooley) » par les Compagnons de la Chanson, « Oui oui oui » et « Scoubidou » par Sacha Distel, « Nouvelle vague » par Richard Anthony, « Petite fleur » par Sidney Bechet, « Le rideau rouge » par Gilbert Bécaud et « Les boutons dorés » par Jean-Jacques Debout. Face aux blousons noirs qui apeurent les bourgeois et n'écoutent que Gene Vincent, on recommande le « Rock bien lavé » (comme le dit une pub d'époque) de Ricky Nelson ; à Paris on danse le sega et à New York le cha-cha-cha et on se passionne pour l'âge de Brenda Lee : la rumeur prétend que c'est une naine âgée de trente-cinq ans, alors que la pauvrette n'en a que quatorze. Dans le mensuel *Music-Hall*, Jacques Canetti, qui est déjà passé à autre chose, présente ses nouvelles découvertes, son « trèfle à 4 feuilles » comme il l'appelle : Pia Colombo, Roger Riffard, Pierre Brunet et Anne Sylvestre.

Serge, lui, a d'autres soucis : il s'apprête à entrer en studio, à nouveau à Blanqui, pour l'enregistrement de son deuxième album. Sur les huit titres qu'il met en boîte en six jours, répartis entre le 12 mai et le 4 juin 1959, avec Alain Goraguer et son orchestre, on trouve deux versions de chansons créées précédemment : « Jeunes femmes et vieux messieurs » (chantée par Michèle Arnaud) et « L'amour à la papa » (par Gréco)[1]. Une contrebasse, des wood-blocks, une voix glaciale, Serge a bien pigé le minimalisme de « Fever » :

Juke box
Juke-box
Je claque des doigts devant les juke-box
Quand ils n's'baladent pas sur toi
Je n'sais qu'faire de mes dix doigts
Je n'sais qu'faire de mes dix doigts
Alors j'les claqu' claqu' claqu' claqu' devant les
Juke-box

Dans « Le claqueur de doigts » on trouve pour la première fois réunis les ingrédients que Serge maîtrisera parfaitement dans « Ford Mustang » ou « Qui est "in" qui est "out" » : un franglais éclaté, décomposé en onomatopées purement rythmiques. Il se confie au quotidien *Combat* :

> Je connaissais un juke-box, entre Blanche et Pigalle, assez miteux d'ailleurs, qui m'a donné vraiment le cafard par son côté brutal avec des machines à sous, des tirs électriques et puis une bande de voyous très caractéristiques des jeunes. C'était en sortant des Trois Baudets avant de passer à Milord l'Arsouille. Les jeunes qui s'y trouvaient étaient de ceux qu'on voit partout, pas spécialement français mais aussi bien et surtout américains, anglais, italiens.

Serge est en effet fana du flipper, certains disent par timidité, vu que ça lui permet de tourner le dos aux autres clients... Par ailleurs les travers littéraires, resucée du style Rive gauche, ressurgissent dans « La

---

1. Outre le format album 25 cm, disponible au choix en mono ou en stéréo, ces huit titres paraîtront sous la forme de deux super-45 tours quatre titres (*Le claqueur de doigts* et *L'anthracite*) et d'un double EP hyper-collector !

nuit d'octobre », un poème de Musset mis en musique sur fond de proto-samba, au grand dam des ronchons qui préfèrent leur Musset larmoyant :

C'est ta voix c'est ton sourire
C'est ton regard corrupteur
Qui m'ont appris à maudire
Jusqu'au semblant du bonheur

Louis Laibe : « Ce coup-là je lui ai dit : "Salaud ! Au lieu de reprendre une chanson que nous avions écrite ensemble chez Madame Arthur, tu es allé chercher Musset qui est dans le domaine public pour ne pas payer de droits et tu as collé une musique dessus, et en plus, tu me l'as volé !" Effectivement, en me faisant accompagner au piano par le père puis par le fils Ginsburg, je lisais souvent ce poème de Musset à mes clients en fin de soirée... Je lui avais demandé de me jouer une mazurka de Chopin car je savais que Musset avait été l'amant de George Sand et que George Sand l'avait laissé tomber pour Chopin... »

Gainsbourg : « C'est un des plus mauvais poèmes de Musset. Parce qu'il était tellement concerné par Sand qu'il en perdait les pédales. Il n'avait pas assez de distance pour se juger. J'ai trouvé ça tellement nul — en plus, j'étais concerné, parce que moi aussi j'ai été jeté[1]. »

Avec son rythme chaloupé et ses arrangements de cuivres pimpants, Goraguer s'est fait plaisir. Idem pour « Mambo miam miam » qui s'inspire d'un rythme mis à la mode par Pupi Campo et Perez Prado, popularisé chez nous par Dario Moreno (« Oh Qué ! Mambo ») et au cinéma par l'aimable naveton *Ces dames préfèrent le mambo* de Bernard Borderie avec Eddie Constantine.

Sauvage ou pirate
On s'tire dans les pattes
Et le moins malin
Peut crever de faim
Soldat ou artiste
On est tous des tristes
Sires et malheur à
Qui manque d'estomac

Pour « L'anthracite », comme l'a souligné Eric Godart[2], « la saveur du texte contrebalance parfaitement le côté kitsch de la musique, clin d'œil musical aux productions hollywoodiennes mettant en scène de

1. Interview par Noël Simsolo diffusée sur France-Culture le 3 novembre 1982.
2. Notes de pochette de la réédition de cet album *N° 2* par le Club Dial en 1994.

jeunes et belles esclaves orientales dansant lascivement pour un quelconque despote ». Un despote qui rumine de bien sombres pensées :

Si à rire je t'incite
C'est que mon humour anthracite
A tourné en dérision
Ton dédain et ma passion
Mais prends garde ma petite
A mon humeur anthracite
J'arracherai animal
Le cri et les fleurs du mal

Question misogynie, Serge n'a, on le sait, de leçon à prendre de personne, sauf qu'il pousse cette fois le bouchon un peu plus loin encore. Ecoutez « Indifférente » sur une musique de Goraguer :

Dans tes yeux je vois mes yeux
T'en as d'la chance
Ça t'donne des lueurs d'intelligence
Qu'importe le temps
Qu'importe le vent
Mieux vaut ton absence
Que ton incohérence

Sur la pochette de ce deuxième album, qui est publié en juillet 1959, on voit Serge prêt à tout, avec à portée de main un bouquet de roses et un pistolet (« Celles à qui plairont mes chansons je leur envoie des fleurs, dans le cas inverse je fais marcher le pétard », précisent les notes de pochette). Plus de chanson sur les petits métiers, plus de poinçonneur, plus de déménageur de piano, plus de faits divers, plus de jazz dans le ravin ni d'illusions qui donnent sur la cour : il n'est question que d'amour impossible, de jalousies, d'ébats d'alcôves et de ruptures, comme celle à qui il balance « Adieu, créature ! » :

Adieu, créature !
Je m'en vais dans la nature
Et ne m'en veuille pas
Une de ces nuits on s'reverra

Interviewé par Paris-Inter, Gainsbourg fait — déjà — la fine bouche à propos du succès du « Poinçonneur » : « Justement, ce qui me navre le plus c'est de mes chansons celle que je considère la plus facile et elle n'a marché que sur son mode obsessionnel. » On annonce la sortie de ses disques en stéréophonie et il faut croire que c'est un événement puisqu'il en cause dans le poste : « M'entendre en stéréo est très amusant, très impressionnant. Ça arrange mes chansons, étant donné que j'ai peu de possibilités vocales. » Voilà un artiste qui ne sait pas se vendre, pensez-vous sans doute, et chez Philips le pauvre Denis Bourgeois a un mal fou à défendre son poulain, qui passe loin derrière Brel, Béart ou Brassens dans les priorités de la maison. Son style est trop agressif, introverti, jazzy et sans concession : personne ne sait par quel bout le prendre. Au niveau des médias et du monde musical, seule consolation, il est déjà une référence. Parmi ses premiers fans, Claude Dejacques, ex-directeur artistique de Boris Vian, qui remplira bientôt les mêmes fonctions pour Gainsbourg, comme assistant de Jacques Plait au départ de Denis Bourgeois, puis à part entière dès 1963.

Claude Dejacques : « A l'époque, nous faisions un bide monstrueux en radio, les programmateurs disaient non, tout simplement. Moi je trouvais son écriture prodigieuse : son swing était supérieur à tout ce qui se faisait. Je pense que ses origines slaves y sont pour quelque chose : à travers le jazz, à travers son père pianiste, il a hérité d'un sens de la cadence, d'une installation du tempo tout à fait personnels. En studio, les musiciens se régalaient. »

Alain Goraguer : « En ce temps-là, l'ambiance des studios était complètement artistique, on venait pour faire un bon disque, même si les conditions de travail étaient souvent minables. Par exemple au studio Philips, boulevard Blanqui, un trois-pistes, on ne pouvait travailler que le week-end. C'était en fait un théâtre, une salle immense qui était utilisée par le Syndicat du livre pour ses meetings. Mais l'ambiance était artistique, dans le sens où on ne parlait jamais des ventes. Pas par honte, simplement, ça allait suivre. »

Il arrive au jazzman Goraguer de pousser une gueulante. En effet, Serge ne cesse de le pomper avec sa passion, que dis-je, son obsession de la peinture. « Mais si t'as tellement envie de peindre, fais-le ! » Serge élude en disant qu'il est fauché et que les tubes de couleur coûtent cher. Raison pour laquelle il accepte n'importe quel cachet. Durant les séances d'enregistrement, le 30 mai 1959, Serge se retrouve embarqué dans une nouvelle galère lorsqu'il se produit sur le podium d'une kermesse au Vésinet, Stade des Merlettes, organisé par la Croix-Rouge française : après démonstration équestre et fanfare militaire, Philippe Bouvard présente un « grand spectacle de variétés » avec Serge et Michèle Arnaud... Il retourne ensuite au Milord l'Arsouille avec les habituels Darrigade et Fouziquet, Francis Claude et Jacques Dufilho mais aussi les Frères ennemis et la femme du patron, Claude Sylvain[1].

Les critiques du deuxième album, on va le voir, seront globalement négatives. Et Boris Vian, avec qui Serge aurait pu bosser (il avait été

1. Il y chante à partir du 3 juin, vraisemblablement jusqu'à la fermeture fin juillet.

vaguement question qu'ils écrivent ensemble des chansons pour Salvador), n'est plus là pour le défendre : il meurt brutalement au cinéma Le Marbeuf, le 23 juin 1959, au début de la projection privée de *J'irai cracher sur vos tombes*, un film raté tiré de son roman sorti douze ans plus tôt sous le nom de Vernon Sullivan : « Sa tête part en arrière, son cœur a lâché et sa grande carcasse glisse lentement du fauteuil[1]. » Le très épastrouillant Collège de Pataphysique perd ainsi son plus récent équarisseur, au grand dam du suprême satrape Raymond Queneau.

Alain Goraguer : « Boris était cardiaque depuis très longtemps, ça remontait à son adolescence, c'était un problème d'hypertrophie du cœur. J'avais fait la musique de *J'irai cracher* et il est mort devant moi, c'était la première fois qu'on voyait le film avec la musique et il a eu une sorte de soupir... Avant que les secours aient eu le temps d'arriver, il a eu un spasme et c'était terminé, il était mort. Sa femme est arrivée et elle nous a raconté : "Ce matin, je lui avais dit de ne pas oublier ses pilules." Mais il ne les avait pas. Il devait en prendre tous les jours. Il a dû se dire : "Bah ! ça va bien." Il avait trente-neuf ans, et plusieurs personnes étaient mortes à trente-neuf ans dans sa famille, ça l'avait frappé. On peut se demander s'il ne l'avait pas cherché, moi je pense que oui, pas comme quelqu'un qui prend un revolver et se tire une balle dans la tête, mais il y avait chez Boris un net désir de destruction que l'on retrouve chez Serge[2]... »

Jean-Pierre Leloir : « Pour ma génération, ce n'était pas Dieu le père, mais Dieu le fils. D'une part c'était un maître à penser du jazz, il écrivait ses chroniques dans *Jazz Hot*, il était directeur artistique chez Philips. C'est en tant que jeune photographe que je l'ai rencontré. Il a été chez Philips mon premier client. Moi, il m'a toujours inquiété. Il m'intimidait beaucoup et je n'osais pas lui parler parce que c'était Boris Vian, une légende vivante, quelqu'un qui avait défrayé la chronique et qui, à sa manière, avait bien emmerdé le bourgeois. Il avait une présence ! Je l'avais croisé quelque temps avant sa mort, au rayon bricolage du BHV. Il était en admiration devant les flotteurs de chasse d'eau qui n'étaient plus en cuivre soudé mais en polystyrène. Il me montre ça et me dit : "C'est beau quand même !" »

Passons en revue les critiques du deuxième album, en nous souvenant qu'elles sont publiées quelques mois à peine après le grand prix de l'académie Charles-Cros, comme si l'attente induite par cette distinction suscite la déception, notamment dans les colonnes de *Marie-*

1. In *Boris Vian* par Philippe Boggio, *op. cit.*
2. Le 2 mars 1991, jour de sa mort, Serge avait aussi oublié de prendre sa pilule pour le cœur.

Claire : « Sa volonté de faire des chansons "intelligentes" risque d'en faire un chanteur très ennuyeux. Ce serait dommage. Il passerait à côté de la belle carrière que nous attendons de lui. » Le même *Marie-Claire* qui se rattrape en octobre 1959 : « On le dit diabolique, il n'est qu'intelligent et lucide. On le juge inquiétant, ce n'est qu'un inquiet. On le croit cynique et c'est un timide. Sur la route difficile de la chanson, il avance solitaire. Il ne piétine pas. »

« Les plus nouvelles des chansons de Serge Gainsbourg ont perdu leur originalité et pas mal de leur force. Affaiblies, banalisées, ce sont des chansons comme beaucoup d'autres », lit-on dans *La Dépêche du Midi* du 6 octobre. Dans cet article non identifié et non daté : « Il campe un personnage inquiétant (qu'il n'est très certainement pas mais qu'il joue), un intellectuel morbide nourri de Sade, de Poe et de Baudelaire. Ses pensées, dit-il dans une de ses chansons, sont noires comme l'anthracite et son cœur est un nœud de vipères. [...] Mais tant de noirceur systématique lasse à la longue ! Musicalement et sentimentalement, on finit par trouver monotone ce défilé de rancœurs qui va de "Jeunes femmes et vieux messieurs" à "Adieu, créature !". Quant au pauvre Musset, sa "Nuit d'octobre" ne gagne rien à être mise si médiocrement à la sauce mambo ! » Et si dans *Le Dauphiné libéré* il est dit du deuxième 25 cm qu'il s'agit d'« un disque grenade à ne pas mettre entre toutes les mains » (14 décembre 1959), le journal *La France* se plaint : « Il a une voix agressive. Serge Gainsbourg est né sous le signe du Bélier, toutes ses chansons attaquent, étonnent, scandalisent, font mal. Parce que trop souvent on ne voit que la révolte, on oublie l'humour. On oublie l'humour parce que la critique est trop âpre. Serge Gainsbourg chante non pour le public mais contre le public » (27 décembre 1959).

Le 9 juillet 1959 dans *France-Soir*, France Roche annonce que François Truffaut (révélé cette année-là par *Les 400 Coups*) a demandé à Gainsbourg d'écrire la musique de son prochain film, *Jules et Jim*, mais l'histoire nous a privé de cette rencontre. La veille, Serge est l'invité de Juliette Gréco sur les ondes de la RTF dans l'émission *Soyez les bienvenus* dont nous extrayons ce petit dialogue :

Juliette Gréco : Etes-vous agressif ?
Serge Gainsbourg : Oui, un peu.
J.G. : Pourquoi ?
S.G. : C'est pour moi une couverture.
J.G. : Quelle est la chose au monde que vous détestez le plus ?
S.G. : L'imbécillité.
J.G. : Quelle est la chose qui vous fasse le plus plaisir ?
S.G. : La peinture.
J.G. : C'est votre vrai amour ?

S.G. : Oui, le seul.
J.G. : Qui êtes-vous à vos yeux ?
S.G. : Pour l'instant pas grand-chose, je suis une espérance.

Une espérance qui chante « Le claqueur de doigts » le 10 juillet à *Discorama*, présenté par Denise Glaser sur l'unique chaîne de télévision [1]. Quelques semaines plus tard, Serge reprend la route pour une ultime tournée Canetti / *Opus 109*, avec cette fois Robert Rocca, l'une des vedettes de l'émission humoristique *La Boîte à sel* qui triomphe à la télé au même moment ; Paola, que l'on surnomme « la princesse du cocasse » et qui chante « Amour et cocotiers » (elle fera de « Si t'as été à Tahiti » un des gros succès de la fin 1959) ; une certaine Marie-France, qui chante aussi ; Roger Comte qui raconte des histoires drôles, et enfin ses vieux potes Ricet Barrier, les Cinq Pères et Lafleur. Cette fois la randonnée démarre à Ostende sur le littoral belge, le 1er août, et se termine un mois et 6 000 kilomètres plus tard, le 1er septembre à Besançon [2].

En cet été 1959, François Deguelt chante « Je te tendrai les bras », Sacha Distel enchaîne avec « Oh quelle nuit », tandis qu'on pleure Sidney Bechet et qu'à l'Olympia triomphe la revue « Paris mes amours » avec Joséphine Baker. De passage au Touquet, sans doute le 3 août, Serge emmène ses amis chez Flavio et les invite à déguster un welsh, la spécialité locale à base de chester fondu et de bière brune, que l'on mange sur un toast, un peu gratiné, avec de la worcester sauce... Dans le livre d'or du Club de la Forêt, l'ex-pianiste d'ambiance appose sa signature entre celles de Roger Comte et de Robert Rocca avec cette dédicace : « A mon ami Flavio sans qui Gainsbourg ne serait que ce qu'il est. »

Ricet Barrier : « Durant cette tournée, Serge sortait surtout avec Roger Comte, un chansonnier qui faisait le lever de torchon, c'est-à-dire qu'il passait en premier ; il racontait des blagues et les gens rigolaient bien. Comme c'était un malade du sexe, Gainsbourg était constamment fourré avec lui et ils draguaient ! Leur phrase clé c'était :

1. *Discorama*, émission légendaire de l'histoire de la télé française, avait été lancé en février 1959. Dès le mois de mars, lors d'un *Discorama aux Trois Baudets*, Serge avait chanté « Le poinçonneur ».

2. Avec les mêmes précautions que précédemment, la tournée des casinos se déroule comme suit : le 1er août à Ostende, le 2 à Knokke, le 4 à Saint-Valéry-en-Caux, le 5 à Dieppe, le 6 à Bagnoles-de-l'Orne, le 7 à Granville, le 8 à Deauville, le 9 à Cherbourg, le 10 à Saint-Malo, le 12 à La Baule, le 13 aux Sables-d'Olonne, le 14 à Pontaillac, le 15 à Chatelaillon-Plage, le 16 à Arcachon, le 17 à Biarritz, le 18 à Andernos, le 19 à Toulouse, le 20 à Grenoble, le 21 aux Issambres, le 22 à Juan-les-Pins, le 23 à Nice, le 24 à Bandol, le 25 aux Sablettes, le 27 à Clermont-Ferrand, le 28 à Annecy, le 29 à Megève, le 30 à Aix-les-Bains et le 1er septembre à Besançon.

"Les mecs ce soir je vous dis merde car c'est la fête à mon nœud." Gainsbourg et Roger Comte, c'était l'imperméable sous le bras, on regarde les nanas à la sortie et on voit s'il y en a une qui accroche ! Quand on les voyait revenir penauds, on se mettait la main droite sous le bras gauche ce qui voulait dire "la bite sous le bras" — mais Roger nous disait : "Ne vous inquiétez pas les mecs, j'engrange". »

Marie-France, qui avait débuté à l'âge de huit ans dans les émissions de Jean Nohain en interprétant « Je voudrais un mari », s'était récemment remise à la chanson. Agée cette fois d'une vingtaine d'années, plutôt mignonne, on murmure qu'elle tombe aussi dans l'escarcelle de notre séducteur. Celui-ci monte souvent dans la voiture de Philippe Doyen des Cinq Pères. Arrivé dans le Midi, Serge rejoint son amie Sylvie.

Sylvie Rivet : « Nous avons été invités par ce barman du Milord qui était très amoureux de Gainsbourg, il s'appelait Joseph, il était gentil comme tout, il habitait une maison dans le Midi et on était allés le voir pour lui faire plaisir. Il avait mis des petits napperons, c'était adorable, on sentait que c'était l'aventure de ses vacances. C'était déjà un monsieur âgé, amical et bienveillant. J'étais descendue sur la Côte d'Azur pour les vacances, dans un petit hôtel sur la plage, et Serge est venu me rejoindre. Le lendemain, avant de partir, il laisse tomber ce flacon de parfum qui se casse en mille morceaux... Pendant des années la chambre n° 14 a sauvagement cocoté ! »

Du 4 au 10 septembre 1959, il se retrouve à l'affiche des Trois Baudets, dans un programme qui réunit cette fois Ricet Barrier, les Cinq Pères, Roger Comte, Lafleur, Marie-France et Juliette Gréco. Puis il file aux studios de La Victorine à Nice où s'achève le tournage de *Voulez-vous danser avec moi ?* pour sa première apparition au cinéma, dans un film mis en scène par Michel Boisrond dont le premier assistant se nomme Jacques Poitrenaud, avec Brigitte Bardot en vedette.

Jacques Poitrenaud : « Dans le scénar, il y avait un personnage un peu trouble, un peu louche et bizarre... Je suis tombé sur la pochette du "Poinçonneur" et j'ai été en quérir l'auteur. Je ne me souviens même pas si Boisrond lui avait fait passer un essai : il était dans le film exactement comme dans la vie. Même attitude, même manière de parler : son personnage un peu flou et dégingandé convenait tout à fait à ce qu'on cherchait. »

Huit ans avant « Bonnie And Clyde » c'est donc la rencontre Gainsbourg/Bardot, à ce détail près qu'ils ne se croisent qu'en coulisse puisque aucune scène ne les réunit à l'écran. On peut aussi se demander quel culot pousse ainsi Serge, qui n'a aucune formation d'acteur, à se lancer devant les caméras. Peut-être se souvient-il de son père, qui avait fait de la figuration dans un film vers 1936...

Quant à Bardot, depuis *Et Dieu créa la femme* en 1956 (de Vadim, son ex), elle n'a pas cessé de tourner et son statut de star plane là-haut, tout là-haut... En 1957 on l'avait vue avec Gabin dans *En cas de malheur,* et *Babette s'en va-t-en guerre* (de Christian-Jaque) avait fait un carton. En tout, déjà vingt-quatre titres dans sa filmo, dont deux avec Boisrond : le dernier, *Une Parisienne*, avait fait un triomphe au box-office, exploit qui ne sera pas réédité avec *Voulez-vous danser avec moi ?*, comédie policière un peu bébête mais attachante où B.B. n'arrête pas de danser — des rumbas dans les bras de Dario Moreno, des slows sexy dans ceux d'Henri Vidal, qui joue son mari, et des rocks avec Philippe Nicaud.

D'après Boisrond, une scène fut pourtant tournée, au cours de laquelle Serge devait empiler des bobines de film alors que Bardot passait devant lui. Terrassé par le trac ou ému par B.B., il les fit systématiquement tomber au fil de dix ou douze prises, et la scène passa à la trappe !

Gainsbourg : « Dans ce premier film, je tiens le rôle d'un petit maître chanteur à la photo cochonne. Brigitte était charmante, mais pas question de l'aborder, elle était entourée comme une diva par le metteur en scène, la maquilleuse, sa secrétaire, la coiffeuse ou le premier assistant. Le contact était sympa, mais pas le flash : toute jeune je la trouvais trop gamine, trop jolie. Plus tard, elle est devenue sublime. »

Quand elle tourne *Voulez-vous danser avec moi ?*, Bardot est enceinte et elle vient de se disputer avec Jacques Charrier qui lui déconseille de filmer *La Vérité* : du coup, elle fait une tentative de suicide en avalant un tube de Gardénal et le tournage s'interrompt quelques jours. Des tragédies l'émaillent encore : Sylvia Lopez meurt de leucémie quelques jours avant la fin — toutes les scènes que Brigitte avait tournées avec elle sont refilmées en catastrophe avec Dawn Addams, en gros plan vu que, cette fois, le ventre arrondi de la vedette commence à se voir... Ensuite, le 10 décembre 1959, soit huit jours avant la sortie du film, c'est Henri Vidal, l'époux de Michèle Morgan, qui meurt d'une crise cardiaque, à l'âge de quarante ans.

Le samedi 26 septembre 1959 Serge participe au spectacle de rentrée à l'Alcazar de Marseille avec Lafleur, Yvette Bazic et Roger Courcel, l'illusionniste Barbara Grey, les acrobates Ulk et Maor et une double tête d'affiche : Simone Langlois et l'humoriste Pierre-Jean Vaillard (« le plus rosse des chansonniers »). Dans cette salle de légende, fameuse pour son public tour à tour sévère ou enthousiaste, où Yves Montand avait fait ses débuts une dizaine d'années plus tôt, ça se passe très mal pour notre héros. Dans *Le Provençal* du lendemain Raymond

Gimel écrit : « Je ne crois pas, en revanche, que le public ait été très juste avec Serge Gainsbourg. Un mauvais placement, sans doute, devant le micro, nous a certes empêchés de comprendre ce qu'il interprétait. Il reste que le talent de Gainsbourg — d'une ironie suraiguë — est l'un des plus "personnels", des plus originaux qui soient. Mais peut-être aussi existe-t-il une allergie congénitale entre le style de Gainsbourg et la majorité des spectateurs de l'Alcazar. » *La Marseillaise* renchérit : « (Il) a interprété quelques-unes de ses œuvres devant un public quelque peu indifférent. Est-ce un style que veut se donner Serge Gainsbourg en restant figé, plaqué contre le micro ? Si oui, de grâce qu'il le change car cela laisse une fâcheuse impression. »

Juliette Gréco : « Je me souviens d'un autre concert dont j'avais demandé que Serge fasse la première partie. Nous sommes arrivés à Marseille, qui est quand même une des villes les plus dures de France, surtout à cette époque-là, et il s'est fait sortir par le public. J'en avais les larmes aux yeux. C'était abominable. Les gens hurlaient, sifflaient. C'était un refus total. J'ai été ravagée par cette expérience d'autant que c'est moi qui avais insisté, je me disais que ça pouvait l'aider. Quand on a l'impression de s'être trompée, d'avoir fait du mal à quelqu'un en voulant lui faire du bien, c'est terrible. »

D'autres coupures de presse nous apprennent que Serge souhaite écrire des chansons pour Dalida et Dario Moreno, des stars de grosse variété populaire. Comme quoi l'idée de « retourner sa veste », comme il le dira plus tard à propos de Petula Clark et de France Gall, commence déjà à germer... Dans l'immédiat, on lit également qu'il travaille sur la musique du film *L'Eau à la bouche*. En cette rentrée 1959 Gilbert Bécaud chante « La marche de Babette » (du film *Babette s'en va-t-en guerre*) ; on danse « La Bamba » avec Los Machucambos ; parmi les autres succès, nous avons « Milord » par Edith Piaf, « La valse à mille temps » par Brel, « Salade de fruits » par Bourvil, le reste du hit-parade étant trusté par Sacha Distel et Dalida. On note aussi l'apparition cette année-là de Claude Nougaro qui partage avec Serge plusieurs points communs : ils sont nés à un an d'intervalle, leurs pères travaillent dans la musique, ils débutent tous deux à trente ans sous étiquette Philips, ils sont fous de jazz, ils écrivent et composent pour d'autres et ne vont pas tarder à se partager des musiciens tels qu'Elek Bacsik ou, plus tard, Jean-Claude Vannier. Nougaro est fasciné par le talent de Serge, ce dernier observera bientôt, avec quelque envie, les succès de celui que l'on surnomme « le petit taureau », tels « Le cinéma » ou « Le jazz et la java »...

Encore traumatisé par son expérience marseillaise, Serge chante « La recette de l'amour fou » à la télé dans l'émission *Rose Cache Cache* puis il s'offre sa première couve, en l'occurrence celle de *La Semaine radiophonique*, le 25 octobre. Dans le même temps, il relève un nouveau défi en se produisant pour la première fois dans un grand music-hall parisien, en lever de rideau de Colette Renard, au théâtre de l'Etoile, qui peut accueillir 1 500 personnes, là où vient de triompher Yves Montand pendant six mois d'affilée — un record de longévité pour l'époque. C'est Bruno Coquatrix qui en assure la programmation, vu que son Olympia est bourré tous les soirs grâce à Joséphine Baker : du 14 octobre au 2 novembre, annoncent les affiches, on peut ainsi applaudir dans la salle de l'avenue de Wagram, en plus de Colette Renard (l'interprète d'« Irma la douce » est accompagnée par Raymond Legrand ; perchée sur ses célèbres talons aiguilles, son interprétation de la chanson « Taxi Girl » marque les esprits), Gainsbourg (« la révélation de la chanson » qui est aussi présenté dans le programme comme « un grand compositeur et une vedette de demain ») et « pour la première fois au music-hall », François Deguelt. Au rythme de deux séances par jour (à 18 h 30 et 21 h 30), et même trois le dimanche (à 14 h 30, 17 h 30 et 21 h 30), c'est un gros succès. Serge, qui passe entre un acrobate (Larry Griswold) et des marionnettes (Les Castors), décide d'interpréter cinq de ses titres les plus agressifs, dont un seul de son deuxième album : « Ronsard 58 », « La recette de l'amour fou », « L'amour à la papa », « Le poinçonneur des Lilas » et « La femme des uns sous le corps des autres ». Une volonté de ne pas chercher à plaire (il aurait pu choisir « Le claqueur de doigts » ou « Mambo Miam Miam », des chansons plus « faciles ») qui n'échappe pas à Claude Sarraute. Celle-ci se fend à nouveau de commentaires élogieux dans *Le Monde* du 21 octobre : « Ce qui déconcerte en lui, c'est l'absolue franchise de son ton, son évident souci de ne jamais tomber dans le déjà dit, le déjà vu, de jeter sur ce monde qui l'entoure le regard perçant, averti de qui ne craint pas le qu'en-dira-t-on. D'où ses fréquents démêlés avec la censure et son souci de la mélodie destiné à gommer certaines allusions d'un érotisme trop précis. [...] Le personnage est curieux. Le public de l'Etoile lui réserve un accueil plus réticent, surpris. Et, tout grand prix du disque qu'il est, il lui faudra attendre un peu avant de voir adopté un style pourtant bien accordé à la sensibilité du moment. » Dans *Paris-Jour* : « Avec infiniment de talent, il fauche les fleurs bleues et vitriole les romances. » Parmi les notes griffonnées par Paul Carrère du *Figaro* sur son programme[1] on lit ces commentaires pris sur le vif : « sans doute le plus original de la nouvelle vague avec sa silhouette (et ses) gestes cassés », « gaucherie d'araignée » et « humour noir et aride »...

1. Collection Daniel Vanderdonckt.

Dans ce même programme[1], Paul Chaland parle de sa voix de « velours rauque » : « Rien n'est moins convenu, rien n'est plus insolite. Du disque on sort groggy, surpris d'avoir été tant ballotté, tant heurté. Une ambiance est née dont il faut longtemps pour se défaire. On y replonge avec délices. Cela secoue comme le Grand Huit. » Il souligne encore comment Gainsbourg évite les pièges de la facilité et de l'habitude à propos de *Ce mortel ennui qui me vient quand je suis...* : « Là où d'autres, l'immense majorité, auraient écrit *loin de toi* [...] il vous attend au tournant de sa phrase et vous assène *près de toi.* Ce n'est plus de la nuance. C'est de la provocation ! »

La course au cacheton continue : chaque soir, après le théâtre de l'Etoile, il double au Milord, puis en décembre il va et il vient de la rue de Beaujolais à la rue Vavin, vu qu'il se produit cette fois au College Inn. C'est à cette occasion qu'il crée sur scène « L'eau à la bouche » avant de l'enregistrer, toujours avec son pote Goraguer, avec qui il met aussi en boîte simultanément les différents thèmes de ses deux premières musiques de film, pour *L'Eau à la bouche* de Jacques Doniol-Valcroze, pilier méconnu de la Nouvelle Vague et critique cinéma attitré de *France-Observateur*, et pour *Les Loups dans la bergerie* d'Hervé Bromberger, avec Jean-François Poron, un garçon aperçu dans *Les Tricheurs*, et une débutante nommée Françoise Dorléac.

1959 s'achève. Une année marquée par près de trois cents concerts, un grand prix de l'académie Charles-Cros, un deuxième album nettement moins original que le premier, le tournage d'un gentil navet, quelques sauvages humiliations et toujours cette dèche qui lui colle aux flancs. Dans les mois qui viennent Serge va enfin goûter, ne fût-ce que furtivement, aux délices du succès. Mais les années de galère sont loin d'être terminées : elles vont se poursuivre jusqu'à la moitié de ces sixties qui commencent à peine...

1. Plusieurs témoins certifient avoir également vu Serge en première partie du spectacle de Marlène Dietrich au théâtre de l'Etoile. Celle-ci est remontée sur scène, à New York d'abord, en mars 1959, accompagnée au piano par son directeur musical, Burt Bacharach. A Paris, son spectacle succède à celui de Colette Renard et se prolonge, à guichets fermés, jusqu'à la fin du mois de novembre 1959. Il n'est pas impossible que l'engagement de Serge ait été prolongé durant cette période, bien qu'il ne soit pas mentionné dans le programme ni sur l'affiche. Il se serait dans ce cas produit pendant un mois et demi, en moyenne deux fois par jour, devant les 1 500 spectateurs de l'Etoile.

7

Sois belle et tais-toi

Érotisme discret, mélodie irrésistible, le super-45 tours « L'eau à la bouche » sort en janvier 1960, en même temps que le film de Doniol-Valcroze avec Bernadette Lafont et Alexandra Stewart :

Je te prendrai doucement et sans contrainte
De quoi as-tu peur allons n'aie nulle crainte
Je t'en prie ne sois pas farouche
Quand me vient l'eau à la bouche

Soulagement pour son auteur, c'est enfin son premier vrai succès avec 100 000 exemplaires vendus, un joli score, environ cinquante fois plus que ses quatre EP's précédents. Dans un night-club, Serge rencontre la très belle Pier Angeli, starlette hollywoodienne et ex-petite amie officielle de James Dean. Sur un bout de papier elle griffonne : « J'adore "L'eau à la bouche", ça me donne l'eau à la bouche » ; déjà fétichiste, Serge conservera précieusement cette relique...

Le 16 décembre 1959, en plus de « L'eau à la bouche », Serge dépose deux nouveaux titres à la SACEM : « Les nanas au paradis » et « Le cirque », deux chansons qui sont à l'époque enregistrées par Catherine Sauvage mais jamais éditées avant 1996 et l'anthologie *Gainsbourg chanté par* publiée par EMI France. La mélodie indistincte de la première en est peut-être la cause, tout comme ses paroles qui rappellent furieusement l'époque où il travaillait chez Madame Arthur :

Sur le cha-cha-cha
T'as de l'imagination
L'exotique c'est ça qu'est chouette
Pour l'évasion
Qu'ça peut fout' s'ils le jouent à
L'accordéon
N'importe quoi pourvu qu'ça

Gueule y'a pas de raison
Les nanas au paradis s'envoleront

Avec un arrangement signé Goraguer, « Le cirque » aurait pu devenir autre chose qu'un amusant imbroglio ; la raideur de l'interprétation et l'absence de swing du pianiste Jacques Loussier ruinent toute ambition :

L'amant
De la femme
D'mon amant
A une femme
Qui a un amant
C'est l'amant
De la femme
De l'amant
De la femme
De mon amant

Catherine Sauvage, la grande dame de la chanson poétique, fidèle interprète de Léo Ferré mais aussi de Mac Orlan, Aragon, Boris Vian et Prévert, consacrera effectivement un super-45 tours aux chansons de Serge, mais deux ans plus tard : dans l'immédiat, ils se contentent de participer ensemble, le 9 janvier 1960, au spectacle télévisé *Rive droite*. Grâce à Sylvie Rivet, la musique de « L'eau à la bouche » est également choisie par Marcel Lherbier comme générique de sa nouvelle émission de télé sur le cinéma.

Le College Inn, à Montparnasse, où, seul à l'affiche, Gainsbourg se produit tous les soirs dès les premiers jours de janvier et jusqu'à la fin du mois d'avril, est un cabaret très ancien, qui existait déjà dans les années 30 : « Il jette tous les soirs la douche glacée d'une poésie insolite assez déconcertante », prévient un chroniqueur anonyme. En février, Serge demande à son père de remplacer son pianiste malade [1] ; en mai, il est rejoint sur scène par la directrice des lieux, celle que l'on surnomme « la dame blanche de Saint-Germain-des Prés » : Cora Vaucaire, qui présente un spectacle dédié aux Années folles. C'est au College Inn qu'il revoit son vieil ami Jacob Pakciarz ; celui-ci étudie en détail son comportement scénique et nous livre ici une analyse assez passionnante.

Jacob Pakciarz : « Serge commence à chanter et par moments j'ai l'impression qu'il devient aphasique. Je m'en faisais pour lui parce que je l'aimais bien... Dans son tour de chant, il y avait des blancs, des

1. Malgré tous nos efforts, nous n'avons pas retrouvé la trace du ou des pianistes qui ont accompagné Serge à l'époque où il passait de cabaret en cabaret.

temps morts, comme nous en avons tous, mais un peu trop lourds, un peu trop lents, et je m'angoissais, je me demandais : “Mais est-ce qu'il va continuer ?” Toute la nature de Serge est dans ces silences, je revoyais Lucien, le garçon que j'avais connu quand il avait vingt ans, à l'académie Montmartre, à qui il fallait arracher trois mots dans la journée. Ce style chuchoté, ce volume de voix a minima et à la limite du non-dit... Toute sa nature psychopathologique est là, dans ce désir de s'exprimer mais en retenant les choses, en les lâchant par bribes, comme s'il concédait sa parole, du bout des lèvres, par opposition aux voix viscérales qui viennent des tripes et qui sont très populaires. »

Gainsbourg s'incruste dans le circuit des cabarets parce que, depuis la Libération, c'est — mais plus pour longtemps — le passage obligé pour tous ceux qui, comme lui, cherchent à percer dans le créneau de la chanson « sérieuse » (les yé-yé, qui vont déferler dans la foulée de Johnny Hallyday — celui-ci publie son premier EP en mars 1960 —, vont complètement changer la donne). Début 1959, date à laquelle André Halimi termine la rédaction de son livre *On connaît la chanson*, il déplore la fermeture de l'Amiral, de la Rose Rouge et de Chez Gilles. Ceci dit, il reste encore suffisamment de cabarets, dans tous les styles, pour qu'éclosent les nouveaux talents, de la Tête de l'Art au Drap d'Or en passant par l'Echelle de Jacob, l'Ecluse, le Port du Salut, la Fontaine des 4 Saisons, la Rose Rouge, le Milord, la Galerie 55 ou encore la Colombe, chez Agnès Capri, et le Cheval d'Or.

Cora Vaucaire : « Serge était si timide et semblait si déprimé qu'un jour je lui ai dit : “Ecoutez, vous avez l'air si malheureux avec moi, je crois que ça ne vous plaît pas du tout de faire partie de ce spectacle et je veux que vous soyez libre et heureux...” Je m'étais complètement trompée : les larmes aux yeux il m'a dit : “Cora, moi qui vous aime tant, vous ne vous souvenez pas lorsque vous étiez au Touquet avec M. Van Parys[1], c'était moi le pianiste du Club de la Forêt, je chantais ‘La complainte de la Butte’ !” Moi je croyais qu'il voulait absolument nous quitter, en fait il était heureux de chanter chez nous et tout bouleversé à l'idée que je ne l'aime pas... »

Serge eut plus tard un commentaire désabusé à propos de ces lieux qu'il écuma tant d'années : « Le cabaret, ce n'est pas vrai. Le public snob applaudit à tout ce qui est difficile et n'achète pas de disques. Le public du music-hall applaudit ce qui est facile et achète le disque[2]. »

---

1. Georges Van Parys, compositeur de plus de 140 musiques de films, y compris celle de *French Cancan* de Jean Renoir en 1955, dans lequel Cora Vaucaire chante la fameuse « Complainte de la Butte » (cf. chapitre 3).

2. Origine de l'entretien inconnue, reproduit en novembre 1966 dans *Tiercérama*.

Le 5 mars 1960, Serge participe à la soirée de gala de l'Ecole supérieure de commerce au Havre (les cachets pour ce genre de prestation sont souvent confortables) ; le 31, il applaudit Michèle Arnaud qui se produit en vedette à Bobino (jusqu'au 12 avril) avec des chansons de Gainsbourg, Béart, Brel et Riffard. L'avant-veille, pour assurer le lancement de cette série de concerts, Arnaud convie le Tout-Paris à la Cave K (alias le Port du Salut, 163 bis, rue Saint-Jacques) où, en compagnie de calvities célèbres — parmi lesquelles les stars du catch Johnny Stern, Roger Féral, l'Ange blanc et le comédien O'Brady —, est lancé le « Cha cha cha du chauve », une « œuvre capitale que le maître ès cheveux Serge Gainsbourg vient de lui écrire pour sa rentrée à Bobino » comme le précise l'invitation. Au printemps 1960, Bob Azzam chante « Mustapha », Marcel Amont perce grâce à « Bleu blanc blond », Dalida cartonne avec « Ne joue pas » et « J'ai rêvé » (« Dream Lover » de Bobby Darin) ; on écoute Richard Anthony (« Mélodie pour un amour »), Henri Salvador (« Faut rigoler »), Tino Rossi (« Papa aime Maman »), Neil Sedaka (« Oh ! Carol »), Floyd Robinson (« Makin' Love » qui devient en français « T'aimer follement » par Johnny), Jacqueline Boyer (« Tom Pillibi », la chanson qui gagne le grand prix de l'Eurovision) et Georges Brassens (« Le mécréant ») ; on rit avec Bourvil et sa « Causerie anti-alcoolique » et on danse le « Jump ! » avec Christian Chevallier...

C'est aussi vers cette époque que Gainsbourg est plaqué par Sylvie Rivet. Une dispute éclate au pied de l'église Saint-Germain-des-Prés : il se prend une paire de claques, un jour qu'il l'a trop énervée, elle qui pourtant avait jusque-là toléré beaucoup d'écarts.

Sylvie Rivet : « Avec Serge il était très difficile d'être jaloux... On ne peut pas, il est trop drôle, il est trop vrai, il est trop sincère, moi je trouve que c'est une merveille ! Il me disait qu'il n'allait pas rentrer trop tard et il s'amenait à 6 heures du matin en me disant : "Mais qu'est-ce que je suis con, je me suis fait embarquer par une nana, je suis vraiment un dégueulasse..." Moi je trouvais ça rigolo et lui était dépité. Nous nous étions toujours vouvoyés à l'extérieur, ça donnait du piment au tutoiement. Il était très très beau, la photo avec le bouquet de roses, c'est le Gainsbourg que j'ai connu. »

Le 12 mai 1960, toujours accompagné par Alain Goraguer et son orchestre, Serge enregistre les quatre titres du super-45 tours *Romantique 60*[1] qui sort le mois suivant. A cette occasion, il plaque des paroles sur la mélodie composée six mois plus tôt pour la bande originale du film *Les Loups dans la bergerie* :

1. « Cha cha cha du loup » (du film *Les Loups dans la bergerie*), « Sois belle et tais-toi », « Laissez-moi tranquille » et « Judith » (du film *L'Eau à la bouche*).

Viens plus près ma belle
Et ne tremble pas ainsi
Je ne te ferai aucun mal
Je ne suis pas
Le grand méchant loup aux abois
Ouh ouh ouh ouh
Cha cha cha du loup

Comme dans « L'Eau à la bouche », il incarne un séducteur qui veut rassurer sa conquête sur ses coupables intentions. N'empêche que vis-à-vis des petites pépées, il est toujours aussi grinçant :

Le ramier roucoule
Le moineau pépie
Caquète la poule
Jacasse la pie
Le chameau blatère
Et le hiboue hue
Râle la panthère
Et craque la grue
Toi toi toi...
Toi, sois belle et tais-toi

On pense au « Boum » de Charles Trenet mis au goût du jour. En face B, deux simili-rocks parfumés de rumba comme on en produisait beaucoup à l'époque. C'est drôle, c'est ringard :

Avec une gueule pareille nom de nom
Ne me manque qu'aux oreilles des pompons
Et si je marchais à croupetons
J'aurais tout du pauvre Aliboron
Laissez-moi
Laissez-moi tranquille
Laissez-moi !

Pour « Judith », Serge reprend un thème composé pour la bande originale du film *L'Eau à la bouche* ; sur un rythme de slow accéléré qui semble le mettre plutôt mal à l'aise, il égrène des paroles sans intérêt :

Judith
C'est plus fort que moi
Que veux-tu
Judith
Je n'aime que toi
Le sais-tu ?

On commence à l'apercevoir régulièrement à la télévision : le 6 juin 1960, il interprète « La nuit d'octobre » (le tube avorté de son deuxième album) dans *Chansons dans un fauteuil.* Trois semaines plus tard, dans *Discorama*, il chante « Sois belle et tais-toi ». Après ses cinq mois non-stop au College Inn, il prend en juin quelques jours de vacances au Touquet où, « retiré dans un petit hôtel, il écrit une comédie musicale très nouvelle vague intitulée *Poppie*[1], avant de partir en Espagne jouer dans la nouvelle version de *Fabiola* » comme nous l'apprend une coupure de presse. La première mouture avait réuni Michèle Morgan et Henri Vidal, dans une mise en scène d'Alessandro Blasetti en 1949. Dans ce remake intitulé *La Révolte des esclaves*, avec Rhonda Fleming — une belle rousse qui avait connu son quart d'heure de gloire dans les années 40 — Serge reprend le rôle de l'infâme Corvino créé par Michel Simon. Comment en est-il arrivé là ? C'est simple : il s'est pris un imprésario et des photos de son faciès ont été publiées dans les journaux de cinéma, jusqu'en Italie, où la vogue des péplums fait encore des ravages. Pour les producteurs, ça ne fait aucun doute, ils ont trouvé le fourbe parfait, celui qui envoie les chrétiens aux lions ! Des péplums, il va en tourner trois entre 1960 et 1961 : pour ce premier épisode, il finit égorgé par les chiens après avoir massacré ce pauvre saint Sébastien...

Gainsbourg : « Le plan des clébards, ça a été extraordinaire, ça a dû leur coûter quelque chose comme dix bâtons de l'époque. J'étais officier, j'avais cinq ou six molosses. Je m'approche d'un pauvre vieux, un saint martyr puisque c'est toujours des histoires de chrétiens et de catacombes, et je lui dis : “Tu vois ce chien ? Il a pas bouffé depuis huit jours, alors tu vas me dire où se trouve l'entrée des catacombes !” Et lui il s'approche du clebs, il a un sucre dans la main, mais ça on le sait pas, et le chien s'aplatit tandis que s'élève une musique céleste, c'est le miracle, et le chien lui lèche la main. Moi, fou furieux, je prends mon fouet et je lui fous une raclée. Là-dessus le chien me saute à la gueule et me becte séance tenante. Enfin, ça c'était le scénar. Dix bâtons de l'époque, trois jours de tournage rien que pour cette scène. D'abord, on me met de la barbaque sous ma belle cuirasse étincelante. “Silencio, per cortesia ! Motore ! Actione !” On lâche le chien, il cavale mais freine à trois mètres de moi : lentement il vient me renifler et délicatement il attrape un bout de viande ! Ensuite on met un mannequin à mon effigie, avec les oreilles décollées : des machinos doivent actionner les membres à distance. “Motore ! Actione !” et vlan, ma jambe part dans le mauvais sens. “Coupez !” Nouvel essai, le chien fonce et lui bouffe les couilles. “Coupez !” Finalement, on a mis le dresseur qui a fait de son mieux pour être aussi moche que moi, on

1. Nul ne sait ce qu'il est advenu de ce projet au titre surprenant...

l'a tartiné d'hémoglobine : le chien lui a sauté dessus en le bectant vraiment. Le réalisateur était enchanté mais le mec a terminé à l'hosto. »

Lorsque sortira ce chef-d'œuvre, en avril 1961, il est moyennement éreinté par la critique, Serge s'en tire même avec quelques mentions savoureuses du genre : « Servi par son physique, Gainsbourg donne le relief voulu à son personnage d'assassin odieux » ; on signale aussi le numéro comique de Dario Moreno...

Gainsbourg : « C'était une production italienne mais on tournait à Madrid. Dario jouait l'empereur Maximin et moi j'étais son bras droit, le méchant bien sûr. On s'est marrés ! Il n'arrêtait pas de sortir de ses poches des bijoux somptueux, des diams, des rubis : il investissait son fric dans toute une série de trafics, il était plein aux as. Le retour d'Espagne a été épique. Dario avait une de ces bagnoles américaines qui en foutaient plein la vue, décapotable, couleur lilas, à gerber. Il me propose de l'accompagner, j'accepte. A l'époque, il y avait les mange-disques, des petits Teppaz avec une fente dans laquelle on glissait les 45 tours ; il en avait un dans sa voiture. Sur l'autoroute, il fonçait comme un dingue et quand il se faisait arrêter par les flics, il leur disait : "Ah oui, je suis Dario Moreno, vous voulez un autographe, c'est ça ?" Mais son truc, chaque fois qu'on entrait dans un village, c'était de ne pas dépasser le 30 à l'heure et de mettre son dernier 45 à fond la caisse ! En chemin, on décide de s'arrêter et de faire étape dans une ville comme Chalon-sur-Saône, je ne sais plus, enfin quelque chose de bien triste. Moi, j'adorais déjà les palaces, sans pouvoir me les payer, et je me dis : "Bon plan, Dario ne peut descendre que là, super." Eh bien, pas du tout : il s'arrête à l'hôtel de la Gare, un truc minable, glauque, murs verdâtres, peinture écaillée, salle à manger déserte, le cauchemar ! On descend manger, il ne prend qu'un potage et au moment de l'addition, il demande : "Vous ne faites pas de réduction pour les artistes ?" C'est génial, c'est peut-être comme ça qu'on devient milliardaire... »

Pendant le tournage, Serge est logé à la Torre de Madrid, au dernier étage : la production paye peut-être mal ses acteurs mais les traite comme à Hollywood...

Gainsbourg : « J'avais demandé qu'on me monte un café. Arrive une petite mignonne adorable, dix-huit ans, et je me dis : "Celle-là, je vais me la faire." Je lui sers un doigt de whisky et paf, elle tombe raide : je la fous au pieu, je pars en repérage mais elle refuse, me dit : "Pas maintenant, ce soir"... Je lui donne rendez-vous, j'ai pitié d'elle... L'heure passe, il est bientôt minuit, minuit et demie, une heure du mat'... je me dis qu'elle viendra plus, je me branle et j'envoie la purée en me disant : "Toutes des salopes"... Deux minutes après on toque à la porte, c'était elle. Moi, kalachnikov, je repasse à l'attaque, on a fait toutes les cabrioles possibles, quand elle a pris son pied elle est tombée, presque évanouie... J'entends encore le claquement de ses dents sur mes dents. Le lendemain, elle est partie se marier en Italie. »

A la rentrée 1960, il ne fait plus de doute que Johnny Hallyday est sur le point de devenir une immense vedette alors que « Souvenirs souvenirs » tourne en boucle dans l'émission *Salut les copains* ; on fredonne « Les enfants du Pirée » avec Melina Mercouri et « Les papous » avec Annie Cordy ; dans les hit-parades s'affrontent « Tête de bois » de Gilbert Bécaud, « Stairway To Heaven » de Neil Sedaka, « Tu t'laisses aller » de Charles Aznavour, « I'm Sorry » de Brenda Lee et « It's Now Or Never » d'Elvis Presley. On parle des débuts de Jean Ferrat qui se produit au Milord l'Arsouille et qui est chanté par Gréco, Félix Marten et Philippe Clay ; l'arrangeur de « Ma môme », son premier succès, n'est autre qu'Alain Goraguer. Le même Goraguer à qui il arrive d'enregistrer des disques de musique douce sous le nom de Laura Fontaine (l'immense Martial Solal débite quant à lui du vinyle « bon pour la danse » sous le nom de Jo Jaguar) et qui dirige les séances du premier super-45 tours de Boby Lapointe (avec « Aragon et Castille » et « Framboise », un titre qu'il avait interprété l'année d'avant dans *Tirez sur le pianiste* de François Truffaut, avec Aznavour en vedette).

Interviewé (rarement) par la presse, Gainsbourg ne cesse de répéter qu'il s'arrêtera de chanter dès qu'il aura les moyens de s'acheter un atelier et tout le matériel de peinture dont il rêve[1]. En attendant, il offre à Michèle Arnaud un somptueux cadeau : c'est à elle que revient le privilège de créer « La chanson de Prévert » à la télévision le 17 décembre 1960 dans son émission *Dix minutes avec Michèle Arnaud* ; sa version, qui précède celles d'Isabelle Aubret, Gloria Lasso et de Serge lui-même, sort en disque au printemps 1961.

Au début des années 50, Cora Vaucaire, Yves Montand et Juliette Gréco avaient chanté « Les feuilles mortes », devenu en anglais un standard international, l'un des plus exportés de l'histoire de la chanson française, sous le titre « Autumn Leaves » :

> Les feuilles mortes se ramassent à la pelle
> Tu vois, je n'ai pas oublié
> Les feuilles mortes se ramassent à la pelle
> Les souvenirs et les regrets aussi

1. En 1990 il racontait encore qu'il voulait se remettre à la peinture mais la portée symbolique de cette intention était tout autre, comme nous le verrons plus loin.

En souvenir de ce classique du style Rive gauche, Gainsbourg compose « La chanson de Prévert ». On devine l'intention de frapper un grand coup, mais il se fait tout petit quand il s'agit d'aller demander au poète l'autorisation d'utiliser son nom.

Gainsbourg : « Jacques Prévert m'a reçu chez lui, 6 bis, cité Véron. A 10 heures du matin, il attaquait au champagne. Il m'a dit : “Mais c'est très bien mon p'tit gars !” et timidement je lui ai tendu un papier qu'il m'a signé. »

« La chanson de Prévert » est sans doute l'une des plus populaires dans son *song-book*, on n'en compte plus les versions : celle de la petite chanteuse Claire d'Asta frôla encore le sommet des classements des radios périphériques à l'automne 1981, soit plus de vingt ans après. Mais on est en droit de penser que celle de Jane Birkin, en mai 1991 sur la scène du Casino de Paris, les enfonce toutes, y compris l'originale aux arrangements aussi conventionnels que minimalistes.

> « Oh je voudrais tant que tu te souviennes »
> Cette chanson était la tienne
> C'était ta préférée
> Je crois
> Qu'elle est de Prévert et
> Kosma
> Et chaque fois *Les feuilles mortes*
> Te rappellent à mon souvenir
> Jour après jour
> Les amours mortes
> N'en finissent pas de mourir

Dans les pages de l'hebdomadaire *Cinémonde*, qui tire à l'époque à 500 000 exemplaires, est publié le 15 novembre un étonnant débat entre Gainsbourg, la comédienne Micheline Presle, le metteur en scène Norbert Carbonnaux, la chanteuse Jacqueline Boyer (fille de Jacques Pills et Lucienne Boyer) et Léo Ferré. L'animateur se nomme Pierre Guénin, qui publiera ce texte, parmi d'autres, dans un livre intitulé *Le Jeu de la vérité* :

Pierre Guénin : Considérez-vous la chanson comme un art ?

Serge Gainsbourg : S'attacher aux contingences commerciales et parler d'art, est-ce possible ?

P.G. : Trouvez-vous normal qu'une chanson, le plus souvent bébête, rapporte tant d'argent à l'auteur ?

S.G. : C'est aussi normal que de s'enrichir dans le saucisson. C'est une merveilleuse escroquerie parfaitement organisée. La chanson entre chez les gens sans frapper. Vous imposez votre gueule à la TV, que ça plaise ou non.

Plus loin on apprend de la bouche de Serge que « pour l'instant, je suis à pied et je vis chez ma mère. Donc, cela ne va pas très bien pécunièrement ». On s'amuse de cet échange cynique :

P.G. : Gainsbourg, quelle est la première qualité que vous demandez à une femme ?
S.G. : L'assiduité (rires).
P.G. : Et le défaut que vous lui pardonnez le moins ?
S.G. : La frigidité.

Puis il y a ce dialogue Ferré/Gainsbourg qui vaut son pesant de droits d'auteur :

P.G. : Gainsbourg, écrivez-vous des chansons par amour de l'art ou pour gagner de l'argent ?
S.G. : Mon cas est assez délicat. J'ai été peintre pendant quinze ans et maintenant je gagne ma vie en écrivant des chansons. Ce qui m'ennuie c'est que plus ça va, plus j'ai envie d'écrire des chansons « inchantables ».
Léo Ferré : En principe, quand on écrit quelque chose, c'est avec son cœur et non pour de l'argent. Vous avez tort de considérer la chanson comme un art mineur. Si vous vous laissez aller à des contingences commerciales imposées par un patron de disques, évidemment. Il y a l'art et la merde...
S.G. : Si mon éditeur et ma maison de disques...
L.F. : Ne me parlez pas de ces gens qui sont des commerçants.
S.G. : Mais enfin, si on me ferme la bouche ?
L.F. : Je connais votre situation. C'est une situation dramatique. Ce que vous avez envie de chanter et d'écrire, il faut le chanter et l'écrire, mon vieux.
S.G. : Chez moi ?
L.F. : Non, dans la rue. Il faut prendre une licence de camelot à la préfecture de police.
S.G. : Moi, je veux bien me couper une oreille comme Van Gogh pour la peinture, mais pas pour la chanson.

Hors micro, le débat se transforme en véritable pugilat verbal au cours duquel Gainsbourg finit par traiter Ferré de « démodé ».

Pierre Guénin : « Serge était très embêté par ses problèmes d'argent. "Le poinçonneur" ne lui avait rapporté que des cacahuètes. Il était content de participer à cette rencontre car à l'époque on ne le voyait pas beaucoup. Ferré s'était montré assez prétentieux en parlant de certaines de ses chansons comme de chefs-d'œuvre alors que Gainsbourg ne partageait pas du tout son opinion. Ils se sont quittés fâchés, le plus amusant est que Serge a recommencé le même coup à la télévision avec Guy Béart dans les années 80, toujours sur le thème de la chanson considérée comme un art mineur. »

Côté discographique, l'année 1960 s'inscrit en creux dans la carrière de notre auteur-compositeur : seulement cinq chansons publiées sous son nom (dont un joli succès, il est vrai), pas de nouvel album, et surtout pas de nouvel(le) interprète, les travaux d'approche avec Catherine Sauvage n'ayant rien donné pour le moment. Il n'est pas impossible qu'il ait revu entre-temps Yves Montand à qui il aurait promis l'exclusivité de « La chanson de Prévert » : le 21 avril 1961 une indiscrétion dans *Paris-Jour* nous révèle qu'à son retour de Tokyo, Montand est très mécontent d'apprendre que Michèle Arnaud et Serge l'ont enregistrée « depuis déjà deux mois ». Deux rendez-vous avec Montand, deux gaffes ? La probabilité est amusante.

Mais pour comprendre dans quel cadre se développe sa carrière, il est essentiel de savoir ce qui se passe au sein des instances dirigeantes de la maison Philips, de « ces gens qui sont des commerçants » méprisés par Ferré – qui au même moment signe avec Eddie Barclay, un mécène, comme chacun sait. Les patrons se nomment désormais Louis Hazan et Georges Meyerstein : dans leur esprit l'idée commence à germer que la méthode Jacques Canetti a fait son temps. Hazan, homme de radio à Alger sur *The Voice of America* pendant la guerre, s'était frotté au métier par la base, vu que son père tenait une chaîne de magasins de musique au Maroc. Rentré dans la société le 1er janvier 1956, grâce à Meyerstein, Louis Hazan dirige l'export ; c'est lui qui engage à l'époque Boris Vian comme directeur artistique pour la marque Fontana. Pour Philips, Hazan découvre Nougaro et fait venir en France Nana Mouskouri dont le succès est immédiat. En 1961, sa plus grande fierté, il débauche Johnny Hallyday qui végète chez Vogue où personne n'a pigé son gigantesque potentiel. Barclay a signé les Chaussettes Noires, avec Eddy Mitchell, qui publient leur premier EP en janvier 1961. C'est sur étiquette Pathé que se retrouvent les Chats Sauvages de Dick Rivers dès le printemps de la même année. Tous trois vont exploser et réaliser des ventes colossales. Un an plus tard, Hazan signe Claude François, puis Barbara en 1964. Fin de règne, l'arrivée de Johnny jette Canetti dans une rage terrible : il démissionne aussitôt. Quant à Serge, il est naturellement en contact avec Hazan ; une amitié durable va bientôt naître entre les deux hommes, tout entière résumée dans ce bref dialogue que nous a confié l'ex-patron de Philips.

Gainsbourg : Je crois que vous ne m'aimez pas.

Louis Hazan : L'amitié est une chose trop belle, pourquoi me dites-vous ça ?

S.G. : Parce que je ne vends pas, parce que je vous fais dépenser de l'argent.

L.H. : Je m'en fiche complètement, c'est un tel bonheur de vous avoir.

Il est vrai que Serge ne coûte pas cher à Philips, qui ne dépense pas un rond sur sa promotion. Quant à la production de ses disques, c'est toujours le service minimum : son troisième 25 cm, *L'Etonnant Serge Gainsbourg*, dont le titre est à lui seul un poème, est mis en boîte à Blanqui en sept jours, dont un pour le mixage, entre le 8 février et le 16 mars 1961. Alain Goraguer et son orchestre sont toujours de la partie mais on leur a collé entre les pattes un directeur artistique nommé Jacques Plait qui auparavant s'était occupé des premiers pas de Richard Anthony chez Pathé-Marconi : pour Philips, ce futur associé de Claude Carrère et directeur artistique de Sheila coordonne les enregistrements de Dario Moreno ; sans être crédité (ça se faisait rarement, à l'époque) c'est lui qui supervise les séances des deux derniers 25 cm de Serge, celui-ci et le prochain, Denis Bourgeois ayant entretemps monté sa boîte d'édition. L'assistant de Plait, dont le parcours vous laisse deviner qu'il appartient à un autre monde que celui de Gainsbourg, c'est heureusement Claude Dejacques (de son vrai nom Claude Bergerat), que nous avons déjà croisé : cet ex-assistant de Boris Vian est passé par les bourbiers d'Indochine (il a passé cinq ans sous les drapeaux), un long séjour aux Indes et une foultitude de petits boulots, y compris clown, apprenti imprimeur et magasinier[1]...

Le 15 janvier 1961, Serge dépose quatre nouvelles chansons à la SACEM, l'une d'elles (« Faut avoir vécu sa vie ») sera créée par Brigitte Bardot deux ans plus tard (sous le titre « Je me donne à qui me plaît ») ; une autre, intitulée « Des blagues », restera inédite :

Allez va, tout ça c'est des blagues
Il vaut mieux en rester là
On s'arrête dans un terrain vague
Et ça ressemble à quoi

Les deux dernières, « Viva Villa » et « En relisant ta lettre », figurent donc sur son troisième album 25 cm, qui est publié au printemps 1961 (la pochette est ornée du cachet « Bon pour la danse », une idée de Jacques Plait, sans doute), avec aussi « La chanson de Prévert », « Le sonnet d'Arvers », « Le rock de Nerval », « Chanson de Maglia », « Personne », « Les oubliettes », « Les femmes c'est du chinois » et

1. Claude Dejacques sera un personnage important dans la carrière de Serge : directeur artistique chez Philips dès 1960, il y restera jusqu'en 1969 ; il travaille avec Brassens, Bardot, Gréco, Barbara (cinq albums de « Nantes » à « L'aigle noir », elle avait exigé de l'avoir comme directeur, Nana Mouskouri, Boby Lapointe, Claude Nougaro, etc. Claude Dejacques est mort à soixante et onze ans en mars 1998 des suites d'un cancer (voir le dossier dans *Platine*, n° 15, novembre 1994 et la nécrologie rédigée par David Querolle et publiée dans *Notes*, magazine de la SACEM, en 1998).

« Les amours perdues », l'une de ses toutes premières chansons dont le dépôt à la SACEM remonte à l'été 1954.

« En relisant ta lettre » est créé par Jean-Claude Pascal avec quelques semaines d'avance sur son auteur : le titre figure sur un EP qui comprend également « Nous les amoureux », chanson avec laquelle Pascal remporte le grand concours Eurovision de la chanson le 18 mars, ce qui constitue un coup de chance pour Serge (le disque se vend bien, les droits de reproductions phonographiques sont répartis à parts égales sur les quatres chansons de l'EP). Morceau d'anthologie, le génial « En relisant ta lettre » commence par cette constatation, dite d'une voix neutre, cynique et dédaigneuse :

> En relisant ta lettre je m'aperçois que l'orthographe et toi, ça fait deux

Impitoyable, il détaille toutes les fautes commises par la femme amoureuse qui lui a envoyé la missive :

> C'est toi que j'aime
> Ne prend qu'un M

La lecture continue, ponctuée de rectifications égrenées d'un ton froidement cruel, jusqu'à la conclusion :

> Moi j'te signale
> Que Gardénal
> Ne prend pas d'E
> Mais n'en prends qu'un
> Cachet au moins
> N'en prend pas deux
>
> Ça t'calmera
> Et tu verras
> Tout r'tombe à l'eau
> L'cafard les pleurs
> Les pein's de cœur
> O E dans l'O...

Jane Birkin : « Quand j'ai rencontré Serge en 1968 sur le tournage du film *Slogan*, j'ai voulu en savoir plus et j'ai foncé dans la première librairie pour m'acheter un recueil de ses textes. Et avec un dictionnaire j'ai essayé de me rendre compte de la beauté et de la difficulté de ses chansons. Une que j'avais surtout adorée c'était "En relisant ta lettre" que j'avais mis un temps fou à déchiffrer avant d'en comprendre toute la drôlerie, parce que Serge écrit sur plusieurs dimensions. D'un coup j'ai compris le grand talent de manipulateur de la langue de ce mec avec qui j'étais en train de tourner tout simplement comme acteur... »

Sur le même EP La Voix de son Maître, le charmeur de ces dames, Jean-Claude Pascal, crée aussi « Les oubliettes », parfumé de chanson réaliste, de celles que le petit Lucien avait écoutées dans les années 30 :

S'il faut à perpète
Qu'à l'aube on regrette
Vaut mieux qu'on s'arrête
Mes petits oiseaux
Venez mignonnettes
Dans mes oubliettes
Que je vous y mette
Au pain et à l'eau

L'Etonnant Serge Gainsbourg nous le montre plus que jamais décalé : à l'évidence celui qui avait créé la surprise en 1958 avec son « Poinçonneur » s'entête dans un genre qui déjà semble furieusement dépassé, même s'il le transcende avec un talent inédit. A l'inverse de ce que Brel lui dira plus tard, c'est Serge qui se trompe et Brel qui triche (le pathos insoutenable de « Ne me quitte pas », énorme succès de l'année 1960). Brel surjoue, sue et sanglote tandis que Gainsbourg « littéraire », plus présent que jamais, rend hommage à Prévert et n'hésite pas à mettre trois grands poètes en musique : Victor Hugo (« La chanson de Maglia »), Félix Arvers (« Le sonnet d'Arvers », sur lequel il avait sans doute peiné au lycée) et Gérard de Nerval pour « Le rock de Nerval ».

Gainsbourg : « Pour cet album, c'est très simple, il me manquait des textes. Le poème d'Hugo est nul, moi je suis nul, ça donne un disque super-nul. Pourquoi je n'ai interprété que des poètes romantiques ? Parce que je *suis* foncièrement romantique. C'est pour ça que j'en suis arrivé à la conclusion : "Prendre les femmes pour ce qu'elles ne sont pas et les laisser pour ce qu'elles sont." Je veux pas qu'on m'aime, mais je veux quand même[1]. »

Seul « Le rock de Nerval », avec son sax chaloupé, a plutôt bien vieilli : le collage du texte sentimental à souhait sur un tempo de slow speedé provoque un effet à la fois drôle et poétique :

Allons mon Andalouse
Puisque la nuit jalouse
Etend son ombre aux cieux
Fais à travers son voile
Briller sur moi l'étoile
L'étoile de tes yeux

1. Interview par Noël Simsolo diffusée sur France-Culture en 1982.

Chanson de genre, avec ses flûtes mexicaines énervantes, on comprend mal aujourd'hui ce qui a bien pu pousser Gainsbourg à enregistrer un machin comme « Viva Villa », à moins que ce ne soit une référence oblique au putsch de Fidel Castro deux ans plus tôt à Cuba :

Deux fusils quatre pistolets
Et un couteau à cran d'arrêt
S'en vont à Guadalajara
C'est pour un fameux carnaval
Que s'avance cet arsenal
Qui a pour nom Pancho Villa[1]

Au verso de la pochette de ce troisième album figure ce texte amusant :

Ma chère amie,

Voici quelques chansons qui ne sont qu'un peu de moi-même, aussi vous prierai-je de les écouter bien. Telle sera aujourd'hui à votre convenance, telle autre demain peut-être ; après-demain, je vous permettrai de danser dessus. Vous reconnaîtrez, je l'espère, que je suis un peu moins cruel dans mes propos que je ne l'étais hier et s'il me reste encore un peu d'amertume je citerai pour m'excuser ce madrigal de Jean de Lingendes :

La faute en est aux dieux
Qui la firent si belle
Et non pas à mes yeux

Trop affectueusement vôtre,
Serge Gainsbourg

Il est vrai qu'il se montre moins cynique et se contente, léger, de constater que « Les femmes c'est du chinois » :

Telle autre quand elle se couche
Est avide de sensations
Vous riez jaune, la fine mouche
Compte les autres au plafond

Il n'est pas surprenant que certaines de ces chansons plaisent tant aux amateurs internationaux de *lounge music*, ceux qui redécouvrirent,

1. En 1967, dans un effort touchant de promotionner ses artistes à tout prix, Claude Dejacques publiera *Chansons de révolte*, album compilation multi-artistes (ce qui ne se faisait quasiment jamais à l'époque) réunissant sous une pochette hautement symbolique — deux mains ouvertes, une rose rouge — des chansons « à message » telles que « Sing Sing Song » de Claude Nougaro, « Le galérien » de Mouloudji, « Qui a tué Davy Moore » de Graeme Allwright, « La java des bombes atomiques » de Boris Vian, « La colombe » de Jacques Brel, « Le rebelle » de Long Chris, etc. « Viva Villa » est, étrangement, le morceau qui ouvre cet album rarissime.

en particulier aux Etats-Unis, les albums dits *easy-listening* de Les Baxter et Martin Denny à la fin des années 90. Pour ces fans aux goûts pointus, « Personne » est un authentique joyau :

Non jamais je n'aurais dû porter la main sur
Votre personne
Il me fallait me maîtriser, être plus sûr
De ma personne

En clair, il y a peu à retenir de cet album dont la sortie est annoncée par sa version de « La chanson de Prévert ». L'impression générale, c'est qu'il s'égare. La menace des yé-yé se précise et lui essaye encore de faire le « bon chanteur » dans le sens fifties du terme. Vingt-cinq ans plus tard, il confiera à Noël Simsolo qu'il ne supportait pas la voix de ses débuts : « J'étais trop concerné. Une voix trop portée. Trop timbrée. Cela manquait de distanciation[1]. » De plus, contrairement à Brel ou Brassens, qui sont déjà des institutions, Gainsbourg ne s'est pas encore constitué un public ; en marketing on dirait qu'il n'a pas « fidélisé son audience », en admettant qu'il en ait une. Enfin si : à ce stade, il peut se targuer de mille ou deux mille fans qui achètent ses 25 cm. On peut aisément deviner à quoi ils ressemblent : des gens du métier, des étudiants, des dandys séduits par son attitude. Pour vendre plus de disques il devrait être plus visible : en l'absence d'appui promotionnel de Philips il faudrait qu'on puisse l'applaudir en première partie d'un artiste célèbre, en tournée ou, mieux encore, dans un grand music-hall parisien. Rien de tout cela : brouillé avec Canetti depuis les tournées infernales de 1959, Serge n'a même pas de manager. Charley Marouani, l'imprésario de Brel, qui l'avait repéré dès 1958 lorsque son poulain, Hugues Aufray, lui avait chanté « Le poinçonneur », le dépanne à l'époque à titre purement amical en lui trouvant des bons galas (comme ce Bal de Droit, le 4 mars 1961 au Panthéon avec Pierre Repp, Frida Boccara et Serge en tête d'affiche), des galas en province (fin mars, il chante au Broadway à Lyon où le public se montre chaleureux, à en croire la presse locale) ou encore des engagements de huit ou quinze jours dans des cabarets parisiens comme Chez Plumeau, le Zèbre à Carreaux ou la Tête de l'Art (ex-Chez Gilles, trois boîtes gérées par Jean Méjean, que Serge surnomme « Mémèje »). Mais de l'aveu de Marouani, Gainsbourg était de plus en plus « malheureux de chanter dans un cabaret où les gens fumaient, buvaient et mangeaient au lieu de l'écouter ».

D'autant qu'il ne se contente pas de chanter : dans *Ciné-Revue* du 3 mars 1961 on apprend qu'il lit sur scène un texte de Bossuet intitulé

1. Reproduit dans *Le Monde de la musique* en avril 1991.

« Illusion des sens » qu'il a repiqué dans la plaidoirie de la défense au procès de *Madame Bovary* de Gustave Flaubert tel que raconté par Stendhal dans *De l'amour*[1].

> Quiconque s'attache au sensible, il faut qu'il erre nécessairement d'objets en objets et se trompe pour ainsi dire, en changeant de place ; ainsi la concupiscence, c'est-à-dire l'amour des plaisirs, est toujours changeante parce que toute son ardeur languit et meurt dans la continuité et que c'est le changement qui la fait revivre. Aussi qu'est-ce autre chose que la vie des sens, qu'un mouvement alternatif, de l'appétit au dégoût et du dégoût à l'appétit, l'âme flottant toujours incertaine entre l'ardeur qui se ralentit et l'ardeur qui se renouvelle ? *Inconstantia concupiscentia*. Voilà ce que c'est que la vie des sens. Cependant, dans ce mouvement perpétuel, on ne laisse pas de se divertir par l'image d'une liberté errante...

Au printemps 1961 on écoute « Les fiancés d'Auvergne » d'André Verchuren, « Paname » et « Jolie môme » de Léo Ferré, « Je m'voyais déjà » de Charles Aznavour, « Pepito » de Los Machucambos, « Tu parles trop » de Richard Anthony, « 24 000 baisers » de Dalida et Frankie Jordan, « Kili-Watch » de Johnny Hallyday, « Surrender » d'Elvis Presley, « Non, je ne regrette rien » d'Edith Piaf, « Nous les amoureux » de Jean-Claude Pascal, « Dans le cœur de ma blonde » de Marcel Amont, « Printemps (avril carillonne) » d'Isabelle Aubret, qui choisit aussi d'interpréter, sur son nouvel EP, « La chanson de Prévert ».

Isabelle Aubret : « Je l'avais connu quelques années auparavant, on travaillait dans le même cabaret, qui s'appelait le Vieux Colombier, où j'étais chanteuse d'orchestre et où il venait faire son tour. C'était l'époque où il était super bien élevé, toujours impeccablement rasé et correctement habillé... J'ai enregistré ses chansons sans jamais véritablement travailler avec lui comme je pouvais travailler avec Brel ou Ferrat. Dans le cas de Serge je lui "piquais" ses chansons ; j'ai entendu et j'ai décidé d'enregistrer "La chanson de Prévert" sans même savoir qu'elle était de Serge. C'était de l'ordre du coup de foudre. »

Les critiques du nouvel album ne sont pas franchement meilleures que celles du second, dix-huit mois plus tôt. Dans *Le Canard enchaîné* du 20 avril 1961 : « En particulier, on pourrait reprocher à Gainsbourg de s'adonner un peu trop facilement à la modernisation des classiques :

---

1. En 1857, Flaubert était défendu par Maître Jules Sénard qui eut la brillante idée de citer cet extrait du *Traité de la concupiscence* publié en 1694 par Jacques-Bénigne Bossuet, fameux pour ses *Oraisons funèbres*. Ce texte fera d'ailleurs plusieurs apparitions dans l'œuvre gainsbourienne, comme on le verra en 1966 dans *Anna* (voir chapitre 12), en 1969 dans *Slogan* et en 1990 dans *Stan The Flasher*.

Nerval, Hugo et le surestimé Arvers. C'est beaucoup pour un seul disque, même si ces adaptations sont assez adroites dans l'ensemble. Mais très sincèrement, nous préférons le vrai Serge Gainsbourg, celui des "Amours perdues", de "La chanson de Prévert", "Viva Villa" ou des "Oubliettes". » Dans *Le Parisien libéré* du 26 avril : « Pour ceux qui aiment ça, *L'Etonnant Serge Gainsbourg*. Il ne faut pas toujours tenir compte de ses goûts personnels et c'est pourquoi je signale ce disque. Mais une fois que j'aurai constaté qu'il correspond à une certaine demande, je serai bien obligé d'avouer que je n'ai jamais rien entendu de plus déplaisant — pour ne pas dire scandaleux — que "Le sonnet d'Arvers" chanté par ce Monsieur ». On est plus sympa dans *Ciné-Revue* du 5 mai : « ... ses agressions sont toujours payantes car la surprise joue dans tous les cas pour le meilleur effet. Il cambriole votre confiance sans coup férir [...] Etonnant est un qualificatif à la mesure de son originalité, Serge Gainsbourg étant à notre avis le plus "neuf" de la chanson, ses idées, ses visions, ses perceptions étant parfaitement autre chose que du "prêt-à-chanter" [...] (il) impose à une jaillissante tendresse le masque glacé des fausses réalités. En quelque sorte il est le pudibond de la chanson. »

Passé un gros coup de cafard, Serge a accepté l'idée que Sylvie Rivet l'a quitté pour Brel. Il continue à la voir, mais strictement pour le boulot, car elle est toujours son attachée de presse...

Sylvie Rivet : « Serge n'a jamais désespéré de lui-même, il se sentait incompris, ses disques ne se vendaient pas, mais il avait une famille très unie et cette tendresse l'a sauvé et l'a aidé à faire tout ce qu'il a fait. Je crois qu'il était très dorloté, très chouchouté par sa mère et son père et puis il fallait qu'il soit en déséquilibre pour être en équilibre. Quand je lui en faisais la remarque, ça l'énervait profondément, alors je lui disais : "Mais enfin, ce n'est pas affligeant ni insultant ce que je vous dis !" et il me répondait : "C'est parce que c'est vrai !"... »

Alain Goraguer : « Moi aussi il m'arrivait de le materner. On restait des fois jusqu'à 4 ou 5 heures du matin à discuter, je lui remontais le moral. Il me disait : "Je suis foutu, j'ai fait trois disques, je ne vends rien, je ne passe pas à la radio." Son désespoir était sincère, il me faisait de la peine. »

Le premier de ses trois péplums sort sur les écrans parisiens le 1er avril 1961 mais il ne le visionnera que quelques années plus tard, avec sa nouvelle conquête :

Gainsbourg : « Un jour j'ai été voir *La Révolte des esclaves* à Barbès, avec Jane. Les mecs dans la salle me haïssaient ! Quand je suis mort, ils ont applaudi comme des dingues en gueulant : "Ouais ! bien fait !

fumier ! crève salope !” En arabe, bien sûr. Moi j’ai dit à Jane : “Cassons-nous ! S’ils me voient à la sortie, ils vont me faire la peau” ! »

Alors que sort son nouvel album (le 5 avril), Serge aligne dans son agenda ses rendez-vous promotionnels. Le 12, il est à la télé, au Studio 4, rue Cognacq-Jay. Le 21 il répète aux Buttes-Chaumont pour l’émission *Superboum* qui se tourne le 26 et il note qu’il doit appeler Mme Maritie Carpentier. Le 25 il interprète « Les oubliettes » dans l’émission *Toute la chanson* (une émission d’André Salvet présentée par Jacqueline Joubert avec au même programme Bécaud, Brel, les Compagnons, Colette Renard, Anouk Aimée et Michèle Arnaud). Le 28, il est invité par Daniel Filipacchi et Frank Ténot sur Europe nº 1, non pas à *Salut les copains* mais plus tard, le soir, dans *Pour ceux qui aiment le jazz.*

Frank Ténot : « Filipacchi était le véritable animateur de l’émission. Il cherchait dans *SLC* à prendre des chanteurs assez sains, représentatifs d’une jeunesse teenager américaine. Et Serge, à l’époque, était loin de ça. Il avait un côté plutôt dandy, un côté sulfureux. Il n’appréciait pas la vogue yé-yé, il voulait que les chansons aient des textes plus intello, avec un second degré. »

Le même jour, à 19 h 30, on le voit chez Denise Glaser dans *Discorama*, où il chante « Les femmes c’est du chinois » et « La chanson de Prévert ».

Jane Birkin : « J’ai vu une très jolie interview de lui par Denise Glaser, il avait peut-être trente ans, il était très jeune en tout cas. Et Denise Glaser lui disait : “Alors mon cher Serge, pour qui écrivez-vous en ce moment ?”, il disait : “Philippe Clay !”[1] Avec une façon de bouger la tête, un petit peu content, avec la bouche aussi haute que large, les gros plans étaient délicieux, il était absolument ravissant parce qu’il était tellement timide mais en même temps ne se prenant pas pour rien non plus, il savait qu’il était un très bon auteur, il était mesuré, timide, très articulé, c’était en noir et blanc et rouge sang malgré tout... Avec en même temps cette sorte de sourire narquois... Un si joli sourire ! Il a joué de ça, il a joué de son côté dandy et cruel. Peut-être que ça lui plaisait bien de faire semblant d’être quelqu’un qui mordait alors que finalement... ce n’était pas du tout le cas[2]. »

Le soir, il chante à nouveau au Milord avec Francis Claude, Jacques Dufilho et Claude Sylvain ; le mensuel *Music-Hall* d’avril 1961 nous donne tous les détails :

---

1. Il revoit effectivement Clay à deux reprises au cours du mois de mai 1961, mais ce dernier ne lui prend finalement une chanson que dix-huit mois plus tard.
2. Interview par Monique Giroux pour CBC Radio Canada.

Grand et maigre, il a un aspect diabolique... Allez chez Milord l'Arsouille, le soir après minuit, et vous serez irrésistiblement fascinés. Dans la pénombre et la fumée des cigarettes, il parle de malheur et chante des horreurs, genre "La femme des uns sous le corps des autres" ou "Jeunes femmes et vieux messieurs" ou encore "L'amour à la papa". Il joue de sa voix grave et fait de l'humour noir. Ses oreilles vous inquiètent, ses yeux vous attirent. La nuit, il épouvante et il magnétise. Centurion romain dans le film *Fabiola*, il tuera de sa main saint Sébastien martyrisé et sera dévoré par ses propres molosses...

Lumière ! Serge Gainsbourg au grand jour n'est pas un terroriste pour jolies femmes. C'est un homme doux et romantique qui ne ferait pas de mal à une mouche. Il aime Belafonte, Presley. Il boit du whisky et fait de la peinture figurative.

— Avez-vous travaillé votre voix, Serge Gainsbourg ?

— Je n'ai pas de voix...

La promotion télé continue au mois de mai : il chante trois titres (« La chanson de Maglia », « Personne » et « L'eau à la bouche ») accompagné par un orchestre (guitare / basse / batterie / vibraphone) et une section de cuivres bien fournie (cinq trompettes, quatre trombones, trois cors et cinq saxophones) dans le cadre de *Discoparade*, à Annecy, le 21 mai. Le 28, soigneusement noté dans son agenda, il n'oublie pas la fête des Mères... Les émissions se suivent, y compris pour Télé Canada quinze jours plus tard. Le 14 juin, il est invité au journal télévisé — eh ! oui — pour y parler de ses activités cinématographiques, comme compositeur de musiques de films et comme acteur. Justement, le 26, il se rend à l'ambassade de Yougoslavie (à l'époque pays du bloc communiste) pour obtenir son visa en vue du tournage simultané de deux nouveaux péplums au début de l'automne. A nouveau, il bondit sur l'occasion, d'autant que le décompte de droits d'auteur que lui envoie la SACEM, lors de la répartition semestrielle de juillet 1961, est plutôt maigrichon : il touche 6 242,20 francs[1]. On l'a vu, les interprètes ne se bousculent pas au portillon : seule la fidèle Michèle Arnaud, que l'on a vue sans cesse à la télévision durant la saison 1960-61, vient lui quémander un nouveau titre pour sa rentrée à l'Olympia, dès le 6 septembre à la même affiche que Robert Lamoureux. Serge lui propose « Les goémons », qui figure sur l'EP qu'elle publie à cette occasion et qui contient également sa version du succès de Leny Escudéro « Pour une amourette ».

1. Le document nous apprend pourtant que ses chansons ont été interprétées en Allemagne, en Angleterre, en Espagne, en Hollande et en Suisse ! Les chansons qui ont généré le plus de droits au cours du second semestre 1960 sont dans l'ordre « Le claqueur de doigts » avec 1 296,70 francs, « L'eau à la bouche » avec 1 193,43 francs et « Le poinçonneur des Lilas » avec 856,83 francs.

Algues brunes ou rouges
Dessous la vague bougent
Les goémons
Mes amours leur ressemblent
Il n'en reste il me semble
Que goémons

En jouant dans les deux péplums pour lesquels il a été engagé, Gainsbourg assiste aux plans les plus ringards. Comme ils sont tournés simultanément, d'un jour à l'autre il ne sait plus dans quel film il se trouve : *Hercule se déchaîne* ou *Samson contre Hercule* ? Hercule, c'est Brad Harris, un Monsieur Muscles qui fait de la barre fixe entre les scènes et dont les cuisses sont à ce point surdéveloppées qu'il doit marcher jambes écartées. Invariablement, Gainsbourg se fait trucider avant la fin du film. Dans le premier, il est lardé de flèches, dans l'autre — selon ses souvenirs — Hercule lui balance un coffre en beuglant : « Tiens, le voilà ton pognon ! » puis il est précipité dans une fosse où l'attendent des crocos (en bois, bien sûr).

En somme, à chaque coup, il joue le traître qui doit crever après s'être traîné dans des poses visqueuses aux côtés du cruel empereur ou de la princesse dont il rêve de voler le trône. Le plus clair du temps, son texte se limite à « Tuez-le ! » ou « Rattrapez-le ! »...

Entre-temps, l'éminent critique cinéma et à ses heures metteur en scène François Chalais cherche à le joindre par tous les moyens : pour son nouveau film, il aimerait une musique de Gainsbourg. Celui-ci lui écrit très civilement le 28 septembre de Zagreb : « Soyez assuré que j'aurai vive satisfaction, dirais-je même enthousiasme, et prendrai intérêt extrême à écrire la musique de votre film », lui assure-t-il, puis il lui raconte :

> J'ai tourné ici un énième ercule *(sic)* et je tourne actuellement non pas dans Tarass Boulba mais dans Samson. Je pense mourir d'ici trois ou quatre semaines et c'est bien sans regret aucun que je laisserai mon épée sanglante pour la musique et le jazz.

Le 11 octobre, Chalais lui réécrit pour lui donner quelques détails supplémentaires : le tournage de son moyen-métrage (50 minutes), intitulé *Le Chien*, avec Alain Delon et Elke Sommer, doit commencer le 1er novembre ; il précise à Serge qu'il aurait besoin d'une chanson (titre de travail : « Elke's Blues ») pour la troublante Sommer, une starlette allemande révélée l'année précédente par les films anglais *Don't Bother To Knock* et *The Victors*. Titillé, celui-ci demande une photographie de la jeune créature (vingt et un ans) : « Déjà à la lecture du script je peux réfléchir à l'ébauche de quelques thèmes. » Finalement, le

30 octobre, Chalais reprend sa plume pour regretter que Serge ne soit toujours pas rentré à Paris (« je tiens à ce que vous participiez à cette aventure, j'aime votre talent et il me paraît aussi indispensable à mon action que le visage de mes deux principaux acteurs »). Mais l'affaire ne se fera pas : Serge se paye un affreux coup de blues après une visite de Jacques Plait en Yougoslavie ; celui-ci vient lui parler de Johnny, qui vient d'être signé par Philips. A dix-huit ans, l'idole des jeunes a déjà vendu plus d'un million de disques ; il revient de Londres où il a enregistré le contenu de deux EP's, avec entre autres « Viens danser le twist » (« Let's Twist Again » de Chubby Checker), « Il faut saisir sa chance », composé par Georges Garvarentz, tandis qu'Aznavour lui a écrit les paroles de « Douce violence ». Depuis le printemps, les Chats Sauvages et les Chaussettes Noires ont vendu des centaines de milliers de disques... Pourquoi notre auteur-compositeur maudit ne s'intéresserait-il pas de plus près à cette nouvelle génération ?

Gainsbourg : « Mon directeur artistique me rejoint à Belgrade. Il me balance un paquet de disques de Johnny Hallyday : "Voilà ce qu'il faut faire !" me dit-il. J'ai fait une crise de cafard. Je n'ai pas écrit une note, pas une ligne pendant six mois. Puis je me suis fait éjecter de Yougoslavie pour avoir allumé une cigarette avec un billet de 100 dinars. 100 dinars : 15 anciens francs ! Ils avaient cru que c'était un billet de 10 000, car ils m'en avaient vu compter quelques-uns un peu avant. "De la provocation !" m'ont-ils reproché, et ils m'ont foutu hors du pays[1] ! »

Intéressant : Serge brûlait déjà des billets en 1961, vingt-trois ans avant le scandale à *7 sur 7*... A son retour à Paris, il reprend le circuit des cabarets ; au lendemain du 18 novembre 1961, la presse se répand en invectives contre ces blousons noirs qui ont dévasté le Palais des Sports lors du premier festival rock en France, avec les Chaussettes, les Chats mais aussi Vince Taylor et ses Playboys. 3 500 spectateurs, beaucoup de dégâts, sans doute, mais le succès de l'événement est indiscutable. En revanche, des chanteurs fragilisés comme Gainsbourg (excellente réputation, ventes minimes) risquent d'être broyés par les yé-yé. Dans l'immédiat, son agenda nous apprend qu'il a rendez vous (le 27) avec Huguette Pierre. A côté du nom il a noté : « chanteuse réaliste ! ». En décembre, on le voit à la télé les deux soirs de réveillon, y compris dans *Vœux à tous vents* la nuit du 31. Début janvier 1962 il n'oublie pas d'envoyer les siens, notamment à Charley Marouani, Jean-Claude Pascal, Jacques Prévert et Catherine Sauvage. A lui-même, il

1. Serge relate ces anecdotes à l'hebdomadaire belge *Télé-Moustique* en septembre 1965.

doit souhaiter une année moins sombre que la précédente. Difficile de faire pire, en vérité. De noir à gris foncé, les choses vont lentement s'améliorer, même si le patient est loin d'être hors de danger : dans les douze mois qui viennent, Serge va composer « Accordéon », « La javanaise » et les titres de l'album *N° 4*, son meilleur depuis *Du chant à la une*...

8

Promenons-nous dans le moi

Nous sommes début 1962 et les teenagers français vivent à l'heure du twist ; Johnny Hallyday vient de triompher à l'Olympia et « Retiens la nuit » est en tête de tous les classements, devant « Non je ne regrette rien » d'Edith Piaf, « Hit The Road Jack » de Ray Charles, « Ya Ya Twist » de Petula Clark, « Brigitte Bardot » de Dario Moreno, « Santiano » d'Hugues Aufray, « Quand le film est triste » de Sylvie Vartan, « Les bourgeois » de Jacques Brel, « Le tourbillon » de Jeanne Moreau, « Le clair de lune à Maubeuge » de Pierre Perrin et « Le lion est mort ce soir » d'Henri Salvador.

Quelques mois plus tôt, au théâtre des Nations, Serge voit un spectacle qui le transporte : *The Connection*, une pièce de Jack Gelber interprétée par le Living Theatre dans laquelle se distingue le saxophoniste alto Jackie McLean, maître du hard bop dont Gainsbourg ne cessera jusqu'au bout de sa vie de chanter les louanges, chaque fois qu'on le branchait sur le sujet du jazz [1]. « Magnifique ! Rien vu d'aussi beau ! » répétait-il encore, dix ans plus tard, dans les colonnes de *Rock & Folk*, alors qu'il s'agit d'un des spectacles les plus durs et les plus noirs jamais mis en scène sur le thème de la drogue. Le Living Theatre, troupe fondée par Julian Beck et Judith Malina, deux anciens élèves d'Erwin Piscator, fut longtemps (bien au-delà des sixties) ce qui se fit de mieux dans le domaine de la recherche expérimentale, au travers d'œuvres de rupture (Brecht, Genet, Pirandello, Strindberg) mais aussi de happenings et performances. *The Connection* créa une déflagration partout où elle fut représentée. Tirant son titre du nom que la rue donne aux dealers, la pièce de Gelber fut jouée à partir du mois de juillet 1959 à New York et illustre ce que l'on appelle le métathéâtre

1. Jackie McLean joue aussi tous les soirs durant l'été 1961 Au Chat Qui Pêche, rue de la Huchette, avec Art Taylor.

ou « théâtre dans le théâtre » : le spectacle a pour objet de persuader le public qu'il se trouve en présence d'authentiques drogués, en attente de leur connexion, du dealer qui leur apportera la came. Pour accroître la confusion des spectateurs se trouve dans la salle un producteur de cinéma, avec son entourage, supposé tourner un film sur les toxicomanes. Parmi ceux-ci, quatre musiciens de jazz qui se lancent dans des jam-sessions largement improvisées (de celles-ci l'altiste Jackie McLean, « avec ses notes "à côté", ses cris, ses sonorités déchirées », comme on le lit dans la presse, tirera deux futurs morceaux de son répertoire, plus tard connus sous les titres « What's New », qualifié par le critique Jean Delmas de « chef-d'œuvre sadique », et « Condition Blues », enregistrés la même année, pour l'étiquette Blue Note). Dans la salle, assis parmi les spectateurs, le scénariste du film proteste lorsque des modifications sont apportées aux scènes prévues... Le ton adopté par le Living Theatre installe à tel point la confusion qu'à l'entracte, par exemple, les acteurs, pour obtenir leur dose, sollicitent les spectateurs eux-mêmes... On raconte même que la dramatique overdose collective qui achève le spectacle provoque chaque soir de nombreux évanouissements tandis que des spectateurs, absolument mystifiés, demandent à être remboursés. Après New York, la pièce est représentée à Londres, puis à Paris, avant de devenir un film. Quelques mois plus tard, Serge compose « Black Trombone » ; en 1964, il écrit, sur un sujet identique (le jazz, la came), la chanson « Coco And C° » sur l'album *Gainsbourg Percussions*...

Mais reprenons notre récit. L'année 1962 ne démarre pas vraiment sur les chapeaux de roues : le 2 février Serge se produit à Bruxelles en première partie des Cousins (le groupe belge créateur de « Kiliwatch », chant scout à la sauce rock, interprété en France par Johnny), lors d'une soirée organisée par le Cercle des étudiants de droit de l'Université libre de Bruxelles. Puis, grâce à Charley Marouani, Serge obtient un contrat avec la télévision algérienne ; il arrive à Alger le 5 février et en profite pour chanter au Bal de l'Ecole normale qui a lieu dans les salons de l'hôtel Saint-Georges ; faut-il qu'il ait envie de vendre des disques — et besoin du cachet de 3 000 francs — pour aller se fourrer dans une poudrière où d'autres artistes n'osent se risquer, au moment où l'OAS dynamite tout ce qui bouge lors d'un ultime baroud... D'autant qu'il y retourne, comme on va le voir, deux mois plus tard[1] !

1. L'émission intitulée *Solitude Haute Fidélité*, réalisée par Pierre Mignot, se tourne le 6 et est diffusée le 12 ; elle dure 50 minutes et comprend a priori 15 chansons. Personne n'a, à ce jour, trouvé trace de ce document exceptionnel.

De retour à Paris, hormis deux télés, Serge se concentre sur la préparation de son dernier album 25 cm, le quatrième, judicieusement intitulé *N° 4*. Entre-temps, Catherine Sauvage consacre son nouvel EP à quatre de ses chansons, comme Gréco l'avait fait trois ans plus tôt. Sauvage, qui avait elle aussi reçu le grand prix du disque de l'académie Charles-Cros en 1954 (pour « L'homme »), est déjà renommée pour ses interprétations de Léo Ferré. Claude Dejacques supervise l'enregistrement de ce qu'il appellera dans ses mémoires « ce petit chef-d'œuvre d'écriture » qu'est « L'assassinat de Franz Léhar ». Au moment où la jeunesse française est emballée par le raz-de-marée yé-yé, on se demande pourtant de quoi Serge nous cause avec l'aventure de cet homme-orchestre qui massacre l'auteur de *La Veuve joyeuse* :

Il travaillait du piccolo
Et du chapeau
Des flûtes, des coudes, du cor
Et mieux encore,
De l'orgue oui
Mais, comme on dit,
De Barbarie

C'qui sortait de ses instruments
C'était sanglant

Catherine Sauvage : « Un jour à la radio, j'entends une chanson dans laquelle il y avait cette phrase : "Dans tes yeux je vois mes yeux, t'en as d'la chance / Ça te donne des lueurs d'intelligence." Je me souviens avoir dit à Canetti : vous avez un gars comme ça dans vos tiroirs et vous n'avez pas eu l'idée de me l'envoyer ? Et puis j'ai entendu "La recette de l'amour fou", que j'ai tout de suite incluse dans mon répertoire. »

Lors d'une tentative avortée, deux ans plus tôt, Catherine Sauvage avait enregistré mais pas publié les titres « Le cirque » et « Les nanas au paradis ». Cette fois, elle s'approprie « Les goémons » (déjà chanté par Michèle Arnaud) ainsi que deux autres nouvelles chansons, « Baudelaire » et « Black Trombone ». La première est la mise en musique, sur rythme samba, d'un poème tiré des *Fleurs du mal*, « Le serpent qui danse » :

Tes yeux où rien ne se révèle
De doux ni d'amer
Sont deux bijoux froids où se mêle
L'or avec le fer

A te voir marcher en cadence
Belle d'abandon
On dirait un serpent qui danse
Au bout d'un bâton

Coïncidence étonnante : ce texte avait déjà été interprété par la même Catherine Sauvage, un an plus tôt, sur une musique de Ferré, avec l'orchestre de Jacques Loussier[1] ! Insatisfaite du résultat, aurait-elle demandé à Serge de refaire une musique sur ce poème ? La deuxième chanson reflète l'amour que Serge porte au jazz — il confie à l'époque au mensuel *Diapason* qu'il écoute Gil Evans, Gerry Mulligan et les Jazz Messengers — tout en langueur et sous méthadone :

Black trombone
Monotone
Le trombone
C'est joli
Tourbillonne
Gramophone
Et bâillonne
Mon ennui

Catherine Sauvage : « Quand je l'ai connu, il jouait dans les cabarets ; à ce moment-là ça l'intéressait d'avoir des interprètes comme Michèle Arnaud ou comme moi. Après, j'ai très vite compris qu'il était surtout attiré par les grosses ventes ; finalement il voulait que la chanson soit rentable. »

Le titre qu'il avait offert à Juliette Gréco quelques semaines plus tôt, sans doute à l'origine de cette déclaration désabusée, est effectivement beaucoup plus accessible et commercial. Juliette, qui sans doute n'était pas restée de glace à l'écoute de « La chanson de Prévert », reçoit des mains de son auteur le splendide « Accordéon ».

Juliette Gréco : « Sur scène, je le chante encore, quarante ans après. Qu'on le veuille ou non, c'est une image de la France à l'étranger, comme peut l'être le "Paris canaille" de Léo Ferré. »

Dieu que la vie est cruelle
Au musicien des ruelles
Son copain son compagnon
C'est l'accordéon
Qui c'est-y qui l'aide à vivre
A s'asseoir quand il s'enivre
C'est-y vous, c'est moi, mais non
C'est l'accordéon
Accordez, accordez, accordez donc
L'aumône à l'accordé l'accordéon

1. Au total, Ferré mit en musique une vingtaine de textes de Baudelaire au cours de sa carrière.

De Southampton, en février, Gréco embarque à bord du paquebot *France*, pour sa première traversée de l'Atlantique, direction New York. Les passagers de luxe de cette croisière inaugurale ont droit à un récital et reçoivent un 45 tours commémoratif — devenu un *collector* rarissime, comme il se doit — comportant sur une face deux thèmes spécialement composés par Georges Delerue et, en face B, une « Valse de l'au-revoir » écrite par Gainsbourg sur une musique de Robert Viger, chantée par Gréco :

En Amérique je n'aurai
Pas même je crois l'ombre d'un regret
Partir est un aveu
Si c'est mourir un peu [1]

Dans l'immédiat, c'est à nouveau la dèche et Serge vit toujours chez ses parents. Le 6 mars, vêtu d'un smoking, coiffé d'un haut-de-forme, ganté de blanc et masqué d'un loup il balance « Les petits pavés », de Maurice Vaucaire et Paul Delmet, une chanson créée en 1891 et redécouverte pendant la guerre par Lys Gauty et Jean Sablon, dans le petit écran de *Mardi gras*.

Las de t'attendre dans la rue
J'ai lancé deux petits pavés
Sur les carreaux que j'ai crevés
Et tu ne m'es pas apparue
Tu te moques de tout je crois
Tu te moques de tout je crois
Demain j'en lancerai trois

Puis, entre le 14 mars et le 16 avril 1962, sept jours sont consacrés à l'enregistrement et au mixage de l'album *N° 4*, toujours à Blanqui, sur un budget riquiqui, toujours avec Goraguer et son orchestre, des musiciens qui n'ont jamais autant bossé que depuis la déferlante twisteuse, mais pas forcément dans la joie.

Alain Goraguer : « Les yé-yé ont fait peur à tout le monde parce qu'ils ont provoqué une réorganisation très grave dans les maisons de disques. Tous les jeudis, on voyait 80, 100, 120 gamins et gamines de quatorze à dix-huit ans qui faisaient la file à l'entrée des studios, ils venaient pour les auditions. Ils étaient traités comme du bétail. S'ils étaient pris et que leur premier disque marchait, on les faisait vivre comme des vedettes, tout le cirque des palaces et des limousines. Si le deuxième disque ne marchait pas, on les renvoyait dans leur province natale. Sur le plan humain, il s'est passé des choses épouvantables. Ce

1. Serge se souvenait que « La javanaise » avait été créée par Gréco au cours de cette même traversée inaugurale. Juliette elle-même n'en a pas souvenir.

qui nous a tous inquiétés, dans le métier, c'est que les studios turbinaient et se vantaient de mettre en boîte un nombre invraisemblable de séances. Les studios étaient encombrés, il régnait l'obsession du "coup". »

Sur cet ultime 25 cm, qui marque un tournant dans son œuvre et pour lequel il retrouve l'inspiration et la diversité de son premier opus, en 1958, Serge nous propose ses propres versions de « Black Trombone », « Baudelaire » et « Les goémons » (dont l'arrangement est ruiné par un sax, imposé par le directeur artistique Jacques Plait, au grand dam de Serge [1]. Contrepoint de l'air pénétré qu'il adopte sur ce titre éminemment mélancolique, on apprécie le ton désinvolte et la souple contrebasse de cet « Intoxicated Man », frère de sang (avec deux grammes et demi) de Boris Vian quand il chantait « Je bois »...

> Je bois
> A trop forte dose
> Je vois
> Des éléphants roses
> Des araignées sur le plastron
> D'mon smoking
> Des chauves-souris au plafond
> Du living-
> Room

La modernité retrouvée se traduit par l'usage impeccable de rythmes blues et jazz, effleurés du temps du « Claqueur de doigts », cette fois parfaitement maîtrisés, notamment dans « Requiem pour un twisteur », avec son orgue électrique ultra-swing :

> Dites-moi avez-vous connu Charlie ?
> Le contraire m'eût étonné
> Il n'est pas une boîte qu'il n'ait fréquentée
> Quel noceur !

Une voix lui répond, menaçante, qui murmure : *Requiem pour un twisteur*. Pas celle d'un opportuniste qui utiliserait le mot « twist » parce qu'il est dans l'air du temps : au contraire, sur ce titre, comme sur « Quand tu t'y mets », Serge affine son style, il commence à s'amuser avec les mots, à les maîtriser davantage. Annoncé un an plus tôt

1. La mélodie des « Goémons » rappelle celle de « Pourquoi », musique de Julien Grix / Lucien Ginsburg, paroles de Louis Laibe, déposée le 10 mars 1955, du temps du cabaret Madame Arthur. « L'assassinat de Franz Léhar » évoque en revanche, par la mélodie de ses couplets, « La purée », paroles et musique de Gainsbourg, déposée en mai 1958 (merci à Xavier Lefebvre).

par « En relisant ta lettre », il adopte un style mi-parlé mi-chanté qui est l'ébauche de ses futurs *talk-overs* :

C'que tu peux être garce
Quand tu t'y mets
Tu t'y mets pas souvent
Pourtant quand tu t'y mets
Tu peux pas savoir

En plus de « Baudelaire », Gainsbourg choisit des rythmes samba pour deux autres chansons, « Ce grand méchant vous » et « Les cigarillos ». La première est signée, pour les paroles, par Francis Claude, son vieux pote du Milord :

Pendant qu'le vous n'y est pas
Car si le vous y était
Sûr'ment il nous mangerait

Toujours autant misanthrope et misogyne, Serge se réjouit de constatations simples :

Les cigarillos ont cet avantage de faire le vide autour de moi
J'en apprécie le tabac
Et la prévenance
Les cigarillos ne sont pas comme moi, empreints de timidité
Et leur agressivité
Est tout en nuances

Pour cet album, Serge aurait aimé mettre en musique le poème figurant à la fin du roman qui défraye la chronique depuis sa publication en France en 1959, *Lolita* de Nabokov. Mais l'auteur ne l'y autorise pas, Stanley Kubrick étant occupé à la même époque à en terminer l'adaptation cinématographique :

« Perdue : Dolorès Haze. Signalement :
Bouche "écarlate", cheveux "noisette" ;
Age : cinq mille trois cents jours (bientôt quinze ans !) ;
Profession : "néant" (ou bien "starlette").

Sergent, rendez-la-moi, ma Lolita, ma Lo
Aux yeux si cruels, aux lèvres douces.
Lolita : tout au plus quarante et un kilos,
Ma Lo : haute de soixante pouces.

Ma voiture épuisée est en piteux état
La dernière étape est la plus dure
Dans l'herbe d'un fossé je mourrai, Lolita
Et tout le reste est littérature.

Pour annoncer la sortie de ce *N° 4*, Serge fait sa rentrée sur scène dès le 28 mars et jusqu'à la fin avril 1962 au cabaret la Tête de l'Art (ex-Chez Gilles), dirigé par Jean Méjean — ambiance whisky et velours rouge — avec le même Francis Claude, venu en voisin raconter ses histoires drôles en fin de programme, ou encore Jean-Claude Pascal. Sous le titre « Serge Gainsbourg — Un romantique moderne », Lucien Rioux en parle longuement dans *France-Observateur* le 26 avril :

> Un visage pâle que la lumière crue du projecteur rend presque blafard ; des oreilles colorées comme par un jour de grand froid ; un regard ironique mal caché par les paupières lourdes ; un demi-sourire pincé ; des mains qui se tordent et se crispent, à peine visibles dans la zone d'ombre ; ainsi, devant les spectateurs de « la Tête de l'Art », se présente l'étonnant Serge Gainsbourg.
>
> Curieux, narquois, diabolique, ses chansons ne sont pas passionnées, intelligentes et froides plutôt. Pas de fleurs ni de mélodrames. Il est misogyne, ne croit pas à l'amour d'une femme ; des déceptions nombreuses qu'il chante sans révolte et sans colère. De là son cynisme, pas celui du don Juan blessé, mais celui du désabusé qui, n'ayant pour séduire ni le charme ni l'argent, rend durement les coups reçus. Cynisme donc. Pourtant, en grattant un peu, on trouve souvent la tendresse chez Gainsbourg. Une tendresse pudique, qui se cache. Et cependant il n'accepte pas de paraître tendre, il veut inquiéter. Plus qu'inquiétant, il est inquiet, tourmenté : un romantique moderne, amoureux du jazz et de l'humour noir mais qui finira un jour par chanter l'amour fou. L'heure de Gainsbourg viendra, je la sens proche.

Jamais avare de jeux de mots foireux, *Le Canard enchaîné* avait annoncé dès le mois de février : « Quand il est en scène, le public boit du petit laid. » Dans *Le Monde* du 28 avril Claude Sarraute détaille le programme : outre un illusionniste, on applaudit à la Tête de l'Art le chanteur belge Paul Louka et « un Serge Gainsbourg au visage de noyé, à la voix suffoquée, égrenant des refrains particulièrement accordés à la sensibilité d'un certain milieu, celui d'une Sagan, celui d'un Vadim. Cigarettes, whisky et grosses cylindrées. Il y chante "Jeunes femmes et vieux messieurs", "Le poinçonneur des Lilas" et "Personne"[1] ». En fin de programme, on acclame Laura Betti, une superbe Italienne que l'on verra plus tard dans les films de Pasolini, dont elle deviendra d'ailleurs la muse. Sarraute est agacée par la théâtralité de son numéro, par ce nain qui lui apporte sur scène un canapé, un tabou-

1. Ce dernier titre tiré de *L'Etonnant Serge Gainsbourg*. A priori, il ne chante donc aucun titre de l'album qu'il s'apprête à sortir, les titres les plus rythmés étant sans doute impossibles à reproduire avec un simple pianiste comme accompagnateur (il n'y a pas une note de piano sur *N° 4*).

ret et un escabeau, par l'interprétation « Piazza del Popolo » des chansons « servies avec un chiqué assez irritant ». Dans des journaux moins sérieux, on murmure que Laura Betti et Serge sont fiancés.

Laura Betti : « Fiancée, c'est un grand mot, disons qu'on se voyait beaucoup ; il me plaisait mais je n'aurais jamais fait l'amour avec lui parce qu'il me faisait tellement rire, je me moquais de son côté ravagé, je ne croyais pas à son désespoir, j'y voyais du soleil. S'il avait été vraiment sinistre j'aurais peut-être cédé, son sens de l'ironie était très fort, quand il me faisait le numéro de la déprime je trouvais qu'il poussait la pédale... »

Lorsque Serge rencontre Laura, elle tourne comme lui dans le circuit des cabarets entre l'Athénée et la Tête de l'Art et elle est poursuivie par les assiduités d'un autre chevalier servant, à l'époque jeune comédien, bien avant de devenir l'un des producteurs-metteurs en scènes les plus populaires du cinéma français.

Claude Berri : « Elle était jolie... J'en étais tombé amoureux, c'était un amour de jeunesse. Laura me parlait beaucoup de Serge, d'après les confidences qu'elle me faisait, elle avait eu pour lui un véritable coup de cœur. Voilà donc mon premier souvenir de Serge, notre fiancée commune. »

Laura Betti : « Il régnait à Paris une ambiance de fin du monde, beaucoup de théâtres étaient fermés à cause de ces crétins de l'OAS qui semaient la terreur. Les gens qui venaient m'applaudir avaient beaucoup de courage, ils auraient mérité la médaille... Tout Paris semblait très excité par ma présence, je me souviens qu'André Breton avait perdu la tête, il m'avait fait un très joli article... Il faut dire que mon tour de chant était insolite, j'interprétais des textes de Moravia, de Buzzati et de Pasolini... Ensuite ma tenue de scène était très outrageuse : je ne portais qu'un maillot, des collants et un pull-over noirs, avec un fouet à la main... »

Michel Valette, à l'époque patron de la Colombe (où Serge avait refusé de chanter, contrairement à Béart ou Pierre Perret, pour cause d'absence de micro), futur gérant du Milord l'Arsouille, que nous recroiserons plus loin, surprend un soir Serge déclarer au bar : « Avec ma gueule j'y arriverai quand même. Mon but c'est de gagner beaucoup d'argent et d'avoir les plus belles filles. » La scène se passe au Port du Salut où il chante au mois de mai, au même programme que Pierre Doris et Anne Sylvestre. Entre-temps, à la fin du mois d'avril, Serge retourne à Alger, sans doute pour un engagement à l'hôtel Saint-Georges, où il réside quelques jours.

Sur l'unique chaîne de la télévision française, il est devenu un habitué : entre mars et juillet, on l'y voit pas moins de sept fois, y compris le 17 mai dans *Histoire de sourire* (il chante « Les goémons ») puis le 4 juin dans *Toute la chanson* (« Black Trombone »). Il s'agit d'assurer la promotion du nouvel album qui vient d'être commercialisé dans une indifférence à peu près générale, si l'on en juge par le peu d'écho qu'on en trouve dans la presse. *Combat* attend le 9 août pour en publier une chronique :

> La chanson intelligente est traditionnellement « Rive gauche ». Depuis Prévert et Kosma, elle ouvre ses fenêtres sur le monde de la rue Jacob et de la Contrescarpe et ne se résout que très difficilement à porter ailleurs ses regards. Mais Gainsbourg a changé cela en se montrant résolument « Rive droite » tout en ne faisant point de chansons sottes. Son univers est celui des bars des Champs-Elysées et, parfait gentleman, le personnage dont la silhouette se dessine à travers ses compositions pourrait être d'une grande utilité à qui tenterait de définir le dandy 1962 : c'est un proche parent des fantoches élégants du *New Yorker* et son ennui hautain nous fait croire à la sincère admiration qu'il semble vouer à Baudelaire. Tout se passe comme si Gainsbourg cherchait à donner un sens moderne au mot « spleen » banni du vocabulaire contemporain. Nous saluerons donc très dignement chaque reflet de son personnage de prédilection : l'*Intoxicated Man*, le monsieur qui fume des « cigarillos », le « twisteur » mort à la tâche et surtout ce « grand méchant vous » qui nous vaut la plus jolie trouvaille de son dernier disque : « promenons-nous dans le moi pendant que le vous n'y est pas ».

Petit tour du côté des hit-parades et des chouchous de *Salut les copains* sur Europe n° 1, l'émission de radio la plus écoutée par la jeune génération, qui se décline dès la rentrée 1962 sous la forme d'un luxueux magazine mensuel, après un numéro d'essai lancé au début de l'été. En tête du classement, « J'entends siffler le train » par Richard Anthony, « Un Mexicain » par Marcel Amont, « Le twist du canotier » par Maurice Chevalier et les Chaussettes Noires, « Deux enfants au soleil » par Isabelle Aubret et « Une petite fille » par Claude Nougaro. Johnny se taille la part du chef avec pas moins de cinq titres, dont « Pas cette chanson ». C'est la révolution dans le showbiz et Serge est saisi par le découragement : lui qui galère depuis quatre ans se dit qu'il n'est pas près de voir la petite lumière au bout du tunnel. En juin, on l'interviewe sur Paris-Inter sur le thème : « On vous dit peut-être prêt à abandonner la chanson »...

Gainsbourg : « C'est pas peut-être, c'est la vérité : je pourrais abandonner la chanson parce que dans le domaine de la peinture, que j'ai pratiquée pendant une quinzaine d'années, il n'y a pas besoin de contacts, il n'y a pas de concessions. Même si je n'en donne pas l'impression je sais dans mon for intérieur que des concessions, j'en fais énormément... »

Le 13 juin 1962, Georges Meyerstein et sa femme organisent une soirée à leur domicile, pour fêter le retour en France du pianiste de jazz Erroll Garner dont Philips publie les disques depuis le fameux *Concert By The Sea* en 1956. Le photographe Jean-Pierre Leloir immortalise ce raout mondain qui réunit Garner, Canetti, Hallyday, Gréco, Salvador, Gainsbourg, les amuseurs Fernand Raynaud et Roger Comte, ainsi que l'organisateur de tournées Henri Colgran, « le marchand d'esclaves », comme l'appelle Leloir, qui « importait en France les grands jazzmen noirs-américains ».

C'est alors qu'il pense sérieusement faire ses adieux à la chanson (ce n'est pas qu'une pose, il n'en a tiré que peu de satisfactions depuis « Le poinçonneur ») qu'il signe celle que d'aucuns considèrent comme la plus belle de son répertoire, sobrement décrite comme une « jolie valse » par Joseph Ginsburg dans une lettre à sa fille Liliane, qui vit à Casablanca...

J'avoue j'en ai bavé pas vous
Mon amour
Avant d'avoir eu vent de vous
Mon amour

Ne vous déplaise
En dansant la javanaise
Nous nous aimions
Le temps d'une chanson

Eh oui, « La javanaise » dont il offre la primeur à Juliette Gréco, chef-d'œuvre et référence ultime pour ceux qui s'entêtent à voir chez Gainsbourg un « avant » et un « après », le point de rupture étant habituellement « Poupée de cire poupée de son » avec à la clef l'horripilant cliché du « grand poète vendu à la société de consommation ».

Juliette Gréco : « "La javanaise" est d'abord un jeu, pas un jeu de mots mais un jeu avec les mots grâce auquel ils prennent une valeur, une couleur beaucoup plus fortes. *J'avoue j'en ai bavé pas vous* — c'est superbe. Il l'a appelée comme ça, mais la chanson n'a rien à voir avec le javanais tel qu'il se parlait autrefois. Ceci est beaucoup plus fort, beaucoup plus musical. »

Gréco crée « La javanaise » sur un album 25 cm mais ne la publie pas dans l'immédiat sous la forme d'un 45 tours (ce sera chose faite début 1963). Tout avait commencé par un dîner chez elle, rue de Verneuil, charmante parallèle à la rue de l'Université, dans le 6e arrondissement, en plein carré des antiquaires, où Serge s'installera quelques années plus tard. Ils passent la soirée à écouter de la musique classique et à boire de grands vins. Puis, à un moment, très tard dans la nuit, quasi aux aurores, Juliette se lève et se met à danser devant lui. Le lendemain, elle reçoit chez elle une superbe construction d'orchidées grimpantes accompagnée d'un petit mot de Gainsbourg lui annonçant qu'il vient de lui écrire une chanson inspirée par cette soirée...

Juliette Gréco : « Il est arrivé chez moi, me l'a jouée au piano et je suis tombée... C'était magnifique, qui ne se serait pas bouleversé par ça ? C'était tellement proche de moi, c'était nous aussi. Et je sais très bien pourquoi il l'a écrite. Mais c'est mon affaire, c'est secret ! »

A votre avis qu'avons-nous vu
De l'amour
De vous à moi vous m'avez eu
Mon amour

Pour payer ses vacances on le voit, le 14 juillet 1962, se produire au casino d'Ouistreham-Riva Bella puis, le 20, au troisième gala des jeunes à Cabourg où, surprise, il est accompagné par son père Joseph qui y travaille justement comme chef d'orchestre de Jenny Alpha et ses Pirates du Rythme. Au mois d'août, tandis qu'à Paris sort *Hercule se déchaîne*, le deuxième de ses trois péplums, Serge passe quelques jours au Touquet, où il ne peut s'empêcher, lit-on dans la presse locale, après avoir dîné chez son ami Flavio, de se mettre au piano...

Deux événements que deux mois séparent : Norma Jean Baker, dite Marilyn Monroe, se suicide le 5 août 1962. Le 5 octobre, les Beatles sortent leur premier 45 tours, *Love Me Do*. Six mois plus tard, à la sortie de *Please Please Me*, la Beatlemania commence à se manifester. A Marie-Gisèle Landes de *La Tribune de Genève* que Serge emmène en virée (cinq boîtes de nuit jusqu'à 6 heures du matin, comme elle le raconte dans l'édition du 7 septembre) il se plaint à nouveau d'avoir fait, « jusqu'à présent, trop de concessions. Mes vraies chansons, celles que j'aime et qui en fait seules m'intéressent, n'ont pas très bien marché ou sont censurées par la radio. Il ne faut pas faire peur aux petits enfants ! Alors, que voulez-vous ?... Et puis, je ne veux pas du langage conventionnel. J'aimerais refaire le vocabulaire ». Pendant ce temps, pour son retour à la scène l'« ex-n° 1 des variétés Gloria Lasso veut chanter sérieux ou se retirer », lit-on dans *France-Soir* : à l'ABC, dans sa longue robe rouge incrustée de diamants, elle interprète du Bécaud (« Maintenant ») et du Gainsbourg (« La chanson de Prévert »)...

L'album *N° 4* est mort : ses ventes sont très décevantes. Quand on lui demandera plus tard pourquoi il se mit à écrire dès 1963 pour les yé-yé, il aura souvent cette réponse : « Pour ne pas crever. » En cette rentrée 1962, il doit avoir terriblement peur, attendant désespérément que quelque chose se débloque qui pourrait enfin lancer sa carrière. Il est même fascinant d'imaginer qu'il aurait pu à ce moment jeter l'éponge : il ne serait dès lors resté de lui qu'une petite cinquantaine de chansons parmi lesquelles des joyaux intitulés « Le poinçonneur des Lilas », « La recette de l'amour fou », « La chanson de Prévert » ou « La javanaise », qui lui auraient garanti vingt ou trente ans plus tard — après une inévitable redécouverte — un statut d'auteur culte et maudit...

Mais il tient bon et on le voit à la télé (chanter « Accordéon », le 1er octobre, puis « Le charleston des déménageurs de piano » le 11 dans *Un pied dans le plat*, la nouvelle émission de Francis Claude). En octobre toujours, on fait la fête au théâtre Fontaine à l'occasion des quarante ans de Raymond Devos. Les stars du music-hall se sont donné rendez-vous sur la scène : on voit Bourvil au piston, Nougaro aux percussions, Guy Béart à la gratte acoustique et Serge à l'électrique ! Dans le public, on aperçoit Jacques Tati, Juliette Gréco et surtout Edith Piaf et son homme, Théo Sarapo.

Gainsbourg : « Il paraît que Piaf demande : "Qui c'est ce garçon à la guitare ? C'est Gainsbourg ? On dit qu'il est méchant, mais il a l'air très gentil ! Amenez-le-moi !" Je lui serre la main, une main déjà abîmée par l'arthrite, elle me donne rendez-vous chez elle, boulevard Lannes, un appartement complètement vide, elle détestait les meubles. Elle me demande de lui écrire des chansons... Et quelque temps après, elle meurt. Mais ce qui est hallucinant, c'est que Jane habitait au même numéro, dans le même immeuble, on aurait pu se croiser ! En ce temps-là les gens de la haute société anglaise envoyaient leurs jeunes filles à Paris, chez des femmes fortunées, pour qu'elles apprennent la couture, la dentelle et le français. Enfin, quelques années plus tard, on s'est croisés [1]... »

En novembre, premier signe d'une éventuelle amélioration de sa fragile situation, la plus grande star du cinéma français, Brigitte Bardot, se lance dans la chanson et lui demande d'écrire un titre pour son tout premier EP, puis un autre pour son premier album, dont les sorties simultanées sont prévues pour janvier 1963.

Claude Dejacques : « La rencontre s'est passée chez Claude Bolling, Serge m'a accompagné et il a présenté trois lignes de la chanson

1. Piaf disparaît le 11 octobre 1963, le même jour que Jean Cocteau. Jane loge à l'époque chez Mme Pouget, avec cinq autres jeunes filles anglaises de bonne famille. La concierge leur propose de monter voir la dépouille de la chanteuse... Dans la longue queue des admirateurs de Piaf venus lui rendre un dernier hommage, Jane passe devant Serge sans le remarquer, du haut de ses seize ans, avec sa jupette et son twin-set. Les policiers de faction la laissent rentrer quand elle leur explique qu'elle vit à cette adresse ; derrière elle les gens chuchotent : « C'est Françoise Hardy ! » « J'étais si fière que je me suis tue pour ne pas me trahir », confia-t-elle à Eric Chemouny dans *Platine* en octobre 1996.

« L'appareil à sous ». Il donnait toujours le couplet ou une esquisse de texte, ce qui fait qu'on ne pouvait pas lui refuser car ce n'était pas complètement fini, mais en fait il indiquait déjà beaucoup de choses dans ces trois lignes... C'était à la fois parce qu'il avait horreur de se voir refuser une chanson et en même temps c'était très astucieux de sa part, Serge était un gars qui gambergeait sa réussite ! Bardot a toujours su ressentir les personnages qui la mettaient en valeur. En plus, lors de ce rendez-vous, Serge l'avait beaucoup amusée... »

« La Madrague », le second tube du premier EP de B.B.[1], est signé par le tandem Jean-Max Rivière et Gérard Bourgeois qui vont au fil des années lui concocter une série de titres sucrés et légers, exploitant gentiment son image de fille sensuelle et libérée. « L'appareil à sous », le premier titre vedette, nettement plus ambitieux, sous des dehors pop et innocents, est signé Gainsbourg, une petite merveille d'une minute trente secondes :

Tu n'es qu'un appareil à sou-
Pirs
Un appareil à sou-
Rire
A ce jeu
Je
Ne joue pas

Et les chœurs wap-dou-wappent à tout va...

Il fut question un moment — on l'annonça même dans la presse — que Bardot chante « La javanaise ». Celle qui en 1963 tournera *Le Mépris* et *Une ravissante idiote* enregistre en revanche « Je me donne à qui me plaît », un titre écrit sur mesure par celui qui a perçu son donjuanisme :

Je me donne à qui me plaît
Ça
N'est jamais le même mais
Quoi
Que çui qui n'en a jamais ba-
Vé
Me jette le premier pa-
Vé[2]

1. Quelques mois auparavant Bardot avait chanté « Sidonie » sur le super-45 tours de la BO du film *Vie privée*.

2. En janvier 1963, Bardot enregistre également « La belle et le blues », paroles de Gainsbourg, musique de Claude Bolling, qui ne paraîtra qu'en 1993 dans *Initials B.B.*, coffret de trois CD publié par Philips.

En cette fin d'année, les filles se partagent les meilleures places du classement des ventes : Sylvie Vartan avec « Tous mes copains » (une des rares chansons de la génération SLC qui évoque la guerre d'Algérie), Françoise Hardy avec « Tous les garçons et les filles », Astrud Gilberto avec « Desafinado » et Petula Clark avec « Chariot » ; Salvador fait marrer toutes les générations avec son « Twist SNCF », Lucky Blondo appelle « Sheila » (de fait, une chanteuse portant ce nom ne va pas tarder à apparaître), Johnny se présente à juste titre comme « L'idoles des jeunes » et Richard Anthony nous prévient : « J'irai chanter sous la pluie ». Au même instant, le démarrage fulgurant de Claude Nougaro déstabilise Gainsbourg : son deuxième album 25 cm, arrangé par Michel Legrand, lui a donné un tube de l'été (« Une petite fille », sur une musique de Jacques Datin), et deux autres succès en fin d'année (« Le cinéma » puis « Le jazz et la java », sur un thème de Haydn). Ceci est confirmé par celui qui bientôt sera leur attaché de presse à tous deux, Louis Nucera : « Claude, qui est mon ami, a toujours été extraordinairement admiratif de Gainsbourg. Et, à l'inverse, Gainsbourg se montrait plutôt jaloux du succès de Nougaro, alors qu'il continuait à ramer. C'est humain. »

Il rame, mais les producteurs de télévision l'aiment bien : le 17 novembre, il est crédité au générique du téléfilm *La Lettre dans un taxi* comme compositeur ; le 23, à 21 h 15, il a droit à sa première grosse émission à la RTF, même s'il partage la vedette avec Christian Marin (futur Laverdure du célèbre tandem des *Chevaliers du ciel*, série télé à succès d'après la bande dessinée créée par Charlier et Uderzo). Dans l'émission *Rendez-vous avec* de Jacqueline Joubert, il chante cinq titres : « La chanson de Prévert », « Personne », « La femme des uns... », « L'eau à la bouche » et « Intoxicated Man ». Dans la presse, on commente « les chansons roses de Marin contre les chansons noires de Gainsbourg » et un certain Pierre Vallier le descend dans les colonnes du *Dauphiné libéré* :

> Puis ce fut Gainsbourg. Celui-là, c'est un poème ! Il a la paupière lourde, la bouche épaisse et, pour comble de malheur, il parle avec difficulté. Cependant, on le comprend mieux lorsqu'il chante, bien que ce soit d'une voix pâteuse, extrêmement désagréable, et sur des thèmes fumeux ou équivoques.

L'idéal de beauté masculine, pour Serge, c'est Robert Taylor, une star de la Metro Goldwyn Mayer dont il est fan depuis les années 30. Dans *L'Alsace-Mulhouse* du 23 novembre, il évoque ses complexes : « J'ai commencé à souffrir d'être laid vers treize ans. Pendant longtemps, j'ai envié ces beaux gars qui séduisent au premier degré, juste en apparaissant. Moi, je plais aussi à certaines femmes, mais quand elles sont déjà un peu intelligentes, ce qui limite le nombre... Ou bien à des... torturées et cela c'est une autre paire de manches. C'est peut-être pourquoi je m'entendais bien avec mon ex-patronne, Michèle Arnaud, qui n'est pas exactement Greta Garbo. Elle me comprenait quand j'avais le cafard. Mais elle, c'est un autre cas. Une femme, même laide, se débrouille toujours pour tirer parti de ce qui cloche. »

Le 1er décembre, au Gala de la chanson poétique au théâtre de Bourges, il se retrouve à la même affiche que Monique Morelli, Marc Ogeret et Paco Ibanez, parce qu'il faut bien gagner sa croûte.

Mais il faut maintenant parler des lettres de Joseph Ginsburg, qui vont nous accompagner jusqu'en avril 1971. Ces lettres, le papa les envoyait à Casablanca, à sa fille Liliane, la sœur jumelle de Serge. Il faudrait quelques pages pour évoquer son talent épistolaire, au même titre qu'il lui en fallait toujours six, huit ou dix, d'une jolie écriture serrée, pour narrer à sa fille chérie les nouvelles de Paris, de la famille, tous ces « potins du Compère [1] », comme il les appelait. Et ce qui nous intéresse surtout, « sa chronique lucienienne » : dans chaque lettre, soit une tous les quinze jours en moyenne, il ne manque pas de rapporter tous les événements marquants dans la carrière du fiston, qu'il n'arrivera jamais à appeler autrement que Lucien [2].

C'est avec une infinie tendresse que Joseph parle de ses proches, en particulier de ses petits-enfants et de sa femme Olia, pour qui il éprouve une passion intacte qui se lit entre les lignes, quand il évoque ses problèmes de santé ou les vacheries qu'elle lui lance parfois alors qu'il la couvre d'attentions... Il faudrait encore souligner sa grande culture : il lui arrive, dans une seule lettre, de citer François Mauriac, Ionesco, Verlaine, Tchekhov, Léon-Paul Fargue, Oscar Wilde et Francis Carco !

Alain Goraguer : « Serge m'avait invité à deux ou trois reprises à dîner chez ses parents, des gens absolument délicieux. Son père avait un accent russe très marqué et sa mère n'arrêtait pas de nous mettre en boîte. On buvait de la vodka, on mangeait du bortsch, on allumait les bougies et le décalage était complet. Son père se mettait parfois au piano et c'était vraiment un très bon musicien, il faisait partie d'une race de pianistes qui a disparu, d'un éclectisme extraordinaire. Il était

1. Clin d'œil aux « Potins de la commère », rubrique populaire de l'époque dans le quotidien *Paris-Presse*.

2. Que Liliane Zaoui soit encore ici tendrement remerciée. Les lettres situées entre son mariage (en 1954) et le mois d'octobre 1962 furent malheureusement perdues lors d'un déménagement, mais elle nous en confia deux cents autres datant de la fin 1962 à 1971, date de la brutale disparition de Joseph.

à l'aise dans tous les styles, ce qu'on retrouve d'ailleurs chez Serge. On sentait que ses parents l'admiraient tout en étant inquiets : après tout, ses débuts étaient tardifs et difficiles. »

Joseph Ginsburg : « Chanter du Serge Gainsbourg est devenu un label de qualité et de jeunesse pour les artistes. Petula Clark (le Johnny Hallyday féminin, elle vend beaucoup de disques) a enregistré une chanson de Lucien, "Vilaine fille, mauvais garçon". Brigitte Bardot lui a pris une chanson, « L'appareil à sous », et Philippe Clay « Chanson pour tézigue ». Et puis Lucien a rendez-vous lundi (demain) à 5 heures avec Edith Piaf. C'est elle qui lui a demandé une chanson, elle est bien bonne[1] ! »

Serge s'est donc réconcilié avec Clay, dont l'étoile a singulièrement pâli depuis l'époque où il lui refusait des titres. C'est quelque temps après qu'est enfin publiée leur unique collaboration, sur le thème du mec plaqué qui s'adresse à une fillette volage :

Moi aussi m'intriguent
Les inconnues
Un jour de fatigue
T'en pourras plus
Amour si t'en pinces
Encore pour moi
Bah ! Je suis bon prince
Et toujours là

Née en 1932, Petula Clark est une star en Angleterre depuis l'âge de dix-sept ans ; à vingt-cinq elle débarque en France et enregistre ses premiers titres en français dès 1958 ; peu après Boris Vian lui écrit « Java pour Petula ». L'intelligentsia adopte son personnage plutôt ironique, puis elle séduit les foules populaires avec ses chansons à succès. Dès 1960, elle se paye le luxe de cartonner des deux côtés du Channel : en France avec « Prends mon cœur », « Marin », « Roméo », « Les bougainvillés », « Ya Ya Twist », « A London », « Chariot », etc., en Grande-Bretagne avec « Sailor » (nº 1 des ventes outre-Manche en 1961) et « Romeo ».

Petula Clark : « Je suis tombée follement amoureuse d'un Français qui travaillait pour moi chez Vogue. La seule chose qui comptait, c'était d'être le plus souvent possible en France, avec lui. Je chantais ce qu'on me demandait de chanter, cette carrière française était pour moi accessoire. Ce n'était pas *ma* carrière. Elle ne m'apportait que l'aventure et l'amour. Et surtout, j'étais regardée avec un œil neuf et non pas comme l'ex-petite fille du cinéma anglais des années 40[2]. »

1. Lettre du 11 novembre 1962.
2. Interview par Jean-Pierre Pasqualini pour le mensuel *Platine*, août 1996.

Le Français en question, c'est Claude Wolff, qui avait épousé Petula en juin 1961. Il est toujours en quête de nouveaux auteurs et Serge lui est recommandé par Denis Bourgeois qui s'occupe désormais de ses éditions. Après l'avoir vu à l'Echelle de Jacob et « trouvé intéressant », il le convoque dans leur appartement à Neuilly, rue du Bois-de-Boulogne.

Petula Clark : « La première fois que j'ai rencontré Serge, je l'ai trouvé terriblement timide. Avant cela, je l'avais entendu à la radio, je trouvais qu'il avait une voix fascinante et une manière différente de placer les mots ; je chantais ses chansons à tue-tête dans la maison, sans toujours comprendre le sens des paroles... Dès que je l'ai vu je suis tombée sous le charme, je l'ai toujours trouvé physiquement très attirant, bien avant qu'il soit à la mode. Il est venu me voir avec une chanson, c'était "Vilaine fille, mauvais garçon". J'étais très excitée, il s'est mis à jouer du piano et j'ai entendu cette voix que j'adorais... Plus tard il m'a présenté d'autres chansons et chaque fois je les ai aimées du premier coup : elles étaient commerciales mais pas tellement évidentes. Il y avait quelque chose d'inattendu dans sa musique. »

Claude Wolff : « Il faut savoir que les auteurs-compositeurs de l'époque étaient un peu des vendeurs de cravates. Etre chanté par Petula, c'était important et pouvait générer de jolis droits d'auteur, parce que, sans prétention, elle faisait de grosses ventes... Je me souviens d'une visite de Jacques Plante, qui m'avait présenté cinq chansons, je n'en avais aimé aucune. Dépité, il me sort "Chariot" en m'annonçant que personne n'en veut : je la lui prends et Petula en fait un énorme succès... Lors de ce premier rendez-vous, Serge n'avait pas encore la réputation d'être commercial, les radios trouvaient ses chansons insolites. Comme il parlait peu, nous lui avons offert un verre, ce qui est la moindre des choses. Il s'est mis au piano pour chanter "Vilaine fille" et dans sa timidité, il a renversé le verre dans le piano. Du coup, il était catastrophé, il a cru que c'était fini, qu'on allait le mettre à la porte... C'est vrai que c'est pas terrible de donner à boire à un piano, mais on a pris la chanson quand même[1]. »

> Les enfants du siècle sont tous un peu fous
> Mais le cliquetis de la machine à sous
> Couvrira cette voix qui dit à tort ou à raison
> Vilaine fille, mauvais garçon...

Petula Clark : « Je ne crois pas avoir chanté "Vilaine fille" comme j'aurais dû. Mon accent s'est mis en travers du chemin d'une manière

1. Sur ce nouvel EP (l'un des *dix* super-45 tours que Petula publie cette année-là !), le titre vedette est « La chanson d'Argentine ».

encombrante. Plus tard, il a utilisé celui de Jane Birkin d'une manière beaucoup plus habile. Ses paroles n'étaient pas faciles à chanter, mais elles étaient très gaies. En fait, ce mariage était bizarre, moi très anglaise, lui très français. »

On retrouvera Petula au fil des prochains chapitres, pour des chansons en forme de sketches, comme « La gadoue » et « Les Incorruptibles », mais aussi dans plein d'émissions de télé. Alors que sort sur les écrans parisiens son troisième et dernier péplum, *Samson contre Hercule* (le 26 décembre), on continue à projeter dans les salles de province, en guise de supplément de choix, l'un ou l'autre de ces petits films qui duraient le temps d'une chanson et que Serge avait tournés, comme de nombreux artistes, dans la série des *Pathé Music-Hall*. A Nancy, parmi les spectateurs, le jeune Claude Dhotel, quinze ans, futur chanteur de variétés sous le nom de...

C. Jérôme : « Ce jour-là on passe le film de Gainsbourg avec “Le poinçonneur des Lilas”. Avec ses cheveux très courts et ses oreilles décollées, il n'était vraiment pas beau ; et puis n'oubliez pas qu'on est en 1962, en pleine époque yé-yé. Et là, j'ai vu toute la salle qui sifflait et huait Gainsbourg, c'était une horreur ! Pour les jeunes, dont j'étais, il était un chanteur Rive gauche et ringard... J'étais persuadé que ce mec ne réussirait jamais. »

« L'eau à la bouche », « Le poinçonneur », « La chanson de Prévert » et « La javanaise » : quatre classiques et toujours pas de ventes substantielles. Gainsbourg est sans cesse à la chasse aux cachets et, grâce aux lettres de Joseph, on se fait une image très précise de sa vie quotidienne. On y apprend qu'en fin d'année Serge donne des galas à Lausanne (avec Robert Lamoureux), puis à Genève et à Bruxelles (où il anime apparemment une œuvre de charité pro-sioniste) et qu'à la demande de Louis Hazan, big boss de Philips, il se fend d'une chanson pour la jeune Nana Mouskouri, une bricole jazzy intitulée « Les yeux pour pleurer », d'inspiration inattendue : à la surface de l'habituel océan de noirceur, le mot « bonheur » affleure...

Quand le cœur se déchire
Quand vous pensez mourir
Voici qu'un autre amour
Un merveilleux amour
A vos yeux étonnés
Un autre amour surgit
C'est l'amour de votre vie

Depuis le tournage de *Voulez-vous danser avec moi ?*, Serge a régulièrement revu Jacques Poitrenaud, ex-premier assistant de Boisrond, qui vient de se lancer dans la réalisation en tournant un des sketches du film *Les Parisiennes.* Ils ont ensemble l'idée d'un court-métrage, dont ils commencent l'écriture et qui devait raconter la naissance d'une chanson, avec Françoise Hardy comme interprète principale (à dix-huit ans, elle vient de vendre près de quatre millions d'exemplaires de « Tous les garçons et les filles », sur son tout premier EP, à travers l'Europe). Mais le projet est abandonné au moment où Poitrenaud reçoit le feu vert de ses producteurs pour le tournage de son premier « long », *Strip-Tease.* Il pense immédiatement à son complice pour la bande originale ; avec Goraguer, Serge signe une série de thèmes jazzy avec orgue, vibraphone et piano brubeckien.

Jacques Poitrenaud : « Le film se déroule dans six boîtes de nuit : il fallait, pour chaque lieu, trouver une ambiance, une couleur différentes : Serge s'est donné un mal de chien, il a travaillé avec grand soin, m'accompagnant sur le tournage. Comme je l'avais sous la main, je l'ai mis à l'image : c'est un des rares films de sa carrière où il se contente de faire de la figuration[1]... »

Une jolie scène d'ailleurs, où on le voit jouer avec son pote de la nuit, le pianiste jazz et black Joe Turner, américain d'origine, parisien d'adoption (il y vivra jusqu'à sa mort, en 1990, à l'âge de quatre-vingt-trois ans, jouant tous les soirs à La Calavados où Serge allait souvent faire la fête). Petit film sympathique, *Strip-Tease* ne mérite pas l'oubli dans lequel on l'a laissé, depuis sa sortie en mai 1963 ; il raconte les aventures d'une danseuse (Krista Nico) trouvant du boulot — par dépit — dans la boîte de strip tenue par ses copains Dany Saval et Darry Cowl. Et si Serge traînait ses basques sur les plateaux, on devine pourquoi, vu qu'on croise sans cesse les plus sculpturales strip-teaseuses de Paris et qu'on oscille non-stop entre documentaire rince-l'œil et mélo un peu kitsch...

Krista Nico, mieux connue sous son nom seul, la future Nico légendaire du Velvet Underground. Née en Allemagne, elle hésite encore à l'époque entre le cinéma (découverte par Federico Fellini, on l'a vue dans *La Dolce Vita*), la photo de mode (elle a posé pour *Vogue*) et la musique ; peu de temps après *Strip-Tease*, elle s'envole à New York et séduit Bob Dylan avec qui elle va vivre une tumultueuse histoire d'amour ; durant l'été 1964 il écrit pour elle « I'll Keep It With Mine » puis elle se rend à Londres où elle côtoie Mick Jagger et Brian Jones des Rolling Stones : ceux-ci lui présentent Andrew Loog-Oldham, qui lui fait enregistrer un premier 45 tours pour son label, Immediate. Enfin, de retour à Manhattan, elle est adoptée par la faune interlope

1. *Idem* pour *Carré de dames pour un as* du même Poitrenaud, en 1966, lors d'une scène fugitive avec Roger Hanin.

de la Factory d'Andy Warhol et rejoint le Velvet de Lou Reed et John Cale, ce qui lui garantit une place de choix dans le panthéon des icônes rock maudites. Là où ça devient amusant, c'est que bien avant Dylan, les Stones ou Warhol, celui qui lui fit faire en studio ses premiers essais, c'est Gainsbourg. Il a écrit la chanson-générique de *Strip-Tease* et fait une tentative avec elle ; peu convaincu par son accent germanique et sa voix, qu'il juge trop grave, il laisse tomber et fait appel à son amie Gréco pour d'élégants lyrics :

> Ici s'achève le strip-tease
> Qui te grise et m'idéalise
> Voici la chair de la poupée
> Ses vêtements éparpillés
> Pourtant si je suis toute nue
> Je garde mon âme ingénue
> Et je reste en tous points pareille
> Là, dans le plus simple appareil[1]

Du 2 au 5 janvier 1963 Serge se retrouve pour la première fois dans un studio d'enregistrement londonien, et surtout pour la première fois sans son ami Goraguer : Philips l'a convaincu de partir à la recherche d'un son plus pop (dans le sens Cliff Richards-Helen Shapiro du terme, les Beatles publient seulement leur second 45 tours le 11 janvier) et l'a collé entre les pattes de celui que l'on surnomme « Lord Rockingham », Harry Robinson et son orchestre. Il s'agit sans doute d'une ultime initiative du directeur artistique Jacques Plait, sur le point de s'associer à Claude Carrère pour le lancement de Sheila. Et à voir comment Serge va revenir en courant vers l'univers du jazz dans les mois qui viennent, on peut aisément deviner que l'expérience lui a furieusement déplu — deux années s'écouleront, marquées par l'irruption des *Fab Four*, des Stones, ou des Kinks, avant qu'il n'y retourne. A Londres, il met quatre titres en boîte : ses propres versions de « Vilaine fille, mauvais garçon », « L'appareil à sous » et « La javanaise » ainsi qu'un machin charmant qui caracole, tout à fait inattendu, presque un exercice de style pour ce garçon qui prétend n'avoir pas d'ami, « Un violon, un jambon » :

> Suspends un violon un jambon à ta porte
> Et tu verras rappliquer les copains
> Tous tes soucis que le diable les emporte
> Jusqu'à demain

Aucune trace d'engagement dans les cabarets parisiens depuis quelque temps : Gainsbourg en a assez des concerts ; l'influence de sa

1. La version enregistrée par Nico existe, elle est à ce jour inédite.

future femme, que nous rencontrerons dans quelques pages, y est sans doute pour quelque chose : jalouse comme elle est, elle doit mal supporter l'idée qu'il côtoie des filles de la nuit jusqu'à pas d'heure dans des boîtes à chansons obscures et enfumées...

Le train de vie de notre héros ne s'est pourtant pas franchement amélioré. Voici quelques chiffres (en anciens francs), soigneusement rassemblés par Joseph, toujours inquiet pour l'avenir de son fils :

— avance droits d'auteur « Accordéon » / J. Gréco : 50 000.

— avance droits d'auteur « Vilaine fille, mauvais garçon » / P. Clark : 50 000.

— salaire comédien pour jouer dans une pièce radiophonique (Brecht) sur France-Inter : 100 000[1].

— cachet net pour gala en février à Cannes : 145 000.

— salaire deux mois de tournage à Hong Kong dans le nouveau film de Poitrenaud : 800 000.

On comprend immédiatement pourquoi il accepte de tourner dans ce nouveau nanar intitulé *L'Inconnue de Hong Kong*. D'autant que ça lui permet de voir du pays. Quelques semaines avant de s'envoler dans la colonie anglaise, il fait écouter « Vilaine fille, mauvais garçon » à l'excellent René Quinson, du quotidien *Combat*, qui le soutient depuis ses débuts. Dans un entretien publié le 15 février, deux jours avant de chanter « La javanaise » dans *Discorama*, il s'explique.

Gainsbourg : « Voilà, c'est commercial mais pas infamant, je crois. Moi, évidemment, je préfère écrire des choses plus grinçantes et plus agressives. Mais le rock et le twist, je suis pour. C'est ainsi que l'on amène le grand public vers le véritable jazz. [...] Je n'écris que sur commande, jamais sur inspiration. Brigitte Bardot voulait des chansons de moi. Je les lui ai faites. Mais je lui ai donné du Gainsbourg, pas des chansons qui ressemblaient à son personnage. Elle a beaucoup aimé ça, d'ailleurs. »

« B.B., c'est bon pour ma cote », lâche-t-il en guise de conclusion. Il avait d'ailleurs tenté sans succès de la rappeler mais elle avait changé de ligne : « Il n'y a plus d'abonné au numéro que vous avez demandé », lui répète la voix de l'employé des PTT. L'incident lui donne l'idée d'une chanson qu'il refile à Isabelle Aubret. Celle-ci avait entre-temps remporté le grand prix de l'Eurovision (avec « Un premier amour », en mars 1962).

> Il n'y a plus d'abonné au numéro que vous avez demandé
> Vous qui m'avez laissé tomber

---

1. Serge joue effectivement en janvier 1963 le rôle du coolie dans *L'Exception et la Règle*, pièce en un acte de Bertolt Brecht, avec entre autres Jean-Roger Caussimon.

A quoi vous sert de me relever
Dans l'annuaire adieu adieu ne vous déplaise
Les réclamations, c'est le treize

Isabelle Aubret : « J'adore cette chanson, je l'ai réenregistrée au début des années 90 sur l'album *Coups de cœur*, elle n'a pas pris une ride, c'est toujours une chanson d'actualité. Henri Salvador en avait fait la musique, c'était le titre vedette de mon nouveau disque. Serge avait quelque chose de cynique et de tendre et à chaque fois qu'on s'est rencontrés, il était présent pendant les enregistrements mais ne disait rien, j'étais déjà une tête de mule et je savais très bien ce que je voulais... »

En février 1963, il dépose à la SACEM une chanson qui restera inédite et dont on ne sait pas pour qui elle fut écrite (certainement pas pour lui : il venait de sortir un nouveau disque et n'était pas du genre à prendre de l'avance sur le prochain). D'abord intitulée « L'homme et l'oiseau », Serge se ravise au moment du dépôt et se décide finalement pour « Le lit-cage » :

Enfermée dans mon lit-cage
Il est une enfant peu sage
Que j'ai tendrement aimée
Comme les oiseaux des îles
Insouciante et fragile
Je voulus l'apprivoiser

Mais ce fut bien difficile
Tout effort fut inutile
Inutile je l'avoue
J'aurais dû briser les ailes
De la petite hirondelle
Ou mieux lui tordre le cou

Au même moment, il est contacté par Jean-Louis Barrault : le Baptiste des *Enfants du paradis*, désormais directeur du théâtre de l'Odéon, l'a entendu dire à la télévision qu'il aimerait écrire un jour une comédie musicale. Barrault l'appelle pour lui ouvrir grandes les portes de son théâtre et lui donner carte blanche. Mais Serge est débordé de boulot : en mars, avec Alain Goraguer aux arrangements et à la direction d'orchestre, il met la touche finale aux quatre extraits de la bande originale du film *Strip-Tease*, qui doit sortir en mai. Puis, toujours au studio Europa-Sonor mais cette fois avec Michel Colombier, qui lui a été présenté par Goraguer, dans le rôle de l'arrangeur, il enregistre les cinq thèmes du film *Comment trouvez-vous ma sœur ?*, y compris la chanson homonyme, un rock pimpant et gentiment crétin :

Toutes les femmes sont à prendre
Enfin
Y'en a qui peuvent attendre
Yes sir
Yes sir
Mais comment trouvez-vous ma sœur ?

Pour ce film de Michel Boisrond (qui ne sort qu'en mars 1964), Serge compose en outre un début de chanson (« Avec moi »), mais surtout le livret et la musique d'une scène d'un opéra intitulé *Les Hussards*, dont l'enregistrement mobilise 23 musiciens, 12 choristes, un ténor, un baryton et une soprano de l'Opéra-Comique. Un opéra de Gainsbourg, même long d'à peine 3 minutes 20, méritait d'être signalé !

Entre Serge et Goraguer s'installe un malaise temporaire. L'affaire est simple : le premier marche sur les plates-bandes du second.

Alain Goraguer : « C'était moi qui me tapais tout le boulot, et c'est le nom de Gainsbourg qu'on lisait au générique. Les musiques de films, c'est un job d'arrangeur : il suffit d'un thème de huit mesures, le reste est une question d'ambiance, "gaie", "triste", "poursuite", etc. Pour *L'Eau à la bouche*, il m'avait demandé de signer seul, par amitié je l'avais laissé faire parce que je sentais sa peur, son angoisse de ne pas réussir. Son âge le terrorisait, avant même l'arrivée des yé-yé. Bref, il signe seul, mais il me refait le coup pour *Les Loups dans la bergerie* et pour *Strip-Tease* : là, j'ai craqué. Ce n'était aucunement un problème d'argent, ce serait sordide, de ce côté-là le partage était équitable. »

Le tournage de *L'Inconnue de Hong Kong* se déroule au cours du mois d'avril 1963 ; il joue le rôle d'un chef d'orchestre qui travaille dans un grand hôtel (comme son père à chaque saison d'été !), poivrot sur les bords mais surtout émoustillé par l'irruption de deux artistes de music-hall, interprétées par Dalida (la chanteuse naïve) et Taïna Beryll (la danseuse idiote). Au début du film, avant que le scénar se fourvoie dans une enquête policière sans le moindre intérêt, Serge s'offre une jolie séquence de drague et de virée nocturne avec les duettistes : « Pour la première fois, le personnage est sympathique et il reste en vie jusqu'à la fin, ce qui me changera de mes films précédents », raconte-t-il à un colporteur de brèves.

Jacques Poitrenaud : « La star du film, c'était Dalida, qui avait certainement plus de qualités comme chanteuse que comme comédienne. Et même s'il se moquait parfois du côté romanesque et midinette de ses chansons, je crois qu'il la respectait pour son professionnalisme. »

Si la bande originale est signée Danyel Gérard, les arrangements Michel Colombier, c'est à Francis Lopez, le compositeur de *La Belle de Cadix*, que Serge et Dalida empruntent « Rues de mon Paris » le temps d'un duo renversant :

> Rues de mon Paris
> Que vous êtes jolies
> Même sous un ciel un peu gris
> Tous vos noms charmants sont de vraies poésies
> Que l'on apprend par cœur petit à petit

Gainsbourg : « Inconnu, le film l'est resté. Je donnais des leçons de français à Dalida parce qu'elle avait un accent à couper à la tronçonneuse. Un bon souvenir : une cuite monstrueuse sur un bateau de la marine française qui mouillait là-bas. C'est là qu'en faisant tinter les glaçons de mon verre de whisky je pose la question : "Qui a coulé le *Titanic ?* Iceberg — encore un Juif !" »

Jacques Poitrenaud : « Ce qu'il ne dit pas, c'est qu'on menait une vie de bâtons de chaise : on tournait le jour, on vivait la nuit, c'était monstrueux. Tout nous fascinait : l'ambiance de la ville, les sampans, le port, les bars, avec ces petites Asiatiques de quatorze ans... Un soir, avec Serge, je vois le premier film pornographique de ma vie. Nous sommes emmenés en pousse-pousse par une sorte de truand, on traverse des quartiers de plus en plus louches, on s'arrête dans une ruelle avec des façades éventrées, des rideaux de fer arrachés, il nous dit : "C'est là, montez..." Autant vous dire qu'on n'en menait pas large, ni l'un ni l'autre... On finit par nous faire entrer dans une pièce avec trois mecs qui fixent, exorbités, un écran improvisé, en fait un drap épinglé sur un mur. Il s'agissait des ébats d'une fille et d'un chien... »

Gainsbourg : « C'est le film le plus choquant que j'aie jamais vu, avec cette fille qui était belle, le trou matraqué par le nœud du dogue, griffée par les pattes avant de la bête et réticente, mais jouissant enfin, en noir et blanc cynique[1]... »

Dans la distribution, on remarque le nom de Philippe Nicaud, un garçon que Serge avait déjà croisé sur le tournage de *Voulez-vous danser avec moi ?* en 1959 dans lequel Nicaud jouait le rôle d'un travesti.

Philippe Nicaud : « Dalida ne sortait pas avec nous, elle passait ses soirées dans sa chambre à donner des coups de téléphone pour connaître les recettes de ses disques ! Je me souviens de virées dans Hong Kong avec le chef de la police qui nous avait pris en considération. Avec beaucoup de courtoisie, il nous a amenés un soir dans une fumerie où Serge a été pris de vomissements : on l'a ramené rapidement à l'hôtel, c'est le chef de la police qui l'a soigné en lui donnant une mixture pour lui laver l'estomac ! »

1. Cité par Bayon dans son roman *Les Animals*, Grasset, 1990.

Au retour, il s'offre quinze jours de vacances à Athènes, où le rejoint Béatrice, sa future épouse, non sans avoir « failli périr », comme le dit Joseph, « lorsque l'avion de Hong Kong fut pris dans un typhon : personne à bord ne croyait en réchapper... ».

Dans les bureaux de Philips, Serge croise une chanteuse qui arrondit ses fins de mois en travaillant comme attachée de presse. Sous le nom de Françoise Marin, elle avait gravé un 45 tours à la fin des années 50 ; sous celui de Sophie Makhno, elle est à la fois productrice de spectacles et auteur de textes pour Charles Dumont, Jean-Claude Pascal et Barbara, dont elle devient la secrétaire. Nous la reverrons plus loin, comme organisatrice de la tournée Gainsbourg / Barbara en 1965. Dans l'immédiat, elle raconte cette anecdote magnifique, presque trop belle pour être vraie...

Sophie Makhno : « La future femme de Gainsbourg a fait Paris-Tokyo pour aller gifler Dalida. Cela m'a été raconté par Gainsbourg. Il avait tourné un film avec elle. A la suite de quoi la presse genre *Ici-Paris* avait inventé une idylle entre Dalida et lui. Quand elle a su cela, Béatrice a pris un avion pour Tokyo, s'est présentée à l'hôtel de Dalida, est montée dans sa chambre, elle l'a giflée, puis elle est retournée immédiatement à Paris. »

Contrairement à l'entretien accordé à Quinson dans *Combat* avant son départ, dans lequel il semblait plutôt fier de ses concessions à la variété, il se montre soudainement plus intransigeant dans *Le Figaro* du 9 mai 1963 : « Je me suis aperçu que je faisais du commercial, que je mettais de l'eau de mélisse dans mon vitriol. Maintenant, ce sera l'avant-garde ou rien. » C'est ce que nous allons voir...

9

Sous les tam-tams du yé-yé-yé

L'avant-garde ou rien ? Il est vrai que la variété triomphe tous azimuts : dans les classements du mensuel *Salut les copains*, Johnny (qui chante « Elle est terrible », « Les bras en croix », « Tes tendres années »...) a enfin trouvé rival à sa mesure avec Claude François, révélé par « Belles, belles, belles » et « Dis-lui ». Alain Barrière roucoule « Elle était si jolie », Eddy Mitchell lâche ses Chaussettes et chante « Be-Bop à Lula 63 », Patricia Carli gémit « Demain, tu te maries », Sheila couine « L'école est finie » et Salvador séduit les sept à soixante-dix-sept ans avec l'histoire de « Minnie petite souris ». Quant à Bardot, elle caracole dans les hit-parades des radios périphériques avec « L'appareil à sous », titre prémonitoire pour son auteur qui bientôt va se sortir de sa mouise matérielle.

Sitôt à Paris, il se remet au boulot, avec en guise d'amuse-bouche une « Sérénade pour Jeanne Moreau » improvisée autour des titres de ses films les plus fameux, à l'occasion de l'émission *Sérénade* sur Radio-Luxembourg un mercredi de juin 1963 :

Oublions le temps et les heures
Et n'oubliez pas d'oublier
Tandis que ces mots vous effleurent
Qui vous aime et qui vous aimez

Nous regarderons la pendule
S'il est trop tard à l'heure qu'il l'est
Oubliez Jim oubliez Jules
Moderato Cantabile[1]

1. Serge sera invité deux autres fois dans cette émission : le 27 novembre 1963 pour une *Sérénade à Françoise Fabian* (il interprète trois titres — « La javanaise », « La nuit d'octobre » et le mystérieux « Night Blues », peut-être avec Elek Bacsik) tandis que la comédienne chante « Faut pas me prendre » (dont on ne connaît pas l'auteur). Il y eut aussi une *Sérénade à Isabelle Aubret* pour laquelle ils auraient chanté en duo « Les feuilles mortes » et « La chanson de Prévert ».

Le 16 juin, Serge est longuement interviewé par Denise Glaser lors d'un *Discorama* qui le met en vedette ; il chante « La javanaise », « Les cigarillos » et « Un violon, un jambon » et répond sans fard à toutes les questions de l'animatrice, déjà fameuse pour ses entretiens feutrés.

Denise Glaser : Serge Gainsbourg, vous avez répondu un jour, à quelqu'un qui vous demandait si vous étiez snob, que vous étiez snob sur les bords. Qu'est-ce que ça veut dire ?

Gainsbourg : Ça veut dire que j'ai horreur de la vulgarité, que j'habite le 16e et que je me fais les ongles.

Titillé sur le thème des bouleversements suscités par la déferlante yé-yé, Serge n'y va pas par quatre chemins ; à la timidité excessive de ses premières apparitions télévisées s'est substituée une assurance mêlée d'un orgueil salutaire et provocateur.

S.G. : La nouvelle vague, je dirai d'abord que c'est moi. Nouvelle vague veut dire qui est à l'avant-garde de la chanson. Je me soucie peu du tirage de *Tintin*, du tirage de *Babar*. Je ne tiens pas à mettre des « y » dans mon pseudonyme. Et je pense que les dents de lait tombent vite et que les dents de sagesse poussent douloureusement. Seulement si ça permet à ces jeunes gens, parce qu'il s'agit de pas mal de fric là-dedans, si ça leur permet de s'acheter des tombereaux de sucettes ou même des usines de sucettes, c'est pas mal... Mais ça ne me dérange pas. Je pratique un autre métier, ça (les yé-yé) c'est de la chanson américaine. De la chanson américaine sous-titrée.

D.G. : Quel est alors le vôtre ou plutôt comment le concevez-vous maintenant ? Quels en sont les thèmes ?

S.G. : Moi c'est la chanson française. La chanson française n'est pas morte, elle doit aller de l'avant et ne pas être à la remorque de l'Amérique. Et prendre des thèmes modernes. Il faut chanter le béton, les tracteurs, le téléphone, l'ascenseur... Pas seulement raconter, surtout quand on a dix-huit ans, qu'on se laisse, qu'on s'est quittés... J'ai pris la femme du copain, la petite amie du voisin... Ça marchera pas. Il n'y a pas que ça dans la vie quand même. Dans la vie moderne, il y a tout un langage à inventer. Un langage autant musical que de mots. Tout un monde à créer, tout est à faire. La chanson française est à faire.

D.G. : Qu'est-ce que vous voulez dire en chanson ?

S.G. : Il faut plaire aux femmes d'abord puisque c'est la femme qui applaudit et le mari suit.

Alors que sort à Paris *L'Inconnue de Hong Kong*, Serge séjourne à nouveau, de la fin du mois de juillet jusqu'en septembre, au Touquet (où il retourne « par sentiment ») pour composer ses nouvelles chansons. Son vieil ami Flavio lui prête le piano sur lequel il jouait au Club de la Forêt pour qu'il compose les chansons que lui ont commandées Jeanne Moreau, Juliette Gréco et Zizi Jeanmaire, ainsi que celles qui doivent figurer sur son prochain album, *Gainsbourg Confidentiel*. La fille de Flavio nous raconte le reste...

Dani Delmotte : « Des fois il se faisait mettre à la porte par sa femme, quand il rentrait trop tard. Il avait loué la villa Surlinks, complètement isolée, à l'autre bout de la ville. Il rentrait à pied, trois kilomètres aller, pareil au retour quand sa femme l'avait rembarré. Il nous réveillait, nous logions au-dessus, mon père et moi, et venait dormir au Club, sur une banquette. C'est arrivé au moins dix fois au cours de l'été 1963. Elle était super-jalouse, elle l'emmerdait, c'était pas croyable. »

De chansons pour Jeanne Moreau il n'y aura point et rien ne nous dit que cet été mouvementé ait été particulièrement propice à l'inspiration. Le 5 octobre, Serge participe à *Teuf-teuf*, une émission produite par Maritie et Gilbert Carpentier et réalisée par Georges Folgoas. But de l'exercice : rendre hommage à l'automobile. Lui qui n'a pas son permis imagine une rencontre impromptue alors qu'au volant d'une décapotable, il drague une minette. Sa partenaire se nomme Gillian Hills et la chanson s'intitule « Une petite tasse d'anxiété » :

(Lui) — Bon allez montez
Prenons le chemin des écoliers
Vous prendrez bien une petite tasse d'anxiété
Avant de vous rendre au lycée

Il lui propose un petit tour au Bois mais la fille retourne la situation en le priant de patienter jusqu'à la fin de ses cours...

(Lui) — Alors comme ça vous pensez
Que je vous attendrai là ?
(Elle) — Vous prendrez bien une petite tasse d'anxiété
Avant que je n'vous rende vos clés [1] !

Pour son nouvel album, Serge tient parole et choisit de se placer à l'avant-garde de la chanson jazz. Pour cela, il lui faut deux complices de haut niveau. Or, quelques mois plus tôt, dans un club, il avait entendu le grand pianiste black et be-bop Bud Powell, fait comme un rat mais totalement génial. A ses côtés, un guitariste belge, René Thomas, et un contrebassiste français, Michel Gaudry. Un swing inouï. Sur Europe n° 1, dans l'émission *Pour ceux qui aiment le jazz* de Daniel Filipacchi et Frank Ténot, on passe beaucoup un guitariste d'origine

1. Curieux itinéraire que celui de cette petite Anglaise vivant à Paris : Gillian Hills avait fait la couverture de *Paris-Match* à quinze ans, en 1959, avant de faire ses débuts au cinéma dans *Beat Girl* (*L'Aguicheuse*, 1960) ; juste avant ce duo inédit avec Serge, elle avait signé les paroles et la musique de son meilleur 45 tours, « Tu mens » (cf. *L'Encyclopédie du rock français*, Editions Hors Collection, 2000).

hongroise et tzigane, Elek Bacsik — en particulier sa version tubesque de « Take Five », le standard de Paul Desmond et Dave Brubeck. Dans la tête de Gainsbourg, ça fait tilt : pour en finir avec le jazz, il va se faire la totale[1]...

Michel Gaudry : « Serge faisait régulièrement sa petite tournée des boîtes de jazz et achevait la soirée au Mars Club, lieu de passage obligé pour les solistes américains désireux de s'adonner aux joies de la jam session, où je me produisais aux côtés du pianiste Art Simmons et du guitariste Elek Bacsik, qui était fabuleux et qui avait immédiatement séduit Serge. C'est là qu'un soir, pendant une pause, il nous a proposé d'enregistrer un disque avec lui[2]. »

Avant d'entrer en studio, bonne occasion de s'échauffer, le trio génial de l'album *Gainsbourg Confidentiel* donne quatre concerts — les quatre mardis d'octobre 1963 — au théâtre des Capucines, 39, boulevard des Capucines, en face de l'Olympia. C'est la première fois que Serge se retrouve en tête d'affiche d'un authentique music-hall et le responsable de cette opération se nomme Gilbert Sommier. Celui-ci avait déjà organisé, de janvier à juin 1963, les Mardis de la Chanson au théâtre de la Huchette, où l'on jouait les autres jours de la semaine *La Cantatrice chauve* de Ionesco (le mardi était à l'époque jour de relâche hebdomadaire). Il y avait présenté Anne Sylvestre, Pia Colombo, Ricet Barrier, Marc Ogeret, Maurice Fanon, la comédienne Monique Tarbès, Serge Lama, Gilles Dreu, Colette Magny, Monique Morelli, Brigitte Fontaine, les comiques Romain Bouteille ou Alex Métayer et d'autres qui n'ont pas résisté à l'épreuve du temps comme Chantal Laurencie ou François Lalande. « Mon seul critère, expliquait-il à l'époque, est la qualité. Bien sûr, il n'est pas question ici de présenter du rock. L'esprit reste celui de la Rive gauche. » Sommier, ex-étudiant en droit, se sentait investi d'une mission que ne remplissait plus Jacques Canetti : victime d'une sévère dépression, celui-ci s'était temporairement éloigné du métier. A la tête d'une petite écurie qui comprenait Pia Colombo, Anne Sylvestre, Joël Holmes et Ricet Barrier, il voulait sauver la « bonne » chanson, celle qui ne trouvait plus sa place face à la génération yé-yé ; le spectacle de Johnny Hallyday à l'Olympia, un an plus tôt, avait fait l'effet d'une bombe : « La transformation de l'Olympia en temple du twist a de quoi chagriner. On se demande si on ne préférerait pas un récital de Gloria Lasso complet

1. Au Mars Club, Michel Gaudry joue avec toutes les stars de passage (Billie Holiday, Bud Powell, Dexter Gordon, Duke Ellington, etc.). Il est, avec Pierre Michelot, le contrebassiste le plus coté sur la place de Paris en ce début des années 60.

2. Américain à Paris, Art Simmons et son Trio étaient l'une des attractions jazz les plus cotées de la capitale depuis la fin des années 50.

au lieu de ces tournois de frénésie juvénile », avait écrit Michel Pérez dans *Combat* le 26 juin 1963. Tout se passe en effet comme si les directeurs de music-hall et les patrons de maisons de disques avaient décidé de sacrifier non seulement les artistes de cette génération mais aussi le public — restreint, il est vrai — qui les appréciait...

Gilbert Sommier : « Pour faire la pub de mes concerts à la Huchette, comme j'étais fauché, je m'étais contenté d'engager un homme-sandwich qui déambulait sur le Boul'Mich. Je n'avais que 80 places à remplir. Un phénomène de snobisme a joué et des gens comme l'écrivain Christiane Rochefort se sont mis à faire une publicité formidable à mes Mardis de la Chanson, donc il ne fallait pas faire d'efforts de communication démesurés pour remplir la salle. Je connaissais un certain nombre d'auteurs-compositeurs-interprètes de grande qualité qui n'avaient plus les moyens de s'exprimer ni de passer quelque part ; moi je leur offrais une scène, un endroit où chanter. Il y avait des inconnus au programme et je leur amenais la presse : très vite des gens comme Paul Carrière du *Figaro*, Claude Sarraute du *Monde* ou Lucien Rioux de l'*Observateur* sont devenus des inconditionnels des Mardis. »

Georges Brassens, qui était très bien renseigné, malgré sa réputation d'ermite, avait ses indics qui venaient au rapport impasse Florimont. René-Louis Lafforgue lui parle de la Huchette et, sans que Sommier lui demande rien, il lui propose son gracieux patronage. C'est grâce à Brassens et à un coup de main de Philips que Sommier passe bientôt de la Huchette aux Capucines, mais aussi de 80 à 400 places. Il s'entoure de bonnes volontés : à Michel Siros, un passionné de haute-fidélité, il propose de s'occuper bénévolement de l'acoustique en échange de l'autorisation d'enregistrer les concerts des artistes programmés. Pour la pub, en plus des hommes-sandwiches qui sillonnent le boulevard des Capucines, il glisse des prospectus sous les essuie-glaces des voitures ; quand le budget le permet (pour Barbara, par exemple), il s'achète des panneaux publicitaires. Et c'est donc à Gainsbourg, qui n'avait jamais assisté à l'un des spectacles de la Huchette, que revient l'honneur d'inaugurer la nouvelle saison des Mardis de la Chanson, aux Capucines, le 8 octobre 1963. C'est l'insistance de Louis Hazan et Claude Dejacques qui convainc Sommier ; au même programme, Sommier propose Michèle Laurent, « piquante vamp 1925 » ; Romain Bouteille, conférencier de l'absurde ; Benito Merlino, roucouleur sicilien ; Eva, jeune chanteuse allemande ; Françoise Lo, qui « entre sur scène avec une cigarette et cabotine en disant ses poèmes » (il s'agit en fait de Sophie Makhno sous son nouveau nom d'artiste) ; Boby Lapointe, qui s'était fait discret depuis *Tirez sur le pianiste* de Truffaut et qui conquiert tout le monde avec ses calembours, son comique « direct, immédiat, inévitable [...] ses phrases magiques qui déchaînent immédiatement le rire[1] ».

Gainsbourg : « Boby faisait un tabac. Il ramassait tout et moi je me ramassais. Un jour, un des patrons de Philips me raccompagne après le spectacle et me dit cette chose que je n'oublierai jamais : "Vous savez qui a triomphé ce soir ? C'est Lapointe." Je le savais, c'était pas la peine de me le dire. J'en ai été terriblement blessé. »

Ses souvenirs ont tendance à tout noircir. Il oublie que le soir de la première le Tout-Paris s'est déplacé : Françoise Sagan, Joseph Kessel, Louise de Vilmorin, Guy Béart, Juliette Gréco, Philippe Clay, Félix Marten, Vercors et Montand. Serge a même réussi à sortir Georges Brassens de sa tanière... Et puis bien sûr il y a sa sœur Jacqueline et ses parents, Joseph et Olia :

Joseph Ginsburg : « Enfin il est passé. Nous respirons. Il respire. Pendant deux jours, nous avons eu de la fièvre. Lucien a eu un beau succès... Un trac fou pendant les deux premières chansons, ensuite il s'est envolé[2]... »

Avant de monter sur scène, s'il flippait, c'est surtout parce qu'il ne connaissait pas ses textes. « Alors là oui, j'avais un de ces tracs ! A en avoir des nausées..., raconte-t-il à Guy Vidal de l'hebdomadaire *Pilote* en 1964. Je me dopais au bourbon... Maintenant je m'en balance ! Ça vaut bien mieux que l'agressivité de mes débuts. Les gens avaient peur ; maintenant, ils se marrent ! »

« Aux Mardis de la Chanson, se souvient Gilbert Sommier, Serge était accompagné par sa femme, toujours vêtue d'un manteau de léopard, il paraissait en avoir très peur, elle était assez tranchante. » Impression confirmée par l'une de ses vieilles amies de l'Académie Montmartre, Simone Véliot, devenue peintre depuis[3].

Simone Véliot : « J'ai vu son nom sur une affiche et je suis allée le voir. Du point de vue de l'écriture des chansons c'était en train d'exploser. On sentait qu'il allait être un grand. Sur scène il était encore habillé impeccablement mais il avait l'air un peu coincé. En coulisse, après le spectacle, il m'a accueillie très chaleureusement. J'ai proposé qu'on se revoie. Il m'a dit : "Avec plaisir" et a sorti son carnet pour noter mon téléphone. C'est alors qu'une tigresse est apparue. Une vraie furie qui lui a dit : "Serge tu viens !" Il semblait trembler devant elle, l'air soumis. Il a filé doux et m'a dit : "Ecoutez, appelez-moi". Je ne l'ai plus jamais revu. »

---

1. Les commentaires sont de Michel Pérez, dans *Combat*.
2. Lettre du mercredi 9 octobre, lendemain de la première.
3. Voir chapitre 3.

Au théâtre des Capucines, comme le raconte un chroniqueur, « la salle est composée de jeunes intellectuels en pull-over, ceux qui ont une cravate ayant défait le premier bouton de leur chemise, et de leurs compagnes, généralement gainées de noir, jambes comprises et les cheveux alternativement coupés “au bol” ou étirés en “saule pleureur” ». Il y avait déjà le « cinéma d'art et d'essai », voici que l'on parle de la « chanson d'essai » et les Mardis servent de « banc d'essai du music-hall » (Michel Pérez dans *Combat*, 2 octobre 1963). Comme ça se passe sur la Rive droite, Pérez espère que les Mardis ne soient pas suivis « que par une minorité d'amateurs intellectualisants ». Paul Carrière du *Figaro* assiste à la première et prend des notes sur son programme[1] : il remarque l'« ambiance très spéciale » de la prestation de Serge, qui se produit sans piano, uniquement accompagné par la guitare de Bacsik et la contrebasse de Gaudry ; on lit ensuite ces impressions sur le vif : « quel rythme et quelle originalité », « silhouette étrange, voix étrange », « genou en avant, ironie vache », « reste à l'avant-garde — le plus sûr et le plus solide » et enfin « toujours plus raffiné »... Serge chante dix chansons : « La femme des uns sous le corps des autres », « Intoxicated Man », « La recette de l'amour fou », « Ce mortel ennui », « La javanaise », « Maxim's », « Negative Blues », « L'amour à la papa », « Dieu que les hommes sont méchantes » et « Personne »[2]. Parmi ces titres, trois sont nouveaux, deux vont se retrouver sur son futur album *Gainsbourg Confidentiel* qui est aussi son premier 30 cm ; entre-temps, il a laissé tomber « Dieu que les hommes sont méchantes », une de ses rares chansons pré-*Love On The Beat* qui aborde le thème de l'homosexualité, sur un mode moqueur et pas très heureux :

La vie est du-
re à la détente
J'ai mes fourru-
res chez ma tante
Service armé
Non tu plaisantes
J'suis réformé
Ma lieutenante

Quelques années plus tard, il se rattrapera en écrivant « Les femmes ça fait pédé », pour Régine, la reine de la nuit... Bientôt repris par

1. Collection Daniel Vanderdonckt.

2. A priori il ne chante donc ni « Le poinçonneur », ni « La chanson de Prévert », ni « Chez les yé-yé ». Un document sonore de l'époque, réalisé par Michel Siros, montre que Serge ne s'adresse jamais au public, il n'annonce aucun morceau à l'exception du dernier, « Personne », qu'il présente comme « une chanson un petit peu autobiographique ».

Serge Reggiani, il y a aussi « Maxim's » ou le rêve d'un balayeur, peut-être celui de Serge avant de rencontrer la femme très chic et très jalouse qu'il se coltine désormais...

> Ah ! baiser la main d'une femme du monde
> Et m'écorcher les lèvres à ses diamants
> Et puis dans la Jaguar
> Brûler son léopard
> Avec une cigarette anglaise...

Dans la presse, les critiques sont plutôt sympa, à commencer par Michel Pérez dans *Combat* du 18 octobre :

> La rentrée à Paris de Serge Gainsbourg termine la soirée. Voilà un tour de chant qu'on ne peut accuser d'opportunisme ni de démagogie d'aucune sorte. Affichant le détachement, l'ironie du dandy avec suffisamment d'insolence, il ne gagne certes pas la faveur de ceux qui aiment à être flattés, sollicités par leurs vedettes. Gainsbourg ne salue pas, il se contente de sourire et ses clins d'œil complices ne se dirigent jamais que vers ses accompagnateurs. On indisposerait à moins l'amateur d'émotions.
>
> Inutile de préciser que Gainsbourg possède ce que beaucoup de ses camarades peuvent lui envier : l'élégance et la lucidité. Il connaît ses points faibles et c'est en ne cherchant pas à les cacher mais au contraire en composant son personnage à partir de son peu d'aptitude au métier de chanteur qu'il gagne notre estime. Point n'est besoin de redire la qualité de ses chansons, leur succès a toujours été mérité.

On notera quand même cette phrase terrible : « son peu d'aptitude au métier de chanteur" ! Paul Carrière du *Figaro* a relu ses notes et parle (18 octobre) de « sa nonchalance, son regard aigu et sa voix sombre qui créent très vite une ambiance [...] Arc-bouté souplement au micro mais faisant corps avec ses musiciens — dont le merveilleux guitariste Elek Bacsik — il "dépayse" son public et l'arrache au temps. Il ne se force jamais. Dans le rythme fiévreux d'un certain jazz, son ironie reste glacée, bien qu'elle passe du raffinement intellectuel au rire de la bonne blague ». Dans *Arts* sous-titré « L'hebdomadaire de l'intelligence française » (mazette !) on parle de sa « férocité misogyne », on dit qu'il « distille une ironie étendue d'acide masculique *(sic)*. Il n'est pas amer, ce qui serait inutile et mesquin, mais virulent, mordant, acéré : à la fois lame et caresse. Tout en lui est efficace, aucun mot n'est superflu, et la sensibilité est aussi atteinte que l'esprit. Quant à la silhouette, n'apparaissant que comme un permanent profil, elle est le complément direct de la personnalité Gainsbourg — poète de la perfidie masculine qui séduit les femmes, même celles qu'il irrite ». Dans *Le Canard enchaîné* du 23 octobre le chroniqueur y va de ses bons mots et décrit : « Maigre, au profil en lame de couteau, au regard

Casanova-de-la-gueule, aux oreilles décollées. Timide jusqu'à l'agressivité, il chante des chansons désabusées jusqu'au rictus, ironiques jusqu'à la cruauté, lucides jusqu'à la souffrance, brutales jusqu'au cynisme. Le jazz lui colle à la peau comme la fièvre à un amoureux transi. Dans la course aux chansons, je mise Serge Gainsbourg gagnant et blasé. »

Claude Sarraute du *Monde* (16 octobre) semble avoir passé une mauvaise soirée, du moins jusqu'à l'arrivée de Serge : « C'était un artiste enfin, et digne de ce nom, en pleine possession de ses dons, au point culminant de sa forme [...] son répertoire se conjugue non point au passé mais au présent, voire au futur. » Enfin, l'inlassable Lucien Rioux, dans *France-Observateur*, déplore le conformisme optimiste des « copains », et prédit : « Dès que la fadeur et l'eau de rose commenceront à lasser, le public aimera ses refrains adultes. »

Refrains adultes aurait pu être le sous-titre de ce *Gainsbourg Confidentiel* qui est enregistré en trois jours, les 12, 13 et 14 novembre 1963 au Studio DMS avec Elek Bacsik (guitare électrique), Michel Gaudry (contrebasse) et Dejacques dans le siège du directeur artistique, Jacques Plait ayant entre-temps dégagé.

Claude Dejacques : « Quand il a compris que des titres comme "La chanson de Prévert" étaient trop écrits, trop didactiques, il a opté pour ce style très épuré, en trio. Je suis fier de ce disque qui balance vachement bien et qui pourtant a été enregistré dans un studio merdique rue Saussier-Leroy, une sorte de garage absolument ignoble où on arrivait à faire des merveilles. Le disque a été bouclé en un temps record ; tout était prêt, tout était écrit et il était avec des pointures[1]. »

Tout était prêt ? Pas si sûr : Serge a déjà pris la mauvaise habitude de travailler dans l'urgence et une lettre de Joseph nous apprend qu'il écrit les deux dernières des douze chansons à la veille d'entrer en studio...

Près de trente ans après sa parution, cet album dépouillé au possible surprend encore par sa modernité : la guitare éclectico-électrique d'Elek Bacsik y est pour beaucoup. A son sujet Serge déclare quelques mois plus tard : « Avec lui j'ai une pulsation de jazz qui remplace le dynamisme du rock que je n'aurai jamais et que je trouve faux[2]. »

Elek signe la musique de l'un des plus jolis titres de ce 30 cm, « La saison des pluies » :

1. Dans ce même studio, Dejacques réalise quelques mois plus tard « Nantes » de Barbara.
2. Recueilli par Philippe Koechlin, pour le mensuel *Musica* en avril 1964.

C'est la saison des pluies
La fin des amours
Assis sous la véranda je regarde pleurer
Cette enfant que j'ai tant aimée

Alain Bashung : « Quand, de mon Alsace natale, je suis arrivé à Paris, les premiers artistes que j'ai rencontrés, c'étaient des peintres à Montmartre. Ils n'écoutaient que du Miles Davis, du John Coltrane et l'album *Confidentiel.* Il y avait ce guitariste exceptionnel, Bacsik : quand je l'écoute, j'ai l'impression d'entendre J.J. Cale à cause de cette façon de faire un minimum de notes, mais juste au bon moment ! »

Michel Gaudry : « Elek était à la fois guitariste et violoniste de formation classique, quelques années après cet album il est parti aux Etats-Unis où il est mort à la fin des années 70. Quant à Gainsbourg, il y avait mis tout son cœur, toute son âme : il nous a joué ses musiques au piano et puis il nous a laissés faire, le disque s'est construit en studio. Il s'ouvre sur “Chez les yé-yé” qui est à la fois une charge et l'expression d'une frustration... »

Ni les tam-tams du yé-yé-yé
Ni les gris-gris que tu portais
« Da Doo Ron Ron » que tu écoutais
Au bal Dum Dum où tu dansais
Non rien n'aura raison de moi
J'irai t'chercher ma Lolita
Chez les yé-yé[1]

La Lolita en question, celle de Nabokov ou de Kubrick (le film est sorti en France en 1963, avec Sue Lyon dans le rôle-titre), le rend dingue au cours d'un exercice jazzistique extraordinairement sophistiqué :

J'avais en ma possession un talkie-walkie
Made in Japan
Il ne m'en reste à présent qu'un grain de folie
Un point c'est tout
J'avais donné le même appareil à celle que j'aimais
On s'appelait pour un oui pour un non
Qu'elle soit dans sa chambre ou bien dans la cour de son lycée
Je l'avais n'importe quand n'importe où

Un beau jour elle oublie le talkie-walkie allumé à côté de son lit et à l'autre bout il entend ses soupirs, ses gémissements avec un autre. Il

1. « Da Doo Ron Ron » fait référence au tube des Crystals, groupe vocal féminin produit aux Etats-Unis par Phil Spector, tube du printemps 1963, les balles Dum Dum faisaient partie des munitions utilisées au Viêt-nam par les G.I.'s américains.

se transforme d'un coup en « homme à tête de chou » avant la lettre. Jouant à fond la formule du franglais et des gadgets *up-to-date*, Gainsbourg nous chante « La fille au rasoir », inspiré d'un souvenir cinématographique :

Le rasoir électrique
Frôlait la jambe de Clara
Ce bruit métallique
Avait l'don d'me mettre hors de moi
Ce n'était pas drôle
D'garder son self-contrôle...

C'est vrai, les filles l'énervent non-stop, surtout quand elles veulent l'entraîner sur les montagnes russes du « Scenic Railway » :

Ouais
Je t'emmènerai sur le scenic railway
Mais ces émotions-là
C'est facile
Ouais
Je t'emmènerai sur le scenic railway
Et cesse de bouder
[...]
Ouais
Je vais te sembler un peu cynique ouais ouais
Y a pas que les machines
Pour s'envoyer en l'air

En janvier 1964, à la sortie de ce *Gainsbourg Confidentiel*, on trouve au sommet des palmarès « La Mamma » d'Aznavour, « She Loves You » des Beatles, « Ma biche » de Frank Alamo, « Si je chante » de Sylvie Vartan, « Excuse-moi partenaire » de Johnny et « Si j'avais un marteau » de Claude François. Pas le moindre interstice où glisser cette étrange question :

Sait-on jamais où va une femme quand elle vous quitte
Qui disait cela
C'est c'que tu n'as ja-
Mais su
Sait-on jamais où va une femme quand elle vous quitte
Moi je le sais c'est
Au cours d'son procès
Landru...

Le film *Landru* de Claude Chabrol était sorti en 1962, avec Charles Denner dans le rôle principal ; au cours de son procès, parlant de l'une de ses victimes il avait effectivement déclaré : « Elle est partie un beau matin. Elle est partie, Monsieur le Président. Allez donc savoir ce qui s'passe dans la tête d'une jeune fille »... Cependant, dans « Negative Blues », Serge se demande : *Où est ma petite amie ?*

Je revois la p'tite chérie
Posant pour mon Rolleiflex
Un p'tit machin en lastex
Lui donnait un peu d'esprit

Michel Gaudry : « Une fois, au sortir du studio, il nous a dit qu'il en avait marre de rouler en 2 Chevaux... "Maintenant, j'ai décidé de me lancer dans l'alimentaire, a-t-il dit. C'est le dernier disque que je fais avant de m'acheter une Rolls." »

Claude Dejacques : « Cette réflexion, je m'en souviendrai toujours — à cette époque je ne me doutais pas qu'un jour il y parviendrait effectivement ! Il en avait marre de faire des belles choses qui passaient à côté, en deux mots il avait envie de gagner du fric. »

« Le temps des yoyos » semble un résumé de ses états d'âme alors qu'il est à la veille de « retourner sa veste », comme on va le voir bientôt :

S'il me faut taire
Ma mélancolie
Pourquoi en faire
Une maladie
Le temps des yoyos
Tourne ses feuillets
Voici au verso
Le temps des yé-yé

A quelques semaines de son second mariage, il fait le point sur l'« Amour sans amour » et ne trouve pas de réponse à cette question essentielle : *Combien j'ai connu d'inconnues toutes de rose dévêtues ?*

Combien de ces fleurs qu'on effleure
Et qui s'entrouvrent puis se meurent
Que de larmes et de colliers
Au pied de mon lit ont roulé
Que de comédies que d'ennuis
Pour de si frêles pierreries

Enfin, sommet de cet album-charnière, un jeu non plus avec les mots mais avec les lettres elles-mêmes...

Elaeudanlateiteia
L, A, E dans l'A, T, I, T, I, A
Sur ma Remington portative
J'ai écrit ton nom Laetitia

C'est ma douleur que je cultive
En frappant ces huit lettres-là

Dès l'album terminé, Serge repart sur les routes : il zigzague de Strasbourg (concert et télé) à Hilversum (télé, en Hollande) en passant par Caen, Marseille[1] et le casino de Knokke-le-Zoute, en Belgique, à l'occasion d'un récital pour la radio flamande, le 29 novembre, qui tourne au désastre. Johan Anthierens, qui présente l'émission hebdomadaire *De charme van het chanson*, produite par Jan Schoukens, se souvient que le concert était organisé au profit d'une organisation catholique néerlandophone, le Davidsfonds. Or le public bien-pensant se révèle tellement glacial que cela en devient gênant pour tous, y compris pour Serge qui, sur scène, pousse le bouchon en devenant de plus en plus indifférent, au point de finir son récital d'une voix à peine audible et les mains dans les poches. Après le concert, le président de l'association catho se fend même d'un speech embarrassé, s'excusant presque d'avoir présenté un tel artiste... A son retour à Paris l'attend une nouvelle galère, narrée en détail par le regretté Dejacques dans son livre *Piégée, la chanson... ?* :

> Le patron du Milord l'Arsouille a convaincu Serge de créer les chansons de son nouvel album sur la scène de son cabaret [...] pour créer un événement au moment de la publication du disque. Grand admirateur de Serge, Francis Claude a tout préparé mais Philips n'a pas cru devoir faire d'affichage [...] Seul Lucien Rioux, parmi les journalistes, s'est vraiment démené. A la nuit tombée, le jour de la première, Bacsik, Gaudry, Serge, sa femme et moi rejoignons les coulisses au sous-sol. Ils seront trois sur scène, on sera trois dans la salle quand le concert commencera. Les trois spectateurs qui débouleront un peu plus tard seront en quête d'un chansonnier. L'atmosphère ressemblera à un assassinat réciproque. A demi tourné vers ses deux musiciens, Serge cloisonne le vide et stérilise les réactions imbéciles. Dans les coulisses, après le spectacle, il reste un long moment dans le même état qu'en scène, pipant cigarette sur cigarette.

Au lendemain de cet échec atroce, Serge est très mal : « C'était l'écroulement, confiait Dejacques en privé, ça voulait dire pour lui que

1. Le 22 novembre 1963 il chante au Théâtre municipal de Caen, invité par Jo Tréhard dans le cadre de son émission *Chansons et interprètes en liberté* avec quatre jeunes talents : Brigitte Fontaine, Alex Métayer et Pierre Perret. Le 2 décembre, avec Bacsik, il se produit au Gala des Facultés à Marseille, organisé par la Fédération générale des étudiants de France (à la même affiche : Marcel Zanini et son orchestre). Il chante devant une centaine de personnes seulement. En ce qui concerne la Hollande, il y retourne a priori en janvier 1964 et y enregistre en duo « La javanaise » avec Liesbeth List, énorme vedette aux Pays-Bas, qui avait fait chanté Brel en néerlandais.

tout l'album *Confidentiel* était à foutre en l'air. Du coup il n'a absolument pas continué dans ce style-là. »

Le 12 décembre 1963, diffusion à la télévision d'un show intitulé *Cœur de Paris*, conçu par Roland Petit et Zizi Jeanmaire [1] : Zizi chante à cette occasion une jolie « Javanaise », sur une petite place de la rue Saint-Vincent, à Montmartre. Pour son final, vêtue d'un « somptueux costume brodé de diamants et coiffée d'aigrettes », comme on le lit dans la presse, Zizi interprète « Zizi », une chanson spécialement écrite et composée par Serge :

La vie
Zizi
N'est qu'i-
Llusions
La vie
Te dit
Ni oui
Ni non

Le 15, diffusion sur l'antenne de Paris-Inter de *Performance* : le principe de l'émission veut que l'invité propose des surprises aux auditeurs ; après avoir interprété un extrait de la « Valse de l'adieu » de Chopin, il chante « J'ai mal à la tête » de Georges Ulmer, l'histoire d'un boxeur qui s'est bousillé le crâne :

Je descendais qu'dans les palaces
Et mes soigneurs avaient leur place
Moi je payais j'étais vedette
J'ai mal à la tête

C'est du fond de son lit, alors qu'il est victime d'une otite carabinée et qu'on lui fait deux piqûres de pénicilline par jour, qu'il regarde le premier *Sacha Show*, diffusé à l'ORTF le 30 décembre. Sacha Distel, on l'a vu dans les précédents chapitres, avait été l'une des vedettes les plus populaires de France en 1959-60, ainsi que le petit ami de Bardot, ce qui ne gâche rien, mais ses aimables chansons-gags, comme « Les scoubidous », « Mon beau chapeau » et autres « Oui oui oui », n'avaient pas tenu le choc face à la vague yé-yé. Grâce au *Sacha Show* (l'émission connut d'emblée un vif succès et dura des années), Distel se lance dans une nouvelle carrière : lui qui jusque-là n'aimait pas trop la télé bondit sur l'occasion et construit ses émissions, avec ses

1. Elle fut l'une des interprètes les plus fidèles et les plus discrètes de Gainsbourg, nous la recroiserons plusieurs fois dans les prochains chapitres. Zizi avait déjà approché Serge à l'époque du Milord l'Arsouille mais à l'époque, raconte-t-elle, Michèle Arnaud avait encore un « droit de préemption » sur ses chansons.

producteurs Maritie et Gilbert Carpentier, comme des shows américains à la Dean Martin / Perry Como, réunissant des chansons, souvent des duos ou trios inédits, des chorégraphies et des sketches.

Sacha Distel : « Les trois mousquetaires de base du show étaient Petula Clark, Jean-Pierre Cassel et Jean Yanne. Moi, bien sûr, j'étais d'Artagnan. Maritie Carpentier m'avait conseillé Serge comme "compositeur maison" et c'est ainsi qu'il se mit à nous écrire régulièrement des chansons, toutes restées inédites, en commençant par "Distel et Cassel" pour cette première émission du 30 décembre 1963. Ceci dit, on a très vite senti que c'était alimentaire : il était souvent en retard, ou carrément introuvable... »

Fin de l'intermède. Pour la seconde fois Serge se marie, avec une femme d'une grande beauté, Françoise Antoinette Pancrazzi, dite Béatrice (elle déteste son prénom, comme Lucien-Serge). La cérémonie se déroule en très petit comité, le 7 janvier 1964 en fin d'après-midi, à la mairie du 8e arrondissement. Née à Bône, en Algérie, le 28 juillet 1931 (elle a donc trente-deux ans, il en a trente-cinq), Béatrice est la fille de Robert Pancrazzi, un industriel, et est divorcée de Georges Galitzine, d'où son surnom de « princesse Galitzine ». Les témoins se nomment Claude Dejacques (pour lui) et Yvonne Barrois (pour elle). A la sortie de la mairie, Serge et Béatrice, vêtue d'un tailleur prune et d'un vison, posent pour les reporters-photographes et une équipe du journal télévisé.

Serge, on l'a vu, a toujours été épaté par les belles bourgeoises : il les admirait, étant enfant, lors des concours d'élégance dans les stations balnéaires. Il les séduisait, notamment au Touquet, à son époque pianiste de bar. Il avait été fasciné par la classe et le snobisme de Michèle Arnaud, sa première interprète. Il était très fier d'avoir conquis le cœur de Sylvie Rivet, sa très élégante attachée de presse. Avec Béatrice, il est servi : elle est issue de la haute bourgeoisie et sa famille a fait fortune dans le foncier. Aux antipodes de sa première femme Elisabeth, avec qui il ne connut que la vie de bohème, Béatrice lui propose le confort d'une vie cossue et d'un appartement de standing derrière la Madeleine, au 12, rue Tronchet, dans le 8e. Même s'il faut pour cela supporter son caractère extrême : n'avait-elle pas tenté de se suicider quelque temps auparavant — et pas pour rire, on l'avait sauvée in extremis — lorsque Serge l'avait quittée ?

Joseph Ginsburg : « Lucien dit : "On s'entend bien, j'ai assez couru les filles." Béatrice flatte son amour-propre, elle présente bien, elle s'habille avec chic et elle l'aime évidemment[1]. »

1. Lettre du 28 novembre 1963.

A un journaliste qui lui demande à l'époque : « Quelles qualités exigez-vous d'une femme ? », Serge répond comme un macho : « D'être belle, c'est tout. » Dans ses lettres, c'est clair, Joseph ne montre aucun enthousiasme pour ce mariage décidé à la hâte, même si Serge et Béatrice se connaissent depuis un moment (sans doute saitelle déjà qu'elle est enceinte : Natacha, leur fille, naîtra début août 1964, soit sept mois plus tard). Olia partage ses doutes. D'ailleurs, les parents de Serge ne sont pas invités à la mairie. En revanche, un dîner a lieu dans un resto de la rue Saint-Séverin, auquel sont conviés les témoins, les parents de Serge et sa sœur Jacqueline. En chemin, une dispute éclate à cause d'un coup de fil malencontreux au moment précis où les nouveaux conjoints passent par l'appartement de la rue Tronchet.

Gainsbourg : « Avant le mariage on avait vécu à la colle et tout baignait : après, les choses ont commencé à virer au vinaigre : elle n'acceptait pas ce métier de rencontres, même d'innocentes gamines comme France Gall. Ça a commencé le jour du mariage. En revenant de la mairie, je reçois un coup de fil d'une petite fanatique[1]. J'avais rien fait de mal ! Elle se met en fureur et j'ai senti que c'était comme si j'avais des menottes : “Ça y est, je suis foutu.” J'ai tout de suite pigé que ça allait tourner au cauchemar... En tout cas, j'avais eu raison d'organiser le dîner de noces dans un restaurant russe : il s'est déroulé dans une atmosphère sibérienne. »

Rétrospectivement, on sait ce qui s'est passé : Serge a mis le doigt dans un engrenage infernal. Séduit par cette femme qui, par amour pour lui, rompt avec son milieu, il ne s'aperçoit pas tout de suite que sa « fatale attraction » l'a jeté dans les bras d'une tigresse.

Juliette Gréco : « Un jour, sa femme fait irruption alors qu'il était venu travailler chez moi. Elle était magnifique mais ses yeux étaient de braise. Il fallait voir Gainsbourg poursuivi par cette panthère absolument meurtrière, prête à révolvériser tout le monde. C'était dramatique ! Notez, je comprends que l'on soit jalouse à propos d'un tel homme... »

Sophie Makhno : « Georges Meyerstein m'avait demandé de m'occuper de Gainsbourg, quelques mois plus tôt. Il m'a dit : “Je vous ai pris un rendez-vous avec lui, j'envoie mon chauffeur, il vous déposera chez Serge, avenue Bugeaud.” Je demande pourquoi avenue Bugeaud et pas rue Tronchet où il habitait. Il me répond : “Il préfère vous voir chez son père.” J'arrive et je vois Gainsbourg en train de tourner autour du piano avec un air de ne pas savoir ce qu'il voulait. Il m'expli-

1. Il s'agit en réalité d'une aspirante chanteuse qui quémande un titre.

que : “Ma femme ne supporte pas qu'une autre femme vienne chez moi. Généralement ça se passe très mal et se termine en drame.” »

Serge et Béatrice s'envolent au Maroc pour leur voyage de noces. Au retour, il entame la promo de l'album *Confidentiel*, un album dont il attendait tant mais dont les ventes ne vont pas dépasser les 1 500 exemplaires. Dans *Télé-Revue* on lit pourtant cette critique dithyrambique :

> Il est beaucoup trop confidentiel encore ce Serge Gainsbourg en ce sens qu'il n'a assurément pas la place qu'il mérite. Il est vrai qu'actuellement, dans la chanson, être aux premières places équivaut à un brevet d'incapacité notoire, d'insignifiance totale, d'inconscience absolue [...] Son nom est un eldorado où des enfants brillants comme des insectes jouent avec des mots volants. Il est l'alchimiste de combinaisons futées mais moins futiles qu'il n'y paraît de prime abord. [...] Il est incontestablement l'auteur-compositeur le plus original de sa génération. Son œuvre est déjà un témoignage ; demain, elle sera assurément beaucoup plus que ça.

Le 2 février, Serge chante « Chez les yé-yé », « Le rasoir électrique » et « No No Thanks No » dans *Discorama* et Jackie Lawrence, une petite nouvelle qu'il parraine pour l'occasion, interprète « La saison des pluies » ; le 15, vedette de l'émission *Trois années trois succès*, une émission de Danielle Lab, il chante « L'eau à la bouche » et « Chez les yé-yé » tandis que Philippe Clay donne « La recette de l'amour fou » et Juliette Gréco « La javanaise » ; le 20, enfin, en duo avec le même Philippe Clay, il gouaille « Accordéon » dans *Demandez le programme*.

Entre-temps, le 7, il a reçu chez ses parents Philippe Koechlin, rédacteur en chef du mensuel *Jazz Hot*, futur créateur de *Rock & Folk*, qui fait des piges pour de nombreux autres canards, en particulier *France-Observateur* et, en l'occurrence, pour *Musica*, un magazine plus confidentiel, justement. Au final, une interview exceptionnelle, publiée dans le numéro d'avril, dont voici les meilleurs passages.

> Philippe Koechlin : Quel personnage pensez-vous incarner à travers vos chansons ?
>
> Serge Gainsbourg : Sûrement pas un héros populaire. J'évolue dans des alcôves bêcheuses. Je ne fais pas la chanson qui rase les murailles sur des trottoirs suintants. [...]
>
> P.K. : Vous n'êtes pas ennuyé de faire une chanson réservée à une certaine élite ?
>
> S.G. : Je n'en ai pas conscience. Si je n'ai pas un gros public, ça ne veut pas dire que je m'adresse à une élite. Je ne sais pas qui aime mes chansons. Il y a un fait certain, c'est que j'ai acquis une certaine notoriété en tant qu'auteur. [...]
>
> P.K. : Y a-t-il des chanteurs français que vous appréciez ?

S.G. : Non, ils pleurent tous, ils manquent de virilité, ils veulent donner à la midinette l'impression qu'elle pourrait les consoler. Moi, j'envoie paître la midinette. Je n'aime pas la chanson.

P.K. : Que voudriez-vous faire, alors ?

S.G. : La chanson me conduira à écrire, à la comédie musicale. Admettons que j'aie des aspirations qui sont toujours au-dessus des réalités du moment. Je ne me vois pas à cinquante ans sur les planches. La chanson, pour l'instant, comme l'a été la peinture, est pour moi une manière de vivre en marge de la société.

Des aspirations au-dessus des réalités ! *Vivre en marge de la société* ! Sa sincérité est bouleversante et résume idéalement sa réflexion sur le métier d'auteur-compositeur en ce point précis de sa carrière, c'est-à-dire au moment où il compose « N'écoute pas les idoles » pour sa nouvelle cliente France Gall, celle qui va, sans le savoir, lui sauver la vie.

10

N'écoute pas les idoles

Quatre mois auparavant, le 9 octobre 1963, jour de son seizième anniversaire, France Gall, Isabelle de son vrai prénom, avait eu la surprise de s'entendre pour la première fois à la radio, sur les ondes d'Europe nº 1, lorsque Daniel Filipacchi diffuse « Ne sois pas si bête ». Le titre est commercialisé fin novembre et France est aussitôt sur orbite : avec 200 000 exemplaires vendus, elle constitue une menace directe pour Sylvie Vartan et Sheila[1].

C'est Denis Bourgeois qui suscite la rencontre avec France ; celle-ci est poussée dans le métier par son père, le compositeur de « La Mamma » pour Aznavour (immense tube fin 1963). Bourgeois, responsable de la signature de Gainsbourg chez Philips en 1958, avait quitté la maison pour fonder sa société d'éditions musicales, Bagatelle.

Denis Bourgeois : « J'ai eu une initiative heureuse, c'est de demander à Serge d'écrire pour France Gall. En fait, il restait un peu dans son coin : quand il écrivait pour les autres c'était surtout pour des artistes de cabaret style Gréco, Michèle Arnaud ou Isabelle Aubret. Ce n'était jamais pour les jeunes, pour cette vague immense. Dès qu'il s'y est mis, il s'est défoncé, il a écrit des classiques ! »

France Gall : « Je rencontrais mes auteurs-compositeurs dans le bureau de mon producteur. Il y avait un piano, mon père et mon producteur. Le type chantait sa chanson, puis il repartait. Je le regardais à peine, je ne faisais pas trop attention. Pour Gainsbourg, je me souviens d'un garçon assez timide, il chantait très doucement. J'aimais toujours ses chansons. Après ça, on prenait le ton et on ne se revoyait qu'en studio. Généralement, Alain Goraguer faisait les orchestrations

1. Merci à Max Bonnefille, qui m'a permis de consulter « La voix lactée (Autour de 113 chansons du répertoire de France Gall) », manuscrit inédit, 1998.

de quatre morceaux en une matinée, je chantais l'après-midi, on mixait le soir et le disque était fini. »

Charles Aznavour avait été un des premiers à se mettre au service de la jeune génération : pour Johnny, il avait écrit « Retiens la nuit » et « Saisir sa chance ». Au moment où Serge signe « N'écoute pas les idoles », Sylvie Vartan trône en tête des classements avec une autre chanson d'Aznavour, « La plus belle pour aller danser ». Comme Serge le confiera plus tard, « quand les groupes rock français sont arrivés, je n'étais pas brillant. C'est France Gall qui m'a sauvé la vie, car j'étais vraiment en perdition[1] ».

> Ces chansons que tu fredonnes
> Comment veux-tu que je les aime personne
> N'a jamais pu
> Me faire croire que l'on se donne
> A cœur perdu
> Pour se quitter à l'automne
> Bien entendu
> N'écoute par les idoles
> Ecoute-moi
> Car moi seule je suis folle
> Folle de toi

Titre vedette de son deuxième EP, qui sort en mars 1964, France va vendre plus de 300 000 exemplaires de « N'écoute pas les idoles », qu'elle chante pour la première fois lors d'un show Jean-Pierre Cassel à la télé, sur lequel nous allons revenir. Mais avant cela, une nouvelle galère attend notre jeune marié : il chante à Bruxelles, au Théâtre 140, accompagné du seul Elek Bacsik, avec Romain Bouteille en première partie. Cinq représentations sont prévues du mercredi 12 au dimanche 16 février 1964 dans cette salle paroissiale devenue théâtre spécialisé dans l'avant-garde par la grâce de son directeur Jo Dekmine, mais une représentation est annulée faute de réservations. La veille de la première, un cocktail en son honneur est organisé au Martini Center, haut lieu sixties des mondanités bruxelloises, en présence de la presse.

Romain Bouteille : « Son personnage était très intéressant parce que, avec lui, on s'apercevait qu'on pouvait en même temps être ce qu'on appelait "Rive droite" et avoir une ambition littéraire. Le public du 140 était un peu glacé. Et nous, on regardait Gainsbourg en se disant : "C'est pas possible, il fait pas ça, il dit pas ça !" Il y avait une espèce de mépris chez lui. Sur scène, il s'arrêtait longtemps entre les chansons, il allait vers une espèce de très beau mannequin en carton-pâte qui

1. Cité dans *L'Age d'or du yé-yé*, par Jacques Barsamian et François Jouffa, Editions Ramsay, 1984.

tenait dans sa main la liste des chansons. Il la prenait pour connaître le titre de la chanson suivante, puis la reposait. Il y avait aussi un bel escalier circulaire en maquette. Ces deux éléments de décor, c'était une trouvaille. »

Dans les quotidiens belges, les critiques ne sont pas terribles : « Serge Gainsbourg ou le danger de vouloir surprendre à tout prix », titre *Le Soir* du 14 février, où l'on apprend que le public, pourtant composé d'inconditionnels, a « quelque peu renâclé devant cet oiseau rare », que « Gainsbourg-interprète est très décevant comparé au Gainsbourg-auteur [...] Il n'a pas l'envergure d'une vedette ». Même éclairage dans *La Lanterne* : « Un Serge Gainsbourg à l'inspiration avare et au débit monocorde » ; le journaliste est déçu par un tour de chant « morose » : il met en doute sa misogynie qui lui « paraît être seulement le résultat d'une spéculation intellectuelle assez gratuite et constituant une source d'inspiration avare ». Il poursuit :

> Les chansons écrites sur d'autres sujets ne sont guère plus riches et le caractère assez monocorde de la musique n'est pas davantage compensé que la médiocrité des paroles par les interprétations que Serge Gainsbourg lui-même en propose. Ce qu'elles sont nonchalantes et ternes, ces interprétations ! Retenons, pour ce qu'elles passèrent un peu moins pâles, les chansons intitulées « Où est ma petite amie ? [1] », « La recette de l'amour fou » et « Le poinçonneur des Lilas ». Disons que, durant ces chansons, la grisaille un moment parut moins épaisse.

C'est pourtant aux Belges que l'on doit le meilleur document télé de l'époque. Début mars, une équipe menée par le réalisateur Léo Quoilin envahit en effet l'appartement de Joseph et Olia, toujours squatté par intermittence par leur fiston, avenue Bugeaud. Pour l'émission intitulée *Venez donc chez moi*, sept chansons sont mises en boîte en deux jours, parmi lesquelles « Scenic Railway », « Elaeudanla Teiteia », « La javanaise » (avec Jean-Pierre Cassel et Valérie Lagrange en figurants de choix) et « La fille au rasoir » (avec les gambettes de la même Valérie). On y aperçoit également Michel Gaudry et Elek Bacsik pour un court morceau instrumental.

Comment trouvez-vous ma sœur ? de Michel Boisrond, dont Serge a fait la musique un an plus tôt, sort en salle le 4 mars 1964. Le 12, gros succès pour le *Top à Jean-Pierre Cassel*, à nouveau produit par les Carpentier. Dans ce *Top à...*, Gainsbourg est à la fête : en plus de France Gall qui y crée « N'écoute pas les idoles », il chante « Chez les

1. Il veut parler de « Negative Blues », bien entendu.

yé-yé » et compose spécialement quatre titres inédits : « Cliquediclac », « Viva la Pizza », « Ou la la la la » et « Al Cassel's Air ».

Jean-Pierre Cassel : « Quand j'ai monté le *Top à Cassel*, j'ai tout de suite pensé à Gainsbourg. J'avais conçu cette émission un peu comme les *musicals* américains qui avaient bercé mon adolescence et il m'avait composé une série de chansons parmi lesquelles un duo intitulé "Al Cassel's Air" : nous étions tous deux en smoking, genre fêtards éméchés, on nous voyait esquisser un pas de danse sur un banc, avant de terminer le cul dans une poubelle. Pour un autre numéro, où j'étais déguisé en cuisinier italien, avec une grande moustache à la Dali, entouré de gâte-sauce, il m'avait écrit "Viva la Pizza", une tarentelle en simili-italien[1]. Enfin, connaissant ma passion pour les claquettes, je me souviens encore du début de "Cliquediclac" : 'Pour se faire du fric / On peut faire un fric-frac / On est alors de ceux / que les flics traquent'... »

Les bandes de cette émission, tout comme les *Sacha Shows*, ont été malheureusement détruites ou effacées. On ne saura donc jamais à quoi ressemble « Ou la la la la » au début pourtant prometteur, dans le genre navrant (« Pour les petites filles et les petits garçons / J'ai mis un klaxon dans mon pantalon »). En revanche, une interview par Jean Dominique pour le mensuel *Music-Hall*, qui d'ailleurs va bientôt disparaître face au succès colossal de *Salut les copains*, nous montre que sa réflexion sur la chanson s'est encore approfondie :

> Elle doit être essentiellement populaire. Il ne faut pas se donner trop de mal. Il y a une difficulté de s'exprimer, de dépeindre des sentiments naturels. Alors je m'occupe de ce qui m'intéresse : des filles très sophistiquées, et je maquille en jouant avec les mots. Je ne crois pas avoir jamais dépeint une fille qui pourrait être dactylo ou provinciale. J'ai placé mon univers de la chanson dans une sphère de luxe et de névrose. C'est le contraire de la chanson qui, avec Damia ou Berthe Sylva, longeait les murs sur des trottoirs humides.

Dans *L'Union de Reims*, la même année, à la question « Vers où va la chanson ? » il répond ceci :

> Je ne suis pas pythonisse... Peut-être que le rock va amener quelque chose... Mais j'attends les gars intelligents... Ils ne se montrent pas. Il y a une exaspération des sons, un forcing des sonos, c'est le temps des sonos... Mais en définitive, c'est le même foutoir que pour tous les arts modernes... Où va la peinture ? Où va la musique ?...

1. « Primo la pasta / Un po di aqua di cologna / Primo la pasta / Un po di aqua yo melimelo / Poco a poco / Una noix de coco »... Etonnant, non ?

Côté personnel, le piège se referme : le 2 avril, pour son trente-sixième anniversaire, Béatrice lui offre un piano crapaud Steinway.

Gainsbourg : « Je lui avais dit : "Je me marie à une seule condition : je reste chez mes parents, c'est là que je bosse le mieux, sur le piano de mon père. Et toi, tu restes dans ton appartement." Paf, elle se fait livrer le Steinway. Le message était clair... »

Le temps d'une musique de film, pour *Les plus belles escroqueries du monde*[1], Serge retrouve ses complices Bacsik et Gaudry dont la contrebasse pneumatique soutient les paroles lancinantes de la chanson — inédite — qu'il écrit à cette occasion :

La patience est amère
Et pour attendre quoi
Que retombent en poussière
Jaguars et chinchillas
Celle-ci laisse entendre
Qu'elle aime les cailloux
Mais quoi ? Doit-elle attendre
Qu'ils lui sautent au cou ?

Celui qu'elles font vivre
Est bien le plus malin
En lires ou en livres
Il compte ses putains
Et s'il est sans scrupule
La faute en est à qui ?
Aux Lolas aux Ursules
Qui vous aiment pour lui

Pour son prochain album, Serge gamberge. Il a un nouveau plan en tête, un autre exercice dans le dépouillement, uniquement basé cette fois sur les rythmes et les chœurs afro-cubains. Plusieurs mois vont cependant s'écouler avant l'enregistrement de *Gainsbourg Percussions*. En mai, on le revoit à la télé, pour la première fois dans une émission qui cible le public adolescent, quand il chante « Chez les yé-yé » dans *Seize millions de jeunes*. Un mois plus tard, dans *Demandez le programme*, en duo avec Philippe Clay, il interprète deux titres : « Accordéon » et « L'assassinat de Franz Léhar ». Au même moment, Isabelle

1. Un film à sketches qui sort le 14 août 1964. Sa chanson remplace les gags de liaison dans la version française du film. Le 30 avril, Serge dépose encore « Retiens tes larmes », dont on ne sait rien (« Retiens tes larmes / Cache ton chagrin / Qu'elle n'en sache rien / Retiens tes larmes, oui / Retiens tes pleurs / Au secret de ton cœur ») si ce n'est que, du point de vue rythmique, le morceau évoque « Ne dis rien », de la comédie musicale *Anna* (voir chapitre 11).

Aubret publie un nouveau super-45 tours sur lequel figure « Arc-en-ciel » :

Quand le soleil
Est au soleil
Je suis à toi
Mais moi je ne sais même
Pas si tu m'aimes
Tu m'en fais voir
Mon pauvre cœur
Tout's les couleurs
De l'arc-en-ciel

Avant la fin de l'année 1964, il y aura encore deux autres chansons pour la blonde Isabelle, qui vont figurer sur l'EP qu'elle enregistre au tout début de l'année suivante avec Alain Goraguer : dans « Pour aimer il faut être trois », Serge joue sur l'ambiguïté du titre alors qu'il s'agit de « toi, l'amour et moi » ; dans « No Man's Land » la chanteuse se lamente de n'avoir point d'homme dans sa vie...

Un été extraordinairement calme — consacré surtout à l'attente de la naissance de Natacha — s'achève sur une nouvelle commande pour la petite France Gall qui a sorti entre-temps un troisième EP plus faible (avec « Jazz à gogo » de Goraguer et Robert Gall et « Mes premières vraies vacances » de Jacques Datin et Maurice Vidalin). Grâce à « Laisse tomber les filles », titre vedette du super-45 tours qu'elle publie en septembre 1964, elle démarre sa deuxième saison en beauté :

Laisse tomber les filles
Laisse tomber les filles
Un jour c'est toi qui pleureras
Non pour te plaindre il n'y aura
Personne d'autre que toi

Les textes de Gainsbourg n'ont évidemment rien à voir avec l'univers nunuche-chouchou du reste des yé-yé, qui a son charme, bien sûr, mais pas un atome de distance ni de profondeur. D'emblée, il impose une lecture au second degré ou encore se montre délibérément négatif. Il perçoit en France Gall une grande nostalgie : c'est une petite fille mal dans sa peau qui n'aime pas toujours ce qu'on lui fait faire. Dans les chansons qu'il lui écrit, il y a une lucidité, un refus de se laisser prendre à la « grande farce de l'amour », celle où l'on se dit des « jamais » et des « toujours ». Or, cette fois, ce n'est pas un homme de trente ou trente-cinq berges qui chante, mais une adolescente... Interviewé par Georges Bratschi de *La Tribune de Genève* en novembre 1964 à propos de ses chansons pour France Gall, Serge explique :

Serge Gainsbourg : J'appelle ça des exercices de style. Evidemment, j'aimerais mieux faire des choses plus difficiles. Après tout, le yé-yé, c'est du Tino Rossi avec des guitares électriques. Si Brassens avait à écrire pour Hallyday, il le ferait. Je ne sais pas pourquoi Hallyday ne m'aime pas. Je pourrais pourtant lui faire des trucs moins stupides que ceux qu'il chante, ce n'est pas compliqué. En tant que compositeur, il faut un jour que je décroche le tube, quelque chose comme « La mer » de Trenet. [...]

G. Bratschi : C'est par nécessité que vous composez pour les autres ?

S.G. : Dans mon métier, il n'y a pas de demi-mesure. Il faut percer ou crever. Et puis je trouve le luxe amusant. Pour moi, le luxe, c'est perdre la notion de l'argent. J'y suis parvenu.

A Claude Wolff qui lui a également demandé un nouveau titre pour Petula Clark, il livre l'amusant « O o Sheriff », l'une des deux chansons vedettes du super-45 tours qui est publié le 15 octobre, juste avant celui contenant « Downtown », immense succès international en fin d'année.

O Sheriff O Sheriff O O
Si vous voulez Sheriff que je vous embrasse
Wowowo Sheriff O Sheriff O O
Vous pourriez au moins r'tirer vot'chewing-gum

Claude Wolff : « Gainsbourg était moins prolifique, ce n'était pas un gros pondeur, mais jamais je ne lui ai refusé de chanson. Je lui demandais une chanson, il m'en livrait une, avec une idée, écrite sur mesure pour une personne ; il percevait le besoin de l'artiste. Pour Petula il écrivait des chansons très scéniques, moins évidentes que d'autres titres de son répertoire. »

Le 8 août, Béatrice a donc accouché de leur premier enfant, la petite Natacha, alias Laurence, alias Totote. Serge est aux anges.

Joseph Ginsburg : « On n'a pas fini de s'amuser avec ce papa et cette maman insolites : Lucien rêve déjà d'un poney pour Totote, mais beaucoup plus tard bien entendu. En tout cas ils adorent leur fille. Lucien lui caresse le menton plus que c'est d'usage : un papa gâteau en puissance[1] ! »

Avant d'attaquer l'enregistrement de son deuxième album 30 cm, *Gainsbourg Percussions*, prévu du 5 au 16 octobre, Serge se rencarde : pas question de faire du simili-exotique. Il veut de l'authentique, pas du touristique. Or, à l'époque, personne ne parle de *world music* ; certes, le Brésil et la samba s'exportent plutôt bien (c'est en 1962 que

1. Lettre du 1er novembre 1964.

l'on a découvert la chanteuse Astrud Gilberto avec « Desafinado » ; au printemps 1964 elle chante « The Girl From Ipanema » avec Stan Getz au saxophone). Mais rares sont les artistes africains qui enregistrent des disques, plus rares encore ceux que l'on entend en France. La Sud-Africaine Myriam Makeba fait figure d'exception : début 1964, elle publie deux albums chez Dynagroove intitulés *Chants d'Afrique n° 1* et *Chants d'Afrique n° 2*. Par l'intermédiaire inattendu de Guy Béart, il s'est imprégné d'un autre disque, *Drums Of Passion*, signé Babatunde Olatunji.

Guy Béart : « J'allais très souvent aux Etats-Unis et j'avais ramené un disque fantastique que m'avait donné Harry Belafonte à New York. C'était le disque de ce Nigérien nommé Olatunji, qui ne comportait que des percussions avec tout d'un coup une mélodie qui jaillissait. Je dis à Claude Dejacques : “Voilà où vont les tendances du monde, on va vers la percussion.” Il a fait écouter ce disque à Serge et, par ma faute ou grâce à moi, il est passé d'un accompagnement léger à une vraie formation en enregistrant son nouvel album. »

Bien sûr, on sait que Béart en veut beaucoup à Gainsbarre du sale coup qu'il lui a joué sur le plateau télé d'*Apostrophes* à la fin 1986. On sait aussi qu'ils ne se sont jamais très bien entendus, même à l'époque où ils tournaient ensemble, pour Canetti, en 1959. Béart a toujours éprouvé envers Serge une vive jalousie : ils ont certes tous deux composé pour Gréco, mais on n'a jamais été chercher le créateur de « Chandernagor » pour qu'il écrive des chansons pour Bardot ou France Gall. Il n'en reste pas moins vrai que Serge a intégralement pompé (rythme, arrangements, mélodie, même le question-réponse entre la voix du chanteur et les chœurs) « New York USA » sur « Akiwoko (Chant To The Trainman) », l'un des plus célèbres morceaux de ce fameux Babatunde Olatunji, percussionniste virtuose qui avait publié l'album *Drums Of Passion* au tout début des sixties [1].

J'ai vu New York
New York, USA
J'ai vu New York
New York, USA
J'ai jamais rien vu d'au
J'ai jamais rien vu d'aussi haut

1. *Drums Of Passion* a été réédité en CD par Columbia / Sony dans les années 90. Son influence sur la scène jazz américaine des années 60 fut importante : il comptait John Coltrane parmi ses nombreux fans et ses albums restèrent classés des éternités dans les *charts* jazz aux Etats-Unis en particulier de 1964 à 1967. Olatunji a refait surface à la fin des années 80 avec l'album *The Beat Of My Drum*, accompagné par un groupe de 17 musiciens comprenant Carlos Santana et Airto Moreira.

Oh ! C'est haut c'est haut New York
New York USA

Mais ce n'est pas tout : sur le même album, Serge pique deux autres titres ; « Jin-Go-Lo-Ba » va ainsi se métamorphoser en « Marabout » et « Kiyakiya » lui sert de modèle pour « Joanna ». Soit trois emprunts manifestes et non crédités...

Gainsbourg : « Je me souviens d'avoir fait le raisonnement suivant : "L'art abstrait a fait éclater la peinture : quand en musique on fait éclater les formes il ne reste que les percussions, au désavantage de l'harmonie." Et puis j'écoutais beaucoup un album de musiques ethniques : aux Africains j'ai piqué deux-trois plans, cyniquement, au noir... Hé hé hé... "New York USA" est basé sur un chant de guerre watusi [1] ; "Là-bas c'est naturel" sur un contrepoint de Myriam Makeba... »

Là-bas c'est naturel
Là-bas au Ke-
Nya
Pour tous les Naturels
C'est OK

Guy Béart : « Gainsbourg a donc pris l'arrangement d'Olatunji et il a copié note pour note mais je n'ai rien dit, tout le métier vivait d'influences et puis c'était un copain... Ce n'est qu'après l'incident d'*Apostrophes* que j'ai appelé la SACEM et là on m'a dit que "New York USA" était déposé sous son nom, paroles et musique Serge Gainsbourg, arrangements Alain Goraguer. Je n'ai toujours rien dit, ça ne servait à rien et puis j'étais malade et j'ai donc laissé tomber. Des années après, Claude Dejacques m'appelle et me dit : "Tu te souviens du disque d'Olatunji ? Eh bien, il y a un procès aux Etats-Unis !" Effectivement un disque de Serge venait de sortir là-bas et Olatunji s'est réveillé. »

Claude Dejacques : « D'abord, l'anecdote. Oui, j'ai bien passé à Serge Gainsbourg le 33 tours d'Olatunji quelques mois avant que nous ne réalisions ensemble, avec Alain Goraguer, l'album *Percussions*. Béart m'avait transmis le disque. Je l'avais fait tout autant écouter à Claude Nougaro avant "L'amour sorcier". Où commence le plagiat ? On dit volontiers que la littérature naît de la littérature [...] C'est exactement la même chose en musique [...] les emprunts classiques [...] sont si courants qu'on pourrait en dresser un dictionnaire à faire frémir

1. Il se trompe d'origine mais il reconnaît son larcin... Notons au passage que c'est sur l'album *Percussions* qu'apparaissent pour la première fois les chœurs qui deviendront une constante de ses futurs refrains, de « Docteur Jekyll et Monsieur Hyde » à « You're Under Arrest ».

[...] Mais la source d'inspiration la plus exploitée est avant tout folklorique [...] C'est ce qui enracine réellement nombre de succès et assure la transmission en continu des thèmes ancestraux[1]. »

Voilà qui clôt sagement le débat. Revenons donc au moment où Serge entre en studio, en octobre 1964, avec son arrangeur préféré.

Alain Goraguer : « J'avais retrouvé Serge pour les chansons de France Gall, puis nous avons fait cet album. J'en garde de merveilleux souvenirs, nous nous sommes amusés comme des fous, surtout quand on montrait aux choristes françaises comment prendre des voix de négresses un peu aiguës. En dehors d'un sax et d'une guitare rythmique, sur certains morceaux, ce ne sont que des percussions... »

Alors que l'album précédent baignait dans un univers jazz nostalgique, *Gainsbourg Percussions* est une explosion ricanante, où l'exotisme des chœurs et des bruitages sert d'écrin aux textes tour à tour anodins et terribles. Ça commence relax avec la grosse Joanna :

> Joanna est aussi grosse qu'un éléphant
> C'est la plus grosse de toute La Nouvelle-Orléans
> Et pourtant
> Joanna Joanna Joanna
> Tu sais danser léger léger

Douze titres, sept jours de studio, 15 000 francs de budget (le plus gros qui lui ait jamais été alloué), une pochette qui semble annoncer une collection baptisée « Les grands auteurs & compositeurs interprètes ». Au verso, Claude Dejacques explique la genèse de cette nouvelle œuvre.

> Au début, c'est un rythme de doigts sur le bord d'une table de bois Empire. Des idées, des images naissent. Bientôt, Serge ne dort plus sans battement, sans une touffe de battements où se mêlent les pulsations naturelles de la vie.
>
> Deux mois plus tard, Alain Goraguer et moi nous retrouvons dans le même état : il faut opérer d'urgence. Résultat, le studio se met à battre aussi autour de cinq percussionnistes et de douze choristes. Quelques titres d'un style plus « jazzistique » se greffent aisément sur la couleur purement africaine.
>
> Au-dessus de tout cela, les textes, ciselés, incrustés sur les sons : la marque Gainsbourg.

Parmi les musiciens, on retrouve Michel Gaudry à la contrebasse et son copain André Arpino à la batterie : en trio, avec le pianiste René Urtreger, ils jouent régulièrement dans le club de Nancy Holloway. On va d'ailleurs croiser Arpino et Urtreger un peu plus

1. In *Paroles et Musique*, avril 1988.

loin, lorsqu'en décembre 1964 ils accompagnent Serge au Théâtre de l'Est parisien.

Lors de l'enregistrement, Serge se souvient du Living Theater, des comédiens pseudo-défoncés qui attendaient leur *connection* et du saxophoniste Jackie McLean ; pour « Coco And C° », qui aurait pu figurer sur l'album *Confidentiel*, Serge adopte le ton d'un reporter : dans un club de jazz il nous désigne d'une voix feutrée les musiciens, un par un, et nous précise à quoi ils fonctionnent :

Ecoute
Le gars qui jazz-hot
T'entends
Ah comme il saxote
Il est
Camé à zéro
Coco And C°

On retrouve cette ambiance de fin de soirée arrosée, au moment où l'esprit s'embrume, dans « Machins choses », sur fond d'orgue électrique et de sax ultra-cool...

Avec Machine
Moi Machin
On s'dit des choses
Des machins
Oh pas grand-chose
Des trucs comme ça...

Le saxophone de « Quand mon 6,35 me fait les yeux doux », quant à lui, évoque le style de Jackie McLean ; on plonge dans un hard bop oppressant et l'on ressort glacé par ces paroles définitives :

C't'une idée qui me vient
Je n'sais pas d'où
Rien qu'un vertige
J'aimerais tant
Comme ça pour rire
Pan ! Pan !

Quelques années plus tard, à propos du vertige suicidaire, Serge explique à Michel Lancelot dans l'émission *Radio Psychose* sur Europe n° 1 : « Je suis sujet à des vertiges physiques. Le vertige pour moi, c'est la fascination. Je suis fasciné par la facilité de passer de l'autre côté du miroir[1]. » Pourtant, sur ce nouvel album, Gainsbourg s'amuse : on

1. 30 octobre 1968, reproduit dans *Rock & Folk*, n° 32 en septembre 1969.

l'entend sourire à de nombreuses reprises, par exemple sur « Pauvre Lola », avec France Gall dans le rôle de la rieuse :

Faut savoir s'étendre
Sans se répandre
Pauvre Lola

Dans une interview de l'époque, Gainsbourg explique comment cet album rompt avec tout ce qu'il avait fait auparavant, mais aussi avec toute une tradition.

Gainsbourg : « Et d'abord, la chanson c'est périmé, c'est vieux. Il n'y a pas de chanson pour notre époque. Regardez la peinture, regardez la littérature : la chanson, elle, ne bouge pas, les gratteurs de guitare continuent de pousser leurs airs comme au temps de Bruant. J'ai essayé, sans me prendre au sérieux, de façon désinvolte, de faire quelque chose où les mots et la musique se fondaient. Pour réaliser ce disque, j'ai emprunté des rythmes africains et si je les utilise de manière abondante, ce n'est pas une concession à notre époque. Il faut une forme qui lui corresponde et le rythme la caractérise... »

Y'en a marre marabout
Bout d'ficelle
C'est la vie
Vie de chien
Chien de temps
Tant qu'à faire
Faire les cons
Qu'on se marre
Marabout

C'est quand il joue le détachement enjoué qu'il devient particulièrement incisif, qu'il raconte les mésaventures de « Tatoué Jérémie » ou qu'il lâche « Ces petits riens » d'un ton nonchalant :

Mieux vaut n'penser à rien
Que de penser à vous
Ça n'me vaut rien
Ça n'me vaut rien du tout
Mais comme si de rien
N'était je pense à tous
Ces petits riens
Qui me venaient de vous [1]

1. La chanson est peut-être une lointaine référence à « I've Got Plenty Of Nothing » de George Gershwin. Pour la petite histoire, Yves Montand avait enregistré « Les petits riens », paroles et musique de Francis Lemarque, en 1958.

Joseph Ginsburg : « Lucien nous a emmenés voir Brassens l'autre soir à Bobino, nous étions au premier rang, assis à côté de Charles Trenet [...] Son nouveau disque, qui sortira en décembre, est épatant : axé sur des rythmes africains, il est original en diable, je ne vous dis que ça. »

Ultime standard saucé de cet album sensationnel, « Couleur café », dont la sortie en 45 tours est simultanée :

> C'est quand même fou l'effet
> L'effet que ça fait
> De te voir rouler
> Ainsi des yeux et des hanches
> Si tu fais comme le café
> Rien qu'à m'énerver
> Rien qu'à m'exciter
> Ce soir la nuit sera blanche

A l'évidence, c'est un *hit*. Et pourtant, dans les palmarès des ventes, on ne retrouve ce titre nulle part, alors qu'au sommet la bataille fait rage entre Petula Clark (« Downtown »), Eddy Mitchell (« Toujours un coin qui me rappelle »), Claude François (« Donna Donna »), Johnny Hallyday (« Le pénitencier »), les Rolling Stones (« It's All Over Now »), Françoise Hardy (« Mon amie la rose ») et... France Gall avec « Sacré Charlemagne », tube bêta des cours de récréation.

Au même moment, en Angleterre, Jane Birkin, fille de David Birkin, officier de la Royal Navy, et de Judy Campbell, actrice de renom, fameuse pour ses rôles dans les pièces de Noel Coward, se fait littéralement enlever par le compositeur John Barry, à quelques semaines de son dix-huitième anniversaire. Jane, qui a grandi avec son frère Andrew et sa sœur Linda dans un environnement à la fois strict et aristocratique, vient de passer cinq ans dans un internat sur l'île de Wight (« Là où sont nés tous mes complexes », dit-elle) ; elle a aussi passé quelques mois à Paris pour apprendre le français, mais sans grand résultat... John Barry, divorcé, de treize ans son aîné, prépare à cette époque la comédie musicale *Passion Flower Hotel* qui doit être montée au Prince of Wales Theater, un spectacle vaguement coquin pour lequel il faut recruter six garçons et six filles. Il a rencontré Jane — rendue célèbre par une série de photos signées David Bailey, le portraitiste attitré du Londres des sixties — au Ad Lib, boîte branchée londonienne, fréquentée par les Beatles, les Stones, Roman Polanski et sa femme Sharon Tate. John suggère à Jane de passer une audition : elle ne sait ni chanter ni danser mais ce sont ses handicaps qui séduisent les producteurs du spectacle... A la tête du John Barry Orchestra, il vient de publier son dixième succès (sa première incursion dans les classements britanniques, « Hit And Miss », remonte à 1960) avec « From Russia With Love », thème principal du nouveau James Bond au cinéma. Quatre ans plus tôt, il avait signé la musique du film *Beat Girl*, puis avait été révélé par celle du premier épisode des aventures de l'agent secret : *James Bond 007 contre Dr. No.*

Jane Birkin : « John était un homme brillant, absolument brillant. Un beau jour, je n'avais encore que dix-sept ans, il est venu négocier avec mon père. Il voulait m'enlever... Mon père, qui ne voulait que mon bonheur, a cédé, et je suis montée à bord de sa Jaguar type E. Je n'avais pas accepté que John me fasse l'amour avant de me demander en mariage. Je ne sais pas pourquoi, je pensais que c'était absolument indispensable, sinon je risquais de passer pour une fille facile et frivole. A l'époque je croyais que j'étais faite pour ça, pour tenir la maison d'un homme et lui préparer sa *turtle soup* et son bifteck le soir, quelqu'un pour qui je pourrais être une femme idéale[1]. »

Retour à Paris, où Serge entame la promotion de son nouvel album. « A la sortie de *Gainsbourg Percussions*, j'étais persuadé que nous tenions le bon bout, raconte Claude Dejacques dans son livre *Piégée, la chanson... ?*. Je baratinais tous azimuts, à l'intérieur de la boîte et dans les médias. Malgré les passages à l'antenne, bernique : toujours pas de ventes. Solution : pousser les interprètes pour faire avancer les choses, comme je l'avais vu faire par Canetti pour Brel, Brassens et Béart. » Dans *Le Monde*, pourtant, la critique n'est pas fameuse :

> Serge Gainsbourg a un public peu populaire, très Rive gauche, mais fidèle, je gage qu'il sera déçu par son dernier disque intitulé *Gainsbourg Percussions*. Dans le genre sophistiqué on ne fait pas mieux [...] Tout ce bric-à-brac sonore, ces souvenirs d'Afrique ou de Nouvelle-Orléans apparaissent comme autant d'accessoires inutiles. Décidément, ce n'est pas de ce côté que la chanson trouvera matière à renouvellement[2].

Salut les copains continue à bouder le « vieux » Gainsbourg mais *Music-Hall* publie un long entretien dans son numéro de janvier 1965 — extrait savoureux, le journaliste s'écoute parler :

> — Vous nous avez habitués à des paroles au sens percutant. Ici les paroles n'ont pratiquement plus aucune importance. On est pris dans un triangle sonore qui conditionne un état presque physique. D'une part votre voix qui ne syncope absolument plus. Elle est instrumentale, une sorte de

1. D'après une interview réalisée par Franz-Olivier Giesbert pour l'émission *Le temps d'une chanson* (France 2, été 1999).

2. Cité par F. Lhomeau dans *Dernières Nouvelles des étoiles*, Editions Plon, 1994.

saxo-ténor. C'est un slalom de souplesse, les mots sont des sonorités amorties. Deuxième pôle d'action, les chœurs des voix de femmes, au timbre jaune très citron, d'une octave très nettement au-dessus de ce que l'on attendrait banalement puis, enfin, le côté frappé, habituellement réservé à la voix qui dit des mots, est ici tenu par la partie instrumentale, tout en percussions... C'est les rythmes qui parlent...

Gainsbourg répond « bien sûr » à on ne sait trop quelle évidence.

Le 11 octobre 1964, on l'avait vu chanter « Ce mortel ennui » dans *Ni figue ni raisin*, la nouvelle émission de Michèle Arnaud et Jean-Loup Dabadie, réalisée par Serge Leroy et diffusée sur la première chaîne. Michèle avait entre-temps construit sa carrière de productrice avec un flair certain : elle avait lancé Jean-Christophe Averty l'année d'avant, avec *Histoire de sourire* puis *Les raisins verts*, émission légendaire qui n'avait tenu qu'une courte saison (le générique, où l'on voyait d'innocents nourrissons passés à la moulinette, avait fait scandale). Le 21 décembre, dans *Moi j'aime*, présenté par Barbara, il chante « New York USA ». Barbara, dont la renommée ne cesse de grimper depuis ses concerts à Bobino et la sortie de l'album *Barbara chante Barbara* (« Pierre », « Au bois de Saint-Amand », « Nantes », etc.), avec qui il est prévu qu'il chante au Théâtre de l'Est parisien. Mais avant cela, il donne dès le mois de novembre une série de concerts en vedette au Milord l'Arsouille (où il retourne malgré son horrible expérience de décembre 1963, lorsqu'il avait chanté devant une salle vide), suivie de quatre tours de chant à Genève.

Depuis quelques mois, le nouveau patron du Milord se nomme Michel Valette, comédien, chanteur et ex-directeur artistique du cabaret la Colombe, où il avait fait débuter Guy Béart et Pierre Perret. Pour son spectacle d'ouverture, il avait engagé Romain Bouteille, Maurice Fanon, le fantaisiste Daniel Prévost et, en vedette, Catherine Sauvage. Puis c'est au tour de Gainsbourg, dès le 4 novembre ; sur scène, vu le cachet qu'on lui propose, impossible d'amener les tam-tams et les fausses choristes africaines avec qui il vient d'enregistrer. Il se contente d'injecter deux nouveaux titres dans son répertoire (« Machins choses » et « Ces petits riens », en plus d'« Intoxicated Man », « Sait-on jamais où va une femme quand elle vous quitte, etc. ») et recrute Elek Bacsik aussi sec. « C'est le grand seigneur de l'insolence chuchotée et glaçante », lit-on dans *Elle* ; dans *Paris-Presse* cette mise en garde : « Dès que Gainsbourg apparaît, il devient évident qu'on n'a jamais rien entendu d'aussi singulier et inattendu. Dans la manière de se présenter il ne fait rien pour plaire. Au contraire, il affiche un parfait mépris pour le public. » Dans *Le Monde* du 18 novembre, la fidèle Claude Sarraute : « Plus aphone, plus détaché que nature, (il) lance comme perles aux cochons quelques-unes de ses considérations sur l'amour » ; dans *Arts* : « Chacune de ses chansons évoque une expérience de vivisection tentée — et diablement réussie — sur l'âme. » Enfin, Jean Paget se fait lyrique dans *Combat* :

> Gainsbourg cisèle. C'est le poète du franglais. Son long visage ironique se penche vers le microphone. Une confidence de bouche à oreille. Fascinant. Quelque chose comme un rêveur caustique. La paupière lourde et le sourire acéré. La courtoisie du mépris. Et tout aussitôt, comme pour s'en excuser, une manière charmeuse de distiller la tendresse avec la suprême indifférence du dandy.

Au même programme se produisent Henri Gougaud, Christian Nohel et Marie-Thérèse Orain et la salle est loin d'être pleine, ce qui semble vexer Serge, d'après Michel Valette qui ne le trouve pas très sympathique et qui lui reproche d'ignorer le personnel de la maison et les gens de la première partie. « Faux ! lui répond Gainsbourg : Je fais un signe au barman ! Et la première partie a cinquante ans de retard sur moi. » Valette se souvient qu'il était tous les soirs accompagné par son épouse, qui préférait dévorer des romans policiers dans la loge plutôt que d'assister à son tour de chant[1]... »

Le Journal de Genève, dans son édition du 22 novembre, semble plutôt épaté : « Une main tendue en avant, traçant et palpant des formes invisibles, l'autre inventant avec le fil du microphone de curieuses figures [...] ; suprême d'élégance, étonnant d'aisance, faisant alterner l'extrême retenue avec un laisser-aller raffiné, à la fois lointain et proche. » *La Tribune de Genève* l'a également applaudi au Théâtre-Club : sous le titre « Serge Gainsbourg ou le fantôme de Landru », le critique est plus sévère : « On se demande chaque fois d'où il sort. Lui-même semble se poser la même question. A peine entré sur scène, il paraît vouloir s'en aller. D'ailleurs, il n'y reste pas longtemps. » Le même quotidien lui a pourtant consacré un long entretien au début du mois ; il commence par expliquer qu'il n'a pas chanté en public depuis huit mois :

> C'est un tort de ne pas se préparer. Mais le côté poli de la chanson, ce que les vedettes appellent je crois le « coup de pied », le fini, ça m'ennuie. Lorsque je chante, je crache un peu à la figure des gens [...] Je trouve que les applaudissements, c'est démodé. Je n'arrive pas à me départir d'une certaine pudeur. A la fin d'une chanson, je ne peux pas casser la baraque,

1. Malgré des coups de pouce de Charles Aznavour puis de Guy Béart, qui tous deux viennent chanter au Milord entre la fin novembre et le mois de décembre, Valette se voit contraint, faute de public, de fermer le Milord le 31 décembre 1964. Il rouvrira plus tard, sous la forme d'un club pour les jeunes BCBG, sous le nom Milord Mod's.

comme Jacques Brel, par exemple, en donnant un coup de gueule, c'est beaucoup trop démagogique.

— La TV, c'est mieux ?

— Oui, ça, c'est pour moi. Les gros plans, avec ma tête, impressionnent les gens. En scène, je suis plutôt maladroit de ma personne.

Toujours à *La Tribune de Genève* du 2 novembre, il déclare qu'il a perdu la notion de l'argent ; a priori ses premières chansons pour Petula Clark et France Gall ont dû lui rapporter suffisamment pour qu'enfin il respire. A propos des chanteurs qui ont cinquante ans de retard, il poursuit, en prenant l'exemple d'Anne Sylvestre : « Elle chante les fontaines et les bergères sur des mélodies moyenâgeuses. Au temps du béton, c'est du bluff sur l'intelligence. Mais c'est peut-être joli. »

Gainsbourg : « La chanson dite Rive gauche est morte, j'ai assisté à son agonie quand j'ai fermé les dernières boîtes du genre [...]. J'étais pianiste, je suis passé en vedette et on a fermé... Ceux qui continuent sont des attardés. C'est d'ailleurs assez lamentable de voir que dès qu'un type a soi-disant quelque chose à dire, ses supports musicaux sont toujours d'une grande pauvreté. Il gratte sa guitare, il a trois harmonies... Et les gens écoutent. Que voulez-vous, ils n'ont que ça à se mettre sous la dent[1]. »

A l'origine de ces concerts à Genève, nous retrouvons Sophie Makhno, qui prépare activement la double affiche Barbara / Gainsbourg au Théâtre de l'Est parisien.

Sophie Makhno : « En pleine nuit je reçois un coup de téléphone du directeur du Théâtre-Club, affolé, qui me dit : “Il faut que vous fassiez quelque chose à propos de votre artiste.” Ce qui s'était passé, c'est que Gainsbourg avait chanté une dizaine de chansons, comme d'habitude, et il était hors de question qu'il en fasse une de plus. Il n'avait pas fait de rappel. A côté de la salle il y avait un bar où sa femme surprend la conversation de deux spectatrices en train de se plaindre de l'attitude du chanteur. Comme elle ne supportait pas qu'on dise du mal de son mari, elle a commencé à les agresser physiquement ! »

Les concerts au TEP se situent du mardi 22 au dimanche 27 décembre[2]. Dans *L'Humanité*, Serge annonce qu'il a choisi « la décontraction et le micro baladeur, non pas pour être “dans le vent” mais afin que je me sente

1. Interview publiée dans *Libération* en 1976.
2. A l'emplacement actuel du théâtre de la Colline. Programme complet : les Doubles Faces, H. Guybert, Barbara et Serge Gainsbourg. Les concerts ont lieu à 20 h 30, sauf celui du dimanche 27, en matinée seulement, à 15 heures.

plus à l'aise ». Marie-France Brière, qui se bat à l'époque pour imposer Gainsbourg à la programmation d'Europe n° 1, où elle travaille, s'implique également dans la promotion de ce spectacle. Enfin, Serge recrute le trio de René Urtreger pour l'accompagner. Emule de Bud Powell, Urtreger est l'un des meilleurs pianistes be-bop de Paris ; en 1957, il a enregistré avec Miles Davis, Pierre Michelot, Barney Wilen et Kenny Clarke la bande originale du film *Ascenseur pour l'échafaud.*

René Urtreger : « Nous nous sommes vus pour préparer les chansons des concerts à l'Est parisien, avant d'écrire les arrangements pour mon trio. Je suis allé chez lui, à la Madeleine, et il m'a dit une phrase qui m'est restée. Moi qui suis un fondu de jazz, lorsque je devais accompagner un chanteur de variétés, je m'efforçais de ne pas compliquer mon jeu, de faire simple. Et il m'a dit : "Non ! Joue plus tordu". Il ne voulait pas d'accords simples, parfaits, il voulait plutôt que je sois moi-même. Au TEP, je l'ai donc accompagné avec mon trio, Albi Culaz à la basse et André Arpino à la batterie. La salle était immense et lui avait plutôt l'habitude des cabarets, alors on picolait pas mal pour affronter le public. Gainsbourg était particulièrement mal dans sa peau. Le public était essentiellement composé de vieilles rombières de Ménilmontant qui n'y connaissaient rien et, à part « Le poinçonneur des Lilas », toutes les chansons leur passaient par-dessus la tête. Un soir, ça s'est tellement mal passé que Gainsbourg a appelé ma femme en pleine nuit pour pleurer dans son giron : il voulait tout arrêter. »

Sophie Makhno : « Les spectateurs du Théâtre de l'Est parisien se sont giflés pendant son spectacle. Il était collé au sol par le trac. On voyait les jambes de son pantalon trembler, il chantait de trois quarts dos au public tellement il avait peur. De temps en temps il jetait un œil vers la salle mais il regardait surtout René Urtreger. Certains ont trouvé cette attitude absolument géniale et d'autres ont commencé à le siffler. Les deux camps en sont venus aux mains. »

Barbara : « Nous nous étions rencontrés lors de ces galas au TEP au lendemain desquels un journaliste avait dit que nous étions très laids, tous les deux, ce qui était agréable... Moi, je le trouvais très beau, nous étions assez proches dans nos angoisses, nos maigreurs, notre amour du noir... Je lui ai demandé de faire avec moi une tournée : avec une extrême délicatesse il a accepté. Je ne considérais pas qu'il faisait ma première partie : nous étions tous deux à la même affiche... Son trac, sa grande timidité pouvaient le mener jusqu'à la nausée avant de monter sur scène [1]... »

1. Sur le coffret de l'intégrale Barbara publié en 1992 par Philips, on découvre une version inattendue de « En relisant ta lettre ». Un autre titre (« Nous ne sommes pas des anges », finalement chanté par France Gall) est resté inédit.

Il est en effet prévu que Serge effectue une série de dix concerts en février 1965 avec la grande dame en noir, dans les villes universitaires, coordonnée par Sophie Makhno. Au bout de quelques dates il abandonne...

Gainsbourg : « Les gens m'admettaient avec beaucoup de réticences et je sentais que je leur étais insupportable, sur leurs visages je voyais parfois l'incompréhension totale. Je me disais : "Ils ont l'air tellement excédés, c'est vraiment illogique qu'on ne me sorte pas"... et je mettais cela au compte de leur laisser-aller. »

Un soir funeste de cette tournée avortée c'est pourtant bien ce qui manque se passer...

Barbara : « Le public, sans le huer, le chahutait, on sentait une grande agitation, une étrange réaction dans la salle. Au bout d'un moment, j'étais tellement révoltée qu'il a fallu que je réagisse et je me revois montant sur scène pour leur dire que je ne comprenais pas. Dans la nuit, on en a longuement parlé, il m'a dit qu'il préférait quitter la tournée, je sentais une grande tristesse, un profond découragement. Son désir d'affronter le public n'était plus assez fort. S'il avait continué, son trac se serait transformé en terreur ! »

Quelques semaines plus tôt, le 3 janvier 1965, on l'avait revu à *Discorama*, invité une fois de plus par la formidable Denise Glaser. Entre trois chansons de son nouvel album (« Couleur café », « New York USA » et « Machins choses »), il répond à ses questions, toujours aussi pertinentes :

> Denise Glaser : Un jour nous avons aussi parlé du yé-yé et du rock. Moi je ne peux pas être juge et partie, disons que je suis, pour quelques minutes, arbitre. Et vous m'avez dit un jour : « Qu'ils aillent donc s'acheter des wagons de sucettes »... Qu'est-ce que vous pensez maintenant ? Qu'ils ont vieilli ?
>
> S.G. : Maintenant, j'ai retourné ma veste.
>
> D.G. : Vous avez retourné votre veste.
>
> S.G. : J'ai retourné ma veste, parce que je me suis aperçu que la doublure était en vison. Je trouve qu'il est plus acceptable de faire du rock sans prétention que de faire de la mauvaise chanson à prétention littéraire. Ça c'est vraiment pénible.

Comme ce sont les titres qui lui donnent les idées de ses futures chansons, Serge a pris l'habitude de noircir des feuilles de papier brouillon de son écriture impossible. L'une d'elles, la plus célèbre, date de l'automne 1964 et contient en substance tout ce qu'il va accomplir dans les mois et même les années qui suivent. On y trouve, jetés en vrac, les titres suivants : « Bébésong », « Les animals », « Pau-

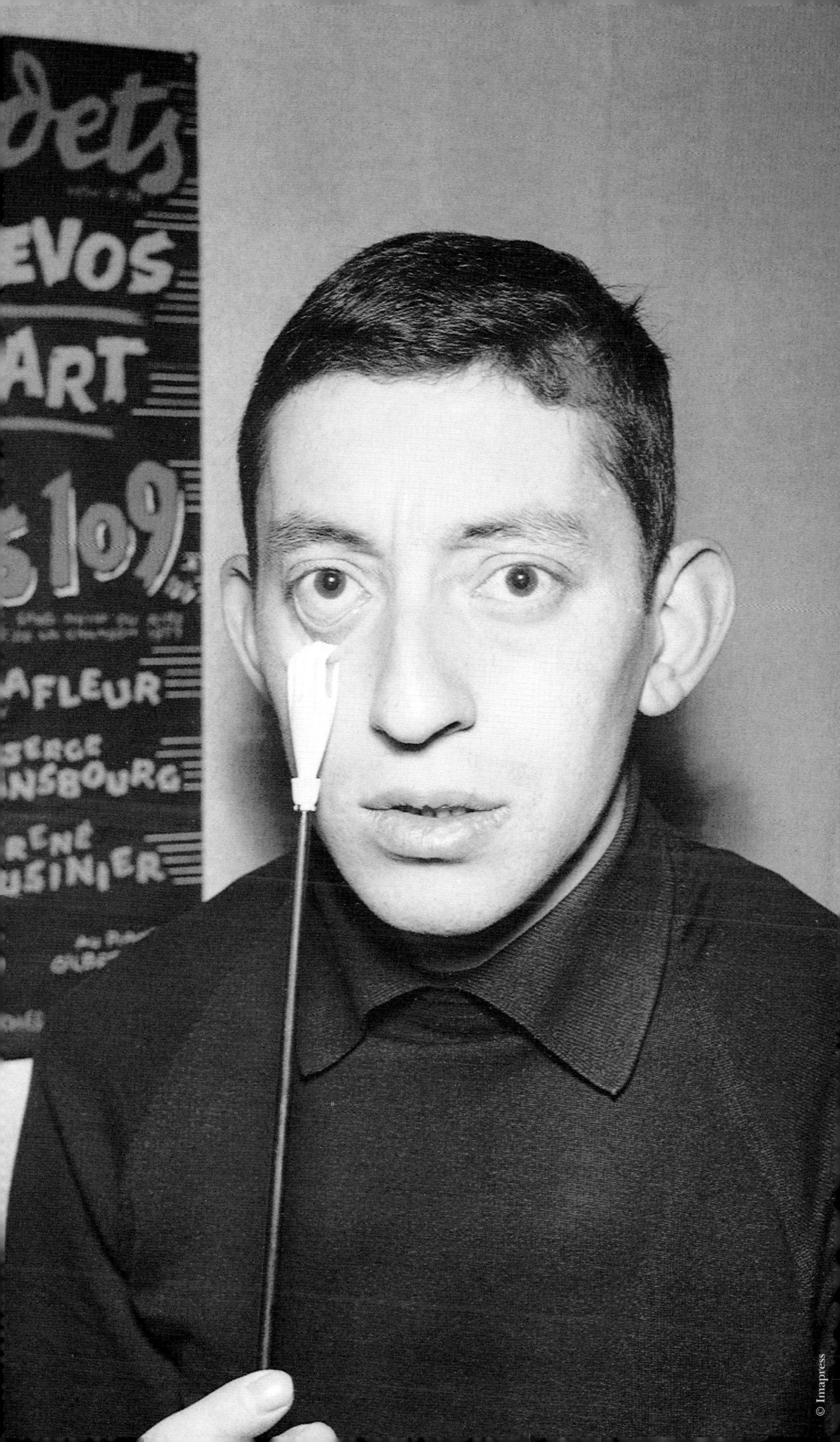

© Imapress

Olia et Joseph Ginsburg en 1919.

L'enfant sage

L'adolescent rêveur

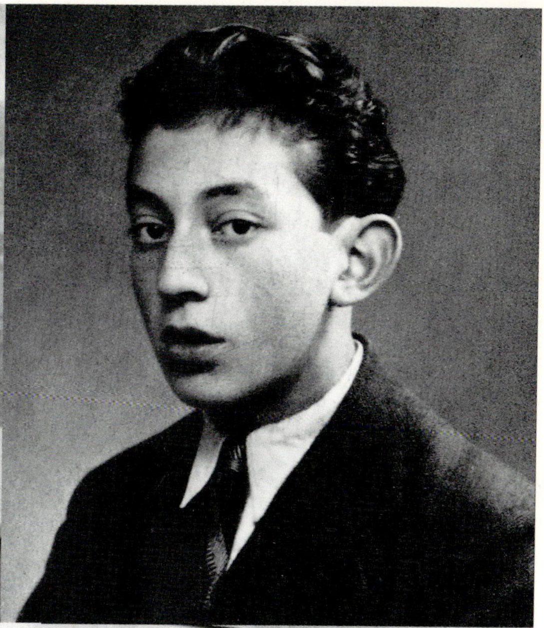

L'autoportrait

Gainsbourg devant l'une des ses toiles

Tenue scénique, tenue cynique dans les coulisses d'un cabaret.

En studio, fin des années cinquante.

L'une de ses premières « couvrantes », octobre 1959.

© C. Millet

© Rancurel / G. Médias.

Avec Juliette Gréco, première interprète de « La javanaise ».

PELOUSE
INTERDITE

Enregistrement de la première version de « Je t'aime moi non plus »
avec Brigitte Bardot, fin 1967.

© Ian Berry / Magnum

CELLAR
154

Photos : © Ian Berry / Magnum.

« Jane m'a apporté des années de bonheur. Dans ma bouche, c'est bizarre, non ?
Mais ce n'était pas du pastel. D'ailleurs, pour un couple, c'est dangereux de ne pas se bagarrer. »

花実や
とんかつ
えびふらい
季節一品料理
天ぷら
花実や

L'arrivée de la petite Charlotte

© Rue des Archives

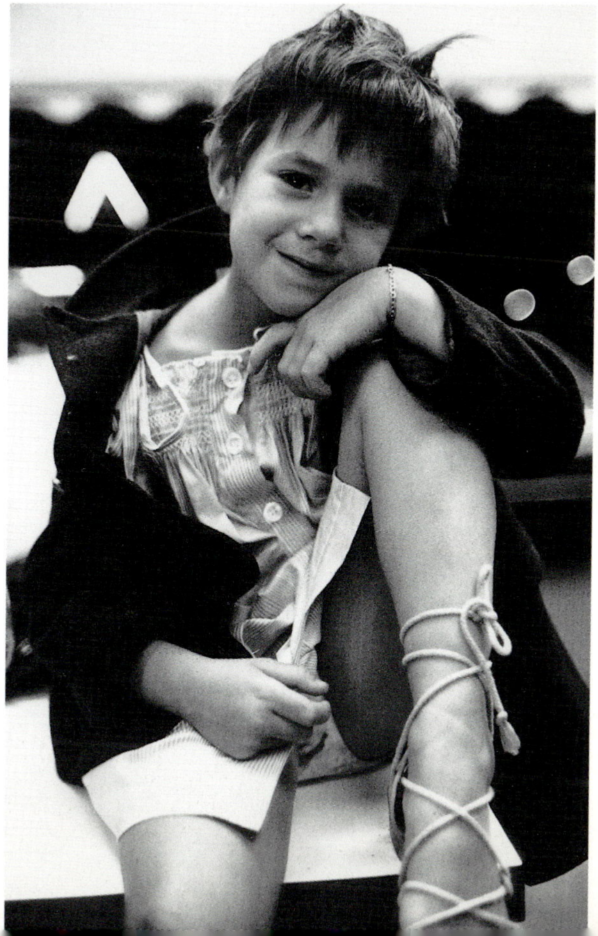

Photo d'Andrew Birkin

Avec Jane et la chienne Nana, au festival de Cannes.

vre Lola », « Ford Mustang », « Docteur Jekyll et Mister Hyde », « Lolita Go Home », « Olive Popeye et Mimosa », « Le groupe anglais », « Le bluff », « Le fin du fin », « Encore un petit bourbon et j'aurai plus le bourdon », « Viva El Filsapapa », « Les bons cons font les bons amis », « Le nu artistique » (ou « La Vargas Girl ») et « J'vais t'envoyer à l'hôpital ». A propos de « Ford Mustang », on note encore ce pense-bête aux allures de trouvaille : « Tous mots anglais dits par les chœurs [1] ». Enfin, juste à côté de « Poupée de cire poupée de son », il a indiqué cette remarque : « Eurovision ».

1. « Pauvre Lola » figure sur *Gainsbourg Percussions*, il enregistre « Docteur Jekyll et Monsieur Hyde » en 1965, « Ford Mustang » en 1968, « Lolita Go Home » deviendra un titre d'album pour Jane Birkin en... 1975. « Les animals » sera emprunté par Bayon pour son premier roman (1990).

11

Qui est « in » qui est « out »

La vie s'envenime entre Serge et Béatrice : l'arrivée de Natacha, on l'a vu, n'a rien fait pour calmer la jalousie de sa femme. Le quotidien n'est pas toujours rose au 6e étage du 12, rue Tronchet.

Gainsbourg : « Le détail a son importance parce qu'il est à l'origine de deux histoires superbes. Voici la première : il y avait un petit balcon qui donnait sur la rue des putes, la rue Vignon. J'entends des cris et j'avise en bas des filles qui engueulaient un Amerloque. Je me dis : Oh là là, je vais calmer tout ça ; je prends un seau d'eau, je vise les filles mais avant que n'arrive la flotte elles avaient fait un pas en arrière et le Ricain un pas en avant, résultat c'est lui qui se prend tout dans la gueule. Donc non seulement il avait pas baisé mais il s'était fait baiser... La deuxième met en scène Béatrice... Elle m'avait donné une montre en or de chez Tiffany. Un soir je rentre tard, peut-être un peu pété, elle me dit : "Donne-moi ta montre." Je savais très bien ce qu'elle allait en faire : paf, par la fenêtre. Je me souviens d'avoir compté les secondes avant de l'entendre s'écraser sur le sol. Le lendemain elle m'en offrait une autre, toujours de chez Tiffany, mais en platine... »

Côté musique, le magazine *Diapason,* en janvier 1965, parle du "paradoxe du cas Gainsbourg" :

> Tout en étant le compositeur exigeant de l'album *Percussions*, il est aussi l'auteur de "O o Sheriff", "N'écoute pas les idoles", c'est-à-dire de "tubes" copains : deux faces de sa personnalité, quelque chose comme Dr. Jekyll and Mister Hyde. Qui tuera l'autre ?

A un magazine télé, Serge balance : « Je veux être célèbre en 65 ! » Et comment va-t-il s'y prendre ? « Je vais me lancer dans le rock, le vrai rock. J'en écrirai douze cette année. Voilà six ans que j'attends, ça suffit ! »

Où en sommes-nous, en effet ? Georges Brassens est en tête des ventes avec « Les copains d'abord ». Salvador rigole : « Le travail, c'est la santé » et Frank Alamo décalque « Le chef de la bande » sur « The Leader Of The Gang » des Shangri La's. Le débutant Michel Delpech chante « Chez Laurette », Guy Marchand est révélé par « La passionnata », Dick Rivers adapte les Moody Blues et interprète « Va-t'en, va-t'en ». Derrière, en vrac, on trouve Guy Mardel et « N'avoue jamais », Dalida et « La danse de Zorba », Enrico Macias et « Paris tu m'as pris dans tes bras ». Et puis surtout, on écoute « I Feel Fine », « She's A Woman » et « Eight Days A Week » des Beatles, « All Day & All Of The Night » des Kinks, « Time Is On My Side » des Rolling Stones : la vague anglaise est en train de se transformer en raz-de-marée. En juin 1965, les Beatles reviennent à Paris, au Palais des Sports, tandis que les hit-parades sont envahis par « Ticket To Ride » et « Help ! » ; de leur côté les Stones publient « The Last Time » et « Satisfaction » ; les Animals sont partout avec « Don't Let Me Be Misunderstood » et « We've Got To Get Out Of This Place » ; les Who mènent l'attaque avec « I Can't Explain » et « My Generation ». On découvre même le Gallois Tom Jones avec « It's Not Unusual » et « What's New Pussycat », puis les Irlandais des Them avec leur « Gloria », idéal pour s'éclater lors des surboums. Les Américains ne sont pas en reste : c'est en 1965 qu'ils exportent coup sur coup Bob Dylan (« Subterranean Homesick Blues », « Like A Rolling Stone ») et la musique soul : la jeunesse française découvre Wilson Pickett, James Brown, les Supremes et les Temptations !

Avant même qu'intervienne la consécration de l'Eurovision, on commence à murmurer que Gainsbourg se « prostitue » parce qu'il gagne enfin correctement sa vie. Ses propres disques ne se vendent toujours pas, mais ses interprètes ont du succès. En vérité, nous allons attaquer un moment absolument crucial dans sa carrière : de 1965 à 1969, Serge va vivre une des périodes les plus agitées de sa vie — un divorce, deux histoires d'amour, des films, des feuilletons à la télé, quelques tubes énormes, une quinzaine d'interprètes et plus de cent chansons dont « Qui est "in" qui est "out" », « Harley Davidson », « Sous le soleil exactement » et « Je t'aime moi non plus »... Tout commence par l'épopée « Poupée de cire poupée de son » :

> Je suis une poupée de cire
> Une poupée de son
> Mon cœur est gravé dans mes chansons
> Poupée de cire, poupée de son

Ecrite à l'instigation de Gilbert et Maritie Carpentier, « Poupée de cire » — la chanson qui représente le Luxembourg au grand concours Eurovision de la chanson — est créée par France Gall le 20 mars, en direct de Naples, devant 150 millions de téléspectateurs. Serge s'y rend en wagon-lit première classe avec Louis Hazan et Louis Nucera, l'ex-petit journaliste du *Patriote* de Nice et futur écrivain, devenu attaché de presse des disques Philips. L'orchestre est dirigé par Goraguer et Pierre Tchernia fait en direct les commentaires à la télé. Quant aux autres concurrents, ils se nomment Conchita Bautista (Espagne), Bobby Solo (Italie) et Udo Jurgens (Autriche). Le gratin... Sur les 18 pays représentés, le Luxembourg obtient 32 points, soit 6 de mieux que la candidate anglaise Kathy Kirby.

France Gall : « Pendant le concours, j'ai peu vu Serge. Les musiciens avaient sifflé la chanson dès la première répétition. Ils désapprouvaient complètement ce rythme de cavalerie alors que les autres candidats faisaient dans le sirupeux. Il en a eu marre et il est parti... »

Il n'y a pas que les musiciens qui se montrent allergiques : au moment du vote, les pays francophones n'accordent que peu de points à la « Poupée » contrairement au reste de l'Europe...

France Gall : « Je ne me souviens pas du concours, seulement d'avoir chanté et puis d'avoir eu très soif. Je suis sortie boire un grand verre de lait avec une copine à la cafétéria en face et on a dû papoter assez longtemps parce que les résultats avaient été proclamés. Quand nous sommes revenues, il y avait un long couloir à parcourir et nous avons vu une meute de photographes se précipiter dans notre direction, après quoi j'ai été poussée sur scène et j'ai rechanté... En fait j'étais complètement inconsciente de ce qui m'arrivait. »

Après un « merci » à peine audible, l'auteur-compositeur est également acclamé et dès ce moment il est doublement piégé — par ceux qui le découvrent et par ceux qui l'aimaient déjà.

Mes disques sont un miroir
Dans lequel chacun peut me voir
Je suis partout à la fois
Brisée en mille éclats de voix

Louis Nucera : « Je me souviens qu'à l'époque France Gall était avec Claude François et qu'il avait été cruel avec elle : quand elle a gagné, elle l'a appelé au téléphone, mais lui en a pris ombrage. Il lui a parlé rudement et elle est tombée dans mes bras en sanglotant. »

Pire que ça : Clo-Clo, son fiancé secret, au lieu de la féliciter, se met à hurler dans le combiné « Tu as chanté faux, tu étais nulle ! »... « Elle est sortie de la cabine en pleurant, se souvenait Serge vingt ans après. C'est méchant. Il y a des plans immondes dans ce métier... immondes... Ce n'est pas de l'abjection... c'est pire que l'abjection [1]... »

1. Interview publiée dans *Actuel*, n° 60, octobre 1984.

Joseph Ginsburg : « Ça fait un boum terrible. On vend déjà 20 000 disques par jour (c'est Lucien qui nous l'a annoncé par téléphone). Les télégrammes de félicitations affluent. Demain Philips organise un cocktail pour 200 personnes. Cette "petite" aventure lui apportera de la grosse galette... Il est dans tous ses états. Samedi 20 c'était un suspense terrible pour nous devant la TV [...] à la fin de l'émission nous étions obligés de recourir aux aspirines et nous n'avons pu nous endormir avant 4 heures du matin [1] ! »

Avec le succès vient le cortège des interviews gnangnan, à la petite France on demande par exemple si Serge est son type d'homme :

> Eh bien non, je ne crois pas, j'aime bien les garçons plutôt blonds aux yeux bleus, mais j'aime énormément Serge parce qu'il est très bizarre [...] Ma foi je ne me marierai jamais avec lui mais j'espère le garder le plus longtemps possible comme auteur-compositeur.

Vingt-cinq ans plus tard, il aura cette réponse plutôt cruelle dans une interview publiée par *Les Inrockuptibles* :

> France était trop bébête pour être une Lolita. Une Lolita ça doit quand même savoir allumer. Elle ne m'allumait pas du tout... Hé hé hé... J'avais l'essence mais elle n'avait pas le briquet.

France Gall : « Serge écrivait des chansons qui correspondaient à la manière dont il me voyait. J'étais quelqu'un de très triste, très solitaire. Je déteste parler de ces années-là. J'ai enregistré mon premier disque à quinze ans et demi. A vingt ans j'étais encore tout à fait bébé. J'aimais les mots et le style de Gainsbourg, il était le plus moderne, je chantais ses chansons avec plus de plaisir que les autres. A l'époque de "Poupée de cire", j'avais très peur des garçons et cette chanson me ressemblait très fort... »

> Seule parfois je soupire
> Je me dis à quoi bon
> Chanter ainsi l'amour sans raison
> Sans rien connaître des garçons

Première conséquence de cette victoire à l'Eurovision, la chanson est adaptée partout en Europe et même au-delà : en allemand (« Das war eine schöne Party »), en italien (« Io si, tu no »), en espagnol (par Conchita Bautista et Karina), en danois (par Gitte Haenning) et même en japonais, par France elle-même... Dans la presse, on rapporte que les commandes affluent : Henri Salvador, Sacha Distel, Eddy Mitchell et Jeanne Moreau lui auraient demandé des chansons (seul Sacha en

1. Lettre du 25 mars 1965.

aura dans les mois qui suivent). C'est à un journaliste belge que l'on doit la meilleure interview publiée cette année-là, dans l'hebdomadaire *Télé-Moustique* ; Serge commence par reconnaître que s'il avait écrit pour Yves Montand, il aurait percé bien plus vite :

> Déjà je refusais de faire la moindre concession. J'ai essayé, mais sans l'accepter, de faire des concessions visuelles ou d'estomper mon cynisme et ma misogynie. Ça n'a pas marché ! J'étais trop brutal ! [...] Oh ! certes j'ai eu pas mal de succès sur la Rive gauche ! Mais la Rive gauche ce n'est pas le public. Le public, c'est la masse qui achète les disques, qui démolit l'Olympia pour les Animals et qui envahit Orly pour les Beatles. Ce public-là, je n'ai pas encore réussi à l'empoigner. [...] Quand j'étais adolescent, une astrologue m'avait prédit que le succès me viendrait de l'étranger. Eh bien, pas une voix française pour moi à Naples ! C'est l'étranger qui a voté pour moi. [...] Qu'est-ce que c'est, « réussir » ? Gagner de l'argent ? J'en gagne assez, suffisamment pour vivre sans compter. Mais il paraît que réussir, c'est réaliser ses rêves de jeunesse. Alors là, je n'ai certainement pas réussi. J'ai échoué, puisque je rêvais de devenir peintre et que j'ai lâché la peinture[1] !

Douze jours après l'Eurovision, le 1er avril 1965, Serge donne avec son pianiste René Urtreger son tout dernier concert à Nice, dans le Hall des Expositions, à l'occasion de la Nuit du Droit : « Je ne m'attendais pas à être populaire un jour, confie-t-il à cette occasion à Léo Chirchietti du *Provençal*. Je me considère plutôt comme un chanteur intellectuel, un gars qui ne dit pas trop de conneries dans ses chansons. Alors, ce prix, ça me fait marrer. » Le lendemain, 2 avril, jour de son anniversaire, il décide de passer la journée « dans la plus stricte intimité avec la mystérieuse femme brune qui l'accompagne », dixit *Le Provençal*, avant de regagner Paris.

René Urtreger : « Je l'ai accompagné pour ce concert à Nice. Il est descendu avec sa femme au Negresco. Moi, j'étais dans un autre hôtel, moins chic, parce que c'était la tradition que l'orchestre soit dans un autre hôtel que la vedette, mais là j'étais tout seul. C'était ridicule. Une demi-heure après notre arrivée, il m'appelle dans mon hôtel et me dit : "Amène-toi, je te paye une chambre ici". Il savait aussi que j'avais une bouteille de whisky avec moi. C'est d'ailleurs ce qui nous liait à l'époque. Et sa femme faisait la gueule. Je voyais bien qu'ils n'avaient rien à faire ensemble. Lui était en devenir, et elle était tellement coincée, comme venue d'une autre planète. »

Ce tour de chant du 1er avril 1965 lui permet de tourner la page sur huit années de galères, de tournées ratées, de galas minables, de cabarets enfumés, de publics snob ou hostiles. Huit années de trac, de

1. *Télé-Moustique* du 9 septembre 1965, interview par F. Celle.

timidité tétanisante, de maladresses, de commentaires désobligeants dans la presse, de « peu d'aptitude au métier de chanteur » comme l'avait dit un chroniqueur... Huit années passées à chercher son public sans jamais le trouver, ou si peu.

Serge n'a pas attendu l'Eurovision pour se remettre au travail. Claude Dejacques lui présente Valérie Lagrange, jeune comédienne découverte à dix-sept ans dans *La Jument verte* de Claude Autant-Lara en 1959. Elle avait aussi fait la couverture du tout premier numéro de *Lui* en novembre 1963, photographiée par son mari, Serge Beauvarlet. Son premier EP avait été publié en octobre 1964 avec quatre chansons orchestrées par Maurice Vander. Son deuxième super-45 tours, qui sort en avril 1965, sur lequel elle est accompagnée par le groupe exotique sud-américain Los Incas [1], contient « La guérilla » de Gainsbourg :

Me fais-tu l'amour ou bien la guérilla
Toi que j'ennuie à mourir sans tequila
Toi que j'ennuie à mourir sans tequila
Me fais-tu l'amour ou bien la guérilla [2]

Valérie Lagrange : « J'étais à l'époque dans un trip latino, vu que je chantais avec Los Incas, Serge s'y était adapté. Je me souviens qu'on est sortis ensemble un soir, il était à la fois dragueur et timide, il avait sans doute envie que ça aille plus loin mais j'étais très amoureuse de Jean-Pierre Kalfon que je venais de rencontrer. Je nous revois allant de bar en bar, super-gênés, sans nous dire grand-chose... A vrai dire, cette soirée fut pour moi mortellement ennuyeuse. »

Le lancement de Valérie rencontre un joli succès, même si le showbiz français de l'époque n'est pas prêt à accepter une aussi forte personnalité, face aux Sheila, Sylvie et Gall nettement plus malléables. Dans cette dernière catégorie, Serge va bientôt avoir affaire à Michèle Torr, dix-huit ans, fraîchement débarquée de son Vaucluse natal et révélée un an plus tôt par « C'est dur d'avoir seize ans » et « Dans mes bras (oublie ta peine) ». Indifférent à son image de vamp provinciale, Serge lui écrit « Non à tous les garçons » :

1. Los Incas, dont l'interprétation de « El Condor Pasa » va donner à l'Américain Paul Simon l'idée d'une chanson qui a fait le tour du monde : « The Sounds Of Silence ». Ils sont produits par Claude Dejacques, qui les met à toutes les sauces : ils accompagnent aussi Bardot sur « El Cuchipe » et Nougaro sur « Bidonville ».

2. Gérard Lenne, par ailleurs biographe de Jane Birkin, fait remarquer que « La guérilla » ne comprend que des vers en onze pieds, forme poétique appréciée en Espagne et en Amérique du Sud. Serait-ce une coquetterie de Serge ? On peut l'imaginer.

Si tu es trop difficile
Il s'pourrait bien
Si ça continue qu'il
Ne t'arrive rien
Si tu dis non
Toujours non
Non à tous les garçons

Le 19 avril, Serge participe — indirectement — au show Henri Salvador (*Pirouettes Salvador*) produit par Maritie et Gilbert Carpentier. Parmi les attractions, des artistes signés sur le label du fameux rigolo (Jacky Moulière, Tiny Young, etc.) et un trio inédit Salvador / Petula Clark / Sacha Distel intitulé « Sourire, soupir » écrit et composé par Serge.

Distel : Soupir
Rien dire
Maudire
Le jour
Petula : Sourire
Soupir
Salvador : Mourir de rire
Distel : Mourir d'amour

Grâce aux droits d'auteur de « Poupée de cire », il a enfin les moyens de son extraordinaire générosité. Il décide d'emblée qu'il est temps pour Joseph, qui approche des soixante-dix ans, de prendre sa retraite : malgré les réticences de sa maman, qui s'est toujours beaucoup inquiétée de sa situation pécuniaire (l'ayant sans doute trop souvent vu sans un liard), il verse à ses parents un pécule trimestriel. Il commence aussi à écumer les antiquaires et s'achète un tapis en astrakan et un fauteuil de dentiste anglais du XVIIIe... Et puis il y a les enfants de sa sœur Jacqueline, Yves et Isabelle, nés l'un en 1955, l'autre en 1960, ses neveux qu'il adore...

Yves Le Grix : « Mes premiers souvenirs de Serge sont assez imprécis : vers l'âge de quatre-cinq ans je vivais avec ma mère avenue Bugeaud, chez mes grands-parents ; il paraît que malgré ses précautions il lui arrivait de me réveiller quand il rentrait du Milord et du coup, nous jouions au train électrique à 4 heures du matin... Pour la Noël 1962, il m'avait offert sa collection de soldats de plomb, des jouets précieux que, comme un crétin, je m'étais empressé d'abîmer. Un an plus tard j'avais reçu une collection de voitures anciennes, mais étant un complet ignare je l'avais appelé pour lui dire : "Et alors ? c'est tout ce que tu me donnes ?" Je gaffais tout le temps à l'époque... »

Isabelle Le Grix : « En 1966, il nous a emmenés tous les deux au restaurant, puis au magasin de jouets Le Train bleu en nous disant :

“Allez-y, choisissez tout ce que vous voulez”. Vous nous imaginez, mon frère avait onze ans, j’en avais six, on était comme des fous... »

Surnommé par le chansonnier Robert Rocca « le personnage en quête de droits d’auteur », Gainsbourg va les claquer dans les boîtes, par exemple au New Jimmy’s chez sa copine Régine. Ils ont plus d’un point commun : nés à quelques mois d’intervalle, ils ont vécu les mêmes expériences durant la guerre, ils ont dû fuir et se cacher. Régine est tentée par la chanson, et même la grande chanson populaire — ce qui est contredit par son image de « reine de la nuit ». Après un 45 tours cousu sur mesure par Aznavour, Serge la gâte et lui balance « Les p’tits papiers » :

Laissez parler
Les p’tits papiers
A l’occasion
Papier chiffon
Puissent-ils un soir
Papier buvard
Vous consoler

Régine : « Je l’avais connu du temps du Milord, j’étais barmaid au Whisky à Gogo, juste à côté. Avant d’ouvrir j’allais au Milord pour le voir, je trouvais ses chansons formidables. Pendant quelques années on ne s’est plus vus, il s’était marié, puis on s’est croisés pendant une soirée showbiz et je l’ai rappelé pour lui demander de me faire une chanson. Il est venu avec sa femme qui était extrêmement jalouse ; elle était terrible, elle ne le quittait pas d’une semelle, alors je suis restée en robe de chambre, mal coiffée, et elle a dû se dire qu’avec moi elle ne craignait rien et elle a eu raison : je n’ai jamais eu d’aventure avec Serge... La deuxième fois il est venu seul, il est rentré sagement et la troisième fois je lui ai dit : “Bon, on va aller manger un morceau et boire un coup”. Il était 19 heures, on a mangé avec des copains, ensuite nous sommes descendus au club et il n’est jamais rentré chez lui. A 8 heures du matin, on était au Calavados et il était de plus en plus bourré ; à 9 heures il n’était plus question pour lui de retourner chez sa femme. Il me disait : “Si je rentre ça va être terrible, je suis sûr qu’elle me cherche partout !” Du coup il a été se planquer à l’hôtel — c’était quelque temps avant leur séparation. »

Je te prête Charlie
Mais il s’appelle reviens
Prends-en bien soin
Comme si c’était le tien
Et n’oublie pas ma chérie

Que j'y tiens
Ramène-le-moi sans faute demain matin

Régine : « En fait il était venu m'apporter une chanson intitulée "Il s'appelle reviens", que j'avais trouvée amusante mais vraiment courte. Je le lui dis et lui demande : "Tu ne penses pas l'allonger ?..." Il me répond que non. Et puis il me dit : "J'ai pensé à un autre truc mais franchement je ne sais pas ce que ça vaut, ça n'a ni queue ni tête, c'est un machin que j'ai écrit comme ça." Il sort timidement un papier de sa poche, se remet au piano et marmonne : "Tu me dis franchement ce que tu en penses, moi je crois que c'est nul." En fait il n'en pensait pas un mot : il a commencé à jouer "Les p'tits papiers" et moi je suis tombée à la renverse, c'était un chef-d'œuvre et ça l'est toujours ! »

Laissez glisser
Papier glacé
Les sentiments
Papier collant
Ça impressionne
Papier carbone
Mais c'est du vent

A propos de cette interprète inattendue, Serge écrira, des années après, ces quelques phrases :

Régine c'est un club privé à elle toute seule. N'y entre pas qui veut. Une nuit elle m'a filé son passe. Il y avait à boire mais pas de musique. Alors je lui ai enfoncé dans la tête quelques-uns de mes meilleurs titres.

Il est intéressant de constater qu'entre l'« Accordéon » de Juliette Gréco, « Les p'tits papiers » de Régine et le « Bloody Jack » de Zizi Jeanmaire, il existe une constante populaire et gouailleuse qui n'a rien à voir, a priori, ni avec l'avant-garde de *Gainsbourg Confidentiel* ni avec la pop yé-yé de « Poupée de cire ». Pour comprendre cette attirance, il faut évidemment remonter aux Charles Trenet et Fréhel de son enfance... En Régine, il perçoit la femme d'affaires vaguement cynique et l'imagine donnant des conseils aux petites morues débutantes. Cela donne « Si t'attends qu'les diamants te sautent au cou », une chanson pas tellement éloignée des « Jeunes femmes et vieux messieurs » et « Ronsard 58 » de ses débuts :

Rien ne vaut un homme autour du cou
Du moins pour se passer ses envies
Regarde derrièr' toi ma chérie
Ce sont tes vingt carats qui s'enfuient

Si tu n'as que ça à mettre au clou
Dépêche-toi tant qu't'es encore jolie

Aux yeux de tous les vieux débris
Ta jeunesse ça n'a pas de prix

Du 22 au 24 juin 1965, Serge retrouve Brigitte Bardot au studio Blanqui, avec ses fidèles complices Claude Dejacques à la direction artistique et Alain Goraguer aux arrangements et à la direction d'orchestre. Quatre titres sont mis en boîte, dont deux signés Gainsbourg. « Bubble Gum » fera un joli parcours dès sa sortie, en juillet, dans le palmarès des singles de l'été :

Aimer toujours le même homme
C'est des histoires à la gomme
L'amour mon vieux c'est tout comme
Du bubble bubble-gum

Piano bastringue façon far-west, la B.B. qui va triompher en fin d'année aux côtés de Jeanne Moreau dans *Viva Maria* chante aussi les « Omnibus ». Partant de la constatation qu'il existe des hommes-sleepings, des hommes-express et des hommes-pullmans (et même des wagons à bestiaux), Gainsbourg lui écrit :

Quant à moi ce que j'aime le plus
C'est de loin tous les omnibus
J'aime les arrêts imprévus
Dans tous les petits coins perdus

Le septième super-45 tours de France Gall est également publié au début de l'été : avec son épatante mélodie, « Attends ou va-t'en » est une des plus grandes réussites de sa période yé-yé :

Attends ou va-t'en
Mais ne pleure pas
Attends ou va-t'en
Loin de moi
Attends ou va-t'en
Ne m'embête pas
Va-t'en ou alors attends-moi [1]

Petit calcul : en quinze mois, du printemps 1964 à l'été 1965, Serge a signé huit tubes : « N'écoute pas les idoles », « Laisse tomber les filles », « O o Sheriff », « Poupée de cire poupée de son », « Les p'tits papiers », « La guérilla », « Bubble Gum » et « Attends ou va-t'en ». Sans inclure « Poupée de cire », il est vraisemblable que les ventes

1. Dès sa rencontre avec Michel Berger, France Gall fit une impasse complète sur son répertoire des années 60 et ne rechanta aucune des chansons qui l'avaient rendue célèbre. Seule exception, « Attends ou va-t'en » qu'elle reprit sur son album *Concert public — concert privé* publié en 1997.

totales des sept autres disques se situent entre 1 million et 1,5 million d'exemplaires. En face, les ventes de *Gainsbourg Percussions*, que l'on peut estimer sans trop risquer de se tromper à 3 ou 4 000 copies (il n'existe aucun chiffre fiable des ventes de disques à cette époque). Et ce n'est pas fini : pour Petula Clark, il écrit « Les Incorruptibles », en s'inspirant du feuilleton télévisé qui fait un triomphe depuis le 5 janvier 1964 sur la deuxième chaîne et qui met en scène Robert Stack dans le rôle d'Elliott Ness, au cœur de la prohibition, à Chicago, capitale de la mafia... Quand il écrit pour Petula, on a l'impression qu'il imagine déjà le show des Carpentier, les costumes, les décors et la chorégraphie — quant aux paroles, elles sont simplissimes :

Tous ces alcools
Prohibés
C'est du pétrole
Raffiné
Du vitriol
Destiné
A te faire tomber raide avant même d'y goûter

Petula Clark : « J'adorais chanter "Les Incorruptibles" sur scène. J'ai toujours eu le sentiment que Serge n'aimait pas donner l'impression qu'il était professionnel alors qu'il l'était complètement. Il avait l'air de se moquer de tout, tout en étant très efficace. Je trouvais ça à la fois irritant et fascinant. »

En 1965-66, ses ventes massives placent Petula en tête des vedettes européennes, juste derrière les Beatles. Et si, au total, elle a inscrit à son répertoire environ 300 chansons en français, nombreux sont ceux qui ne se souviennent que d'une seule, publiée au tout début 1966, « La gadoue », soit le dixième tube consécutif pour Gainsbourg :

Du mois de septembre au mois d'août
Faudrait des bottes de caoutchouc
Pour patauger dans la gadoue
La gadoue, la gadoue, la gadoue[1]

Durant les mois de juillet et août 1965, alors qu'il séjourne au Touquet avec sa femme et la petite Totote, Serge se morfond : il devrait écrire douze nouvelles chansons pour un album qu'il a promis à Philips mais l'été s'achève et il n'a rien fichu. En fait, rien ne va plus entre Béatrice et lui. Il lui a déjà lancé un avertissement, en disparaissant quelques jours, mais elle n'a pas compris. A l'idée qu'il enregistre avec

1. A l'accent anglais et rigolo de Petula s'est substitué... l'accent anglais et rigolo de Jane Birkin lorsqu'elle a repris « La gadoue » sur l'album *Versions Jane* avec un coup de main des Négresses Vertes, en 1996.

Bardot, elle panique. Si Gréco donne un coup de fil, elle lui fait une scène. Si Michèle Arnaud, devenue entre-temps, on l'a vu, une grande productrice télé, a rendez-vous avec Serge, elle lui claque la porte au nez, soupçonnant une ancienne aventure. Et quand elle s'énerve, ça se passe mal, très mal. La vaisselle est brisée, des bibelots sont broyés. Et en dernier recours, le chantage affectif.

Au fil des mois, on a vu quelquefois Serge à la télé, rechantant notamment « L'eau à la bouche » en juin dans *A chacun son la* ou défendant « Couleur café » en juillet dans *Parlez-nous d'amour*. Choix inattendu en ces temps de censure, il interprète « Quand mon 6.35 me fait les yeux doux » en septembre dans *Fric Frac en chansons*, puis il ressort de ses cartons « Un violon, un jambon » en octobre dans *On a volé une chanson*, juste avant de dépoussiérer son « Poinçonneur des Lilas » dans un *Palmarès des chansons* consacré à Charles Trenet. Mais surtout, grande nouvelle, on le revoit « faire l'acteur », lui qui n'a plus rien tourné depuis *L'Inconnue de Hong Kong* en 1963 : Claude Loursais fait appel à lui pour un épisode des célébrissimes *Cinq dernières minutes* intitulé *Des fleurs pour l'inspecteur*, diffusé à la télé en tout début de saison. Serge joue le rôle d'un clochard soupçonné d'homicide, mais pour une fois, ce n'est pas lui le coupable...

Gainsbourg : « Raymond Souplex, celui qui jouait l'inspecteur Bourrel, était un mec adorable. Je me souviens qu'à la fin, j'étais dans son bureau au commissariat et il m'annonçait que j'allais être libéré, puis il me demandait : “Alors, qu'est-ce que vous allez faire maintenant ? travailler ?” et je lui répondais : “Quoi ? travailler ?”... Ensuite, il me laissait seul et j'en profitais pour me casser en douce, en laissant sur son bureau un petit bouquet d'immortelles. Après que ce fut passé sur l'antenne, les gens m'arrêtaient dans la rue et me félicitaient : “Ah ! m'sieur Gainsbourg, c'était épatant ! On savait bien que c'était pas vous !” »

On peut se demander pourquoi Serge n'a plus tourné dans aucun film depuis plus de deux ans. La réponse est simple : jalousie toujours. La promiscuité des petites comédiennes lui est strictement interdite. A trente-sept ans, Serge étouffe. Il réussit pourtant à rassurer sa femme à propos d'un film dont le tournage a lieu début novembre en Suisse : Jean-Louis Roy en est le réalisateur, c'est une comédie satirique mêlant espionnage et fantastique intitulée *L'Inconnu de Shandigor* qui, pour une raison mystérieuse, ne sortira qu'en juillet 1968. Seul moyen de la calmer, il promet de l'emmener sur le tournage.

Depuis l'Eurovision et tous ses autres tubes, Gainsbourg est devenu une adresse à la mode. On ne compte pas les commandes de chansons qu'il est contraint de décliner, et non des moindres. En septembre 1965, à peine libéré de son service militaire, Johnny Hallyday lui demande deux titres. Fin de non-recevoir. Idem pour Eddy « Schmoll » Mitchell quelques mois plus tard. En revanche, pour Sacha Distel, qui l'avait aidé quand il courait le cachet, il se fend de « Mamadou », une chanson pas si innocente que ça qui se retrouve en face B du super-45 tours que Sacha publie à la fin de l'été :

> Quand Mamadou Mamadou m'a dit :
> « Toi pauvre Blanc compter tes abattis »
> Je lui ai dit : « Oh oh Mamadou range ton couteau »
> Et je me suis remis à gratter mon banjo

Comme un brouillon en négatif de « La nostalgie camarade », qu'il enregistrera seize ans après[1], « Mamadou » évoque en filigrane la décolonisation des pays africains.

Sacha Distel : « On peut l'interpréter comme une chanson totalement raciste, si vous l'écoutez vraiment, et c'est peut-être pour ça qu'elle n'a pas fait une grande carrière. Ecrite avec humour bien sûr, mais il est quand même question d'un colon sur sa chaise longue qui parle à Mamadou, son esclave, un Mamadou qui finit par lui planter son couteau dans le ventre[2]... »

Quelques mois à peine après le triomphe de « Poupée de cire », l'étoile de France Gall commence à pâlir : « Attends ou va-t'en » n'a pas aussi bien marché qu'espéré et pour son nouvel EP, avec « Le temps de la rentrée » et « L'Amérique » (pas de chance, Sheila publie simultanément son navrant mais populaire « Folklore américain »), c'est pire encore ; accolée à ces titres d'une rare indigence, une chanson de Gainsbourg qui ne vaut pas tellement mieux, « Nous ne sommes pas des anges » :

> Les garçons on dirait des filles
> Avec leurs cheveux longs
> Quant à nous les filles
> On dirait des garçons
> Les filles en pantalon

Le tout crié plus que chanté par une France Gall survoltée... On peut seulement s'amuser de la coïncidence qui veut que la sortie de cette chanson unisexe précède de trois mois celle des « Elucubrations

1. Voir chapitre 21, album *Mauvaises nouvelles des étoiles*.
2. Dans tous les cas, « Mamadou » était moins « raciste », si tant est qu'on admette ce qualificatif pour une chanson qui se moque surtout des colonialistes, que « Scandale dans la famille », la chanson principale de ce même EP, qui réconcilie Distel avec les hit-parades. Pour la petite histoire, trois mois plus tard, Distel récidive avec « Monsieur Cannibale », une chanson pas « politiquement correcte » non plus, en y réfléchissant...

d'Antoine » (« Ma mère m'a dit Antoine fais-toi couper les ch'veux... »), qui va massivement cartonner dans les trois premiers mois de 1966 et susciter une réponse instantanée, « Cheveux longs, idées courtes », par Johnny Hallyday.

Serge et Béatrice ont réintégré leurs pénates rue Tronchet. En cette rentrée 1965, on écoute « Yesterday » des Beatles, « Satisfaction » des Rolling Stones, « Quand un bateau passe » de Claude François, « Quand revient la nuit » de Johnny et « Mes mains sur tes hanches » d'Adamo, l'un des quatre grands slows de l'été avec « Aline » de Christophe, « Capri, c'est fini » d'Hervé Vilard et « Le ciel, le soleil et la mer » de François Deguelt. Dick Rivers adapte « Colours » de Donovan (« Couleurs ») et Hugues Aufray « Mr. Tambourine Man » de Bob Dylan, également chanté en version électrifiée, au même moment, par les Byrds (« Monsieur l'homme orchestre »).

A son retour, Serge participe au tournage d'un portrait intitulé *Gainsbourg tel quel*, que lui consacre la télévision française, au cœur de l'émission *Central variétés*. C'est Dejacques, toujours aussi déterminé à le pousser en tant qu'artiste, et pas seulement comme auteur-compositeur, qui a arrangé le coup ; le reportage, qui dure une quinzaine de minutes, est réalisé par Claude Dagues.

Claude Dagues : « On a beaucoup tourné chez lui, dans une pièce qui lui servait de salon et de bureau. La décoration du lieu était très classique, et je me souviens particulièrement d'une collection d'animaux miniatures, d'oiseaux, de hiboux et de dragons en argent fort délicats, placés avec minutie sur la cheminée. La pièce étant étroite et sombre, on ne pouvait pas deviner la présence d'une femme dans cet intérieur. Cette pièce, c'était Gainsbourg. Nous avons également tourné en extérieur, à sa demande, dans des bistrots et chez les antiquaires du Village suisse. »

Cet envahissement ne plaît pas du tout à Béatrice : peu impressionnée par l'enjeu que représente ce reportage, elle se montre terriblement agacée par la présence de l'équipe télé.

Claude Dejacques : « C'est le fameux tournage de "La javanaise" qui a déclenché sa rupture avec sa femme : mon idée de scénario était que Serge écrivait la chanson chez lui puis elle se développait à travers Paris, alors on a commencé à tourner rue Tronchet. Il y avait là une super moquette toute propre et les godasses des technicos avaient laissé quelques traces... Sa femme était absolument furieuse. Après notre départ je sais qu'ils se sont engueulés... »

Au cours de cette ultime dispute, elle lui flanque un pot de confiture à la tête : il l'évite, le projectile s'écrase sur un mur, il regarde fasciné l'explosion murale, les fraises qui dégoulinent dans une sanglante mélasse...

Claude Dejacques : « Alors elle a pris le bracelet de diamants et rubis qu'il lui avait offert et elle l'a balancé par la fenêtre en lui disant d'aller le chercher. Mais il n'y a pas été... »

Gainsbourg : « Ce fut le drame et je me souviens de ce geste : j'ai pris ma carte d'identité et mon livret militaire et je suis parti, sans rien emporter d'autre. Dans un premier temps je suis allé dans les grands hôtels et j'ai occupé mes soirées, sans qu'il soit question d'idylles, j'insiste, avec Valérie Lagrange et Mireille Darc... Ce que j'ignorais totalement c'est que mon ex-femme avait des connexions dans la police et à cause des fiches qu'il fallait remplir dans les hôtels elle savait toujours où j'étais, sans pour autant se manifester. Lorsque Koralnik m'a contacté pour la comédie musicale *Anna*, je me suis installé dans son appartement, ce qui m'a permis de disparaître de la circulation... »

Le divorce sera prononcé au cours de l'automne 1966. Quant au portrait télévisé, il est diffusé le 12 octobre 1965. Extraits choisis :

> Claude Dejacques[1] : Qu'est-ce que ça représente pour vous le succès de « Poupée de cire poupée de son » ?
>
> Serge Gainsbourg : Quarante-cinq millions.
>
> C.D. : Et en dehors de l'argent ?
>
> S.G. : Rien. Quoi, enfin si, une satisfaction, si, c'est marrant. Moi qui étais connu pour un gars hermétique et vachement intellectuel, sophistiqué, incompris de mes compatriotes, voilà...
>
> [...] Je ne peux pas penser qu'une projection du moi sur une scène, du moi tel que je suis, pouvait marcher. Là je me sens brimé. Mais c'est quand même emmerdant, pour un gars qui veut créer quelque chose, de se sentir brimé. Quand ça veut rigoler ça rigole. J'en sais quelque chose. Enfin j'aurais préféré que ça rigole un peu moins et que je sois vraiment moi-même. Et ça, c'est foutu.

Mais, après tout, quand a-t-il été « vraiment » lui-même ? Quand il peignait ? Quand il jouait au misogyne forcené à ses débuts ? Le masque du succès lui va-t-il moins bien que celui de l'auteur-compositeur maudit ? En clair : est-ce une nouvelle pose ou souffre-t-il réellement d'être « brimé » ? Joli sujet de réflexion pour un psychanalyste, la question du dédoublement de la personnalité étant au cœur du personnage (Dr Jekyll / Mr Hyde, Gainsbourg / Gainsbarre)... Il est clair en tout cas qu'un garçon aussi idéaliste ne pouvait se satisfaire de sa seule réussite matérielle. Il lui arrivait à la même époque de citer Guitry : « Mon succès ? Il est arrivé, mais dans quel état... » Interrogé sur sa vie quotidienne, il raconte...

1. Son directeur artistique fait le journaliste (hors image) pour l'occasion.

Il n'y a pas d'obligations étant donné que j'ai une profession libérale. Quelqu'un va au bureau, à six heures il est libre, moi à six heures je ne suis pas libre, je suis libre toute la journée ce qui fait que je ne suis jamais libre. A deux heures du matin ou à quatre heures quand je ferme les yeux, je suis obsédé par les airs qui viennent me hanter. Ça c'est moche, faut essayer de ne pas se laisser avoir. C'est monstrueux ce métier ! Je pianote un petit machin, je vais en Yougoslavie, on me le ressort en yougoslave à la radio. Je pianote un autre truc, « La javanaise », je regarde un reportage en direct sur la première traversée du *France* et j'entends « J'avoue j'en ai bavé pas vous... » : c'est Juliette Gréco à l'inauguration du *France* ! Et moi je suis devant mon piano, ça me revient comme un boomerang ! Ce côté-là, ce côté démentiel a tendance à bouffer l'être humain, si celui-ci n'a pas la tête sur les épaules.

Il évoque ses concerts, lui qui s'est juré de ne plus se montrer sur autre chose qu'un plateau de télévision : « Quand les gens venaient me voir chanter, ils disaient que je n'avais pas de tenue scénique. Maintenant j'ai une tenue cynique et on dit que je suis prétentieux. Il faudrait savoir ! » Enfin, on se souvient de ces phrases, lâchées deux ans plus tôt à Denise Glaser :

La chanson française n'est pas morte, elle doit aller de l'avant et [...] prendre des thèmes modernes. [...] il y a tout un langage à inventer. [...] Tout un monde à créer, tout est à faire. La chanson française est à faire[1].

En cette fin 1965, à l'occasion de ce portrait télévisé, il se montre plus prosaïque, prouvant qu'il a été jusqu'au bout de sa réflexion sur l'avant-garde et la chanson :

Théoriquement pour être vraiment moderne, pour être au XXe siècle dans la lignée des peintres, des poètes et des musiciens modernes, on devrait faire une musique atonale et des vers libres. Comment aller expliquer ça dans le Cantal ?

Quelques mois plus tard, au fidèle Lucien Rioux de *France-Observateur*, il précise encore :

Je veux bien être incompris pour la peinture, pas pour la chanson. C'est prétentieux de dire qu'on écrit pour une minorité ; on pense tout de suite minorité égale élite. Moi, je veux écrire pour la majorité[2].

---

1. Voir chapitre 9.
2. Etrange schizophrénie, comme si Serge nous disait, sept ou huit ans après avoir abandonné ses pinceaux, qu'il souffre à la fois d'un complexe d'infériorité (par rapport à la peinture) et d'un complexe de supériorité (sa facilité à écrire une chanson en un temps record, chanson qui lui rapporte beaucoup d'argent, ce qui est aussi source de culpabilité). Au-delà de la caricature et de la psychologie au rabais, il y a là matière à réflexion.

C'est à la fin du mois d'octobre 1965 que les téléspectateurs découvrent au programme de *Dim Dam Dom*, l'émission féminine — et d'avant-garde — de la deuxième chaîne, produite par Daisy de Galard, un dessin animé tout à fait audacieux racontant les aventures de Marie-Mathématique, présentée comme « la première héroïne TV de science-fiction ». Imaginée par Jean-Claude Forest, le créateur de Barbarella, l'héroïne interplanétaire de bande dessinée, Marie-Mathématique est une « délicieuse adolescente de seize ans qui ressemble plus à Claudia Cardinale qu'à Brigitte Bardot », lit-on le 15 mars dans *L'Union de Reims*. Au rythme d'un épisode de 5 minutes chaque mois, ces petits films d'animation en noir et blanc sont conçus comme des voyages oniriques, se déroulant en l'an 2830, « accompagnés d'une série de complaintes écrites par André Ruellan et chantées par Serge Gainsbourg ».

Jean-Claude Forest : « Daisy de Galard, la productrice, était à l'affût de tout ce qui était un peu en marge et à la mode ; elle m'avait demandé si j'avais des idées pour une bande dessinée à la télé. Je lui ai proposé le principe du papier découpé car elle n'avait ni les moyens ni le temps d'investir dans une grosse production. J'ai mis quinze jours à faire les dessins et à raconter l'histoire et tout a été tourné en une petite semaine. L'écrivain André Ruellan, mon beau-frère, a écrit des poèmes d'accompagnement qui convenaient très bien à Serge qui était à cette époque, comme nous, un marginal. Il a lu un premier texte et il a tout de suite enregistré une musique très délicate et très simple. On a enregistré six épisodes en tout. Serge a eu l'idée d'inclure dans la musique, à la fin de chaque couplet, le rire de France Gall qui est devenu celui de Marie-Mathématique. »

Pour les paroles de cette « comédie musicale graphique, assez utopique, surtout dans le cadre d'un magazine télévisé mensuel », comme l'expliquait Forest, Ruellan choisit une forme poétique ancienne et stricte, le virelai :

Les astres rôdeurs
Sont couverts de fleurs
Volages
Qu'une ondée flétrit
Plus vite qu'ici
L'orage
Mais quand la saison
Ouvre à ses poissons
La cage
Triomphe la nuit
Qui tourne à midi
Sa page

Jean-Claude Forest : « La voix de Serge contribuait beaucoup à l'ambiance érotique qui se dégageait de Marie-Math. Parfois c'était un chuchotement chanté qui donnait au spectateur l'impression de pénétrer dans l'intimité de cette petite héroïne[1]... »

Après le bide de son dernier super-45 tours, les producteurs de France Gall sont à la recherche d'un nouveau hit. Dans « Baby Pop », que leur présente Serge, tous les ingrédients sont réunis : le rythme, la mélodie, le refrain facile... et pourtant, rien n'y fait : en janvier 1966, quand la chanson est publiée, elle n'obtient pas les scores de « N'écoute pas les idoles », ni de « Laisse tomber les filles »...

Chante danse BABY POP
Comme si demain BABY POP
Ne devait jamais revenir

« Baby Pop » est sans doute l'exemple le plus flagrant de la distorsion opérée par Gainsbourg entre l'image pétillante de cette nouvelle génération qui s'identifie à des gentilles interprètes comme France Gall et la réalité la plus sordide et dramatique. Le constat est d'une épouvantable dureté :

Sur l'amour tu te fais des idées
Un jour ou l'autre c'est obligé
Yé yé yé !
Tu seras une pauvre gosse
Seule et abandonnée
Tu finiras par te marier
Peut-être même contre ton gré
Yé yé yé !
A la nuit de tes noces
Il sera trop tard pour le regretter

Exactement le genre de chanson qu'on a l'impression de connaître par cœur, jusqu'au moment où l'on réalise la réelle portée des paroles...

France Gall : « "Baby Pop" s'adressait à toutes les filles, elles en étaient toutes ! Et cette phrase « Chante danse Baby Pop / Comme si demain Baby Pop / Au petit matin Baby Pop / Tu devais mourir » me plaisait beaucoup. La seule chose qui m'énervait, c'était ma voix très aiguë et mixée de manière très criarde. Pour les télés et la promo de cette chanson, on m'avait mis des perruques et fait un maquillage noir et blanc : je trouvais cela ridicule, ça fichait tout par terre[2]. »

1. In *Giff-Wiff* n° 22, décembre 1966. Le regretté Jean-Claude Forest retourna voir Serge quelques années plus tard pour lui proposer le scénario d'un film dont il souhaitait qu'il soit l'acteur principal : ce scénar deviendra l'histoire d'*Ici Même*, dessinée par Tardi dès le premier numéro du mensuel *(A Suivre)* en 1978.

2. Moyennant une somme rondelette (4 000 francs de l'époque) pour l'auteur, une marque de produits de beauté sort bientôt sous le nom de « Baby Pop ».

Serge a donc quitté le domicile conjugal. Après quelques semaines passées à se planquer dans des hôtels, Michèle Arnaud lui propose de s'installer dans le petit appartement de sa fille Florence, boulevard Murat, en compagnie du réalisateur suisse Pierre Koralnik, remarqué entre autres pour la célèbre émission de variétés *Douche écossaise*, lancée quelques mois auparavant. A l'époque, Koralnik est à la pointe de l'avant-garde télévisuelle, au même titre que l'autre protégé de Michèle Arnaud, Jean-Christophe Averty.

Pierre Koralnik : « Lorsque j'ai voulu monter cette comédie musicale intitulée *Anna*, Michèle m'a suggéré Gainsbourg, on est devenus potes et quelque temps après il est venu vivre chez moi, il est resté deux ou trois mois et ça arrangeait tout le monde : sa femme ne savait pas où il était et on travaillait bien. »

En cette fin 1965, les teenagers font toujours la loi dans les hit-parades : ils ont adopté le couple américain Sonny & Cher (« I Got You Babe »), et le look Kings Road de Ronnie Bird (« Où va-t-elle ? »). Au sommet, rien de nouveau : Johnny toujours (« Le diable me pardonne »), Eddy en force (« S'il n'en reste qu'un »), les Beatles partout (« Michelle ») et Clo-Clo à toutes les sauces (« Même si tu revenais », « Le jouet extraordinaire »). Mais l'événement dont tout le monde parle, c'est la baisse dans les sondages — eux-mêmes une grande nouveauté — du président de la République, Charles de Gaulle. Pire encore que sa chute de popularité, il est mis en ballottage au premier tour des élections présidentielles, le 5 décembre, mais il finit néanmoins par écraser son concurrent François Mitterrand deux semaines plus tard (55 % contre 45 %).

Serge, lui, se désintéresse notoirement de ces considérations politiques et se contente de chanter lors des deux soirées électorales à la télévision. Entre les deux, il retourne à Londres, où il n'a plus mis les pieds depuis près de deux ans, pour l'enregistrement de son nouvel EP, « Qui est "in" qui est "out" », aux studios Fontana. Quatre titres, quatre classiques. Si en janvier 1963 l'expérience londonienne de « La javanaise » avait tourné court, cette fois Serge a trouvé pointure à son pied en la personne du producteur et arrangeur Arthur Greenslade : avec son *band* de requins de séance, il lui balance un tempo frénétique, un orgue *mod*, des guitares cisaillantes à souhait... En un mot c'est « extrêmement pop » :

> Jusqu'à neuf c'est OK tu es *IN*
> Après quoi t'es KO tu es *OUT*
> C'est idem
> Pour la boxe
> Le ciné la mode et le cash-box

C'est ici que l'on [...]ise aussi « Docteur Jekyll et Monsieur Hyde », dont les paroles pren[...] une étrange résonance au regard de ses récents déboires sentimen[...] :

Docteur Jekyll n'a eu d[...] vie
Que de petites garces qui [...]étaient de lui
Mister Hyde dans son cœur [...]
Prenait des notes pour le docte[...]
— *Hello Docteur Jekyll*
— Il n'y a plus de Docteur Jekyll...

Non, plus de Docteur Jekyll, parce qu'un [...] c'était ce Monsieur Hyde que l'on aimait en lui... N[...] pose toutes ces questions à l'innocente Marilu ? [...] compris que [...]el des deux

As-tu déjà aimé Marilu ?
Aurais-tu essayé Marilu ?
Serais-je le premier Marilu ?
Réponds-moi Marilu

L'inspiration de cette chanson serait la starlette italienne Mari[...] Tolo, actrice dont on dit dans la presse qu'elle possède « les mêmes mensurations que Sophia Loren » et qui a joué dans *Les Sept Femmes de Barbe-Bleue* d'Edward Dmytryk avec Richard Burton, Raquel Welch et Nathalie Delon. Gainsbourg l'aurait-il rencontrée [1] ? Faut-il accorder la moindre crédibilité à l'information — publiée dans la presse de l'époque — selon laquelle l'agent de Marilu aurait refusé à Serge qu'il intitule sa chanson « Marilu Tolo » ?

Son nouveau super-45 tours est publié en janvier 1966, au moment même où « La gadoue » par Petula Clark et « Baby Pop » par France Gall partent à l'assaut des radios périphériques avec un bonheur inégal (net avantage à la petite Anglaise). Mais le grand changement, c'est que Serge va se retrouver pour la première fois dans les mêmes classements, dès le mois de mars, d'abord avec « Docteur Jekyll », puis avec « Qui est "in" »...

Isabelle et Yves Le Grix : « Notre grande déception, quand nous étions enfants, c'était d'écouter religieusement les vingt titres du hit-parade d'Europe n° 1 et de ne jamais y trouver notre oncle Lulu. Alors on téléphonait à SVP-11.11. et on votait pour lui. On a été comme des fous le jour où "Qui est 'in' qui est 'out'" a été classé 19 sur 20... »

1. Tolo va poser nue dans les pages centrales de *Lui*, « le magazine de l'homme moderne », en juin 1966. Elle sera également, trois ans plus tard, au générique du film *Le Voleur de chevaux*, avec Serge et Jane Birkin.

Gainsbourg a — enfin — réussi sa métamo[illegible]hose. Cette fois, il précède les modes, il les incarne, il les prol[illegible]. Il fait de la « pop music », terme qui « fait fureur chez les [illegible]es » comme le souligne, ironiquement, Joseph Ginsburg, après [illegible]cité dans une de ses lettres à Liliane le petit texte rédigé par [illegible]ade Dejacques au dos de la pochette de cet EP essentiel :

> En descendant de l'avion [illegible]dres, Serge traînait une petite mallette d'idées [...]. Il a suffi d'[illegible] dans les cabarets de Soho pour que les rythmes de la pop mu[illegible]nent en lui les mélodies de ces quatre titres.

Les six premiers [illegible] 1966 vont amener un furieux vent de changement et d'inno[illegible]ans le petit monde de la chanson et du rock français : Antoi[illegible]e mettre la pilule en vente dans les Monoprix dans ses « Elu[illegible]s » ; Ronnie Bird assume impeccablement le son anglais et ch[illegible]délique dans la langue de Molière ; Nino Ferrer, sous des de[illegible]sistes, est un authentique chanteur de rhythm and blues [illegible]pas vu Mirza », « Les cornichons ») ; Michel Polnareff se la joue [illegible]avec génie (« La poupée qui fait non » sort en mai 1966, « Love [illegible]lease Love Me » est un tube de l'été, tandis que « L'amour avec toi », [illegible]r le même 45 tours, fait scandale) ; enfin, l'irréprochablement cool Jacques Dutronc fait une irruption sensationnelle dès le printemps de la même année : ses deux premiers EP contiennent rien moins que six classiques signés pour les paroles par Jacques Lanzmann, écrivain et rédac-chef du magazine *Lui* (« Et moi et moi et moi », « Mini mini mini », « Les gens sont fous les temps sont flous », « On nous cache tout on nous dit rien », « La fille du Père Noël » et « Les playboys »). En attendant de découvrir le « piège à filles », le « joujou extra » de Dutronc, nous avons affaire au gadget fantastique que Serge file à sa copine :

> Quand elle tire
> SHU BA DU BA LOO BA
> La ficelle
> SHU BA DU BA LOO BA
> Il lui répond :
> SHU BA DU BA LOO BA
> Ça me rend fou

Louis Hazan, le patron de Philips, lui a entre-temps trouvé un plan épatant : après avoir squatté avec Koralnik, Serge s'installe à la Cité internationale des Arts le 18 décembre 1965. Fondée par Malraux, cette fameuse institution héberge pour un loyer dérisoire (270 francs de l'époque) des artistes de toutes nationalités ayant obtenu une bourse ; située sur les quais, rive droite, près de l'Hôtel de Ville, les locataires qui comme lui sont installés au dernier étage jouissent d'une vue magnifique : l'île Saint-Louis, Notre-Dame, le Panthéon... La directrice de l'établissement se nomme Simone Bruno.

Simone Bruno : « Je l'ai reçu dans mon bureau et je me souviens qu'il ne se tenait pas sur une chaise, il avait ce côté un peu vautré, gêné, mal à l'aise, un curieux mélange de timidité et d'orgueil car, à juste titre, il ne se prenait pas pour le premier venu. Il n'était pas le seul musicien de son style, ils étaient deux ou trois à pratiquer la chanson parmi une soixantaine de musiciens classiques. Nous avions une salle de musique et je lui ai proposé comme à tout le monde – c'était la coutume – de donner un concert. Il m'a dit qu'il aurait l'air d'un crétin, d'un idiot, il m'a avancé des raisons de cet ordre — mais c'est surtout, je crois, parce qu'il n'avait pas envie de le faire. Il disposait d'un atelier, avec une petite chambre, une salle de bains et une cuisine, au cinquième étage, avec vue sur la Seine. »

Gainsbourg : « C'était assez monacal : un petit studio de 23 m^2, une baignoire sabot, un lit, une kitchenette, une fois rentré le piano à queue plus moyen de bouger. Je m'étais acheté un daguerréotype de Chopin, que j'avais posé sur le piano : j'avais l'impression qu'il me regardait et se foutait de ma gueule... A la Cité des Arts je suis resté près de deux ans et j'étais très heureux. Il y a l'étage des graveurs, celui des architectes, des peintres et des musiciens. Des couloirs qui semblent aller à l'infini. J'entendais de grands concertistes faire leurs gammes, des choses éprouvantes pour les mains, et j'étais très complexé d'écrire mes petites chansons de merde. C'est pour ça que j'ai commencé à dire que je pratiquais un art mineur destiné aux mineures. »

Simone Bruno : « Il n'était pas très à l'aise, c'est vrai, car nous avions plutôt des troisièmes cycles du conservatoire. Les résidents de la cité en parlaient comme d'un voisin, parfois même d'un voisin bizarre qui avait de nombreuses fiancées, des visites imprévues, ou encore d'un garçon sauvage : c'est vrai qu'il était peu communicatif et qu'il avait toujours cet air un peu absent, à chaque fois qu'on le croisait il semblait être ailleurs. »

Pour draguer les filles, Serge applique une recette infaillible : il les fait rire, il les traite comme des princesses, il est d'une rare galanterie, ses conquêtes disent de lui qu'il se comporte « comme un homme du XIXe siècle »...

Gainsbourg : « J'étais un séducteur frénétique à ce moment-là : les filles faisaient la queue, si j'ose dire. C'est tout juste si elles ne se couchaient pas sur le pas de la porte en attendant leur tour. Certains jours j'en avais ras le cul et je décidais de ne recevoir personne : j'allais m'acheter des boîtes de conserve que je me réchauffais, je m'installais devant ma petite table portable et je me disais : “Enfin ! plus de gonzesses !” Deux jours plus tard, je recommençais. »

12

Annie aime les sucettes

Le lundi 10 janvier 1966, entre trois apparitions à la télé — le 8, il chante « New York USA » dans *Aux quatre vents du large*, le 19, il crée « Marilu » dans *Top Jury*, le 7 mars, c'est au tour de « Qui est "in" qui est" out" » dans *Douche écossaise* — Serge est l'invité de Radio-Luxembourg à l'occasion d'une journée spéciale qui lui est consacrée, en compagnie de ses interprètes. Sacha Distel, Valérie Lagrange, Michèle Torr, France Gall et Régine ont répondu à l'appel, tandis que Juliette Gréco intervient en duplex. Le lendemain, Régine et l'animateur Hubert d'Europe nº 1 sont les organisateurs d'une fête au Bus Palladium en l'honneur des « P'tits papiers ». Le 5 mars, Dominique Walter, qui est le fils de Michèle Arnaud, participe au grand concours Eurovision de la chanson : il représente la France avec « Chez nous », une chanson signée Jacques Plante et Claude Carrère qui n'est gratifiée que d'un seul point et termine seizième sur dix-sept. Ce qui devait être un lancement prestigieux se transforme en cauchemar pour celui qui, bientôt, va chanter du Gainsbourg...

Joseph Ginsburg : « Et tenez-vous bien, j'allais oublier : devant nous, au téléphone, il a noté un rendez-vous avec Salvador Dali pour, je vous le donne en mille, lui composer la musique d'une nouvelle danse que Dali veut lancer, revenant de je ne sais quel pays exotique[1] ! »

La chose ne s'est jamais concrétisée, ce qui ne l'empêchera pas de s'acheter bientôt un dessin de Dali, *La Chasse aux papillons*... Puis, comme à chaque fois qu'ils sort un nouveau disque, Serge est reçu le 13 mars par Denise Glaser dans *Discorama* : devant les caméras de Raoul Sangla, il chante « Docteur Jekyll » et « Marilu ». Une fois de plus, l'interview est lumineuse, intimiste et révélatrice.

1. Lettre datée de mars 1966.

Denise Glaser : C'est drôle... Serge Gainsbourg, chaque fois que vous venez à *Discorama*, c'est à peu près une fois par an, j'ai l'impression que vous venez comme chez le médecin. J'ai envie de vous dire : donnez-moi votre pouls, comment allez-vous et où en êtes-vous aujourd'hui ?

S.G. : Vous croyez que je suis un malade incurable ?

D.G. : Incurable sûrement, malade, je ne crois pas.

S.G. : Incurable en quoi ?

D.G. : Incurable en ce que vous êtes Gainsbourg, en ce que vous êtes empêtré souvent dans des contradictions...

S.G. : Contradictions, non. Evolutions, pas contradictions.

D.G. : Bon, maintenant vous chantez un peu comme un Beatles à vous tout seul. Qu'est-ce qui est arrivé ?

S.G. : Il est arrivé qu'il y a un courant mondial qui est né à Liverpool et qu'on ne peut pas ignorer, c'est très simple. On ne peut pas se scléroser. J'écris des chansons difficiles, on dit : je suis un intellectuel. J'écris des chansons faciles, on dit que je sacrifie au commercial... On ne me fiche pas la paix, quoi... On me cherche des noises. [...]

Denise enchaîne ensuite le thème de la veste « doublée de vison » que Serge avait évoquée lors de leur précédent entretien :

D.G. : Pourquoi avez-vous retourné votre blouson ?

S.G. : Ma veste !

D.G. : Votre veste.

S.G. : Parce que j'm'en sors comme ça, j'm'en sors beaucoup mieux. Je suis à un âge où il faut réussir ou abandonner. J'ai fait un calcul très simple, mathématique. Je fais douze titres, moi, sur un 33 tours de prestige, jolie pochette, des titres très élaborés, précieux. Sur ces douze titres, deux passent sur les antennes et les dix autres sont parfaitement ignorés. J'écris douze titres pour douze interprètes différents et les douze sont tous des succès.

Lorsque Denise Glaser lui demande s'il ne souhaite pas explorer d'autres domaines que la chanson, Serge évoque la possibilité d'écrire un livre, qui parlerait des femmes, tout en affirmant qu'il n'est « pas assez mûr pour ça » et que la chanson « n'a jamais été une chose très importante », sauf par la taille immense de son public. Son hôte le titille bien entendu sur le sujet présumé de ce futur bouquin...

S.G. : Expérience personnelle, déception personnelle et puis idéal personnel. Très compliqué.

D.G. : Si vous me parlez d'idéal personnel, c'est que vous n'êtes plus aussi misogyne que vous l'étiez il y a quelques années ?

S.G. : Je n'ai jamais été misogyne, j'étais pudique, c'est tout. Pas très tendre. Qu'est-ce que vous voulez qu'avec ma gueule, je sois tendre [...] Je suis dur. J'ai une gueule dure, je peux pas être tendre... J'suis tendre dans le privé mais pas devant les gens.

D.G. : Est-ce que vous savez que, avec votre visage, vous avez beaucoup d'admiratrices ?

S.G. : Oui, je le sais, mais elles, elles sont pas idiotes.

D.G. : Elles sont pas idiotes, c'est-à-dire ?

S.G. : Elles savent très bien que derrière mes chansons, il y a moi. Mes chansons, c'est mon métier, c'est mon uniforme, mais dans le civil, je suis moi-même, je suis autre chose. Autre chose d'un peu plus facile. Et puis pourquoi dire : « Il faut être ceci, il faut être souriant, il faut pas être dur, il faut être gentil » ? Qu'est-ce que c'est que cette notion de rose et gris ? On peut être noir, bon Dieu ! Au cinéma, il y a des gars formidables qui sont toujours très durs comme Jack Palance. On adore ces gars-là. Au music-hall, ça va pas, on dit : « Putain ce qu'il est sinistre ce gars-là, il est dur, il est méchant... » Mais pourquoi pas ? Pourquoi ne pas voir la vie d'une certaine façon ? [...]

D.G. : Enfin, moi je ne sais pas s'il est dur ou s'il est méchant mais tout à l'heure je vous ai vu aller mettre votre cravate. Vous avez traversé le studio pour aller la chercher et vous marchiez d'un pas dansant qui serait celui d'un homme heureux de vivre.

S.G. : Si on veut... Pas si sûr, ça.

Après lui avoir rappelé ce qu'il avait déclaré un an auparavant sur les jeunes chanteurs (« S'ils veulent acheter des usines de sucettes »), Glaser lui fait remarquer que désormais, il écrit pour ces mêmes jeunes artistes...

S.G. : Ils ont vieilli, moi aussi.

D.G. : Maintenant c'est vous qui leur fabriquez des sucettes. C'est même vous l'usine à sucettes.

S.G. : Ah ! mais... elles sont au gingembre, mes sucettes !

Exact ! L'idée des sucettes doit tellement l'amuser qu'il écrit aussitôt une chanson pour la plus juvénile de ses interprètes, France Gall :

> Annie aime les sucettes
> Les sucettes à l'anis
> Les sucettes à l'anis
> D'Annie
> Donnent à ses baisers
> Un goût ani-
> Sé lorsque le sucre d'orge
> Parfumé à l'anis
> Coule dans la gorge
> D'Annie
> Elle est au paradis

La chanson « Les sucettes » figure sur le dixième EP publié par France, en mai 1966. De tous les succès que Serge lui a écrits, c'est celui qui a fait couler le plus d'encre. Hymne salace à l'innocence, ou l'inverse ? On ignore habituellement que Gainsbourg lui-même fut effrayé par le scandale potentiel et l'on insiste trop sur la candeur de son interprète. L'anecdote, souvent colportée, jamais vérifiée, veut que lorsqu'on lui expliqua le double sens des « Sucettes », France Gall en fut choquée au point de s'enfermer chez elle et de n'en plus sortir pendant plusieurs semaines.

Denis Bourgeois : « France a toujours fait très attention aux musiques et aux paroles, elle n'aurait jamais chanté quelque chose de vulgaire, de ridicule ou de démodé. Elle avait déjà un sens inné de ce qu'il lui fallait, mais elle ne calculait jamais. En fait son premier disque d'or, "Sacré Charlemagne", avait causé un petit drame : lorsque le disque était sorti, ses petits copains yé-yé l'avaient chahutée et s'étaient moqués d'elle en disant qu'elle chantait pour les mômes — ça l'avait beaucoup plus marquée que "Les sucettes", elle avait même voulu stopper la vente du disque ! »

France Gall : « Avec "Les sucettes", Serge s'est trompé, la chanson n'était pas à l'image de mon caractère. J'étais très pudique et je l'ai chantée avec une innocence dont je me vante. J'ai été peinée par la suite d'entendre qu'il retournait la situation à son avantage, en se moquant. Je n'avais pas de rapports normaux avec les garçons, quand on chante, on fait un peu peur. Je croyais chanter l'histoire d'une petite fille genre Sophie chez la comtesse de Ségur. Quand j'ai compris le second degré, j'ai eu tellement honte, tellement peur d'être rejetée... »

A la fin des années 80, Serge prenait un malin plaisir à citer cette réplique à un journaliste qui lui demandait : « Pourquoi ne chantez-vous plus "Les sucettes" ? »

Gainsbourg : « France a eu un mot admirable : "Ce n'est plus de mon âge" [1]... »

Pour quelques pennies
Annie
A ses sucettes à l'anis
Elles ont la couleur de ses grands yeux
La couleur des jours heureux

1. Cette histoire, comme tant d'autres, avait été « arrangée » par Serge. Voici ce qui s'est réellement passé lors de cette interview : le 30 mars 1976 sur France-Inter, dans l'émission *A vos souhaits*, au cours de laquelle un auditeur posait toutes les questions qu'il souhaitait, une heure durant, à l'invité de son choix, France Gall et Michel Berger se retrouvent face à Michel Cabréra ; celui-ci pose des questions qu'il a préparées avec son ami Richard Rossi. A la question : « Que pense France de ses anciens succès, tels que "Charlemagne" ou "Les sucettes" ? », France répondit : « Ce n'est plus de mon âge, "Charlemagne" en tout cas. » Ce qui n'est pas du tout pareil... Il faut encore savoir que, pour se faire pardonner de lui avoir fait chanter « Les sucettes », Serge offre à France, en 1966, un ravissant petit bracelet Hermès.

Finalement, la chanson n'a aucun souci avec la censure, tandis que le black-out est quasi total sur « L'amour avec toi », il est vrai beaucoup plus explicite, de Michel Polnareff. Mieux encore, dans l'émission *Au risque de vous plaire* mise en images par Jean-Christophe Averty, France Gall chante « Les sucettes » tandis que s'agitent derrière elle des danseurs déguisés en sucettes géantes et que de jolies figurantes (parmi lesquelles Dani, qui débute dans le métier avec « Garçon manqué ») sucent et lèchent de longs sucres d'orge. On ne peut plus clair... Pour clore le débat, il faut aussi savoir qu'un an plus tard, France va commettre en duo avec le fantaisiste Maurice Biraud une chanson autrement plus amorale et choquante, intitulée « La petite », dont le contenu qui frôle la pédophilie serait rejetée en bloc par les programmateurs radio d'aujourd'hui : il y est question d'un homme d'âge mûr tombant amoureux de la fille, très jeune, de son meilleur ami (« Elle change depuis quelque temps, elle pousse, la petite / Déjà femme mais pourtant ce n'est qu'une enfant »).

Le 21 mars, Serge fait une apparition dans le gala de l'Union des artistes sur la première chaîne, aux côtés, entre autres, de Bourvil, Elsa Martinelli, Jean-Paul Belmondo, Leslie Caron et Jean-Pierre Cassel, Bedos et Daumier. Tandis que Barbara chante « Yesterday », des Beatles, Serge exécute un numéro au cours duquel, selon la presse, « il fait parler l'orchestre »... Décidément accommodé à toutes les sauces, depuis qu'il est à la mode, on le voit le 1er avril, dans une émission judicieusement intitulée *Premier avril*, se moquer, au cours d'un sketch, de son tout premier succès ; sur l'air du « Poinçonneur », il chante du fond d'une tombe qu'il est en train de creuser :

J'suis retraité du métro
A la campagne, j'oublie ce sale boulot
J'ai un parc, une maisonnette
Des petites fleurettes
Des cyclamens, des bégonias, des chrysanthèmes
Mais pas de lilas
Et sous le beau ciel de France
Je vois briller des objets de faïence
Car pour allonger la retraite
Trop maigrelette
C'est moi qui suis le fossoyeur
Du cimetière de Pacy-sur-Eure.

J'fais des trous, j'fais des trous, je fais des grands trous,
Des grands trous, des grands trous, toujours des grands trous.
Des trous d'première classe

Des trous d'seconde classe
J'fais des trous, j'fais des trous, je fais des grands trous,
Et j'préfère les grands trous aux tout petits trous
Tout petits trous, tout petits trous, tout petits trous[1]...

Le mardi 12 avril 1966 à 16 h 08, événement historique pour tous les fanatiques de la génération yé-yé, le photographe Jean-Marie Périer met en scène la fameuse « photo du siècle » pour le magazine *Salut les copains* avec 47 vedettes, dont Gainsbourg est l'aîné ; Nino Ferrer, arrivé une demi-heure en retard, n'est pas sur le cliché qui réunit Johnny, Sylvie, Eddy Mitchell, Adamo, les Surfs, Richard Anthony, Christophe, Michel Berger, Antoine, Françoise Hardy, Ronnie Bird, France Gall, Dick Rivers, Noël Deschamps, Sheila, Adamo, Billy Bridge, etc. Après la séance, tout ce beau monde fête l'anniversaire du mariage de Johnny et Sylvie et déguste une énorme pièce montée... Pas de doute, grâce à France, grâce à son virage pop, Serge est cette fois adopté par la nouvelle génération.

Michel Drucker : « Tout le monde connaît cette photo de Périer et ce qui me frappe c'est que Gainsbourg est le seul de sa génération, il n'y a ni Béart, ni Brel, ni Brassens. Et je vais vous dire plus : son physique va devenir à la mode ; avec sa tronche d'anti-séducteur, il va commencer, à cette époque, à démoder le genre bellâtre... »

Publiée en format poster dans le n° 47 de *Salut les copains*, la photo de Périer va orner des dizaines de milliers de chambres d'adolescents. Dans ce même numéro *collector*, sous le titre « Qui es-tu Serge Gainsbourg ? Un solitaire insolite », on apprend qu'il mesure 1,78 m et pèse 63 kg (le genre de détails qu'adoraient les lecteurs de *SLC*), qu'il est sans religion, que son opinion politique est « individualiste non agressif », que son hobby c'est « les filles », sa boisson préférée le « bourbon au ginger ale », que ses plats préférés sont les « pigeon, caille, grive, ortolans et en général tous les petits oiseaux », que son peintre préféré est Paul Klee, ses musiciens favoris James Brown et Igor Stravinski et ses lectures Nabokov... On y lit encore qu'il possède une collections de cannes anciennes « richement ouvragées », ainsi qu'un gadget dont « l'éclairage magnifique est idéal pour les soirées intimes » : il s'agit en fait d'une de ces *lava-lamps* comme les adorent les premiers hippies de la côte Ouest. Plus sérieusement, Serge déclare ceci :

Le style Rive gauche, la chanson dite intellectuelle, est une passion de demeuré. Cet intellectualisme périphérique et démagogique est ce qu'on trouve de pis et de plus médiocre sur le marché[2]. [...] Nous vivons une

1. « Le fossoyeur de Pacy-sur-Eure », chanson inédite.
2. Le 18 avril 1966, le fidèle René Quinson se livre à une analyse assez fine dans *Combat* : tout en soulignant que Serge ne vend que peu de disques sous son nom, contrairement à ses interprètes, il imagine que celui-ci doit quand même éprouver la

époque scientifique qui me laisse complètement indifférent, ainsi, d'ailleurs, que la politique ou la revendication sociale.

Enfin, à propos de ses voisins pianistes à la Cité des Arts : « Il y a autant de fumistes chez les musiciens classiques que dans les variétés... alors je ne vois pas pourquoi je ferais des complexes ! »

Au printemps 1966 toujours, Serge pond pour Régine un machin rigolo, à mi-chemin entre Guy Marchand et Henri Salvador, qui démarre sur cette question métaphysique, posée par des choristes aux voix de faussets hystériques : « Pourquoi un pyjama / A rayures à fleurs ou à pois ? » Et Régine de répondre...

Moi je n'en mets jamais
Non jamais je n'en mets
Jamais je n'ai mis de ma
Vie un pyjama

Au mois de mai, pour le lancement de cet immortel chef-d'œuvre, Régine invite dans sa boîte le Tout-Paris noctambule, qui a reçu pour consigne de ne s'habiller... qu'en pyjamas et nuisettes [1].

Entre-temps, pour accélérer la procédure de divorce, qui sera prononcé par le tribunal de grande instance de la Seine le 20 octobre 1966, Serge décide de prendre tous les torts à sa charge et d'accéder aux exigences de son ex-femme. Parmi celles-ci, le droit de visite à l'enfant qui ne peut se faire qu'en présence de la mère.

Joseph Ginsburg : « Une petite anecdote déchirante, c'est le mot. Quand Lucien est allé voir Natacha à la Pentecôte, il lui a apporté de gros jouets puis s'est fait accompagner jusque dans la rue par Béatrice et la petite, pour ne pas laisser Natacha attristée dans l'appartement. Or, après avoir pris congé d'elles, Lucien en s'éloignant a senti sur lui le regard de sa fille et cela lui a crevé le cœur. Natacha a énormément de charme, dit Lucien. Il est très sensibilisé en ce moment, il ne faut pas trop lui en parler [2]... »

---

satisfaction de démontrer aux autres que « la chanson commerciale n'est qu'un jeu d'enfant tout en ridiculisant par des chansons intelligentes les chansons dites "intellectuelles" ».

1. Ce n'était pas très nouveau : initiées par les teenagers américaines dans les années 50 (elles allaient dormir chez une copine et passaient la soirée en pyjama à écouter leurs disques de Fabian et Paul Anka), les *Pyjama parties* avaient connu leur quart d'heure de gloire au début des années 60 aux Etats-Unis et au Royaume-Uni (les femmes devaient s'y rendre de préférence en baby-doll bordée de boa ou de doudou, avec petite culotte assortie...).

2. Lettre du 11 juin 1966.

Le 9 mai 1966, Serge chante « Docteur Jekyll et Monsieur Hyde » dans un nouveau *Sacha Show* pour lequel il a également composé trois chansons-sketches[1]. Trois semaines plus tard, Michèle Arnaud propose une nouvelle émission (elle en produit déjà deux autres : *Music-hall de France* et *Douche écossaise*) intitulée *Cravate noire / Black Tie* : on y voit Sylvie Vartan, les Moody Blues, Nino Ferrer, Valérie Lagrange, Marianne Faithfull (qui chante « Come Stay With Me »), Serge (« Qui est “in” qui est “out” ») et à nouveau le fils de la productrice, Dominique Walter (« E pericoloso l'amour »). Michèle[2], qui n'a jamais cessé de chanter, vient de commander deux titres inédits à celui qu'elle avait aidé à révéler, près de dix ans plus tôt, et à qui elle vient encore de faire un superbe cadeau en lui commandant la comédie musicale *Anna*. S'inspirant à l'évidence du titre de son nouveau programme, il lui offre « Les papillons noirs », qu'ils chantent en duo, un petit joyau rock méconnu que le groupe Bijou aura le bon goût de tirer de l'oubli complet en 1978.

> La nuit tous les chagrins se grisent
> De tout son cœur on aimerait
> Que disparaissent à jamais
> Les papillons noirs
> Les papillons noirs

Plus conventionnelle, musicalement, cette « Ballade des oiseaux de croix » aurait pu être composée au temps, pas si lointain, de « La chanson de Prévert » ; on y croise des corbeaux, mais pas encore celui d'Edgar Allan Poe, qui lui inspirera « Initials B.B. » :

> Quand la nuit sur vous descendra
> Amants, soldats ou innocents
> Il ne restera dans les champs désertés
> Que les oiseaux de croix
> Croix, croix

Historiquement, Mireille Darc est la deuxième actrice-chanteuse à obtenir de Serge une chanson, après Bardot. Pour son deuxième EP

1. Dont « Les hirondelles » (un duo Cassel-Distel déguisés en agents cyclistes), un duo Gréco-Distel déguisés en agents secrets et le final chanté par Sacha. Même les titres ont disparu !

2. Cette année-là, Michèle Arnaud produit également *Françoise Hardy Blues* (réalisé par Jean-Christophe Averty), tout en lançant, dès le mois de septembre, l'émission *Tilt* présentée par un débutant qui fera du chemin, Michel Drucker. En 1967, dernière chanson signée Gainsbourg, Michèle Arnaud propose son élégante lecture de « Ne dis rien » (créé par Anna Karina pour la comédie musicale *Anna*).

(elle avait déjà commis un super-45 tours un an plus tôt), il lui confie une valse insignifiante, « La cavaleuse » :

Hier
A un goût amer
Avant-
Hier un avant-
Goût de
Ce qu'était hier
Et certains jours n'en ont
Aucun
Car toujours aussi malheureuse
Demeure la cavaleuse

Jacques Canetti, un revenant, qui s'est lancé dans la redécouverte de l'immense répertoire laissé par Boris Vian, persuade en 1966 l'acteur Serge Reggiani (*Casque d'or*, etc.) de s'essayer à la chanson, en commençant par un album exclusivement consacré à Boris (la consécration viendra un an plus tard avec « Les loups »). A la demande du « négrier » des tournées des Trois Baudets, Serge compose une musique sur le poème mortifère et humoristique « Quand j'aurai du vent dans mon crâne » :

Quand j'aurai du vent dans mon crâne
Quand j'aurai du vert sur mes os
P'têt qu'on croira que je ricane
Mais ça s'ra une impression fausse
Car il me manquera mon élément plastique
Plastique tique tique
Qu'auront bouffé les rats

Intermède *people* : c'est à la fin du mois de mai 1966 que Brigitte Bardot rencontre au restaurant Bonne Fontaine, à Saint-Tropez, le milliardaire allemand, play-boy international et ex-champion de bobsleigh Gunther Sachs, qui parmi ses nombreuses conquêtes avait séduit quatre ans plus tôt Soraya, l'ex-impératrice d'Iran, pour n'en citer qu'une... Le coup de foudre immédiat de part et d'autre avec « ses tempes poivre et sel, ses superbes cheveux rebelles et légèrement trop longs, son visage volontaire et bronzé, sa stature immense et son accent indéfinissable... » — Bardot est hypnotisée, comme elle le raconte dans le premier tome de son autobiographie, d'autant que Gunther sait comment il faut s'y prendre pour séduire une femme, même aussi blasée et donjuanesque que Bardot : soirée romantique avec orchestre tzigane jusqu'à l'aube, pluie de roses rouges sur la Madrague lancée depuis un hélicoptère, virée sur son hors-bord, qu'il pilote en smoking, enveloppé d'une immense cape noire doublée de rouge, une nuit de pleine lune... Après quelques semaines de cette cour effrénée, le Teuton rupin arrive à ses fins : le 13 juillet 1966, il épouse Brigitte à Las Vegas. Elle a l'impression de vivre un conte de fées mais elle va très vite déchanter. Celui qu'elle a confondu avec un prince charmant se révèle être un séducteur invétéré.

Intermède littéraire : à deux reprises au moins, en 1966, Gainsbourg cite lors d'interviews le nom du poète Georges Fourest parmi ses lectures de chevet. Ce dernier est suffisamment rare et obscur pour qu'on s'y attarde : né en 1867, mort en 1945, Fourest fut un poète décadent du XIXe siècle préfigurant les surréalistes. Juriste de formation (ses cartes de visite mentionnaient « Avocat Loin de la Cour d'Appel »), rentier par vocation, Fourest consacra sa vie aux joies de la paresse. Profondément amateur, et se définissant comme tel, il appliqua à sa vie un principe, en ces termes : « Ne prends rien au sérieux, ni toi, ni les autres, ni rien en ce monde et dans l'autre monde » ; en 1909 il publie son premier recueil, *La Négresse blonde*, suivi des *Contes pour les satyres* (1923) et de *Géranium ovipare* (1937). Qu'est-ce qui attire Gainsbourg vers ce Fourest méconnu, publié par José Corti, dont on peut imaginer qu'il a déniché l'un ou l'autre ouvrage auprès des bouquinistes du bord de Seine, à deux pas de la Cité des Arts ? Sans doute ses rimes méticuleuses, ses vers compliqués de bizarreries en tous genres, son humour irrévérencieux, son érudition burlesque.

> Cannibale, mais ingénue,
> elle est assise, toute nue,
> sur une peau de kangourou
> dans l'île de Tamamourou
> Là, pétauristes, potourous,
> ornithorynques et wombats
> phascolomes prompts au combat,
> près d'elle prennent leurs ébats[1] !

Avant d'aborder la fabrication de la comédie musicale *Anna*, petit tour du côté des différentes activités cinématographiques de Serge en cette année 1966. D'abord, il y a la rencontre avec Jean Gabin pour *Le Jardinier d'Argenteuil* : tournage à Saint-Tropez et musique à la clé...

Gainsbourg : « Mon rôle était d'une intense connerie, pour ne pas changer : je jouais un cinéaste d'avant-garde et créais des happenings sur le yacht de Curd Jurgens. Quant à Gabin, les cuites qu'on a pu

1. In *La Négresse blonde* (Librairie José Corti, 1948).

se prendre ensemble, c'est inouï ! Il m'avait immédiatement pris en sympathie. Pendant le tournage nous nous sommes marrés comme des bossus... Comme il était coproducteur du film il m'a demandé de faire la musique. Il m'invite chez lui, près du Bois, à Neuilly : "Montons dans la chambre de ma fille, me dit-il, il y a un piano." Je lui joue quelques mesures et il me dit : "Eh bien mon p'tit gars, je trouve ça tout à fait charmant !"[1] »

Pour son vieil ami Poitrenaud, il compose avec Colombier la musique de *Carré de dames pour un as* (un « James Bond à la française », avec Roger Hanin) ; pour Raoul Lévy il signe, toujours avec Colombier, celle de *L'Espion* (une production franco-allemande avec Montgomery Clift) ; pour René Allio celle de *L'Une et l'Autre*. Enfin, il peaufine une jolie mélodie un peu nostalgique sur un tempo de slow amoureux pour un petit film attachant mais complètement oublié intitulé *Les Cœurs verts*, sorte de documentaire-fiction sur une bande de zonards délinquants de la banlieue ouest. Le thème instrumental (« Green Hearts ») sert de support à une scène glauque, lors d'une surboum dans une sinistre salle des fêtes ; dans un premier temps, cet air reste inédit. Un an plus tard, Serge le sortira de ses tiroirs, plaquera dessus des paroles et l'intitulera... « Je t'aime moi non plus »[2].

Longtemps invisible, *Anna* ne fut — enfin — rediffusé à la télévision qu'en 1990. Quant à l'album de la bande originale, qui n'avait à sa parution, en janvier 1967, connu qu'une diffusion confidentielle et qui avait longtemps été un des *collectors* les plus recherchés par tous les fanatiques de Serge, il fut réédité fin 1989, grâce à son inclusion dans le coffret *De Gainsbourg à Gainsbarre*. Sa rareté avait largement contribué, durant plus de deux décennies, à la dimension mythique de cette œuvre étonnante, que l'on a pu réévaluer et qui, avec le recul, symbolise aujourd'hui un moment de grâce extrêmement pop, tout à fait atypique dans l'histoire de la télévision gaullienne.

Gainsbourg : « C'est du rock français avant la lettre, je trouve que la bande-son a pris un coup de vieux, contrairement aux images. J'ai toujours pensé que Koralnik allait faire une carrière foudroyante, c'est un très grand metteur en scène... »

Pierre Koralnik : « *Anna*, c'est l'histoire d'un garçon qui travaille dans une agence de publicité — Jean-Claude Brialy —, qui voit par hasard la photo d'une fille — Anna Karina — et dès ce moment n'a

1. Le film, réalisé par Jean-Paul Le Chanois, sort le 11 octobre 1966.
2. *Carré de dames pour un as* sort à Paris le 5 octobre 1966, *L'Espion* le 1er novembre, *L'Une et l'Autre* le 15 et enfin *Les Cœurs verts* le 30 novembre 1966 ; ce dernier remporte la même année le grand prix du Festival d'Hyères.

plus qu'un but, la retrouver. Il la cherche dans tout Paris et la morale de l'histoire, c'est qu'il s'agit en fait de son assistante : il ne l'avait jamais remarquée parce qu'elle cachait son regard derrière des lunettes... C'était assez singulier, la musique avait été pensée comme un script de cinéma, c'était très rock, on y retrouvait tout le modernisme de Gainsbourg et ses *lyrics* étaient magnifiques... »

Gainsbourg : « *Anna* fut à l'époque une des premières émissions télé en couleurs, elle fut programmée sur la deuxième chaîne en janvier 67. J'étais subjugué par la beauté d'Anna Karina... »

Pierre Koralnik : « Elle était magnifique, au sommet de sa beauté et de son talent, et ça l'amusait de chanter : elle avait une grande voix mais personne n'avait jamais songé à l'utiliser... »

Anna Karina, vingt-six ans en 1966, divorcée de Jean-Luc Godard avec qui elle avait tourné entre autres *Vivre sa vie* (1962), *Alphaville* (1964) et *Pierrot le fou* (1965), venait à l'époque de travailler avec Jacques Rivette (le scandale de *La Religieuse)* et Visconti *(L'Etranger)*...

Anna Karina : « Lors de notre première rencontre, j'ai trouvé Serge très timide, très touchant. Je n'ai jamais compris qu'on puisse le trouver laid, il a toujours été très beau dans le geste, très distingué, princier dirais-je... *Anna* était très important pour moi, j'avais toujours rêvé de chanter et il m'a écrit des choses superbes. J'adorais quand Serge me montrait ses chansons, ça me rappelait des souvenirs d'adolescence, quand j'avais quatorze ans : mon père m'emmenait dans des bars, il jouait et je chantais... »

L'assistant de Koralnik se nomme Jean-Pierre Spiero, futur réalisateur télé de grand renom. Jean-Loup Dabadie donne un coup de main sur les dialogues. Willy Kurant, le directeur photo, est belge ; nous allons retrouver son nom à plusieurs reprises, en particulier aux génériques des films de Serge, *Je t'aime moi non plus, Equateur* et *Charlotte Forever*...

Willy Kurant : « C'est là que je l'ai rencontré, ou plutôt, pour reprendre son expression, c'est là qu'il m'a repéré. Koralnik, lui, était en avance de vingt ans : les lumières qu'il voulait sont en vogue aujourd'hui, à l'époque il était incompris. Au sujet d'*Anna*, le président du syndicat des techniciens avait écrit au directeur de la télévision : "La photo de M. Willy Kurant relève de la correctionnelle", ce qui vous donne une idée de l'ambiance... »

Pierre Koralnik : « Serge avait déjà été tenté par l'écriture d'une comédie musicale, avec Jean-Louis Barrault entre autres, et l'expérience était passionnante, l'atmosphère de création parfaite. Nous avions parfois des disputes parce qu'il écrivait beaucoup pour les autres, je trouvais qu'il donnait des perles aux cochons : moi qui connaissais son talent, je le savais capable de créer des choses rares et précieuses comme je les aimais. »

Jean-Pierre Spiero : « Serge devait livrer la musique et quinze jours avant le début du tournage nous n'avions que la moitié des chansons, c'était l'horreur car nous devions préparer le plan de travail, décor par décor. Je me souviens que Serge écrivait jour et nuit, qu'il donnait des cours de chant à Anna Karina, à Brialy, c'était hallucinant. J'ai connu un Serge pas speedé mais inquiet, à certains moments sa créativité était en panne, il fumait cigarette sur cigarette, puis sur le coup de 4 heures du matin, il téléphonait à Pierre pour lui dire qu'il avait terminé telle ou telle séquence, c'est un accouchement qui s'est fait sous la pression. »

Gainsbourg : « C'est à cette époque-là que j'ai battu mon record d'insomnies voulues : je n'ai pas dormi pendant huit jours. La nuit je composais la musique de ce qui allait être enregistré le lendemain. Le matin j'étais aux sessions en studio et l'après-midi je tournais avec Loursais, un des forçats de *Vidocq*. Après ça, j'ai dormi 48 heures non-stop... »

Un instrumental un peu cafardeux, on imagine une plage détrempée, des mouettes qui tournent à l'infini... C'est l'intro de « Sous le soleil exactement » :

Un point précis sous le tropique
Du Capricorne ou du Cancer
Depuis j'ai oublié lequel
Sous le soleil exactement
Pas à côté, pas n'importe où
Sous le soleil, sous le soleil
Exactement, juste en dessous

Anna Karina : « Je me souviens d'un grand bonheur au moment du tournage : un jour on me mettait une perruque rose, le lendemain j'étais habillée en vieille fille, le surlendemain je chantais "Sous le soleil" sur une plage à Deauville — je n'avais que des trucs formidables à faire ! »

L'une des plus jolies séquences est tournée dans un château, à Rochefort-en-Yvelines, avec l'Anglaise Marianne Faithfull, qui est à l'époque la fiancée de Mick Jagger. Le chanteur des Rolling Stones, qui sont au même moment au sommet des *charts* britanniques avec « Paint It Black », accompagne sa nouvelle conquête sur le tournage. « Marianne Faithfull, c'était une idée à moi, raconte Koralnik. Dans le script, il y avait une fille étrange, très belle mais sauvage, qui devait contraster avec la sophistication d'Anna Karina. » Pour des raisons contractuelles, sa chanson — « Hier ou demain » — ne figure pas sur l'album de la bande originale et fait l'objet d'un 45 tours séparé :

Hier est si loin déjà
Et je ne t'aimais pas
Et demain si tu penses à moi
Je ne serai plus là
Hier ou demain
Je t'aurais dit oui
Hier ou demain
Mais pas aujourd'hui[1]

Autre moment fort de cette comédie musicale, qui puise son inspiration dans les références littéraires de son auteur, la chanson « C'est la cristallisation comme dit Stendhal[2] »... Coup de foudre, Brialy tombe sur la photo d'Anna et murmure : « Pas mal, pas mal du tout... » Il est piégé, lui, le séducteur blasé, qui était « fait pour les sympathies ».

J'étais fait pour être à plusieurs
A la rigueur pour être seul
J'étais fait pour ça
Pas pour être à deux

Dans son rôle de directeur d'agence de pub à la mode, Brialy délire, obsédé par ce visage, par ces yeux dont il ignore même la couleur exacte. Serge l'observe, plus cynique que jamais, tellement consterné qu'il se met à citer un extrait du texte de Bossuet qu'il s'amusait déjà à dire, sur scène, en 1961[3].

Gainsbourg : Qu'est-ce autre chose que la vie des sens qu'un mouvement alternatif, qui va de l'appétit au dégoût et du dégoût à l'appétit.

Jean-Claude Brialy : J'm'en fous !

Gainsbourg : Ta gueule, laisse-moi finir... L'âme flottant toujours incertaine entre l'ardeur qui se renouvelle et l'ardeur qui se ralentit...

---

1. Marianne Faithfull avait chanté en mars 1966 à l'Olympia avec Hugues Aufray et Nino Ferrer ; révélée deux ans plus tôt grâce à « As Tears Go By », une composition de Jagger et Keith Richards, elle avait publié deux albums en 1965. Egalement absente de la bande originale d'*Anna*, la chanson « Base-ball », interprétée par Eddy Mitchell (voir discographie).

2. Dans son traité *De l'amour* (1822), Stendhal explique : « Ce que j'appelle cristallisation, c'est l'opération de l'esprit, qui tire de tout ce qui se présente la découverte que l'objet aimé a de nouvelles perfections. »

3. Voir chapitre 7. Ce texte sera encore cité par Serge dans *Slogan* de Pierre Grimblat (1969) : Serge Faberger (Gainsbourg) et Evelyne Nicholson (Jane Birkin) sont nus dans un bain. Il lui sort sa tirade, elle n'écoute pas, ils éclatent de rire... Ensuite dans *Stan The Flasher* (1990), avec les personnages de David (Richard Bohringer), Jack (Jacques Wolfsohn) et Gainsbarre (Serge). Ceux-ci tentent de réconforter Stan Goldberg (Claude Berri), leur ami esseulé. Ce coup-ci, c'est Bohringer qui s'y colle pour la citation de Bossuet, saluée par Stan par ces mots élégants : « Ça décoiffe ! ça scalpe ! ça troue l'cul ! »

Jean-Claude Brialy : Aaah ! J'm'en fous !

Gainsbourg : Mais dans ce mouvement perpétuel de l'appétit au dégoût et du dégoût à l'appétit, on ne laisse pas de se divertir par l'usage d'une liberté errante. Tu sais de qui c'est ? Non ? Bossuet.

Jean-Claude Brialy : Bravo ! Tu veux une oraison funèbre ?

Gainsbourg : Ah non ! Parce que moi je suis assez cynique pour en faire ma ligne de conduite.

Faire chanter Brialy n'est pas une mince affaire. Le brillant jeune comédien, trente-trois ans, révélé sept ans plus tôt par *Le Beau Serge* de Claude Chabrol, avait pourtant publié un 45 tours en 1964, contenant « Horizontalement », une chanson que lui avait offerte Jean Ferrat. Lorsque Koralnik l'avait fait écouter à Gainsbourg, celui-ci avait été complètement atterré...

Jean-Claude Brialy : « Serge m'a dit : “Je vais t'apprendre à chanter, moi !” C'est ce qu'il a fait, avec beaucoup de patience et de gentillesse, je mettais ma voix sur la sienne pour ne pas dérailler car ses chansons rock étaient très difficiles. Il fallait que je m'applique... »

Le résultat est particulièrement approximatif sur « Boomerang » (où la voix de Serge est par moments substituée à celle de Brialy, qui devait être trop déphasé...) et sur le rock « J'étais fait pour les sympathies ». Nettement plus réussi, cet autre dialogue — « Rien, rien, j'disais ça comme ça » — entre Serge le cynique et Karina l'indifférente

Gainsbourg : Pas commode, hein ? Je vous trouve marrante. Vous êtes sûrement une affaire, mais vous n'devez pas l'savoir.

Karina : Quelle prétention !

Gainsbourg : Oh ! vous n'm'avez pas compris. je n'cherchais pas à me placer.

Karina : Vous avez ce qu'il vous faut ?

Gainsbourg : Exact !

Karina : Elle est jolie ?

Gainsbourg : Elles sont très jolies !

Karina : Ah là là, quel salaud !

Gainsbourg : Allez, salut poupée !

Jean-Claude Brialy : « Il était charmé par Anna Karina, dont la façon de chanter annonce cette voix dans le souffle, un peu érotique, que l'on a retrouvée plus tard sur les disques de Jane Birkin... Je crois que Serge était amoureux d'elle, de toute façon Serge ne pouvait pas travailler avec des gens sans être amoureux d'eux. Il me disait même qu'il était amoureux de moi ! Il venait me voir sur le plateau avec un petit bouquet de fleurs, il était très affectueux, très tendre. »

Gainsbourg : Un poison violent, c'est ça l'amour. Un truc à pas dépasser la dose ! C'est comme en bagnole : au compteur : 180 ; à la borne : 190 ; effusion : 200.

Enfin, sorte de brouillon inspiré avant B.B., voici Anna Karina en Lolita des *comics*, en « Roller Girl »...

Je suis la fille que l'on colle
Sur les Harley Davidson
Les BM double V
Je suis la Roller Girl
Roll Roll Roll
Roller Girl

Pour l'enregistrement d'*Anna*, Serge a recruté Michel Colombier pour les arrangements et la direction musicale. Sur les conseils d'Alain Goraguer, il l'avait connu débutant, en 1963, lors des séances pour la bande originale du film *Comment trouvez-vous ma sœur ?* Depuis, Colombier a fait du chemin : formidablement en phase avec le son des sixties, ce jeune prodige a composé tous les *jingles* de *Salut les copains* ainsi que le générique de *Dim Dam Dom*. Serge va lui confier ses musiques de films et, plus tard, les arrangements de « Bonnie And Clyde » et de la première version de « Je t'aime moi non plus »...

Michel Colombier : « Serge avait ce que je n'avais pas et vice versa. C'est sur *Anna* que nous nous sommes sans doute le plus éclatés. Je trouvais notre manière de travailler très intéressante parce qu'il n'était pas question de tirer la couverture à soi, on participait simplement à une œuvre commune. Je choisissais par exemple les couleurs à l'intérieur de l'orchestre mais il n'était pas question pour lui de me donner une mélodie puis d'aller se balader dans la nature : il assistait à toutes les séances et me signalait toujours quand quelque chose le dérangeait ; cela pouvait être une note dans un accord ou même la position de cette note dans cet accord. Pour moi c'était passionnant : en dehors de la fascination que j'avais pour ses textes il avait un sens mélodique absolument unique, qui doit beaucoup à ses origines russo-juives. Il y a beaucoup de mélancolie dans ses mélodies : les Juifs et les Noirs ont ceci en commun qu'ils sont les seuls, je pense, à posséder vraiment le blues... »

Six mois après sa désastreuse apparition à l'Eurovision, en septembre 1966, Dominique Walter publie son cinquième super-45 tours avec en titre vedette « Qui lira ces mots », paroles et musique de celui qui, vers 1958-59, lui avait donné quelques cours de guitare alors qu'il avait à peine quinze ans. Depuis son retour du service militaire, un an plus tôt, Walter s'est lancé dans la variété, il va y consacrer cinq ans de sa vie, jusqu'en 1969, et se dit aujourd'hui « très content d'avoir tenté cette aventure — et très content d'avoir arrêté au bon moment ». Soutenu par Lucien Morisse, patron des programmes d'Europe n° 1, qui le signe sur son label Disc'AZ, on pourrait imaginer que le fait d'être le fils de Michèle Arnaud lui ouvre toutes les portes. Or, il n'en est rien : cela ne lui cause que des problèmes ; la productrice d'*Anna* était sans doute adorée par certains mais aussi copieusement détestée par une partie du métier, en particulier des animateurs radio ou des producteurs concurrents à l'ORTF qui, recevant les disques de Walter, les jetaient automatiquement à la poubelle... Pour son premier EP, enregistré avec Guy Bontempelli, il avait adapté « As Tears Go By » de Marianne Faithfull (« S'en vient le temps »), montrant un goût très sûr qui ne le quittera jamais : plus tard, il choisira le « Penny Lane » des Beatles et empruntera un titre à Leonard Cohen.

Dominique Walter : « L'orchestration de “Qui lira ces mots” était ratée, mais Daniel Filipacchi avait trouvé ça marrant et avait bombardé le disque “chouchou” de *Salut les copains* pendant quinze jours. J'avais découvert les paroles en entrant en studio — je l'ai accepté parce que c'était Serge mais je m'en serais passé s'il s'était agi d'un autre ! »

J'ai trouvé dans une bouteille
Sur la plage abandonnée
« Qui lira ces mots
A lui je me donnerai »

Depuis ce jour maudit
Je l'attends jour et nuit
Depuis ce maudit jour
J'attends l'amour

Entre-temps, en août 1966, le Gainsbourg acteur s'était retrouvé embarqué dans une autre galère : neuf semaines de tournage en Colombie pour un navet de plus signé cette fois Jacques Besnard, *Estouffade à la Caraïbe*, dont la principale interprète féminine se nomme Jean Seberg, l'ex-héroïne — inoubliable — d'*A bout de souffle* avec Belmondo... Il s'agit d'un film policier où l'action prime sur le reste, dans un cadre exotique pour faire joli, avec un dictateur impitoyable et un peuple opprimé pour faire crédible.

Comme d'habitude, Serge accepte un second rôle pour le simple plaisir de voyager. Quant aux anecdotes de tournage, elles oscillent entre le savoureux et l'émouvant. Commençons par le regard de cette fillette au cœur de la jungle colombienne...

Gainsbourg : « Nous étions à Santa Maria et devions revenir à Bogota. La petite gamine devait avoir douze ans. Je la trouve adorable, je lui offre un exemplaire du 45 tours “L'eau à la bouche” et dès ce moment elle se met à me vouer une admiration sans limites... Initialement, nous devions retourner à Bogota par la route mais je dis à Seberg : “Ça fait chier de se taper la jungle sur des routes défoncées, louons plutôt un hélicoptère." Elle accepte et l'hélico vient nous chercher. Au moment où je monte, la petite fille se précipite vers moi : elle sait qu'elle ne me reverra jamais et elle regarde l'hélico qui s'élève, elle me suit des yeux, le souffle des pales soulève ses cheveux noirs... et son regard... son regard était inoubliable... »

Au départ d'Orly, sur le vol Paris-Carthagène, il avait fait la connaissance d'un des autres acteurs de complément, Paul Crauchet. Celui-ci se souvient des bungalows en bois dans lesquels ils étaient logés, en plein cœur de la jungle ; de la fine paroi qui séparait sa chambre de celle de Serge et des conneries qu'ils se racontaient la nuit, comme des mômes. Il se souvient aussi des bordels de Carthagène...

Paul Crauchet : « Nous étions logés dans un grand hôtel, mais Serge voulait aller écouter de la musique afro-cubaine. Il en était fou. On sortait donc ensemble dans les bordels de la ville. Là-bas, le bordel n'a rien d'un bouge. C'est un endroit en plein air, avec une certaine retenue, on n'y expose pas la chair et on y entend d'excellents musiciens. Serge prenait des notes et me faisait observer des choses, il me faisait aimer cette musique. A 2 heures du matin, j'étais fatigué et je me tirais, mais lui restait là à retranscrire des notes sur une portée. »

Gainsbourg : « Dans ces bordels, on entrait dans un patio et les filles étaient séquestrées derrière des portes à barreaux : on les faisait sortir et vous choisissiez... Des nanas aussi belles que les femmes d'Alger peintes par Delacroix. J'en prends une mais je dis à son mac que je ne veux pas la baiser là et je l'emmène. Non... attendez, rectification : je l'ai d'abord baisée au boxon et puis je l'ai emmenée, je me souviens de son lit couvert de peluches et des cartes postales épinglées aux murs. En prime, elle se laissait prendre de tous les côtés, ce qui est assez rare chez les prostituées... Donc, après, je l'amène à l'hôtel où nous retringlons. Le lendemain et les jours suivants, elle m'a accompagnée sur le tournage : à l'époque, il y avait toujours le plan des fauteuils marqués aux noms du réalisateur, des acteurs, etc. Je l'ai installée sur celui marqué Gainsbourg, ce qui a scandalisé toute l'équipe, surtout Seberg... »

A Paris aussi il lui arrivait de se distraire avec des professionnelles...

Gainsbourg : « Je me rends rue Godot-de-Mauroy et je repère deux filles dans une bagnole. Je leur dis : "Je vous veux toutes les deux, on va faire la stéréo !" On monte, l'une se déloque, l'autre pas, elle s'était dégonflée. Je m'énerve, je gueule et finis par leur balancer le pognon. Je me casse et dans les escaliers j'entends ces petites salopes me crier : "Pédé ! pédé !" Dans la rue l'engueulade se poursuit et je me mets à défoncer leur voiture à coups de lattes. A un certain moment je veux filer une claque à la plus garce des deux mais elles réussissent à me coincer le bras en remontant la vitre... Heureusement qu'elles étaient bloquées entre deux bagnoles, sinon en démarrant elles me l'auraient arraché ! Puis j'entends le pin-pon des flics, alors je me planque dans une encoignure. Plus tard, devenu Gainsbarre, je suis passé aux call-girls de luxe, sur catalogue, dans des boxons aristocratiques où vont les ministres, le genre "je veux celle-là..." et cinq minutes plus tard déboule un canon... »

Serge conserva toujours une grande tendresse pour les prostituées, on n'en veut pour preuve que l'émotion avec laquelle il racontait la tragique histoire de cette fille dont il avait été un client fidèle — il aimait son léger strabisme — et qui fut un jour emmenée de force par son souteneur sur la route de Marseille. Devinant ce qui l'attendait — après Marseille, elle aurait fini tapineuse à Alger — elle s'était jetée par la portière de la voiture qui fonçait vers le Sud : tuée net...

C'est encore à Carthagène, en Colombie, qu'on découvre le Gainsbourg pyromane : dans un resto décoré de plantes vertes desséchées, en allumant distraitement une cigarette il jette derrière son épaule une allumette ; quinze secondes plus tard, l'établissement est en flammes et c'est la panique. Dehors, Serge regarde l'embrasement, fasciné, en se demandant : « C'est moi qui ai fait ça ? »

Gainsbourg : « Pas de blessé, heureusement, mais il ne reste bientôt plus rien de la maison. Je me dis qu'il vaut mieux se casser et je retourne voir ma pute en attendant que les choses se tassent. En plus, c'était le dernier jour de tournage, tout le monde devait se tirer le lendemain. Le matin je rentre à l'hôtel et là je tombe nez à nez avec des flics colombiens, pistolet au poing, qui m'arrêtent aussi sec. Arrive un avocat genre film de Welles, énorme et ahanant, dans un costume de toile blanche... »

Paul Crauchet : « Je me souviens que, ce soir-là, je dînais avec des amis à trois ou quatre tables de la sienne, mais je suis parti vers 10 h 30 et l'incendie a eu lieu vers 11 heures. Le lendemain, on devait prendre l'avion pour retourner en France, on devait filmer à Nice les extérieurs qu'on n'avait pas pu faire sur place. Au moment du départ, j'ai appris que Serge était en cabane. »

Joseph Ginsburg : « En fin de compte la production a payé et Lucien a été relâché. Treize heures d'interrogatoire, sans fumer, c'était pour lui une privation terrible mais il a fallu tenir le coup car il avait affirmé aux policiers n'avoir pas fumé. Et quand avant de sortir il a accepté la cigarette qu'ils lui offraient, ces derniers lui ont dit : "Vous fumez donc, hein ?" Il leur a répondu : "J'ai dit que je n'ai pas fumé mais je n'ai pas dit que je ne fumais pas[1] !" »

1. Lettre du 2 novembre 1966.

A l'automne 1966, la physionomie des hit-parades a changé : la France s'est mise à l'heure de la soul et de la pop californienne au moment où paraissent les premiers numéros d'un nouveau mensuel, *Rock & Folk*. Percy Sledge chante « When A Man Loves A Woman », James Brown « It's A Man' Man's Man's World », les Beach Boys « Good Vibrations » et The Mamas & The Papas « Monday Monday ». La pop anglaise triomphe toujours avec « Paperback Writer » et « Yellow Submarine » des Beatles, « With A Girl Like You » des Troggs et « Mother's Little Helper » des Rolling Stones. Au sommet du classement, on trouve Johnny Hallyday (« Les coups », « Noir c'est noir », « Génération perdue »), Frank Sinatra (« Strangers In The Night »), Bob Dylan (« I Want You », « Just Like A Woman ») ainsi que les nouvelles stars, Michel Polnareff et Jacques Dutronc. A Paris, l'événement chanson de la rentrée a lieu au TNP où Juliette Gréco et Georges Brassens se partagent l'affiche d'un spectacle de prestige, du 16 septembre au 22 octobre.

De retour à Paris, incroyable mais vrai, Gainsbourg va se remettre à la colle avec Béatrice, alors même que le divorce vient d'être prononcé : sa petite fille, qui vient de fêter ses deux ans, lui manque cruellement. Cette réconciliation — selon ses conditions, ils vivent séparément — durera moins d'un an, de novembre 1966 à octobre 1967. Il faudra que Bardot entre dans sa vie pour qu'il chasse définitivement celle qui est à l'origine des profondes blessures qu'il n'évoquait jamais sans réticence.

Puis il se remet au travail. On lui propose un pactole pour composer une bricole publicitaire pour Dalida, à la gloire d'une marque de vins : « Vingt minutes de travail pour un million », confie-t-il à son copain journaliste René Quinson[1]. Dalida, qui est dans le creux de la vague (elle n'a pas eu de tube depuis plus d'un an et n'en aura pas avant l'automne suivant, avec « La Banda »), ne l'inspire nullement : de sa pub, il fait une abyssale ritournelle qu'il intitule « Je préfère naturellement » et qui figure sur le super-45 tours qu'elle publie en fin d'année :

> J'aime quatre garçons d'un groupe anglais
> Ils ont les cheveux longs comme tous les Anglais
> De jolies boots de clergyman anglais
> Des cols de dentelle comme les lords anglais

Simultanément, il compose et interprète le générique de la première série du feuilleton *Vidocq* à la télé, diffusée dès le 7 janvier 1967 sur la première chaîne, avec Bernard Noël dans le rôle principal. Impossible

1. Un million ancien, bien sûr.

de ne pas penser aux *talking blues* de Bob Dylan — qui lui-même s'était inspiré de Leadbelly et d'autres pionniers du blues — lorsqu'il scande :

Ah-ah-ah qui ne s'est jamais laissé enchaîner
Ah-ah-ah ne saura jamais ce qu'est la liberté
Moi oui je le sais, je suis un évadé

La nudité de la version a cappella amplifie encore l'émotion :

A dire vrai je suis un faussaire de compagnie
Un preneur de large
Un joueur de courant d'air
Un repris de justice
Un éternel évadé

Dans l'épisode *Vidocq à Bicêtre* on aperçoit Gainsbourg jouant le rôle d'un dément ; sur le plateau, durant le tournage, à l'hôpital de la Pitié-Salpêtrière on lui demande d'improviser une chanson bientôt beuglée par quarante bagnards énervés...

Quand j'égorge un gentilhomme
Ça gicle tout bleu !
C'est du sang bleu, parbleu !
Quand j'égorge un officier
Ça gicle tout froid !

Un an plus tard, dans le n° 14 de *Rock & Folk*, Philippe Constantin le titillera sur son cynisme en évoquant un autre de ses passages dans *Discorama* :

Philippe Constantin : (Lorsque Denise) Glaser vous interrogeait sur cette accusation de plagiat de Dylan pour la chanson de *Vidocq*, vous lui aviez répondu, serein : « Je pensais que personne ne s'en apercevrait. »

Serge Gainsbourg : Ah bon, oui, c'est juste. En fait, ce que j'ai piqué, c'est la pulsation rythmique, derrière. Mais c'est me reprocher de repiquer la marche harmonique d'un blues. Faut pas charrier. Parce que mélodiquement, c'est pas ça.

P.C. : Tout ça, c'était pour vous dire que vis-à-vis de la population française, vous apparaissez comme le cynique numéro 1.

S.G. : C'est quand même curieux que dans une époque aussi tourmentée, on vous reproche le cynisme. [...] On m'accuse de cynisme sans comprendre ma vie sentimentale... Ou ma vie d'homme... de quarante ans — je vais les avoir. Parce que tous les faux derches, gentils garçons, gentilles filles qu'il y a dans ce métier... Qu'est-ce qu'il y a comme faux culs ! C'est encore moi qui devrais avoir l'auréole...

Serge a également des rendez-vous d'affaires. Sur les conseils de Charley Marouani, il rencontre Eddie Barclay : celui-ci a toujours rêvé d'avoir dans son écurie l'auteur de « La javanaise ». Il le revoit en cette fin d'année 1966 alors que son contrat avec Philips vient à expiration, au bout de huit ans de bons et loyaux services.

Eddie Barclay : « Je lui avais toujours dit que j'aimerais travailler avec lui et il était impressionné par le fait que j'avais signé "à vie" avec Brel, ce qui est tout à fait exceptionnel dans ce métier. Je lui avais proposé un meilleur contrat que celui qui le liait à Philips, je lui offrais mes studios, qui étaient à l'époque les meilleurs de France, sinon du monde, Duke Ellington ou Miles Davis venaient y enregistrer leurs disques... Il savait aussi que je pouvais lui assurer une excellente promotion, du type de celle que je faisais pour Brel ou Ferré, qui vendaient beaucoup de disques, beaucoup plus que lui ! Avec une personnalité aussi forte que la sienne on pouvait s'attendre à ce qu'il devienne un jour un gros vendeur. Finalement, Philips a eu vent de nos négociations et les enchères ont grimpé... »

Serge est bien embêté. Certes, il n'a vendu cette année que 15 ou 20 000 disques sous son nom, contre 800 000 pour Johnny. Très respectueux des personnages haut placés, comme l'a toujours été son père, il ne veut pas froisser ni se montrer ingrat envers Louis Hazan et Georges Meyerstein, les patrons de Philips, qui l'ont toujours soutenu. D'un autre côté, ils se sont largement remboursés de cet investissement peu rentable, ne fût-ce que sur les ventes de France Gall, une autre artiste Philips, en 1964-65.

En revanche, ses royalties n'ont pas bougé depuis le premier contrat de 1958, signé avec Canetti : un maigre 5 %, porté à 7 % lorsque celui-ci est renégocié après qu'il a été approché par Barclay... Hazan propose également une avance de 100 000 francs à la signature ; Barclay surenchérit, naturellement, mais Serge resigne avec Philips.

Ainsi s'achève une année agitée. En décembre, Serge compose derechef la chanson d'un sketch pour le *Sacha Show* ; il s'agit cette fois d'un duo Distel-Annie Girardot intitulé « On n'aurait jamais dû quitter La Nouvelle-Orléans » : déguisés en négrillons, façon Al Jolson dans *Le Chanteur de jazz*, ils incarnent — en direct ! — « deux pauvres gars qui auraient tellement voulu réussir dans le music-hall et qui n'y arrivent jamais », se souvient Sacha.

Le 23 décembre, Serge apparaît dans un conte de saison, « Noël à Vaugirard », annoncé comme une « nativité beatnik » et diffusé dans le cadre de *Dim Dam Dom*. « Je ne me souviens plus. Je jouais Joseph ou je faisais l'âne ? » ironisait-il vingt ans après... Dans cette pochade navrante, tournée dans des abattoirs, il interprète effectivement Joseph, aux côtés de Chantal Goya dans le rôle de Marie, avec Jacques Dutronc, Régine, Guy Marchand, etc., en guise d'invités-surprises. Le

31 décembre 1966, au cours de la soirée de réveillon télévisée, il chante « Docteur Jekyll et Monsieur Hyde ».

> Docteur Jekyll un jour a compris
> Que c'est ce Monsieur Hyde qu'on aimait en lui
> Monsieur Hyde ce salaud
> A fait la peau du Docteur Jekyll

On dirait un résumé de sa vie... Il voulait devenir peintre, il est le chanteur et auteur-compositeur à la mode que l'on invite dans les émissions de télévision. Il était romantique et pudique, sa vie sentimentale est un désastre. On aimait ses chansons pointues et rares, il lui a fallu retourner sa veste pour survivre. Il était timide et agressif, il fait des chansons rock et pose au milieu des idoles de *Salut les copains*. Il était complexé par sa laideur, la célébrité et l'approche de la quarantaine l'ont embelli... Lucien Rioux, l'un de ses plus fidèles *aficionados*, affirme qu'en cette époque de « Keep Smiling » (gardez le sourire — on se souvient des badges, autocollants, etc., avec le cercle jaune figurant un visage souriant), le public n'est pas encore prêt à aimer Serge, hormis ses quelques milliers de fans qui attendent chaque disque avec impatience. Alors, qui va l'emporter : Docteur Lucien ou Monsieur Serge ?

13

Et des Zip ! Shebam ! Pow ! Blop ! Wizz !

1967, l'année de *Sgt. Pepper's Lonely Hearts Club Band*, le plus célèbre album des Beatles, démarre en fanfare pour Gilbert Bécaud qui chante « L'important, c'est la rose ». Dans les hit-parades, on croise Adamo (« Inch Allah »), Herman's Hermits (« No Milk Today »), Sylvie Vartan (« Par amour, par pitié »), les Easybeats (« Friday On My Mind »), Michel Polnareff (« Ta ta ta ta »), Pascal Danel (« Kilimandjaro »), Donovan (« Mellow Yellow »), les Monkees (« I'm A Believer ») et les Rolling Stones (« Let's Spend The Night Together »).

Quant à Gainsbourg, s'il ne donne plus de concerts depuis plus de dix-huit mois, il s'invite chez des millions de Français en moyenne tous les quinze jours : au cours de l'année 1967 on va le voir dans pas moins de vingt-sept émissions de télévision, soit plus de deux apparitions par mois ! L'une des plus réussies a lieu le 11 janvier 1967 au programme de *Dents de lait dents de loup*, une émission réalisée par l'ex-assistant de Pierre Koralnik.

Jean-Pierre Spiero : « C'était complètement dingue : nous avions un couple d'animateurs surréalistes, venus de la radio : le président Rosko des radios pirates anglaises *via* Radio Luxembourg et Annick Beauchamps, la femme de Xavier Gouyou Beauchamps, de France-Inter. On avait placé les chanteurs et les danseurs au milieu du public, j'avais imaginé un décor constitué de photos géantes, j'en avais collé partout, et c'est là qu'on a eu droit au fameux duo entre France Gall et Serge pour "Les sucettes". Ce coup-là, visiblement, France avait compris les paroles ! »

Cette émission, extraordinairement pop et rythmée, devait être la première d'une nouvelle série. Le tollé qu'elle suscita coupa court aux ambitions des producteurs. Rétrospectivement, il s'agit d'un des meilleurs moments de télévision de la seconde moitié des années 60, largement inspiré du programme britannique *Ready, Steady, Go !* Toutes les stars de l'époque, ou presque, sont réunies : Claude François, les Walker Brothers, Eddy Mitchell, Sylvie Vartan, Marianne Faithfull, Serge (qui chante « Marilu »), etc. Pour le générique, interprété en duo par France Gall et Gainsbourg, ce dernier s'est inspiré de l'orgue lancinant de « 96 Tears », mini-tube deux mois plus tôt pour le groupe américain ? & The Mysterians[1] :

> *Serge* : Tu n'es qu'un bébé
> Rien qu'un bébé loup
> Tu as des dents de lait
> Pas des dents de loup
> *France* : Oui je suis un bébé
> Rien qu'un bébé loup
> Oui, j'ai des dents de lait
> Des dents de lait de loup

Parmi les danseuses et figurantes de *Dents de lait dents de loup*, Marie France, travesti légendaire des nuits parisiennes et future vedette de l'Alcazar où elle campera bientôt une Marilyn plus vraie que nature[2].

Marie France : « J'avais une mini-jupe orange, les cheveux longs. Je voyais bien qu'il me matait parmi les danseuses. A midi, il m'a invitée dans un bistrot. En fin d'après-midi, il est revenu et a prétexté qu'on était invités chez les techniciens de la SFP. On s'est retrouvés dans une piaule à boire du whisky. Il m'a emmenée dîner, puis il m'a dit : "On va prendre un verre où tu veux". En taxi, il m'a emmenée à l'Entresol, dans le Marais. Puis on est allés dans sa chambre, à la Cité des Arts [...] Il a joué du piano. Il était charmeur, je me suis vite retrouvée dans ses bras. Le matin, nous sommes allés petit-déjeuner à la brasserie du pont Louis-Philippe. Puis nous sommes remontés écouter l'album d'Anna Karina qu'il venait de recevoir[3]. »

Marie France parle bien sûr de la bande originale d'*Anna* dont le mixage n'a été bouclé que quelques semaines plus tôt, au studio

---

1. Alias Question Mark & The Mysterians, quintette punk avant la lettre, toujours en activité en l'an 2000. En même temps que « Dents de lait dents de loup », en janvier 1967, Serge dépose à la SACEM « Qui se souvient de Caryl Chessman ? », chanson dont il ne subsiste aucune trace. Chessman s'était battu, sans succès, pour échapper à la peine de mort aux Etats-Unis, après avoir été condamné, sans preuves suffisantes, pour le viol et le meurtre d'une femme (il sera à nouveau mentionné par Serge en 1987 dans « Dispatch Box » sur l'album *You're Under Arrest*).

2. Elle se lancera dix ans plus tard dans la chanson avec un premier 45 tours sur le label belge Romantik Records (paroles de Jacques Duvall) suivi en 1981 de *39 de fièvre*, un album enregistré avec le groupe Bijou.

3. Propos recueillis par Philippe Krootchey, *Vogue*, novembre 1994.

Hoche, avec Michel Colombier. Certains critiques lui reprochent les paroles de « GI Joe », l'une des chansons du passage le plus déjanté de ce film :

GI Joe
Tu vas mourir sous le drapeau américain
GI Joe
Tous les rockets auront ta peau américaine

Pour mémoire, nous sommes en pleine guerre du Viêt-nam ; interviewé par René Quinson, Serge réplique : « J'ai voulu faire quelque chose de parodique. On y a vu des allusions politiques bien loin de ma pensée. »

La comédie musicale *Anna* est programmée le 13 janvier à 21 h 40, deux jours après *Dents de lait dents de loup*, en couleurs — pour les rares possesseurs de téléviseurs adaptés — et sur la deuxième chaîne. Malgré une promotion efficace, la critique est mitigée. Dans la presse, certains titres font sourire, du genre « Gainsbourg a voulu mettre des paroles intelligentes sur un rythme de jerk ». Ailleurs, il déclare : « La musique d'*Anna* a un son nouveau. Des gens diront avec mépris : "C'est du yé-yé." Mais "yé-yé" qu'est-ce que ça signifie ? Rien ! Il serait temps d'assimiler ces sons nouveaux et cette musique, sans idée préconçue ni péjorative. » Dans *La Dépêche du Midi* : « Nos compositeurs sont généralement impressionnés par les comédies musicales américaines. Or, il suffit d'aller à Broadway pour constater que les Américains n'ont pas évolué, ils continuent à écrire de la musique à la mode de 1930 et des textes pour quinquagénaires. Moi je suis très imprégné de musique anglo-saxonne. J'ai essayé de mêler le son anglais, le rock, le rhythm & blues et d'ajouter tout de même quelques passages frôlant le lyrisme. De toutes façons, je n'ai pas l'expérience musicale nécessaire pour écrire un véritable opéra moderne. »

Trois jours avant sa diffusion à la télé, le 10, *Anna* fait l'objet d'une projection exceptionnelle au cinéma Translux, rue de la Gaîté, mais aucun distributeur n'est intéressé par ce produit inclassable. Serge croyait pourtant très fort à son exploitation en salles — à cause de la lumière, de la réalisation, des couleurs étonnantes, autant de choses qui risquaient de dérouter les téléspectateurs. Anna Karina, elle, est déjà à l'affiche du nouveau Godard, *Made In USA*, qui sort le 23 janvier, un film noir truffé de références où elle mène l'enquête pour retrouver un homme mêlé à l'affaire Ben Barka... Nullement découragés, Gainsbourg et Koralnik évoquent brièvement la possibilité de monter à Paris une adaptation française du célèbre *Fiddle On The Roof* en collaboration avec l'écrivain et journaliste Joseph Kessel. « Avec *Anna* j'ai simplement prouvé que j'étais intact », dira-t-il quelque temps après à Philippe Constantin[1]. Intact, autrement dit pas totalement victime de ses concessions.

C'est pourtant en ce début 1967, deux ans après « Poupée de cire », que Serge accepte d'écrire à nouveau une chanson pour le grand concours Eurovision de la chanson. Cette fois il est prévu que l'événement se déroule en direct de Vienne, en Autriche, le 8 avril. L'interprète se nomme Minouche Barelli, dix-sept ans, fille de la chanteuse Lucienne Delyle (« Mon amant de la Saint-Jean », succès sous l'Occupation) et d'Aimé Barelli, le chef de l'orchestre du casino de Monte-Carlo ; c'est d'ailleurs selon les vœux du prince Rainier que Minouche a été choisie pour représenter la principauté. La chanson, qui démarre sur un compte à rebours, s'intitule « Boum Badaboum » ; elle est hurlée plutôt que chantée sur un accompagnement surchargé —, un grand orchestre d'une trentaine de musiciens —, bref, globalement, c'est une catastrophe...

Minouche Barelli : « J'étais folle de joie de travailler avec lui. J'arrive à la Cité des Arts, il me dit qu'il a une idée... Il se met au piano et me fait "Boum Badaboum" en me disant : "Ça c'est pour vous". Nous avons travaillé ensemble, puis il est venu le jour de l'enregistrement ; il voulait que je l'interprète d'une manière extrêmement agressive, deux tons au-dessus de ma voix normale, on a recommencé quinze fois. Il me faisait recommencer en me soufflant : "Quand tu me diras : 'qu'est-ce que vous me gonflez !' c'est que tu l'auras chanté comme je veux !" C'est vrai qu'au bout de la quinzième fois, j'avais envie de l'étrangler et j'ai fini par l'interpréter comme il voulait[2]. »

Laissez-moi encore la vie — Boum boum
Au moins mille et une nuits — Badaboum
Boum Badaboum Boum Boum
Boum Badaboum Boum Boum

L'Anglaise Sandie Shaw, avec « Puppet On A String », rafle cette année-là tous les suffrages, avec vingt-sept points d'avance sur la candidate française, Noëlle Cordier, qui termine seconde. Cinquième, avec dix points, ce n'est pas totalement la honte pour Minouche, mais au 55, avenue Bugeaud, papa Joseph et maman Olia se rongent les sangs...

Joseph Ginsburg : « Lucien nous a téléphoné, il n'était pas du tout contrarié de l'échec de Minouche puisqu'il s'y attendait, il était gai... Par contre c'est Maman qui était tourmentée à sa place : "Comment !

1. In *Rock & Folk*, n° 14, janvier 1968.
2. Minouche Barelli avait publié un premier EP deux ans plus tôt, un autre en 1966 (« Goualante 67 ») avant de s'attaquer à « Boum Badaboum ».

Mon fils a échoué ! Quelle mésaventure !" Ces mères sont insatiables[1]... »

A qui veut l'écouter, Serge annonce au même moment qu'il écrit douze chansons pour Anna Karina, douze autres pour Jeanne Moreau et douze encore pour la comédienne Elsa Martinelli qu'il vient de croiser sur un plateau de télévision : « Celle-ci convient exactement à mon style. Elle est moderne, très jazz. » Aucun de ces projets ne verra le jour et si l'un d'eux avorte c'est pour une raison parfaitement prosaïque : « J'étais très ami avec Anna Karina, raconte Claude Dejacques. Serge a essayé de la sauter mais elle n'a jamais voulu et c'est pour ça qu'il n'y a pas eu de 30 cm. » Au final, Serge se contente dans l'immédiat de composer la musique d'*Au risque de te déplaire*, un 45 tours de Marie-Blanche Vergne, sur des paroles de son mari Jean-Christophe Averty. Il signe aussi « Néfertiti », qui figure en titre de complément sur le nouvel EP de France Gall (celui qui contient « La petite », son duo naze avec Maurice Biraud).

Néfertiti
Ne sois pas inquiète
Belle momie
Tes bandelettes
Garderont leur parfum subtil
Jusqu'à l'an deux mille

Pour Stone, ex-Miss Beatnik 1966, future Stone et Charden, qui avait commencé sa carrière de chanteuse un an plus tôt avec des adaptations des Beatles, Serge est à court d'inspiration : il lui fourgue un titre initialement prévu pour Petula Clark, « Buffalo Bill ».

Stone : « Il avait un stock de chansons dans ses tiroirs et il les répartissait au petit bonheur la chance selon la personne qu'il rencontrait. Je n'étais pas très chaude pour la prendre mais comme on n'avait rien d'autre, on s'en est contentés ! En nous faisant écouter la maquette, il nous a juste dit : "Ne vous cassez pas la tête pour l'intro, prenez celle de ce disque anglais"... Il nous l'a passé et j'avais l'impression qu'il se foutait du monde ! J'ai chanté "Buffalo Bill" une seule fois en studio et ça s'est arrêté là. C'était la face B de "Vive la France", une chanson de Charden qui a très bien marché. »

Pour Dominique Walter, Serge compose « Les petits boudins » qui paraît sur un EP qui contient également sa version du « Penny Lane » des Beatles et « Je n'ai pas osé », signé Polnareff[2]. Grâce à ce nouveau

1. Lettre datée d'avril 1967.
2. Pour la petite histoire, dans les chœurs des « Petits boudins », on entend distinctement la voix de Serge.

titre, d'un cynisme rare, en contradiction avec sa jolie gueule, le « fils à sa maman » — comme certains le surnomment cruellement dans le métier — connaît son quart d'heure de gloire dans le créneau, pourtant surpeuplé, des séducteurs pour minettes... Lorsqu'elle reparut vingt ans après, en 1987, chantée par le jeune Robert Farel — produit par Etienne Daho — on vit même la chanson grimper dans les hautes régions du Top 50...

Dans mon agenda
Quand j'en pique un
Un petit boudin
Je l'mets sous mon bras
Jusqu'au matin
Ce petit boudin

C'est bon pour c'que j'ai
Ça me fait du bien
Les petits boudins
C'est facile et ça
N'engage à rien
Les petits boudins

Exemple typique de concession faite au showbiz, Serge écrit pour Claude François, qui d'ailleurs avait été pressenti pour le rôle de la *guest-star* dans *Anna*, finalement tenu par Eddy Mitchell ; il lui propose « Hip Hip Hip Hurrah », que Clo-Clo chante sur un EP publié en juin 1967.

Je pratique
La politique
De la femme brûlée
Je brûle toutes celles que j'ai adorées
Une seule est dans mon cœur
Pourtant s'il lui arrivait malheur
Je dirais
Hip Hip Hip Hurrah
Hip Hip Hip Hurrah

Gainsbourg : « Dans sa bouche, c'était un cauchemar mais le texte était pas mal : j'avais failli l'inclure dans mon 45 tours suivant, à la place de “Chatterton”. Coup de bol pour moi, Clo-Clo met ma chanson en face B de “Mais quand le matin”, un tube énorme. J'étais le tender de la locomotive de ce wagon à bestiaux ! Nouveau jackpot ! »

Claude Dejacques : « A l'époque il ressentait encore tellement l'humiliation de ses années d'insuccès qu'il était flatté d'être interprété par n'importe quel connard. Des années après, chez lui, rue de Verneuil, il avait exposé toutes les pochettes de ses interprètes, même les plus merdiques ! C'était pour lui une collection de trophées... »

C'est toujours à cette époque qu'il livre deux nouveaux titres à son amie Régine : avant l'été il y aura « Loulou » avec sa jolie mélodie et ses paroles faciles...

Tout, tout t'est permis, Loulou
La soie les froufrous
Et les bas noirs à trou-trous
Joue, joue de ta beauté, Loulou
On sera fou, fou
De toi, Loulou

On glissera en douceur sur « Ouvre la bouche, ferme les yeux », publié en fin d'année, le moyen le plus efficace pour que passent « les mouches bleu marine ou la quinine, ou la purée » :

Pour gober leurs bobards dans les alcôves
La foi qui sauve
Ça suffit pas
Encore faut-il un estomac solide
Quand le cœur vide
On broie du noir
Ouvr' la bouche, ferm' les yeux
Tu verras, ça gliss'ra mieux

Le 3 avril, nouvelle apparition à la télé dans la série historique *Présence du passé*, réalisée par le vieil Abel Gance, qui raconte les événements de l'été 1792 ; Serge se contente d'une courte figuration (muette) dans le rôle du marquis de Sade. Dans *Paris-Jour*, on lit à cette occasion une interview aussi courte qu'imbécile, typique de ce quotidien populaire de droite disparu dans les années 70 :

GAINSBOURG JOUERA LE ROLE DE SADE PARCE QU'IL EST « SADIQUE »

— (...) Pourquoi n'y a-t-il que vous pour interpréter ce rôle ?

— [Il ricane] Je ne sais pas... A cause de mes yeux, de mon nez, de ma bouche, de ma voix...

— Vous avez une tête de sadique ?

— Oui, pour certaines personnes...

Dans le même esprit, cette interview publiée dans l'hebdomadaire *Candide* le 15 mai 1967, à propos de son type de femme :

J'aime les filles d'apparence très dure, très sophistiquée et très froide. Je sais par expérience qu'une fille d'apparence sensuelle est toujours une mauvaise affaire. Je suis toujours esseulé. J'ai parfois des crises de frénésie, à la recherche d'une femme. Je compense par l'esthétisme, l'érotisme et même le fétichisme.

Le 8 avril, à Londres, naissance de Kate Barry, la première fille de Jane Birkin, que Serge élèvera bientôt comme si c'était la sienne. Au même moment John Barry remporte deux Oscars (meilleure musique de film et meilleure chanson pour le film *Born Free*) et un quotidien anglais titre à propos de ce double événement : « John Barry : Deux Oscars et une Baby Girl » ! Jane, de son côté, est au cœur du scandale causé par le film *Blow-up* d'Antonioni (qui sort en France en mai 1967), et en particulier par la scène où teinte en blond, elle se chamaille à poil avec sa copine Gillian Hills et David Hemmings, la star de cette enquête policière menée par un photographe sur fond de *Swinging London*. Jane, trop occupée à pouponner, se soucie peu de la vague de haine qui se déchaîne dans la presse conservatrice. C'est en effet la première fois dans un film anglais qu'on aperçoit un pubis ; elle est instantanément rebaptisée Jane « Pubic Hair » ou Jane « Blow-up ». Il est déjà loin le temps où l'hebdomadaire américain *Newsweek* se contentait d'ironiser en parlant de « John Barry, sa Jaguar type E et sa femme type E »... Personne n'ose plus la toucher et sa carrière, pourtant gentiment démarrée — on l'avait aperçue un an plus tôt dans *The Knack* de Richard Lester —, est stoppée net : pour le film *Wonderwall* (sur une musique de George Harrison), elle revient à la figuration. Avec John Barry, malgré l'arrivée de Kate, les choses tournent au vinaigre : dans les mois qui suivent, elle va demander le divorce...

Jane Birkin : « Je voulais désespérément plaire à mon mari, je me souviens que je passais un temps fou chez le coiffeur, je restais des heures sous le casque, je me morfondais à l'attendre. Je me maquillais, je me mettais des faux cils, je dessinais mes yeux sous d'épaisses lignes de khôl, j'essayais de ressembler aux stars anglaises du moment, telles que Jean Shrimpton, Twiggy ou Charlotte Rampling... J'étais aussi férocement jalouse et à vingt ans, avec mon bébé, je me suis pris une claque dans la figure quand il m'a plaquée. Finalement, c'était une bonne chose, je me suis dit qu'il était temps que je travaille, s'il n'était pas parti j'aurais peut-être fini ma vie complètement névrosée et frustrée dans une villa de luxe et de cauchemar à Beverly Hills... »

En février, interviewé dans *La Dépêche du midi* par René Quinson, Serge racontait ses interprètes et s'attardait sur Brigitte, avec laquelle quelques mois plus tard il va vivre une superbe aventure :

> J'aurais aimé faire des chansons à Marilyn Monroe et j'ai cru la remplacer par Brigitte Bardot. Ce fut ma plus grande déception. Enregistrement formidable. Bardot en chantant se tord voluptueusement, se caresse les hanches, déborde de sensualité. Et rien ne passe au disque. B.B. ne serait bonne que pour le scopitone.

Dans la même interview, il explique pourquoi il se croit en avance sur les autres auteurs-compositeurs :

> Les Français ignorent tout de la rythmique de la musique et des mots. Nos auteurs-interprètes « Rive gauche » écrivent encore en alexandrins sur des petites musiques désuètes du genre « one step » ou composées à la guitare, ce qui donne un rythme sans originalité. Le jour où l'un d'eux saura composer de façon un peu plus complexe et découper sans régularité les phrases et les syllabes, je serai menacé dans ma spécialité.

Le 16 avril, une nouvelle fois invité par Denise Glaser dans *Discorama*, Serge ne chante aucun nouveau titre — il est prévu qu'il se rende à Londres en juin pour l'enregistrement de son prochain EP — et se contente de répondre aux questions, toujours pleines d'esprit, de son hôtesse, qui lui demande comment un auteur réputé en avance sur son temps peut composer autant de chansons commerciales.

> Serge : Qu'est-ce que vous voulez dire par là, qu'il y a un paradoxe ? Je m'adapte. Pour moi j'ai des visions un peu plus avant-gardistes, voilà. C'est simple, je peux faire n'importe quoi. Une chanson pour Juliette Gréco, comme je peux faire une chanson pour France Gall et une autre pour moi. Trois styles.
>
> Denise Glaser : En somme, vous ressemblez à certains faussaires de génie.
>
> S.G. : Oui, si vous voulez, pourquoi pas ?
>
> D.G. : Mais qui auraient du talent pour eux-mêmes. Ça, ce n'est pas ce qui arrive aux faussaires de génie en général. [...] Ils imitent bien mais ils ne font rien d'original.
>
> S.G. : Alors moi, qu'est-ce que je fais là-dedans ? [...]
>
> D.G. : Ça vous trouble ?
>
> S.G. : C'est une arête dans ma gorge. Recommencez un peu. [...]
>
> D.G. : J'ai dit que vous êtes comme ces faussaires de génie, qui peuvent imiter beaucoup de styles. Et j'ajoute que vous êtes comme certains faussaires de génie qui auraient du talent aussi pour eux-mêmes. C'est-à-dire une personnalité qui ne serait imitée d'aucune autre.
>
> S.G. : C'est bien ce que j'avais entendu. Je voulais simplement le réentendre.
>
> D.G. : Pourquoi, c'est tellement drôle ?
>
> S.G. : Oui, c'est marrant. C'est exact, je n'ai aucune prétention à être moi-même.

Côté cinéma, c'est le calme plat, en attendant les tournages de l'été et de la rentrée. *Estouffade à la Caraïbe* sort dans les salles le 22 mars 1967 dans l'indifférence générale, suivi le 10 mai de *Toutes folles de lui*, naveton vaguement cochon de Norbert Carbonneaux qui conte l'histoire navrante d'une honnête teinturerie transformée en maison de passe, dont Serge a fait la musique. Toujours dans la catégorie

« désastres », mais écologique cette fois, nous avons le naufrage du pétrolier libérien *Torrey Canyon*, chargé de 120 000 tonnes de brut, le 18 mars 1967 sur les côtes de Cornouailles, au sud-est de l'Angleterre. La nappe de pétrole qui s'en échappe atteint les côtes de la Bretagne et du Cotentin, sur plus de 150 kilomètres, dès le 10 avril. Le *Torrey Canyon*, construit en 1959, allongé et modernisé en 1965, était le plus grand pétrolier du monde : il mesurait près de 300 mètres de long.

Le 31 mai, après avoir chanté une fois encore « Docteur Jekyll et Monsieur Hyde » dans un *Sacha Show*, Serge embarque avec Claude Dejacques à bord du ferry-boat et retourne à Londres pour l'enregistrement de son nouveau super-45 tours. Il ne faut évidemment pas s'attendre à un Gainsbourg écolo ; à propos du *Torrey Canyon*, il ne fait que constater :

Je suis né
Dans les chantiers japonais
En vérité j'appartiens
Aux Américains
Une filiale
D'une compagnie navale
Dont j'ai oublié l'adresse
A Los Angeles[1]

Dans la presse on parle de plus en plus du tirage colossal des livres de bande dessinée : le succès des héros du journal de *Spirou*, l'épatante *Barbarella* de Jean-Claude Forest (dont Vadim tire bientôt un film avec Jane Fonda) mais surtout le triomphe d'Astérix, dont les aventures sont publiées chaque semaine dans l'hebdomadaire *Pilote*. C'est avec une choriste anglaise que Serge enregistre la première version de « Comic Strip » qu'il va créer à la télé le 29 juin dans *Tilt* avec Mireille Darc pour partenaire :

Viens petite fille dans mon comic strip
Viens faire des bulles, viens faire des wip !
Des clip ! Crap ! des bang ! des vlop ! et des
Zip ! Shebam ! Pow ! Blop ! Wizzz !

Au studio Philips de Soho, le mixage est confié à Giorgio Gomelsky (qui produit entre autres les Yardbirds avec Jeff Beck) et la direction d'orchestre à David Whitaker, qui travaille à la même époque pour les Rolling Stones, Marianne Faithfull, Claude François et Sylvie Vartan.

1. A la version la plus courante (voir l'intégrale *De Gainsbourg à Gainsbarre*) on est en droit de préférer — de loin — celle, à la fois plus *cool* et plus agressive qui fut enregistrée au même moment et qui figure sur l'anthologie *Comic Strip* (Philips / Mercury, 1996).

Une première rencontre a lieu à Paris, dans les bureaux des éditions Bagatelle, puis Whitaker prépare à Londres les arrangements sur les indications du compositeur[1].

David Whitaker : « Il était très professionnel, c'était un véritable travail, on ne rigolait pas beaucoup : il était très strict avec moi, malgré le fait que j'étais son aîné. Il prenait beaucoup de directives pour les musiciens, il avait souvent des idées spontanées et voulait changer une rythmique ou autre chose, il réécrivait pendant les sessions et je trouvais ça très ennuyeux... »

Avec son orgue et ses cuivres qui swinguent comme les meilleurs Nino Ferrer, « Chatterton » fut longtemps une chanson oubliée de son répertoire — en ce sens qu'elle fut ignorée de toutes les compilations et anthologies, jusqu'à l'intégrale *De Gainsbourg à Gainsbarre* en 1989. Serge se souvient du terrible destin d'un obscur poète anglais du XVIIIe siècle, qui avait fini dans la misère et s'était empoisonné — après Alfred de Vigny, qui s'en était inspiré pour son drame *Chatterton*, voici la chanson homonyme...

Chatterton suicidé
Hannibal suicidé
Démosthène suicidé
Nietzsche fou à lier
Quant à moi...
Quant à moi...
Ça ne va plus très bien

Peu après la sortie du EP *Mr Gainsbourg*, fin juin, on lit dans le magazine *Top* qu'il est « le roi de la musique pop [...] "Comic Strip", des onomatopées en folie. "Chatterton", humour noir et drôleries... "Hold-Up", une musique de générique pour films à suspense... Un cocktail irrésistible et savoureux[2] ».

Je suis venu pour te voler
Cent millions de baisers
Cent millions de baisers
En petit's brûlures
En petit's morsures
En petit's coupures

La France se remet à peine du choc suscité par la guerre des Six Jours entre Israël et l'Egypte. On a vu les foules paniquées se ruer sur les produits de première nécessité, dans l'hypothèse où le conflit allait dégénérer et se transformer en troisième guerre mondiale. Au lieu de

1. En 1996, Whitaker a travaillé avec Etienne Daho sur l'album *Eden*.
2. Cité par Franck Lhomeau, *Dernières nouvelles des étoiles, op. cit.*

ça, les événements donnent à Serge l'occasion de pratiquer un exercice de style inattendu, comme l'explique son papa dans un langage codé qui fait sourire — mais après tout, il écrit à sa fille Liliane, à Casablanca...

Joseph Ginsburg : « La préfecture de la Bretagne a demandé à Lucien de composer un chant à la gloire de cette région et de ces braves marins. Il s'est attelé à la tâche qui doit être terminée en 24 heures... [Le lendemain :] La bande, avec accompagnement d'orgue électrique [Michel Colombier au clavier], s'est envolée pour Rennes où elle sera traduite en vieux breton puis chantée par un Breton [1]... »

C'est ainsi qu'il compose la seule marche militaire de sa carrière, écrite à la demande de l'attaché culturel israélien à Paris ; « Le sable et le soldat » (ou « Le sabre et le sable », selon les sources) sera diffusé à la radio et chanté de Gaza à Tel-Aviv...

Oui, je défendrai le sable d'Israël
La terre d'Israël, les enfants d'Israël
Tous les Goliaths venus des Pyramides
Reculeront devant l'étoile de David

Gainsbourg : « On m'a demandé de signer des pétitions pour Israël, je l'ai fait, on m'a demandé une chanson, je l'ai faite. Le bobino est parti avec le dernier avion pendant les hostilités et on l'a utilisé là-bas pour le moral des troupes. Mais je suis un ashkénaze, je n'ai rien à voir avec les séfarades [2]... »

Quelques semaines plus tard paraît le nouvel EP de France Gall, pour qui les choses commencent à mal tourner : la petite adolescente pétulante est devenue une jeune femme dont le public va bientôt se désintéresser. Ultime succès avant une longue traversée du désert, qui va durer approximativement de 1968 à 1974, au moment où sa rencontre avec Michel Berger va relancer sa carrière, ce « Bébé requin » qui passe beaucoup en radio à la rentrée n'est pas de Gainsbourg, même si la musique (de Joe Dassin) ou les paroles (Frank Thomas et Jean-Michel Rivat) en imitent le style. Le second titre vedette, « Teenie Weenie Boppie », en revanche, est bien de lui :

Teenie Weenie Boppie
A pris du LSD

1. Lettre du 6 juin 1967.

2. Serge minimise, comme d'habitude quand il est question de ses origines, mais il s'agit quand même d'un acte engagé et révélateur. Il est à notre connaissance le seul auteur-compositeur juif français ayant accepté ce type de commande en ces circonstances dramatiques.

Un sucre et la voici
Déjà à l'agonie

Que sont ces fleurs aux couleurs exquises
Qui dérivent au fil du courant ?
C'est Mick Jagger qui dans la Tamise
S'est noyé dans ses beaux vêtements

France Gall : « C'était l'époque de tous ces groupes psychédéliques et on parlait beaucoup de l'acide. J'avais trouvé cette chanson visionnaire parce qu'elle évoquait un Rolling Stone qui se noyait et que le disque est sorti peu de temps avant la mort de Brian Jones, dans sa piscine[1]. »

Le 30 juillet est diffusé à la télé un portrait de Serge, dans une série intitulée *Les Quatre Vérités*, elle-même incluse dans l'émission *Central Variétés*, qui a été tournée en avril... Raison pour laquelle Serge n'y chante — en play-back, ce qui est pour lui la règle, désormais[2] — que « La javanaise » (dans un bistrot) et « Docteur Jekyll » (à la Foire du Trône) et pas un seul titre de son nouvel EP. Il rencontre à cette occasion André Flédérick, un réalisateur avec qui il va tourner un nombre impressionnant d'émissions au fil des années suivantes[3]. Après avoir montré la photo de Chopin qu'il a posée sur le piano et qui semble le juger (« Il a l'air aussi marrant que moi »)[4], Serge joue le jeu des *Quatre Vérités* :

Le journaliste : Pourquoi venir habiter à la Cité des Arts ?

Serge : Parce que j'ai eu des graves ennuis d'ordre privé. Perturbation sentimentale. J'étais pas en mesure d'habiter quelque chose de trop privé

1. Pour être précis : la chanson de France sort en septembre 1967, la mort de Brian Jones ne survient que le 3 juillet 1969.

2. On peut se demander pourquoi Serge faisait systématiquement ses play-back « à côté » au lieu de mimer le mouvement des lèvres. Pour accentuer le côté « faux » du procédé ? Par manque de répétitions et de mémorisation ? Parce que les attaques de ses vers étaient tellement particulières qu'il n'arrivait pas à les retrouver ? Un peu des trois, sans doute...

3. Flédérick qui, par la suite, va réaliser à la fois les shows produits par Gilbert et Maritie Carpentier et *Le Grand Echiquier* de Jacques Chancel où, il faut le noter, Serge n'a jamais été invité, contrairement à Yves Montand, Georges Brassens, etc. Chancel n'a jamais eu la moindre affinité avec Gainsbourg.

4. Dans *Serge Gainsbourg — La scène du fantasme* (Actes Sud Variétés, Paris, 1999) le psychanalyste Michel David fait un parallèle intéressant entre ce daguerréotype de Chopin et une image de Joseph Ginsburg, son père, qui méprisait la chanson, ne l'oublions pas, et n'écoutait sur la TSF que les programmes de grande musique. Un portrait qui, chaque fois que Lucien se mettait au piano, l'aurait sévèrement jugé pour ses musiquettes « mineures ».

comme un appartement en ville. Je trouvais la formule de la Cité... Perdu dans une communauté... Je suis assez sauvage, ça collait, le transit, quoi.

Il fait visiter et commente :

Voilà, ici c'est l'étage des musiciens, alors on entend Chopin, Stravinski, Bartók dans le couloir... D'ailleurs ça me rappelle ma première jeunesse puisque mon père me réveillait avec Chopin. Il faisait des gammes. Il jouait des préludes de Chopin que j'entends ici chaque jour. J'ai l'impression de faire un flash-back de 25 ans, de 30 ans maintenant.

Il y a un décalage, j'suis le gars qui gagne beaucoup d'argent avec des choses pas sérieuses. Et puis eux ils ont des difficultés et font des choses sérieuses. Ce qui fait que je me sens un peu proscrit. Ce qui n'est pas vrai. C'est moi qui prends une position d'agressivité parce que je me sens coupable. Ils prétendent que je suis bêcheur, en réalité c'est faux. C'est moi qui ne me sens pas bien dans ma peau.

Je ne peux pas expliquer ma façon de vivre. Je fume beaucoup, ce qui fait que je suis dans un état second. On a dit que j'étais drogué, c'est absolument faux... Je sais bien que c'est à la mode [...] Les gens pratiquent cela pour avoir un état second, moi je l'ai naturellement. Toujours l'air un peu dans le cirage. Mais je ne pratique aucune drogue sauf la rêverie...

Au sixième étage de la Cité des Arts, dans le studio qui est juste au-dessus de celui de Serge, séjourne le peintre Noël Pasquier, qui parfois vient regarder chez lui sa petite télé japonaise ou écouter ses disques de James Brown, Ornette Coleman ou Stravinski[1]. Pasquier se souvient que Serge passait une bonne partie de ses journées dans le hall de la Cité, où se trouvait une cabine téléphonique.

Noël Pasquier : « Toujours en costume, toujours très dandy, je le revois noter des numéros dans cette cabine étriquée... Il était très enfermé dans sa case : je ne l'ai jamais vu à un concert ou à une expo de la Cité des Arts. Quand on était entre amis il retirait son armure. Il était plus pessimiste que désespéré, il disait toujours : "Peu importe", c'était son expression préférée. Son succès avec les femmes était sûrement une revanche, c'était un grand consommateur, un fin connaisseur. Il disait de toutes celles qui défilaient qu'elles étaient sa source d'inspiration. Sa peinture, d'après le peu que j'en ai vu, ne paraissait pas personnelle. Il n'avait pas trouvé son style, c'était du déjà-vu. C'était un amoureux de la peinture mais elle avait été sa mauvaise maîtresse. On ne peut pas dire que c'était un peintre raté, plutôt un peintre défroqué. A la Cité des Arts — où les gens se recevaient

1. Comme le signale Joseph Ginsburg dans un courrier daté de septembre 1967, « Lucien possède une collection de disques de piano de premier ordre » : les sonates de Scarlatti par Horowitz, tout Brahms par Julius Katchen, tout Chopin par Cortot (sauf les *Polonaises* par Rubinstein), les concertos de Rachmaninoff par Richter, etc.

beaucoup — il fréquentait peu de monde et essentiellement des peintres, c'était son côté maso[1]... »

Bon camarade, Serge signera la préface d'une des expos montées par Pasquier et sa femme Clotilde, à la galerie Rond-Point Elysées en 1968 :

> Il n'y a pas deux façons d'être soi-même, il y en a mille, il n'y a donc actuellement qu'une façon de peindre : maîtriser ses nerfs et sa technique, connaître ses allergies et puisque si peu de maîtres contemporains ont daigné faire école, ignorer les autres en particulier et toutes les tendances en général, les plus gratuites comme les moins nulles, les possibles et les impossibles, enfin et surtout ignorer ou feindre d'ignorer les révolutionnaires académiques, ainsi l'on aura une faible chance de s'exprimer en dehors de toute contrainte sans se soucier d'être dépassé, actuel ou visionnaire — c'est ce que font Clotilde et Noël Pasquier —, quant à les différencier je dirai que c'est un peu comme en optique, un changement de focales sur la même plaque sensible car ils vivent et peignent si près l'un de l'autre que leurs quatre yeux sont devenus interchangeables comme ceux d'un animal fabuleux.

En juillet-août 1967, Serge passe ses dernières vacances avec Béatrice et Natacha, alias Totote, à Belle-Ile-en-Mer. Au mois de septembre, Serge attaque le tournage d'un nouveau film, *Ce sacré grand-père*, près d'Aix-en-Provence. Son vieux pote Poitrenaud met en scène et Michel Simon hérite du rôle principal ; dans celui du jeune premier aux yeux bleus craquants, on découvre Yves Lefebvre.

Jacques Poitrenaud : « C'est un des derniers films de Michel Simon, il m'impressionnait beaucoup ; dès que j'ai su qu'il acceptait, j'ai cherché des gens qui lui ressemblaient et j'ai tout de suite pensé à Serge, il aurait pu être son fils... Il jouait une espèce de poète-troubadour que le vieux aimait beaucoup pour son non-conformisme. Lorsque le film est sorti, en mai 68, on lui a reproché d'être travail-famille-patrie, il ne correspondait pas des masses à l'ambiance révolutionnaire du moment. Je trouvais qu'il y avait une grande poésie, une douceur de vivre, la rouerie du vieux, son amour de la vie... »

Gainsbourg : « Lors d'une scène, il fallait que nous nous regardions dans les yeux, Michel et moi. Il s'est marré, parce qu'il voyait bien dans mon expression que je n'y croyais pas, pas plus que lui. On jouait et on se disait : "On est en train de faire une connerie"... N'empêche, je m'entendais bien avec lui. Je lui ai piqué des photos porno superbes que j'ai toujours : je les regarde d'une main parce que de l'autre je me ronge les ongles. »

1. Outre Pasquier, il voit beaucoup deux peintres, nommés Rosenchoon et Elbaz.

« Michel Simon en couleur, on dirait du quartier de bœuf de Rembrandt », dira Serge à un journaliste. Extrait du dialogue :

Michel Simon : Je t'interdis de te saouler !
Gainsbourg : Mais pourquoi ?
Simon : Parce que je veux que Marie te voie dans tes bons jours, je veux que tu lui fasses une bonne impression.
Gainsbourg : Oh ça c'est aut'chose, hein [il se verse un verre de pinard]. J'peux me raser, j'peux me laver, j'peux me saper, j'peux causer — pour le reste, ça va êt'dur, hein !

Yves Lefebvre : « Serge était très disponible, on écoutait ensemble des disques des Stones et des Beatles — l'album *Sgt. Pepper* venait de sortir — et il emmenait souvent les gens de l'équipe au restaurant : je me souviens qu'un jour il nous avait invités chez Baumanière aux Baux-de-Provence et qu'il avait improvisé une chanson sur les ortolans qu'on était en train de dévorer : "Les ortolans qui font cui-cui sous la dent"... Il était très rieur, il n'arrêtait pas d'avoir des idées. Je l'emmenais partout dans ma Ford Mustang, le gros modèle, moteur V8, vert foncé avec une bande blanche, très flashante — à ce détail près qu'il y régnait un bordel sidérant. C'est comme ça qu'un jour il lui vient cette phrase : "Et bang on embrasse les platanes / Mus à gauche, tang à droite"... »

Jacques Poitrenaud : « Le tournage était très agréable, on vivait dans cette jolie maison provençale, à Meyrargues, le parc était superbe, il y avait du soleil... J'avais pensé dès le départ que Serge allait me faire une chanson, sans imaginer que Michel Simon allait la chanter avec lui : faut savoir qu'il était très paresseux et même par moments carrément casse-pieds. Serge lui en parle, Michel apprend un petit peu la chanson, en montrant même de la bonne volonté, et puis un matin, vers la fin du tournage, on a mis en boîte une scène qui n'existait pas dans le script. On les voit se balader, ils sont partis à la chasse aux papillons et à un moment ils arrivent au pied d'un olivier, boivent un coup de rouge et se mettent à chanter... On n'a jamais pu la refaire en studio, ce que vous entendez sur le disque c'est le son témoin, la seule et unique prise, on a tout gardé, les cigales, le bruit des verres... J'aime surtout ce moment extraordinaire où Michel Simon oublie les paroles de « L'herbe tendre » et on voit Serge qui les lui souffle. Leur complicité est évidente... »

Pour faire des vieux os
Faut y aller mollo
Pas abuser de rien pour aller loin
Pas se casser le cul
Savoir se fendre

De quelques baisers tendres
Sous un coin de ciel bleu

Durant le tournage de *Ce sacré grand-père*, Serge est ravi d'inviter ses parents à passer quelques jours avec lui en Provence. Puis il reçoit la visite de Béatrice. A son retour dans la capitale, tandis que sort *Si j'étais un espion*, le nouveau film d'un jeune réalisateur nommé Bertrand Blier dont Serge a fait la musique, son ex-femme lui annonce qu'elle attend leur deuxième enfant : Vania, alias Paul, naîtra au printemps 1968... Entre-temps, Gabin lui a demandé de faire une apparition dans *Le Pacha*, qui se tourne en novembre — un excellent petit polar réalisé par Georges Lautner où s'amoncellent les cadavres tandis que Michel Audiard, au mieux de sa forme, balance dans les dialogues deux de ses plus fameuses répliques : « Je pense que quand on mettra les cons sur orbite, t'as pas fini de tourner » et « On n'emmène pas des saucisses quand on va à Francfort »... Première étape, avant le tournage, Serge enregistre avec Michel Colombier, au studio de la Gaîté, les musiques de la bande originale, y compris les deux faces du 45 tours avec la première version du « Requiem pour un con » :

Ecoute les orgues
Elles jouent pour toi
Il est terrible cet air-là
J'espère que tu aimes
C'est assez beau non
C'est le requiem pour un con

Georges Lautner : « C'était assez étonnant qu'il accepte de faire la musique et de tourner une scène dans ce film. Ce qui l'était encore plus, c'est qu'Alain Poiré, de la Gaumont, qui est plutôt d'éducation bourgeoise, accepte le "Requiem pour un con" pour le générique. Et l'accepte avec enthousiasme, parce que ce n'était pas du tout l'esprit de la maison ! »

Dans le même temps, il livre également à Jacques Rouffio la bande originale de *L'Horizon*, film inspiré d'un roman de Georges Conchon qui sort à Paris le 29 novembre. Sur le 45 tours qui en est tiré on trouve un instrumental joliment réussi intitulé « Elisa », du nom du personnage interprété par Macha Méril. Tellement réussi, en fait, que Serge ne va pas tarder à plaquer dessus des *lyrics*, dans un premier temps pour lui, puis pour sa copine Zizi Jeanmaire...

Michel Colombier : « "Elisa" est un excellent exemple de notre méthode de travail. On était très exigeants l'un envers l'autre, à chaque séance il fallait que l'on s'épate mutuellement. Serge m'amène donc les huit premières mesures, je trouve ça génial mais il me dit : "Après ça, je sais pas quoi faire." Alors je cherche et je lui propose les huit mesures suivantes. A partir de là, on travaille sur le concept des quatre percussionnistes et des quatre pianos : un piano à queue, un droit, un punaise et un désaccordé... »

En cette rentrée 1967, les hit-parades sont à l'heure du « Peace & Love » : Scott McKenzie (et Johnny, en français) chantent « San Francisco », Joe Dassin « Marie Jeanne », les Beatles « All You Need Is Love » et les Rolling Stones « We Love You ». Aux premières places des classements français, on aperçoit les Box Tops (« The Letter »), France Gall (« Bébé requin »), Claude François (« Mais quand le matin »), Procol Harum (« Whiter Shade Of Pale », ex-slow de l'été), Sheila (« Adios Amor »), Eric Charden (« Le monde est gris, le monde est bleu »), Nicoletta (« La musique ») et Michel Fugain (« Je n'aurai pas le temps »). Le 5 octobre, Jimi Hendrix se produit à l'Olympia avec son groupe Experience, et publie l'album *Are You Experienced ?*

Dans le n° 12 de *Rock & Folk*, publié en octobre, un lecteur anonyme mais clairvoyant conspue les « hippies paresseux » et demande :

> A quand un *kolossal* article sur le plus grand mec des variétés françaises, sur le plus anarchiste et le plus subversif des musiciens (tout ceci malgré et à cause de sa réussite et de son fric), sur ce génie du cynisme bien tempéré qui s'appelle Gainsbourg ? Avec un travelling sur sa « force de frappe », France Gall, qui a bien du courage de se prêter aux audaces et aux obsessions de son pervers Pygmalion...

Ce lecteur sera bientôt exaucé : deux numéros plus tard, *Rock & Folk* consacre trois pages à Serge qui confie au journaliste Philippe Constantin combien il a été impressionné par l'interprétation du *Journal d'un fou* d'après Gogol, qu'il vient de voir au théâtre Edouard VII, par Roger Coggio.

Roger Coggio : « Il est venu en coulisses, il y avait là 20 à 30 personnes qui me balançaient des choses agréables à entendre, des platitudes comme un comédien qui sort de scène en entend tous les soirs... En lisière de cette petite foule qui s'agitait, il y avait ce type complètement immobile, qui me regardait sans rien dire. Je ne l'ai pas reconnu tout de suite, il m'a plus frappé par son attitude que par sa notoriété. Ensuite je suis entré dans ma loge pour me démaquiller et me changer et quand j'ai rouvert la porte, il était toujours là, blême. Il m'a accosté en bredouillant, il y a eu un moment de gêne, je suis aussi très timide... Et puis il s'est mis à me parler non pas de ma performance d'acteur, mais du texte. Je le sentais très impressionné par l'œuvre, il en avait pris plein le cœur. L'une des premières choses qu'il m'ait dites, c'est : "Je suis russe, je m'appelle Ginsburg". Puis il m'a parlé du génie de Gogol qu'il avait lu et qu'il connaissait visiblement sur le bout des doigts... Il m'a parlé du manuscrit des *Ames mortes*, dont Gogol n'était pas content et qu'il avait brûlé... Seuls les russophiles connaissent ce genre de détail ! J'ai eu l'impression qu'il parlait de Gogol en ayant fait une espèce de transfert sur lui. Celui-ci n'avait pas été reconnu de son vivant : la vedette, en 1830, c'était Pouchkine, pas du tout Gogol, qui était considéré comme un fou, un raté, que Pouchkine entretenait. Ce qui avait captivé Serge dans le spectacle, ce n'était pas la folie, c'était la solitude du personnage que je jouais. Il me revient des bribes de phrases, il m'a parlé de "ce cancer qu'est la solitude" et du fait que cet homme, qui ressemble à tous les hommes, va s'inventer une vie parce qu'il est humilié et offensé — et comment sortir de ces souffrances autrement qu'en s'inventant un personnage, en devenant le roi, le numéro un, la personne qui va être courtisée ? Juste avant de le quitter, j'étais arrivé à ma voiture, il m'a dit cette chose étonnante sur la fin du spectacle, où le personnage appelle sa mère et termine dans une position fœtale : "C'est quand le personnage assume ses origines qu'il redevient presque normal". Et c'est très vrai. Pendant cinq minutes, le personnage s'adresse à sa mère et dit : "Prends pitié de ton petit enfant malade, etc." J'y ai repensé plus tard en entendant des interviews de Gainsbourg, où il parlait avec une infinie tendresse de ses parents. »

Sans se risquer à une psychanalyse hasardeuse, ce long témoignage est plein d'enseignement. Comme de se plonger dans la lecture du *Journal d'un fou*, l'histoire d'un petit fonctionnaire vilain comme un diable qu'un chagrin d'amour fait basculer dans la folie : on ne s'occupe de lui que lorsqu'il se prend pour le roi d'Espagne ; il voit s'agiter autour de lui médecins et infirmiers qu'il traite comme ses courtisans et serviteurs... « Pensez-vous que je sois mythomane, voire présomptueux ? déclare Serge en 1967. Non, je suis conscient de pouvoir me juger. Ces dernières années, je n'ai écrit que peu de bonnes chansons. J'ai du succès, mais pas en tant qu'auteur, chanteur, acteur. Uniquement parce que je suis un personnage. Celui qui me voit une fois ne m'oublie pas. C'est drôle : je suis tellement laid. Tout le mérite, je le dois à cette vilaine gueule que je déteste. »

Uniquement parce que je suis un personnage... Un personnage qu'il contrôle et dont il écrit le rôle, naturellement, mais qui n'est pas lui ! Fascinante lucidité qui lui fait dire, une vingtaine d'années plus tard, sur les ondes de Radio-France :

> C'est une défense de mettre un masque. Moi je crois que j'ai mis un masque et que je le porte depuis vingt ans, je n'arrive plus à le retirer, il me colle à la peau. Devant, il y a toute la mascarade de la vie et derrière, il y a un nègre : c'est moi.

Dans la série « ça n'arrive qu'à lui », Serge se retrouve le samedi 1er octobre en première page de *France-Soir* en tant que témoin d'un happening hallucinant et dadaïste qui s'est déroulé la veille en début de soirée, entre le pont Louis-Philippe et le pont Marie. Il est à la terrasse d'un troquet à côté de la Cité des Arts lorsqu'un camionneur l'interpelle.

Gainsbourg : « "Monsieur Gainsbourg, me dit-il, si vous voulez voir quelque chose de marrant venez avec moi : je vais jeter mon camion dans la Seine !" J'essaye mollement de l'en dissuader mais sans résultat. Passe un flic, je ne dis rien. Je voulais voir ce 10 tonnes tomber dans l'eau. Ce fut d'ailleurs un spectacle extraordinaire. Après, j'ai ramené le mec au bistrot et lui ai offert un verre, en attendant l'arrivée de la police. »

Le quotidien raconte le reste : Michel Hattot, trente-huit ans, chauffeur de poids lourd, s'estimait mal payé par son patron (168,35 francs par semaine) ; il voulait, par son geste, se venger de cette injustice. Alors qu'ils boivent un coup, les flics déboulent sur les lieux : Hattot demande à Serge d'aller les voir, de leur dire de ne pas chercher de corps dans l'eau et qu'il les attend accoudé au zinc[1]...

Son dernier EP marche gentiment, il continue à en faire la promo en écumant les studios de télévision, mais déjà il caresse une nouvelle idée : publier un album de reprises, contenant ses douze chansons préférées mises à la sauce pop londonienne. Première étape de ce projet qui ne verra jamais le jour, le 22 octobre, il chante « Ah ! Si vous connaissiez ma poule » (de Maurice Chevalier, paroles du génial Albert Willemetz) dans l'émission *Le Petit Dimanche illustré*, avec Mireille Darc, Minouche Barelli et France Gall en figurantes de charme.

La miss France et la miss Amérique
Sont de la crotte de bique
A côté
Sans diam's et sans clips
Elle vous éclipse
Toutes les stars les plus réputées
Ah ! Si vous connaissiez ma poule
Vous en perdriez tous la boule
Marlène et Darrieux

1. Précisons que la voie sur berge (future voie Pompidou) n'existait pas encore, on venait seulement d'en démarrer la construction. Claude Dejacques avait une version intéressante de l'incident : d'après lui, c'est Serge qui aurait conseillé au routier de balancer son camion dans la Seine. *Idem*, toujours d'après Dejacques, il aurait mis le feu délibérément au resto durant le tournage d'*Estouffade à la Caraïbe*. Ceci rejoindrait les « vertiges » dont Serge parlait souvent, cette attirance / fascination pour le danger, « pour voir ce qui va se passer » (qui pourrait aussi être à l'origine de ses plus fameuses provocations : le billet brûlé en 1984, etc.).

N'arrivent qu'en deux
La Greta Garbo
Peut même retirer son chapeau

A la presse, il confie son envie d'interpréter à sa façon — « avec une pulsation actuelle » — « Parce que » de Gilbert Bécaud (qu'il chantait encore au Touquet dix ans plus tôt), « Comme un p'tit coquelicot » de Mouloudji, « Au bois de mon cœur » de Brassens, « Les petits pavés » de Maurice Vaucaire et Paul Delmet (qu'il a rechanté en mars 1967 dans un *Palmarès des chansons*) et « Monsieur William » de Léo Ferré qu'il prend la peine d'enregistrer dans un studio londonien — si l'on en croit l'accent des choristes — et qu'il interprète le 10 mars 1968 dans un *Dim Dam Dom* [1].

C'était vraiment un employé modèle
Monsieur William
Toujours exact et toujours plein de zèle
Monsieur William
Il arriva jusqu'à la quarantaine
Sans fredaine

Il doit un album à Philips, qui n'a publié que deux super-45 tours de nouvelles chansons et des musiques de film depuis *Gainsbourg Percussions* ; l'idée des reprises n'est pas mauvaise, mais Serge est sollicité de partout et sa vie sentimentale va à nouveau se transformer en tourbillon, au lendemain d'un épisode dramatique dont Sophie Makhno, qui avait élé l'organisatrice de la tournée Gainsbourg / Barbara début 1965, est le témoin involontaire.

Sophie Makhno : « C'était lors de la première de Nana Mouskouri à l'Olympia, le 26 octobre 1967, avec Serge Lama en première partie. Les Gainsbourg avaient été invités par Louis Hazan et sa femme, qui adorait Serge. Ils étaient tous dans les premiers rangs et Béatrice commence à prendre Hazan à témoin en lui disant : "Serge est fou. Regardez, il m'a mordue !" Et elle commence à ouvrir sa robe. Hazan essaie de la calmer pour qu'elle ne fasse pas un scandale pendant la représentation. Et puis tout d'un coup elle se met à crier en plein récital de Nana. Le temps qu'Hazan la calme de nouveau, Gainsbourg s'était tiré. Il n'est jamais retourné chez lui. Il est parti sans un sou en poche et il est allé à l'hôtel George-V. Il m'a dit ensuite : "J'ai passé la nuit la plus sinistre de ma vie. J'avais un carnet d'adresses avec des tas de petites dedans. A chaque coup de téléphone je me suis fais jeter. Et je suis resté tout seul à me morfondre." »

1. Deux chansons ont donc existé sur bande magnétique : « Ah ! si vous connaissiez... » et « Monsieur William », mais elles ont disparu.

Cette fois, il n'y aura plus de revenez-y, la rupture est définitive. Très classe, comme il aimait le souligner, il prend la décision qui s'impose...

Gainsbourg : « J'ai été grand seigneur. J'ai acheté un appartement à ma fille, rue de l'Arbalète, dans le Quartier latin, en donnant l'usufruit à sa mère. A qui j'ai aussi payé une bagnole hyperchicos, un coupé 404... »

A la Cité des Arts, on lui signifie qu'il serait temps de trouver un autre toit : habituellement les artistes ne peuvent y résider plus d'un an et il occupe son petit studio depuis décembre 1965... Il négocie un prêt avec sa maison de disques, qui lui est accordé par Hazan[1], et demande à son père de se mettre en chasse.

Joseph Ginsburg : « Lucien veut le 7e arrondissement, rue de l'Université par prédilection. Pas bête, le gars : les maisons sont anciennes, charmantes et... aristocratiques. Encore faut-il trouver quelque chose à acheter[2]... »

Côté boulot, Serge n'arrête pas : il s'est attelé depuis quelques jours à la composition de quelques chansons pour un *Show Bardot* à la télé, dont la programmation est prévue pour le 1er janvier 1968[3].

Brigitte est toujours mariée à Gunther Sachs, mais celui-ci l'irrite. Il rêve de tourner un film avec elle, il a même recruté Gérard Brach pour en écrire le scénario, mais le projet la révulse : pour y échapper, elle vient de signer pour le tournage de *Shalako*, qui doit avoir lieu en Andalousie, avec Sean Connery, dès le mois de janvier. En mai 1967, Gunther l'a obligée à présenter à Cannes *Batouk*, un film documentaire sur les animaux du Kenya, qu'il a produit. La rumeur court qu'il y a du divorce dans l'air... Le 13 juillet, leur premier anniversaire de mariage se solde par une sévère engueulade. Pendant l'été, elle a tourné avec Alain Delon un sketch du film *Histoires extraordinaires*, d'après Edgar Poe, sous la direction de Louis Malle. A cette occasion, Bardot a trompé son mari avec l'un des assistants, comme elle le raconte dans son autobiographie.

Un autre de ses amants de l'époque, qui a souhaité garder l'anonymat, raconte ceci : « Gunther Sachs était un personnage abominable, un type sans intérêt, sans aucune moralité ni gentillesse, un réac' teuton odieusement arrogant et antipathique qui se permettait d'engueu-

1. Pour l'achat de la maison rue de Verneuil, Philips avancera finalement 400 000 francs, sans intérêts.

2. Lettre datée d'octobre 1967.

3. Au même moment Zizi Jeanmaire prépare son propre show pour la télé, réalisé par Pierre Koralnik et chorégraphié par Vic Upshaw, avec des costumes d'Yves Saint Laurent. On y voit Zizi, toute de cuir vêtue, chevauchant une moto (rien à voir avec « Harley Davidson », mais une amusante coïncidence).

ler les pompistes ou les garçons de restaurant s'il n'était pas servi assez vite. Si on enlevait son fric à Gunther, il ne lui restait rien. Pour lui, le fait d'avoir épousé Bardot était une question de standing ; elle s'était fait avoir comme une midinette. »

Par ailleurs, on ne peut comprendre l'épisode qui va suivre – cette folle passion qui va unir Bardot et Gainsbourg l'espace de quelques semaines à peine, mais dont les répercussions seront considérables, pour l'un comme pour l'autre – sans prendre en compte le donjuanisme effréné de celle qui, à trente-trois ans, est au sommet de sa beauté. Toujours d'après cet amant de passage, « elle se comportait vis-à-vis de ses conquêtes comme une véritable mante religieuse : comme tous les autres, moi compris, Serge a été zombifié par Bardot ; cette fille-là avait un talent fou pour désosser les hommes. Serge était un amant incroyablement atypique pour elle, il avait l'authenticité de l'artiste pur, il méprisait l'argent et menait sa vie avec une sorte d'existentialisme *destroy*, contrairement à la moyenne des types qu'elle avait connus et qui étaient plutôt *clean-cut*. Je suis persuadé que Gainsbourg a plus fasciné Bardot que ses autres jules, il lui ouvrait les portes de l'intelligence et du talent, que personne ne lui avait ouvertes avant, et peu importe s'il avait une gueule de gargouille de Notre-Dame ; de plus, il la servait, il lui apportait sur un plateau une nouvelle dimension dont elle avait besoin à l'époque. Grâce à Serge, elle se retrouvait à nouveau au cœur de la mode ».

Tout a commencé par un innocent déjeuner, le 6 octobre 1967. Il est question d'un *Sacha Show* et de l'émission spéciale du 1er janvier. Elle lui raconte que certaines séquences ont déjà été tournées à la fin de l'été : elle a chanté « La Madrague » chez elle, à Saint-Tropez, puis « Le soleil » sur la plage de Pampelonne. La scène avec le guitariste flamenco Manitas de Plata a été mise en boîte par le metteur en scène François Reichenbach le soir de l'anniversaire de Bardot, lors d'une fête, le 28 septembre. Gunther est absent et se contente d'envoyer un télégramme... Puis, à Londres, dans un charmant petit uniforme qui rappelle ceux portés par les Beatles sur la pochette de *Sgt. Pepper's Lonely Hearts Club Band*, elle filme *Le diable est anglais*, une bêtise sans nom signée Bourgeois et Rivière. Dans les studios de télévision de Boulogne, le tournage des séquences restantes qui a été confié à un second réalisateur, Eddy Matalon, n'avance pas et la star est agacée, elle s'énerve de l'incompétence des uns et des autres et se plaint de devoir se débrouiller seule, sans maquilleuse ni costumière :

> J'étais sur le point de tout laisser tomber, quand je reçus un coup de fil de Serge Gainsbourg. Il parlait peu et très bas. Il voulait me rencontrer et

me faire entendre, à moi seule, une ou deux chansons qu'il avait composées pour moi. Avais-je un piano ? Oui.

Il vint à la Paul-Doumer.

J'étais aussi intimidée que lui[1].

Serge lui joue au piano « Harley Davidson ». N'ayant aucune attirance particulière pour la moto, elle lui exprime ses doutes, il lui rétorque « avec un sourire amer et triste » que ça ne l'empêche pas d'en parler à sa façon.

Je n'osais pas chanter devant lui, il y avait quelque chose dans sa façon de me regarder qui me bloquait. Une sorte de timide insolence, une sorte d'attente, avec un zeste de supériorité humble, des contrastes étranges, un œil moqueur dans un visage extrêmement triste, un humour froid, les larmes aux yeux.

Timidement, elle essaye de chanter, mais sans grande conviction. Serge lui demande alors si elle a du champagne. Ils ouvrent une bouteille de Moët et Chandon, question de rompre la glace. Le lendemain, les répétitions se poursuivent, jusqu'à l'enregistrement de « Harley Davidson » et de « Contact », qui a lieu le jeudi 19 octobre 1967 au studio Hoche, sous la direction de Michel Colombier ; l'assistant ingénieur du son se nomme William Flageollet[2]. Le 45 tours qui en résulte est publié le 10 décembre. Le soir de l'enregistrement, Bardot a invité Gloria, son « amazone chilienne », qui est accompagnée par son mari, Gérard Klein. « De les voir si bien ensemble me donnait la nostalgie de l'amour », raconte Brigitte dans son autobiographie ; après l'enregistrement, alors qu'ils vont souper, tous les quatre, elle prend « furtivement la main de Serge sous la table ».

J'avais un besoin viscéral d'être aimée, d'être désirée, d'appartenir corps et âme à un homme que j'admire, que j'aime, que je respecte.

Ma main dans la sienne provoqua à l'instant même un choc de part et d'autre, une soudure interminable et interminée, une électrocution ininterrompue et incontrôlable, une envie de broyer, de se fondre, une alchimie magique et rare [...]. Ses yeux rejoignirent les miens et ne les quittèrent plus : nous étions seuls au monde ! Seuls au monde ! Seuls au monde !

Gloria et son mari s'éclipsent discrètement, laissant seuls les nouveaux amoureux.

1. Tous les souvenirs de Brigitte Bardot cités proviennent de son autobiographie, *Initiales B.B.*, Editions Grasset, 1996.

2. Flageollet est devenu depuis l'un des grands maîtres du son au cinéma ; nominé pratiquement chaque année aux Césars, il en a reçu deux, le premier pour *Round Midnight* de Bertrand Tavernier (dont il a assuré le tournage et le mixage) et *Rouge* de Kristof Kieslowski. Sans parler de toutes les musiques de film (plus de 500) qu'il a enregistrées, notamment celles de Philippe Sarde.

De cette minute qui dura des siècles et qui dure encore, je ne quittai plus Serge, qui ne me quitta jamais.

Ce dîner au champagne dans un petit restaurant montmartrois marque le début d'une fulgurante histoire d'amour dont Joseph se fait le chroniqueur épaté et minutieux dans ses lettres à Liliane. Le 30 octobre, il apprend de la bouche de son fils que Brigitte est amoureuse.

Joseph Ginsburg : « Le charme de Serge a opéré au cours des répétitions d'une chanson pour le *Show Bardot*. Dans le monde du spectacle ce n'est plus un secret pour personne. Voilà les méfaits (ou bienfaits, c'est un point de vue) du charme slave. Il nous a dit : “J'ai perdu tous mes complexes de laid, les femmes me regardent d'un autre œil.” [1] »

William Flageollet : « Bardot, c'était la dernière star, quand elle entrait dans une pièce elle subjuguait absolument tout le monde. Même si elle n'était pas une chanteuse, les enregistrements se passaient vite, elle n'avait pas de problème de justesse — contrairement à Dalida ou Mireille Mathieu avec qui les séances étaient interminables. Je me souviens que, pour nous, les techniciens, lorsqu'on travaillait avec Bardot, on prenait un bain tous les jours, on s'habillait comme un dimanche, avec notre plus beau costume et notre plus belle cravate. Si la séance commençait à 20 heures, au lieu d'être là cinq minutes avant, comme à l'accoutumée, on se pointait une demi-heure plus tôt. Le premier soir, on s'est tous regardés et on a éclaté de rire ! »

Eddy Matalon : « Nous avions imaginé une chanson dans un décor de garage stylisé, avec une grosse moto, une Harley. Tout semble tellement évident aujourd'hui ! Je suis surpris de la dimension légendaire que cela a pris. Ma seule explication est celle-ci : en 1967-68, il y eut l'explosion des posters et l'image de Bardot chevauchant sa moto fut une des premières reproduites de cette façon... »

Des chaînes, des bidons rouge et blanc, une superbe machine chromée... Et Bardot, minirobe de cuir noir, hautes bottes brillantes jusqu'à mi-cuisses, les yeux très sombres, la crinière très blonde : on ne peut s'empêcher de visualiser cette image fantasmatique par excellence en l'écoutant chanter...

> Je n'ai besoin de personne
> En Harley Davidson
> Je n'reconnais plus personne
> En Harley Davidson
> Quand je sens en chemin
> Les trépidations de ma machine

1. Lettre du 31 octobre 1967 (contrairement à son habitude, Joseph appelle son fils Serge et non Lucien).

Il me monte des désirs
Dans le creux de mes reins

Gainsbourg : « Je travaillais selon les desiderata des réalisateurs et de Brigitte. Par exemple nous apprenons qu'il est possible de shooter dans une exposition d'art cinétique et que Bardot sera habillée par Paco Rabanne : je lui écris “Contact”, une chanson futuriste... »

Otez-moi ma combinaison spatiale
Retirez-moi cette poussière sidérale
Contact !
Contact !

Le 1er novembre 1967 Serge chante « Comic Strip » avec Brigitte dans le *Sacha Show* ; il fait également de la figuration alors que Distel et Bardot — qui avaient été amants en 1958, ne l'oublions pas —, vêtus de chemises à fleurs et couverts de colliers, interprètent « La bise aux hippies », un sketch d'une charmante niaiserie :

Distel : J'aime pas Arthur
Bardot : J'aime pas Rimbaud
Distel : J'aime pas Edgar
Bardot : J'aime pas Poe
Duo : Mais j'aime faire la bise
La bise aux hippies [1]

Sacha Distel : « Je savais, pour en avoir parlé avec Serge, que Bardot était le rêve de sa vie. Lors du tournage de ce *Sacha Show*, sur le plateau, j'ai clairement vu qu'il se passait quelque chose entre eux. »

Serge et B.B. sortent beaucoup. Il l'emmène un soir au Raspoutine, rue Bassano. L'émotion est à son comble : l'orchestre tzigane joue des sérénades romantiques et les accompagne jusqu'à la Morgan décapotable vert anglais, « sentant le cuir et le bois de rose [...] mon joujou, ma passion, mon caprice », comme le dit Bardot, qui l'emmène ensuite chez elle, au 71, avenue Paul-Doumer.

Je me faisais extrêmement belle pour lui.

Nous ne nous cachions pas, au contraire, nous exhibions volontiers notre passion. Régine en savait quelque chose. Nous passions des nuits à danser dans son cabaret, collés l'un à l'autre. [...] Nous sortions de là,

1. « Les hippies, dans un mois on n'en parle plus... Quand leurs fleurs seront fanées... Je dis dans un mois parce qu'aux Etats-Unis c'est fini depuis longtemps. La mode, tout ce qui est nouveau, ça arrive ici par pirogue, pas par avion. Si vous voyez ce pauvre Hallyday, il est toujours déphasé » (Serge à Philippe Constantin, in *Rock & Folk* n° 14, daté de janvier 1968, l'interview doit dater d'octobre 1967, à la fin de ce qui fut, historiquement, le « Summer of Love » à San Francisco).

ivres de nous-mêmes, de champagne, de musique russe, nous étions accordés aux mêmes vertiges, nous nous saoulions des mêmes harmonies, du même amour, nous étions fous l'un de l'autre.

Régine : « Ils sont venus dîner chez moi à plusieurs reprises parce qu'il fallait qu'ils évitent de se montrer trop en public : je me souviens qu'on s'amusait beaucoup et que Brigitte me paraissait très détendue, elle riait sans cesse, elle était visiblement épanouie, je pense qu'elle l'admirait beaucoup et lui était flatté car il se considérait comme très moche. Ça l'épatait que la femme qui symbolisait la beauté soit éprise de lui. Moi je lui disais toujours qu'il était très beau, qu'il était beau par son talent et que les femmes qui attachent de l'importance au physique, à mon sens, sont des connes... »

Joseph Ginsburg : « Lucien exulte... “La plus belle fille du monde, on m'envie de tous les côtés !” Il y a de quoi ! Mais il a ajouté : “Attention aux gentillesses de Gunther Sachs” et “Il ne faut pas que je tombe dans le panneau”. Sous-entendu : “Si je tombe amoureux, je vais souffrir”... Tel est le bonhomme, les bras vous en tombent[1]. »

Serge est sur les dents : il tourne le jour et compose la nuit. Après *Le Pacha*, il fait une apparition dans *Vivre la nuit* avec Marcel Camus, le réalisateur d'*Orfeu Negro*, dans un rôle de petit journaliste au grand cœur qui observe, désarmé, ses potes (Jacques Perrin et Catherine Jourdan) s'entre-déchirer...

Gainsbourg : « Je fais une apparition dans *Le Pacha*, en tant que Gainsbourg, dans un studio d'enregistrement, je chante le “Requiem” tandis que Gabin passe devant moi et que nous échangeons un long regard de totale incompréhension. Quant au film de Camus, pas de chance, il est sorti en Mai 68. Du genre : “C'est quand la séance ? — Mais quand vous voulez, monsieur !” Bide total. Pourtant c'était pas dégueu[2]. »

Sur ces entrefaites, Brigitte reçoit une invitation de Gunther Sachs à fêter son trente-cinquième anniversaire, le 14 novembre, chez lui, avenue Foch. « J'en parlai à Serge qui me conseilla d'y aller, raconte Bardot, après tout j'étais légalement sa femme. Mais je n'y allai pas. Après tout, j'étais illégalement la femme de Serge et j'adore l'illégalité. » Elle revoit cependant Gunther « par obligation » et une terrible dispute éclate, il lui reproche violemment sa liaison « avec cet horrible type, ce Quasimodo saltimbanque » avec lequel elle s'affiche « pour le ridiculiser ». Elle lui rétorque qu'étant « la femme la plus cocue du monde », elle avait bien le droit de se venger...

1. Lettre du 3 novembre 1967.
2. *Vivre la nuit* sort effectivement le 16 mai 1968, en même temps que *Ce sacré grand-père*.

Serge était d'une nature inquiète, sans arrêt dans l'angoisse de me perdre, chacun de mes retours vers lui lui paraissait miraculeux. Le fait que j'aie fait un choix en sa faveur lui semblait impossible et nous nous retrouvions passionnément comme après une séparation éternelle, même si je ne l'avais quitté que quelques heures. Il m'acheta une alliance chez Cartier qu'il me passa à l'annulaire de la main gauche après que j'eus retiré les trois alliances bleue, blanche et rouge que Gunther m'avait données.

J'ai une manière très personnelle de divorcer.

Côté boulot, Serge est totalement débordé. On lui a réservé deux studios chez Barclay, avenue Hoche : dans le premier, il enregistre avec Bardot ; dans le second, il travaille avec Mireille Mathieu sur la chanson « Desesperado » — un titre resté inédit, du moins par elle : au final, c'est Dario Moreno qui en héritera quelques mois plus tard :

Les étoiles sont des éclats de grenade
Qu'un jour en embuscade
Un desesperado
Jeta au ciel là-haut

On peut se demander ce qui a poussé Gainsbourg à accepter ou refuser d'écrire pour certains interprètes. Tous ses choix semblent dirigés par un souci esthétique, par une volonté de détournement et par un refus des compromis apparemment tortueux. Parmi ceux ou celles dont il a esquivé les commandes, on trouve aussi bien des ringards que des interprètes prestigieux, de Johnny Hallyday à Sheila en passant par Stone, Jeanne Moreau ou Sylvie Vartan. Ça ne l'a pas empêché d'écrire pour Dalida ou Mireille Mathieu. Dans *Les Lettres françaises*, en 1969, il tente une explication :

Je connais les limites de ma pudeur. Du temps où Piaf vendait cinq cent mille disques et où j'étais fauché, j'ai refusé des chansons à Piaf. J'ai refusé des chansons à Montand parce que idéologiquement je n'étais pas d'accord avec lui. Je refuse des chansons à Hallyday, à des gens qui vendent énormément. Se compromettre, d'accord. Mais dans mon sens à moi, à la condition que ce soit un peu marrant. Pas rentrer dans le rang.

En vérité, si l'on excepte quelques cas particuliers où il n'était pas en position de refuser (pressions de sa maison de disques, service rendu par un éditeur, etc.), il faut y voir une certaine malignité du genre : « S'ils sont assez tartes pour me commander des chansons, ils vont en prendre pour leur grade. » L'exception, là-dedans, c'est Dominique Walter, qu'il revoit en novembre 1967 ; d'une part, Serge est sans doute fasciné par ce garçon dont le destin est à l'opposé du sien (né dans l'opulence, jolie gueule, il n'a jamais connu la galère ou les complexes, ni pour séduire les filles ni dans son métier de chanteur qu'il pratique en dilettante). Il a aussi une dette morale, vis-à-vis de sa mère, Michèle Arnaud, sa première interprète, qui est plus que jamais influente à la télévision (elle est très proche du Premier ministre Georges Pompidou) et qui a toujours été d'une fidélité sans faille. On ne peut s'empêcher cependant de déceler une forme de perversité de la part de Serge : les chansons qu'il livre à Walter sont d'une agressivité rare, à l'exact opposé de son image de chanteur de charme. Après « Les petits boudins », il lui fait chanter « Johnsyne et Kossigone », contrepet sur les noms des chefs d'Etat américain et russe, Johnson et Kossyguine :

> Johnsyne et Kossigone
> Sont deux petites mignonnes
> Mais non rien à faire
> Je resterai célibataire
> Kossigone j'm'en tamponne
> Et Johnsyne me bassine

Dominique Walter se souvient que cette chanson amusait beaucoup les enfants... Durant la séance d'enregistrement, il a la surprise de voir débarquer Serge accompagné par Brigitte. « J'étais derrière mon micro en train de chanter et je l'aperçois, superbe... J'ai eu un mal de chien à me concentrer ! » Pour la face B de ce nouvel EP, dans le même esprit teigneux, il balance « Je suis capable de n'importe quoi » :

> Ce que j'aime
> Faut pas y toucher
> Si l'on cherche à me l'arracher
> J'f'rai un malheur
> Je n'sais pas trop quoi
> Je suis capable de n'importe quoi

Les producteurs de *Manon 70*, un film avec Catherine Deneuve et Sami Frey, lui ont commandé une musique, mais Serge n'en peut plus, il voudrait qu'on le laisse tranquille, tout ce boulot tombe bien mal à propos...

Michel Colombier : « C'était au plus fort de sa passion avec Bardot. On s'était donné rendez-vous chez moi, un lundi matin à 9 heures. On avait très peu de temps pour écrire les différents thèmes. Je l'attends, il n'arrive pas. Il finit par m'appeler à midi pour me dire : "Ecoute, je vais être un peu en en retard..." A 17 heures comme il n'est toujours pas là, je le rappelle et je lui explique que je vais démarrer sans lui, vu qu'on devait être en studio trois jours plus tard. Je crois qu'il est finalement arrivé la veille de l'enregistrement, il m'a raconté qu'il n'arrivait pas à s'arracher des bras de Brigitte en me disant cette phrase superbe : "Chaque fois que je remets ma chemise elle me l'enlève !" »

Serge aimait beaucoup « Manon », au point de la mettre au programme de ses concerts au Zénith en 1988 ; Jane en a fait une très belle version au Casino de Paris en mai 1991.

Manon, Manon
Non tu ne sais sûrement pas Manon
A quel point je hais
Ce que tu es

Michel Drucker : « Je faisais mes débuts comme présentateur et un jour, fin 1967, nous attendons vainement Serge sur le plateau de *Tilt Magazine* : il a fallu que j'aille le chercher avec l'assistant à la Cité des Arts, je me souviens qu'on a tambouriné comme des fous à sa porte, il faisait semblant de pas être là, il avait carrément oublié l'émission... »

Un soir, Serge et Brigitte sortent au King Club — c'est là que Jacques Chancel, à l'époque commère de *Paris-Jour*, qui dîne avec Françoise Sagan, les aperçoit. Le lendemain, il écrit que Serge et Bardot « perdent toutes leurs soirées ensemble ». Le mercredi 22 novembre, Gainsbourg l'appelle pour s'en plaindre. Inélégant, Chancel s'empresse de reproduire ses propos :

Serge : Vous avez fait démarrer une campagne qui m'embête. Je vais avoir maintenant toute la presse hebdomadaire sur le dos [1]...

Chancel : Ça devrait plutôt vous flatter...

Serge : Vous vous rendez compte, je suis l'anonyme type. Je vis en dehors du monde et d'un coup, on me fait jouer les play-boys. J'ai rien d'un tombeur, moi. [...] J'ai eu un grand amour, ce qui ne regarde personne, mais je n'ai rien d'un futur époux. B.B. est heureuse. B.B. travaille. B.B. s'amuse. Nous sommes bien ensemble et la loi n'interdit pas le copinage.

Retour au *Show Bardot* : dans un décor de ballons gonflables ornés de lettrages psychédéliques figurant des phylactères, réalisés par Tito Topin l'on voit B.B. déchirer un panneau et s'avancer insolente, moulée des pieds au cou dans une combinaison blanche, une petite cape d'héroïne de BD sur les épaules et, détail piquant, perruquée de noir tel un négatif de Barbarella. C'est « Comic Strip » bien sûr : comme entre-temps les producteurs ont appris que les Américains ont acheté l'émission, ils en mettent en boîte deux versions — et voilà Bardot qui zip-shebam-blop-et-wizzz en français et en anglais [2]...

---

1. Il fait référence aux feuilles à scandale genre *France-Dimanche* et *Ici-Paris*.
2. C'est sa voix que l'on entend sur la version anglaise de la chanson, le show ayant été prévendu à de nombreuses chaînes de télé à travers le monde, y compris aux Etats-Unis.

C'est grâce au talent de Serge que le show TV fut un succès.

C'est lui qui managea toute la mise en scène. C'est lui qui choisit, parmi toutes mes robes, celles qui me convenaient le mieux, ou alors me mit à moitié nue. Il me dirigea et me conseilla. C'est même lui qui, assistant à l'enregistrement de la chanson « Oh ! qu'il est vilain », composée contre lui par Jean-Max Rivière par jalousie ridicule, malgré la difficulté de la situation, dirigea avec talent l'enregistrement de cette chanson, qui n'eut aucun succès[1].

Enfin, apothéose absolue, après un sketch autour de « Bubble Gum », chanson créée deux ans plus tôt, où Claude Brasseur fait le figurant dans un décor de saloon, la superbe mise en images de « Bonnie And Clyde ». Le couple de gangsters traqués incarné au cinéma par Warren Beatty et Faye Dunaway ne deviendra célèbre en France que deux mois plus tard. Le 10 novembre 1967, Serge s'était fait projeter le film, à la Warner, et il avait soigneusement noté le monologue de Dunaway :

You've heard the story of Jesse James
And how he lived and died
If you're still in need
Of something to read
Here's the story of Bonnie and Clyde[2]

Gainsbourg : « Je dîne avec Bardot et sciemment je me pète la gueule. Elle m'appelle le lendemain et me demande pourquoi j'ai fait ça. Moi, silence du genre : "J'étais terrassé par ta beauté". Elle me dit ceci : "Ecris-moi la plus belle chanson d'amour que tu puisses imaginer." Dans la nuit, j'ai écrit "Bonnie And Clyde" et "Je t'aime moi non plus" ... »

Vous avez lu l'histoire de Jesse James
Comment il vécut, comment il est mort...
Ça vous a plu, hein ? Vous en demandez encore
Eh bien écoutez l'histoire de Bonnie and Clyde

Alors voilà, Clyde a une petite amie
Elle est belle, et son prénom c'est Bonnie
A eux deux ils forment le gang Barrow
Leurs noms : Bonnie Parker et Clyde Barrow

Visualisez un entrepôt, une arrière-cour, Bardot en jupe maxi, fendue jusqu'aux jarretelles, perruque courte, béret sur l'oreille, les yeux plus

1. Extraits des paroles : « Je n'ai jamais eu peur de rien / J'ai déjà vu des monstres / Et pourtant moi j'en connais un / Woah ! qu'il est vilain ».

2. A l'origine, il s'agit d'une lettre authentique de Bonnie Parker, envoyée à un grand quotidien américain qui l'avait publiée peu de temps avant que les deux gangsters ne soient abattus par la police.

noirs que jamais, le doigt sur la détente de sa mitraillette. Et Gainsbourg alias « gueule d'amour » — c'est ainsi qu'elle le surnomme — en bras de chemise, la cravate en bataille, prêt à tirer le colt de son holster...

Serge : Un de ces quatre nous tomberons ensemble
Moi j'm'en fous c'est pour Bonnie que j'tremble
Brigitte : Quelle importance qu'ils me fassent la peau
Moi, Bonnie, je tremble pour Clyde Barrow...

Traqués, Serge et B.B. le sont aussi. Les paparazzi sont à leurs trousses. Ils font le pied de grue devant chez elle, avenue Paul-Doumer, et les cent pas face à la Cité des Arts, comme nous le raconte sa directrice.

Simone Bruno : « Ça faisait jaser car c'était quand même inhabituel dans le train-train habituel de la Cité. C'est ainsi qu'un jour j'ai croisé Brigitte Bardot dans le hall, elle était venue avec un superbe chien, en fait je n'ai vu que le chien et mes secrétaires m'ont ri au nez quand je leur ai dit qu'on avait la visite d'un très très beau lévrier à longs poils. Elles m'ont dit : “Mais vous n'avez pas vu qui le tenait en laisse ?” Je n'avais pas remarqué sa propriétaire ! Ceci dit, nous avions un gardien de nuit qui a donné un certain nombre de renseignements à *France-Dimanche* sur les visites que recevait Gainsbourg. Le malheureux garçon a été fichu à la porte : il avait trahi la discrétion de la maison. »

Dans la biographie de Bardot par Catherine Rihoit, publiée dans les années 80, Serge s'était souvenu de leur parano.

Gainsbourg : « Les gens avaient pour elle une espèce de haine. Je l'ai vue agressée dans la rue : “Vous êtes dégueulasse !” Mais qu'est-ce qu'elle faisait cette pauvre gamine ? Elle n'a jamais pris personne à personne, elle a vécu sa vie, elle a choisi ses hommes... Quand on se promenait ensemble dans la rue, elle avait une sorte de sixième sens : elle repérait les photographes. Elle les sentait, littéralement. Elle disait : “Je sais qu'il y en a un.” Moi je ne voyais rien, mais elle avait toujours raison, comme un animal qui sent le chasseur... »

> Le show Reichenbach, sans Reichenbach mais avec Serge, prenait ses vraies dimensions... [...] Les jours passaient dans un flou heureux. Le show fut terminé à temps pour passer, comme prévu, le soir du 1er janvier 1968.

Entre-temps, les producteurs de *Shalako* envoient à Brigitte le script du film qui doit se tourner dans les semaines qui viennent. Madame Olga, son agente, qui voit d'un très mauvais œil sa liaison avec Gainsbourg, s'efforce de ramener Brigitte à la raison — et à ses obligations : n'était-ce point elle qui avait insisté pour tourner ce western, afin d'échapper aux velléités cinématographiques de son Gunther de mari ? Mais elle ne lit pas le script et se moque des producteurs américains que lui amène « Mama Olga » et qui tentent de la convaincre de la chance qu'elle a de tourner avec Sean Connery sous la direction d'un metteur en scène aussi réputé qu'Edward Dmytryk.

> J'écoutais en pensant à autre chose ; je disais « Yes, yes » en fumant une cigarette dont la fumée bleue me ramenait vers Serge.
> Que faisait-il en attendant, en m'attendant ?
> Il devait se ronger, tourner en rond.
> Le film commencerait en janvier à Almeria, dans le sud de l'Espagne. J'en avais pour deux mois !

Début décembre, comme l'écrit Joseph à Liliane, Brigitte désire très sérieusement que Lucien lui compose une comédie musicale et la mette en scène lui-même. Ils sont également interviewés à la radio, séparément, mais côte à côte, par André Halimi dans son émission *Détruisez votre légende*. Puis il y a l'enregistrement, à trois semaines de la diffusion du *Show Bardot*, de la première et longtemps mythique version de « Je t'aime moi non plus ».

> Ce fut un amour fou — un amour comme on en rêve — un amour qui resta dans nos mémoires et dans les mémoires.
> Aujourd'hui encore, quand on parle de Gainsbourg, on lui associe toujours Bardot, malgré toutes les femmes qui ont jalonné sa vie et tous les hommes qui ont partagé la mienne. De ce jour, de cette nuit, de cet instant, aucun autre être, aucun autre homme ne compta plus pour moi. Il était mon amour, me rendait la vue, il me faisait belle, j'étais sa muse.

Elle réalise brutalement que Gunther Sachs, dont elle est temporairement sans nouvelles, n'est qu'un « mari de pacotille », une « marionnette du show-business ».

> Serge passait des nuits à composer des merveilles sur mon vieux piano Pleyel. Un matin, il me joua son cadeau d'amour : « Je t'aime moi non plus[1] ».

Avant de retourner en studio, Bardot participe à quelques mondanités. Elle a en effet reçu une invitation de l'Elysée pour la soirée des Arts et Lettres le 7 décembre : le président de Gaulle — qu'elle a toujours rêvé de rencontrer — souhaite recevoir, comme le précise le bristol, « Madame Brigitte Bardot et son mari Monsieur Gunther Sachs ». Du coup, elle revoit Gunther pour accorder leurs emplois du temps ; la veille, ils dînent chez les Rothschild avec Georges Pompidou

1. Serge l'ignorait lorsqu'il écrivit les paroles de « Je t'aime moi non plus » mais il se délectera de la célèbre boutade de Salvador Dali (« Picasso est espagnol, moi aussi. Picasso est un génie, moi aussi. Picasso est communiste, moi non plus ») au point d'affirmer qu'il s'en était inspiré.

et Madame, à qui Brigitte demande des conseils sur le protocole. Le lendemain, elle se présente à l'Elysée en costume « mi-dompteur mi-militaire [...] Aucune femme n'avait encore osé entrer à l'Elysée en pantalon, alors pour une réception officielle c'était impensable ». Elle tend la main au chef de l'Etat et lui dit : « Bonsoir, Général. » De Gaulle lui répond en jetant un œil sur les brandebourgs dorés de son costume : « C'est le cas de le dire, madame »...

Claude Dejacques : « L'enregistrement de "Je t'aime moi non plus" a eu lieu au studio Barclay, le titre avait été arrangé par Michel Colombier et il n'y avait que Denis Bourgeois, l'ingénieur du son, Serge, Brigitte et moi. On a fait ça en deux heures, pas plus. Il régnait dans le studio une ambiance d'amour extraordinaire, ils s'aimaient pour de vrai, c'était pas un flirt à la con, c'était très très fort. »

Brigitte : Je t'aime je t'aime
Oh oui je t'aime
Serge : Moi non plus
Brigitte : Oh mon amour
Serge : Comme la vague irrésolue
Je vais, je vais et je viens
Entre tes reins

William Flageollet : « La première séance de voix ne se passe pas très bien. On fait tourner la bande, les musiciens avaient bien sûr tout enregistré en amont, tout est en place mais il ne se passe rien, il n'y a pas d'émotion — ni du côté de Serge ni du côté de Brigitte. La séance est remise au lendemain et là, l'enregistrement se déroule avec, disons... un accompagnement gestuel appuyé, voilà. En un mot, c'est Bardot qui a un petit peu débloqué Gainsbourg — ils étaient très près l'un de l'autre et sans aucun geste réprouvé par la morale... la séance a été chaude — ils se sont fait des câlins, on a baissé les lumières... »

Lorsque nous avons enregistré « Je t'aime moi non plus » tard dans la nuit, aux studios Barclay, nous avions chacun un micro. A un mètre l'un de l'autre, nous nous tenions la main. J'avais un peu honte de mimer l'amour que me faisait Serge en soupirant mes désirs et mes jouissances devant les techniciens du studio. Mais après tout, je ne faisais qu'interpréter une situation, comme dans les films que je tournais. Et puis Serge me rassurait par une pression de la main, un clin d'œil, un sourire, un baiser.

C'était bon, c'était beau, c'était pur, c'était nous.

Dans son livre *Piégée, la chanson... ?* Claude Dejacques se laisse emporter par son lyrisme, toujours à propos de cette séance de légende :

Je les attends vers 10 heures du soir pour la séance d'enregistrement des voix, sans journaliste ni photographe. Ils déboulent d'un taxi noir et dérivent, amoureux fous comme dans la chanson, jusque dans le long couloir qui mène au studio. C'est déjà beau et sitôt lancée la bande du playback orchestre sur laquelle vont s'inscrire leurs voix, voilà qu'ils rejoignent l'essentiel du mirage où ils basculent, habillés seulement de musiques et de mots, ivres d'eux-mêmes, tellement vrais que la prise effectuée devient beaucoup plus qu'un simple duo de chanteurs à la mode devant un micro : la trace d'un moment d'éternité. A la première heure le lendemain, je suis à la cabine de gravure. Cette fois, je sais que Brigitte tient son titre et que ça va aller loin. On fait des copies pour la promotion (celles qui seront sauvées) mais, vers 10 heures déboule un ordre de tout suspendre : l'avocat de Brigitte interdit la publication.

Tout ne se passe peut-être pas aussi rapidement que Dejacques semble l'indiquer. Un week-end s'écoule vraisemblablement entre l'enregistrement et le drame. Le temps pour *France-Dimanche* de publier un article minable, qui paraît dans le numéro du 12 décembre sous la plume de François Marin, qui décrit la chanson (« 4 minutes 35 de râles et de cris amoureux ») avant de préciser que la séance s'est déroulée en petit comité :

Même Gunther Sachs, le mari de Brigitte, n'a pas été autorisé à pénétrer dans le studio. Je lui ai téléphoné pour avoir son opinion. Sa camériste m'a répondu : « M. Sachs est parti en voyage, je ne sais ni où il est ni quand il rentrera. »

Effectivement, Gunther se trouve en Suisse. Alerté, il saute dans le premier avion pour s'occuper de l'affaire.

Claude Dejacques : « Gunther a fait une scène épouvantable, il lui a demandé de choisir entre Serge et lui. C'est à ce moment qu'elle a pris peur et qu'elle a envoyé un télégramme pour bloquer la sortie de "Je t'aime moi non plus". »

Dès les premières fuites, Bardot panique, comme elle le raconte dans *Initiales B.B.* :

Madame Olga m'avait prévenue que, si le disque sortait, Gunther se séparerait de moi en faisant un scandale mondial qui ternirait à jamais mon image de marque. Olga, que toutes ces histoires mettaient hors d'elle, me reprocha avec beaucoup de véhémence mon inconduite, mon manque de morale et de discrétion, ma vie dissolue et indisciplinée ! Bref, elle me passa un savon de première classe que mes sanglots et mes larmes n'attendrirent pas ! Je n'avais que ce que je méritais !

Olga lui intime l'ordre d'écrire immédiatement une lettre à Philips, leur demandant de ne pas publier le disque.

Gainsbourg, mis au courant de ce drame qui prenait des proportions imprévisibles, accepta avec élégance, comme toujours, de supprimer à la dernière minute « Je t'aime moi non plus » de l'album qui devait sortir quelques jours plus tard.

Le matin même il avait reçu une lettre que, plus tard, il exposa parmi ses souvenirs, rue de Verneuil, soigneusement posée sur un lutrin : sur un papier à en-tête Brigitte Sachs Bardot, on déchiffrait ces mots manuscrits — « Serge, je te supplie d'arrêter la sortie de "Je t'aime"... »

Joseph Ginsburg : « Lucien a été un peu fort avec une chanson érotique enregistrée par B.B., il y a eu des fuites [...] Ils ont eu aujourd'hui un colloque mystérieux chez nous. J'étais en ville, je ne suis rentré qu'à 18 heures et Maman m'a dit : "Chut ! Ils sont là !" [...] Il avait prévenu Maman qu'il viendrait avec elle pour être à l'abri des regards (sûrement ils sont repérés). Ils sont restés plus de trois quarts d'heure au salon, parlant d'une voix feutrée. Après ça, Lucien m'a appelé pour me présenter aussi à B.B. qui a dit à Maman : "Excusez-moi, Madame, de vous avoir dérangée." Elle était en blond et en cape noire, une classe folle... Lucien lui a ensuite commandé un taxi, sans pouvoir nous dire quoi que ce soit [1]. »

« Le mari a laissé la liaison sans réagir mais la chanson, il ne pouvait l'admettre », analyse l'ingénieur du son William Flageollet, qui précise que le titre est passé une fois à la radio, aux infos de midi sur Europe nº 1 : « Les journalistes ont bravé l'interdiction en disant : "On ne vous le passe qu'une fois, ce morceau est censuré" ! » Qui leur a apporté la bande ? Gainsbourg ? Dejacques ?

Claude Dejacques : « Il devait y avoir une saisie de la bande *master*. Je me suis arrangé pour la mettre de côté ; en fait les huissiers qui ont fait la saisie n'ont emporté qu'une copie ! »

Tandis que se déroulent ces événements, dans la foulée du scoop de *France-Dimanche*, les canards se déchaînent : une affaire aussi juteuse, c'est de l'or en barre pour la presse à scandale dont Bardot subit les horreurs depuis une quinzaine d'années. *Paris-Presse l'Intransigeant* affirme : « Gainsbourg a peur de son duo avec Bardot. » Le « reportage » est un modèle du genre :

> Je viens d'écouter un disque scandaleux. Si scabreux même qu'il faut que je tourne plusieurs fois mon stylo dans l'encrier pour raconter sans trop vous faire rougir ce que j'ai entendu. [...]
>
> Croyez-moi, ce ne sont pas les paroles de cette chanson qui feront taire les rumeurs qui courent depuis quelque temps sur Serge et Brigitte. Inno-

1. Lettre du 13 décembre 1967.

cemment, la chanson démarre sur une très jolie musique d'orgue, une musique presque liturgique.

Et puis B.B. chante : « Je t'aime, je t'aime mon amour »...

« Moi non plus » répond le compositeur, pince-sans-rire.

Jusque-là, rien de choquant. Mais attendez la suite [...] B.B. chante : « Tu vas et tu viens entre mes reins. Oh ! mon amour, tu es la vague. »

Plus loin, on frôle le surréalisme avec ce paragraphe en majuscules et caractères gras :

DE TEMPS EN TEMPS BRIGITTE POUSSE DE PETITS CRIS DE PLAISIR, ELLE SOUPIRE D'AISE. FRANCHEMENT, ON A L'IMPRESSION D'ÉCOUTER LES ÉBATS DE DEUX AMANTS.

Le même *Paris-Presse* publie le 20 décembre des photos volées de Bardot et Serge effectuant leur shopping de Noël. En réalité, elles ont été prises avant que n'éclate le scandale : Bardot, « kidnappée » par Gunther, passe une semaine à Gstaad. Il en profite naturellement pour tenter de la séduire à nouveau. Il lui suggère même de s'installer dans l'appartement qui jouxte le sien au 32, avenue Foch. Mais il ignore qu'au même moment Brigitte et Serge songent à vivre sous le même toit — à son retour, ce dernier lui fait même visiter la petite maison que son père lui a trouvée entre-temps rue de Verneuil, à Saint-Germain-des-Prés en lui jurant, comme le raconte Bardot, « qu'il allait en faire un palais des *Mille et Une Nuits* pour l'amour de moi ».

Joseph Ginsburg : « Il y a quinze jours je lui téléphone et je lui dis : “Si tu veux visiter une petite maison charmante, il faut le faire tout de suite. — Donne-moi l'adresse !” Ils y sont allés tous les deux et il m'a appelé pour me dire que la maison lui a plu et qu'il y retournerait pour la visiter à la lumière du jour. Quand il y est revenu avec Brigitte le lendemain à 11 heures, il y avait sur place des amateurs mais dès que l'agent les a vus arriver, elle s'est exclamée : “C'est vendu ! C'est vendu !” La deuxième visite a convaincu Lucien et l'affaire a été conclue. La maison — rez-de-chaussée et premier étage — est située 5 bis, rue de Verneuil, la rue où habite Gréco[1]. »

Le 24, Serge est interviewé par téléphone sur France-Inter. Le journaliste explique qu'en dernière minute la sortie du single a été annulée et lui demande pourquoi...

S.G. : Il y a eu un article scandaleux dans un journal à scandale et il n'est pas question d'en faire un avec ce titre parce qu'il est trop beau. C'est un disque érotique qui évidemment aurait été interdit aux moins de dix-huit ans. Mais la musique était très pure... Pour la première fois de ma vie j'ai écrit une chanson d'amour et voilà ce qui en est, on la prend mal...

1. Lettre du 13 janvier 1968.

Bardot interprétait le texte d'une façon merveilleuse. Je suis ravi d'avoir travaillé avec elle, je l'ai fait chanter de manière dramatique et c'est très bien.

Le journaliste : Vous passez un bon Noël ?

S.G. : Seul, oui...

A la télé, la diffusion du show, le 1er janvier, est une « immense réussite » comme le raconte Bardot :

Je le regardai avenue Foch où Gunther avait invité quelques amis. Tout le monde s'exclamait, j'étais belle, je chantais bien, même Gunther était fier. Seules les apparitions de Serge mettaient l'assistance mal à l'aise. Tout le monde y allait de ses critiques, il était si laid !

Quelle horreur !

J'en avais les larmes au bord des yeux ! [...]

Où était-il ?

Il devait se morfondre, seul, malheureux, au fond de son gourbi universitaire, avec pour seul compagnon son immense piano !

Le lendemain elle doit s'envoler pour Almeria tourner *Shalako.* Gunther, échaudé, a décidé de l'accompagner. Elle n'a plus aucune envie de faire ce film et appelle son agent en larmes pour lui dire qu'elle ne veut plus partir : Madame Olga se met dans une rage folle et la traite d'inconsciente.

Je revis Serge à la Paul-Doumer pendant que je faisais mes bagages. Madame Renée[1], dans la confidence, avait pour ordre de n'ouvrir à personne. Serge truffa ma valise de petits mots d'amour griffonnés sur des feuilles de musique, à l'envers et à l'endroit. [...]

A l'ultime moment, je m'entaillai l'index de la main droite et lui écrivis « Je t'aime » avec mon sang.

Il fit la même chose et m'écrivit « moi non plus ».

Puis nous mêlâmes nos larmes, nos mains, nos bouches, nos souffles.

Lorsque la porte se referme, la séparation est définitive, mais ils l'ignorent encore. Rétrospectivement Brigitte analyse :

C'est parce que cet amour fut brisé qu'il fut si intense. Nous avions échappé au quotidien, à l'habitude, aux scènes, qui détériorent au fil du temps les passions les plus folles. Je n'ai avec Serge que des souvenirs sublimes de beauté, d'amour, d'humour, de folie.

Pendant des années, Serge se divertira beaucoup, en prenant des poses de conspirateur, de faire écouter aux journalistes épatés le *test-pressing* de ce « Je t'aime moi non plus » avec Bardot, resté inédit jusqu'en 1986. A force, l'acétate était tout griffé, tout usé, mais il s'en

1. Sa domestique.

dégageait cette formidable sensualité que le grand public put découvrir lorsque Bardot en permit enfin la parution, avec versement des bénéfices pour sa fondation de protection des animaux.

Claude Dejacques : « Malgré mon immense affection pour Brigitte, j'ai toujours été convaincu du fait qu'elle avait fondamentalement raté son coup en interdisant la sortie de “Je t'aime moi non plus”. Sa version était deux fois plus puissante que celle de Jane, ce disque aurait pu être le sommet de sa carrière, au niveau mondial le succès aurait été encore plus énorme... »

Jane Birkin : « Lorsque j'ai rencontré Serge, ce n'était pas très difficile de deviner que Bardot avait occupé une grande place dans son cœur. Par sa voix et sa beauté, elle semblait être pour lui la femme idéale. Je l'ai connue un peu plus tard et il est impossible de ne pas être touchée par sa sensibilité et par son manque total d'ambition. Bardot, c'est quelqu'un que j'ai adoré personnellement ; alors, que Serge ait été épris d'elle... je trouverais anormal qu'il en ait été autrement ! »

Lorsque, en 1985, l'auteur de ces lignes a écrit un premier ouvrage sur Serge, un témoignage de Bardot avait été sollicité, mais il a fallu attendre la publication de ses Mémoires pour qu'elle parle enfin, comme on l'a vu, de cette étonnante histoire d'amour. En 1985, elle s'était contentée de ces quelques lignes :

> Gainsbourg c'est le meilleur et le pire, le yin et le yang, le blanc et le noir.
>
> Celui qui fut probablement le petit prince juif et russe qui rêvait en lisant Andersen, Perrault et Grimm est devenu, face à la tragique réalité de la vie, un Quasimodo émouvant ou répugnant selon ses ou nos états d'âme. Au profond de cet être fragile, timide et agressif, se cache l'âme d'un poète frustré de tendresse, de vérité, d'intégrité.
>
> Son talent, ses musiques, ses mots, sa personnalité en font un des plus grands compositeurs de notre triste et affligeante époque.
>
> Brigitte Bardot

14.

Jane B., Anglaise, de sexe féminin

L'album *Bonnie And Clyde*, par Brigitte Bardot et Serge Gainsbourg, est publié au lendemain de la diffusion du show, le 2 janvier 1968. En plus des principales chansons de l'émission de Matalon et Reichenbach (il manque « Harley Davidson » et « Contact »), Dejacques a ajouté six titres de Serge, de « Baudelaire » à « Docteur Jekyll et Monsieur Hyde », qui font de cet album sa première anthologie. En exergue, ce court texte :

> Ces douze titres de Brigitte et de moi sont autant de chansons d'amour. Amour combat, amour passion, amour physique, amour fiction. Amorales ou immorales peu importe, elles sont toutes d'une absolue sincérité.

Contrairement à la légende, soigneusement entretenue par Serge lui-même, la rupture n'a pas eu lieu lorsque Brigitte partit tourner *Shalako* en Andalousie. D'Almeria, où Gunther Sachs l'a déposée, B.B. parle longuement au téléphone avec Serge, qui travaille chez Michel Colombier. Il est question que Serge la rejoigne et qu'ils passent trois jours en amoureux à Malaga. Il paraît même que la mère de Brigitte est ravie de l'affaire et répète à qui veut l'entendre que, depuis que sa fille a rencontré Gainsbourg, elle a retrouvé son équilibre, comme le relate Joseph dans une lettre à Liliane. Les premiers jours de tournage sont atroces. Bardot est en état de crise de nerfs permanente :

> Ah, si j'avais pu faire venir Serge, tout aurait été si facile, si différent. Mais c'était impossible, l'hôtel était rempli de journalistes, d'attachés de presse, de tout ce monde à l'affût du moindre scandale ! J'essayais de l'avoir au téléphone mais il n'y avait que deux ou trois lignes disponibles pour 200 personnes et lorsque, enfin, après des attentes interminables, j'arrivais à avoir son numéro, je n'entendais qu'un grésillement épouvantable [...]. Je hurlais dans le combiné des mots d'amour insensés espérant qu'il les entendait, je hurlais ma détresse, mon manque de lui !
>
> C'était insupportable !

Michel Colombier : « J'ai l'impression, sans beaucoup la connaître, que Bardot est une femme qui a aimé beaucoup ; Serge était quelqu'un de tellement différent de tous les autres hommes de sa vie... Je l'ai vu très déboussolé, il avait envie de la rejoindre en Espagne alors que nous avions du boulot à Paris. A un moment il était tellement désespéré qu'il avait suggéré de tous nous y emmener, ma femme, mes enfants et moi, et qu'on s'y installe pour qu'il soit près d'elle. On a dû l'en dissuader... »

C'est le moment (mal) choisi par Jeanne Moreau pour demander à Serge douze nouvelles chansons : depuis ses deux superbes albums avec Cyrus Bassiak, elle a enregistré des titres moins passionnants avec Vladimir Kosma. Ce 33 tours, dont il est question depuis trois ans, ne se fera jamais. En revanche, Jacob Pakciarz, son ami de vingt ans, rencontré du temps de l'académie Montmartre et grâce à qui il avait ensuite été engagé à la Maison des réfugiés israélites de Champsfleur[1], a plus de chance lorsqu'il sollicite une préface à la plaquette de sa nouvelle exposition, après l'avoir invité chez lui, dans sa très ancienne maison à Senlis :

> Chacune de mes rencontres avec Pakciarz bien que rares m'a toujours donné un sentiment de regrets. Je me croyais voué comme lui à un destin de peintre ou de sculpteur. Il y a longtemps que j'ai abdiqué. Et nos chemins se croisent encore. Intrigué, j'accepte de faire quelques pas avec lui. Dans cette étonnante demeure du XIIe siècle qui abrite son atelier, je découvre ses dernières œuvres.
>
> Pakciarz peintre réalise actuellement une expérience de volumes et tente de jeter un pont entre sa peinture et la sculpture, essai donnant ainsi des œuvres qui m'ont profondément troublé, dont l'examen critique appartient évidemment aux critiques d'art. Quant à moi, qui ne pratique que la musique, et si peu, mais convaincu des profondes affinités entre toutes les formes d'expression, j'ai pu avec une réelle émotion me laisser captiver par la rigueur et la sensualité que dégagent ses ciments et ses polychromes.
>
> Serge Gainsbourg

Au même moment, Jean-Louis Barrault revoit Serge à propos de cette comédie musicale dont ils parlent depuis la fin 1962... On lance un titre, *Kidnapping*, mais le projet se perd dans les limbes. Pourtant Joseph est enthousiasmé par cette idée...

Joseph Ginsburg : « Le directeur de l'Odéon lui a fait visiter le théâtre en compagnie de Madeleine Renaud avant de conclure : "Tout ceci est à vous pour janvier 1969. Mettez-vous au travail. Vous êtes un poète, j'ai confiance en vous. Vous m'aiderez pour la mise en scène, si

1. Voir chapitres 3 et 4.

vous voulez de moi...” Mais Brigitte, en l’apprenant, s’est exclamée : “Ah non ! D’abord moi !”[1]. »

Les lettres de Joseph permettent de suivre pas à pas la fin de cet amour-passion ; il est au courant des moindres détails vu que Serge, qui vient d’être viré de la Cité des Arts, s’est à nouveau installé avenue Bugeaud... Plus loin, dans le même courrier, il annonce à Liliane que « Lucien n’ira pas en Andalousie : le contre a pris le dessus sur le pour — une meute de journalistes guette B.B. à chaque pas, le scandale serait flagrant ». Ils se téléphonent chaque fois que c’est possible mais Brigitte a peur d’être mise sur écoute : « Avec deux coups de fil quotidiens [...] les liens entre elle et lui ne se sont jamais relâchés, raconte Joseph. Il est aux anges car elle vient pour lui — le pauvre Lucien est bien mordu pour de bon. » En effet, les amants ont trouvé une solution : Bardot a négocié avec ses producteurs un aller-retour à Paris, Serge envoie ses parents au château de Fontainebleau, il attend la star avenue Bugeaud... Dans un courrier daté du 6 février, Joseph raconte la suite :

Joseph Ginsburg : « Beaucoup d’eau s’est écoulée sous les ponts depuis notre retour de Fontainebleau mais c’est seulement tout récemment que la blessure de Lucien a commencé à cicatriser. Son “Ce n’est pas grave, dis à maman de ne pas se tourmenter pour moi” et le ton détaché de son coup de fil à Fontainebleau, c’était du bidon [...] Il a enduré, le pauvre, le martyre d’un amoureux transi, attendant en vain... Seul, seul, seul ! Pas une âme compatissante à qui se confier [...]. Il a beaucoup souffert à attendre ici les quatre jours seul dans l’appartement, sans sortir. Il l’a vue... chez sa couturière... »

Que s’est-il passé ? Pour le savoir, il faut cueillir les détails dans les mémoires de Brigitte, où elle raconte comment, à Almeria, pour se distraire après les longues journées de tournage, sa chambre se transforme en boîte de nuit : un tourne-disque hurle les airs à la mode tandis qu’elle invite les acteurs connus et inconnus à passer la soirée avec elle et ses « amazones », comme elle surnomme ses copines et secrétaires qui ne la quittent jamais. Un jour Bardot arrive en retard au tournage et se fait fusiller du regard par Edward Dmytryk ; il est prévu qu’elle tourne une scène avec Stephen Boyd, sémillant acteur irlandais qui avait connu son quart d’heure de gloire en 1964 grâce à

1. Lettre du 19 janvier 1968. Les soucis de Jean-Louis Barrault après Mai 68 vont remettre en question le projet dont Serge reparle à de nombreuses reprises (« *Kidnapping* sera un vrai ballet de violence et de sang »). Quelques mois plus tard, Barrault demande à Michel Polnareff de composer la musique de *Rabelais*, spectacle présenté à l’Elysée-Montmartre dès le 12 décembre 1968.

La Chute de l'Empire romain[1]. Celui-ci, sentant la détresse de Bardot, n'hésite pas à tenter sa chance :

> Il me prit tendrement dans ses bras en me murmurant des paroles apaisantes [...] Il avait eu envers moi un geste de réconfort dont j'avais tant besoin. Je ne le quittai plus, trouvant en sa présence une espèce de protection. Je lui tenais la main, je me jetais à son cou [...] Nous fûmes pris en photo, évidemment ! Et les photos firent évidemment la « une » de tous les journaux du monde !
>
> Je trompais fictivement à la fois Gunther et Serge.

Si l'on en croit Brigitte, Boyd ne fut jamais son amant, mais son « ami tendre et attentionné ». L'effet des clichés ne se fait pas attendre : Gunther la menace à nouveau de divorce et Serge lui envoie par l'intermédiaire d'un photographe de *France-Soir*, qui leur sert de « coursier de l'amour », une « longue lettre triste » dans laquelle il lui explique qu'il vient de composer « Initials B.B. », « un hymne nostalgique qui glorifie à jamais une image de déesse adorée ».

Coïncidence amusante, au cœur de ce drame, un autre film se tourne au même moment à Almeria, avec Michael Caine (*The Magus*, en français *Jeux pervers*), dont Andrew Birkin est l'assistant-réalisateur. Pour réconforter sa petite sœur, qui vient de rompre avec John Barry, il invite Jane à passer quelques jours sur le tournage. La voilà qui débarque avec son bébé de neuf mois et son panier en osier. Bardot la croise, sans imaginer une seconde que la petite Anglaise deviendra bientôt célèbre dans le monde entier en chantant ce « Je t'aime moi non plus » dont elle n'a pas voulu...

Comme Serge le racontait à son père le 25 janvier, Gunther « a réussi à rétablir la situation », le roman est terminé : « Ça revient comme avant », ajoute-t-il, dépité. Joseph, pragmatique, pense surtout à la carrière de son fils et conclut : « Cette aventure était sans issue... En tout cas elle a braqué sur Lucien un projecteur qui n'est pas près de s'éteindre : l'aventure valait d'être vécue, quitte à essuyer quelques plâtres... »

Au lendemain de la cassure, Serge se sent très mal. Il passe ses nuits avec son ami Claude Dejacques à écumer les bars de l'île Saint-Louis. Il n'arrête pas de répéter qu'il veut se jeter dans la Seine.

Claude Dejacques : « La semaine où Bardot l'a plaqué, je suis resté tout le temps avec Serge, il voulait se flinguer, il était très amoureux mais il était surtout blessé dans son orgueil : il avait été extrêmement flatté de sortir avec elle car c'était une revanche totale sur son physique qui à ses débuts l'avait énormément fait souffrir. »

1. Bardot avait déjà tourné avec lui dans *Les Bijoutiers du clair de lune*.

Joseph Ginsburg : « Dans sa blessure, qui n'est évidemment pas mortelle, rentrent pour trois quarts de l'amour-propre blessé et pour un quart une déception amoureuse imbibée de chagrin réel[1]. »

Gainsbourg : « C'est comme une corde de guitare qui se brise, c'est très dangereux. Moi ça m'a balafré, c'était hyper speedé et assez court, dans les trois mois pas plus. Ça ne pouvait pas redescendre, ça a cassé. C'était un fil d'acier qui s'est brisé. Brisure nette. Cette fille-là m'a marqué au fer rouge. Rien à ajouter[2]. »

Aux premiers jours de février 1968, il reprend du poil de la bête ; soucieux de son image, il s'affiche avec de jolies femmes. Dans la presse, les colporteurs de ragots qui l'imaginaient en amoureux transi, fidèle à la star sublime, en sont pour leurs frais : on aperçoit Serge, déjeunant avec Anna Karina, chez Lipp ; leur entrée fait plus d'effet que celle de Belmondo et de sa belle Suissesse Ursula Andress, toujours d'après Joseph qui se fait du mouron pour son fils...

Le 8, la secrétaire de Brigitte appelle Serge à Paris pour lui dire que la star est « amère » qu'il ne l'appelle plus en Espagne. En pleine nuit, il s'exécute : « Tu n'as pas compris ce qui se passe », lui dit Brigitte. Mais il est profondément blessé et reste intraitable : « Après les quatre jours terribles que j'ai passés à l'attendre, je suis guéri [...] A présent, tout ce qu'elle peut raconter, ça glisse », confie Serge à ses parents. Pour se distraire, il sort tous les soirs avec une autre fille : dans son carnet, il les note par couleur de cheveux, blondes, brunes ou rousses, comme un gamin...

En février 1968 toujours, le 28, on le voit à la télé, dans *Tilt*, chanter « Manon », face A de son nouveau 45 tours[3] (dont Serge a envoyé le disque souple à Bardot : de là à penser que les paroles lui sont dédiées, il n'y a qu'un pas). Simultanément, dans son numéro daté du mois de mars, le mensuel adolescent *Mademoiselle Age Tendre* publie une longue interview (par Philippe Carles) agrémentée d'une photo pleine page montrant Serge sur un trône, avec à ses pieds Mireille Darc et France Gall en poupées hippies de luxe... On y lit cette déclaration : « Je voudrais découvrir une fille de douze ou treize ans — pas plus — et lui trouver un style. Pour la rencontrer, je ferai passer, s'il le faut,

1. Lettre du 6 février 1968.

2. Montage de déclarations faites à l'auteur et dans l'émission *Entrez dans la confidence* du 14 avril 1968.

3. Le metteur en scène de *Manon 70*, Jean Aurel (voir filmographie), s'était d'abord laissé convaincre par Serge qui tenait à lui proposer une chanson ; au final, il la rejette parce que celle-ci « dramatise à tort le film » : « Aurel s'est dégonflé. J'ai repris ma chanson et je l'ai sortie pour moi ! Tant pis pour eux ! » déclare Serge à un critique de cinéma.

des milliers d'auditions. Il faudra, bien sûr, qu'elle soit très belle. Je serai pour elle une sorte de Pygmalion, je créerai un personnage dans le monde de la chanson[1]. » A propos de Mireille Darc : « Mireille, je l'imagine comme un mélange un peu acidulé d'impertinence et de sensualité. Il me faut donc lui écrire des paroles et des musiques qui soulignent ça. » Il va effectivement, en 1968, lui proposer deux nouveaux titres, « Hélicoptère » et « Le drapeau noir » :

> Mon lit est un radeau qui dérive sur l'eau
> Et là-haut, là-haut, tout là-haut
> Là-haut flotte ma culotte
> Un petit drapeau noir dans le vent du soir

Mireille Darc : « J'ai revu Serge juste après sa séparation avec Bardot, il était un peu paumé mais il ne m'a pas fait beaucoup de confidences. Les chansons, ce n'était pas sérieux, c'était plus un jeu entre nous, tout s'est fait simplement, j'aimais les moments où, en studio, il me dirigeait, il créait une atmosphère, il y avait très peu de lumière et il misait tout sur le souffle... J'avais très envie de chanter "Je t'aime moi non plus" car je trouvais la chanson sublime. Serge a pensé à moi pour l'interpréter, il m'a dit qu'on devrait essayer mais ça n'a pas été plus loin car il a rencontré Jane très vite après. »

Petit détour par les hit-parades français de cette fin d'hiver 1968, bercé par les « Nights In White Satin » des Moody Blues, « Comme d'habitude » de Claude François, « Massachusetts » des Bee Gees, « Days Of Pearly Spencer » de David McWilliams, « Delilah » de Tom Jones (« Dalila » par Sheila), « Dock Of The Bay » d'Otis Redding, « Le bal des Laze » de Michel Polnareff et « Comme un garçon » de Sylvie Vartan. Pas moins de trois chansons inspirées par le film *Bonnie And Clyde* s'affrontent dans les classements : en plus du duo Bardot-Gainsbourg, on écoute « L'histoire de Bonnie and Clyde » de Johnny Hallyday et la « Ballad Of Bonnie & Clyde » de l'Anglais Georgie Fame[2]. En mars, tandis que Françoise Hardy fait « Des ronds dans l'eau », Jacques Dutronc publie « Il est cinq heures, Paris s'éveille » qui annonce à sa manière la révolution de mai...

---

1. A Guy Béart, qui lui demandera plus tard de participer à l'une de ses émissions *Bienvenue à...* (qu'il présente, et où il est de bon ton de chanter au milieu des spectateurs, en s'accompagnant le plus souvent à la guitare acoustique) Gainsbourg répond qu'il accepte si ne sont invitées ce jour-là que des lycéennes. Dans l'immédiat, il participe le 28 mars à un show Béart à la télé, au cours duquel il chante « La nuit d'octobre » avec le grand orchestre de l'ORTF.
2. Toutes trois sont censurées à la télé parce qu'elles font l'« éloge de la violence » ; déjà, des téléspectateurs s'étaient plaints au lendemain du *Show Bardot*.

Le 4 mars 1968 dans *Paris-Jour* Michel Delain titre « Serge Gainsbourg a peur : il est tombé amoureux ! » — on le voit accompagné par « Odile, une photographe », mais il affirme dans l'article sensationnaliste : « Je ne serai jamais tendre avec les femmes. Je les hais. Avec elles tout se termine mal. » A force de lire dans la presse les échos de ses conquêtes féminines, il s'est taillé une réputation de séducteur qui fait cette fois partie intégrante de son image de marque et qui lui vaut d'être férocement envié par un solide pourcentage du public masculin. Dans *Marie-Claire*, on pose la question : « Pourquoi les jolies filles aiment les hommes laids ? » et Gainsbourg témoigne : « Elles m'adorent : je n'ai même pas besoin de lever le petit doigt, mon téléphone n'arrête pas de sonner. Chaque courrier m'apporte des lettres d'amour... » Dans *Paris-Presse*, toujours en mars, il est interviewé par Monique Pantel : « J'aime les femmes en tant qu'objets, les belles femmes genre mannequin, modèle. C'est le peintre qui revient en moi. Je ne leur dis jamais "Je t'aime". Ce sont elles qui me le disent, tout le temps. [...] L'égalité des femmes n'existe pas. Elles sont des lapins à qui on aurait mis des patins à roulettes. Les patins roulent mais elles restent toujours des lapins. » Remonté à bloc par sa déception, sa misogynie n'a plus de limite. Pourtant, bien des années après, il aura la lucidité de reconnaître que cette épreuve lui fut salutaire. Au journaliste qui lui fait remarquer que son look avait changé à l'époque de façon assez radicale, Serge répond :

> Il n'y a pas eu de chirurgie esthétique, si c'est ça que vous voulez dire. Chirurgie mentale seulement. Il est évident que Bardot a eu une influence sur mon destin : elle m'a donné de l'assurance, en me disant que je ferais du cinéma [1].

Effectivement, en moins de trois ans, entre « Poupée de cire » et le *Show Bardot*, tout a changé pour lui. Du statut de poète maudit connu seulement d'une maigre élite, il est devenu le compositeur à la mode. Après le bide de l'album *Percussions*, il n'a sorti que deux super-45 tours originaux, hors musiques de film et de feuilleton télévisé. L'ambitieux projet de la comédie musicale *Anna* n'a pas été reconnu à sa juste valeur, nouvelle déception pour le Gainsbourg « crédible » aux yeux des intellectuels. Bien sûr les interprètes alignent les tubes — ses tubes — mais la frustration de toujours rester dans l'ombre doit commencer à sérieusement le tourmenter. En prime, juste au moment où le déclic allait s'opérer avec Bardot et le duo « Je t'aime moi non plus », tout s'était écroulé.

1. Interview publiée dans *Le Quotidien de Paris* en 1984.

En ce début 1968, un admirateur va résumer à merveille la situation : Lucien Rioux, qui prépare à l'époque le premier livre sur Gainsbourg, aux éditions Seghers, élabore sur le thème de la provoc :

> Provoquer, c'est se construire un répertoire inhabituel, grinçant, narquois, fait pour mettre l'auditeur mal à l'aise. C'est se bâtir un personnage en dehors, cynique, jouisseur, amoral, que l'opinion ne saurait tolérer. C'est offrir aux autres interprètes — les belles, les idoles et les fades — des chansons trop fortes pour eux et qu'ils seront obligés de chanter, sous peine de paraître stupides. C'est enfin ne rien faire pour gagner — aucun sourire au spectateur, aucune concession à l'auditeur — et gagner quand même.

Dans la catégorie « chanson trop forte », on trouve « La plus belle fille du monde n'arrive pas à la cheville d'un cul-de-jatte » qu'il écrit aux jours les plus sombres de sa dépression, répondant à une nouvelle commande de Dominique Walter.

> La plus belle fille du monde
> Amoureuse ou pas
> Superficielle ou profonde
> N'a que ce qu'elle a
> Qu'elle se mette à quatre pattes
> Ou la tête en bas
> A la cheville d'un cul-de-jatte
> Elle n'arrive pas

Est-il utile de préciser que la chanson — dont le titre se démarque bien sûr du dicton idiot « La plus belle fille du monde ne peut donner que ce qu'elle a » — est un bide total ? Au tout début de l'année 1969, Walter va encore hériter de deux faces pour un 45 tours que tout prédispose au pire des désastres. Face A, « La vie est une belle tartine » (à la demande de l'interprète, la phrase est raccourcie de sa conclusion évidente), une chanson suicidogène où il est explicitement question de Bardot :

> *Lusitania*, *Titanic*
> J'ai rêvé du *Pourquoi pas*
> J'enviais leurs destins tragiques
> Aucun n'a voulu de moi
>
> Ah ! oui la vie est une belle tartine
>
> J'étais couché sur la voie
> En attendant la B.B.
> Mais quelques mètres avant moi
> Le train bleu a déraillé [1]

1. La B.B. était aussi le nom d'une locomotive.

Dominique Walter : « Après ce dernier 45 tours pour AZ, mon ami Claude François m'a signé sur son label Flèche et je suis parti avec lui en tournée. Je me suis retrouvé poursuivi par des filles qui m'arrachaient les boutons de mes costumes Mao, que ma femme passait sa vie à raccommoder... Ensuite, à vingt-sept-vingt-huit ans, je me suis aperçu que je n'avais pas le tempérament requis pour faire ce métier et j'ai repris une affaire familiale de matériel pétrolier. Je n'ai jamais connu le gros succès comme chanteur parce que je ne me suis pas donné le mal qu'il fallait. Il y avait un décalage complet — mais voulu ! — entre mon image très convenable et mes chansons, surtout celles écrites par Serge... Je lui ai refusé des chansons que j'ai retrouvées chez d'autres, parfois je sentais qu'il bâclait, je devais le harceler pour avoir le texte à temps... »

Le dernier titre que lui écrit Serge résonne comme un aveu : « Plus dur sera le chut » narre les affres d'une rock-star sur scène :

Tout à l'heure elles vont peut-être
Faire péter l'applaudimètre
Et dans son for intérieur
Emporté par la violence
Des cris et la fulgurance
Du flash des reporters
Il se plonge dans l'abîme
De l'orgueil il est sublime
Il est vraiment le meilleur

Pour Régine, il enchaîne avec « Capone et sa p'tite Phyllis », une chanson qui passe largement au-dessus de la tête du grand public : qui se soucie de savoir que le plus célèbre des gangsters de Chicago, Al Capone, est mort fou à Sing-Sing de la syphilis ?

Voici Capone et sa p'tite Phyllis
Bang
Bang
Bang fait le gang
Voici Capone et sa p'tite Phyllis
Qui lui tient chaud la nuit

Le 11 mars 1968, diffusion du premier épisode d'un nouveau feuilleton télé intitulé *Les Dossiers de l'Agence O*, série inspirée de l'œuvre de Georges Simenon, réalisée par son fils Marc, avec Marlène Jobert dans le rôle principal, celui de Mademoiselle Berthe... Dans *Le Prisonnier de Lagny*, la partenaire de Gainsbourg, qui joue le rôle d'un peintre, est à nouveau Chantal Goya, l'ex-jeune première de *Masculin féminin* (Jean-Luc Godard, 1965).

Au même moment, avec Yves Lefebvre, qu'il avait déjà croisé sur le tournage de *Ce sacré grand-père*, Serge tourne pour le photographe et cinéaste William Klein dans *Mister Freedom*, film satirique, esthétiquement surprenant, tourné dans une dominante de rouge et de bleu, traité à la manière d'une BD où un super-héros ricain débarque sur notre sol avec ses gros sabots pour assener les valeurs yankee : Yves joue Capitaine Formidable et Serge... Mister Drugstore. Gainsbourg signe également la musique du film avec Klein et Michel Colombier, six morceaux frénétiques (dont, déjà, une « Marseillaise » !) où se mélangent soul music et tambours militaires.

William Klein : « J'avais pensé à lui pour la b.o. mais il n'était pas du tout prévu qu'il joue dans le film. Comme je lui montrais les rushes des premiers jours de tournage, il m'a dit : “Donne-moi un rôle !” Je lui ai expliqué que c'était un très petit budget, que le tournage avait lieu dans une usine désaffectée et par un froid de canard, mais il a insisté... Il faut dire que c'était la folie, qu'on s'amusait comme des gosses ; à un moment, avec Rufus, il menait un commando de Freedom Fighters qui fondait sur un boulanger, puis sur une vieille dame qu'ils bombardaient de farine et de tartes à la crème. Dix-sept ans plus tard, j'ai retrouvé Serge pour la pochette de *Love On The Beat*, lorsqu'il me demanda de faire sa photo en travelo [1]... »

Le 14 mars, nouvelle distraction pour le convalescent, la sortie en salles du *Pacha*. Comme il n'est pas question de trimballer Gabin dans les émissions de radio pour en faire la promotion, ce boulot revient à Georges Lautner, le réalisateur, et au compositeur de la bande originale, avec le fameux « Requiem pour un con », qui est publié simultanément en 45 tours (vu le titre, il ne fait naturellement aucune émission de télévision). Le 2 avril 1968, Gainsbourg fête ses quarante ans au moment où l'éditeur Tchou sort un petit recueil précieux, tirage limité à 1 500 exemplaires, intitulé *Chansons cruelles*. Huit jours plus tard, il est temps de passer aux choses sérieuses...

Claude Dejacques : « Nous sommes partis à Londres enregistrer *Initials B.B.* pour lequel Gainsbourg n'avait absolument rien préparé, comme d'habitude, hormis la chanson principale. Mais il travaillait déjà selon une méthode infaillible : pour chaque chanson il démarre avec un titre, parce qu'il a compris depuis longtemps que le titre doit être la phrase principale du refrain et le thème de la chanson. Pour qu'il ait le temps d'écrire, au lieu de prendre l'avion nous avons pris le train et le ferry-boat : au moment d'embarquer à la gare du Nord il s'est tapé deux bourbons, il a écrit pendant tout le trajet les paroles des trois autres chansons et le lendemain il était prêt... »

1. *Mister Freedom* est sorti le 11 janvier 1969.

Yves Lefebvre : « Depuis *Ce sacré grand-père* j'étais resté en contact avec Serge, et je peux dire que j'ai suivi pas à pas la création d'*Initials B.B.*, depuis les premiers mots jetés sur la feuille blanche jusqu'à l'enregistrement à Londres avec l'orchestre d'Arthur Greenslade. Je lui avais dit que je préparais une série de courts métrages sur la création sous toutes ses formes et j'avais déjà tourné un épisode sur un peintre en Californie. Le concept n'était pas de faire un reportage mais d'assister sans intervenir, en plaçant la caméra discrètement, dans un coin. Je savais qu'il allait faire cette chanson sur Bardot ; il m'avait confié : "Je pense que je vais utiliser le thème de la *Symphonie du Nouveau Monde* de Dvorak..." Sa culture musicale lui permettait ce genre d'emprunts... Je ne l'ai jamais senti accablé, plutôt amusé et étonné : il rendait hommage à B.B. tout en lui faisant un gros clin d'œil[1]... »

Pour les paroles, Serge s'inspire des premiers vers d'un poème d'Edgar Allan Poe, traduit par Charles Baudelaire » et intitulé « Le corbeau » :

Une nuit, dans la pénombre
De ma chambre, lorsque, sombre,
Je cherchais le cœur du Nombre
Au fond des livres aimés
Certain bruit, certain murmure
Sournois comme un triste augure
Me rappela la voix pure
Que je n'entendrai jamais

Serge se souvient d'un livre que lui avait offert Bardot et se lance :

Une nuit que j'étais
A me morfondre
Dans quelque pub anglais
Du cœur de Londres
Parcourant *L'amour mons-*
Tre de Pauwels
Me vint une vision
Dans l'eau de Seltz

Construit comme une mini-symphonie, « Initials B.B. » est un hommage sublime où la voix de Serge se détache comme celle d'un récitant, à la fois sardonique et amoureux, sur un écrin formé par les violons, les trompettes, le piano et les chœurs...

1. Le court métrage *La Naissance d'une chanson* resta inédit jusqu'en 1992 ; après avoir été montré sur Canal+ lors d'une *Nuit Gainsbourg*, il fut inséré au programme de l'intégrale Gainsbourg en vidéo, publiée par Polygram Music Video en 1994 (rééditée par Universal Pictures Video en DVD en 2000).

Jusques en haut des cuisses
Elle est bottée
Et c'est comme un calice
A sa beauté
Elle ne porte rien
D'autre qu'un peu
D'essence de Guerlain
Dans les cheveux

Pour ces nouvelles séances londoniennes Serge retrouve l'arrangeur Arthur Greenslade, déjà testé fin 1965 sur l'EP « Docteur Jekyll et Monsieur Hyde » ; pour Philips, Greenslade avait travaillé depuis sur « La génération perdue » de Johnny Hallyday. Juste après cette première collaboration avec Serge, on va retrouver son nom sur trois morceaux de l'album *Comment te dire adieu* de Françoise Hardy[1].

Arthur Greenslade : « Serge était très anxieux, il semblait attacher beaucoup d'importance au résultat final de cette chanson qui s'adressait à Brigitte. L'atmosphère en studio s'en ressentait, on sentait Serge très méticuleux. »

Claude Dejacques : « Nous étions très mal car nous savions que nous étions passés à côté d'un truc essentiel avec "Je t'aime moi non plus". Serge a cogité et tout cela se retrouve, concentré, dans "Initials B.B.". Quand la chanson est publiée, en juin 1968, Brigitte m'a appelé pour que je lui apporte le disque. Elle l'écoute, je la vois très émue, puis elle me dit : "Appelle Serge, tu veux bien ?" Je l'ai fait, je lui ai tendu le combiné et par discrétion je suis parti, sans même lui dire au revoir. En fait je n'ai jamais revu Brigitte après... »

A l'occasion de l'émission *Entrez dans la confidence* dont il est question ci-dessous, l'écrivain Georges Conchon joue l'avocat du diable et déclare :

> Serge Gainsbourg est dans son époque comme un poisson dans la rivière. C'est sa coquetterie maoïste. Tout ce qui passe dans l'air, les foucades, les énervements, les modes de huit jours. Il en fait son nid, il en fait son miel. Si parfois ses bluettes vous donnent le frisson, ne l'accusez pas de promener trop complaisamment le long de votre dos ses longs doigts agaceurs et glacés. C'est en vous qu'est la glace.

Il est vrai qu'il aime les artefacts de cette société de consommation que l'on brocarde désormais dans la presse, il a même un faible prononcé pour les mots à consonance franglaise : cigarettes Kool, briquet

---

1. Françoise que Serge va applaudir au Savoy. C'est sans doute à ce moment-là qu'il lui livre « L'anamour » ; quelques mois plus tard ils se revoient pour les paroles de « Comment te dire adieu » qui est finalement choisi comme titre principal de l'EP qu'elle publie en fin d'année, aux dépens de « L'anamour ».

Zippo, pick-up, browning ou Fluid make-up. Puis il mélange le tout et fonce à bord de la Mustang de son pote Yves Lefebvre...

On s'fait des langu's
En Ford Mustang
Et bang !
On embrasse les platanes
Mus à gauche
Tang à droite
Et à gauche à droite

Son cœur ne bat peut-être qu'un coup sur quatre, comme celui de « Bloody Jack », chanson qu'il offre bientôt à Zizi Jeanmaire, mais il s'amuse à détourner une comptine dans « Black & White » pour conclure ce nouveau super-45 tours...

Une négresse qui buvait du lait
Ah ! se disait-elle si je le pouvais
Tremper ma figure dans mon bol de lait
Je serais plus blanche que tous les Anglais

Le 13 avril 1968, alors que Béatrice donne naissance à Paul, le premier fils de Serge, Jacqueline Joubert lui consacre une émission spéciale à la télévision, dans la série *Entrez dans la confidence*. Serge y chante « Ces petits riens », « Comic Strip », « Docteur Jekyll », « La javanaise », « Elaeudanla... », « Manon », « Pauvre Lola » et, en duo avec Anna Karina, « Ne dis rien », tiré de la comédie musicale *Anna*, diffusée quinze mois plus tôt, le tout monté autour d'entretiens avec Georges Lautner et Georges Conchon. Ce dernier, écrivain mais aussi secrétaire au Sénat, fréquente Serge depuis qu'il a signé la musique de *L'Horizon*, film inspiré de l'un de ses romans sorti en novembre 1967. Dans *Entrez dans la confidence* il lit de larges extraits d'un texte dont la version intégrale est publiée parallèlement dans la presse quotidienne :

Serge Gainsbourg n'est pas aimable, c'est la principale raison pour laquelle, d'abord, je l'aime. Une fois je l'entendis répondre à une interview très serrée, très indiscrète. Le pauvre n'avait pas une chance d'échapper, on voulait qu'il montre le dedans de son âme. Il fuyait. Un mot de temps en temps, un mot à côté, un mot qu'il lâchait comme on laisse aux mains de ses poursuivants sa veste, sa chemise, son pantalon.

A la fin, il était tout nu mais intact. On ne lui avait pas vu l'intérieur. En un temps où presque tous les gens de son âge et de sa profession sont autant de savons à la violette, qui n'attendent qu'une occasion de vous mousser entre les doigts, j'ai aimé cette réserve, cette pudeur honorable.

L'œil aussi était charmant à voir, un œil de jeune éléphant qui se demande encore s'il a le droit de charger ; et je pensais à cette phrase de

Jules Renard : « Pour meubler ce grand salon, il faudrait y lâcher deux ou trois petits éléphants. »

Ce grand salon, vous m'entendez, qu'est notre monde, cette grande pâtisserie moderne où vous nous voyez journellement nous gaver de compteurs bleus, de moteurs cinq paliers, de femmes fleurs. Pour s'y faire entendre, il faudrait crier fort, or Gainsbourg a choisi de ne pas crier. Il susurre, il insinue, il module bizarrement. Il vient nous tirer par les derniers petits bouts de nerfs que nous laisse notre rage de consommer.

« Il me fait mal aux nerfs », me disent parfois les dames, comme elles disent juste ! Gainsbourg est très exactement ce genre de provocateur insidieux qui vous met la peau en feu sans jamais conduire la besogne à son terme.

Rien de plus tuant en effet ! Il a un talent effrayant au bout des doigts. C'est un chatouilleur. Les sensibilités adultes ne lui pardonnent pas de les laisser ainsi en plan. D'où son succès chez les fillettes.

Cette analyse brillante est suivie d'un dialogue du même tonneau.

Georges Conchon : Est-ce que votre vie coïncide avec, pardon du mot, votre œuvre ?

Serge Gainsbourg : En tout point, oui.

G.C. : Votre vie colle à votre œuvre et votre œuvre n'est que votre vie et votre vie n'est que votre œuvre ?

S.G. : Ma vie n'est qu'œuvre, hélas.

G.C. : Vous souhaiteriez qu'elle fût davantage ?

S.G. : Certainement.

G.C. : Quoi donc ?

S.G. : La vie d'un grand passionné.

G.C. : Vous n'avez pas de passion ?

S.G. : Des passions abstraites. J'aimerais des passions animales.

G.C. : Mais le contact, je vais dire des choses bêtes, le contact intellectuel, vous est nécessaire ou pas ?

S.G. : Insupportable.

G.C. : Insupportable aussi... euh, en général ?

S.G. : Et en particulier surtout.

Deux mois plus tôt, Serge avait rencontré Pierre Grimblat qui lui avait fait lire le scénario de *Slogan*, qu'il a écrit avec Melvin Van Peebles, un Noir américain, parisien d'adoption[1] : immédiatement séduit, il accepte d'en être la tête d'affiche. Spécialiste du spot publicitaire, Grimblat désire revenir à ses premières amours, le cinéma (il avait réalisé *Me faire ça à moi* en 1960, *L'Empire de la nuit* en 1962 et *Cent briques et des tuiles* en 1964). Dans une lettre de Joseph on lit : « Lu-

1. Van Peebles collabore à l'époque régulièrement à *Hara-Kiri* ; deux ans plus tard, de retour aux Etats-Unis, il est le précurseur de la vague « Blaxploitation » au cinéma avec *Sweet Sweetback Baadasssss Song.*

cien s'est trouvé un ami — pour une fois —, il nous a dit que c'est un coureur, comme lui... »

Pierre Grimblat : « A ce détail près que Serge n'était pas un coureur mais un polygame, ce qui est nettement plus sérieux ! A l'époque, bizarrement, on se ressemblait physiquement. J'avais cherché pour mon film quelqu'un sur qui je pouvais projeter cette histoire totalement autobiographique. J'avais connu Gainsbourg à l'époque où il était pianiste au Touquet, plus tard je l'avais régulièrement invité dans mes émissions de radio, quand j'étais animateur sur France Inter. L'histoire de *Slogan*, c'était une aventure qui m'était arrivée et dont je n'arrivais pas à me dégager. C'est François Truffaut qui m'avait dit : “La meilleure façon de t'en sortir et d'oublier cette fille c'est d'en faire un film : tu vas transposer sur les personnages et ce ne sera plus ton histoire”. »

Pour jouer le rôle d'Evelyne, Grimblat pense dans un premier temps à Marisa Berenson, à l'époque l'un des trois grands mannequins du globe : elle n'était pas encore comédienne (elle le deviendra en 1972 pour Visconti et *Mort à Venise*, puis en 1975 pour Kubrick et *Barry Lyndon*) mais son essai se révèle très convaincant. Serge est ravi, il imagine déjà qu'il va inévitablement la séduire pendant le tournage, comme il a séduit cette fille avec qui il vient de passer, fin avril, trois jours à Bruxelles, comme toutes ces conquêtes d'une nuit qu'il emmène au Hilton... ; après Bardot, Berenson ferait tout à fait chic sur son tableau de chasse. Petit problème : Grimblat a changé d'avis, il visualise une autre Evelyne. Sans rien dire à Serge, il se rend à Rome, puis à Munich et enfin à Londres pour auditionner des petites actrices. C'est là qu'il flashe sur une fille portant une ultraminirobe...

Pierre Grimblat : « Elle avait les jambes tordues comme pas permis et avant son test, je l'agresse : “Vous êtes vraiment obligée de montrer des jambes pareilles ?” Elle me répond : “Non, pas si vous me payez l'opération.” Premier échange, déjà très drôle. Je lui demande ensuite si elle peut venir faire des essais à Paris et je note son nom : Jane Birkin... »

Jane Birkin : « La première fois que nous avons été présentés, Serge et moi, j'avais mal compris son nom, je croyais qu'il s'appelait Serge Bourguignon[1]. Je ne connaissais que trois mots de français parmi lesquels bœuf bourguignon, d'où ma confusion, je suppose. Avant de tourner un bout d'essai avec lui à Paris, j'avais appris quelques bouts de dialogues mais c'était un effort désespéré : la langue me semblait

1. Elle le confondait avec un réalisateur de la Nouvelle Vague qui avait reçu un Oscar en 1963 pour *Les Dimanches de Ville-d'Avray* et qui se nomme effectivement Serge Bourguignon.

aussi étrange que le chinois. Je me souviens que nous sommes allés le chercher chez ses parents, Grimblat et moi, il était entouré de ses posters de Bardot, en train de donner une interview et de faire écouter à un journaliste, à plein volume, la version de “Je t'aime moi non plus” qu'il avait faite avec Brigitte. Je m'étais dit : “Mais qu'est-ce que c'est que ce poseur avec sa chemise mauve ?” J'étais complètement subjuguée. Et il tirait la gueule : Pierre venait de lui annoncer qu'il m'avait choisie à la place de Marisa Berenson. »

Gainsbourg : « On va donc en studio tourner une ou deux scènes et d'emblée, excédé, je lui balance : “Mais comment pouvez-vous accepter de tourner un rôle en France alors que vous ne parlez pas un mot de français ?” Du coup, elle se met à chialer. Au moment des rushes, je dis à Grimblat : “Pas mal, la petite Anglaise...” »

Par la suite, Serge s'est mordu les doigts d'avoir provoqué cet accès de désespoir : « C'était un vrai numéro de tragédienne, confiera-t-il à Yves Salgues pour *Jours de France* en janvier 1969. Jane pleurait sur son sort. Elle confondait tout : la fiction et la réalité, la vie et le scénario. “Il ne me reste plus rien, disait-elle. J'ai tout perdu. Même les fauves ne voudraient pas de ma chair.” J'en ai conclu qu'elle était fabuleuse. »

Pierre Grimblat : « Je dirais plutôt que la petite Anglaise en question le faisait totalement chier et que son ego en avait pris un coup de devoir tourner avec une inconnue. Pendant les essais il s'était conduit comme un salaud, en lui donnant ce qu'on appelle la réplique morte, un truc bien connu des pros pour faire trébucher une débutante. Mais elle s'est battue comme un petit soldat. Le soir je sors, comme à l'accoutumée, et je me retrouve chez Régine. Comme dans la rue c'était la révolution, il fallait entrer discrètement, par l'arrière... Au bout d'un moment Régine vient me prévenir : “Tu as une Porsche rouge, non ? Eh bien, les étudiants vont s'en servir pour renforcer une barricade !” Moi je sors comme un fou et je gueule : “Je vais vous aider ! J'ai mis la main sur la clef de contact !” Les mecs : “Ouah ! génial !” J'ai sauté derrière le volant et j'ai remonté le boulevard Montparnasse en marche arrière à cent à l'heure, en explosant le moteur. »

Jane Birkin : « Ensuite je suis retournée en Angleterre, en attendant que ça sente moins le roussi à Paris. Serge m'avait paru quelqu'un d'extrêmement arrogant et sûr de lui ; l'idée de sa supériorité était très humiliante : pourtant il était très honnête, je ne l'intéressais pas du tout, simplement... »

Gainsbourg est trop individualiste pour se préoccuper, même de loin, aux événements de Mai 68 dont il dira plus tard : « La révolution, j'appelle ça bleu de chauffe et rouge de honte. » En vérité, il a peur d'une révolution de type bolchevique et craint même qu'on ne lui confisque sa maison où les travaux viennent de commencer.

Gainsbourg : « Au plus fort des événements, je me retrouve au Hilton avec une gamine et en entendant les bang-bang des mômes, je me dis qu'ils sont foutus puisqu'ils ne sont pas armés : il ne peut y avoir de révolution si les armes sont d'un seul côté. J'étais pour eux mais qu'est-ce que j'allais faire : aller gueuler dans les amphis comme tous les autres connards ? J'ai attendu que ça se passe en suivant les événements sur le tube cathodique et avec l'air conditionné... »

A son retour à Paris, Jane loge avec Andrew à l'hôtel Esmeralda, 4, rue Saint-Julien-le-Pauvre, dans une maison du XVIIe siècle, avec vue sur Notre-Dame. Elle s'y installe avec Kate et une nounou. Tous les matins, elle se lève à 5 heures pour prendre des leçons de français et étudier son texte. Le tournage commence en effet début juin, dans l'appartement parisien du photographe Peter Knapp ; Serge, toujours peau de vache, ne fait rien pour aider Jane. Quant à Grimblat, il voit son film tourner à la catastrophe : si l'on ne sent pas un minimum de complicité entre les deux acteurs principaux supposés vivre une torride histoire d'amour entre Paris et Venise, ça ne peut pas fonctionner. Témoin de ces événements, le frère de Jane...

Andrew Birkin : « Coïncidence, je travaillais au même moment comme assistant de Kubrick : après *2001, l'odyssée de l'espace*, il m'avait demandé de faire des repérages pour un film qu'il n'a jamais tourné sur la vie de Napoléon. Je logeais dans le même petit hôtel que Jane... Le premier soir, elle me dit : “Ce mec est épouvantable, il est tellement égoïste, il me traite comme de la merde.” Le deuxième : “C'était encore pire aujourd'hui, je suis vraiment malheureuse.” Le troisième, elle était tellement véhémente que je me suis dit : il y a anguille sous roche... »

Pierre Grimblat : « Le quatrième soir je leur annonce que ça ne peut pas durer comme ça, qu'il faut qu'on en parle et je les invite à dîner à 10 heures chez Maxim's. C'était un vendredi... Sciemment, j'oublie de me rendre au dîner. Et il est arrivé ce qui devait arriver : le lundi ils se tenaient par la main. J'ai totalement monté le coup, autrement je n'avais pas de film, je devais arrêter le tournage... »

Gainsbourg : « Je me suis rendu à son hôtel et quand j'ai aperçu cette fille descendant l'escalier dans une mini-jupe pour fillette de dix ans, je me suis dit : “Mais qu'est-ce que c'est cette provoc ?” Fallait oser, ça m'a intrigué. »

Jane Birkin : « J'avais raté mon mariage, la chose la plus importante dans ma vie ; ma carrière n'avait pas commencé et je n'avais aucune ambition sur ce plan, je ne rêvais que d'un amour sublime... Après le dîner chez Maxim's, Serge m'emmène au New Jimmy's, chez Régine.

Toujours en frimant un peu, il me propose de danser, mais pas autre chose que des slows... Et quand le disc-jockey a finalement programmé un slow et qu'il m'a emmenée sur la piste, il s'est mis à me marcher sur les pieds. J'ai compris qu'il ne savait pas danser, et j'ai été complètement ravie, je suis tombée amoureuse de lui pour sa timidité, sa maladresse... Plus tard, nous avons terminé la nuit à Pigalle, chez Madame Arthur, avec tous ces hommes déguisés en femmes qui venaient s'asseoir sur nos genoux comme des petits coqs affairés. Ils le connaissaient tous parce que son père et lui avaient travaillé là comme pianistes : “Ah, salut Serge !” criaient-ils en lui envoyant des baisers, tout en me plantant des plumes dans les cheveux... Je lui ai demandé pourquoi, la première fois qu'on s'était vus, il ne m'avait pas demandé : “Comment ça va ?” et il m'a répondu : “C'est parce que je m'en foutais”... Je me suis aperçue que toutes ces choses que j'avais prises comme des agressions étaient finalement des protections de quelqu'un d'infiniment trop sensible, de terriblement romantique, avec une tendresse et une sentimentalité qu'on ne devine pas. Un jour il a dit qu'il était un “faux méchant”, et c'est vrai... »

Gainsbourg : « Après notre virée, je l'emmène au Hilton et ils font une gaffe monstrueuse : “La chambre 642 comme d'habitude, monsieur Gainsbourg ?” Et puis il s'est rien passé, j'ai fait dodo, j'étais pété comme un coing. Le matin elle s'est barrée et elle m'a coincé entre les doigts de pied un 45 tours que j'aimais beaucoup à l'époque, “Yummy Yummy Yummy” par Ohio Express. Cinq jours plus tard, même scénar, Hilton, nazebroque, dodo. Elle a dû se demander : “Mais qu'est-ce que c'est ce Frenchman ?” C'était un plan parfait, qu'il ne se passe rien. »

Serge est très épris — et toujours aussi romantique. Un soir, il fait croire à Jane qu'il a demandé, par amour pour elle, qu'on allume tous les monuments de Paris — en fait il est 20 heures et les monuments s'illuminent tout à fait normalement. Birkin le croit pourtant « parce que c'est tellement mignon »... Mais voilà que sa nouvelle conquête doit repartir quelques jours à Londres : ce soir-là, il reste dans sa chambre à l'hôtel Esmeralda ; il allume une bougie et la regarde se consumer toute la nuit... Le lendemain, il lui envoie un « Overseas Telegram » :

J'aimerais que ce télégramme
Soit le plus beau télégramme
De tous les télégrammes
Que tu recevras jamais

Découvrant mon télégramme
Et lisant ce télégramme

A la fin du télégramme
Tu te mettes à pleurer

Tel un talisman, Jane ne le lui rendit que onze ans plus tard, à la rupture... Nous verrons comment il le fit alors chanter par Catherine Deneuve puis se l'appropria sur l'album *Mauvaises nouvelles des étoiles*.

Judy Campbell-Birkin : « Ma fille est rentrée et m'a déclaré : "Il faut que je te dise quelque chose : tu sais, cet horrible Français dont je t'ai parlé ? Eh bien je pense que je suis amoureuse de lui. Et je crois qu'il m'aime aussi." Serge, lui, était fasciné par son *englishness*, le fait qu'elle ose sortir en boîte avec sa paire de jeans et son panier en osier. Jane était ravissante, drôle et sexy — elle est quand même la première fille à avoir fait la couverture d'un magazine anglais avec une poitrine aussi plate ! »

Le 18 juin 1968, une date qui compte dans la vie d'Olia et Joseph Ginsburg : ils fêtent leurs noces d'or au Raspoutine. Sérénades russes, la maman en pleine forme et un peu pompette chantonne avec l'orchestre tzigane, après chaque rasade de champagne, Jacqueline, Serge et leurs parents brisent leurs verres...

Le tournage de *Slogan* redémarre ensuite sur les chapeaux de roues : il se poursuit à Paris jusqu'à la fin du mois de juillet et doit recommencer à Venise en septembre. Entre-temps Grimblat a recommandé Jane à Jacques Deray pour le deuxième rôle féminin du film qu'il tourne en août à Saint-Tropez, *La Piscine*, avec Maurice Ronet, Alain Delon et Romy Schneider, pour la première fois réunis à l'écran depuis leur séparation, cinq ans plus tôt.

Dans une lettre datée du mois d'août, Joseph fait le point de la situation : d'abord, Serge très amoureux est parti à Saint-Tropez rejoindre « Djène » (il a appris à ses parents comment prononcer correctement le nom de sa « petite camarade ») ; ensuite B.B. les a croisés à Saint-Trop' et les a « embrassés comme si de rien n'était »...

Judy Campbell-Birkin : « Jane nous a invités, mon mari et moi, à la rejoindre à Saint-Tropez, pour nous présenter Serge. Ils étaient installés dans ce petit hôtel très chic et quand je suis entrée dans sa chambre, j'ai vu le miroir couvert de "Je t'aime" et de petits cœurs dessinés au rouge à lèvres. Le soir, Serge nous a emmenés dans le meilleur restaurant de la ville, il se serait coupé en quatre pour faire plaisir à mon mari. »

Le frère de Jane photographie les amoureux sur les plages de l'Escalet et de la Moutte ; Serge l'adopte aussitôt.

Andrew Birkin : « Très vite il est devenu pour moi un grand éducateur, il m'a fait lire *A rebours* de Huysmans, il m'a fait apprécier les grands vins, c'est depuis que je le connais que je collectionne les vieilles bouteilles... Mais surtout il avait un côté enfant et moi ça me plaisait beaucoup de retrouver ce trait de mon caractère chez quelqu'un d'autre, en particulier quelqu'un qui semblait avoir réussi dans la vie. Quant à mon père, David Birkin, c'était un libre-penseur. Il aurait été ravi de voir Jane épouser un Noir et d'avoir un petit-fils chocolat au lait... Il ressemblait beaucoup à Serge dans le sens que lui aussi aimait choquer son entourage... Par la suite, ça le faisait marrer qu'ils ne se soient jamais mariés... »

Jane Birkin : « Oh ! Et puis Serge était jaloux de Delon, il le trouvait trop beau ! A Nice il a réussi à louer une voiture quatre fois plus grande que celle d'Alain [1] mais ça ne servait à rien parce que les rues sont trop étroites. Dans cette énorme limousine, très flash, on était obligés de pendre les couches de ma fille Kate, et puis il y avait le landau et la nurse, et Serge gémissait : “Ma belle voiture ! on dirait une caravane arabe !”... »

Pierre Grimblat : « Il y avait non seulement Delon qui lui faisait une cour désespérée, mais aussi Maurice Ronet : les images les plus fortes de la séduction à la française. J'avais une maison dans le coin et nous nous étions donné rendez-vous pour discuter de la suite du tournage de *Slogan*, en septembre à Venise. Et je le vois arriver comme un fou, il me dit : “Si un de ces deux salopards la touche, regarde...” Il ouvre une petite pochette et me montre un revolver, il était prêt à leur tirer une balle dans le bide ! »

Défait et dépité, Alain Delon restera cependant galant et gentleman jusqu'au bout, raconte Yves Bigot dans *La Folle et Véridique Histoire de Saint-Tropez* : il se charge de conduire Jane jusqu'à la gare pour dire au revoir à Serge, lorsque celui-ci doit rentrer à Paris — à contrecœur — pour raison professionnelle. En effet, il a rendez-vous avec Françoise Hardy, avec qui il dîne dans un restaurant place Vendôme : il lui confie qu'il est dans les affres parce qu'il est persuadé que « Rocco » va séduire Jane et qu'elle va — déjà — le laisser, reproduisant ainsi, à quelques mois d'intervalle, le chagrin qu'il a vécu lorsque Bardot l'a quitté pour tourner à Almeria. C'est la seconde fois que Serge et Françoise travaillent ensemble ; en avril, il lui avait écrit le texte magnifique de « L'anamour », le « récit de l'étrange histoire / de tes anamours transitoires » :

> Je t'aime et je crains
> De m'égarer

1. Qui ne se déplace qu'en Cadillac Fleetwood noire, conduite par un chauffeur en livrée.

Et je sème des grains
De pavot sur les pavés
De l'anamour

Françoise Hardy : « L'histoire de "Comment te dire adieu" est un peu particulière : à l'origine c'était un instrumental intitulé "It Hurts To Say Goodbye" que j'avais entendu chez un éditeur et qui m'avait plu — j'étais persuadée que ça pouvait marcher. Serge a accepté de mettre ses mots sur une musique composée par d'autres. Au moment de l'enregistrement, il m'a surprise par sa dureté dans le travail, il sait exactement ce qu'il veut. En fait, il doit être un peu paresseux et donne le meilleur de lui sous pression... »

Sous aucun prétex-
Te je ne veux
Devant toi surex-
Poser mes yeux
Derrière un Kleenex
Je saurai mieux
Comment te dire adieu[1]

Paru en novembre 1968, énorme tube au tout début 1969, « Comment te dire adieu » sera le dernier succès de la première partie de sa carrière (avec « Etonnez-moi, Benoît », paroles de Patrick Modiano). Peu après, Françoise fait ses adieux à la scène après un dernier gala au Savoy à Londres (où elle porte une robe métallique de Paco Rabanne), parce qu'elle ne supporte plus d'être éloignée de celui qu'elle aime. En 1970 et 1971, elle publie deux albums légendaires, « Soleil » et « La question » ; deux ans plus tard, elle revient au sommet des classements avec « Message personnel » de Michel Berger.

Depuis *Le Pacha* et *Vivre la nuit*, Serge a tourné l'un de ses meilleurs rôles, celui de l'esthète critique d'art dans *Paris n'existe pas*, premier film de Robert Benayoun, membre du groupe surréaliste et fondateur de la revue *Positif*. L'histoire d'un peintre (Richard Leduc) neurasthénique et halluciné qui sans cesse glisse dans les failles spatio-temporelles qui s'ouvrent devant ses yeux exorbités. Toujours serviable, Serge, qui s'offre dans ce film quelques belles tirades, en fait également la musique, à ce jour inédite.

1. L'ex-Bronski Beat Jimmy Somerville fera de cet exercice en X un hit européen en 1989. Du coup, les compositeurs du morceau, Arnold Golan et Jacob Gold, réclameront des droits d'auteur sur les paroles, alors que le morceau était instrumental à l'origine, prétextant que Gainsbourg avait « adapté » le titre original (« It Hurts To Say Goodbye »).

Robert Benayoun : « Je le percevais comme un personnage un petit peu décadent et très élégant : il portait des complets cintrés sombres et s'habillait à la mode anglaise. Son rôle de dandy avec jabot en dentelle, dans mon film, n'était donc pas très éloigné de ce qu'il était dans la vie. Nous avions ensemble choisi ses accessoires : des bagues somptueuses, une canne à pommeau et un étonnant fume-cigarette. Lors du tournage j'ai trouvé qu'il faisait preuve d'une science et d'un art consommés de la comédie ; pour la musique je l'ai vu improviser des bruitages dans le studio d'enregistrement en jetant des objets dans les cordes du piano... »

Quand il sortira en octobre 1969, *Paris n'existe pas* fera une carrière limitée au circuit art et essai. En 1975, Serge reverra Benayoun pour un film centré cette fois sur Jane et intitulé *Sérieux comme le plaisir*[1]...

En septembre, le tournage de *Slogan* reprend à Venise. Il est sans doute temps d'en raconter l'histoire... Serge incarne un réalisateur de pubs que l'on récompense à Venise. C'est là qu'il rencontre Evelyne (Jane) dont il tombe aussitôt fou amoureux. De retour à Paris, sa femme Françoise (Andréa Parisy) — qui attend un bébé et en pouponne un autre — s'aperçoit aussitôt qu'il est mordu et que ce n'est pas une autre de ces aventures sans lendemain que jusque-là elle tolérait. Enfin, après diverses péripéties psycho-sentimentales, quand Evelyne le plaque pour un bellâtre rital et sportif (accessoirement champion d'Italie de course de hors-bord, détail qui a son importance), il sombre dans les abîmes du chagrin d'amour. Au total un petit film épatant au montage rapide et flashant, parfois gadget mais toujours efficace. Jane est superbe, Serge drôle et cynique, et on comprend aisément pourquoi, lorsque le film sortira dix mois plus tard, en juillet 1969, on les baptisera « couple de l'année »...

Pierre Grimblat : « Je retrouve donc mes tourtereaux à Venise, ils se tenaient la main tout le temps, c'était très joli. On recommence à tourner et je m'aperçois que ce n'est plus mon histoire que je raconte, comme Truffaut me l'avait prédit, mais celle de Serge et Jane. Première anecdote de tournage, la remise de prix pendant le Festival du film publicitaire. J'avais préparé le coup avec deux comédiens, on devait tourner sur le coin de la scène, sans perturber la cérémonie dont l'organisateur me connaissait bien puisque j'avais été primé déjà plusieurs fois à Venise... Justement, un quart d'heure avant que ça commence il vient me dire : "Pierre, il faut te tenir prêt, c'est toi cette année qui remportes le grand prix." Comme tous les ans, j'avais des films en compétition mais je ne m'y attendais pas. Je préviens Serge : "Génial,

1. *Paris n'existe pas* et *Sérieux comme le plaisir* (tous deux avec Gainsbourg) sont les deux seuls films de Robert Benayoun, mort en 1996.

tu vas y aller à ma place et moi je vais continuer à shooter[1] !" Lui était pétrifié, il a fallu que je le pousse, il était vert : on le voit monter sur la scène, recevoir le grand prix des mains du maire de Venise sous les flashes crépitants des photographes ! Au lieu de faire un à peu-près, la première scène de mon film était en béton... »

Durant le tournage, la réalité rejoint la fiction quand Jane croise un garçon qu'elle avait bien connu à Londres mais avec qui, dit-elle, « il ne s'était rien passé » ; elle l'embrasse sans doute de façon trop enthousiaste et Serge lui fait aussitôt sa première scène de ménage...

Extrait du dialogue, signé Grimblat...

Jane : J'ai des remords, mon premier homme marié...
Serge : Et moi ma première... euh... ma première quoi ?
Jane : Vas-y : ma première idiote, ma première maigrichonne, ma première petite conne !
Serge : Ma première petite conne.
Jane : Tu sais, je suis comme toi, quand je suis pas formidablement amoureuse, je m'en vais !

Pierre Grimblat : « A un moment, vers la fin du film, il y a une virée hallucinante en hors-bord dans les canaux de Venise, à 120 à l'heure. Vous pensez bien que c'était totalement interdit. Sous prétexte de documentaire, je parviens à convaincre le pilote du bateau et je place des assistants sur le trajet pour éviter de s'encastrer dans une gondole. Et on se met à tourner... Une heure plus tard, on sautait dans l'avion : on nous cherchait partout pour nous mettre en taule... »

Rentrés à Paris, Serge et Jane s'installent à L'Hôtel, rue des Beaux-Arts, vu que les travaux se poursuivent toujours rue de Verneuil. Le soir, au sous-sol, dans le club de jazz, ils croisent le pianiste René Urtreger, avec qui Serge avait donné ses derniers concerts début 1965.

Gainsbourg : « C'était un petit hôtel de quartier sympa à l'époque, c'est là où est mort Oscar Wilde. Vous connaissez le dernier mot de Wilde ? Il était venu se planquer à Paris, c'était un paria en Angleterre, à cause de son homosexualité. Il était raide fauché... Il se sent mourir, appelle un docteur, le prévient qu'il est sans un... Le toubib dit : "C'est bien beau, mais qui va me payer ?" Et Wilde répond : "Je vois que je suis en train de mourir comme j'ai vécu : au-dessus de mes moyens"... »

Jane Birkin : « A l'époque où j'ai connu Serge, je n'avais aucune expérience de l'amour. Après le départ de John Barry, je m'étais très

1. Avec un coup de main de François Reichenbach, qui tourne caméra à l'épaule et donne à cette scène un authentique parfum de cinéma-vérité.

vite réorganisée et reprise en main ; tout de suite j'ai prévenu Serge qu'il n'était plus question pour moi d'attendre mon homme à la maison, je voulais travailler à tout prix. Même en consacrant ma vie à mon mari comme je l'avais fait, je l'avais perdu ; j'avais dit à Serge : "Je ne veux plus jamais vivre ça"... »

Entre-temps les transformations se poursuivent rue de Verneuil, surveillées de près par Joseph chaque fois que son fils s'absente de Paris : Serge veut faire de sa petite maison un bijou et il fait appel à Andrée Higgins, une antiquaire-décoratrice renommée du côté de Saint-Germain-des-Prés.

Andrée Higgins : « Nous nous étions rencontrés au lendemain de sa rupture avec Brigitte. Il avait des idées noires et il m'avait demandé de lui faire la maison tout en noir... Il voulait vivre dans un univers Bardot : il avait fait encadrer les photos sublimes, grandeur nature, signées Sam Levin, et dans le couloir menant à sa chambre il avait projeté de disposer une série de photos plus petites, en noir et blanc, éclairées dans des angles inattendus. A l'arrivée de Jane, il les changea pour des portraits de Marilyn. Il voulait même des abat-jour noirs et des voilages noirs aux fenêtres : je me souviens d'un coup de fil de son père me disant : "Serge est complètement fou, dites-lui de changer de couleur !" Il se laissa convaincre pour les rideaux, mais il fallut faire même les waters en noir... Un jour il revient avec un lustre haut de 2 mètres et me dit : "Il faudrait mettre ceci dans la salle de bains." Je lui explique qu'il ne pourra plus accéder à la baignoire et il me répond : "Aucune importance, de toute façon je ne me lave jamais" ! »

Le 24 septembre 1968, de retour à Paris, Serge chante « La javanaise » et « Manon » à la télé, dans *Tous en scène*. Le 21 octobre il fait une apparition dans une série consacrée aux Russes intitulée *De Tarass Boulba à Gagarine* ; le 26 octobre il chante « Initials B.B. » dans *Quatre Temps*, puis il passe quelques jours à Londres, avec Jane et Kate, dans leur petit appartement à Chelsea. On lui a proposé de faire l'adaptation française de la comédie musicale *Hair* ; il assiste à une représentation qui ne l'enthousiasme guère. Ricanant, il suggère un titre — *Poil* — mais ne va pas plus loin et c'est Jacques Lanzmann qui héritera finalement du job... De retour à Paris, Serge et Jane assistent également à la première de Zizi Jeanmaire à l'Olympia. Normal : il lui a prêté « Bloody Jack » et écrit « L'oiseau de paradis » pour l'occasion.

Comme l'oiseau de paradis
Brûlant de mille pierreries
L'amour argile, l'amour fragile
Entre nos mains naît à la vie
Précieux joyau d'orfèvrerie

Après le spectacle, Zizi a organisé une petite sauterie avec cinquante intimes chez Maxim's...

Gainsbourg : « Arrive Salvador Dali qui vient nous embrasser, Jane et moi. Et j'hallucine parce que c'est lui qui me dit "Maître"... "Maître, on m'a dit que vous avez *La Chasse aux papillons*... Pourriez-vous me prêter ce dessin pour un livre que je prépare ?..." Je lui dis bien sûr, quand vous voulez... »

En direct sur Europe nº 1, le 30 octobre, Serge participe à une expérience radiophonique passionnante : il se fait psychanalyser par Michel Lancelot, flanqué d'un « analyste célèbre » comme l'annoncent les placards dans les journaux. Le tout est diffusé dans le cadre de *Campus*, l'émission quotidienne de Lancelot, et s'intitule *Radio Psychose*. A propos de sa manière de travailler, d'abord, il explique qu'il est paresseux et qu'il a « trop de facilités » : « J'accouche comme une négresse. D'ailleurs, je vais dans la brousse ; je fais un grand trou et je mets un caillou au fond et l'enfant tombe d'un premier jet. » A propos de l'incommunicabilité et de la solitude, ensuite, cet échange intéressant :

Le docteur : N'y a-t-il pas une sorte de regret profond que votre attitude ne soit pas différente et que vous ne puissiez être à même de partager avec les êtres ?

Gainsbourg : Non non, absolument pas. Je pense que je serais plutôt une éponge qui ne rejetterait jamais son eau. Je veux bien prendre aux êtres, mais je ne leur donne rien. Encore, il s'agit là non pas de mes amours, mais de mes relations avec les hommes. Je n'ai aucun regret. Je suis tel que j'étais enfant, je n'ai pas bougé. Fidèle à moi-même, sauvage et réservé. Ce n'est pas parce que je pratique ce métier que j'ai à changer mon comportement[1].

Fidèle à lui-même ? Exact. A la fin des années 50, déjà, dans l'hebdomadaire *Sentimental*, il avait abordé le thème de « l'éponge qui ne rejette pas son eau » : « J'estime que ce n'est pas la peine de gruger les autres. Ils attendraient quelque chose de moi et ils n'auraient rien : c'est une déficience affective. Je ne suis pas égocentrique, car je ne peux pas me voir en peinture. » Sa sociabilité est également abordée en 1971, dans une interview par Lucien Rioux publiée dans *Rock & Folk* : « Je sors peu, je ne sors qu'à bon escient. Il y a des choses qu'il faut faire. Ça fait partie du jeu. Je le joue, pas totalement ; je ne suis ni aimable ni sociable, je reste toujours aussi misanthrope... On m'a admis tel que j'étais, et je me marre en douce. Logiquement, on n'aurait pas dû m'admettre[2]. »

1. Entretien reproduit dans *Rock & Folk*, nº 32, septembre 1969.
2. *Rock & Folk*, nº 53, juin 1971.

France-Dimanche, dans son édition du 18 novembre 1968, titre en grand : MARIAGE SURPRISE POUR SERGE GAINSBOURG. Pour lui, lit-on, « Jane Birkin a quitté son riche mari ». C'est la première d'une interminable série de rumeurs... Dans l'immédiat, ils ont mieux à faire : en deux séances, du 12 au 19 novembre, puis les 16, 17 et 18 décembre 1968, au studio Chappell, à Londres, Jane et Serge enregistrent avec le chef d'orchestre Arthur Greenslade (mais sans Claude Dejacques[1]), les chansons de l'album qui est publié en janvier 1969. Pièce maîtresse de ce nouvel opus, la version Jane de « Je t'aime moi non plus ».

Jane Birkin : « Au début, quand Serge m'a demandé de le chanter avec lui, j'ai d'abord refusé, la version avec Bardot était trop impressionnante. Mais j'ai eu une réaction d'orgueil en voyant défiler des actrices comme Mireille Darc qui venaient le supplier de réenregistrer la chanson avec elle. Et puis j'étais jalouse : l'idée qu'il soit enfermé dans un studio minuscule avec cette fille ravissante, je me suis dit : "Au secours ! tout mais pas ça !" »

En guise de hors-d'œuvre, sous le seul nom de Serge, paraît en décembre un 45 tours avec en face A sa propre version de « L'anamour » et, au verso, « 69 année érotique », titre sulfureux pour une chanson on ne peut plus amoureuse :

> Gainsbourg et son Gainsborough
> Ont pris le ferry-boat
> De leur lit par le hublot
> Ils regardent la côte
> Ils s'aiment et la traversée
> Durera toute une année
> Ils vaincront les maléfices
> Jusqu'en soixante-dix

Jouée dans les clubs, comme le sera bientôt « Je t'aime moi non plus », la chanson ne réussit pas à se faufiler dans les hit-parades monopolisés en cette fin 1968 par Mary Hopkin (« Those Were The Days »), les Beatles (« Hey Jude »), Johnny Hallyday (« Cours plus vite Charlie »), Arthur Brown (« Fire »), Joe Cocker (« With A Little Help From My Friends ») et un nouveau venu nommé Julien Clerc, qui fait beaucoup parler de lui depuis « La cavalerie », hit officieux de Mai 68, et « Ivanovitch ». En revanche, une octave plus haut que la version Bardot, la version Jane de « Je t'aime » est à la fois un chef-d'œuvre et un futur hit mondial...

1. Sur le point de quitter Philips, celui-ci se fait remplacer par Jean-Claude Desmarty qui travaillera avec Serge jusqu'en 1971 (*Histoire de Melody Nelson*, etc.).

Jane Birkin : « L'enregistrement s'est fait dans ce studio à Piccadilly, juste Serge et moi enlacés... On a fait deux prises, pas plus. Je me souviens qu'ensuite il dirigea avec des gestes de chef d'orchestre mes soupirs amoureux. Lorsque c'est devenu un succès, les gens se sont mis à avoir les idées les plus renversantes, ils croyaient que nous avions glissé un enregistreur sous notre lit. Ce à quoi Serge répondait que si ça avait été le cas, le disque aurait duré plus de quatre minutes !... »

Jane : Je t'aime je t'aime
Oh oui je t'aime
Serge : Moi non plus
Jane : Oh mon amour
Serge : L'amour physique est sans issue
Je vais je vais et je viens
Entre tes reins
Je vais et je viens
Je me retiens
Jane : Non ! maintenant, viens !

Jane Birkin : « Quand nous sommes revenus de Londres et que nous avons fait écouter la bande de "Je t'aime moi non plus" au directeur de Philips, il a dit : "Très bien. Je suis d'accord d'aller en prison mais pour un album, pas pour un 45 tours." Nous sommes aussitôt repartis à Londres par le ferry-boat... »

C'est ainsi que Serge, pris de court, mis sous pression par Georges Meyerstein, décide d'inclure « Manon », puis nous offre sa relecture de « Sous le soleil exactement » et des « Sucettes » (chansons créées deux ans plus tôt respectivement par Anna Karina et France Gall). Il plaque également des paroles dédiées à Jane (« Tes vingt ans mes quarante »...) sur « Elisa », le morceau instrumental qu'il avait composé pour la bande originale de *L'Horizon* :

Elisa, Elisa
Elisa saute-moi
Au cou
Elisa, Elisa
Elisa cherche-moi des poux
Enfonce bien tes ongles
Et tes doigts délicats
Dans la jungle
De mes cheveux, Elisa[1]...

1. La chanson inspirera à Jean Becker le film *Elisa*, sorti le 1er février 1995, avec Gérard Depardieu et Vanessa Paradis. On est pourtant loin de la chanson : Vanessa joue une orpheline de la DDASS, petite braqueuse qui part à la recherche de son père qu'elle rend responsable de la mort de sa mère. La musique du film vaudra cependant à Serge un César posthume (en réalité un César collectif pour Zbigniew Preisner, compositeur de la bande originale, et pour les auteurs de la chanson origi-

D'autre part il compose quatre autres chansons pour Jane, dont « Orang-outang » inspiré par le singe en peluche prénommé Monkey qu'elle trimbale depuis l'enfance et qui aura les honneurs, deux ans plus tard, de la pochette de *Melody Nelson* :

J'aime ma poupée orang-outang
Orang-outang, orang-outang
Je l'adore jamais je ne dors sans
Orang-outang, orang-outang
Il fait les yeux blancs
Il n'a plus de dents
Mais depuis longtemps
J'aime ce gros dégoûtant

Il y a aussi « 18-39 », petite fantaisie ragtime, one-step ou black-bottom qui aurait pu figurer sans encombre dans les répertoires de Régine ou de Zizi Jeanmaire :

Tous ceux-là qui dansaient ça
Maintenant ne sont plus là
Il sont morts et enterrés, tous crevés
C'est normal, c'est pas d'hier
Le temps de l'entre-deux-guerres
Faut toujours se décider à crever

Sur une mélodie qui rappelle « Hier ou demain », composé pour Marianne Faithfull à l'époque d'*Anna*, il écrit la très jolie histoire de cette fille qui voulait se suicider mais qui, avant d'ouvrir le gaz, avait pensé à son canari :

Sur le guéridon auprès de la fille endormie
On peut lire griffonnés au crayon
Rien que ces quelques mots :
Le canari est sur le balcon

Pour « Jane B. », non content de repiquer un prélude de Chopin, Serge se démarque du poème tiré de « Lolita » de Nabokov qu'il avait toujours rêvé de mettre en musique (« Perdue : Dolorès Haze / Signalement : Bouche écarlate, cheveux "noisette" / Age : cinq mille trois cents jours — bientôt quinze ans ! »)[1]. La voix de Jane ressemble à un frémissement d'équilibriste, elle contient déjà une fragilité extraor-

nale, soit Gainsbourg et Michel Colombier) le jour du cinquième anniversaire de sa mort, le 2 mars 1996.

1. Il récidivera sur *Amours des feintes*, ultime album pour Jane en 1990, avec la référence aux socquettes blanches dans « Love Fifteen » (chez Nabokov : « Socquettes blanches : c'est elle ! Mon pauvre cœur / C'est bien elle, Dolorès Haze »).

dinairement émouvante. Serge lui avait dit : « Tu chantes comme un enfant de chœur »...

Signalement
Yeux bleus
Cheveux châtains
Jane B.
Anglaise
De sexe féminin
Age : entre vingt et vingt et un

Fin décembre, Serge revoit Béatrice, qui organise un dîner de Noël pour Natacha (quatre ans) et Paul (six mois). En janvier, alors que Jane fait sa première couverture – « couvrante » comme dit Gainsbourg –, celle de *Jours de France*, *La Piscine* sort sur les écrans et « Je t'aime moi non plus » chez les disquaires, sous le nom de Jane. Le scandale peut commencer, au grand dam de Brigitte qui, dans son autobiographie, conclut l'affaire avec ces mots :

> Je crus mourir lorsque j'entendis, un peu plus tard, l'enregistrement de cette chanson interprétée par Serge et Jane. Mais c'était dans l'ordre des choses ! Je n'en voulus jamais ni à l'un ni à l'autre. Au contraire je m'en voulus à moi, de ma lâcheté, de mon manque de décision, de ma façon de croire que tout m'était dû, du mal que j'ai pu faire inconsciemment et qui me retombait, comme un pavé sur le cœur.

15.

69, année érotique

Le 29 janvier 1969, dans l'émission *Quatre Temps* produite par Michèle Arnaud et présentée par le jeune Michel Drucker, on aperçoit Jane dans les bras de Serge, alors qu'il chante « Elisa ». Ensuite, avant de laisser Jane créer « Jane B. », l'interview : c'est Gainsbourg qui pose les questions.

— Vous ne vous appelez pas Elisa ?
— Jane...
— Jane comment ?
— Jane Birkin.
— Et vous êtes actrice de cinéma, c'est ça ?
— Oui.
— Vous avez tourné dans...
— *Blow-up*.
— Avec David Hemmings, un beau garçon... et puis ?
— Avec vous !
— [Il se marre] Oui, dans *Slogan*... et puis...
— Dans *La Piscine* avec Alain Delon.
— Un beau garçon.
— Ah oui !
— Et maintenant vous voulez chanter. Qui vous a donné cette idée ?
— C'est vous !

Michel Drucker : « J'ai remarqué ça chez tous les gens qui réussissent et j'ai vu la métamorphose se produire chez Serge : la reconnaissance de la profession et du public, ça embellit, ça décontracte. Il a perdu très vite tous ses complexes, le succès l'a enfin rassuré... »

Jean d'Hugues, photographe-maison chez Philips, est chargé de réaliser la photo de pochette du 45 tours « Je t'aime moi non plus ».

Jean d'Hugues : « Ça s'est passé très tôt, un matin d'hiver, devant les bronzes du pont Alexandre-III ; il faisait froid et le ciel était bas. La séance a duré dix minutes, puis Jane et Serge m'ont emmené à

L'Hôtel de la rue des Beaux-Arts. Là, Gainsbourg met un souple sur un petit Teppaz et me dit : "Jean, je vais te faire écouter un truc, ça va faire scandale mais je vais faire un malheur dans les clubs." C'était "Je t'aime moi non plus". A ce moment-là j'ai compris à quoi allait servir la photo que nous venions de faire. »

Le 45 tours est publié en février et aussitôt se dessine dans la presse le concept du « couple à scandale »... Le « duo en râles mineurs », comme l'appelle *L'Express*, la chanson « pornophonique » comme le dit un chansonnier, ne passe pratiquement pas en radio — sauf le soir, tard, sur France-Inter, notamment dans le *Pop Club* de José Artur, dont Serge et Jane ont d'ailleurs créé en duo le générique :

Serge : Pour oublier le passé le futur
Voici le *Pop Club* de
Jane : José Artur
Serge : Pour celle qui a une déchirure
Au cœur voici
Jane : José Artur
Serge : Allonge-toi dans la fourrure
Ecoute le *Pop Club* de
Jane : José Artur[1]

« Je t'aime moi non plus » entame dès sa sortie une jolie carrière dans les boîtes, comme l'a prévu Gainsbourg, avant d'attaquer le marché international.

Isabelle Adjani : « J'étais à l'école et je m'étais procuré le 45 tours malgré l'autocollant "Interdit aux moins de dix-huit ans"... Je me souviens que je l'écoutais en cachette et que ma mère piquait des rognes quand elle me surprenait, c'est marrant... Il y avait un côté interdit mais c'était fait avec tellement de douceur que ça me séduisait, comme plein d'adolescents, je suppose[2]... »

Evidemment, il est hors de question d'interpréter le titre en télé : en lieu et place, on le voit chanter « Elisa » dans *Mid Mad Mod*, variation sur *Dim Dam Dom*, ainsi que « Ne dis rien », en duo avec Jane, le 1er mars. Le 7 c'est au tour de « L'anamour » et d'« Elisa » dans le *Show Killy* (la star des jeux Olympiques d'hiver de février 1968 à Grenoble), tourné à Avoriaz. Le 28, enfin, il crée « 69 année érotique » (avec Jane) et « Sous le soleil exactement » dans *Tous en scène*. Joseph

1. C'est en 1969 également que Serge enregistre une série de mini-chansons publicitaires pour Martini. Selon la légende, il en écrit les paroles dans le taxi qui le mène au studio.

2. L'interview d'Isabelle Adjani, dont des extraits sont reproduits dans ce chapitre et les suivants, a été réalisée par François Julien pour *V.S.D.* en mars 1991.

Ginsburg, toujours aussi amoureux de sa femme après cinquante ans de mariage, taquine Olia en lui chantant :

Ils s'aiment et leur traversée
Durera soixante-dix années
Il lui pardonnera tous ses caprices
Jusqu'en quatre-vingt-dix

Serge, cependant, se fait du souci pour sa maman, qui est de plus en plus malade et déprimée : son arthrite la fait terriblement souffrir et son moral au plus bas lui donne des idées morbides. En fils attentionné, il vient lui préparer à manger et donne un coup de main à son père quand Jacqueline prend quelques jours de vacances. Jane, quant à elle, est adoptée à bras ouverts par la presse : deux mois après *Jours de France*, elle fait la couverture de *Mademoiselle Age Tendre* et explique sur quatre pages « Pourquoi j'aime Serge Gainsbourg ». Dans le *Elle* du 21 avril on demande à Serge ses recettes de séduction ; à la question « Qu'est-ce qui fait qu'un couple est un couple ? » il répond « Les mêmes verticales et la même horizontale... » Dans *Noir et Blanc*, le journaliste lui demande si Jane correspond à son type de femme :

> Je n'ai pas de type précis. Je suis éclectique en la matière et j'ai connu des femmes très différentes. Jane correspond plutôt à un idéal pictural. Quand j'étais peintre, je ne peignais que des femmes un peu androgynes, menues, avec peu de poitrine. Tous mes tableaux ressemblaient à Jane. Je l'ai peinte avant de la connaître.

Au moment où les ventes de « Je t'aime moi non plus » commencent à crever le plafond, Serge et Jane partent au Népal, pour le tournage du film *Les Chemins de Katmandou* mis en scène par André Cayatte, avec Renaud Verley et Elsa Martinelli. Un mauvais Cayatte où la pauvre Jane est transformée en épave hallucinée et Serge hérite d'un rôle de triste salopard.

Joseph Ginsburg : « Cayatte a obligé Lucien à se couper les cheveux et à se les teindre en poivre et sel, ce qui ne lui plaît pas, mais alors pas du tout[1]... »

Gainsbourg : « Cayatte me dit : "On va vous mettre des moustaches parce que vous avez une gueule trop connue." Je lui dis : "Mais enfin, vous avez déjà pris Aznavour pour *Le Passage du Rhin*, Brel pour *Les Risques du métier...*" Eh bien non, il fallait me mettre une moustache. Seulement ces abrutis me collent un truc non articulé et, résultat, je me balade pendant tout le film avec la lèvre supérieure aussi raide qu'un Anglais. Mais Cayatte, c'est pas tout dans le genre bargerie, il

1. Lettre datée de mars 1969.

me disait : “Quand le scénario est fini, pour moi le film est tourné.” Alors il était aux Indes, au Népal, mais il gardait son nez dans son scénar. Je lui montrais : “Regarde ! fais un plan de ces deux petits mômes sublimes”, et lui : “Non ! le plan il est là, sur le papier.” Il était parti en repérage un peu plus tôt et il avait prévu un travelling latéral de 50 mètres sur des arbres en fleurs, un paysage superbe dans le nord des Indes. Seulement, le temps qu'on arrive et tout est cramé par un soleil de plomb. Qu'est-ce que vous croyez qu'il a fait, Cayatte ? Dans son scénar il était écrit “arbres en fleurs”, au lieu de trouver un autre plan il a mis cinq machinos sur le set pour planter des fleurs en papier dans les arbres... »

Jane Birkin : « Tout le monde parlait de philosophie indienne, mais sur place c'était autre chose. J'ai vu des mains déformées, des enfants qui dormaient sur les rails de chemin de fer à Calcutta [...] Il était impossible de se réjouir de la beauté des choses. On nous distribuait nos rations alimentaires, qu'on mangeait dans des voitures à air conditionné. Une fois, j'ai vu par la vitre une femme qui regardait en salivant. Alors tu ouvres la fenêtre et tu donnes tout, ce n'est pas parce que tu es généreux, c'est parce que tu es horriblement gêné, tu te sens coupable d'avoir à manger[1]. »

Seul avantage, ils voient le Népal dans des conditions exceptionnelles. Ils en profitent pour tester les spécialités régionales et fument un joint de hasch : « Je ne sais pas ce qui s'est passé, raconte Serge après quelques bouffées, nous avons flanché et un médecin a dû nous injecter du solucamphre. Mon cœur était sur le point de lâcher. Il battait à 200 pulsations-minute[2]. » Un photographe de *Jours de France* est témoin de l'incident : « Il s'est senti mal et il a eu vraiment très très peur. Là, il n'avait plus ce cynisme habituel, il s'est affolé et il s'est montré peureux, parce qu'il s'agissait de sa santé ! » Sur le chemin du retour, pour se remettre de leurs émotions, Serge et Jane passent quinze jours au Lake Palace à Jaipur, l'un des plus beaux hôtels du monde.

A leur retour du Népal, ils peuvent enfin s'installer au 5 bis, rue de Verneuil. Comme le dit Jane, cette maison ressemble à son propriétaire : il a jusqu'au bout régné en despote maniaque sur ce musée imaginaire, sur ce fouillis d'objets précieux rassemblés au fil des années, rectifiant la position de chaque élément déplacé ne fût-ce que de 2 millimètres. En optant pour le noir, il n'a pas seulement aboli la

1. In *Jane Birkin* par Gérard Lenne, Éditions Veyrier, Paris 1985. A sa sortie, le film de Cayatte fut un succès avec près d'un million et demi d'entrées.
2. Interview dans *Paris-Jour*, 23 juillet 1969.

couleur, il l'a sublimée : son salon était un écrin dont l'ordonnance rigoureuse contrebalançait son désordre intérieur.

Michel Piccoli : « Nous habitions dans la même rue, Serge et moi. Un jour, je passe en taxi devant chez lui et le chauffeur me dit : "Vous connaissez ce Gainsbourg ? C'est terrible : il est drogué !" Je lui ai répondu : "Même pas monsieur, et c'est pire !" Mais il n'a rien compris. »

C'est à une journaliste suisse que revient le privilège de publier le premier reportage sur ce qu'elle appelle « l'antre de la bête »...

> Tout noir. Noir du haut en bas. Murs et plafonds. Portes, fenêtres, carrelage damiers noirs et blancs. Le jour même y est noir : un paravent marocain, une grille de bois noir ajourée, placé en guise de rideau devant la fenêtre, tamise de noir la lumière blanche. Peu de meubles (tous noirs). Des objets étranges : une tarentule énorme, dans un globe de verre, un crabe articulé, qui paraît vivant et semble, posé par terre, surgir d'on ne sait quel trou, un écorché grandeur nature. Brrr. Dans ce décor démoniaque, voici la Bête. Tout de noir vêtue. Avec ses grandes oreilles, pointues. Son nez cabossé. Ses yeux globuleux. Son teint blême. Sa bouche, immense. Son sourire satanique.

Plus loin, la Suissesse angoisse et presse la petite Anglaise...

> — Et vous n'avez pas peur ?
>
> Jane : Oh si ! Mais j'aime ! L'écorché en bas, chaque fois que je le vois je saute en l'air. Et l'araignée ! Ouh ! Ici chaque objet est choisi avec l'œil d'un peintre, chacun est à sa place. Il dit qu'il faut respecter les harmoniques. C'est fascinant.

Serge s'occupe avec amour de la fille de Jane, la petite Kate, deux ans et des poussières. Un beau jour, il lui demande de l'appeler Papa. Un flash de trois secondes dont elle se souvient avec une clarté étonnante...

Les ventes de « Je t'aime moi non plus » approchent déjà les 200 000 exemplaires en France quand, au mois de juin, sort le film *Erotissimo* de Gérard Pirès, dans lequel Serge fait une apparition aux côtés de Jean Yanne, Annie Girardot et Jacques Higelin. Pendant ce temps, imperturbable, Serge continue la promo de la chanson « Elisa » dans toutes les émissions télé qui veulent de lui. Le 26 juillet, *Slogan* fait l'objet d'une première de gala au cinéma Colisée, sur les Champs-Elysées (la sortie dans les salles n'a lieu qu'un mois plus tard), où Jane paraît aux côtés de Serge vêtue d'une mini-robe transparente. *France-Dimanche*, qui n'en rate pas une, hurle le titre : « SERGE GAINSBOURG : JE N'AI PAS HONTE DE MONTRER MA FEMME NUE... » Au-delà de la presse à sensation, on assiste à la naissance d'un phénomène qui va se prolonger durant plusieurs années : Serge et Jane deviennent un couple hautement médiatique et symbolique d'une certaine libération des mœurs dans cette France toujours empesée par la morale gaullienne, comme l'explique ce réalisateur télé qui les a beaucoup pratiqués...

André Flédérick : « Tout le monde se souvient de ces photos de Jane en mini-robe quasi transparente, à travers laquelle on lui voyait les seins et le mini-slip... Pour ma génération, c'est un couple qui faisait du bien : à deux, ils osaient des choses et faisaient progresser une idée de liberté. A travers eux, le comportement des jeunes devenait plus acceptable : n'oublions pas qu'à l'époque on n'osait pas s'embrasser dans la rue, ou presque ! On sentait une liberté de rapports absolue et un amour extraordinaire. Et puis Jane, avec son franc-parler, était le contraire d'une femme-objet : elle a appris à exister grâce à Gainsbourg. Avant, elle n'était qu'une midinette anglaise jolie mais sans substance. Avec Serge, elle s'est totalement épanouie. »

Jane Birkin : « Nous avons mis en avant notre vie privée parce que nous étions heureux. En ce qui me concerne je ne méritais sans doute pas le nombre de couvrantes de l'époque. Mais Serge dit toujours : "Le pire c'est l'absence"... Il les a toutes collectionnées : chaque fois que j'avais la couverture d'un magazine, j'avais l'impression de lui faire un cadeau[1]. »

Sans doute aidé par le succès sulfureux de « Je t'aime moi non plus », slow de l'été 1969, sur lequel on danse dans les boîtes à la mode, *Slogan* fait un carton et les critiques sont globalement positives, avec des exceptions comme le *Journal du dimanche* qui parle de « marmelade sentimentale ». André Bercoff, dans *L'Express*, promet un bon moment : « Leur manière de se dévorer à corps-joie du regard et de s'entre-déchirer sans trêve fait plaisir à voir. Ce film a la saveur douce-amère d'un enfant du pop art et de la pilule. » Michel Duran du *Canard enchaîné* semble en revanche horrifié par le physique de Serge : « Moi, Gainsbourg, il me donne des nausées. J'ai souffert pendant une heure et demie de projection, me fatiguant la vue à essayer de voir le film en évitant de voir Gainsbourg. Impossible, il est tout le temps là. Mesdames qui l'aimez, vous avez de quoi vous régaler. Pierre Grimblat, qui ne recule devant rien, vous le montre au lit, dans sa baignoire, faisant l'amour. Comme je ne suis pas amateur de films d'horreur, ce fut pour moi de bien pénibles moments. » Dans toute la France s'étalent bientôt les affiches quadrichromes du couple sensationnel : le succès de *Slogan* se prolonge jusqu'en novembre 1969, date à laquelle

1. Il les collectionnait comme le héros d'un roman de James Hadley Chase (*Eve*, 1942) qu'il avait apprécié.

Jane et Serge reçoivent le Triomphe du cinéma français, précurseur des Césars.

Isabelle Adjani : « Un jeudi après-midi, il n'y avait pas école et j'avais été voir *Slogan* et *Les Chemins de Katmandou*, dans un cinéma de quartier. J'avais trouvé Serge très beau, sa présence très romantique... Il avait la beauté de quelqu'un qui peut vous rendre belle : je pense que l'adolescente que j'étais avait repéré sa fibre pygmalionne... Il me faisait l'effet d'un miroir, l'observer me donnait l'impression que je pouvais me regarder librement et me trouver belle. Quand je le voyais à la télé je sentais qu'il s'inventait constamment, il se mettait en scène comme les ados : il agressait avec son look, son regard, cette façon de ne pas sourire — les gens de ma génération ont eu envie d'imiter cette marginalité. »

Grimblat a bien sûr demandé à Serge d'écrire la bande originale de *Slogan* ; celui-ci livre un duo avec grand orchestre, une mélodie émouvante où contrastent la voix aiguë de Jane et le murmure arraché de Serge qui, depuis « Manon », semble avoir découvert les délices du parlé-chanté, qui va bientôt devenir sa technique de prédilection. Quant aux arrangements, superbes, ils sont de Jean-Claude Vannier, un garçon qu'il avait mis à l'essai sur la bande originale de *Paris n'existe pas* et qui va bientôt avoir beaucoup d'importance.

Jane : Tu es vil, tu es veule, tu es vain
Tu es vieux, tu es vide, tu n'es rien
Serge : Evelyne tu es injuste
Evelyne tu as tort
Evelyne tu vois
Tu m'aimes encore

Gainsbourg : « Pour *Slogan*, Pierre Grimblat m'avait commandé une musique romantique, "à l'américaine". Je lui ai dit : "Tu me laisses tranquille, je fais ce que je veux ou tu vas te faire voir." Il voulait absolument que j'ajoute quelque chose de romantique à son film : une musique ne peut rien ajouter à un film ! Si le film n'est pas romantique, ce n'est pas en collant des petites mélodies qu'il va le devenir ; et puis, je ne suis pas un personnage romantique, je suis complètement invertébré. Alors je ne lui ai pas fait la musique qu'il voulait parce que l'on n'a pas le droit de tricher avec la musique. La musique de film doit : primo être en contrepoint, secundo ne jamais faire pléonasme[1]. »

1. Recueilli par Noël Simsolo pour un article intitulé « Cinéma et musique : Serge Gainsbourg » dans *Cinéma Pratique*, 1969. Dans le même papier, on apprend que Claude Autant-Lara lui avait demandé la musique de son film *Le Franciscain de Bourges* (1968, avec Hardy Kruger) mais Serge l'avait trouvé « dégueulasse » et il avait décliné. Il a aussi refusé de composer la bande originale de *Johnny Banco* d'Yves Allégret (1969 sur un scénario de Michel Audiard).

Le succès commercial de « Je t'aime moi non plus » dépasse depuis quelque temps les frontières, bien au-delà de la Suisse et de la Belgique. En Grande-Bretagne, la chanson est instantanément censurée par la BBC (tout comme « Wet Dream » — rêve humide — du chanteur jamaïcain Max Romeo un an plus tôt), ce qui amuse beaucoup l'arrangeur de la chanson.

Arthur Greenslade : « C'était visiblement trop érotique pour certains Britanniques... Mais je me souviens clairement qu'à ce moment-là, "Je t'aime" passait en boucle dans tous les clubs et discothèques : il n'y avait pas de meilleure chanson pour draguer ! »

Jane Birkin : « Quand j'ai fait écouter l'album à ma mère, au moment des soupirs je suis passée à la chanson suivante. Malheureusement mon frère a remis la chanson et elle a aussitôt compris que sa fille, encore marquée par l'outrage de *Blow-up*, allait devenir encore plus scandaleuse. Pour les Anglais, trente ans après, je suis encore Jane "Je t'aime" Birkin — inutile d'essayer de leur expliquer que j'ai tourné dans soixante films et que j'ai sorti une douzaine d'albums, c'est comme un casier judiciaire. »

Andrew Birkin : « Je me souviens clairement d'avoir fait l'amour sur ce disque, je suis certain que des centaines de milliers de couples ont fait pareil. J'espère qu'ils avaient comme moi un Teppaz à répétition automatique... »

Judy Campbell-Birkin : « Jane nous a joué le disque, à mon mari et moi-même, et nous n'arrivions pas à comprendre le titre, intraduisible en anglais : *I love you — me neither* ? Ça ne veut rien dire. En revanche, toute la partie où l'on croirait entendre deux trains à vapeur à la manœuvre est parfaitement claire... J'ai simplement dit à ma fille : "C'est une jolie mélodie." David et moi étions un peu troublés en pensant à certaines de nos connaissances quelque peu conservatrices, qui risquaient d'être choquées par la chanson ou par le fait que Jane — ma fille ! — puisse être censurée par la BBC ou bannie par le pape... Et au contraire, c'étaient ces gens-là qui appelaient et demandaient : "Pensez-vous que Jane pourrait nous adresser le disque avec son autographe ? C'est pour mon fils, qui est au collège..." Elle a dû envoyer des dizaines de 45 tours ! Quant à sa petite sœur, Linda, elle était outragée par l'attitude de la BBC : elle a écrit une lettre furieuse au producteur de *Top of the Pops*[1] qui lui a répondu de façon tout à fait charmante, en français : "Moi j'aime 'Je t'aime' mais la BBC n'aime pas 'Je t'aime'" ! »

1. L'émission hebdomadaire basée sur les meilleures ventes de 45 tours.

En août 1969, Serge passe quelques jours en Angleterre où Jane tourne *Delitto A Oxford*, un petit film italien (jamais sorti en France) signé Ugo Liberatore. A l'hôtel Oxford Bear, sans radio ni télévision, « délivré de toute information parasitaire » comme il le dira plus tard, il jette les bases de l'*Histoire de Melody Nelson* — la jeune fille renversée par la Rolls du compositeur alors qu'elle se promène à bicyclette —, le premier de ses « albums-concepts » dont le douloureux accouchement va se prolonger durant plus de dix-huit mois. Au même moment, « Je t'aime moi non plus » entre à la 45e place du hit-parade officiel des ventes en Grande-Bretagne, progresse jusqu'à la 32e en deuxième semaine puis grimpe d'un coup à la 17e position, où il marque une pause. Toujours sur le label Fontana (la branche anglaise de Philips), il se retrouve début septembre à la 8e place puis, trois semaines plus tard, en 2e position, juste derrière « Bad Moon Rising » de Creedence Clearwater Revival[1].

Et là, d'un coup, de manière insensée, Fontana arrête brutalement la production du disque. Malgré cela, sans une seule semaine d'interruption, « Je t'aime moi non plus » reprend sa progression, mais cette fois sur le label Major Minor : à la 3e position au tout début du mois, le single est au sommet du classement britannique le 17 octobre — une semaine seulement — avant de ressortir progressivement des *charts*[2]. Tout ceci tandis qu'une version instrumentale par le groupe bidon Sounds Nice, sous le titre « Love At First Sight », se balade plus bas dans le classement. Pourquoi instrumentale ? Parce que la BBC (y compris Radio One, sa station la plus pop) a interdit le disque « chanté » et que c'est la seule radio qui émet en Grande-Bretagne à l'époque[3]. La parade est efficace : Sounds Nice — un groupe de requins de studio produit par Paul Buckmaster (un futur complice d'Elton John) et composé entre autres de Chris Spedding à la guitare, Herbie Flowers à la basse et Tim Mycroft à l'orgue — s'offre un joli succès

1. Les autres tubes du moment en Angleterre : « Honky Tonk Women » (Rolling Stones), « My Cherie Amour » (Stevie Wonder), « Don't Forget To Remember » (Bee Gees), « Cloud Nine » (Temptations), « Lay Lady Lay » (Bob Dylan), « Give Peace A Chance » (John Lennon & The Plastic Ono Band), « In The Ghetto » (Elvis Presley), etc. En France, la rentrée 1969 est marquée par « Que je t'aime » (Johnny Hallyday), « Les Champs-Elysées (Joe Dassin), « Quand la mer se retire » (C. Jérôme), « Oh Happy Day » (Edwin Hawkins Singers), « Le métèque » (Georges Moustaki), « Get Back » (The Beatles), « Tous les bateaux tous les oiseaux » (Michel Polnareff), « Daydream » (Wallace Collection), etc.

2. A la 2e place le 24 octobre, à la 4e le 31, puis 9e, 14e et 20e en novembre. Référence : *Music Week*, les classements officiels utilisés par Radio One et *Top of the Pops*.

3. Les radios pirates, comme Radio-Caroline, la plus célèbre d'entre elles, ont été définitivement interdites depuis un an environ.

(18e position) au moment même où l'original, censuré, se retrouve *number one*... Si l'on en croit l'anecdote, le célèbre animateur Tony Blackburn s'amuse un soir à diffuser la version Sounds Nice en imitant en direct les gémissements de Jane...

Pourquoi la firme Fontana a-t-elle stoppé la fabrication du 45 tours ? Qui se cache derrière Major Minor ? Il s'agit du label d'un grossiste en disques basé en Irlande du Nord nommé Mervyn Solomon, qui avait obtenu un premier nº 1 en 1968 avec « Mony Mony » de Tommy James & The Shondells : lorsque Fontana « ferme le robinet », les magasins de disques britanniques se tournent aussitôt vers Major Minor — qui manufacture ses 45 tours dans la très catholique ville de Belfast !

Pour répondre aux autres questions, il faut savoir ce qui se passe au même moment autour de « Je t'aime moi non plus » dans le reste de l'Europe : il est donc temps d'évoquer le pape Paul VI... C'est en effet le 25 août que la RAI, la radio italienne, censure « Je t'aime moi non plus », disque considéré comme obscène et intolérable dont il faut à tout prix protéger les mineurs [1]. Le jour même, l'*Osservatore Romano*, organe du Vatican, approuve avec enthousiasme, allant même jusqu'à citer les extraits les plus scabreux du disque pour convaincre ses lecteurs :

> Quand on fait du lyrisme sur de tels sujets, on fait de l'obscénité, fût-ce en 33 tours. La popularité dont jouit cette chanson confirme le niveau de stupidité où nous a conduits le type actuel de culture de masse.

Plus grave : une « saisie effectuée sur ordonnance du procureur de la République de Milan en application de l'article 528 du code pénal concernant les publications et spectacles obscènes » a lieu à l'usine milanaise où se fabrique le 45 tours, et ce au moment où le disque est second du classement national italien ! Cette ordonnance, qui frappe le disque « partout où il se trouve », est donc applicable dans toute l'Italie — où bientôt il se vend 50 000 lires sous le manteau ou dissimulé sous une innocente pochette de Maria Callas [2]. Quant au distributeur du disque, il sera condamné à deux mois de prison avec sursis et... 352 francs d'amende. Bientôt, comme s'amuse à le relater *Le Monde*, c'est le *Giornale d'Italia* qui enchaîne :

1. En Italie comme partout ailleurs, la radio n'est pourtant pour rien dans le succès de la chanson, qui doit son lancement aux boîtes de nuit !

2. Une pâle imitation du disque, par les chanteuses Marisa Solinas et Andrea Giordana, sous le titre « Extases », obtient un petit succès grâce à l'interdiction qui frappe l'original.

En l'espace de quatre minutes Gainsbourg et Birkin mettent autant de soupirs, de plaintes et de grognements qu'un troupeau d'éléphants en train de s'accoupler. Mais peut-être ceux-ci sont-ils plus discrets lorsqu'ils donnent libre cours à leurs fonctions physiologiques.

Grâce à ce coup de pouce magistral, dont la presse française se fait largement l'écho, les ventes du simple sont relancées tous azimuts. Pourtant, après l'Italie, le disque est interdit à la vente en Espagne, où le ministre espagnol de l'Information et du Tourisme qualifie la chanson de « pornographique », puis au Portugal, au Brésil — merci les catholiques ! — mais aussi — et cette fois c'est plus étrange — en Suède, royaume luthérien, dès le 10 septembre.

C'est à ce moment-là que le scandale parvient aux oreilles de Juliana, la reine des Pays-Bas. Celle-ci est actionnaire d'un nombre important d'industries hollandaises, y compris de Philips, fleuron de l'électroménager batave et accessoirement maison de disques. Juliana fait connaître son royal courroux au président-directeur général et lui demande de stopper net l'exploitation de « Je t'aime moi non plus » ! La maison mère fait illico circuler la consigne... et voilà pourquoi Fontana cède sa place au petit label irlandais.

Mais ce n'est pas tout : en France aussi, Philips se voit contraint d'épuiser ses stocks — les ventes ayant été relancées grâce au Vatican, c'est chose faite au 1er octobre — et de remplacer sur l'album le titre offensant par « La chanson de Slogan ». Les bandes de « Je t'aime moi non plus » sont officiellement rendues à Serge, qui s'empresse de les céder au plus offrant, en l'occurrence à Lucien Morisse, patron d'Europe 1 et de Disc'AZ, qu'il connaît de longue date — ils ont travaillé ensemble sur les disques de Dominique Walter !

Au 8 septembre 1969, grâce aux night-clubs, il s'était vendu 780 000 exemplaires du 45 tours. Au 15 octobre 1969, grâce au Vatican, le chiffre d'un million et demi de 45 tours est dépassé, dont 250 000 en Grande-Bretagne, 200 000 en Allemagne et 280 000 en France[1]. Avant la fin de l'année, ce chiffre est vraisemblablement doublé (rien qu'en France, AZ fait la culbute à 300 000 copies) et l'on estime que la chanson rapporte dans les mois qui suivent plus de 2 millions de francs à Serge et 1 million à Jane.

Gainsbourg : « Il y a cette histoire extraordinaire que m'a racontée lord Snowdon, celui qui a fait la pochette de mes albums reggae : il accompagnait la princesse Margaret dans une île lointaine, en Océanie, et ils sont accueillis par un orchestre de bamboulas qui ne connais-

1. Ou encore 140 000 au Brésil, en quinze jours, mais le disque est interdit par le gouvernement militaire au pouvoir.

saient que deux airs, l'hymne anglais "God Save The Queen" et "Je t'aime moi non plus". Alors les gens se levaient, s'asseyaient, se levaient, s'asseyaient... »

Pour le film *Une veuve en or* de Michel Audiard, qui sort le 22 octobre 1969, Serge compose une petite chose épatante et bien ficelée interprétée par Michèle Mercier, ex-Angélique marquise des Anges : « La fille qui fait tchic-ti-tchic » paraît en 45 tours sur Disc'AZ...

> Dans ma robe en argent
> Je sens comme un courant
> Electrique de 200
> 20 volts qui descend
> Le long de ma colonne
> Vertébrale c'est comme
> Si j'emmenais un homme
> De Gomorrhe à Sodome[1]

Nouvelle consécration, Serge et Jane font la une de *Rock & Folk* en septembre 1969, qui reproduit la transcription de la séquence *Radio Psychose* diffusée un an plus tôt dans l'émission *Campus* de Michel Lancelot sur Europe nº 1.

> Je pense être tiraillé entre le bien et le mal. Je pense avoir une âme pure et quelque chose d'impur en moi. L'impur, ce sont les hantises sexuelles. Disons que je suis sadique et fétichiste. Mon sadisme est abstrait, il est d'ordre mental. Quant au fétichisme, c'est pour moi se dissocier de la condition animale, être sophistiqué dans ses amours physiques. C'est un problème purement esthétique : j'ai fait trop longtemps de la peinture et je vis d'abord par les yeux. Etant peintre, j'ai fréquenté des modèles, des femmes nues. Une femme nue pour moi ne représente rien, strictement rien. Une femme nue sur une plage, c'est un animal. Et l'état animal me désespère, je veux m'en éloigner. Donc, j'ai besoin d'élaborer.

De fait, comme il le répète à de nombreux journalistes venus recueillir auprès de l'auteur érotique de « Je t'aime moi non plus » des déclarations provocatrices, Serge s'oppose à la libération des mœurs dont il est pourtant, avec Jane, désormais l'un des symboles : il avoue des nostalgies de morale victorienne, pour redonner tout son sens et sa saveur au péché, évidemment...

---

1. « Tchic-ti-tchic » est à l'évidence un clin d'œil au « Cheek To Cheek » d'Irving Berlin, popularisé par Fred Astaire et Ginger Rodgers. Pour son ami Michel Colombier, il écrit dans le même temps une chanson-gag intitulée « Turlututu capot pointu » : « Avec ta voiture / Ta voiture / Lulu tu tues / Ma petite Lulu tu tues / Capot pointu... »

« Je t'aime moi non plus » exprime la supériorité de l'érotisme sur le sentimentalisme [...] il existe des millions de chansons consacrées à l'amour romantique, sentimental : des rencontres, découvertes, jalousies, illusions et désillusions, rendez-vous, des trahisons, des remords, des haines, etc. Alors pourquoi ne pas consacrer une chanson à une sorte d'amour bien plus courant de nos jours, l'amour physique ? « Je t'aime » n'est pas une chanson obscène, elle me semble raisonnable, elle comble une lacune [1].

Revenant une douzaine d'années plus tard sur sa chanson, il en donnera enfin le sens caché, que l'on soupçonnait depuis longtemps :

L'explication c'est que la fille dit « je t'aime » pendant l'amour et que l'homme, avec le ridicule de la virilité, ne le croit pas. Il pense qu'elle ne le dit que dans un moment de plaisir, de jouissance. Cela m'arrive de le croire. C'est un peu ma peur de me faire avoir. Mais ça, c'est aussi une démarche esthétique, une recherche d'absolu [2].

Quand, en décembre 1969, sont publiées les premières photos de Jane (mises en scène par Serge) dans *Lui*, « le magazine de l'homme moderne », on aperçoit autour de son cou une mystérieuse chaînette garnie d'une petite clé — Serge porta la même durant de longues années. Qu'ouvrait la petite clé, on n'ose demander... Photos magnifiques et petit texte du maître :

Antibardot, antifonda, un peu Antinoüs, Antina, Jane, mon petit androgyne, ils vont t'aimer, eux non plus, t'épingler à côté de Mick Jagger, de Marilyn, de Jean Harlow, de Bertha von Paraboum, ces petits soldats dans leur caserne grise, au petit matin hivernal. Tu vas leur ruiner la santé...

Pierre Grimblat : « Dans les années qui ont suivi, chaque fois qu'on se rencontrait, il me faisait chier en me disant toujours la même chose : "Tu n'as été qu'un élément du destin." Il se trouve que durant les onze ans qu'a duré leur histoire d'amour, ça a été un très beau couple. Ensuite, après la rupture, il m'a avoué qu'il se projetait souvent *Slogan* chez lui, sur son écran géant. Le film était prémonitoire, ce qui m'était arrivé est arrivé à Serge : la fille dont il était fou mais qu'il ne pouvait plus rendre heureuse a fini par le quitter... »

Le 15 octobre 1969 Jane et Serge attaquent ensuite, aux Etats-Unis, le tournage de *Cannabis*, un polar pelant et tout en longueur qui ne sortira que le 23 août 1970, avec interdiction aux moins de dix-huit ans. Il retrouve pourtant à cette occasion Koralnik, son pote helvétique, le réalisateur de la comédie musicale *Anna*. Aujourd'hui le film

1. Coupure de presse de source non identifiée, 1969.
2. Interview par Georges-Marc Benamou dans *Elle* le 15 février 1982.

n'a d'autre intérêt pour les fans que les nombreuses scènes de tendresse torride mettant en scène le couple de l'année... Serge joue un tueur, téléguidé par la mafia new-yorkaise, dont la mission est de prendre le contrôle du trafic de la came. Jane tient le rôle de la fille à papa dont il tombe bien sûr amoureux et pour qui il va tout lâcher, y compris son complice et frère de sang, l'Anglais Paul Nicholas (la star de *Hair*). Tout se termine dans un bain de sang glauque et tragique. Seule surprise agréable, les images signées Willy Kurant, déjà directeur photo sur le plateau d'*Anna*...

Pierre Koralnik : « Au départ, c'était un travail de commande dans lequel on a essayé de mettre ce qu'on a pu mais en étant freinés par les contingences de la production internationale. Serge était extrêmement professionnel ; il avait un rôle brutal, il devait tabasser des mecs... A la fin du film il se retrouvait dans un poulailler, au milieu d'un combat de poules géant — il était ressorti de là puant la rage ! »

Willy Kurant : « J'ai souvent comparé Pierre Koralnik à Ken Russell, il possède les mêmes qualités au niveau de la mise en scène et des décors, mais on sent un creux au niveau du scénario. Résultat, *Cannabis* est devenu un exercice de style et, en plus, Serge jouait très mal. »

Jane Birkin : « Deux ans plus tard nous sommes invités au Japon comme "couple érotique" de "Je t'aime moi non plus" et comme vedettes de *Cannabis*. Seulement on avait omis de dire aux Japonais que j'étais enceinte de sept mois et quand leur sex-symbol est sortie de l'avion avec son ballon, les Japs ont fait une drôle de tête ! »

L'année s'achève sur un bouquet final : tandis que Barbara chante du Gainsbourg en exclusivité pour Europe n° 1 (elle choisit « En relisant ta lettre » et, étrangement, « Nous ne sommes pas des anges », créé par France Gall), Serge est l'invité de nombreuses émissions télévisées de fin d'année : le 25 décembre 1969 il chante « 69 année érotique » dans *La Nuit de Paris*, le lendemain c'est « L'anamour » dans *Dim Dam Dom* et le 31 décembre on a droit à « Elisa » dans *Variétés 1970*. Au cours de cette nuit de la Saint-Sylvestre, le grand orchestre et les choristes de l'ORTF proposent même une version *clean* de « 69 année érotique » sous le titre « 70 année fantastique ». Jolie façon d'enterrer les sixties. Joseph Ginsburg, très fier, conclut la décennie en ces termes :

> Serge voulait être peintre, c'est pourquoi il a fait de la musique pour finalement échouer (en réussissant) au cinéma, où il se sent comme un poisson dans l'eau. Une vocation longtemps insoupçonnée : nous n'en sommes pas encore revenus : il y a si loin des ateliers de Montmartre aux studios de Boulogne...

16

Ah ! Melody

A tout point de vue, 1970 est une année de transition. Après la surdose médiatique des mois précédents, Serge se fait rare : il ne va apparaître que dans deux émissions de télévision en France cette année-là, en l'occurrence le 9 février (il chante « Sous le soleil exactement » dans *Tous en scène*) et le 11 septembre (il parle avec Jane du film *Cannabis* dans *Variances*). A la radio, même silence après le tumulte, on ne repère qu'une seule émission importante : invité de Philippe Bouvard sur Radio-Luxembourg il chante en direct une « Javanaise » avec France Gall comme choriste, puis en duo ils interprètent « Les sucettes ». France, qui vit à l'époque avec Julien Clerc, s'est temporairement éloignée du métier : nous verrons bientôt comment elle va tenter d'y revenir, avec un coup de main de Gainsbourg.

Le rythme de travail de celui-ci s'est considérablement ralenti : comme il veut passer un maximum de temps avec sa fiancée, il se débrouille pour tourner dans les mêmes films qu'elle ou se contente de l'accompagner sur ses tournages, comme il l'a fait quelques mois plus tôt à Oxford, comme il le fait encore alors qu'elle joue dans *Trop petit mon ami* avec l'acteur nain Michael Dunn[1] et dans *Sex Power* d'Henry Chapier. Il se consacre aussi beaucoup aux joies de la famille : la petite Kate qu'il élève comme sa fille, les parents de Jane chez qui il a passé les fêtes de Noël, et bien sûr il s'occupe de Joseph et d'Olia. Comme sa maman va mieux, ils s'offrent une virée, avec Jane, au Novy, un resto russe réputé. Avec dix jours d'avance sur le nouvel an russe, ils dînent à la vodka, charmés par la grande Valia Dimitrievitch — « la dernière descendante de la célèbre famille de tziganes qui chantait

1. C'est le monde qui est trop petit : le film est mis en scène par Eddy Matalon (coréalisateur du *Show Bardot* du 1er janvier 1968) et le monteur se nomme Jacques Doillon (pour qui Jane quittera Serge en 1980).

pour le tsar » —, précise Joseph dans une lettre à sa fille Liliane. Serge et son père finissent la soirée au Raspoutine dont ils sortent sur les genoux à 4 heures du matin...

En janvier 1970, Serge revoit Jean-Claude Vannier pour la bande originale du film *La Horse*, de Pierre Granier-Deferre, qui sort en salle un mois plus tard. Il est temps de présenter ce compositeur, arrangeur et chef d'orchestre avec qui il a déjà enregistré trois musiques de film et qui sera son complice, en 1970 et 1971, durant les séances de l'étonnante *Histoire de Melody Nelson*, et même au-delà, jusqu'au *Di Doo Dah* de Jane Birkin. Vannier, né en 1943, a l'habitude de composer « à la table » et sans piano, ce qui impressionne Serge ; il a signé en 1968 les arrangements de plusieurs titres (« En rêve », « Je pars demain »...) pour Johnny Hallyday, qu'il a accompagné ensuite, en qualité de chef d'orchestre, en avril-mai 1969 lors de son spectacle au Palais des Sports, le fameux *Show de l'an 2000*. En mai 1969, Vannier et son orchestre accompagnent Michel Polnareff pour son tube « Tous les bateaux, tous les oiseaux ». A la fin de la même année, il arrange l'album *Madame* de Barbara, qui sort en février 1970[1].

Jean-Claude Vannier : « Des gens m'ont dit qu'ils reconnaissent tout de suite un de mes arrangements. Est-ce un compliment ou non, je ne l'analyse pas. Ce sont peut-être des obsessions, ou ce qu'on appelle un style, je ne pourrais pas le dire. C'est vrai que je déteste les rythmes qui ne servent à rien et les harmonies inutiles, alors j'ai toujours épuré. Je n'ai jamais mis, comme ça se faisait couramment, trois guitares qui font la même chose, plus un piano qui fait la grille, plus la basse qui fait la basse — tout ceci fait déjà un rythme —, plus deux batteries, plus des percussions. Moi je réduis ça à sa plus simple expression. J'ai un piano, une basse et une batterie. Et encore ! Au piano on n'a pas le droit de jouer des deux mains, la guitare pareil, pas plus de deux notes à la fois, et la batterie simplifiée au maximum parce que j'ai toujours eu la haine des cymbales... Dans beaucoup de disques que j'ai faits, on n'entend que les toms, la caisse claire et la grosse caisse, rien d'autre, parfois on trouve même des chansons très rythmées où je n'ai carrément pas mis de batterie du tout. J'ai d'autres tics, bien sûr, j'adore ce qui est déglingué, cc qui est faux, donc je fous des fausses

1. En 1971, peu après *Melody Nelson*, Vannier retravaille avec Polnareff sur le morceau « Comme Juliette et Roméo », puis encore à la rentrée 1972 sur « On ira tous au paradis ». Il est aussi arrangeur et chef d'orchestre dans les années 70 pour Françoise Hardy, Sylvie Vartan, les débuts de Michel Jonasz (« La rencontre »), Julien Clerc (« Terre de France »), Claude Nougaro (l'album méconnu *Plume d'ange*), etc. Dans les années 90 on l'a vu aux côtés de Maurane, de Enzo Enzo (album *Oui*) et bien sûr de Jane Birkin (album *Versions Jane* en 1996, il est aussi directeur musical de la tournée qui suit, voir l'album live *Concert intégral à l'Olympia*).

notes partout ; j'adore les instruments désaccordés, les trucs qu'on n'entend pas partout[1]. »

En mars 1970 Serge s'envole avec Jane aux USA pour le lancement de « Je t'aime moi non plus » avec escales à New York et à Chicago. Mais le scandale n'attire guère les programmateurs radio et, dans les *charts*, le titre culminera à la 58e position. Ensuite, du 21 au 23 avril sont mises en boîte, à Londres, les bases rythmiques de l'album *Histoire de Melody Nelson* ; une autre session d'enregistrement a lieu les 4, 5, 8 et 11 mai 1970 au studio des Dames à Paris, avec l'ingénieur du son Rémy Aucharles... Et puis plus rien, jusqu'en janvier 1971.

Rémy Aucharles : « Les séances démarraient à 17 heures, on s'arrêtait vers 21 heures pour aller dîner au resto en face et on revenait pour travailler toute la nuit. Si l'album s'est fait en deux fois, c'est parce que Serge a vraiment eu une panne d'inspiration vers la moitié du disque, on le sentait bloqué. »

La consultation des feuilles de séance, ces documents où sont consignés les titres enregistrés, est pour le moins surprenante. On y découvre des chansons mises en chantier et jamais terminées, telles que « Es-tu Melody », « Le papa de Melody », « Melo », « Melody et les astronautes » et deux versions de « Melody lit Babar », seul morceau a priori achevé côté *lyrics*, mais qui n'est finalement pas retenu pour l'album.

Que se passe-t-il ? Pourquoi cette panne d'inspiration, ces séances étalées sur dix mois ? Il faut chercher la réponse dans l'ambition du projet. A l'évidence, Gainsbourg veut frapper fort. Pour retrouver sans doute son aura d'authentique poète et de compositeur d'avant-garde, mise à mal, si pas anéantie, par ses succès commerciaux, de « Poupée de cire » à « Je t'aime moi non plus ». Peut-être aussi pour aller plus loin que Léo Ferré, le premier à avoir donné un signal fort, en 1970, avec le double album *Amour anarchie* : sur deux chansons (« La "the nana" » et « Le chien »), avec le concours du groupe Zoo, Ferré avait réussi un mariage étonnant entre musique rock et chanson littéraire, prolongeant ses tentatives de 1968 (« C'est extra »). Enfin, et c'est peut-être là sa motivation principale, Serge veut bluffer Jane, qui avait été mariée au compositeur John Barry, ne l'oublions pas[2] : comme il s'en confessera au journaliste René Quinson, venu l'interviewer en

1. Les extraits d'interview de Jean-Claude Vannier proviennent d'un portrait télé réalisé par Eric Dufaure dans la collection *Les Coulisses de la création* (production SACEM, 1995).

2. En 1968, Barry avait remporté un Oscar pour la bande originale du film *Le Lion en hiver* d'Anthony Harvey ; en 1969, il avait composé celle de *Macadam Cowboy* de John Schlesinger, avec Dustin Hoffman et Jon Voight.

1978, il ne « pouvait plus rester un auteur de chansonnettes ». C'est pourquoi il compose *Histoire de Melody Nelson*, qu'il définit comme « une vraie comédie musicale symphonique »...

Jean-Claude Vannier : « Je dois dire que j'ai été extrêmement flatté quand il m'a fait contacter par sa maison de disques, je me suis dit : "Enfin une aventure vraiment intéressante". Il m'a fait venir à Londres, je me souviens que j'ai été malade dans l'avion, je suis arrivé décomposé, il m'a regardé et m'a dit : "Mais qu'est-ce qu'il vous est arrivé ?" Première rencontre... On a d'abord travaillé sur la musique du film *Paris n'existe pas* et la complicité s'est installée, on était assez proches pour certaines choses. Nous aimions les mêmes chansons des années 1900, ou bien les standards américains genre Cole Porter... On avait des amours artistiques communes, dans plein de domaines, il m'initiait... Au début il me vouvoyait : "Taisez-vous, je pourrais être votre père". Ou alors, très gentiment, il me disait : "Tu vois, toi tu es Cole et moi je suis Porter". »

En attendant que reprennent les séances de ce chef-d'œuvre annoncé, Serge torche avec Vannier un petit boulot de commande qui ne lui ressemble guère, la version française de la chanson de Rod McKuen pour le générique du dessin animé *Un petit garçon appelé Charlie Brown*. Evidemment, pas question pour Serge de se contenter d'une simple adaptation ; il glisse même dans « Charlie Brown » ces lignes autobiographiques :

> Moi-même j'étais comme Charlie
> Semblable à Charlie Brown
> Je grimpais à la corde de mon cerf-volant
> Afin d'mieux voir le firmament

Au printemps 1970 sur Europe n° 1, pour l'émission *Mon fils avait raison*, l'animateur organise une rencontre radiophonique entre Joseph et Serge en démarrant sur la question : « Avez-vous eu une influence sur sa carrière ? »

> Joseph : Je n'ai pas cette impression, parce que avec quoi l'aurais-je influencé ?
>
> Serge : Ben c'est très simple, en m'apprenant le piano, en me trouvant des boulots dans les boîtes de nuit. J'ai eu une formation idéale...
>
> Joseph : De ce côté-là, oui, bien sûr, si tu n'avais pas eu un père comme moi, musicien, tu n'aurais peut-être pas pensé à la musique.
>
> L'animateur : Reste-t-il en vous un regret du peintre qui n'a pas été peintre, ou de l'architecte qui n'a pas été architecte ?
>
> Serge : Oh non, ça c'est terminé...
>
> Joseph : L'architecture il n'en rêvait pas, c'était pour faire plaisir à sa mère, mais de la peinture, oui, puisque je l'ai traîné à l'académie...

Serge : Oui, mon père a commis cette faute de me voir en peintre sans comprendre que quelques années plus tard il y aurait un problème de survie. Lui n'étant pas mécène il ne pouvait pas subvenir à mes besoins. Mais une fois que j'ai été absolument intoxiqué par la peinture il m'a dit : « Ben, faut lâcher, parce que maintenant il faut gagner ta vie. » Mais il était un peu tard.

Joseph : Je ne t'ai pas dit de tout lâcher, il fallait faire les deux en même temps !

Serge : On ne peut pas, la peinture est un sacerdoce et il faut s'y adonner.

L'animateur : Pensez-vous que votre fils soit un poète ?

Joseph : J'aimerais l'affubler de ce sobriquet, mais je pense que « poète » est un qualificatif trop conventionnel, j'aimerais qu'on invente un nouveau mot pour lui...

L'animateur : Votre fils est-il dangereux ?

Joseph : Dangereux oui, pour les médiocres. Je ne suis pas modeste, je suis un fan de Serge. Si ses chansons ne me plaisaient pas je le lui dirais, seulement il a toujours mes compliments. Et je suis heureux pour lui, parce qu'il a réussi...

Jane et Serge passent ensuite quelques jours au Maroc et rendent visite à Liliane, à Casablanca. Loin de Paris, avec la femme de sa vie, il s'isole dans un hôtel à Marrakech pour écrire les paroles de *Melody Nelson* : « Résultat, un véritable désastre. Jane se faisait bronzer et moi j'étais heureux comme un roi mais... incapable d'aligner deux mots. Nous sommes rentrés à Paris et là, tout s'est passé sans problème », confie-t-il à un journaliste. Anecdote épatante, c'est au cours de ce séjour qu'il est invité à Rabat par la sœur du roi Hassan II qu'il avait rencontrée au Crillon : « L'enfer. C'était réception sur réception, fantasia, tout le cirque. Un jour, on nous emmène dans une salle, Jane et moi, il y avait un piano. Le piano du roi. Entièrement désaccordé. Et là, on nous demande de chanter "Je t'aime moi non plus". Devant les notables. Jane me dit : "Je veux pas la chanter". Il n'en était évidemment pas question. J'explique que je ne me souviens plus des paroles, et une bonne femme dans l'assistance me sort le bouquin de chez Seghers [1]. Obligés de chanter. Plus les pains au piano comme toujours dans ces conditions. Le pire, c'est qu'au moment des râles, tout le monde s'est mis à pousser des ha et des ho. L'horreur. J'ai juré : plus jamais ça. Les invitations, ça coûte trop cher. »

Le 30 juillet 1970 Bourvil publie son dernier 45 tours, un duo avec Jacqueline Maillan qui est en fait une parodie de « Je t'aime moi non plus » sous le titre « Ça... » (un vieux couple, émoustillé par une émis-

1. Le livre de Lucien Rioux, publié en 1969, contenait pour moitié les textes de ses plus grandes chansons.

sion de télévision, décide de se coucher tout nu et d'éteindre la lumière), avec en face B une reprise de « Pauvre Lola ». Il s'en vend plus de 70 000 exemplaires, ultime tube pour le créateur des « Crayons » et de la « Ballade irlandaise »[1] qui s'éteint, victime d'un cancer, quelques semaines plus tard.

Juste avant de partir avec Jane en Yougoslavie, où ils vont rester quatre mois en tout, Serge compose avec Jean-Claude Vannier la bande originale de *Cannabis*, dont se détache la chanson-générique :

La mort a pour moi le visage d'une enfant
Au regard transparent
Son corps habile au raffinement de l'amour
Me prendra pour toujours

Elle m'appelle par mon nom
Quand soudain je perds la raison
Est-ce un maléfice
Ou l'effet subtil du cannabis ?

Interdit aux moins de dix-huit ans, le film sort sur les écrans parisiens le 23 août 1970 sous une pluie de mauvaises critiques : dans *La Croix*, par exemple, Henry Rabin parle d'un « monument du vide ». Seul Jacques Siclier de *Télérama* voit dans ce film « la Série noire revue, magistralement, par un émule d'Orson Welles », tandis que Raymond Lefebvre, dans *La Revue du cinéma*, précise : « Serge Gainsbourg nous invite à partager la vision très complète de la nudité de sa charmante compagne et leurs jeux amoureux n'ont plus guère de secrets pour nous. » D'après Gérard Lenne, le biographe de Birkin, « l'apparition de Jane parfaitement nue dans *Cannabis* constitue une étape décisive dans l'évolution du cinéma français vers l'érotisme *soft-core* ».

Jane Birkin : « Pierre Koralnik avait un goût très fin, très bizarre. Un œil trouble et très intelligent à la fois, avec des exigences esthétiques : par exemple, pour le décor de la chambre à coucher, il a voulu absolument une toile de Francis Bacon. C'était pour l'ambiance, on la voyait à peine. Il avait un talent indéniable de metteur en scène visuel. Il voulait faire un thriller psychologique baroque où l'histoire ait très peu d'importance... A cette époque, on n'était pas prêt pour voir ça. [...] Ce fut un désastre commercial : après ça, Koralnik n'a plus réalisé de film pour le cinéma, et Serge n'a pratiquement plus joué jusqu'au *Je vous aime* de Claude Berri. »

1. Et de la « Causerie anti-alcoolique » (« l'alcool, non ! l'eau ferrugineuse, oui ») que Gainsbourg interprétera un an avant sa mort dans l'émission *Sébastien c'est fou.*

En Yougoslavie, où ils partent en juillet, Serge et Jane vont enchaîner deux tournages : d'abord huit semaines consacrées au film d'Abraham Polonsky *Romance of a Horse Thief* (*Le Voleur de chevaux*), puis trois ou quatre autres sur une production locale de Milutin Kosovac, entièrement tournée en extérieurs, *19 Djevojaka I Mornar*, alias *Le Traître ?*[1]...

Polonsky avait débuté dans le cinéma à la fin des années 40 mais le maccarthysme, de sinistre mémoire, avait stoppé net sa carrière. Mis dans l'incapacité de tourner, il avait dû attendre 1970 et le film *Willie Boy* avec Robert Redford pour effectuer un *come-back* remarqué. Dans la foulée, il se lance dans l'histoire du *Voleur de chevaux*, qui se déroule dans une petite ville de Pologne et met en scène une communauté juive en butte aux cosaques russes qui cherchent à confisquer les chevaux dont l'élevage et le trafic représentent la principale source de revenu. Dans les premiers rôles, on trouve Yul Brynner et Eli Wallach, deux des stars du film *Les Sept Mercenaires* (*The Magnificent Seven*) en 1960 : lorsque Polonsky rencontre Jane à Paris, il est immédiatement séduit par la tronche de Serge et lui offre d'interpréter Sigmund, le fiancé citadin aux manières affectées. Polonsky a longtemps souffert de ne pas pouvoir faire de film ; lorsque Serge lui confie que l'idée le tente de passer à la mise en scène, il lui répond : « Tournez votre film le plus vite possible, surtout n'attendez pas ! »

Jane Birkin : « Le tournage était très gai, j'étais la seule *goy* dans un film tourné par des Juifs sur une histoire de Juifs... J'ai retrouvé Brynner, un ex-pote à moi du temps de Londres... Un jour Serge a organisé un bal masqué sur le thème du cirque et tout le monde a joué le jeu. Polonsky, un vieil homme très digne, est venu en homme de métal, comme dans *Wizard of Oz*. Yul Brynner s'est déguisé en clown, Serge en femme clown, Eli Wallach était en gangster et toute la nuit on a fait la fête. »

Andrew, le frère de Jane, passe quelques jours avec eux...

Andrew Birkin : « Un soir, pour le plaisir, j'avais envie d'écouter un disque de John Barry, le premier mari de ma sœur. Serge le remarque et me lance un drôle de regard, puis il disparaît. Il a passé une partie de la nuit au sommet d'une colline à broyer du noir ! C'était une crise de jalousie, je n'en croyais pas mes yeux... »

Elle n'a qu'un petit rôle dans le film de Polonsky mais la présence de Marilu Tolo, la starlette qui avait inspiré à Serge la chanson « Marilu » en 1966, provoque également des étincelles...

1. Réédité en cassette pirate dans les années 90 sous le titre opportuniste *Ballade à Sarajevo*. De ce film, Gainsbourg composa la bande originale, interprétée par un orchestre symphonique, inédite sur disque.

Jane Birkin : « Nous logions tous dans la même maison transformée en hôtel. Il y avait des grenouilles qui sautaient au bord du Danube... Un jour un cirque est passé dans le village. Une fille qui faisait un numéro de tir a fait un clin d'œil à Serge et lui a fait porter un billet pour le rencontrer. J'étais soufflée ! Très jalouse, cette nuit-là. Elle était bâtie comme Jane Russell, très puissante, avec son revolver. [...] Quand il joue du piano avec Marilu Tolo, j'étais tellement jalouse que je suis allée à Dubrovnik, d'où j'ai pris l'avion pour l'Angleterre afin de consulter mon gynécologue et commencer un bébé immédiatement [...] J'étais en détresse, j'avais tellement peur que cette fille devienne quelque chose de brûlant et de terriblement dangereux[1]... »

Et voilà pourquoi et comment Charlotte fut conçue... Au cours de la scène à laquelle Jane fait référence, Serge chante un titre qui ne se retrouvera ni sur *Melody Nelson* ni sur ses albums ultérieurs, et qui reste à ce jour inédit[2]. Cette chanson magnifique, c'est « La noyée ».

Tu t'en vas à la dérive
Sur la rivière du souvenir
Et moi courant sur la rive
Je te crie de revenir
Mais lentement tu t'éloignes
Et dans ma course éperdue
Peu à peu je te regagne
Un peu du chemin perdu

Gainsbourg : « Pour le film de Polonsky, en Yougoslavie, j'avais composé une valse de toute beauté, j'en étais convaincu, mais en même temps je me disais : "C'est pas un truc pour moi, qui pourrait bien chanter ça ?" Et un beau jour je trouve : c'était un titre idéal pour Yves Montand. Je l'appelle. Il me fixe un rendez-vous pour le lendemain. A 10 plombes du mat', je me pointe chez lui, il me reçoit, très élégant, et Simone me propose de démarrer tout de suite au whisky sec. Je veux lui montrer que je sais boire et je la suis. Je joue ma valse, Montand me dit : "Elle est belle !" et avant de partir on se serre la main et il me dit : "Ecris une face B, on va faire un disque." Après le whisky, à jeun, mon retour fut hallucinant, j'ai gerbé dans le caniveau de l'alcool pur ! Et puis après ça, plus de nouvelles, j'avais pourtant écrit un truc, "Satchmo", pour l'autre face. J'ai finalement appris par la bande qu'il ne voulait plus enregistrer mon morceau. »

1. *Jane Birkin*, *op. cit.*
2. Excepté dans une version qu'il en fit en novembre 1972 en direct à la télévision et que l'on trouve sur le CD qui accompagne le livre *Gainsbourg et caetera*, Editions Vade Retro, Paris, 1994.

Tu n'es plus qu'une pauvre épave
Chienne crevée au fil de l'eau
Mais je reste ton esclave
Et plonge dans le ruisseau

Récapitulons... Serge avait vu Montand à ses débuts, en 1958 : sa maladresse avait fait capoter une éventuelle collaboration. En 1961, il avait promis à l'interprète des « Feuilles mortes » l'exclusivité de « La chanson de Prévert »... qu'il avait ensuite donnée à Isabelle Aubret. Un autre rendez-vous début 1963, juste avant de s'envoler à Hong Kong, n'avait rien apporté de concret. Enfin, cette « Noyée » dont Montand craignit qu'elle puisse être mal comprise par des journalistes malveillants.

Jane et Serge sont ensuite contactés sur place par des producteurs yougoslaves qui les engagent pour un petit film assez invraisemblable, une grosse production subventionnée par le gouvernement, intitulé *Le Traître ?*. Serge joue un matelot (Mornar), Jane une infirmière (Milja), ils font partie d'un groupe de maquisards — surtout des filles, d'ailleurs plutôt jolies — traqués par la Wehrmacht pendant la seconde guerre. « Un film de partisans — c'est, disons, les westerns de là-bas », explique Serge à un journaliste, à son retour.

Jane Birkin : « A propos de ce film, que personne n'a vu, ou presque, j'ai des souvenirs inoubliables. Nous étions coupés du monde... Pendant le tournage, on trouve un jour un petit cimetière perdu dans la nature et sur une tombe, il y avait une demi-bouteille de Slivowitz et un petit rasoir dans un sac en plastique. Tout ce qu'il fallait pour le mort dans son autre vie, c'était si humble et tellement joli ! »

Pour tromper les temps morts, Serge (qui se foule la cheville en gambadant dans les rochers, comme l'exige son rôle) invite ses parents à le rejoindre ; il confiera plus tard qu'il avait à nouveau ressenti à cette occasion une étrange nervosité du fait de la proximité avec l'Ukraine, déjà éprouvée lors du tournage de ses péplums navrants en 1961 : « Je me sentais comme un petit toutou qui flaire sa niche... »

De retour à Paris, avec les 50 000 francs payés par les producteurs de cet étrange navet, Gainsbourg s'offre — cash — sa Rolls modèle 1928 (avec les deux « R » en rouge sur l'écusson de la calandre, MM. Rolls et Royce étant encore vivants à cette époque). Il n'a ni permis ni chauffeur, bref la voiture ne sortira quasiment jamais de son garage, jusqu'à ce qu'il la revende dix ans plus tard, ne gardant que le bouchon du radiateur, le « Spirit of Ecstasy » que l'on va croiser dans « Melody », la chanson qui ouvre *Histoire de Melody Nelson* dont Serge réattaque enfin l'écriture après ces quatre mois dans les Balkans. Un manuscrit incomplet, provisoirement intitulé « Sonnet au bouchon du radiateur de la Rolls », nous permet d'entrevoir le processus de création de ce morceau, l'un des plus sophistiqués de cette œuvre majeure :

Pour toi j'ai amorcé virages et loopings
Ecrasé des chiens jaunes et percé la cohue
Ainsi qu'un *group captain* dont l'hélice s'est tue
Qui sent monter vers lui la clameur des meetings

Oh Rolls tu m'enlisais en tes lents travellings
Ouais tu m'en as coûté quelques livres sterling
Là-bas sur le capot tu jettes vers les nues
Tes ailes en chantant *God Save The King*[1]

Enfin, une lettre de Joseph à sa fille Liliane, datée du 11 janvier 1971, lui apprend que « Lucien a commencé hier son enregistrement de *Melody Nelson* qui va durer toute la semaine. Il est content de son texte ». Effectivement, il est en studio jusqu'au 14 puis consacre trois jours au mixage les 1er, 2 et 4 février. Au final, l'album se compose de sept plages, dont deux longues de plus de sept minutes ; sur une ossature rythmique rock basse / batterie / guitare s'ajoutent les envolées d'un orchestre symphonique de cinquante musiciens, complété pour les dernières mesures par les voix de soixante-dix choristes.

Jane Birkin : « Jean-Claude Vannier était pour beaucoup dans *Melody Nelson* — il y a une “couleur” des années Vannier chez Serge, la couleur de ses orchestrations. C'est un garçon pudique, tout à fait touchant, qui a souffert de la monopolisation des médias sur Serge, ce qui était parfaitement injuste et pourtant inévitable... »

L'histoire débute sur ce quatrain innocent, qui plante le décor, l'ambiance et le héros :

Les ailes de la Rolls effleuraient des pylônes
Quand m'étant malgré moi égaré
Nous arrivâmes ma Rolls et moi dans une zone
Dangereuse, un endroit isolé

Puis il dédie ces lignes à la Vénus d'argent du radiateur dont les voiles légers volent aux avant-postes...

Hautaine, dédaigneuse, tandis que hurle le poste
De radio couvrant le silence du moteur
Elle fixe l'horizon et l'esprit ailleurs
Semble tout ignorer des trottoirs que j'accoste

1. Ce texte est proposé à titre purement informatif : l'écriture de Serge et les nombreuses ratures ont nécessité un décryptage et de légères retouches (nombre de pieds) qui trahissent peut-être l'auteur.

Perdu dans sa rêverie, le narrateur et sa Rolls renversent une fille aux cheveux rouges. La « Ballade de Melody Nelson » nous narre la suite.

Un petit animal
Que cette Melody Nelson
Une adorable garçonne
Et si délicieuse enfant

Rémy Aucharles : « Même s'il était parfois fatigué, Serge était bien dans sa peau à cette époque ; Jane qui l'accompagnait tout le temps était aux petits soins avec lui. Ce qui m'a frappé, c'est le souci que prenait Jane de lui quand il n'était pas en forme ; elle était catastrophée, elle le maternait, ils étaient vraiment attendrissants en cabine. »

La pochette de l'album, qui est publié dans la deuxième quinzaine de mars 1971, ne laisse aucun doute sur l'identité de Melody Nelson. Même sous son maquillage de poupée aux pommettes rouges et sous sa perruque rousse bouclée, Jane = Melody et Melody = Jane. Photographiée par Tony Franck, on lui donnerait presque les quatorze automnes et quinze étés annoncés par la chanson, même si l'on sait, pour la petite histoire, qu'elle cache son début de grossesse grâce à son Monkey fétiche. Mais la « Valse de Melody » est éphémère et le drame inévitable :

Le soleil est rare
Et le bo-
Nheur aussi
L'amour s'é-
Gare au long
De la vie

Jane Birkin : « Sur cet album, on entend des instruments rares qu'on n'avait pas l'habitude d'entendre du tout, qui donnent quelque chose de mystérieux, de mystique, d'oriental, quelque chose de pur et de pervers à la fois. »

Joseph Ginsburg : « Lucien nous donne un coup de fil : “Prenez un taxi et venez à 18 heures chez nous !” Il nous a fait entendre la bande de *Melody Nelson* — un monument ! une œuvre d'avant-garde[1] ! »

Ah ! Melody
Tu m'en auras fait faire
Des conneries
Hue hue et ho
A dada sur mon dos

1. Lettre du 8 mars 1971.

Oh ! Melody
L'amour tu ne sais pas ce que c'est
Tu me l'as dit
Mais tout ce que tu dis est-il vrai ?

La presse accueille la sortie d' *Histoire de Melody Nelson* comme un album majeur, « le premier vrai poème symphonique de l'âge pop » et autres superlatifs. Aux journalistes venus l'interviewer, Serge fait une comparaison avec le film larmoyant d'Arthur Hiller, avec Ali McGraw et Ryan O'Neal qui fait au même moment un triomphe dans les salles obscures : « *Love Story*, c'est des bonbons anglais, *Melody Nelson*, des bonbons au poivre. » Gérard Jourd'hui, du « superhebdo » *Pop Music*, recueille cette explication :

> Au niveau du phrasé, le problème de chanter ou non en français ne se pose pas pour la pop-music. Pour le jazz, il est insoluble. La pulsation du rock le permet mais parfois, à cause des accents toniques particuliers, j'ai pris bien garde de ne faire que parler et de ne pas chanter. Quant au thème, il est peut-être motivé par ma vie, la rencontre d'un type de quarante ans avec une jeune fille. Quant à la mort, je l'ai trucidée pour que mon amour reste éternel.

Rémy Aucharles : « Il était très perfectionniste sur le son, il avait des idées très précises sur les arrangements, sur le son des cordes, du piano ou des voix — et pourtant on n'était pas suréquipés à l'époque. Serge intervenait beaucoup au mixage sur la balance, il travaillait sur la présence des voix ; ce qui m'étonnait chez lui c'est qu'il savait exactement ce qu'une chanson donnerait à la fin, il connaissait le résultat d'avance. »

Gainsbourg : « Je n'orchestre pas, mais je travaille toujours avec l'orchestrateur : j'entends les trompettes, j'entends les violons, j'entends les hautbois, j'entends les tubas, j'entends tout... et je ne veux pas qu'on me mette un violoncelle à la place d'un tuba. Je suis très précis dans ce que je veux. D'ailleurs je n'écris pas, mais c'est sans complexe puisque Moussorgski n'orchestrait pas non plus[1]. »

L'histoire n'est pas terminée : le chauffard à la Rolls, amoureux de Melody, l'emmène dans « L'hôtel particulier », « au cinquante-six, sept, huit, peu importe, de la rue X » :

S'il est libre dites que vous voulez le quarante-quatre
C'est la chambre qu'ils appellent ici de Cléopâtre
Dont les colonnes du lit de style rococo
Sont des nègres portant des flambeaux

1. Recueilli par Noël Simsolo, « Cinéma et musique : Serge Gainsbourg », *op. cit.*

Mais la petite Melody veut revoir le ciel de Sunderland et s'envole à bord d'un 707 qui n'arrive jamais à destination… Dans un murmure accablé, sur un motif de basse répétitif, le récitant délire :

> Je sais moi des sorciers qui invoquent les jets
> Dans la jungle de Nouvelle-Guinée
> Ils scrutent le zénith convoitent les guinées
> Que leur rapporterait le pillage du fret

Comme les Papous primitifs, obsédé par le souvenir de Melody, lui aussi adjure les dieux :

> Et je garde cette espérance d'un désastre
> Aérien qui me ramènerait Melody
> Mineure détournée de l'attraction des astres

La pochette intérieure de *Melody Nelson* nous fait découvrir un Gainsbourg *new look* : il a les cheveux plus longs et une barbe de deux jours. En 1971, c'est une nouveauté.

Jane Birkin : « Je crois que j'ai eu une petite influence : je lui ai acheté sa première paire de Repetto dans un panier de soldes et je l'ai supplié de laisser pousser ses cheveux. Idem pour sa barbe, j'aime bien les gens mal rasés parce qu'ils ont l'air d'avoir besoin de quelqu'un… Et puis je pensais que ça sculptait les os de son visage d'une très jolie manière. Quand il était rasé je le trouvais trop lisse, il avait un air Oscar Wilde que j'aimais moins. J'aime qu'on ait l'air négligé, j'ai horreur des gens qui prêtent trop attention à leur image. En plus, pour lui, c'était aussi une sorte de revanche sur son enfance parce qu'il n'a pas eu de poil au menton avant vingt-cinq ou trente ans. Ça tient à ses origines un peu orientales et le fait qu'il n'ait pas beaucoup de poils, j'avais toujours trouvé ça d'un raffinement exquis ! A l'armée, il en a souffert, il était terriblement complexé de ne pas devoir se raser, comme moi de ne pas avoir de poitrine quand j'étais à l'internat et que toutes les filles se moquaient de moi. »

Dès la mi-mars, effort promotionnel original de la part de Philips, qui croit beaucoup à ce nouveau disque, les murs de Paris sont placardés d'affiches et les pavés constellés d'autocollants simplement marqués « Melody Nelson » pour en annoncer la parution.

Françoise Hardy : « C'est l'un de mes disques préférés : musicalement, c'était tout à fait nouveau, extrêmement pur, d'une originalité complètement inimitable. Cet album, je le sais pour en avoir parlé avec plein de musiciens, a influencé absolument tout le monde. »

Isabelle Adjani : « J'adorais ça, c'était de la littérature musicale, j'avais l'impression de me couler dans un bouquin que j'aimais, c'était à la fois idéal et mortifère, un mélange d'éclats de vie et d'éclats de mort. Je me souviens que mon amour du noir est venu de lui et que cela épouvantait mes parents : pour eux le noir était synonyme de deuil alors que Serge transfigurait ce concept... »

En quoi *Histoire de Melody Nelson* est-il, à l'époque, un disque aussi novateur ? D'abord, il s'agit d'un *concept-album*, terme popularisé outre-Manche et qui qualifie un 33 tours dont les morceaux sont reliés entre eux par un fil narratif, ou une thématique commune[1]. Ensuite les chansons ne ressemblent à rien de connu : au lieu des habituels couplet / couplet / refrain / couplet / refrain, etc., la structure est éclatée ; il s'agit de poèmes extrêmement raffinés servis dans un écrin où musique pop et instruments classiques se marient à merveille. Ferré, on l'a vu, avait montré la voie, mais aussi Gérard Manset dont *La Mort d'Orion*, album largement diffusé dans l'émission *Campus* de Michel Lancelot sur Europe n° 1, avait suscité l'engouement à sa sortie, en 1970. Gainsbourg n'est pas le premier mais il est celui dont l'influence sera la plus durable et il restera attaché jusqu'au bout à l'idée du *concept-album*, il en explorera les ressources au fil de ses disques suivants, de *Rock Around The Bunker* à *You're Under Arrest*.

Tandis que Serge enchaîne les apparitions publiques (avec Jane et son neveu Yves Le Grix, il assiste au stade de Colombes au match de foot France / Brésil au profit de la recherche pour le cancer ; le dieu Pelé est sur la pelouse et c'est Bardot qui donne le coup d'envoi) et les émissions de télévision (le 29 mars, par exemple, il chante deux extraits de *Melody Nelson* dans *Les Frères ennemis sur la deux*), se déroule un intermède comique, que raconte Joseph dans l'une de ses dernières lettres : à l'issue d'un défilé Yves Saint Laurent auquel Jane et Serge avaient été conviés, ce dernier, croyant plaisanter devant le micro d'un journaliste de la presse écrite, déclare que « les modèles sont dégueulasses ». En réalité il passe en direct à la radio ! Il lui est rapporté que Saint Laurent en pleure toute la nuit ; le matin celui-ci fait envoyer un énorme bouquet à Jane avec le message « Désolé de vous avoir dérangés pour des choses dégueulasses ». Pour s'excuser, tel un gamin pris en faute, Serge envoie un long télégramme, « un véritable chef-d'œuvre littéraire » d'après Joseph, qui, l'esprit toujours aussi alerte, dévore au même moment *Portnoy et son complexe* de Philip

1. On a coutume de dire que l'album *Sgt. Pepper's Lonely Hearts Club Band* des Beatles (1967) est le premier *concept-album*, ce qui est inexact (il n'existe aucun lien narratif entre les titres, juste une cohérence dans la présentation). Il faut plutôt chercher du côté des premiers opéras rock, par les Pretty Things (*S.F. Sorrow*, 1968) et les Who (*Tommy*, 1969). L'idée que l'on pouvait désormais utiliser les deux faces d'un *long-playing* (les quatre faces d'un double LP, etc.) fit ensuite florès tant dans le domaine du rock progressif (Yes, Genesis, King Crimson, etc.), de la soul (*What's Going On*, Marvin Gaye, 1971), que de la pop (*Diamond Dogs*, David Bowie, etc.).

Roth ; il s'amuse des scènes salaces et de la satire des milieux juifs américains.

Le 13 avril 1971, Joseph envoie à Liliane son ultime missive. Il passe avec Olia les vacances de Pâques à Houlgate ; on apprend qu'il a reçu deux télégrammes, pour son anniversaire, l'un signé Serge, l'autre Jane + Kate. Sur le banc, devant la petite villa louée pour quelques semaines, il échafaude avec sa femme le projet d'un séjour en juillet à Saint-Nectaire. « Il va falloir me secouer tout de même ; ces derniers temps, ça n'allait pas à Paris : fatigue », écrit Joseph à sa fille, avant de signer « le duo Papa (baryton grinçant) Maman (mezzo-soprano caressant) ». Le 22 avril, à 7 heures, c'est le drame, il meurt brutalement, d'une hémorragie stomacale, à l'âge de soixante-quinze ans. Le jour même, à 14 heures, Lucien va déclarer le décès à la mairie.

Gainsbourg : « J'ai eu une phrase terrible quand mon père est mort. Jacqueline m'a téléphoné, j'ai entendu au ton de sa voix qu'il s'était passé quelque chose de très grave et j'ai eu ce cri du cœur : "Il est arrivé quelque chose à Maman ?" C'était dur pour elle parce que Liliane et elle étaient les chouchoutes de mon père. Il jouait aux cartes, il s'est vidé de son sang... Ma sœur et moi sommes allés à Houlgate en pleurant tous les deux. En m'approchant de son corps j'ai eu un réflexe de petit enfant, je croyais qu'il était fâché, j'avais peur qu'il m'engueule, j'étais prêt à dire : "Papa je le f'rai plus !" J'ai trouvé ce petit cimetière charmant qui donnait sur la mer... Plus tard, Maman se plaignait de ne pas pouvoir aller se recueillir sur sa tombe, c'était trop loin pour elle. Alors j'ai allongé les bâtons et je lui ai trouvé une place au cimetière du Montparnasse à vingt mètres de Baudelaire. Quelques années plus tard Jean-Paul Sartre est devenu son voisin. Puis Maman l'a rejoint et je les y retrouverai un jour... »

Jacqueline Ginsburg : « Mon père vouait une adoration, une passion à ma mère. Il ne vivait que pour elle et quand il est mort d'une façon tout à fait dramatique, d'un seul coup, ma mère m'a dit : "J'avais à mes côtés un véritable esclave et je ne m'en rendais pas compte"... »

Isabelle et Yves Le Grix : « A la mort de notre grand-père, Olia a fermé le piano en signe de deuil. Sa mort fut traumatisante, tout s'est écroulé parce qu'il dominait notre enfance, il s'occupait de nous, il nous promenait le jeudi, il nous préparait des goûters, il nous écrivait des lettres magnifiques, c'était l'être le plus aimé de la famille... A sa mort nous avions onze et quinze ans et ça a été comme le signe de la fin de l'enfance... »

Gainsbourg : « Beaucoup plus tard j'ai eu un rêve hallucinant. Je sais que mon père a tourné dans un film, vers 1936. Ce film, je ne l'ai jamais vu et d'ailleurs son rôle se limite à une furtive figuration. Mais dans mon rêve je me dis : “Je vais au cinéma voir mon papa...” Je me retrouve dans une salle et sur l’écran en noir et blanc, au milieu de plein de musiciens, en plan large, je l’aperçois. Je lui fais : “Papa ! C’est moi !” : et à ce moment-là il sort de l’écran, en couleurs... Et alors que dans mon rêve j’avais cinquante ans, lui en avait trente... Comme je suis athée, peut-être pour mon malheur, je n’en tire aucune conclusion... »

Yves Le Grix : « Le jour de l’inhumation on est allés tous les deux, Serge et moi, chercher des fleurs, on s’est installés dans un café, on a discuté, il a lu la dernière lettre que mon grand-père m’avait envoyée d’Houlgate, je voyais que ça le touchait beaucoup... Puis on a été à l’enterrement, il n’y avait que sept ou huit personnes, c’était un tout petit cimetière : quand le cortège s’est ébranlé il n’y avait que quelques mètres à faire. Il était en tête, derrière le cercueil, je m’étais écarté mais il m’a retenu par la manche, sans rien dire, il a voulu que je marche à côté de lui... »

Gainsbourg : « Avec mon père, j’ai peut-être raté un ami. C’était un garçon timide, et moi aussi. Pourtant, il a été présent à tous les carrefours importants dans ma vie : les Beaux-Arts, le Touquet, le Milord l’Arsouille, la rue de Verneuil... Il découpait tous les articles qui paraissaient sur moi. Quand on m’attaquait dans la presse, il répondait aux journaux ; je lui disais : “Mais non, Papa, il faut pas, le papier s’en va et moi je reste...” Un jour il s’était plaint : “A quoi nous sert ta célébrité si on ne te voit plus ?...” Je ne l’oublierai jamais ! »

Jacob Pakciarz : « Serge est resté mélancolique jusqu’à la fin de sa vie, comme s’il avait manqué les retrouvailles avec son père. Quand il dépassait sa mélancolie il devenait grinçant, élitiste, snob. Il y avait des intermittences entre mélancolie et créativité. Avec un retour en arrière, un regard méprisant sur ce qu’il venait de faire. Il m’enviait d’être resté fidèle à la peinture. Il me disait : “Moi, je fais de la merde, je fais de la chanson. Mais c’est moi qui ai le pognon”. Il y a quelque chose de mortifère là-dedans ; toujours cette souffrance d’une réussite qui le culpabilisait, notamment vis-à-vis de son père, le petit pianiste juif et russe qu’il méprisait et qu’il adorait à la fois. »

Après la mort de Joseph, Serge passe quelques jours chez les parents de Jane sur l’île de Wight avec Jane, Kate et Andrew. Puis il reprend la promotion de *Melody Nelson* : le 23 mai 1971, on le revoit dans *Discorama*, interviewé par l’irremplaçable Denise Glaser.

> Serge Gainsbourg : J’ai décidé que les Français étaient allergiques, pour la plupart, au jazz moderne, que moi j’aimais à l’époque, alors j’ai carrément laissé tomber le jazz et je me suis mis à la musique pop. Musique pop, ça veut pas dire musique popu, j’ai jamais fait là-dedans. Vous savez ce que signifie en français le mot *faire*.

Denise Glaser : La preuve la plus éclatante, c'est que certaines de vos chansons ont fait le tour du monde. Une, soyons modeste mais enfin cette chanson a fait du bruit. [...] Je veux bien sûr parler de « Je t'aime moi non plus ».

S.G. : Elle a été numéro 1 en langue française, ce qui n'est jamais arrivé avant. Je pensais en vendre 25 000 et j'ai dû en vendre 3,8 millions, 4 millions. Je passe à la caisse. On va encore me traiter de cynique mais, je regrette, c'est un métier où on passe à la caisse. Au contraire, c'est pas du cynisme, c'est la vérité. Cette chanson a fait ma fortune. Ce n'était pas provoqué, j'ai fait cette chanson parce que je la trouvais belle et la plus érotique qui soit.

D.G. : J'aimerais que vous me parliez un peu de Jane. On a l'habitude à *Discorama* de recevoir de très jolies femmes, celle-là ressemble à une fleur et puis en plus elle ne ressemble à personne.

S.G. : J'espère qu'elle est en plastique parce que les fleurs ça se fane. Non, non, c'est une vacherie, elle est belle. Elle est belle, elle pourrait être ma fille, vingt ans de moins. Oui, c'est une chance que j'ai. Je crois que c'est elle qui a fait le succès de « Je t'aime moi non plus ». Ce n'est pas moi. Je l'ai senti d'ailleurs, j'ai mis son nom en énorme et moi en tout petit... et sa photo. C'était une chanson qui n'a pas été faite pour elle, qui a été faite pour Bardot [...] Je m'étais juré de ne jamais réenregistrer cette chanson. Mais à la réécoute, j'ai dit : Non ça va pas, c'est un trop joli thème. Je l'ai fait écouter à Jane qui d'abord a été choquée par l'intention, puis je me suis mis au piano. Nous avons gardé la tonalité, do majeur, qui avait été celle de l'original. Elle a pris carrément une octave au-dessus, ce qui a donné une couleur très particulière et très juvénile et c'est ça qui a fait marcher le disque. Je ne suis pas sûr que l'original aurait été un succès international. Voilà une mise au point que je voulais faire.

D.G. : Vous venez de dire : « Jane a été très choquée au début par le thème et par la chanson », je voudrais savoir pourquoi ?

Jane Birkin : Je pense que c'était les respirations. Je comprenais pas les mots parce que...

S.G. : Elle venait d'arriver d'Angleterre, elle ne parlait pas français.

J.B. : [...] J'ai rougi complètement quand j'ai entendu ça et j'ai jamais voulu le réentendre. Après ça il était question de le chanter et j'ai toujours trouvé le *tune*, la mélodie, très, très jolie. Alors j'ai chanté. Je comprends les gens qui étaient choqués par ça, mais je pense que c'était assez pur aussi. Serge est drôle, il me fait rigoler. Après ça tout le monde dit : « Quoi, vous êtes avec cet affreux cynique, qui déteste les femmes et tout ça. » Je voyais pas du tout ça, moi. Alors il m'a séduite en étant aussi drôle que ça. [...]

S.G. : Je ne suis pas un cynique comme d'aucuns le prétendent, non, je suis un romantique, je l'ai toujours été. Tout jeune garçon, j'étais timide et romantique. Je ne suis devenu cynique qu'au contact de mes prochains qui m'agressaient sur ma laideur et sur ma franchise. On dit, je suis laid, bon d'accord, je le sais, j'm'en fous, ça m'a réussi. J'ai écrit quelque part :

« Quand on me dit que je suis moche, j'me marre doucement pour ne pas te réveiller[1]. » C'est en pensant à Jane que j'ai dit ça. J'ai eu des jolies femmes dans ma vie et j'ai la plus belle actuellement, donc ma laideur, ceux que ça gêne, peu importe...

J.B. : Je suis assez content que les autres pensent qu'il est cynique, comme ça, j'ai le côté privé pour moi. J'ai un chien qui mord tout le monde sauf moi. Ça, c'est assez agréable, j'aime pas les chiens qui lèchent la main de n'importe qui. J'aime que les autres disent : « Vous avez un chien affreux ! » et puis il vient vers moi et il est tout doux. Voilà, c'est unique.

S.G. : J'ai écrit quelque part, sur le dos d'une pochette : « Il faut prendre les femmes pour ce qu'elles ne sont pas et les laisser pour ce qu'elles sont. » Ce n'est pas pour elle.

J.B. : C'est faux ça, de toute façon, des fois tu dis des choses qui sont jolies mais complètement fausses.

S.G. : Non c'est pour les autres, les autres passées. Pour elle, non, je la prends pour ce qu'elle est et je la laisserai pas, je la laisserai pour ce qu'elle prétendra ne pas être.... Non, je ne la laisserai pas[2].

Le 21 juillet 1971, dans une clinique privée à Londres, la petite Charlotte fait son entrée dans le monde.

Jane Birkin : « Pendant que j'accouchais, Serge et mon frère se sont saoulés en face de la clinique à la liqueur de banane. Tous les quarts d'heure ils venaient écouter au stéthoscope à la porte. Quand elle est née, elle était très jolie et Serge a craqué complètement. Et puis immédiatement ça a été le drame, au quatrième ou cinquième jour. Yul Brynner, son parrain, est arrivé mais il est mal tombé : les docteurs m'avaient demandé de leur signer une décharge leur permettant de changer le sang du bébé, elle faisait un ictère et son taux de bilirubine était monté de manière très alarmante. Mais la clinique n'était pas équipée pour ce genre de truc et on m'a enlevé Charlotte, on l'a envoyée au Middlesex Hospital. Moi-même j'étais malade, un virus que j'avais attrapé en Yougoslavie. Serge voulait absolument la voir mais le bébé avait été inscrit sous mon nom et on ne le laissait pas passer, malgré ses supplications. En plus, coïncidence épouvantable, le même jour on parlait dans les journaux d'un fou qui attaquait les enfants dans les hôpitaux ! Ça a l'air d'un gag mais c'est vrai ! Et lui, hagard, désespéré, voulant à tout prix voir sa petite fille à 2 heures du matin ! Ils l'ont finalement laissé entrer, il l'a vue et il a été rassuré. »

Gainsbourg : « Après ça je suis rentré dans le petit appartement de Jane, du côté de Chelsea. C'était en pleine nuit, plus un autobus, plus un taxi. Je suis parti à pied et il a commencé à pleuvoir. J'ai dû marcher

1. Une phrase qu'il réutilisera plus tard dans la chanson « Des laids des laids ».
2. Quasi dans la misère, Denise Glaser est morte le 7 juin 1983.

deux heures, j'ai traversé tout Londres. Jamais je n'ai fait de promenade plus heureuse de ma vie. Cette nuit-là, j'ai touché le bonheur du doigt. »

C'est comme une malédiction, Serge semble abonné aux films qui sortent en plein été : *Le Voleur de chevaux* ne fait pas exception et sort le 16 août 1971... Cependant, quelques jours plus tard, Claude Mauriac du *Figaro* ne tarit pas d'éloges sur sa performance pourtant courte : « Grâce à lui, il se passe quelque chose. Il y a de l'impertinence dans la façon qu'a Serge Gainsbourg de se taire. Lui aussi est venu d'ailleurs. D'où ? Et pour nous apprendre quoi ? Nous transmettre quel secret ? Se met-il au piano et chante-t-il, même comme ici, avec plus de nonchalance encore qu'à son habitude (et ce n'est pas peu dire) que l'invisible, l'inaudible, l'indicible se coagulent. »

La presse avait déjà fait ses choux gras d'une information lancée un peu plus tôt par Jane et Serge eux-mêmes : « Nous nous marierons au printemps 1972, six mois après la naissance du bébé ! »

Jane Birkin : « Ce n'était pas une provocation, on le croyait vraiment, on avait même tout organisé. Il m'avait demandé de l'épouser dans la gare de Lyon dont on aurait décoré la salle de banquet avec des ballons blancs, il y aurait un bal masqué et puis nous serions montés dans un train pour je ne sais où. Il avait même arrangé ça avec un décorateur et Georges Cravenne, qui organisait toutes les grandes fêtes parisiennes. Et puis j'ai hésité à la dernière minute ; je trouvais que le côté fête, la noce, avait pris tellement le dessus que ça devenait une vaste campagne publicitaire. Je lui ai demandé un tout petit mariage, sans personne que des intimes, mais Serge m'a dit : “Allez... un journaliste de *France-Soir*, quand même ! ?” »

A la rentrée 1971 sort en librairie *Le Guide juif de France*, où l'on peut lire ceci à propos de celui qui, quelques mois plus tôt, a échangé la petite clef qu'il portait autour du cou pour une étoile de David achetée chez Cartier :

> *SERGE GAINSBOURG.*
>
> [...] Tour à tour insidieux et insinuant (« Annie aime les sucettes »), doucereux et provocateur (« Je t'aime moi non plus » a été déconseillé par le Vatican et interdit... en Suède), ce nonchalant au visage de traître triste s'est réservé une place à part dans le monde du « show-business ». Son œuvre, jalonnée de quelques petits chefs-d'œuvre [...] fait appel au jazz, mais il sait être mélodiste. Il dit le monde moderne, sa noirceur, ses gadgets, aime jouer avec les mots.

Surprise, le « traître triste » retrouve Gréco le temps d'un joli petit morceau intitulé « Le sixième sens » :

Il faudrait être aveugle
Pour rien sentir du tout
La rupture a un goût spécial
On entendrait oh sûr !
Voler les mouches
Ce sont les cinq sens de la vie
Le sixième me dit
Que c'est fini

C'est le dernier titre de Serge qu'elle gravera sur vinyle mais il lui en propose deux autres, à la même époque, dont « Paris d'Papa », une chanson écologiste à sa manière, qu'elle chante à la Tête de l'Art du 16 décembre 1971 au 15 janvier 1972, puis à nouveau en mars[1].

Paris d'papa
Tu t'en vas
Paris d'maman
Tu fous l'camp
A forc' d'bouffer du béton
Tu vas finir comm' un con
Du sparadrap sur les dents
Comme on balance les truands
A la flotte, les pieds dans un baquet d'ciment

Serge adresse à celle qui avait créé sa « Javanaise » un dernier titre intitulé « Un peu moins que tout à l'heure », qui, a priori, ne fut jamais chanté :

Un peu moins que tout à l'heure
Je t'aime pourtant
L'amour à chaque quart d'heure
Diminue d'autant

Si les interprètes féminines se font plus rare — Jane oblige — Serge reste également fidèle à Régine, pour qui il écrit « Laiss's-en un peu pour les autres » et « Mallo Mallory », une histoire mélodramatique qui démarre par un viol :

Mallory venait à peine d'avoir dix-sept ans
Qu'dans un garage elle fit l'amour à même le ciment
Avec un gangster qui la coucha dans le cambouis
Elle mit ses poings sur ses dents et n'poussa pas un cri
Il la laissa ce beau salaud
A moitié morte sur le carreau
Sa mère pourtant lui avait dit
Prends bien garde à toi Mallo-Mallory

1. Chanson totalement inédite qui aurait été refusée par Zizi Jeanmaire. (Merci à Gérard Jouannest.)

Régine : « Il considérait que je chantais trop de choses sans intérêt. Il voulait que je chante des choses violentes, que je dise des choses vraies, dures, des choses de la vie, il voulait que ce soit cruel et réaliste. »

Dans le même esprit et dans la grande tradition de la chanson des années 20, Gainsbourg termine les chansons de la nouvelle revue de Zizi Jeanmaire au Casino de Paris, mise en scène par Roland Petit, décors de Pace, costumes d'Erté et de Saint Laurent, qui est créée le 14 février 1972.

Zizi Jeanmaire : « Une revue est sans doute plus difficile à monter qu'une comédie musicale parce que chaque chanson implique une idée de mise en scène, de décor et de chorégraphie. Serge était enchanté de travailler sur ce projet, il s'y est mis à fond, c'était totalement différent de tout ce qu'il avait fait avant. »

Zizi sortira un album de cette revue, dont les arrangements sont signés Jean-Claude Vannier. Au total Serge livre huit nouveaux titres, parmi les plus méconnus de son catalogue, et une nouvelle version d'« Elisa »...

N'oublie pas Elisa
Celle qui vous sautait au cou
N'oublie pas Elisa
Celle qui était folle de vous
N'oublie pas ses caresses
Soldat ne l'oublie pas
Dans l'ivresse
Du départ au combat

Zizi Jeanmaire : « Pour cette chanson le décor [1] était somptueux : un train entrait en scène, chargé de poilus qui repartaient sur le front, et moi j'agitais mon mouchoir en chantant *mon* "Elisa"... »

Fidèle à l'esprit des revues traditionnelles (prétextes à chorégraphies avec farandole de *boys*, étalages de boas, costumes à paillettes et autres « l'ai-je bien descendu » sur les marches du grand escalier), Serge écrit « A poil ou à plumes » :

Du champ' du brut
Des vamps des putes
Des stars des tsars d'l'amour
Des poules toutes faites
Au moule d'la tête
Aux quilles des filles d'amour

1. Le seul du spectacle créé par Guy Peellaert, dont les « Rock Dreams » feront bientôt le tour du monde, comme ses pochettes pour les Stones, Bowie, etc.

Quand il écrit « Les millionnaires » il pastiche à l'évidence Mistinguett, la star légendaire du Casino de Paris, un demi-siècle plus tôt, dont Zizi est une sorte de réincarnation (les gambettes, la gouaille, les plumes, l'abattage) même si la comparaison parfois l'agace :

Je cherche un gros lard
Plein de dollars
Qui me donnerait le gîte et la soupe
Qui me remettrait le vent en poupe
J'veux bien d'un bonhomme
Oui mais un grossium
Et même s'il veut me prendre en croupe
J'y regarderais pas à la loupe

Sur le thème provoc, mais typique de la chanson réaliste, des femmes battues, Gainsbourg compose « Les bleus sont les plus beaux bijoux », chanson pour laquelle Zizi, appuyée à un bec de gaz, se retrouve, dit-elle, « habillée en pute dans un très bel ensemble Saint Laurent. C'était une chanson superbe mais qui ne passait pas facilement » :

Lorsque sur moi il pleut des coups
De poing ou d'ta canne en bambou
Que l'rimmel coule le long d'mes joues
Que j'm'évanouis que j'suis à bout
Je m'dis qu'les bleus sont les bijoux
Les plus précieux et les plus fous
Et qu'si un soir on est sans l'sou
J'pourrai toujours les mettre au clou

Serge lui concocte aussi le très comic-strip « King Kong », chanté dans un décor spectaculaire de Pace, où il s'amuse à citer Jim la Jungle, Tarzan et d'autres héros de son enfance...

Je me retrouve au snack-bar
A me refaire une patience
Egarée dans les transes
En rêvant de Luc Bradfer
V'là qu'arrive une armoire
A glace, un bellâtre
Dont le regard bleuâtre
Me mit les pattes en l'air
Ah King Kong, King Kong, King Kong
T'es le Kong, t'es le King

Pour cette revue intitulée « Zizi, je t'aime », deux autres chansons sont créées exclusivement sur scène et ne figurent pas sur l'album publié simultanément : de « Chaussures noires et pompes funèbres » il ne subsiste que le titre ; de « Dessous mon pull » on sait que c'était la finale, évidemment interprétée sur le fameux grand escalier :

Du preneur de mes reins
Au frôleur de mes lèvres
D'mon donneur de fièvre
Au baiseur de mes mains
De l'homme de ma vie
A tous mes chéris
A bout portant je leur dis :
Y'a toujours foule
Dessous mon pull [1]

Les différentes émissions de télévision, aussi prestigieuses soient-elles, auxquelles Serge continue de participer au cours du dernier trimestre 1971 (dont un *Show Gilbert Bécaud*, le 9 octobre), ne sont pas à la hauteur de l'œuvre qu'il a publiée six mois plus tôt et dont les ventes sont par ailleurs décevantes [2]. Heureusement, le réalisateur Jean-Christophe Averty est venu lui proposer une transposition de l'*Histoire de Melody Nelson*. Le tournage, différé pour cause de naissance de Charlotte, a lieu en novembre 1971 ; l'émission spéciale est diffusée sur la deuxième chaîne le mercredi 22 décembre à 21 h 30, entre le troisième épisode de *La Dame de Monsoreau* et un documentaire de Frédéric Rossif sur le peintre Mathieu.

Jean-Christophe Averty : « J'avais eu l'autorisation du peintre belge Paul Delvaux d'utiliser ses peintures comme fonds pour certaines scènes de *Melody Nelson* et le collage des peintures de Delvaux, des décors que j'avais fait dessiner et de mes trucages se retrouvaient en osmose avec les chansons de Serge. Lui, il rigolait, il se foutait de ma gueule parce qu'il me voyait m'agiter beaucoup, monter et descendre de ma régie deux cents fois dans une journée et crier sur les techniciens... C'était un bordel noir, entre les incrustations et les trucages, il n'avait jamais vu ça ! »

En décembre 1971, au club Saint-Hilaire de François Patrice, à Paris, puis au MIDEM [3] et au Whisky à Gogo, à Cannes, en janvier,

1. Pour l'anecdote, parmi les danseuses nues de cette revue de Zizi, on trouve Lisette Malidor, une très belle Black pour qui Serge composera « Y'a bon », chanson qu'elle interprétera (sur scène uniquement) en 1973.

2. Estimation par recoupements, en l'absence de chiffres fiables : entre 20 et 30 000 exemplaires.

3. Qui est au marché du disque ce que le Festival de Cannes est au cinéma, les Palmes d'or et le prestige en moins. François Patrice, prince des nuits parisiennes, avait lancé d'autres danses auparavant, notamment « le casatchok », « le rush-gold » et « le sirtaki » cher à Zorba le Grec.

Serge tente de lancer une manière de « suite verticale », comme il l'annonce, à « Je t'aime moi non plus », également sur une mélodie quasi liturgique, intitulée « La décadanse » dont un communiqué de presse précise l'intention :

> Une danse un peu érotique mais quand même moins vulgaire que le paso doble où le mâle ressemble à un coq de basse-cour. « La décadanse » est faite pour les couples intimes, couples existants ou couples qui ont envie de se former. Quand on danse un slow c'est consciemment ou non avec une arrière-pensée. On a envie de mettre le ou la partenaire dans son lit.

Jane Birkin : « C'était une idée géniale et une danse très originale. Je crois que les gens se sont dégonflés. Enfin... c'était embarrassant pour la fille parce qu'elle n'avait nulle part où regarder [1]. Pour le type, ça allait. C'était très exhibitionniste. Quand Serge m'a parlé de son idée, je me disais : “Mais comment ça se fait que personne n'y ait pensé avant ?” Je trouve que c'est un hymne religieux, cette chanson... »

Serge : Tourne-toi !
Jane : Non...
Serge : Contre moi
Jane : Non, pas comme ça !
Serge : Et danse
La décadanse
Oui c'est bien
Bouge tes reins
Lentement
Devant les miens
[...]
Serge : Dieux !
Pardonnez nos offenses
La décadanse
A bercé
Nos corps blasés
Et nos âmes égarées

En face B, une amusante pochade pâtissière chantée par Jane, « Les langues de chat » :

Je cherche un p'tit papa gâteau
Qui m'f'rait des langues de chat
Afin qu'mes nuits s'éclairent au chocolat
Hier j'avais un nègre en chemise
Un délice antillais
Qui de mon amour parfait se moqua

1. En clair, le couple danse enlacé, mais la fille tourne le dos à son partenaire.

Au MIDEM, « La décadanse » fait un petit scandale, la presse parle de « mauvais goût spectaculaire et navrant ». Mais, trop prémédité, le « coup » va foirer. Dans la presse, en ce début 1972, certains montrent des signes de lassitude à l'égard du sensationnel couple médiatique de la saison 1969-70, même si on lit en février, dans *France-Dimanche*, que le mariage est confirmé (cette fois l'on évoque neuf cents invités chez Maxim's, déguisés en costume Empire, Gainsbourg lui-même étant supposé paraître en « Bonaparte au pont d'Arcole »). *Melody Nelson* a certes redoré sa réputation mais le succès l'a boudé. Le triomphateur de « Je t'aime moi non plus », après être « passé à la caisse », comme il l'a confié à Denise Glaser, est-il en passe de redevenir le poète maudit, l'auteur-compositeur respecté mais qui ne vend pas de disques, qu'il était dix ans plus tôt ? C'est exactement cela : il vient de publier le premier de quatre albums essentiels (avant *Vu de l'extérieur*, *Rock Around The Bunker* et *L'homme à tête de chou*) dont la circulation est inversement proportionnelle à l'intérêt artistique. Art majeur, ne lui en déplaise, mais ventes mineures. Retour à la case départ ? Pas vraiment, mais on va voir comment va se cristalliser au fil des mois la pire de ses hantises : se métamorphoser en « Monsieur Birkin ».

17

O di doo di doo dah

Le soir de la première de Zizi Jeanmaire au Casino de Paris, le 14 février 1972, Serge a invité les parents de Jane. Il est convenu qu'après le spectacle ils partent à Deauville, où ils arrivent effectivement à 2 heures du matin. Serge n'a évidemment pas envie de se coucher et réussit à traîner la maman de Jane au casino.

Judy Campbell-Birkin : « Il m'achète pour 500 francs de jetons et me dit qu'il veut me regarder jouer. Et là, je commence à gagner, coup sur coup, les jetons s'accumulent et, très fière de moi, je lui annonce que je vais encaisser mes gains et retourner à l'hôtel. “Mais non ! Vous ne pouvez pas vous arrêter comme ça ! Quand on gagne, il faut continuer ! — Et si je commence à perdre, je peux m'en aller ? — Non ! Dans ce cas-là, on s'en ira quand vous aurez tout perdu !” C'est exactement ce qui s'est passé, naturellement. »

Petit tour du côté des hit-parades en France en ce début 1972, où l'on n'aperçoit nulle part « La décadanse ». Les gagnants du moment se nomment Julien Clerc (« Ce n'est rien »), John Lennon (« Imagine »), Michel Sardou (« Le rire du sergent »), Michel Polnareff (« Holidays »), Mort Shuman (« Le lac Majeur »), Stone et Charden (« L'aventura »), Joe Dassin (« Elle était oh ! »), Claude François (« Il fait beau, il fait bon »), Jacques Dutronc (« Le petit jardin »), Isaac Hayes (« Theme From Shaft ») et Harry Nilsson (« Without You »). On remarque aussi l'arrivée triomphale d'une petite nouvelle, Véronique Sanson (« Besoin de personne ») qui à elle seule annonce à sa façon la nouvelle génération de la chanson française, les Souchon, Jonasz, Berger, Higelin, Voulzy, et plus tard Chédid, Balavoine, Cabrel et Goldman, qui va bouleverser les règles du show-biz hexagonal. En attendant, celui-ci se porte bien : nous sommes en plein âge d'or des chanteurs pour minettes : dans *Hit Magazine*, *Salut* et *Podium*, les « favinets » méditerranéens, permanentés et ténébreux exhibent leurs pilosités pectorales : ils se nomment Ringo Willy-Cat (« Elle, je ne veux qu'elle ») ou Mike Brant (« Qui saura »). Quand ils sont blonds et mignons, qu'ils chantent haut perché et jouent l'androgynie, on les appelle C. Jérôme (« Kiss Me ») ou Patrick Juvet (« La musica »). Où donc Gainsbourg pourrait-il se glisser dans cette *combinazione* qui sent le marketing à plein nez ?

Miné par les piètres résultats de ses deux derniers disques, il accepte un petit boulot de commande, une chanson publicitaire pour la nouvelle ligne masculine du parfumeur Caron. En avril 1972, un disque cartonné est envoyé aux parfumeurs tandis que des spots tournent sur Europe n° 1 et Radio Monte-Carlo.

Serge : Je passe
Jane : Pour un homme
Serge : Pas très beau garçon
Pourtant
Jane : Pour un homme
Serge : Plein de séduction
Ce qui fait mon charme
Et c'est là mon arme
Secrète
Jane : Pour un homme
Serge : De Caron

Au cinéma, ils se calment quelque peu. Jane mène désormais sa carrière toute seule, histoire de ne plus prêter le flanc aux insinuations de journalistes vachards qui ne manquent pas d'observer qu'il est impossible de voir Birkin à l'écran sans encaisser Gainsbourg dans un second rôle, quand il ne signe pas en prime la bande originale. Fin 1971, Serge l'a effectivement accompagnée à Rome sur le tournage d'un nanar qui rivalise d'imbécillité avec ses péplums du début des années 60, mais cette fois dans le genre vampire : dans *Les Diablesses* d'Anthony M. Dawson (alias Antonio Margheriti), il joue l'inspecteur de police, forcément coiffé d'un chapeau à la Sherlock Holmes, puisque l'action est supposée se passer dans un château hanté en Ecosse. Jane invite son père sur le tournage, parsemé d'incidents grotesques qui leur valent, c'est une consolation, quelques belles crises de fou rire.

Jane Birkin : « J'avais presque la certitude que le film ne sortirait jamais. Manque de pot, en janvier 1974, je passe un jour devant le George V et je vois *Les Diablesses* à l'affiche. Ils avaient changé le titre pour faire croire qu'il s'agissait d'une histoire de lesbiennes, avec une photo de moi et d'une autre fille, et rajouté le nom de Serge pour faire "osé", c'était à mourir de rire. [...] Je suis allée le voir, camouflée jusqu'aux yeux, de peur d'être reconnue par le public qui se presserait.

Précaution inutile : il n'y avait personne. J'ai laissé tomber mon déguisement. On rigolait tellement en regardant le film qu'un autre spectateur nous faisait "Chut !"... On se faisait engueuler, en plus[1] ! »

Dans *Trop jolies pour être honnêtes*, de Richard Balducci, qu'ils tournent au printemps 1972, Serge joue un gangster italien et compose la bande originale. Ce film, la première comédie de Jane (un genre dans lequel elle va bientôt exceller, voir *Comment réussir quand on est con et pleurnichard* et *La moutarde me monte au nez* en 1974), marque à sa façon la fin d'une époque. Parmi leurs partenaires, Elisabeth Wiener et Bernadette Lafont...

Bernadette Lafont : « C'était l'histoire de quatre filles qui faisaient un hold-up, il jouait le chef de la bande rivale, nous tournions à Tarragone, près de Barcelone. Je me souviens surtout d'un dîner très arrosé à la chartreuse verte au terme duquel Jane et moi nous étions lancé le défi de prendre un bain de minuit, toutes les deux. Serge n'avait bien sûr aucune envie de nous imiter, je le revois grognant sur la plage, avec son chien qui grognait tout pareil, de plus en plus inquiet à mesure que nous nous éloignions, il avait tellement peur que Jane se noie... »

Il avait des raisons de se méfier, si l'on en croit le récit de cette soirée maudite qui avait eu lieu à Paris quelque temps auparavant et que Jane raconte à merveille...

Jane Birkin : « Nous étions chez Castel, je crois que j'étais bourrée, il me fallait pas grand-chose, j'étais pas une sainte non plus... Serge avait commis ce soir-là une chose qui me semblait la plus vicieuse du monde : il avait retourné exprès mon panier devant plein de gens dans la boîte de nuit. Je me suis dit : "Ça c'est le truc le plus impardonnable qu'on puisse faire", donc j'attendais ma revanche. Titillée par des gens qui avaient vu la scène, j'ai aperçu une tarte qui était à portée de ma main... J'avais son visage en face de moi, ramasser la tarte et la lui envoyer à la figure n'a pris que quelques secondes... Et là je me suis rendu compte que c'est la chose qu'il ne faut jamais faire, mais jamais, jamais dans toute la vie, ne faites une chose aussi immonde que de jeter une tarte à la crème à quelqu'un en public... Et là, Serge a été formidable. Il s'est levé et s'est dirigé vers la porte, avec des morceaux de tarte qui tombaient à chaque pas, il est sorti de chez Castel et il a marché droit vers la rue de Verneuil. Moi, en ne sachant pas quoi faire pour me sortir de cette horreur, je me suis levée, bien bêtement il faut le dire, parce que lui il était noble... Il n'avait presque plus de tarte sur lui quand il est arrivé au coin de la rue de Verneuil, alors moi tout à coup j'ai eu une idée, c'était de le dépasser et d'aller me jeter dans

1. *Jane Birkin* par Gérard Lenne, *op. cit.*

la Seine... Je vous ai dit qu'on n'était pas très nets ni l'un ni l'autre... Et ça a marché pas mal parce qu'il m'a vue partant comme une flèche, donc il m'a suivie parce qu'il était quand même très gentil, il voulait savoir ce qui allait se passer et là j'ai traversé le quai Voltaire et j'ai dévalé les marches quatre à quatre... Et dès que j'ai vu Serge emprunter le même escalier, pour qu'il me voie, je me suis retrouvée dans la Seine en trois secondes. Là, malheureusement, comme je ne sais pas nager, j'étais bien emmerdée, parce qu'en plus il y a un courant assez vicieux... J'ai été repêchée par les pompiers et par Serge qui m'avait tout pardonné, ce qui lui ressemblait énormément, et nous sommes rentrés bras dessus bras dessous, avec mon chemisier Yves Saint Laurent qui avait rétréci de huit centimètres... Quand j'y repense, ça me semble tellement charmant, je n'en reviens pas de la naïveté... Des souvenirs comme ça appartiennent à un monde sans cruauté, enfin il me semble[1]... »

Serge et Jane sont invités par Gilbert et Maritie Carpentier à participer à un *Top à...* consacré à Sylvie Vartan, pour lequel il compose des chansons-sketches, exercice auquel il ne s'était plus livré depuis quelques années. C'est ainsi, le 6 mai 1972, que l'on voit Jane et Sylvie chanter en duo « Les haricots » ; c'est en trio qu'ils interprètent ensuite « Les filles n'ont aucun dégoût » :

Sylvie : Oh !
Cette façon de
Toujours se foutre du monde
Sans cesser d'fumer
Serge : Oui mais les filles n'ont aucun dégoût
Pour l'amour, celui des sous
Elles se vautrent dans la boue

Pour France Gall, l'interprète qui lui avait « sauvé la vie », c'est la traversée du désert. L'innocente petite chanteuse des années 1963-66 n'a pas su se reconvertir, au moment où Sylvie Vartan joue la carte de la variété à l'américaine (ses shows à l'Olympia en 1970 et 1972 sont des triomphes) et Sheila celle de la chanson populiste délibérément bas de gamme (« Les rois mages » ne sont pas loin). France s'est temporairement retirée du métier et file le parfait amour avec Julien Clerc. En 1972, cependant, elle souhaite faire une nouvelle tentative. Bertrand de Labbey, éditeur et manager de Julien, futur agent de Gainsbourg, se charge de lui trouver des chansons.

1. Recueilli par Franz-Olivier Giesbert pour l'émission *Le Temps d'une chanson* diffusée sur France 2 durant l'été 1999.

Bertrand de Labbey : « J'ai appelé Gainsbourg qui a été d'une courtoisie exquise, alors que j'avais craint qu'il m'envoie balader sous prétexte que France ne vendait plus de disques depuis longtemps. Il lui a écrit deux titres, « Frankenstein » et « Les petits ballons », j'ai ensuite suivi la production en studio, Serge a dirigé les séances, infiniment respectueux des autres et j'étais émerveillé de travailler avec lui ; naturellement nous avons tous été très déçus que ça ne marche pas. »

On dirait pourtant que Serge se fourvoie et qu'il livre à France des chansons rigolotes tout juste dignes d'un show télévisé : qui peut en effet rêver d'un come-back avec un machin, aussi amusant et bien ficelé soit-il que « Frankenstein » ?

Fallait un cerveau aussi grand qu'Einstein
Pour en greffer un autre à Frankenstein
Faire de plusieurs cadavres en un instant
Un mort vivant

France Gall : « Je suis retournée le voir à ce moment-là parce que rien ne marchait et, très gentiment, avec Jean-Claude Vannier, il a accepté de m'écrire ces deux chansons. Les textes étaient parfaits mais ce n'était pas ce que j'attendais. Je n'étais pas heureuse de les enregistrer. C'est là que je me suis rendu compte qu'il avait dit tout ce qu'il avait à dire avec moi. En fait il ne m'a jamais connue. Ce qui l'intéressait c'était ce qu'il projetait sur moi. »

Sur une musique de Jean-Claude Vannier, « Les petits ballons » démontre clairement ce qu'elle avance : Serge persiste à la confondre avec une poupée — cette fois ni de cire ni de son mais plutôt du genre latex — et il faudra à France attendre deux ans encore, et la rencontre avec Michel Berger, pour que « La déclaration » la remette sur orbite pour la seconde carrière que l'on sait :

On me gonfle avec la bouche
A la taille que l'on veut
Puis après le bouche à bouche
On fait ce que l'on veut
De moi mais rien ne me touche
J'n'éprouve aucune émotion
Je n'frémis que si l'on touche
A mes petits ballons

L'autre poupée que Serge pouponne, c'est Charlotte. Choc des photos à l'appui, *Paris-Match* raconte avec son bon goût légendaire : « Bébé Gainsbourg a fait du couple maudit, les champions de l'anticonformisme, un attendrissant tableau de famille. » Le couple maudit s'en balance et passe l'été avec ses filles Kate (cinq ans) et Charlotte (un an) au château Volterra, à Cap-Camarat : Serge y invite sa maman, ses deux sœurs Liliane et Jacqueline, ses neveux et nièces ; Jane y convie son frère, sa sœur Linda et ses parents. Michèle, la fille de Liliane, s'en souvient comme de vacances de rêve.

Michèle Zaoui : « Le soir, Serge et Andrew faisaient de longues parties d'échecs et les enfants jouaient aux cartes. On passait nos journées à la plage sans jamais y voir Lucien bien sûr. En revanche il organisait des sorties à Saint-Tropez, par exemple pour l'anniversaire d'Yves, il avait loué une énorme Cadillac qui n'en finissait plus, il y avait entassé tout le monde et nous avait emmenés déjeuner à Tahiti Beach[1]. »

A la rentrée 1972, Serge compose avec Vannier la bande originale du film *Sex-Shop* de Claude Berri, qui sort en salle le 25 octobre.

Claude Berri : « Il s'agissait d'une comédie sur la libération des mœurs, l'échangisme et la pornographie dont le climat collait parfaitement à son univers, j'y jouais un libraire acculé à la faillite qui transforme sa boutique en sex-shop. Je lui avais demandé de pouvoir utiliser “La décadanse” et de me faire une musique originale. »

> Dis, petite salope, raconte-moi
> Comment c'était entre ses bras
> Etait-ce mieux qu'avec moi
> Ouais, petite vicieuse, dis-moi tout
> Combien de fois combien de coups
> Quand même pas jusqu'au bout ?

Entre-temps Jane a démarré le tournage de *Don Juan 73* de Roger Vadim avec Brigitte Bardot. A un moment on retrouve Jane et B.B. nues, côte à côte, dans un lit... Pendant cette scène, les deux beautés devaient, selon le script, fredonner une chanson. Taquine, Brigitte avait suggéré « Je t'aime moi non plus »...

Alors qu'il a attaqué la composition et l'écriture des chansons du premier album de Jane, on le voit beaucoup à la télé : le 4 novembre 1972, il interprète « La noyée », la plus belle de ses chansons inédites, dans l'émission *Samedi loisirs* ; le 11, il est à nouveau invité par les Carpentier pour un *Top à...* consacré à sa copine Régine qui chante à cette occasion l'inédit « Il est rigolo mon gigolo » et une amusante version d'« Il s'appelle reviens » avec Serge et Marie Laforêt. Le 25 novembre, il est de la partie pour un *Top à...* Petula Clark, cette

1. Lors de ces vacances dans le Midi, Andrew, qui est passionné par la Seconde Guerre mondiale, demande à la maman de Serge d'enregistrer ses souvenirs de l'Occupation : les témoignages d'Olia Ginsburg au début du présent ouvrage sont tirés de cette cassette d'entretiens.

fois ; en plus d'une plaisante parodie de « La gadoue » en duo avec Petula on assiste à un moment d'anthologie lorsque Dalida, Petula, Claude François et Gainsbourg interprètent ensemble le sketch « Les anthropophages » (sur la musique des « Incorruptibles »). Tout s'éclaire au quatrième et dernier couplet, lorsque Serge conclut, pas dupe :

Serge : Le show-business y'a pas pire
C'est qu'des caresses et des soupirs
Mais tourne tes fesses on va rire
Si tu tiens à ta peau tu peux t'mettre à courir
car...
Dalida, Petula, Claude et Serge :
Les anthropophages se font des p'tits ragoûts
Serge : J'en prendrai juste un doigt
Claude : Moi juste pour le goût

Les dernières semaines de cette année quasi sabbatique sont donc consacrées à la création du premier album de Jane, à nouveau avec Vannier. En janvier 1973, on découvre le 45 tours « Di Doo Dah » :

Di doo di doo dah
O di doo di doo dah
Mélancolique et désabusée
Di doo di doo di doo dah
O di doo di doo dah
J'ai je n'sais quoi d'un garçon manqué

Jane Birkin : « D'emblée, ses chansons étaient de petits portraits, de mini-interviews, c'est la chance que j'ai eue, je lui inspirais des petits films. Moi, je ne voulais chanter que des choses mélancoliques, mais lui voulait aussi des chansons drôles et rythmées. »

Sur les bords des routes je fais des signes aux camionneurs
Les gros bras, les brutes, les gorilles me font pas peur
Help ! help ! arrête-toi mon beau poids lourd
Prends-moi, emmène-moi sur ton gros cul
Porte-moi aux nues

Après « Help camionneur ! », « Encore lui » fonctionne comme le plan-séquence d'une cavale effrénée dans les rues de Paris, dont les noms, qui tous font référence au sacré (Chapelle, Evangile, Roses, Abbesses, Martyrs, Filles-du-Calvaire, Paradis, etc.), n'ont pas été choisis par hasard :

Je descends à la Chapelle
Et cet homme descend aussi
J'prends la rue de l'Evangile

Et le voilà qui me suit
Rue des Roses rue des Fillettes
Je me retourne
C'est encore lui !

Accoudée au bar, dans « Puisque je te le dis », Jane interprète le rôle d'une petite nana qui en a assez de se faire tanner par un mec sentimental :

Puisque je te le dis
Mais oui je t'aime
Puisque je te dis qu'non
T'es drôle quand même
Ça fait au moins deux heures
Qu'on est là-dessus

Pour chasser l'ennui, cette autre « souffle dans les capotes anglaises, ça fait des jolis ballons ». Elle les balance de son balcon :

Allez dans le ciel
Faire les cons

« Leur plaisir sans moi » : dans un souffle, dans un murmure, cette autre petite, nostalgique, a les larmes aux yeux chaque fois qu'elle feuillette les pages d'un atlas...

L'amour connais pas
L'amour physique oui, sur l'bout des doigts
Avec des garçons qui prennent leur plaisir sans moi[1]

On passera sur « Kawasaki », joyeux mélange de « Harley Davidson » et de « Ford Mustang »... A leur façon, toutes ces filles décrites au fil des chansons correspondent à l'une des facettes de la petite Jane B., y compris cette « Cible qui bouge » :

J'aime les coins un peu sordides j'aime les bouges
J'aime les zincs j'aime les bistrots enfumés
Je r'mue des hanches c'est comme une cible qui bouge
Je prends un malin plaisir à les allumer

Conclusion en forme de confession, sur une très jolie mélodie de Vannier, Jane avoue qu'elle est à prendre ou à laisser, telle quelle, parce que après tout « C'est la vie qui veut ça »...

J'aimerais te dire que je te suis fidèle
Mais d'abord je trouve que ça ne serait pas bien

1. Une des chansons préférées de Jane, elle en fera une nouvelle version, jugeant la première ratée, sur l'album *Lost Song* en 1987.

Car vois-tu ce n'est pas vrai et autant que tu saches
A quoi t'en tenir avec moi

Jane Birkin : « En studio, Serge est d'une grande patience, il comprend très bien que les accidents sont plus intéressants que des réussites sans âme. Il est même assez modeste avec ses mots : si j'en esquinte quelques-uns avec mon accent mais qu'une émotion passe, il préfère ça... »

C'est au cours des séances d'enregistrement de *Di Doo Dah* que les chemins de Gainsbourg et de Vannier se séparent après trois années d'une fructueuse collaboration[1].

Gainsbourg : « C'est un très grand musicien mais un jour nous avons eu une scène dramatique, nous étions tous les deux alcoolisés au dernier degré et il me dit : "Ecoute, la chose est simple : tu me fais de l'ombre". Je lui ai répondu : "Eh bien casse-toi alors !" Il aurait pu être un des plus grands orchestrateurs mais comme c'est un garçon intelligent et hypersensible, il s'est dit : "Si je fais ça je vais tourner en rond" et il s'est mis lui-même sur scène. »

De fait, Vannier a sorti depuis quelques albums chez Filipacchi et RCA, il a signé en 1985 la bande originale de *L'Amour propre*, film de Martin Veyron, donné des concerts au Dejazet, publié quelques trop rares albums (*Pleurez pas les filles*, 1990), sans oublier son recueil de nouvelles, *Le Club des inconsolables*. En 1996, cinq ans après la mort de Serge, il a retravaillé avec Birkin sur l'album *Versions Jane* et la tournée qui a suivi[2].

Jane Birkin : « Serge a toujours suivi avec intérêt ce que Vannier a fait par la suite. Il aimait beaucoup ce garçon, il est allé le voir en spectacle, je crois même qu'il ont chanté ensemble. Vannier est très attachant, il ne change pas, c'est un adolescent qui pique des crises contre les grandes personnes, c'est ce qui s'est passé avec Serge. Une vraie relation père / fils, les mêmes ruptures, les mêmes difficultés, les mêmes attachements. Serge n'a jamais eu d'autre relation comme celle qu'il a eue avec Vannier, ils avaient une façon d'être, à eux deux, que je n'ai jamais retrouvée par la suite. Il le respectait énormément et de le voir évoluer sans lui, comme compositeur et comme interprète, lui donnait un grand sentiment de fierté, comme s'il l'avait lancé, je crois. »

1. Ils se retrouveront cependant le temps de la bande originale du film *Projection privée* un an plus tard.

2. En 1972, Vannier avait publié un album extrêmement bizarre et obscur, *L'Enfant assassin des mouches* (disques Suzelle) dont Serge avait écrit les notes de pochette.

L'absence de Vannier ou d'un arrangeur de talent va durement se ressentir sur les deux albums suivants, dont la responsabilité est laissée à Alain Hortu, pour Philips, et au claviériste Alan Hawkshaw et sa bande de requins londoniens, que Serge a découverts lors des séances de *Di Doo Dah*, parmi lesquels le guitariste Alan Parker et le bassiste Brian Odgers. Né en 1937, Hawkshaw a débuté les années 60 dans un groupe *beat*,The Checkmates, avant de devenir musicien de session pour nombre de stars britanniques de la variété pop, de Tom Jones à Dusty Springfield en passant par Engelbert Humperdinck ou Shirley Bassey. Il enregistre parallèlement des génériques pour la télévision et des disques d'*easy-listening*[1]. En 1970, il fonde avec Alan Parker, longtemps accompagnateur du bluesman anglais Alexis Korner, le groupe Hungry Wolf qui enregistre un seul album avant de disparaître. Peu après ses premières collaborations avec Gainsbourg, Hawkshaw est engagé par Hank Marvin et ses Shadows, puis on le voit aux côtés de Cliff Richard et d'Olivia Newton-John, future star de *Grease*, dont il est un temps le directeur musical. Au fil des années on les retrouvera sur *Rock Around The Bunker*, *L'homme à tête de chou* ainsi que sur tous les albums de Jane, jusqu'à *Amour des feintes*.

Alan Hawkshaw : « Serge s'amène en studio avec des brouillons de chansons. Il a une manière très simple d'écrire, le contenu mélodique de ses morceaux est généralement très riche et il ne me reste qu'à broder autour de la trame qu'il me donne... »

C'est ainsi, les 26, 27 et 28 mars 1973, que Serge met en boîte à Londres les parties instrumentales de ce qui va devenir l'album *Vu de l'extérieur*. Là encore, comme sur *Histoire de Melody Nelson*, la consultation des feuilles de séances ne laisse pas d'intriguer. On y repère des chansons écartées (« Tout mou tout doux », « Les papiers qui collent aux bonbons »[2]) et d'autres dont les titres ont évolué entre le début et la fin des séances (« Dans les nuages et la musique » devenu « Pamela Popo », « Lorsque tout est foutu » devenu « Sensuelle et sans suite » et « Comme un diamant » devenu « Panpan cucul »).

Six semaines studieuses sont ensuite consacrées à l'écriture des paroles ; c'est le silence radio du côté de la rue de Verneuil et le nom de Serge n'apparaît qu'une seule fois dans la presse, le 18 avril 1973, dans

1. Qui ont été redécouverts à la fin des années 90 par les amateurs de *lounge music* (voir l'album *Girl In A Sportscar* publié par Coalition en 1997).

2. Lorsqu'il fait écouter l'album encore en chantier à Dominique Bosselet de *France-Soir*, qui le rapporte dans l'édition du 12 septembre 1973, la chanson « Les papiers qui collent aux bonbons » est a priori terminée ; le journaliste la qualifie même de « poème baroque ». « Tout mou tout doux » est peut-être la première version de « Vu de l'extérieur ».

le premier numéro du (pas encore tout à fait) quotidien *Libération* : Serge July annonce qu'il manque encore 230 000 francs pour boucler le budget du nouveau journal et en profite pour remercier les généreux donateurs, parmi lesquels Jean-Pierre Chevènement, Alain Geismar, Jean-Paul Sartre, Maurice Clavel, Jeanne Moreau et Serge...

Le 5 mai, ce dernier fait le mariolle au gala annuel de l'Union des artistes, retransmis à la télé : déguisé en bagnard, il exécute un numéro d'équilibriste. Du 7 au 11 mai, puis le 14, il attaque l'enregistrement des *lyrics* de *Vu de l'extérieur*. Le 15, il est victime d'une crise cardiaque.

Jane Birkin : « Je suis revenue d'une journée de tournage et j'ai trouvé au salon deux personnes qui n'auraient pas dû s'y trouver, elles m'ont fait asseoir et d'un coup le monde s'écroulait, je n'avais plus rien. On avait fait tant de folies ensemble que j'avais oublié que c'était un être humain avec du sang, des veines et un cœur. La veille nous nous étions disputés parce qu'il m'avait empêchée de dormir. Je suis méchante la nuit — Serge est peut-être un faux méchant mais moi je suis une fausse gentille —, je voulais dormir, être belle pour le film et lui est rentré en trébuchant sur le lit. J'ai hurlé qu'il fasse gaffe et en me levant, très tôt, je l'ai encore engueulé et ça l'a mis en colère. Un an avant, on lui avait dit : “Vous aurez un pépin dans les douze mois qui viennent si vous n'arrêtez pas”, mais nous n'avions pas pris ça au sérieux. Donc je suis allée à l'Hôpital américain et là j'ai retrouvé Lucien Ginsburg, le gosse qui fait des farces : il s'amusait à enlever son bip-bip cardiaque pour faire courir les infirmières comme s'il était mort. Et quand elles arrivaient il leur faisait des grimaces. J'ai appris qu'en sortant de la maison, rue de Verneuil, il avait refusé un plaid que les brancardiers voulaient lui mettre parce que les couleurs ne lui plaisaient pas, alors il a pris sa couverture en cachemire. En plus il a préféré marcher jusqu'à l'ambulance parce qu'il ne voulait pas sortir en civière, et il a pris le temps de bourrer son attaché-case de Gitanes parce qu'il savait qu'à l'hosto on lui imposerait des restrictions. Ça lui avait pas fait assez peur, dis donc ! »

« J'ai eu très peur, j'avais le bras paralysé, des pressions, je me suis mis à pleurer. J'étais seul. Jane était en train de tourner un film. Oui, pendant quelques minutes, j'ai pensé y passer », racontait Serge au magazine *Les Inrockuptibles* en 1990. Il a la force d'appeler au téléphone Odile Hazan, l'épouse du patron de Philips, avec qui il est très lié ; celle-ci lui sauve la vie en lui envoyant immédiatement du secours.

Jacqueline Ginsbourg : « Au bout de quelques jours, à l'hôpital, il demandait sans cesse à Jane de lui apporter des spray déodorants Old Spice et tout le monde se demandait : “Mais qu'est-ce qui lui arrive, il devient extrêmement propre ou quoi ?" En fait non, il fumait en cachette et c'était pour dissimuler l'odeur. Le seul moment où il n'a pas fumé, c'était aux soins intensifs, parce que naïvement il croyait que tout allait exploser à cause des bonbonnes d'oxygène. »

Jane Birkin : « Trois jours après, il était si triste que personne ne soit au courant qu'il a lui-même téléphoné au journaliste de *France-Soir* pour lui accorder une interview exclusive de son lit d'hôpital. Il voulait que les gens sachent qu'il avait failli mourir. Il m'a fait acheter toutes les éditions pour être sûr qu'aucun événement mondial ne l'avait chassé en troisième page. Et puis il a fait encadrer la couverture. Ce n'est pas monstrueux ou malsain : pour lui, c'est une preuve d'amour[1]. »

Françoise Hardy : « Quand Serge était à l'Hôpital américain, j'y étais aussi, côté maternité, où je venais d'accoucher de Thomas. D'une écriture fragile il m'a envoyé un petit mot adorable : "S'il est timide ce sera un petit Thomas à la tomate"... »

Jacqueline Ginsbourg : « Maman est arrivée à l'hôpital complètement terrifiée et, dès qu'elle l'a vu, elle a été rassérénée au point de redevenir ce qu'elle a toujours été, une mère qui titillait son fils sur des petits détails, à tel point qu'il s'est mis à pousser des hurlements et qu'on a craint qu'il fasse une deuxième attaque... »

Serge est plutôt sérieux dans les six ou huit semaines qui suivent son infarctus, qu'il passe plus ou moins sans tabac ni alcool, d'autant qu'à l'hosto on lui diagnostique — déjà — un début de cirrhose.

Docteur Marcantoni : « Je l'ai soigné dès 1975, avant moi il y a eu un premier cardiologue qui est mort. En fait son premier accident est un petit infarctus sur la paroi postérieure du cœur, c'est-à-dire d'une gravité moindre. Bien sûr, ça culpabilise un peu de ne pas pouvoir le persuader de faire plus attention, en particulier de fumer moins. Surtout qu'à mon sens il ne fume pas tellement par plaisir, c'est purement gestuel, il s'occupe les mains, et puis ça fait partie de son look. Dans un sens, son alcoolisme le protège de sa maladie cardiaque. En France, le pourcentage des maladies cardio-vasculaires est plus faible qu'ailleurs et le seul facteur qu'on ait trouvé, c'est l'alcool[2]... »

Jane Birkin : « Je l'ai ensuite emmené en convalescence en Normandie, près de Lisieux, où je possède un petit presbytère, et après quelques jours je crois voir sur ses dents un petit bout de tabac et je crie : "Mais tu fumes !" et il me dit : "Mais non ! pas du tout ! c'est du poivre, je viens de me faire un Bloody Mary." Je ne me suis aperçue

1. C'est également à *France-Soir* qu'il avait filé le scoop de la naissance de Charlotte, en juillet 1971. Toujours cette revanche à prendre, ce besoin d'amour...

2. Cette interview date de 1985.

de rien avant notre retour rue de Verneuil. Comme tous les soirs, il allait promener la chienne Nana mais cette fois-là, prise d'un doute, je l'ai guetté et je l'ai vu tourner le coin de la rue. A son retour je lui ai demandé de m'embrasser : il goûtait le tabac. Je lui ai donné une énorme gifle puis, en larmes, j'ai couru en haut téléphoner à mon père. Je lui ai dit : "Serge fume en cachette depuis six mois !" et il m'a répondu : "Je crois que tu as eu tort : maintenant Serge va fumer devant toi et le chien va pisser sur le balcon, ce qui ne sera bon ni pour l'un ni pour l'autre. Tu aurais dû faire semblant d'ignorer". »

Deux mois avant sa crise cardiaque, il avait joué dans une dramatique télévisée réalisée par Jean-Pierre Marchand, *Le Lever de rideau*, l'histoire de Diane, une petite fille de sept ans qui découvre le monde des adultes, un cortège de déceptions dont elle n'est distraite que par la rencontre du Prince, un magicien joué par Gainsbourg — ce qui doit lui rappeler des souvenirs de l'époque de Champsfleur, en 1950-52 —, sauf qu'on a eu la drôle d'idée de l'affubler à nouveau d'une moustache...

Au moment de la diffusion de ce téléfilm, à la fin novembre, on entend déjà beaucoup, depuis un mois, « Je suis venu te dire que je m'en vais » à la radio, et l'on découvre l'album *Vu de l'extérieur* sous sa pochette épatante, réalisée par le photographe Jean d'Hugues, où la tête de Gainsbourg est entourée de gros plans de chimpanzés, orangs-outans, ouistitis, macaques et autres babouins.

Jean d'Hugues : « Tout le monde pensait que "Je suis venu te dire que je m'en vais" signifiait qu'il allait larguer Jane, alors que ce n'était pas du tout son intention. Dans son esprit, ça voulait dire : "Je vais mourir et je dois préparer Jane à ma disparition." Quand il me l'a fait écouter, on était dans son salon rue Verneuil et, à un moment, Jane est arrivée et Serge a aussitôt arrêté le disque en me disant : "Elle ne supporte pas cette chanson." Puis il m'a collé dans les pattes le verre de liqueur de whisky qu'il avait à la main et m'a vissé sa cigarette entre les lèvres en me disant : "Si elle vous demande quelque chose, c'est vous qui buvez, c'est vous qui fumez !" C'est lui qui a eu l'idée de la pochette, il voulait que ça ressemble aux vieilles photos de famille, un cadre avec des photos pêle-mêle. Mais il voulait que sa famille à lui ne soit que des singes, et qu'ils soient tous plus beaux que lui. Il insistait pour que je trouve un nasique... J'ai utilisé des photos d'archives, mais j'ai aussi rajouté quelques photos que j'avais faites, y compris, tout petit, au verso, un cliché où on le voit sortir d'une pissotière... »

Pour le 45 tours, Serge nous offre une relecture du célèbre poème de Verlaine « Chanson d'automne » — dont voici l'original, tiré des *Poèmes saturniens* (1866) :

Les sanglots longs
des violons
de l'automne
Blessent mon cœur
d'une langueur
monotone.
Tout suffocant
et blême, quand
sonne l'heure,
Je me souviens
des jours anciens
et je pleure ;
Et je m'en vais
au vent mauvais
qui m'emporte
De çà, de là,
pareil à la
feuille morte.

Ce poème avait déjà été mis en musique, détail que Serge ne pouvait ignorer, en 1941, par son idole Charles Trenet, sous le titre « Verlaine » — chanson qui, par un « curieux clin d'œil du destin », comme l'a dit un spécialiste de la chanson, donnera à Trenet l'occasion de participer, sans le savoir, à la Résistance : « Verlaine » popularisera les vers poignants du « Prince des poètes » au point que la BBC s'en servira pour envoyer des messages codés à l'intention des réseaux de maquisards et leur annoncer, entre autres choses, l'imminence du débarquement de juin 1944.

Gainsbourg découpe, réarrange, fait avec les mêmes pièces un puzzle différent et crée le classique que l'on connaît, magnifiquement réinterprété par Jane sur la scène du Casino de Paris.

Tu suffoques, tu blêmis à présent qu'a sonné l'heure
Des adieux à jamais
Oui, je suis au regret
De te dire que je m'en vais
Oui je t'aimais, oui, mais...

L'enregistrement des dernières prises de voix et le mixage de *Vu de l'extérieur* ont lieu les 17, 19 et 25 septembre 1973 au studio des Dames.

Tu es belle vue de l'extérieur
Hélas je connais tout ce qui se passe à l'intérieur
C'est pas beau même assez dégoûtant
Alors ne t'étonne pas si aujourd'hui je te dis va-t'en
Va t'faire voir, va faire voir ailleurs

Tes roudoudous, tout mous tout doux
Et ton postérieur

Gainsbourg : « Pour le morceau “Vu de l’extérieur”, je voulais être *destroy* sur la chanson d’amour mais en filigrane on comprend que la petite, je l’aime... je n’ose pas le dire parce que je suis un garçon extrêmement décent. En fait, je suis indécent par ma décence... »

Serge est heureux en ménage, et même s’il flippe depuis son accident, son inspiration est légère et humoristique. Il aligne les chansons sans autre prétention que celle de faire sourire, telle « Panpan cucul » :

Quand je m’trimbale
Une p’tite poupée dans mon tape-cul
C’est comme si je lui faisais
Panpan cucul

« Prendre les femmes pour ce qu’elles ne sont pas et les laisser pour ce qu’elles sont. » De cet aphorisme il fait son leitmotiv, alors que l’on croise des personnages que l’on croirait sortis d’une bande dessinée : la princesse inca de « Titicaca », la strip-teaseuse black « Pamela Popo », « L’hippopodame », douce comme un marshmallow, avec son gigolo. Dans « Sensuelle et sans suite », il joue avec les onomatopées comme au temps de « Comic Strip » :

Ça fait crac, ça fait pshttt
Crac je prends la fille et puis pfuitt
J’prends la fuite
Elles en pincent toutes pour ma pomme cuite
J’suis un crack pour ces p’tites
Crac les v’là sur l’dos et moi pshttt
J’en profite [1]

Michel Lancelot a tourné rue de Verneuil une émission de son excellente série *A bout portant* consacrée à Gainsbourg, qui affiche à cette occasion un look furieusement punk : cheveux hirsutes, chemise et blouson informes, barbe de trois jours. Diffusée le 19 septembre 1973, on y entend Serge déclarer ceci :

> Quand tout va mal il faut chanter l’amour, le bel amour et quand tout va bien chantons les ruptures et les atrocités. Elle est la fille que j’attendais. Ça ne s’est pas su comme ça au départ, il y a eu une mutation en moi. Je

1. Sur ce titre, il s’amuse avec les rimes en « ite » (palpitent / s’excitent / zénith / dynamite), ce qu’il refera en 1975 — soit deux ans après — dans « Sea Sex And Sun », où il est aussi question de « zénith » et de « dynamite » mais également de « petits seins de bakélite »...

pense qu'elle est la dernière, si elle me quitte... J'aime cette fille, je peux le dire, j'ai jamais dit ça de personne. [...]

Je suis beau, je suis superbe, j'ai de l'argent, j'ai réussi, je suis célèbre... Non, j'exagère, j'exagère.

Première jeunesse, j'étais mignon comme tout et puis après il m'est poussé ces oreilles et ce nez. Encore que maintenant avec les cheveux longs c'est plus marrant, parce que avant c'était plus chic d'avoir les cheveux plus courts et... les oreilles sortaient beaucoup plus. Et puis je me suis buriné, je m'arrange... Je crois que les hommes s'arrangent en vieillissant. Les femmes se démolissent et les hommes s'arrangent, c'est assez injuste mais c'est comme ça.

Deux ans et demi après *Histoire de Melody Nelson*, il n'est pas question cette fois de *concept-album* mais d'un thème récurrent, celui du postérieur et de ce qui en sort, « Des vents des pets des poums » :

Tiens, celui-là était pas mal du tout, il a fait boum
Et celui-ci est parti comme une balle dum-dum
En l'attendant tu fais des vents des pets des poums

Ceux-ci font vroom, vlan ou voum, aussi torrides que le simoun — bref, il s'agit d'un hors-d'œuvre boucané en attendant le récit sordide de la vie et l'œuvre d'Evguénie Sokolov, prince pictural du prout, seul et unique roman gainsbourien, publié en 1981 mais dont il signe le contrat — avec la NRF — en 1974...

« Par hasard et pas rasé » annonce quant à lui le thème de « Flash Forward » (sur *L'Homme à tête de chou*, 1976) et rappelle celui du « Talkie-walkie » (sur *Gainsbourg Confidentiel*, 1964) : à l'improviste, le narrateur découvre que sa fiancée le trompe :

Par hasard et pas rasé
J'rapplique chez elle
Et sur qui j'tombe
Comme par hasard
Un para
Le genre de mec
Qui les tombe toutes

« La poupée qui fait », la plus jolie chanson de cet album, est évidemment dédiée à Charlotte :

C'est une poupée qui fait pipi-caca
Une petite poupée qui dit papa
Faut la rattraper par la manche
Sinon elle part en arrière
Elle bascule en gardant les yeux ouverts

Dans un magazine de charme, Serge met en scène une très jolie photo de Jane, Kate (sept ans) et Charlotte (deux ans et demi), nues toutes les trois, accompagnée de ce « Poème pour trois beautés » :

Trois jolies poupées sont mes filles
L'une l'est par son âge
Et brille par sa beauté
L'autre par cœur sait dire
« Maman, Kate, Charlotte »
Kate est le prénom de sa pote
De quatre ans son aînée
Pas bêtes, loin de là, ces petites bêtes...

Dans la presse jeune, *Vu de l'extérieur* est plutôt bien accueilli : « Serge Gainsbourg nous offre un 30 cm qu'il a composé le regard fixé sur la ligne rose des culottes Petit Bateau de plus ou moins petites filles. Même si ça sent parfois un peu le lait caillé, le renfermé, c'est bien agréable, au milieu des chèvres qui n'en finissent pas de bêler "je t'haîîme", de rencontrer quelqu'un qui se fout de tout (de lui, de nous) avec un tel talent », lit-on dans l'hebdomadaire *Pilote* (mâtin, quel journal !) en janvier 1974. Dans le nº 86 de *Rock & Folk*, deux pages lui sont consacrées sous le titre « L'homme adolescent ». Plus loin, Pierre Benain chronique l'album : « Une claque sur le cul. Etes-vous à ce point dénués de sensibilité pour attendre de ce faiseur de génie autre chose que des fatuités bordéliques et cette voix enfumée, éraillée, tranchée, chuchotée ? Le trouvère du siècle... »

Intermède léger : dans *Les 300 Inévitables*, recueil de questionnaires plus mondains que proustiens compilés par Yves Mourousi, publié fin 1973, Serge nous parle de ses préférences :

Loisirs : *Java*
Sports : *Nada*
Passe-temps : *Nana*
Alcools : *Tafia*
Plats : *Abats*
Restaurant : *Lucas* (Carton)

Pendant ce temps, malgré les nombreuses apparitions à la télé[1] « Je suis venu te dire que je m'en vais » n'effleure même pas les hit-parades : les deux derniers mois de 1973 et le début de l'année 1974 sont marqués par le « Noël interdit » de Johnny Hallyday, « Angie » des Rolling Stones, « Ça fait pleurer l'bon Dieu » de Julien Clerc, « Chanson populaire » de Claude François, « Les divorcés » de Michel Delpech, « Je pense à elle, elle pense à moi » d'Alain Chamfort, « Prisencolinensinainciu-

1. On le voit entre autres dans un nouveau *Top à...* Petula Clark le 17 novembre 1973 (en plus de « Je suis venu te dire que je m'en vais » il interprète l'inédit « Shylock » en duo avec son hôtesse) ; le 28 novembre est diffusé le téléfilm *Le Lever de rideau* ; le 15 décembre il est l'invité d'un *Top à...* dédié cette fois à Jacqueline Maillan et Jacques Charron.

sol » d'Adriano Celentano, « Money » de Pink Floyd, « La fête » de Michel Fugain, « Qui c'est celui-là » de Pierre Vassiliu, « Lady Lay » de Pierre Groscolas et « Viens ce soir » de Mike Brant.

Interview en forme de confession, Serge fait le point six mois après sa crise cardiaque dans le magazine *Spectacle* diffusé à la télé le 3 novembre 1973 :

> J'avais quelques amis, j'en aurai un peu moins. Je deviens un peu plus difficile. J'étais déjà misogyne, je deviens misanthrope. Vous voyez, il ne me reste pas grand-chose, mais il me reste des choses essentielles comme mes enfants, ma femme et la création. Ça continue. Avec l'esprit plus lucide et les mains qui ne tremblent plus, enfin presque plus. L'apport de l'alcool et du tabac sur l'intellect, pour moi, c'était très nocif. J'étais tellement saturé que je restais des nuits entières sans rien trouver. J'allais assez vite... donc j'ai vu beaucoup de paysages défiler mais j'ai accroché un platane, alors maintenant je sais que je suis légèrement blessé au cœur, j'espère que c'est pas très grave, que je pourrai survivre.

Jacques Dutronc fait partie de ces rares intimes. Ils se connaissent et s'admirent depuis des années et pourtant ils n'ont jamais travaillé ensemble. Enfin, pour la première fois, Gainsbourg lui signe un texte :

> Elle est si chatte que je lui dis mou
> Elle est si grosse que je lui dis vous
> Elle est si laide que je lui dis bouh !
> Elle est si lady que je lui dis you[1]

Naturellement il sera l'invité, le 2 mars 1974, du *Top à...* Jacques Dutronc, produit par Gilbert et Maritie Carpentier. En trio avec Jane, ils interprètent une chanson gag, « Les roses fanées » :

> *Jacques* : J'aime les roses
> *Jane* : Gigolo !
> *Jacques* : J'aime les roses
> *Jane* : Gigolo !
> *Jacques* : J'aime les roses fanées
> *Jane* : Gigolo, gigolo, gigolo !
> *Serge* : Les vieilles peaux
> *Jane* : Gigolo !
> *Serge* : Les vieilles peaux
> *Jane* : Gigolo !
> *Serge* : J'aime les vieilles paumées

1. Serge reprendra ce texte, sous forme de poème, lors de ses concerts reggae au Palace fin 1979.

Pour Françoise Hardy, il écrit « L'amour en privé » sur une musique de Jean-Claude Vannier, qu'il retrouve brièvement à cette occasion. Chanson du film *Projection privée* de François Leterrier, sa sortie au début d'octobre 1973 vaut à Jane, qui en est l'interprète principale, un accueil unanimement élogieux de la part des critiques qui apprécient sa grâce et sa présence rayonnante. Comme le souligne son biographe Gérard Lenne, même si le film est un échec commercial, il permet à Jane d'être enfin prise au sérieux pour ses qualités d'actrice dramatique, après une série de navets navrants. De fait, elle n'arrête pas de tourner et sa popularité grimpe en flèche. Après *Le Mouton enragé* de Michel Deville avec Trintignant (mars 1974), il va y avoir coup sur coup les comédies burlesques *Comment réussir quand on est con et pleurnichard* de Michel Audiard avec Jean Carmet et Jean-Pierre Marielle (juin 1974) et *La moutarde me monte au nez* de Claude Zidi avec Pierre Richard (octobre 1974) dont le succès est tel que Zidi remet ça l'année suivante avec *La Course à l'échalote* et les mêmes premiers rôles. Un triomphe, certes, mais à terme Jane risque d'être piégée dans le stéréotype de l'Anglaise sexy à l'accent comique. Parallèlement, un déséquilibre apparaît dans son couple...

Gainsbourg : « Les rapports d'un homme et d'une femme dans ces métiers sont extrêmement éprouvants : l'un et l'autre devraient être tout le temps à égalité. Quand Jane a été au zénith de sa gloire, moi j'ai commencé à craquer, c'était très dur. C'était presque "Monsieur Birkin", je n'aimais pas ça. Je sentais que ça speedait pour elle alors que moi je faisais des trucs de grande classe, mais qui n'étaient pas encore des albums d'or et de platine. Il y avait une distorsion qui me mettait mal à l'aise, je voulais la rejoindre dans le stress de la célébrité. J'ai souffert à cette époque-là et puis, *reverse-charge*, j'ai fait la "Marseillaise" et les concerts au Palace... »

Cinq ans se sont écoulés depuis les quatre millions d'exemplaires de « Je t'aime moi non plus ». *Vu de l'extérieur* plafonne à 20 000 exemplaires. L'album de Jane n'a pas marché. Paradoxe : les ventes de disques du couple Gainsbourg-Birkin sont inversement proportionnelles à leur visibilité ! Tout ceci au moment où la chanson française est en train de vivre une métamorphose : lentement mais sûrement, une nouvelle génération prend le pouvoir. Julien Clerc et Véronique Sanson l'avaient annoncée (et, avant eux, Michel Polnareff, qui est ruiné et contraint à l'exil fiscal en 1974). Yves Simon prend le relais dès 1972 (« Au pays des merveilles de Juliet »), suivi de Maxime Le Forestier (« San Francisco », 1973) ; bientôt, ce sera au tour de Michel Jonasz, Gérard Manset, Jacques Higelin, et Alain Souchon. Certains d'entre eux ont grandi en écoutant Gainsbourg, mais leur public ne le sait pas. En fait, on pourrait établir un parallèle entre les années 1971-77 et 1958-64, toutes proportions gardées. Gainsbourg était un *outsider* de la Rive gauche, il est un marginal face à la « nouvelle chanson ». Il était un vioque pour les yé-yé, il est une espèce de relique qu'on respecte sans trop la comprendre pour le public pop.

En même temps, un inconscient travail de sape se prolonge, qui prépare le terrain pour le triomphe reggae de 1979 : Gainsbourg ne vend peut-être pas des masses, mais il passe à la radio et on le voit souvent à la télé. Et chaque fois, c'est pour dire quelque chose que personne n'ose dire, c'est pour adopter une attitude que personne d'autre n'ose afficher. Il fume, il est mal rasé, il dit des gros mots, il est cynique, il fait ses play-back à côté et ses chansons ont chaque fois, ça ne rate pas, quelque chose qui parvient à choquer papa, maman ou la grand-mère. Les mômes de huit à douze ans qui voient Gainsbourg en ce milieu d'années 70 ne sont peut-être pas tout à fait en âge d'acheter des disques, mais pour certains, il y a un courant qui passe, ils se sentent des affinités avec ce punk de plus de quarante-cinq berges. Dès qu'il aura trouvé le bon langage musical, ça fera tilt. C'est, on le verra, exactement ce qui va se passer.

En avril 1974, cependant, Serge commet un faux pas. Quelques jours après la mort du président Georges Pompidou, Valéry Giscard d'Estaing annonce qu'il sera candidat à l'élection présidentielle. Comme d'autres artistes (parmi lesquels Johnny Hallyday, Charles Aznavour, Gilbert Bécaud et Mireille Mathieu), Gainsbourg appose sa signature sur un appel à voter Giscard, largement diffusé dans la presse, ce qui va lui valoir une longue bouderie de la part de certains intellectuels de gauche et, à travers eux, d'hebdomadaires tels que *Le Nouvel Observateur*[1]. « Si j'ai soutenu Giscard, dira-t-il un an plus tard à Noël Simsolo qui l'interviewe dans *Absolu*, mensuel de charme publié par Claude François[2], c'est pour des raisons avouables. Je n'ai aucune sympathie pour Mitterrand. Il s'est mouillé dans le passé dans des positions trop équivoques [...] Depuis longtemps, j'avais repéré Giscard d'Estaing comme un homme intègre et assez brillant. C'est tout... Je dois ajouter qu'il y avait pas mal de provocation volontaire dans mon choix, chose que je n'avais plus faite depuis longtemps. » Plus tard encore, il justifiera son geste en le qualifiant de « dadaïste »,

1. Nous sommes dans le non-dit, bien entendu, mais Michel Grisolia y fera clairement référence dans une critique de l'album *Rock Around The Bunker*, publiée dans *Le Nouvel Obs* quelques mois plus tard.

2. Dans le n° 14 daté de septembre 1975, mais l'interview date de janvier ou février de cette année.

avant d'avouer : « Ben... j'ai fait une connerie. Je trouvais que Giscard était un bon ministre des Finances, un très bon lieutenant-colonel. Il s'est avéré qu'il était un piètre général. »

Pour conclure sur cette maladresse, il faut situer le contexte : en 1974 l'Union de la gauche, menée par François Mitterrand et Georges Marchais, fait flipper ceux qui, comme Gainsbourg, ont viscéralement la haine du communisme, motivée dans son cas par l'antisémitisme flagrant de l'Etat soviétique. Qui plus est, la présence dans les rangs de la gauche française d'un nombre important de pro-palestiniens va à l'encontre de ses convictions, qui sont plus instinctives et familiales que raisonnées. Echaudé, Serge ne se fera plus piéger par la suite : on ne reverra son nom au bas d'une pétition qu'en 1990, mais pour la bonne cause puisqu'il s'agira cette fois d'un appel aux maires de France contre le Front national de Jean-Marie Le Pen...

Le samedi 4 mai 1974, à la veille du premier tour des élections présidentielles, un autre *Top à...* met enfin Gainsbourg à l'honneur. A cette occasion Jane crée « Bébé gai », face A de son nouveau 45 tours :

> Oh babe babe babe bébé gai
> Je babe je babe je babe je babe je bégaye[1]

Les Carpentier lui ont donné carte blanche : Serge choisit les décors et met en scène son show avec la complicité du réalisateur André Flédérick. Parmi les invités, sa chienne Nana, Jacques Dutronc, Françoise Hardy et Guy Bedos. En duo avec Françoise, Jane chante « Les p'tits papiers » ; en trio avec Serge et Dutronc, elle interprète « Les lolos de Lola », une chanson inédite et rigolote.

> *Jane* : Je plais aux GI
> Qui en pincent, aïe
> Pour moi
> N'importe où que j'aille
> Ils me suivent d'un air canaille
> Ils me disent
> *Jacques* : Ah quels beaux
> Lolos
> *Serge* : Que ces lo-
> Los-là

Maritie Carpentier : « Gainsbourg ne correspond à aucun critère rationnel, donc les play-back approximatifs ne nous ont jamais inquiétés, ce qui aurait été catastrophique pour un autre est normal pour lui.

1. Une chanson sotte, du niveau d'un sketch télé pour les Carpentier et à l'image des rôles de Jane au ciné, qui ne méritait pas de sortir en 45 tours. En face B figurait « My chérie Jane » sur une musique d'André Popp.

Nous lui avons proposé ce *Top à...* tout en sachant que nous ne ferions pas de grosse écoute, ce qui a d'ailleurs été le cas : la presse de province a poussé de hauts cris... »

Les critiques sont effectivement négatives : Pierre Jean, dans *L'Union de l'Aisne*, écrit ceci :

> Samedi soir, nous avons connu le « Top » du mauvais goût avec le couple Gainsbourg. Pas moins d'une heure et demie a suffi à nous assassiner d'ennui avec un programme sorti des poubelles du nouveau chic parisien. Tout y est prétentieux, grossier et surtout incompréhensible. Pourquoi invite-t-on Serge Gainsbourg ? Il n'a aucun talent, il est sale et mal rasé.

Evidemment, aux paillettes habituelles des *Top à...*, Gainsbourg a préféré l'envers du décor, un genre d'entrepôt ou de parking de banlieue londonienne où sont disposés un banc rouge et quelques vagues accessoires au milieu du bitume et des poutres métalliques, ce qui ne plaît pas du tout à Monique Forte dans *Nice-Matin* :

> Personne de sensé n'aime Serge Gainsbourg. Il est dépravé, méprisant et chante comme un drogué. Il nous a été réservé de le voir samedi dans un parking de terrain vague, crasseux, tel qu'en lui-même, dégurgitant des chansons que personne ne comprend, appréciées peut-être par un public averti, en tout cas pas par celui de vingt heures trente. On respire de savoir Annie Cordy au programme de la semaine prochaine.

Cet univers ne plaît peut-être pas au public populaire mais il tape dans l'œil du producteur Jacques-Eric Strauss que Serge rencontre par hasard quinze jours plus tard au Festival de Cannes. « J'ai vu votre émission, lui dit-il. Au niveau de la réalisation j'ai senti que toutes les idées venaient de vous. Le jour où vous voulez réaliser votre film, venez me voir. » Au début Gainsbourg n'y croit pas trop, il interprète cela comme une promesse bla-bla typiquement festivalière. N'empêche, l'idée de passer à la mise en scène le démange depuis des années. Pendant le tournage de *La moutarde me monte au nez* à Aix-en-Provence, tandis que Jane joue à « l'hurluberlue brittonne » (*dixit* Serge), il entame l'écriture du scénario d'un film intitulé *Je t'aime moi non plus*.

Le 6 juin 1974, Jane parle de ses fesses et de « l'éducation sexuelle de ses deux petites filles » dans *Cine-Télé Revue*. On y lit que Serge, très pudique, ne se montre jamais nu devant son gynécée (« il se cache même tellement que les enfants rigolent »). Plus loin, elle confie :

> Si quelqu'un m'a délivrée de certains complexes, c'est bien lui ! Mes défauts physiques et les hontes qu'ils m'occasionnaient, il en a fait des qualités ! Il m'a dit que je n'avais pas de scoliose mais seulement un dos

bien cambré ! Je n'ai pas de poitrine ? Il m'a dit que de toute façon il n'aimait pas ça mais qu'il aimait les belles fesses ! Comme j'ai de belles fesses, ça tombe bien ! C'est très gentil de sa part et j'espère que mes filles rencontreront chacune un homme qui sera aussi charmant avec elles.

Jane rencontre ensuite Robert Benayoun, avec qui Serge avait tourné *Paris n'existe pas* quelques années plus tôt : l'ex-critique de cinéma devenu metteur en scène lui propose un petit film surréaliste inspiré de Buñuel, *Sérieux comme le plaisir*, et demande à Gainsbourg d'y faire une courte apparition dans le rôle du « Mage »...

Robert Benayoun : « Au moment du tournage on sentait qu'il avait déjà des projets de mise en scène, il me donnait des conseils vis-à-vis de mon équipe. Il s'occupait surtout de Jane, il était son maître. S'il avait des reproches à me faire, c'était toujours de ne pas assez la filmer, de ne pas lui donner suffisamment de gros plans. Je l'ai engagé tardivement pour un petit rôle et il est entré d'emblée dans son personnage, le dernier représentant d'une secte dont l'objectif était de rendre les femmes heureuses. Il avait une manière extraordinaire d'expliquer son ascendant sur les femmes, pour la séduire il disait à Jane : "Je ne suis rien du tout et dès que je vois une femme qui me plaît, ça me galvanise", phrase qu'il prononçait en s'endormant, il était très drôle dans cette séquence... Avec ce rôle de gourou cosmopolite, il caricaturait un personnage à la Gurdjieff, évoluant dans une espèce de harem ou installé dans un fauteuil en osier à la *Emmanuelle*[1]... »

Emmanuelle, de Just Jaeckin, avec Sylvia Kristel, fait un triomphe en salle depuis sa sortie en juin 1974. De ce film légendaire, Serge avait refusé de faire la musique, finalement signée par un débutant nommé Pierre Bachelet. Une bourde qui lui fait perdre une rente annuelle de quelques dizaines de « bâtons », comme il aimait le raconter, d'autant que le film resta plus de dix ans à l'affiche du même cinéma des Champs-Elysées, alors qu'il lui avait prédit dix mille entrées au Midi-Minuit ! Indirectement, Serge profite pourtant de l'engouement pour l'égérie de l'érotisme BCBG...

Gainsbourg : « J'avais joué dans un court métrage qui est resté à l'affiche pendant deux ans parce qu'il était le "supplément de choix" d'*Emmanuelle*. Ça s'appelait *La Dernière Violette*, sous-titré *Le Tueur de vieilles*. Le tueur, c'était moi, bien sûr. Je jouais le rôle de l'Effaceur : je zigouillais des vieillards à coups de seringue[2]... »

1. *Sérieux comme le plaisir* sort en salle en janvier 1975.

2. Le réalisateur de *La Dernière Violette*, qui sort à Paris en juin 1974 en même temps qu'*Emmanuelle*, se nomme André Hardellet, écrivain maudit (*Le Parc des archers*, *Les Chasseurs*) dont c'est la première — et dernière — tentative au cinéma (il meurt la même année). Le scénario de ce court métrage a été publié pour la première fois en 1991 dans le deuxième volume de ses *Œuvres*, aux Editions Gallimard.

Serge se rattrapera en composant la bande originale du troisième épisode des aventures de la belle plante, *Goodbye Emmanuelle*, en 1977. Mais son manque de flair — ou bien est-ce le fait qu'il lui manque un arrangeur, vu qu'il n'a ni Goraguer, ni Colombier, ni Vannier sous la main — lui avait fait louper une autre affaire début 1974...

Bertrand Blier : « Je lui avais déjà demandé de me faire la musique de mon deuxième film, *Si j'étais un espion*, en 1967. Je l'avais rencontré à l'époque à la Cité internationale des Arts et il m'avait concocté un thème superbe, très "james-bondien", avec Michel Colombier. Nous nous étions ensuite perdus de vue jusqu'aux *Valseuses*, dont j'avais très envie qu'il fasse la bande originale : je lui ai organisé une projection de la copie travail mais il n'a pas aimé le film. Il s'en est d'ailleurs mordu les doigts par la suite. Peut-être le film était-il trop abrupt pour lui, il aimait la provocation mais il fallait qu'elle soit chicos, c'était son côté dandy. Tandis que moi, ma provoc, elle est crado, elle est sale. Ou alors il a ressenti unc forme de jalousie, de rivalité entre nous. Je ne lui en ai nullement tenu rigueur, puisque dix ans plus tard je l'ai retrouvé pour *Tenue de soirée*[1]... »

A la rentrée 1974, Serge fait une apparition surprise le 21 septembre dans un *Top à...* Sacha Distel, comme au bon vieux temps des *Sacha Show*. Au programme figure également une très jeune comédienne — dix-neuf ans seulement — qui fait un triomphe au cinéma dans *La Gifle* avec Lino Ventura et qui devient à cette occasion une interprète aussi inattendue qu'irrésistible...

Isabelle Adjani : « J'étais l'invitée d'une émission de télévision et tout à coup l'idée a surgi qu'il pouvait m'écrire une chanson. J'ai été le voir, il était très doux, moi très intimidée, je rencontrais mon idole, j'étais effarée. Et puis j'aimais tellement ce qu'il faisait chanter à Jane, je n'avais pas envie de m'ajouter à cette combinaison magique comme une copie... Il m'a rappelée peu après en me demandant si l'idée d'une "partie de jambes en l'air" ne m'effrayait pas ; nous nous sommes revus, il s'est mis au piano et m'a joué "Rocking-chair". »

> Est-ce en Mystère
> Vingt ou en hélicoptère
> Que viendra Humbert Humbert
> Humbert Humbert
> Je m'f'rai légère
> Comme du polyester

1. Il est pourtant sensible aux talents des stars des *Valseuses* : Gérard Depardieu a un petit rôle dans *Je t'aime moi non plus* et Serge avait approché Patrick Dewaere pour jouer Timar dans *Equateur*.

Basculée les jambes en l'air
Dans mon rocking-chair

Les aventures de celle à qui Baudelaire donne « la chair de poulette littéraire » seront chantées par Jane, quatre ans plus tard, sur *Ex-fan des sixties*. Pour l'album d'Isabelle Adjani, il faudra attendre jusqu'en 1983...

Après ce plaisant intermède, Serge se concentre sur l'écriture d'un nouvel album, dont l'enregistrement prend exactement une semaine, du 26 novembre au 2 décembre 1974, au studio Phonogram à Londres, à nouveau avec Alan Hawkshaw aux claviers, Alan Parker à la guitare, Dougie Wright à la batterie (plus tac-poum et minimaliste que jamais), Brian Odgers à la basse et, ce qu'il n'avait plus fait depuis « Initials BB » en 1968, trois choristes féminines.

Brian Odgers : « Là où d'autres nous demandaient de rejouer le même morceau 20 ou 30 fois, Serge allait directement à l'essentiel, il acceptait la plupart de nos enregistrements à la première prise. Pour *Rock Around The Bunker* nous avons été engagés pour quatre jours, on travaillait de 10 heures du matin à 10 heures le soir, il a enchaîné ensuite sur les prises de voix et le mixage. Le dernier jour, comme nous avions terminé en avance sur l'horaire prévu, Serge a trouvé des excuses pour faire durer la séance, sous prétexte d'améliorer certains morceaux : en fait c'était pour nous faire gagner un peu plus d'argent, ce qui était très attentionné de sa part. »

Jusqu'où peut-il aller trop loin ? A la sortie de *Rock Around The Bunker*, en février 1975, on voit des fans, réputés acharnés, plongés dans la consternation, complètement dépassés par cet album foudroyant. Gainsbourg n'a pas seulement décidé de toucher une corde sensible, il la frappe d'un archet féroce, pour que les hypocrites grimacent de pudeur offensée. Cela dit, il y avait des précédents. D'autres que lui avaient joué avec l'imagerie nazie dans une volonté évidente de provocation. On pourrait citer les films *Les Damnés* de Visconti (1969), *Cabaret* de Bob Fosse (1972), *Portier de nuit* de Liliana Cavani (1973) ou *Lacombe Lucien* de Louis Malle (1974). A Londres on parle beaucoup à l'époque de la comédie musicale *Rocky Horror Show* (qui deviendra *Rocky Horror Picture Show* lorsqu'elle sera portée à l'écran, en 1975) où des mecs se baladent en corset et jarretelles, avec la croix gammée en brassard. Mais Gainsbourg va remuer le couteau dans la plaie avec une délectation certaine et un humour dévastateur. Lui seul, le fils d'imigré juif russe, qui avait porté l'« étoile de shérif » pendant la guerre et échappé aux rafles, pouvait se le permettre.

Enfilez vos bas noirs les gars
Ajustez bien vos accroch'bas

Vos port'jarretelles et vos corsets
Allez venez ça va se corser
On va danser le
Nazi Rock Nazi
Nazi Nazi Rock Nazi

Serge prend-il peur en dernière minute ? « Nazi Rock » aurait été un meilleur titre d'album que *Rock Around The Bunker*... C'est la nuit des longs couteaux revisitée : il taille dans la barbaque sur fond de rock'n'roll et narre l'histoire d'Otto, la « Tata teutonne » :

Pleine de tics et de totos
Qui s'autotète les tétés
En se titillant les tétons
Et sa mitraillette fait
Tatatatata tata
Ratatatata

On aurait tort de ne voir dans cet album qu'une vieille et légitime rancœur. La provoc a pour cible les salauds de 1975, pas ceux de 1939, tandis que Gainsbourg-Adolf se demande qui a vendu la mèche :

J'entends des voix off
Qui me disent Adolf !
Tu cours à la catastrophe
Mais je me dis bof
Tout ça c'est du bluff

Jacky Jackubowicz : « Avant d'être animateur à la télé[1], j'étais attaché de presse à Phonogram, j'ai bossé pour eux de 1973 à 1980 et je m'occupais surtout de Gainsbourg, puis de Bashung, des artistes réputés "difficiles". Difficiles dans le sens que les programmateurs radio étaient carrément offusqués qu'on leur propose de passer un disque de Serge — quand j'allais voir Monique Le Marcis à RTL, j'essuyais un refus catégorique. Le seul qui le soutenait, c'était le directeur de France Inter, ou alors les émissions branchées du soir sur les stations périphériques. Pour *Vu de l'extérieur*, la promo avait été difficile mais pour *Rock Around The Bunker*, elle a été carrément impossible. »

Dans son bunker, Adolf devient dingue à cause d'Eva Braun et de son air américain favori « Smoke Gets In Your Eyes » : la maîtresse d'Hitler adorait effectivement la version originale de cette chanson sentimentale, créée en 1934 par le Paul Whiteman Orchestra.

1. Jacky fit ses débuts aux côtés d'Antoine de Caunes dès 1978 dans *Chorus* puis *Houba-houba* (Antenne 2) avant de devenir, pendant une quinzaine d'années, la star des tout-petits aux côtés de Dorothée et dans ses propres émissions (*Platine 45*, etc.)

Eva aime « Smoke Gets In Your Eyes »
Ah comme parfois j'aimerais qu'elle aille se
Faire foutre avec « Smoke Gets In Your Eyes »
Dans mon nid d'aigle
Ses espiègles
Rires jaillissent
Ell' me fait voir sa petite barbe de maïs
Mais j'peux pas faire
L'amour mes nerfs
Me trahissent
Quand j'entends « Smoke Gets In Your Eyes »

On atteint le surréalisme lorsque Gainsbourg se met à crooner et nous donne sa lecture de l'infaillible standard :

When your heart's on fire
You must realize
Smoke gets in your eyes

Exercice en forme de Z, dans « Zig zig avec toi » il tourne autour d'une zazie nazie à qui il voudrait faire une saillie, puis il passe à « Est-ce est-ce si bon », habile allitération en S :

Sont-ce ses insensés assassins
Est-ce ainsi qu'assassins s'associent
Si, c'est depuis l'Anschluss que sucent
Ces sangsues le juif Süss...

Gainsbourg : « Pour moi cet album était évidemment un exorcisme ; je me souviens que les petites choristes anglaises en sortant du studio m'avaient souhaité "Good luck", elles avaient deviné que ça n'allait pas être évident. J'avais poussé le bouchon... Mais chez moi, c'est un bouchon de champagne. »

J'ai gagné la Yellow Star
Je porte la Yellow Star
Difficile pour un juif
La loi du *struggle for life*

Dans la chanson qui donne son titre à l'album, les choses tournent mal, Hitler se fait pilonner dans son bunker, la pilule est amère :

Y tombe
Des bombes
Ça boume
Surboum
Sublime
Des plombes
Qu'ça tombe

Un monde
Immonde
S'abîme
Rock around the bunker !
Rock around rock around !

Evidemment, plus tard, il y aura les faux culs, les Klaus Barbie et compagnie, qui se cassent et se la coulent douce sous les tropiques...

SS in Uruguay
J'ai ici d'la canaille
Qui m'obéit au doigt
Heil ! et à l'œil

Bien sûr « des couillonnes parlent d'extraditionne », mais Gainsbourg n'est pas là pour crier vengeance, il laisse aux autres les sales besognes. Quoique... interviewé par Noël Simsolo dans *Absolu*[1] à la sortie de *Rock Around The Bunker*, ce dernier l'aiguille sur le thème périlleux de la montée du terrorisme (palestinien, mais aussi les Brigades rouges en Italie, la bande à Baader en Allemagne, etc.) pour obtenir cette réponse suprenante :

> Moi je préfère le jeu de massacre. C'est plus réjouissant. J'aurais aimé être terroriste. [...] Maintenant, si je devenais terroriste, j'irais en Amérique du Sud pour zigouiller les anciens nazis. Je ferais aussi un tour en Espagne. Il y reste un ancien commissaire aux Affaires juives, un aristocrate français qui sucre les fraises. Il a demandé son retour à la mort de Pompidou. C'est un vieux bonze mais une balle dans le buffet ne lui ferait pas de mal ; il y a là un euphémisme ! Bref, si je le voyais revenir en France, j'achèterais un pistolet pour le descendre. En 1940 j'avais onze ans et c'est mon seul regret. Je ne suis pas un lâche dans ces situations. Si les nazis devaient revenir au pouvoir, je les préviens que j'étais tireur d'élite à la mitraillette légère en 1948. Il me reste les bases.

Serge fait référence à l'immonde Darquier de Pellepoix, commissaire aux Questions juives dans le gouvernement de Vichy, réfugié en Espagne après la guerre, qui n'avait jamais été poursuivi ni condamné et finit par y mourir en 1978...

Avec cet album, Gainsbourg a surtout envie de provoquer et de se marrer en balançant des vannes sur fond rock. Dans le magazine *20 Ans* d'avril 1975, il est interviewé par Alain Wais :

> Alain Wais : *Rock Around The Bunker*, ça ne s'entend pas tous les jours en France.

1. *Absolu*, n° 14 daté de septembre 1975, *op. cit.*

Serge Gainsbourg : Comment voulez-vous que je traduise ? « Dansons autour de la casemate » ? Ça ne swingue pas des masses... [...]

A.W. : Est-ce pour plaire à un public jeune ?

S.G. : Il y a un mot de Groucho Marx très intéressant à ce propos : il venait d'être grand-père et on lui demandait quel effet ça lui faisait. Il a répondu : « Je ne m'habituerai jamais à être marié à une grand-mère. » Le public et les femmes c'est la même chose : je suis prêt à jeter une partie de mon public qui a vieilli et qui d'ailleurs me crache dessus.

Dans ce même papier, l'un des rares articles de fond parus sur cet album capital, Gainsbourg émet un regret :

S.G. : Il manque le mouvement Odessa et puis le silence du pape, mais je me suis dégonflé.

A.W. : Dégonflé avant ?

S.G. : Je l'ai écrite mais je n'ai pas voulu l'enregistrer. Oh ! parce que je me suis dit que ça n'était pas la peine de remuer tout ça. Le support du rock, si vous voulez, est une structure agressive, c'est pourquoi je pense que tout se marie bien. Mais ce n'est qu'un jeu. Visuellement, ce serait épatant à réaliser[1].

Sous le titre « Gainsbourg, un dandy », Patrick Eudeline lui consacre une double page dans le mensuel rock *Best* daté du mois de mars 1975. Lyrique et anglophile, Eudeline présente Serge : « Strandé[2] dans un pays aussi vulgaire qu'haïssable, il a su imposer la classe déglinguée, le talent soigneusement négligé, l'humour insane et smart, l'Elégance de l'Ennui, le jusqu'au-boutisme-de-la-sophistication. »

S.G. : Le dandysme est un comportement au bord du suicide. Je ne vais pas citer *Le martyre du dandy* mais c'est cela[3]. Le dandysme est le choix d'une attitude, un jeu constant pour échapper à la réalité. Comme ce besoin permanent de provocation qui me vient probablement de mon passé. Je suis un déraciné...

Plus loin, Eudeline élabore : « Un dilettante, une pute de luxe dont même les compromissions amusent au lieu d'irriter, quelqu'un de beaucoup trop talentueux pour ne pas se négliger, un cynique *upper-class* qui utilise toutes les situations à son avantage (ainsi les hits où il ridiculisait l'interprète), le seul à savoir pratiquer le n'importe quoi ou, comme le dit J.-J. Schuhl, "faire un rien de quelque chose". »

1. Trois ans plus tard, interviewé cette fois par Bill Schmock pour le mensuel *Best*, (octobre 78), il exprimera le regret de n'avoir pas eu l'idée de faire un faux *live* de *Rock Around The Bunker* : « J'ai loupé le coche [...] Le public, au second degré ça aurait pu être des ovations hitlériennes. Ç'aurait été marrant. »

2. De *stranded* : échoué, paumé.

3. *Le martyre du dandy* est l'une des parties du *Mythe du dandy* d'Emilien Carassus, le premier essai du XXe siècle sur le dandysme, paru en 1971 chez Armand Colin.

S.G. : J'évite de mettre trop de moi dans ce que je fais, j'hésite à « trop bien faire », ILS n'en valent pas la peine. [...] Bien que j'hésite à me compromettre à des choses trop basses. Je ne sais pas jouer les putes de Barbès. Comme un recul. Je crois que tu as raison quand tu dis que je tiens quand même à prouver que j'ai du talent...

Pour le numéro de Noël 1974 du magazine *Lui*, Serge met en scène Jane pour une série de photos devenues fameuses (l'une d'elles servira pour la pochette de *Lolita Go Home*, son prochain album), où elle est nue, hormis une paire de bas et des escarpins, les poignets menottés, avec pour seul décor un lit en fer. Le 27 décembre est programmée une émission de télévision intitulée *L'Enchaînement*, produite par le service de la recherche de l'ORTF, qui, pour cause de grève, n'est jamais diffusée. Elle contenait pourtant « Telle est la télé », une chanson inédite, spécialement enregistrée pour l'occasion :

On me refile des vieux navets
D'avant-guerre qui n'avaient
Guère de succès à leur époque
Tellement c'était toc
Après quoi on m'parle de bouquins
Que je lirais même pas au petit coin
Et Dieu sait si j'y passe des heures à rêvasser
Telle est la, telle est la, telle est la télé

Le 20 janvier 1975, anecdote fumante, il participe au magazine de la vie pratique *Au fil des jours* sur les méfaits du tabac. Pour le reste, comme il était prévisible, vu le contenu de son dernier album, les portes des studios de télévision lui sont claquées au nez, ou presque : le 8 mars, il réussit à se glisser dans la programmation des *Z'heureux rois z'Henri*, émission à succès présentée par Roger Pierre et Jean-Marc Thibault (il y présente « J'entends des voix off », qui peut passer pour anodine, ou incompréhensible, tirée de son contexte) ; le 12 avril, tard dans la soirée, imposé par Dutronc à qui l'émission *Un jour futur* est consacrée, il chante « Nazi Rock » et « Rock Around The Bunker » ; enfin, le 3 septembre dans *Les Copains d'abord*, on le laisse à nouveau assener son « Nazi Rock »... A la fin mai, il a pourtant été invité dans l'émission de première partie de soirée *Bouvard en liberté* : il est hors de question de lui laisser chanter le moindre titre de son album-brûlot ; il se console en interprétant « Je suis venu te dire que je m'en vais » et une nouvelle version de « Comic Strip » en duo avec Jane. Pour toute « provoc », Philippe Bouvard ne trouve rien d'autre que l'obliger à se raser en direct, avec de la mousse et un rasoir mécanique : « Je sais, lui dit-il, cauteleux, que quand vous allez faire une apparition en public, vous ne vous rasez pas dans les trois jours qui précèdent

— Exact ! » répond Serge qui se coupe en se rasant et saigne abondamment. « Oh non ! Rendez-moi mon vieux », gémit Birkin...

Tout ceci est pitoyable. Dans cette France de Giscard qui fait un triomphe à « Je suis malade » de Serge Lama, « Une fille aux yeux clairs » de Michel Sardou, « Le téléphone pleure » de Claude François, « Señor Météo » de Carlos et « Ne fais pas tanguer le bateau » de Sheila, Gainsbourg est de plus en plus *destroy*, et ce n'est pas fini. Avec son premier film, *Je t'aime moi non plus*, qui va monopoliser toute son énergie au cours des six derniers mois de 1975, il poussera le bouchon (de champagne) encore un cran plus loin. Par amour pour Serge et pour l'histoire qu'elle lui inspire, sans hésiter une seconde à mettre en péril sa florissante carrière d'actrice, Jane le suivra au bout de cette aventure sordide et sublime.

18

Y'a des jours je sais pas c'que j'donnerais pour me chier tout entier

Plusieurs mois vont encore s'écouler avant que ne débute le tournage de *Je t'aime moi non plus*, en septembre 1975 du côté d'Uzès, dans le Gard. Aux premiers jours de janvier, Gainsbourg enregistre avec la chanteuse Dani — qui avait débuté en 1966 avec « Garçon manqué » — la maquette d'une chanson calibrée pour le prochain grand concours Eurovision de la chanson. Pour la petite histoire, Dani avait déjà été sélectionnée pour représenter la France à l'Eurovision 1974, avec « La vie à vingt-cinq ans (*Y'a pas d'mal à s'faire du bien*) », paroles et musique de Christine Fontane. Mais pour cause de décès du président Pompidou — l'histoire est authentique — la France avait décidé en dernière minute de retirer sa candidate et de ne pas diffuser le concours, qui tombe, c'est fâcheux, le jour des obsèques. Reprenant le thème de « Boomerang » qui figure sur la bande originale de la comédie musicale *Anna*, Serge lui compose « Comme un boomerang » :

> Je sens des boum et des bang
> Agiter mon cœur blessé
> L'amour comme un boomerang
> Me revient des jours passés
> A pleurer les larmes, dingue
> D'un corps que je t'avais donné

Dani : « Je le rencontrais partout : chez Régine, chez Castel, à l'Alcazar où je travaillais, c'est quelqu'un qui faisait partie du milieu de la nuit parisienne. L'organisateur en France de l'Eurovision composait des panels avec des gens de la profession. Lorsqu'on a leur a présenté "Comme un boomerang" ils n'en ont pas voulu, sous prétexte que c'était trop provocateur, mais Serge a refusé de modifier la chanson[1]. »

---

1. Serge lui aurait écrit une chanson pour la face B de ce 45 tours avorté, « La biche aux yeux clairs ».

Du 24 au 26 janvier 1975, Gainsbourg fait partie du jury de la troisième édition du Festival du film fantastique d'Avoriaz, aux côtés de Roman Polanski (président), René Barjavel, Jean-Louis Bory, César, Claude Chabrol, Costa-Gavras, Bernadette Lafont, etc. Cette année-là, le grand prix est attribué à *Phantom Of The Paradise* de Brian de Palma et le prix du jury à *It's Alive* de Larry Cohen.

Serge prend aussi le temps d'écrire quatre textes pour un nouvel album de Dutronc qui sort fin février, dont « L'île enchanteresse ».

J'y ai connu une déesse crépue
Qui me couvrait de baisers lippus
Debout sur un tabouret
Ma petite pute enamourée
Me dansait le tamouré

Les locomotives de l'album — à la diffusion confidentielle, Dutronc se consacre désormais à sa carrière d'acteur[1] — s'appellent « Le testamour » et « Gentleman cambrioleur » (un tube de 1973), mais les titres cosignés par les deux potes valent plus qu'un détour, comme cet « Amour-prison » (« Je lime, je lime, je lime doucement mon barreau ») ou « Les roses fanées », déjà créé à la télévision en mars 1974, avec Jane B. en *guest-star*... On retrouve aussi le Dutronc de « Fais pas ci fais pas ça », rock et frénétique, pour « Le bras mécanique » aux paroles robotiques :

Elle a un bras mécanique
Des joints en plastique
Une pince de homard
Electronique
Le pouce et l'index
Tout en inox

Serge se souvient sans doute de « La compapade », morceau exotico-rigolo qui figurait en face B d'un des premiers EP en 1966, au moment d'entrer en studio, du 4 au 6 juin 1975, pour l'enregistrement de « L'ami Caouette », son premier « tube de l'été » (il refera le coup en 1977 avec « My Lady Héroïne » et un an plus tard avec « Sea Sex And Sun »).

L'ami Caouette
Me fait la tête
Qu'a Caouette ?

---

1. Il joue cette année-là dans *L'important c'est d'aimer* d'Andrzej Zulawski, *Les Bons et les Méchants* de Claude Lelouch et *Mado* de Claude Sautet.

Double nouveauté : Serge s'est trouvé un producteur à la hauteur, Philippe Lerichomme, et un arrangeur de talent en la personne de Jean-Pierre Sabar, vieux complice d'Hugues Aufray, de Françoise Hardy et de Claude François, qu'il avait déjà eu comme pianiste sur *Histoire de Melody Nelson* et sur la chanson « Sex-Shop », et qu'il vient de croiser à nouveau sur l'album de Dutronc [1]. Il engage aussitôt Sabar comme orchestrateur du deuxième album de Jane, *Lolita Go Home* et de son nouveau 45 tours. Pour « L'ami Caouette », encore une chanson drôle, Gainsbourg veut un rythme antillais ; Sabar s'applique (il travaille à la même époque avec David Martial, qui obtient un tube peu après avec l'insupportable « Célimène ») et recrute dans les chœurs Jean Schultheis.

Sabar : « Quand Gainsbourg, qui s'était frité avec Vannier, m'a proposé de prendre la suite, j'ai aussitôt appelé Jean-Claude pour le lui dire, et il m'a répondu : “Vas-y, ne te gêne pas pour moi. De toute façon, un jour ou l'autre, il te jettera comme il m'a jeté. Il l'a fait avec tous ses arrangeurs.” Et c'est vrai qu'il a fini par me larguer, mais notre collaboration a duré jusqu'à la bande originale de *Je vous aime* en 1980... »

Pour le lancement de « L'ami Caouette », le Tout-Paris est convoqué à l'Aventure, la boîte animée par Dani, avenue Victor-Hugo. Au mois d'août, le titre grimpe jusqu'à la 30e place du hit-parade de RTL, présenté par André Torrent :

Mam'zelle Binet
S'est débinée
Oh ! Qu'a Binet ?
Le P'tit Member
Me jette des pierres
Qu'a Member ?

Gainsbourg : « Ce qui était un peu embêtant c'est que les gamins qui me croisaient dans la rue m'apostrophaient : “Ouah ! L'ami Caouette !” Mais à propos de ce titre il y a une anecdote terrible : j'étais avec Jane en province, à Avallon. Nous dînons au Relais de la Poste et je suggère à la fin du repas au maître d'hôtel de se mettre en civil et d'aller boire un verre au bistrot. Au début ça se passe bien, il nous offre des tournées et propose au bout d'un moment de s'en jeter un dernier chez lui. Je me souviens, il y avait de la brume et il nous emmène en rase campagne... On arrive, il nous fait monter au grenier

1. Vieil admirateur de Serge, Sabar l'avait découvert en même temps que son ami d'enfance Hugues Aufray, du temps du Milord l'Arsouille. En 1968-69, cet ex-Gamblers, accompagnateur d'Olivier Despax puis de Claude François, avait enregistré plusieurs versions instrumentales de tubes signés Gainsbourg à l'orgue électronique.

et là, l'oiseau change du tout au tout, le genre Jekyll et Hyde, à part que lui c'était plutôt Ducon-Lajoie. Il me dit : "Maintenant tu vas chanter 'L'ami Caouette'", et son ton n'avait rien d'amical. Je lui réponds : "Pas question, je ne chante que quand on me donne du blé et jamais en privé, même pas dans ma salle de bains." Et cet allumé intégral sort son fusil de chasse : "Je veux que tu chantes !" Mais je me suis pas dégonflé, j'ai dit à Jane : "Allez, on se casse." Et voilà comment un week-end peinard tourne au cauchemar... »

A Montréal, le 45 tours pose problème et ne passe pas en radio : il sévit là-bas un politicien nommé Réal Caouette. Incident aussi surréaliste que le jeu auquel rend hommage la face B, « Le cadavre exquis »... Au même moment on entend Jane sur les ondes avec « Lolita Go Home », qui annonce l'album homonyme publié en septembre 1975. Phonogram a en effet insisté pour que Jane ait un nouveau 33 tours dans les bacs à la rentrée, au moment où le producteur Christian Fechner s'apprête à sortir en salle *La Course à l'échalote* de Claude Zidi, qui réunit à nouveau le couple Pierre Richard / Jane Birkin et dont tout laisse prévoir qu'il fera le même carton que *La moutarde me monte au nez* un an auparavant. Petit problème : plongé dans la préparation de *Je t'aime moi non plus* Serge n'a pas le temps de s'occuper des paroles, à l'exception d'une chanson, « La fille aux claquettes » :

> Lorsque j'ai le cafard dans la tête
> Que je visionne tout en noir
> Je me mets à jouer des claquettes
> En longeant le bord du trottoir

Il confie donc ses maquettes à Jean-Pierre Sabar et sélectionne avec Jane des reprises des auteurs et compositeurs qu'elle affectionne (« What Is This Thing Called Love » et « Love For Sale » de Cole Porter, « There's A Small Hotel » et « Where Or When » de Rodgers & Hart [1]). Pour l'écriture des *lyrics*, il s'est adressé au grand reporter, romancier, cinéaste et futur ponte de RTL Philippe Labro, déjà parolier pour d'autres, y compris pour Johnny Hallyday (« Jésus-Christ » en 1969).

Philippe Labro : « J'étais fasciné par son talent d'écriture et j'étais à cette époque à la recherche d'un ami, je venais de perdre l'amitié très forte d'un homme génial, Jean-Pierre Melville, et inconsciemment je cherchais à compenser le vide que sa mort, en 1973, avait créé dans

1. Jane interprétera au fil des ans d'autres grands classiques de la chanson anglo-saxonne : pour la bande originale de *Daddy Nostalgie* de Bertrand Tavernier, en 1990, elle fera une jolie reprise de « These Foolish Things » ; sur scène, en 1991, on se souvient d'une version très réussie de « As Time Goes By » (du film *Casablanca*).

ma vie. J'avais tout de suite senti que l'éclectisme, la culture, l'intelligence, l'ironie permanente et la poésie de Serge remplissaient toutes sortes de creux [1]... De son côté il adorait avoir des compagnons et cette espèce de fréquentation lui a plu, il m'appelait "gamin", je crois qu'il ne m'a jamais appelé par mon prénom.... Très vite il s'est confié, m'a raconté sa vie intime, il était d'ailleurs parfois impudique. J'avais de mon côté toutes sortes de désordres sentimentaux, il s'est installé une sorte de fraternité dans le malaise. Le tout généreusement arrosé, bien entendu, il était déjà passablement porté sur la bouteille — c'était sa période Peppermint Get —, on bossait chez lui, puis au Bistrot de Paris, rue de Lille, ensuite on sortait en boîte. Il m'a suffi de quelques semaines de travail avec lui pour me mener au bord de l'alcoolisme, ce qui prouve à quel point il était fort et combien j'étais faible ! »

Jane Birkin : « Serge n'avait que le titre de l'album, *Lolita Go Home*. Bref, ça a été la panique. Et puis Labro est venu avec des textes. Ce n'était pas évident, ni pour Serge ni pour moi, qu'il se mette au diapason, mais ses paroles étaient très bien. Elles avaient un côté malsain qu'on ne soupçonne pas chez lui et il a su capter une très jolie image de moi... »

Tous les gens comme il faut se retournent sur moi
Principalement les femmes, je ne sais pas pourquoi
Elles reluquent mes chaussures, mes chaussettes et ma jupe
J'les entends murmurer des drôles de mots comme « pute »

Philippe Labro : « Serge m'a donné les thèmes, des mots, des titres comme "Lolita Go Home" ou "Bébé Song", puis il m'a laissé faire. Je lui ai amené mes textes, il les a lus, fumant son clope, assis sur son canapé dans ce salon extraordinaire de la rue de Verneuil, puis il s'est assis au piano, et là j'ai vu Gainsbourg se mettre à créer les chansons en suivant les textes, en inventant les lignes mélodiques et les refrains au fur et à mesure ! Ça a duré tout l'après-midi et toute la soirée, on n'est pas sortis de chez lui et en une session de travail il avait plaqué six mélodies sur mes six textes, j'étais scié ! »

Parmi ceux-ci, en effet, de belles réussites comme ce « French Graffiti » que Jane déchiffre dans les toilettes...

Il y a des culs et il y a des cuisses
Et des onomatopées
Des numéros de téléphone
Je suce bien je m'appelle Yvonne
Des Baudelaires anonymes

1. Dans son roman *La Traversée*, écrit après qu'il a été très malade en 1994, Labro parle de Serge parmi les personnes qui ont réellement compté dans sa vie.

Trafiquants de cocaïne
Ont dessiné leur douleur
Une flèche qui perce un cœur

L'album est publié dans les temps, jolie pochette dorée et sexy avec sa photo tirée de la séance « menottée » de *Lui*, alors même qu'a débuté le tournage de *Je t'aime moi non plus*.

Gainsbourg : « A cette époque Jane se cherchait un nouveau style, elle voyait venir le moment où on ne lui proposerait plus que des rôles dans des comédies loufoques avec son personnage d'Anglaise *gimmick*. Son imprésario lui déconseillait de faire *Je t'aime moi non plus*, il lui disait : "Ça va briser ta carrière." Jane, je le savais, possédait déjà un potentiel dramaturgique exceptionnel. »

En mars 1975, interviewé par Patrick Eudeline pour le mensuel *Best*, Serge avait confié ceci à propos du cinéma : « J'ai toujours été mal employé. Je n'en ferai plus. De toutes façons, il n'y a plus de cinéma en France. Des gentils petits acteurs ou metteurs en scène de comédie. Autant de médiocrité que dans la chanson. Pour un film, je ne pourrais employer que des étrangers. Le seul metteur en scène avec qui je pourrais tourner, c'est Elia Kazan. Ils ont tous essayé de me faire jouer un autre personnage que le mien. Pourtant je sais jouer : je ne fais que ça [1]. »

Six mois plus tard Gainsbourg résume l'intention de son premier film comme « metteur » :

Le sujet (1re partie)

Ceci est la relation hyperréaliste et tragi-comique dans un univers monochrome qui se pourrait situer indifféremment en Amérique, en France ou en Italie, d'un amour marginal brièvement vécu par deux êtres d'exception.

Un camion Mack d'un jaune glauque avec une figurine pin-up Veedol à la proue. A son bord deux homos, Hugues Quester dans le rôle de Padovan, introverti et torturé, qui triture sans arrêt un sac en plastique, et Krass (« tu parles d'un nom propre ! »), alias Joe Dallessandro. Macho, musclé, regard acier.

Une route rectiligne, un paysage désolé, sorte de *no man's land* émotionnel et géographique, le trou de balle du monde. Il y règne d'ailleurs un pétomane nommé Boris (René Kolldehof [2]) qui écluse du champ' à

1. In *Best*, n° 80, mars 1975, *op. cit.*

2. Acteur viscontien qui avait joué avec Dirk Bogarde dans *Les Damnés* en 1969 et qu'on reverra ensuite dans *Violence et passion*. Autre référence viscontienne, consciente ou non de la part de Serge : dans *Ossessione* (*Les Amants diaboliques*, 1942), le film s'ouvre sur un travelling tourné de l'intérieur de la cabine d'un camion, exactement comme *Je t'aime moi non plus*. Notons qu'au cours des interviews données par Serge à la sortie de son premier film, Visconti est le seul réalisateur qu'il mentionne régulièrement. (Merci à Xavier Lefebvre.)

longueur de journée, laissant la p'tite Johnny s'occuper toute seule de son snack. On y sert des *burgers*, du Coca-Cola ou de l'*orange juice*, tout y est américain, pour accentuer le décalage, pour neutraliser l'anecdotique. Johnny, un nom de mec pour une garçonne manquée, Jane B. sans *make-up*, les longs cheveux rassemblés et plaqués sur le crâne, cachés sous une petite perruque. Johnny toute plate et maigrichonne, les cheveux courts, adorable et fragile. Elle subit son enfer quotidien et les vents irascibles de son patron avec pour seul horizon, désert mais bouché quand même, le désolant paysage qui l'entoure. Enfin, désert, jusqu'à ce qu'on y voie pointer un camion Mack d'un jaune très glauque.

Le sujet (2e partie)

Krassky, dit Krass, homosexuel mâle vaguement polonais, et Padovan, homosexuel efféminé d'origine italienne, vivent du transport, dans leur camion à benne, des immondices de la ville sur la décharge publique voisine. Krass est violent et taciturne, Padovan du genre venimeux. Johnny, petite Anglaise androgyne apparemment pure comme de l'eau de source, tient son surnom de garçon de ses petits seins et de son gros cul.

Krass ne peut pas encaisser Boris ni ses alizés fétides et à chaque fois qu'il entend siffler son arrière-train il lâche une bordée bien sentie : « Saloperie d'enfoiré de merde... chier ! » Il flashe sur la petite serveuse, Padovan le prend mal, Krass joue au mâle et la fille craque. On voit passer un paysan joué par Gérard Depardieu, balourd sur un cheval de labour. Et Michel Blanc, visage blême et longues douilles. Enfin il y a Nana, la chienne bull-terrier à la laideur émouvante que Serge adore et qui hérite d'un rôle important, sorte de pivot humain dans cet univers de *misfits*, qui lui vaut d'être créditée au générique[1].

Jacques-Eric Strauss : « L'esthétique de l'image venait pour Serge naturellement, du fait de sa formation. Quand on a construit ce bar américain sur le champ d'aviation d'Uzès, c'était une gageure et je m'en étais inquiété en tant que producteur. Il m'avait rétorqué : “Tu verras, ça ressemblera à un bar américain, je te le promets”, et c'était vraiment l'Amérique. Tout le monde était stupéfait, tout était reconstitué dans le moindre détail, il avait tout visualisé dans sa tête... »

Hugues Quester : « Nous logions tous dans un château et nous prenions nos repas en commun tous les soirs. Serge nous faisait rire aux larmes pendant des heures. Il voit tout, il est très sensible à l'humeur des gens, il a envie que tout le monde se sente bien... Le tournage a

1. Ne refusant jamais une apparition télévisée, Gainsbourg parlera de sa chienne dans *Trente millions d'amis* le 4 mai 1976... Un jour Michel Piccoli avait demandé à Serge de faire engrosser Nana pour qu'il en ait un petit. Il avait refusé en montrant tous les signes d'une pudibonderie offensée. Comme quoi...

duré huit semaines et tous les samedis soir on faisait la fête, il jouait à l'orgue, on dansait... »

Jacques-Eric Strauss : « Le tournage s'est déroulé dans une ambiance absolument fantastique, c'était le film d'une bande de copains. Serge était pourtant très exigeant : quand il avait besoin d'un long travelling difficile à installer, il ne lâchait pas. Il avait une manière très agréable de prendre les gens, il était très attentionné et tout le monde se serait coupé en quatre pour lui faire plaisir. »

Jane Birkin : « Le premier plan que nous devions tourner, le premier jour, était un plan-séquence très compliqué qui durait six minutes. Serge nous avait expliqué ce qu'il voulait la veille et, le matin suivant, il pleuvait. Tout le monde en était malade pour lui, nous nous sentions tristes et misérables. Enfin, le lendemain il fait beau et nous démarrons ce plan très ambitieux... jusqu'au bout, tout s'est très bien passé et puis... il l'a jeté au montage ! »

Une équipe de la télévision leur rend visite au bout de quelques jours de tournage. Résumé du reportage :

Journaliste : Tout près d'Uzès, Serge Gainsbourg réalise pour la première fois un film. Il a recréé ici un univers sordide couleur de rouille et presque intemporel. C'est dans ce décor monochrome qu'un drame intimiste va se jouer entre trois êtres, un couple d'homosexuels et une femme. Le titre du film est celui d'une chanson à succès de Gainsbourg, « Je t'aime moi non plus ».

Serge : Disons que c'est la résultante de beaucoup de choses que j'ai effleurées comme la peinture, l'architecture, la musique, la musique de film, etc.

Journaliste : Ce n'est pas difficile de diriger des acteurs ?

Serge : Apparemment non, on verra à l'arrivée. [...]

Jane : Si le film est sexuel c'est parce que c'est là, c'est dans la vie. Ce film va peut-être faire un choc parce que tous les gens qui traitent les pédés de pauvres malades ou de je ne sais pas quoi, je crois qu'ils vont sortir du film quand même touchés parce que les caractères sont touchants. Ils vont pas être choqués, ils vont être troublés je crois.

A l'origine, Serge avait pensé à Dirk Bogarde pour le rôle de Krass mais un homme plus âgé aurait donné une tout autre histoire. C'est Anne-Marie Berri, femme de Claude et coproductrice du film, qui suggère Joe Dallessandro. Jusque-là, on l'a vu surtout dans les films de Paul Morrissey et Andy Warhol dont il était une des *superstars* : à dix-neuf ans il joue dans *Lonesome Cow-Boy* puis il enchaîne avec la trilogie *Flesh*, *Trash* et *Heat* ; bref, l'underground new-yorkais avec ce que ça suppose d'improvisations au bord du vide et d'instantanés frôlant le génie. D'une beauté bouleversante — ce sont ses hanches, parfaites, que l'on aperçoit sur la couverture de l'album *Sticky Fingers* des

Rolling Stones (la pochette au zip dont le design est signé Warhol). Il venait de tourner dans *Chair pour Frankenstein* de Warhol et Morrissey (1974) et de jouer dans *Black Moon* de Louis Malle avec Cathryn Harrison et Alexandra Stewart.

Le sujet (3e partie)

Balades en camion, bal du samedi, bagarres, rêveries sur la décharge publique, peu à peu se dessinent leurs sentiments, mais à l'hôtel l'amour de Krass se révèle platonique. C'est alors que d'instinct Johnny se tourne sur le ventre. Ici commencent les amours sodomiques de Krass et de Johnny dont les excitations cérébrales, physiologiques, asphyxiques, paroxystiques, en un mot, orgasmiques, lui arracheront des hurlements tels qu'ils se verront tous deux chassés d'hôtel de passe en maison de rendez-vous, leurs voisins de chambre, prostituées ou couples de hasard, donnant chaque fois l'alarme, croyant à des tentatives d'assassinat, pour achever enfin leur étreinte interrompue sans cesse, dans la cabine du camion, près de la décharge publique.

Jane Birkin : « J'ai immédiatement eu une grande passion pour le scénario. C'est un film de cœur et de fureur, une tragédie shakespearienne — le personnage de Quester est de toute beauté... »

Hugues Quester, ex-grand prix Gérard-Philipe de la Ville de Paris, a surtout mené sa carrière au théâtre, notamment mis en scène par Patrice Chéreau dans *Richard II* de Shakespeare en 1970 et *La Dispute* de Marivaux en 1974. Toujours avec Chéreau, il avait joué dans le film *La Chair de l'orchidée...*

Hugues Quester : « Quelques années plus tôt j'avais également fait de la figuration dans *Mister Freedom* de William Klein et c'était à cette occasion-là que j'avais rencontré Gainsbourg pour la première fois. C'était dans un bar du 7e, il s'ennuyait entre deux scènes et il m'avait proposé à boire. Moi qui étais fan et qui écoutais tous ses disques, il m'avait frappé comme quelqu'un de très chaleureux. C'était dans *La Chair de l'orchidée* qu'il m'avait vu et il m'a donné un coup de fil en plein mois d'août, j'ai été le voir, j'ai lu devant lui les 100 pages du scénario et quelque chose s'est produit entre nous... »

Kate Barry, qui a sept ans à l'époque, ne rejoint ses parents que les week-ends. Un jour, voyant qu'elle s'ennuie, Gérard Depardieu l'emmène dans un terrain vague en lui disant : « Viens, on va faire des conneries ! » Pendant deux heures, ils s'amusent à balancer des bouteilles vides sur un mur...

Dans le hangar annexe au snack kraspec a lieu, tous les samedis, un bal crade où l'on assiste à des strip-teases de viande livide. Le groupe de rockers provinciaux — joué par Au Bonheur des Dames, qui venait d'obtenir un franc succès avec le fameux « Oh ! Les filles » — égrène un slow étouffant (« Je t'aime moi non plus » version balloche, tandis que Krass et Johnny s'enlacent ou qu'une grosse se désape[1].

Le sujet (4e partie)
Padovan, exaspéré par l'obsession de Krass, tentera par jeu d'étouffer sous son sac en plastique la fille nue dans son bain et Krass interviendra mais avec tant de nonchalance que Johnny, hystérique, se retourne contre lui et balance des mots irréparables et puis, lamentable, les regarde remonter dans le camion qui s'éloigne en cahotant.

Jane Birkin : « Dans *Je t'aime moi non plus*, le thème est le désespoir qu'il faut à tout prix aimer quelqu'un sinon la vie ne vaut pas d'être vécue. Quand Johnny dit à Krass "Je suis un garçon !", c'est une des plus jolies façons de vouloir appartenir à quelqu'un, par n'importe quel moyen... Nul autre que Serge n'aurait pu écrire ce film ni traiter ce thème de cette façon, pour des raisons psychologiques évidentes. Ses maladies à lui sont infiniment plus intéressantes que la santé des autres... »

Extrait du dialogue :

Johnny : Et toi tu m'aimes un petit peu quand même ?
Krass : Ce qui compte c'est pas de quel côté j'te prends, c'est le fait qu'on se mélange et qu'on ait un coup d'épilepsie synchrone. C'est ça l'amour, bébé, et crois-moi, c'est rare.

Lors du tournage, des essais sont tentés avec Dallessandro parlant en français mais Gainsbourg arrête rapidement les frais.

Joe Dallessandro : « "Je comprends très bien ce que tu dis, m'expliquait Serge, ce n'est pas le problème. Mais quand tu parles français, ton visage se contorsionne et tu ne ressembles plus à ce que tu es, ton visage devient différent". A l'époque, j'ai pensé que c'était une manière polie de sa part de me dire qu'il n'aimait pas mon français[2] ! »

Au final, la voix française de Joe Dallessandro sera celle de Francis Huster, avec qui Gainsbourg tournera *Equateur* quelques années plus tard. Quant à Willy Kurant, le chef-opérateur, « un des plus grands et des plus mal-aimés en France », d'après Serge, il l'avait rencontré sur le plateau d'*Anna* en 1967 et revu sur celui de *Cannabis* en 1970, soit les deux films de Pierre Koralnik.

1. Le strip-tease créa un malaise sur le plateau, la grosse en question supportant très mal l'humiliation et se mettant à chialer. « Nous avions en face de nous le visage de la fille ravagé de pleurs, et Gainsbourg derrière qui lui hurlait de continuer : c'était très dur », se souvient Ramon Pipin, de Au Bonheur des Dames.

2. In *Little Joe Superstar. The Films of Joe Dallessandro*, par Michael Ferguson, Companion Press, Laguna Hills, Californie, 1998.

Willy Kurant : « A l'époque où j'ai été engagé pour *Je t'aime moi non plus*, ma période de "gloire" entre guillemets était passée. J'avais commencé en Belgique, où je suis né, mais on m'y considérait comme un âne. J'étais donc venu en France en 1962 où j'ai fait quelques courts métrages avec Maurice Pialat, puis j'ai travaillé pour la TV en tant que correspondant de guerre de *Cinq colonnes à la une* pour qui j'ai couvert, caméra à l'épaule, la révolution cubaine, Chypre, le Viêt-nam, etc. Ma première offre de long métrage m'est venue d'Agnès Varda, un cinémascope noir et blanc intitulé *Les Créatures*, puis il y a eu *Anna*, *Masculin-Féminin* de Godard, *Le Départ* de Skolimowski, deux films avec Orson Welles, *Une histoire immortelle*, son premier film en couleurs, et *Dead Reckoning* qu'il n'a jamais pu terminer parce que l'acteur principal est mort. J'ai ensuite fait un film de série B avec Marlon Brando teint en blond, *Night of the Following Day*. »

L'esthétique du film, on l'a vu, est complètement hyperréaliste, autrement dit des couleurs saturées, d'une netteté parfaite à tous les plans, amplifiée par un cadrage au grand-angle...

Willy Kurant : « Au niveau de la sensibilité, de la façon de placer la caméra, j'ai tout de suite compris que j'avais affaire à un homme méticuleux, sachant précisément ce qu'il voulait. Il avait drôlement regardé les autres travailler, même lorsqu'il tournait les choses les plus minables. En plus, il a une formation de peintre et d'architecte, il sait exactement comment se construit une image. Je l'ai vu déplacer une bouteille de Coca d'un centimètre sous l'œil effaré de Joe Dallessandro, très étonné de se retrouver devant quelqu'un qui le dirigeait, ce qui devait le changer de l'amateurisme éclairé de Warhol. Gainsbourg est un marginal et il a fait un film qu'on pourrait qualifier d' "*underground* de luxe..." »

Extrait du dialogue :

Johnny : Mais pourquoi t'as toujours l'air triste comme ça ?
Krass : Y'a des jours je sais pas c'que j'donnerais pour me chier tout entier...

Au hasard des échanges, on repère un aphorisme (« L'amour est aveugle et sa canne est rose ») et un futur début de chanson, façon écriture automatique (le personnage de Moïse : « Cette fois je crois que nous sommes complètement ça y est... Mais c'est une question que c'est absolument ça n'fait rien [1] »).

Perfectionniste, Serge tourne plusieurs bobines de Dallessandro et Birkin en train de se baigner, accrochés à un gros pneu, les fesses à

1. Soit les deux premiers vers de « Pas long feu », qui figurera sur l'album reggae *Aux armes et caetera* en 1979.

l'air, dans un réservoir crapoteux. Au bout d'un moment, Joe dit à Jane : « Je sais que tu as de très belles fesses mais je pense que ce plan ne devrait pas prendre autant de temps — et toi ? S'ils utilisent tout, on aura l'air de complets idiots. » Jane lui répond : « Ne t'inquiète pas, il utilisera juste ce qu'il faut. » Exact : dans le montage final, le plan dure une minute.

Jacques-Eric Strauss : « Les rapports de Jane et Joe, pendant le tournage, étaient un jeu. Serge mettait Jane dans des situations difficiles qu'elle n'aurait pas acceptées d'un autre metteur en scène. Pour aller au bout de l'exaspération des sentiments, son jeu à lui était de forcer Jane à aller plus loin qu'elle ne l'aurait voulu. Et c'est vrai qu'au milieu de tout ça, Dallessandro s'était pris d'amour pour Jane, ce que Serge n'appréciait pas du tout, même s'il l'avait cherché quelque part. En tout cas la situation n'a pas dégénéré et tout se réglait en fin de journée autour d'une bonne bouteille. »

Hugues Quester : « Il y a eu quelques moments de perturbations, Jane vivait énormément son rôle et la relation qu'elle avait avec Joe dans le film provoquait la jalousie de Serge... Elle était troublée par le physique de Joe et Serge est devenu jaloux de sa création. Mettre en scène quelqu'un qu'on aime dans une situation comme celle-là est un jeu très dangereux, mais en même temps c'est un acte d'amour superbe. Une fois de plus, il s'est mis dos à la falaise... »

« Il était parfois étrange de travailler sur le set, raconte Michael Ferguson, le biographe de Joe Dallessandro [1], à cause des relations tendues entre Jane et Serge, qui était particulièrement alcoolique à l'époque, ce qui a fait réfléchir Joe sur sa propre relation à l'alcool, ainsi que sur l'alcoolisme de son propre père. »

Willy Kurant : « Ce film a été très important pour Jane. Elle était dirigée par le metteur en scène Gainsbourg et non par l'homme, elle l'écoutait et suivait tout ce qu'il disait. Son rôle est tragique, pathétique, et elle l'a assumé à merveille. »

Jane Birkin : « Je ne pouvais pas rater ce rôle, parce qu'il avait été écrit physiquement pour moi et ça, c'est très rare... »

Dès le mois de novembre 1975, Serge attaque le montage avec Kenout Peltier, dont on avait aperçu le nom au générique des *Valseuses* de Bertrand Blier.

Kenout Peltier : « Je lui ai rendu visite deux fois sur le tournage à Uzès, la deuxième en ramenant un paquet de bobines à visionner avec lui, mais je suis très timide et je le trouvais très impressionnant. Or lui aussi était intimidé, chose que j'ignorais... Nous avons découvert

1. *Little Joe Superstar. The Films of Joe Dallessandro, op. cit.*

ensemble ce qu'il avait tourné. Sur le chemin du studio, il murmurait avec une clope dans la bouche, je disais "oui, oui" sans comprendre un traître mot de ce qu'il me disait et puis tout d'un coup j'ai l'impression qu'il me dit quelque chose d'important, je lui demande : "Serge, pardonnez-moi, je n'ai pas compris", et d'une voix étranglée il me lâche : "J'ai le trac !" Quand les images sont apparues sur l'écran il était ratatiné, collé à son siège et ne disait rien, mais il n'a pas été déçu. Je pense qu'il appréciait de travailler avec une femme monteuse, il me demandait tout le temps mon avis sur le plan des sentiments. »

Il ne s'éloigne de la table de montage que le temps d'une ou deux télés, pour assurer le « service après-vente » de « L'ami Caouette ». Son look n'a pas changé, il semble même se déglinguer davantage, il se montre toujours aussi nonchalant, en apparence bien sûr, toujours aussi « sale » pour certains téléspectateurs hérissés par sa seule apparition. Dans le mensuel *20 Ans,* il répond à ces incessantes critiques, souvent concrétisées par des lettres ignobles dans les courriers des lecteurs des hebdos télé :

> Les gens qui regardent la télé voudraient qu'on arrive chez eux en smok' alors qu'eux la regardent avec des pantoufles et devant une nappe en plastique. Eh bien moi je vais chez eux comme eux me regardent. C'est quand même extraordinaire, c'est une notion complètement aberrante. La télé nous agresse chez nous, on n'a pas besoin d'arriver chez les gens avec une cravate noire ! Les seuls types en smok' que j'admets sont ceux à qui je peux faire signe pour avoir une autre bouteille de champagne.

Un an tout juste après la diffusion de l'émission *A bout portant* consacrée à Serge, Michel Lancelot et Pierre Bouteiller repassent les plats le temps d'un *A bout portant* dédié à Jane, qui est diffusé le 22 novembre 1975. On la voit en studio travailler sur « Bébé Song » : « Je la fais pleurer à chaque séance, avoue Serge au journaliste. Parce que je suis dur, abject. Elle pleure, elle pleure... » « J'ai peur de décevoir, explique Jane, en tout d'ailleurs mais surtout quand c'est lui. »

> S.G. : Moi je trouve ça bien qu'elle pleure à grosses gouttes. Pauvre petite, on va exister, on va coexister. Je veux dire elle monte, je monte, elle monte, je monte. Mais si elle monte et que moi je deviens le gigolpince...
> Pierre Bouteiller : Le prince consort...
> S.G. : Mac d'accord, mais gigolo, j'ai passé l'âge.

Jane confirme ensuite au journaliste que Serge ne lui dit jamais qu'il l'aime. « J'ai essayé, raconte ce dernier, j'ai craché un mauvais dialogue du genre : "Ah chérie, je t'aime..." Mais c'est pas mon rôle, c'est un rôle de composition. » Conclusion sur ce dialogue, sans doute alcoolisé mais d'une sincérité renversante :

J.B. : Il a son caractère qui est très très fort mais il me laisse pousser, c'est comme un enfant qui laisse flotter un ballon. J'ai l'impression que si on coupe la ficelle, je m'envolerais. Moi je veux bien être un ballon mais je veux toujours avoir une ficelle sinon je m'éclaterais dans le ciel.

S.G. : Moi je pense que plus elle aura d'impact sur le public et d'entrées au cinéma et plus je serai en danger. [...] En fait vous voulez que je sois prophétique ?

P.B. : Allez-y.

S.G. : Si elle fait un malheur, je la perds, et j'espère qu'elle le fera.

J.B. : Tu veux me perdre ?

S.G. : Non, j'veux pas te perdre. On retourne la vapeur, qu'est-ce que tu deviens ? Une folle furieuse. Tu deviens folle furieuse parce que tu es jalouse comme une tigresse, parce que jusqu'à présent je te colle au cul ma vieille [...] Mais si je réussis mon film, ce que je pense, je vais devenir un metteur et je vais auditionner des nanas superbes et toi tu vas être là : allô ? allô ?

En cette fin 1975, Donna Summer est en train de conquérir sa couronne de reine du disco grâce à son premier tube planétaire, « Love To Love You Baby », chanson éminemment érotique produite et conceptualisée par Giorgio Moroder, de son propre aveu, sur le modèle de « Je t'aime moi non plus »[1]. Neil Bogart, *big boss* de Casablanca Records qui distribue le disque aux Etats-Unis, demande bientôt à Moroder de modifier le morceau : « Le problème, lui annonce-t-il, c'est que dans les sauteries que j'organise, les invités réclament sans arrêt que je remette le morceau au début. Il faut que tu le rallonges ! » C'est ainsi que la version finale de « Love To Love You Baby » dure 17 minutes, devenant ainsi le premier *extended-remix* de l'histoire du disco ; Moroder n'hésitera pas, ensuite, à sortir sa propre relecture de « Je t'aime moi non plus », interprétée par une Donna Summer décidément très *hot*...

Le 3 janvier 1976, on apprend dans la presse que Louis Hazan, PDG de Phonogram et ami de Gainsbourg, a été enlevé le 31 décembre devant son domicile rue Jenner. Il est le premier homme d'affaires français victime de ce genre d'opération terroriste, revendiquée et organisée par le groupuscule Ordre nouveau allié à des gangsters italiens. Pour des raisons de sécurité, le black-out est imposé pendant trois jours à la presse. Les ravisseurs demandent 15 millions de rançon ; le 8 janvier, Hazan est libéré, la rançon récupérée et les ravisseurs arrêtés. Très proche de sa femme Odile, Serge est bouleversé par l'affaire...

1. Le tube de 1969 a été réédité fin 1974 (en Grande-Bretagne sur Antic, un sous-label de Philips) et a refait une (modeste) carrière dans les hit-parades européens, en atteignant notamment la 31e place du top britannique.

Alors que le montage de *Je t'aime moi non plus* s'achève, il souffre d'une terrible panne d'inspiration : il a composé un nombre invraisemblable de bandes originales depuis *L'Eau à la bouche* en 1960 mais ne parvient pas à composer le thème de son propre film, au point de songer à faire appel à un autre musicien. Finalement, à l'arraché, il signe la superbe « Ballade de Johnny Jane », instrumental sur lequel il ne va pas tarder à plaquer des paroles pour un futur 45 tours de Birkin. Avec l'aide de Jean-Pierre Sabar aux arrangements, l'album de la bande originale, publié en mars 1976, contient également trois versions instrumentales de « Je t'aime moi non plus » et quelques variations au banjo largement inspirées de la musique du film *Délivrance* publiée en 1973[1].

Je t'aime moi non plus sort à Paris le 10 mars 1976. Le lendemain, *France-Soir* publie une interview ultra-provoc et maintes fois reproduite, sous le titre « Je m'aime moi non plus ». On y trouve quelques citations fameuses :

— Vous aimez-vous ?
— Non, je n'aime pas mettre dans ma bouche ce que je viens de sortir de mon nez. [...]
— Snob ?
— Le snobisme, c'est une bulle de champagne qui hésite entre le rot et le pet. [...]
— On vous dit sceptique ?
— L'homme a créé les dieux, l'inverse reste à prouver.
— Vous parlez sérieusement ?
— Non, c'est une plaisantriste.
— Quand vous arrêterez-vous de faire votre cinéma ?
— Vous rigolez, je viens juste de commencer.

Pour le numéro de *Lui* publié en mars 1976, Serge a sélectionné les plus belles photos faites de Johnny-Jane durant le tournage, en plus d'une émouvante séance de nus dans l'esprit du film par Francis Giacobetti, le tout sous le titre « AndroJane Birkin » et accompagné de ce texte inédit :

Il y a trois façons à ma connaissance de diriger une actrice. La première, vers le bar. Facile. La deuxième, vers le lit. Facile. La troisième, devant la caméra.

On peut ne pratiquer que cette dernière, bien sûr. Tout en espérant la deuxième. Douloureux. Ou, comme cela se pratique plus couramment, s'arrêter aux deux premières, après avoir promis la dernière. Dégueulasse.

1. « Joe Banjo » présente de troublantes similitudes avec le morceau « Eight More Miles To Louisville », tout comme « Le camion jaune » (« Farewell Blues ») et « Banjo au bord du Styx » (« Shuckin' The Corn ») (Merci à Xavier Lefebvre).

Il en existe une quatrième, que précède souvent, et comme par hasard, le refus de la deuxième. Vers la sortie. Pénible. On peut aussi faire un petit cocktail des trois premières. Alors là, épatant. Mais, en cours de tournage, on risque alors de s'entendre dire à propos de telle ou telle réplique : « Ce truc-là, chéri, je le sens pas », comme si les rôles cinématographiques avaient des odeurs. Cela dit, et trêve de déconner, dans *Je t'aime moi non plus* aux côtés de Joe Dallessandro, Jane m'a donné le meilleur d'elle-même. Et regardez-la maintenant, tennis, socquettes blanches et cheveux courts, telle qu'elle est dans ce film, se pencher sur le poste de radio pour écouter les critiques, et devant ce juke-box qui crache « La ballade de Johnny Jane », leitmotiv de mon dernier film...

D'avoir appelé à voter Giscard, deux ans plus tôt, se révélerait-il payant ? Gainsbourg et ses producteurs obtiennent en tout cas de Michel Guy, ministre des Affaires culturelles, que le film ne soit pas classé X à sa sortie, ce qui en limiterait la diffusion en le cantonnant dans le réseau des films à caractère pornographique pour lesquels cette infamante estampille a été créée quelque temps auparavant. Et bientôt sont publiées les premières critiques : « Je ne suis ni puritain ni pudibond, annonce Louis Chauvet dans *Le Figaro*. Mais j'ai trouvé franchement insupportable, choquant et provoquant, au niveau le plus bas, le film de Serge Gainsbourg [...]. Il y a là, tout de même, une sorte de mystère. Par quel processus un “artiste” en arrive-t-il à concevoir un tel scénario ? » Jacqueline Michel dans *Télé 7 Jours* à propos de Jane : « Après ce numéro d'androgyne miteux, je crains qu'elle ne fasse plus guère rêver. » Dans *La Croix*, Gainsbourg est crucifié : « N'ayant l'habitude de fréquenter les décharges publiques que pour y déposer des ordures, je m'abstiendrai de tout commentaire. »

Robert Chazal, dans *France-Soir* du 13 mars, semble être l'un des rares chroniqueurs à avoir compris le film :

> Pour son premier film comme auteur et metteur en scène, Gainsbourg nous entraîne dans un univers où le bonheur n'est qu'un mot vide de sens et dont les frontières sont la mélancolie, la dérision, la tendresse sans illusion et la désespérance. Comme aucun autre cinéaste français n'avait réussi à le faire, il nous impose une vision très voisine de celle des meilleurs films américains sur le monde des paumés, des vaincus de la vie. Tels les plus grands récits de la Série noire comme *Le facteur sonne toujours deux fois* ou *On achève bien les chevaux*.

Dans *Libération* du 19 mars, Delfeil de Ton assassine le film et conclut par ces mots : « Gainsbourg a dédié son film à Boris Vian. Il a dû croire qu'il faisait du Vernon Sullivan, le pauvre. Quand Vian faisait du Vernon Sullivan, il restait un peu de Vian. Quand Gainsbourg fait du Vernon Sullivan, que voulez-vous qu'il reste, sinon trente ans de retard ? » De ces mots incendiaires naît une mini-polémique :

Gilles Millet, autre journaliste de *Libé*, lui répond le 30 mars et explique pourquoi il a apprécié *Je t'aime moi non plus*. Du coup, Delfeil en remet une couche : « Le film de Gainsbourg, outre qu'il se traîne et qu'on bâille en le regardant, est débectant. Débectante, l'utilisation de sa femme, Jane Birkin, ramenée dans le film à un trou du cul, au sens littéral, qui a besoin d'être renforcé. Débectante, l'image des autres femmes dans ce film, c'est-à-dire la scène du concours de strip-tease sous le hangar. Les femmes, nous montre Gainsbourg, c'est de la chair flasque et triste, ça pendouille et c'est mou. [...] Faudrait partager avec Gainsbourg cette nostalgie, combien banale d'ailleurs, du non-Américain fasciné par la merde américaine. [...] Y'a des jours où on aime bien aller au drugstore. Mais à tant que faire, autant choisir un drugstore qui soit bon. Celui de Gainsbourg, il pue. »

En revanche, Henry Chapier, dans *Le Quotidien de Paris*, conclut intelligemment sur le thème du « premier *underground* français » :

> *Je t'aime moi non plus* est un film d'expression américaine, de par la façon directe d'aborder un sujet, sans détours ni coquetteries, en prenant le risque d'être à la fois incompris, impopulaire et quelque part iconoclaste. Dans la carrière tranquille de Jane Birkin, ce film est une bourrasque : la ravissante petite Anglaise acide dilapide consciemment un capital de sympathie construit autour d'une image conventionnelle d'ingénue, au profit d'un rôle infernal.

On peut encore citer François Truffaut qui, à la radio, en fait un panégyrique, Pierre Tchernia qui appelle Gainsbourg pour lui dire combien sa femme et lui ont été émus aux larmes, ou encore le journal *Positif* qui établit intelligemment un lien entre *Je t'aime moi non plus* et la peinture régionaliste américaine d'Edward Hopper ou Andrew Wyeth. Dans *France-Soir* du 5 avril, on apprend que Madame Raymonde, « la nurse quadragénaire » de Serge et Jane, ne chôme pas depuis la sortie du film : chaque matin, elle doit gratter et lessiver les murs du petit hôtel particulier de la rue de Verneuil « puisque chaque nuit apporte son pesant de graffitis orduriers ou menaçants » du genre « Si tu continues on te fera la peau » tandis que d'autres « mettent en doute la virilité du metteur en scène ». Dans son courrier, chaque jour, Serge reçoit des lettres d'insultes. Enfin, on apprend que dans une salle de cinéma à Montparnasse, à chaque projection « on siffle et on applaudit encore plus fort que dans les réunions électorales »... Egalement symptomatique du malaise généré par *Je t'aime moi non plus* : tous ceux qui ont participé au film sont, dans les mois et les années qui viennent, plus ou moins considérés comme des pestiférés.

Willy Kurant : « Le film s'est fait descendre, moi aussi personnellement. Pendant quelques mois je n'ai eu aucune offre et je suis reparti aux Etats-Unis, où j'ai fait beaucoup de séries B sous le nom d'emprunt de Willy Kurtis, pour l'écurie Corman, des trucs comme *Le monstre qui venait de l'espace* de Michael Miller... »

Hugues Quester : « Ce film fut pour moi une grande promotion et un arrêt total. Les gens m'assimilaient au personnage que j'avais joué et pendant deux ans on m'a proposé des rôles équivalents, que j'ai bien sûr refusés. Ils s'attendaient à chaque fois que je ressorte mon sac en plastique de la poche... Je suis donc revenu au théâtre... »

Dans la foulée de *Je t'aime moi non plus*, Joe tournera encore en France (notamment *La Marge* de Walerian Borowczyk, 1976, avec Sylvia Kristel), avant d'enchaîner, en Italie, sur une impressionnante série de nanars. Bénéficiant d'un statut d'acteur « culte », il a travaillé depuis pour Francis Ford Coppola (*Cotton Club*) ou John Waters (*Cry Baby*), mais toujours dans des petits rôles...

Quant à Jane, elle sera boudée par les producteurs : à part un film prétentieux de Bernard Queysanne et un navet rital, elle ne tournera rien avant *Mort sur le Nil* en 1978 — un long purgatoire...

Claude Berri : « J'avais proposé à Jacques-Eric Strauss de coproduire le film avec lui et je crois que cela avait fait plaisir à Serge, vu qu'on se connaissait bien... J'ai adoré le résultat final et nous avons tous été déçus par son insuccès en salle. Ce n'est pas un hasard si *Je t'aime moi non plus* était dédié à Boris Vian. J'aurais beaucoup aimé qu'il tourne un remake de *J'irai cracher sur vos tombes*. Je lui avais soumis l'idée, il était enthousiaste et je ne sais plus pourquoi ça n'avait pas abouti ; il avait pensé transposer l'histoire à Berlin dans le milieu juif, avant la guerre. En tout cas, il a toujours énormément souffert de ne pas être reconnu comme cinéaste, parce qu'il aimait le succès et s'en émerveillait comme un enfant. »

Lors de sa première sortie, *Je t'aime moi non plus* plafonna à 150 000 entrées sur Paris. Depuis 1976, régulièrement, il est ressorti dans le circuit des cinémathèques et des salles branchées, réapparaissant même sur les Champs-Elysées à la fin des années 80. Edité en vidéo, le film a obtenu un joli score, preuve sans doute qu'il a bien vieilli. Au niveau international, en revanche, ce fut un désastre : aux Etats-Unis, les bobines ne sortirent jamais du bureau du distributeur ; pour cause de censure, il ne sortit en Belgique qu'en juin 1984 ; enfin, en Grande-Bretagne, le film connut une carrière lamentable.

Jane Birkin : « Un jour ma mère m'a téléphoné de Londres pour me demander pourquoi le film n'était projeté que dans un cinéma gay-porno à Soho. Je ne savais pas quoi lui répondre, sinon qu'à Paris il était programmé sur les Champs-Elysées et que Truffaut en avait dit du bien. J'aurais pu tuer ce crétin de journaliste anglais qui avait écrit : "Mr. Gainsbourg ignorerait-il l'usage du beurre ?" en comparant *Je t'aime moi non plus* au *Dernier Tango* de Bertolucci. Je me souviens à l'époque d'une grande frustration. »

Judy Campbell-Birkin : « Le film m'a choquée. Nous avons été le voir à Paris, mon mari et moi, et en sortant il est resté muet. Il a fallu que je réfléchisse très fort à ce que j'allais dire à Jane. J'ai fini par lui sortir une banalité, du genre “C'est un film très intéressant”. Ce qu'il est, en réalité : en y repensant, une fois passé le choc initial, j'ai comparé ce film à l'histoire de la Petite Sirène qui modifie son apparence, quitte à en souffrir, pour plaire à l'homme qu'elle aime. Quant à la distribution du film en Angleterre, qu'il se retrouve programmé dans ces horribles salles m'a révoltée. »

Dans son édition du 17 mars 1976, le magazine américain *Variety* vise juste : « Réminiscent des anciens drames yankees rustiques, sauf pour les aspects homo. Dans les films yankees, les amis mâles étaient macho et pas gay, ou alors ils ne l'admettaient pas [1]. » Plus tard, Robert Murray, dans son *Encyclopédie du film gay et lesbien*, conclura en ces termes : « *Je t'aime moi non plus* était des années — et même des décennies — en avance sur son temps —, je ne comprends pas pourquoi il n'est pas considéré comme un classique des années 70. »

Quant à Charlotte, elle ne vit le film que beaucoup plus tard, quelques mois avant la mort de Serge. Elle l'a visionné au petit matin, au terme d'une nuit d'insomnie, craquant pour la scène du bal et les travellings en camion. Sur le répondeur de Serge, elle laissa ce court message : « C'est un film magique... »

1. Aux Etats-Unis, le film est sorti sous différents titres : *I Love You No More* ; *I Love You, I Don't* ; *I Love You No Longer...*

19

Je suis l'homme à tête de chou

L'immédiat après-*Je t'aime moi non plus* est douloureux et Serge se sent mal. Artistiquement, il est à la fois fier de lui (les louanges de Truffaut) et cruellement déçu (le nombre d'entrées). Aucun de ses derniers disques, pas plus que ceux de Jane, n'a marché comme il l'avait espéré. Vu son train de vie, même côté finances ça ne rigole pas tous les jours. C'est pourquoi, lorsque Jacques Séguéla lui propose de tourner des films publicitaires pour Woolite, il accepte avec empressement. Trois spots sont bientôt mis en boîte en 1976 et 1977, avec Brigitte Fossey, Jane Birkin (qu'il enroule dans une longue écharpe en laine ; pour le *pack-shot*, elle susurre : « Faites comme moi, ioutilisez Woolite ! ») et Marlène Jobert. Séguéla lui fait tourner ensuite une maquette pour des rasoirs jetables (sur le thème « les cigarettes ont eu ma voix, l'alcool a eu mon foie, les femmes ont eu mon cœur mais personne n'aura ma barbe — sauf Bic »), sèchement refusée par les patrons de la marque en question[1].

Très peu connu, même des fanatiques assidus, vient ensuite un petit épisode charmant sous la forme de deux chansons pour Pierre Louki, un vieil ami de Brassens, que Gainsbourg avait applaudi à Bobino en 1972 et qui avait été séduit par son écriture. Par l'intermédiaire de Claude Dejacques, qui est à l'époque son directeur artistique, il écrit les musiques sur deux textes de Louki : « La main du masseur », amusante suite de jeux de mots, et « Slip Please » ou l'histoire équivoque d'un don juan qui, à son réveil, retrouve un slip sur sa descente de lit et le butine en songeant aux charmes qu'il a contenus (« Combien quelques milligrammes de soie vous déboussolent... »)[2].

1. Bic se rattrapera cependant quelques années plus tard — on se souvient des affichettes collées derrière les autobus montrant un petit rasoir furax qui gueulait « Gains-bourg ra-din ! ».

2. Louki a publié une vingtaine de disques chez Vogue, Philips et CBS depuis ses débuts en 1957 « avec une voix qui vous brise le muguet au ras du sol, des chefs-

Scènes de la vie de famille rue de Verneuil, avec les deux sœurettes que Serge surnomme parfois « Kékate » et « Charlotte ma crotte »... Kate, l'aînée, neuf ans en 1976, est souvent victime des remarques odieuses de ses camarades de classe. Lorsque Jane pose nue dans *Lui* et à la sortie du film *Je t'aime moi non plus*, la fillette encaisse des insultes qu'à l'évidence les mômes ont entendues de la bouche de leurs parents. Du genre « Ton père est un drogué ! », « Ta mère est une pute ! ». Le simple fait qu'ils ne soient pas mariés choque les enfants dits de bonne famille. Parfois, Kate doit en venir aux mains. Dans la cour de récré, avec ses airs de garçon manqué, on la surnomme Madame la Justice.

A la maison, rue de Verneuil, les petites sont très sages. Elles ont vite compris qu'il n'est pas question de toucher aux objets du salon, alors elles passent le plus clair de leur temps dans leur chambre, au rez-de-chaussée. A l'entrée du couloir, l'écorché terrorise les fillettes ; or, pour aller aux toilettes, elles doivent passer devant... En sus une nounou imbécile leur dit que si elles se levaient la nuit l'écorché leur ferait de gros yeux rouges et les attraperait. Du coup, elles font pipi par la fenêtre.

Pour faire marrer ses filles, Serge imagine les grimaces les plus hideuses. Il invente des stratagèmes pour leur faire peur, bondissant déguisé en fantôme, avec un drap sur la tête et une lampe torche sous le menton. Une autre fois, il vient dans leur chambre faire le clown, avec un accordéon et une guitare, pour les consoler de devoir rester à la maison parce qu'elles ont des poux (pour éviter que tout le quartier soit au courant, il insiste pour que Jane aille dans une pharmacie éloignée). Ses exigences sont aussi esthétiques, surtout vis-à-vis de Kate, avec qui il est plus sévère : normal, l'aînée doit donner l'exemple. Un jour qu'elle revient avec des bagues en toc, achetées dans des pochettes-surprises chez le boulanger, il les lui enlève des doigts et les jette à la poubelle en lui disant : « Pas question que tu portes ça, c'est laid ! » Très pointilleux sur les questions de politesse, il surveille leurs manières à table, leur façon de s'habiller. En réalité, il exige le beau en tout, à l'image de cette maison-musée où rien n'irrite l'œil. Vis-à-vis de Kate, qu'il avait pensé adopter, il prend son rôle de père très au sérieux : « Il ne fait pas de doute qu'il était mon papa, dit Kate Barry. Il m'avait prise en charge à un an et je crois que les liens du sang ne sont que très peu de chose, les gens qui comptent vraiment

---

d'œuvre d'écriture, de rire et de tendresse », comme l'écrivait son ami Dejacques. Etiqueté à tort « chanteur Rive gauche », il n'a jamais rencontré le succès qu'il méritait ; il a refait surface en 1997 avec un album chez Saravah.

sont ceux qui s'investissent en vous. Je sais que je me suis imprégnée de lui, même dans mes comportements. »

Plus tard, il cherchera à s'excuser d'avoir été parfois sévère avec elle. Après tout, il était tellement amoureux de Jane, et terriblement jaloux : or Kate, qui n'y pouvait rien, était pour lui la preuve vivante que sa maman avait fait l'amour avec un autre homme. Pour Kate, cependant, il ne fait pas de doute qu'ils ont passé dix années exceptionnelles, ne tombant jamais dans le train-train quotidien qui tue les couples, ils ont toujours su se faire plaisir et se surprendre. Bercées dans une ambiance créatrice, les deux fillettes ont conscience d'avoir eu une enfance tout à fait privilégiée. Jane et Serge s'aimaient pardessus tout, leur amour était flagrant et immense...

Andrew Birkin : « Il est impossible de décrire le bonheur mais la vie avec Serge avait un côté extraordinaire : Jane et lui étaient heureux, mais pas du tout dans le sens bourgeois du terme. Il se marrait comme un enfant : une fois, pour la Noël à l'île de Wight, il m'avait dit : "Invitons un prestidigitateur pour le réveillon !" J'avais téléphoné à ce pauvre mec, à propos de qui Serge avait lu un article dans le canard local, je crois qu'il s'appelait Fred the Conjuror, qui est arrivé en étant persuadé qu'il allait animer une surboum pour des enfants. Mais pas du tout, il n'y avait que Jane, Serge, Linda, mes parents et moi, et le mec a déballé son matériel et s'est mis à nous faire tous ces tours archinuls. Nous nous roulions par terre... En plus de son cachet, Serge lui a filé un pourboire royal et l'a applaudi comme un fou. »

Liliane Zaoui : « On sentait qu'il se passait quelque chose de très fort entre eux, mais il n'était pas démonstratif. Tout découle du fait que c'était une personnalité hors du commun, alors tout ce qui était banal était rejeté par mon frère ; leur couple ne ressemblait à aucun autre, il n'était pas du genre à prendre Jane par le cou, à l'enlacer, à l'embrasser en public. Mais on savait que c'était là... »

Quelques années plus tôt, en plus de l'écorché, Serge s'était acheté dans une galerie de la rue de Lille[1] une sculpture de Claude Lalanne. Celle-ci, simplement intitulée « L'homme à tête de chou », représente un homme nu, assis, la tête effectivement remplacée par une inflorescence charnue de la race des crucifères...

1. Galerie Paul Facchetti. Claude et François-Xavier Lalanne sont un couple de sculpteurs français très inspirés par le monde végétal. Bien qu'ils conçoivent et créent leurs œuvres séparément, ils exposent toujours ensemble. A l'époque de « L'homme à tête de chou » (fin des années 60), Claude Lalanne avait également créé son équivalent féminin. Lire à ce sujet *Les Lalanne* par John Russel (Editions SMI, Paris, 1975).

Gainsbourg : « J'ai croisé "L'homme à tête de chou" à la vitrine d'une galerie d'art contemporain. Quinze fois je suis revenu sur mes pas puis, sous hypnose, j'ai poussé la porte, payé cash et l'ai fait livrer à mon domicile. Au début il m'a fait la gueule, ensuite il s'est dégelé et m'a raconté son histoire. Journaliste à scandale tombé amoureux d'une petite shampouineuse assez chou pour le tromper avec des rockers. Il la tue à coups d'extincteur, sombre peu à peu dans la folie et perd la tête qui devient chou... »

Claude Lalanne : « Ça faisait à peine cinq jours que je l'avais terminée et déjà elle partait. J'étais ravie que ce soit lui qui l'achète parce que je l'admirais beaucoup. Plus tard, il m'a téléphoné pour me demander si j'acceptais qu'il mette la statue sur la pochette de son prochain album. J'étais d'accord et, pour me remercier, il m'a invitée au studio d'enregistrement pour me faire entendre l'album *L'homme à tête de chou* avant qu'il ne sorte. »

L'enregistrement de ce nouveau 33 tours démarre cinq mois à peine après la sortie en salle du film *Je t'aime moi non plus* : les musiques sont mises en boîte à Londres en six jours, du 16 au 21 août 1976, et le mixage s'achève le 14 septembre au Studio des Dames. Jean-Pierre Sabar n'étant pas de la partie, les arrangements sont confiés au fidèle Alan Hawkshaw et la direction artistique, naturellement, au désormais indispensable Philippe Lerichomme. Sans éviter le stress, partie intégrante de la création, en particulier la sienne, Serge aborde la réalisation de ce nouvel album d'une manière radicalement différente.

Philippe Lerichomme : « *L'homme à tête de chou* est un *concept-album* très personnel, sans concessions, avec d'étonnants exercices de style, qu'il avait travaillés en orfèvre, et puis avec l'introduction du *talk-over*, c'est-à-dire de la voix parlée en rythme, qu'il a régulièrement repris par la suite. Car il savait comme personne poser ses mots sur les mesures avec un sens du rythme qui m'émerveillait. Pour ce disque, il avait peaufiné les textes au maximum avant de les mettre en musique, contrairement à son habitude[1]. »

L'homme à tête de chou sort en novembre 1976 et est immédiatement acclamé par la critique comme un chef-d'œuvre majeur, y compris par la génération punk qui, en France, reconnaît en Gainsbourg un frère de sang.

1. Philippe Lerichomme a toujours refusé de parler de Serge, y compris à l'auteur de la présente biographie (sauf ce qui est *off the record* et le restera). Il ne s'est exprimé qu'à une seule occasion, pour le magazine *Notes* publié par la SACEM et distribué à ses membres, à l'occasion d'une interview réalisée par Pierre Achard (« Serge Gainsbourg et Philippe Lerichomme : nuits blanches à la Jamaïque », *Notes* n° 14, mai-juin 1995). Cette citation en est extraite, comme celles qui figurent dans les chapitres suivants.

Je suis l'homme à tête de chou
Moitié légume moitié mec
Pour les beaux yeux de Marilou
Je suis allé porter au clou
Ma Remington et puis mon Break
J'étais à fond de cale à bout
De nerfs, j'avais plus un kopeck

Rencontre fatale du journaleux paumé et de la shampouineuse : le décor est sordide, nous nous trouvons « Chez Max coiffeur pour hommes » où un jour par hasard le narrateur était entré se faire raser la couenne. Et il tombe sur cette chienne...

Qui aussitôt m'aveugle par sa beauté païenne
Et ses mains savonneuses
Elle se penche et voilà ses doudounes
Comme deux rahat-loukoums
A la rose qui rebondissent sur ma nuque boum-boum

Elle lave les douilles et lui, il douille. Mais il y a les bons côtés, par exemple...

Quand Marilou danse reggae
Ouvrir braguette et prodiguer
Salutations distinguées
De petit serpent katangais

Elle le rend dingue, il débloque, il délire, il divague, il s'égare dans son « Transit à Marilou » :

Je me sens vibrer la carlingue
Se dresser mon manche à balou
Dans la tour de contrôle en bout
De piste une voix cunilingue
Me fait « glou-glou
Je vous reçois cinq sur cinq »

Mais la nymphette nymphomane fomente des foutages infidèles. Sur les plaques sensibles de son cerveau il reçoit un « Flash Forward » en forme de claque...

Elle était entre deux macaques
Du genre festival à Woodstock
Et semblait une guitare rock
A deux jacks
L'un à son trou d'obus l'autre à son trou de balle

Gainsbourg : « Je fais ce qu'on appelle du *talk-over* parce qu'il y a des mots d'une telle sophistication dans la prosodie que l'on ne peut pas mettre en mélodie. Vous ne pouvez pas chanter "L'un à son trou d'obus l'autre à son trou de balle", ce n'est pas possible, il faut le dire. Très bel alexandrin d'ailleurs. »[1]

Il n'est pas question de chansons ou de mélodies, dans le sens classique du terme, mais d'ambiances, d'atmosphères. Dans « Aéroplanes », Gainsbourg raconte sur un rythme lancinant son opaque démence...

Pauvre idiote tu rêves tu planes
Me traites de fauché de plouc
De minable d'abominable bouc
Qu'importe, injures un jour se dissiperont comme volute Gitane

« Premiers symptômes », discrètement soutenu par une guimbarde, instrument aussi simpliste que peu courant, ses oreilles se changent en feuilles de chou, à force de subir les sarcasmes de la petite salope.

Puis traînant mes baskets
Je m'allais enfermer dans les water-closets
Où là je vomissais mon alcool et ma haine

Face B, retournement de situation, le héros se rebiffe, dans un moment de lucidité, à « Ma Lou Marilou » il jette des menaces...

Oh ma lou
Oh ma lou
Oh Marilou
Si tu bronches je te tords le cou[2]

Viennent ensuite 7 minutes 38 secondes de bonheur et d'extase, les « Variations sur Marilou », perfection poétique, séquence érotique...

Lorsqu'en un songe absurde
Marilou se résorbe
Que son coma l'absorbe
En pratiques obscures
Sa pupille est absente
Mais son iris absinthe
Sous ses gestes se teinte
D'extases sous-jacentes
A son regard le vice
Donne un côté salace
Un peu du bleu lavasse
De sa paire de Levi's
Et tandis qu'elle exhale

1. Interview publiée dans *Le Quotidien de Paris*, 1984.
2. Il s'inspire, pour la mélodie, du thème du 1er mouvement de la « Sonate pour piano n° 23, Appassionata » de Ludwig Van Beethoven (non crédité, mais repris sur l'anthologie *Les Classiques de Gainsbourg*, Decca, 1996).

Un soupir au menthol
Ma débile mentale
Perdue en son exil
Physique et cérébral
Joue avec le métal
De son zip et l'atoll
De corail apparaît
Elle s'y coca-colle
Un doigt qui en arrêt
Au bord de la corolle
Est pris près du calice
Du vertige d'Alice
De Lewis Carroll

Gainsbourg : « En musique on a fait des chorus de sax, de guitare, de batterie, mais c'est la première fois que l'on imaginait un chorus sur le plan de la prosodie. Dans "Variations sur Marilou", j'ai pris un thème au niveau des lyrics et j'en ai fait des chorus, étirés sur près de huit minutes... »

Comme il le disait, « une Lolita c'est une fleur qui vient d'éclore et qui prend conscience de son parfum et de ses piquants ». Dans le cas de l'onaniste nénette, l'homme qui l'observe a soudain des envies d'homicide et c'est l'inévitable « Meurtre à l'extincteur » :

Elle a sur le lino
Un dernier soubresaut
Une ultime secousse
J'appuie sur la manette
Le corps de Marilou disparaît sous la mousse

Marilou repose sous la neige mais le cauchemar n'est pas terminé. L'assassin se retrouve enfermé dans un « Lunatic Asylum ». Tel Grégoire, le héros du chef-d'œuvre de la littérature juive, *La Métamorphose*, de Kafka, qui se réveille un matin transformé en vermine, le personnage imaginé par Gainsbourg est devenu l'homme à tête de chou :

Le petit lapin de Playboy ronge mon crâne végétal
Shoe Shine Boy
Oh Marilou petit chou
Qui me roulait entre ses doigts comme du Caporal
Me suçotait comme un cachou

Et tandis qu'il joue avec les coléoptères, son cerveau de légume n'envoie plus que d'inutiles SOS...

Chef-d'œuvre, mais zéro sur le plan commercial. Ou plutôt, 20 ou 25 000 exemplaires : une paille. N'empêche, on trouve au hasard des titres ce « Marilou Reggae » bien dans l'air du temps (en 1976, Bob Marley est déjà une très grande star ; on écoute aussi Toots & The Maytals, les Gladiators, Culture, U Roy, Burning Spear, etc.)... On ne peut pas dire que Hawkshaw et sa bande swinguent comme des Jamaïcains, mais le déclic s'est produit dans la tête de Gainsbourg. Philippe Lerichomme n'aura, deux ans plus tard, aucun mal à le convaincre d'explorer le rythme reggae, en allant le chercher à sa source, à Kingston...

Alors qu'il terminait son album, Serge s'est fendu d'un nouveau 45 tours pour sa compagne, qui à l'approche de son trentième anniversaire est au sommet de sa beauté et fait l'objet d'un *Numéro Un : Jane Birkin*, sur TF1, programmé le 9 octobre 1976, autrement dit un *prime-time* idéal pour le lancement d'une nouvelle chanson. Comme prévu, il reprend « La ballade de Johnny Jane » qui figurait sur la bande originale de *Je t'aime moi non plus*, et s'inspire de son propre film pour des paroles aussi superbes qu'émouvantes :

Hey Johnny Jane
Toi qui traînais tes baskets et tes yeux candides
Dans les no man's land et les lieux sordides
Hey Johnny Jane
Les décharges publiques sont des atlantides
Que survolent les mouches cantharides
Hey Johnny Jane
Tous les camions à benne
Viennent y déverser bien des peines infanticides

Julien Clerc : « La première fois que j'ai rencontré Serge, nous nous étions croisés dans les coulisses de l'Olympia en février 1969 alors que je faisais la première partie de Bécaud. Il s'était approché de moi et m'avait dit : “Je n'ai rien entendu d'aussi intéressant depuis dix ans”, ce qui pour moi était un grand compliment. J'ai toujours été fasciné par son talent de mélodiste mais la fois où il m'a vraiment bluffé, c'était avec “La ballade de Johnny Jane”. Il y a là-dedans une suite harmonique, un truc que je ne comprends pas, tout à coup il passe dans un autre mode, il a une fulgurance. Chaque fois que je l'écoute, je me dis : “Merde, le salaud, qu'est-ce que j'aurais aimé écrire ça...” »

En face B de ce 45 tours on trouve une charmante petite chose intitulée « Raccrochez c'est une horreur », avec Serge dans le rôle du maniaque sexuel...

Jane : Allô ?
Allô ? Allô ?

T'es un pauv' malade hein !
Faut aller te faire soigner !
Serge : Eh ! T'occupe !
Tu sais c'que j'ai envie de t'faire ?
Devine !
Des bisous tout partout !
Jane : Raccrochez c'est une horreur !

Dans *Libération* est publiée le 27 novembre 1976 une longue interview par Gilles Millet, un passionné de Gainsbourg qui avait eu des mots avec Delfeil de Ton, quelques mois plus tôt, à propos de *Je t'aime moi non plus*. Il est cette fois question du nouvel album :

La musique ? En fait, je ne sais jamais quoi faire. Je suis assez brouillon, je n'ai pas de règle. Ça doit correspondre à mes envies. Je suis influencé par ce qui se passe à l'extérieur, mais maintenant ça va me poser des problèmes parce que je suis un peu saturé par les pulsations pop. Moi je ne suis pas Brassens. Lui, c'est un peintre classique. Il n'a pas de problème de forme. Moi, je remets tout en question.

Invités d'honneur du festival du film fantastique d'Avoriaz 1977, l'année où est primé le film *Carrie* de Brian de Palma, Serge et Jane sont à la neige du 19 au 23 janvier[1]. Puis il attaque la promo télé de *L'homme à tête de chou* et se montre partout où c'est possible, y compris dans un *Numéro Un : Marie-Paule Belle*... En mars 1977 dans *Le Matin* on évoque ses coq-à-l'âne ; on se croirait en effet revenu dix ans en arrière, il écrit et compose tous azimuts : une chanson pour Nana Mouskouri, une autre pour Françoise Hardy, la musique du film *Goodbye Emmanuelle*, sans oublier de publier un 45 tours de l'été « pour faire des ronds, pour jouer », tout en préparant le nouvel album de Jane dont le titre de travail est encore *Apocalypstick*.

Pour Nana Mouskouri, quatorze ans après lui avoir écrit « Les yeux pour pleurer », il lui offre « La petite Rose » :

Pauvre petite chose
Cueillie à peine close
Par les doigts du destin
As-tu gagné au change
Es-tu avec les anges
Ou bien n'es-tu plus rien

Pour Hardy, un « Enregistrement » sans relief, perdu sur l'album *Star*, publié en mai 1977, où l'on perçoit l'envie de retrouver la veine de « Comment te dire adieu » :

1. Jane fera partie du jury d'Avoriaz en janvier 1978, présidé cette année-là par William Friedkin, aux côtés d'Alain Delon.

Si le passé est amnésique
Et le futur hypothétique
Le présent étant chimérique
Il ne restera de nos nuits que
Quelques mots d'amour sur bande magnétique

En mai 1977, alors que sort en salle le film *Madame Claude* de Just Jaeckin (à qui Serge avait refusé la musique du premier *Emmanuelle* trois ans plus tôt), paraît l'album de la bande originale, signée Gainsbourg / Sabar. Avec en prime, chanté par Jane, le 45 tours « Yesterday Yes A Day », en anglais, qui fait une gentille carrière alors que le film dépasse le million de spectateurs, au point de terminer 15e du box-office de l'année.

Jean-Pierre Sabar : « Tous les arrangeurs de Gainsbourg ont été ses nègres dans une certaine mesure. Mais des nègres consentants. Parce que c'était agréable de travailler avec lui, on rigolait beaucoup, on passait des journées entières à faire les cons au piano alors qu'on devait bosser. Et puis parce que, côté fric, il était très réglo. Dès le début, il m'avait prévenu : "Tu ne seras jamais crédité pour la musique mais seulement pour les arrangements" parce qu'il ne voulait pas partager la notoriété. Mais à la SACEM, c'était cinquante-cinquante. Et ça, ils ne le font pas tous. »

Just Jaeckin, à qui il arrive de jouer à l'assistant pour l'un ou l'autre des spots publicitaires de Gainsbourg, avait entre-temps passé le flambeau d'*Emmanuelle*, en même temps que Sylvia Kristel, à François Leterrier[1]. C'est sur tempo reggae que Serge signe le générique de *Goodbye Emmanuelle* (qui sort au mois d'août) dont le texte minimaliste repose sur une double constatation :

Emmanuelle aime les caresses buccales et manuelles
Emmanuelle aime les intellectuels et les manuels

Vers le 20 mai, Serge se retrouve à Londres, toujours avec Alan Hawkshaw et Philippe Lerichomme, pour mettre en boîte sa nouvelle tentative de tube de l'été, « My Lady Héroïne », dont il attaque la promo télé dès la mi-juin. L'intro est certes accrocheuse, la mélodie idem, mais le texte est franchement secondaire...

Oh my Lady Héroïne
Aussi pure que Justine
Tous les malheurs de ta vertu
Et tous ses bonheurs me tuent

1. Le même Leterrier qui avait réalisé *Projection privée* avec Jane Birkin en 1973.

A la rigueur, « Trois millions de Joconde », en face B, peut arracher un sourire (c'est d'ailleurs l'une des chansons préférées de Charlotte) :

Je me suis fait faire trois millions de Joconde
Sur papier cul
Et chaque matin j'emmerde son sou-
— Rire ambigu

C'est le moment choisi par Alain Chamfort, né Le Govic, pour faire son entrée. Traçons rapidement son itinéraire pour situer le contexte. Débuts rhythm and blues au sein du groupe Les Mods vers 1965-66, il avait alors une quinzaine d'années et le répertoire se composait essentiellement de reprises tirées des catalogues d'Otis Redding et Wilson Pickett. Un 45 tours voit le jour chez Vogue, en même temps que le premier Dutronc, « Et moi et moi et moi ». Jacques a besoin d'un claviériste, Alain est engagé sur-le-champ.

Alain Chamfort : « Trois années très drôles, je le suivais partout, nous avions un langage codé, on parlait en verlan et en lavabo, nous étions une bande de potes, ça volait souvent au ras du plancher mais nous étions morts de rire. Avant de chanter, Dutronc était très timide, très complexé en plus d'être myope comme une taupe. Devenir une vedette l'a épanoui, il a pu se venger des femmes et nous avions souvent des disputes à propos des *groupies*. Et puis un beau jour il me remercie. Là j'ai été dans la merde, j'avais arrêté mes études et je me retrouvais sans rien. En 1969 j'ai décidé d'écrire des chansons et j'ai enregistré un simple pour Pathé avec des paroles d'Etienne Roda-Gil, mais j'ai pris un bouillon... »

Il forme ensuite un groupe de choristes et fait des sessions à gauche et à droite, jusqu'au jour où il tombe sur Claude François qui l'engage comme compositeur maison des disques Flèche...

Alain Chamfort : « En 70, ça devenait "bonjour le *loser*"... Quand j'ai rencontré Claude, j'ai pris un flash, totalement à l'opposé de ce que j'étais, l'image parfaite de la réussite avec bagnole américaine et nanas partout ! »

Catapulté par *Podium*, Chamfort triomphe dans le créneau minettes : c'est le boum du « Bébé chanteur » et, à raison de deux succès par an, le rythme se maintient jusqu'en 1975...

Alain Chamfort : « Je voulais passer à autre chose mais Claude m'en empêchait, il préférait exploiter jusqu'au bout une formule qui avait fait ses preuves. En 1976 j'étais en fin de contrat et je me suis tiré, ce qu'il a d'ailleurs mal encaissé. J'ai signé chez CBS et j'ai sorti un premier album disparate, je n'étais pas très sûr de moi. Puis, en 1977, je suis allé trouver Gainsbourg, malgré le fait qu'autour de moi des gens me le déconseillaient en me disant que c'était un *has-been*. Les mecs de ma génération n'avaient jamais fait appel à lui parce qu'il n'était pas d'actualité. J'ai senti d'emblée qu'il était très content parce que ça lui permettait de rétablir un contact avec les jeunes. Pourtant, dans un premier temps, même si l'envie y était, il a hésité et c'est là que Jane a été prépondérante, elle sentait que je pouvais faire du bon boulot sur ses textes et elle l'a convaincu... »

Premier essai, première réussite, l'histoire de « Baby Lou » :

Sur les abords du périphérique
J't'ai aperçue par ma vitre
On aurait dit comme le générique
D'un film ricain sans sous-titres

La chanson fera une belle carrière, reprise plus tard par Lio, puis par Jane sur l'album *Baby Alone In Babylone*, dernière version, probablement définitive... Gainsbourg s'adapte à merveille à l'univers « variétés » du chanteur de charme et lui concocte une mixture épatante qu'il intitule « Rock'n'rose », chanson qui donne son titre à l'album publié cette année-là.

C'est un mélange choc
Qui se boit on the rocks
Rock'n'rose rock'n'rose
Un cocktail explosif
Un cocktail molotov

Pour Chamfort, Gainsbourg écrit neuf titres au total, parmi lesquels de jolies petites choses comme « Lucette et Lucie », deux petites jumelles, deux petits sosies.

Lucette, Lucie
Entre l'une et l'autre je passe mes nuits
On fait l'amour en stéréophonie

Dominique Blanc-Francard : « J'étais ingénieur du son sur cet album, on travaillait au petit studio Aquarium de la rue Lecourbe et je me souviens de la tête d'Alain quand il a découvert le texte de « Lucette et Lucie », qui racontait en clair une histoire de cul avec Chamfort pris en sandwich entre deux Suédoises... Il ne voulait pas la chanter et il s'est frité avec Serge ; il était tétanisé et expliquait que par rapport à son public il était impossible qu'il chante ça. Serge le savait très bien et jouait sur cette ambiguïté — mais en même temps il adorait déjà Chamfort qui représentait exactement ce qu'il aurait voulu être : un chanteur à minettes. »

On est loin en effet de « Signe de vie, signe d'amour » et de « Je pense à elle, elle pense à moi », ses premiers tubes de 1973, quand Serge lui fait chanter « Le vide au cœur » :

Parce que romantique
Ou peut-être trop cynique
Parce que trop lucide
Dans mon cœur j'ai fait le vide

Les petites minettes qui trépignaient de le voir en tournée d'été avec Claude François sont vraisemblablement déphasées lorsqu'elles découvrent qu'on leur a changé leur gentil Chamfort qui devient agressif quand il balance son « Joujou à la casse » :

Moi des joujoux j'en ai des caisses
Des comme toi y'en a des masses
Si tu attends que je me baisse
Et que je te ramasse
Compte, compte là-d'ssus
Amuse-toi à y croire
Tu n'seras pas déçue

Alain Chamfort : « Il a beaucoup planché sur cet album mais son travail n'a pas été récompensé côté ventes. Lui qui espérait rééditer le coup de France Gall en 1965, il a été déçu. Il n'a pas voulu me faire les textes du 45 tours suivant... Quand j'ai attaqué l'album *Poses*, en 1979, je suis retourné le voir. Lui seul pouvait me sortir de là. »

La suite des aventures de Chamfort, ce sera pour plus tard, quand il sera question du méga-tube « Manureva ». En cette fin 1977 Gainsbourg a deux autres gros chantiers : l'album *Apocalypstick* pour Jane Birkin, devenu entre-temps *Ex-fan des sixties*, et huit chansons pour le nouveau spectacle de Zizi Jeanmaire, qui débute en décembre à Bobino et fait l'objet d'un album réalisé par Claude Dejacques. Très inattendue, on remarque en particulier une version épatante du standard « Stormy Weather » sous le titre « Ciel de plomb » :

Ciel de plomb
Pas un homme à l'horizon
C'est l'angoisse
Dois-je mettre mon cœur à la glace ?

Zizi Jeanmaire : « C'était une revue beaucoup moins ambitieuse que celle du Casino en 1972 et elle n'a pas attiré beaucoup de monde. Je ne sais pas pourquoi Serge acceptait de travailler pour moi, n'étant ni murmurante ni évanescente. Ce n'était certainement pas par intérêt, je n'ai jamais fait de ventes gigantesques... Ce n'en est que plus attachant de sa part. »

Mesdames mesdemoiselles mes yeux
Ont pleuré pour de beaux messieurs

Elle remue toujours son truc en plumes, elle est à la fois « Vamp et vampire » (« Because les seins / Because les reins / Because toujours ») et dit « Merde à l'amour ». De « Tic Tac Toe », créé par Zizi, Régine fera une version disco lourdingue dans les mois qui suivent. Les paroles, rigolotes, évoquent le cloaque d'une pute et de Jack son pote, à qui elle « refile le total de ses bank-notes »...

Sa tactique
C'était le claque
Et son tic
Les claques
Un beau mec
Mais un mac
Que c'maudit Jack[1] !

Nettement plus ambitieux sur le plan artistique, le nouveau 33 tours de Jane Birkin, *Ex-fan des sixties*, est publié en février ; la chanson qui donne son titre à l'album fait même une jolie percée dans le hit-parade de RTL et grimpe jusqu'à la 26ᵉ place avant de disparaître brutalement du classement à la fin du mois d'avril.

Ex-fan des sixties
Où sont tes années folles
Que sont devenues toutes tes idoles
Disparus Brian Jones
Jim Morrison, Eddie Cochran, Buddy Holly
Idem Jimi Hendrix
Otis Redding, Janis Joplin, T-Rex
Elvis

Jane Birkin : « J'avais d'épouvantables difficultés à chanter "Ex-fan des sixties", c'était une question de rythme. Serge ne comprenait pas que je n'y arrive pas. Au bout de cinquante essais, on a laissé tomber, ça devenait tragique. Finalement, on a recommencé six mois plus tard et, entre-temps, Elvis était mort, ce qui fait que Serge a changé les paroles, sinon ça se terminait par "Et la pauvre Janis Joplin." »

Je laisse des traces de mon passage
Sur tout ce que j'effleur' avec mon maquillage
Apocalypstick, apocalypstick
Sur toutes les anatomies
Ma bouche se dessine en décalcomanie

Cinq ans après *Di Doo Dah*, deux ans et demi après *Lolita Go Home*, *Ex-fan des sixties* est une réussite complète, en attendant *Baby Alone*

1. En face B de ce 45 tours de Régine publié en 1978 on trouvait un titre navrant, « Les femmes ça fait pédé ».

In Babylone dans un tout autre registre. Avant d'aborder les mélancolies et les désamours, Serge et Jane s'amusent de cet « Exercice en forme de Z » :

Zazie
Sur les vents alizés
S'éclate dans l'azur
Aussi légère que bulle d'Alka Eltzer
Elle visionne le zoo
Survolant chimpanzés
Gazelles lézards zébus buses et grizzlis d'Asie

On aborde ensuite une « Mélodie interdite » avant de découvrir un personnage très attachant, inspiré par son ami Dutronc, une chanson que Françoise Hardy avait d'ailleurs refusé de chanter : « L'aquoiboniste ».

C'est un aquoiboniste
Un faiseur de plaisantristes
Qui dit toujours à quoi bon
A quoi bon
Un aquoiboniste
Un drôle de je-m'enfoutiste
Qui dit à tort à raison
A quoi bon

On balance sur le « Rocking-chair » prêté quatre ans plus tôt à la jeune Isabelle Adjani avant d'assister à la « Vie, mort et résurrection d'un amour-passion » qui débute par cet émouvant quatrain :

Nous nous sommes dit tu
Nous nous sommes dit tout
Nous nous sommes dit vous
Puis nous nous sommes tus

Jane, « Dépressive » chronique, est toujours persuadée de devoir payer demain les petits bonheurs d'aujourd'hui. Mini-portrait hyperréaliste :

Je n'sais c'qui cloche
Tout me semble moche
L'pire c'est qu'c'est sans raison
En quoi est-ce un crime
D'faire de la déprime
Et d'broyer du charbon [1] ?

1. Encore un emprunt non crédité : « Dépressive » est démarqué, note pour note, du thème de la Sonate nº 8, opus 13 de Beethoven.

Accompagnement discret, léger *delay* sur la voix, guitare acoustique : pour « Le velours des vierges » Serge devient lyrique. S'agit-il d'un rêve, d'une réminiscence de ces poètes romantiques du XIXe siècle qu'il apprécie tant ?

Vois-tu là-bas leurs chevaux
Courir un vent de folie
La hargne de ces furies
Leur passant par les naseaux
Ils se jettent à l'assaut
Se ruant à l'agonie
Au grand galop

Une bien étrange affaire, qui ne laisse pas d'étonner. Autre exercice, en forme de X cette fois :

Classée X
Excès d'sexe
Classée X
A l'index
Classée X
C'est l'intox !

Au printemps 1978, alors que Jane tourne *Mort sur le Nil*, Serge, qui l'accompagne comme à l'accoutumée, écrit le scénario d'un nouveau film intitulé *Black-out*.

Michel Piccoli : « Quelques années auparavant, nous avions dîné un soir ensemble et je lui avais raconté que j'allais bientôt commencer le tournage en Italie du film *Grandeur nature*, où un homme partage sa vie avec une poupée gonflable qu'il traite comme une vraie femme. Il m'a regardé d'un air livide et m'a annoncé : "C'est épouvantable, j'ai commencé à écrire la même histoire". [1] »

Claude Berri : « Je me souviens de ce week-end en Normandie, chez Jane, durant l'été 1978, avec Jean-Pierre Rassam et Carole Bouquet, au cours duquel Serge nous a lu des scènes, ou plutôt des poèmes — parce que je considère ses films comme des poèmes cinématographiques — de *Black-out*. Il procédait un peu comme pour un puzzle : il était toujours en train de rêver de cinéma, au milieu de ses chansons. »

L'idée de ce long métrage au sujet difficile l'obséda pendant près de quatre ans ; il mettait en scène trois personnages, deux femmes et un homme, bloqués dans une villa hollywoodienne lors de la grande coupure de courant à Los Angeles. Un long huis clos d'autant plus oppressant qu'il ne devait être éclairé que par une seule source lumi-

1. *Grandeur nature*, du cinéaste espagnol Luis Berlanga (également connu sous le titre *Lifesize*), était sorti en 1974.

neuse : les phares d'une Cadillac... Pour les rôles féminins, Serge avait pensé instantanément à Jane et Adjani ; pour l'homme il pensa tour à tour à Robert Mitchum, avec qui il eut rendez-vous dans un grand hôtel parisien (il en conserva telle une relique un mégot de clope fumé par le génial interprète de *La Nuit du chasseur*), puis à Dirk Bogarde (à qui il rend visite dans sa maison à Grasse), à David Bowie[1] et enfin à... Delon que Serge avait adoré dans *Rocco et ses frères*. Celui-ci refuse de le recevoir ou même de lire son script ; il se contente d'organiser chez lui une projection de *Je t'aime moi non plus* avant de dicter à sa secrétaire cette missive blessante :

> Cher Serge, je crois que nous évoluons dans deux univers extrêmement différents et que nos horizons sont dissemblables. Mais ceci n'est pas nouveau et je le regrette.

Gainsbourg : « Morale de cette histoire : il m'a été plus facile de rencontrer Dirk Bogarde et Robert Mitchum qu'Alain Delon. Ceci dit sans commentaire, bien sûr... »

Isabelle Adjani : « Des deux personnages féminins l'un était presque sa femme, l'autre vraiment sa maîtresse. Au cours d'une nuit assez meurtrière on assistait à un jeu triangulaire très noir, très intelligent et fatal ; j'aimais beaucoup l'idée de la Cadillac, de cette lumière qui fondait à mesure que s'épuisait la batterie, ainsi que le dénouement, calmement terrible. Je regrette vraiment que le film ne se soit jamais fait. »

Jacqueline Ginsburg : « C'est sans doute une histoire de sous qui a fait capoter le projet en dernière minute mais il faut aussi noter que mon frère était très attaché aux titres, ils étaient le point de départ de sa création. Lorsque est sorti aux Etats-Unis un film intitulé *Black-out* il a complètement laissé tomber : d'un coup, son film n'existait plus. »

Finalement, il en reste trace sous forme d'une BD mise en images par Jacques Armand et publiée en 1983 par les Humanoïdes associés.

Gainsbourg : « Mes producteurs n'ont pas su lire mon propos, qui tendait vers un film hitchcockien, presque d'horreur, avec une fin anti-climax puisque rien n'arrive... Pourtant j'avais mis en exergue une phrase qui aurait dû leur donner à réfléchir : "Le sommeil de la raison engendre des monstres"... »

1. Dirk Bogarde ne souhaite pas tourner un autre film dramatique après avoir enchaîné les tournages de *Despair* et de *Providence* ; Robert Mitchum, lui, selon la légende, demande que soit rectifié le scénario parce qu'il « voulait tirer des coups de pistolet sous prétexte que sa femme se faisait violer ». David Bowie, quant à lui, avait fait ses débuts au cinéma en 1976 dans *The Man Who Fell to Earth* (*L'homme qui venait d'ailleurs*) de Nicholas Roeg.

Du 22 au 24 mai 1978, nouveau séjour au studio Phonogram à Londres, toujours avec Alan Hawkshaw, le temps d'enregistrer son troisième et dernier tube de l'été : cette fois il réussit son coup au-delà de ses espérances avec le *disco gimmick* « Sea Sex And Sun », qui fait un carton sympa dans les night-clubs et sur les ondes.

Sea sex and sun
Le soleil au zénith
Me surexcitent
Tes petits seins de bakélite
Qui s'agitent

Le titre grimpe durant tout l'été, jusqu'à atteindre la 4e place du hit-parade de RTL, grâce entre autres aux nombreuses télés que Serge s'enfile dès le mois de juin, à chaque fois un peu plus miné par le succès de cette rengaine qu'il juge débile et qu'il reconnaît avoir torchée en quelques minutes, quand les chansons sophistiquées de son *Homme à tête de chou* n'ont rencontré que l'indifférence. En sus, dès le mois de novembre, « Sea Sex And Sun » connaît une seconde carrière lorsque Patrice Leconte l'adopte pour la bande originale du film *Les Bronzés* (avec Gérard Jugnot, Thierry Lhermitte, Michel Blanc, Josiane Balasko, etc.), qui pulvérise le box-office dès sa sortie[1]...

Scènes de la vie de famille : depuis la mort de son père, Serge redouble d'attentions pour sa maman qui approche des quatre-vingt-dix ans. Le dimanche, il va souvent dîner avenue Bugeaud, où vivent désormais Jacqueline et ses enfants. Jane, Kate et Charlotte adorent Olia, celle-ci ne pouvant cependant s'empêcher de taquiner son fils... Elle lui donne son avis sur tout ; si la veille il a fait une télé avec un look un peu crade, elle ne se prive pas de lui signaler : « Pourquoi portais-tu une chemise trouée, c'est pas bien ! » Serge lui explique pour la centième fois que ça fait partie de son personnage. Pour la centième fois, elle le charrie : « Je ne comprrrrendrrrai jamais pourrrquoi tu ne t'es pas fait rrrrecoller les orrrrreilles ! » Un jour, elle lui marmonne une injure en russe. Lui, du tac au tac : « Comment ça, cinglé ? » Toute surprise, Olia lève les yeux : « Ah ! Tu as compris ce que j'ai dit ? » Et puis il arrive parfois qu'Olia reçoive des visites inattendues, comme le raconte la femme d'Alain Zaoui, le fils de Liliane...

Nicole Schluss : « Un jour j'ai assisté à une scène extraordinaire : on a vu débouler Serge accompagné de Mastroianni, tous deux sévère-

1. Serge enregistre également des versions anglaises de « Sea Sex And Sun » et de sa face B, « Mister Iceberg », ce qui laisse présumer qu'il avait pour ce titre des prétentions internationales, le disco français s'exportant plutôt bien à l'époque (Cerrone, Sheila B. Devotion, Patrick Juvet, Amanda Lear, Voyage, etc.).

ment entamés. Il nous a annoncé : “Je veux présenter ma mère à Marcello !” Olia était aux anges : “Oh ! je suis bien contente de vous connaître, j'ai vu tous vos films !” Mastroianni s'est agenouillé et pendant un quart d'heure n'a cessé de lui caresser les joues et les mains en répétant : “Qu'elle est bella, la mamma !” Elle n'en revenait pas : “Vous entendez ça, l'homme le plus séduisant du cinéma italien qui me trouve belle !” Puis ils ont continué leur virée et Serge, pour arrêter un taxi, n'a rien trouvé de mieux que s'allonger sur le macadam. »

Isabelle Le Grix : « Ça commençait par le thé, en fin d'après-midi. Jane venait avec les filles, comme tous les dimanches, pendant pratiquement dix ans. Lorsque Serge arrivait c'était le branle-bas de combat, en commençant par la rituelle entrevue avec sa maman, le tête-à-tête entre la mère et le fils... »

Nicole Schluss : « Il y avait entre eux un amour fou, c'était sublime. Il restait un quart d'heure dans sa chambre à l'écouter et à lui raconter tout ce qu'il faisait. Il lui amenait des cadeaux, des fleurs, des petites bouteilles de vodka, des foulards. Puis il s'installait à table, qu'il présidait bien sûr, et tout le monde écoutait ses histoires, ses blagues. »

Yves Le Grix : « Souvent il m'appelait en me disant : “Viens me chercher, on va acheter de la bouffe !” Alors on passait chez Al Goldenberg, avenue de Wagram, où il prenait généralement de quoi nourrir trois régiments. Après il a eu sa période antillaise, il choisissait tous les trucs les plus épicés : au dîner il ne suait pas une goutte et nous on était mauves à ne plus pouvoir parler ! »

Michèle Zaoui : « La star c'était lui, on acceptait ça très bien, on l'idolâtrait : il nous faisait son grand numéro et on en redemandait. Il ne savait rien de nos vies mais ce n'était pas de l'égoïsme, on savait très bien qu'il nous aimait. »

Kate Barry : « Olia était pour nous une vraie Mamie, elle cachait des billets de 50 francs sous son oreiller et nous disait : “Venez voir ce que j'ai là !” Elle avait un humour très cinglant, elle pouvait être vacharde, mais sans doute plus avec ses enfants qu'avec nous. Quand elle ne voulait pas entendre quelque chose elle faisait semblant d'être sourde ; quand la conversation l'ennuyait elle se mettait à siffler... »

Ce qui énerve Charlotte c'est qu'on l'oblige à se boucher les oreilles alors qu'à table ils racontent des blagues salées que de toute façon elle entend et comprend parfaitement. Autre rite, après le dîner : regarder le film du dimanche soir, que Serge commente à voix haute, surtout s'il s'agit d'un navet français des années 60 et qu'il s'énerve : « Mais coupe ce plan minable ! Ton contrechamp n'est pas raccord ! Qu'est-ce que c'est cette musique de merde ! » Quand il s'agit d'un western de John Ford ou d'un polar avec Humphrey Bogart, en revanche, il est fasciné et ne pipe mot...

Et puis il y a cet épisode dramatique, en juillet 1978 : la mort prématurée de sa chienne Nana, cadeau d'anniversaire de Jane cinq ans plus tôt. Jane l'avait emmenée chez le vétérinaire pour un *check-up*, question de régler un petit problème de diabète. Le lendemain, coup de fil : « On peut venir la chercher ? » Le praticien, ignoble : « Ouais, si vous avez un sac poubelle et un frigidaire. » Serge pleure toutes les larmes de son corps et s'endort sur le coussin favori de l'animal... Kate et Charlotte se souviennent de Nana — à qui Serge rendra hommage quelques mois plus tard dans la chanson « Des laids des laids » — comme d'un personnage dont il était fou : au resto, c'était un rituel, il l'installait à côté des fillettes : tour à tour il leur demandait à toutes les trois de donner la papatte. Quand Jane la promenait rue de Verneuil, c'est tout juste si elle ne se faisait pas insulter, du genre « Bouh ! T'as vu le cochon ! ». Pour consoler Serge, Jane lui offre un chiot idiot qui saute par-dessus le balcon et qui meurt sur le coup...

Isabelle Le Grix : « Un jour, Serge tourne un truc pour la télé à la SPA, dans le quartier des animaux condamnés à mort. Tout à coup il aperçoit un chat de gouttière, un pauvre matou tigré, miteux, avec une oreille cassée et ravagé par le coryza. Il l'a immédiatement adopté, personne n'en voulait à cause de son oreille, c'est évidemment ce détail qui avait séduit Serge. A la rupture, les filles l'emmenèrent et il vécut chez Jane jusqu'à la fin des années 80. »

Durant l'été 1978, Gainsbourg reçoit la visite du groupe rock français Bijou, sensationnel *power trio* signé chez Philips et constitué de Vincent Palmer (guitares, chant), Philippe Dauga (basse, chant) et Dynamite Yan (batterie), mais aussi, dans l'ombre, Jean-William Thoury, qui est à la fois leur manager, parolier et éminence grise. Les « p'tits gars », comme Serge les surnomme, déjà auteurs d'un album nerveux et concis (*Danse avec moi*, 1977, avec notamment une version de « La fille du Père Noël » de Jacques Dutronc), viennent lui demander l'autorisation de reprendre « Les papillons noirs », duo chanté douze ans plus tôt par Serge et Michèle Arnaud, alors qu'ils s'apprêtent à publier leur deuxième album, *OK Carole*, après un deuxième passage au festival punk de Mont-de-Marsan. Mieux encore, ils lui proposent de venir en studio et de chanter en duo, avec Dauga, ce titre dont il n'avait plus le moindre souvenir. Serge est flatté, et il accepte, pour se marrer. Ce qu'il ignore, c'est qu'il vient de faire une des rencontres les plus importantes de sa carrière.

Vincent Palmer : « Je crois pouvoir dire que je suis un fan de base, et ça remonte à ma tendre enfance lorsque je l'ai vu chanter "Quand mon 6.35 me fait les yeux doux" dans un show de Denise Glaser. J'ai été impressionné et je me suis mis à acheter tous ses disques. »

Aux lueurs de l'aube imprécise
Dans les eaux troubles d'un miroir
Tu te rencontres par hasard
Complètement noir [1]

Jean-William Thoury : « Sur la version originale, Serge assurait la voix grave, sous celle de Michèle Arnaud. Nous avons pensé qu'il serait drôle qu'il en fasse autant pour nous. Il est venu au studio Ferber : "Mais pourquoi êtes-vous allés chercher un vieux truc pareil ? Si vous voulez, je peux vous écrire une chanson originale. — Mais, avec grand plaisir !" répondîmes-nous en chœur. »

Jacky Jackubowicz : « Etant l'attaché de presse de Gainsbourg et de Bijou, j'ai joué les intermédiaires. Quand je l'ai emmené au studio Ferber pour l'enregistrement des "Papillons noirs", je garantis qu'il avait un trac fou, c'est la première fois qu'il chantait avec un groupe rock. Après ça il a fait quelques télés avec eux. Et puis il y a eu les concerts. »

Philippe Dauga : « Nous l'avons d'abord rencontré au cours d'une émission à la radio et ce qu'il a trouvé géant, c'est le plan fan : au troquet, après cette interview, il nous a jaugés. On lui a cité des titres qu'il avait lui-même oubliés, il en était vert. »

Jean-William Thoury : « J'avais déjà rencontré Serge quand j'étais journaliste au mensuel rock *Extra*. Il avait un talent fou pour vous mettre dans sa poche, vous charmer. Tout le monde change plus ou moins d'attitude suivant le milieu et l'interlocuteur, certaines personnes poussent cet art très loin. Elvis Presley y était passé maître, si j'en crois ses biographes. C'était pareil pour Gainsbourg : il était intellectuel en face d'un intellectuel, artiste en présence d'un peintre, révolté quand il conversait avec un militant, défoncé face à des junkies, etc. Avec nous, il la jouait plutôt rocker, montrant l'intérieur de sa mallette à cassettes, faite spécialement par Vuitton, emplie d'Eddie Cochran, Buddy Holly, etc. Je n'ai jamais cru que c'était là du machiavélisme, mais un incroyable désir de plaire, de séduire. »

Pour cette redécouverte des « Papillons noirs », Palmer embellit le riff d'origine avec élégance. Gainsbourg ne tarde pas à renvoyer l'ascenseur en leur écrivant « Betty Jane Rose » qui sort en 45 tours avant la fin de l'année 1978...

Dans les parkings en sous-sol, sol mineur
On peut voir errer, ré, ré, ré, là la mineure
Betty Jane Rose cherche sa dose de drague majeure

1. Voir chapitre 12 pour la première version en duo avec Michèle Arnaud.

Vincent Palmer : « Mon meilleur souvenir restera la session de "Betty Jane Rose" ; il s'était cassé le pied à l'époque mais il était quand même venu en studio avec son plâtre : il tapait sa canne en rythme, répétant sans cesse : "C'est épatant !" Il s'est toujours moqué de mon côté collectionneur, mais j'avais commencé très tôt, quand on trouvait encore ses vieux EP pour quelques francs. Il y a peu de déchet dans sa discographie : il est un des rares Français à n'avoir jamais été ridicule... »

Philippe Dauga : « Entre lui et nous, l'entente était parfaite, il nous a suivis dans nos galères... Nous étions vraiment potes, nous faisions des virées au cours desquelles il nous mettait sur les genoux parce que l'alcool coulait à flots. Il m'appelait et me disait : "Je m'emmerde, j'ai rien à faire ce soir, viens me chercher dans ta DS." Il était vraiment comme un gamin : le fait de monter dans ma DS c'était mieux que sa Rolls ! Il nous emmenait dans ses délires, ça devenait un enfer. Lui, le lendemain, il était frais comme un gardon ; nous, il nous fallait trois jours pour récupérer ! »

Au cours d'une de ses foires dont il a le secret, Serge dédicace une cravate de Palmer, une cravate avec des filles nues sur laquelle il écrit « Faites joujou avec bibi »...

Jean-William Thoury : « Nous avons plusieurs fois répété avec lui dans la cave du pavillon qu'habitait Dynamite à Savigny. Pour la sortie de l'album *OK Carole*, en novembre 1978, Philips a organisé un voyage promotionnel à Epernay, capitale du champagne, où Bijou se produisait. Serge nous a accompagnés, la presse et les invités étaient véhiculés dans un train spécial, et il a rejoint le groupe pour deux titres à la fin du concert. C'était la première fois qu'il remettait les pieds sur une scène depuis treize ans. »

Le matin même, Vincent Palmer et sa copine ont été chercher Serge rue de Verneuil, dans leur Renault 5. Ils sont accompagnés par un fan breton de Gainsbourg qui est loin de se douter qu'il va devenir, sept ans plus tard, l'attaché de presse de son héros, d'abord dans les bureaux lyonnais de Phonogram, puis dès la fin 1987 à Paris. Son nom, Jean-Yves Billet : à l'instar de Palmer, ce Nantais est un aficionado de l'époque héroïque, quand il était ardu de s'y retrouver dans la discographie de Serge, qu'il fallait toute la patience et l'assiduité d'un chineur pour se constituer une collection intégrale de son œuvre.

Philippe Dauga : « A Epernay, nous jouions dans une grande salle des fêtes. Rien n'avait été confirmé, il n'y avait qu'une rumeur à propos du fait qu'il allait peut-être monter sur scène avec nous. Les *kids* se disaient : "Viendra ? Viendra pas ?" De le voir dans les loges, plus tard, ça m'a fait tout drôle. Il était pétrifié par le trac et il a vidé quelques verres de champ' pour se donner du courage. Il devait monter pour deux morceaux, "Les papillons noirs" et "Des vents des pets des poums". Quand il s'est accroché au micro, les mômes sont devenus fous, ils n'en pouvaient plus. Pendant une heure, après ça, dans les loges, Serge est resté comme hébété à répéter : "Je le crois pas, je le crois pas"... »

Jean-Yves Billet : « Après le concert, on se retrouve dans un resto minable, pour un dîner offert par l'organisateur du gala. Moi qui me retrouvais pour la première fois en face de mon idole, le mec qui m'avait donné la plus grande claque de ma vie en sortant *L'homme à tête de chou*, j'étais dans mes petits souliers, ce soir-là je chaussais du 34 ! A la table voisine, c'est tout juste si on n'entend pas des remarques du genre "Non mais t'as vu l'autre, avec sa sale gueule !". N'oublions pas que nous sommes en 1978 et que Gainsbourg n'est pas du tout une star ! A un moment il y a un mec qui quitte la table où il dîne avec des amis et des poules immondes, et il tend un papier à Serge en lui demandant une dédicace. Et là, sans hésiter, Serge écrit : "Du champ', du brut, des vamps, des putes". Quand l'autre ramène son papier, je te dis pas comment il tire la tronche. Malgré cela, une des poules se lève et vient se tortiller devant Gainsbourg qui lève la tête et lui dit : "Tu sais ce qui va t'arriver, toi, ce soir ? Rien !" »

Au cours du dernier trimestre 1978, Philips publie une série d'anthologies pour célébrer les vingt ans de carrière de Gainsbourg. On le voit beaucoup à la télévision, dans des émissions de grande écoute, chanter de vieux titres (« L'eau à la bouche », « La javanaise », « Le poinçonneur des Lilas », « Couleur café », « La chanson de Prévert », etc.). Les journalistes se pressent rue de Verneuil pour recueillir ses souvenirs : interviewé par Bill Schmock pour le mensuel *Best* (octobre 1978), il déprime et affirme qu'il se sent en porte à faux par rapport à la jeune génération, tout en étant ravi de ce qui se passe avec Bijou et Starshooter, le groupe punk lyonnais qui vient d'enregistrer une version décapante du « Poinçonneur des Lilas ». Ses vingt ans de carrière le minent, tout comme les ventes de « Sea Sex And Sun ». Pour la couleur musicale de son prochain album il n'a pas d'idée, sinon celle de demander aux groupes en question de l'accompagner, tout en se disant que ses moyens vocaux sont trop limités « pour lutter avec l'électrification des guitares et la batterie ». En revanche, il a déjà la photo pour la pochette, signée lord Snowdon et *shootée* dans le désert de Nubie. Pour le contenu, il caresse le concept suivant :

> Le sujet c'est un homme qui est techniquement mort d'une crise cardiaque pendant quelques minutes. Et il raconte ce qu'il a vu dans l'au-delà et ce qu'il a vu c'est que les jeunes morts à vingt ans restent pour l'éternité à l'âge de leur mort et tous les vieux cons restent des vieux cons. A la fin on le ramène à la vie en lui mettant un simulateur cardiaque. Or il y a un problème, il a vingt ans. Il va se l'arracher. Pas mal, hein ? [...] Musicale-

ment, je ne vois pas, je ne sais pas ce que je vais faire. Il y a tellement d'instruments diaboliques [...] qu'on peut faire n'importe quoi [...] mais il ne faut pas non plus tomber dans le piège de l'électronique[1].

A la même époque, interviewé par le magazine *Elle*, Gainsbourg déclare : « Je ne tiens pas du tout à être psychanalysé. Je n'admettrais pas qu'un de mes semblables s'immisce dans le tréfonds de mes pensées ; je trouve cela inconcevable. Aucun artiste n'en a besoin : a priori, c'est dans leur œuvre qu'ils projettent leurs malformations. » Il poursuit :

S.G. : Ça fait trente ans que je prends des barbituriques pour dormir. Sans cela, je rêve, je gamberge, je me raconte des histoires.
Journaliste : Qui deviennent des films, des chansons ?
S.G. : Pas du tout, c'est l'évasion, la fantaisie, l'imaginaire pur. Les chansons, je n'y pense jamais, sauf quinze jours avant l'échéance.

Toujours à l'occasion de ses vingt ans dans le métier, Serge signe un article dans *Le Monde de la musique* sur l'un de ses thèmes favoris, les arts majeurs contre les arts mineur, et sur le nécessaire apprentissage :

Une fois subie l'initiation, à chacun de trouver son style et sa voie et s'assurer s'il y a lieu de son génie. Il en est de même pour l'approche de Rimbaud, Alban Berg et Le Corbusier. Or, dans un art mineur comme le mien, il nous suffira de viser juste de l'œil qui nous reste, rois chez les aveugles, bien sûr, que sont les autres, et faire mouche. Aussi voulais-je dire que les tireurs d'élite n'auront jamais que du talent tandis que le génie visionnaire, ignorant les cibles immédiates et autres disques d'or et pointant son arc vers le ciel selon les lois d'une balistique implacable, ira percer au cœur les générations futures. Je me suis laissé dire que Marlon Brando se mettait des boules Quiès pour ne point entendre les répliques de ses partenaires et qu'ainsi, totalement isolé et tétanisé par son auto-admiration, son jeu y gagnait en intensité dramatique. Peut-être devrais-je en faire autant. Mais comment savoir alors si je plais toujours aux mineures ?

1. Jane Birkin se souvient d'autres détails : la mort du personnage se produisait dans un taxi londonien et Serge avait évoqué la possibilité d'enregistrer ce nouvel album avec le London Philharmonic.

20

Le jour de gloire est arrivé

Lentement mais sûrement, les choses se mettent en place : les anthologies *Vingt ans de carrière* sont venues rappeler quel auteur-compositeur exceptionnel Gainsbourg représente dans l'histoire de la chanson française, même si ses disques des années 70 n'ont pas obtenu le succès qu'ils méritaient[1]. « Sea Sex And Sun » a su séduire les « mineures » auxquelles il fait allusion dans le texte du *Monde de la musique*. Leurs grands frères, qui lisent *Best* et *Rock & Folk*, sont intrigués par ce quinquagénaire qui fait le zouave avec Bijou. Certains, parmi les plus punks, ont reconnu dans *L'homme à tête de chou* une œuvre inscrite dans l'air du temps et du *No future*. Il ne lui reste plus qu'à frapper un grand coup pour conquérir enfin le statut de superstar qui lui revient de droit et lui échappe depuis tant d'années. Ce n'est plus cette fois qu'une question de semaines...

Philippe Lerichomme : « "Marilou Reggae" m'avait mis la puce à l'oreille, mais je n'oublierai jamais le moment où j'eus la révélation : j'étais un dimanche soir au Rose-Bonbon, sous l'Olympia, pour voir un groupe qui n'arrivait pas, je l'attendais en regardant danser les punks sur la piste, il était entre 1 heure et 2 heures du matin, ma soirée était gâchée, j'écoutais sinistrement la programmation disco, punk et reggae de la boîte, lorsque soudain j'ai eu cet éclair, une idée de deux secondes : "Le reggae ! Il faut aller en Jamaïque !" Et quelques heures plus tard, j'ai appelé Serge pour lui dire : "Je crois qu'il faut partir en Jamaïque pour faire un album de reggae !" et il m'a répondu : "Banco, on y va !" J'ai mis quatre mois à monter le projet en me précipitant d'abord chez Lido Music pour acheter une dizaine d'albums de reggae

1. Tous dépasseront pourtant les 100 000 exemplaires après le triomphe d'*Aux armes et caetera*, récoltant au passage des disques d'or tardifs.

en import pour sélectionner les meilleurs musiciens, puis je les ai localisés grâce à l'équipe de Chris Blackwell d'Island. »

Il est vrai que Lerichomme est bien placé puisque Phonogram, où il travaille depuis plus de cinq ans, distribue à l'époque le label Island de Chris Blackwell, l'homme qui a sorti le reggae de son ghetto jamaïcain et l'a popularisé en Grande-Bretagne puis dans le reste de l'Europe. Dès 1972, il publie coup sur coup les albums *Catch A Fire* et *Burnin'* de Bob Marley & The Wailers ; trois ans plus tard, c'est la percée grâce à *Natty Dread* et surtout le fulgurant album *Live !* enregistré au Lyceum de Londres, avec la chanson « No Woman No Cry » qui va faire le tour du monde. Les plus grandes stars du reggae ont enregistré pour Chris Blackwell : Toots & The Maytals, Bunny Wailer, Burning Spear, Jimmy Cliff, Linton Kwesi Johnson, Max Romeo, Lee « Scratch » Parry, etc. Souvent l'on retrouve parmi les musiciens locaux quelques pointures remarquables, en particulier la section rythmique formée par Sly Dunbar à la batterie, Robbie Shakespeare à la basse et Sticky Thompson aux percussions. Ils sont partout à la fois : ils font officiellement partie du groupe de Peter Tosh, mais on les entend aussi derrière Black Uhuru, Gregory Isaacs, Third World, U Roy, Culture, etc.[1].

Le 12 janvier 1979, Gainsbourg et Lerichomme entament les séances d'enregistrement de l'album *Aux armes et caetera* au studio Dynamic Sounds à Kingston, Jamaïque. Serge est le premier artiste blanc à employer les talents de Sly, Robbie et leur bande. Plus tard, il sera imité par Bob Dylan, Ian Dury et Joe Cocker. En 1980, Grace Jones enregistre avec eux l'album *Warm Leatherette*, puis le classique *Nightclubbing* un an plus tard. Autour de la section rythmique, on trouve le claviériste Mikey « Mao » Chung et le guitariste Radcliffe Bryan, tous deux empruntés au *band* de Peter Tosh. Mais il y a surtout les I Threes, les trois choristes de Bob Marley : sa femme Rita, Judy Mowatt et Marcia Griffiths. Bref, les meilleurs musiciens jamaïcains sur le marché.

Avant son départ, le P-DG de Phonogram demande à Serge si tout est prêt. Comme d'habitude, il ment effrontément. Avec Lerichomme, il s'est pourtant décidé pour quatre reprises. D'abord, évidente, celle de « Marilou Reggae », de *L'homme à tête de chou*, sous le titre « Marilou Reggae Dub » : entre l'original par les Brittons blanc-blancs et la version Sly & Robbie, c'est carrément le jour et la nuit. Ensuite, celles de « La Marseillaise », déjà rebaptisée « Aux armes et caetera[2] », et de

1. Dès la fin des années 80, Sly & Robbie deviendront des producteurs de réputation internationale, notamment par le biais de leur label, Taxi.

2. C'est en feuilletant le *Grand Larousse encyclopédique* en six volumes pour en recopier les paroles que Serge avait fait une découverte : pour ne pas les répéter inutilement, les refrains étaient indiqués « Aux armes et caetera ».

« Vieille canaille », un succès américain créé en français par Jacques Hélian et son orchestre en 1951 :

J'rai content quand tu seras mort
Vieille canaille
Tu ne perds rien pour attendre
Je saurai bien te descendre
J's'rai content d'avoir ta peau
Vieux chameau[1]

Enfin, il y a cette nouvelle version de « La javanaise » devenue en toute logique « Javanaise Remake » ; les allitérations en « av » et en « vé » se marient effectivement à merveille avec le swing chaloupé du reggae...

La vie
Ne vaut
D'être vécue
Love
Mais c'est
Vous qui
L'avez
Voulu
Love

Son plaisir est tel que Serge va en profiter pour rajouter un dernier couplet avec une pincée d'authentique argot javanais :

Navré
D'avoir
Ouvert mes veines
Love
Pour une vraie
Sava
Lavo
Pave
Love[2]

Philippe Lerichomme : « Dans ma vie avec Serge, car ce mot s'impose davantage que celui de "carrière", j'ai toujours souhaité être son

1. Le chanteur de l'orchestre de Jacques Hélian était à l'époque Jean Marco. Serge a pu écouter ce titre (paroles françaises de Jacques Plante) avec les enfants de Champsfleur, à Maisons-Laffitte, à l'époque où il y travaillait comme éducateur. En VO (« You Rascal You ») la chanson a été interprétée notamment par Louis Armstrong, Milton Brown, Fletcher Henderson, Louis Prima et Fats Waller. Serge en fera encore une version gag et swing en 1986 à la demande d'Eddy Mitchell.

2. Traduction : « Pour une vraie salope », le javanais consistant à rajouter des « av » et des « va » à chaque syllabe (bonjour = bavonjavour).

premier public, le premier "p'tit gars", comme il disait, à écouter ce qu'il faisait, et à chaque fois que j'étais trop plongé dans la console, je m'obligeais à prendre du recul, à me remettre dans la peau d'un auditeur "normal" pour voir ce que ça donnait et ne pas me faire piéger par la technique. Je lui donnais mon avis en argumentant le plus possible, et en m'imposant de lui laisser toujours le dernier mot en cas de désaccord, mais c'était rare. Nous sommes donc partis à la Jamaïque avec pas mal d'idées de mélodies [...] et surtout tous les titres, voire même plus qu'il n'en fallait, mais presque aucun texte : toujours le syndrome du peintre japonais[1] ! J'étais pour ma part loin de me douter de l'impact que pourrait avoir sa "Marseillaise", mais lui, il en avait parfaitement conscience. Nous arrivons donc à Kingston un soir, complètement épuisés, et le lendemain matin nous apprenons que notre ingénieur du son se trouvait en fait à New York et n'arriverait que deux jours après... Pas moyen d'enregistrer ! Nous rencontrons alors le bassiste Robbie Shakespeare qui, au premier abord, est persuadé que je suis le chanteur et Serge le producteur, car j'étais le plus jeune des deux... Et deux jours après nous voilà en studio avec le fameux ingénieur du son enfin arrivé et nos musiciens jamaïcains qui, de toute évidence, se fichaient complètement de notre disque et appliquaient le principe "Take the money and run !". En plus, nous étions complètement dépaysés par rapport à nos habitudes d'enregistrement puisque, autour du studio, on apercevait des chèvres et une carcasse de voiture... Il y eut donc d'abord un malaise et puis Serge s'est mis au piano et leur a joué des harmonies qui les ont impressionnés ; et soudain, pour détendre l'atmosphère, il leur demande s'ils connaissent la musique française : hilarité générale, nous étions de plus en plus embarrassés... Jusqu'à ce que l'un des musiciens cite une chanson française intitulée... "Je t'aime". Il voulait bien sûr parler de "Je t'aime moi non plus" que les autres connaissaient aussi et alors Serge leur lance simplement : "It's me !" Tout a changé à ce moment-là et ils sont tombés sous le charme de Serge. »

Sly Dunbar : « Au début, nous avions pensé qu'il voulait un son très propre mais il nous a dit : "Non, non ! jouez comme vous le sentez !" Résultat, en studio, tout a été mis en boîte tel quel, sans *overdubs*, enregistré quasiment *live*. »

Robbie Shakespeare : « Il fallait que ce soit brut, sans fioritures pour faire joli. Et en France il a ramassé un double disque de platine, pas

1. Exemple souvent donné par Serge, pour expliquer comment il réussissait à travailler dans l'urgence : celui du peintre japonais qui se concentre durant dix ans puis exécute un chef-d'œuvre en quelques instants.

vrai ? Nous n'avons pas eu droit au disque de platine, nous, tout ce qu'on a reçu, c'est un Polaroid ! »

Gainsbourg : « Philippe Lerichomme est un garçon d'une remarquable efficacité. Dans les turbulences de ma carrière je n'ai jamais vu ça : moi je n'appelle pas ça un directeur artistique mais un réalisateur. Il me met en son et en image, mais évidemment je lui donne la matière première. C'est un mec très important. Faut vous dire que je déteste le show-business, je trouve les gens qui fréquentent ce milieu d'une méchanceté absolument insoutenable. Ils sont hargneux et jaloux, et moi je ne suis ni l'un ni l'autre. Et Philippe n'a pas un atome de vulgarité. »

Jane Birkin : « Philippe est devenu le complément de Serge, il est discret et humble, parfaitement en admiration devant lui mais avec une lucidité formidable, il ne lui laisse rien passer, ce n'est pas un *yes-man...* »

Aux armes et caetera se transformera en prodigieux jackpot dès sa sortie en mars 1979 : album d'or puis de platine en un temps record, il va dépasser au final le million d'exemplaires. Les mômes qui regardaient Gainsbarre à la télé entre 1970 et 1975 ont maintenant entre quinze et vingt ans. Serge, qui en a quasi cinquante et un, leur balance « Brigade des stups » et la différence d'âge vole en éclats. Qui d'autre aurait osé ?

> A la brigade des stups
> J'suis tombé sur des cops
> Ils ont cherché mon spliff
> Ils ont trouvé mon paf

Il *talk-over* les charmes de « Lola Rastaquouère » et les innocentes choristes de Bob Marley scandent « Rasta ! » sans se douter de rien[1].

> Quand dans son sexe cyclopéen
> J'enfonçais mon pieu tel l'Ulysse d'Homère
> Je l'avais raide plutôt amère
> C'est moi grands dieux qui n'y voyais plus rien

Gainsbourg, « le laid qui plaît » comme on lit à l'époque dans la presse, règle enfin son compte à son complexe majeur et se souvient de sa pauvre chienne Nana dans « Des laids des laids » :

1. De rasta (adepte de la culture rastafari, essentiellement une lecture afrocentriste de la Bible, largement diffusée en Jamaïque) à rastaquouère (injure populaire, de l'espagnol *rastacuero*, traîne-cuir), il n'y a qu'un pas, bien sûr, mais Serge l'enrichit d'une référence au *Jésus-Christ Rastaquouère* de Francis Picabia (Collection Dada, Paris, 1920).

Même musique même reggae pour mon chien
Que tout le monde trouvait si vilain
Pauv' toutou c'est moi qui bois
Et c'est lui qu'est mort d'une cirrhose
Peut-être était-ce par osmose
Tellement qu'il buvait mes paroles [1]

Il en profite pour répondre à ceux qui, dans le courrier des lecteurs de tel hebdo télé, ont vomi leur fiel en parlant de sa saleté présumée, de ses airs négligés, de sa barbe mal taillée :

J'ai des locataires
J'ai des chambres à la journée
P'tit déjeuner
Café au lait
Service compris
Et taxes en sus
J'ai des puces

Sarcastique, il en profite pour jeter ce court poème en forme d'entracte :

Je pisse et je pète
En montant chez Kate
Moralité
Eau et gaz à tous les étages

Au studio Dynamic Sounds, c'est l'usine : deux jours pour enregistrer l'orchestre, un jour pour mettre en boîte les chœurs, avec les I Threes. Il ne reste plus qu'à faire les voix, mais Serge a, comme toujours, repoussé l'échéance jusqu'à la dernière limite.

Philippe Lerichomme : « Ce soir-là en dînant à l'hôtel avec Serge, je lui ai lancé : "Demain, tu chantes !" et il a répondu : "Je sais...", sous-entendant qu'il lui fallait écrire les chansons. Puis je l'ai raccompagné à sa chambre, qui était mitoyenne de la mienne et j'ai vu à ce moment-là une chose que je n'oublierai jamais : il a déposé sur son lit toute une série de papiers blancs correspondant à chaque chanson du disque, et, en haut de chaque papier, il a inscrit le titre... Alors, comme cela s'imposait, je l'ai laissé seul face à ses pages blanches et je me suis

1. Le psychanalyste lacanien Michel David, dans son livre *Serge Gainsbourg — La scène du fantasme*, propose cette interprétation : « Gainsbourg transcenda l'esthétisme obsessionnel puis professionnel auquel il aspira durant toute sa vie, pour conférer une dimension quasi éthique à sa création, celle d'un langage à remanier, à ressusciter en chansons poétiques contemporaines. L'écriture-beauté-femme devint aussi l'objet-quête imaginaire, afin de racheter une supposée laideur qu'il n'eut de cesse de formuler face au miroir narcissique de son être en faute. »

retiré dans ma chambre où, moi non plus, je n'ai guère dormi. Le matin, je suis allé frapper à sa porte, il n'avait pas changé de place depuis la veille, les feuilles étaient au même endroit sur le lit, mais complètement noircies d'écriture, et il était bien entendu totalement épuisé, vidé. Alors j'ai restructuré les chansons qui partaient dans tous les sens puis, à 11 heures du matin, nous sommes allés au studio et il a chanté... jusqu'à 2 heures du matin : le disque était fait ! Nous l'avons mixé le lendemain et le surlendemain, et nous sommes rentrés à Paris. Les musiciens ne nous avaient plus quittés, conscients qu'il se passait quelque chose d'important, et je me souviens qu'à la fin de l'enregistrement, on a tout réécouté avec eux et Serge m'a regardé un moment et m'a demandé : “Qu'est-ce qu'on a fait ?” et je lui ai répondu : “Je n'en sais rien, mais on l'a fait !” Nous n'avions plus qu'une idée, rentrer chez nous pour voir “ce qu'on avait fait” dans un contexte autre que jamaïcain. Il avait littéralement craché ce disque dans un stress total, sans rémission. »

Lorsque les journalistes et programmateurs reçoivent *Aux armes et caetera*, le 33 tours est accompagné d'un texte de la main de Serge précisant sa prémonition :

> Vinrent les punks qui m'étonnèrent un temps, Sid Vicious le seul à mes yeux parce que dangereusement logique et suicidaire, j'avais hélas vu juste, tête brûlée d'un mouvement qui m'aurait d'ailleurs subjugué si je ne l'avais été quelque trente ans auparavant par Dada, Breton et *La Nausée* de Sartre. Que mettre alors sur ma platine sinon et toujours Screamin' Jay Hawkins, Robert Parker, Otis Redding, Jimi Hendrix, et puis ce qui m'avait réellement secoué ces trois dernières années, ska, blue-beat, rocksteady, reggae, reggae, reggae.
>
> Et je rêvais de Jamaïque, de sa musique sur laquelle si aisément on peut cracher ce que l'on a, instinctive, animale, pure et contestataire, violente, sensuelle et lancinante, si proche de l'Afrique, si loin du gris anglais et du bleu ciel de Nashville et LA[1].

1. Sid Vicious, bassiste des Sex Pistols, venait de mourir, le 2 février 1979, d'une overdose d'héroïne. Le groupe anglais, qui avait fait scandale en 1976-77 avec « Anarchy In The UK » et « God Save The Queen », s'était séparé un an plus tôt. De très loin le membre le moins intéressant du groupe, Sid — qui avait assassiné sa compagne Nancy Spungen, junkie comme lui, à coups de poignard, en octobre 1978, mais qui avait été libéré faute de preuves — était cependant devenu l'emblème pitoyable du nihilisme punk dont la vraie dimension provocatrice doit plutôt être cherchée du côté du manager Malcolm McLaren et de l'extraordinaire chanteur John Lydon, alias Johnny Rotten. Pour la petite histoire, Serge n'avait jamais mis les pieds ni à Nashville ni à Los Angeles (où il ira cependant avec Alain Chamfort en 1981). Ce texte, calibré pour la presse rock, est à rapprocher des déclarations de Jean-William Thoury du groupe Bijou sur le désir de séduction inhérent au caractère de Serge.

Vingt ans de carrière, bientôt cinquante et un ans, le compte à rebours a commencé et Serge a le moral miné ; autocitation, il emprunte deux lignes de dialogue au film *Je t'aime moi non plus* :

Quand la vie semble inévitablement c'est foutu
On s'dit qu'il vaudrait mieux être tout à fait c'est pas ça
Et malgré tout on reste totalement on fait comme on a dit
Alors moi j'f'rai
Pas long feu pas long feu long feu ici

Interview par Elisabeth D. pour *Libération* (9 mars 1979) :

S.G. : Bon, cet été j'ai fait un truc disco, pour faire du blé. C'était cynique.

E.D. : Faire du blé, c'est cynique ?

S.G. : En tout cas, si cet album marche, j'en tirerai une autre satisfaction que « Sea Sex And Sun » dont le succès m'avait déprimé tout l'été. Peut-être parce que ça ne m'étonnait pas. C'était trop fait pour. Mais à présent, je me sens heureux, pour une fois. C'est rare, généralement, j'écoute et je rejette. Mais là, il y a une telle puissance dans cette rythmique. C'est tellement dynamique. Pourtant, si je me rappelle les angoisses de ces six jours, les interrogations... C'était six jours à 400 km/heure.

A Richard Cannavo, dans *Le Matin*, peu de temps avant son départ à Kingston, il avait remis le couvert sur le thème de « la chanson, un art mineur », en ajoutant : « On ne peut pas être un visionnaire dans ces arts dominés par l'argent. Mais je suis peut-être utile en ce sens que je suis subversif. Or la chanson est un bon moyen de subversion parce que nous avons le don d'ubiquité »...

Le Klan le Klan la cagoule
Relax baby be cool
Autour de nous le sang coule
Relax baby be cool

Cette subversion va prendre dans les mois suivants — et même au-delà, si l'on considère l'achat du manuscrit de « La Marseillaise » en décembre 1981 comme la conclusion de l'affaire [1] — la dimension d'un scandale médiatique bien de chez nous.

Amour sacré de la patrie
Conduis soutiens nos bras vengeurs
Liberté liberté chérie
Combats avec tes défenseurs

1. Voir chapitre 21.

Sur tempo reggae, Serge a donc osé s'en prendre à l'hymne national, auquel il a, insupportable outrage, donné un nouveau nom : « Aux armes et caetera ». Pratiquant la technique du collage — à laquelle il s'était livré durant la seconde moitié des années 50, à l'époque où il commençait à douter de ses qualités de peintre —, il plaque le chant patriotique sur un tempo exotique : en leur temps, les surréalistes auraient apprécié. « La Marseillaise » est « la chanson la plus sanglante de toute l'histoire », déclare-t-il dans *Libération* : « "Aux armes et caetera", c'est en quelque sorte le tableau de Delacroix où la femme à l'étendard, juchée sur un amas de cadavres rasta, ne serait autre qu'une Jamaïcaine aux seins débordants de soleil et de révolte en entonnant le refrain érotique héroïque [...] sur un rythme reggae lancinant[1] ! »

Gainsbourg soigne ses fans ; une petite anecdote avant d'être happé par le tourbillon médiatique que va susciter son outrage supposé à la République. Ouvrant son courrier à son retour de Kingston, il tombe sur la lettre suivante :

> Monsieur Serge Gainsbourg,
>
> Vous êtes mon idole et à l'école, je me bats pour vous défendre. Je m'appelle Marie, j'ai onze ans, je vais au collège [...]
>
> J'ai des cassettes de vous ainsi que plusieurs disques. Je suis née le 18 février 1967 et j'aimerais vous inviter à mon anniversaire : est-ce possible ? Pourrais-je s'il vous plaît recevoir une réponse ?
>
> Je vous remercie très fort.
>
> Marie

Bientôt, il va être submergé de missives de ce genre, mais à la veille de publier *Aux armes et caetera*, c'est plutôt rare. Pour preuve : il appelle bientôt la fillette pour lui souhaiter un bon anniversaire et lui dit : « J'ai lu ta lettre et je voulais que tu saches à quel point ça m'a touché[2] »...

La promotion du nouvel album à la télévision démarre le 1er avril 1979 lorsqu'il dévoile sa version reggae de « La Marseillaise » dans l'émission *Top Club dimanche*. Dans le mois qui suit, il est au programme d'au moins six télés importantes[3]. Le 2 mai, il fête ses cin-

1. Petit cours d'histoire : « La Marseillaise » a été écrite par Rouget de Lisle dans la nuit du 25 au 26 avril 1792, chez le maire de Dietrich, à Strasbourg (ce qui est ironique, quand on sait que Gainsbourg sera empêché de chanter *sa* « Marseillaise » à Strasbourg en janvier 1980).

2. *Il était une oie...* par Marie-Marie, manuscrit inédit.

3. Au total, il y aura trois vagues promotionnelles à la télé, accompagnant les sorties de 45 tours tirés de son nouvel album : en avril-mai 1979 pour « Aux armes et caetera », en septembre-octobre pour « Des laids des laids » et dès le mois de décembre pour « Vieille canaille ».

quante et un ans avec un mois de retard dans un restaurant martiniquais (n'en ayant pas trouvé de jamaïcain, mais les doudous se sont habillées et coiffées pour l'occasion de jaune et vert, les couleurs rasta). La direction de Philips lui remet à cette occasion le premier disque d'or de sa carrière pour un album, *Aux armes et caetera*, ayant déjà largement dépassé les 100 000 exemplaires vendus. Jane est malheureusement bloquée à Madrid par le tournage du film *La Miel* de Pedro Maso (inédit en France). Serge l'avait rejointe quelques jours auparavant, en même temps que les parents de Jane.

Gainsbourg : « A Madrid, passant par le musée du Prado, j'admire *Le Jardin des délices* de Jérôme Bosch puis, apercevant un groupe de touristes amerloques, je fais quelque chose de dadaïste... Il y avait dans la salle des primitifs un radiateur ; je m'agenouille devant et je m'exclame : “Superbe ! surréaliste ! quelle sculpture puissante !” Ils sont tous venus voir... Elle est belle celle-là, hein ? »

Judy Campbell-Birkin : « Nous avions été invités par Jane à passer avec elle le week-end de Pâques. Mon mari haïssait le flamenco mais Serge avait insisté pour que nous allions dans ce restaurant applaudir cette danseuse merveilleuse, nous disait-il, une artiste légendaire qui s'appelait la Chunga et avait pour spécialité de danser pieds nus sur les tables... Au bout d'une heure, nous avons vu surgir une quadragénaire bouffie qui n'était plus que l'ombre de ce qu'elle avait été. Serge se sentait tellement misérable de nous avoir traînés là, nous étions morts de rire de voir son air navré. D'autant qu'un peu plus tard un homme, un gros chauve hilare, est venu lui taper dans le dos en hurlant : “Mais c'est Lucien Ginsburg ! Tu te souviens, on a fait notre service militaire ensemble !” Le pauvre, il était mortifié. »

Le 6 mai 1979, Serge est pour la première fois n° 1 du hit-parade de RTL, avec « Aux armes et caetera », devançant Supertramp (avec « The Logical Song »), Elton John (« Song For Guy »), Village People (« In The Navy »), les Bee Gees (« Tragedy »), Alain Souchon (« Toto 30 ans »), Gloria Gaynor (« I Will Survive »), etc. Entre-temps, il a entamé avec Bijou une seconde vague de concerts ; ensemble, ils ont mis au point, en plus de « Betty Jane Rose », une version musclée de « Relax Baby Be Cool » et de sa « Marseillaise » reggae.

Jean-William Thoury : « La collaboration scénique s'est reproduite à Mogador (un summum), au Palais des Sports de Paris (pour le festival French Rock Mania[1]) puis à Lyon, à la Bourse du travail, où le succès fut tel qu'un second gala fut organisé le jour suivant. Jean-Pierre Pommier, le producteur, étonné que Serge ne demande aucun

1. Il en subsiste une trace sur vinyle, voir discographie.

cachet, lui offrit un flipper, qu'il installa rue de Verneuil. Puis Serge a invité Bijou à la télé, notamment chez Jacques Martin. Je pense que l'épisode a marqué pour lui un tournant. Une sorte de passage vers la nouvelle génération. Peut-être aussi quelque chose comme un porte-bonheur. Il avait l'air reconnaissant, et nous l'étions envers lui. Les relations étaient amicales, mais nous n'étions pas vraiment du même monde, et nous avons fini par ne plus nous fréquenter. »

Gainsbourg : « Ces concerts ont déclenché quelque chose d'extrêmement important : les gosses m'ont fait une ovation... Il ne fait aucun doute que c'est Bijou qui a provoqué mon envie de remonter sur scène. »

Jacky Jackubowicz : « C'était magique, il voulait faire une tournée avec le groupe, il était acclamé comme jamais... French Rock Mania, c'était en juin 1979. Six mois plus tard, il faisait le Palace avec ses rastas[1]. »

Le 1er juin 1979 éclate « l'affaire de la Marseillaise » lorsque Michel Droit, cinquante-six ans, ex-laquais du gaullisme (il semblait réciter les questions dictées par le ministère de l'Information lors de ses fameux entretiens télévisés avec le Général du temps de l'ORTF en noir et blanc), réactionnaire patenté, éditorialiste fielleux, publie dans *Le Figaro Magazine* ce texte nauséabond :

LA MARSEILLAISE DE GAINSBOURG

En enregistrant une parodie de la Marseillaise, Gainsbourg a sans doute cru réaliser une affaire. Son entreprise dépasse le simple outrage à l'hymne national.

Un rythme et une mélodie vaguement caraïbes. A l'arrière-plan, un cœur de nymphettes émettant des onomatopées totalement inintelligibles. Et au ras du micro, une voix mourante marmonnant, exhalant comme on ferait des bulles dans de l'eau sale, des paroles empruntées à celles de... la Marseillaise.

Telle est la dernière trouvaille de Serge Gainsbourg afin de partir à l'assaut des hit-parades, grâce à l'hymne national de son pays, ou plutôt à ses dépens.

Jusqu'ici, le sémillant époux de la gracieuse Jane Birkin, compositeur et interprète, qui, lorsqu'il se regarde dans une glace, doit certainement rêver d'une époque, d'une société, d'une jeunesse qui aurait son visage, nous

1. Par la suite, Gainsbourg fera encore appel à Bijou pour l'enregistrement des bandes originales de *Tapage nocturne* (de Catherine Breillat, avec Dominique Laffin et Joe Dallessandro) et de *Je vous aime* (il insista auprès de Claude Berri, réalisateur et producteur, pour que Bijou joue le groupe qui accompagne Gérard Depardieu ; celui-ci interprète un rocker directement inspiré par Johnny Hallyday).

avait habitués au meilleur comme au pire. Le meilleur, c'était de ravissantes chansons comme « La javanaise » ou « Le poinçonneur des Lilas ». Le pire, un certain nombre d'élucubrations puisant apparemment à des fantasmes érotiques d'une sénilité précoce, comme si l'auteur voulait s'offrir ce qu'en transposant une formule de vocabulaire agricole européen, on pourrait appeler des « remontants compensatoires ».

Souvent Gainsbourg avait donc cherché, non sans un certain succès, le scandale par différentes sortes de provocations à la mode. Mais celle-ci ne cessant de reculer les limites de l'impudeur et de l'exhibitionnisme, il lui a bien fallu trouver autre chose. Il s'est donc tourné, cette fois, vers la profanation pure et simple de ce qui, depuis près de deux cents ans, compte parmi ce que nous avons de plus sacré.

Oh, de Lily Pons à Line Renaud, on ne compte pas les artistes lyriques ou de variétés ayant chanté la Marseillaise quand l'occasion s'en présentait. En revanche, la vomir ainsi — et je pense à un autre verbe moins châtié mais plus imagé —, la vomir ainsi par bribes éparses, jamais nous n'avions entendu cela.

Et encore, l'entendre est une chose. Mais le voir ! Or, l'autre jour, sur les écrans de la télévision, nous l'avons vu, Serge Gainsbourg ! Ah, pour nous bavoter « sa » Marseillaise, il avait peaufiné sa tenue de scène et soigné l'expression, le geste, l'attitude. Œil chassieux, barbe de trois jours, lippe dégoulinante, blouson savamment avachi, mains au fond des poches. Bref, plus attentivement délabré, plus définitivement « crado » que jamais.

Que l'on veuille bien m'excuser de dire aussi nettement les choses et de manquer peut-être à la plus élémentaire charité, mais quand je vois apparaître Serge Gainsbourg, je me sens devenir écologique. Comprenez par là que je me trouve aussitôt en état de défense contre une sorte de pollution ambiante qui me semble émaner spontanément de sa personne et de son œuvre, comme de certains tuyaux d'échappement sous un tunnel routier. Bien sûr, des hommes dépenaillés, mal rasés, couverts de crasse, on en a vu en chantant la Marseillaise. Mais d'abord, c'était la vraie Marseillaise qu'ils chantaient. Ensuite, les haillons qu'ils portaient étaient de vrais haillons. La crasse qui les recouvrait était de la vraie crasse. Leur barbe mal rasée n'était pas le résultat d'un patient travail d'entretien. Enfin, ces hommes que Malraux appelait des « clochards épiques » chantaient ainsi la Marseillaise alors qu'ils allaient se battre et peut-être mourir. Ou encore tomber face au peloton.

Serge Gainsbourg n'a-t-il jamais entendu parler d'eux pour ne pas même respecter le chant qui les aidait à marcher au sacrifice ?

Et puis, il faut bien aborder, pour finir, l'aspect le plus délicat et qui n'est pas le moins grave de cette minable mais aussi de cette odieuse « chienlit ».

Beaucoup d'entre nous s'alarment, souvent à juste titre, de certaines résurgences, dans notre monde actuel, d'un antisémitisme que l'on était en droit de croire enseveli à jamais avec les six millions de martyrs envoyés à la mort par son incarnation la plus démoniaque.

Or, dans ce domaine de l'antisémitisme, chacun sait que, s'il y a des propagateurs, il peut y avoir aussi, hélas !, les provocateurs.

Alors je dis, en pesant mes mots, que Serge Gainsbourg vient — inconsciemment, je veux bien le croire — de se ranger dans cette dernière catégorie.

Il n'est évidemment pas un homme de bonne foi qui songerait à associer cette parodie scandaleuse, même si elle est débile, de notre hymne national, et le judaïsme de Gainsbourg. Mais ce ne sont pas précisément les hommes de bonne foi qui constituent les bataillons de l'antisémitisme. Etait-ce donc bien le moment de fournir à ceux-ci une méchante occasion de faire bon marché de tous les Juifs de France qui ont souffert et qui sont morts avec, en plus de leur foi, la Marseillaise au cœur pour celui qui ose la tourner ainsi en dérision, afin d'en tirer profit aux guichets de la SACEM ?

En dehors de la méprisable insulte au chant de notre patrie, ce mauvais coup dans le dos de ses coreligionnaires [1] était-il vraiment le seul moyen que Serge Gainsbourg pût trouver pour relancer une carrière que l'on disait plutôt défaillante depuis quelque temps ?

Le 16 juin, sentant que son éditorialiste a peut-être été trop loin, la direction du *Figaro Magazine* publie trois lettres de lecteurs juifs approuvant Michel Droit. Le lendemain, Serge lui répond dans *Le Matin Dimanche* :

L'ETOILE DES BRAVES

Peut-être Droit, journaliste, homme de lettres, de cinq dirons-nous, membre de l'association des chasseurs professionnels d'Afrique [2] francophone, cf. Bokassa Ier, officiant à l'ordre national du Mérite, médaillé militaire, croisé de guerre 39-45 et croix de la Légion d'honneur dite étoile des braves, apprécierait-il que je mette à nouveau celle de David que l'on me somma d'arborer en juin 1942 noir sur jaune et ainsi, après avoir été relégué dans mon ghetto par la milice, devrais-je trente-sept ans plus tard y retourner, poussé cette fois par un ancien néo-combattant, et serais-je donc jusqu'au jour de ma mort, qui ne saura tarder, je l'espère pour cet homme, un Juif de moins en France pourra-t-il dire alors, condamné à faire et à refaire inlassablement le flash-back d'un adolescent dans Paris occupé, ou celui, plus proche de mes origines, relaté par mon père à son fils, des pogroms de Nicolas II ?

Puissent le cérumen et la cataracte de l'après-gaullisme être l'un extrait et la seconde opérée sur cet extrémiste de Droit, alors sera-t-il en mesure et lui permettrai-je de juger de ma Marseillaise, héroïque de par ses pulsa-

1. Le terme de « coreligionnaire » est particulièrement malvenu : utilisé dans ce contexte, il rappelle la littérature et la propagande antisémites pendant la guerre.

2. Lors d'un de ses fameux safaris, quelques années plus tard, Michel Droit abattra accidentellement l'un de ses collègues chasseurs.

tions rythmiques et la dynamique de ses harmonies, également révolutionnaires dans son sens initial et « rouget de lislienne » par son appel aux armes.

Aussi suis-je désolé de lui apprendre que, par ce don d'ubiquité que celui-ci a malheureusement perdu mais que me prêtent encore quant à moi la gravure sur vinyle, la radiophonie et le tube cathodique, cette version personnelle d'un hymne national qui est aussi le mien quoiqu'il puisse en douter ne manquera pas d'être diffusée en Europe, Afrique, au Japon, aux Amériques, et jusqu'en Jamaïque où elle a pris naissance.

Je ne vois rien d'autre à ajouter sinon peut-être ces quelques mots empruntés à un éditorial d'Edouard Drumont dans son journal, *La Libre Parole*, avec en exergue non pas Beaumarchais mais la France aux Français, daté du dimanche 10 septembre 1899, et ceci à propos du capitaine Dreyfus : « Vive l'armée ! A bas les traîtres ! A bas les Juifs ! »

Lucien Ginsburg dit Serge Gainsbourg

Ce n'est pas la première fois qu'un chanteur a maille à partir avec les anciens combattants ou ceux qui, à tort et à travers, s'expriment en leur nom : on se souvient de Boris Vian et de son « Déserteur »[1], de Brassens quand il chantait « La tondue » ou « La guerre de 14-18 » (au milieu des années 60) ou, vers 1973-74, la chanson « Parachutiste » de Maxime Le Forestier qui lui avait valu de gros soucis, y compris, déjà, avec les virulents paras de Strasbourg, ceux qui vont en janvier 1980 réussir à faire annuler un concert de Gainsbourg.

Pendant ce temps, la polémique prend corps. *Le Monde* l'évoque longuement dans son édition du 19 juin 1979 et l'hebdomadaire *Tribune juive* publie une interview de Gainsbourg le 21 : « Ce que Michel Droit n'a pas supporté, c'est qu'à la télé, dans une heure de grande écoute, j'ai chanté ma Marseillaise avec en fond le drapeau bleu, blanc, rouge. Un Juif sur le drapeau tricolore et la Marseillaise en reggae, c'était trop pour lui.

Entre-temps, dans la revue *La Terre retrouvée*, Jacques Salomon pourfend Michel Droit (« L'antisémitisme du "ce n'est pas un hasard", nous le connaissons bien. Perfide. Sournois. Et d'autant plus ignoble. Michel Droit vient d'en donner une pathétique illustration »). Le 30 juin, *Le Monde*, à nouveau, publie un courrier de Michel Droit à propos d'un article de Thierry Pfister publié quelques jours plus tôt et qui prenait la défense de Gainsbourg. Et ce n'est pas fini : dans *Le Matin* du 2 juillet, Michel Droit répond à (la réponse de) Gainsbourg en se défendant bien sûr d'avoir eu la moindre arrière-pensée... Le 14 juillet, sous le titre « Lettre à un ami juif », c'est dans *Droit de vivre*, organe de la LICA (Ligue internationale contre le racisme et l'antisémitisme, devenue depuis LICRA), que Droit récidive : Gainsbourg s'est

1. Voir chapitre 4.

« livré à une mauvaise action, comme Français, en profanant, à des fins mercantiles, notre hymne national. Mais aussi d'avoir pris, comme Juif, l'inadmissible risque de fournir ce que j'appellerai un supplément de vitamines aux plus détestables incriminations des antisémites ». Commentaire de *Libération* qui a eu connaissance du texte avant sa publication : « Autrement dit : on tend l'autre joue et on ferme sa gueule pour ne pas risquer la chambre à gaz. » *Le Monde* reçoit encore de nombreuses lettres et les publie le 31 juillet 1979 ; parmi celles-ci, Albert Levy, secrétaire général du MRAP (Mouvement contre le racisme et pour l'amitié entre les peuples) :

> Selon M. Michel Droit un juif provoque l'antisémitisme s'il a un comportement qui déplaît à... M. Michel Droit. [...] Il y a là une attitude intolérable, qui interdit aux Juifs de s'exprimer comme tout un chacun et qui les rend responsables — quels qu'ils soient et quoi qu'ils fassent — des persécutions dont ils sont victimes.

Jane, offusquée, a pris la peine d'écrire une lettre rageuse à Droit (à propos de qui Serge propage à l'époque le bon mot : « On n'a pas le con d'être aussi Droit ») qui lui répond sur un ton vieille France ridicule et désuet. Six mois après son premier éditorial, en décembre 1979, il se répand encore, plus teigneux que jamais, dans *Les Nouvelles littéraires*, alors que Serge a largement dépassé le disque de platine :

> Si « La Marseillaise » est notre bien commun, cela ne signifie pas qu'il soit permis à tel ou tel, qui la considère ainsi, d'en faire ou d'en laisser faire ce qu'elle n'est pas. Par exemple, au moyen de phrases pêchées ici et là dans ses couplets, de la transformer en une sorte de salmigondis posé sur une mélodie et des rythmes à la mode venus d'ailleurs, ponctué par un chœur de nymphettes marmonnant une parodie de refrain, ayant pour évident propos de la tourner en dérision.
>
> Mais cela signifie plus encore. A savoir qu'il n'est permis à aucun d'entre nous de faire œuvre commerciale aux dépens d'une « Marseillaise » qu'il reconnaît comme son hymne national, c'est-à-dire de s'enrichir avec la totalité ou les débris d'un chant sur lequel on peut frémir, se battre, mourir, que l'on peut également ignorer, contester, refuser, mais dont on ne saurait tirer profit sans devenir une sorte de proxénète de la gloire acquise et du sang versé par d'autres.

Le « proxénète », le « salmigondis », les « rythmes à la mode venus d'ailleurs » (sous-entendu de l'étranger, ennemi de la France) : tout y est, on atteint une sorte de perfection dans l'abject. Le plus plaisant, dans toute cette histoire, c'est que la provocation, en admettant qu'elle existe, nous vient d'un garçon nommé Lucien Ginsburg qui, dans le civil, est un citoyen au-dessus de tout soupçon. Il paye ses impôts avec une honnêteté scrupuleuse, il n'a jamais choisi l'exil fiscal — comme d'autres, tels Gilbert Bécaud, Charles Aznavour ou Alain Delon — et le petit immigré juif russe qui manie la langue française avec tant de grâce et d'invention est bien plus français que Michel Droit ne le soupçonne, un citoyen qui n'a pas besoin d'hymnes militaires pour se sentir patriote et qui s'est amusé en collant une bonne vieille rengaine sur de bons nouveaux rythmes[1].

Jane Birkin : « Chez Serge la provocation n'est pas toujours voulue, il y a chez lui une solide dose de naïveté. Et lorsqu'elle a porté vraiment ses fruits, qu'elle est parvenue à agresser quelqu'un comme Michel Droit, Serge s'est senti profondément blessé. Il est très difficile d'accepter le fait d'être traité de "répugnant" dans un journal, d'une manière aussi catégorique. Je crois que c'est une gifle, c'est une insulte et même si on est blindé, on le surmonte mal. Quand il a lu ça, il était atterré : il n'avait jamais imaginé pouvoir inspirer tant de haine. »

Georges Conchon : « Chez Serge je perçois globalement une attitude qui pourrait se résumer ainsi : "De toute façon je n'irai jamais trop loin parce que je suis Gainsbourg et que j'emmerde tout le monde". Dans sa démarche on sent qu'il y a un côté "je vais me faire haïr, comme ça je verrai ceux qui m'aiment quand même, ceux qui n'aimeront pas seulement les provocations mais aussi le mec qui est derrière". C'est la tactique de l'insulte : je vous insulte jusqu'au moment où vous allez m'aimer. »

Préambule menaçant à l'affaire des paras de Strasbourg, détaillée plus loin : une séance de dédicace de son disque à la Foire internationale de Marseille, où il était prévu qu'il soit l'invité-vedette du stand de la Jamaïque, le 28 septembre 1979, est annulée sous la pression conjointe des associations d'anciens combattants et de l'Union nationale des parachutistes (UNP), celle-ci se déclarant prête à s'y opposer « par tous les moyens ». Mieux encore, on croit rêver, la section marseillaise de l'UNP annonce son intention d'interdire la vente dans la ville du disque *Aux armes et caetera* ! En revanche, Gaston Defferre, maire de la ville, propose à Serge de venir chanter à l'occasion de la Fête de la rose, organisée les 20 et 21 octobre par le Parti socialiste. Serge décline, officiellement pour cause de tournage à l'étranger, plus vraisemblablement parce qu'il ne tient aucunement à devenir l'otage d'une manœuvre politique. En effet, au même moment, Maurice Plantier, secrétaire d'Etat aux Anciens combattants du gouvernement Barre, promet aux associations, qu'il rencontre à Nice (*Le Monde* du 17 octobre 1979), de faire tout ce qui est en son pouvoir pour limiter à « une par semaine » les diffusions sur les antennes de la radio nationale

1. Réactionnaire d'un autre acabit, le chanteur Renaud dira, dans « Où c'est que j'ai mis mon flingue ? » : « La Marseillaise, même en reggae, ça me fait dégueuler ».

d'« Aux armes et caetera » ! « Et c'est encore beaucoup trop ! » précise-t-il... Enfin, le 25 décembre 1979, Hervé Quiquéré conclut provisoirement le débat, dans *Le Matin*, en affirmant que la Marseillaise de Gainsbourg s'adresse aux citoyens : « Ceux qui chantaient en 1793. Pas vraiment au pas. Mais qui croyaient en quelque chose de plus. Pour qui mourir n'était pas drôle mais pour qui lutter était une ivresse. Les papas de 1936 et de 1968 en somme. "La révolution est une fête", disait Gramsci. La Marseillaise de Gainsbourg aussi. [...] Merci Monsieur Serge. Votre Marseillaise, c'est la mienne. »

Plus de vingt ans après les faits, comment peut-on, au-delà de la polémique, expliquer le succès d'*Aux armes et caetera* ? D'abord, on a vu de quelle façon *L'homme à tête de chou*, « Sea Sex And Sun » et la réédition de ses « classiques » avaient rendu le terrain propice. Ensuite, en adoptant le reggae, Serge a trouvé un langage musical à la pointe de la modernité (Bob Marley a littéralement explosé au niveau international au printemps 1978 avec l'album *Kaya* et le tube « Is This Love »), qui convient à merveille à son style plus parlé que chanté[1]. Il a également (est-ce calculé ?) largement simplifié son propos et l'a rendu accessible à tous les publics, sans pour autant revenir au minimalisme de « Sea Sex And Sun » (à l'exception de « Daisy Temple », flagrante chanson de remplissage) : sur *Aux armes et caetera* le dosage est impeccable entre la subversion/contestation (la Marseillaise reggae, « Relax Baby Be Cool »[2]), l'autodérision (« Des laids des laids », « Les locataires »), le sexe (« Lola Rastaquouère »), le clin d'œil aux drogues douces (« Brigade des stups ») et l'humour pur (« Eau et gaz à tous les étages », « Pas long feu »). Ce n'est pas un *concept-album* (ni exorcisme à la *Rock Around The Bunker* ni voyage au bout de la folie amoureuse façon *L'homme à tête de chou*) et pourtant le 33 tours est remarquablement cohérent, pratiquement sans faiblesse, et surtout bourré jusqu'à la gueule de tubes et de mélodies immédiatement mémorisables. Bref,

1. Le terme *talk-over*, souvent utilisé par la suite par Serge pour expliquer son style, est une expression jamaïcaine : en face B des 45 tours reggae figuraient systématiquement des *dubs* (le *dub* est une version instrumentale, enrichie d'échos, de percussions, etc., du morceau figurant en face A) ; ces instrumentaux étaient utilisés par les *disc-jockeys* des *sound-systems* pour tchatcher, inviter les danseurs à s'éclater ou commenter la politique et les faits récents. Ils « parlent dessus » (*talk-over*) ; certains de ces tchatcheurs sont devenus des stars à part entière (I Roy, U Roy, etc.) mais surtout, en s'exportant jusque dans les ghettos black new-yorkais à la fin des années 70, ils vont donner naissance à une autre forme de tchatche, le rap.

2. Sans que l'on sache exactement à quoi fait précisément référence ce dernier titre, basé sur une constatation simple (il y a de la violence partout, l'humanité est folle, on va tous y passer mais « pas de quoi avoir les moules ») et pourtant d'une remarquable efficacité tout entière contenue dans l'attaque (« Le Klan le Klan la cagoule / Relax baby be cool »).

au grand dam des fans du Gainsbourg *underground* du début des années 70, c'est une bombe : en s'offrant un aller-retour à Kingston, il s'est payé un *lifting* artistique, un coup de jeune ahurissant. Pour conclure sur les raisons d'un triomphe avéré, l'on aurait tort enfin de minimiser l'impact des radios libres, qui sont en 1979 en pleine effervescence — les émetteurs de la bande FM sont souvent brouillés ou saisis [1] mais le nombre d'auditeurs (jeunes, par définition) ne cesse de croître et la Marseillaise de Gainsbourg fait partie des titres les plus diffusés, tout comme « Des laids des laids » qui squatte par ailleurs les *playlists* des trois radios périphériques traditionnelles, Europe n° 1, RMC et RTL [2].

Métamorphose : Gainsbourg, de célébrité qui faisait partie du décor, devient une superstar, un jeune premier, et cette soudaine popularité recharge à fond ses batteries, il prend son pied, il ricane. Lui qui avait déjà du mal à « retirer son masque », comme il le disait aux journalistes qui l'interviewaient au milieu des années 60, se trouve quinze ans plus tard greffé d'un double schizophrénique, conséquence d'un triomphe qu'il n'attendait plus : bientôt, l'image sera brouillée par Gainsbarre, bête publique, bombe à audimat des studios de télévision, dont l'envahissante présence rendra encore plus opaque et délicate la lecture de son œuvre, sous les strates de ses personnages.

A l'automne 1979 on commence à murmurer que Serge s'apprêterait à remonter sur une scène ; le nom du Palace, devenu en quelques mois le haut lieu de la vie nocturne à Paris, rue du Faubourg-Montmartre, est lancé. En province et en Belgique, déjà, quelques organisateurs de concerts prennent le relais. Avant cela, il écrit les paroles de « Chavirer la France » pour Shake, petit chanteur de variétés transparent qui avait connu son quart d'heure de gloire au milieu des années 70, puis c'est au tour de l'interprète de « Baby Lou » de revenir à la charge.

Alain Chamfort : « En 1979, je me suis retrouvé avec un album complet de musiques plutôt pas mal, dont un tube assez évident, pourvu que les paroles soient bonnes, la mélodie de ce qui deviendra "Manureva". Mais au départ, Gainsbourg, que j'avais été revoir par dépit de ne trouver aucun parolier convenable, m'avait écrit un truc à chier intitulé "Adieu California" avec des paroles nulles, tous les poncifs sur Malibu et Sunset Boulevard que vous pourriez imaginer. Pris de court, j'avais quand même enregistré la chanson, et la maison de

1. Une fois au pouvoir, en 1981, les socialistes légaliseront les radios libres (et céderont ensuite au lobby des radios commerciales, mais c'est une autre histoire).

2. En octobre 1979, « Des laids des laids » atteint la 7e place du hit-parade de RTL.

disques, comme d'habitude, avait trouvé ça génial. Les patrons ont mis le single en production mais j'étais persuadé que si l'on conservait ce texte-là, on allait se planter. J'ai vraiment paniqué, j'ai été trouver Serge et je lui ai dit : "Fais-moi un autre texte, on court au bouillon". Le lendemain il devait dîner avec Eugène Riguidel, un participant de la Transat. Jane avait été la marraine de son trimaran. C'est pendant cette course que le *Manureva* d'Alain Colas avait disparu. Et Serge a eu ce réflexe, ce déclic génial : il m'a appelé, je lui ai dit : "J'ai exactement l'idée qu'il te faut", tout en me disant que c'était un sujet délicat à manier, puisqu'il utilisait un fait divers récent. Mais il m'a fait un texte grandiose. J'ai demandé à CBS de tout stopper, le 45 tours "Adieu California" a été jeté à la poubelle et, avec "Manureva", nous avons fait un très gros tube[1]. »

Où es-tu Manu Manureva
Portée disparue Manureva
Bateau fantôme toi qui rêvas
Des îles et qui jamais n'arrivas
Là-bas

Jane écrit pour Alain un mignon petit texte, « Let Me Try It Again », et Serge signe deux autres chansons, l'opportuniste « Démodé » (*De Peggy Sue au King Creole / Je reste branché sur l'rock'n'roll*) et « Bébé Polaroid » :

Bébé Polaroid
Elle se développe
Au grand-angle et en scope
Bébé Polaroid
Elle s'expose à son op-
Erateur elle stoppe
Arrête image elle m'attend
Et prend des poses en souriant

En cette fin 1979, on assiste en parallèle au triomphe de la chanteuse Lio et de son « Banana Split » qui évoque « Les sucettes », en jouant sur le second degré. Sans parler de la voix de cette petite Lolita qui rappelle celle de France Gall à ses débuts. Le parolier qui se cache derrière se nomme Jacques Duvall (alias Hagen Dierks), grand admirateur de Gainsbourg, le seul de sa génération à avoir évité les pièges de

1. Le navigateur Alain Colas, à bord de son bateau *Manureva*, avait disparu au cours de la Transat en solitaire le 31 décembre 1978. Alain Chamfort termine l'année 1979 à la 4e place du hit-parade de RTL avec cette chanson dont il a composé la musique avec Jean-Noël Chaléat.

la parodie fadasse et qui, bientôt, va littéralement remplacer Gainsbourg aux côtés de Chamfort[1].

Pendant ce temps, comment se porte la carrière de Jane Birkin ? A l'approche de ses trente-trois ans, elle pose en août 1979, plus belle que jamais, devant l'objectif de Peter Knapp, pour des photos de mode publiées dans *Elle* (elle porte du Castelbajac, du Mugler et du Montana). Depuis *Je t'aime moi non plus*, côté cinéma, ce n'est pas la gloire : elle a tourné en 1976 dans le très sexe *Diable au cœur* de Bernard Queysanne, avec Jacques Spiesser, qui n'a pas marché ; deux ans s'écoulent ensuite avant *L'amour c'est quoi au juste ?*, un minable petit film italien en 1978, suivi d'un petit rôle, celui de la bonniche française, dans *Mort sur le Nil* de John Guillermin, d'après Agatha Christie, et d'une jolie prestation dans *Au bout du bout du banc* de Peter Kassovitz, avec Victor Lanoux. En 1979, outre la production espagnole mentionnée plus haut, elle est à l'affiche de *Melancholy Baby* de Clarisse Gabus (musique de Gainsbourg), joli titre pour un film qui n'a guère laissé de trace, et d'*Egon Schiele, enfer et passion* d'Herbert Vesely, avec Mathieu Carrière, racontant la vie du célèbre peintre expressionniste autrichien. C'est au cours du tournage de ce film raté, à Vienne, que se produit une tragédie : Ava Monneret, qui était la coiffeuse mais surtout la meilleure amie de Jane — elles s'étaient rencontrées en 1973 sur le plateau de *Projection privée* —, meurt brutalement d'une hépatite C.

Jane Birkin : « Tout était comme dans le pire des cauchemars : chaque matin on se réveille en pensant "Ce n'est peut-être pas vrai !" [...] Je n'ai plus tourné jusqu'à *La Fille prodigue*, un an plus tard. Toute la gaieté, tout l'enthousiasme était parti. Je n'avais plus le courage de faire un film sans l'idée qu'Ava serait avec moi. Aussi je ne trouvais rien à la mesure de mon désespoir. Alors je n'ai rien fait. »

C'est dans ce contexte de noirceur totale que Jane rencontre Jacques Doillon. Au cours de l'été 1979, Anne-Marie Berri, la femme de Claude Berri, lui suggère d'appeler ce réalisateur, déjà remarqué pour *Les Doigts dans la tête*, qui vient d'obtenir au Festival de Cannes le Prix du jeune cinéma pour *La Drôlesse*. « Pourquoi ne m'appelle-t-il pas lui-même ? » se demande Jane, mais intriguée, elle va voir *La Drôlesse*, un film qu'elle juge « assez puritain et très beau, avec quelque chose de touchant, de très innocent dans le regard, un peu protestant. [...] Après ça, j'avais encore moins envie de lui téléphoner, justement

1. Vivement conseillées également, les chansons trop rares interprétées par Jacques Duvall lui-même ; en 1999, elles ont été réunies sous le titre *Confessions et plaisanteries 1981-1989* (AMC, distribution EMI France).

parce que j'avais aimé. Si c'est pour lui dire "Je trouve votre film épatant", c'est embarrassant. Anne-Marie m'a dit qu'il était si timide qu'il ne m'appellerait jamais, mais qu'il avait envie de tourner avec moi. Ce fut un dialogue de sourds pendant un mois. Et puis elle m'a relancée en me disant qu'il avait des ennuis de famille, qu'il vivait en reclus dans le sud de la France, qu'il ne pouvait monter à Paris. Finalement, je l'ai appelé et on a fixé un rendez-vous. La première fois, il a décommandé ».

Jacques Doillon : « Il y avait les films de Zidi, et aussi celui de Gainsbourg, et le film de Queysanne. A chaque fois, je l'aimais. Il y avait les chansons et cette voix faible, pure et blessée, avec des beautés de déraillements, des glissements trop subtils pour être calculés. A tout coup, je l'aimais. Je ferais un film avec ce visage, cette voix-là. Il suffisait d'attendre. L'idée du script de *La Fille prodigue* est venue. Je l'ai rencontrée et elle a déclenché l'écriture. Elle aime bien ça, inspirer, elle le fait très bien, Jane. Petit à petit, le film est sorti, elle n'était plus le personnage principal du film, elle était le film. Ça devenait dangereux, mais si je savais déjà pourquoi je voulais faire le film, maintenant je savais pour qui.[1] »

Jane Birkin : « Quand il a sonné à ma porte, j'ai ouvert et j'ai demandé : "C'est à quel sujet ?" Il y avait là un jeune homme, un peu désarmant, embarrassé. C'était Jacques Doillon. Je suis tombée des nues. Je croyais qu'il avait soixante ans, à cause de son nom, qui ressemble à « doyen » : le Doillon du cinéma français... C'est un nom pesant, j'imaginais un noble protestant aux cheveux blancs style Alain Resnais... J'étais un peu surprise ! »

D'un point de vue purement cinématographique, Doillon tombe bien : Jane brûle de tourner dans des films qui lui demanderaient un réel investissement, pas une autre de ces comédies qu'elle aurait pu continuer à jouer des années si Gainsbourg n'avait pas créé une rupture avec *Je t'aime moi non plus*. Le « potentiel dramaturgique exceptionnel » qu'il avait décelé en elle ne demandait qu'à éclater au grand jour : « J'étais en train de m'étioler, constate Jane. Si fatiguée, si dépourvue de l'enthousiasme qu'il faut pour la comédie. Professionnellement, j'étais très frustrée. »

Doillon écrit son film. Il revoit Jane. Michel Piccoli donne son accord pour jouer le rôle du père. Jane « devient » le film. Doillon est amoureux. Petit problème : elle est la moitié d'un des couples les plus célèbres en France, depuis plus de onze ans déjà. Mais elle n'est évidemment pas indifférente à l'attention que Doillon lui porte. Au même

1. In *Jane Birkin*, par Gérard Lenne, *op. cit.*

moment, elle assiste, impuissante, à la métamorphose de Serge. Elle n'en peut plus de sortir tous les soirs, mais lui en redemande : cette année-là, il vend plus de disques que Johnny Hallyday pour la maison Philips[1]. Comme un gamin, enivré par son succès, excité à l'idée de publier bientôt son « conte parabolique » *Evguénie Sokolov* à la NRF[2], Serge a plus que jamais envie de se montrer et de faire la fête, de savourer chaque minute de son triomphe, de signer des autographes à des nuées de « petites pisseuses » pantelantes d'admiration qui, un an plus tôt, l'auraient sans doute considéré comme un triste *has-been*.

Jane Birkin : « A mon avis, le changement s'est produit au moment des concerts au Palace ; il y avait Gainsbourg, Gainsbarre s'y est greffé. Gainsbarre, c'est le vantard. La majorité parle, tout d'un coup. Avant, il y avait cette marginalité, la difficulté, le côté mal-aimé. C'est lui aussi, ça. Mais Gainsbarre a pris le dessus, c'était fatal, c'était normal que ces événements changent quelque chose. Désormais Serge appartenait au public, je devais l'admettre, même si j'éprouvais parfois une certaine nostalgie. »

Philippe Lerichomme a donc réussi un coup de maître, onze mois après l'enregistrement à Kinsgton : il a convaincu Sly Dunbar, Robbie Shakespeare, Sticky Thompson et les autres musiciens du dernier album (à l'exception des I Threes : Rita Marley, Judy Mowatt et Marcia Griffiths sont en tournée aux Etats-Unis avec Bob Marley ; elles sont remplacées par Kay, Michelle et Candy, trois jeunes choristes aussi charmantes qu'efficaces) de se rendre à Paris en décembre pour une série de concerts au Palace. Le *timing* est extrêmement court : à peine quelques jours de répétition — ce qui explique qu'aux onze titres de l'album (dont « Aux armes et caetera » joué deux fois !) ne sont rajoutés qu'un poème « classieux » (« Elle est si ») et trois anciennes chansons (« Docteur Jekyll et Monsieur Hyde », « Harley Davidson », « Bonnie And Clyde »). Il est prévu, en supplément, que trois concerts soient mis en boîte les 26, 27 et 28 décembre, en vue d'un double album *live* (*Enregistrement public au théâtre le Palace*) dont la sortie est programmée dans les premières semaines de 1980. Le fait de choisir le Palace pour son retour sur scène dans la capitale, après quinze ans

1. Et cela va durer jusqu'en 1985 : un an après l'album *Love On The Beat* de Gainsbourg, Johnny rétablit l'équilibre avec *Rock'n'roll attitude*, écrit et composé par Michel Berger. Il n'y a bien sûr jamais eu de compétition entre les deux artistes, même si, du point de vue de Serge, il était question d'une revanche à prendre. Du côté de la maison de disques, Gainsbourg fut dès 1979 l'un des artistes « prioritaires » — un changement radical après des années de ventes réduites.

2. Il en corrige les épreuves juste avant ses concerts au Palace. La parution de ce court objet littéraire, commencé en 1973, est annoncée pour avril 1980.

d'absence (ses derniers concerts remontent au mois de décembre 1964 avec Barbara au Théâtre de l'Est parisien), n'est pas innocent. Il aurait pu choisir l'Olympia, mais risquait d'être piégé par un public plus « chanson » qui aurait attendu de lui un authentique « récital » qu'il n'avait certainement pas l'intention de leur offrir. Le Palace est le royaume de la nuit, d'une jeunesse mondaine, branchée, mode et superficielle, à laquelle vont se mêler les lecteurs de *Rock & Folk* et de *Best* en attente d'un événement (voir Gainsbourg sur scène entouré de ses rastas chanter « Aux armes et caetera », si l'on veut résumer). Serge souhaite que les « p'tits gars » soient debout, comme il se doit pour un concert reggae qui donne envie de danser. Finalement les choses s'organisent : le Palace est réservé du 22 au 31 décembre 1979, puis d'autres dates sont prévues en province pour les premiers jours de janvier 1980, à Lyon, Strasbourg et Bruxelles où un second concert est ajouté in extremis pour répondre à la demande invraisemblable (le 5 janvier, 5 000 personnes applaudissent Serge au cours de deux concerts, à trois heures d'intervalle, au Cirque Royal)[1].

A Paris, le soir de la première, le Tout-Paris est au rendez-vous : on croise Karl Lagerfeld, Rudolf Noureev, Louis Aragon, Diane Dufresne, Roland Barthes, Me Claude Kiejman, Gonzague Saint-Bris, Yves Mourousi, etc. Annoncé à 21 heures, Serge monte sur scène, tétanisé par le trac, on s'en doute, à 23 h 15 dans un décor de « palmiers peints éclairés et fluorescents qui apportent une touche d'exotisme de pacotille propre à réjouir nos corps engourdis », comme l'écrit Jeanne Folly dans *Le Matin*. Dans *Le Monde*, Claude Fléouter publie une mauvaise critique et parle de « rentrée ratée » et d'une « image finalement rétro offerte à un public venu là plus par curiosité qu'avec le cœur d'un *aficionado* ».

Françoise Hardy : « Serge est très sensible aux compliments : j'avais été le voir dans les loges au Palace, une situation parfaitement embarrassante. Quand il m'a aperçue il m'a dit : "Et alors ? Et alors ?" Je lui ai parlé de sa "classe" et de sa "présence" et j'ai vu qu'il était très touché. Il m'a répondu : "C'est exactement ce que je souhaitais". »

Tous les soirs, impérial, radieux, Gainsbourg reçoit dans sa loge où défilent les célébrités, les nymphettes et les parasites. Jane et les filles ont assisté à la première mais le 24 décembre, elles sont à Londres pour le traditionnel réveillon de Noël avec toute la famille Birkin. Ce soir-là, sur la route de la messe de minuit, elles ont un accident de voiture : Jane, affolée, passe la nuit à l'hôpital avec Kate (douze ans) et Charlotte (huit ans), entourées d'infirmiers déguisés en Père Noël.

1. J'en étais l'organisateur, avec mes amis Christian Verwilghen et Philippe Kopp.

Un nouveau choc, quelques mois à peine après la mort de son amie Ava, qui n'arrange pas son état dépressif. Or, au moment où Jane a besoin que son homme s'occupe d'elle, celui-ci ne pense qu'à profiter du moment présent. En sus, il se retrouve quelques jours plus tard au cœur d'un nouveau scandale.

Le 4 janvier 1980, la veille de son double concert à Bruxelles, Serge doit en effet chanter à Strasbourg. Depuis quelque temps déjà les paras, excités par les harangues haineuses de Michel Droit, ont multiplié les menaces, réussissant à décourager les organisateurs du spectacle prévu à Marseille, mais finalement annulé. A Lyon, le 3, tout se passe sans encombre. Le lendemain, ça tourne au vinaigre.

Dès le 29 décembre, en tant que président de l'UNAP (Union nationale des anciens parachutistes, section Alsace), le colonel Jacques Romain-Desfossé avait demandé au maire de Strasbourg d'intervenir pour que la Marseillaise ne soit pas chantée, « faute de quoi nous nous verrions dans l'obligation d'intervenir physiquement et moralement et ce avec toutes les forces dont nous disposons ». Dans son combat, le colonel est épaulé par la Fédération nationale des anciens combattants en Algérie, Maroc et Tunisie, ainsi que les sous-officiers combattants de la résistance et d'outre-mer et les anciens du 29e bataillon de chasseurs. De son côté, un correspondant déclarant appartenir à un groupe « Delta-Oran-Mers-el-Kébir » appelle la police pour annoncer qu'il va y avoir « du grabuge » (*Le Monde*, 5 janvier 1980). Tous ces efforts sont sans effet : ni le préfet ni le maire ne cèdent aux pressions.

Pendant ce temps, et depuis plusieurs jours, les « pour » et les « contre » Gainsbourg s'opposent avec passion dans le courrier des lecteurs des *Dernières Nouvelles d'Alsace*. On lit même avec effroi des lettres épouvantables : « Gainsbourg c'est en réalité Ginsburg, autrement dit une cohorte de gens qui, poussés par les pogroms russes et les fours nazis, se sont bien — et même très bien — installés chez nous. Une troupe où marchent en cadence les Krivine, Cohn-Bendit, Lévy et autres Glucksmann, marchands de révolutions ou de soupes philosophiques. Une nouvelle légion dont le règlement est simple : face au drapeau français, garde-à-vous, crachez. »

Le 4 janvier, le concert doit avoir lieu dans le hall de Wacke. Le matériel est monté sans que les techniciens rencontrent le moindre problème. Dès 19 heures, le public est entré, ainsi qu'une soixantaine de paras qui ont acheté leurs billets ; leur plan : occuper les premiers rangs et intervenir dès que Gainsbourg attaquera l'hymne républicain. En attendant, ils distribuent des tracts tricolores sous les quolibets de 3 000 jeunes déchaînés (« Ta France, pépé, tu peux te la garder ! »). Avec leurs bérets rouges penchés sur l'oreille, « plus bien jeunes, ni très fringants [...] touchants à force d'être dérisoires », comme l'écrit Brigitte Kantor dans *Le Matin* (7 janvier 1980), ils improvisent une conférence de presse : « Nous montrerons qu'il existe encore des Français », affirment-ils. Un ancien du 1er bataillon de choc dérape en montrant le public : « Regardez-moi ça, ils sont comme leurs idoles : débraillés, sales, des petits connards ! »

A l'arrière de la salle, dans une caravane qui lui sert de loge, Gainsbourg négocie avec Sam, le *road-manager*, un grand Jamaïcain responsable de toute l'équipe. Chaque fois qu'il va jeter un œil dans la salle, Sam en revient un peu plus terrorisé ; Serge, lui, veut chanter avec ses rastas : la police n'aurait pas laissé entrer le public s'il y avait un réel danger. Il est persuadé que les paras vont se dégonfler face aux 3 000 fans qui vont forcément lui faire une ovation. Il pense avoir réussi à convaincre Sam quand il l'envoie chercher les autres à l'hôtel ; mais il ne revient pas. Au moment même où le hall de Wacke se remplissait, ça chauffait en ville : le Holiday Inn où s'étaient installés les musiciens était évacué pour cause d'alerte à la bombe. Ce coup-là, les rastas commencent à flipper sévèrement, et on les comprend : les choristes trimbalent avec elles leurs enfants en bas âge, pris en otage dans une galère qui ne les concerne guère. Quand Sam les retrouve dans leur autobus, où ils se sont réfugiés, ils décident de ne plus en sortir et n'ont qu'une envie : quitter la ville dès que possible[1].

Lâché par son *band*, Serge décide d'affronter la salle tout seul. Ou plutôt flanqué de Phify, son garde du corps occasionnel qu'il venait de rencontrer au Palace.

Phify : « Strasbourg, j'ai trouvé ça formidable. Les rastas s'étaient déballonnés et on ne pouvait pas leur donner tort. Et puis Gainsbourg m'a dit : "Je vais monter, je vais chanter la vraie Marseillaise". Je l'ai accompagné sur scène, je lui ai tenu son micro. J'ai trouvé ça très grand, très émouvant. Les paras, en entendant l'hymne national, se sont levés et mis au garde-à-vous, comme des andouilles. Ils n'étaient d'ailleurs pas vraiment dangereux, ils avaient l'air plus cons qu'autre chose. Heureusement qu'il y avait les cars de CRS pour les aider à sortir, mais ils n'ont pas pu éviter les crachats de la foule. Serge est revenu dans sa loge en larmes, il était enragé. Mais il avait prouvé qu'il avait des couilles au cul. »

Brigitte Kantor, du *Matin*, confirme : « Et même la salle chantait. Incroyable spectacle, ultime provocation. Puis Gainsbourg est parti, triste, non sans avoir adressé un patriotique bras d'honneur à ses détracteurs. Sous les huées de la foule, les paras, complètement décon-

1. Ce qui sera fait : ils arriveront dans la nuit à Bruxelles, dernière date de cette très courte tournée.

tenancés, ont fini par quitter la salle, protégés par deux haies de policiers. » Alors que la salle se vide, le colonel Jacques Romain-Desfossé, orchestrateur de cette lamentable opération, reconnaît que « Gainsbourg est un homme très intelligent, qui s'est rendu compte qu'il y a des gens qui aiment la vraie Marseillaise. Il s'est révélé ce soir un merveilleux tacticien ».

Plus tard dans la soirée, sur les ondes de la télévision belge, la dernière édition du JT annonce l'annulation du concert à Strasbourg, préparant le triomphe du lendemain. Dès son arrivée dans la capitale belge, le matin, Gainsbourg est assailli par les reporters. Les images de sa prestation de la veille sont diffusées à la télé. On le voit, bouleversé par l'émotion, le poing levé, gueulant : « Je suis un insoumis ! Qui a redonné à la Marseillaise son sens initial ! Je vous demanderai de la chanter avec moi ! » Les plans des paras, avec leurs têtes de beaufs et leurs stupides bérets, contrastent jusqu'à l'absurde. Le plus drôle c'est que légionnaires, flics et militaires deviendront bientôt les grands potes de biture de Gainsbourg.

De retour à Paris, Gainsbourg est encore secoué par toute cette affaire, d'autant que la polémique reprend de plus belle : dans les colonnes du *Monde*, Patrick Boyer prend fait et cause pour Serge et demande : « En aura-t-on jamais fini avec la bêtise aux couleurs de la France ? Avec ces tartufes qui barbouillent de tricolore leur programme, leur intolérance, leur racisme et leurs idées courtes ? » Gaston Wiessler, commandant FTPF dans la Résistance, rétorque qu'il voudrait « faire comprendre à M. Gainsbourg et à son milieu que gagner de l'argent — parce que cela rapporte des droits d'auteur — en tripotant ce chant devenu sacré pour nous, anciens résistants, est un sacrilège que j'assimile aux détrousseurs de cadavres des champs de bataille ! Une certaine Union des artistes s'est crue obligée d'invoquer la liberté de création pour justifier cette Marseillaise, et si demain je m'amusais à sculpter de la matière fécale, cette Union appellerait-elle cela aussi une création ? » L'amiral de Joybert, quelques lignes plus loin, approuve les paras de Strasbourg tandis que le Syndicat national de radio et de télévision (CGT) condamne les attaques dont Serge a été l'objet à Strasbourg et les considère comme « une atteinte à la liberté d'expression des artistes-interprètes ». Une semaine après l'événement, le samedi 12 janvier 1980 à 11 heures, sur France Inter, Jean-François Kahn consacre son émission *Sans tambour ni trompette* à Serge : des auditeurs appellent, courroucés, pour réclamer le « respect des valeurs qui nous restent » et dont la Marseillaise est le symbole ; certains crachent leur bile et disent : « Tout ce que Gainsbourg chante, il le salit, il ne chante pas, il dégueule », « C'est parce qu'il est juif qu'il écrit ça et en plus, il n'est pas français » ou encore « Il devrait repartir en Israël et se marier avec Barbara »...

En mars 1980 Michel Droit entre à l'Académie française où il succède à Joseph Kessel. Comme l'exige la tradition, il doit, lors de son discours sous la coupole, rendre hommage à celui qui, en mourant, lui a cédé son fauteuil. Serge s'en amuse et déclare : « Kessel était juif... On va voir Michel Droit faire l'éloge d'un Juif [...] C'est assez comique... A part ça, je m'en branle. »

21

Eh ouais, c'est moi Gainsbarre

Financièrement, comme aurait dit Serge, ça commence à franchement rigoler. D'autant que Bertrand de Labbey, croisé en 1972 lors du *come-back* avorté de France Gall, s'occupe désormais de ses affaires. Tout avait commencé quelques mois plus tôt, au moment où Gainsbourg, qui espérait encore pouvoir monter la production du film *Black-out*, était sorti en claquant la porte de l'agence d'artistes Artmédia, dont les patrons, qui trouvaient à juste raison le projet difficile, avaient marqué peu d'empressement à le soutenir. Labbey, qui avait entre-temps quitté le métier d'éditeur de musique pour entrer à Artmédia, où il représente déjà, entre autres superstars du cinéma français, Catherine Deneuve, réalise en quelques secondes la situation et son sang ne fait qu'un tour.

Bertrand de Labbey : « J'ai couru derrière lui, sur le trottoir de l'avenue Georges-V, l'ai emmené boire un verre chez Francis, je lui ai dit que je voulais travailler avec lui et que j'étais prêt à lui trouver des films. Mon enthousiasme l'a touché. J'ai posé une condition : je voulais qu'il me signe un mandat m'autorisant à le représenter dans tous les domaines. Ce n'est pas le genre de chose qu'on demande à ce stade-là d'une collaboration, mais je savais que je voulais m'impliquer très fort. Nous avons convenu d'un rendez-vous chez lui quelques jours plus tard, à midi, rue de Verneuil, pour lire ce mandat. Mais la nuit précédente, je ne sais plus comment ça s'est fait, nous nous sommes retrouvés, Serge, Catherine et moi, à faire la tournée des boîtes jusqu'à 6 heures du matin. Comme mon rendez-vous était trop important, j'y suis allé quand même, défait et épuisé. Nous avons été prendre le petit déjeuner et il s'est mis à éplucher, comme un homme d'affaires qu'il n'était pas, mon contrat de deux pages, ligne par ligne, en me demandant de changer des trucs, d'un air extrêmement sérieux. Moi je me défendais pied à pied mais ça durait, ça durait, et au bout de trois heures de discussion j'étais épuisé et je lui ai dit : "Ecoutez Serge, je signe ce que vous voulez, on change tout, tant pis." Et il m'a répondu : "P'tit gars, je vais le signer comme ça, ton papier." Il avait voulu me tester. »

Muni de son mandat, qui englobe la scène, la publicité, le cinéma, le disque, etc., Labbey passe aussitôt pour une sorte de magicien aux yeux de Serge, vu qu'en quelque temps il réussit à doubler ses revenus.

Bertrand de Labbey : « J'ai peu de mérite, c'était juste après la Marseillaise : il vendait des centaines de milliers de disques et nous nous sommes retrouvés en bonne position pour renégocier avec Phonogram [1], à qui je ne fais d'ailleurs aucun reproche : Serge n'avait jamais eu d'agent et son contrat était misérable, il n'avait pratiquement pas bougé depuis 1958 ! De plus, il a toujours eu une grande déférence à l'égard des gens qui représentent le pouvoir, notamment les patrons de sa maison de disques. Comme ceux-ci s'étaient toujours montrés d'une grande courtoisie à son égard, cela avait suffi pour obtenir de lui des choses incroyables. J'ai commencé par régler la question des royalties, dont l'augmentation de 5 points, de 7 à 12 % [2], fut négociée au cours d'un déjeuner à la fin duquel je souhaitais que soit aussi évoquée l'avance pour les prochains albums, l'équivalent à l'époque de 10 ou 15 millions de francs. Mais arrivé à ce stade de la discussion, comme nos interlocuteurs avaient accepté nos autres conditions, Serge n'a pas voulu que j'aborde cette question, il m'a coupé la parole et nous en sommes restés là. Or il est certain qu'il aurait pu obtenir cet argent : par orgueil sans doute, pour se sentir plus libre, par élégance aussi vis-à-vis de sa maison de disques qui a toujours très bien travaillé pour lui, il n'a pas voulu — quant à moi, je ne pouvais pas être plus royaliste que le roi [3] ! »

Du MIDEM, fête annuelle du métier du disque et de l'édition musicale, Gainsbourg est effectivement le *king*, en ce mois de janvier 1980 : Europe n°1 et Philips le couvrent de prix et de disques de platine. Au même moment, Serge retrouve une vieille connaissance à qui il montre une nouvelle preuve de sa fidélité, dix-sept ans après qu'il l'a fait travailler sur ses fameux *Sacha Show*.

1. La maison de disques qui regroupe différents labels, y compris Philips, Fontana, etc. Phonogram est ensuite devenu Polygram (après avoir avalé Polydor) puis Mercury dans les années 90, avant d'être rachetée par Universal.

2. Plus tard, ses royalties augmentèrent encore, au-delà des 16 points.

3. Serge eut à l'époque des propositions de Patrick Zelnik (P-DG de Virgin France, qui débaucha Alain Souchon, Renaud, Téléphone, etc. et signa Taxi Girl, les Rita Mitsouko,...), de Thierry Haupais (pour Pathé-Marconi) et d'Alain Lévy, qui le voulait absolument sur CBS. Lévy fut comblé lorsque, au gré du jeu des chaises musicales, il se retrouva quelque temps après à la tête de Polygram.

Sacha Distel : « Je préparais un Olympia et j'avais demandé aux plus grands de m'écrire des chansons originales, parmi lesquels Trenet, Bécaud, Delanoë et Nougaro. A Serge j'avais envoyé une musique pas terrible, je l'avoue, sur tempo disco, et il m'a fait un texte très drôle, avec toutes les rimes en -ouille, vous voyez tout de suite jusqu'où ça pouvait aller... »

On n'est pas des grenouilles
On n'aime pas l'eau
On n'est pas des grenouilles
Ni des crapauds

Malgré sa célébrité soudaine, la vie quotidienne poursuit son cours rue de Verneuil. La façade du 5 bis est encore immaculée, pas le moindre graffiti ni mot d'amour ; la grille de protection n'a pas été installée, il suffit de sonner et si le maître des lieux vous accueille, vous pénétrez directement dans le salon aux bibelots et souvenirs. Depuis l'affaire de la Marseillaise, le volet roulant métallique de la grande fenêtre donnant sur la rue est clos en permanence (avant, à travers le moucharabieh, les curieux pouvaient deviner ce qui s'y passait) ; la lumière n'entre que par la baie vitrée de la cour intérieure qui sépare la maison de l'arrière du cabaret Don Camillo. Serge sort parfois faire quelques courses ; chez Pierrot et Pépée, il achète des fruits et des légumes ; chez les Schwindling, qui tiennent la crèmerie, il choisit laitages et charcuteries. Parfois, il achète un jambon entier, du saucisson, quelques bouteilles de vin et annonce qu'il va casser la croûte avec les pompiers, ou les flics du commissariat voisin. Et puis il y a les sœurs Péchaud, qui tiennent le tabac-journaux de la rue des Saints-Pères, entre la rue Verneuil et la rue de l'Université, là où Gainsbourg fait ses provisions de fumigènes et de feuilles de chou. Quand il y a du monde, il se cache derrière la porte et fait semblant de regarder les journaux ; dès qu'il est seul avec les dames, il les fait marrer et leur demande si elles l'ont vu à la télé la veille.

Devant le 5 bis, rue de Verneuil, on aperçoit la Porsche gris métallisé flambant neuve que Serge vient d'offrir à Jane. Celle-ci revoit régulièrement Jacques Doillon, qui lui montre ses autres films, *La femme qui pleure*, *Les Doigts dans la tête* ; le tournage de *La Fille prodigue* doit bientôt démarrer à Trouville.

Jane Birkin : « Après avoir vu tous ses films, je l'aurais reconnu si on m'avait donné à voir dix minutes de lui, au hasard. C'est très rare. Il y a les mêmes maladies, les mêmes angoisses qui reviennent, et j'aimais bien ces maladies-là. Son malaise de vivre est réel, il est absolument sincère. Je ne m'étais pas trop trompée en l'imaginant protestant.

Rien ne le flattait, il connaissait la valeur de tout, il ne se surestimait pas[1]... »

Alors qu'il avait décidé de ne plus jamais faire l'acteur, Serge avait accepté quelque temps auparavant de jouer dans le nouveau film de Claude Berri, dont il va aussi signer la bande originale. Futur réalisateur de *Tchao Pantin*, de *Manon des sources* et de *Jean de Florette* — et, bien sûr, futur interprète de *Stan The Flasher*, pour Serge —, Claude Berri avait écrit *Je vous aime* pour Catherine Deneuve, en s'inspirant de sa vie sentimentale. Une femme approche de la quarantaine et se souvient des hommes de sa vie, les maris et les amants, les rencontres et les ruptures. Dans le casting, on ne croise que des stars : Depardieu, l'homme étalon, le bel animal ; Trintignant, l'homme refuge, le tendre qui souffre en silence ; Souchon (dont c'est la première apparition au cinéma), le jeune libraire sentimental, et Gainsbourg, le hibou bohème.

Claude Berri : « J'ai voulu faire le portrait d'une femme qui faisait sa vie en plusieurs fois, c'est un film où il y a beaucoup de souffrance et auquel je tiens beaucoup même s'il a des faiblesses de construction. Catherine s'est beaucoup investie dans *Je vous aime*, d'autant qu'elle savait très bien qu'il y avait derrière chacun des personnages quelqu'un qui avait compté dans sa vie. Mais c'était bien sûr transposé : j'avais été témoin de ses amours avec François Truffaut et j'ai cherché une sorte d'équivalence. Il ne s'agissait pas de trouver quelqu'un pour incarner Truffaut mais de donner à Catherine un partenaire qui rendrait leur relation très personnelle, déchirante et agressive. C'est alors que j'ai pensé à Gainsbourg, lui seul pouvait m'inspirer l'écriture des scènes. Je n'ai pas essayé de lui faire jouer un cinéaste, je l'ai gardé dans son personnage de chanteur, le contraire eût été trop bête. »

Catherine Deneuve : « A l'époque du tournage, Serge était à la fois perturbé personnellement, content sans doute de faire l'acteur mais également inquiet. Etant donné que nous tournions en extérieur et que nous devions souvent attendre longtemps avant la prise suivante, nous nous sommes beaucoup parlé. C'est quelqu'un qui a du mal à rentrer chez lui le soir, moi aussi j'aime bien prolonger des discussions jusque tard dans la nuit et c'est comme cela que nous avons passé de longues soirées ensemble. Serge est sans doute quelqu'un de très difficile mais il est d'une compagnie très agréable, il a une vraie gaieté, une véritable ingénuité. Il n'est pas aussi blasé qu'on le croit. »

Claude Berri : « On avait reconstitué le salon de Gainsbourg en studio, le rôle a été écrit avec ses mots et leur histoire était tout à fait vraisemblable. A partir de ce film, Serge et Catherine sont devenus

1. In *Jane Birkin*, *op. cit*

très amis. Je me suis mis dans la peau de chacun des personnages : j'y ai injecté mes propres problèmes sentimentaux, nos douleurs se confondent, c'est une sorte d'alchimie... Quant au tournage, il a été idyllique. Serge s'amusait énormément ; nous l'avons démarré en janvier 1980 parce que je voulais de la neige et j'ai toujours été surpris parce qu'il ne mettait jamais de chaussettes, même s'il gelait à pierre fendre ; il arrivait une heure avant tout le monde, je le voyais attendre tout excité, il prenait une vodka et il était en pleine forme. Et moi, je m'inquiétais pour ses engelures... »

Entre-temps, sur les murs de la capitale, et partout en France, Gainsbarre s'affiche : en costard pas cher, posé sur son postère, il médite le slogan : « Un Bayard ça vous change un homme — n'est-ce pas, monsieur Gainsbourg ? » Ce n'est pas la seule campagne de pub utilisant son image, désormais iconique, en 1980 : peu de temps après, Séguéla lui fait tourner un spot diffusé dans les salles de cinéma pour le magazine *Sortir* de Christian Blachas. En avril 1980, sortie en librairie du *Gainsbourg* de Micheline de Pierrefeu et Jean-Claude Maillard aux éditions Bréa, biographie joliment illustrée mais à la diffusion limitée pour cause d'éditeur défaillant. On sait aussi que Serge se rend dans une école primaire des Yvelines, où il a été invité à rencontrer une classe de CM2. Enfin, voici que paraît à la NRF son conte parabolique, *Evguénie Sokolov*. Claude Gallimard a patienté sept ans pour quatre-vingt-dix pages de sensations fortes. Sophistication de l'écriture, rigueur du style, richesse du vocabulaire, humour dévastateur, cet étrange objet littéraire mérite que l'on s'y attarde.

> De ma vie, sur ce lit d'hôpital que survolent les mouches à merde, la mienne, m'arrivent des images parfois précises souvent confuses, *out of focus*, disent les photographes, certaines surexposées, d'autres au contraire obscures, qui mises bout à bout donneraient un film à la fois grotesque et atroce, par cette singularité qu'il aurait de n'émettre par sa bande sonore parallèle sur le celluloïd à ses perforations longitudinales, que des déflagrations de gaz intestinaux.

Sokolov, pauvre garçon souffrant de « cette inique infortune de venter sans arrêt », suit dans les premières pages un itinéraire plutôt proche de celui de Gainsbourov, pets mis à part, puisque, chassé du collège, il entre, poussé par ses gaz contestataires, à l'Ecole des beaux-arts, où il opte « sans conviction pour des études d'architecture » avant de passer à la peinture. Son infirmité gazogène lui vaut, à l'armée, d'être surnommé « Bombarde, Canonnier, la Bourrasque, le Souffleur ». Tout cela jusqu'au jour où, revenu à la peinture et au dessin à la plume...

une déflagration particulièrement violente brisa un carreau de la verrière et fit trembler ma main comme celle d'un enfant atteint d'électrolepsie. Je contemplai d'abord les débris de verre épars à mes pieds puis relevant les yeux sur mon dessin je m'arrêtai fasciné. Mon bras venait de fonctionner comme un sismographe. A l'analyse, la fulgurante beauté de ce croquis paraissait émaner d'une sensibilité dangereusement exacerbée par quelque excitant médicamenteux...

Répondant bientôt aux insidieuses questions du magazine *Art Press*, Gainsbourg se défend comme suit :

> Le seul rire qui pourrait s'échapper à la lecture de mon livre serait un rire nerveux, parce que mon propos est tragique à l'extrême. *Evguénie Sokolov* est une autobiographie prise au grand-angle, c'est-à-dire avec distorsions, distorsions atroces qui peuvent rappeler la manière de Francis Bacon.

De fait, l'on sait que Francis Bacon peint des visages et des corps torturés et lacérés, des cris muets, des maladies de la bouche, une sorte de sublime foire aux monstres hautement poétique dans un décor de viande crue, de crucifixions et d'accouplements sordides[1].

> Ainsi, me disais-je dans l'obscurité de la nuit alors qu'en vain je cherchais le sommeil, les pestilences prémonitoires de ma mort corporelle allaient servir à véhiculer et transcender ce qu'il y avait de plus pur, de plus vivace et de plus désespérément ironique dans les tréfonds de mon esprit créatif, et après tant d'années vouées à la technique picturale, tant de jours passés à mettre mes gaz face aux cimaises d'où irradiait le génie des grands maîtres, ces lignes brisées frêles et tortueuses venaient de me débarrasser à jamais de mes inhibitions.

D'un coup, Sokolov devient un peintre à la mode, adulé par la critique et les groupies qui exhalent des soupirs admiratifs auxquels l'artiste fait écho par son arrière-train. On salue son « hyperabstraction », son « insistance stylistique », son « mysticisme formel », son « eurythmie rare ». Il imagine un nom pour ses toiles, les « gazogrammes », et elles se vendent comme des petits pains. Cette notoriété brutale coïncide malheureusement avec de nouvelles douleurs anales. Evguénie, rongé par le fondement, se meurt à petit feu. Son ascension vers la gloire est soudainement freinée par une brutale pénurie de gaz, ren-

1. Jane avait voulu offrir un autoportrait de Bacon à Serge, mais la cote de l'artiste était déjà prohibitive. En revanche, le croisant un soir dans un restaurant, comme un vrai fan, Gainsbourg demanda au peintre un autographe. N'ayant rien sous la main, il lui fit signer un billet de 100 francs, qu'il fit encadrer et qui trôna chez lui à proximité de son dessin de Dali (« La chasse aux papillons ») et d'un dessin de Paul Klee intitulé « Très mauvaise nouvelle des étoiles », dont Serge va bientôt s'inspirer pour le titre de son second album reggae.

dant toute création difficile ou approximative. Inquiet, Sokolov se penche alors sur divers traités médicaux, tel *Le Météorisme en pathologie gastro-intestinale* des docteurs Roux et Moutier. Gainsbourg, à nouveau dans *Art Press* :

> Ce bouquin m'a demandé six années de travail. J'ai pris des notes assez sérieuses, j'ai fait des recherches à la faculté de médecine, j'ai fait l'acquisition de quelques ouvrages scientifiques. Ce n'est pas n'importe quoi, tout est précis et fort structuré.

Exact : dans sa bibliothèque, de Pasteur Vallery-Radot, Jean Hamburger et Michel Comte, on aperçoit la *Pathologie médicale* (1951) ; un *Larousse médical illustré* (1952) où foisonne le vocabulaire adéquat, régulièrement annoté, pour les termes anciens, d'extraits d'œuvres de Joris-Karl Huysmans ; de Jean Rachet, André Busson et Charles Debray, les *Maladies de l'intestin et du péritoine* (1954) ; dans *Les Consultations journalières en pathologie digestive* d'André Cornet (1972), Serge a lu de nombreuses descriptions d'opérations anales ; enfin, dans les huit tomes du *Précis de pathologie médicale* de Bruno Péquignot (1972), il a repéré la plupart des vocables employés au cours des interventions médicales subies par son personnage lamentable, au terme du court récit, après que l'on a vu Evguénie adopter un régime rigoureux propre à susciter d'inouïes flatulences, des vents carabinés dont les miasmes infects épaississent l'atmosphère jusqu'à la rendre irrespirable. Pour s'isoler du monde et de ses propres pestilences, il imagine de se protéger au moyen d'un masque à gaz...

> Mets ton masque Sokolov, que tes fermentations anaérobies fassent éclater les tubas de ta renommée et que tes vents irrépressibles transforment abscisses et ordonnées en de sublimes anamorphoses !

Dans *Le Journal du dimanche* la chroniqueuse littéraire Annette Colin-Simard n'y va pas de main morte : « C'est le premier roman, et espérons-le, le dernier qu'écrira Serge Gainsbourg. Le sujet est d'une grossièreté qui dépasse l'imagination. Quant au talent, il est parfaitement nul. Seul avantage, la couverture noire sied au destin que nous réservons à ce petit torchon : lui creuser rapidement un tombeau dans la terre de notre jardin ». Dans *Libération* du 25 avril 1980, Bayon se montre plus subtil mais aussi vachard, sous le titre « Le grand écrivain : Diarrhée et guenilles » :

> [...] Et vieux Serge, je vais vous dire, pour la première fois, il accuse un complexe absolument banal : le complexe littéraire. C'est pathétique, ça, pour un cynique, de se livrer pieds et poings liés à la critique la plus banale : tient pas la rampe, dérape partout, patauge dans toutes les mares, fait dans tous les clichés d'apprenti écrivain, l'amphigouri, le jargonneux,

et bla et bla... et c'est honte sur lui, pardon mon frère. La façon si bêtasse et mal venue de tout ça.

D'autres verront dans cette plaquette d'une rigueur terrible la synthèse de ses principales influences littéraires. A travers Sokolov, on voit se dessiner la silhouette de Des Esseintes, l'alter ego de Joris-Karl Huysmans dans *A rebours*. L'horreur clinique des descriptions fait à la fois penser aux *Chants de Maldoror* de Lautréamont et au *Journal de l'année de la peste* de Daniel Defoe. Le profond dégoût de l'humanité rappelle Rimbaud et Léon Bloy.

Gainsbourg : « La langue est du XIXe, comme je suis un mec du siècle dernier, je crois. Je reste un gentleman, peut-être un voyou quelque part. Le propos est dégueulasse mais me permet d'exorciser la nostalgie de ce que je n'ai pas fait en peinture. Evguénie, c'est un type qui se détruit sciemment parce qu'il veut la gloire et la gloire le détruit, donc c'est quelque part autobiographique. »

Pour assurer la promotion de son conte parabolique, Serge effectue une tournée de dédicaces dans plusieurs librairies à travers la France. A la télévision, *Apostrophes*, la principale émission littéraire, le boude. Bernard Pivot, son animateur vedette, l'interviewe en revanche pour son émission de l'été, au titre quelque peu méprisant (*Ah, vous écrivez*). L'entretien est diffusé... le 15 août.

Bernard Pivot : Qui est Evguénie Sokolov ?

S.G. : A priori c'est moi. Avec une distorsion Francis Bacon. Je veux parler du peintre.

B.P. : C'est-à-dire, j'ai pas bien compris ?

S.G. : C'est-à-dire c'est un truqueur, comme je suis un truqueur.

B.P. : Vous avez été peintre jeune ?

S.G. : Oui, il y a trente ans avec André Lhote et Fernand Léger.

B.P. : Donc il faut prendre ce petit livre comme un pamphlet contre la peinture ?

S.G. : Et tous les arrivismes quels qu'ils soient. [...]

B.P. : Vous êtes quand même un provocateur professionnel, vous le savez bien, ça ?

S.G. : Oui mais c'est plus fort que moi, pour moi la provocation est une dynamique. J'ai envie de secouer les gens. Quand vous secouez les gens il en tombe quelques pièces de monnaie, des pièces d'identité, livret militaire... Si je ne provoque pas, je n'ai plus rien à dire.

Dans les mois qui suivent la parution de ce livre (qui sera ensuite édité en poche chez Folio, en traduction anglaise chez Virgin Books [1], puis en allemand, en japonais, etc.), on découvre aux éditions du

1. Son livre sort en Grande-Bretagne, mais pas son disque reggae...

Temps Singulier, à Nantes, sous le titre *Au pays des malices*, un recueil de *lyrics* compilés par Franck Lhomeau et Alain Coelho, suivi d'une salve d'aphorismes choisis parmi lesquels : « Le snobisme c'est une bulle de champagne qui hésite entre le rot et le pet » ; « La queue c'est féminin, le con masculin. Question de genre » ; ou encore, l'un de ses préférés : « Qui promène son chien est au bout de la laisse »[1]. Il y a du Lichtenberg dans ces formules cinglantes et noires. En 1980 toujours, Gainsbourg peaufine trois sonnets « lolitiens » pour un recueil de photos de Jacques Bourboulon :

Variation 3

Et lorsque fatigué d'avoir coulé ma bielle
Dans quelque belle enfant qui croit m'avoir en ex-
Clusivité l'on sort et je l'emmène au Rex
Voir un mélo sordide obscur et démentiel

Afin d'atténuer son chagrin torrentiel
Je roule doucement entre pouce et index
Son petit bouton rose tiède tendre convexe
Jusqu'au début de l'entracte providentiel

Où je la vois sucer des glaces phénomène
Etrange délicieux et quelque peu obscène
Quand celles-ci sont enrobées de chocolat

Enfin voici remplies ces quelques feuilles vierges
De vous laisser tomber ouais je suis à deux doigts
Tous droits de copyright réservés Gainsbourg Serge

Il parlera souvent, au fil des années, d'un autre projet littéraire, un *Journal fictif* où tout n'aurait été que mensonge et invention et dont rien ne dit qu'il en écrivit autre chose que le titre.

Jane, de son côté, a attaqué son tournage avec Doillon, qui la met à l'épreuve. A l'évidence, la fascination et le trouble qu'ils éprouvent l'un pour l'autre se transforment graduellement ; lors d'une scène particulièrement difficile pour l'actrice anglaise, dont douze ans de vie en France n'ont pas réussi à gommer ni l'accent ni les fautes de grammaire, l'exigence de son metteur en scène finit par la faire craquer.

Jane Birkin : « Je devais répéter trois ou quatre fois le mot "émerveillement" qui me semblait imprononçable. Un cauchemar, ce mot ! [...] Je commençais à perdre les pédales. J'en voulais à Jacques parce qu'il m'engueulait devant l'équipe, il s'exaspérait. Je suis rentrée dans

1. La publication de ce recueil vaudra à Serge de repartir en tournée de dédicace, notamment à Angers, Nantes, Lyon, Rennes, Tours, etc.

ma maison de Normandie en le maudissant. Il savait que j'avais un accent, il savait que je ne parlais pas le français ! Il n'a pas compris mes difficultés, c'est pas juste, c'est pas juste ! J'ai passé ma nuit en larmes [...] Le lendemain, le tournage commençait à 7 heures du matin. A 6 heures et demie, je guettais les premières voitures, d'un café de Trouville. J'étais venue en huit minutes avec ma voiture de sport, j'avais même tué un oiseau, j'étais furieuse contre moi parce que c'était de ma faute [...] Puis j'ai attaqué ma scène avec Piccoli. J'avais tellement peur de décevoir toute cette équipe. Ma fierté était en jeu, et mon orgueil : j'étais déterminée à montrer à Jacques qu'il n'avait pas eu tort de me choisir [...] J'avais des palpitations de peur de le décevoir, que tout le monde lui dise : "Tu vois, c'est pas une bonne actrice, tu as eu tort de la prendre, elle est frivole, elle n'est pas à la hauteur..." Je savais que Jacques était orgueilleux aussi, qu'il ne le disait pas mais que sa foi en moi était peut-être ébranlée. Or, il n'a jamais eu ce doute. Quand je le lui ai demandé, il m'a répondu : "Je t'ai choisie parce que je savais que tu serais capable de le faire [...] je voulais m'avoir moi, au féminin. Sinon, je t'aurais pas demandée."[1] »

Serge, qui ne voulait pas que Jane tourne ce film, conscient du danger que représentait Doillon, est également jaloux d'un point de vue artistique : Jacques ne lui a-t-il pas confié un grand rôle dramatique dont l'intensité est comparable au personnage de Johnny Jane dans *Je t'aime moi non plus* et ce au moment même où Serge a compris qu'il ne tournera jamais *Black-out* ? Au lieu de se ressaisir, de la suivre sur son tournage, comme il l'avait fait en d'autres temps lorsque le risque guettait (quand Alain Delon faisait la cour à Jane, à Saint-Tropez, sur le tournage de *La Piscine*, par exemple), Serge s'enfonce dans l'alcoolisme ; pris de vertige suicidaire et autodestructeur, comme s'il pressentait l'inéluctable fin de leur histoire d'amour, il joue avec le feu, il jette littéralement sa femme dans les bras de son rival en faisant tout pour la dégoûter. Pourtant, lors d'une interview en juin 1980, Serge répond ceci lorsqu'il lui est demandé s'il est difficile de vivre avec ses trois femmes, Jane, Kate et Charlotte...

Gainsbourg : « Oh non, c'est le pied. Toutes les trois pourraient être mes enfants d'ailleurs, puisque Jane a vingt ans de moins que moi. En fait, je vis avec cinq filles, puisqu'il y a aussi les deux nounous pour s'occuper des enfants. Un harem quoi, parfois c'est le cauchemar. Et puis Charlotte m'a dit un truc rigolo l'autre jour que je m'étais rasé de près : elle m'a embrassé et puis reproché : "Ooooh, mais c'est dégueulasse, t'es tout lisse, tu piques pas !" »

1. In *Jane Birkin*, *op. cit.*

Judy Campbell-Birkin : « Pendant des années, son alcoolisme fut supportable, même lorsqu'il était très très saoul et qu'il lui arrivait de vider une bouteille de liqueur de cassis. Puis les enfants ont grandi et c'est devenu moins drôle. Jane voulait absolument tourner *La Fille prodigue* avec Doillon mais Serge l'avait avertie : "Si tu fais ce film, ne reviens pas à la maison." [1] »

Quand elle revient de l'école, Kate Barry (treize ans) ne sait jamais sur qui elle va tomber : sur l'enfant de plus de cinquante ans qui va déconner et jouer avec elle et Charlotte (neuf ans) ou sur « une personne effrayante qui allait être sévère et brutale dans ses mots ».

Régine : « Un jour, à Deauville, il m'appelle pour m'annoncer qu'il y a *L'Ange bleu* à la télé et qu'on va le regarder tous ensemble. L'après-midi il part avec mon mari, cinq heures plus tard ils ne sont toujours pas revenus, Jane et moi commençons à nous inquiéter. En fait, avec mon mari qui ne boit jamais, il avait fait tous les bistrots. Finalement ils reparaissent et Serge nous annonce qu'il ne veut pas dîner, et le voilà qui repart au bar du Club 13, où il se met à jouer avec tous les cons qui lui apportent à boire. Il a fallu que j'aille le chercher, je l'ai pris par le colback et je l'ai ramené. Je lui ai dit : "Tu nous as assez fait chier avec *L'Ange bleu*, alors tu vas le regarder avec nous !" Sous mes yeux, il a commencé à insulter Jane, Charlotte, Kate et tout le monde pleurait. Je l'ai attrapé et je lui ai dit : "Maintenant tu t'arrêtes ou je te colle un marron !" Il s'est assis, il s'est mis à chialer, il ne savait plus où il était... »

Le 15 juillet 1980, lendemain de la fête nationale, dans l'émission *Maman si tu me voyais*, Gainsbourg chante « Aux armes et caetera » sous l'Arc de triomphe et allume sa clope à la flamme du soldat inconnu. Au même moment, il est contacté par Gérard Blanc et les autres survivants du groupe pop français Martin Circus, qui se sont fourvoyés depuis quelques années déjà dans la variété (cf. leur tube « Marylène », d'après les Beach Boys, en 1975). Serge leur écrit les paroles navrantes d'« USSR/USA » :

USA
Faudrait cesser
De jouer aux cons
USSR
Ceux-là aussi veulent après les tsars
Jouer aux stars

1. A un pote, un soir de déprime, Serge le Pygmalion confie, à propos de Jane : « Moi j'en ai fait une star ! avec ce mec, elle ne fera plus que des films de série B ! »

Gérard Blanc : « Il a écouté les maquettes, il a choisi deux mélodies et deux jours après ils nous a convoqués rue de Verneuil pour nous proposer des titres et des idées. C'était une période très sensible pour lui parce qu'il était en train de se séparer de Jane. Quand elle était là, je me souviens qu'on sentait des tensions. Finalement, il n'est resté qu'une seule chanson ; la deuxième, qui s'intitulait "Shalom Baby", n'est jamais sortie. "USSR /USA" n'a pas été très bien reçue par les médias à l'époque, avec l'invasion de l'Afghanistan par les troupes soviétiques on était en pleine remontée de la guerre froide entre les Russes et les Américains. Europe n° 1 et RTL ont à peine joué le disque, dont les paroles engagées contrastaient avec notre image populaire. »

A court de textes pour un album qu'il doit sortir dans l'urgence, juste avant d'attaquer une série de concerts au Palais des Congrès, Julien Clerc le contacte par l'entremise de Bertrand de Labbey pour lui demander deux textes, ceux de « Mangos » et « Belinda ».

Julien Clerc : « Il est venu en studio avec Jane, c'était au moment où ils se séparaient, ils souffraient tous les deux mais j'ai vu qu'elle avait déjà l'air d'être ailleurs, elle avait ce regard des femmes qui savent qu'elles vont s'en aller. Comme Serge m'avait plusieurs fois posé un lapin, je dus cette fois-là me résoudre à l'enfermer dans le studio, avec son mini-cassette, pour qu'il écrive. De l'autre côté de la vitre, dans la cabine de contrôle, je le surveillais pour être sûr d'avoir mes paroles ! »

Petite liane tu danses au gré du vent
Moi le macaque je te suis en rêvant
J'aimerais mordre dans les jolis mangos
Qu'tu balances là-haut

Un soir qu'il se sent mal, Serge appelle SOS Médecins et tombe sur un docteur rock, Olivier, leader d'un groupe nommé Toubib qu'il a monté avec quatre confrères. Serge leur livre les paroles des deux faces d'un 45 tours consternant, « Cuti-Réaction » et « Le vieux rocker » :

P'têt'que j'suis déjà vioque
Bon pour l'électrochoc
Pas de ceux qui débloquent
Avec l'œil équivoque
Et un gourdin en roc
Pare-chocs contre pare-chocs
Car pour moi le slow-rock
C't'un vrai lavement au bock

A la mi-septembre 1980, au cours d'une nuit funeste, Jane quitte Serge en emmenant ses fillettes : lassée de ses excès, elle a craqué. Kate et Charlotte avaient depuis un moment confusément senti que ça n'allait plus : leur maman — en qui elles ont toujours vu le vrai « chef de famille » — ne retrouvait plus le Gainsbourg qu'elle aimait derrière son double alcoolisé Gainsbarre, dualité terrible que Serge fixera à jamais dans les mémoires en enregistrant un peu plus tard « Ecce Homo ». Tout s'est passé très vite, brutalement. Jane a dit aux petites de faire leurs valises. Kate, désemparée, a rejoint Serge, à qui elle voue un amour complètement passionnel, dans la cuisine, pour lui parler. Elle avait envie de rester avec lui, elle avait peur qu'il ne sache pas se débrouiller tout seul. Elle se souvient qu'il avait l'air d'un môme qui ne réalise pas la grosse bêtise qu'il vient de commettre...

Le premier article officialisant la rupture paraît dans *Le Journal du dimanche*, sous la plume de Jean Ormieux, le 9 octobre : « Le rire de mes enfants me manque à crever », déclare Serge. Le 24 octobre, Jane et ses filles, qui se sont installées temporairement au Hilton de Suffren, se retrouvent en couverture de *Paris-Match*, sous le titre « Gainsbourg Birkin : la rupture — Ils se sont aimés douze ans : la fin brutale d'un amour ». « Je suis malheureuse, très malheureuse. Et je préfère ne pas en parler », dit-elle. On n'en saura pas plus : l'article précise que son avocat Gilles Dreyfus lui a conseillé de ne faire aucune déclaration à la presse[1].

Régine : « La séparation, Serge l'a provoquée, l'a voulue et l'a organisée. Il ne lui a jamais pardonné qu'elle pût penser avoir une aventure avec quelqu'un d'autre. Quand elle est partie, il m'a dit qu'il ne la reprendrait jamais. »

Gainsbourg : « Jane est partie par ma faute, je faisais trop d'abus, je rentrais complètement pété, je lui tapais dessus. Quand elle m'engueulait, ça me plaisait pas : deux secondes de trop et paf... elle en a subi avec moi mais ensuite c'est devenu une affection éternelle... »

Kate Barry : « C'est vrai qu'à la fin ça tournait en rond, c'était l'Elysée-Matignon tous les soirs avec les mêmes spectateurs, la même cour de connards de la nuit. Jane n'en pouvait plus, elle avait l'impression d'étouffer, d'assister à une autodestruction. Il ne se rendait pas compte que maman n'en pouvait plus, elle ne respirait plus, ce n'était plus une vie de couple, c'était un monologue[2]. »

Andrew Birkin : « Comme je ne vivais pas avec lui je pouvais me permettre, quand on sortait, d'être irresponsable, ce n'était pas moi

1. La photo en couverture de *Paris-Match* était vieille d'un an, lorsque Jane, Kate et Charlotte avaient posé pour un reportage de mode.

2. En quelques mois, des proches ont observé chez Serge un phénomène inattendu : « Il s'est pris un melon pas possible », glisse un témoin. A son égocentrisme (pathologie courante chez les artistes), à son orgueil (trait de caractère observé depuis sa tendre enfance) se serait donc ajoutée une arrogance à laquelle son sens de l'autodérision ne nous avait pas habitués.

qui devais en subir les conséquences, mais ma sœur. Et puis je pense que Jane était prête à être façonnée par son Pygmalion jusqu'à un certain point, mais pas plus. Leurs plus grosses disputes venaient de là. Ses exigences esthétiques allaient parfois trop loin... »

Judy Campbell-Birkin : « Jane se sentait tellement malheureuse. Nous avons passé une nuit à pleurer, elle me répétait : “Je n'aimerai jamais quelqu'un comme j'ai aimé Serge”, je ne trouvais pas les mots pour endiguer ses larmes. »

Les conséquences sur le moral de Serge sont effroyables. Alors que s'achève le tournage de *Je vous aime*, Catherine Deneuve appelle Jane pour la convaincre de revenir vers lui ; une tentative de réconciliation a sans doute lieu durant quelques jours rue de Verneuil, ce dont il se défend : « Dans un sursaut d'orgueil, j'ai refusé. J'avais trop pleuré, pendant trop longtemps. » Il a entre-temps demandé à son ami Jacques Séguéla de prêter à Jane sa maison au cœur de la Villa Montmorency, une sinistre mais luxueuse cité privée du 16e arrondissement [1].

Durant trois jours, il est hébergé par Gérard Depardieu, chez lequel il cuve son blues et écoute de la musique triste sans piper mot, sous le regard effaré de Guillaume, âgé de neuf ans. Puis, dans *Le Quotidien de Paris*, au journaliste Eric Neuhoff, Serge déclare : « J'ai cru toucher le fond de la piscine et je me suis aperçu qu'il y avait un double fond. Je me retrouve tout seul dans cette garçonnière de milliardaire [...] J'ai un disque de platine. Ce qu'il me faudrait : une fille de platine. J'ai eu une fille en or mais elle s'est tirée. »

Le 9 novembre, à minuit, il accepte l'invitation de Viviane à participer à son émission *Vous avez du feu ?* sur Europe n°1 ; il y fait « une bouleversante confession », comme on le raconte ensuite dans *France-Dimanche* : « Je viens de prendre une sérieuse leçon. [...] A cinquante-deux ans je vis mon premier chagrin d'amour. Et je sais qu'il est aussi violent et même plus que si j'en avais vingt. Si certains qui m'écoutent me prennent pour un cynique, ils doivent savoir que cela fait des mois que je pleure des larmes brûlantes, de vraies larmes [...] Je n'ai jamais été aussi malheureux qu'aujourd'hui. » Il reconnaît cependant qu'il est difficile de vivre avec lui : « Il faut prendre des risques. Moi, c'est le genre formule 1, c'est pas la 2 CV. C'est épuisant dans ce sens que je reconnais être un grand éthylique et un grand tabagique. J'ai mes humeurs, j'ai mes angoisses. [...] Maintenant, je vais passer à d'autres filles, mais je ne sais pas draguer, je ne suis pas un dragueur. Et puis, je suis triste, je ne peux pas maintenant. Je n'ai jamais su draguer,

1. Quelques mois plus tard, Jane s'installe avec Doillon dans une charmante maisonnette très *british* à deux pas du Trocadéro.

j'ai su d'instinct les filles avec qui j'avais une chance. [...] Je suis un romantique, c'est pourquoi je suis blessé. Je suis désespéré. C'est très difficile. Moi, je suis un gamin, un gamin qui a beaucoup souffert, mais un gamin. »

Interviewée six mois plus tard, en mai 1981, par Michèle Manceaux pour *Marie-Claire*, Jane se souvient de ces douze années de bonheur :

> C'était bien. Quand ce n'est plus bien, je m'en vais. Je suis prise de vertige quand les choses vont mal, parce que c'est très difficile de ne pas les faire aller encore plus mal. Quand vous sentez que vous commencez à perdre, vous perdez encore plus.

Jacques Doillon eut peur, par la suite, que Charlotte ne le déteste. Il tenta de lui expliquer qu'il n'avait pas pu s'en empêcher, qu'il aimait trop sa maman. Du haut de ses neuf ans, quand elle revoit son père au fil dcs mois qui suivent la rupture, elle tente de le réconforter en balançant des vacheries sur Doillon. Pas méchamment, plutôt pour créer une nouvelle complicité... Serge, lui, est trop conscient de ses torts pour en vouloir à Jane.

Jane Birkin : « C'est là aussi que je l'admire, il n'a jamais été agressivement amer, il n'a jamais eu une once de méchanceté à mon égard, ce que beaucoup d'hommes auraient pu avoir comme réaction étant donné que c'était moi qui étais partie. »

Michel Piccoli : « Nous terminions à l'époque le tournage de *La Fille prodigue*. Après avoir vu Jane et Serge ensemble pendant des années, après nous être souvent disputé quelques légumes chez notre épicier commun, rue de Verneuil, je ne voyais soudainement plus que l'une et pas l'autre. Nous vivions en huis clos, c'était un tournage difficile. Je n'ai été attentif qu'aux silences. Et à être silencieux. »

Jane Birkin : « Il nous a pardonné à toutes de l'avoir quitté, aussi bien Bardot que moi, il était très très fidèle, il avait décidé de faire une image de nous que personne ne toucherait, une sorte de perfection, qu'on ne parlerait pas de trahison, non, c'était convenu que lui était insupportable et que moi j'avais sauvé ma peau et qu'il n'y avait pas de déshonneur à cela, il se disputait avec les personnes qui disaient du mal de moi, c'est très rare quand même, de ne pas vouloir ternir l'image de l'autre personne[1]. »

Le 4 octobre 1980, pour l'anniversaire de Julien Clerc, Serge monte sur la scène du Palais des Congrès. Le troisième larron se nomme Gérard Depardieu qui vient lui aussi de sortir un album, avec des

1. Extrait d'une interview réalisée par Monique Giroux pour CBC (Radio Canada) diffusée le 20 novembre 1998.

textes de sa femme Elisabeth. En duo, Serge et Julien chantent « Mangos » puis en trio ils interprètent une « Javanaise » impromptue. Le jour même, pour annoncer la sortie prochaine du film *Je vous aime*, *France-Soir* a publié une photo de Catherine Deneuve avec Gainsbourg ; comme un môme, comme un vantard, ce dernier la découpe et ne cesse, dans les coulisses du Palais, de la sortir de sa poche pour la montrer à tout le monde, laissant entendre à ses interlocuteurs qu'il y a quelque chose entre eux...

Julien Clerc : « J'avais déjà chanté "La javanaise", d'abord sous la douche, comme tout le monde, mais aussi lors d'une télé, en duo avec Miou-Miou. Après ce concert mémorable, nous sommes sortis pour faire la fête, au resto puis en boîte, et c'est à cette occasion-là que j'ai découvert que Serge était capable d'un vrai courage physique, doublé d'une certaine inconscience, puisque j'ai assisté à un accrochage entre lui et Gérard qu'il avait commencé à charrier dans les coulisses. Quand vous pensez à la stature de Depardieu, il fallait oser. En tout cas, il l'a cherché et il a fini par le trouver : ça s'est terminé au petit matin, Gérard, à bout, l'a empoigné, l'a plaqué sur le capot d'une voiture et lui a dit : "Maintenant t'arrêtes, ou ça va mal finir !" »

Ayant eu vent de la séparation, la seconde femme de Serge, Béatrice, tente sa chance ; Jane, courageuse, n'avait cessé au fil des années 70 de favoriser une réconciliation entre Serge et ses deux enfants, Natacha qu'il adorait et Paul qu'il n'avait pratiquement jamais vu.

Gainsbourg : « Pour moi, ayant perdu Jane, il n'était pas question d'un rapprochement avec la princesse, mais elle m'a permis de voir Natacha, qui entre-temps était devenue une très jolie jeune fille. Je l'emmène chez Maxim's, le seul endroit au monde où je porte une cravate, Obligado, Porte Maillot. Elle me dit : "Papa, il y a là une femme qui n'arrête pas de te regarder." Je me retourne et à quinze mètres, il y avait un quatuor, mais pas à cordes. Hyper chicos, rupins, la haute, une femme superbe avec son mari qui était aveugle, qui se rendait compte de rien, et ses parents croulants. Elle était fascinée par moi. Ils se lèvent de table, en même temps que moi, elle reste seule dans le couloir, le connard était parti chercher la Rolls... Je m'approche et je lui dis : "Vous avez des yeux sublimes, pourrais-je avoir votre téléphone ?" Elle me répond à la Flaubert, en baissant les yeux, avec une tristesse infinie : "Monsieur, je ne peux, je suis mariée..." C'est superbe, c'est même mieux que de tirer un coup, parce qu'on en prend plein la gueule... »

Pour ses virées nocturnes, Serge a trouvé en Daniel Duval le compagnon de beuverie idéal. Celui-ci, acteur renommé, ex-mari d'Anna Karina, qu'il avait épousée en août 1978, venait de réaliser un coup d'éclat en passant de l'autre côté de la caméra : son film *La Dérobade*, pour lequel Miou-Miou avait reçu en février 1980 le César de la meilleure actrice, avait atteint la dixième place du classement des entrées en 1979 avec près de deux millions de spectateurs.

Daniel Duval : « La première fois que j'ai rencontré Serge, c'était dans une boîte de nuit, naturellement, il était 2 heures du matin. Au bout d'un moment j'ai voulu partir mais il m'a dit : “Non, toi tu ne me quittes pas !” et nous ne nous sommes pas séparés pendant trois jours, nous sommes instantanément devenus très proches car nous avions des choses à nous dire. Nous n'avions que des rapports d'amitié, on ne parlait jamais de cinéma, de chanson, de boulot... On sortait chacun d'une rupture, lui avec Jane et moi avec une femme qu'il connaissait et qu'il avait aussi aimée, Anna Karina, alors on se déchirait. Je me demandais comment il pouvait tenir comme ça, jusqu'au petit jour où je me suis rendu compte qu'il vomissait, cet enfoiré ! Il s'excusait, il allait s'enfermer dans les toilettes pour gerber et moi j'étais à quatre pattes derrière lui. Au cours de ces nuits noires, on avait autour de nous un tourbillon des plus belles filles de Paris mais on les jetait pour rester ensemble et déconner. Il y avait entre nous une vraie relation amoureuse, sans être homosexuelle. Il était vachement jaloux, dès qu'un copain m'approchait, il était comme un coq ! Parfois, des nanas camées venaient vers lui en lui demandant s'il n'avait pas quelque chose, lui qui ne prenait jamais de drogue, qui ne fumait même pas un joint ! Ces fois-là, il entrait dans des colères terribles... Quand il a appris que je prenais de la came il m'a secoué, il m'a dit : “Tu te défonces, enculé !” Il ne le supportait pas. »

Le 27 mai 1980, Serge avait participé au *Numéro Un* consacré à Gérard Depardieu — son partenaire dans *Je vous aime*. Le 20 septembre, invité à chanter « Vieille canaille », il apparaît cette fois au générique du *Numéro Un* dédié à Michel Sardou, également produit par Gilbert et Maritie Carpentier. Il revoit par ailleurs régulièrement son ami Jacques Dutronc qui s'apprête à sortir, en novembre, son premier album depuis six ans, gracieusement intitulé *Guerre et pets*. Jusqu'à cette date, la rencontre au sommet n'avait pas vraiment porté ses fruits. On a eu vent de leurs défauts respectifs : à la fois cossards, poivrots et potaches, ils se connaissent sans doute trop bien pour parvenir à se surprendre. Pourtant, le temps d'un album, l'alchimie fonctionne.

Bougnoule, niakoué, raton, youpin
Crouillat, gringo, rasta, ricain
Polac, yougo, chinetoque, pékin
C'est l'hymne à l'amour
Moi l'nœud !

Enchaînement sur la « Ballade comestible »...

J'crois bien que j'l'ai dans l'dos
Une heure que j'fais le poireau
Les cent pas sur la berge
Attendant cette asperge
Asperge

Il n'y a pas que des paroles de Gainsbourg sur cet album. Dutronc reprend « Le temps de l'amour » et « La vie dans ton rétroviseur », deux mélodies épatantes où il *croone* à merveille. Serge lui signe en revanche une jolie petite histoire :

J'ai mis au propre
Mes idées sales
Au propre et puis
Au figuré
Mon écriture horizontale
Avec tes plaintes
Et mes déliés

En 1992, un an après la mort de Serge, Dutronc effectuera un retour aussi inattendu que réussi sur la scène du Casino de Paris. De *Guerre et pets*, il choisira deux titres, « L'hymne à l'amour (moi l'nœud) » et le teigneux « J'ai déjà donné » :

La Croix-Rouge les éboueurs
J'ai déjà donné
Les cannes blanches les balayeurs
J'ai déjà donné
Les parasites les tapeurs
J'ai déjà donné !

« L'éthylique » est signé par les deux compères et l'on est en droit d'y voir un message d'amour d'homme à homme...

J'ai pas d'paroles
Gainsbourg s'est fait la paire
Faut s'le faire
Quand il boit
Mais ma parole
Ça commence à bien faire
Dans un verre
Il se noie

Serge n'est pas du genre à s'autocritiquer, mais il adore se lamenter sur son sort, comme Dutronc le raconte dans l'interview réalisée par Jean-Marie Périer pour l'enregistrement vidéo de ses concerts au Casino...

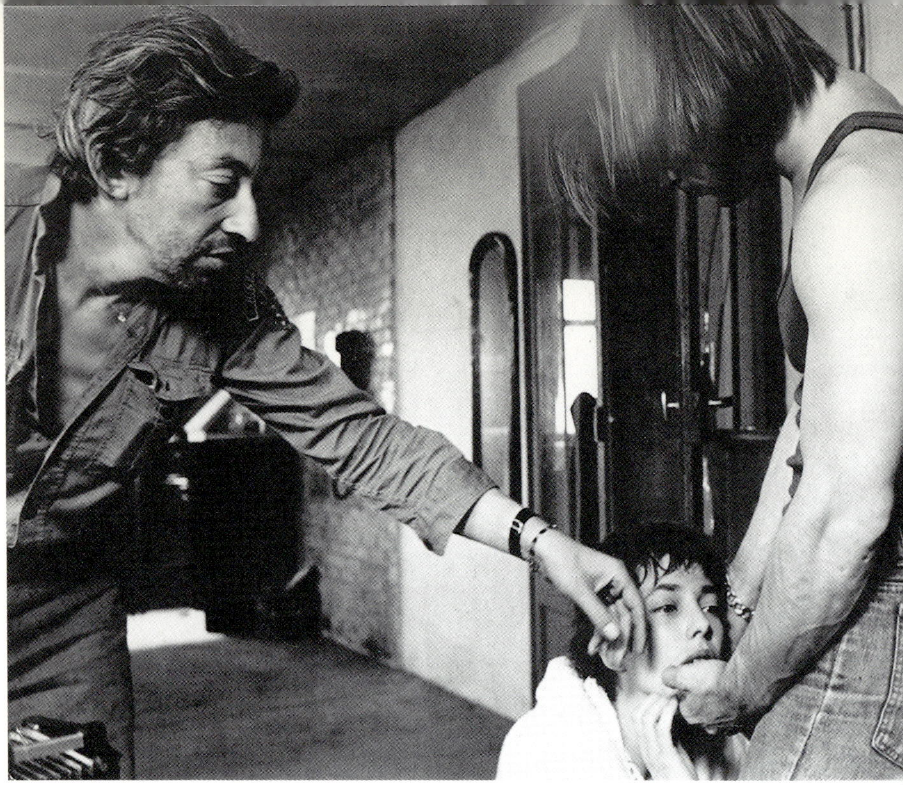

© Rue des Archives

Tournage de *Je t'aime moi non plus* avec Jane Birkin et Joe Dallessandro, septembre 1975.

Couple à scandale et feuille de chou.

© De Keerle / Sipa

Invité par le groupe Bijou, Gainsbourg renoue avec la scène, après quatorze années d'absence ; le jeune public lui fait un triomphe.

© Philippe Lerichomme / Phonogram

A Kingston, Jamaïque, avec les musiciens de l'album *Aux armes et caetera.*

JANE

© Warrin / O. Médias

Avec Catherine Deneuve, lors du tournage de *Je vous aime* de Claude Berri.

© F. / O. Médias

Disque d'or pour Isabelle Adjani et son « feeling-director ».

© Claude Delorme

Baby Alone In Babylone, constat de rupture, le plus bel album de Jane Birkin.

Photo de William Klein

© Franck Stromme / Stills

Gainsbarre superstar fait chanter sa fille : « Lemon Incest ».

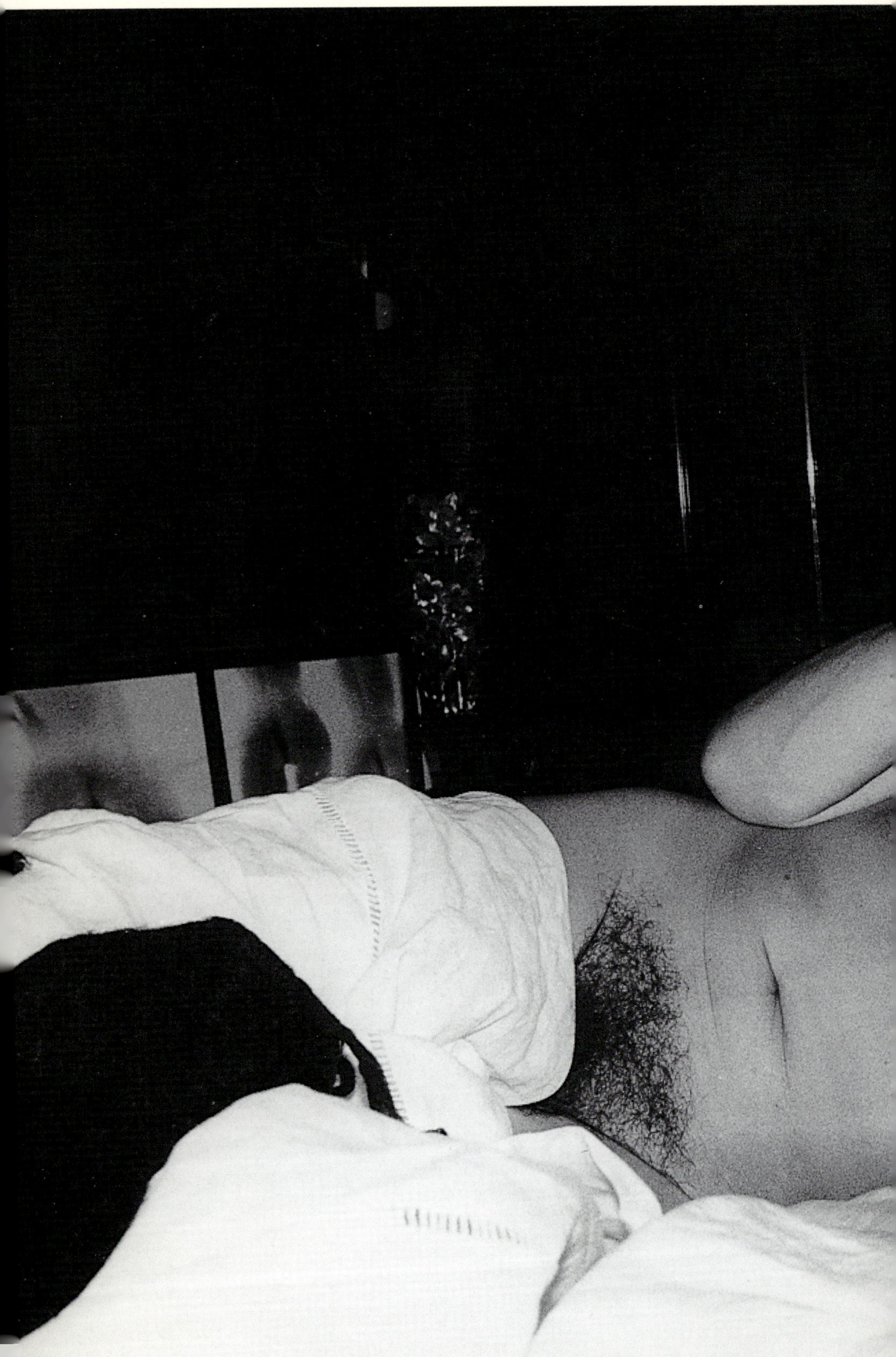

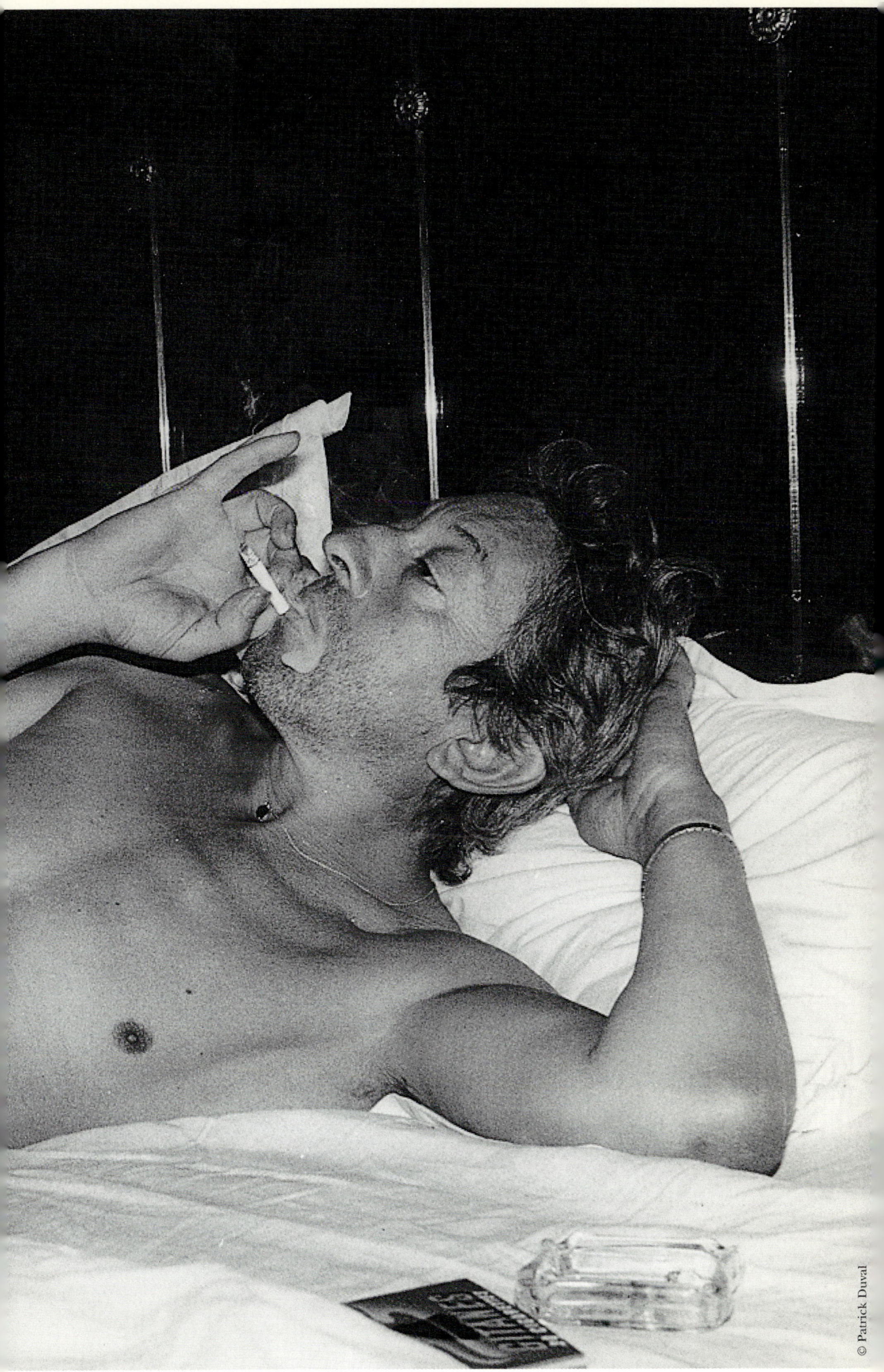

Dans son hôtel particulier de la rue de Verneuil, avec l'écorché et « L'homme à tête de chou », sculpture de Claude Lalanne.

Avec Bambou, unique portrait à la kippa.

Lulu, enfant de l'amour.

© Johan Jacobs

© Françoise Huguier / Rapho pour *Libération.*

Au cimetière du Montparnasse, le 7 mars 1991, la tristesse des « p'tits gars ».

Jacques Dutronc : « C'est quand même un des rares de ce métier qui ne parlait que de lui, mais bien quand même. [...] Tu pouvais te casser les deux bras, les deux jambes, tomber du sixième et lui dire “Je pourrai pas te voir”. Et lui te répondait : “Oh, moi c'est pareil, j'ai une écharde”. Bon, c'est sympathique... Et je crois que c'était un vrai artiste en tout cas. Il a eu quand même le talent de n'être jamais sa caricature. Parce que c'était pas dur, hein. Des fois, ça frôlait... [...] Et ce que beaucoup n'ont pas compris, c'est qu'il a jamais été détruit par le gorgeon, ni par la cigarette, ni machin. C'était autre chose, sa destruction. Voilà, c'est tout. Si, le seul truc qui nous faisait marrer quand même, puisqu'il est mort on peut en parler — enfin il est mort, il est couché ! —, c'est qu'à chaque fois on rigolait en pensant à Yul Brynner parce qu'on disait : “Quand les mecs meurent, les ongles et les cheveux continuent à pousser”. »

Sur rythme ska, le 33 tours du *come-back* de Jacques s'achève sur « L'avant-guerre c'est maintenant », un texte qui grince...

L'avant-guerre c'est tout de suite
Les carottes sont déjà cuites
La pétoche est sur orbite
Dans l'air il y a d'la mort subite
L'avant-guerre c'est tout de suite
On a le cul sur d'la dynamite

A la même époque, Françoise Hardy avait fait le thème astral de Gainsbourg à l'occasion de son émission pour Radio Monte-Carlo. On y découvre que son ciel de naissance recèle « un plus grand nombre d'ambivalences que la moyenne », que son côté Bélier le porte à être trop disponible aux sollicitations attrayantes du monde extérieur tandis que son côté Poissons l'invite à l'inertie. Et Françoise de conclure : « Chez lui l'affectivité est prépondérante, mais tantôt immature, avide, égocentrique, tantôt lucide, défaitiste, détachée. » Pour compléter son analyse, Françoise fait appel à une graphologue, Anne-Marie Simond. Celle-ci, après avoir eu un mal de chien à s'habituer à cette graphie dépourvue de ponctuation, de barres de « t » et d'accents (« qui n'est pas fautive puisqu'elle résulte d'un désir de pureté », Serge *dixit*), avait conclu en ces termes : « Chez lui l'écriture n'est pas un acte de communication mais une manifestation esthétique ; on sent quelqu'un de très peu fait pour le bonheur, il aurait voulu être autre, il s'accepte très mal : en confessant qu'il a “trahi la peinture” il s'autohumilie ; il s'est fait à l'idée d'une vie plus essentielle qu'il aurait ratée. On est en même temps frappé par son grand orgueil : il ne s'aime peut-être pas mais il a conscience d'être quelqu'un... »

Autre champion de la dérision, c'est dans les dernières semaines de 1980 que Coluche démarre sa campagne présidentielle dadaïste et *des-*

troy, époque épique et géniale où l'on vit les politiciens consternés incapables de gérer un clown d'autant plus authentique et dangereux qu'il exprimait un réel ras-le-bol de cette France « coupée en deux et pliée en quatre ». Rien n'est plus énervant, depuis sa mort, que la condescendance amusée avec laquelle les journalistes évoquent ces quelques mois de folie pure et d'éclats de rire continuels. Il ne s'agissait pas seulement de faire la promotion de son nouveau spectacle, qui se donnait à bureaux fermés de toutes les façons : Coluche croyait à sa candidature, comme tous ceux qui l'aimaient, il sentait qu'il avait mis le doigt sur une zone hypersensible, une mission qui depuis la fin des années 80 a été brillamment reprise par les Guignols de l'Info sur Canal+. En cela, et c'est la raison de cette digression, sa provoc rejoignait celle de Gainsbourg : il n'est donc pas étonnant que l'on ait parlé à l'époque d'un 45 tours de soutien sur tempo reggae, écrit et composé par Serge. Sorte de Band Aid avant la lettre [1], tous les amis de Coluche devaient y participer. Mais beaucoup se dégonflèrent et le projet se cassa la figure. Dommage...

Conclusion d'une année riche en larmes et en rebondissements, *Je vous aime* sort sur les écrans le 17 décembre 1980. Interviewé par *France-Soir*, Gainsbourg déclare : « Claude Berri s'est inspiré de ma vie, d'une certaine façon. Dans le scénario, je fais souffrir Catherine. J'ai été méchant, moi aussi, très méchant. » On trouve effectivement dans *Je vous aime* quelques belles engueulades entre elle et Serge, au point de susciter un malaise : un peu voyeur, le spectateur se dit que ça ressemble sans doute à ce qui s'est passé quelques mois plus tôt rue de Verneuil, entre Jane et lui...

> *Catherine Deneuve* : Traîner toute la nuit j'en ai marre. Pour moi c'est pas ça la vie !
>
> *Serge* : Moi j'ai besoin de déconner pour écrire mes chansons, c'est parce que je me fous de la vie que les gens aiment c'que j'fais. Y'en a qui chantent l'espoir en faisant chier, moi je chante le désespoir en faisant marrer !

Je vous aime fait un score un peu décevant, avec seulement 300 000 entrées sur Paris. « Bardot était un Ingres, Jane un Gainsborough, Catherine est un Van Dongen », déclare Gainsbourg qui se délecte des rumeurs dont bruissent les médias et qu'il entretient avec malice.

1. Le 45 tours *Do They Know It's Christmas ?*, premier disque de charité collégial, regroupant des dizaines d'artistes d'horizons différents, fut publié en novembre 1984 ; le concert Live Aid eut lieu, quant à lui, en juillet 1985.

Catherine Deneuve : « Comme acteur il était formidable parce que sous toutes ses réserves ou cette façon qu'il a de se protéger derrière la fumée de sa cigarette, on sentait sa fragilité. Il devait craindre aussi de ne pas être à la hauteur de ce qu'on lui demandait. Quand je le rencontre, dans le film, je suis une journaliste venue interviewer le chanteur à succès, puis nous avons une liaison et je me mets à écrire des paroles de chansons. Je me souviens d'une des plus belles répliques, au lieu de me dire que c'est avec moi qu'il veut s'amuser, il me fait cette déclaration d'amour suprême : "C'est avec toi que j'veux me faire chier." C'est un argument qu'on ne peut pas refuser ! »

Autre extrait du dialogue :

Catherine : Quand vous dites que les femmes sont des chiennes, c'est un compliment ?
Serge : Absolument.
Catherine : Pour les chiens ?
Serge : Non, pour les femmes !

Avec un coup de main de Jean-Pierre Sabar, son vieux complice orchestrateur, Serge publie simultanément la bande originale de *Je vous aime*. Il s'ouvre sur « La fautive », un texte misogyne comme il n'en avait plus écrit depuis des lustres, sur une rythmique soul décalquée sur le standard des Four Tops « It's The Same Old Song » (1965, en français « C'est la même chanson » par Claude François) :

La fautive, c'est toi
Si t'es dans c'merdier c'est de ta faute à toi
La fautive, c'est toi
Le mal qu'tu m'as fait, tu vas payer pour ça

On découvre ensuite deux rocks punkoïdes maladroitement chantés par Depardieu (accompagné dans les chœurs par le groupe Bijou), « Papa Nono » et « La p'tite Agathe » :

J'suis pour la p'tite Agathe
C'est la dernière en date
S'il y a d'autres candidates
J'suis un vrai démocrate

On oubliera la pénible version reggae de « Je vous salue Marie », désolante tentative de provoc qui tombe à plat plus de vingt mois après le sensationnel bras d'honneur de sa Marseillaise [1], pour s'attarder sur une chanson marrante, interprétée par Serge alors que son personnage, dans le film, tourne une émission de télévision dans un chenil...

1. La chanson ne figure pas sur la bande originale du film *Je vous aime* ; elle a seulement servi de remplissage pour un album un peu court...

Je pense queue
J'adore
Les cadors
Les p'tites chiennes
En calor
Je pense queue

Tube honnête à l'époque, duo superbe devenu depuis l'un de ses *golds* les plus diffusés, Catherine et Serge chantent « Dieu fumeur de havanes » :

Catherine : Tu n'es qu'un fumeur de Gitanes
Je vois tes volutes bleues
Me faire parfois venir les larmes aux yeux
Tu es mon maître après Dieu
Serge : Dieu est un fumeur de havanes
C'est lui-même qui m'a dit
Qu'la fumée envoie au paradis
Je le sais ma chérie

Ils créent ce titre à la télévision dans l'émission *Stars* de Michel Drucker diffusée le 27 décembre 1980 : au cours du play-back, Serge fait mine d'être bourré et tente de peloter Catherine, question d'alimenter les ragots...

Catherine Deneuve : « Serge est quelqu'un de très torturé mais en revanche il jubile pour de petits détails et c'est là qu'il est renversant. Quand on le connaît il a des côtés irritants, provocateurs et puis il vous sort une phrase bouleversante... Et il termine toujours gagnant. Sa gentillesse profonde le trahit. Il est certain qu'il avait du chagrin, je crois l'avoir aidé mais je n'ai pas non plus une vocation d'infirmière. J'étais d'autant plus émue que j'ai une grande tendresse pour Jane et je trouvais tout ça vraiment très triste... »

Gainsbourg : « Ouais, j'étais mal. Catherine... Elle ne m'a pas seulement aidé à sortir d'une mauvaise passe : peut-être est-ce grâce à elle que je ne me suis pas flingué. »

Titillé à l'idée d'être son Pygmalion dans le domaine de la chanson, comme il l'avait été pour Brigitte Bardot, Anna Karina et Jane Birkin, il lui propose bientôt d'enregistrer un album. Catherine accepte, rendez-vous est pris pour le mois de février 1981.

Une autre femme vient cependant de faire son entrée dans la vie de Gainsbourg, même si ce n'est pas encore officialisé médiatiquement (les premières photos ne seront publiées qu'au printemps 1981). Il a rencontré Caroline, alias Bambou, vingt et un ans, mannequin chez

Paris-Planning[1], à l'Elysée-Matignon, incident qu'elle a relaté à sa façon dans le livre qu'elle a publié en 1996 :

> Une boîte de nuit branchée. C'est la première fois qu'elle y met les pieds, son agence a organisé une soirée. Jamais elle ne va à ce genre de soirée à la con, ce soir exception ! Elle est sur la piste, elle danse au rythme du disco, avec les lumières qui flashent dans tous les sens. Le patron de la boîte[2] l'aborde et lui dit que le monsieur, là-bas, lui ordonne de venir à sa table. Elle regarde dans la direction indiquée, l'étonnement se lit sur son visage. Non, mais il se prend pour qui ce vieux con ?
>
> Elle hausse les épaules et d'un ton détaché répond :
>
> — Je ne le connais pas, qu'il aille se faire foutre, il n'a pas à me donner des ordres !
>
> Elle se remet à danser comme une folle. Elle est déchaînée, elle aime cette musique. Elle ne veut plus penser, surtout ne pas penser...
>
> Epuisée elle retourne à sa table où une amie l'attend.
>
> — Ouah, ça fait longtemps que je n'avais pas dansé comme ça ! Je bois un verre avec toi, j'y retourne un peu, ensuite si tu veux, on se tire ! [...]
>
> Elle lève la tête. Il est planté là, avec son seau de champagne.
>
> — Salut, le vieux con vient à sa table puisqu'elle ne veut pas venir à la sienne ! Espèce de boudin... tu permets ?
>
> Il s'assoit, la regarde en se marrant. Elle sourit, ce mec a du style. Mieux que ça, il lui plaît ! Et qui plus est, elle n'a pas l'air de lui déplaire[3]...

C'est le début d'une relation torride et *destroy*, faite d'amour et de haine, d'engueulades effrayantes et de tendresse craquante. Dans un premier temps elle lui glisse sous la porte des petites lettres d'amour, genre « A mon papa chéri que j'aimerai toujours », qu'elle signe de ses lèvres. Charmant. Il est séduit[4]... En décembre 1980, il l'invite à Los Angeles où il est supposé travailler avec l'un de ses interprètes-fétiches.

Alain Chamfort : « Je préparais l'album *Amour année zéro* et j'ai été revoir Serge, puisque nous nous étions quittés en très bons termes avec

---

1. Des photos d'elle ont été publiées entre autres dans le n° 10 du magazine *Façade* (fin 1980) ; en 1979, elle avait joué dans *L'Enfant secret* de Philippe Garrel avec Anne Wiazemsky, Elli Medeiros, Edwige, etc. (le film n'est sorti qu'en 1982).

2. Armel Issartel, patron de l'Elysée-Matignon et compagnon de beuverie de Gainsbourg, est mort du sida quelques années plus tard.

3. In *Il et elle* par Bambou, Editions Michel Lafon, Paris, 1996.

4. Toujours soucieux de son image, le Juif russe Ginsburg va s'amuser, quelques mois plus tard, en affirmant que Bambou se nomme en réalité Caroline von Paulus et qu'elle est la petite-nièce du Feldmaréchal Friedrich Paulus, dit von Paulus, commandant en chef de la 6e armée d'Adolf Hitler, qui avait rendu les armes en février 1943 après avoir été encerclé à Stalingrad. En réalité, elle est l'arrière-arrière-petite-nièce du *général* von Paulus, qui avait également servi dans l'armée hitlérienne et qui était le grand-oncle du père de Bambou, soldat de la Légion étrangère qui avait combattu en Indochine.

« Manureva »... Constatant qu'il était vachement sollicité à Paris, je lui ai proposé de m'accompagner à Los Angeles. Au début, nous devions partir à deux et j'ai sans doute commis une indélicatesse en lui annonçant la veille du départ que Lio m'accompagnait. Néanmoins, au début c'était sympa. On cherchait une maison, on a fait la fête pendant une dizaine de jours et on *cruisait* en Rolls sur Sunset Boulevard... "Amour année zéro", la chanson qui donne son titre à l'album, correspondait à ce que chacun de nous vivait dans sa vie privée : la renaissance d'un amour. Serge quittait Jane et rencontrait Bambou. Moi je me séparais de ma femme et je rencontrais Lio. »

Amour année zéro
C'est l'amour année zéro
Effacer de ta mémoire
Tous les numéros
Téléphones, adresses, histoires
Remettre à zéro
Le compteur que par malheur
Chacun a au cœur

Alain Chamfort : « Comme il se sentait seul, il a fait rappliquer Bambou et à partir de là ça s'est très mal passé. On vivait ensemble dans cette maison, les filles se retrouvaient au bord de la piscine, elles ne pouvaient pas se piffer et la tension est montée petit à petit jusqu'à devenir insupportable, d'autant que Lio ne fait de cadeau à personne. »

Lio : « Je pense qu'en même temps Serge s'ennuyait, qu'il s'imaginait vivre des sensations extrêmement fortes, comme tous ceux qui sont éblouis à l'idée de découvrir Hollywood, Sunset Boulevard, tous ces noms qui font fantasmer ; quant à Bambou elle avait peut-être rêvé de séances d'enregistrement complètement folles, avec les musiciens les plus sauvages de la côte Ouest, se terminant en *party* jusqu'au bout de la nuit, mais rien n'a été suffisamment excitant. »

On est loin, il est vrai, des orgies légendaires des grands groupes de rock des années 70, d'autant que Chamfort, qui est rejoint par Gérard Louvin, son manager, futur producteur de télé à succès, a choisi de travailler avec Wally Badarou, un jeune arrangeur français d'origine africaine, de grand talent[1], perfectionniste et... très lent. Un jour, on frôle l'incident lorsque Serge, ayant demandé à Wally de conduire la Rolls, monte à l'arrière avec Bambou, comme s'il le considérait comme son chauffeur.

1. Né en 1955, futur accompagnateur de Level 42 et de Marianne Faithfull, on a déjà repéré son nom, entre autres, sur l'album *Warm Leatherette* de Grace Jones, en 1979 et sur le tube « Pop Muzik » par M (Robin Scott).

Chamfort est mécontent. Il refuse des titres à Gainsbourg (« Fille de feu, fille de paille », « Dormir, une chance de rêver », d'après *To sleep / A chance to dream* de William Shakespeare) et lui demande de s'appliquer un peu plus.

Lio : « Gainsbourg ne se foulait pas, ça a été vraiment dur pour Alain. S'il a finalement écrit des textes comme "Malaise en Malaisie" ou "Bambou" c'est parce que Alain était tout le temps derrière lui et le poussait au cul. »

Bambou
Dans tes yeux absents se dévoilent
Bambou
Des fièvres aux moiteurs tropicales
Bambou
Quand tes pupilles se dilatent
Bambou
L'eau trouble des étangs s'y miroite

Alain Chamfort : « Gainsbourg était assez fasciné par le fait que Bambou était junkie. Une sorte de curiosité malsaine, parce qu'elle osait aller jusqu'au bout des choses, jusqu'au bout de cette logique autodestructrice qui était aussi la sienne... Il disait avec une sorte de détachement : "Ouais, la petite, elle exagère, j'ai encore retrouvé des seringues dans la salle de bains !" »

Dans son livre, Bambou raconte un dîner dans un resto japonais à LA qui se termine en dispute ignoble :

Elle n'aime pas l'alcool donc elle ne boit pas beaucoup, lui par contre est pas mal allumé. L'humeur reste gaie. Il lui parle de son boulot, de la vie, de tout... Lui, de nature plus que timide, écorché vif, grand enfant, arrive après quelques verres à vous embarquer dans des délires hallucinants de cinglé complet, tout en gardant paradoxalement un fond de lucidité totale. Elle a parfois du mal à s'y retrouver. Pas simple, le mec ! Elle l'écoute, amusée. Lorsqu'ils sortent du resto, il vacille légèrement. L'alcool de riz chaud, même très peu alcoolisé, monte direct au cerveau. [...] Boit-il pour surmonter sa timidité ou pour affronter les affres de la création ? Elle ne sait pas. Elle l'a connu tel quel, tel quel elle l'aime et l'accepte. Mais ce n'est pas de tout repos... [...]

Lui est dans un état avancé, il commence à être agressif et lui envoie vanne sur vanne. Le discours n'est plus tout à fait cohérent, le dialogue se dégrade. Elle garde son calme [...].

— Regarde-moi ! Tu n'es pas contente ?

— Si, mais je n'aime pas te voir complètement cassé.

— Ça te va bien de balancer ça ! [...] Tu me fais chier ! Je me pète la gueule si j'en ai envie et si ça ne te plaît pas, retourne d'où tu viens !

Elle ne répond pas.

— Allez, fais pas la gueule, espèce de conne. Des gonzesses, je peux en avoir à la pelle, tu n'es pas indispensable !

— Ecoute, arrête, si tu continues, je ne t'aime plus !

Il se lève, le poing levé, prêt à frapper.

— Répète ce que tu viens de dire !

Elle le regarde dans les yeux, elle sait qu'elle ferait mieux de la boucler mais elle ne peut s'empêcher de répéter, provocatrice, en détachant bien ses mots :

— Si tu continues, je ne t'aime plus !

Pan ! Le coup part. Elle se retrouve par terre.

— Quoi ? Je ne t'ai pas fait faire des milliers de kilomètres pour t'entendre me dire ça ! Ah, tu ne m'aimes plus !

Il est fou. Il l'attrape par les cheveux, lui fait descendre les escaliers. Une fois en bas, il pète les plombs. Il commence à lui foutre des coups de pied sur tout le corps, de toutes ses forces. Elle se protège tant qu'elle peut, se mettant en boule et préservant sa tête avec ses bras. Elle sait que si elle riposte, il la tue, donc elle s'abstient. Elle ne sent plus les coups. Il est devenu barge, sous l'effet de l'alcool, il ne sait plus ce qu'il fait, il cogne, les coups pleuvent.

Il finit par s'arrêter, à bout de force et de souffle. Hagard, il s'assoit. Déjà il revient à lui et prend conscience de la situation. Il a honte et regrette[1].

Annoncé par le tube « Bambou », *Amour année zéro* est l'un des albums les plus réussis de la belle carrière d'Alain Chamfort, qui est particulièrement inspiré et dont les mélodies coulent de source. Autre sommet, « Malaise en Malaisie », qui sera repris plus tard par la quatuor vocal américain Manhattan Transfer.

J'ai comme un
Malaise en Malaisie
C'est commun
Comme si
La fièvre m'avait saisi
Tu m'as dit
Je vous aime allez-y
Etranger je suis
Mal à l'aise en Asie

Gainsbourg : « Passer trois mois à Los Angeles pour mettre un album en boîte, très peu pour moi. Le soleil et la piscine, je n'en ai rien à cirer. Moi, j'ai enregistré *Mauvaises nouvelles des étoiles* en six jours à Nassau... »

J'me vois chasseur d'ivoire

1. In *Il et elle*, *op. cit.*

Juste histoire d'y voir
Plus clair dans mes pensées
Couleur d'ébène
Chasser mes troubles, chasser mes peines

« Chasseur d'ivoire » est l'un des derniers textes qu'il livre à Chamfort, avant de le planter à Beverly Hills dans des conditions plutôt minables.

Alain Chamfort : « Serge se bourrait la gueule, jusqu'au jour où il s'est cassé sans me prévenir, en me reprenant le texte d'une chanson sur laquelle nous étions en train de bosser, "Souviens-toi de m'oublier, qui devait être le titre majeur de l'album. Catherine Deneuve venait d'arriver à Los Angeles pour la promotion américaine du film *Le Dernier Métro* de François Truffaut. Serge, qui venait de tourner avec elle dans *Je vous aime*, est allé la retrouver. Il voulait lui écrire un album, et pour la convaincre il lui a proposé ce beau texte. Elle a évidemment accepté. Mais je n'ai pas trouvé cette démarche très élégante. »

« Lio était jalouse, elle voulait cette chanson pour elle, mais il n'en était pas question », raconte Serge quelques mois plus tard à Alain Pacadis pour *Le Palace Magazine*. « Souviens-toi de m'oublier », initialement écrit sur la mélodie de ce qui sera au final « Paradis » sur l'album de Chamfort, deviendra sur celui de Catherine Deneuve un duo avec Serge :

Catherine : Souviens-toi de m'oublier
Serge : J'vais y penser
Catherine : Réfléchis comme un miroir
Serge : J'vais voir
Catherine : Et souviens-toi de m'oublier
Serge : J'vais essayer
Catherine : L'amnésie a le pouvoir
D'la magie noire

Lio : « La maison de disques avait investi des centaines de milliers de francs, on était dans cette maison d'un luxe insensé à Beverly Hills, et c'était évidemment parce qu'il y avait Gainsbourg dans le panier, donc son départ a été dramatique pour Chamfort. »

Le jour de son départ précipité, ce dernier rejoint Serge à l'aéroport pour l'insulter. Sans tarder, Chamfort fait un aller-retour à Paris pour expliquer la situation et se plaindre au patron de CBS, Alain Lévy, qui organise un dîner avec Gainsbourg. Celui-ci promet de travailler et de lui envoyer les textes qui manquent encore[1].

1. Au total, quatre autres chansons sont signées Gainsbourg pour les textes sur *Amour année zéro* : « Poupée poupée », « Jet Society », « Laide jolie laide » et « Baby Boum ».

Alain Chamfort : « Quand ça tournait mal, il disait qu'il était bourré, alors on le plaignait, on se disait "Oh, le pauvre" et on lui pardonnait. Serge m'avait fait des confidences, j'étais flatté. Je me disais : Ce mec est à vif, il est perdu, il est brisé et malheureux. J'étais ému qu'il se confie à moi, parce que nous nous connaissions à peine, en dehors du boulot. Après cela il a été injurieux, il m'a traité de "Chamfaible" et des machins comme ça. Mais tout ce que je raconte n'enlève pas la grande attirance que j'ai pour ce mec. Il y a eu de bons moments, j'y croyais et je m'en souviendrai à jamais, même si sur le moment je lui en ai beaucoup voulu. Nous avons fini l'album au téléphone, mais Serge n'avait plus envie et montrait de la mauvaise volonté. Le point positif de cette histoire est qu'il m'a permis de rencontrer, grâce à Lio, Hagen Dierks, devenu plus tard Jacques Duvall, qui m'a écrit un nouveau texte sur cette musique[1]. »

Dès son retour, Gainsbourg attaque l'enregistrement de l'album de Catherine Deneuve avec ses musiciens anglais. Onze titres dont une reprise (« Ces petits riens », qui figurait sur l'album *Gainsbourg Percussions* publié en 1964), un démarquage sans intérêt de « Docteur Jekyll et Monsieur Hyde » sous le titre « Monna Vanna et Miss Duncan », une version à peine déguisée d'« Initials B.B. » devient « Digital Delay »[2], et « Marine Band Tremolo » se contente de décliner l'hymne national anglais, deux ans après « Aux armes et caetera »... Serge est tragiquement à court d'inspiration, il croit pouvoir improviser, comme d'habitude, mais il lui manque un concept, un fil conducteur. Il se contente d'envoyer des messages subliminaux à Jane, par exemple en faisant chanter à Catherine, messagère de luxe, le texte de cet « Overseas Telegram » qu'il avait envoyé à Birkin en 1968, au moment de leur rencontre, et qu'il lui avait repris à la rupture[3]...

Catherine Deneuve : « Le disque n'était pas assez préparé, c'est autant la faute de Serge que la mienne. N'ayant pas d'expérience je me suis dit : "Bon, ça doit être normal", mais plus la date approchait,

1. Jacques Duvall travaille toujours avec Chamfort depuis cette date.

2. Il utilisera encore ce thème pour une pub Pepsodent qu'il tourne en avril 1986. Les paroles de « Digital Delay » ne sont en outre qu'une mini-compilation de quatre de ses aphorismes favoris dont le fameux « Amour hélas ne prend jamais qu'un seul M, faute de frappe on écrit haine pour aime ». Il réutilisera également la musique de « Alice hélas », le morceau qui clôt cet album, pour un spot de pub Gini en 1983.

3. Quelques mois plus tard, Serge l'interprétera à son tour, sur tempo reggae, sur l'album *Mauvaises nouvelles des étoiles*. Enfin, retour à la destinataire initiale, Jane se réappropriera son « Overseas Telegram » en 1983 sur *Baby Alone In Babylone*. Il était temps !

plus je me suis rendu compte que quelque chose n'allait pas. J'en porte aussi la responsabilité parce qu'on ne peut pas être qu'interprète... »

Seule réussite de cet album besogneux, le texte de « Dépression au-dessus du jardin », une chanson à laquelle il restera attaché au point d'en faire sa propre version, sur la scène du Casino de Paris en 1985 :

Dépression au-dessus du jardin
Ton expression est au chagrin
Tu as lâché ma main
Comme si de rien
N'était de l'été c'est la fin
Les fleurs ont perdu leur parfum
Qu'emporte un à un
Le temps assassin

La mélodie, ravissante, est signée Gainsbourg, qui oublie une fois de plus de citer ses sources, en l'occurrence la 10e étude en fa mineur de Frédéric Chopin, l'une de celles que Joseph Ginsburg avait probablement enseignées à son fils [1]. La voix de Catherine Deneuve, en revanche, n'est pas à la hauteur : Serge rêvait de rééditer avec elle le miracle qui s'était produit avec Bardot puis avec Birkin, mais, au final, force est de constater que seule la pochette de cet album, qui montre Catherine, crinière blonde, en combinaison de soie noire, étendue sur une fourrure et photographiée par Helmut Newton, vaut le détour...

Catherine Deneuve : « Nous aurions dû nous en tenir à "Dieu fumeur de havanes", d'une certaine façon. Je ne dis pas ça parce que l'album n'a pas marché. Nous avions pourtant envie de le faire, je trouve que chanter est une chose merveilleuse et Serge est sans aucun doute le meilleur auteur pour les actrices. Nous l'avons enregistré dans la foulée d'un certain enthousiasme et... je regrette aujourd'hui d'avoir fait un 33 tours, voilà. En plus je devais commencer un film et l'état d'urgence n'a pas convenu à notre projet. Serge fut consterné par l'échec de l'album : il aime le succès beaucoup plus que moi, je ne suis pas assez ambitieuse pour prouver quoi que ce soit dans ce domaine. »

Le 23 février 1981 le quotidien *Libération*, victime de graves problèmes de trésorerie, publie — temporairement — son dernier numéro et titre en travers de la une : « Je t'aime... moi non plus », couverture que Serge fait aussitôt encadrer. Dans la presse du cœur, il annonce qu'il est revenu à la polygamie : on voit des photos de lui au bras

1. A 3 temps chez Chopin, à 4 temps chez Gainsbourg, les deux thèmes ont 13 notes en commun sur 15. (Merci à Yann Lehmans, auteur d'un mémoire de fin d'étude au Conservatoire de Lausanne consacré à Serge.)

d'une certaine Yaëlle, étudiante en première année de Sciences-Po, au printemps 1981, juste après qu'a été annoncée officiellement l'arrivée de Bambou, puis il escorte Valentine, fille de Zizi Jeanmaire et de Roland Petit. Mais ses incartades sont de courte durée : en mai Serge et Bambou se laissent photographier en train de danser au 78, night-club rupin sur les Champs-Elysées[1]. Les affiches annonçant la sortie de *La Fille prodigue*, le film qui est à l'origine du départ de Jane, sont entre-temps placardées partout dans Paris et les critiques sont unanimement enthousiastes pour saluer la performance de Jane : « Aux antipodes de ses rôles habituels de fille décontractée, drôle ou agressivement dans le vent, elle est bouleversante [...] Une nouvelle Birkin est née », prédit Robert Chazal dans *France-Soir*. « Fragile et dure à la fois, elle semble venir à la lumière pour la première fois, comme un papillon qui aurait quinze ans de chrysalide derrière lui », écrit Michel Mardore dans *Le Nouvel Observateur*. « Jane Birkin rompt avec son image [...] Sous son masque se cachait une de nos plus grandes comédiennes, que Jacques Doillon a su accoucher », conclut *Télé-7 Jours*. Malgré ce concert de louanges, le film est un échec : le tabou de l'inceste, qui est au cœur du sujet, rebute-t-il le public ?

Jane Birkin : « Toutes nos affiches étaient couvertes par celles de Mitterrand et de Giscard. Je déchirais leurs visages avec mes ongles, sur les Champs-Elysées, tellement je trouvais ça injuste, d'avoir payé si cher notre panneau publicitaire et d'être recouverts pendant la nuit. [...] Je l'ai revu une nuit en vidéo. Pour moi, c'est le film définitif sur la recherche du père. Je jouais le rôle de Jacques, j'étais comme Léaud pour Truffaut, travestie en fille, mais c'était ça. Pour lui, il s'agissait de se débarrasser de cette pesante idée du père qui est mort trop tôt avant d'avouer qu'il l'aimait[2]. »

Libération reparaît au lendemain de l'élection de François Mitterrand à la présidence de la République, juste à temps pour chroniquer l'album de Catherine Deneuve, enrichi d'un calembour foireux de son Pygmalion manqué : « Deneuve ? Non, d'occase ! » Celle-ci lui expédie aussitôt un télégramme cinglant :

> Vous ne serez jamais assez ivre à mes yeux pour justifier vos jeux de mots à *Libération* STOP Il faut savoir résister à certaines tentations STOP Vous ne pourrez jamais noyer vos regrets et malgré vos triomphes je sais que vous êtes inconsolable pour des raisons qui ont cessé de m'intéresser STOP J'avais de l'affection pour vous mais plus d'indulgence serait complaisant
>
> Catherine

1. Plusieurs reportages sont publiés par la suite, notamment dans *France-Dimanche* et *OK* au printemps, puis dans *Paris-Match* en novembre 1981.
2. In *Jane Birkin*, *op. cit.*

Gainsbourg grossier, poivrot, qui bat ses femmes et vomit cet alcool qui le rend mauvais... Rien dans son attitude au cours des dix-huit derniers mois ne le rend aimable. Mais le grand public ignore les conséquences les plus déplaisantes de sa dépression et sa popularité ne faiblit pas. Icône médiatique, il fait même son entrée au musée Grévin...

Intermède familial, Serge produit un 45 tours pour son neveu Alain Zaoui, baptisé Ravaillac pour l'occasion (depuis, il a opté pour Zackman[1]). Sa femme, Nicole, livre les détails...

Nicole Schluss : « Un jour, nous venions de rentrer des Etats-Unis, où Alain avait joué avec des musiciens de Zappa, et il fait écouter à Serge ses dernières maquettes. Celui-ci flashe sur un morceau intitulé "Discométèque" et lui arrange le lendemain un rendez-vous avec Alain Lévy, le grand patron de CBS : le contrat est signé, ils entrent en studio, Serge laisse Alain choisir les musiciens et puis vient le moment d'enregistrer les paroles... Alain commence : "Whisky à la main, clope au bec / La discométèque..." Serge l'arrête : "Qu'est-ce que tu racontes, c'est nul, ça va pas." Alain lui rétorque qu'il aurait pu lire les paroles avant mais Serge ne veut rien entendre. Long conciliabule en studio, à un moment Alain propose pour se marrer : "Ma queue à la main, joint au bec / La discométèque"... Serge aussitôt dit : "Génial !" sans prendre garde au garçon de la maison de disques qui se tortille dans son coin... Evidemment, c'est très peu passé en radio et après ça, Serge était un peu embêté, lui pouvait se permettre des paroles comme ça, son neveu c'était moins évident... »

Après un été plus calme, Gainsbourg attaque l'enregistrement de son nouvel album reggae, *Mauvaises nouvelles des étoiles*, aux fameux studios Island à Compass Point, aux Bahamas, du 21 au 27 septembre 1981[2], avec les mêmes musiciens que la fois précédente, choristes comprises. Son directeur artistique, en revanche, craint une inutile redite, ce qui sera effectivement souligné par les médias à la sortie de l'album, en novembre, argument balayé lorsque Serge explique, avec une certaine facilité, qu'il s'agit du second volet d'un diptyque.

Philippe Lerichomme : « Autant j'avais cru dès le départ dans l'aventure d'*Aux armes et caetera*, dont la marge d'erreur était pourtant

1. Il a signé sous ce nom la musique du titre « Love Slow Motion » sur l'album *A la légère* de Jane Birkin, paru en 1998, sur des paroles de MC Solaar.

2. Des studios fréquentés par les plus grandes stars du reggae, Bob Marley en tête, mais aussi par Grace Jones, Joe Cocker, les Rolling Stones, Talking Heads, Tom Tom Club, etc. Notons que Serge pourrait aisément exiger de passer plus de temps en studio : s'il s'alloue un budget de six jours (un prix de revient ridicule pour un album promis au moins au disque d'or), c'est qu'il en décide ainsi.

de 100 %, autant je pensais qu'il ne fallait pas refaire un deuxième disque de reggae et là, nos avis ont divergé, et c'est lui qui l'a emporté en me piégeant un jour devant les dirigeants de Phonogram, qui ne demandaient pas mieux de remettre ça[1] ! »

Dans l'avion qui le mène aux Bahamas, Serge reconnaît à sa nuque d'athlète l'un de ses héros, Cassius Clay. Timidement, il se lève et va lui demander un autographe pour Charlotte...

Au studio, l'ambiance n'est plus aussi cool que deux ans plus tôt. Cette fois, Robbie Shakespeare et Sly Dunbar se baladent sans arrêt avec le *Billboard* sous le bras[2], ils surveillent les classements des meilleures ventes, comptent les places gagnées par le dernier album de Grace Jones ou négocient un prochain enregistrement avec la chanteuse Gwen Guthrie. Ce ne sont plus des *musicos*, ce sont des valeurs boursières dont le tarif horaire se revoit constamment à la hausse. *Bad vibes* chez les rastas !

Bambou : « Quand ils étaient venus en France pour les concerts au Palace, Serge avait acheté à toute la bande des chaînes en or et ils avaient choisi les plus grosses parce qu'ils disaient que les gens chez eux les arrachaient pour les voler... Quand on les a retrouvés à Nassau, ils sont arrivés sans une tune en poche et toutes les deux heures il y en avait un qui venait nous taper de dix dollars en disant qu'il n'avait pas mangé depuis trois jours ! »

Comme la fois précédente, Serge est parti aux Caraïbes avec seulement les titres des chansons, dont il écrit les paroles aux cours de ces nuits blanches dont il a le secret. A cette époque, il carbure au *bullshot* (vodka, bouillon de bœuf, un jet de tabasco) que Bambou lui prépare et lui sert en studio. Après sa version d'« Overseas Telegram », l'album s'ouvre sur « Ecce Homo », voici l'homme :

Eh ouais, c'est moi Gainsbarre
On me retrouve au hasard
Des night-clubs et des bars
Américains, c'est bonnard

Extraordinaire invention que ce Gainsbarre, avec en guise d'additif l'inévitable calembour « Gainsbourg se barre, Gainsbarre se bourre ». Serge facilite la tâche des journalistes et animateurs télé pour les dix années à venir : leur entrée en matière est toute trouvée et le principal intéressé en usera et abusera jusqu'à l'overdose schizophrénique.

Eh ouais, cloué le Gainsbarre
Au mont du Golgothar

1. Interview par Pierre Achard pour le magazine *Notes*, *op. cit.*
2. Hebdomadaire des professionnels de la musique aux Etats-Unis.

Il est reggae hilare
Le cœur percé de part en part

Gainsbourg : « C'est de l'arrogance et en même temps, c'est des vannes que je m'envoie à moi-même. C'est pas du tout du narcissisme... Je vois pas pourquoi les grands maîtres feraient leur autoportrait et moi je ne ferais pas le mien. »

Philippe Lerichomme : « Ce nom, Gainsbarre, traduisait bien la dualité de Serge qui s'efforçait toujours de repousser les limites, au risque de les dépasser parfois : il y avait des moments où Gainsbarre m'échappait et allait peut-être trop loin, car le danger était de n'avoir plus aucune limite à repousser et de se retrouver de l'autre côté, au point de non-retour. Moi, je m'efforçais de mesurer, de maîtriser sa façon de jouer avec ses limites, ce qui n'était pas un rôle facile. »

J'ai un mickey maousse
Un gourdin dans sa housse
Et quand tu le secousses
Il mousse
J'ai un mickey maousse
De quatre pieds six pouces
Qui fiche aux blondes et aux rousses
La frousse

Gainsbarre le vantard devine ce que les « p'tits gars » attendent de lui : il est d'ailleurs ironique de constater qu'il est devenu une sorte de porte-étendard de ces *kids* dont il pourrait, à cinquante-trois ans, être le père ou même le grand-père. Le propos devient plus grave dans « Juif et Dieu » :

Et si Dieu était juif ça t'inquiéterait petite
Sais-tu que le Nazaréen
N'avait rien d'un Aryen
Et s'il est fils de Dieu comme vous dites
Alors
Dieu est juif
Juif et dieu

Il cite ensuite Einstein, l'Israélite Karl Marx et le trio bolchevique et sémite formé par Zinoviev, Kamenev et Trotski. L'algarade avec Michel Droit le turlupine encore. Il n'a pas supporté de devoir porter l'étoile jaune une seconde fois. Et il n'a pas dit son dernier mot aux paras qui l'ont empêché de jouer à Strasbourg...

Qu'est-ce qui t'a pris bordel de casser la cabane
De ce panoupanou puis sortir ton canif
Ouvrir le bide au primitif

Qui débarquait de sa savane
La nostalgie camarade

« Toi mourir », chanson paresseuse (1 minute 48 dont 50 secondes de *dub*), lui permet un amusant retournement de situation qui rappelle ce « Mamadou » écrit pour Sacha Distel en 1967 :

Toi moi donner parole
Que rhum agricole
Y'a bon bwana j'ai bu
Toi mourir

Dans « Negusa Nagast » il jette un regard condescendant mais lucide sur les croyances religieuses de ses musiciens jamaïcains :

L'homme a créé les dieux l'inverse tu rigoles
Croire c'est aussi fumeux que la ganja
Tire sur ton joint pauvre rasta
Et inhale tes paraboles

« Il y a un côté nazi dans toute religion, affirme Gainsbourg à l'époque. C'est du terrorisme. On va payer pour un milligramme de mal une éternité de souffrance. C'est inadmissible. Inadmissible. Inadmissible ! » Le mensuel *Rock & Folk* parlera bientôt d'un 33 tours « mystique, où Serge parle de Dieu et de sa mort : il se crucifie »... Et le journaliste de déplorer sa feignasserie : « Il assure au plus serré possible. Il se ménage et c'est son art de la litote qui y gagne. » De fait, sur douze titres, on trouve deux morceaux sans paroles (ou presque : « Bad News From The Stars », qui clôt l'album, 1 minute 26 secondes, ne contient que cette phrase, répétée en boucle par les I Threes).

Chanson tendre, « Shush Shush Charlotte » évoque des souvenirs de petite enfance, quand celle qui vient de fêter ses dix ans faisait encore « poupou dans sa culotte », puis s'achève de façon plus dramatique :

Sais-tu ma petite fille pour la vie il n'est pas d'antidote
Celui qui est aux manettes à la régie finale
Une nuit me rappellera dans les étoiles
Ce jour-là je ne veux pas que tu sanglotes
Shush shush shush Charlotte
Shush Charlotte shush shush

Gainsbourg le cinéphile s'est souvenu de *Hush... Hush, Sweet Charlotte*, polar horrifique de Robert Aldrich (USA, 1965, en français *Chut, chut, chère Charlotte*) avec Bette Davis, Olivia de Havilland et Joseph Cotten. Il en a même profité pour piquer le motif musical du film, un thème utilisé en particulier lors d'une scène où les personnages diaboliques interprétés par Cotten et de Havilland tentent de rendre folle Bette Davis, dans le rôle de Charlotte, pour la pousser, dans son hallucination, à commettre un crime.

Gainsbourg : « Sur cet album je retiens "Strike" pour ses rimes rares. Les rimes en "age" ou en "on", qu'affectionnait Brassens, ça je peux pas, il y a trop de pages dans le dictionnaire[1]... "Voyons, je me dis, je vais prendre une rime difficile, de genre 'erse' parce que je trouve que cela a une belle sonorité." Alors je cherche, je note Perse, poppers, herse, exerce, diverse, sesterce, Artaxercès, inverse et ça donne ceci. »

> Des British aux niakouées jusqu'aux filles de Perse
> J'ai tiré les plus belles filles de la terre
> Hélas l'amour est délétère
> Comme l'éther et les poppers

Récréation après cet exercice qui montre son habileté à user de ce dictionnaire de rimes dont il ne se séparait jamais, les 2 minutes et 48 secondes de vents, de pets et de poums d'« Evguénie Sokolov », prolongement chaloupé, hilarant et pas très raffiné de son opuscule publié six mois plus tôt à la NRF : « Les rastas ont été choqués par l'enregistrement des prouts, se souvient Bambou. Le mec qui mixait a failli ne pas le faire, Serge a été obligé de leur expliquer l'histoire de son livre pour les décider à enregistrer mais visiblement ça ne leur plaisait pas, il pensait que Serge insultait leur musique ! »

« Il y a quelqu'un en France qui écrit ses *Fleurs du mal* et qui ne s'appelle pas Baudelaire », déclare Patrice Blanc-Francard sur France-Inter ; Lionel Rotcage renchérit dans *Le Monde de la musique* : « Entre Bacon et Picabia dans sa période Monstres »... Commentaire de Bayon dans *Libération* : « L'album le plus fumiste — et partant le plus fameux, peut-être — de sa carrière. 100 % reggae. 100 % pathétique. 100 % émouvant. 100 % provocant. 100 % magistral. Du Gainsbourg, plus cynique et élégant que jamais, plus urgent et plus "par-dessous la jambe" aussi... » A la sortie de l'album, lors d'une interview accordée au même Bayon, Gainsbourg met en scène sa mort[2]. Il imagine un suicide, en 1989, d'une seule balle dans la nuque. C'est de six pieds sous terre qu'il répond au reporter :

> Bayon : Est-ce que maintenant que tu es mort, on va t'édifier un mausolée de grand artiste ?

---

1. A la mort de Brassens, le 31 octobre 1981, Gainsbourg dit à Jane : « Maintenant il ne reste plus que moi. »

2. Entretien d'autant plus légendaire que Bayon en publia la version intégrale, dix ans plus tard, au lendemain de sa disparition (ce qui permit à *Libération* de faire un des plus gros cartons de sa carrière : 800 000 exemplaires), puis en réutilisa de larges extraits dans *Serge Gainsbourg mort ou vices*, publié aux Editions Grasset en 1992.

Gainsbourg : Un peu plus tard... Il faut qu'on comprenne ma démarche. Pas tout de suite. D'ailleurs, c'est absolument inutile. Inutile de survivre par ses actes, par ses œuvres. Vouloir se survivre, c'est d'une arrogance monstrueuse. La seule façon de se survivre, c'est de procréer. Comme les chiens.

Jane Birkin : « Serge n'aime pas l'idée de mourir, il croit que ça ne va pas lui arriver. Comme un gosse, il pense qu'il va se faire gronder, qu'il va dire : "Je ne le ferai plus" et qu'on lui laissera un nouveau sursis et puis il recommencera ses bêtises, bien sûr. Serge est un suicidaire optimiste. C'est un flambeur à la russe : pourquoi préserver ? Pourquoi vivre mieux ? »

Gainsbourg : « Mon infarctus, c'est une grenade qui est dégoupillée mais qui n'a pas encore explosé. Et puis, je suis maître de mon destin et pas l'inverse. Je travaille énormément, c'est vrai. L'agression est une de mes rythmiques... Le but n'est pas de déranger, le but est de me speeder. L'agression n'est pas au premier degré, elle est intellectuelle. C'est une motivation pour ma survie, sinon c'est simple, je me flingue. »

22

Fuir le bonheur de peur qu'il ne se sauve

En novembre 1981, au moment où sort *Mauvaises nouvelles des étoiles*, une charmante petite chanteuse nommée Claire d'Asta se balade dans les classements des périphériques (elle grimpe jusqu'à la 8e place du hit-parade de RTL) avec sa version au parfum country, vingt ans après l'original, de « La chanson de Prévert ». Son auteur la suit de près : le 14 février 1982, Gainsbourg se classe 5e du même hit-parade de RTL avec « Ecce Homo », derrière France Gall (« Tout pour la musique »), Chagrin d'Amour (« Chacun fait c'qui lui plaît »)[1], Jacques Higelin (« Tête en l'air ») et Nana Mouskouri (« Je chante avec toi liberté »).

Fin 1981, Gainsbourg signe la réalisation d'un court métrage de cinq minutes intitulé *Le Physique et le Figuré*, sponsorisé par le Comité français des produits de beauté et mettant en scène un mannequin superbe, Alexandra, s'adonnant aux joies de la toilette et du make-up. Commentaire de l'auteur :

> Images en couleur mais décor traité en noir et blanc. Baignoire circulaire de marbre noir, dalles de marbre blanc, miroir cerné d'ébène. La caméra surplombe Vénus sortant lentement du bain. Elle se rapproche. Nudité à sublimer, cheveux ruisselants, caméra arrive au sol, frôler les reins nus et suivre les jambes qui sortent de l'eau. La fille vient s'agenouiller devant le miroir. Le sol est jonché de centaines de flacons de cristal. Vénus commence par se brosser les cheveux puis vient le cérémonial des huiles, des onguents et des fards. Nous finirons par les poudres, le rimmel et le rouge à joues et à lèvres.

---

1. Le chanteur de ce duo épatant, le regretté Gregory Ken, soignait un *look* très gainsbourien : certes la chanson (qui raconte une virée nocturne dans les bars puis dans un hôtel avec une fille) l'y invitait, mais à la première vision du clip vidéo, la similitude était assez saisissante.

La musique de ce petit film, projeté en salle dans 250 cinémas des grandes villes de France du 14 au 27 octobre 1981, est naturellement signée Gainsbourg, qui fait appel pour l'avant-dernière fois à celui qui l'épaule pour ce genre de boulot depuis plus de cinq ans.

Jean-Pierre Sabar : « C'était, je crois, la première expérience techno en France. A l'époque, je travaillais avec Maxime Le Forestier et Georges Rodi, qui était un spécialiste du synthétiseur et qui, comme moi, était fan du groupe allemand Kraftwerk. Serge a emprunté un thème à Stan Kenton et nous l'avons traité à la sauce électronique. »

Du temps de Jane, Serge avait à plusieurs reprises publié des photos de charme, parfois carrément torrides[1], dans différents magazines tels que *Lui*, *Photo* ou *Playboy*. Cette fois, les éditions Filipacchi lui commandent un recueil de clichés mettant en scène Bambou, dont la parution est programmée pour novembre 1981. En huit jours, il leur livre les photos et les légendes de *Bambou et les poupées*, érotisme glacé, dominante de bleu électrique et de rose blême, partouze surréaliste où l'on ne peut plus distinguer l'être humain des mannequins désarticulés.

> Mortes, grimées, elles abusent l'enfant
> L'enfant phénix qui renaît du latex...

Serge s'explique de l'érotisme dur et malsain de *Bambou et les poupées* à Georges-Marc Benamou dans *Elle* le 15 février 1982 :

> Pour moi, l'amour, ce sont des alcôves et le trouble des interdits. L'amour doit être quelque chose de glauque et de caché. Caché des autres. Par ailleurs, je ne suis pas un homme libéré, au sens où on veut bien l'entendre : je trouve que mon éducation, bourrée d'interdits, est intéressante, car ainsi je peux mener ma vie à la manière d'un pornographe privé. Une éducation sans interdits mènerait à l'impuissance, mènera toutes les générations à l'impuissance. [...]
>
> Une fille sans tabou est une mauvaise amoureuse. S'il n'y a pas d'interdit, si l'on perd le sens des voies interdites, alors je ne vois pas d'où viendraient les excitations ! La femme moderne fera des tas d'homosexuels dans l'avenir, parce qu'elle se veut libérale [...] Moi, je suis très conservateur là-dessus. Je suis un réac amoureux.

Pudique et timide, sous son masque d'obscénité, Serge se confesse à la même époque dans *Le Quotidien de Paris* :

> La timidité ? Le stade suprême veut que l'on soit timide avec soi-même, et que l'on n'ose pas s'approcher. On ne fait que se moumoyer, on n'arrive

1. La fois où elle avait aperçu celles montrant Serge, un fouet à la main, avec à ses pieds Jane, nue, menottée au radiateur, Judy Campbell-Birkin, sa mère, avait conseillé de ne pas les montrer tout de suite aux petites filles...

pas à se tutoyer. Quant à se vouvoyer, ce serait l'aristocratie de la timidité. Je ne dis pas cela gratuitement : si je me croise à poil devant une glace, je me cache le sexe... En fait, la timidité est un excès de narcissisme. Cela dit, je ne pratique pas le narcissisme, mais quelque chose de beaucoup plus vicieux : l'onanisme par personne interposée.

Une légende au hasard :

Mardi quatorze heures quinze

Premiers symptômes de photophobie. Recherche de clairs-obscurs et de contre-jours. Abuse de Bambou comme un légionnaire au Tonkin. Elle pleure jaune et riz blanc. Ma petite princesse de Chine s'enroule dans les spirales du lit, œil et entrejambe en amande. *Nice girl.* A la visée reflex, je dois reconnaître que la gamine a un cul de Rolls-Royce. Ne lui manque que la plaque minéralogique citron vert de LA. Je glisse ma caméra sous le châssis, elle son ongle carmin dans le tuyau d'échappement. Arrêt image.

Bambou : « Il voulait faire un bouquin sur moi et il avait d'abord pensé m'entourer de poupées gonflables, moi qui n'en avais jamais vu de ma vie ! Heureusement, nous avons découvert ces très jolis mannequins, utilisés pour des vitrines de magasin... J'ai passé huit jours dans un studio où tout était noir, des heures dans la même position avec le pied complètement tordu, je n'en pouvais plus ! Les séances débutaient à 14 heures et se finissaient à l'aube. Dès que je bougeais un peu je me faisais engueuler, mais plus Serge était bourré plus il avait des idées, donc les séances n'en finissaient pas, à tel point qu'on s'est retrouvés à la fin avec plus de 5 000 photos pour faire un bouquin de même pas 100 pages ! Pendant une semaine on a maté toutes les diapos, où je ne suis pas vraiment à mon avantage, mais ça me changeait de mon travail de mannequin... »

Ces images sophistiquées préfigurent-elles un retour à la peinture ? Il en parlait de manière récurrente depuis quelques années déjà. Il évoquait parfois une « toile unique mais définitive » qui le réconcilierait avec ces arts majeurs dont le souvenir le tourmentait toujours autant...

Gainsbourg : « J'ai repéré en face de chez moi, chez un antiquaire, un chevalet XVIIIe que je vais acheter. Je transformerai sans doute l'ancien petit boudoir de Jane en atelier et d'ici quelques années je ferai quelques toiles, c'est décidé. Quand j'aurai arrêté tout ce cirque. Un jour je vais me calmer. Je reviendrai aussi à l'écriture. J'aime le silence de l'écriture, la plume qui crisse sur le papier vierge. »

Le 29 novembre 1981, arborant un épouvantable œil au beurre noir et une arcade sourcilière explosée, Serge est invité à la télé au journal de 13 heures présenté par Philippe Labro. Suite tardive à l'affront de Strasbourg, il raconte avec sa tête de cauchemar comment trois paras l'ont secoué et tabassé alors qu'il rentrait chez lui peinard, « à l'heure du laitier ». La vérité est tout autre : la veille, il avait dîné chez son ami Jacques Wolfsohn, en compagnie de Bambou et de Bertrand de Labbey, et il était soigneusement allumé, jusqu'à atteindre le stade horrifique du *delirium tremens*.

Bertrand de Labbey : « C'est de très loin mon pire souvenir. Ce soir-là, il nous a mis très en colère, Wolfsohn et moi. Serge jouait à se mettre en danger : il avait commencé par me demander de dire à Bambou combien je la trouvais jolie. C'était son côté gribouille : il devait me trouver jeune et séduisant et me demandait cela par peur que j'aie l'idée de le faire derrière son dos. Quand il avait bu il me reconnaissait à peine, c'en était vexant... Puis il s'est mis à se cogner, à se taper la tête contre les murs, c'était horrible, je suis resté avec Wolfsohn parce que nous avions peur qu'il meure dans la nuit tellement ça allait loin, il perdait du sang, il avait dans ces moments-là une volonté de destruction, de se faire mal, absolument incontrôlable. »

Ayant retrouvé un semblant de lucidité, en direct devant des centaines de milliers de téléspectateurs, Serge retourne l'incident à son avantage, du moins le croit-il, en tentant une pitoyable manipulation, pour qu'on le plaigne. Autre mini-scandale à la télévision, au journal de 20 heures sur TF1, en décembre, à propos de la question polonaise (c'est l'époque de la normalisation et de l'état de guerre instauré par le général Jaruzelski), lorsqu'il déclare : « Je n'ai que cinq mots pour la décrire : les Soviétiques sont des enculés[1]. »

Le 13 décembre, il est au cœur d'une nouvelle polémique lorsqu'il s'achète un manuscrit de la Marseillaise, de la main de Rouget de Lisle, lors d'une vente aux enchères à Versailles. Il ne s'agit pas de l'original de 1792, perdu dans la tourmente révolutionnaire, mais d'un des deux exemplaires authentiques signés par l'auteur de l'hymne patriotique, daté du 7 août 1833 et adressé au compositeur Luigi Cherubini. Pour l'obtenir, Serge est prêt à dépenser une fortune. Il obtient le document pour un peu plus de 130 000 francs. Il y tenait d'autant plus qu'à chaque refrain, on lit clairement « Aux armes et caetera », le compositeur lui-même n'ayant pas voulu répéter le texte complet ! Un spectateur septuagénaire de la salle des ventes, outré, au bord de la syncope, siffle à un journaliste : « C'est lamentable, scandaleux, dire que je n'ai plus vingt ans pour le lui arracher des mains ! » Parmi les autres réactions, celle publiée dans le courrier des lectrices du *Journal des orphe-*

1. Ceci au moment où des communistes (parmi lesquels Charles Fiterman et Jack Ralite), encore inféodés à l'URSS, occupent quatre postes importants dans le gouvernement Mauroy, et que Georges Marchais, Premier secrétaire du PC, parle de « bilan globalement positif » en évoquant le régime soviétique.

lines de guerre : « Le ministère des Armées et surtout celui de la Culture n'auraient-ils pas dû se porter acquéreurs ? Sommes-nous encore des Français ou bien sommes-nous des apatrides pour laisser se produire de telles choses ? » Dominique Jamet dans *Le Quotidien de Paris* du 15 décembre :

> Nul ne peut [...] être assuré du sort que réserve le sinistre Gainsbourg à la partition originale [...]. Certes, l'immonde personnage s'est engagé à mettre sous verre le joyau historique qui est désormais sa propriété légale et à l'accrocher au-dessus de son piano. Mais peut-on faire confiance [...] au profanateur qui a osé mettre d'autres paroles, un autre air et un autre titre à l'hymne national et faire un tabac avec « Aux armes et caetera » ? L'homme, qui n'a pas craint de trousser de petits couplets sur l'air sacré et d'abreuver ses microsillons d'un chant impur, est capable de tout : aussi bien de cracher chaque matin sur ce que Rouget de Lisle, lui-même, appelait ses « vieilles sornettes », que de s'essuyer les pieds dessus, d'opérer un détournement en solo mineur, bref, de lui faire subir les derniers outrages ? Cela dit, ne sommes-nous pas un peu tous responsables ? Dans un pays où tant de bons Français font passer la frontière à leurs millions pour les soustraire aux féroces soldats d'un gouvernement illégitime, comment se fait-il qu'aucun patriote n'ait trouvé au fond de ses poches 135 000 francs pour empêcher au rasta de mettre ses sales pattes sur la Marseillaise ? Pauvre France, comme dirait Jean Cau !

Gainsbourg : « Le retour de Versailles fut grandiose. J'étais accompagné par Phify, garde du corps, videur au Palace, d'origine polonaise. Il y avait Bambou, ma petite amie, une Niak. Moi je suis russe, juif et la voiture, c'était une Chevrolet, une américaine ! Et sur la banquette arrière y'avait le manuscrit original de la Marseillaise ! Etonnant ! »

Bourré comme une outre, il se présente ensuite, le samedi 3 janvier 1982 sur TF1, à *Droit de réponse*, dont c'est seulement la quatrième édition : ce « fleuron de la télé Mitterrand », présenté en direct par Michel Polac, se veut un espace de liberté totale (qu'aucune émission de débat n'a d'ailleurs réussi à égaler depuis). Cinq millions de téléspectateurs sont au rendez-vous alors que Polac consacre une émission à la mort de *Charlie Hebdo*, hebdomadaire satirique (ressuscité depuis) qui avait fait les beaux jours de la contestation sous Pompidou puis sous Giscard. Autour du Professeur Choron [1], les agitateurs légendaires du canard dont s'était délectée une génération entière se comportent comme une bande de vieux poivrots plus pitoyables que « bêtes et méchants », leur slogan depuis des lustres. Des incidents se produisent en coulisse entre Jean Bourdier, le romancier A.D.G. (deux colla-

1. Avec qui Gainsbourg avait réalisé deux romans-photos bien crades publiés dans *Hara-Kiri Mensuel*.

borateurs de *Minute*, canard d'extrême droite), le dessinateur Siné (qui leur hurle dessus) et Phify, le garde du corps de Gainsbourg qui s'interpose avec son cran d'arrêt. Parmi les autres invités, des lycéens qui sont insultés par Choron lorsqu'ils avouent ne pas lire *Charlie Hebdo*, qu'ils ne trouvent pas amusant, le chanteur Renaud, Jean-François Kahn des *Nouvelles littéraires* et Dominique Jamet du *Quotidien de Paris*. L'émission tourne rapidement à la foire d'empoigne, le chahut est indescriptible, et au cœur de ce non-événement navrant, Gainsbarre se contente de contribuer au bordel ambiant en émettant un maximum de pets, alors qu'il s'amuse à gonfler et dégonfler un ballon de forme phallique, avant d'insulter les polémistes de *Minute* à propos du concert de Strasbourg, deux ans plus tôt, en les accusant de délation : « Les paras, je les ai mis au pas ! » finit-il par glapir, la langue pâteuse. Polac diffuse un magnéto pour ramener le calme, mais l'émission vire à la castagne : les chaises se mettent à voler, tout comme des chapelets de gros mots jamais entendus à la télévision à une heure de grande écoute. Le lendemain, Michel Polac se voit contraint de s'excuser au journal de 13 heures sur TF1.

Deux jours après cette navrante exhibition, *Minute* se déchaîne et publie l'adresse de Gainsbourg : du coup, le 9 janvier 1982, une bombe fumigène est lancée devant la maison de la rue de Verneuil, de celles utilisées par la marine en cas de détresse, dégageant une fumée orangée très épaisse. L'alerte est donnée par les voisins alors que Serge, chez qui loge sa fille Charlotte, aperçoit la fumée passant sous la porte : « Je ne savais pas ce qui se passait dehors. Tout aurait pu être possible », déclare-t-il ce soir-là à la police.

Les suites de la séparation sont très tristes pour les fillettes. Kate et Charlotte grandissent vite : mental d'adultes, physique de nymphettes... Les nuits de Paris n'ont plus de mystère pour la petite Barry qui n'a pas encore quinze ans mais sort déjà non-stop : Elysée-Matignon, Palladium, Apocalypse, l'adolescente noctambule donne du fil à retordre à sa pauvre maman... Un jour, Jane en a tellement marre qu'elle demande à Serge de faire interdire à sa fille aînée l'entrée de toutes les boîtes de nuit : le lendemain, pas bête, elle se fait couper et teindre les cheveux. Kate revoit Serge mais ils ne savent plus communiquer. L'homme qui l'a élevée est blessé et se sent trahi, parce qu'il sait qu'elle revoit son papa, John Barry, à qui elle a pardonné de les avoir abandonnées, elle et Jane. Pendant un moment, ils sont comme chien et chat, alors qu'il s'efforce, maladroitement, de jouer encore son rôle de père : un soir, lors d'une violente dispute, ils se balancent des assiettes à la figure ; il s'inquiète de la voir autant sortir en boîte, où elle fréquente forcément des gens louches, y compris des dealers : « Tu vas mourir ! Tu vas te faire flinguer ! Tu déconnes ! » Puis ils pleurent dans les bras l'un de l'autre et se disent pardon...

Quant à Charlotte, l'exquise esquisse, elle s'est mise au piano : tant qu'elle vivait rue de Verneuil, elle n'avait jamais osé toucher au Steinway, de peur que la cacophonie n'exaspère son papa. Lorsque Jane lui avait offert un violon, Serge avait refusé qu'elle y touche. Elle se rattrape en suivant des cours à Pleyel ; cette fois, Serge est fier de sa fille, il lui demande de lui jouer des trucs et s'amuse à faire le prof. Un jour, alors qu'elle tapote une étude de Chopin, il est intrigué et lui demande de rejouer ces quelques notes... Trois ans plus tard, il s'en souviendra au moment de composer « Lemon Incest »...

Le septième art le démange toujours autant : c'est pourquoi il a accepté avec empressement de réaliser une rubrique de la toute première édition de *Cinéma Cinémas*, diffusée sur Antenne 2 le 19 janvier 1982 en seconde partie de soirée[1]. Dans *Lettre de cinéaste*, Serge raconte son enfance en promenant sa caméra dans les rues du 9e arrondissement, sur fond de *Rhapsody In Blue* de Gershwin. « Mon passé ne m'a rien appris, dit-il en voix *off*, sinon que le meilleur moyen de conserver la vie, c'était de la laisser aller à la dérive et de voir ce qui se passerait. Les rapports entre les vivants devraient peut-être changer de temps en temps, comme une peau qui doit être abandonnée, parce que ce qui se développe dessous est différent, peut-être plus grand. Il se peut que pour conserver des rapports nous devions les rejeter de temps en temps pour voir s'ils se reforment d'eux-mêmes. Et s'ils ne se reforment pas, c'est alors que ça ne devait pas être. »

Nul ne sait précisément à quelle époque il travaille sur le scénario du film *Colle Girl*, dont le texte (inachevé) fut découvert par Franck Lhomeau et publié dans le recueil *Movies* (Editions Joseph K., 1994). Jamais évoqué en interview, on sait seulement qu'il se situe entre 1980 et la mise en chantier d'*Equateur*. Représentatif des autres scripts rédigés par la suite, la part consacrée aux détails techniques, aux focales, aux observations à son chef-opérateur est bien plus importante que l'histoire ou les dialogues. Gainsbourg fantasme le cinéma plus qu'il ne l'écrit : il détaille minutieusement des plans qu'il ne tournera jamais, anticipe un découpage technique qui n'intervient normalement pas à ce stade de l'écriture, il abuse de jargon et oublie le principal.

1. A la même époque, il participe au premier numéro de *L'Impeccable* de Philippe Manœuvre et Jean-Pierre Dionnet, magazine consacré à la bande dessinée et diffusé dans le cadre des *Enfants du rock*, sur Antenne 2 (pour la petite histoire, Serge avait déjà parlé de bande dessinée en janvier 1972, dans l'émission *Comic's Club / Petits dessins pour grandes personnes* de Jean-Christophe Averty).

Comment séduire les producteurs avec l'histoire à huis clos d'une prostituée qui reçoit à domicile et reprend sans cesse une conversation téléphonique avec son mac, entre deux clients ? Extrait :

> Contre-champ. Amorce Angela dos caméra dans l'axe du claquement de la porte.
>
> Cut. Caméra en plongée. Contre-champ évident. Dolly. Retournement Angela. Travelling avant rapide téléphone décroché au pied du lit en point de mire tel un atterrissage de jet. Nous perdons Angela un instant caméra en déport au ras du sol pour finir en close-up sur l'appareil téléphonique décroché. Continuer, entrée de champ droite caméra des mains d'Angela.
>
> Toujours à la Dolly. Angela s'assied jambes écartées, ce qui implique une plongée, trente-deux ou vingt-cinq, mon héroïne à contre-stores à même le sol adossée au sommier se saisit de l'appareil qu'elle pose sur sa cuisse gauche et dans un même temps du récepteur qu'elle porte à sa bouche et oreille. Arrêt Dolly. Cadrage à chiader. Note au chef-op, pute dans le schwarz telle une terroriste de l'IRA.

Dans son numéro du 15 février 1982, l'hebdomadaire *Elle* met Gainsbourg à l'honneur : ce dernier photographie Bambou, habillée par Azzedine Alaïa[1], et la partie interview est confiée au futur rédacteur en chef de *Globe*, Georges-Marc Benamou à qui il parle, c'est tout à fait inattendu, des deux enfants qu'il a eus de son second mariage, même s'il souhaite que sa vie passée « reste dans le brouillard de l'anonymat » : « J'ai une fille de seize ans. J'ai aussi un garçon, personne ne le sait. Il a quatorze ans. Il est très beau. Il est à moi, je l'ai reconnu. » Puis il confirme ce qu'il disait déjà au début de son histoire d'amour avec Jane Birkin, que la femme doit garder « une aura de disponibilité » :

> Dans la réalité ce n'est pas une aura, c'est l'horreur ! Une fille qui n'existe que pour un seul homme perd sa brillance comme les perles non portées. Une fille indisponible est morte pour les autres. La femme se doit d'être une garce ! Ceci est une démarche intègre, mais seulement quand c'est moi qui télécommande la disponibilité [...] L'amour par personne interposée, cela compte énormément ; comme a priori, moi je ne m'aime pas, alors je préfère que l'on m'aime.

Avec Bambou, la vie suit son cours, émaillée de disputes épouvantables et de tendres réconciliations. Dans un restaurant russe, du côté de Montparnasse, se déroule cette scène relatée dans son livre autobiographique *Il et Elle* :

1. Seront également publiées en 1982 dans *Playboy* des photos signées Bettina Rheims montrant Gainsbourg travesti en femme, en tailleur Chanel, les jambes gainées de bas de soie, formant un couple infernal avec le fidèle Phify ; cette mise en scène anticipe de deux ans la couverture de l'album *Love On The Beat*.

Ils se font vaguement la gueule, en y mettant un minimum de politesse. Elle ne sait plus vraiment pourquoi ça a commencé. Connement, à tous les coups. Ah oui ! elle a mis trop de temps à se préparer... Silence dans le taxi, ils arrivent, terminus tout le monde descend.

L'entrée dans le resto est plutôt calme. Ils se dirigent directement vers le bar, leur table est prête mais il désire prendre un verre avant. Il demande un Daiquiri, elle qui ne boit presque jamais demande la même chose. Il la regarde, étonné. Elle déteste l'alcool, elle boit cul sec, repose son verre en essayant de ne pas trop grimacer. Lui prend son temps, boit un deuxième verre, la tension monte.

— Pourquoi tu t'es fringuée comme ça ?

— Parce que j'en avais envie. Si ça te plaît pas, c'est pareil !

— Très bien, allons dîner ! [...]

Le restaurant est plein. Silence, elle n'a pas envie de lui parler. Deux fois elle s'est changée pour lui, mais ça ne lui plaisait pas, donc au final, la tenue n'est pas vraiment adéquate. Au menu, vodka accompagnée de bortsch. Elle a commandé de l'eau. L'idée de boire davantage d'alcool lui déplaît.

— Alors, on ne tient pas la route ? ironise-t-il. Un Daiquiri et t'es paf. D'ailleurs, joli duo avec ta tenue... T'as tort. Un petit verre, t'es sûre, non ?

— Va te faire voir, tu m'emmerdes !

Se levant brutalement, elle renverse la table sur lui, chope son blouson et, sans attendre son reste, se tire en courant. Dehors, elle avait oublié, Paris est couvert de neige. Pas grave, elle se met à courir en pensant que, de toute façon, s'il essaie de la rattraper, il ne pourra jamais : elle est plus rapide que lui.

Boulevard du Montparnasse, elle cherche un taxi, manque de bol, aucun. Elle continue de courir de toutes ses forces au milieu de la chaussée. S'il la chope, ça va être sa fête. Une bonne minute s'est écoulée depuis qu'elle a mis les voiles. Soudain, son cœur bat plus fort : elle vient d'entendre quelqu'un qui court derrière elle. Non, impossible, ça ne peut pas être lui. Les pas se rapprochent, elle n'ose pas se retourner. Le boulevard défile à toute vitesse, elle commence à être essoufflée, mais la course continue !

Brutalement on la tire par les cheveux, elle glisse, se casse la gueule, il tombe sur elle, la plaque au sol.

— Alors on voulait se sauver !

Il est hors d'haleine. Elle n'en revient pas, il n'a pas l'air en colère, il se marre.

— Tu ne peux pas m'échapper comme ça. Allez, on fait la paix !

Il se penche et l'embrasse.

Reprenant leur souffle, ils restent enlacés dans la neige[1].

En mars 1982, pour l'émission *Ciné-Parade* de Claude Villers, Serge réalise un court métrage s'inspirant de *Scarface*, un de ses films favoris,

1. In *Il et elle*, *op. cit.*

(la première version, signée Howard Hawks, en 1932, avec Paul Muni et Anne Dvorak ; le remake de Brian de Palma avec Al Pacino et Michelle Pfeiffer ne sortira qu'en 1983). Alors que Claude Chabrol propose la déclinaison d'une séquence de *M. le Maudit* avec Maurice Risch, Serge change la règle du jeu cinématographique proposé par Villers et écrit une scène qui n'existait pas dans le film d'origine, centrée sur les rapports entre Tony Montana, alias Scarface, et sa sœur Cesca, respectivement interprétés par Daniel Duval et Jane Birkin. Traitée par sous-entendus dans le film de Hawks, cette relation le sera beaucoup plus crûment dans la version de Palma. Pour Serge et Jane, dont ce sont les premières retrouvailles professionnelles, la situation est délicate.

Jane Birkin : « J'étais un peu intimidée, c'est drôle quand on n'a pas les mêmes rapports : je me suis pointée comme actrice, et pendant ces trois jours je n'ai pas dormi, ou peut-être une heure ou deux, d'épuisement. J'étais tellement nerveuse, je me savais très peu belle et fatiguée avant de commencer, parce que je redoutais le moment où je tournerais avec lui. Il a été un ange, il n'a été que douceur et gentillesse, j'étais très flattée[1]. »

Avec Daniel, les virées nocturnes sont toujours d'actualité. Une anecdote entre cent...

Daniel Duval : « Une nuit qu'on se faisait chier à l'Elysée-Matignon, au milieu de la grande bourgeoisie française, on est partis à Pigalle, dans un bar dont on connaissait le patron, et on l'a loué pour la nuit. On a juste gardé deux putes avec nous, on a fermé le troquet et jusqu'au petit jour, on s'est amusés à faire tour à tour le barman, le client et le serveur. On a passé notre nuit à jouer une vie qui n'était pas la nôtre et au petit matin on a pris le champagne, aux premiers rayons du soleil, avant d'aller se coucher. »

Pour tromper son spleen et payer ses impôts (excuse officielle, comme s'il y avait un argent propre, celui des droits d'auteur par exemple, et un argent sale, tout juste bon pour le percepteur), Serge s'est aussi remis à la pub. En 1980 déjà, il avait obtenu un Lion d'argent à Cannes pour un petit film épatant réalisé pour le compte des lave-vaisselle silencieux Brandt : on y voyait un mec entrer dans sa cuisine en claquant des doigts, puis il agitait un paquet de riz, percussionnait à tout va, muni de deux cuillers en bois, sur des casseroles, des bouteilles, une théière... Paroxysme rythmique en vingt secondes top chrono. En 1981, il avait tourné un spot pour les biscuits Roudor Saint-Michel. Un an plus tard, coup sur coup, il enchaîne des films pour les jeans Lee Cooper, la Renault 9, les soupes instantanées Maggi

1. Mélange de déclarations faites à l'auteur et à Gérard Lenne pour son livre *Jane Birkin*, *op. cit.*

(« du velouté pour ma louloute »), et la limonade Gini, pour qui il signera trois spots entre 1982 et 1984, en commençant par ce couple de top-models[1] ondulant autour d'un frigo bourré jusqu'à la gueule de bouteilles verdâtres. En prime, pour faire plaisir à l'annonceur, alors qu'on ne lui demande rien, Serge persiste et paraphe : « J'ai filmé Gini et j'ai aimé... » Son seul plaisir n'était-il pas que l'annonceur ou son pote Séguéla l'appelle pour lui dire que c'est formidable ?

Cinq mois après sa sortie, l'album *Mauvaises nouvelles des étoiles* s'est déjà écoulé à plus de 150 000 exemplaires. Erreur de stratégie, en revanche, du côté des 45 tours : il n'aurait pas fallu coller en face B de « Ecce Homo » le seul autre morceau potentiellement tubesque, en l'occurrence « La nostalgie camarade ». Résultat, Philips est à court de munitions pour le second extrait : à cause de son refrain gentiment enfantin, « Bana Basadi Balalo » est choisi et envoyé au casse-pipe, mais le titre ne va pas même effleurer les basses régions du hit-parade de RTL. Peut-être aurait-il fallu réécouter les paroles qui, elles, n'avaient rien d'une comptine :

Bana Basadi Balalo
Dialecte bantou
Bana Basadi Balalo
Trois petits zoulous
Bana Basadi Balalo
Sont partis en guerre
Bana Basadi Balalo
Contre les Boers

Après un mois de repos au Mas de Chastelas à Saint-Tropez, pour se remettre de ses excès, Serge reçoit en mai 1982, des mains de Pierre Lescure, directeur des programmes de variétés d'Antenne 2, un nouveau disque d'or pour son dernier album. Ceci en avant-première de la diffusion, le 23 mai 1982, de l'émission spéciale *Enquête sur une vie d'artiste*, un excellent portrait réalisé par Pierre Desfons, avec Gérard Lanvin dans le rôle du détective qui s'identifie à celui qu'il piste sans répit. La Québécoise Diane Dufresne y fait une apparition avec une chanson inédite signée Gainsbourg, « Suicide » :

Je m'verrais bien sur un pain de plastique
Comme Larousse semer à tous les vents
Mes quatre membres et moi crevant
De cette chirurgie esthétique

---

1. Dont Pierre Cosso, le mignon aux yeux bleus qui avait joué l'amoureux de Sophie Marceau dans *La Boum*, énorme succès dans les salles en 1981.

Durant la même période, nouvel épisode avec Julien Clerc et anecdote révélatrice.

Julien Clerc : « Je vous ai expliqué comment il m'arrivait de l'enfermer en studio pour être certain qu'il bossait sur les chansons que je lui avais demandées. C'était pas très sympa mais je pouvais pas faire autrement... Et en plus, de temps en temps, je l'espionnais en ouvrant le micro d'ordre. C'est ainsi qu'une fois je l'ai surpris en pleine discussion avec Bambou ; je n'écoutais pas vraiment, je percevais des bribes, des ricanements.... Mais à un certain moment il a levé la voix et j'ai entendu cette phrase géniale : "Arrête, j'te connais comme si j't'avais défaite !" Je me suis dit aussitôt : "Il faut qu'il m'écrive une chanson sur ce thème !" »

Malheureusement, au mixage, le producteur a transformé la mélodie plutôt aérienne, signée Julien, en boum-boum lourdaud...

Petite tête
Brûlée
Rien ne t'arrête
Moi j'te connais
Comme si je t'avais
Défaite

Les chansons fortes de ce nouvel album (*Femmes, indiscrétion, blasphème*) s'intitulent « Femmes... je vous aime », « Lili voulait aller danser » et « Cœur de rocker », titre dont Serge décèle à la première écoute le potentiel commercial (il se consolera en faisant une fugitive apparition dans le clip de cette chanson) [1].

Pour Philippe Dauga, le chanteur de Bijou qui se livre à un premier exercice en solo, il se fend également d'une chanson :

Je sais jamais pourquoi
Soudain tu me fais la gueule
Est-ce de ma faute à moi
Si le tourne-disque dégueule

Philippe Dauga : « J'étais parti enregistrer à Londres et Gainsbourg devait me faire les deux faces d'un simple. Bien sûr il les a écrites en dernière minute, j'ai dû l'appeler de là-bas et j'en ai eu pour 200 livres de téléphone. La face A c'était "J'en ai autant pour toi" et l'autre "Adieu Bijou", mais j'ai eu les foies et je ne l'ai enregistrée qu'un an plus tard. Le groupe n'avait pas encore splitté et je me demandais :

1. En 1985, il y aura encore une chanson, en guise de conclusion, « Amour consolation ». Cette fois, pour ne plus être incarcéré par son tortionnaire, Serge dicte à distance ses *lyrics* à Julien Clerc : « Amour consolation / C'est d'jà ça de pris sur la vie / Sans lui désolation / Plus de soleil / Tout devient noir à l'horizon. »

"Mais pourquoi il m'a écrit ça ?" Ma seule explication c'est que Serge est un mec complètement sensitif, il avait prévu que les choses allaient mal tourner... »

Le 13 juillet 1982, Gainsbourg dîne avec Patrick Dewaere à qui il propose le rôle principal d'*Equateur*, le film dont il vient de boucler le scénario en s'inspirant d'une nouvelle africaine de Georges Simenon, intitulée *Coup de lune*. Patrick promet d'y réfléchir. Cette nuit-là, en rentrant rue de Verneuil vers 5 heures du matin, Serge a la désagréable surprise de découvrir qu'il a été cambriolé. Heureusement, les policiers en faction devant le domicile de son voisin, Gaston Defferre, ministre de l'Intérieur de Mitterrand, ont surpris le monte-en-l'air alors qu'il sortait de chez Gainsbourg, portant un lourd balluchon rempli de poupées de collection et de bibelots. Le lendemain, Serge est confronté à son voleur, André Philisot, qui lui raconte comment il a escaladé la façade et brisé le carreau d'une porte-fenêtre. Pas rancunier, Serge lui propose de lui payer un verre quand il sortira de prison...

Le surlendemain, après un déjeuner avec Claude Lelouch, avec qui il devait tourner *Edith et Marcel*, rôle pour lequel il avait commencé à s'entraîner avec acharnement, Patrick Dewaere se suicide : overdose de désespoir.

Bertrand Blier : « Patrick ne voulait pas faire le film de Serge, il avait peur d'aller tourner au Gabon avec lui parce qu'il savait que ça allait être galère et qu'ils allaient picoler comme des vaches. Le lendemain de leur dîner il m'avait dit : "On partira à deux, mais on reviendra pas à deux." Il avait très peur de Serge. »

Jane a refait sa vie avec Jacques Doillon mais rien ne filtre de leur intimité. Charlotte et Kate y sont pour quelque chose : elles ont eu des discussions avec leur mère, lui ont expliqué qu'il n'avait pas toujours été simple pour elles d'avoir des parents aussi exposés dans les médias. Deux ans exactement après avoir quitté Serge, Jane donne naissance à sa troisième fille, Lou Doillon, en septembre 1982, mais aucune photo du bébé n'est publiée dans la presse, contrairement à Charlotte onze ans plus tôt.

Jane Birkin : « Serge a bien voulu être le parrain de Lou, c'est lui que j'ai appelé en premier de l'hôpital. Il a envoyé des jolies petites bottines rouges, des tonnes de cadeaux arrivaient du Petit Faune, des poupées, des étagères roses sur lesquelles il avait marqué au feutre "De la part de Papa 2". C'était quelqu'un qui avait décidé de ne pas être absent. Quand je pense que j'aurais pu le perdre... Il aurait pu me laisser choir en me disant : "Bien fait pour ta pomme". C'est très difficile à vivre par la suite, mais bon, on a eu une très bonne vie[1]... »

C'est à ce moment-là que la trajectoire de Gainsbourg croise celle d'Alain Bashung. Bio express : enfance en Alsace, groupes de bal dès l'adolescence, passion pour la musique country, il tourne dans les bases américaines. En 1977, un album où se sentent les influences mêlées de Dylan, J.J. Cale et Lou Reed, intitulé *Roman-photos*. Le bide. Petit budget accordé par Phonogram deux ans plus tard pour l'enregistrement de *Roulette russe*, avec des textes âpres et tendres de Boris Bergman, le parolier le plus intéressant apparu en France depuis Alain Souchon et Jacques Duvall, du calibre de « Je fume pour oublier que tu bois ». Mais l'album se vend mollement, jusqu'à la sortie d'un nouveau 45 tours, le sensationnel « Gaby Oh Gaby ». Cette fois, Bashung, jeune premier à trente-deux ans, est sur orbite. Un million d'exemplaires plus tard, il enregistre *Pizza* à Londres et rebelote, « Vertige de l'amour » double la mise : l'album dépasse les 400 000 exemplaires et le simple dépasse à nouveau le million.

Alain Bashung : « Deux années de pressions maximales entrecoupées de tournées et, au total, je n'étais pas très content de ce qui se passait, scéniquement surtout. C'était bizarre, j'étais en porte à faux, les *kids* venaient uniquement pour entendre les tubes, ils connaissaient mieux les paroles de "Gaby" et de "Vertige" que moi, quand je changeais une phrase j'en voyais qui tiraient la gueule. Ils ne rentraient pas dans le reste de mes chansons et le public rock ne venait pas me voir, en suivant le vieux raisonnement tubes = récup' = vendu au show-biz = c'est pas du rock, ou je ne sais quelle connerie. »

Une dispute avec Boris Bergman le pousse alors à rechercher un autre parolier, susceptible de le suivre dans sa démarche extrême qui, du point de vue de la maison de disques, va bientôt ressembler à un suicide commercial.

Alain Bashung : « J'ai suivi toutes les périodes de Gainsbourg. D'abord, parce qu'il n'y a pas trente-six mecs comme lui. Comme Dutronc, il a l'air de se foutre du monde, l'air de glander. Mais ce sont ces mecs-là qui sont sans doute les plus sincères. On m'a dit que j'étais le premier type à imiter son *look* à la télé parce qu'il y a sans doute une ressemblance au niveau du regard et que je suis souvent mal rasé. J'avais envie de faire un truc avec Serge depuis longtemps et je savais ce que je voulais raconter sur ce disque. »

1. Extrait d'une interview réalisée par Monique Giroux pour CBC (Radio Canada) diffusée le 20 novembre 1998.

Son succès tardif lui a détruit les nerfs. Bashung se sent mal, physiquement. A *Libération*, il raconte ceci : « Il fallait que je sorte *Play Blessures*. Je n'avais pas le choix. J'étais à deux doigts de la mort. Cliniquement, je veux dire. D'où ces mélodies minimalistes, cette cacophonie rigoureuse, ce paroxysme. De la chanson physique. Tout sauf la facilité, en somme. » A l'image de ce titre en forme d'aveu, « C'est comment qu'on freine » :

Tous ces cosaques m'rayent le canon
J'nage dans l'goulag j'rêve d'évasion
Caractériel j'sais pas dire oui
Dans ma pauv' cervelle carton bouilli
C'est comment qu'on freine
J'voudrais descendre de là
C'est comment qu'on freine

Alain Bashung : « Gainsbourg et moi, on a travaillé complètement ensemble, il n'a pas plaqué ses textes sur mes musiques. Dans un petit carnet j'avais noté mes idées, des bouts de phrases. Lui, il connaît le poids des mots, il a mis de l'ordre dans mon puzzle. »

Quoi la défonce dans l'bitume
Quoi ça dérange on s'enclume
Bulldozer brillantine pour quoi faire
C'sont des scènes de manager

Alain Bashung : « Je le retrouvais vers 15 heures chez lui, il avait tout juste fini de ne pas se raser, et on attaquait à la vodka-Ricard. C'est vrai, pourquoi mettre de l'eau, la vodka a la même couleur... Il avait un autre truc génial, la tequila rapido : 1/3 tequila, 2/3 champagne. Tu mets une serviette sur le verre, tu tapes dessus pour que la mousse se barre et après, cul sec. Ça fait l'effet d'une bombe. On travaillait jusqu'à minuit, puis on allait faire la foire. Parfois, on se retrouvait sur le trottoir, au petit matin. Intéressant : pourquoi se faire servir dans la boîte quand il fait meilleur dehors ? »

J'envisage des concerts carnivores
Des tueries des carnages en sous-sol
J'aim'rais pas qu'on m'ausculte de quel droit
J'envisage un remake rien qu'sur moi
J'envisage de m'revoir seul à seul
J'envisage...
J'envisage le pire

De « Volontaire » Bashung a enregistré une nouvelle version, en 2000, à l'occasion de la sortie de l'anthologie *Climax*, accompagné par Noir Désir :

Emotions censurées j'en ai plein le container
J'm'accroche aux cendriers m'arrange pas les maxillaires
Section rythmique section d'combat effets secondaires
C'est quelles séquelles c'est tout c'qui m'reste de caractère

Alain Bashung : « *Play Blessures* est un album d'une extrême lucidité. Comme si deux alcoolos se faisaient un trip *clean*. La réalité est sordide, on n'a pas cherché à la faire plus moche qu'elle est. »

J'dédie cette angoisse à un chanteur disparu
Mort de soif dans le désert de Gaby
Respectez une minute de silence
Faites comme si j'étais pas arrivé

Alain Bashung : « Nous avons passé de très beaux moments. Je l'ai vu pleurer. Ce monsieur qui avait fait des choses magnifiques se disait prêt à tout refaire, tout reprendre à zéro. Il pensait à sa vie. Il était le mec le plus seul au monde, et nous avions un rapport père / fils très beau. Avec moi, il tenait à être à la hauteur... Il avait l'orgueil de faire un truc immense. Je repense à sa table de salon avec tous ses petits objets précieux... Ça avait à voir avec une orientation tellurique et lui trouvait son énergie au milieu de ces points de repère. Pour être créativement fou, il faut que tout soit clair autour. On ne peut pas courir un 100 mètres dans un marécage. Gainsbourg avait mélangé souvenirs, culture et trophées sentimentaux et tout son appartement en était balisé, son cerveau était rangé, impeccablement. [...] C'était un prince. Il m'a conforté dans le fait d'aller loin, sinon ça ne vaut pas le coup d'être vécu. Il m'a donné l'envie, même si on n'est pas compris par tout le monde, de faire les choses avec élégance. Il jonglait avec la pop en la raffinant avec classe. Je n'ai jamais vu un mec aussi fort et sensible à la fois. Il ne perdait pas le fil, jamais, quel que soit son état[1]... »

J'me pose en douceur sur Martine des questions d'amour-propre
A mes yeux elle est nickel à mes doigts j'peux pas dire
P't'être que c'est juste un boude
Faut voir
Martine boude

Alain Bashung : « Cet album a créé un choc, ça a coupé la France en deux ! La maison de disques a crié : "Mais qu'est-ce qu'il nous fait là ? C'est un suicide !" Eh ben ouais, mais j'en avais besoin, parce qu'il m'a permis de trouver mon public. »

1. Interview par Philippe Manœuvre in *Rock & Folk*, juin 2000.

Fond du couloir, troisièm' porte à droite
Lavabo
Tu cherches la lumière et c'est l'impasse
Tu voudrais qu'ça débouche sur quoi

Pizza avait dépassé les 400 000 exemplaires, *Play Blessures* plafonna à 65 000. Bide ? Non, nouveau départ, plus de malentendu. Depuis, comme chacun sait, l'itinéraire de Bashung est un sans-faute.

Le 3 novembre 1982, tandis que *Play Blessures* est expédié chez les disquaires, sous sa splendide pochette signée Jean-Baptiste Mondino, France Culture consacre une journée spéciale à Gainsbourg, avec en fil rouge une remarquable interview par Noël Simsolo. Extrait choisi :

Gainsbourg : Je dirais comme Victor Hugo : « Il est interdit de déposer de la musique le long de mes vers. »

Noël Simsolo : Et s'il fallait vraiment en déposer une ?

Gainsbourg : Bof... Des bruits de chasse d'eau ? Qu'est-ce qu'on pourrait mettre ? Euh... Difficile. Un peu de Rachmaninoff ? Non ! Un peu de Mahler ? Non. Schoenberg ? Non. Berg ? Non. Debussy, certainement pas. Scarlatti non, Bach non plus, Chopin certainement pas, ça ferait doublon... Ah, je sais : un peu de Art Tatum !

Le soir même, hasard de la programmation, il est à nouveau l'invité de *Cinéma Cinémas* sur Antenne 2 et parle de trois de ses films préférés : *L'Atalante* (de Jean Vigo, 1934), *King Kong* (de Merian Cooper, 1933) et *Le facteur sonne toujours deux fois* (Tay Garnett, 1946) [1], avec le commentaire suivant :

Eh merde ! Le réalisme, on l'a hors de l'écran. J'en ai rien à cirer du réalisme. Parce que j'ai envie de m'évader. J'ai pas envie de m'asseoir dans un fauteuil de salle obscure pour voir, revoir la réalité. Faire un trip, m'évader de la réalité comme je m'évadais quand j'étais gamin avec *Luc Bradfer* ou avec *Pim Pam Poum*.

Le tournage du film *Equateur* débute dans les premiers jours de décembre 1982. Dans le dossier de presse qui sera distribué aux festivaliers à Cannes en mai 1983, on peut lire cette déclaration d'intention du metteur en scène :

Mon propos est de dessiner et de cerner à la sépia la détérioration progressive d'un être profondément idéaliste et parfaitement intègre dont la lucidité constante et la faiblesse de son romanesque iront à l'encontre

1. Il lui arrivait de citer aussi *La Nuit du chasseur* (Charles Laughton, avec Robert Mitchum, 1955), *Quand la ville dort* (John Huston, avec Marilyn Monroe, 1950), *Les Sentiers de la gloire* (Stanley Kubrick, 1958), *King and Country* (Joseph Losey, avec Dirk Bogarde, 1964), *Johnny Got His Gun* (Dalton Trumbo, 1971), *Les Hommes contre* (Francesco Rosi, 1970), etc.

de ses pulsions humanistes parallèlement à l'exaspération de ses amours contraintes. Probablement années 50, colonialisme en filigrane.

Equateur est un boulot de commande, mais Serge, qui rêve de revenir au cinéma après avoir vu capoter ses multiples projets, s'investit à fond dans l'affaire et signe à la fois la mise en scène, la musique et les dialogues. C'est donc dans la jungle gabonaise que se retrouve toute l'équipe, y compris son fidèle chef-opérateur Willy Kurant et le cadreur Yann Lemasson. Côté acteurs, on retrouve René Kolldehoff (le Boris pétomane de *Je t'aime moi non plus*), Francis Huster (que Serge avait choisi pour post-synchroniser Joe Dallessandro) et quelques pointures comme Jean Bouise dans le rôle du procureur ou François Dyrek dans celui du commissaire[1]. L'actrice principale se nomme Barbara Sukowa, l'une des trois stars favorites de Rainer Werner Fassbinder (avec Ingrid Caven et Hanna Schygulla) que l'on avait vue dans *Lola*, à la fois pure, puissante et pulpeuse.

Le sujet d'*Equateur*[2] est simple : à Libreville, dans les années 50, un jeune homme bien de sa personne, Timar, se pointe dans un hôtel sordide tenu par un couple, Eugène et Adèle (Kolldehoff et Sukowa). Adèle et Timar deviennent amants. Double meurtre dans la jungle, mort d'Eugène, le couple se casse.

Gainsbourg : « J'aimais cette passion tragique sur fond de racisme dans le bouquin de Simenon, je n'aurais jamais adapté un Maigret, je n'aime guère les structures policières. Dans *Equateur* il y avait une parabole qui m'est proche ; les rapports impossibles entre deux races humaines, l'une masculine, l'autre féminine. J'ai traité les scènes érotiques avec distance, derrière des moustiquaires. Pour le rôle d'Adèle, Sukowa s'imposait : c'est une femme dominatrice et instinctuelle, un peu comme Lana Turner dans *Le facteur sonne toujours deux fois*[3]. »

Barbara Sukowa : « Je suis venue à Paris pour rencontrer Serge. On a d'abord déjeuné ensemble, puis on a pris le thé, puis on a dîné et on a fini la nuit en boîte. Il m'a emmenée dans un restaurant russe où son père avait été musicien, le Raspoutine, et lorsque nous sommes

1. Ce dernier remplace au pied levé Jean-Pierre Kalfon, initialement pressenti par Serge, quand ce dernier se casse une jambe à quelques jours du départ.

2. Son titre de travail est *Le Coup de lune*, comme la nouvelle de Georges Simenon dont il s'inspire mais au moment du montage, début 1983, Serge entend parler de la sortie imminente du nouveau film de Jean-Jacques Beineix, *La Lune dans le caniveau* et il opte finalement pour *Equateur*. On peut aussi imaginer qu'il craignait un rapprochement avec le film *Coup de torchon* de Bertrand Tavernier, sorti en 1981, où l'on voyait aussi des coloniaux en Afrique se déchirer et s'entre-tuer.

3. Gainsbourg avouera plus tard (en 1989) : « Je n'ai jamais lu Simenon mais mon père aimait bien cet écrivain. [...] Mes premières lectures dans le genre étaient Peter Cheney, James Hadley Chase et Chester Himes. »

sortis, l'orchestre nous a accompagnés dans la rue. C'était très drôle. A part "Je t'aime moi non plus", je ne connaissais aucune de ses chansons. Il m'a seulement montré son premier film en tant que réalisateur, qui m'a beaucoup plu. J'ai senti qu'il voulait faire d'*Equateur* quelque chose d'encore plus stylisé. »

Willy Kurant : « Serge et moi avions gardé le contact depuis *Je t'aime moi non plus*, il m'avait tenu au courant de ses galères pour *Black-out* et j'ai bien sûr répondu présent quand il m'a demandé de l'accompagner au Gabon pour *Equateur.* Dès les premiers jours des problèmes financiers sont apparus. Il pensait sincèrement que l'argent serait là, mais au bout d'un petit temps les techniciens ont commencé à s'émouvoir. »

D'après Gainsbourg, le producteur du film avait entre-temps perdu au baccara une bonne partie du budget d'*Equateur*, notamment les « centaines de bâtons filées par le président Bongo »[1]. Au bout d'une semaine, c'est Gainsbourg qui se met à payer toute l'équipe avec sa carte American Express... Arrivé à Libreville, Serge est supposé rencontrer le président gabonais, le temps d'une séance photo pour une opération de relation publique. Il arrive à l'heure dite, en costard-cravate, aux portes du palais. On lui fait franchir plusieurs portes grillagées ou blindées, puis il attend dans un salon, jusqu'au moment où un loufiat vient lui annoncer que la photo est annulée : les conseillers (blancs) de Bongo venaient de lui expliquer qu'un cliché le montrant aux côtés de Gainsbourg, cet homme subversif qui venait en France de ridiculiser la Marseillaise, pouvait être récupéré par les médias pour ridiculiser le régime[2]...

Willy Kurant : « Le tournage s'est révélé extrêmement dur à cause du climat et d'une maladie aux yeux qui n'a épargné personne, sauf Gainsbourg qui a eu sa dose de parasites, pourtant, avec une tique qui s'était installée entre ses doigts de pied. Quant à moi, ce fut l'horreur totale : je souffrais d'une tendinite qui ne guérissait pas à cause de l'épouvantable humidité... Bref, on n'a pas rigolé tous les jours. »

Francis Huster : « L'Apollo, ils appellent ça là-bas. C'est un virus transporté par les nuées de papillons. Résultat, c'est comme si on vous enfonçait des milliers d'épingles dans les yeux. »

Barbara Sukowa : « On a tous été malades à un moment ou un autre. Ce qui fait que le plan de travail n'arrêtait pas de changer selon les malades du jour. J'ai beaucoup aimé ce tournage, même si ce n'était

1. Quatre millions de francs sont a priori investis par l'Etat gabonais.
2. Pour la petite histoire, aucune autorité gabonaise ne demandera à voir le film avant sa projection à Cannes.

pas facile. Francis Huster avait peur des maladies, surtout au moment de la scène où il doit entrer dans l'eau du fleuve. »

Willy Kurant : « Malgré ces problèmes, Serge a assuré au maximum, debout du matin jusqu'au soir. Francis a raconté le tournage comme s'il avait vécu l'enfer au cœur de la jungle mais au fond c'était pas si moche. Bien sûr, c'était un film lent, au niveau de l'écriture elle-même, les côtés linéaires et elliptiques ont insupporté certains critiques. Faut dire qu'il n'y avait pas grand-chose dans le bouquin et que Francis en faisait sans doute trop. »

Dans son livre autobiographique, Bambou raconte l'étrange épisode du sorcier à Libreville :

> Elle regarde sur le papier, c'est bien le numéro de la case. Elle entre, personne. [...] Tout autour d'elle, il y a des crânes, sur des étagères, des bocaux remplis de poudre grise, des bâtons avec au bout comme des cheveux... le lieu est plus qu'effrayant. Une envie folle de prendre ses jambes à son cou la saisit, mais à ce même moment le rideau se lève, et un petit homme noir apparaît dans la pénombre. Il allume des bougies, il est juste vêtu d'un paréo, le torse nu, il la scrute avec des yeux inquisiteurs. Elle tremble de peur, elle ne peut plus bouger, elle le regarde. D'un ton calme, apaisant, il lui dit qu'il sait pourquoi elle est là, lui demande de sortir la photo qu'elle a dans sa poche. Elle n'en revient pas ! Comment peut-il savoir ? Elle sort la photo de son mari. Il la met sur une espèce de petit autel, entre les bougies.
>
> Silence. Il ne dit pas un mot pendant dix minutes, il ferme les yeux... La frayeur de sa visiteuse s'estompe.
>
> Soudain il soulève les paupières, à la lueur des bougies il semble avoir des yeux de fou. Sans la regarder, il lui parle d'un trait et lui dévoile du début jusqu'à la fin les problèmes de santé de son mec, ce que les médecins lui ont dit, enfin tout ce qu'elle et son mari sont les seuls à savoir. Il lui explique que ce soir il ne peut rien faire. Mais qu'elle revienne dans deux jours, à la même heure, il va lui confectionner un gri-gri [...] Il faudra qu'elle le glisse pendant trois nuits sous l'oreiller de son mari afin qu'il dorme la tête dessus. Ensuite elle l'enlèvera, et le gardera avec elle tout le temps pendant un an. Puis il lui dit qu'il est fatigué, qu'il va se retirer, et lui donne donc rendez-vous le surlendemain. [...] Enfin c'est le jour et l'heure d'aller à son rendez-vous. [...] Sa visite est très courte, à peine pénètre-t-elle dans la case que le sorcier apparaît. Il tient dans la main un coussin miniature.
>
> — Voilà, vous me devez 100 francs CFA !
>
> Elle lui donne l'argent, il demande très peu cher. Elle ose lui poser la question qui lui brûle les lèvres.
>
> — Qu'avez-vous mis dedans ?
>
> — J'ai préparé des poudres à base de certaines plantes, et d'autres choses, puis j'ai cousu et enfermé le tout dans ce petit gri-gri... le reste, vous ne comprendriez pas. [...]

Les jours qui suivent, elle fait exactement ce que le sorcier a prescrit, sans que son mari s'en aperçoive. Il est si crevé après le travail que c'est un jeu d'enfant !

A la fin de la semaine, il se réveille en meilleure forme. A partir de ce jour, sans changer son mode de vie, il devient capable de monter quatre étages sans ressentir de douleur, il passe toute la journée à cavaler sans la moindre fatigue. Ses examens sanguins se révèlent nettement meilleurs.

Elle est sidérée du changement qui s'est opéré en lui depuis qu'elle a vu le sorcier. Cela fait-il partie de l'Afrique et de ses mystères ? Personne ne le saura jamais.

Barbara Sukowa : « Serge et Bambou étaient très amoureux. De la manière dont il s'occupait d'elle, on aurait dit qu'elle était sa fille. Je me souviens d'une autre anecdote. Comme mes parents m'avaient raconté que j'étais somnambule les soirs de pleine lune et que ma chambre était à un étage assez élevé, j'ai eu peur de dormir seule et j'en ai parlé à Serge. Il a proposé à Bambou de dormir avec moi pour me rassurer. Je me suis effectivement levée la nuit sans me réveiller mais, heureusement, Bambou avait attaché ma cheville à la sienne avec la ceinture d'un peignoir pour m'empêcher de m'éloigner. »

Interviewé à son retour d'Afrique, Huster hystérise, il raconte que son personnage lui a été tiré des tripes par « la caméra-bistouri de Gainsbourg », que les scènes érotiques « excessivement choquantes » ont été obtenues en leur « brûlant le cerveau : c'est ce feu dans ma tête et celle de Barbara qui illumine et embrase nos corps nus ».

Barbara Sukowa : « Serge voulait faire quelque chose de très esthétique sous une moustiquaire. Je me souviens que Francis et moi devions nous allonger, nus, dans une certaine position, et ce n'était pas évident car Serge prenait son temps pour choisir son cadre et ajuster sa lumière. Il utilisait une sorte de fumée, comme celle utilisée dans les églises, pour créer une atmosphère très sensuelle. Ajoutée à la chaleur et aux cigarettes que Serge grillait les unes après les autres, l'ambiance était très étrange. Moi, ça avait pour effet de me relaxer alors que Francis était stressé, inquiet par rapport à son personnage. »

Quant à Serge, on lui demandera pourquoi avoir été si loin si c'était pour ramener aussi peu de plans de l'Afrique...

Gainsbourg : « C'est un parti pris. D'aucuns diront que j'aurais pu tourner ce film en studio. C'est absurde, jamais je n'aurais obtenu ce travail d'acteurs. Ils étaient écrasés par la chaleur, rongés par la fièvre ou par la crainte, assommés par la quinine. Et puis filmer la faune aurait été céder à l'exotisme. Le bouquin de Simenon est très claustro : les éléphants et les hippos, c'est bon pour les films épiques. Je ne tournais pas une version de *Tarzan*, je me suis donc contenté de quelques plans de palétuviers, je trouve ces arbres aux racines tordues extrêmement dramatiques. Je me vois mal vivre là-bas, quoique j'aie eu des contacts affectueux avec les autochtones, qui me taillaient des béquilles dans les bambous. Mes racines, c'est le micro-climat tabagique et merdique de mon 7e arrondissement. »

Francis Huster : « Gainsbourg est un poète de la caméra et un remarquable directeur d'acteurs. Il l'a été lui-même et dans son regard on sent qu'il admire les acteurs. C'est un grand baroque, un hyperréaliste de l'âme... Je suis très fier d'avoir tourné ce film, je le considère comme l'un des meilleurs que j'ai faits, avec ceux de Zulawski... Lui et moi, ce fut comme Cocteau et Jean Marais... »

De retour à Paris, en janvier 1983, Serge attaque aussitôt le montage d'*Equateur* dont il sait déjà qu'il sera projeté, hors compétition, au prochain Festival de Cannes. En avril, il accepte de recevoir la journaliste Fabienne Issartel, venue l'interviewer à propos des femmes pour *F Magazine*. Serge lui demande de patienter, tandis qu'il termine le dossier de presse d'*Equateur* : elle attend, boit un scotch, au bout d'une heure l'interview démarre enfin, mais voilà qu'il raconte ses histoires de putes ; la journaliste est déçue, le dit et lâche au passage une vacherie sur Jane Birkin. Et là, Serge se met en colère : il arrache la cassette du magnéto, ils s'insultent, se bagarrent et il finit par la mettre à la porte[1]...

Toujours en avril 1983, Serge est invité par Philippe Manœuvre, pilier de *Rock & Folk*, de *Métal Hurlant* et, désormais, des *Enfants du rock* sur Antenne 2, à participer à sa nouvelle émission, *Sex Machine*[2]. La règle veut qu'à chaque édition soit proposée une nouvelle version du célèbre standard funk de James Brown qui donne son titre au programme. Pour l'accompagner dans cette galère, Manœuvre a engagé le groupe punk parisien Gogol Ier et La Horde.

Philippe Manœuvre : « Pendant tout le trajet pour aller au studio il écoutait la cassette de James Brown avec “Sex Machine”, il avait peur de ne pas y arriver, il n'y a pas deux chanteurs plus éloignés que James Brown et Gainsbourg... Quand on est arrivés au studio, ça répétait déjà, donc tout de suite il s'installe au bar, il était 11 heures du matin, et il entend que le batteur glisse sur le troisième temps. Ce jour-là j'ai vu un Gainsbourg que je ne connaissais pas, le professionnel de studio : il s'est précipité comme un boulet de canon et il lui a dit : “Tu as glissé sur le troisième temps !” Il l'a engueulé ! Le pauvre batteur, c'était la première fois qu'il voyait Gainsbourg, il a fondu en larmes... »

1. Anecdote rapportée dans *Zoulou*, n° 7, octobre 1984.

2. En 1982, pour le compte des *Enfants du rock*, Gainsbourg réalise aussi deux clips pour Marianne Faithfull, qu'il avait fait chanter en 1967 dans *Anna*.

Gogol Ier : « Après l'enregistrement, on a interprété le morceau en play-back et en public devant les caméras de Jean-Louis Cap pour les *Enfants du rock*, c'était une manière pour nous de concrétiser un rêve, on jouait avec notre idole... Serge était déjà très allumé avant de monter sur scène, puis il y a eu des fans dans le premier rang qui l'ont énervé, en particulier une fille déchaînée qui lui tirait le bas du jean. Il en a eu marre, il a voulu lui mettre un coup de pied mais il a trébuché et il est tombé dans la salle en se fracturant un pied. Malgré cela, blindé par l'alcool, je suppose, il a continué sa prestation avec le pied fracturé, ce qui était vraiment un exploit, sauf qu'à la fin, entre le coma éthylique et le pied cassé, il a fallu l'emmener en ambulance. »

La veille de la projection d'*Equateur* au Festival de Cannes, en mai 1983, alors qu'il boite encore et s'appuie sur une canne, Serge pense à Patrick Dewaere, avec lequel il avait rêvé de tourner le film, et le confie à un journaliste du *Matin* qui dîne avec lui au Majestic ; lorsqu'il entre dans la salle de restaurant, Dirk Bogarde se lève pour l'embrasser, ce qui le réjouit comme un môme : « Vous avez vu, il m'a embrassé ! Il m'a embrassé, hein ? C'est formidable. Il est gentil, hein ? Un des plus grands acteurs du monde qui se lève pour moi. C'est cela la classe. Il sait vivre. C'est un seigneur... » Du film, jamais sorti en vidéo pour cause de méli-mélo entre coproducteurs, on se souvient surtout de la dernière réplique, « L'Afrique, bordel de merde, c'est le tombeau des Blancs », et de ces plans interminables en pirogue qui inspireront à *Libération* cette critique définitive : « Qu'est-ce qu'on se fait suer [1] ! » A Cannes la cohue suscitée par la présence de Serge provoque avant la projection une bagarre générale, se souvient une festivalière...

France Roche : « On a frôlé l'émeute et Gainsbourg a été plus ou moins bousculé. Je l'ai vu sortir de la mêlée tout à fait éploré en disant : "Oser faire ça à un cardiaque !" »

Barbara Sukowa : « A Cannes, j'ai découvert une autre facette de Serge. Nous étions au Palais des festivals et, plutôt que de regagner l'hôtel en voiture, il m'a proposé de rentrer à pied. Il voulait que la foule le suive : il s'amusait de voir combien il était connu et se délectait de me le prouver ! »

Dans la salle, le film se fait huer et les critiques sont unanimement négatives, à l'exception de Michel Perez dans *Le Matin* (19 août 1983), même s'il précise que Serge s'est livré « à des provocations dérisoires qui ne peuvent déranger que les attardés [...] Il était permis de rêver sur le roman de Simenon et d'en tirer une image difficilement supportable de l'Afrique coloniale, lyrique et vengeresse. Celle que nous pro-

1. Quant à la chef-monteuse Babeth Si Ramdane, elle se fait chambrer par ses collègues : « Tu t'es endormie au montage, ou quoi ? »...

pose *Equateur* est malheureusement d'une violence qui n'a de singulier que sa timidité ». L'acteur principal, lui, persiste dans son délire dont on soupçonne pourtant, derrière les superlatifs exacerbés, une sincérité latente...

Francis Huster : « J'eus un coup de foudre pour Barbara Sukowa. Je l'avais trouvée sublime dans *Les Années de plomb* et *Lola*. Elle me brancha tout de suite. Elle allait d'ailleurs pendant toute notre épopée africaine me faire "oser" dans le jeu, prendre des risques déments, elle allait me torturer, me violer avec une vraie férocité d'actrice [...]. Je l'admirais, je me sentais saisi par elle, obligé de me défoncer à mort, d'essayer d'être à sa hauteur. C'est une folle inspirée et violente, fantastiquement surprenante et attachante. Ses yeux de putain, son corps d'ange, sa voix qui crachait son venin, ses mains de chienne, j'étais hypnotisé par Adèle. [...] Les scènes d'amour entre Barbara et moi m'ont entraîné très loin dans la violence érotique, mais surtout au point de vue psychique[1]. »

A Paris, *Equateur* sort le 24 août 1983, dans l'indifférence générale. Serge en est malade mais il passe très vite à autre chose. En quelques semaines il compose vingt-deux chansons, onze pour Jane Birkin, onze pour Isabelle Adjani. Joli doublé et, très vite, deux disques d'or à la clé. Comme c'est son habitude désormais, il a enregistré les maquettes des nouvelles chansons en posant sur son piano un enregistreur à cassettes dont il se sert comme d'un dictaphone, en y ajoutant des commentaires, comme le raconte l'un des plus célèbres producteurs et ingénieurs du son français avec qui il va travailler tout au long des années 80.

Dominique Blanc-Francard : « Il disait par exemple : "Ça c'est le refrain, ça c'est le couplet, voilà tu te démerdes !" Philippe Lerichomme donnait ça à l'arrangeur qui relevait la mélodie et construisait tout autour. Serge laissait faire l'habillage aux musiciens, ça ne l'intéressait pas de faire les arrangements lui-même. »

C'est à Londres et avec les requins habituels d'Alan Hawkshaw que sont enregistrées les parties orchestrales.

Alan Hawkshaw : « Sans être vieillotte, je trouvais que sa musique était sur le même niveau, très uniforme, il ne s'aventurait jamais vers d'autres sonorités pour ses interprètes, du point de vue musical les albums de Catherine Deneuve, Isabelle Adjani et Jane Birkin se ressemblent beaucoup. En studio, il était toujours aussi formidable, il nous respectait, il était très drôle, il racontait des blagues en anglais, on faisait de notre mieux pour lui faire plaisir et il payait bien. »

1. Extrait du dossier de presse.

Alan Parker : « Il y avait une parfaite entente entre lui, Alan Hawkshaw et moi, même s'il n'était pas un grand musicien, il arrivait à nous faire ressentir ce dont il avait besoin au niveau du son, des arrangements, quand Serge pensait rouge on jouait rouge, et quand il pensait noir on jouait noir... »

Dominique Blanc-Francard : « Musicalement il faisait confiance à tout le monde, il faisait semblant de ne rien y connaître, il laissait faire puis il se mettait au piano pour montrer exactement ce qu'il voulait. »

Quand il enregistre les *backings* à Londres, il ne sait pas encore précisément quelles chansons il va donner à Jane et à Isabelle : les vingt-deux titres sont mis en boîte, il les distribue à son retour à Paris, où sont enregistrées les voix.

Dominique Blanc-Francard : « Il buvait beaucoup et il était déjà fortement imbibé en arrivant le matin. A l'époque de ces deux albums, il fonctionnait aux cocktails. Il emmenait un shaker dans sa mallette, il en préparait à base de bourbon, des trucs à dégommer un bœuf, il en buvait trois dans la journée, un dé à coudre aurait suffi à retourner le cerveau d'un être humain normalement constitué, lui les buvait dans des grands verres à bière. Ensuite il est passé au 102, il avait un verre dans chaque main pour faire la stéréo, mais ça ne l'empêchait pas de travailler. »

En studio, Gainsbourg est terriblement dirigiste mais il forme avec Philippe Lerichomme un tandem impeccable : Serge s'occupe de la chanteuse, il donne les instructions, les démarrages, les accents, les emphases, etc. Philippe, lui, est dans la cabine de mixage et note scrupuleusement toutes les prises.

Dominique Blanc-Francard : « Serge avait la folie pure et Philippe, qui est un garçon très calme, précis et méticuleux, arrivait à tout trier et à choper au vol les prises qui étaient bonnes. Nous n'avions jamais de moments de tension, sauf quand il y avait des gens de l'extérieur avec nous, des gens de la maison de disques ou des journalistes. Et là d'un seul coup il nous faisait Docteur Jekyll et Mister Hyde : c'était un vrai môme, dès qu'il y avait des spectateurs, il devenait le Gainsbarre insolent, provocateur, agressif qu'on voyait dans les émissions de télé parce que c'était l'image qu'il devait défendre. Dans ces moments-là, il devenait également très dur avec nous, il jouait son rôle. Un jour il a été très violent dans ses propos et Philippe l'a très mal pris. Il est rentré dans la cabine, il est resté tout rouge sans rien dire pendant dix minutes et au retour de Serge, ils se sont expliqués dans le studio. Philippe l'a engueulé en lui disant qu'il n'avait pas le droit de le traiter ainsi et que s'il continuait, il ne travaillerait plus avec lui. »

Les deux albums sortent simultanément en octobre 1983 mais si le son est proche, comme le souligne Alan Hawkshaw, les univers diffèrent, à l'image des pochettes, superbes[1] : plus léger, plus espiègle et piquant pour Adjani (le jour), plus mature, plus sophistiqué et enivrant pour Birkin (la nuit).

Isabelle Adjani : « Les thèmes qui m'intéressaient rejoignaient complètement les siens, c'est-à-dire l'amour blessé, la rupture, la fascination tragique, le coup de foudre fatal, quoique dans cet album ils soient un peu plus allégés, je crois qu'avec moi il faisait une pause... »

J'suis dans un état proche de l'Ohio
J'ai le moral à zéro
J'suis dans un état proche de l'Ohio
J'approche peu à peu du Nevada
J'ai envie de m'évader
D'passer les frontières et de m'extrader

Isabelle Adjani : « Je me souviens que j'avais envie que tout aille à Jane parce que j'aime vraiment ce qu'il a fabriqué dans sa langue à lui et avec sa langue à elle, autrement dit le franglais le plus élégant du monde, comme le travail de certains artistes de la fin du XIXe qui prenaient des choses dépareillées et en faisaient une œuvre originale... »

Nettement plus inspiré que pour l'album de Catherine Deneuve dix-huit mois plus tôt, Gainsbourg sert à Adjani des tubes sur plateau d'argent : « Ohio », premier 45 tours extrait, grimpe jusqu'à la 25e place du hit-parade de RTL au printemps 1984. « Pull marine » va faire beaucoup mieux en atteignant le sommet du classement le 4 novembre 1984, soit plus d'un an après la sortie de l'album.

J'ai touché l'fond de la piscine
Dans l'petit pull marine
Tout déchiré au coude
Qu'j'ai pas voulu recoudre
Que tu m'avais donné
J'me sens tellement abandonnée

Adjani s'investit dans l'écriture des paroles : elle signe seule le texte d'« Et moi chouchou » et en cosigne cinq autres avec Serge. Dans « Pull marine » toujours, quand elle chante « Et je n'aurai plus qu'à / Mettre des verres fumés / Pour montrer tout ce que je veux cacher », la phrase lui ressemble tant que l'on sent l'autobiographie...

1. Il est ici question de la pochette originale de l'album d'Adjani, simplement intitulé *Isabelle Adjani*. Plus tard, l'album est reparu sous une pochette reproduisant une image du clip vidéo réalisé par Luc Besson (avec qui elle tourne ensuite *Subway*) sous le titre *Pull marine*.

Isabelle Adjani : « L'enregistrement fut assez tranquille, on travaillait plutôt tard le soir et on passait de grands moments de fou rire parce qu'on travaillait avec ses dictionnaires de rimes et de synonymes et que Serge y trouvait les mots les plus inattendus. Je crois que je suis beaucoup plus attachée aux moments que j'ai passés avec lui qu'au disque lui-même. »

Ça fait chier que ça dure si peu
Le bonheur c'est malheureux
On en chie on en bave on n'en peut
Plus d'être malheureux
Le bonheur ça défonce comme une locomotive
A toute vapeur
Mais méfie-toi des aiguilleurs

Paroles noires sur rythme disco, « Le bonheur c'est malheureux » est l'une des chansons qui méritent d'être redécouvertes sur cet album qui souffre de la comparaison avec celui de Jane paru au même moment. Et quoi qu'elle puisse en dire, le swing et la sincérité d'Adjani en font un album très attachant : contrairement à son image publique et aux mystères qui l'entourent, elle semble étrangement proche, cool et sexy quand elle chante.

J't'ai pris entre autres pas en traître
J'ai eu tort peut-être
En fait je t'ai pris pour un autre
C'est bête

Ou encore, paroles signées à deux, message personnel en filigrane — mais à qui, nul ne sait...

Je t'aime idiot
Quadruple idiot
T'as rien compris
N'te fie jamais qu'aux transparences
Apparences trop jolies

Au moment de choisir qui de ses deux interprètes allait chanter quoi, Gainsbourg dut avoir des doutes : « C'est rien je m'en vais c'est tout » n'aurait pas dépareillé *Baby Alone In Babylone* :

N'en fais pas une maladie
C'est rien je m'en vais c'est tout
Tu trouveras tous les tranquillise-tout
Dans la boîte à pharmacie

1983 a vu l'explosion du phénomène David Bowie au niveau international. Certes, depuis une dizaine d'années, il était suivi avec passion par des centaines de milliers de fans de rock à travers le monde. Mais à la sortie de son nouvel album, avec les tubes « Let's Dance », « China Girl » et « Modern Love », il devient enfin une superstar qui vend des millions de disques et que l'on voit également au cinéma dans l'un de ses meilleurs rôles, celui du prisonnier anglais dans *Furyo* de Nagisa Oshima. Au-delà du jeu de mots, « Beau oui comme Bowie » est particulièrement efficace :

Mâle au féminin
Légèrement fêlé
Un peu trop félin
Tu sais que tu es
Beau oui comme Bowie

Dominique Blanc-Francard : « Il y avait cette chanson dans laquelle Serge avait écrit : *Un kleenex quai Malaquais*, mais Adjani trouvait ça horrible, elle refusait de chanter le mot "kleenex", elle voulait dire "mouchoir" à la place. Ça a duré trois heures, ils se sont engueulés comme du poisson pourri et Serge a pété les plombs et il lui a balancé que si elle voulait chanter "mouchoir", elle chanterait "mouchoir" mais que lui, Gainsbourg, ne signerait pas le texte. Pour chaque prise de voix il revenait dans la cabine en disant : "Mais quelle chieuse, c'est monstrueux, bon allez, on y va, on recommence..." Son jeu c'était de lui piquer les fesses avec une aiguille, de la mettre tout le temps en colère, mais au final le résultat est splendide. »

Un mouchoir quai Malaquais
Moi pour moi c'est OK
OK pour plus jamais

Nostalgie discrète, Serge, qu'Isabelle appelle son *feeling-director*, lui écrit « Le mal intérieur » ; Isabelle murmure, les larmes sont proches :

Je te sens à l'intérieur
Et pourtant je te sens ailleurs
Tu es si proche de moi
Mais je sais que l'cœur n'y est pas

Isabelle Adjani : « J'aurais pu chanter autrement mais il m'avait fait comprendre qu'il n'aimait pas les vraies chanteuses, les gens qui ont du coffre, de la voix. C'est pour ça qu'il aimait travailler avec des actrices, parce qu'il les poussait à faire des trucs auxquels elles n'étaient pas habituées, ça donnait une magie qui habillait bien son monde à lui... Il me dirigeait par des gestes de ses mains, par un regard, en baissant les yeux ou dans un demi-sourire. Il y avait de la séduction pure dans sa présence, qui n'avait rien à voir avec un numéro de charme[1]. »

Dominique Blanc-Francard : « Adjani est un personnage étonnant et haut en couleur. Ils n'arrêtaient pas de se friter, mais Serge mettait une super ambiance. Comme il avait enregistré les deux albums avec le même arrangeur, il ne fallait pas qu'Isabelle sache qu'on faisait tout de suite l'album de Birkin derrière et Birkin ne devait pas savoir qu'on faisait l'album d'Adjani juste avant... »

Si l'album d'Isabelle est séduisant, celui de Jane est capiteux. A n'en pas douter, c'est le sommet de leur complicité, auquel ils parviennent trois ans après la fin de leur histoire d'amour. A moins qu'elle ne se soit jamais achevée, et qu'elle ait pris d'autres chemins que la vie en commun pour se prolonger. Au fil de la création de ce chef-d'œuvre, Jane voyait parfois Serge pleurer derrière la vitre...

Jane Birkin : « "Con c'est con ces conséquences"... Le chanter en face de lui, une telle émotion, c'était le plus beau cadeau qu'il pouvait me faire. Il est parvenu à sortir une beauté de tout cet abîme, c'était presque spirituel. Quand je suis parvenue à le chanter, j'ai vu qu'il était fier de moi... »

> Con c'est con ces conséquences
> C'est con qu'on se quitte
> Faut se rendre à l'évidence
> Ce soir on est quitte
> Histoire d'Que de Qu'on de Q
> Par avance c'est fou-
> Tu c'est con ces conséquences

Michel Piccoli : « "Les dessous chics", c'est la chanson de Serge que je préfère. L'amour de l'érotisme dans ce qu'il a de plus raffiné. »

> Les dessous chics
> C'est la pudeur des sentiments
> Maquillés outrageusement
> Rouge sang
> Les dessous chics
> C'est se garder au fond de soi
> Fragile comme un bas de soie

Jane Birkin : « Sur cet album, je chante ses blessures, je suis devenue l'homme à tête de chou, je me suis travestie en Serge. »

---

1. Quelques années plus tard, Adjani refera un 45 tours oublié de tous, intitulé *La Princesse au petit pois* pour lequel elle ne fit pas appel à Serge.

Fuir le bonheur de peur qu'il ne se sauve
Se dire qu'il y a *over the rainbow*
Toujours plus haut le soleil *above*
Radieux
Croire aux cieux croire aux dieux
Même quand tout nous semble odieux
Que notre cœur est mis à sang et à feu

Sur sa tombe, le 7 mars 1991, Catherine Deneuve lira le texte intégral de ce poème inspiré par une phrase piquée chez Picabia, dans *Jésus-Christ Rastaquouère*, en guise d'éloge funèbre. Il y a aussi deux reprises sur cet album, Jane chante enfin sa version d'« Overseas Telegram » et, pour son petit bébé Lou, elle interprète à merveille le « Baby Lou » écrit quatre ans plus tôt sur une musique d'Alain Chamfort. Jane et Serge s'aiment désormais d'un amour pur et éternel, quant aux souvenirs...

Les flash-back sur nos bonheurs passés
Mieux vaut en rire de peur d'être obligée
D'en pleurer

Dominique Blanc-Francard : « Il appliquait la même recette à tout le monde, j'ai vu Jane se rouler par terre, il y a eu des moments très très durs, je ne savais pas quoi faire, Philippe me demandait de faire comme si de rien n'était, c'était leur jeu. Au bout d'une demi-heure elle séchait les larmes, c'était fini et elle enregistrait. Quand on ne connaît pas le mécanisme, vu de l'extérieur c'est assez terrifiant. »

Babe alone in Babylone
Noyée sous les flots
De lumière
De poussière
D'étoiles éphémères
Tu rêves d'éternité
Hélas tu vas la trouver...

A la sortie de ce disque, Jane nous confiait comment ils avaient réussi à sublimer leur histoire d'amour qui, désormais, se conjuguait au passé.

Jane Birkin : « L'amitié que j'ai avec Serge aujourd'hui est un soulagement parce qu'en le quittant j'ai perdu quelque chose d'essentiel. Il fait partie des raisons pour lesquelles j'ai envie d'avoir du succès. Il a été toute une vie pour moi et il le restera à jamais. »

Nos amours brisées ont fait la une
Je les ai lues et relues
Les pleurs sont des vagues sans écume
Qui ne font que troubler la vue
Tu es parti
Partie perdue

En studio, raconte Blanc-Francard, il n'y a jamais eu de retard, même si Serge a la fâcheuse tendance d'arriver avec le texte à midi pour enregistrer à 13 heures : « Il ouvrait sa mallette, en sortait 42 pages écrites au marqueur avec des lettres de 5 cm, il cherchait le refrain qu'il ne trouvait plus, alors il mettait tout en vrac, passait une heure à trier puis à découper des bouts de pages et à les recoller avec des bouts de scotch, et puis il avait sa chanson ! » Exercice intéressant, « Rupture au miroir » raconte comment Jane se fait plaquer par une gamine qui lui ressemble comme deux gouttes d'eau :

Sur le miroir au rouge à lèvres
Elle m'a laissé un mot d'adieu
« Pardonne-moi petite Jane
Je m'en vais je veux refaire ma vie »
Une affaire d'amour s'achève
Et voici que tout vire au bleu
J'entrevois par les persiennes
Se lever la nuit

Dominique Blanc-Francard : « Quand on arrivait aux phases de mix, il venait écouter le début pour donner quelques directives ; puis, quand c'était fini, il voulait écouter "double titan", ce qui signifie le bouton poussé à 12 pour un volume maximum... Au moment du mixage, ce qui était important pour lui c'est que toutes les intentions qu'il avait dirigées soient soulignées et exagérées. La technique, il n'en avait rien à secouer. La voix était pour lui fondamentale, c'était sa marque de fabrique : la chanteuse était l'instrument de sa chanson, il n'y avait aucune place à l'improvisation ou à l'individualisme de l'interprète. »

Que dire de plus à propos de cet album ? Il est simplement question d'émotion pure, écorchée, déchirée. Deux êtres fragiles paralysés par leur passé que rien ne ressuscitera et un présent complice et délicat où aucun faux pas n'est permis... Pour *Baby Alone In Babylone*, Jane reçoit en 1984 le grand prix de l'académie Charles-Cros, comme Serge vingt-cinq ans plus tôt pour son premier album 25 cm. Jane ne pouvant assister à la cérémonie, pour cause de tournage de *La Pirate*, il le reçoit en son nom, les larmes aux yeux[1].

En sortant des séances d'enregistrement de ces deux albums, Serge parle de ses projets au mensuel *Paroles et musique* :

1. *La Pirate*, qui sort à Paris le 23 mai 1984, sera honteusement conspué à Cannes ; en toute logique, Jane aurait dû recevoir à cette occasion le prix d'interprétation, mais le jury cannois lui préfère Helen Mirren pour son rôle dans *Cal*.

> Cette fois il me faudra un double album : trente minutes ne me suffiront pas. J'ai fait le tour du reggae, et je pense maintenant soit contacter un groupe anglais célèbre — je ne vous dirai pas lequel — soit passer de la guitare simple au London Philharmonic, selon les plages. Je ne sais pas encore, mais ce sera un disque très éprouvant : j'ai l'intention de craquer, de hurler et de pleurer... Dans cet album je dois absolument aller au-delà de tout ce que j'ai fait jusqu'à présent[1].

Au même moment, il entre dans le grand dictionnaire encyclopédique Larousse, tome 5. De la notule, longue de 24 lignes, on retient ceci :

> Doué d'un humour grinçant et subtil, il a su imposer au public un personnage de désinvolte désenchanté et sardonique qui cache une très vive sensibilité.

Bien vu, Larousse.

1. *Paroles et musique*, n° 35, décembre 1983.

23

Putain parmi les putes

Quand Charlotte passe un week-end rue de Verneuil, il arrive que son papa, pour la faire marrer, lui montre un de ses vieux films, du genre *Hercule se déchaîne*. Il lui joue aussi le numéro du grand chef, à la cuisine : il fait cuire des pois chiches, achetés chez le traiteur, en y ajoutant sa touche personnelle, quelques herbes, une pincée d'épices. S'il réchauffe un bortsch, ne pas oublier le sucre ; dans le taboulé de chez Hédiard, une goutte d'huile d'olive est indispensable. Charlotte est aux anges quand il l'emmène au restaurant, choisissant toujours des adresses prestigieuses pour que ce soit une fête, pour que ce soit réussi, pour que sa fille ne soit pas déçue. Un déclic s'est entre-temps produit dans son joli petit crâne : alors que sa maman tournait *La Pirate*, quelques mois plus tôt, Charlotte avait assisté au tournage, dans un coin, cachée derrière un meuble, observant la petite Laure Marsac jouer aux côtés de Jane. Tout le monde raconte que c'est depuis ce moment-là qu'elle rêve de faire du cinéma. Durant l'été 1984, Charlotte va tourner son premier film, *Paroles et musique* d'Elie Chouraqui, et les critiques seront unanimes pour dire qu'elle crève l'écran. Entre-temps, à sa demande, elle est inscrite dans une pension chic, en Suisse, où elle passe son année scolaire loin des médias, loin de ses parents, au calme : sa première décision d'adulte, à douze ans seulement.

Septembre 1983, Serge est interviewé pour l'hebdomadaire belge *Télé-Moustique* :

S.G. : Je suis fauchman, dans le rouge. C'est un scoop ! Le socialisme m'a fauché !

Journaliste : Combien ?

S.G. : 60 briques ! Ponction lombaire, un racket ! Boooof, je m'en fous, je vis au jour le jour. Mais sur un autre pied.

Journaliste : Le droit ?

S.G. : Non, le troisième. Avec ma chaussure de Cendrillon. Je vais me débrouiller. Je suis un des réalisateurs les plus chers sur le marché du film publicitaire.

Journaliste : Donc vous ne portez pas Mitterrand dans votre cœur
S.G. : L'important c'est que ça s'arrose ! Non, ça craint, là... Oubliez[1] !

Du coup, nouvelle salve de spots publicitaires. Entre novembre 1983 et mars 1984, pas moins de huit spots en cinq mois : on le recherche pour son rythme et la rigueur esthétique de ses images, les annonceurs sont d'autant plus excités de travailler avec lui qu'il leur fait payer très cher ce privilège (100 000 francs par film). Pour Gini, il en remet une couche, avec Bambou cette fois ; puis c'est au tour d'Orelia (un simili-Orangina américain), du shampooing Palmolive, de la bouffe pour chiens Friskies et de Roumillat, un fromage des Vosges qu'il traite comme un parfum Guerlain : « Ce sera le fromage le plus chicos qu'on verra jamais sur un écran », dit-il à sa monteuse préférée.

Babeth Si Ramdane : « Cette fois-là, nous avons eu des problèmes avec l'annonceur. Serge, bien sûr, avait voulu que ce soit très sophistiqué, avec assiette en porcelaine, plateau en argent, lumières léchées... On invite le client à la projection, et après un silence le mec se lève et dit : “C'est bien mais... on voulait un fromage campagnard !” Il n'a pas eu le temps de finir sa phrase que Serge était déjà parti en claquant la porte ! »

Quelque temps après, il tourne un spot pour les laines Anny Blatt. Une femme est allongée, nue sous son pull, la main d'un homme la caresse. En réunion de préproduction, Serge a proposé que la main se glisse sous le tricot et suggère une caresse plus intime. Petit problème sur le tournage : le comédien est tétanisé par le trac. Au bout de quelques prises, Gainsbourg s'énerve, le traite de pédé, lui sort qu'il ne sait pas s'occuper d'une femme. De nouvelles prises sont tournées avec cette fois la main de Gainsbourg qui caresse le corps : ce sont celles-là qui seront conservées au montage, sans que le client n'en sache rien. Il est prévu que Serge fasse aussi la musique du spot et la voix *off* du *packshot* : au moment de l'enregistrement, une directrice de l'agence de pub se permet de lui faire une remarque, du genre « Monsieur Gainsbourg vous serait-il possible d'articuler un peu mieux, on ne comprend rien de ce que vous dites ». Il lui fait une remarque cinglante et fait une seconde prise impeccable : après tout, s'ils l'avaient engagé, ils devaient savoir à quoi s'attendre...

Pour conclure momentanément sur ses activités de metteur en scène, citons le cas du chanteur Renaud, pour qui Gainsbourg réalisera le clip de « Morgane de toi », au Touquet, en mai 1984, sous un ciel

1. Référence à « L'important, c'est la rose », énorme tube pour Gilbert Bécaud en 1966 ; le Parti socialiste ayant fait de la rose le symbole de sa victoire en mai 1981, le comique giscardien Thierry Le Luron avait chanté en direct « L'emmerdant c'est la rose » dans une émission de Michel Drucker.

blême et avec une bande de moutards les fesses à l'air courant sur le sable. Surexposition des images (pas totalement voulue, en fait), dans un univers gris et beige, bleu délavé et rose. Trente ans plus tôt, à quelques centaines de mètres de là, Serge jouait du piano au bar du Club de la Forêt, chez son ami Flavio à qui il rend naturellement visite, le temps de signer à nouveau son livre d'or.

Au tout début de l'année 1984, Gainsbourg est appelé à la rescousse par son ami Dutronc ; celui-ci enregistre le 45 tours qui va le libérer de son contrat avec les disques Gaumont. Autour du titre « Merde In France », Serge est supposé broder des paroles. Le jour venu, il arrive en studio armé de sa fameuse mallette et se met à préparer des cocktails. Dutronc, qui a toujours considéré l'alcoolisme de Gainsbourg comme une blague, comparé au sien, perçoit rapidement qu'il n'aura jamais son texte dans les temps et improvise en yaourt[1] :

> Hey la foshion-neuh conne d'you mouloud
> Lavabo trottoir mouloudj
> Merde In France (Cacapoum cacapoum)
> Hey la foshion-neuh conne d'you (Cacapoum cacapoum)
> He's a bouc he's a lard he's a triple bouquelard
> Merde In France (Cacapoum cacapoum)

Entre Gainsbourg et Thomas, onze ans, le fils de Françoise Hardy et de Jacques Dutronc, une vraie complicité s'est installée.

Thomas Dutronc : « Je me souviens d'avoir regardé avec lui et Charlotte *Les Dents de la mer*, sur son grand écran, j'avais eu une peur terrible, j'avais pleuré, j'étais descendu me réfugier dans les bras de ma mère. La fois suivante, on avait visionné *Shining*, de Kubrick... Et puis c'est avec Serge que j'ai bu pour la première fois de ma vie, on était dans un restaurant chinois, papa avait commandé du champagne, il m'en avait laissé boire une gorgée pour goûter ; comme j'avais trouvé ça sympa, Serge m'avait passé plein de coupes, en douce, sous la table. Plus je buvais plus je trouvais ça génial, et en sortant du restaurant j'étais hyper-gai, et j'avais dit à maman : “Comme je comprends papa !” »

Une autre fois, lors d'une virée, Jacques et Serge rentrent à 9 heures du matin. Françoise, qui a attendu Jacques toute la nuit, est folle de rage et de jalousie ; elle lui arrache ses lunettes et les piétine, les réduisant en miettes. Dutronc va voir son fils et lui dit : « Ah ! c'est malin,

1. En yaourt = en chantant n'importe quoi, plutôt que des stupides la-la-la, ce qui permet de calculer le nombre de pieds que doivent faire les vers des couplets et des refrains.

des lunettes introuvables, elle est hystérique ta mère, en plus je me suis farci Serge toute la nuit et voilà comment on me remercie ! »

Par l'intermédiaire de Jacques Wolfsohn, leur ami commun, Gainsbourg contacte le plus grand pianiste de jazz français, Martial Solal. Serge vient de s'acheter un piano Yamaha à cassette et il veut s'offrir un concert privé, chez lui, rue de Verneuil, qu'il pourra ensuite réécouter à volonté, la machine ayant mémorisé jusqu'aux plus délicates nuances du toucher de l'artiste.

Martial Solal : « J'ai été séduit par l'expérience. On a passé une après-midi délicieuse. Il est resté assis à m'écouter, avec Bambou, ils étaient tous les deux sages comme des images, parfaitement silencieux, comme au concert. J'ai joué plus de deux heures, sur un piano injouable d'ailleurs, très dur, trop neuf. Comme j'avais un mal fou, je lui ai demandé : “Vous souhaitez que je joue beaucoup de notes ou peu de notes ?” Il m'a répondu : “Beaucoup, beaucoup de notes...” Alors j'ai interprété des morceaux d'Art Tatum. Puis on a écouté ce que je venais de jouer et j'ai trouvé ça surprenant, les touches du piano s'enfonçaient comme s'il était joué par l'homme invisible. Les coups de pédale, les fortissimo, les crescendo, tout était reproduit, c'était absolument magnifique. Même les fausses notes, malheureusement. Au moment de me signer mon chèque, Serge m'a dit : “Mais vous êtes sûr que c'est assez ?” Moi, j'étais gêné, je lui ai dit : “Oh ! oui, largement”. Pour n'importe qui d'autre, j'aurais demandé plus cher que mon tarif habituel, à cause du côté servile. Mais Serge, je le considérais plus comme un collègue... »

Le 11 mars 1984, scandale sur TF1 : Serge brûle en direct un billet de 500 francs à l'émission *7 sur 7* devant les journalistes Erik Gilbert et Jean-Louis Burgat et quelques millions de téléspectateurs outragés.

Jean-Louis Burgat : Les problèmes économiques et sociaux, comment est-ce qu'on vit ça quand on est un des artistes les mieux payés de France ?

S.G. : On pense que ça va être le merdier. Je vais vous donner un petit conte parabolique. En 1981, en mai 81, je me trouvais rue Saint-Denis. Et je vois une super-nana qui faisait le trottoir. « Hey Gainsbarre, tu montes ? — Toi tu connais mon nom mais je connais pas le tien. — Moi je m'appelle socialisme ! » Elle est superbe, maquillée un peu outrageusement. Je lui dis : « Oui, mais combien tu veux ? — Tu paieras après. » On monte, elle se déloque et en fait c'était un immonde travelo. Elle se tourne et me dit : « Tiens, prends-moi par le communisme ! »

Bien, c'était une parabole. Ceci dit, on va tellement dans le foutoir que bientôt c'est plus du café qu'on va boire, c'est de l'eau chaude. Et maintenant je vais vous dire ce qu'est le racket des impôts. Je vais vous faire... là c'est pas une parabole, c'est physique... Je prends un billet de 500 balles...

Je suis taxé à 74 %, hein ? Je vais vous dire ce qui me reste (il allume son Zippo). C'est illégal ce que je vais faire là, mais je vais le faire quand même, si on me fout en taule j'en ai rien à cirer (le billet commence à brûler). J'arrêterai à 74 %... Il faut quand même pas déconner, ça c'est pas pour les pauvres, c'est pour le nucléaire... Voilà ce qui me reste (il éteint le billet) sur les 500 balles... C'est foutu !

J.-L.B. : Qu'est-ce qui est foutu ? Vous ne pouvez plus travailler comme autrefois ?

S.G. : J'aimerais que les pauvres aient tous des Rolls. Et moi, j'ai vendu la mienne. Voilà le travail socialiste.

Erik Gilbert : « On avait préparé l'émission avec lui au cours d'un déjeuner, deux jours avant, mais il ne nous avait rien dit du geste qu'il préméditait sans doute depuis un moment. Ce qui nous avait impressionnés avant l'émission, c'est sa petite mallette dans laquelle il y avait un tas de billets ; il nous avait expliqué qu'il se déplaçait toujours avec une somme en liquide assez importante. »

Par une étrange coïncidence, un incident technique se produit pendant le court instant que dure l'épisode du billet brûlé : une coupure d'antenne d'une fraction de seconde, suivie d'interférences, laisse penser à ceux qui comprennent le geste de Gainsbourg qu'on a voulu le censurer. Mais lorsqu'ils tentent d'appeler le standard de TF1, ils sont submergés par les milliers d'appels de téléspectateurs fous de rage qui n'admettent pas que l'on ait laissé Serge brûler ce billet en direct.

Erik Gilbert : « Il voulait montrer ce qui lui restait après avoir payé ses impôts et il l'a fait sans amertume mais en voulant frapper par l'image et le choc a été terrible. Le standard a explosé, les réactions ont été extrêmement violentes. Dans l'histoire de *7 sur 7*, je n'ai vécu ça que deux fois : avec Gainsbourg et lorsque Daniel Balavoine a dit qu'il emmerdait les anciens combattants[1]. L'effet Gainsbourg a été plus long, il est resté en référence. En tant que journalistes, nous avons été surpris de la façon dont il a agi, il avait ce phrasé très atone et il fallait vraiment le décrypter. On ne s'est pas rendu compte de la portée du geste, même si on a su tout de suite que c'était un truc extraordinaire de voir quelqu'un brûler un billet de 500 francs, d'autant qu'à l'époque c'était déjà la crise... J'ignorais en revanche l'illégalité de son geste : les billets ne nous appartiennent pas, ils sont la propriété de la Banque de France ; Gainsbourg aurait pu être attaqué en justice pour avoir brûlé un billet — et nous parce que nous l'avions laissé faire ! »

Bertrand de Labbey : « C'était une provocation intéressante. Serge avait un rapport particulier à l'argent : à la fois volonté d'être respecté mais en même temps, par orgueil, montrer qu'il n'était pas attaché aux

1. Le 22 octobre 1983.

choses matérielles. Sa provoc, à mon avis, était archi-préméditée ; tout le monde a dit qu'il tremblait parce qu'il avait bu, or c'était le contraire : il tremblait parce qu'il n'avait pas bu et parce qu'il avait peur ! Il voulait réussir son coup ! »

Les conséquences de son geste sont malheureusement plus négatives que positives. La rédaction de TF1 est submergée de lettres outragées ; les rubriques « Courrier des lecteurs » des grands quotidiens et des hebdomadaires télé sont bientôt farcies d'invectives. On lui reproche un geste qui serait la provocation d'un homme riche pour se moquer des pauvres. Son discours a manqué de clarté, puisqu'il disait exactement l'inverse : ce que lui prennent les impôts, « c'est pas pour les pauvres, c'est pour le nucléaire ! », mais à cause du gros plan sur le billet qui brûlait, on ne l'écoutait plus (sans parler de l'habituel problème d'intelligibilité). Il ne fait pas de doute qu'il a agi en garçon sauvage, ravi de malmener un tabou (l'argent est sacré). Chez lui aussi, il reçoit des sacs postaux remplis de lettres d'insultes ; son domestique, Fulbert, classe le courrier : au milieu des menaces, il tombe sur la lettre craquante d'un petit garçon qui avait pleuré devant sa télé parce que la bicyclette de ses rêves coûtait justement 500 francs. Serge est ému, il fait livrer au gamin le plus beau des vélos...

Il ne fait pas de doute qu'il a mésestimé l'impact de son coup d'éclat, qui est resté profondément inscrit dans la mémoire collective, au point d'être ressassé jusqu'à la nausée dans ses multiples nécrologies au lendemain du 2 mars 1991. Cela dit, s'il avait utilisé un billet de 50 balles, il serait passé pour un hypocrite. En assumant le coup de la grosse coupure, il a prouvé qu'il avait le courage de ses opinions.

Charlotte, douze ans et demi, a maille à partir avec les grands de son école. Dans la salle d'étude, alors qu'elle écrit une rédaction, ils lui piquent sa feuille, allument un briquet et la brûlent en ricanant.

Jane Birkin : « Avec ma mère il avait fait cette blague : "Donnez-moi un billet de 5 livres, je vais le faire disparaître puis le faire revenir !" Après avoir demandé qu'on mémorise bien le billet pour pouvoir le décrire en détail, y compris le numéro, il le brûlait et puis il disait : "Oh merde ! j'ai oublié comment on le fait revenir !" »

Julien Clerc : « Le lendemain de *7 sur 7*, je dîne avec Serge, qui était fier comme un gosse. Il a fallu qu'on passe chez lui et qu'il nous montre la cassette de l'émission, en faisant des commentaires, des *rewind* et des *replay* — « Là ! Ecoutez bien, regardez le billet ! » Après ça on est sortis et on a fait quelques boîtes, je le revois danser des biguines au Keur Samba, puis on a échoué à La Calavados, qui était visiblement un de ses points de chute, il y retrouvait son vieux pote le pianiste de blues Joe Turner, qui est mort en 90. Ils avaient un code, tous les deux : Serge lui achetait je ne sais pas combien de cigares et les alignait sur le piano en lui donnant les titres des standards qu'il avait envie d'entendre[1]. Seulement, toutes les demi-heures Turner faisait une pose et il était remplacé par une bande de Mexicains qui venaient hurler des cucarachas à nos oreilles, d'autant que Serge, qui avait toujours des liasses en poche, fourrait non-stop des billets dans leurs guitares, ce qui était accueilli par des "Viva la revolucion !" sonores. Ce coup-là il m'a épuisé ; quand je l'ai ramené chez lui — il était tellement fait que j'osais même pas le mettre dans un taxi — il devait être sept heures du mat' et alors qu'il n'avait plus dit un mot depuis un moment il a eu cette phrase géniale : "Non, mais t'as raison, au bout d'un moment on s'incruste..." Je me souviens d'une autre fois, pour l'anniversaire de Renaud, il nous a massacrés à la tequila rapido et il a fallu que je fasse tapisserie, que je garde les sacs, pendant que lui et Renaud — qui ne sort jamais — dansaient sur la piste des Bains-Douches... Oh là là... »

Serge s'amuse avec les p'tits gars, comme il les appelle, le temps de quelques virées. Exemple, Jean-Louis Aubert, qui est encore à l'époque, mais plus pour longtemps, le chanteur du groupe rock Téléphone...

Jean-Louis Aubert : « Parfois, on se rencontre et on fait la foire. On ne se quitte pas pendant deux jours, on se raconte des histoires. Moi j'suis fan, je l'adore, il me joue son répertoire de pianiste de bar dans les grands hôtels. Souvent, quand nous sommes ensemble, je le trouve plus jeune que moi, c'est assez craquant. Il me met du Stravinski sur compact-disc, à fond la caisse, il joue au chef d'orchestre. Des fois, il pleure... Et puis, ce qui m'a frappé lors de nos sorties, c'est qu'il est vachement aimé du public. On s'est retrouvés une fois à l'aube à Pigalle et tout le monde, les maraîchers, les éboueurs, les flics, tous le saluent, lui disent : "Bonjour, monsieur Gainsbourg !" »

Bertrand de Labbey : « Serge buvait pour oublier le temps qui passe, ses inquiétudes, les affres de sa création. En même temps ses retours publics étaient difficiles parce qu'il devait toujours être au-delà de l'attente des gens, il ne s'en sortait que comme ça. Quand il avait bu je m'efforçais de ne pas le voir trop longtemps, son discours était extrêmement répétitif, ça pouvait être agressif. C'était pénible pour lui, ça l'était pour ceux qui l'aimaient ; à un moment dans la nuit vous partiez, quand vous ne pouviez plus rien pour lui. »

1. Bertrand de Labbey se souvient d'une soirée à La Calavados au cours de laquelle un touriste américain et Serge avaient rivalisé en demandant à Joe Turner d'interpréter leurs standards préférés : à chaque fois, ils déposaient des billets de 500 francs sur le piano ; Turner empocha cette nuit-là ce qu'il gagnait en un mois !

En avril 1984, Serge et Philippe Lerichomme se retrouvent à New York avec en tête un nouveau plan, après le reggae : le funk de Manhattan mâtiné de rock New Jersey. Celui qui leur a préparé le terrain est un Français émigré, à l'affût des dernières tendances de la *Big Apple*...

Jean-Pierre Weiller : « Je me suis dit que ce serait une ville géniale pour Gainsbourg ; j'étais en contact avec Philippe, qui y songeait lui-même pour l'enregistrement de l'album *Love On The Beat*. Alors je lui ai envoyé des cassettes où je repiquais des émissions de radio sur WBLS mais il trouvait que ça ne collait pas. Un jour, je lui ai ramené quelques disques parmi lesquels un album d'Herbie Hancock avec Bill Laswell, et un autre de Southside Johnny & The Asbury Jukes intitulé *Trash It Up* qui a complètement séduit Serge, il m'a dit : "C'est ça que je cherche." Sur la pochette il était écrit : "Produit par Nile Rodgers et Billy Rush"... »

Nile Rodgers, c'est le leader du groupe Chic, l'auteur de « Freak Out » (1978) et de « Good Times » (1979), deux des meilleurs singles funky-disco de tous les temps. Jean-Pierre se met en contact avec lui mais Rodgers décline, il est trop occupé : il vient de faire un méga-carton avec l'album *Let's Dance* de Bowie et s'est attaqué à *Like A Virgin*, le deuxième album de Madonna dont les ventes vont, à la fin 1984, pulvériser tous les records. Reste Billy Rush, l'épine dorsale du groupe de Southside Johnny, qui jouit à l'époque d'une célébrité confortable sur la côte Est, notamment grâce à la connexion Bruce Springsteen, un de ses grands potes de galère lorsqu'ils essayaient de se lancer dans le métier, à la tête de leurs groupes respectifs. Dans les Asbury Jukes, Billy Rush est à la fois le producteur et le principal auteur-compositeur.

Billy Rush : « Quand Jean-Pierre m'a parlé de Serge, je ne connaissais rien de lui, même pas "Je t'aime moi non plus". On a arrangé un rendez-vous chez moi, dans le New Jersey, dans mon garage aménagé en studio. J'ai vu arriver ce mec super-timide, qui ne parlait que quelques mots d'anglais. Il m'a fait écouter une de ses petites cassettes sur lesquelles il enregistrait les bases mélodiques de ses chansons. L'atmosphère était un peu étrange, je n'aurais jamais deviné qu'il était une telle star en France... Devant lui, je me suis alors mis à travailler, j'ai choisi une rythmique, collé une basse, rajouté quelques claviers et des guitares. On ne se parlait pas, je le sentais incertain, il me jaugeait... »

Jean-Pierre Weiller : « Cette rencontre m'a fasciné, je les observais tous les deux, Serge essayant de capter ce que Billy pourrait lui amener, l'autre le considérant sans doute comme un Martien... C'était inouï, nous étions dans ce petit garage du parfait rocker, avec Gainsbourg qui projette cette image de dandy, avec sa grande finesse, son classicisme, c'était le choc de deux cultures... »

Billy Rush : « A la fin de la journée, j'avais peut-être fait deux ou trois maquettes et ils sont repartis avec les bandes sous le bras. En les voyant s'éloigner j'ai pensé : "Qui sait ? C'était amusant à faire, même si c'est un coup dans l'eau..." Mais il est revenu le lendemain et il m'a dit : "C'est génial ! allez, on continue !" »

Philippe Lerichomme : « Une fois encore, c'était pour Serge la rencontre d'un nouveau monde musical, donc une étape délicate, et là-bas, en pleine nuit, il m'appelle de sa chambre [...] pour me dire d'un ton dépité : "Qu'est-ce qu'on fout là ? Ma musique à moi, c'est Chopin, rien à voir avec ça..." A quoi je lui ai répondu : "C'est justement pour ça que nous sommes là, pour essayer quelque chose..."[1] »

A Manhattan, où il loge, Serge se sent bientôt comme un poisson dans l'eau : après les longues séances chez Billy, au fil des quinze jours que dure cette période d'approche, il découvre le soir les restos de Chinatown, la *soul-food* des Blacks à proximité de Harlem et les sandwiches *triple-deckers* au pastrami, à la langue et au corned-beef dans les *deli* du quartier juif.

Au moment d'entrer en studio, deux mois plus tard, Billy a recruté quelques pointures, parmi lesquelles Larry Fast, sorcier des synthés et accompagnateur occasionnel de Peter Gabriel, ainsi que deux garçons empruntés au *band* qui vient de tourner avec Bowie : le saxophoniste Stan Harrison et le choriste George Simms[2]. L'album *Love On The Beat* est enregistré dans le New Jersey puis mixé à Manhattan au légendaire Power Station, le tout en une dizaine de jours...

George Simms : « On est arrivé chez Billy dans le New Jersey et on a écouté les deux premières chansons. Steve et moi nous nous sommes regardés avec une drôle d'expression, du style : "Mais qu'est-ce qu'on fout ici ?" Je n'avais jamais entendu parler de Serge avant, je ne savais rien de sa réputation, de sa carrière, de sa renommée en France ou de son génie artistique. On a même cru un instant que c'était un mec très riche dont le passe-temps favori était de payer des musiciens américains très cher pour enregistrer des chansons qu'il allait, à son retour, faire écouter à ses amis. Tout s'est passé très très vite, je pense qu'on

1. Interview par Pierre Achard pour le magazine *Notes, op. cit.*

2. Il y eut à une époque deux groupes de choristes nommés les Simms Brothers, dont celui avec Arthur Simms, qui a chanté avec Michel Jonasz (ce dernier lui a, à sa mort, consacré une très belle chanson) ; les Simms Brothers qui ont tourné avec David Bowie (en 1983 et 1996), puis Billy Joel et Madonna sont prénommés Frank et George. Ce dernier, avec son autre frère, Steve, a chanté sur *Love On The Beat* puis au Casino de Paris et en tournée avec Gainsbourg en 1985-86.

a chanté neuf chansons sur l'album en sept heures. Je ne pourrai jamais oublier pendant cette session comment Serge était animé, comment il sautait et dansait comme un lutin quand il voulait décrire quelque chose. »

Hmm hmm hmm
J'ai des doutes j'ai les affres
Hmm hmm hmm
Les affreux de la création

Avant de partir, Serge s'était dit : « Cette fois, je vais tenter d'éviter le stress, de ne pas tout improviser la veille d'entrer en studio. » Il se loue une suite au Ritz à Paris. Trois bars, trois pianos mais rien n'en sort, sinon lui, fait comme un rat...

D'un tableau de Francis Bacon
Je suis sorti
Faire l'amour avec un autre homme
Qui me dit
Kiss me Hardy
Kiss me my love[1]

Gainsbourg : « Francis Bacon c'est le plus grand de la peinture contemporaine. Bacon, c'est la dégradation de l'âme, le *no man's land* entre le Bien et le mâle. Bacon ce sont des éjaculations de sublime, crachées comme du foutre. Superbe... Des visions d'abjection, d'interférences homosexuelles. [...] Ses papes hurleurs sont effroyables. Il a frappé juste parce que la religion, comme en définitive tout ce qui est judéo-chrétien, c'est très facho[2]... »

Les derniers mots de l'amiral Nelson à la bataille de Trafalgar (21 octobre 1805) : un boulet en pleine poitrine, il se meurt, appelle son fidèle lieutenant et amant et lui murmure à l'oreille : « *Kiss me Hardy...* » Pour la première fois en chanson, Serge aborde sérieusement le thème de l'homosexualité[3]. Interviewé par Philippe Manœuvre pour un 33 tours promotionnel, il déclare : « J'ai voulu aller au-delà des relations sexuelles entre homme et femme et parler des rapports entre homme et homme, dans tout ce que cela implique de tragique.

1. « Kiss Me Hardy » est composé sur une suite harmonique empruntée (mais non créditée) à Rachmaninov.

2. Cité par Frank Maubert dans *Gainsbourg — Voyeur de première, op. cit.*

3. Jusque-là, il n'y avait consacré que des chansons « humoristiques » : « Dieu que les hommes sont méchantes » (inédit sur disque, chanté sur scène au théâtre des Capucines en octobre 1963, voir chapitre 9) ou « Les femmes ça fait pédé », écrit pour Régine en 1978. L'homosexualité est par ailleurs le sujet central de son premier film, *Je t'aime moi non plus.*

Idem pour cette phrase de James Joyce, “I'm the boy that can enjoy invisibility”, le garçon qui a le don d'invisibilité... »

Putain parmi les putes
J'enfonce dans la fange
Où s'étreignent les brutes
Et se saignent les anges

Gainsbourg : « Je trouvais cela superbe et j'ai pensé à un homosexuel du genre Montherlant qui, comme on le sait, ne voulait jamais se faire photographier, parce qu'il avait des promiscuités sordides avec les hommes et risquait d'être victime de chantages... »

Billy Rush : « Très vite, l'aura de Serge m'a intrigué, je l'ai perçu comme une sorte d'artiste bohème tout à fait unique, surtout pour un Anglo-Saxon comme moi, il ne ressemble à personne ! Musicalement, nous nous sommes tout de suite entendus : tous les musiciens que je lui ai amenés vous diront la même chose, il nous inspirait, nous avions envie de nous dépasser pour lui. Et puis il buvait des quantités insensées, de quoi assommer un cheval. Il me préparait des pinacoladas incroyablement fortes. Et il fumait ! Si j'ai le cancer du poumon, c'est de sa faute ! »

Etrange : dans les mois qui suivront la sortie de l'album, les multiples interviews qu'il accordera tous azimuts ressembleront à autant de confessions. Certains y verront même un troublant testament moral, en pensant surtout à la couverture « Je montre mon zizi » de *Libération* et au numéro d'octobre 1984 du magazine *Actuel*, dont il fait aussi la « couvrante », sous le titre « Mon zizi est partout ma tête est dans *Actuel* ». Une fois de plus, Gainsbarre va plus loin. Mais ses obsessions résonnent de manière poignante dans « Sorry Angel », un titre qui, publié en 45 tours, va monter jusqu'à la 2e place du hit-parade de RTL le 24 février 1985 :

C'est moi qui t'ai suicidée
Mon amour
Moi qui t'ai ouvert les veines
Je sais
Maintenant tu es avec les anges
Pour toujours
Pour toujours et à jamais

« Vingt fois sur le métier remettez votre outrage », disait Desnos : 8 minutes 5 secondes de cris orgasmiques, climax absolu, c'est l'amour *on the beat*, *Love* sur le rythme...

Brûlants sont tous tes orifices
Des trois que les dieux t'ont donnés

Je décide dans le moins lisse
D'achever de m'abandonner

Love On The Beat
Love On The Beat

Une décharge de six mille volts
Vient de gicler de mon pylône
Et nos reins alors se révoltent
D'un coup d'épilepsie synchrone

Love On The Beat
Love On The Beat

Bambou : « Pour la promo de "Love On The Beat", dans *Les Enfants du rock*, Serge m'a demandé de danser derrière lui à la télé à moitié à poil, et là j'ai vraiment fait la tronche. On a enregistré une version en tee-shirt puis une version torse nu, c'est bien sûr celle-là qui a été diffusée. Je ne voulais pas montrer ma poitrine mais Serge me disait : "T'es dégueulasse, tu vas me faire rater l'émission, tu ne te rends pas compte, si mon disque fait un bide, ce sera de ta faute !" Alors quand tu as ça sur les épaules, tu te mets torse nu... Il y a eu deux-trois émissions comme ça où ça marchait au chantage. »

Pourquoi cette surenchère ? Parce que Gainsbourg est piégé, on l'a vu. Piégé par son image de marque, par sa réputation à défendre, par ce succès qu'il aime tant, depuis qu'il a atteint le zénith de sa gloire. Mais aussi parce qu'il sait pertinemment que personne d'autre n'osera explorer les régions de l'érotisme qu'il aborde sur cet album. Et puis il y a cette pochette... Photographié par William Klein, Gainsbourg maquillé, travesti dont on ne verrait que le visage, cheveux plaqués en arrière, fine cigarette, faux ongles, bijoux discrets. Image choc pour disque brut. Plan provoc, Gainsbarre en rut...

Si j'ai quoi affirmatif et quoi d'autre *no comment*
Si je baise affirmatif quoi des noms *no comment*
Des salopes affirmatif des actrices *no comment*
Des gamines affirmatif de quel âge *ooh ooh ooh* [1]

William Klein : « Une nuit, vers 3 heures du matin, Serge m'appelle pour m'annoncer qu'il prépare son come-back et que pour la pochette du disque il veut être une gonzesse. Je lui réponds : "Formidable, on va faire une vieille poule affreuse." Et il m'explique que je n'y suis pas, qu'il veut être "très belle", qu'il va s'arrêter de boire pendant quinze jours question de faire disparaître les poches sous les yeux, qu'il va se

1. On peut s'amuser à tracer un parallèle avec Georges Brassens qui avait abordé le même sujet dans « Les trompettes de la renommée ».

coller les oreilles... “Et ma bouche, elle est jolie, non ?” Moi : “Mais oui, Serge, mais tu crois pas qu’il vaut mieux faire la photo en noir et blanc, question de pouvoir faire des retouches, si tu n’es pas assez belle, comme tu dis ?” Et le plus drôle, c’est que l’on m’a cru lorsque plus tard j’ai raconté, pince-sans-rire, qu’une fois maquillé il était aussi beau qu’Adjani et qu’il avait fallu l’enlaidir pour que les gens ne soient pas éblouis. Non non, les retouches, c’était dans l’autre sens... »

Enfin, émotion superbe, le duo Serge/Charlotte sur le thème de Chopin évoqué plus haut.

Charlotte : Inceste de citron
Lemon incest
Je t’aime t’aime je t’aime plus que tout
Papapapa
L’amour que nous n’f’rons jamais ensemble
Est le plus rare le plus troublant
Le plus pur le plus enivrant
Serge : Exquise exquisse
Délicieuse enfant
Ma chair et mon sang
Oh mon bébé mon âme [1]...

A part le fait qu’elle chante complètement faux — c’est elle qui le dit —, Charlotte est très heureuse d’avoir enregistré cette chanson. *Idem* pour le clip vidéo qui sera tourné quelques mois plus tard. S’il a été mal compris, tant mieux, ça la ravit : « J’aime bien quand les gens ne comprennent pas, ça me donne plus d’intimité. » Jolie formule...

Décor superbe, lit circulaire, il est torse nu, porte le bas d’un pyjama, sa fille agenouillée à ses côtés en porte le haut. Images soi-disant sulfureuses, il est encore parvenu à choquer, même les plus aguerris. Avec le clip de « Lemon Incest », plus encore qu’avec la chanson, il pince une corde très sensible ; l’effet l’amuse, il récidivera deux ans plus tard, mais avec moins de bonheur, en tournant le film *Charlotte For Ever*...

1. Dans *Lolita*, le héros de Nabokov s’adresse à son aimée : « Lolita, lumière de ma vie, feu de mes reins. Mon péché, mon âme. » Dans le hit-parade de RTL, « Lemon Incest » va rentrer à la 15e place le 13 octobre 1985, pour plafonner à la 2e position quinze jours plus tard et y rester trois semaines, la tête du classement étant monopolisée par « Je te donne » de Jean-Jacques Goldman et Michael Jones (*idem* côté Top 50, qui est le reflet fidèle des ventes). Notons au passage que ni « Love On The Beat » ni « No Comment » (également publiés en 45 tours et en maxis) n’entrent dans les deux principaux classements nationaux, alors que « Sorry Angel » avait fait un carton en début d’année : le grand public préférait-il le Gainsbourg tendre plutôt que le matamore ?

Love On The Beat sort aux premiers jours d'octobre 1984, accompagné d'une énorme campagne promotionnelle. En anglais on appellerait ça *media overkill*. Gainsbourg est partout, y compris par interprètes interposées : Jane Birkin et Isabelle Adjani ne se promènent-elles pas au même moment dans les hautes régions du hit-parade de RTL, l'une avec « Fuir le bonheur de peur qu'il ne se sauve », l'autre avec « Pull marine » ? Un journaliste inspiré lui sort : « Au Japon, on vous considérerait comme trésor national vivant. » Et c'est exactement ça. Plus que jamais, il colle à son époque.

Tiré de l'interview-fleuve d'*Actuel* :

> Tu parles de ma maman ? Elle a quatre-vingt-dix ans, c'est mon amour pour toujours ma maman. Je ne veux pas qu'elle crève. Oh là là ! ça va me faire mal, c'est pas possible, c'est impensable. On se fait des baisers à la russe. On s'embrasse sur la bouche de façon douce, comme ça... Non, je ne veux pas la perdre. J'ai déjà perdu mon père. Ma mère m'adore, voilà. Elle est idolâtre de moi[1].

Deux ans plus tôt, au *Quotidien de Paris*, il avait déclaré :

> Ma vie privée, elle est dans mon bunker. Qui connaît ma vie privée ? Même ma maman ne la connaît pas. Maman connaît de moi le gentil garçon que j'étais en 1932-1934, à l'âge où se dessine le caractère. Elle sait qu'il n'y a rien de mauvais en moi. Mais ce qu'elle ignore, c'est ce qui se passe dans mes alcôves. Sinon, je n'ai pas changé. Je pense que j'ai l'âme d'un adolescent. C'est cette faiblesse qui fait ma force.

Dans le reportage publié dans *Actuel*, signé Jean-François Bizot et Karl Zéro, Serge affirme qu'il est un bouffon et récidive sur le thème de l'initiation aux arts majeurs :

> Je ne comprends pas... art mineur, art majeur. Peut-être qu'ils n'en ont rien à foutre les gamins ? Plus besoin de culture. Peut-être qu'ils n'ont plus besoin de racines, que c'est une nouvelle notion de désordre, de morale, de tout. J'attends et ça me fait chier d'attendre, d'être là, toujours là, Gainsbourg-Gainsbarre, un petit maître, un petit rigolo, ça me fait chier [...] Comment veux-tu que j'affronte Bartók, Schoenberg, Alban Berg ou Stravinski. Que je défie Rimbaud ou Antonin Artaud. C'est impensable. Je suis un petit maître... de 100 balles, là...

Bertrand de Labbey : « Il était piégé : il y avait de la part du public une attente détestable de l'écart qu'il allait forcément faire, du dérapage qui allait se produire, au lieu d'être attentif à ce qu'il disait, à ce qu'il écrivait. Il était en état de dérision et de provocation permanentes, en particulier quand il avait en face de lui des animateurs de

1. In *Actuel*, nº 60, octobre 1984.

télévision. Quand ses interlocuteurs étaient des journalistes intellectuellement plus cultivés, il pouvait développer des choses beaucoup plus passionnantes — au moment de *Love On The Beat* j'ai assisté à des interviews où il s'inventait des aventures homosexuelles qu'il n'avait jamais eues ou autour desquelles il brodait pour les mener à leur paroxysme. Il se construisait en permanence un personnage pour que le journaliste qu'il avait en face de lui reparte avec du bon "matériel" qui mérite par exemple la une de *Libération* le lendemain. Cette surenchère n'était qu'une apparence : en fait il travaillait énormément ses interviews. De sa part, cela relevait d'une exquise courtoisie ; si par la suite le journaliste n'avait pas obtenu la couverture, il en était désolé — plus pour le journaliste que pour lui-même. »

Interviewé sur le thème récurrent de son nouvel album, l'amour entre les hommes, dans *Libération* du 19 septembre 1984, Serge raconte à Bayon :

> J'ai toujours été malheureux avec les garçons. D'abord j'avais une répulsion, pour la peau. Ensuite je me sentais... je ne dirais pas amoindri, merde, pas fautif non plus... distant, voilà ! J'étais très pudique et ça ne marchait pas. Ça, c'est une vie que j'ai loupée. Dans ma jeunesse, dans l'armée, j'aurais pu... me faire baiser ou baiser... J'ai baisé des mecs, d'ailleurs.
>
> A partir de vingt ans, j'ai certainement fait le trottoir, une ou deux fois dans ma vie ; si on met la honte et la timidité ensemble, c'est un additif érotique... C'était ce que j'appelle des « rencontres fortuites » où je n'avais pas envie d'une pute, où j'avais envie d'un mec, et ça s'est toujours mal passé. Je me suis tapé de très jolis garçons, mignons comme tout, et puis fait enfiler. Trois fois. Et ça n'a pas marché...

Devant Pablo Rouy et Marco Lemaire, reporters du mensuel gay *GPH*, il continue sur sa lancée :

> Moi j'ai été loupé par les mecs. Toutes mes approches homosexuelles ont été extrêmement éprouvantes, frustrantes et très tristes. Je suis même arrivé à un partage de mecs où je me suis dit : Maintenant je vais me flinguer, tellement j'ai été déçu par toutes ces queues qui bandaient, qui ne bandaient pas, ceux qui voulaient me mettre, ceux qui ne voulaient pas me mettre. J'étais perdu. [...] L'homosexualité est un a priori. C'est rejeter l'autre sexe. Mais comment peut-on expliquer que j'ai eu tout le long de ma vie, de mon trajet, de mon parcours de combattant, des vertiges homosexuels et que je sois toujours en train de baiser des gonzesses ? Comment peut-on expliquer ça ? Qu'est-ce qui se passe dans ma tête ? C'est pas mal d'avoir des vertiges [...] Le vertige sexuel est très intéressant. [...] Un jour mon père m'a dit : « Faut pas que tu te branles. » Je devais sûrement avoir fait des taches sur le drap. Le lendemain je me suis foutu le doigt dans le cul et j'ai dit : Ah, intéressant. Je ne le disais pas d'une façon aussi chic. C'était une déviation physique, physiologique et instinc-

tuelle que j'ai trouvée très bien. Papa m'a donné un interdit d'un côté. Ce fut mon premier *trip* dans l'autre sens, ce qui ne m'a pas empêché de retourner aux femmes.

Un an plus tard, pour *GI*, autre magazine gay, interviewé par Marc Thirion, il déborde de romantisme en parlant d'un garçon qui lui aurait fait « la plus belle déclaration d'amour. La plus belle que j'aie jamais entendue. Sublime, et le mot est encore trop faible. Il avait tout compris en moi ». Serge lui avait fait l'amour : « Ça ne s'est pas bien passé. Je lui ai dit : "C'est loupé, casse-toi !" J'ai gardé de lui un dessin qui vient de Chine, dans un cadre. Il est passé comme une ombre qui s'efface sous les ardeurs du soleil, du futur, de futurs mirifiques. »

On revient sur terre pour cet entretien accordé à Jean-Eric Perrin du mensuel rock *Best*, à la sortie de *Love On The Beat*.

S.G. : Ce sont les rupins qui me haïssent. Pour eux je suis un anar, drogué, dégueu. C'est pas vrai, je fume et je bois mais les seules lignes que je prends sont les lignes aériennes. Je me rase soigneusement tous les trois jours et je me nettoie tous les orifices.

J.-E.P. : Inconsciemment, ils vous reprochent d'avoir trahi la caste des gens qui ont eu accès à la culture ?

S.G. : C'est ça, j'ai pris la tangente parce que de leur côté il y avait des platanes à perte de vue. J'ai jamais vu un milliardaire gentil, ni un pauvre méchant. Peut-être ne vais-je pas dans les bons endroits ! L'humanité, c'est dans le bas qu'elle est, moi je corresponds à ce que les gamins aimeraient être : marginal, un peu anar, mais pas *too much*, et c'est un luxe d'être marginal et d'avoir autant d'impact.

J.-E.P. : La une des médias c'est primordial pour vous, vous préférez la mort à l'oubli ?

S.G. : Je veux bien qu'on m'oublie le lendemain de ma mort, j'en ai rien à cirer. Se survivre c'est une notion dépassée, romantique, c'est fini tout ça. Je suis resté très adolescent en face des médias, je ne suis pas blasé, j'adore ça, j'aime cet impact, parce que je suis un tireur d'élite : j'envoie ma bastos et j'aime bien voir quand elle touche sa cible. Je suis prêt à tout, je suis une putain de luxe, une pute qui prend son pied. Ce qui est rare et donc très cher...

Attraction populaire, Serge a désormais son animateur / sosie attitré, un certain Franck Malagovène qui fait son numéro tous les soirs à l'Alcazar. Quand, en mai 1985, un journaliste de *Télé-Star* lui pose la question « Et qu'arrivera-t-il le jour où l'on ne se retournera plus sur Gainsbourg ? », ce dernier répond, fanfaron :

Même si j'arrête tout, cela ne peut m'arriver. Je suis déjà mythique. Je le dis sans orgueil. Seule ma mort y mettra fin. Et encore. Je passerai à la postérité pour quelques années. J'espère qu'à l'analyse de mes textes, on s'apercevra alors que j'étais très sérieux et que j'ai utilisé la langue française au mieux.

Au milieu de ce *blitzkrieg* promotionnel, Serge trouve le temps de composer le générique de l'émission *Cabou Cadin*, qui s'adresse aux enfants[1], sur la nouvelle chaîne cryptée Canal+, dont l'antenne s'ouvre le 4 novembre 1984. Puis il est invité par Pierre Achard, de la SACEM, à rencontrer lors d'un débat de jeunes auteurs-compositeurs, une confrontation qui le stresse et qu'il aborde à jeun.

Pierre Achard : « Au début le contact a été assez difficile et tendu, il y a eu des échanges un petit peu rudes, en particulier quand certains jeunes artistes posaient les éternelles questions “Qu'est-ce qu'il faut faire pour réussir ?” ou “Donnez-moi un tuyau, à qui dois-je envoyer ma cassette ?”. Il en a envoyé paître certains en leur disant qu'il fallait qu'ils se démerdent, tout en égratignant des gens du métier. Certains jeunes lui parlaient d'artistes comme Jonasz, Sanson ou Téléphone et lui qui n'en avait rien à battre jouait la provoc pour les déstabiliser. J'ai craint un instant que la rencontre tourne court, quand des gens un peu énervés sont partis en l'insultant, mais son comportement a changé radicalement dans les minutes qui ont suivi. Je pense qu'il avait voulu savoir qui étaient les gens qui étaient venus le voir pour lui, pas pour Gainsbarre, et ainsi il a “nettoyé” le public. Il s'est donc retrouvé avec les trois quarts de l'auditoire et il a été extrêmement généreux, il a passé plus de deux heures avec eux, il ne voulait plus s'arrêter. »

Le 15 mars 1985, Jacqueline, qui s'occupe d'Olia depuis quatorze ans, la retrouve sans connaissance, dans son fauteuil. Bizarrement, leur maman s'était levée, elle qui était pratiquement grabataire, elle avait fait son lit et s'était habillée avec coquetterie.

Michel Piccoli : « La nuit où sa mère est morte, nous étions ensemble, avec Serge et Jane. On lui a téléphoné précisément au moment où il venait de commencer une histoire drôle. Il a répondu, il a raccroché, il nous a dit ce qui se passait, puis il nous a sorti : “Eh merde, je finis ma blague quand même.” Pas du tout par orgueil, il voulait simplement continuer sa farce. J'ai vu devant moi un enfant boudeur devant une catastrophe qu'il voulait encore refuser quelques instants. »

Jacqueline Ginsburg : « Elle était là, assise dans le noir. On a appelé le médecin, mais elle avait eu une thrombose, son cerveau était mort.

1. *Cabou Cadin* = caca boudin, bien sûr.

Avec Jane, j'ai pensé qu'il fallait quand même tenter de faire quelque chose. »

Olia est emmenée à l'hôpital à Boulogne, où son décès, à l'âge de quatre-vingt-onze ans, est prononcé à 5 h 10 du matin.

Gainsbourg : « Moi je crois qu'elle en avait marre, parce qu'on a trouvé près de son lit une bouteille de vodka que je lui avais offerte et quelques somnifères. A l'hôpital, le toubib est venu me dire en aparté : "Si on lui retire le masque, tout s'arrête. Sinon, il y aura des séquelles et une survie végétative." Je lui ai dit de tout stopper... Le jour de l'enterrement, je me souviendrai toujours, on n'avait pas encore refermé le cercueil, je me suis penché et je l'ai embrassée, sur les lèvres, et je me suis mis à trépigner de désespoir, de rage devant la mort... Puis les mecs la descendent dans la tombe, avec les cordes, et ils font un faux mouvement, je leur dis : "Ah ben non, faites attention, la dérangez pas, merde !" Après ça, je ne suis plus jamais retourné avenue Bugeaud, ça m'aurait fait trop de mal. Et je porte toujours cette bague, qui lui a appartenu... »

Liliane Zaoui : « Avec l'éloignement, les contacts étaient devenus plutôt impersonnels avec mon frère, il m'impressionnait parce qu'il était parfois un peu glacial, il y avait une certaine mise en scène, il me faisait entrer chez lui et admirer son intérieur fabuleux. Mais le jour de l'enterrement de maman, il était effondré et il m'a demandé de le suivre rue de Verneuil, où l'on a écouté la *Pavane pour une infante défunte* de Ravel, un des morceaux qu'elle adorait... ça m'a remué les entrailles... »

Pour la première fois, au printemps 1985, Jane joue au théâtre, aux côtés de celui qui avait été un magnifique partenaire dans *La Fille prodigue*.

Michel Piccoli : « Serge est bien entendu venu à la première de *La Fausse Suivante*. Il était comme un enfant, bouleversé par le trac. Il se répétait : "Elle a peur ! elle a peur !" et, de fait, Jane était tétanisée. Pendant la représentation je l'ai aperçu, il était subjugué, émerveillé. Malgré moi, il est possible que je l'aie quelque peu imité au niveau de mon personnage, je jouais dans cette pièce une sorte de clochard manipulateur... »

Côté pub, ça suit son cours, toujours avec Babeth Si Ramdane, sa monteuse attitrée depuis le début des années 80 : celle qui a ramé dans ses galères, même avec les pagayeurs dans *Equateur*, le suit dans toutes ses aventures cinématographiques, y compris, bientôt, sur *Charlotte For Ever*.

Babeth Si Ramdane : « J'ai refusé beaucoup de boulots pour travailler avec lui : en salle de montage il était toujours détendu, naturel et méticuleux. On avait parfois des problèmes de durée, par exemple sur les deux films qu'il avait réalisés pour Total en mai 1985 : ce qui était ennuyeux c'est que tous les plans sur la production et l'acheminement du pétrole qu'on lui avait demandé de mettre en musique, sur le thème de la *Symphonie du Nouveau Monde*, le faisaient profondément chier. Il les trouvait moches, il voulait jeter la moitié des images, mais il fallait qu'on fasse 12 minutes... »

La même année, Gainsbourg signe un spot pour la pellicule photo Konica, dont il est aussi l'interprète, qui débute par un plan américain trois quarts face ; apostrophant la caméra, il déclare « La gueule que j'ai, je la regretterai dans dix ans »...

Entre Bambou et Serge, rien ne va plus, du moins temporairement. En juin 1985, à Didier Vallée de l'hebdomadaire *VSD* il déclare : « Il n'y a plus de Bambou. Mais je ne veux pas en parler, je ne veux pas lui faire de peine. » Ils ont voulu faire un enfant, mais cela n'a pas marché, elle l'a perdu. C'est mieux ainsi, se dit Serge, qui songe à la différence d'âge : « Quand ce gosse aura vingt ans, j'en aurai quatre-vingts. » Pour se distraire, il passe ses soirées avec des copines, notamment Buzy, une petite chanteuse qui avait déjà fait parler d'elle au début des années 80 avec le tube « Dyslexique ».

Buzy : « J'avais le texte de cette chanson qui s'appelait "I Love You Lulu" pour lequel il me fallait une musique. Bashung avait fait une tentative mais je ne le sentais pas, c'est lui qui m'a conseillé d'aller voir Gainsbourg, dont j'ignorais totalement que le premier prénom était Lucien. Il m'a donné rendez-vous chez lui rue de Verneuil et quand il a lu le texte il a cru que c'était pour lui ! Comme j'étais à la bourre et qu'il traînait pour me faire ma musique, j'ai fini par la composer moi-même et j'en ai profité pour écrire une autre chanson qui cette fois-ci lui était vraiment destinée et qui s'appelait "Gainsbarre". Ça l'a énormément ému, il est venu en studio pour réaliser les titres, puis il a fait la photo pour la pochette du disque. »

Entre-temps il y avait eu cette soirée bizarre où Serge l'avait appellée en lui disant : « Viens immédiatement, il y a de la thune à se faire, on va faire une pub ensemble ! » Buzy arrive chez lui, vers 1 heure du matin, pour trouver Serge entouré d'une dizaine de flics à qui il racontait des histoires de cul[1]. Lors de la séance photo pour le disque, il la fait poser durant plus de cinq heures, poitrine nue, sur un cube de 50 cm. Elle finit par craquer et se met à chialer.

1. La pub en question, ils l'ont pourtant faite : pour les yaourts aux fruits Danone, Serge, qui a réalisé le spot, engage Buzy ; il lui demande de siffler lorsqu'il enregistre l'illustration sonore...

Buzy : « A la fin de la séance, je lui ai dit de prendre ma place et de jouer le jeu, comme j'avais fait. J'ai shooté une bobine complète de sa tronche, et malgré sa fatigue et son visage abîmé, sous n'importe quel angle, j'ai pris conscience de son charisme[1]. »

Invité par Patrick Sabatier à participer en direct au *Jeu de la vérité*, le 7 juin 1985 sur TF1, peu de temps après Coluche, Serge se met à flipper. La veille, déprimé, il confie au *Matin* :

> Qu'est-ce qui me reste ? Rien du tout. J'ai perdu toutes mes gonzesses, et ma maman. Perdre sa mère, c'est perdre sa jeunesse.

Même si les ventes de *Love On The Beat* lui ont valu un nouveau disque de platine, il a peur des questions du public, qu'il ne peut esquiver, sauf exception (il a droit à deux jokers), c'est la règle du jeu. Il se méfie du contrecoup de l'affaire du billet brûlé, et il n'a pas tort. Question d'être *clean*, il a arrêté de boire une semaine avant.

Patrick Sabatier : « Pendant le quart d'heure qui a précédé l'émission, je suis resté avec lui tout le temps et je l'ai senti très concentré, il fumait beaucoup mais je ne l'ai pas vu boire, il savait très bien qu'il allait se retrouver seul face à 10 millions de gens. Gainsbourg n'avait rien d'un type halluciné qui faisait n'importe quoi, il savait très bien où il allait. »

Ce soir-là, il s'en tire à merveille. En guise de munitions, il a choisi de chanter « Parce que » d'Aznavour et il a mémorisé un stock de blagues plus ou moins crades, soigneusement compilées dans un petit carnet par Yves, son neveu. De fait, il en a eu besoin alors que se déversaient sur lui des tombereaux de connerie et de clichés d'une infernale prévisibilité. Ça volait bas, genre : il est sale, il se drogue, il est cynique ; il a bafoué la Marseillaise ; il s'est moqué des pauvres en brûlant le billet de 500 balles ; et en plus, il n'a même pas chanté avec Renaud et ses potes pour l'Ethiopie[2]. Coup de théâtre, démagogie et élégance, il dégaine à ce moment-là son carnet de chèques et en signe un, d'une valeur de 100 000 francs, à l'ordre de Médecins Sans Frontières. Pour une majorité de téléspectateurs plus ou moins hostiles, Serge devient soudain quelqu'un de généreux, de respectable. Son image de marque, quelque peu secouée par d'anciens excès, repasse temporairement dans le bleu.

Gainsbourg : « Il m'est arrivé une histoire hallucinante après le *Jeu de la vérité*. Je sors dans les boîtes. Arrive une jeune fille assez jolie

1. Interview accordée à Eric Chemouny pour le mensuel *Platine*, avril 1996.
2. Exact : Serge n'avait pas participé deux mois plus tôt au 45 tours des Chanteurs Sans Frontières à cause de l'enterrement de sa maman.

qui se met à ma table et se colle à moi en m'accablant de compliments. Elle me raconte que son père a adoré l'émission, en particulier l'histoire du petit immigré que j'ai racontée à la première personne : je vais voir Mitterrand et je lui demande : “Combien vous me donnez pour que j'me casse ?” Il me répond : “10 briques.” Je vais voir Raymond Barre, même question, il me propose 50 briques. Chirac m'offre 750 000 balles. Puis j'vais voir Le Pen : “Combien vous m'donnez pour que j'me tire ? — Cinq minutes !” “Mon père était plié en deux”, me dit la fille, puis elle continue à me cirer les pompes. Je finis par lui demander : “Mais qui c'est votre père ?” Eh bien c'était la fille de Le Pen... Je l'ai sortie toute la nuit, jusqu'aux aurores. »

Début juillet 1985, les murs de Paris se couvrent d'affiches 4 × 3 avec la photo travelo de la pochette de *Love On The Beat* sur fond tricolore et ce slogan : « Fête nationale du 14 juillet : Monsieur Gainsbourg respecte les traditions ». Parallèlement, dans la presse, des encarts lancent la location pour ses concerts à partir du 19 septembre au Casino de Paris en précisant le tarif des places : « 140 francs devant, 110 francs derrière »... Le 7 août est diffusée à la télé une longue interview de Serge par Jane Birkin dans l'émission *Je t'aime moi non plus* de Bernard Bouthier, puis Serge s'envole à New York pour répéter avec Billy Rush et les pointures qu'il a recrutées pour l'occasion : en plus du saxophoniste Stan Harrison et des Simms Brothers aux chœurs, Billy lui présente le claviériste Gary Georgett, le bassiste John K., qui a travaillé avec Cyndi Lauper, et le batteur Tony « Thunder » Smith, qui a côtoyé les géants du jazz « fusion » (Jeff Beck, Jan Hammer, John McLaughlin, etc.).

Dans son numéro daté de septembre 1985, le mensuel *Lui* propose cinq pages de reportage, sous le titre « Le sado-masochisme de Serge Gainsbourg », émaillées de photos pseudo-SM montrant Serge torse nu et Bambou à poil[1]. On y apprend qu'il vient de payer son tiers provisionnel pour un montant de 633 410 francs (autrement dit, il paie 1 900 000 francs d'impôt cette année-là)[2]. Le 19 septembre, jour de la première au Casino de Paris, Yves Mourousi reçoit Gainsbourg au JT de 13 heures :

> Yves Mourousi : Alors mon p'tit gars ? Qu'est-ce que c'est que cette décoration, mon p'tit gars ?

1. La séance a eu lieu en avril 1985, avant leur séparation temporaire, au moment de la conception de Lulu... Ils se sont réconciliés pendant l'été, lorsque Bambou lui a annoncé qu'elle était enceinte.

2. En mars 1987, le mensuel *Globe*, dans une colonne signée Laurent Dispot, affirme qu'il paye 500 000 francs pour l'année 1986. Notre estimation est certainement beaucoup plus proche de la réalité.

Serge Gainsbourg : Cette rosette ? Ça ? Je vais vous dire ce que c'est. [...] J'ai frappé fort. Je ne suis pas chevalier, je suis directement officier des Arts et Lettres.

Y.M. : Content ?

S.G. : Un peu, ouais. Tu sais, Schopenhauer était un misanthrope. Mais à la fin de sa vie, quand il a eu les honneurs, il était plus misanthrope. Il les a acceptés.

Y.M. : Dites-moi, Gainsbourg...

S.G. : Oui mon p'tit gars.

Y.M. : Depuis que je vous ai vu ce matin dans mon bureau, vous avez une trouille noire de ce qui vous attend ce soir.

S.G. : Si j'avais pas la pétoche, je serais vraiment un con. Je sais bien que les locs, c'est bourré... Moi pas, hein... Professionnel !

Le ministre de la Culture Jack Lang lui a en effet offert le matin même la croix d'officier de l'ordre des Arts et des Lettres. Coluche et Clint Eastwood, décorés à la même époque, n'avaient eu que le grade de chevalier. Serge, le fils d'immigrés juifs et russes, qui avait pendant la guerre porté l'étoile jaune, est extrêmement fier. Pense-t-il à ses parents, débarqués avec de faux papiers à Marseille le 25 mars 1921 ? C'est plus que vraisemblable... Serge aimait les honneurs et les traces tangibles de son succès : les disques d'or et de platine, comme autant de trophées ; les insignes de la police offerts par ses copains du commissariat voisin ; la rosette de la Légion d'honneur, refilée par un fan, qu'il lui arrivait de porter en toute illégalité...

Au moment où Serge se produit au Casino de Paris, une salle qui existe depuis 1890, fameuse pour ses revues légères et son grand escalier (c'est là que Cécile Sorel prononça le célèbre « L'ai-je bien descendu ? »), la concurrence est rude : parmi les spectacles de cette rentrée 1985, on relève Jacques Higelin à Bercy (avec Mory Kanté et Youssou N'Dour) et Claude Nougaro à l'Olympia. Malgré cela, toutes les places ont été vendues jusqu'au 20 octobre, au point qu'une cinquième semaine est rajoutée in extremis et que l'on voit les « p'tits gars » faire la queue rue de Clichy dès 9 heures du matin pour être certains d'avoir une place.

Le soir de la première, nombreux étaient ceux qui s'attendaient à le voir tomber. Et de fait, après le lever de rideau, qui s'ouvrait comme un jean que l'on dézippe, assorti aux tenues de scène de Gainsbarre et de ses musiciens ricains, il s'est cassé la gueule, et du haut du grand escalier, encore ; à la cinquième marche, titubant, il a dérapé : vol plané et gamelle monstre. Le public a crié. A ce détail près que ce n'était pas lui mais un cascadeur. Après une seconde d'angoisse, ricanant, le vrai Gainsbourg rentrait côté cour et sous une ovation.

Billy Rush : « J'étais reparti en tournée avec Southside Johnny, je savais que l'album avait bien marché, mais je n'avais pas imaginé qu'il y aurait une suite. Un beau jour je reçois un coup de fil : "Billy, je veux partir en tournée, monte-moi un groupe." Il est venu répéter à New York, et assez subtilement, en me montrant deux ou trois couvertures de magazine, il m'a fait comprendre qu'il était plutôt aimé du public... Mais quand je suis monté le soir sur la scène du Casino, j'ai été sidéré, je n'en croyais pas mes yeux... »

Bien sûr, Serge était malade de trac : l'enjeu était de taille, rien à voir avec les concerts au Palace en 1979 où la surprise de le revoir sur scène avait suffi pour créer l'événement. Cette fois, il construit un véritable tour de chant, couvrant toutes les périodes de sa carrière, de 1959 à 1985, de « L'eau à la bouche » à « No Comment » en passant par des moments d'émotion forts, tels que la « Ballade de Johnny Jane » et « La javanaise »[1] : Serge découvre à cette occasion le coup des briquets qu'on allume ; chaque soir, les milliers de petites flammes le mènent au bord des larmes. De temps à autre, Gainsbourg esquisse un pas de danse, il ondule, il saccade. Pourtant, avant de partir répéter à Manhattan, il avait déclaré : « Mais a-t-on vu, bordel, Frank Sinatra danser sur scène ? Non, il est cloué, clouté derrière son micro. Pour moi ce sera pareil, arrêt sur image. » Enfin, pour éviter les problèmes de trous de mémoire, pour le sécuriser, il emploie un prompteur, une technique déjà mise au point pour Johnny Hallyday.

Billy Rush : « Un jour, à deux semaines de la première, nous voyons arriver un camion de déménagement d'où on retire des panneaux couverts de velours, des disques d'or, des pochettes de disques, des posters de Bardot, des portraits de Jane et de Bambou et tout un fouillis d'objets : Serge avait décidé d'aménager sa loge aussi méticuleusement que sa maison rue de Verneuil... Quant à nous, il nous traitait comme des princes : rien de comparable aux innombrables tournées que j'ai pu faire aux Etats-Unis. Avec lui c'était toujours *first class* sinon rien : il nous invitait dans les meilleurs restaurants, il nous couvrait de cadeaux... »

Michel Drucker : « C'est en le voyant sur la scène du Casino que j'ai pensé à sa triple et prodigieuse revanche, à la fois sur ses origines

1. Sur la suggestion de Philippe Lerichomme, pour enrichir le futur album *live*, Serge écrit une chanson inédite, ayant pour thème l'assassinat d'un chanteur, en citant l'exemple tragique de John Lennon. Il l'interprète deux soirs seulement, lors du deuxième et du troisième concert au Casino, mais Jane Birkin, horrifiée par les paroles qui ressemblent à un appel au meurtre (au sien : Serge évoque naturellement cette « mort rêvée » pour un artiste), lui conseille de la retirer du programme. Il ne subsiste aucune trace de ce morceau, ni enregistrement, ni même... le titre !

de petit émigré russe, sur sa gueule pas possible et sur ses années de galère... Il réussissait à plaire au grand public et à l'intelligentsia : dans nos métiers c'est une chose extrêmement difficile. Adjani, un jour que nous parlions de télévision, m'avait dit : “Tu sais, l'audimat n'intégrera jamais l'estime et le respect”... Gainsbourg a touché, surtout au cours des dernières années, la France profonde, celle de Coluche, parce qu'il avait ce côté clownesque qui plaît aux blaireaux. Mais il n'a jamais cessé de séduire les gens plus exigeants, l'élite intellectuelle. »

Si les critiques sont globalement positives, la meilleure analyse des concerts au Casino est signée Sacha Reins, ex-pilier de *Rock & Folk* qui écrit désormais pour *Le Point* et qui raconte comment le spectacle démarre sur « Love On The Beat » :

> Pour ceux qui n'auraient pas saisi la subtilité de ce jeu de mots bilingue, Gainsbourg ponctue chaque « beat » d'un bras d'honneur vigoureux. Pépé-pipi-caca de la provoque, que chaque année qui passe rend plus pathétique, Gainsbourg fait ce qu'il croit qu'on attend de lui [...] Et la musique ? Elle est rock, ou du moins se l'imagine-t-il. De même qu'il avait cru qu'il suffisait d'engager les musiciens de Peter Tosh pour être rasta, il est persuadé qu'entouré des mercenaires de Bowie il devient rocker. Erreur grossière et tragique car, de « Je suis venu te dire que je m'en vais » à « L'eau à la bouche » en passant par « La javanaise », tout est passé à la moulinette speedée du rock. Les excellents musiciens ne sont pas en cause : ils font ce pourquoi on les paie. Il ne reste plus au spectateur qu'à faire un effort d'imagination et à essayer de se souvenir de ce qu'étaient ces joyaux avant que leur créateur ne leur impose ce lifting destructeur. Bizarre que cet immense artiste, qui continue à écrire encore aujourd'hui de merveilleuses et bouleversantes chansons (écoutez le dernier album de Jane B.), puisse se tromper à ce point sur lui-même et penser que c'est cette caricature de beauf aviné et salace que l'on aime retrouver. Ceci est d'autant plus triste que l'on sait, ne serait-ce que pour l'avoir vu chez Sabatier, que derrière cette affligeante armure l'homme est tout autre. Sensible, pudique, fragile, généreux, émouvant. Deux personnages cohabitent en lui : docteur Gainsbourg et mister Gainsbarre. Il croit que c'est le second que l'on vient voir. Comme il se trompe !

Après le Casino, « C'est ma tournée » : Serge écume les villes de province[1], tandis que *Quoi*, le nouveau 45 tours de Jane Birkin, grimpe dans le Top 50. Un projet né en Italie, paroles de Gainsbourg sur une

1. Le 5 novembre à Rouen, le 6 à Lille, le 7 à Reims, le 8 à Nancy, le 9 à Metz, le 10 à Strasbourg (où il n'y a plus le moindre problème avec les paras, et pourtant il chante « Aux armes et caetera » ...), le 11 à Besançon, le 12 à Clermont, le 13 à Limoges, le 14 à Bordeaux, le 15 à Nantes, le 16 à Quimper, le 18 au Mans, le 19 à Bruxelles, le 21 à Lyon, le 22 à Grenoble, le 23 à Saint-Etienne, les 24 et 25 à Montpellier, le 26 à Toulouse, le 28 à Nice, le 29 à Marseille et le 30 à Lausanne.

musique composée par les frères De Angelis, des vétérans du tube transalpin, à l'occasion du générique d'une série télévisée. Grosse artillerie, slow qui tue...

Amour cruel
Comme en duel
Dos à dos et sans merci
Tu as le choix des armes
Ou celui des larmes
Penses-y
Penses-y
Et conçois que c'est à la mort à la vie

Parmi les techniciens, au Casino et sur la tournée, on trouve un personnage étonnant, un colosse aux moustaches imposantes nommé Robert Adamy, dit « Dada ». En plus de son boulot comme régisseur, où il est secondé par Jacques Lebihan, il s'occupe de la protection rapprochée de la star : il éloigne les fans trop insistants, écarte les journalistes qui s'incrustent. On le retrouvera plus tard, lors des concerts au Zénith et de la tournée qui suivit.

Robert « Dada » Adamy : « Quand on a quitté le Casino pour la tournée en province, on a commencé par Lille, une salle de 14 000 places, là où le Casino n'en faisait que 1 500 ! Quand il est monté sur scène pour les répétitions, il m'a dit : “Mais c'est quoi ça, Dada ?” Il était très impressionné, je l'ai rassuré en lui disant que la salle serait pleine et qu'il aurait le droit aux briquets et à sa nuit étoilée... En tout cas, je peux vous assurer que dès que nous avons commencé à répéter pour le Casino puis pour la tournée, il ne buvait pas une goutte de 102. Il avait très bien compris que pour faire deux heures de show, il ne pouvait pas se permettre de boire et grâce à cet état d'esprit on a fait une tournée magnifique, très *clean*, très humaine. »

Jacques Lebihan : « En 26 jours on a fait 23 dates, c'était à fond la caisse et au lieu de profiter des trois jours de repos, on a fait la fête ! Je me souviens du concert à Montpellier, on est sortis en boîte et après on est rentrés au Novotel, mais trente mecs un peu bourrés qui rentrent en pleine nuit ça fait du bruit ! On a fracturé le bar pour continuer à picoler, le gardien de nuit ne savait plus où donner de la tête... Dans un coin il y avait un billard américain ; dans l'équipe il y avait deux joueurs de pétanque, des vrais champions, alors ils avaient pris les boules, Gainsbourg posait la tête sur le tapis du billard, ils lui posaient une boule derrière la tête et à cinq ou six mètres de distance, ils faisaient des carreaux ! Si Serge s'était pris une boule dans la gueule, la tournée s'arrêtait ! Ensuite on a cassé le billard, on a cassé la porte d'entrée, les flics sont arrivés et Gainsbourg leur a dit : “Oooooh, monsieur l'adjudant, on est des jeunes, on déconne un peu mais on ne fait pas de mal !" Ils sont repartis, Bambou, qui était enceinte à l'époque, est descendue en criant : "Bande d'ivrognes !" et Gainsbourg a payé une note plutôt sévère le lendemain ; sur le reste de la tournée, on a été interdits de Novotel ! »

Billy Rush : « Pendant la tournée, il y avait tant de monde que les petites filles, serrées dans les premiers rangs, tombaient parfois dans les pommes : chaque fois que le service d'ordre en dégageait une de la foule, il se retournait vers moi et me faisait un gros clin d'œil. "Elles s'évanouissent pour moi", pensait-il, et ça le ravissait. En revanche, quand je le voyais déprimé, quand il traînait dans les bars des hôtels, ça me minait... Un jour, à Toulouse, je lui dis : "Il fait beau, allons nous balader ! Tu mets tes lunettes noires, les frères Simms vont nous accompagner, tu n'as rien à craindre !" On sort et cinq minutes plus tard c'était l'émeute, on avait une horde de mômes à nos trousses... »

Le 5 janvier 1986, naissance du petit Lulu. Le préposé municipal fait une drôle de tête quand Lucien Ginsburg vient déclarer Lucien Ginsburg... Bambou, la petite junkie, a cessé de jouer avec ses seringues, sous les menaces : « Je lui ai dit : "Si t'arrêtes pas, je te casse la gueule !" racontait Serge. Je lui ai sauvé la vie et je l'ai donnée à Lulu. »

Bambou : « Juste avant la naissance de Lulu, Serge a dû subir une opération à l'Hôpital américain, à Neuilly, tandis que moi je passais les dernières semaines de ma grossesse couchée à la maternité. Mais j'ai demandé la permission d'aller retrouver Serge à l'hosto pour passer les fêtes avec lui. Quand j'ai voulu repartir les infirmières m'ont retenue en me disant que j'allais accoucher ! C'était le 5 janvier, le jour de la galette des Rois, Serge m'a rejointe avec la galette et le champagne, on a mis un garde du corps à la porte de la chambre, mais les paparazzi avaient enfilé des blouses blanches pour voir si je n'avais pas fait un môme accro. Eh bien non ! Trois kilos quatre, une merveille ! Serge voulait une fille, une petite poupée chinoise, et quand Lulu est né j'ai eu le droit à la gueule pendant trois jours, mais après il s'est excusé en me disant qu'il était le roi des cons, qu'il avait déjà une petite fille et qu'avec un garçon il pourrait jouer au football. Quand j'ai vu Lulu, je me suis dit que je ne serais plus jamais toute seule. Serge est entré dans la salle juste après l'accouchement, il a coupé le cordon et il lui a donné un bain. Il est arrivé le lendemain avec Dutronc et Jacques a proposé d'être le parrain [1] ».

1. Yul Brynner, le parrain de Charlotte, était mort quelques semaines plus tôt, le 10 octobre 1985.

Les journalistes font bien sûr leurs choux gras du papy papa et celui-ci se livre avec délectation à l'une de ses activités favorites, l'exploitation publique de sa vie privée. On lui pardonne sa naturelle fierté, d'autant qu'il attendait ce moment avec impatience : deux ans plus tôt, Bambou avait fait une fausse couche, à six mois. Ce môme, ils le voulaient, et Serge ne résista pas à la tentation d'écrire une chanson pour célébrer son arrivée, le premier 45 tours chanté par celle qui partage sa vie depuis cinq ans :

Lulu enfant de l'amour
Portrait de Gainsbourg
Deux cent soixante-dix jours à ce jour
Lulu j'ai lu
Dans tes grands yeux de velours
Tant d'amour

Début février 1986, Serge s'envole à Montréal, où il participe avec Jane à l'émission *Tapis rouge*, animée par le chanteur Jean-Pierre Ferland. Le 22 février, Charlotte Gainsbourg, quatorze ans et demi, reçoit pour son rôle dans *L'Effrontée* de Claude Miller le César du jeune espoir féminin. Tout le monde se souvient de la petite en larmes, aveuglée par les flashes des photographes, entre son papa et sa maman fous de fierté, avec Serge qui l'embrasse à la russe... Un César d'autant plus mérité qu'elle est irrésistible dans son troisième film (après *Paroles et Musique* elle avait fait une apparition dans *La Tentation d'Isabelle* de Jacques Doillon), aux côtés de Jean-Claude Brialy et de Bernadette Lafont [1]. Pendant ce temps, le metteur en scène de *Tenue de soirée* attend avec impatience que Serge lui livre dans les temps la musique qu'il lui a promise.

Bertrand Blier : « Contrairement aux *Valseuses*, je l'avais cette fois attaqué plusieurs mois à l'avance, en lui faisant lire le scénario et il avait été emballé sans doute par le côté décoiffant des dialogues entre Depardieu, Miou-Miou et Michel Blanc... Evidemment tout s'est fait au dernier moment, on a bloqué des dates de studio et en gros, alors qu'on devait enregistrer le lundi, on s'est vus le samedi en se demandant : "Bon alors, qu'est-ce qu'on fait ?" Il était venu en salle de montage, il avait noté les minutages, les types d'ambiance, mais à part ça il n'avait rien fichu. Il s'y est mis dans la nuit du samedi au dimanche et il était complètement dans le coaltar quand il m'a fait écouter les

1. On remarquera dans les mois et les années qui suivent le phénomène très curieux des Charlotte *lookalikes*, comme disent les Anglo-Saxons, des fillettes qui s'identifiaient à fond à la jeune comédienne et qui copiaient son look, sa coiffure et ses moues boudeuses.

30 ou 40 bribes de thèmes qu'il avait enregistrées sur son petit dictaphone. On aurait pu craindre le bricolage, mais après, en studio, cela a donné des merveilles. On a passé comme ça deux jours et deux nuits hallucinants, parfois vers 3 heures du matin Bambou et ma femme allaient chercher à bouffer et Lulu, un nourrisson d'à peine quelques semaines, restait sur les genoux de son papa, tandis qu'il mixait ma bande originale à un volume qui aurait décollé les tympans de n'importe quel CRS. Moi j'osais pas bouger mais j'étais prêt à intervenir, je lorgnais avec effarement la cendre de sa Gitane à trois centimètres du crâne de son bébé somnolent, tandis que d'une main il actionnait les manettes et que de l'autre il se resservait du Pernod... »

Jean-Pierre Sabar : « C'est la dernière fois que j'ai travaillé avec Gainsbourg. Cette fois-là, j'ai commencé à ouvrir ma gueule, à lui dire qu'il charriait à force de refourguer des extraits de fond de tiroir, des vieux trucs qu'il avait déjà sortis ou piqués à droite à gauche. Et Blier qui n'arrêtait pas de s'exclamer : "Oh, c'est génial !" J'ai juste eu le temps de bosser sur la musique du générique et, le lendemain, il m'a fait appeler par l'ingénieur du son : "Serge souhaite que tu ne viennes plus". Je lui en ai voulu de m'avoir jeté, mais je me console en me disant qu'il a agi de la même manière avec tous ses arrangeurs... »

« Putain de musique ! pour un putain de film ! » aboie la campagne de pub au moment où *Tenue de soirée* triomphe en salle (le film sort à Paris le 23 avril 1986) et au Festival de Cannes. Une bande originale réussie pour une histoire formidable, qui vaudra à Michel Blanc le grand prix d'interprétation pour son rôle d'apprenti homo qui, par amour pour son mec, se transforme mentalement et physiquement en femme[1]...

Dans la foulée de son apparition au Printemps de Bourges, en avril 1986, à nouveau avec ses musiciens américains spécialement revenus en France pour l'occasion, Gainsbourg est l'invité d'honneur de *Champs-Elysées* et Drucker fait le plein d'audience. Tout se déroule normalement jusqu'à l'arrivée de Whitney Houston, chanteuse black éminemment populaire, aussi blanchie et aseptisée que Michael Jackson. Elle fait son numéro, rejoint ses hôtes et s'entend dire par Gainsbarre en smoking : « I want to fuck her ». Whitney, tétanisée : « Whaaaaaaaaat ? » Le public se marre, Drucker rame comme un naufragé, gémit : « Maman, change de chaîne ! » et tente de traduire en ramassant les morceaux : « Euh... Ne faites pas attention, ça lui arrive,

1. Dix ans après, *Tenue de soirée* évoque par certains côtés *Je t'aime moi non plus*. Pour la petite histoire, Blier sera agacé de constater comment Serge va ensuite réutiliser l'un des thèmes de son film pour la musique d'un spot de pub : « Quel voyou ! » dit-il, avant d'en rire...

il veut dire qu'il aimerait vous offrir des fleurs... » Serge : « Mais non, pas du tout, j'ai dit que je voulais la baiser ! » Il exprime tout haut ce que pensent tout bas les trois quarts des téléspectateurs mâles, tandis que la star américaine, folle de rage, s'apprête déjà à faire un scandale hors antenne.

Michel Drucker : « Le pire c'est que dans le conducteur de l'émission cette séquence n'était pas prévue : j'ai demandé à Whitney de s'asseoir avec nous parce que Serge, pendant sa chanson, m'avait dit : "Présente-moi à ce canon !" Quand il a sorti ce qui est quand même, pour les Américains, la pire des insultes, pendant une fraction de seconde j'ai failli oublier qu'on était en direct, j'ai eu envie de me lever et de lui casser la gueule, ou alors de le sortir du plateau... Mais si j'avais fait ça l'émission était finie puisqu'on était à dix minutes de la fin et qu'il devait encore chanter "Vieille canaille" avec Eddy Mitchell[1]. Et d'un coup j'ai vu dans son œil enfantin qu'il avait quand même mesuré l'énormité de sa farce, et surtout qu'il m'avait mis dans une de ces merdes... A la fin de l'émission, Whitney était grise de colère : Serge est allé s'excuser, elle ne lui a pas accordé un regard, je me souviens qu'on était prostrés dans le bureau pendant que le standard explosait. A 4 heures du matin on s'est pointés à son hôtel, on avait réussi à trouver un gigantesque bouquet de fleurs, on lui a déposé une lettre, mais on n'a plus jamais eu de nouvelles... Après ça, Serge a cru que je le boudais parce que je ne l'invitais plus : je préférais seulement que ça se tasse un peu... »

Il y eut des menaces de procès. Outre la presse française, tous les médias anglo-saxons rapportèrent l'affaire et Whitney fit le tour des *talk-shows* américains pour raconter sa mésaventure — sans bien sûr prononcer la phrase fatale.

Pendant ce temps, la première fille de Jane, Kate Barry, a fait son chemin. Quatre ans plus tôt, à l'âge de quinze ans, elle avait découvert sa première vocation lors d'un défilé de mode ; un an plus tard, elle avait été acceptée par décision exceptionnelle à la Chambre syndicale de la haute couture. En 1985, ses premières créations sont bien accueillies mais les financements sont difficiles à trouver. En 1986, alors qu'elle n'a que dix-neuf ans, l'âge qu'avait sa maman quand elle est née, elle fait un enfant. Serge lui demande : « Tu sais qui est le père, au moins ? » et ça la déçoit un peu. Celle qui, de son propre aveu,

1. Quand Eddy Mitchell avait demandé à Serge l'autorisation de reprendre « Vieille canaille » ce dernier avait éclaté de rire : « La chanson n'est pas de moi ! » avait-il dû lui expliquer. La version swing que publie Eddy en duo avec Serge en 1986 vaut le détour.

était alcoolique à treize ans, avait goûté à la cocaïne à seize tout en collectionnant les aventures amoureuses, puis s'était retrouvée à dix-sept ans « angoissée et [...] accro aux médicaments », au point de « débarquer au service des urgences pour se faire injecter du Tranxène en intraveineuse » (*L'Express*, 14 novembre 1996), commence une nouvelle vie à la naissance de son fils, après avoir été soignée dans un centre de traitement des dépendances en Angleterre.

Serge a entre-temps bouclé la production de son nouveau film, *Charlotte For Ever*. Depuis quelques mois déjà, aux journalistes qui l'interviewent, il parle d'un scénario qu'il écrit pour sa fille : « J'ai repéré un acteur qui à mes yeux va faire une carrière fulgurante, Christophe Lambert[1] : charmant garçon, gueule superbe, des yeux sublimes. Le scénar, ce sera l'histoire d'un écrivain raté qui vit avec sa fille. Ils dorment ensemble mais ne se touchent pas. Elle lui prépare une bouffe immonde, ils s'engueulent... »

Bertrand Blier : « Il voulait que je travaille avec lui sur l'adaptation de *Charlotte For Ever*. Je lui avais demandé s'il y avait quelque chose d'écrit et il m'avait dit : "J'ai toute l'histoire, un synopsis de dix pages où il y a tout !" Il me donne ces dix pages mais sur chacune, il n'y avait qu'une ligne ou deux, c'est-à-dire vraiment rien, un embryon d'idée... Il voulait évidemment tourner deux mois plus tard, je lui ai dit que je pouvais pas l'aider, qu'un scénario pour moi, c'est quand même du boulot... »

Bertrand de Labbey : « Blier, à qui j'avais demandé de donner un coup de main à Serge, m'a appelé pour me dire qu'il ne voulait pas le faire, qu'il y avait un an de travail sur le scénario. Pour moi, le dilemme était terrible : à partir du moment où il me faisait confiance sur le plan de la musique[2], je lui devais de l'aider à ce que ses films se fassent mais à chaque fois j'étais aux abris parce que je savais que le résultat ne serait pas à la hauteur de ce qu'il espérait ; Serge aimait le succès, il rêvait de faire un million d'entrées avec ses films ! Je lui disais : "Mais Serge, avec un sujet pareil, ça va être difficile"... Et lui me répondait : "Mais si p'tit gars, on va y arriver !" »

Le coproducteur de son premier film, *Je t'aime moi non plus*, montre à cet égard une grande lucidité.

Jacques-Eric Strauss : « Je n'ai pas produit ses autres films parce que ses scénarios ne me plaisaient pas ; je lui disais de les retravailler

1. Effectivement, le soir où Charlotte reçoit son César pour *L'Effrontée*, Lambert est consacré meilleur acteur pour son rôle dans *Subway*.

2. En plus de son travail en tant qu'agent, Bertrand de Labbey avait produit avec Artmédia le spectacle du Casino de Paris et la tournée qui avait suivi.

mais Serge avait tellement de facilités, notamment pour écrire des chansons, qu'il ne voulait pas s'y contraindre. Il était un peu paresseux, or un scénario ça s'approfondit, ça se creuse… J'étais prêt à le seconder mais je ne voulais pas non plus faire n'importe quoi, ce n'est pas parce que c'était Serge Gainsbourg que j'étais prêt à m'engager dans des films auxquels je ne croyais pas. »

Au printemps 1986 Serge est contacté par Nicolas Sirkis, chanteur du groupe Indochine, en pleine ascension depuis la sortie de « L'aventurier » en 1981. Après d'autres tubes pop et pimpants tels que « Kao Bang » et « Le péril jaune », ils viennent de publier leur troisième album, qui va bientôt atteindre des scores faramineux, soutenu par les tubes « 3 Nuits par semaine », « Canary Bay », « 3e sexe » et « Tes yeux noirs ». C'est précisément pour le clip de cette chanson que Gainsbourg est approché.

Nicolas Sirkis : « Ce que je voulais, c'était retrouver l'ambiance de *Je t'aime moi non plus*, un film que j'avais adoré, mais ça ne s'est pas du tout passé comme ça. Premier contact chez lui rue de Verneuil, c'était très impressionnant pour nous, c'était notre idole. Tout de suite très attachant, il était très touché qu'on fasse appel à lui, qu'on aime ses films ; il avait trente ans de plus que nous mais nous parlions le même langage. Il a regardé nos photos, on a écouté la chanson à plein volume. Il était en train d'écrire *Charlotte For Ever* et il m'a même proposé de jouer un petit rôle dans son film, il s'est passé beaucoup de choses pour une première rencontre… »

Sirkis espère un clip plutôt sexe et *underground*. Il est un peu surpris lorsque Serge lui explique qu'il veut installer le groupe sur des passerelles, dans une gare, avec des collégiens pour la figuration. Lorsqu'il lui demande s'il peut faire une apparition hitchcockienne dans le clip, Nicolas est d'accord, pensant que l'image sera suggérée, qu'en ouvrant la porte d'un compartiment on apercevra furtivement ses pompes et sa clope, mais Serge insiste tant qu'il finit par apparaître au milieu du groupe, en train de diriger une scène[1]…

Nicolas Sirkis : « Les mômes, c'est le côté un peu niais du clip. Héléna, la petite sœur de Lio, devait symboliser les "yeux noirs" de la chanson. Gainsbourg lui demandait de bouger ses fesses, elle a craqué en coulisse… Il a imaginé ce scénario où nous sommes dans un train, des enfants nous disent au revoir, Héléna nous dit au revoir et puis on se retrouve dans un lieu imaginaire sur des plates-formes, je ne sais pas pourquoi, je ne sais pas non plus pourquoi il y a une fille qui tombe à la fin du clip, je n'ai jamais très bien compris… Le tournage

1. Toujours cette obsession de ne pas passer pour un vieux ringard aux yeux du public *teenager* qui achète en l'occurrence les disques d'Indochine…

a duré trois jours au studio d'Epinay, le plus grand de France, puis on a tourné durant deux nuits à la gare de l'Est. Sur notre plate-forme à 12 mètres du sol, j'avais un vertige monstrueux, je prenais des calmants et Serge voulait qu'on bouge comme un groupe de rock ; à un moment il s'est mis à insulter Dominique, le guitariste : "Mais putain, ta guitare c'est ton sexe, alors bouge, bouge avec !" Pendant une heure il y a eu une confrontation entre Dominique et lui. Quand on a découvert le clip, on n'a pas été très emballés par le résultat, c'était plus proche de "Lemon Incest" que de *Je t'aime moi non plus*. J'ai été déçu mais d'un autre côté je savais qu'il avait été payé une misère, il avait investi une partie de son salaire pour acheter de la pellicule de qualité supérieure, c'était touchant d'avoir un mec comme lui qui s'intéresse à nous. »

Le 19 juin 1986, Coluche se plante en moto. Mort d'un héros. Gainsbourg perd un frère de sang, un complice. A trop côtoyer la connerie beauf et franchouillarde, Coluche avait glissé dans les plans un peu nuls, de temps à autre. Les Restos du Cœur et sa fin tragique effacent les errances. Dans le collimateur des pères-la-pudeur, il ne reste plus qu'une seule cible : Serge va le sentir passer... Quelques mois plus tard sort un bouquin opportuniste aux Editions Calmann-Lévy dont l'auteur réussit à arracher une préface à Gainsbourg. Après s'être excusé de n'avoir plus de larmes pour lui (« Désolé, petit gars [...] j'ai déjà donné pour papa et maman »), il brode autour de l'un de ses aphorismes préférés, « L'homme a créé les dieux, l'inverse reste à prouver » :

> Je les ai mis sciemment au pluriel pour ne pas que tu te fâches avec l'un d'eux. Il y en a certainement un pour les crouilles, quelques autres pour les bamboulas, un autre pour les niaks, le dernier pour les youtres, enfin, le plus gentil pour toi I hope, le dieu des roses bonbons.
>
> Celui-ci te concerne car tu avais l'épiderme nacré de Marilyn et sous la dent, la tendresse d'un marshmallow.
>
> Travelling avant, arrêt image, circulez y'a plus rien à boire que ton sang rhésus peu importe, sur l'asphalte d'une putain de départementale. [...]
>
> Enfants, posez des fleurs aux cimetières, des rats apprivoisés, des chiens errants et des chatons en boule...
>
> Gainsbourg [1]

Toujours en juin 1986, Serge se livre à un exercice lamentable : pour le compte de la Seita, la régie française des tabacs, il est l'invité d'honneur de la conférence de presse pour le lancement des nouvelles Gitanes blondes. Complètement bourré, il ânonne quelques aphorismes de

1. In *Coluche* par Ghislain Loustalot, Calmann-Lévy, Paris, 1986.

Lichtenberg devant un parterre de journalistes éreintés. Puis Serge fait la tournée des grands ducs avec le fils de son pote, qui fête ses treize ans...

Thomas Dutronc : « Il me faisait toujours des cadeaux géniaux, par exemple il m'avait acheté un très beau flipper, un Spectrum... Ce soir-là, il m'a emmené chez Maxim's avec Charlotte : il avait loué une Rolls avec chauffeur, comme ça, pour le plaisir de nous épater. Je me souviens qu'il avait commandé une bouteille de vin très chère, genre 7 000 francs, il l'avait goûté mais avait demandé d'attendre un peu avant de le servir, pour l'oxygéner, et à la fin du repas, quand on a quitté la table je me suis aperçu qu'il n'avait pas touché à la bouteille, j'avais trouvé ça complètement fou... Ou alors il l'avait fait exprès pour que les mecs en cuisine la boivent à sa santé ! Ensuite il nous a invités au Raspoutine : la patronne venait lui faire des courbettes, aux musiciens il racontait que c'était mon anniversaire alors ils venaient jouer à notre table et puis dix minutes plus tard il leur disait que c'était aussi l'anniversaire de Charlotte, et ils revenaient tandis que nous jetions derrière nous les coupes et les verres de vodka... »

Dans le numéro de juin 1986 du mensuel *Globe*, Frank Maubert, ex-critique d'art à *L'Express*, interviewe Serge à propos de la peinture ; à partir de ces entretiens, il publiera cinq ans après l'excellent petit bouquin *Voyeur de première*.

Frank Maubert : « Pour ce reportage dans *Globe*, nous nous sommes vus huit jours de suite, deux heures par jour, parfois toute la nuit. J'ai obtenu à deux reprises qu'il vienne avec moi au Louvre. Il y avait longtemps qu'il n'y avait plus mis les pieds et il remarquait que certaines toiles avaient changé de place. Au Louvre il ne fumait pas, il avait un respect total pour la peinture, pour lui le Louvre était comme une église. Il était tout à fait crédible dans ses commentaires. Il était passionné, exalté. Jamais il ne disait des choses hors de propos. Puis j'ai mené l'enquête et j'ai vu toutes ses toiles. A mon avis Gainsbourg n'était pas un peintre, il jouait au peintre. Ses peintures ressemblaient aux exercices d'un élève des Beaux-Arts. Il lui manquait le savoir-faire. Il cherchait sa voie, il tâtonnait. Peintre, architecte ? Il ne savait pas. Il voulait seulement devenir artiste. Il mythifiait les peintres. La peinture lui apparaissait comme quelque chose de noble. Sa fameuse "dernière toile" dont il parlait aux journalistes, c'était de l'ordre de la formule. Il n'a pas essayé, il en aurait été incapable. A chaque fois que je débarquais chez lui, il y avait des flics. C'était pour lui un acte dadaïste, il se réclamait de Picabia. »

Lors du tournage de l'émission de télé *Les Dessous chics de Paris*, en juillet 1986, dans les carrières de plâtre de Paris, pour une diffusion le 17 septembre, et qui est essentiellement consacrée à Jane Birkin,

Serge revoit Gilbert et Maritie Carpentier ainsi que leur réalisateur habituel, André Flédérick.

André Flédérick : « Serge était très dur, très désagréable avec Jane. Il s'est aussi montré odieux avec Fanny Ardant, à qui l'on avait demandé de réciter le texte de “Dépression au-dessus du jardin”. Serge voulait qu'elle le dise en mangeant une banane. J'avais fini par craquer et j'avais quitté le plateau en disant : “Il y a un réalisateur de trop ici”. On sentait qu'en fait il ne s'aimait pas, il était terriblement mal dans sa peau [1]. »

La productrice Claudie Ossard, qui fait au même moment un carton au box-office avec *37°2 le matin*, de Jean-Jacques Beineix, avec Jean-Hugues Anglade et une débutante nommée Béatrice Dalle, s'est donc laissé convaincre par le squelette de script que lui a présenté Gainsbourg. Christophe Lambert a déclaré forfait, ce qui pousse l'auteur à jouer lui-même le personnage de Stan, le faussaire alcoolique de *Charlotte For Ever*.

> Charlotte, quatorze ans et des poussières, d'étoiles, pas raisonnable mais raisonnée, sucrée acide, acidulée sucrée. [...] Deux petits seins se pointent à l'horizon, légers comme mouchoirs de batiste dans la paume de ma main gauche.[...] Stan, scénariste à la dérive, ayant connu sa demi-heure de gloire dans quelque studio hollywoodien des années 50 ou 60 peu importe, éthylique au dernier degré, suicidaire forcené. Voit tout en black excepté dans le regard laser et azuré de la petite Charlotte.

Côté casting, il recrute Roland Dubillard et Roland Bertin, qui jouent deux épaves paumées, et quelques nénettes qui font des apparitions perverses, telles Anne Le Guernec, la copine de Charlotte, et Anne Zamberlan dans le rôle de la grosse Lola, définie dans le scénar comme « un trou de balle, un lézard, un iguane, un dinosaure, gros cul et blancs nibards ». Au cours du tournage, qui débute en août 1986 aux studios de Boulogne-Billancourt mais se prolonge jusqu'en septembre — ce qui fait rater à Charlotte, quinze ans, la rentrée des classes — tout se passe comme si Serge avait perdu le fil de son délire d'auteur en tombant dans l'apitoiement autobiographique.

Roland Bertin : « J'avais tourné une très belle séquence avec Jacqueline Staup dans *Je t'aime moi non plus*, nous jouions un couple d'amants dont l'homme, un peu pervers, avait besoin de tout un cérémonial pour mieux jouir, mais la scène avait été coupée au montage. Il était resté fidèle, il était venu me voir ensuite au théâtre et il m'a proposé un rôle important dans *Charlotte For Ever*. J'ai passé de longues journées à l'ob-

1. L'émission comporte deux duos (l'un avec Souchon, l'autre avec Christophe Malavoy) ; de Serge, Jane chante « Baby Alone In Babylone », « Di Doo Dah », « Quoi », « Les dessous chics » et « Fuir le bonheur de peur qu'il ne se sauve ». Serge interprète « La javanaise ».

server, avec sa fille, il y avait ces ondes entre eux, cette complicité, une attention, un grand respect. »

Anne Le Guernec : « Le maquilleur me disait tous les matins que c'est comme si je tournais avec Baudelaire, il me mettait la pression d'entrée. Je n'avais que dix-sept ans et c'était mon idole, mes histoires d'amour étaient teintées de Gainsbourg, mon adolescence avait été bercée par ses chansons. Sur le tournage, il donnait par moments l'air de quelqu'un de désespéré, à d'autres il était très proche de l'enfance. Je jouais une amie de Charlotte mais elle était jalouse car elle croyait que j'avais couché avec son père. Essayer d'exister en face de personnalités aussi fortes que Serge et Charlotte n'a pas été facile... »

Durant le tournage, comme son père, Charlotte séjourne à l'hôtel Raphaël. A Raoul Albert et Claude Plet, ses décorateurs, Gainsbourg demande de reconstituer, en le stylisant, l'intérieur de sa petite maison rue de Verneuil. Par souci d'authenticité, il prête quelques objets, comme le bouchon du radiateur de sa Rolls.

Claude Plet : « Pour une scène, où il voulait voir en contre-plongée Charlotte se mettre la tête sous l'eau, il nous a fait fabriquer une baignoire spéciale avec un fond en verre, dont le coût élevé a fait renâcler la production. Mais il tenait terriblement à ce plan, il était même prêt à payer de sa poche la construction de cette baignoire, pour que cette image existe. »

Quoi que l'on pense du film, Charlotte n'avait jamais, jusque-là, été aussi bien filmée ; une fois de plus, Gainsbourg a fait appel à son chef-opérateur favori.

Willy Kurant : « J'ai aimé ce qui se passait au moment du tournage même si certaines choses m'insupportaient... Il y a eu des moments de gêne de la part de Charlotte, mais c'est une très, très grande comédienne, elle se comporte comme une pro qui aurait vingt-cinq ans de métier derrière elle. Certains ont vu dans ce film quelque chose de glauque ou n'ont pas été le voir en craignant un étalage incestueux dégoûtant, alors que son auteur est quelqu'un d'extrêmement chaste... Il se préoccupe avant tout de la santé morale de sa fille. Un jour, dans la loge de Charlotte, j'ai assisté à une scène inouïe : Serge avait découvert un mégot dans un cendrier et il engueulait sa fille en lui demandant si elle fumait en cachette, ce qui n'était pas le cas. »

Gainsbourg : « Pendant le tournage, Charlotte m'a sidéré. Elle était d'un stoïcisme... Et elle faisait confiance à son père. Seulement, quand je l'ai dénudée, elle est rentrée en pleurant et elle a dit : "Papa m'a trahie !" »

Pour Charlotte, qui n'aime pas en parler, le tournage se révèle parfois difficile. Les films qu'elle avait tournés jusque-là étaient plus proches du réel. Elle se sent déboussolée, dans un autre monde, elle a du mal à s'identifier à un esthétisme qui n'est pas de son âge. Il lui arrive parfois d'être gênée devant son père. Serge se morfondra plus tard à l'idée de l'avoir fait pleurer. Elle avait sa pudeur, il ne l'avait pas compris. En nous offrant le spectacle atroce de sa propre déchéance — durant le film, on le voit gerber dans un lavabo ou pisser du sang — on dirait qu'il a cherché à donner un nouveau sens au mot « malsain », surtout quand il se frappe la tête contre les murs pour en chasser les cauchemars... Le scénario oscille entre le bâclé et l'hyper-chiadé, il y a pourtant des scènes de grâce totale, notamment lorsque Serge et sa fille dansent ensemble, ou quand il déclare, comme un aveu : « Il faut que je revienne au silence, il y a trop de bruit autour de moi... » Extrait d'un monologue :

> Une nuit, elle vint se glisser contre moi, sa chair de poulette hérissée au froid polaire du grand hall, et c'est ainsi, sur un lit de camp au fond d'une piscine vide où tombaient des étoiles diffuses, que les seuls mots d'amour qu'il m'arriva jamais de prononcer dans ma vie le furent à l'oreille de cette petite sourde-muette. J'y mêlais dans ma frénésie des obscénités effroyables qui sortaient comme un ventriloque de mes mâchoires crispées tandis qu'en des excitations asphyxiques, des tentatives orgasmiques instinctuelles s'exaspérait sous moi et hurlait en silence la petite Abigaïl[1] !

Anne Zamberlan : « C'était mon premier casting pour le cinéma, après avoir prêté mon image à de nombreuses publicités. On m'a dit que ce serait un rôle déshabillé et j'avais accepté en me disant qu'un comédien doit pouvoir tout jouer. A ma grande surprise, on m'a rappelée quinze jours après pour me dire que j'étais prise et là j'ai commencé à paniquer parce que dans ma tête je n'étais pas prête du tout à me déshabiller. Je me suis retrouvée devant Gainsbourg, devant Charlotte, devant beaucoup de gens, et j'étais toute rouge... Il m'a demandé si on m'avait parlé du rôle, et là je lui ai dit très vite : "Ecoutez, vous avez l'habitude des femmes très belles et très plates, mais moi je suis grosse et une grosse en train de courir nue dans un couloir c'est impossible, ce sera moche !" Je me suis mise plus bas que terre, mais il a eu une réaction très intelligente, il a fait sortir tout le monde et il m'a dit : "Voilà, vous allez me montrer." Il s'est retourné sur sa chaise et je me suis déshabillée parce que quand on est faite comme moi, on fuit, ou on se met en colère en se disant : "Puisqu'il veut voir, il va voir !" ; puis il m'a regardée et a murmuré : "Et alors ?" J'étais complètement révoltée, je lui ai crié : "Mais vous ne voyez pas, c'est pas possible !..." Ce corps que je haïssais ! Il m'a rétorqué : "Je vous embauche". Au moment du tournage, je me suis préparée psychologiquement, j'avais le

1. Autocitation : il s'agit d'un extrait d'*Evguénie Sokolov* !

rôle d'une prostituée qui venait le voir pendant que sa fille était en boîte de nuit, puis elle rentrait et me surprenait nue dans les toilettes, et elle m'agressait. A la fin de la première prise, je me suis mise à pleurer, Serge est venu me voir pour me rassurer. En fait, sans le savoir, lui qui a également beaucoup souffert de son physique, il a fait quelque chose de très important pour moi qui ne m'acceptais pas, il m'a montré que, quel que soit son corps, on doit l'accepter. »

Le 25 août 1986, le tournage n'est pas terminé mais il organise un cocktail au Raphaël avec toute l'équipe. Sur l'invitation on lit :

CE SOAR
A VINGT TARD
AU RAPHALAR
AU BAR
AVEC GAINSBAR

Gainsbourg : « Il y a dans mon film des références autobiographiques, par exemple l'histoire de la mère qui a un accident et se tue dans une voiture de sport. J'avais offert une Porsche Targa à Jane juste avant qu'elle me quitte : en la lui donnant j'ai vu dans son regard qu'elle y pensait déjà. Je ne savais pas, à l'époque. Et comment peut-on mettre ça en scène ? Je suis venu à l'hôtel où elle travaillait sur un film, pour lui offrir la voiture. Et dans ses yeux, j'ai vu sa culpabilité, quelque chose de fugitif. On ne peut pas filmer ça. J'ai lu dans ses yeux, c'était fugitif, atroce, qu'elle pensait que je lui donnais cette voiture comme un engin de mort ; son regard me disait : "Tu m'offres cette Porsche pour que je me tue". Alors que j'étais parfaitement innocent[1]... »

Devant Sophie Fontanel et Marie-Elizabeth Rouchy du *Matin de Paris*, Serge s'autoflagelle et se pose des questions qui le torturent : « Pourquoi ai-je fait pleurer Charlotte ? Pourquoi ai-je pleuré ? Je ne sais pas. Je ne peux pas écrire de comédie. Je dois avoir une violence interne qui doit me motiver. Une violence latente. [...] Ce film m'a bouleversé. Après le tournage, je ne pouvais pas supporter de regarder les *rushes*. Pas à cause de moi, à cause de Charlotte ! Comment ai-je pu écrire un rôle aussi terrible ? Je ne comprends pas. » Quelques semaines avant la sortie en salle, prévue le 10 décembre 1986, Serge organise une projection en petit comité.

Charlotte en sort furieuse.

1. Mélange de déclarations faites à l'auteur et au magazine *Positif* en février 1987.

24

Hey Man Amen

Octobre-novembre 1986 : le montage de *Charlotte For Ever* est à peine terminé que Gainsbourg attaque l'enregistrement, coup sur coup, de deux nouveaux albums, alors qu'est publiée, dix-neuf ans après, la version en duo avec Brigitte Bardot de « Je t'aime moi non plus » qu'elle avait fait interdire en 1967. Les bénéfices doivent être versés à sa Fondation pour la protection des animaux. Pas de chance : sans campagne promo, c'est un non-événement qui ne ravit qu'une poignée de fans.

Dans l'urgence la plus totale, Serge enregistre chez Billy Rush, dans le New Jersey, les parties instrumentales et les chœurs de l'unique 33 tours de sa fille. Un petit machin débordant de tendresse et d'émotion contenue, par la grâce de la voix de son interprète, qui sort en même temps que le film, également sous le titre *Charlotte For Ever*. Huit titres seulement avec, en ouverture, un duo qui se situe aux antipodes de « Lemon Incest » :

Chœurs : Charlotte
Charlotte for ever
Charlotte : Petit papa rêveur
Chœurs : Charlotte
Charlotte for ever
Serge : A jamais dans mon cœur

D'emblée un double problème se pose : pour commencer, les paroles sont d'une pauvreté navrante ; ensuite, sans que cela soit crédité, Serge a calqué note pour note le thème de la chanson sur un *andantino* de Khatchatourian. Un musicologue du *Monde* va relever le pompage, ce qui va alerter les héritiers du compositeur russe, décédé en 1978. « Ben oui, j'ai déconné, avoue Gainsbourg, penaud, à Bertrand de Labbey. Charlotte jouait ça au piano, ça m'a plu, j'ai piqué la mélodie. » Un procès aura lieu, gagné par les plaignants. Autre repiquage, le thème de « Zéro pointé vers l'infini », la chanson préférée de Charlotte sur ce disque, s'inspire d'une chanson populaire russe ; quant au titre de la chanson, il fait référence au roman d'Arthur Koestler *Le Zéro et l'Infini* :

Zéro pointé vers l'infini
J'ai tout faux dans ma vie
Zéro pointé vers l'infini
J'étouffe en dents de scie
Zéro pointé vers l'infini
Overdose de rêverie
La nuit le jour m'ennuient
J'ai soif de Nelson Melody

Dominique Blanc-Francard : « Avec Charlotte l'ambiance était plutôt tendue en studio car d'après ce qu'elle nous a raconté, elle ne voulait pas faire ce disque, elle n'avait pas du tout envie de chanter, elle était mal à l'aise. Elle a eu beaucoup de mal car les chansons étaient finies une heure avant. »

Quand certains jours pour moi ça rigole pas des masses
Devant ma glace
Je me fais des grimaces
Elastique
Des gimmicks

Dans son rôle de *Mineure vaccinée au chagrin au stress et au sanglot* (voir la chanson « Oh Daddy Oh »), Charlotte se débrouille pourtant comme une pro. Avec à la clef un tout petit succès radiophonique, cet « Elastique » dont Charlotte va détester faire la promotion à la télé : les play-back, les interviews en direct, c'est pas son truc. Elle est mal à l'aise, se sent incapable de jouer le jeu, de sourire sur commande. A « Don't Forget To Forget Me », reprise inutile d'un titre composé cinq ans plus tôt pour Catherine Deneuve sous le titre « Souviens-toi de m'oublier », on est en droit de préférer « Plus doux avec moi », touchant dialogue au cœur de cette période de tumulte :

Charlotte : J'aime pas les turbulences
Sois plus doux avec moi
Serge : J'fais c'que j'veux et c'que j'peux voilà
Charlotte : C'est en toute innocence que j'te dis ça Papa
Serge : Je sais je sais je sais tais-toi

Pour la petite chanteuse Elisabeth Anaïs, sur une musique de Claude Engel, Serge torche les paroles de « Mon père un catholique » (qui a failli s'intituler « Mon père ou l'alcool qui tue »), amusant exercice en « ique » et en « oque » :

Mon père un catholique
Irlandais à l'époque

Travaillait sur les docks
Déchargeant des barriques
De vin du Languedoc
De Pouilly de Médoc
De bière de Munich

Puis il enchaîne sur le nouvel album de Jane Birkin, *Lost Song*, enregistré cette fois à Londres avec Alan Hawkshaw et sa bande habituelle. La veille d'entrer en studio, pour les voix, à Paris, Serge n'a trouvé qu'un seul titre : « On est fait pour s'étendre » (qui, au final, ne figure pas sur le disque). On trouve des choses étranges sur cet album qui est tout sauf une suite à *Baby Alone In Babylone*. Par exemple « L'amour de moi », une chanson écrite à la mémoire d'Ava Monneret, l'amie de Jane, disparue prématurément [1]. Sur un air traditionnel du folklore français, Serge mélange des expressions modernes à des vers librements inspirés de Ronsard :

L'amour de moi
Ci est enclose
Dedans un joli jardinet
Où croît la rose et le muguet
Et aussi fait la passerose

A la vie elle avait dit « pause »
C'est ainsi qu'elle s'en est allée
Je l'ai retrouvée au détour d'une allée
Où à jamais elle repose

Pour le message de son répondeur téléphonique, Serge avait choisi la phrase « Etre ou ne pas être, question, réponse ». Pour Jane, il écrit « Être ou ne pas naître » :

Avec cette difficulté d'être
Il m'aurait mieux valu peut-être
Ne jamais naître

Flash-back ou palliatif à un manque d'inspiration, de nouvelles versions de deux anciens titres, « Leur plaisir sans moi » et « C'est la vie qui veut ça » [2], sont mises en boîte pour ce 33 tours. Il s'agit encore d'autocitation pour les paroles de « Physique et sans issue », rappel délétère de « Je t'aime moi non plus », sur une mélodie réussie. Mots-clés de ce nouvel album : concision et dépression.

1. Voir chapitre 20. C'est avec cette chanson, interprétée *a cappella*, que Jane débuta ses concerts au Bataclan. Le soir de la première, les parents d'Ava étaient dans la salle.

2. Toutes deux signées Jean-Claude Vannier pour la musique, ces chansons figuraient déjà sur l'album *Di Doo Dah* en 1973.

Si j'hésite si souvent entre le moi et le je
Si je balance entre l'émoi et le jeu
C'est que mon propre équilibre mental en est l'enjeu
J'ignore tout des règles de ce jeu

Jane Birkin : « En enregistrant ce disque, j'ai su que j'étais lui, j'étais devenue sa face cachée, celle que j'aime le plus. C'est une sorte de constat d'échec en amour, plus triste que *Baby Alone In Babylone* où l'on sentait encore une lutte, à travers la mélancolie. Cette fois, il n'y a même plus de violence... Je crois qu'il m'a écrit, avec "Une chose entre autres", une de mes plus belles chansons, et certainement une des plus ressemblantes. »

Une chose entre autres
Que tu n'sais pas
Tu as eu plus qu'un autre
L'meilleur de moi
Est-ce ta faute
Peut-être pas
Les parcours sans faute
N'existent pas

Jane Birkin : « "Lost Song" est une idée de moi. Je revenais du Japon où l'on m'avait proposé d'enregistrer une pub sur cette musique, inspirée du *Peer Gynt* d'Edvard Grieg. Je l'avais chantée avec un orchestre symphonique et je lui avais fait écouter la cassette. Lors d'une conférence de presse, les journalistes japonais m'avaient demandé si je me sentais française ou anglaise et, en fait, je ne savais plus, je me sentais parfaitement perdue. Je ne savais plus où j'étais, ni dans quel âge, plus jeune mais pas encore vieille non plus. Serge n'a pas voulu parler de la vieillesse, mais pour la première fois il a eu la gentillesse d'écouter ma suggestion. Il m'a dit : "C'est une 'lost song' que tu veux, alors ?" et il m'a écrit quelque chose de tellement joli... »

Lost song
Dans la jungle
De nos amours éperdues
Notre émotion s'est perdue[1]

1. Dans une première version des paroles, Serge avait écrit, pour le deuxième couplet, des rimes en « con ». Jane est un peu déçue, elle boude, elle lui glisse qu'avec « Con c'est con ces conséquences », sur l'album *Baby Alone In Babylone*, il avait fait mieux. « Je te trouve bien... » lui rétorque Serge ; elle s'attend au pire, pense qu'il va la traiter d'ingrate, mais il finit sa phrase : « ... analytique ». Jane est soulagée. Le lundi suivant, il lui propose une nouvelle mouture du deuxième couplet.

Malgré un titre gadget, « Le couteau dans le play » est une réussite, en particulier dans la version *live* que Jane va bientôt en proposer au Bataclan lors des premiers concerts de sa carrière :

N'remue pas s'il te plaît
Le couteau dans le play
Plus de flash-back
Ni de come-back
Les larmes c'est en play-back complet

Le 10 décembre 1986, sortie à Paris du film *Charlotte For Ever* : « un scénario en deçà de l'indigence », écrit Michel Braudeau dans *Le Monde* en expliquant comment l'auteur « lâche ses gros mots au quintal et de la poésie à la truelle » tout en empruntant des passages entiers au roman *Adolphe* de Benjamin Constant. Mais il relève aussi, avec beaucoup de finesse, comment son suicide à petit feu, depuis son premier infarctus, est l'un des ressorts les plus constants du rapport que Gainsbourg entretient avec le public via les médias : « Il paraît qu'on ne tire pas sur une ambulance, ni sur un grand blessé. Depuis le temps qu'il nous annonce pour avant-hier sa mort, Gainsbourg semble avoir trouvé le bouclier idéal », conclut le journaliste. Dans *Le Figaro Magazine* du 13 décembre, la journaliste Alix de Saint-André signe un article amer sous le titre « Serge Gainsbourg : le salace, à force, ça lasse ! » qui débute ainsi :

Depuis trente ans son talent était lié au goût de la provocation. Pour continuer à choquer, il utilise désormais sa fille. Avec une ambiguïté délibérée. Résultat : un film sénile et peu ragoûtant. [...]

Une heure et demie de vertige de l'inceste. Vertige seulement mais mal au cœur quand même. Accuse la petite de ne pas savoir ce qu'est un fion. Délire sur ses seins. La fait se déhancher en musique pour filmer son derrière Petit-Bateau...

A gerber. Parce que cette Lolita-là est peut-être actrice, mais en tout cas c'est sa fille. Et bien plus sa fille qu'actrice dans ce délire éthylo-autobiographique. Le pire n'est pas le regard tordu, un poil obscène, qu'il porte sur elle, mais le regard qu'elle lui renvoie. D'admiration, d'amour. Pur, simple, tout bête et sans calcul. Et c'est de ça qu'il joue. Vous avez dit pervers ?

« Mais où est passé le talent ? Noyé dans l'alcool ? » se demande la chroniqueuse, qui réussit à capter quelques mots de la principale intéressée :

Charlotte, longue et pâle, mèches échappées de son trognon de chignon, reçoit les journalistes en mangeant du chocolat. Timide. Secrète. Gênée : « Pour la première fois, j'ai très peur. Je ne sais pas ce que ça va donner, je n'ai pas vu le film, mais j'ai peur de ce que les gens vont en penser. Je ne veux pas en parler. Je ne veux pas blesser des gens. »

Et surtout pas son papa, qui est déjà bien mal en point.

Huit jours plus tard, Serge se montre pour le moins inélégant en adressant un bras d'honneur à la journaliste, au terme d'une émission musicale en direct sur M6. Le mensuel cinéphile *Positif* est pratiquement le seul à dire plutôt du bien du film dont ils saluent, dans leur numéro de février 1987, « l'énorme violence qui le soulève sans le boursoufler au contraire des tapages brouillons des Jodorowski et Arrabal », tandis qu'ils félicitent l'auteur-acteur pour son interprétation : « Il joue en virtuose de tous les registres : l'entendre réciter sur un ton ultra-classique à peine relevé d'une touche légère d'ironie une page de Benjamin Constant est un régal. » Là où Braudeau du *Monde* et d'autres n'avaient vu que du remplissage....

Rétrospectivement, Serge avouera avoir fait « un miscasting intégral, c'était un beau film mais je n'aurais jamais dû jouer le papa puisque je suis le papa ». *Charlotte For Ever* fera à peine 30 000 entrées sur Paris. Un désastre qu'il tentera de raisonner en parlant d'un phénomène de rejet : il est des tabous intouchables et parmi ceux-ci le vertige de l'inceste[1]...

Lors de l'une des (rares) diffusions à la télévision de *Charlotte For Ever*, le 2 décembre 1998 sur Cinéstar, Louis Skorecki affirmait dans *Libération* que ce film est « son chef-d'œuvre, une trouble histoire d'amour qui tranche sur la pureté ethnique de la plupart des films français. On l'a traité de tous les noms, trip, clip, flip, sans voir ses audaces ivres, ses danses obsessionnelles, sa rigueur sternbergienne. Documentaire glauque et contemporain sur quelques alcoolos trop sentimentaux, il est joué par trois formidables copains de cuite, Roland Dubillard, Roland Bertin et Gainsbourg lui-même, bafouillant leur dialogue comme une insulte, une prière. [...] Charlotte apparaît, et l'aquarium se transforme en prairie. Elle règne. Elle est la lumière. Tout le monde l'aime, la désire, l'attend. On ne parle que d'elle, on la caresse, on la console. [...] Ses moindres mouvements sont captés tendrement par une caméra complice, la moindre de ses poses est fanatiquement recueillie comme une relique. Charlotte a quatorze ans, elle se lave les cheveux tout en remuant frénétiquement ses jolies fesses de garçon manqué. Qui bande pour qui ? » En 1994, Jean-Luc Godard écrira cet hommage tardif :

> Serge Gainsbourg est seul à savoir, à pouvoir, à vouloir, à devoir filmer le « for ever » qu'exige le cinématographe. Pour toujours donc, « faut

1. Faux, quand l'on considère qu'il en avait joué davantage dans le clip de « Lemon Incest » et que la chanson avait cartonné dans les hit-parades, en 1985.

rêver » sa Charlotte comme devant les plus ardents Cassavetes et les plus beaux Vigo.

Les journalistes Alexis Bernier et François Buot racontent, dans le livre qu'ils ont consacré à la carrière météorique de leur confrère Alain Pacadis, l'enterrement de celui dont la frénésie autodestructrice devait autant à Gainsbourg qu'à Iggy Pop période junkie. Ça se passe le 15 décembre 1986 ; sous la coupole du crématorium du Père-Lachaise on croise ce jour-là Anouchka, la reine de la nuit, Hervé Vilard, Nicoletta, les Rita Mitsouko, Jack Lang, Yves Mourousi, Alain Maneval, Berroyer, Jean Rouzaud et les journalistes des pages culture de *Libération* :

> Reste celui qui visiblement trop affecté, ou trop orgueilleux, s'est isolé. Serge Gainsbourg, le vieux dandy, retiré livide dans sa Rolls Royce, est venu « répéter » avec une poignée d'orchidées noires en guise de couronne ; la signification de sa présence est on ne peut plus claire : « Là, ça ne rigole plus, le prochain c'est moi. » Finalement, engourdi par le froid glacial, la trouille et une conversation d'outre-tombe radotante avec Bayon, qu'il séquestre dans sa limousine, le Barbey d'Aurevilly yé-yé rate Paca. Quand il s'en aperçoit entre deux claquements de dents, il se précipite pathétiquement sur les traces du cortège évanoui, c'est pour s'entendre dire : « Trop tard, monsieur, il brûle déjà. » « Il était foudroyé, se rappelle Bayon. Il disait : "Oh non", il ne pouvait pas accepter. Le préposé, impressionné par le personnage, son chagrin si dramatique, voyant la star cynique pleurer, a accepté, contre tous les usages, de conduire Gainsbourg tout en bas par un escalier sordide, jusqu'au four. Par une sorte de lucarne d'où les flammes s'évadaient avec un ronflement et des craquements un peu atroces, l'employé a fait le geste de prendre le bouquet d'orchidées pour l'y jeter et Gainsbourg s'étant raidi, offusqué, a tenu à passer lui-même sa main dans le foyer. Une vraie descente aux enfers[1]. »

Dans les jours qui suivent, Serge enregistre l'émission *Apostrophes* qui doit être diffusée le 26 décembre sur Antenne 2. Encore sous le choc du bouillon que se prend son dernier film, il a décidé de jouer la carte de la provocation sur son thème favori : arts mineurs contre arts majeurs. D'autant qu'il connaît l'identité des autres invités : Maxime Le Forestier, Louis Chédid et Guy Béart. Il est prêt à tout pour se démarquer de ces trois représentants de marque de la « bonne chanson française » et en particulier de Béart, avec qui il avait même effectué des tournées en 1959, en France et en Italie... L'auteur de

1. In *L'Esprit des seventies* par Alexis Bernier et François Buot, Editions Grasset, Paris, 1994. Alain Pacadis avait offert et dédicacé son livre *Un jeune homme chic* à Gainsbourg. Une surprenante ressemblance rapprochait Pacadis de Gainsbourg, qu'il avait plusieurs fois interviewé.

« Chandernagor » ne s'est jamais remis du traitement que lui inflige Gainsbourg ce soir-là : dans la mémoire populaire, le premier a été à jamais ridiculisé par le second ; cela tient aux attitudes extrêmes choisies par les protagonistes (l'artiste meurtri et offusqué d'un côté, le provocateur cruel de l'autre). Béart, auteur il est vrai d'une poignée de chansons qui ont marqué les années 50 et 60, défend bec et ongles la version « art majeur ». Tout dans l'attitude de Serge semble vouloir dire : « Au secours ! Ne me confondez pas avec ce troubadour démodé, nous ne pratiquons pas le même métier ! » Qui est le plus navrant des deux ? En revoyant l'enregistrement de cette émission, réalisée par Jean-Luc Leridon, difficile à dire...

Guy Béart : « Bernard Pivot m'avait téléphoné pour me dire qu'il voulait faire pour les fêtes un *Apostrophes* en chansons, donc j'étais content d'y aller. En fait, ça ne pouvait pas marcher ce soir-là, il y avait quelque chose de fébrile, de maléfique, d'étrange. Gainsbourg était là, comme dans d'autres émissions, pour réaffirmer quel était son look, le look qu'il avait choisi et quelles étaient les phrases clés qu'il devait redire [...], il faisait de la publicité. Il n'était pas bourré, il était maître de son langage. [...] Ce qu'il y avait de vexant lorsqu'il disait “blaireau” ou “connard”, c'est la façon de le dire. Quelqu'un peut te traiter de con mais si on sent qu'il y a de l'affection, ça passe ; là, on sentait qu'il y avait une sorte de méchanceté qui se dégageait [...]. Il disait que la guitare c'est de la merde, c'est impossible d'écouter parler quelqu'un comme ça. [...] A un moment, Louis Chédid a un mot gentil en disant que s'il n'y avait pas eu Gainsbourg, il n'aurait jamais chanté [...]. C'était lui, lui, lui... Juste après ce grand bordel qu'a été cette émission, j'ai regretté de l'avoir faite. Pivot aussi a dit à certaines personnes qu'il avait regretté d'avoir invité Gainsbourg [...]. Mais finalement je crois qu'il a bien fait de réunir Béart, Gainsbourg, Chédid et quelques autres car cette émission est curieusement un document sur ce qu'était la parodie à l'époque de la façon d'être de certains[1]. »

Jean-Luc Leridon : « L'heure qui a précédé l'émission a été occupée par la répétition des chanteurs avec leurs instruments. On a répété avec chacun, individuellement, mais celui qui se baladait en régie, tournait un peu comme un ours en cage, était Gainsbourg qui disait qu'il n'avait pas besoin de répéter car il disait être suffisamment à l'aise pour venir jouer comme ça, sans répétition. Alors je suis allé vers lui et je lui ai dit : “Ecoute Serge, si tu ne répètes pas, tu fous en l'air l'émission”. Il s'est laissé convaincre mais on sentait que ça créait déjà une tension entre les uns et les autres. On se disait que s'il y avait une

1. Extraits d'une interview diffusée sur M6 dans l'émission *Les Moments de vérité*, présentée par Laurent Boyer, le 6 avril 1999.

étincelle, tout allait sauter. Gainsbourg attendait un peu Béart pour lui faire sa fête, avec une certaine jouissance. Ils n'étaient pas assis l'un à côté de l'autre, on avait pris la précaution de les éloigner physiquement. Pivot laissait faire aussi, il ne leur a pas dit de s'arrêter[1]. »

Guy Béart : « Serge jouait tellement bien son personnage, ça n'était plus lui, ça l'a détruit. Il a commencé à jouer un rôle et ce rôle a pris possession de lui. Le gars que j'avais connu avant l'époque Gainsbarre c'était quelqu'un de timide, très introverti, peu loquace, toujours très bien habillé. Je l'ai vu chanter une de ses chansons en s'accompagnant maladroitement, pour un pianiste de bar qui peut jouer n'importe quoi... Je ne comprends pas. Dans l'émission de Pivot, il était prévu que Gainsbourg joue "Au clair de la lune" en do, au piano. Je dis : "Pourquoi en do ? on va jouer en sol, ça sonne mieux à la guitare." Les guitaristes ont emboîté le pas, ils se sont mis à jouer en sol et Serge n'a pas pu transposer le do en sol, et on voit une image *cut* où tout d'un coup ce n'est plus lui qui joue, on l'a remplacé au piano ! »

Pour être complet, il faut évoquer la jalousie de Béart : il ne fait pas de doute que les deux chanteurs, qui avaient démarré pratiquement en même temps, dans la même maison de disques et qui tous deux tentaient à l'époque de placer leurs chansons auprès des mêmes interprètes (en particulier Juliette Gréco), avaient suivi des chemins très différents : coincé dans un style, Béart n'avait pas cherché à moderniser sa prosodie ni sa musique ; il n'avait jamais écrit pour les yé-yé ; au moment où Gainsbourg chantait « Initials B.B. », il présentait des émissions de télévision qui ressemblaient étrangement à des veillées scoutes au coin du feu, les fameux *Bienvenue à...* Il y a cependant du vrai dans ce qu'il dit : nombreuses sont les prestations télévisées de Gainsbourg, au fil des années 80, où on le voit jouer du piano en se demandant où est passé celui qui, au début des années 60, était capable d'interpréter sans fausse note « La valse de l'adieu » de Chopin...

Jean-Christophe Averty : « On dit toujours qu'il considérait la chanson comme un art mineur, comme un art inférieur, mon œil oui ! Il disait ça pour faire chier les cons, il ne crachait pas dans la soupe. »

Juliette Gréco : « Chacun a le droit d'avoir une attitude méprisante par rapport à ce qui le fait vivre. En vérité, je ne pense pas qu'il se serait donné autant de mal pour une chose qu'il considérait comme méprisable. Je pense qu'il disait de la chanson que c'est un art mineur parce qu'elle l'est parfois. C'est un art majeur quand ce sont les Brel, les Ferré, les Brassens, les Gainsbourg, les Béart et quelques autres. Et il le savait très bien. »

1. *Ibid.*

Sur un plateau de télévision, Gainsbourg est donc de plus en plus imprévisible. C'est parfois drôle, parfois pathétique ou même révoltant : épisode peu connu du grand public — Canal+ n'avait pas encore beaucoup d'abonnés, à l'époque —, il s'était montré carrément odieux, quelques mois plus tôt, le 4 mars 1986, face à Catherine Ringer des Rita Mitsouko, dans une émission présentée par Michel Denisot. Certes, on l'avait déjà vu traiter en direct la chanteuse Caroline Grimm de salope, il avait déclaré « I want to fuck her » à Whitney Houston, mais cette fois, son attitude est impardonnable. Sous prétexte que Catherine Ringer a tourné des films pornos dans sa jeunesse, il se met à l'insulter, à la traiter de dégueulasse. Une grossièreté d'autant plus malvenue — surtout venant de l'auteur de « Je t'aime moi non plus », qui avait incarné à sa façon la libération des mœurs des années 70 — que les Rita Mitsouko sont des fans inconditionnels [1].

Durant les premiers mois de 1987, celui que certains sondages désignent comme « l'homme le plus aimé de France » va être la victime d'un étrange mais très explicable ras-le-bol. Outre-Manche, on appelle ça un *backlash*. Médiatiquement, il est vrai que l'on frôle l'overdose. Les fans, consternés, n'osent plus se regarder en face. Ils ont l'impression d'assister à la chute d'un artiste fini, quasi sénile, imbibé au dernier degré, incapable de relever la tête. Ses pleurnicheries, ses facilités, son exhibitionnisme deviennent agaçants et insupportables.

D'un coup, l'abcès éclate ; dans le mensuel *Globe* daté de janvier 1987, sous le double titre cinglant « Gainsbourg assommant / Gainsbourg fin de parcours ! », Serge Grünberg signe un article impitoyable qui assène quelques vérités éprouvantes d'un ton fielleux en commençant par ces mots :

> Gainsbourg on t'aime, bien sûr. Tu ne le sais que trop. Tu commences à nous poinçonner la tirelire quand on a subi ton dernier clip incestueux, on se sent citron pressé. Tu deviens vulgaire, tu nous gênes. Tu voudrais être Caligula et tu n'arrives qu'au niveau du Professeur Choron. Tu es out ! Tes strips ne sont plus très comiques. C'est la décadanse !

Gainsbourg a-t-il encore du génie ? se demande Grünberg : à la lecture d'*Evguénie Sokolov*, à l'écoute de ses derniers disques, il en doute et demande à l'artiste de lui prouver qu'il n'est pas un *has-been* qui épate le bourgeois :

> Il a remplacé l'allusion et la litote par la lourdeur et la déclamation, l'élégance et la métaphore par l'étalage laborieux de sa « classe ». Nous aimions l'entendre penser tout haut, mais, depuis quelque temps, il est

1. Ils l'ont encore prouvé depuis en enregistrant une très jolie version de « L'hôtel particulier » sur l'album *Système D* en 1993.

pratiquement impossible de dire où s'arrête le délire du « poète blessé » et où commence l'invective du beauf ivre mort. [...] L'auto-exploitation de son éthylisme destroy commence à faire long feu. Gainsbourg n'émoustille plus guère que les Margot qui lisent *Intimité.* On pense au pochard du tabac du coin qui fait rigoler tout le monde. Toujours un peu plus graveleux, facile et gras.

Avec ses vagissements et ses mains au cul, Gainsbourg ne doute plus de rien, et surtout pas de lui [...] De là à exhiber son ex, sa présente, ses prétendues et sa fille, surtout sa fille, comme une patronne de bobinard sa petite troupe... [...] Mais outre que le récit — qui se voudrait méphitique et qui fait souvent *Harlequin* de sa vie amoureuse —, assorti de l'étalage des appas de ses conquêtes, n'est pas toujours passionnant, il en suinte un côté retape, bateleur de type forain, qui met mal à l'aise. Insensible glissement du dandy vers le beauf-Barnum. [...] Car Gainsbourg est aussi une Chantal Goya à barbe[1] [...] Il offre comme un Christ en toc sa souffrance aux foules ; Blandine mal rasée, il jette en pâture aux lions ses manquements et ses défaillances. D'ailleurs, il l'aime, Chantal Goya ; et Sabatier, et Drucker. Il ne peut plus se passer d'eux. A force d'avoir joué au plus malin avec les médias, il en est devenu le prisonnier, l'esclave, le larbin. [...] Le disque d'or est son Dieu, le hit-parade sa transcendance, la SACEM son Eglise. [...] C'est un mythe qui est en train de prendre des heures de vol — avouons-le, le principal reproche que nous sommes en droit de faire à Gainsbourg, c'est de VIEILLIR, de n'avoir pas quitté la scène à temps, de ne l'avoir pas fait en beauté, de se répéter, de ne plus savoir que faire pour tirer à lui un bout de couverture médiatique, d'afficher crûment ses amertumes et ses plantages, de ne plus nous laisser rêver, de nous DÉCEVOIR. [...] Comme ces caractériels qui manient sans cesse le chantage au suicide, Gainsbourg rappelle en toute occasion qu'il est « en sursis », qu'il « va bientôt crever », qu'il « n'en a plus pour longtemps » : des fanfaronnades de diva fatiguée, en voie de décrépitude, qui bouleverse son auditoire, pour se faire prier de rester un peu, encore un peu, nous fait systématiquement ses adieux au music-hall... et chaque fois le coup de l'éternel retour.

« Gainsbourg s'est pris au jeu, il s'enivre de lui-même, extatique devant l'image de lui qu'il a soigneusement façonnée... », rajoute l'auteur qui conclut, sans pitié :

On aime à se dire que Gainsbourg pourrait faire beaucoup mieux, mais chaque année qui passe, on SENT qu'il ne le fera pas et on soupçonne que c'est parce qu'il ne le PEUT pas.

Ses films de plus en plus ratés, ses obsessions hamiltoniennes [...] son livre effectivement « foireux », son intolérable histrionisme, autant de signes d'une déchéance qui prouve qu'à trop se frotter à la trivialité, on risque de devenir trivial soi-même. Qu'on se le dise.

1. L'immortelle interprète de « Babar » avait vu sa carrière s'effondrer après un passage au *Jeu de la vérité* de Sabatier particulièrement sanglant.

Quelques réactions à chaud :

Jane Birkin : « Serge est pris dans un engrenage, il aime que l'on parle de lui et il a du mal à s'effacer. Je trouve cela touchant parce qu'il prouve par là qu'il est si peu sûr de lui... Il vit par procuration, il se sent exister s'il est présent dans la presse ou à la télévision[1]. Je me méfie des médias comme de la peste : dans un premier temps ils vendent leur émission ou leur journal grâce à Serge, ensuite ils lui reprochent de faire des bêtises... Il est capable de blesser les gens, mais si on le blesse, lui, il est au tapis. »

Gainsbourg : « L'auteur de l'article était un inconditionnel et pour me faire chier il a renversé la vapeur. Cela m'a profondément blessé, j'en ai pleuré, j'ai encore cette faculté à mon âge. Pourquoi aller faire Gainsbarre à la télé, au lieu de Gainsbourg, hein, c'est ça ? Selon mes humeurs, parce que je suis impulsif, pas agressif. Et si je pratique la surenchère, c'est parce que je n'ai plus de temps à perdre. »

Bambou : « Il y a eu overdose et Serge a eu du mal à s'en remettre, il a vraiment souffert. Quand il est trop pété à la télé et qu'il fait des conneries, ça me fait de la peine. A lui aussi, quand il se revoit à jeun. Mais comme il est très influençable et qu'il y a toujours quelqu'un que ça fait rigoler, il recommence. Je me tue à le lui dire pourtant, je lui casse les oreilles avec ça... Mais je l'aime donc je lui pardonne tout. Je ne crois pas qu'une autre fille pourrait le supporter, elle partirait en courant au bout de deux mois... Pour vivre avec Serge il faut quand même pas mal de patience... Cela dit sa vie privée est publique sans l'être. Avec Jane, il formait le couple médiatique idéal, beaucoup moins avec moi, ce n'est pas pareil, je ne suis pas quelqu'un de public, sans lui je n'existe pas et j'en suis quand même consciente. »

Au 5 bis, rue de Verneuil, Gainsbourg reçoit de la visite. Nombreux sont les fans qui viennent sonner à sa porte à toute heure du jour et de la nuit. Parmi ceux-ci, Aude Turpault, une gamine âgée de douze ans qui l'avait applaudi un an plus tôt au Casino de Paris. Tous les mercredis, elle rôde avec sa copine Christine devant le petit hôtel particulier. Au bout de quelques semaines de ce manège, elle prend enfin le risque de sonner à la porte. Ce jour-là, il pleut et elle a emporté son appareil photo. C'est Serge qui leur ouvre, il trouve culottées les deux

1. Dès 1958, Serge s'était abonné à l'Argus de la Presse, service qui découpait pour lui tout ce qui était publié le concernant (même, à l'époque, les plus minuscules annonces, le programme du Milord l'Arsouille, par exemple). Trente ans après, il notait soigneusement dans son agenda tous les articles qui devaient paraître, selon les interviews qu'il avait accordées. Au jour de parution, il se rendait chez sa buraliste de la rue des Saints-Pères, achetait les canards, puis il se faisait une petite revue de presse dans sa cuisine, parfois en compagnie de son attaché de presse Jean-Yves Billet (entre 1988 et 1990).

fillettes, accepte de faire une photo, dit à Aude qu'elle a de jolies fossettes. Puis il referme la porte. Têtue, la petite refait une tentative. Cette fois elle lui demande si avec sa copine elle peut visiter son musée. Il les fait entrer. Elles tapent l'incruste, il est ravi de les voir émerveillées. Aude lui parle de chansons qu'il a oubliées, ça l'épate. Petit à petit, il se met à parler, il se dit blessé par l'échec de *Charlotte For Ever*, il se met à pleurer devant ces petites fanatiques qu'il ne connaît pas. Aude le console avec ses mots, Serge finit par lui demander son prénom et lui dédicace un exemplaire du scénario de son dernier film.

Le soir même, les deux filles racontent leur aventure à leurs parents qui leur interdisent de le déranger à nouveau. Mais bien sûr, elles y retournent. Il les accueille en rigolant : « Encore vous ! Mais qu'est-ce que je vais faire de vous ? » Il leur propose de les inviter au restaurant. Il appelle leurs mères respectives pour leur dire où il les emmène, qu'il appellera un taxi pour qu'elles rentrent à telle heure et qu'elles n'ont rien à craindre. « Nous étions aux anges, raconte Aude. Nous avons dîné au Galant Verre. Il nous a fait de longues confidences puis nous a fait raccompagner. »

Elles y retournent encore, il a l'air content de les voir : « Vous me remontez le moral », leur dit-il. Ils se voient régulièrement, même lorsque l'école recommence. Aude est surnommée par Serge « la Morfale ». Parfois, elles montent dans sa chambre et regardent des films sur son lit. « Nous étions heureuses, se souvient Aude. Il nous faisait oublier le quotidien, l'école. On ne pensait plus à rien, le temps nous était étranger. C'était si rare de trouver une grande personne qui puisse jouer avec nous, rire avec nous. »

Leur relation va durer comme ça plus de deux ans, quand ils ne se voient pas, Aude lui écrit des lettres qui commencent par « Mon cher petit papa ». Parfois, Serge appelle la maman de sa petite copine pour demander si elle travaille bien à l'école ; le jour où elle passe son BEPC, il s'inquiète de savoir si l'examen s'est bien passé. En revanche, la fois où elle redouble, il l'engueule sévèrement et appelle sa maman pour jurer que ce n'est pas de sa faute...

Côté pub, ça se calme : en 1987, il ne va signer qu'un seul film, pour le correcteur Pentex, et un dernier durant l'été 1988 pour les sucrettes Tutti Free, pour lequel il va engager à nouveau Héléna Noguerra, la petite sœur de Lio.

Dominique Blanc-Francard : « Il me mettait parfois dans des galères incroyables pour faire des pubs ignobles que l'on ne pouvait pas considérer autrement que comme des hold-up ! Pour la pub Pentex, on s'est retrouvés au studio à 9 heures du matin, j'avais amené deux ou trois claviers pour faire la musique, qui était en fait une maquette d'une chanson pour Jane Birkin qui n'avait pas abouti. On l'a enregistrée en une heure, une fille est venue faire la voix off, ça a duré cinq minutes, on avait fini à midi. Jusqu'à 17 heures, on a raconté que des conneries ! Quand les gens de l'agence ont poussé la porte pour demander à Gainsbourg s'ils pouvaient écouter, il s'est mis dans une colère noire en disant : "Je vous ai dit d'attendre à côté ! Vous viendrez écouter quand je vous le dirai." Il les a fait poireauter encore pendant une heure... Ils sont revenus écouter, ils ont dit : "Ce n'est pas mal mais vous ne pensez pas que le texte..." Il leur a dit que c'était très bien comme ça, il leur a donné la bande en leur disant au revoir ! Je n'avais jamais vu quelqu'un prendre les gens de la pub d'aussi haut. »

En février 1987, tandis qu'est publié *Lost Song*, le nouvel album de Jane, Serge passe une dizaine de jours au Maroc avec Lulu et Bambou. Il rentre juste à temps pour participer en direct, le 28 février, à la dernière soirée de TV6, la chaîne « jeune » mise en place par Jack Lang dont la concession a été renégociée dès l'arrivée de Jacques Chirac au poste de Premier ministre après les élections législatives de 1986[1]. Il y retrouve la chanteuse Buzy, qui n'avait pas obtenu le succès escompté avec son avant-dernier 45 tours, malgré une période de promotion étendue sur plus de dix-huit mois : sorti une première fois en 1985 avec « I Love You Lulu » en face A et « Gainsbarre » en face B, il avait été publié à nouveau en 1986 avec les deux titres inversés, mais sans plus de résultat.

Buzy : « On avait passé environ six mois ensemble à délirer, c'était vraiment la folie. A cette époque Bambou était à Londres car elle avait des problèmes de santé, son absence a permis à cette histoire d'exister. Puis il y a eu une embrouille éditoriale parce que d'un coup il a compris que son investissement devait rapporter de l'argent alors qu'au départ c'était purement spontané et amical, et il s'est réveillé en me demandant de signer un contrat d'édition pour la chanson "Gainsbarre" avec sa boîte, Melody Nelson, mais je n'ai pas voulu. Ensuite, il a été vachement affecté et déçu que mon album ne fasse pas un gros carton. J'étais vraiment mal et puis j'ai sorti "Body Physical", qui a cartonné. Je me rappelle l'avoir croisé sur le plateau de l'émission *Lahaye d'honneur* à la télé. Il s'est tourné vers moi et m'a demandé ce que je faisais là. Je lui ai répondu : "Je fais le même métier que toi, mon vieux ! Et en plus, j'ai un gros hit !" Au milieu de tout ça, j'ai fait une dépression nerveuse. Il est évident que lorsqu'on vit quelque chose d'aussi fort avec un individu aussi puissant, créatif, et qui te donne du crédit comme il m'en a donné, ça laisse des traces... Le soir

1. TV6 cesse d'émettre à cette date et est remplacée par M6 dès le 1er mars 1987.

de la dernière émission de TV6, Serge est venu faire l'imbécile derrière moi. J'avais très peur qu'il fasse des gestes obscènes. Pas du tout ! Et pour cause, j'y chantais "Gainsbarre"... Il s'est montré très gentil mais il n'a pas pu s'empêcher de me demander à la fin : "Et tu tires à combien ?" Comme je connaissais ses gags je ne me suis pas démontée. J'ai répondu : "Avec une chanson sur toi, je vais tirer énormément et gagner beaucoup d'argent !" »

En mars 1987, la PJ tombe par hasard sur un trio de blousons dorés qui avaient maladroitement subtilisé des uniformes de flics avec l'intention de kidnapper Charlotte. Quand Serge l'apprend, il veut leur casser la gueule, il réclame de lourdes peines... En un mot, il est fou de haine et d'angoisse. Mais le vrai événement, au début du printemps, c'est les débuts sur scène d'une chanteuse nommée Jane Birkin, annoncés par des affiches en forme d'avertissement : « Je vais y passer[1]... » Dans son groupe, dont la direction musicale est confiée à Michel-Yves Kochmann, on trouve à la batterie un futur « rubriquard » à la télé (pour *Nulle part ailleurs* sur Canal+, puis pour Michel Drucker), également auteur de bouquins rigolos, Camille Safiris.

Jane Birkin : « Dans un sens, l'article dans *Globe* m'avait donné une raison supplémentaire de chanter au Bataclan. J'étais tellement exaspérée, je voulais que les gens sortent de mon spectacle en se disant : "Putain, il en a écrit de belles chansons." C'était mon droit de réponse. »

Camille Safiris : « La première apparition de Serge m'a beaucoup marqué. Nous répétions avec Jane la chanson "Lost Song", tandis qu'ils testaient les fumigènes et les projecteurs et que Jane descendait dans la salle, elle avait prévu durant cette chanson d'aller se balader dans le public. Nous étions plongés dans une fumée épaisse et à un moment, on l'a perdue du regard. Quand la fumée s'est dissipée, il y avait Gainsbourg assis à une table avec son paquet de Gitanes. Il est vraiment apparu comme un mirage, comme une image surnaturelle. Jane était aussi surprise que nous et tout en continuant à chanter, elle l'a enlacé. C'était un moment très émouvant. Ensuite on l'a surtout vu lors des concerts ; il a fait plusieurs apparitions, il montait sur scène pendant une chanson, il chipait le micro à Jane et disait au public : "C'est pas beau ça, elle est pas mignonne la petite ?" Même s'ils étaient séparés depuis un moment, on sentait une grande tendresse entre eux. Je pense qu'il était encore très amoureux d'elle. Pour lui, c'était une

1. Il avait déjà été question que Jane monte sur scène, en 1980, peu de temps après le retour de Serge au Palace. Elle rêvait à l'époque d'une comédie musicale berlinoise et d'ambiance à la Bertolt Brecht.

preuve d'amour qu'elle chante ses chansons ; elle l'aimait toujours, mais d'une autre façon. Elle était détachée mais toutes les blessures n'étaient pas refermées. »

Cinq semaines au Bataclan, cinq semaines de tournée, un album *live* de vingt chansons en guise de souvenir : Jane, sur scène, crée la suprise. Concerts intimistes, mise en scène minimale, accompagnements discrets, quasi anachroniques. Pendant les répétitions, Serge lui avait suggéré de bouger plus, d'être plus sexy, exactement comme il faisait au début de leur histoire, lors de leurs premières apparitions à la télévision. Mais il ne réalise pas que Jane a changé : il ne reste plus rien, en apparence, du personnage scandaleux qui partageait sa vie, de la petite Anglaise pétulante et délurée. Au contraire, quand elle chante au Bataclan, le romantisme est absolu et les spectateurs succombent à un charme plus délicat. Jane s'immerge avec délices dans un éther mélancolique dénué de tout sarcasme, de la moindre agressivité, même quand elle interprète « Avec le temps », le titre le plus désespérément teigneux de Léo Ferré, la seule chanson de son récital qui n'est pas signée par son ex-Pygmalion. Au Printemps de Bourges, Gainsbourg la filme à l'occasion d'un reportage commandité par FR3 et les producteurs du festival. Avec un cadreur qui se promène caméra à l'épaule, Gainsbourg joue au journaliste : au bout de trois jours, sa présence trop voyante finit par agacer le public, qui le siffle à plusieurs reprises. Le produit fini, que l'on voit quelque temps après, sous la forme d'un documentaire de 52 minutes, est une nouvelle déception, malgré un menu qui faisait rêver : Gainsbourg dans la loge du « Killer » Jerry Lee Lewis ou interviewant Ray Charles, Gainsbourg déjeté accueillant le président Mitterrand... En trois mots, lui confier la réalisation de ce film était une fausse bonne idée[1].

Trois nouveaux personnages font leur entrée. Ils auront chacun, à des degrés divers, une grande importance au cours des dernières années de sa vie. La première — c'est aussi son ultime Lolita — se nomme Vanessa Paradis. Le deuxième, son homme de confiance, à la fois secrétaire et grand intendant, veillait à ce que Serge ne manque de rien dans sa petite maison de la rue de Verneuil ; son nom était Fulbert, un garçon aux manières exquises qui touchait une pension de handicapé depuis un terrible accident : une balafre, qui lui traversait le visage, en témoignait. Le troisième, Vittorio Perrotta, a fait fortune dans la fripe ; il est devenu en peu de temps un ami intime, celui à qui

1. Gainsbourg avait, au cours du festival, filmé Alain Bashung. Mais lorsque celui-ci demande à voir le montage le concernant avant diffusion, Serge décide de le virer du documentaire.

Serge offrira la Légion d'honneur de l'amitié, un rubis de chez Cartier, dans les premiers jours de 1991.

Vittorio Perrotta : « Un soir je l'ai croisé dans un club et nous avons décidé de faire la tournée des boîtes parisiennes. On a dû en faire une dizaine : je l'emmenais dans un endroit que je connaissais, il m'invitait dans un autre, ça s'est terminé à 6 heures du matin et je me suis pris la plus énorme cuite de ma vie. Je n'avais pas encore compris son truc : moi, à chaque étape, j'avais vidé un verre ou deux ; lui avait à peine trempé ses lèvres... »

C'est au cours de l'été 1987 que Vanessa, quatorze ans, toute mimi, cartonne avec « Joe le taxi », une chanson signée Franck Langolff et Etienne Roda-Gil...

Vanessa Paradis : « Mon père a toujours ressemblé à Gainsbourg dans sa philosophie et sa manière de percevoir les choses. Il achetait ses albums au fur et à mesure. Je me souviens d'avoir dansé comme une folle sur sa Marseillaise reggae, ça me donnait envie de bouger, je remuais mes petites fesses... Je crois avoir été bercée par sa musique depuis que je suis toute petite. J'avais craqué sur "Beau oui comme Bowie" d'Adjani et les chansons de Jane me filaient des frissons... »

Chaque jour des fans envoyaient à Gainsbourg des lettres, des cassettes, des poèmes, des suppliques, des mots d'amour, et ses ennemis des lettres d'insultes ou de menaces. Il fallait quelqu'un pour trier tout ça, ouvrir le courrier, régler les factures, accueillir les invités, éconduire les admirateurs trop harcelants...

Gainsbourg : « Dans le temps, j'avais un Black, mais comme c'est tout noir chez moi, je ne le voyais que quand il se marrait... Hé hé hé... Il me préparait des plats africains... Et puis est arrivé Fulbert... Je ne peux ni ne veux être tout seul... »

Fulbert : « Je travaillais chez lui un petit peu chaque jour, aux heures qui me convenaient, je m'occupais du ménage et du ravitaillement ; le courrier, c'est venu ensuite... Et puis il y avait les fans qui sonnaient à la porte, j'allais leur demander ce qu'ils voulaient, parfois Serge les recevait, ça dépendait de son humeur ou de sa fatigue. Il fallait que je fasse attention en sortant ses poubelles : certains les fouillaient. Parfois les gens lui demandaient les choses les plus ahurissantes, des chômeurs qui cherchaient du travail, des personnes aux abois lui envoyaient leur feuille d'impôt parce qu'elles n'avaient plus de sous... Dès notre première rencontre j'avais ressenti sa gentillesse, son savoir-vivre, sa discrétion. Souvent il me demandait : "Fulbert, ça ne vous dérange pas que je fasse ceci ?" et je lui disais : "Mais vous savez, c'est moi qui suis à votre service, pas le contraire !" Il avait toujours peur de m'importuner : s'il voulait que j'aille lui acheter des cigarettes au drugstore Saint-Germain, à deux cents mètres de la maison, il insistait pour m'appeler un taxi. Je lui disais que c'était inutile... Parfois, je le voyais travailler, il coupait le téléphone et la sonnette extérieure, il fallait que je me fasse plus discret qu'une mouche... »

En août 1987, Serge et Philippe Lerichomme reprennent le Concorde pour New York. L'enregistrement de son nouvel album, *You're Under Arrest*, a lieu du 17 au 30 août au studio Dangerous Music — autrement dit, chez Billy Rush. A Paris, il est prévu que Gainsbourg mette en boîte ses voix en septembre, avec Dominique Blanc-Francard. Le tout pour un budget total de 499 680 francs : 5 000 dollars pour Billy, 3 000 dollars par musicien, soit 18 000 dollars plus les charges, 176 320 francs de studio et 114 360 francs pour les frais de voyages, d'hôtel et « divers ». Une paille, comparé aux budgets d'autres grosses vedettes du disque. L'équipe du Casino de Paris a été reconstituée, seuls les choristes ont changé : les frères Simms ne sont plus de l'aventure, à cause d'un problème d'argent ils ont été remplacés par un Black énervé, Curtis King Jr., doublé sur certains morceaux par Brenda White King.

Un soir que dans le Bronx
J'étais on ne peut plus anx-
Ieux de retrouver Samantha
Entre Thelonius Monk
Quelques punks aussi Brons-
Ki Beat giclant de mon Aïwa[1]

Ultime album studio, *You're Under Arrest* sort en novembre 1987. Serge, qui a parfaitement compris qu'il doit se racheter une conduite et donner un album réussi, qui ne soit pas une redite de *Love On The Beat*, a visiblement bossé, notamment sur le concept général. Voici comment il emmène ses fans à la recherche d'un avatar prépubère de Melody Nelson ou de Marilou, la petite Samantha, treize ans, black et junkie. Dans « Five Easy Pisseuses » (jeu de mots sur *Five Easy Pieces*, film de Bob Rafelson qui avait fait de Jack Nicholson une star en 1970), il décrit le personnage :

De mes cinq petites pisseuses j'ai préféré la six
Ouais pour toi Samantha j'ai balancé mes cinq ex
Tes petites socks
Me mettent en érex

1. Thelonius Monk, le plus grand pianiste be-bop de l'histoire du jazz ; Bronski Beat, trio techno-pop anglais auteur des tubes militants gay « Smalltown Boy » et « Why ». Son chanteur, Jimmy Somerville, obtiendra son plus grand tube en solo avec sa reprise de « Comment te dire adieu » en 1989 (chanté à l'origine par Françoise Hardy en 1969, sur des paroles de Gainsbourg).

Elle se *shoote* et dodeline du chef, ce qui ne l'empêche pas d'ensuquer son mec jusqu'à la glotte (« Suck Baby Suck », un des morceaux les plus consternants de sa carrière[1]). Mais il en a marre de l'héroïne, en filigrane on devine à qui s'adressent ces reproches :

A la saignée de ton bras gauche Samantha
Bâille bâille Samantha
Des traces de piquouzes à
Tes lèvres une traînée de poudre
Oh Samantha

Elle est accro, il est à cran : on découvre soudainement un Gainsbourg moralisateur qui en a sa claque du cloaque et affirme que la drogue, c'est vraiment de la merde. Il se souvient du titre d'un roman de Kessel, *Aux enfants de la chance*, qui était aussi le nom d'une boîte où jouait son père dans les années 50. Il brode autour un plaidoyer qui ressemble à un appel au lynchage, éventuellement excusable si l'on se souvient de ses soucis avec Kate Barry ou Bambou :

Aux enfants de la chance
Qui n'ont jamais connu les transes
Du shoot et du shit
Je dirai en substance
Ceci
Ne commettez pas d'imprudence
Surtout n'ayez pas l'impudence
De vous foutre en l'air avant l'heure
Je dis dites-leur et dis-leur
De casser la gueule aux dealers

Il se souvient aussi de cette ballade suicidogène d'avant-guerre, chantée par Damia en 1936, « Sombre dimanche », dont il préfère le titre anglais (« Gloomy Sunday », comme l'avait chanté Billie Holiday en 1941) :

Je crèverai un sunday où j'aurai trop souffert
Alors tu reviendras mais je serai parti
Des cierges brûleront comme un ardent espoir
Et pour toi sans effort mes yeux seront ouverts
N'aie pas peur mon amour s'ils ne peuvent te voir
Ils te diront que je t'aimais plus que ma vie

Dominique Blanc-Francard : « Nous avons mixé *You're Under Arrest* dans un studio à Pigalle, mais comme le mix ne l'intéressait pas,

1. En particulier à cause du refrain débile « Suck baby suck / With the CD of / Chuck Berry Chuck... »

il partait faire la tournée des bars à putes pour boire des coups. A chaque fois il revenait avec deux prostituées et deux CRS. Il voulait leur faire écouter les nouvelles chansons à fond, “double titan” ! Il négociait ensuite les écussons des flics, il passait son temps à déconner et quand on ne voulait pas le suivre dans ses délires, parce qu'on avait du boulot, il se plaignait comme un gamin. »

Tout au long de cet album complètement désespéré, on décèle le thème sous-jacent de l'impuissance et de la frigidité, sous des dehors très « sexe ». La voix de Gainsbourg est à bout de souffle, à bout de force. Il cherche toujours à provoquer, mais ne réussit qu'à faire plaisir à ses fans en multipliant les expressions triviales, comme dans « Glass Securit », confession éthylique et rimes en « ite » :

Tequila aquavit
Un glass Securit
Pour prendre ton clit'
A jeun j'trouve ça limite
J'ai besoin d'une bit-
Ure bien composite

Dans le même esprit, « Shotgun » est irrémédiablement foutu en l'air par la production matamore et l'insupportable son de la batterie. Il y avait là pourtant un début d'émotion :

Quand même, ah ! problème
Si cela n'est pas trop te demander
Crache-moi que tu m'aimes
Si même tu mens Samantha

La jolie mélodie de « Dispatch box » est aussi gâchée par le tac-poum assommant (qui, en sus, a beaucoup moins bien vieilli que nombre de ses disques, y compris les albums reggae) ; il y est question de *tes nibards, mon hot-dog*, mais Gainsbourg bout, il est à bout :

Ça t'fait chier tu t'épiles
Les poils pubiques
Dispatch box
Ras l'cul de toi
Cinq ans de légion
Etrange serait-ce
Dispatch box
Pire que toi l'étrangère ?

Il a des réminiscences : à neuf-dix ans sans doute fredonnait-il sur le chemin de la communale « Mon légionnaire », chanté par Marie Dubas, puis à nouveau popularisé en 1937 par Edith Piaf. Mais au contraire de sa Marseillaise reggae, il n'est pas question cette fois d'attiser la haine des militaires, tout juste peut-on s'amuser à l'idée que cette chanson aurait pu se retrouver sur l'album précédent, entre les provoc homo de « Kiss Me Hardy » et « I'm The Boy » :

Bonheur perdu bonheur enfoui
Toujours je pense à cette nuit
Et l'envie de sa peau me ronge
Parfois je pleure et puis je songe
Que lorsqu'il était sur mon cœur
J'aurais dû crier mon bonheur

Dominique Blanc-Francard : « Tout ce qui était du *talk-over* classique ne nous a causé aucune difficulté sur cet album. On a seulement ramé pour "Mon légionnaire", car il avait envie d'en faire une version chantée ; pendant quatre heures on s'est fourvoyés dans une direction impossible et d'un ridicule absolu. Il s'entêtait, alors que Philippe Lerichomme lui disait que ça ne marchait pas et qu'il fallait faire autrement. Il s'est enfin décidé à la "parler", comme les autres chansons, et je trouve cette version, au final, très réussie[1]. »

Lors des interviews qui accompagnent la sortie de *You're Under Arrest*, Serge dérive au fond de la déprime, il semble toucher le fond : il s'acharne à bosser comme un cinglé, sur le fil du rasoir, alors qu'il n'en peut plus, physiquement et psychologiquement...

Gainsbourg : « En fait j'en ai ma claque de la musique. Si je fais un nouvel album, c'est pour me prouver à moi-même que je suis le meilleur, tout en inscrivant en lettres de feu que c'est un art mineur... Je ne veux pas passer à la postérité. Comme disait l'autre, qu'est-ce que la postérité a fait pour moi ? Je fucke la postérité. J'ai toujours été un bleu à l'école communale parce que les grands me cassaient la gueule. *Idem* au lycée, en archi, à l'armée où j'ai eu toutes les brimades. J'étais un bleu en peinture et quand j'ai commencé le piano. En 1958, quand j'ai commencé ce métier, j'étais un bleu. Et je vais vous dire que je serai encore un bleu le jour où je casserai ma pipe... Et dans l'intervalle j'ai été bleu de quelques gonzesses. Je suis fragile parce que désabusé. J'ai tout donc je n'ai rien. J'ai tout eu, je n'ai plus rien. L'idée du bonheur m'est étrangère, je ne le conçois pas donc je ne le cherche pas. Mon plan est un plan de mec, une recherche de la vérité par injection de perversité. Je ne cherche qu'une seule chose, la pureté de mon enfance. Je suis resté intact, INTACT, voilà ma force. »

Trois mois plus tôt, dans un resto désert à Manhattan, Serge avait demandé à Lerichomme : « Qu'est-ce que tu feras quand je me remettrai

1. On note néanmoins un intéressant bidouillage : les « naire » de *Mon légionnaire* sont doublés par une voix non identifiée en fin de chaque refrain.

à la peinture ? » Philippe avait instantanément traduit : Serge voulait dire « quand je serai mort » ; puis il avait répondu : « J'arrêterai [1] ! »

Françoise Hardy : « Il avait à la fois un grand appétit de vivre et un grand mal de vivre. C'est quelqu'un qui s'ennuyait très facilement, qui avait besoin que les choses bougent autour de lui, qui avait besoin d'agir, d'écrire, de faire des choses. Sinon il était dans le trou. Il avait une grande délicatesse, une grande pudeur, une vulnérabilité qu'il a essayé toute la vie de compenser en essayant d'être quelqu'un d'autre que ce qu'il était. Pour être moins vulnérable, moins sensible, il a voulu jouer les durs et les cyniques et il a fini par le devenir, en partie... Il était par moments désarmant, adorable, complètement attachant. Plein de charme. Et à d'autres moments tout à fait odieux et égocentrique. »

A propos de *You're Under Arrest*, la presse est plutôt positive ; Serge fait l'objet d'un dossier de 16 pages et se retrouve, avec Charlotte, en couverture du mensuel *Paroles et musique* de novembre 1987. Le 12 décembre, une émission spéciale lui est consacrée dans *Les Enfants du rock* sur France 2, au cours de laquelle il est interviewé par Etienne Daho et interprète cinq chansons de son nouvel album [2]. Dans le magazine rock *Best*, Jean-Eric Perrin se déchaîne :

> Le son du New Jersey ne fait pas de prisonniers, basses claquantes, rythmes marmoréens, cuivres et chœurs black, on a là un travail parfait, comme aucun chanteur français n'a jamais réussi à s'offrir, question d'esprit. Ceci acquis, outre la danse et le copulage, voilà un disque qui expose surtout la fantastique « fraîcheur » de Gainsbourg (que d'aucuns lui contestent ces derniers temps, au vu de prestations publiques douteuses) ; qui aujourd'hui peut apporter des textes à moitié aussi ciselés, touffus, énergiques et précis ? [...] La voix elle-même est requinquée, on pige tout, il y a une présence canaille, une complicité avec l'auditeur, Gainsbourg est un pro, et son discours sur vinyle n'a pas la couleur brumeuse de son discours privé. L'histoire est belle, les mots rares, les musiques implacables, ça nous fait un album qui tient debout tout seul, et qui, en prime, nous la met bien profond. A coup sûr, LE disque de cet hiver.

A la presse, Gainsbourg parle de son nouveau projet pour le cinéma, en tant qu'acteur, un film fidèlement inspiré du *Journal* de Paul Léautaud que lui a proposé Jean-Pierre Rawson (lui-même réalisateur de *Gros câlin* d'après Emile Ajar). « Ce n'est plus le Léautaud critique littéraire qu'on retrouve ici mais, à travers ses amours avec Marie Dor-

1. De fait, après la mort de Serge, il n'a plus fait le producteur pendant sept ans, se contenant d'un rôle de conseiller pour Jane Birkin sur l'album *Versions Jane* avant de revenir à la direction artistique pour l'album *A la légère* qu'elle a publié en 1998.

2. La mise en images est décevante, en particulier celle de « Mon légionnaire », raison pour laquelle il sera fait appel à Luc Besson pour un clip qui, lui, fera date.

moy et Anne Cayssac, un véritable érotomane qui pourrait ressembler à Gainsbourg lui-même », lit-on dans *Le Quotidien de Paris* du 27 octobre 1987 : « Anne Cayssac, par exemple, se donne dans les bureaux déserts du Mercure de France rendant hommage à l'écrivain à genoux, sans même ôter son chapeau. »

Le tournage doit démarrer en janvier 1988, juste avant ses concerts au Zénith de Paris. Serge est ravi du casting, qui réunit Aurore Clément dans le rôle d'Anne Cayssac et Jeanne Moreau dans celui de Marie Dormoy, alias « le Fléau ». Et finalement, tout tombe à l'eau.

Jean-Pierre Rawson : « Il devait incarner un personnage de taille, Léautaud. Mais il s'est très vite avéré que c'était une mauvaise idée parce que Gainsbourg était lui-même un personnage, il n'était pas assez "comédien" pour s'effacer derrière son rôle, il allait faire du Gainsbourg. Mais surtout, ça ne s'est pas fait parce qu'il n'avait plus la santé. A huit jours du tournage, il était incapable de mettre un pied devant l'autre, il était déjà très malade [1]. »

L'année s'achève sur un fait divers : Bambou se fait interpeller par les flics alors qu'elle sort de chez un dealer dans le 12e arrondissement ; *France-Soir* y consacre un article en troisième page le 1er décembre, puis en une le lendemain, sous le titre elliptique « Gainsbourg-Bambou : Drogue ». Serge reçoit le jour même les inspecteurs de la brigade des stups qui ont arrêté Bambou ; elle doit suivre une cure de désintoxication pour éviter l'incarcération.

Le 15 décembre, la double page centrale de *Libération* annonce les concerts au Zénith à partir du mardi 22 mars 1988, avec, sous l'agrandissement d'un ticket d'entrée, le texte « Achetez-le 140 balles, revendez-le 500 ! ». Enfin, le 31 décembre, Serge figure parmi les invités de Jane Birkin lors d'une soirée spéciale pour le réveillon, qui est aussi le dernier grand show des Carpentier tourné dans les studios de Boulogne, à l'ancienne manière, par André Flédérick. En trio et déguisés en clochards, Jane, Serge et Jacques Dutronc chantent « Les p'tits papiers ». Ce soir-là, Gainsbourg fête le Nouvel An chez Maxim's. Quelques jours plus tard, il se rend à Val-d'Isère pour le Valrock, un festival de films rock parrainé par Philippe Manœuvre de *Rock & Folk*. Serge y croise Nicolas Sirkis, du groupe Indochine, qui tente en vain de le faire sortir un petit peu : après l'avoir obligé à s'acheter des Moon Boots et une doudoune, il essuie un refus quand il lui conseille de faire de la luge... Lors de la soirée de clôture, animée par les anciens du groupe Bijou, Serge monte sur scène ivre mort alors que Sirkis et

1. Le film a finalement été tourné quelques années plus tard avec Michel Serrault, Aurore Clément et Annie Girardot, sous le titre anodin *Comédie d'amour*.

la comédienne Charlotte Valandray se lancent dans une version improvisée de « Harley Davidson ».

Fulbert : « A son retour des Etats-Unis, où il était parti répéter avec ses musiciens, avant le Zénith, Serge eut la surprise de tomber sur un type qui, après avoir fracturé la lucarne, s'était installé chez lui ; il avait pris un bain et dormi dans son lit... Sans perdre son sang-froid, Serge a décroché son téléphone et appelé la police, sous les yeux de ce jeune homme heureusement inoffensif, quoique échappé d'un asile psychiatrique... »

Le 22 mars 1988, Serge retourne donc au charbon : sept soirs au Zénith, trente autres tous azimuts, de Nantes à Metz, de Caen à Nice[1]. Décor superbe, post-atomique, « sur fond bleu nuit ou rouge feu, les ruines métalliques d'un hangar embourbé dans la baie d'Hudson », comme le dit Claude Fléouter dans *Le Monde* (25 mars 1988), *light-show* sophistiqué (par le talentueux Jacques Rouveyrolis), on retrouve ses cinq musiciens américains (Billy Rush à la guitare, John K. à la basse, Tony « Thunder » Smith à la batterie, Gary Georgett aux claviers et Stan Harrison au sax) et ses deux nouveaux choristes, Curtis King Jr. et Denis Collings. A la technique, retour également du régisseur Robert Adamy, dit « Dada », toujours aussi imposant et moustachu, qui, plus que jamais, veille à ce que Serge ne soit pas envahi par les importuns.

Billy Rush : « Sa forme physique s'était détériorée depuis la précédente tournée, on le sentait fatigué et dépressif, il se sentait devenir vieux, il m'en parlait. Il continuait à travailler mais sans direction précise, il ne lui restait plus rien à prouver alors il cherchait à s'occuper, parce qu'il haïssait l'idée de prendre des vacances. »

Robert « Dada » Adamy : « Les répétitions avaient eu lieu à l'Usine Studio, en prévision de quoi le gars qui tenait le bar avait acheté des caisses de Pastis 51. Le premier jour de répète il lui dit : "Alors Serge, un petit 102 ?" Mais ce dernier lui répond : "Pas question, je travaille !" Au moment du montage du décor et des répétitions au Zénith,

1. Plus précisément le 29 mars à Reims, le 30 à Bruxelles, le 31 à Lille, le 1er avril à Rouen, le 3 à Bourges, le 19 à Laval, le 20 à Rennes, le 21 à Nantes, le 22 à Bordeaux, le 23 à Montluçon, le 25 à Dijon, le 26 à Clermont, le 27 à Lyon, le 28 à Besançon, le 29 à Annecy et le 30 à Lausanne. La tournée reprend le 2 mai à Marseille, le 3 à Montpellier, le 4 à Toulouse, le 5 à Toulon, le 6 à Nice, le 7 à Saint-Etienne, le 9 à Grenoble, le 10 à Mulhouse, le 11 à Strasbourg, le 12 à Metz, le 13 à Epinal, le 15 à Angers, le 16 au Mans et le 17 à Caen. Ensuite, entre le 21 et le 25 mai, il donne trois concerts au Japon, les 21 et 25 au Itomi Hall à Tokyo, devant 2 000 spectateurs chaque soir, et le 23 au Sankeï Hall à Osaka, devant 1 300 personnes (Jane Birkin va également tourner au Japon en février 1989 et fin 2000).

le soir, on mangeait tous ensemble. Il passait nous voir et nous racontait des histoires. Ensuite, pendant la tournée, il nous invitait à manger au restaurant et jouait au sommelier, il choisissait les vins et nous les servait avec la petite serviette autour du bras. Il était très humain, il s'intéressait à tout le monde, il était sincère. »

Sur scène, devant dix mille « p'tits gars » et « p'tites pisseuses » — le public est globalement beaucoup plus jeune que celui du Casino de Paris, trois ans plus tôt — on le sent en extase, il est tout sauf blasé, comme le disent ses neveux...

Yves et Isabelle Le Grix : « Nous avions les larmes aux yeux, chaque soir, comme si nous nous disions : profites-en bien parce que c'est peut-être la dernière fois. Dans les loges, il fallait voir le nombre de stars qui venaient le saluer, c'était assez impressionnant, ça défilait : Catherine Deneuve, Johnny Hallyday, Robert Charlebois, Renaud, Jean-Paul Belmondo... De temps en temps il y avait aussi des ringards, dont on taira les noms, ça le faisait marrer. Un soir le groupe Cock Robin s'est pointé, il les a accueillis très gentiment et une fois qu'ils sont sortis, il nous a demandé : "Qui c'est ceux-là ?" »

Au programme, des extraits de ses deux albums new-yorkais, de vieux tubes tels « Qui est "in" qui est "out" », « Manon », « Couleur café » et « Les dessous chics », mais aussi trois nouveaux titres : le piteux « You You You But Not You », « Seigneur et saigneur », qui contenait un début de bonne idée, et le très émouvant « Hey Man Amen » aux allures de testament[1] :

Quand je serai refroidu
Je laisserai à mon petit Luli
Des nèfles et mes abattus
A toi de te démerdu
Pauv' Lulu
Tu m'as perdi
T'inquiète j'me casse au paradu

« Rares sont les œuvres d'écrivains ou poètes juifs qui n'entretiennent pas avec la mort des rapports plus ou moins familiers, ce qui est tout à fait naturel si l'on considère que l'humour juif prend sa source dans le malheur », écrit Judith Stora-Sandor dans *L'Humour juif dans la littérature de Job à Woody Allen*. Il n'est pas inintéressant d'aborder cette chanson sous l'angle de la judéité de Gainsbourg : « Si la valeur

1. Une quatrième chanson inédite, « Berceuse de Jocelyne », annoncée sur le programme du Zénith, ne fut jamais terminée. « Seigneur et saigneur » aurait été composé initialement pour un disque que Serge devait écrire pour Anthony Delon, autre copain de ses virées noctambules, dont le projet, freiné des deux pieds par Alain Lévy, se perdit providentiellement dans les limbes.

suprême est la vie, poursuit cet auteur, le malheur suprême est la mort : elle doit donc être le thème par excellence à mériter un traitement ironique. [...] Le but est toujours le même : attirer l'attention mais aussi l'admiration sur celui qui a la grandeur d'esprit d'aborder ce sujet, effrayant entre tous. [...] L'humour déployé à cette occasion a toujours le même but : il sert à gagner la sympathie qui devrait, dans ce cas, se doubler de l'admiration pour le courage de la personne en question. »

Dans *Libération*, sous le titre inélégant « Gainsbourg le mou », Jean-Pierre Delacroix écrit ceci le 28 mars 1988, le jour du dernier concert au Zénith de Paris :

> Un feu sans doute nourri d'ordures éclaire quelques instants le décor, le temps d'apercevoir et de souligner que Gainsbourg va chanter la désespérance dans un terrain vague [...] Pendant une semaine il a rempli le Zénith de bras tendus pour l'empêcher de tomber dans le vide, de mains en forme de cœurs qui veulent l'arracher à sa tentative de suicide [...] Pour coller à son histoire de type qui s'enfonce à coup de strophes dans la mort, il n'a aucun intérêt à se montrer : la scène est trop grande, qu'il n'occupe pas. [...] Il avait déjà conquis tous ceux qui tendent la dérision comme un lance-pierre et chassent les oiseaux de bonheur. Mais il en fait désormais trop pour faire croire que la mélancolie habite ce corps étriqué de sexagénaire, et qu'il suffit de frapper à sa porte pour trouver notre compte d'angoisse charmante.

Le 2 avril 1988, Serge dîne avec Bambou et ses musiciens chez Lasserre, à Paris, pour son 60e anniversaire. Le lendemain, il se produit au Printemps de Bourges (où il chante au Stadium avec Elli Medeiros en première partie ; Aznavour et Indochine qui sont également au programme cette année-là ne remplissent pas la salle, mais c'est complet — soit 13 000 spectateurs — pour Gainsbarre), ce qui lui vaut ce commentaire, à nouveau dans *Libération*, mais cette fois sous la plume d'Yves Bigot :

> Le problème de Gainsbarre c'est peut-être qu'il a un peu trop attendu le succès. Du coup, il s'en goinfre : parle trop, en fait trop, montre trop sa satisfaction — son soulagement — d'être enfin reconnu.

Isabelle Adjani : « En regardant des images de ses concerts, je me suis aperçue tout d'un coup à quel point il était dans le tracé émotionnel de Marilyn : je le voyais envoyer du bout des doigts des baisers au public, sa chemise ouverte lui faisait comme un décolleté, il était offert dans toute son aura érotique et magnifique à son public. A l'instar de Marilyn, il était arrivé à être un personnage de légende de son vivant... »

Gainsbourg le dandy soignait effectivement son look, quel que soit son état de délabrement physique ou mental ; dans une interview publiée dans *Vogue* en novembre 1994, Bambou avait minutieusement décrit à Philippe Krootchey les détails de sa recherche vestimentaire :

> Aux pieds, il portait des Repetto blanches ou noires avec son smoking. Pas de chaussettes avec les blanches, des chaussettes noires avec les noires. Pas de caleçon, pas de slip, il n'aimait pas les pansements. Une montre Rolex ou la plus petite montre Cartier[1]. Aux doigts, l'alliance de Jane, l'alliance de Bardot, et cinq alliances que je lui avais offertes, en platine. Un bracelet saphir et diams. Autour du cou, un petit cœur en saphir. Une vingtaine de jeans, quelques-uns gris de chez Hémisphères. Les jeans coupés en bas aux ciseaux, pas d'ourlet. Des chemises kaki, une chemise Lee Cooper, des chemises blanches, tee-shirt en vacances. [...] Le savon, c'était Guerlain. Le parfum Van Cleef & Arpels. [...] Un pull marin donné par un mousse sur le *Dupleix*, une veste en cachemire bleu marine avec des boutons d'argent faite par un tailleur que lui avait présenté Lagerfeld. [...] Une veste punk venant des Puces de Portobello, son smoking Saint Laurent, un Perfecto en jean que je lui avais offert et un autre en peau de serpent. Des boutons de manchette saphir et platine...

En tournée, dans l'autobus, les hôtels, les loges, on voit sans arrêt Serge et Billy se livrer à leur jeu favori : d'interminables parties d'échecs. Chaque fois qu'il bat son directeur musical il est fou de joie, il le charrie sur scène, il le taquine des jours durant. En revanche, quand il sent qu'il va être battu, il lui arrive de balayer l'échiquier d'un revers du coude rageur...

Robert « Dada » Adamy : « L'avantage des admirateurs de Serge c'est qu'ils ne dégageaient aucune agressivité et j'ai rarement retrouvé ça chez d'autres artistes. Pourtant, les filles étaient souvent hystériques : à cette époque on s'amusait tous les soirs à compter les slips et les soutiens-gorge qu'elles jetaient sur scène, et c'était assez conséquent ! Serge était content, il prenait son succès d'une manière très sereine et il nous disait qu'il avait mis quarante ans avant d'obtenir cette reconnaissance. »

Bertrand de Labbey : « Serge savait parfaitement quel créateur il était, autrement dit l'un des plus importants dans son siècle. En même temps, j'en ai été le témoin durant la tournée qui a suivi les concerts du Zénith, il avait ce plaisir enfantin d'être constamment rassuré au point de baisser la vitre quand il était en voiture et de dire bonjour aux gens sur les trottoirs pour qu'ils le reconnaissent et disent : "Eh !

1. Il avait offert sa montre Cartier à David Birkin, le père de Jane, peu de temps avant sa mort, après que celui-ci lui eut répété combien il la trouvait jolie.

c'est Gainsbourg !" Cette peur permanente d'être oublié, de ne plus exister, était aussi touchante que surprenante. »

Enfin, dans les derniers jours de mai[1], Gainsbourg donne trois concerts au Japon. Comme « merci » se dit là-bas « arigato », Serge s'amuse comme un môme, au moment de quitter la scène, en criant : « Arigato... au chocolat ! »

Robert « Dada » Adamy : « En règle générale, les Japonais ne bougent pas trop pendant les spectacles. Ils sont assez timides, même pour applaudir, car ils ont peur de gêner, et ils ne se lèvent qu'à la fin du show. Pour Serge ils se sont levés dès le premier morceau et le producteur japonais est venu me voir, très inquiet, pour que Serge dise aux spectateurs de s'asseoir. Mais Serge m'a dit de laisser tomber, les fans se sont mis devant la scène et personne ne s'est assis. Pour le Japon c'était exceptionnel ! »

Durant l'été 1988, Serge touche le double fond de la dépression, il s'est voûté, marche avec une canne. L'alcool le fait grossir, on ne compte plus ses crises de *delirium tremens*. Il devrait s'arrêter, lever le pied, faire une cure de sommeil ; Bambou réussit seulement à le convaincre de partir quelques jours au Portugal, au mois d'août. Ses soucis de santé s'aggravent : vue qui baisse, cirrhose, incidents cardiaques, douleurs, auxquels viennent s'ajouter des problèmes d'impuissance.

A soixante ans, Serge est terriblement usé : il n'a plus que trente mois à vivre.

1. Il y aura encore deux concerts, les deux derniers de sa carrière, lors des festivals de La Rochelle (Francofolies) et de Montreux (Jazz Festival) en juillet 1988.

25

Je crèverai un sunday où j'aurai trop souffert

A la rentrée de la saison 1988-89, Serge est au plus mal, la descente aux enfers se poursuit, inexorable. A une exception près, un *Mon zénith à moi* de Michel Denisot sur Canal+, ses télés sont désastreuses : quand il vient présenter le clip de « Mon légionnaire » à *Nulle part ailleurs*, l'émission de Philippe Gildas, également sur Canal+, nombreux sont les fans qui trouvent son Guignol plus drôle que l'original ; il faut dire que la marionnette est rigolote, comme la voix de l'imitateur Yves Lecoq. Serge l'adore. On raconte qu'il ne ratait aucun épisode des *Arènes de l'Info*, tous les soirs à 20 heures dans *Nulle part ailleurs*, et qu'il était déçu s'il ne voyait pas son double en latex[1]... Quant au clip mentionné plus haut, il est signé Luc Besson et met en scène Gainsbourg coiffé d'un galurin et flanqué d'un gamin photogénique. Derrière s'agitent des danseurs hystériques sortis, dirait-on, d'un épisode de *Fame*.

Pour le distraire de son spleen, il peut heureusement compter sur ses amis Jacques Wolfsohn ou Jacques Dutronc, ou même sur le fiston de ce dernier, quinze ans, bientôt seize, que Serge aimait tant, d'après Bambou, parce qu'il retrouvait en lui toute la pureté que Jacques avait perdue.

Thomas Dutronc : « Un jour qu'il venait de s'acheter des nouvelles enceintes, nous avions écouté "Love Me Tender", par Elvis Presley, à fond les manettes. Il me disait qu'il avait toujours rêvé d'écrire une chanson aussi simple et aussi belle. Puis on avait écouté "In The Ghetto" et il avait pleuré... Je me suis retrouvé plein de fois au Raphaël

1. L'émission *Les Arènes de l'Info*, ancêtre des *Guignols de l'Info*, lancée le 30 août 1988, avait pour particularité d'être complètement ratée ; seules quelques marionnettes sortaient du lot, en particulier celles de Johnny Hallyday, Sylvester Stallone, Françoise Sagan et Gainsbourg.

avec lui. J'allais le voir au bar ou dans sa chambre, parfois avec un de mes copains d'école. Un soir il avait insisté pour me présenter à ses amis flics, on s'était retrouvés dans un panier à salade, Serge insistait pour qu'ils fassent fonctionner la sirène, les flics lui disaient que c'était la nuit et qu'ils n'avaient pas le droit ; pour lui faire plaisir, ils avaient fini par mettre le gyrophare. Ensuite, au poste, il m'avait dit : "Tu vois, ça, c'est mes jouets", en désignant les keufs, devant eux... Je me souviens qu'il m'avait aussi fait visiter le grand commissariat de l'avenue du Maine, avec toutes ces cages en verre où on enferme tous les mabouls ; on avait vu un exhibitionniste, l'air un peu trisomique avec le slip baissé en train de se branler devant la glace... »

Bref épisode, il signe en septembre 1988 les *lyrics* de la face A du nouveau 45 tours de la belle Viktor Lazlo, un exercice en X comme il les affectionne de plus en plus (il y en avait deux sur *You're Under Arrest*). L'interprète de « Canoé rose » n'en vendra pas un max :

Amour puissance six
Ne serait-ce qu'un temps
L'amour ça s'ox-
Yde avec le temps

Autre catastrophe prévisible, l'album de Bambou qu'il met en boîte deux mois plus tard. Musicalement, *Made In China* tient la route, vu qu'on retrouve Billy Rush, Gary Georgett et le choriste Curtis King Jr. qui se taille au demeurant la part du lion. C'est du côté des paroles que ça pèche ; n'émergent de ce CD anecdotique, publié en mars 1989, que la reprise de « Nuits de Chine » et, inspiré sans doute du vieux tube de Julie London « Cry Me A River » (« Pleurer des rivières » en français par Viktor Lazlo, incidemment), le plutôt joli « J'ai pleuré le Yang-Tsé » :

J'ai pleuré le Yang-Tsé
Kiang je dérive je ne sais
Ce que j'ai d'exce-
Ssif pour que tu m'aies laissée

Dominique Blanc-Francard : « Serge s'ennuyait, il avait fini sa tournée, il était déprimé, il fallait qu'il s'occupe. Alain Lévy [le P-DG de Polygram], qui ne voulait pas d'un album avec Anthony Delon, dont il avait été question, avait suggéré à Serge de faire un 33 tours avec Bambou mais Philippe Lerichomme, qui craignait le pire, à juste titre, lui expliquait que tant qu'il n'aurait pas les textes sur son bureau, il ne ferait pas l'album. Du coup, Serge lui a fait un coup plutôt vicieux : il a appelé directement Lévy, pour lui dire que Lerichomme refusait de faire le disque. J'étais dans le bureau de Philippe ce jour-là. Lévy a appelé cinq minutes après pour lui demander quel était le problème. Finalement nous avons fait ce disque que nous ne voulions pas faire. »

Gainsbourg tentera d'expliquer le bide de « Nuits de Chine » par la malheureuse coïncidence qui veut que le 45 tours soit sorti au moment du massacre place Tien Anmen, à Pékin, et que tout ce qui avait un parfum asiatique était boycotté sans appel. Facile...

Dominique Blanc-Francard : « Le début de l'enregistrement a été un cauchemar. Bambou était adorable mais elle n'avait jamais mis un casque sur la tête et elle ne savait pas ce qu'étaient ni les notes ni les rythmes. Serge a commencé à flipper car il s'est rendu compte qu'il allait dans le mur, il n'arrivait pas à contrôler la machine. Il traitait Bambou de tous les noms, du coup elle pleurait par terre en studio, elle était perdue, elle ne savait pas pourquoi ça ne marchait pas. Serge se sentait alors responsable et devenait très agressif. »

Bambou : « J'arrive au studio, j'ai les textes le jour même, je n'ai jamais chanté de ma vie, je suis persuadée que je chante faux, bref je n'ai pas enregistré dans les meilleures conditions... Au début je n'y arrivais pas et Serge commençait à s'énerver, je me suis mise à pleurer, je lui ai dit que je devrais peut-être prendre des cours de chant et il m'a insultée ! Lerichomme lui a dit de sortir pour que les esprits se calment et pour que je puisse répéter toute seule. On a commencé par "Shanghai" et je n'étais jamais sur le temps, j'avais toujours trois secondes de retard, c'était de pire en pire, je faisais n'importe quoi. Quand j'étais en larmes, Serge me disait d'arrêter de chialer pour recommencer tout de suite, parce que ma voix se cassait et qu'il y avait de l'émotion. »

Son alcoolisme a pris des proportions épiques. De 1979 à mai 1989, ce n'est qu'une chute longue de dix ans dans l'enfer éthylique. Il lui arrivait d'être tellement bourré qu'il tombait dans le coma ; le *delirium tremens* le précipitait dans un univers cauchemardesque. Les sympathiques éléphants roses du folklore populaire étaient chez lui remplacés par d'horrifiantes visions. Il racontait comment une nuit il s'était cru attaqué par des poignards qu'il tentait d'éviter par des gestes convulsifs.

Serge était-il vraiment suicidaire ? Se croyait-il immortel ? L'alcool était assurément devenu une prison dont il ne sortait plus. Il est vrai qu'en France, paradis des poivrots, on traite rarement l'éthylisme pour ce qu'il est réellement : une maladie physique et mentale. Bien sûr, quand on s'appelle Gainsbourg, il n'est pas évident de s'inscrire aux Alcooliques anonymes. C'est pourquoi ses proches lui suggéraient parfois de suivre un traitement à l'étranger. Mais le plus dur n'est pas la désintoxication, c'est après : dans son métier, il y avait trop de tentations. Sa solitude rendait aussi toute tentative inutile, d'autant qu'il était tenaillé par l'angoisse et les affres de la création : il répétait souvent, pour se justifier, qu'il avait fait ses meilleurs albums ivre. « Privé d'alcool, se disait-il, que va-t-il se passer, je ne vais jamais y arriver ! » Parfois, il allait à l'hosto, de son plein gré, pour faire un break : au bout de deux jours, on sentait dans ses yeux comme un soulagement. En fait, il avait envie de s'en sortir, il avait compris que seul, il n'y arriverait pas. C'est pourquoi il avait commencé une psychanalyse, lui qui avait toujours refusé l'idée que quelqu'un puisse scruter son mental[1] ; il avait également consulé des spécialistes de l'alcoolisme... trois semaines avant sa mort.

Gainsbourg : « Connaissez-vous le "cocktail Désespoir" de Cocteau ? Je ne l'ai jamais essayé, faut pas déconner, mais voici ce que ça donne, je cite : "Remplir à moitié le shaker de glace et d'eau de Cologne, mettre deux gouttes d'alcool de menthe de Ricqlès, un doigt de shampooing, secouer, servir mousseux avec des pailles dans un verre à dents." C'est superbe, non ? »

En janvier 1989 on l'hospitalise cinq fois d'affilée. Les médecins lui annoncent que s'il continue de picoler, c'est la cécité qui l'attend. Finalement, en avril, ils décident d'opérer. Juste avant de passer sur le billard, comme il sait qu'il risque sa vie, Serge enregistre coup sur coup une série de sketches avec son Guignol, écrits par Arnold Boiseau, pour annoncer la sortie de son album *live* au Zénith (ceux-ci sont diffusés durant son hospitalisation) ; il s'invite au journal de 13 heures d'Antenne 2, puis il tourne pendant sept heures d'affilée l'émission *Lunettes noires pour nuits blanches* présentée par Thierry Ardisson, également pour la 2e chaîne. On y assiste à un joli dialogue entre Serge et Bambou, à qui il affirme sans ambages : « Mais oui, Samantha c'est toi... »

Serge : Ça fait quoi d'être avec un mec qui a x années de plus que toi ?

Bambou : Ça permet des rapports privilégiés et inviolables.

Serge : Tu me perdras un jour, c'est cruel, mais mathématique. J'crois qu'tu seras la dernière de ma vie, ma p'tite cocotte-minute.

Bambou : Tu ferais quoi, si j'te quittais ?

Serge : Tu serais pas la première. Je vais te foutre les menottes et t'attacher au radiateur.

Bambou : Ça t'a fait mal quand Jane s'est tirée ?

---

1. Le psychanalyste qu'il consultait, tenu par le secret professionnel et par l'amitié qu'il avait pour son patient (« Je ne suis pas prêt, psychologiquement, à vous parler »), n'a pas voulu donner plus d'informations, même purement chronologiques. Par recoupements, on suppose que l'analyse aurait démarré en 1989, soit avant, soit après sa grave opération du foie.

Serge : *No comment*, on ne touche pas à ce qui est intouchable.
Bambou : Tu m'aimes ?
Serge : Moi non plus.
Bambou : Beuh ! C'est facile !

Dans la même émission, diffusée le 8 avril 1989, il se livre à un exercice intéressant en mettant en scène une auto-interview.

Gainsbarre : Dis donc Gainsbourg, question insidieuse... A Strasbourg, devant les paras, tu t'es vu mourir comme John Lennon ? Dis-moi si t'as des couilles.

Gainsbourg : C'était pas de l'intrépidité, c'était du courage. Parce que l'intrépidité, c'est de la connerie. C'est : « Allez on charge, la castagne ! »... Le courage c'est de vaincre sa peur.

Gainsbarre : Tu as dit quelque chose de pas très con, de pas trop con : « L'homme a créé les dieux, l'inverse reste à prouver. » T'es toujours athée, mon p'tit gars ?

Gainsbourg : Non, je vire au polythéisme. C'est-à-dire que je mets toujours les dieux au pluriel, de peur qu'il y en ait un qui le prenne mal.

Gainsbarre : Dis donc Gainsbourg, tu crois pas qu'il serait temps pour toi de rejoindre Rimbaud en Abyssinie ?

Gainsbourg : Ouais, pour moi c'est le plus grand, avec Picabia. Parce que celui qui n'a pas lu *Jésus-Christ Rastaquouère*, c'est vraiment le dernier des cons. Il y en a beaucoup, il n'a tiré qu'à quatre mille exemplaires. Il y a beaucoup de cons, on est cernés par les cons. D'ailleurs toi le premier, Gainsbarre ! Et je t'emmerde !

L'opération a lieu le 11 avril 1989, Serge passe un peu plus de six heures sur le billard. Miracle et nouveau sursis, il s'en sort. Quand il fait son *come-back* le 10 mai sur Canal+ (à nouveau dans *Nulle part ailleurs*), après avoir visionné le nouveau clip de sa compagne Bambou au cinéma La Pagode, on le retrouve dans une forme épatante. Dire qu'il a la pêche relève de l'euphémisme : bouleversant, souriant, ricanant, l'élocution parfaite, l'esprit vif, l'œil pétillant, il raconte comment ça s'est passé à l'hôpital Beaujon, à Clichy, où l'on a pratiqué l'ablation de deux tiers de son foie. S'agissait-il d'une tumeur ?

Gainsbourg : « La vérité sur mon opération, la voilà : le premier qui me parle de cirrhose ou de cancer, je lui casse la gueule, parce que la cirrhose, ça ne s'opère pas. On m'a trouvé une saloperie que j'ai attrapée en Afrique pendant le tournage d'*Equateur*. Voilà l'affaire. Il paraît que dans le bloc chirurgical j'étais le mec le plus courageux... C'est pas drôle, les enfants, j'ai souffert dans ma chair, mais je suis stoïque. Quand je me suis réveillé après l'opération j'avais des tubes partout, dans le nez, dans le fion, dans les reins, dans la queue, mais en voyant tous ces fils, émergeant de l'anesthésie, j'ai eu un réflexe insensé : j'ai demandé : "On est sur scène ? *Soundcheck* ! C'est bon ? Où sont mes musicos ?" Je me croyais au Zénith[1] ! »

Christian Gerin, dans *France-Soir*, le 15 avril 1989, avait pourtant publié tous les détails, auxquels Gainsbourg refusait de croire, quitte à s'enfoncer dans des mensonges abracadabrants : hospitalisé dans le service de chirurgie digestive du professeur Fékété, Serge est soigné parallèlement pour des problèmes de diabète, de cécité et d'insuffisance respiratoire. Pour mémoire, il fume chaque jour jusqu'à 80 Gitanes, les cigarettes les plus toxiques sur le marché en goudron et nicotine ; sa consommation d'alcool lui a valu, précise le journaliste, « une cirrhose du foie qui a elle-même favorisé l'apparition d'un cancer hépatique. L'ablation partielle du foie vise à éliminer la tumeur. On sait également que Serge Gainsbourg redoute de devenir aveugle. La rétinopathie diabétique fait également suite à une mauvaise gestion par le foie malade des sucres présents dans le sang. Enfin, après l'opération, les médecins craignent des complications pulmonaires [...] conséquences d'une insuffisance respiratoire, elle-même causée par l'encrassement tabagique des bronches et des alvéoles pulmonaires ».

Pourtant, Serge quitte l'hôpital, avec sa mallette contenant ses flacons de parfum Van Cleef & Arpels et un Walkman dernier cri, après onze jours seulement, alors que sa chambre avait été réservée (sous un faux nom) pour trois semaines.

Gainsbourg : « Pour ma convalescence je me suis loué une suite à l'hôtel Raphaël, avec interdiction aux barmen et à tous les étages de me servir des boissons alcoolisées. C'était donc un verre d'eau que je buvais au bar quand j'ai eu un coup de fil extraordinaire : "Allô, c'est Marlène Dietrich." Je me dis : Ça y est, une cinglée. Mais pas du tout, c'était bien elle : "*Mister Gainsbourg, I cross my fingers* (je croise les doigts pour votre santé, faites attention à vous...)" Comme elle est un peu dure d'oreille, il fallait parler très fort et comme j'étais entouré de Japs et de Ricains, j'ai dû gueuler : "*Can you please shut up, that's Marlene on the phone.*" Ils m'ont sans doute pris pour un barjot. »

C'est au Raphaël qu'il s'attaque au scénario de *Stan The Flasher*, le film qui l'obsède depuis quelques mois et qu'il écrit avec en tête l'interprète dont l'image s'est gravée dans son mental, Claude Berri. Stan, c'était le prénom du personnage joué par Serge dans *Charlotte For Ever*. Stan The Flasher, c'était aussi le surnom de Stan Harrison, son saxophoniste, quand il le présentait sur scène. Résumé, à nouveau squelettique, du concept :

1. Interview par Philippe Gildas, le 10 mai 1989 pour l'émission *Nulle part ailleurs*.

Flasher du mot *flash* c'est de l'amerloque, traduction latérale exhibitionniste, déviation sexuelle et morbide qui pousse certains sujets à exhiber impulsivement leurs organes génitaux à poil sous un *raincoat*, un imper quoi, devant les petites pisseuses lolycéennes en mâle d'initiation, Stan pratiquant en parallèle du William Shakespeare *destroy*. Mettre ou ne pas se faire mettre *if you know what I mean*, avant le *destroy* final au *finish*, *unhappy end*.

Gainsbourg : « Le film était écrit pour Berri, pour sa morphologie, pour son potentiel de démence, pour son regard, son look, ses cinquante balais passés et toute la dynamique interne que je subodorais en lui. Il l'a lu et a dit OK... »

Claude Berri : « J'y croyais à peine, je pensais qu'il n'arriverait jamais à trouver l'argent : quand j'ai parcouru ces quelques pages, je me suis dit : "Quel est le fou qui va produire ça ?" Ensuite il est allé à l'hosto et dès qu'il en est sorti, il m'a appelé pour m'annoncer que le tournage commençait le 20 juin. J'étais coincé mais pas question de reculer. Je l'ai fait par admiration, par amitié. »

Le producteur dément dont Berri soupçonne l'improbabilité se nomme François Ravard, ex-manager de Téléphone, qui réussit à monter l'opération en un temps record, avec un coup de pouce de Bertrand de Labbey et de Canal+.

François Ravard : « Le fait de s'être fixé une date — avant son opération il avait déjà décidé qu'il dirait "Moteur !" le 20 juin — l'a vraiment aidé à surmonter le blues de la convalescence, il s'est jeté comme un fou dans l'écriture. Au fur et à mesure qu'il me racontait le scénar, j'étais sûr que ce ne serait pas faiblard, je savais déjà que ça ne ressemblerait à rien d'autre dans l'histoire du cinéma, c'est hors de toute référence. »

Babeth Si Ramdane : « Exceptionnellement, par amour du personnage, j'avais accepté de faire la scripte, en plus de la monteuse. J'ai donc minuté les scènes qui existaient déjà, j'ai additionné et je suis arrivée à 25 minutes. J'ai dit à Serge qu'on courait au désastre mais il a écrit des scènes supplémentaires en cours de tournage, la nuit, et finalement, on a bouclé *Stan* à 65 minutes... Il n'était pas question de faire un téléfilm, mais un long métrage... »

Résumé de l'histoire : Stan, répétiteur de leçons d'anglais, tombe amoureux d'une de ses petites élèves, Natacha (jouée par la très jeune et très craquante Elodie Bouchez, que l'on ne connaît encore que sous son seul prénom), tandis que se désagrège son couple et qu'il souffre de ne plus bander pour sa femme (Aurore Clément). Pris par le vertige du flash, il lui vient l'envie de montrer sa quéquette à d'innocentes gamines. Il effleure et fait mine de tripoter celle pour laquelle il succombe et se retrouve en taule avec la Corneille (Michel Robin) après s'être fait casser la gueule par le père de la petite (Daniel Duval). Au terme d'un dernier verre avec ses potes (Jacques Wolfsohn, Richard Bohringer, Gainsbourg lui-même), il se flingue non sans avoir, en guise de préambule, réalisé son sordide fantasme.

Claude Berri, depuis *Je vous aime*, est devenu le plus grand producteur européen et vient de s'offrir un triplé magique avec *Jean de Florette* et *Manon des sources* (qu'il a en sus réalisés) et *L'Ours* de Jean-Jacques Annaud, qui a dépassé les 10 millions d'entrées, rien qu'en France... Il n'a plus fait l'acteur depuis un bout de temps ; la dernière fois c'était pour *L'Homme blessé* de Patrice Chéreau en 1983 ; avant ça, il jouait surtout dans ses propres films.

Gainsbourg : « Il fallait boucler le film en cinq semaines parce que Berri était indisponible au-delà. Son histoire est celle d'un désespéré, c'est un peu “Le pull marine” d'Adjani à la différence que cette fois il n'y a pas de flotte dans la piscine. Le mec plonge dans sa désespérance... C'est un film dur, très dur, et Berri est étonnant. Pendant le tournage il était toujours à cran, entre deux scènes il brassait des affaires par téléphone dans le petit bureau que je lui avais fait installer, et c'est exactement ce qu'il fallait pour le rôle. Qu'il soit à cran et qu'il crève l'écran. »

Bertrand de Labbey : « Je suis fier d'avoir convaincu Claude Berri de jouer dans le dernier film de Serge. A la dernière minute, il ne voulait plus. Je lui ai dit : “Fais-le, pour lui, humainement”. Il a fallu que je lui dise la vérité, que Serge n'en avait plus pour longtemps, pour qu'il accepte. »

Claude Berri : « Le premier jour de tournage je suis arrivé en râlant ; plus je relisais le scénario, plus je pensais que c'était lui le personnage. Alors que l'équipe réglait les lumières j'ai été le voir et je lui ai dit : “Serge, qu'est-ce que je fais là ? Ecoute, c'est à toi de le jouer...” Alors il a blêmi, a porté la main à son cœur sur sa chemise kaki et j'ai tout de suite arrêté mes protestations. Une heure après, au moment de tourner, il a commencé à me mimer le rôle. On a fait une prise, deux prises, et je lui ai dit : “Laisse-moi faire. Tu me diras après si ça te va mais si tu me le joues, ça n'ira pas.” Je n'avais pas du tout imaginé comment j'allais aborder mon personnage, mais comme dans la première scène qu'on a tournée j'étais supposé lire en anglais une tirade de *Hamlet*, que pouvais-je faire d'autre que déconner, moi qui parle si mal l'anglais ? Mais j'ai vu qu'il était ravi ! Alors j'ai compris, je me suis dit : C'est ça qu'il veut, que je déconne tragiquement. Et une sorte d'osmose s'est faite, pendant un mois je suis devenu Stan et lors du dernier plan au parc Montsouris, alors que Serge n'aurait pas osé me le demander, j'ai été plus loin dans l'impudeur que réclamait le rôle et je me suis vraiment montré à poil, tel que j'étais sous l'imper ; le fait d'être nu m'a donné un frémissement dont j'avais besoin... »

Extrait du dialogue entre Stan et sa femme, tandis qu'elle se vernit les ongles des pieds...

Stan (morose) : Hier tu es sortie avec un bas filé à la jambe gauche et quand tu es rentrée l'échelle était à la jambe droite... (silence)

Aurore : Dis tout de suite que je fais des passes.

Stan (à la limite de l'inaudible) : Au point où on en est ça serait un bon plan. Je serais pas là à me faire chier avec tous ces p'tits connards et ces pisseuses... (changeant de registre). Cinquante balles pour une branlette, cinq cents pour une pipe et le grand jeu, un bâton...

Consterné par son antiprestation dans *Charlotte For Ever*, Serge ne se réserve qu'une seule réplique, celle de son répondeur téléphonique : « Etre ou ne pas être, question-réponse. » On retrouve au hasard des scènes des paroles de chansons (de « Cargo culte », tiré de *L'homme à tête de chou*, à « La coco » de Fréhel) et l'un ou l'autre calembour fameux, genre « Il y a de l'orage dans l'air, il y a de l'horreur dans l'âge ». Serge ne sait plus quoi faire pour tirer à la ligne... Ce qui n'empêchera pas les critiques d'être globalement positives à la sortie du film, en mars 1990, et près de 60 000 cinéphiles iront en salle assister à la prestation du *Flasher*, tandis que le film est diffusé en exclusivité, la veille de sa sortie en salle, sur Canal+...

Claude Berri : « C'est vrai que j'étais un peu chiant sur le tournage mais comme on ne travaillait que 3-4 heures par jour, en raison de ses problèmes de santé, ça collait bien à mon impatience. Contrairement à ce qu'il a raconté, je ne me suis jamais permis de dire "Moteur" à sa place, il m'est arrivé de demander le rouge[1] sur le plateau mais c'était devenu un gag. En fait j'ai pris un plaisir infini à jouer Stan, c'est pas demain la veille que j'accepterai de refaire l'acteur. J'en suis très fier. »

Cadrage final caméra fixe sur main et pistolet automatique. Par la droite du cadre entre en *slow motion* une main féminine aux ongles vernissés. Au poignet on reconnaît le bracelet d'Aurore. Avec douceur et infinie tendresse elle retire l'arme, la pose à terre et ses doigts entrelacent ceux de notre pitoyable héros.

THE END

Bertrand de Labbey : « Au Raphaël il n'avait vécu que d'espoir, d'envie de faire son film, c'était pour lui une question de vie ou de mort. Il devait pourtant se rendre compte qu'il n'avait pas la science infuse de l'écriture cinématographique ; il acceptait mal les critiques et les contradictions parce qu'il n'était pas sûr de lui. Heureusement,

1. Une lumière rouge à l'extérieur du studio signale qu'on y tourne.

son sens esthétique le sauvait, il savait aussi s'entourer de gens de talent qui l'adoraient et qui auraient fait n'importe quoi pour lui. Il a tourné des OVNI qui ont peut-être plus de mérite que je ne le soupçonne ; le temps permettra sans doute de mieux comprendre la place de ses films dans l'ensemble de son œuvre. Mais j'avoue que c'est l'amour sans réserve que j'avais pour lui qui me faisait avancer ; franchement, j'ai un doute terrible sur ses films. »

François Ravard : « Nous avions parlé d'un autre projet, il voulait adapter *Robinson Crusoé* de Daniel Defoe, il en avait déjà écrit la première scène, il voulait que ce soit Christophe Lambert. Cela commençait par une explosion en *off*, puis on retrouvait Lambert en pantalon de camouflage, torse nu, la gueule dans le sable, échoué sur une île déserte mais sans le cliché des palmiers. Il voulait développer les relations entre Vendredi, qui devait être un vieux Black jouant du banjo, et Robinson, en inversant le racisme sous-jacent dans le bouquin. Ce coup-ci, c'est Vendredi qui aurait appris la vie et les bonnes manières au Blanc, et non l'inverse... »

Babeth Si Ramdane : « Un jour, en cours de montage, il nous invite au resto, mes assistantes et moi. A un moment, je ne sais plus comment c'est venu, l'une de nous dessine un dé sur les six côtés d'un sucre et on se lance bientôt dans une partie de 421... Serge suggère qu'on joue pour de l'argent et chacun met 50 francs sur la table. Très vite, la monnaie a été liquidée et il a sorti tout l'argent qu'il avait dans sa mallette : il a distribué des billets de 500 francs comme des cartes à jouer et la partie a repris de plus belle. A la fin, Serge était ratiboisé et nous avions devant nous des petites liasses... On a voulu lui rendre l'argent, évidemment, mais il a refusé. Il était ravi de s'être amusé, ravi qu'on ait gagné. Sa générosité était extraordinaire : qui d'autre aurait ce geste [1] ? »

Aux clochards dans la rue à qui il refilait discrètement des « Pascal », aux éboueurs, aux facteurs, aux chauffeurs de taxi, aux coursiers de Philips ou de VMA qui se battaient littéralement pour lui porter un pli, à tous il laissait des pourboires princiers, au point d'attirer les tapeurs. Mais aussi une sympathique équipe de cyclistes de la Haie-du-Puits, près de Saint-Lô, qui devient le *team* Gainsbarre du jour où il file 100 000 francs à leur capitaine, en juin 1989. Un an plus tard, Pelletier, un de ses potes flics, se fait abattre par un dealer : il envoie un chèque de 150 000 francs à sa veuve, sans le moindre tapage [2].

1. Une autre fois, écœuré, il demande à l'assistante de Babeth de remplir un chèque, qu'il se contente de signer, pour les impôts. Le chiffre était suivi de six zéros...
2. Il était également un donateur généreux pour l'orphelinat de la police.

C'est en septembre 1989 que sort le coffret de l'intégrale, neuf CD, 207 chansons, remarquable objet annoncé par une pub pleine page dans quelques quotidiens triés sur le volet : « GAINSBOURG N'ATTEND PAS D'ÊTRE MORT POUR ÊTRE IMMORTEL ». Jolie provoc qui risque de mal tourner quelques jours plus tard, lorsqu'un nouveau malaise cardiaque l'oblige à passer 48 heures en observation à l'Hôpital américain.

Gainsbourg : « Ce n'était qu'une alerte, due au stress. Seulement dans la chambre à côté de la mienne il y avait Bette Davis en train d'agoniser. J'ai été le premier à savoir, à l'aube, qu'elle avait clamecé et je me suis dit : “Holà, ça sent le sapin, il est temps de me casser”... »

En vérité, depuis le tournage de *Stan The Flasher*, Serge s'est remis à picoler, contre l'avis en forme d'ultimatum de ses docteurs. Il sait qu'il devrait se tenir à carreau mais la vie devient parfois tellement douloureuse...

Gainsbourg : « Ce coffret, c'est pas ma compilation, c'est mon sarcophage ! J'ai pas le temps de l'écouter et puis je n'aime pas trop ma voix des débuts, je préfère celle d'aujourd'hui, à la Joe Cocker, abîmée par le tabac, le goudron et les alcools forts... Le plus dur après cette période d'éthylisme effréné et frénétique, c'est de garder sa lucidité parce qu'à jeun on s'aperçoit qu'on est cerné par les cons, on voit la réalité telle qu'elle est. Dans l'alcoolisme tout est gai. Vous imaginez sortir en boîte sans être pété ? C'est impensable... Bien sûr, à la télé j'ai fait quelques prestations assez nulles. Mais je n'ai pas de regrets, ce serait une lâcheté. J'aime les scandales en direct, ça crée des turbulences, ça m'empêche de me faire chier dans la vie. A jeun je me suis aperçu que je suis bien plus marrant, sinon c'est les trous de mémoire, les beuheuheuheu où je marmonne des trucs inintelligibles... Ça va pas, ça, c'est pas bien. Mais rien ne m'empêchera de balancer des vannes bien crapuleuses... »

Daniel Duval : « Quand on sortait ensemble, il nous arrivait certains soirs de ne pas échanger un mot, on se contentait de grogner, comme des animaux, c'était insensé ! Suivant ce qu'on voyait et ce qu'on ressentait on poussait des grognements, quand on voyait une nana bien roulée ça devenait bestial ! Pendant des années, je ne l'ai pas vu *clean* un seul jour. Et puis un soir il m'a dit : “J'y vais...” Je pense qu'il en avait marre de vivre, je crois qu'il était très fatigué, il avait beaucoup donné, sans qu'on s'en aperçoive, parce qu'il ne montrait jamais qu'il faisait des efforts pour créer. »

Serge s'abstient de sortir ne fût-ce qu'une blague salace, lorsqu'il enregistre l'émission télé *Le Divan* d'Henry Chapier où il cite, de Lichtenberg, un aphorisme qui l'inspire depuis longtemps : « La laideur a ceci de supérieur à la beauté qu'elle dure. » Sur le divan jaune il a refusé de s'étendre (« le tireur d'élite, le tireur couché n'est jamais seul ») et Chapier le taquine — on ne s'en lasse pas — sur le thème de son double schizophrénique...

> Gainsbarre n'a pas besoin d'être nécessaire, il est là, c'est l'être vivant qui est libre de ses sarcasmes, de ses conneries et de ses humeurs. Je suis celui-ci et l'autre et je m'entends très bien entre nous... je me flingue pour renaître, c'est une quête d'absolu que je ne trouve pas ; c'est pourquoi je prends tout à la dérision.

Pas de doute, Serge se paye à l'époque une crise d'autocritique acerbe. A Jean-Luc Leray venu l'interviewer pour France-Culture, il déclare ceci :

> La gloire quelque part m'a détruit. Détruit mon âme, mon conscient et mon subconscient. C'est une dualité terrible de se concentrer sur soi-même et sur son non-être, c'est-à-dire le mec et le *showman*... Enfin je pense que j'aurai assez de conscience pour ne pas me faire bouffer par moi-même. C'est un métier extrêmement cruel parce qu'il faut livrer son âme, les faux culs ne tiennent pas la route... Et la sincérité coûte très, très cher.

Les années 80 s'achèvent tandis qu'à l'Est s'écroulent les dictatures et le mur de Berlin. « Ici cogite une âme slave » dit l'un des graffitis qui, par centaines, ornent désormais la façade de sa maison rue de Verneuil. Vient s'y ajouter un « Jimmy Somerville to Serge » au moment où l'ex-chanteur de Bronski Beat fait une reprise disco pétulante de « Comment te dire adieu » qui cartonne dans les charts. Sheila, de son côté, au grand amusement de Gainsbarre, fait ses adieux à la chanson en sanglotant tous les soirs à l'Olympia « Je suis venu te dire que je m'en vais ». Enfin, vingt-six ans après avoir enregistré avec Serge l'album *Gainsbourg Confidentiel*, son contrebassiste le croise lors d'une soirée huppée.

Michel Gaudry : « J'ai fait le réveillon du 31 décembre 1989 au Ritz avec un orchestre pour faire danser ces messieurs-dames et un maître d'hôtel est venu m'avertir que Gainsbourg venait d'arriver, avec Bambou. Dix minutes après il est monté sur scène, il a commandé un magnum de Ruynart pour les musiciens, il s'est mis au piano et a joué « My Funny Valentine » puis quelques autres morceaux avec nous. Ensuite il s'est levé, il a pris le seau à champagne et il a fait la quête pour nous mais il a récolté zéro franc ! Du coup, il a traité les gens de tous les noms ! »

Et voici que commencent les années 90...

> *Gainsbarre* : Tu joues au con, tu joues avec les mots.
> *Gainsbourg* : Tu as tout faux, je joue avec mes maux [1].

1. In *Lunettes noires pour nuits blanches*, Antenne 2, 8 avril 1989.

Le 2 février 1990, lors des Victoires de la musique, un hommage est rendu à Serge lorsque Patrick Bruel, Michel Sardou, Laurent Voulzy et Vanessa Paradis interprètent « La javanaise » devant Serge, très ému, au point qu'il se plante lorsqu'il doit les rejoindre sur scène pour le dernier couplet... Hors-d'œuvre avant les albums de Jane Birkin et de Vanessa Paradis, Serge écrit, à la demande de Bertrand de Labbey, les paroles de « White And Black Blues » pour la belle Joëlle Ursull en vue du grand prix de l'Eurovision, qui a lieu le 5 mai 1990 en direct de Zagreb. Joëlle Ursull termine deuxième, derrière Toto Cutugno avec la chanson pro-européenne « Insieme 1992 ». Vingt-cinq ans après « Poupée de cire », Serge aurait vachement aimé s'offrir à nouveau la première place, au point d'en oublier l'invraisemblable ringardise du concours. Quant aux paroles, elles consternent les fans mais plaisent au grand public : la chanson se retrouve en deuxième position du Top 50 au début de l'été et ne sort des dix premiers qu'à la fin du mois d'octobre 1990.

White and Black
Danse balance sur le white and black blues
Nous les Blacks
Nous sommes quelques millions treize à la douze

Bertrand de Labbey : « Je sentais qu'il fallait l'occuper à tout prix. Quand Marie-France Brière m'a appelé pour me dire qu'elle cherchait un parolier pour ce titre, nous avons évidemment pensé à Serge. Philippe Lerichomme m'en a voulu, il pensait que ce n'était pas bien, artistiquement, d'associer le nom de Gainsbourg à celui de l'Eurovision. J'ai été voir Serge et je lui ai demandé : "Est-ce que ça vous amuse de le faire ?" Joëlle Ursull, qui est très belle, l'a ensuite rencontré avec son compositeur au Raphaël. Serge était heureux, il était comme un fou. Un soir qu'il avait bu, en sortant du studio, alors qu'il draguait gentiment Ursull, il n'a pas vu une porte vitrée et se l'est prise en pleine tête... Il est tombé, il s'est relevé tout de suite, blessure au front, il saignait mais a fait semblant de rien devant cette jolie fille. »

Dominique Blanc-Francard : « Serge avait été odieux juste avant, elle ne se laissait pas faire. RFO était venu l'interviewer dans le studio où on enregistrait et Serge avait voulu mettre son grain de sel en disant que s'il n'avait pas écrit la chanson elle ne serait rien d'autre qu'une petite danseuse sans intérêt. Il s'est fait jeter ! Elle l'a insulté devant les journalistes, elle lui a dit : "Serge, ne me parlez plus jamais sur ce ton sinon je vous vire du studio et votre chanson je vous la mets où je pense". Il a fermé sa gueule, il n'a plus rien dit, il est devenu tout rouge et après il est venu me voir en me disant en douce : "Oh là là, elle n'est pas facile celle-là !" »

A nouveau dans l'urgence et le stress, ce qui rend malade son directeur artistique, Philippe Lerichomme, par effet boomerang, Serge enchaîne en février avec l'enregistrement du nouvel album de Jane Birkin, *Amours des feintes*, dont la sortie est programmée pour le mois de septembre (alors que l'album de Vanessa Paradis, qu'il attaque en même temps, sort en mai 1990). Serge signe ses dix dernières chansons pour l'ex-femme de sa vie qui, cette année-là, illumine la scène des Bouffes-Parisiens dans *Quelque part dans cette vie* d'Israël Horowitz, adaptée par Jean-Loup Dabadie, aux côtés de Pierre Dux, ainsi que sur les écrans avec *Daddy Nostalgie* de Bertrand Tavernier, avec Dirk Bogarde et Odette Laure...

Et quand bien même
Tout se voile dehors
Je me guiderai sur l'étoile du Nord

Jane Birkin : « Quand vint le moment d'enregistrer l'album, Serge était dans un état effrayant d'angoisse, de non-sommeil. De le voir comme ça je me suis dit : Mais pourquoi on fait ça ? Pourquoi on se tape la tête contre les murs ? Pourquoi lui faire tant de mal afin qu'il sorte ces choses qui sont tellement intimes ? J'avais le théâtre, le film, je n'avais même pas besoin de faire un album[1] ! »

Où il est question des ils et des elles
Ils i.l.s. et elles e. deux l. e, est-ce
Parce que je sais
Qu'entre nous deux c'est
Fini il s'fait la belle

Jean-Claude Brialy : « Jane jouait dans mon théâtre, elle me disait qu'elle voyait souvent Serge car il était fatigué, certains soirs elle lui apportait de la soupe, elle s'occupait de lui, il avait tant besoin d'amour, il fallait lui prouver toutes les secondes qu'on l'aimait. »

Non content d'écrire paroles et musiques, Serge dessine la pochette à l'encre de Chine, curieux portrait griffé, taché et composite où Jane hérite de la bouche de Bambou...

Dans ma névrose
Je vois des roses
S'ouvrir sur l'asphalte

Pour Jane, extrêmement mélancolique, il visualise une fille perdue sur l'« Asphalte », perchée sur ses talons aiguilles, qui fait cette étrange constatation :

---

1. Extrait d'une interview publiée en 1990 dans le mensuel *CD Mag*.

Un amour peut en cacher un autre
On est aveugle mais comment faire autre-
Ment il faut payer le jour du crash
C'est l'American Express ou le cash

Quand il découvre l'expression *love-fifteen* couramment utilisée au tennis (0-15), Serge est fou de joie, il décide aussitôt d'en faire le titre d'une chanson, en abusant à nouveau de la référence aux « socquettes blanches » de Nabokov, encore utilisée récemment dans « Five Easy Pisseuses ». En revanche, quand Philippe Lerichomme lui fait écouter « Trouble », une chanson que lui a adressée l'auteur-compositeur belge Daria De Martynoff et qu'il trouve ravissante, Serge apprécie le titre mais lui fait comprendre qu'il est le seul maître à bord[1]. « Litanie en Lituanie » est à l'image de plusieurs chansons de ce nouvel album : un embryon d'idée que Serge n'a plus la force de développer ; lucide, il constate cependant :

J'ai l'impression du déjà-vu
Dans tes yeux qui m'observent
A ton regard j'ai déjà lu
Les doutes les réserves

Jane Birkin : « Avec *Lost Song*, des amours semblaient encore possibles. Cette fois je me rends compte que c'est un personnage dans la solitude la plus totale, c'est un disque fatal et fataliste de quelqu'un qui admet sereinement que les histoires d'amour ne finissent jamais bien. Dans chaque chanson, on reconnaît un personnage crédule qui revient à la réalité : ça ne peut pas marcher mais il n'en veut à personne, ça me semble parfaitement clair. En terminant cet album je me suis demandé si ce n'était pas la fin de quelque chose. »

Amours des feintes
Des faux-semblants
Infante défunte
Se pavanant
Etrange crainte
En écoutant
Les douces plaintes
Du vent

Variation autour de la *Pavane pour une infante défunte*, « Amours des feintes » donne son titre à l'album, le dernier qu'il enregistre dans la banlieue de Londres, mais plus avec Alan Hawkshaw aux arrange-

1. Jane a finalement enregistré « Trouble », qui figure sur l'album *A la légère* publié en septembre 1998.

ments, qui sont cette fois confiés à Alan Parker, fidèle guitariste depuis le début des années 70[1]... Cinq ans plus tard, Jane enregistrera encore un album de chansons de Serge, *Versions Jane*, avec quelques titres qu'elle n'avait jamais chantés, tels « Ces petits riens », « Couleur café », « Dépression au-dessus du jardin », « La gadoue » et « Ce mortel ennui ». A la sortie de ce disque, au journaliste qui lui fait remarquer qu'elle semble plus détendue, plus à l'aise au niveau de la voix et du phrasé, elle fait à *Rock & Folk* ce surprenant aveu :

> J.B. : Quand tu te trouves en face de la personne qui t'a écrit les chansons, tu as une trouille de décevoir, tu veux tellement bien faire ou du moins être à la hauteur que tu ne peux pas te relâcher. En plus tu sais comment Serge travaillait : il me donnait des trésors pour lesquels il s'était tué au travail, la nuit, à force de café noir, à force de pas dormir et il me livrait ça le matin, exténué, c'était tellement grave et dramatique... Et aussi le fait de découvrir des textes que tu n'avais jamais vus de ta vie, que tu avais juste eu le temps de déchiffrer pendant une heure avant d'enregistrer les voix sans possibilité de retour en arrière... Même pas le matin pour l'après-midi : dès que Serge arrivait en studio on se mettait au travail dans la seconde, je réécrivais en phonétique sans toujours comprendre les textes...
>
> Journaliste : Tu veux dire qu'il t'est arrivé de comprendre des chansons bien après les avoir mises en boîte ?
>
> J.B. : Bien sûr ! Comment pouvait-il en être autrement ? Comment comprendre toutes les finesses de ces merveilles qu'il écrivait, dans le stress d'une séance ? Toutes ces angoisses additionnées, plus le fait de rendre justice au mélodiste qu'il était...

Le 1er mars 1990, pour son anniversaire, Serge invite Bambou au restaurant, comme il le fera encore un an plus tard, la veille de sa mort. Chez Maxim's, il lui offre une montre Cartier qu'il a achetée le jour même, en même temps qu'un autre bijou destiné à Vanessa Paradis. Dans sa petite maison de la rue de Verneuil, sa maniaquerie a pris des proportions insensées. D'après Jane, qui le confie en privé, c'est une conséquence directe de la solitude dans laquelle il s'enferme : « Il n'est pas très curieux des autres, il ne va pas au théâtre, au cinéma, il ne lit pas, il est retourné sur lui-même »... Il refuse des invitations à dîner, se fait des petits plats et regarde la télé. En un mot, l'homme le plus populaire de France passe ses soirées tout seul. Sans rancœur ni aigreur, il laisse le piège de sa maison se refermer sur lui...

1. La chanson « Amours des feintes » semble inspirée par un titre de Jean-Claude Vannier sorti quelques mois plus tôt sur la bande originale du film *Comédie d'été* de Daniel Vigne : la chanson homonyme, chantée par Maruskha Detmers lui ressemble beaucoup, tant au niveau de la structure que de la progression harmonique.

Bertrand Blier : « On sentait chez lui un chagrin terrible. Ça devait être sa vocation de souffrir, comme beaucoup d'artistes, mais c'était impressionnant. Il avait fixé l'espace et le temps, tout était arrangé à la perfection, il ne fallait plus bouger... C'était l'expression de son âme. Quand une chose est à ce point finie, il faut déménager. Lui, non, il est resté... Et c'était pas un bol d'air quand on arrivait chez lui, c'était pas Quiberon, le climat y était pesant... »

Parfois, Serge raccompagne Charlotte chez Jane, question d'avoir un prétexte pour passer cinq minutes avec elle. En fait, il reste deux ou trois heures, ils se mettent à se raconter leurs souvenirs. Charlotte les trouve touchants, leur complicité semble intacte.

Fulbert : « Entre lui et moi je ne pense pas qu'il y avait des rapports patron-employé, c'était plutôt de l'amitié. Des fois à une heure du matin il m'appelait, il voulait me parler. Je venais chez lui et je l'écoutais, je le sentais déçu par les gens qui l'entouraient, il avait l'impression que tout s'écroulait autour de lui. Il avait besoin d'évacuer un trop-plein ; quand je repartais, trois heures après, je sentais qu'il allait beaucoup mieux... »

Vittorio Perrotta : « Je ne sais pas expliquer comment je suis devenu son ami, on ressent des choses, une amitié ça vient comme ça. Je n'avais rien à voir avec les gens de son milieu, le spectacle, le showbiz... On avait certaines choses en commun, comme un amour des bons restaurants et des grands vins. Peut-être appréciait-il mes collections d'objets d'art... Il oubliait tous ses soucis quand il me voyait, je le faisais rire et surtout je le forçais un peu à sortir, les derniers temps il n'avait plus envie de rien. J'avais parfois l'impression qu'il m'appelait à l'aide, il voulait être seul, mais à force la solitude lui pesait... »

Au lieu de faire un break, de soigner sa déprime, Serge s'investit dans un nouveau projet : il écrit les paroles de onze chansons pour le nouvel album de Vanessa Paradis, qui vient tout juste de fêter son dix-septième anniversaire. Son oncle-manager Didier Pain et son compositeur Franck Langolff, avant d'approcher Serge, avaient pensé répartir les textes entre Renaud, Souchon et Buzy.

Vanessa Paradis : « Nous nous sommes d'abord croisés sur un plateau télé, une émission de Patrick Sébastien où ils avaient fait venir une trentaine de mômes déguisés en Gainsbourg qui lui avaient chanté "On est venus te dire qu'on t'aime bien". Cétait très émouvant, Gainsbourg chialait, sur le plateau régnait une ambiance incroyable... Et puis un jour, j'écoute une interview de lui à la radio : le journaliste lui tirait les vers du nez, il lui demandait pourquoi il n'écrivait plus d'albums pour d'autres interprètes que Jane, Charlotte ou Bambou. Il a répondu qu'une seule lolycéenne le tentait, et c'était moi. Je n'en croyais pas mes oreilles, je pensais qu'on me faisait une farce. J'ai sauté sur mon téléphone et j'ai dit à mon producteur de le contacter, je voulais timidement lui demander de m'écrire une face de 45 tours. »

Tandem
Autant d'M
Parfois ça brille comme un diadème
Toujours le même thème
Tandem
C'est idem

Vanessa Paradis : « Puis il y a eu ce jour fatidique où j'ai été le voir dans sa petite maison et ça a été atroce. Imaginez deux grands timides qui ne se parlent quasiment pas pendant deux heures. Chaque fois que je me faufilais, j'avais peur de casser quelque chose, c'était l'horreur... On a commencé à écouter les musiques de Franck et Serge nous a distribué des feuilles blanches, il fallait mettre des numéros aux chansons et des croix à celles qu'on préférait. Au bout d'un moment, Serge dit : "Je peux en faire une, alors ?" Moi je n'en croyais pas mes oreilles, il demandait la permission de m'écrire une chanson, je devenais folle, j'avais envie de lui crier : OUI OUI OUI ! ! ! Un peu plus tard il recommence : "Vous m'en donnez cinq ?" A la fin du rendez-vous, on a décidé ensemble qu'il allait écrire tous les textes. »

Didier Pain : « J'avais demandé à Renaud d'écrire des paroles pour Vanessa. J'avais envie de "Morgane de toi", "En cloque"... Arrive Gainsbourg. Du coup, j'étais dans une situation un peu embarrassante. J'ai dit à Gainsbourg que j'avais mis Renaud sur le coup. Il l'a appelé avant que j'en aie eu le temps. Il lui a expliqué qu'ils ne pouvaient pas se partager le disque, il a fini par pleurer en lui disant : "Je veux le faire, j'en ai besoin." »

Même s'ils ont à peine échangé trois mots lors du premier rendez-vous rue de Verneuil, Vanessa est contente, elle plane sur un petit nuage. Dans les jours qui suivent, Gainsbourg et sa nouvelle Lolita se parlent beaucoup au téléphone. Pour rassurer Florent Pagny, qui est son petit ami à l'époque, elle invite Serge à dîner chez eux. Les choses commencent à se gâter alors qu'il termine l'album de Jane : Serge est tout simplement lessivé.

Didier Pain : « Il est fatigué, malade, il fume comme un pompier et il picole. Mon assistant ou moi allons le chercher tous les jours au bar du Raphaël. On s'aperçoit très vite qu'il n'arrive pas à écrire. Il dit qu'il ne comprend pas la musique, il ne pige pas le yaourt que Franck a posé sur les bandes, pour lui donner la ligne mélodique. Alors on reprend toutes les chansons, on enlève la voix de Langolff. Et moi, sur une feuille de papier, je lui compte le nombre de pieds. Serge est paumé, donc on lui prépare des choses très carrées. Je pense que c'était dû à sa fatigue parce qu'un musicien n'a pas besoin qu'on lui fasse une découpe aussi précise. »

Les chansons commencent à sortir. Tous les jours, Didier Pain va chercher Gainsbourg et l'emmène au studio dans sa Porsche. Serge adore ça : dans les embouteillages, les gens le reconnaissent, il ouvre la fenêtre, dit bonjour, discute avec tout le monde. Une fois la fenêtre fermée, faussement cynique, avec un petit sourire, il balance : « Et hop, un client de plus ! »

Entre l'amour et la haine
Je te hais je t'aime
Variations à l'infini
Est-ce aujourd'hui
Que tu m'diras oui ou non
De quoi perdre la raison

De la petite nymphette susurrant « Joe le taxi » du haut de ses quatorze ans à la star fatale mise en images par Jean-Baptiste Mondino pour le clip de « Tandem » ou par Jean-Paul Goude pour le spot de Chanel, il y a de la marge. Métamorphose : le passage de l'adolescence a transformé la gamine en vamp troublante qui, en prime, a viré sa cuti rock'n'roll. Comme l'annonce le titre de l'album, *Variations sur le même t'aime* est dominé par deux récurrences : l'amour et les rimes en m, ène, aime, haine...

Didier Pain : « Au début Serge est venu en studio pour "diriger" Vanessa, qui n'avait pas besoin de l'être, parce que c'est une vraie chanteuse, contrairement à certaines actrices qui ont eu besoin de ses directives. Au bout d'un moment, ça a dérangé Vanessa et on s'est démerdés pour décaler leurs horaires. Quand on regarde des images de lui et Vanessa en studio, il fait des tas de gestes mais il est à contretemps. En revanche, il s'est montré très pointilleux sur la diction, et Vanessa a respecté toutes ses exigences, par respect pour le texte. »

Dis-lui toi que je t'aime
Ou programme-moi sur IBM
Je n'aimerais pas le blesser
Je me rends compte que pour compte
Nous l'avons laissé

Gainsbourg : « "Dis-lui toi que je t'aime" c'est l'histoire d'une gamine qui ne veut pas faire de mal à son ex, c'est d'un cynisme terrible. J'ai sué sang et eau, je voulais être à la hauteur, il n'y a pas de faiblesses sur cet album... »

Faux : il y a 50 % de paroles sans grand intérêt. Exact : il a vraiment souffert. En particulier parce que Vanessa commet un acte de lèse-

Gainsbourg que seul Alain Chamfort avait osé perpétrer auparavant : elle lui refuse les paroles d'au moins cinq chansons et lui demande de revoir sa copie.

Didier Pain : « Je me souviens que "Tandem" n'est pas venu tout de suite. Pour Vanessa, c'était un souci parce que c'était un des morceaux *up-tempo* de l'album, une chanson qu'elle adorait. Il y a eu un essai sur un premier texte qui ne collait pas. Elle l'a chanté, et c'était banal. Il a fallu lui expliquer qu'on ne peut pas continuer avec une chanson qui ne lui convenait pas. J'en ai d'abord parlé à Serge, puis elle a pris le relais, avec sensibilité et gentillesse. Au début, il l'a très mal vécu : "C'est la première fois de ma vie qu'on me jette des chansons en travers de la gueule", nous a-t-il dit. Vanessa était gênée, elle était encore très jeune et n'osait pas affronter les gens. Et puis Gainsbourg, c'était un gamin, il se mettait à pleurer. C'est impressionnant quand tu es une môme de dix-sept ans. »

Vanessa Paradis : « Des fois, en studio, j'avais devant moi un petit garçon qui voulait se faire chouchouter et c'était hyper-attendrissant. Je sais qu'il a raconté quelques mois plus tard que mon équipe l'avait poussé à se remettre à boire. Gainsbarre raconte ce qu'il veut, je m'en fous. Je me souviens au contraire de l'avoir materné, je prenais les bouteilles et je les rangeais, je lui disais : "Je veux pas te voir malade, je te demande pas de le faire pour moi, parce que tu t'en moques et qu'on ne se connaît que depuis trois semaines, mais fais-le pour tous ceux qui t'aiment." J'étais super-gênée et ça me foutait les boules mais j'étais malheureuse de le voir se détruire et je lui disais que je ne pouvais pas garder ça pour moi. Alors il me faisait un sourire grand comme ça et je craquais... »

L'amour en soi
C'est si simple
Et pourtant
Ça n'résiste au temps
Autant pour moi
Aux atteintes
Du temps

« L'amour en soi » fait partie des réussites de ce disque, tout comme « Ophélie », directement inspiré par le poème homonyme de Rimbaud :

Oh j'aimerais tant
Me noyer dans l'étang
Comme Ophélie
Oublier le temps
Me laisser glisser sans

Penser l'oubli
Laisser ce goût de cendres
Refroidies et descendre dans la nuit
Les méandres inconnus
De l'amour qui s'enfuit

Des textes refusés n'ont subsisté que les titres, tels « Lolita Blues » et « No Way ». Sur la mélodie de ce qui va devenir « Ardoise », il écrit initialement « Zoulou », une chanson qui se veut un hommage à Johnny Clegg, pourfendeur de l'apartheid en Afrique du Sud et auteur en 1988 de deux tubes avec son groupe Savuka, « Scatterlings Of Africa » et « Asimbonanga ». Extrait des paroles inédites :

Zoulou tu es le zoulou blanc
Zoulou si l'on te descend
Tu seras à jamais un martyr
Un héros dans le ghetto
Tu t'en fous je le sais
Qu'on te tire dessus qu'on ait ta peau

Didier Pain : « Ce coup-là, je lui ai dit que ce n'était pas la qualité de son texte qui était en cause, c'était le fond qui ne convenait pas. Il était très content d'avoir écrit un truc sur Johnny Clegg, en oubliant que Renaud l'avait fait deux ans plus tôt, avec une chanson qui s'appelait "Jonathan", qui avait bien marché en radio. Ça a été le masque pendant une petite demi-heure. On a coupé la séance, je l'ai ramené à l'hôtel et le lendemain, il était fier de nous dire qu'il avait retravaillé toute la nuit. »

Le vague à lames
Peut-être un brise l'âme
Jaillit une lame
De couteau ça tourne au drame

Vanessa Paradis : « En écoutant "Vague à lames", tu sens le mec qui est au bord du suicide. Il l'a d'ailleurs écrit dans une période très dépressive, une nuit entre 4 et 6 heures du matin, au moment où la force vous abandonne. C'est à ça que j'ai pensé quand j'ai lu "J'me sens glacée / D'horreur de ne plus t'aimer"... »

Gainsbourg : « J'avais trois B, j'en ai quatre : Bambou, Birkin, Bardot et Banessa Baradis ! La petite a ceci de commun avec Brigitte qu'elle a des ennemies femelles, elles flippent toutes, elles se disent : "Celle-là, elle pourrait me piquer mon julos." C'est extrêmement rare, ça veut dire qu'elle dégage une aura de séduction, une lumière que seules dégagent les stars... Je l'ai déjà dit et je le répète : Paradis, c'est l'enfer ! »

Vanessa Paradis : « Je n'oublierai jamais les mois passés avec Serge. Je regrette de ne pas lui avoir dit à quel point je l'admirais, à quel point il était unique. Je regrette de ne pas l'avoir serré plus souvent dans mes bras [...] Souvent, par excès de pudeur, on s'empêche de faire des choses. J'ai compris qu'il valait mieux avoir des remords que des regrets [1]. »

Gainsbourg maigrit, il est épuisé. Pour la première fois il décide de prendre de vraies vacances et passe le mois d'août 1990 à l'hôtel de l'Espérance, chez Marc et Françoise Meneau, à Saint-Père-sous-Vézelay, dans l'Yonne. Besoin de changer d'air.

Fulbert : « A Vézelay personne ne l'embêtait, ne lui posait de question. Il était parti pour écrire un livre... Là-bas il se sentait entouré, c'était comme s'il partait dans sa maison de campagne, il passait des heures au piano... »

Un jour, Kate Barry lui rend visite par surprise et le trouve au bar, un verre à la main. Il ricane : « Ah, la vacherie, tu me prends en flag' ! » La styliste prometteuse est venue lui demander un coup de main pour sa nouvelle collection, il accepte, elle est très touchée [2]. Après le dîner, il lui propose de dormir dans le grand lit ; il s'installe dans le lit pliant avec son singe en peluche. Pendant quelques années leurs rapports avaient eu un côté explosif ; à Vézelay, c'est la réconciliation : « D'un côté ça me faisait peur, se souvient Kate, j'avais une espèce de pressentiment. » En l'observant, elle a l'impression glaçante qu'il lui dit au revoir...

Le 13 août, Serge reçoit une lettre atrocement émouvante. Des amis de Martine et Philippe P., deux de ses plus fidèles fanatiques, qui habitent à Nantes, lui ont écrit pour lui raconter leur terrible histoire. Le 1er mai, Martine avait accouché de jumelles, qu'ils avaient choisi d'appeler Melody et Laetitia. Grandes prématurées, Melody meurt à

1. Extrait d'une interview publiée dans *Elle*, nº 2829, 20 mars 2000.

2. En 1991, peu après la mort de Serge, Kate a abandonné le stylisme pour fonder l'association APTE (Aide et prévoyance des toxicodépendances par l'entraide). Trois ans plus tard, elle a ouvert près de Soissons, dans un château à l'orée de Bucy-le-Long, un centre de soins gratuits où l'on se fonde sur les théories de la thérapie de groupe pour traiter du problème de l'accoutumance. Le 13 mai 1996, à propos de la diffusion ce soir-là sur France 2 du documentaire *La Maison de Kate*, elle a raconté à *Libération* comment elle avait connu, adolescente, sept années de dépendance avec recours à diverses drogues et à l'alcool. De cures en rechutes, elle avait fini par découvrir à Londres un centre de soins spécialisés qui lui avait donné « les outils pour s'en sortir, le mode d'emploi pour fonctionner », et dont l'APTE s'est ensuite largement inspiré. Kate est aujourd'hui une photographe recherchée, notamment dans le monde de la mode.

la naissance et Laetitia est placée en service de réanimation, mais elle décède elle aussi, le 1er août. Sandrine et Jacky, les amis du couple, passent leur week-end à Vézelay ; très affectés par ce drame, ils décident de déposer une lettre à l'Espérance. Le jour même, Serge envoie une carte postale à Martine et Philippe, avec ces mots simples : « Suis de tout cœur avec vous. »

Yves Le Grix : « Lui qui vivait dans un univers à dominante noire, il se retire seul, à la campagne, au vert, alors qu'il détestait ça, et en plus dans un endroit un peu mythique, imprégné de religion catholique... J'ai trouvé ça étrange. Il y est retourné tout le mois de décembre, ne recevant que quelques visites, de Charlotte, Bambou, Lulu et Thomas Dutronc. Il était affaibli, il se comportait comme quelqu'un qui sent la mort approcher. »

C'est à la mi-octobre 1990 que sont enregistrées, en deux séances de trois heures, les dernières interviews de Serge pour la présente biographie. Il est drôle, émouvant, accepte de se livrer un peu plus encore, de fouiller dans sa mémoire pour en tirer de nouvelles confidences. Quelques jours plus tôt, le 12 octobre, pour une émission de Patrick Sabatier, on l'avait vu au piano, accompagnant Jane pour une chanson dédiée à leur fidèle directeur artistique, Philippe Lerichomme.

Un homme dans l'ombre
Non ne sont pas nombreux
Sachant s'en tenir là
Je fais confiance
En sa clairvoyance
Son feeling son sang-froid

« Unknown Producer », alias « L'homme de l'ombre », est la dernière chanson jamais écrite et composée par Gainsbourg. Philippe est scié, la surprise est complète, il a les larmes aux yeux. On a su plus tard qu'il avait déjà tout organisé pour le prochain album, dont Serge devait démarrer l'enregistrement à La Nouvelle-Orléans, en mars 1991. Titre de travail : *Moi m'aime Bwana*. Les fans se prennent à rêver, à imaginer ce qu'aurait donné la rencontre avec la crème des musiciens de la Louisiane, le bassiste Tony Hall, le batteur Willy Green et le guitariste Brian Stoltz, repérés par Lerichomme sur les albums de Bob Dylan (*Oh Mercy*) et des Neville Brothers (*Yellow Moon*). Qui sait, il y aurait eu peut-être en bonus la voix angélique d'Aaron Neville dans les chœurs ou un chorus de piano de Dr. John, venu prêter main-forte au seul New-Yorkais rescapé des précédentes aventures, le claviériste Gary Georgett... En attendant, Philippe assure le *remix dance* du « Requiem pour un con » avec Dominique Blanc-Francard : l'idée lancée par les *deejays* de la station FM Maxximum[1], à Paris, n'est pas tombée dans l'oreille d'un sourd... Coïncidence inouïe, ce « Requiem 91 » sera envoyé aux radios le 1er mars, veille de la mort de Serge...

Entre le peintre Gainsborough et le *Gai Savoir* nietzschéen, Gainsbourg fait son entrée dans l'édition 1991 du Petit Larousse. On y lit ceci :

> GAINSBOURG (Lucien Ginsburg, dit Serge) : auteur-compositeur et chanteur français (Paris, 1928). Derrière le personnage désinvolte et désenchanté se cache une vive sensibilité (*Je t'aime moi non plus*).

A ses proches, Serge fait remarquer : « Pas mal, mais il manque une date... »

Le vendredi 26 octobre 1990, il arrive à Montréal par vol Air-France (sur Air-Canada, il est interdit de fumer). Le lendemain, il présente son film *Stan The Flasher*, accompagné par son producteur François Ravard, en ouverture du Festival du cinéma international en Abitibi-Témiscamingue, à Rouyn-Noranda, situé à une heure d'avion de la capitale québécoise. Serge s'épuise à donner une vingtaine d'interviews et, après la projection, il répond aux questions du public à qui il raconte comment, ravi par le travail de son chef-opérateur, il lui a offert une Mercedes... Nettement moins sympa, il se met à balancer des horreurs sur Vanessa Paradis et son équipe ; dans *Le Journal de Montréal* du 29 octobre, on lit ceci :

> Elle fait chier ! Ils m'ont fait boire... J'ai dû aller en désintox à cause d'eux. Jamais je n'ai eu autant de problèmes à faire un disque qu'avec cette bande de cons qui voulaient tout contrôler. C'est la dernière fois...

Didier Pain : « Quelques jours après, Vanessa et moi arrivons au Canada pour la promotion de *Variations sur le même t'aime*. Les journalistes l'accueillent en lui demandant de répondre aux attaques de Gainsbourg, nous n'étions même pas au courant, ils nous montrent les coupures de presse. Résultat, Vanessa en larmes du matin jusqu'au soir. Elle l'a appelé en disant : "C'est pas cool ce que tu as dit". Il lui a répondu : "Ne m'en veux pas, j'étais saoul comme un Polonais". »

Début décembre, Serge retourne à Saint-Père-sous-Vézelay, à l'Espérance, chez l'hôtelier Marc Meneau. Il y rencontre l'écrivain Jules Roy et y croise le violoncelliste Mstislav Rostropovitch, qui prépare au même moment une série de concerts à la basilique qui surplombe le petit village. Dans *Rostropovitch, Gainsbourg et Dieu*, Jules Roy,

1. Devenue ensuite M40, rachetée en 1995 par RTL qui transforma cette radio pionnière de la *dance* en RTL2.

décédé en juin 2000 à l'âge de quatre-vingt-douze ans, se souvient de cette étonnante coïncidence :

Gainsbourg est un poète. Dévoyé si l'on veut, encore qu'on puisse se demander en quoi. [...] Ingrat, jouisseur, méprisant, provocateur à propos de tout depuis que la fortune lui a souri et même avant, Gainsbourg c'est le poète maudit qui fait florès, l'ordure qui pond de l'or, ou si l'on veut, l'enfer. [...] Gainsbourg veut s'éloigner de Paris, des femmes, de son monde à lui. De la basilique, en haut du rocher, il avait peur, comme de Dieu, qu'il traitait comme quelqu'un de plus fort que lui, en qui il ne croyait pas, et qui devait être, s'il existait, un peu sadique. [...] La basilique, il ne l'a approchée qu'une fois, il n'a pas osé y entrer, en quête de quelque chose, mais quoi ? Le monument de foi lui en impose. Et qu'on lui dise que ce monument a été élevé en l'honneur d'une ancienne courtisane l'épate, l'éblouit[1].

Marc Meneau : « Gainsbourg menait chez nous une vie de moine. Sa chambre était située à cent mètres du bâtiment principal, dans un ancien moulin à eau où il avait un calme royal puisqu'il en était le seul occupant. Il descendait à pied, en s'aidant de sa canne. Suivant le temps, il mettait une veste ou un caban sur sa chemise en jean. Il s'arrêtait au coin du chemin et il regardait la rue. De temps en temps, il allait acheter ses cigarettes au bureau de tabac. Il arrivait à l'hôtel en fin de matinée, regardait la presse et passait à table relativement tôt. Il mangeait rapidement, puis il retournait à son appartement pour travailler. Il était très gourmet. Il préférait les vins blancs aux rouges. Il aimait les puligny, les chassagne-montrachet, les meursault. Le soir, il remontait vers 19 heures, tout de suite après le Top 50, et il observait les gens qui arrivaient pour l'apéritif ; il les écoutait, par curiosité. »

Gainsbourg exploite sa soûlographie comme Rostropovitch les églises romanes. Tous deux jamais contents, toujours en quête de quelque chose. Gainsbourg capable de se montrer grand seigneur russe, Rostropovitch un peu radin, mais généreux en paroles [...] Slava aimerait être Bach, Gainsbourg-Gainsbarre voudrait être Rimbaud [...] La poésie de Gainsbourg approche-t-elle le *Bateau ivre* ? Pour écrire comme Rimbaud suffit-il de lancer des clins d'œil voyous et des rimes apaches, de se noyer dans l'alcool, dans le tabac, dans le stupre, et qu'on vous enlève la moitié du foie ? Gainsbourg a vécu avec sa moitié de foie en se gavant de caviar et de putes. Fornicateur et fier de l'être, il n'a rien respecté, sauf le talent[2].

Thomas Dutronc : « Déjà à Paris, il lui arrivait de m'appeler, peut-être qu'il s'embêtait, pour moi c'est un mystère, j'étais hyper-jeune et

1. *Rostropovitch, Gainsbourg et Dieu*, Editions Albin Michel, 1992.
2. *Ibid.*

très con, je ne vois pas du tout ce que je pouvais lui apporter... Je lui présentais mes copains, on était vraiment contents d'être là, avec lui, il nous emmenait dans des endroits incroyables, il nous racontait plein d'histoires drôles... Moi j'étais trop heureux, j'attendais que ça, le reste du temps je vivais dans mon cocon, j'étais très bon élève. Je ne faisais pas ce genre de virée avec mon père, c'est venu après... Donc, un jour de décembre 1990, il m'a appelé de Vézelay et il m'a dit de sauter dans un taxi pour le rejoindre, c'était quand même à 200 bornes... Je me souviens qu'on avait mangé du fromage avec des noisettes et du raisin, avec un vin délicieux, puis qu'il m'avait fait écouter le remix du "Requiem pour un con" que j'avais trouvé génial parce que j'écoutais beaucoup de rap à l'époque. J'ai fait quelques photos, notamment de sa carte de la Société nationale des anciens et des amis de la gendarmerie, dont il était membre depuis 1982, de ses lunettes, où son nom était gravé en tout petits caractères, et enfin de sa canne, cette canne qu'il n'avait pas avant... Ensuite j'avais dormi là. Tout cela était un peu tristounet. »

Le 31 décembre, Gainsbourg offre un feu d'artifice à l'Espérance, pour Lulu et les habitants de Saint-Père-sous-Vézelay.

Marc Meneau : « Il est parti le 5 janvier 1991 parce que l'hôtel fermait. J'ai parfois le sentiment que si on n'avait pas fermé, il serait encore en vie. Quand il arrivait, il était fatigué, au bout de quelques jours, on le voyait refleurir. On voyait ses joues qui se remplissaient, il avait besoin d'une vie régulière, de calme, d'une vie simple et saine. Paris était son lieu de perdition. »

Pour la bande originale de *Merci la vie*, son nouveau film, avec Charlotte Gainsbourg et Anouk Grimberg, Bertrand Blier avait eu une idée de cinglé : marier les mélodies de Gainsbourg et la voix — et les mots ! — de Bob Dylan. Il en avait été sérieusement question : Phil Ramone, l'un des plus grands producteurs rock américains, avait servi d'intermédiaire.

Bertrand Blier : « C'était Dylan ou Lou Reed, mais les tractations avec les stars américaines sont hallucinantes, on a tout arrêté quand on s'est aperçu que l'on ne serait jamais prêts à temps. Mais je puis vous affirmer que Serge était comme un fou. Quelque temps avant qu'il s'en aille, il est venu voir le film, avec sa fille ; il est sorti sans dire un mot... »

Pendant la projection, Charlotte — qui a le nez « en forme de cornichon » (c'est elle qui le dit, et le fait dire, par l'entremise de Bertrand Blier, à un des personnages de *Merci la vie*) — ne regarde pas l'écran, elle guette la moindre réaction de son père. Quand la lumière revient, il se lève, ne dit rien, elle flippe en pensant qu'il n'a pas aimé. Ensuite, petit à petit, il se met à parler ; comme à chaque fois qu'elle fait un film, Charlotte a peur de la façon dont les gens vont la percevoir. L'avis de son papa compte plus encore. A-t-il été choqué de voir — dans le film — Charlotte coucher avec Thierry Frémont ? Comme il n'est pas du genre à faire des compliments, elle est réduite aux supputations. Elle est vraiment soulagée quand, l'air de rien, il lance une petite phrase, du genre « Bien sûr, toi, ça va... »[1].

Bertrand Blier : « Physiquement, Charlotte est très impressionnante parce que son visage est un point de rencontre entre Serge et Jane, son visage est une histoire d'amour. Dans son comportement quotidien, ses réactions, je la trouve très gainsbourienne, ambiguë, limite provoc... C'est une môme dangereuse, je la sens prête à nous péter à la gueule. J'ai écrit le scénario pour elle et avec elle. Il est certain que rétrospectivement, je m'aperçois que je me suis inspiré des thèmes dont elle est porteuse, c'est pas un hasard si la moitié du film raconte les histoires de Charlotte avec son père. Quand on est la fille de Jane Birkin et de Serge Gainbourg, on n'a peur de rien ; quand elle tourne, elle est en béton, sa violence est extraordinaire. Avec un père comme celui-là, elle ne peut pas ressembler aux autres : Serge était un OVNI, elle, c'est une Martienne... »

Aux rares personnes qui l'approchent, Serge ne veut rien révéler à propos de son prochain album. « J'en ai marre, je tourne en rond, j'ai tout exploité au niveau des rimes, dit-il à Dominique Blanc-Francard, la dernière fois qu'il le voit, mon prochain disque, je vais le faire en prose. »

Charlotte Gainsbourg : « Il m'avait fait écouter beaucoup de thèmes et je me souviens que j'essayais d'être le plus sévère que je pouvais. J'avais donné des notes à ceux que je préférais. J'aurais préféré mettre plus de croix pour lui faire plaisir, mais je voulais être dure sur le moment. Et puis il me faisait lire ses paroles, il avait écrit pas mal de choses. J'ai senti, surtout sur la musique, qu'il était hanté par une sorte de mélancolie... Ses thèmes étaient très tristes, très russes, à chaque fois il disait que ce n'était pas cela qu'il voulait faire mais il était attiré par cette mélancolie... »

A la mi-janvier 1990, Serge s'envole pour la Barbade, dans les Antilles, avec sa fille qui vient de se faire plaquer par son amant — fin d'une longue et tumultueuse histoire d'amour avec un homme nettement plus âgé qui l'avait cueillie au sortir de l'adolescence...

1. On peut imaginer la souffrance — la jalousie ? — qu'il devait ressentir, quatre ans exactement après le désastre *Charlotte For Ever*, de voir un film aussi réussi que *Merci la vie*.

Bambou : « Quand il est parti avec Charlotte, il avait pensé emmener Lulu pour avoir ses enfants avec lui, et puis il m'a dit qu'il n'y avait pas de billet pour son petit garçon, qui venait tout juste d'avoir quatre ans, alors qu'il avait fait toutes les démarches pour mettre Lulu sur son passeport. En dernière minute, il a préféré ne pas l'emmener, il était déjà très fatigué et il voulait se retrouver seul avec sa fille. »

Lorsqu'ils arrivent à l'hôtel, le réceptionniste prend Charlotte pour sa femme, elle en est terriblement flattée. In extremis, elle raconte sa vie et ses premières douleurs à son père, elle ouvre son âme, elle si renfermée, si secrète. En se confiant, elle se sent soulagée. Serge, peu à peu, réalise qu'il a été le point de départ de la vie affective de Charlotte, le premier homme de sa vie. Jusque-là il n'a pas compris l'importance qu'il avait eue pour elle. « Mais il y a des choses qui dépassent les mots, on ne peut pas en parler comme ça... », murmure Charlotte. On se contente de les imaginer, dans leur hôtel de luxe aux Antilles, jouant aux échecs. Serge se faisant photographier par Charlotte. Le père et la fille partageant leur déprime... Un matin, Serge tombe, évanoui. Un médecin est appelé d'urgence qui remarque un kyste menaçant dans sa nuque. Il dit à Charlotte : « Votre père est très très malade. » En un coup d'œil, il vient de repérer l'un des symptômes du cancer généralisé qui le ronge.

Un mois avant sa mort, Serge dîne à nouveau avec sa copine Aude Turpault, âgée maintenant de dix-sept ans. Dans le restaurant, le chanteur Demis Roussos demande à changer de table lorsqu'il voit Serge s'asseoir à côté. Serge l'entend, ça le blesse. Aude lui raconte qu'elle rêve de devenir comédienne, il la conseille gentiment.

Bambou : « A la fin Serge s'est mis bien avec tout le monde, avec ses deux premiers enfants Paul et Natacha, avec Jane et Doillon, il agissait comme quelqu'un qui voulait s'en aller en paix avec tout le monde. Sauf qu'il nous écartait, Lulu et moi, car il ne voulait pas qu'on le voie souffrir, il fallait vraiment insister, il refusait que je vienne avec Lulu, il se sentait trop mal. Alors je passais à l'improviste, genre : "Je suis dans le coin, je fais des courses avec le petit." J'étais obligée de m'imposer[1]. Une semaine avant sa mort, il était convenu que Serge devait nous appeler avant de se coucher et il nous appelle avec plus d'une heure de retard, avec une voix bizarre. Avec Charlotte on se dit que ce n'était pas normal, alors on décide d'aller chez lui. L'alarme n'était pas mise, il ne répondait pas, on passe par chez le voisin et on arrive dans la cuisine... Il nous a entendues et il s'est levé mais il avait honte devant Charlotte car il lui avait promis de ne plus boire. Il nous

1. Préférant vivre seul, Serge avait acheté pour Bambou et Lulu une petite maison dans le 13e arrondissement.

répétait qu'il n'avait pas picolé mais il était tellement faible qu'un seul verre suffisait. »

Quelques semaines plus tôt, Monique Le Marcis, directrice des programmes musicaux de RTL, avait appelé Philippe Lerichomme parce qu'elle venait d'être informée, *via* la rédaction, de la mort de Serge. Philippe, affolé, avait aussitôt tenté de joindre la rue de Verneuil, puis Bambou. A son second coup de fil chez Serge, filtré par le répondeur, il se met à gueuler en demandant que quelqu'un, n'importe qui, Fulbert ou qui que ce soit, décroche le combiné. Tout à coup, il entend la voix de Serge qui lui demande ce qui se passe. Philippe s'empêtre dans ses explications, Serge comprend immédiatement qu'il appelait parce qu'il le croyait mort. Avant de raccrocher, il lui dit : « Je suis là, t'inquiète, je vais vous faire chier encore longtemps ! »

Une semaine avant sa mort, il appelle Thomas Dutronc pour l'inviter à dîner.

Thomas Dutronc : « Je regrette de ne pas avoir pu parler de chansons et de musique avec lui, je n'avais que dix-sept ans à l'époque, mes goûts musicaux étaient assez limités. Les souvenirs que j'ai de lui depuis sa mort sont pleins de tendresse. Je me rappelle que je l'embrassais pour lui dire bonjour et j'adorais sa peau, il avait une peau douce, une peau tendre, qui donnait envie de le prendre dans ses bras, et puis j'adorais son parfum, il sentait très bon. Il était vraiment gentil, d'une tendresse incroyable, je regrette de l'avoir connu trop jeune. »

Le 27 février, il téléphone à Odile Hazan, la femme de l'ex-P-DG de Phonogram Louis Hazan, avec qui il est resté lié toutes ces années : « Elle avait un côté maternel avec Serge et lui paternel pour elle », raconte son mari. Serge n'avait pas envie de raccrocher, il lui parle de Jules Roy et de musique, ils passent une heure au téléphone. Le jour même, Bertrand de Labbey lui fait porter un disque de platine pour « White And Black Blues », le 45 tours de Joëlle Ursull ayant dépassé les 500 000 exemplaires. Serge est heureux comme un môme, comme si c'était la première fois...

La veille de sa mort, il se fait livrer un diamant en forme de cœur, de chez Cartier, qu'il veut offrir à Jane. Le 1er mars, c'est l'anniversaire de Bambou ; celle-ci décide d'inviter Charlotte.

Bambou : « Il était très faible, on avait convenu d'aller au Bistrot de Paris. Il m'avait dit au téléphone : “OK pour Charlotte mais tu n'emmènes pas Lulu”, et une fois arrivée rue de Verneuil, il me demande : “Mais pourquoi tu n'as pas emmené Lulu ?” Il commençait à dérailler... Durant le dîner, il n'a rien mangé, il m'a demandé s'il pouvait prendre un porto, je lui ai dit oui, puis il en a voulu un deuxième mais je lui ai fait remarquer qu'il n'était pas bien et il ne l'a pas pris... »

Charlotte et Bambou le ramènent rue de Verneuil. Avant de le quitter, elles le serrent tendrement toutes les deux dans leurs bras. Serge dit à Bambou qu'il va l'appeler le lendemain vers 14 heures puis lui demande de passer lui dire bonjour avec Lulu. A 9 h 30, Bambou reçoit un coup de téléphone, mais il n'y a personne au bout du fil. Est-ce un appel à l'aide de Serge ?

Bambou : « Le samedi 2 mars, j'ai attendu son coup de téléphone tout l'après-midi. A 16 heures, j'ai eu un flash, je l'ai vu mort. J'ai demandé à Lulu qu'il appelle mais ça ne répondait pas. J'ai encore attendu, pensant qu'il était sorti, mais à 22 heures, j'ai craqué et j'y suis allée. Je n'avais pas les clefs et j'ai tout fait défoncer par les pompiers. Ils sont restés dans la chambre au moins une demi-heure, mais comme j'ai vu qu'ils n'appelaient pas le SAMU, j'ai tout de suite compris. Ils m'ont permis de rester seule avec lui cinq minutes, pas une de plus ! Les médecins avaient dit à Jacqueline que Serge avait un cancer généralisé ; ce qui était bizarre, c'est que lorsque je l'ai trouvé, il y avait une boîte de Lexomyl à ses pieds... J'ai essayé de joindre Charlotte mais elle n'était pas chez elle, elle était chez des amis, elle a appris la nouvelle en regardant la télévision. Pourtant je leur avais dit de fermer leur gueule, aux pompiers, mais ils n'ont rien respecté, ensuite les flics m'ont gardée, ils me soupçonnaient de meurtre... Ils voulaient l'emmener à la morgue mais je leur ai demandé d'attendre que la famille arrive. Un d'entre eux a dû vendre la mèche car les photographes ont déboulé tout de suite. Quand le toubib est arrivé, il a constaté le décès, dû à une crise cardiaque. »

Serge est mort nu, il s'était assis au bord du lit et est parti en arrière. Peut-être était-il monté dans sa chambre, pour faire une sieste. D'après les papiers officiels, il serait mort vers 15 h 30. Ce jour-là, comme Boris Vian quarante et un ans plus tôt, il avait oublié de prendre sa pilule pour le cœur. Il ne s'est pas senti mourir, il n'a pas souffert, sinon ses poings auraient été crispés... Vers 1 heure du matin, la nouvelle de sa mort est rendue officielle.

Une longue veillée commence : autour de Serge, on voit Jane Birkin, Kate Barry, Charlotte, Bambou, ses sœurs Jacqueline et Liliane, son ami Vittorio, ses neveux Yves, Isabelle, Alain et Michèle, et puis Fulbert, son majordome, et Philippe Lerichomme, à qui Serge avait donné rendez-vous le lundi 4 mars à 15 heures, pour lui donner ses fameuses cassettes, avec les mélodies et les structures des chansons de son prochain album [1]...

1. L'enregistrement devait commencer le 20 mars 1991 à La Nouvelle-Orléans. Les chambres d'hôtel avaient été réservées, les musiciens convoqués.

Les admirateurs, effondrés, commencent à se rassembler en pleine nuit dans la petite rue de Verneuil, qui est bientôt noire de monde. Très vite, les flics, parmi lesquels nombre de ses potes, doivent boucler le quartier, tenir les fans à distance, en filtrant ceux et celles qui veulent simplement, devant sa porte, déposer un bouquet de fleurs. Les amis viennent lui rendre hommage, parmi lesquels Catherine Deneuve et sa fille Chiara Mastroianni. A la radio le remix du « Requiem pour un con » et « Je suis venu te dire que je m'en vais » passent en boucle. Brigitte Bardot est l'une des premières à faire une déclaration à la radio :

> C'était un être très vulnérable, plein de timidité, plein d'humour et se posant perpétuellement des questions sur tout ce qu'il faisait. Il n'était pas sûr de lui du tout, et quand on voit les merveilles qu'il a pu écrire, la beauté des musiques qu'il a interprétées ou nous a fait interpréter, on ne comprend pas ce manque de confiance en lui. C'était un homme qui a vécu d'une façon extraordinaire, qui a eu une vie merveilleuse, sa mort nous touche énormément parce qu'on perd quelqu'un d'irremplaçable. Mais c'est merveilleux qu'il ait existé, qu'on l'ait connu...

Quelques heures plus tard, *Le Journal du dimanche* publie déjà sa nécrologie. A la télé, le soir, on voit des ados qui sanglotent, mais aussi des gens de sa génération. Le 2 avril, il aurait eu soixante-trois ans. Etat de choc. Le lundi, *Libération* fait un score hallucinant : les éditions s'arrachent, se vendent au marché noir. On y découvre la version intégrale de l'interview réalisée par Bayon, qu'il avait eu la consigne de « ne publier qu'après » et dont on avait déjà lu de larges extraits dix ans plus tôt. Au milieu du délire désorganisé par le journaliste, cette phrase hallucinante, Serge raconte sa mort : « Ça se passait à la fin de la troisième guerre mondiale... Une nuit froide. La nuit, c'est mieux, hein ? » Deux jours plus tôt, un cessez-le-feu avait mis fin à la guerre du Golfe...

Lundi soir, au journal télévisé, on évoque les déclarations concises de François Mitterrand (« Serge Gainsbourg avait élevé la chanson au rang d'un art qui témoignera de la sensibilité de toute une génération ») et de Jack Lang (« Il incarnait avec sensualité l'idéal rimbaldien de la liberté libre »). Ensuite, Michel Drucker fait le plein d'audimat, dix-neuf millions de personnes écoutent les témoignages de Claude Berri, de B.B. et d'Isabelle Adjani. En privé, Charles Trenet confie à un ami cette sentence terrible : « Gainsbarre a tué Gainsbourg pour se venger de l'avoir créé. »

Gainsbourg : « Quand je mourrai, je vais faire un flash-back et puis on sera en 1927 et puis... j'existais pas ! Il paraît d'après les bouquins que le monde existait mais pour moi, la mort, c'est la fin du monde pour une personne[1]. »

Le mardi et le mercredi suivants, des milliers de fans vont se recueillir au mont Valérien, à Nanterre, où l'on voit apparaître, phénomène étonnant, unique, des offrandes quasi bouddhistes. Au lieu de fleurs, les « petits fanatiques », comme il les appelait, lui apportent des fruits, des clopes, des bouteilles de Pastis, d'autres venus les mains vides se séparent de leur Perfecto, d'une bague, d'un bracelet. Le livre d'or est noirci de messages d'adieu, du genre « Aux larmes, citoyens » et le très joli « Au paradis Coluche les fait marrer, toi tu vas les faire danser et rêver, et nous on va s'emmerder ». Sur France Inter, dans la nuit du 2 mars, un fan anonyme avait déclaré ceci :

> Gainsbourg c'était un ami du peuple... Il était lucide. Si nous, on ne pouvait pas dire l'hypocrisie de pas mal de ceux qui nous entourent, au niveau du système, lui il le disait pour nous. Je lui ai toujours tiré mon chapeau parce que c'était un gars qui était proche des pauvres. Proche des manipulés. Si on n'avait pas l'occasion, ou la chance de dire ce qu'on pensait, lui le pensait pour nous.

Le jeudi, sur le chemin du cimetière, ironie du sort ou déflagration des collures, les murs de Paris sont couverts d'affiches, les unes montrant Charlotte Gainsbourg sous le titre de son nouveau film *Merci la vie*, les autres annonçant les concerts de Jane Birkin dès le 13 mai au Casino... La veille, on a appris la mort de son père, David Birkin, comme si d'un coup elle perdait les deux hommes qui l'avaient créée.

Au cimetière du Montparnasse, où Serge rejoint Joseph et Olia, mais aussi Charles Baudelaire, Joris-Karl Huysmans, Reiser, Jean-Paul Sartre, Jean Seberg, Tristan Tzara et son ancien professeur de peinture André Lhote, les paparazzi déploient des trésors d'ingéniosité pour shooter les stars. On aperçoit Alain Souchon, Alain Chamfort, le groupe Indochine, Renaud, Johnny et Adeline Hallyday (les seuls à faire le signe de croix), Isabelle Adjani, Patrice Chéreau, Françoise Hardy, Michel Piccoli, Bertrand Blier, Julien Clerc, Michel Drucker, Anthony Delon, Richard Bohringer, Louis Chédid, Jack Lang, Mme Rocard, Serge July, les frères Simms, Vittorio, Bambou, Lulu, Jane Birkin et Catherine Deneuve qui, en guise d'oraison, lit, la gorge serrée, les paroles de « Fuir le bonheur de peur qu'il ne se sauve ». Charlotte n'aura pas le courage, après ce moment déchirant, de dire les quelques mots qu'elle avait préparés...

1. Extrait d'une interview non identifiée datée d'octobre 1985, où l'on sent l'influence d'Antonin Artaud qui, dans *Enquête sur le suicide*, un texte de *La Révolution surréaliste*, évoque le « suicide antérieur ».

Le défilé des fans est ininterrompu dès la fin de la matinée ; les paquets de Gitanes et les bouteilles de gnôle, mais aussi des choux, des sucettes, des nounours en peluche, des jouets, des photos, des poèmes par centaines s'accumulent sur sa tombe... On voit des « p'tits gars », le visage baigné de larmes, chanter « La javanaise » ; certains avaient amené des guitares, des lecteurs de cassettes, des ghetto-blasters. Cette extraordinaire manifestation d'amour sidère les rédacteurs en chef des magazines qui, tous, voient leurs ventes flamber ; dans les magasins de disques, c'est la razzia sur le coffret de l'intégrale, comme s'il fallait combler un vide atroce, meubler le silence par ses chansons.

Bambou : « Une semaine après sa disparition j'ai rêvé de Serge. Dans mon rêve, il me dit : "Je ne suis pas mort." Lulu dormait contre mon ventre. Je dis à Serge : "Tu te fous de ma gueule, c'est moi qui t'ai trouvé, je sais que tu es mort..." Et puis il essaye de me prendre par les épaules et il me dit qu'il n'est pas froid, et à ce moment-là je sens Lulu, tout chaud contre moi. J'ai eu peur et j'ai allumé la lumière ! Le deuxième rêve c'était un an et demi après le premier. On était dans une barque avec lui et Charlotte, quant à Lulu il était sur la rive, nous pleurions parce qu'on savait qu'il allait repartir. Serge était au bout de la barque tout en blanc avec un visage comme jamais je ne l'ai vu, il était calme, détendu, serein, et je me suis dit que ça allait beaucoup mieux pour lui de l'autre côté, il rayonnait et nous on chialait comme deux connes ! Dans ce rêve, Serge me disait qu'il avait peur que Lulu l'oublie, je lui ai dit que ça ne risquait pas... Lulu pense que son père est magique, qu'il est là et qu'il nous voit ; quand on se mettait à table, pendant des années, il me demandait qu'on rajoute une assiette pour son père "parce qu'il a peut-être faim..." »

Philippe Lerichomme : « Par-delà tous ces grands moments professionnels, mon meilleur souvenir de Serge, c'est l'homme, son humour, sa tendresse, son coup de fil quotidien pour rire ensemble, notre regard commun sur les choses, nos silences, nous n'avions souvent plus besoin de nous parler pour nous comprendre. »

Le 13 mai 1991, quand Jane, sur la scène du Casino de Paris, chante « Je suis venu te dire que je m'en vais », conclusion d'un concert sublime, l'émotion est insoutenable.

Gainsbourg : « Je vais essayer de rejoindre Rimbaud, je veux l'approcher... Un jour je le retrouverai, quelque part en Abyssinie, où il faisait le trafic des armes et de l'or... »

Epilogue

Le 25 septembre 1994, Jane Birkin a donné à Londres un récital intitulé *A Tribute To Gainsbourg*, son premier concert sur sa terre natale, au profit de la recherche contre le cancer du côlon. Pour le programme, préfacé par Dirk Bogarde, elle réunit un ensemble touchant de citations rendant hommage à Serge, par Isabelle Adjani, Jean-Paul Belmondo, Jack Lang, Claudia Cardinale, Vanessa Paradis, Jacques Chirac, Antoine de Caunes, etc., ainsi que celles-ci :

> Gainsbourg est un rebelle. Sa poésie est une arme. Il la lance avec la hargne du désespoir contre toutes les formes du mensonge et de l'hypocrisie. Son œuvre appartient aux plus hautes lignées de la chanson française.
>
> François Mitterrand

> Il était une fois « Gainsbourg », prince fou d'un monde trop étroit pour lui. Il sut nous séduire, nous enchanter par la beauté de son âme et de son cœur. Il cachait sa vulnérabilité derrière une insolente agressivité qui à l'image de son corps et de son visage ne reflétait que la partie superficiellement visible de cet iceberg bouillant et généreux. Il sera toujours Gainsbourg !
>
> Brigitte Bardot

> Serge Gainsbourg a cherché dans les phrases à tiroir, les mots-clés, les doubles sens, dans le précieux et le sordide, la musique et l'adolescence, à calmer la grande douleur de Huysmans et de Baudelaire.
>
> Alain Souchon

> Serge Gainsbourg — l'homme incandescent au désespoir fragile.
>
> Catherine Deneuve

En 1995, Serge fait encore partie des dix auteurs-compositeurs de la SACEM dont l'œuvre génère le plus de droits, alors qu'est publié pour la première fois en Grande-Bretagne un album de ses chansons, intelligemment adaptées et traduites par Mick Harvey, par ailleurs complice du rocker australien Nick Cave, au sein du groupe The Bad Seeds [1]. Une diffusion limitée mais qui contribue à l'apparition du statut d'artiste-culte dont Gainsbourg jouit depuis cette époque dans le monde anglo-saxon. 1995 c'est aussi l'année où la chanteuse française Zazie enregistre, sur l'album *Zen*, la plus émouvante chanson jamais écrite sur Serge :

Je t'aime oui
Je t'aime mais
Ça, m'est avis
Que tu le sais
Je t'aime, ça oui
Je l'admets
Mais comment faire désormais
Tu n'es plus là
Et les mots comme ça
Ça se dit pas à l'imparfait
Quand c'est pas toi qui les dis
Ces mots dépassés
Se Gainsbarrent en fumée [2]

Alors qu'aux Etats-Unis se développe la mouvance *cocktail music* ou *lounge core*, certains morceaux de Gainsbourg (y compris des extraits de bandes originales les plus obscures) sont considérés par ces nouveaux dandies, aficionados de l'*easy-listening*, comme des pièces de collection passionnément convoitées. On voit des musiciens et chanteurs de rock anglo-saxons, parmi les plus pointus et les plus intéressants de la nouvelle génération, tels Beck, David Holmes, Rufus Wainwright, les membres de Sonic Youth, Eric Erlandson du groupe Hole ou Courtney Taylor des Dandy Warhols, citer Gainsbourg parmi leurs artistes favoris. Quant à l'acteur Johnny Depp, initié par sa compagne Vanessa Paradis, il devient dans la presse américaine son plus fidèle ambassadeur. Madonna, sur l'album *Music* publié en octobre 2000, a invité Charlotte sur un morceau, en hommage à Serge. Au Japon, où est publiée la traduction de la première biographie consacrée par l'auteur à Gainsbourg, l'infatigable Tatsuji Nagataki coordonne la parution d'un album *tribute* réunissant des versions, interprétées par des stars locales, de chansons aussi évidentes que « Poupée de cire

1. *Intoxicated Man*, contenant seize chansons (parmi lesquelles « 69 Erotic Year », « Harley Davidson », « The Sun Directly Overhead », « New York USA », etc.) a été suivi, deux ans plus tard, par *Pink Elephants*, avec seize autres titres cueillis avec goût dans son répertoire (les deux albums ont été publiés par Mute).

2. Zazie a également écrit et composé « C'est comme ça », autre hommage très réussi, chanté par Jane Birkin sur l'album *A la légère* (1998).

poupée de son » et « Je t'aime moi non plus », mais aussi de titres inattendus tels que « Mambo miam miam » ou « La noyée »... Au Japon toujours, Jane Birkin s'est retrouvée en tête des ventes d'artistes internationaux, fin 1999, avec une compilation, après que les chansons « L'aquoiboniste » et « Yesterday Yes A Day » eurent été utilisées dans un *soap* nippon diffusé sur la chaîne TVS...

Fidèle à la mémoire de Serge, sa copine Zizi Jeanmaire s'est produite plusieurs soirs de suite, en 1995 au Zénith de Paris, dans un spectacle intitulé *Zizi chante Gainsbourg*.

En 1997, les remarquables anthologies *Couleur café*, *Du jazz dans le ravin* et *Comic Strip*, coordonnées par Jean-Yves Billet, se sont écoulées à plusieurs dizaines de milliers d'exemplaires aux Etats-Unis, et autant en Grande-Bretagne, en particulier après que le magazine américain *Rolling Stone* en a publié des critiques dithyrambiques, tandis que *Spin*, mensuel concurrent, qualifie Gainsbourg de « Jean Genet de l'heure des cocktails » et que *Pulse*, le journal gratuit de la chaîne de disques Tower Records, lui consacre une double page, sous la plume de Joseph Lanza, sous le titre « A Lush Memory ». Le 19 juillet 1999, l'hebdomadaire américain *Newsweek*, qui consacrait sa couverture aux « Stars du siècle », a célébré Gainsbourg aux côtés des Beatles, de Bob Dylan et d'Elvis Presley.

En 1985, j'ai eu l'envie de devenir son biographe parce qu'un jour, accidentellement, j'avais écrit cette phrase qui m'avait intrigué : « Gainsbourg cache son immense pudeur poétique sous un masque de bouleversante obscénité. » J'ai voulu savoir pourquoi je l'aimais tant, pourquoi ses chansons me parlaient mieux que toutes les autres. Pourquoi, à l'époque où je n'écoutais que du rock anglo-saxon, il était le seul Français qui trouvait grâce à mes yeux. Or, tout était résumé dans cette phrase dictée par l'inconscient. Gainsbourg et Gainsbarre. Le poète et le provocateur. Le timide et l'exhibitionniste. L'esthète et le scato. Le prude et le pornographe. Le dandy et le voyou. Le milord et l'arsouille. Le pleurnicheur et le matamore. Le farceur et le désespéré. Le bouffon et le tragédien. Le rêveur et l'égotiste. Le génie et le faussaire. Et au cœur de tout ce tumulte, le garçon sauvage, Lucien Ginsburg.

Le mythe Gainsbourg commence ici. *That's it, man.*

Paris, 11 juin 2000

Annexes

Bibliographie

De Serge Gainsbourg

Chansons cruelles, Editions Tchou, Paris, 1968.

Melody Nelson, Eric Losfeld Editeur, Paris, 1971.

Au pays des malices (compilé par F. Lhomeau et A. Coelho), Editions le Temps Singulier, Nantes, 1980.

Evguénie Sokolov, Editions NRF/Gallimard, Paris, 1980.

Bambou et les poupées (photos et textes), Editions Filipacchi, Paris, 1981.

Love On The Beat (songbook), Melody Nelson Publishing, Paris, 1985.

Black-out, avec Jacques Armand (BD), Editions Les Humanoïdes Associés, Paris, 1983.

Mon propre rôle : deux tomes (textes 1958-1975 et 1976-1987), conception F. Lhomeau et A. Coelho, Editions Denoël, Paris, 1987.

Où es-tu Melody ?, avec Iusse (BD), Editions Vents d'Ouest, Paris, 1987.

Au pays des malices, Nouvelles Editions Tchou, Paris, 1988 (cinq textes de chansons : « La javanaise »... « Je suis venu te dire que je m'en vais »).

Dernières nouvelles des étoiles / L'intégrale, édition établie et annotée par Franck Lhomeau, Editions Plon, 1994 (édition de poche publiée en 1996 chez Presses Pocket).

Movies (intégrale des scénarios de ses films), édition établie et annotée par Franck Lhomeau, Editions Joseph K., Nantes, 1994.

Gainsbourg au bout de la nuit (textes, chansons, propos, aphorismes et vacheries), textes réunis et annotés par Gilles Verlant, Editions Hors Collection, Paris, 1996.

Chansons de Gainsbourg en bandes dessinées, divers dessinateurs, Editions Petit à Petit, La Houssaye Béranger, 1999.

Le Gainsbourg, chansons illustrées par Gérard Mathie, Editions Mango Jeunesse, Paris, 1999.

Préfaces, etc.

En plus de quelques textes rédigés à l'occasion d'expositions de ses camarades peintres ou sculpteurs (Jacob Pakciarz, Noël et Clotilde Pasquier, etc.), Gainsbourg a entre autres écrit trois sonnets pour un recueil de photos de Jacques

Bourboulon (*Des corps naturels*, Filipacchi, Paris, 1980) et des préfaces telles que celles de *Fantasmes 76/80-Peintures et dessins* de Denis Boissier (Paris, Les Jarres d'or / Collection Fascination, 1980), de *La Route enchantée* de Charles Trenet (autobiographie, Editions Le Temps Singulier, Nantes, 1981) et de *Traces de nuit*, photos de Jérôme Minet, nouvelle de S. Michael (Editions Angle Vif, Toulouse, 1982). Enfin, trois notules pour le recueil de photos *Rock-Images 1970-1990* de Claude Gassian (Paul Putti Editeur, Paris, 1990).

Photos

En plus du livre *Bambou et les poupées*, Serge a photographié Jane pour le magazine *Photo* et Bambou pour *Lui* (*idem*, une série de nus pour *Playboy* en 1985). Il a également posé aux côtés de Jane dénudée pour *Lui* à deux reprises (années 70). Il a signé quelques pochettes de disques : *Quelqu'un qui s'en va* pour Françoise Hardy (1982), *Discométèque* pour Alain Ravaillac (1982) et *Gainsbarre* pour Buzy (1985).

Livre-objet

Marilou : à l'initiative de Jean-Paul Delcourt, tiré à 200 exemplaires (Editions Saint-Louis, Paris, 1977). Il s'agit d'un coffret 65 × 50 cm recouvert de papier métallique et de toile de jeans, contenant un 25 cm 33 tours mono-face (2 titres : « Variations sur Marilou » et « Marilou sous la neige ») ainsi que 10 lithos couleurs et 24 lithos au trait d'Alain Bonnefoit. Tous les exemplaires signés Serge et Bonnefoit. Prix de vente en 1977 : 5 000 F.

Monographies / Biographies / Autobiographies

1. Gainsbourg

Note : nous avons dressé ici la liste *exhaustive* des livres publiés sur Serge, pour votre information. Cette liste contient nombre d'ouvrages d'un intérêt secondaire ; les ouvrages recommandés sont précédés d'un astérisque.

* *Serge Gainsbourg*, Lucien Rioux, Editions Seghers, 1969.

* *Serge Gainsbourg*, Lucien Rioux, Livre Compact, Editions Le Club des Stars, Paris, 1986. Nouvelle version, autre format et préface posthume, coll. « Poésie et chansons », Seghers, 1991.

* *Gainsbourg*, Micheline de Pierrefeu et Jean-Claude Maillard, Bréa Editions / Disque d'Or, Paris, 1980.

Gainsbourg, Michel Cand, numéro spécial du magazine *Face B*, Malay-le-Grand, 1981.

* *Gainsbourg*, album en collaboration avec F. Lhomeau et A. Coelho, Editions Denoël, Paris, 1987.

Gainsbourg ou la provocation permanente, Yves Salgues, Editions J.-C. Lattès, Paris, 1989.

* *Discographie analytique de Serge Gainsbourg*, Jacques Monard, Institut provincial d'études et de recherches bibliothéconomiques, Liège (Belgique), 1982.

Complétée, Edition des Dix Sillons (compte d'auteur, 1986) et manuscrit mis à jour (1991).

Gainsbourg. Portrait d'un artiste en trompe-l'œil, Stephan Streker, Editions Universitaires/De Boeck, Bruxelles, 1990.

* *Gainsbourg. Voyeur de première*, Serge Gainsbourg et Frank Maubert, Editions Mentha, Paris, 1991. Editions La Table Ronde, Paris, 1998 pour l'édition revue et augmentée.

Le Mur de Gainsbourg, Samuel Tastet, Editions Samuel Tastet, 1992.

* *Serge Gainsbourg mort ou vices*, Bayon, Editions Grasset, 1992.

Gainsbourg sans filtre, Marie-Dominique Lelièvre, Flammarion, 1994.

* *Gainsbourg et caetera*, Isabelle Salmon et Gilles Verlant, Editions Vade Retro, Paris, 1994.

Serge Gainsbourg View From the Exterior, Alan Clayson, Sanctuary, Essex, 1998. A noter également, du même Alan Clayson, un « Dossier Gainsbourg » dans le magazine anglais *Record Collector* (n° 229, septembre 1998).

* *Rue Gainsbourg*, Jean-Claude Maillard, Editions Alternative, Paris, 1998.

Gainsbourg, François Ducray, Editions Librio Musique, Paris, 1999.

Serge Gainsbourg. La scène du fantasme, Michel David, Actes Sud Variétés, Paris, 1999.

Le Mythe de Serge Gainsbourg, Paola Genone, traduit de l'italien par Françoise Ghin, Editions Gremese, 1999.

Gainsbourg, série de 5 fascicules accompagnés d'un CD, Gilles Verlant et Nathalie Lauwers, Editions Centenary Kiosk / Universal, 2000.

Il était une oie, Marie-Marie (manuscrit inédit).

2. Autres

Bardot, Tony Crawley, Editions Veyrier, Paris, 1979.

Brigitte Bardot. Un mythe français, Catherine Rihoit, Editions Olivier Orban, Paris, 1986.

Initiales B.B., Brigitte Bardot, Editions Grasset, Paris, 1996.

Jane Birkin, Jean-Philippe Thomann, Editions PAC / Têtes d'Affiches, Paris, 1979.

Jane Birkin, Gérard Lenne, Editions Veyrier, Paris, 1985.

Jane Birkin. La ballade de Jane B., Gérard Lenne, Editions Hors Collection, Paris, 1996.

Little Joe Superstar. The Films of Joe Dallessandro, Michael Ferguson, Companion Press, Laguna Hills, California, 1998.

Jacques Dutronc. Crac ! Boum ! Hue !, André Chomier et Jean-Charles Lemeunier, Editions Jean-Pierre Taillandier, Suresnes, 1993.

La Voix lactée (Autour de 113 chansons du répertoire de France Gall), Max Bonnefille (manuscrit inédit, 1998).

Françoise Hardy superstar et ermite, Etienne Daho et Jérome Soligny, Editions Jacques Grancher, Paris, 1987.

Pérégrinations de Georges Hugnet, Pierre Georgel, catalogue de l'exposition au Centre Pompidou, 11 juillet-11 septembre 1978.

Serge Pludermacher. Portrait, témoignages, Albert Hirsch et Claude Itzykson, Edition Publipanel, 1991.

Images de Boris Vian, Noël Arnaud / d'Déé / Ursula Kübler (U. Vian), Pierre Horay Editeur, Paris, 1978.

Boris Vian, Philippe Boggio, Editions Flammarion, Paris, 1993.

Divers

On connaît la chanson (Histoire vivante, vedettes et panier de crabes de la chanson contemporaine), André Halimi, préfaces de Georges Brassens et Guy Béart, Editions La Table Ronde, Paris, 1959.

Le Jeu de la vérité. 40 vedettes écorchées vives, Pierre Guénin, Editions le Terrain Vague, Paris, 1961.

Le Neuvième Art : la chanson française contemporaine (de 1945 à nos jours), Angèle Guller, Editions Vokaer, Bruxelles, 1978.

100 ans de chanson française : 1880-1980, Chantal Brunschwig, Louis-Jean Calvet et Jean-Claude Klein, Editions Le Seuil, Paris, 1972.

Acteurs et chanteurs, Jacques Mazeau et Didier Thouart, Editions PAC, Paris, 1983.

L'Age d'or du yé-yé, Jacques Barsamian et François Jouffa, Editions Ramsay, Paris, 1983.

L'Humour juif dans la littérature de Job à Woody Allen, Judith Stora-Sandor, Presses universitaires de France, Paris, 1984.

L'Affaire « Marseillaise », par l'historien Jacques Cheyronnaud dans la revue *Mentalités* dossier spécial « Injures et blasphèmes », Editions Imago, 1989.

Les Animals, Bayon (roman à clé), Grasset, 1990.

Rostropovitch, Gainsbourg et Dieu, Jules Roy, Editions Albin Michel, 1992.

Piégée, la chanson... ?, Claude Dejacques, Editions Entente / Chroniques, Paris, 1994.

L'Esprit des seventies Alexis Bernier et François Buot, Editions Grasset, Paris, 1994.

Les Juifs en France pendant la seconde guerre mondiale, Renée Poznanski, Editions Hachette, Paris 1994.

Il et elle, Bambou, préface de Frank Maubert, Editions Michel Lafon, Paris, 1996.

Le Cabaret théâtre : 1945-1965, Geneviève Latour, Editions Bibliothèque historique de la Ville de Paris, 1996.

L'Encyclopédie de la chanson française des années 40 à nos jours, Jean-Dominique Brierre, Dominique Duforest, Christian Eudeline, Jacques Vassal et Gilles Verlant, Editions Hors Collection, Paris, 1997.

Mémoire de la chanson française. 1 100 chansons du Moyen Age à 1919, Martin Penet, Editions Omnibus, Paris, 1998.

La Folle et Véridique Histoire de Saint-Tropez, Yves Bigot, Editions Grasset, Paris, 1998.

Jukebox Magazine. L'argus du disque : Les super-45 tours français, vol. 1 (A à C), vol. 2 (D à G), Editions Jacques Leblanc, Paris, 1998 et 1999.

The Complete Eurovision Song Contest Companion, Paul Gambaccini, Tim Rice, Jonathan Rice et Tony Brown, Pavilion Books, Grande-Bretagne, 1998.

La Chanson française et francophone, Pierre Saka et Yann Plougastel, dictionnaire Larousse / coll. « Totem », Editions Larousse, 1999.

Livrets / Magazines

Les livrets accompagnant les différents volumes de l'*Anthologie de la chanson française enregistrée*, en particulier : volume 1930-1940 et volume 1940-1950 (par Jean Queinnec, François Dacla et Marc Robine), EPM Musique.

Les collections complètes des magazines suivants : *Best*, *Chorus*, *Les Inrockuptibles*, *Jukebox Magazine*, *Music-Hall*, *Paroles et Musique*, *Platine*, *Rock & Folk*, *Salut les copains*, etc.

Pour l'anecdote

Deux pages de questionnaire et photo de Serge en couverture des *300 inévitables* par Yves Mourousi, Editions Julliard, 1973.

Plusieurs pages et des photos de Serge et Jane in *Le Petit Livre rouge de l'érotisme dans le show-business* par André Salvet, Editions du Sénart, Evry, 1974.

Serge et Jane figurent dans *Grimaces de stars* d'Olivier Giraud, Contrejour, 1981.

Gainsbourg apparaît dans le recueil des *Romans-photos* du Professeur Choron, Paris, 1981.

Gainsbourg apparaît dans le recueil des *Descentes de police* de Thierry Ardisson et Jean-Luc Maître, Paris, 1984.

Serge et Jane figurent parmi *Les Couples mythiques*, Editions La Sirène, Paris, 1995.

Gainsbourg figure en couverture d'*Antoine Giacomoni, portraits à travers le miroir*, recueil de photos, Editions La Sirène / Alpen, Genève, 1991.

Gainsbourg figure en couverture de *50 ans de chanson française* par Lucien Rioux, Editions de l'Archipel, Paris, 1992 et 1994.

Gainsbourg figure en couverture de *Chanson, portraits*, recueil de photos de Patrick Ullman avec des textes de François Jouffa, Editions Hors Collection, Paris, 1998.

Gainsbourg figure en couverture des *Ricord de la musique*, recueil de caricatures par Ricord et Gauffre, Editions du Soleil, Toulon, 1998.

Gainsbourg figure en couverture de *La Chanson française et francophone*, dictionnaire Larousse / coll. « Totem », par Pierre Saka et Yann Plougastel, Larousse, 1999.

Philippe Grimbert a publié *Psychanalyse de la chanson* chez Les Belles Lettres-Archimbaut dont l'accroche était « Freud, Lacan, Gainsbourg et les autres ».

Discographie

La discographie qui suit n'est nullement exhaustive. Elle n'a pour but que de proposer les principaux disques de Serge et de ses interprètes, classés chronologiquement, pour s'y repérer plus aisément.

Les conventions que j'ai adoptées pour cette discographie sont :

— si aucun nom d'artiste n'est précisé, c'est qu'il s'agit tout simplement d'un disque sorti sous le nom de Serge ;

— LP signifie « album », DLP « double album », EP « extended play » ou « super-45 tours » (4 titres), S « single » ou « 45 tours simple » (2 titres), 12 « maxi » ou « 12 inch », BO « bande originale » et BOX signifie « coffret » ;

— dans le cas des EP par ses interprètes, ne sont mentionnées que les chansons signées Gainsbourg ; ces EP ont droit à une entrée spécifique lorsque la chanson signée par Serge est aussi le titre principal ou le second titre vedette de l'EP en question (autrement dit, la ou les chansons qui passent en radio) ;

— évidemment, vu que tout a été réédité, ou presque, LP veut aussi dire, dans la plupart des cas, CD ;

— les noms des interprètes indiqués en MAJUSCULES signifient soit que les chansons ont été écrites exclusivement par Gainsbourg pour les artistes en question, soit que leur version est sortie en même temps ou quasi en même temps que la version de l'auteur (en bref, créations et quasi-créations) ;

— les noms des interprètes en minuscules indiquent qu'ils ont chanté des titres vieux d'au moins quelques mois ;

— pour bien faire, il aurait fallu préciser qui chante quoi sur des albums tels que *Anna* (1967), *Jane Birkin-Serge Gainsbourg* (1969), *Je vous aime* (1980) et quelques autres. Mais les détails figurent dans le livre ;

— *idem*, j'ai omis de préciser que de 1958 à 1968, en même temps que les EP sortaient également des 45 tours simples. Exemple : de l'EP *Le poinçonneur des Lilas* (voir ci-dessous) on avait tiré un 45 tours simple ne comprenant que deux titres : Le poinçonneur des Lilas / Douze belles dans la peau.

Un énorme merci à Jacques Monard et Daniel Vanderdonckt.

1954-1957

Pour un récit détaillé de tous ses premiers dépôts à la SACEM, il est conseillé de se reporter à *Dernières nouvelles des étoiles / L'intégrale*, édition établie et annotée par Franck Lhomeau, Editions Plon, 1994.

Inscrit en juillet 1954 à la SACEM, Gainsbourg dépose le 26 août six premières chansons dont quatre passées à la trappe (« Ça n'vaut pas la peine d'en parler », « Fait divers », « Promenade au bois » et « Trois boléros ») et deux autres reprises plus tard (« Les amours perdues » en 1959 par Juliette Gréco et en 1961 par Serge, « Défense d'afficher » en 1959 par Pia Colombo et Gréco). Toujours en 1954, il dépose « Nul ne le saura jamais » et « Pour si peu d'amour » puis, début 1955, « Antoine le casseur » et « Les mots inutiles ». Mais il abandonne très vite l'écriture pour se consacrer à la composition et travaille avec d'autres auteurs :

— avec Louis Laibe (du cabaret Madame Arthur) en 1955-56 : « Zita la Panthère », « Arthur Circus », « Pourquoi », « Charlie », « Locura Negra (frénésie noire) », « Meximambo », « Tragique cinq à sept », « Jonglerie chinoise », « Le trapéziste », « La danseuse de corde » et « L'haltérophile » ;

— avec Paul Alt (Diego Altez) en 1955-56 : « J'ai le corps damné par l'amour », « Quand je me lève », « Je broyais du noir », « La caravane dans le désert », « L'homme de ma vie », « J'ai goûté à tes lèvres » et « Dalouncia ». Deux de celles-ci seront réécrites par Paul Alt et redéposées en 1958 (« J'ai perdu Colombine » et « La chanson de l'écureuil ») ;

— avec Billy Nencioli : « Abomey » en juin 1955 ;

— avec Serge Barthélemy : « La ballade de la vertu » en janvier 1957 (six mois plus tard, ils signent « Ronsard 58 », voir premier 25 cm) ;

— à noter encore deux instrumentaux (période Madame Arthur) : « Panthère blues » et « Mambo de Puebla ».

En 1956, dès son engagement au Milord l'Arsouille, Serge se remet timidement à l'écriture (« On me siffle dans la rue ! ») puis il s'y consacre à fond dès 1957 mais il y a encore pas mal de déchet : en même temps que « Le poinçonneur des Lilas » (juin 1957) il dépose « La chanson du diable » et « La cigale et la fourmi », restées inédites. *Idem*, « La purée » en 1958.

1958

EP LES FRERES JACQUES *Le poinçonneur des Lilas* (45 tours) Philips
Le poinçonneur des Lilas

LP *Du chant à la une !...* (33 tours 25 cm) Philips
Le poinçonneur des Lilas / La recette de l'amour fou / Douze belles dans la peau / Ce mortel ennui / Ronsard 58 / La femme des uns sous le corps des autres / L'alcool / Du jazz dans le ravin / Le charleston des déménageurs de pianos

EP *Le poinçonneur des Lilas* (45 tours) Philips
Le poinçonneur des Lilas / Douze belles dans la peau / La femme des uns sous le corps des autres / Du jazz dans le ravin

EP ALAIN GORAGUER ET SON ORCHESTRE *Slow et Fox « Du jazz à la une »* (45 tours) Philips

Ce mortel ennui / Le poinçonneur des Lilas / La femme des uns sous le corps des autres / Du jazz dans le ravin

Versions instrumentales de quatre titres figurant sur le premier 25 cm de Serge, dont Goraguer est le chef d'orchestre.

MICHELE ARNAUD enregistra des titres de Gainsbourg dès février 1958 en démarrant par « Douze belles dans la peau » et « La recette de l'amour fou ». Il y eut ensuite, jusqu'en 1962, « La femme des uns sous le corps des autres », « Jeunes femmes et vieux messieurs », « La chanson de Prévert », « Ronsard 58 », « Il était une oie » et « Les goémons ». Elle chanta également en 1963 une jolie version de « La javanaise » qui resta inédite jusqu'en 1996 (voir album *Gainsbourg chanté par...*, publié par EMI). Pour le deuxième épisode Arnaud / Gainsbourg, voir l'année 1966.

Chronologiquement, le deuxième interprète de Serge est JEAN-CLAUDE PASCAL qui enregistre lui aussi « Douze belles dans la peau » et « La recette de l'amour fou » (EP La Voix de son Maître, avril 1958).

Créé par les Frères Jacques, « Le poinçonneur des Lilas » (qu'ils publient en version *live* sur l'album *Récital 58-59* quelques mois plus tard) fut chanté, sur scène exclusivement, par Philippe Clay. Jean-Claude Pascal l'interpréta également en public (voir l'album *A Bobino*, 1961). La version préférée de Gainsbourg était celle de Starshooter (1978). Enfin, en face B de la version du « Poinçonneur » par Hugues Aufray publiée en 1959 figure l'une des premières chansons de Serge, « Mes petites odalisques ».

1959

EP *La jambe de bois (Friedland)* (45 tours) Philips

La jambe de bois (Friedland) / Le charleston des déménageurs de piano / La recette de l'amour fou / Ronsard 58

EP JULIETTE GRECO *Juliette Gréco chante Serge Gainsbourg* (45 tours) Philips

Il était une oie / Les amours perdues / L'amour à la papa / La jambe de bois (Friedland)

LP *N° 2* (33 tours 25 cm) Philips

Le claqueur de doigts / La nuit d'octobre / Adieu, créature ! / L'anthracite / Mambo miam miam / Indifférente / Jeunes femmes et vieux messieurs / L'amour à la papa

EP *Le claqueur de doigts* (45 tours) Philips

Le claqueur de doigts / Indifférente / Adieu, créature ! / L'amour à la papa

EP *L'anthracite* (45 tours) Philips

Mambo miam miam / L'anthracite / La nuit d'octobre / Jeunes femmes et vieux messieurs

Il existe aussi un pressage rarissime de ces huit chansons réunies sous la forme d'un double EP.

A la même époque Juliette Gréco enregistre « La recette de l'amour fou » (qui figurera sur l'album *Bonjour tristesse* en 1960) ainsi que « Défense d'afficher » que PIA COLOMBO vient de créer. Cette version restera inédite jusqu'en 1990 (coffret *Je suis comme je suis*, Philips).

1960

EP BO du film *L'eau à la bouche* (45 tours) Philips
L'eau à la bouche / Black March / Judith (instrumental) / Angoisse

EP BO du film *Les Loups dans la bergerie* (45 tours) Philips
Générique / Fugue / Les loups dans la bergerie / Cha cha cha du loup (instrumental) / Les loups dans la bergerie (fin)

EP *Romantique 60* (45 tours) Philips
Cha cha cha du loup / Sois belle et tais-toi / Judith / Laissez-moi tranquille

1961

LP *L'étonnant Serge Gainsbourg* (33 tours 25 cm) Philips
La chanson de Prévert / En relisant ta lettre / Le rock de Nerval / Les oubliettes / Chanson de Maglia / Viva Villa / Les amours perdues / Les femmes c'est du chinois / Personne / Le sonnet d'Arvers

EP *La chanson de Prévert* (45 tours) Philips
La chanson de Prévert / En relisant ta lettre / Viva Villa / Le rock de Nerval

EP *Les oubliettes* (45 tours) Philips
Les amours perdues / Personne / Les femmes c'est du chinois / Les oubliettes

Les chansons « En relisant ta lettre » et « Les oubliettes » furent créées en mars 1961 par JEAN-CLAUDE PASCAL (EP La Voix de son Maître).

« La chanson de Prévert » fut interprétée dès 1961 par des artistes de tout acabit, de Gricha Mouloudji à Pauline Julien en passant par Bernard Stéphane, Gloria Lasso, Vicky Autier, etc. Vingt ans après, en 1981, Claire d'Asta en proposa une relecture immédiatement classée dans les hit-parades des radios périphériques.

1962

LP *N° 4* (33 tours 25 cm) Philips
Les goémons / Black Trombone / Baudelaire / Intoxicated Man / Quand tu t'y mets / Les cigarillos / Requiem pour un twisteur / Ce grand méchant vous

EP *Les goémons* (45 tours) Philips
Les goémons / Black Trombone / Quant tu t'y mets / Baudelaire

S *Requiem pour un twisteur* (45 tours) Philips
Requiem pour un twisteur / Ce grand méchant vous

EP JULIETTE GRECO *Accordéon* (45 tours) Philips
Accordéon
« Accordéon » a d'abord existé en version instrumentale, interprétée par Alain Goraguer et son orchestre

EP CATHERINE SAUVAGE *Catherine Sauvage chante Serge Gainsbourg* (45 tours) Philips

Black Trombone / Les goémons / L'assassinat de Franz Lehar / Baudelaire

Deux autres chansons longtemps inédites, chantées par Catherine Sauvage (« Le cirque » et « Les nanas vont au paradis »), figurent sur l'album *Gainsbourg chanté par...*, CD EMI publié en 1996.

En 1962 toujours, à l'occasion du voyage inaugural du *France*, Juliette Gréco enregistre « Valse de l'au-revoir » (paroles de Gainsbourg, musique de Robert Viger) ; ce titre figure sur un EP rarissime intitulé *Week-end en mer*, qui est aussi le titre d'un film tourné par François Reichenbach (voir filmographie).

Pour PHILIPPE CLAY, Serge écrit « Chanson pour tézigue ». PETULA CLARK crée « Vilaine fille, mauvais garçon ».

1963

EP *Vilaine fille, mauvais garçon* (45 tours) Philips

Vilaine fille, mauvais garçon / L'appareil à sous / La javanaise / Un violon un jambon

EP BRIGITTE BARDOT *L'appareil à sous* (45 tours) Philips

L'appareil à sous / Je me donne à qui me plaît

EP ISABELLE AUBRET *Il n'y a plus d'abonné au numéro que vous avez demandé* (45 tours) Philips

Il n'y a plus d'abonné au numéro que vous avez demandé (musique : Henri Salvador)

EP BO du film *Strip-Tease* (45 tours) Philips

Strip-Tease orgue / Some Small Chance / Wake Me At Five / Safari

S JULIETTE GRECO *Strip-Tease* (45 tours) Philips

Strip-Tease

Il existe une version inédite (à ce jour) de « Strip-Tease » chantée par Nico, qui interprète le rôle principal du film.

S JULIETTE GRECO *La javanaise* (45 tours) Philips

La javanaise

Avant d'être publiée en single, « La javanaise » de Gréco figurait sur un album 25 cm sorti en 1962.

Pour NANA MOUSKOURI, Serge écrit « Les yeux pour pleurer » (voir aussi 1977). « L'appareil à sous » est aussitôt chanté par le fidèle JEAN-CLAUDE PASCAL.

1964

EP *Chez les yé-yé* (45 tours) Philips

Chez les yé-yé / Elaeudanla Teiteia / Scenic Railway / Le temps des yoyos

LP *Gainsbourg confidentiel* (33 tours 30 cm) Philips

Chez les yé-yé / Sait-on jamais où va une femme quand elle vous quitte / Le talkie-walkie / La fille au rasoir / La saison des pluies / Elaeudanla Teiteia / Scenic Railway / Le temps des yoyos / Amour sans amour / No No Thanks No / Maxim's / Negative Blues

EP FRANCE GALL *N'écoute pas les idoles* (45 tours) Philips
N'écoute pas les idoles

EP BO du film *Comment trouvez-vous ma sœur ?* (45 tours) Philips
Comment trouvez-vous ma sœur ? / Eroticotico / No Love For Daddy / Rocking Horse / Marshmallow Man

EP FRANCE GALL *Laisse tomber les filles* (45 tours) Philips
Laisse tomber les filles

EP PETULA CLARK *O o Sheriff* (45 tours) Philips
O o Sheriff

LP *Gainsbourg Percussions* (33 tours 30 cm) Philips
Joanna / Là-bas c'est naturel / Pauvre Lola / Quand mon 6.35 me fait les yeux doux / Machins choses / Les sambassadeurs / New York USA / Couleur café / Marabout / Ces petits riens / Tatoué Jérémie / Coco And Co

EP *Couleur café* (45 tours) Philips
Joanna / Tatoué Jérémie / Couleur café / New York USA

Pour ISABELLE AUBRET, Serge compose « Arc-en-ciel ». Enfin, pour SERGE REGGIANI, la musique de « Quand j'aurai du vent dans mon crâne », paroles de Boris Vian. Reggiani chante aussi « Maxim's » et reprendra « La chanson de Maglia » en 1977.

C'est en 1964 également qu'est publié le premier album-compilation de ses chansons, mais sous une forme un peu particulière : aucun nom d'artiste n'est indiqué au recto de la pochette de l'album, intitulé *L'amour à la papa* ! La pochette est dessinée par Aslan et représente une accorte créature en déshabillé sexy, du type de celles qu'il dessinera bientôt tous les mois dans *Lui*. Sur ce disque — qui cible le marché des « hommes modernes », précisément — on trouve quelques instrumentaux d'Alain Goraguer, six chansons de Gainsbourg (« Sois belle et tais-toi », « Jeunes femmes et vieux messieurs », « Douze belles dans la peau », « La recette de l'amour fou », « Le talkie-walkie » et « La fille au rasoir ») et des titres chantés par Juliette Gréco (dont « L'amour à la papa », qui donne son titre à l'album, et « La javanaise »). Un collector rarissime, évidemment.

1965

S *Machins choses* (45 tours) Philips
Machins choses / Couleur café

S *Joanna* (45 tours) Philips
Joanna / Pauvre Lola

EP FRANCE GALL *Poupée de cire poupée de son* (45 tours) Philips
Poupée de cire poupée de son

1965, c'est évidemment l'année du grand prix de l'Eurovision pour France Gall et ce titre, instantanément repris par une ribambelle de petites chanteuses telles que Claude France *(sic)*, Janie Jurka, Sonia Christie, etc. Excellente version *destroy* en 1983 par Oberkampf.

EP VALERIE LAGRANGE *La guérilla* (45 tours) Philips
La guérilla

EP BRIGITTE BARDOT *Bubble Gum* (45 tours) Philips
Bubble Gum / Les omnibus

EP FRANCE GALL *Attends ou va-t'en* (45 tours) Philips
Attends ou va-t'en

Cette chanson a été réinterprétée par France pour la première fois depuis les années 60 sur son album *Concert public — concert privé* en 1997. En 1965 toujours, Serge lui écrit « Nous ne sommes pas des anges ».

EP REGINE *Les p'tits papiers* (45 tours) Pathé
Les p'tits papiers / Il s'appelle reviens

Dans la foulée Serge lui écrit aussi « Si t'attends qu'les diamants t'sautent au cou ».

EP PETULA CLARK *Les Incorruptibles* (45 tours) Philips
Les Incorruptibles

On retrouve ISABELLE AUBRET pour deux titres : « No Man's Land » et « Pour aimer il faut être trois ».

1966

EP *Qui est « in » qui est « out »* (45 tours) Philips
Qui est « in » qui est « out » / Marilu / Docteur Jekyll et Monsieur Hyde / Shu ba du ba loo ba

EP FRANCE GALL *Baby Bop* (45 tours) Philips
Baby Bop

EP PETULA CLARK *La gadoue* (45 tours) Vogue
La gadoue

EP MICHELE ARNAUD *Les papillons noirs* (45 tours) Pathé
Les papillons noirs (duo avec Serge Gainsbourg) / Ballade des oiseaux de croix

Accompagnée sur ces titres par Michel Colombier (direction d'orchestre), Michèle Arnaud enregistre aussi une version solo des « Papillons noirs » qui resta inédite jusqu'en 1996 (cf. le double album EMI *Gainsbourg chanté par...*). En 1967 elle chantera encore sa version de « Ne dis rien » (dont l'original figure sur la BO de la comédie musicale *Anna* en 1967). Le dernier titre de Serge chanté par Michèle Arnaud — qui fut en 1958 sa toute première interprète sur disque — date de 1969 et s'intitule « Rêves et caravelles ».

La chanson « Les papillons noirs » fut reprise par Bijou (en duo avec Serge) en 1978.

EP FRANCE GALL *Les sucettes* (45 tours) Philips
Les sucettes

EP DOMINIQUE WALTER *Qui lira ces mots* (45 tours) Disc'AZ
Qui lira ces mots

EP REGINE *Pourquoi un pyjama* (45 tours) Pathé
Pourquoi un pyjama
En 1967 Serge lui écrit encore « Loulou ».

En vrac, il livre « Non, à tous les garçons » à MICHELE TORR, « Mamadou » à SACHA DISTEL et « Je préfère naturellement » à DALIDA. Pour MIREILLE DARC, Serge écrit et compose « La cavaleuse » ; en 1969, il lui offrira « Hélicoptère » et, inédit jusqu'en 1991, « Le drapeau noir ».

1967

LP BO de la comédie musicale *Anna* (33 tours) Philips
Interprètes : Gainsbourg, Anna Karina, Jean-Claude Brialy.
Sous le soleil exactement (instrumental) / Sous le soleil exactement / C'est la cristallisation comme dit Stendhal / Pas mal pas mal du tout / J'étais fait pour les sympathies / Photographies et religieuses / Rien rien j'disais ça comme ça / Un jour comme un autre / Boomerang / Un poison violent c'est ça l'amour / De plus en plus, de moins en moins / Roller Girl / Ne dis rien / Pistolet Jo / GI Jo / Je n'avais qu'un mot à lui dire

MARIANNE FAITHFULL enregistre « Hier ou demain » pour la comédie musicale *Anna* (single Decca) mais ne figure pas sur l'album de la BO. « Base-ball », autre morceau inédit tiré de la BO de *Anna*, chanté par Eddy Mitchell, figure sur l'intégrale Mitchell sortie en 1994.

EP Extrait de la BO de la comédie musicale *Anna* (45 tours) Philips
Sous le soleil exactement / Un poison violent c'est ça l'amour / Roller Girl / Ne dis rien

EP BO du feuilleton télévisé *Vidocq* (45 tours) Philips
Chanson du forçat / Complainte de Vidocq / Vidocq flash-back / Chanson du forçat II

EP DOMINIQUE WALTER *Les petits boudins* (45 tours) Disc'AZ
Les petits boudins
« Les petits boudins » sera repris par Robert Farel, un protégé d'Etienne Daho, en 1988. Serge chante dans les chœurs de la version originale.

EP *Comic Strip* (45 tours) Philips
Comic Strip / Torrey Canyon / Chatterton / Hold-up

EP BO du film *Toutes folles de lui* (45 tours) Barclay
Wouaou / Goering connais pas / Le siffleur et son one two two / Woom woom woom / Caressante

EP BO du film *L'Horizon* (45 tours) Riviera
Elisa / Friedman, l'as de l'aviation / Les Américains / La brasserie du dimanche / Le village à l'aube / L'horizon

EP MINOUCHE BARELLI *Boum badaboum* (45 tours) CBS
Boum badaboum
Cette chanson représente la principauté de Monaco à l'Eurovision 1967.

Gainsbourg écrit et compose « Hip Hip Hip Hourrah » pour CLAUDE FRANÇOIS et « Buffalo Bill » pour STONE, future moitié de Stone et Charden.

Il compose également la musique de « Au risque de te déplaire » pour MARIE-BLANCHE VERGNE, paroles de son mari Jean-Christophe Averty.

Avec FRANCE GALL, il est en perte de vitesse : ni « Néfertiti » ni « Teenie Weenie Boopie », pour deux EP's différents, ne sont de réels succès.

EP DOMINIQUE WALTER *Johnsyne et Kossigone* (45 tours) Disc'AZ
Johnsyne et Kossigone / Je suis capable de n'importe quoi

S BRIGITTE BARDOT *Harley Davidson* (45 tours) AZ
Harley Davidson / Contact

Il réenregistre au même moment « Comic Strip » avec Bardot (qui figure sur la version anglaise seulement) et met en boîte le duo « Bonnie And Clyde » (BB est cette fois absente de la version anglaise). Et bien sûr « Je t'aime moi non plus » dont la version Gainsbourg-Bardot restera inédite jusqu'en 1986.

Autre inédit marquant durant cette année chargée : « Le sable et le soldat », marche militaire offerte à Israël au moment de la guerre des Six Jours.

1968

LP BRIGITTE BARDOT ET SERGE GAINSBOURG *Bonnie And Clyde* (33 tours) Fontana
Bonnie And Clyde / Bubble Gum / Comic Strip / Pauvre Lola / L'eau à la bouche / La javanaise / Intoxicated Man / Baudelaire / Docteur Jekyll et Monsieur Hyde

EP BRIGITTE BARDOT ET SERGE GAINSBOURG *Bonnie And Clyde* (45 tours) Fontana
Bonnie And Clyde / Bubble gum / Comic Strip

LP BRIGITTE BARDOT ET SERGE GAINSBOURG *Initials BB* (33 tours) Philips
Initials B.B./ Comic Strip / Bloody Jack / Docteur Jekyll et Monsieur Hyde / Torrey Canyon / Shu ba du ba loo ba / Ford Mustang / Bonnie And Clyde / Black And White / Qui est « in » qui est « out » / Hold-Up / Marilu

EP *Initials B.B.* (45 tours) Philips
Initials B.B. / Black And White / Ford Mustang / Bloody Jack

S REGINE *Ouvre la bouche, ferme les yeux* (45 tours) Pathé
Ouvre la bouche, ferme les yeux / Capone et sa petite Phyllis

EP BO du film *Ce sacré grand-père* (45 tours) Philips
L'herbe tendre (en duo avec Michel Simon) / L'herbe tendre (instrumental) / Ce sacré grand-père

S BO du film *Manon 70* (45 tours) Philips
Manon / New Delire

S BO du film *Le Pacha* (45 tours) Philips
Requiem pour un c... / Psychasténie

S DOMINIQUE WALTER *La vie est une belle tartine* (45 tours) Disc'AZ
La vie est une belle tartine / Plus dur sera le chut

Conclusion de sa collaboration avec DOMINIQUE WALTER pour qui il écrit également cette année-là « La plus belle fille du monde n'arrive pas à la cheville d'un cul-de-jatte » (EP Disc'AZ).

S FRANÇOISE HARDY *Comment te dire adieu* (45 tours) Vogue
Comment te dire adieu « It Hurts To Say Goodbye » / L'anamour
NB : la pochette est dessinée par un débutant nommé Jean-Paul Goude.

S *L'anamour* (45 tours) Philips
L'anamour / 69 année érotique

ZIZI JEANMAIRE interprète « Bloody Jack » et Serge lui offre « L'oiseau de paradis ».

DARIO MORENO chante « Desesperado » que Gainsbourg avait initialement proposé à... Mireille Mathieu, dont la version (qui a été enregistrée) est restée inédite.

Noter aussi que la bande originale du *Show Bardot* à la télé fut éditée sous forme d'album promotionnel sponsorisé par les chaussettes Burlington aux USA lorsque l'émission fut diffusée, en décembre 1968, sur NBC. On y trouve la seule version sur disque de « La bise aux hippies », l'inénarrable duo Bardot / Distel.

1969

LP BO du film *Mister Freedom* (45 tours) Barclay
Six titres cosignés Gainsbourg-Colombier-Klein.

S BO du film *Slogan* (45 tours) Philips
La chanson de *Slogan* (duo avec Jane Birkin) / Evelyne

S JANE BIRKIN ET SERGE GAINSBOURG *Je t'aime moi non plus* (45 tours) Fontana puis Disc'AZ
Je t'aime moi non plus / Jane B
BOURVIL ET JACQUELINE MAILLAN feront en 1970 une version cocasse de « Je t'aime moi non plus » sous le titre « Ça ». En face B, une reprise de « Pauvre Lola ».

LP JANE BIRKIN ET SERGE GAINSBOURG *Jane Birkin-Serge Gainsbourg* (33 tours) Fontana
Je t'aime moi non plus / L'anamour / Orang-outan / Sous le soleil exactement / 18-39 / 69 année érotique / Jane B. / Elisa / Le canari est sur le balcon / Les sucettes / Manon
Il existe une deuxième version de cet album où « Je t'aime moi non plus » est remplacé par « La chanson de *Slogan* ».

S *Elisa* (45 tours) Philips
Elisa / Les sucettes

Pour MICHELE MERCIER, Serge fait de la haute couture : « La fille qui fait tchic-ti-tchic ».

Enfin pour son arrangeur MICHEL COLOMBIER, il écrit le rigolo « Turlututu capot pointu » ainsi que « La robe de papier ».

1970

LP BO du film *Cannabis* (33 tours) Philips

Cannabis (instrumental) / Le deuxième homme / Première blessure / Danger / Chanvre indien / Arabique / I Want To Feel Crazy / Cannabis / Jane dans la nuit / Avant de mourir / Dernière blessure / Piège / Cannabis-bis

S Extrait de la BO du film *Cannabis* (45 tours) Philips

Cannabis / Cannabis (instrumental)

S Générique français du film *Un petit garçon nommé Charlie Brown* (45 tours) Philips

Charlie Brown « A Boy Named Charlie Brown » / Charlie Brown (instrumental)

1971

LP *Histoire de Melody Nelson* (33 tours) Philips

Melody / Ballade de Melody Nelson / Valse de Melody / Ah ! Melody / L'hôtel particulier / En Melody / Cargo culte

Plusieurs chansons — commencées mais sans doute jamais terminées — ont été écartées en cours d'enregistrement : sur les feuilles de séances on lit les titres « Es-tu Melody », « Melo », « Le papa de Melody », « Melody lit Babar » (dont deux versions ont a priori existé) et « Melody et les astronautes ».

S *Ballade de Melody Nelson* (45 tours) Philips

Ballade de Melody Nelson / Valse de Melody

S *La décadanse* (45 tours) Philips

La décadanse / Les langues de chat

Rentrée de REGINE : Serge lui concocte « Mallo Mallory » et « Laiss's-en un peu pour les autres » (ce dernier restera inédit jusqu'en 1985).

1972

LP ZIZI JEANMAIRE *Au Casino de Paris* (33 tours) CBS

Zizi t'as pas d'sosie / A poil ou à plumes / Le rent' dedans / Tout le monde est musicien / Elisa / Les millionnaires / Les bleus sont les plus beaux bijoux / King Kong / Finale (orchestral)

Deux autres titres (« Chaussures noires et pompes funèbres » et « Dessous mon pull ») furent interprétés par Zizi sur la scène du Casino, mais pas sur disque.

S BO du film *Sex-Shop* (45 tours) Fontana

Sex-Shop / Quand le sexe te chope

S BO du film *Trop jolies pour être honnêtes* (45 tours) Fontana

Moogy Woogy / Close Combat

S FRANCE GALL *Frankenstein* (45 tours) EMI

Frankenstein / Les petits ballons

Surprise, une fleur pour JULIETTE GRECO : « Le sixième sens ».

Enfin, un texte pour JACQUES DUTRONC : « Elle est si », que Gainsbourg reprendra sous forme de poème sur scène avec ses rastas, en 1979.

1973

LP JANE BIRKIN *Di Doo Dah* (33 tours) Fontana

Di Doo Dah / Help camionneur / Encore lui / Les capotes anglaises / Leur plaisir sans moi / Mon amour baiser / Banana Boat / Kawasaki / La cible qui bouge / La baigneuse de Brighton / C'est la vie qui veut ça

S JANE BIRKIN *Di Doo Dah* (45 tours) Fontana

Di Doo Dah / Mon amour baiser

LP *Vu de l'extérieur* (33 tours) Philips

Je suis venu te dire que je m'en vais / Vu de l'extérieur / Panpan cucul / Par hasard et pas rasé / Des vents des pets des poums / Titicaca / Pamela Popo / La poupée qui fait / L'hippopodame / Sensuelle et sans suite

S *Je suis venu te dire que je m'en vais* (45 tours) Philips

Je suis venu te dire que je m'en vais / Vu de l'extérieur

FRANÇOISE HARDY chante « L'amour en privé », BO du film *Projection privée* sur une musique de Jean-Claude Vannier.

1974

S JANE BIRKIN *Bébé gai* (45 tours) Fontana

Bébé gai / My chérie Jane

1975

LP *Rock Around The Bunker* (33 tours) Philips

Nazi Rock / Tata teutonne / J'entends des voix-off / Eva / Smoke Gets In Your Eyes / Zig Zig avec toi / Est-ce est-ce si bon ? / Yellow Star / Rock Around The Bunker / SS In Uruguay

S *Rock Around The Bunker* (45 tours) Philips

Rock Around The Bunker / Nazi Rock

S *L'ami Caouette* (45 tours) Philips

L'ami Caouette / Le cadavre exquis

LP JANE BIRKIN *Lolita Go Home* (33 tours) Fontana

Lolita Go Home / Bébé Song / Si ça peut te consoler / Just Me And You / La fille aux claquettes / Rien pour rien / French Graffiti (+ quatre reprises)

Serge compose la musique de ces sept morceaux, mais n'écrit les paroles que de « La fille aux claquettes », les autres étant de Philippe Labro.

S JANE BIRKIN *Lolita Go Home* (45 tours) Fontana

Lolita Go Home / Si ça peut te consoler

Serge écrit également quatre textes pour JACQUES DUTRONC : « L'amour-prison », « Les roses fanées », « L'île enchanteresse » et « Le bras mécanique ».

1976

S JANE BIRKIN *Rien pour rien* (45 tours) Fontana
Rien pour rien / La fille aux claquettes

LP BO du film *Je t'aime moi non plus* (33 tours) Philips
Ballade de Johnny Jane / Le camion jaune / Banjo au bord du Styx / Rock'n' roll autour de Johnny / L'abominable strip-tease / Joe Banjo / Je t'aime moi non plus / Je t'aime moi non plus au lac vert / Je t'aime moi non plus au motel / Ballade de Johnny Jane (final)

S Extrait de la BO du film *Je t'aime moi non plus* (45 tours) Philips
Je t'aime moi non plus / Joe Banjo

S JANE BIRKIN *Ballade de Johnny Jane* (45 tours) Fontana
Ballade de Johnny Jane / Raccrochez c'est une horreur

LP *L'homme à tête de chou* (33 tours) Philips
L'homme à tête de chou / Chez Max coiffeur pour hommes / Marilou reggae / Transit à Marilou / Flash-Forward / Aéroplanes / Premiers symptômes / Ma Lou Marilou / Variations sur Marilou / Meurtre à l'extincteur / Marilou sous la neige / Lunatic Asylum

S *Marilou sous la neige* (45 tours) Philips
Marilou sous la neige / L'homme à tête de chou

Pour PIERRE LOUKI, Serge signe la musique de deux chansons : « La main du masseur » et « Slip Please »...

1977

LP BO du film *Madame Claude* (33 tours) Philips
Diapositivisme / Discophotèque / Mi Corasong / Ketchup In The Night / Fish-Eye Blue / Téléobjectivisme / Putain que ma joie demeure / Burnt Island / Yesterday Yes A Day / Dusty Lane / First Class Ticket / Long Focal Rock / Arabysance / Passage à tabacco / Yesterday On Fender
« Yesterday Yes A Day » est chanté par Jane.

S JANE BIRKIN Extrait de la BO du film *Madame Claude* (45 tours) Philips
Yesterday Yes A Day / Dusty Lane (instrumental)

S Extrait de la BO du film *Goodbye Emmanuelle* (45 tours) Philips
Goodbye Emmanuelle / Emmanuelle And The Sea

S *My Lady Héroïne* (45 tours) Philips
My Lady Héroïne / Trois millions de Joconde

S Extrait de la BO du film *Vous n'aurez pas l'Alsace et la Lorraine* (45 tours) Déesse
La chanson du chevalier blanc (paroles de Coluche)

LP ALAIN CHAMFORT *Rock'n'rose* (33 tours) CBS
Joujou à la casse / Baby Lou / Privé / Disc-jockey / Tennisman / Sparadrap / Rock'n'rose / Lucette et Lucie / Le vide au cœur

LP ZIZI JEANMAIRE *Bobino* (33 tours) Pathé-Marconi
Quand ça balance / Rétro Song / Mesdames, mesdemoiselles, mes yeux / Yes Man / Merde à l'amour / Ciel de plomb / Tic Tac Toe / Vamp et vampire

Serge écrit « Enregistrement » pour FRANÇOISE HARDY et « La petite Rose » pour NANA MOUSKOURI.

1978

S+12 BO du film *Les Bronzés* (45 tours) Philips
Sea Sex And Sun / Mister Iceberg
De ce 45 tours il existe une version anglaise aux paroles consternantes

LP JANE BIRKIN *Ex-fan des* sixties (33 tours) Fontana
Ex-fan des sixties / Apocalypstick / Exercice en forme de Z / Mélodie interdite / L'aquoiboniste / Vie, mort et résurrection d'un amour-passion / Nicotine / Rocking-chair / Dépressive / Le velours des vierges / Classée X / Mélo mélo

S JANE BIRKIN *Ex-fan des sixties* (45 tours) Fontana
Ex-fan des sixties / Mélo mélo

S JANE BIRKIN *Apocalypstick* (45 tours) Fontana
Apocalypstick / Nicotine

S BIJOU *Betty Jane Rose* (45 tours) Philips
Betty Jane Rose

Rencontre avec BIJOU : premier épisode, Serge réinterprète avec eux « Les papillons noirs », chanson créée par Michèle Arnaud en 1966. Deuxième épisode, il leur écrit « Betty Jane Rose » (en plus du 45 tours, il existe une version *live*). Puis, en 1979, il chante sur scène avec le trio rock à plusieurs reprises : voir LP *live French Rock Mania* avec une version crade de « Des vents des pets des poums ». Enfin, ils enregistrent ensemble la BO du film *Tapage nocturne* (45 tours, voir ci-dessous) et Serge les fait travailler en 1980 sur le film *Je vous aime*.

REGINE, conclusion : Serge lui écrit « Les femmes ça fait pédé » et elle reprend « Tic Tac Toe » (cf. Zizi Jeanmaire).

1979

LP *Aux armes et caetera* (33 tours) Philips
Javanaise Remake / Aux armes et caetera / Les locataires / Des laids des laids / Brigade des stups / Vieille canaille (You Rascal You) / Lola Rastaquouère / Relax Baby Be Cool / Daisy Temple / Eau et gaz à tous les étages / Pas long feu / Marilou Reggae Dub

S *Aux armes et caetera* (45 tours) Philips
Aux armes et caetera / Lola Rastaquouère

S BO du film *Tapage nocturne* (45 tours) Philips
Tapage nocturne / Jolie laide
Musique de Gainsbourg, interprétée par le groupe Bijou.

S *Vieille canaille* (45 tours) Philips
Vieille canaille / Daisy Temple

S *Des laids des laids* (45 tours) Philips
Des laids des laids / Aux armes et caetera

S ALAIN CHAMFORT *Manureva* (45 tours) CBS
Manureva
Pour Chamfort, Serge écrit également les paroles de « Démodé » et Bébé Polaroid » (album *Poses*, 33 tours CBS).

Pour SHAKE, il écrit et compose « Chavirer la France » (45 tours Orlando).

1980

DLP *Enregistrement public au théâtre le Palace* (33 tours) Philips
(Drifter) / Relax Baby Be Cool / Marilou Reggae Dub / Daisy Temple / Brigade des stups / Elle est si / Aux armes et caetera / Pas long feu / Les locataires / Docteur Jekyll et Monsieur Hyde / Harley Davidson / Javanaise Remake / Des laids des laids / Vieille canaille (You Rascal You) / (Présentation des musiciens) / Bonnie And Clyde / Lola Rastaquouère / Aux armes et caetera

S *Harley Davidson* (45 tours) Philips *(live)*
Harley Davidson *(live)* / Docteur Jekyll et Monsieur Hyde *(live)*

S TOUBIB *Cuti-réaction* (45 tours) EMI
Cuti-réaction / Le vieux rocker
Serge écrit seulement les paroles de ces deux titres.

S MARTIN CIRCUS *USSR / USA* (45 tours) EMI
USSR / USA
Serge écrit seulement les paroles de cette chanson.

LP BO du film *Je vous aime* (33 tours) Philips
La fautive / Je vous salue Marie / La p'tite Agathe / Dieu fumeur de havanes / La fautive (pianos) / Dieu fumeur de havanes / Papa Nono / Je pense queue / La fautive (orchestral)

S Extrait de la BO du film *Je vous aime* (45 tours) Philips
Dieu fumeur de havanes / La fautive

Gainsbourg écrit les paroles de « Belinda » et « Mangos » pour JULIEN CLERC, celles d'« On n'est pas des grenouilles » pour SACHA DISTEL, ainsi que six textes pour Jacques Dutronc : « L'hymne à l'amour (moi l'nœud) », « Ballade comestible », « L'éthylique », « J'ai déjà donné », « Mes idées sales », « L'avant-guerre c'est maintenant ».

1981

S BO du court métrage *Le Physique et le Figuré* (45 tours) Gaumont
Le physique et le figuré / Le physique et le figuré (fin)

LP ALAIN CHAMFORT *Amour année zéro* (33 tours) CBS

Bambou / Poupée poupée / Chasseur d'ivoire / Amour année zéro / Jet society / Malaise en Malaisie / Laide jolie laide / Baby boum

Trois singles seront tirés de cet album : « Bambou », « Baby boum » et « Chasseur d'ivoire ».

LP CATHERINE DENEUVE *Souviens-toi de m'oublier* (33 tours) Philips

Digital Delay / Dépression au-dessus du jardin / Epsilon / Monna Vanna et Miss Duncan / Marine Band Tremolo / Ces petits riens / Souviens-toi de m'oublier / Overseas Telegram / What tu dis qu'est-ce que tu say / Oh Soliman / Alice hélas

A la même époque on entend beaucoup la version de « Je suis venu te dire que je m'en vais » par le groupe belge Jo Lemaire + Flouze et « La chanson de Prévert » par Claire d'Asta.

LP *Mauvaises nouvelles des étoiles* (33 tours) Philips

Overseas Telegram / Ecce Homo / Mickey maousse / Juif et Dieu / Shush Shush Charlotte / Toi mourir / La nostalgie camarade / Bana basadi balalo / Evguénie Sokolov / Negusa nagast / Strike / Bad News From The Stars

S *Ecce Homo* (45 tours) Philips

Ecce Homo / La nostalgie camarade

S *Bana basadi balalo* (45 tours) Philips

Bana basadi balalo / Negusa nagast

<u>*1982*</u>

LP ALAIN BASHUNG *Play Blessures* (33 tours) Philips

C'est comment qu'on freine / Scènes de manager / Volontaire / J'envisage / Lavabo / J'croise aux Hébrides / Trompé d'érection / Martine boude

S PHILIPPE DAUGA *J'en ai autant pour toi* (45 tours) Philips

J'en ai autant pour toi

Pour Dauga, ex-Bijou, Serge écrit quelques mois plus tard les paroles de « Adieu Bijou ».

Serge produit son neveu Alain Zackman qui, sous le pseudo d'Alain Ravaillac, sort sur CBS le 45 tours « Discométèque / Pas le temps, merde » (il fait aussi la photo de pochette).

Il écrit deux textes : « Suicide » pour DIANE DUFRESNE (qui en 1986 chantera « Les dessous chics ») et « Moi je te connais comm' si je t'avais défaite » pour JULIEN CLERC.

<u>*1983*</u>

LP JANE BIRKIN *Baby Alone In Babylone* (33 tours) Philips

Baby Lou / Fuir le bonheur de peur qu'il ne se sauve / Partie perdue / Norma Jean Baker / Haine pour aime / Overseas Telegram / Con c'est con ces conséquences / En rire de peur d'être obligée d'en pleurer / Rupture au miroir / Les dessous chics / Baby Alone In Babylone.

S JANE BIRKIN *Baby Alone In Babylone* (45 tours) Philips
Baby Alone In Babylone / Con c'est con ces conséquences

S JANE BIRKIN *Baby Lou* (33 tours) Philips
Baby Lou / Fuir le bonheur de peur qu'il ne se sauve

12 JANE BIRKIN *Baby Lou* (33 tours) Philips
Baby Lou / Fuir le bonheur de peur qu'il ne se sauve / Baby Alone In Babylone

LP ISABELLE ADJANI *Isabelle Adjani* (33 tours) Philips
Ohio / Entre autres pas en traître / OK pour plus jamais / D'un taxiphone / C'est rien je m'en vais c'est tout / Le mal intérieur / Beau oui comme Bowie / Le bonheur c'est malheureux / Je t'aime idiot / Et moi chouchou / Pull marine

S ISABELLE ADJANI *Pull marine* (45 tours) Philips
Pull marine / Le bonheur c'est malheureux

S ISABELLE ADJANI *Beau oui comme Bowie* (45 tours) Philips
Beau oui comme Bowie / Ohio

<u>*1984*</u>

LP *Love On The Beat* (33 tours) Philips
Love On The Beat / Sorry Angel / Hmm hmm hmm / Kiss Me Hardy / No Comment / I'm The Boy / Harley David Son Of A Bitch / Lemon Incest (en duo avec Charlotte Gainsbourg).

LP *Love On The Beat* (33 tours) Philips
Hors commerce, Gainsbourg interviewé par Philippe Manœuvre, plus extraits de l'album.

S+12 *Love On The Beat* (45 tours) Philips
Love On The Beat (part 1) / Love On The Beat (part 2).
Maxi : Love On The Beat / Harley David Son Of A Bitch

S *Sorry Angel* (45 tours) Philips
Sorry Angel / Love On The Beat

<u>*1985*</u>

S+12 *No Comment* (45 tours) Philips
No Comment / Kiss Me Hardy
Extended version de « No Comment » pour le maxi.

S *Lemon Incest* (45 tours) Philips
Lemon Incest (en duo avec Charlotte Gainsbourg) / Hmm hmm hmm

S JANE BIRKIN *Quoi* (45 tours) Philips
Quoi

Pour JULIEN CLERC, Gainsbourg écrit le texte d'« Amour consolation ».

1986

DLP *Live* (33 tours) Philips
Love On The Beat / Initials B.B. / Harley Davidson / Sorry Angel / Nazi Rock / Ballade de Johnny Jane / Bonnie And Clyde / Vieille canaille / I'm The Boy / Dépression au-dessus du jardin / Lemon Incest (extrait) / Mickey maousse / My Lady Héroïne / Je suis venu te dire que je m'en vais / L'eau à la bouche / Lola Rastaquouère / Marilou sous la neige / Harley David Son Of A Bitch / La javanaise / Love On The Beat

S *Sorry Angel* (45 tours) Philips
Sorry Angel (live) / Bonnie And Clyde *(live)*

S *My Lady Héroïne* (45 tours) Philips
My Lady Héroïne *(live)* / Je suis venu te dire que je m'en vais *(live)* (hors commerce)

LP JANE BIRKIN *Quoi* (33 tours) Compilation Philips

S+12 BRIGITTE BARDOT ET SERGE GAINBOURG *Je t'aime moi non plus* (45 tours) Philips
Je t'aime moi non plus / Bonnie And Clyde
NB : les 2 titres sont remixés.

Pour ELISABETH ANAIS, Gainsbourg écrit « Mon père un catholique » (45 tours Tréma) et chante « Vieille canaille » en duo avec EDDY MITCHELL (45 tours Philips, qui figure également sur l'album RCA *Paris* de Monsieur Eddy).

S BAMBOU *Lulu* (45 tours) Philips
Lulu / Shangaï

LP BO du film *Tenue de soirée (Putain de film !)* (33 tours) Apache/WEA
Travelling / Traviolta One / Traviolta Two / Traviolta Three / Travaux / Travelure / Entrave / Travers / Travelo / Traverse / Travelinge / Traveste / Trave / Travelling.

S Extrait de la BO du film *Tenue de soirée (Putain de musique !)* (45 tours) Apache/WEA
Travelling / Entrave

LP CHARLOTTE GAINSBOURG *Charlotte For Ever* (33 tours) Philips
Charlotte For Ever (en duo avec Serge) / Ouvertures éclair / Oh Daddy Oh / Don't Forget To Forget Me / Plus doux avec moi (en duo avec Serge) / Pour ce que tu n'étais pas / Elastique / Zéro pointé vers l'infini.
Trois 45 tours tirés de cet album : Charlotte For Ever / Pour ce que tu n'étais pas ; Zéro pointé vers l'infini / Oh Daddy Oh ; Elastique / Don't Forget To Forget Me.

1987

LP JANE BIRKIN *Lost Song* (33 tours) Philips
Etre ou ne pas naître / C'est la vie qui veut ça / Le couteau dans le play / L'amour de moi / Une chose entre autres / Lost Song / Physique et sans issue / Leur plaisir sans moi / Le moi et le je
Deux 45 tours tirés de l'album : Lost Song / Leur plaisir sans moi ; Le couteau dans le play / Physique et sans issue

LP *You're Under Arrest* (33 tours) Philips
You're Under Arrest / Five easy pisseuses / Suck Baby Suck / Bâille bâille Samantha / Gloomy Sunday / Aux enfants de la chance / Shotgun / Glass Securit / Dispatch Box / Mon légionnaire

S+12 *You're Under Arrest* (45 tours) Philips
You're Under Arrest / Bâille bâille Samantha
Maxi : « Suck Baby Suck » en sus.

DLP JANE BIRKIN *Au Bataclan* (33 tours) Philips
Jane B. / Di Doo Dah / Norma Jean Baker / Love For Sale / Ballade de Johnny Jane / Ex-fan des sixties / Les dessous chics / Physique et sans issue / Baby Alone In Babylone / Avec le temps / Le moi et le je / Nicotine / L'amour de moi / Quoi / Yesterday Yes A Day / Lost Song / Baby Alone In Babylone / Rocking-chair / Fuir le bonheur de peur qu'il ne se sauve / Le couteau dans le play

Recyclage : Robert Farel, produit par Etienne Daho, fait une épatante version des « Petits boudins », un titre créé par Dominique Walter en 1967...

1988

S+12 *Aux enfants de la chance* (45 tours) Philips
Aux enfants de la chance / Shotgun
Maxi : avec « Glass Securit ».

S+12 *Mon légionnaire* (45 tours) Philips
Mon légionnaire / Dispatch Box
Maxi : avec un remix de « Mon légionnaire ».

S+12 VIKTOR LAZLO *Amour puissance six* (45 tours) Polydor
Amour puissance six

1989

DLP *Le Zénith de Gainsbourg* (double 33 tours) Philips
You're Under Arrest / Qui est « in » qui est « out » / Five easy pisseuses / Hey Man Amen / L'homme à tête de chou / Manon / Valse de Melody / Dispatch Box / Harley David Son Of A Bitch / You You You But Not You / Seigneur et saigneur / Bonnie And Clyde / Gloomy Sunday / Couleur café / Aux armes et caetera / Aux enfants de la chance / Les dessous chics / Mon légionnaire
Deux 45 tours tirés de ce double album : Hey man amen / Bonnie And Clyde ; Couleur café / Les dessous chics

LP BAMBOU *Made in China* (33 tours) Philips
Made In China / Ghetto Blaster / Entre l'âme et l'amour / How Much For Your Love Baby / J'ai pleuré le Yang-Tsé / Hey Mister Zippo / Quoi toi moi t'aimer tu rêves / China Doll / Aberdeen et Kowloon / Nuits de Chine
Trois singles seront tirés de cet album : Nuits de Chine / Aberdeen et Kowloon ; Hey Mister Zippo / Entre l'âme et l'amour ; en 1990 : J'ai pleuré le Yang-Tsé / Ghetto Blaster.

Tandis que le groupe Zéro de Conduite fait une épatante version des « Sucettes », Jimi Somerville (*featuring* June Miles Kingston) fait un carton dans toute l'Europe avec sa reprise de « Comment te dire adieu ».

BOX *De Gainsbourg à Gainsbarre* (9 CD ou 9 cassettes) Philips
En septembre 1989, soit dix-huit mois avant sa mort, sort l'indispensable intégrale (207 chansons) dans un coffret luxueux. Il existe aussi, sous le même titre, un double LP vinyle 22 titres. Cinq ans plus tard, l'intégrale est ressortie avec les deux albums studio manquants : *Love On The Beat* et *You're Under Arrest*, portant ainsi le total à 11 CD.
Noter que cette intégrale s'ouvre sur une version *live* du « Poinçonneur des Lilas » : trois autres morceaux à ce jour inédits furent enregistrés lors de ce concert en 1958 (« Douze belles dans la peau », « La recette de l'amour fou » et « La femme des uns sous le corps des autres »).

1990

S+12 JOELLE URSULL *White And Black Blues* (45 tours) CBS
White And Black Blues / White And Black Blues (instrumental).

S BO du film *Stan The Flasher* (45 tours) Philips
Stan The Flasher / Elodie

LP VANESSA PARADIS *Variations sur le même t'aime* (33 tours) Polydor
L'amour à deux / Dis-lui toi que je t'aime / L'amour en soi / Le vague à lames / Ophélie / Flagrant délire / Tandem / Au charme non plus / Variations sur le même t'aime / Amour jamais / Ardoise
Trois singles seront tirés de cet album : Tandem, Dis-lui toi que je t'aime et, en 1991, L'amour en soi.

LP JANE BIRKIN *Amours des feintes* Philips
Et quand bien même / Des ils et des elles / Litanie en Lituanie / L'impression du déjà vu / Asphalte / Tombée des nues / Un amour peut en cacher un autre / 32 Fahrenheit / Love Fifteen / Amours des feintes
Trois singles seront tirés de cet album : Amours des feintes / Asphalte ; en 1991 : Et quand bien même / Un amour peut en cacher un autre ; Love Fifteen / Tombée des nues.

1991

S+CD+12 *Requiem pour un con — Remix 91* (45 tours) Philips
Requiem pour un con (Remix 91) / Requiem pour un con (Remix 91 — version longue) / Requiem pour un con (BO du film *Le Pacha*)

Il existe un pressage pirate (100 exemplaires ?) d'un autre remix *dance* du « Requiem » par ceux qui, fin 1990, en eurent l'idée (rendons à César...), autrement dit les DJ's de la radio FM Maxximum.

BOX BRIGITTE BARDOT / MIREILLE DARC / CATHERINE DENEUVE / ISABELLE ADJANI / JANE BIRKIN / JEANNE MOREAU / CHARLOTTE GAINSBOURG *Actrices* (coffret) Philips
L'intégrale des albums de Catherine, Charlotte et Isabelle plus une compilation de Jane, plus quelques chansons pour B.B. et Mireille Darc, plus une compilation de Jeanne Moreau sans la moindre chanson de Serge...

CD *Chansons et musiques de films* Hortensia
Requiem pour un c... (du film *Le Pacha*) / Sex-Shop (du film *Sex-Shop*) / La Horse (du film *La Horse*) / Wouaou / Goering connais pas / Le siffleur et son one two two / Woom woom woom / Caressante (tous du film *Toutes folles de lui*) / Mélancolie Baby / Mélancolie Baby Part 2 (du film *Melancholy Baby*) / Générique / Break Down / Break Down Part 2 / Break Down Part 3 (tous du film *Si j'étais un espion — Break Down*).

Ce CD et les deux singles qui en furent tirés, sortis immédiatement après la mort de Serge par la maison de disques Hortensia, furent immédiatement mis au pilon pour des questions juridiques. C'était la première fois qu'étaient publiées les musiques des films *La Horse*, *Melancholy Baby* et *Si j'étais un espion*.

1992

DLP JANE BIRKIN *Au Casino de Paris* Philips
L'aquoiboniste / Et quand bien même / Tombée des nues / Ex-fan des sixties / Les dessous chics / Litanie en Lituanie / L'impression de déjà vu / Baby Alone In Babylone / Des ils et des elles / La chanson de Prévert / Ballade de Johnny Jane / Le moi et le je / Asphalte / Sous le soleil exactement / Manon / 32 Fahrenheit / Love Fifteen / Quoi / Valse de Melody / Marilou sous la neige / Fuir le bonheur de peur qu'il ne se sauve / Nicotine / Amours des feintes / Di doo dah / Je suis venu te dire que je m'en vais

Au programme de ce récital, la seule chanson non signée Gainsbourg était la reprise de « As Time Goes By ».

BOX BARBARA *Ma plus belle histoire d'amour c'est vous* (Coffret) Philips
A l'occasion de ce coffret intégral, on a tiré de l'oubli une version inédite, enregistrée pour Europe n° 1 en 1969, de « En relisant ta lettre » (au même moment, Barbara avait aussi enregistré une reprise inattendue de « Nous ne sommes pas des anges », chanson créée par France Gall, mais celle-ci est restée inédite).

BOX JULIETTE GRECO *A l'Olympia* (coffret) Philips
Avec de nouvelles versions *live* de « La javanaise » et « Accordéon ».

BOX JANE BIRKIN *Jane B.* (Coffret) Philips
En quatre CD l'intégrale des 83 chansons enregistrées par Jane avant 1992, dont deux inédites, les versions anglaises de « Ex-fan des sixties » et « Mr. Iceberg ».

Pour la compilation *Urgence* (27 artistes pour la recherche contre le sida), Jane a également enregistré cette année-là une très jolie version studio des « Goémons ».

1996

CD JANE BIRKIN *Versions Jane* Mercury / Philips
Ces petits riens / La gadoue / Dépression au-dessus du jardin / Ce mortel ennui / Sorry Angel / Elisa / Exercice en forme de Z / L'anamour / Elaeudanla Teiteia / Aux enfants de la chance / Le mal intérieur / Ford Mustang / Couleur café / Comment te dire adieu / Physique et sans issue

DCD JANE BIRKIN *Concert intégral à l'Olympia* Mercury / Philips
Intro / Ces petits riens / Di Doo Dah / Fuir le bonheur de peur qu'il ne se sauve / Le moi et le je / Ex-fan des sixties / Baby Lou / Leur plaisir sans moi / Etre ou ne pas naître / Ford Mustang / Baby Alone In Babylone / Con c'est con ces conséquences / Une chose entre autres / Ballade de Johnny Jane / Les dessous chics / Elisa / Physique et sans issue / L'anamour / Amour des feintes / Des ils et des elles / Quoi / La gadoue / Dépression au-dessus du jardin / Et quand bien même / Comment te dire adieu / La javanaise

Rééditions et compilations depuis la mort de Serge

Le *back-catalogue* de Serge a été exploité avec plus ou moins d'élégance depuis sa disparition. Au chapitre des heureuses initiatives, on mentionnera en vrac les rééditions des quatre premiers albums 25 cm (au format) avec couvertures originales (mais avec des CD à l'intérieur, évidemment) par Le Club Dial (vente par correspondance uniquement) en 1994 ; les compils *Du jazz dans le ravin* (Gainsbourg jazz), *Couleur café* (Gainsbourg exotique) et *Comic Strip* (Gainsbourg pop), conçues de main de maître par Jean-Yves Billet et qui connurent un important retentissement international en 1996 (critiques élogieuses tant en Grande-Bretagne qu'aux Etats-Unis) ; la compil *De Gainsbourg à Gainsbarre* a été déclinée en 1994 sous forme de CD simple (20 titres plus un *live* inédit, « Dépression au-dessus du jardin ») ou de CD double (42 titres) mais on est en droit de préférer la version long format avec un somptueux livret et trois CD (76 titres) publiée en 1996.

Plus opportuniste, on fera l'impasse sur *Classé X*, anthologie de ses chansons les plus chaudes (1998) ainsi que *Les Classiques de Gainsbourg* (sous-titré « Les musiques classiques qui l'ont inspiré ») publié par Decca en 1996 ; on y retrouve Brahms (« Baby Alone In Babylone »), Chopin (« Lemon Incest »), Ketelby (« My Lady Heroïne »), Grieg (« Lost Song »), Dvorak (« Initials B.B. »), Beethoven (« Ma Lou Marilou »),...

Enfin, en 1996, la maison EMI a eu l'heureuse initiative de publier le double CD *Gainsbourg chanté par...* réunissant 41 chansons écrites et/ou composées par Serge et interprétées par Michèle Arnaud (14 titres), Jean-Claude Pascal (6 titres), Zizi Jeanmaire (8 titres) mais aussi Vicky Autier, Gloria Lasso, Marie-Blanche Vergne, France Gall, Françoise Hardy, Toubib, Catherine Sauvage, Starshooter, etc.

Albums *tribute* et autres hommages depuis la mort de Serge

CD Alain Brunet Quartet *Alain Brunet Quartet joue Gainsbourg* 1992
Cet album jazz, instrumental, précéda un spectacle intitulé *Première autobiographie musicale* qui fut créé au Café de la Danse, à Paris, en février 1995, au cours duquel on entendait la voix de Serge.

CD *Gainsbourg Tribute 95* Nippon Columbia 1995
Hommage d'artistes japonais, coordonné par Tatsuji Nagataki, avec entre autres « Poupée de cire poupée de son » par Humie Hosokawa, « En Melody » par Kahimi Karie, « La chanson de Prévert » par Kaho Ninami, « Harley Davidson » par Naho, « La noyée » par Natsuo Ishido, « Je t'aime moi non plus » par Malcolm McLaren et Blanca Li, etc.

CD Mick Harvey *Intoxicated Man* Mute 1995
Australien d'origine, membre des Bad Seeds de Nick Cave, Harvey a intelligemment traduit et interprété « 69 Erotic Year » (« 69 année érotique ») / « Harley Davidson » / « Intoxicated Man » / « The Sun Directly Overhead » (« Sous le soleil exactement ») / « Sex Shop » / « The Barrel Of My 45 » (« Quand mon 6.35 me fait les yeux doux ») / « Ford Mustang » / « Overseas Telegram » / « New York USA » / « Bonnie & Clyde » / « Chatterton » / « The Song Of Slurs » (« La chanson de *Slogan* ») / « Jazz In The Ravine » (« Du jazz dans le ravin ») / « I Have Come To Tell You I'm Going » (« Je suis venu te dire que je m'en vais ») / « Lemon Incest » / « Initials B.B. ».

CD Mick Harvey *Pink Elephants* Mute 1997
Harvey remet le couvert avec cette fois les titres « Requiem... » (« Requiem pour un c... ») / « The Javanaise » (« La javanaise ») / « Black Seaweed » (« Les goémons ») / « Comic Strip » / « The Ticket Puncher » (« Le poinçonneur des Lilas ») / « Non Affair » (« L'anamour ») / « Scenic Railway » / « To All The Lucky Kids » (« Aux enfants de la chance ») / « Anthracite » / « Manon » / « I Love You Nor Do I » (« Je t'aime moi non plus ») / « The Ballad Of Melody Nelson » (« La ballade de Melody Nelson ») / « Torrey Canyon » / « Who Is "In" Who Is "Out" » (« Qui est "in" qui est "out" ») / « Hotel Specific » (« Hôtel particulier »).

CD *Great Jewish Music : Serge Gainsbourg* Tzadik 1997
Projet coordonné par le musicien d'avant-garde new-yorkais John Zorn avec entre autres « Les amours perdues » par Elysian Fields, « Ford Mustang » par Mike Patton, « Bonnie And Clyde » par Wayne Horwitz and Robin Holcomb, « Là-bas c'est naturel » par Cyro Baptista, « 69 année érotique » par Kramer, « Initials B.B. » par David Shea, « Je t'aime moi non plus » par Cibo Matto, « Black Trombone » par Marc Ribot, etc.

CD *Ils chantent Gainsbourg* Collection Atlas 1998
fasc. Il s'agit d'un « produit kiosque », comme on dit en marketing, avec de nouvelles versions (pas toujours heureuses) du « Poinçonneur des Lilas » par Hugues Aufray, « La chanson de Prévert » par Guy Béart, « Je suis venu te dire que je m'en vais » par Nicolas Peyrac, « Elisa » par Yves Duteil, « La javanaise » par Juliette Gréco, « Marilou sous la neige » par Michel Delpech, « Ex-fan des sixties » par Fabienne Thibault, « Je t'aime moi non plus » par Nathalie Roussel et Joshua d'Arche, « Les sucettes » par Lio, « Dieu fumeur de havanes » par Edwige Chandelier et Léo Basel, « Pull marine » par Graziella de Michelle et « Aux enfants de la chance » par Catherine Lara.

CD Christiane Canavese *Canavese chante Gainsbourg* Au Merle Moqueur 1999
Ces petits riens / Quand tu t'y mets / Indifférente / Exercice en forme de Z / Black And White / Machins choses / Negative Blues / Mister Iceberg / Mes-

dames, mesdemoiselles, mes yeux / Ciel de plomb (Stormy Weather) / Ce grand méchant vous / La saison des pluies / Je me donne à qui me plaît / Frankenstein / Le talkie-walkie

Enfin...

Il existe de nombreuses chansons et compositions inédites de Gainsbourg pour la télé, la radio, le cinéma, la pub, ainsi qu'une quinzaine de chansons déposées à la SACEM entre 1960 et 1990, notamment pour ses interprètes, mais qui ne virent jamais le jour, du moins sur disque.

Il faudrait également, pour bien faire, détailler les versions inédites de ses chansons (en particulier des versions *live*, mais aussi des reprises qui sont mentionnées dans les chapitres qui précèdent, du genre « Monsieur William », « Les petits pavés », etc.) tant pour la radio que pour la télévision.

On dénombre également quelques centaines de reprises de ses chansons par autant d'artistes à travers le monde, nous n'avons pas la place d'en dresser ici la liste.

Filmographie

Gainsbourg réalisateur de longs métrages

Je t'aime moi non plus
Réalisation, scénario et dialogues : Serge Gainsbourg. Production : Président Films/Renn Productions (Jacques-Eric Strauss et Claude Berri). Directeur de la photo : Willy Kurant. Cameraman : Yann Le Masson. Son : Antoine Bonfanti. Montage : Kenout Peltier. Musique : Serge Gainsbourg. Durée : 1 h 30. Sorti le 10 mars 1976 à Paris.

Avec Jane Birkin (Johnny), Joe Dallessandro (Krassky, alias Krass), Hugues Quester (Padovan), René Kolldehoff (Boris), Gérard Depardieu (un paysan), Michel Blanc (un ouvrier), le groupe Au Bonheur des Dames.

Equateur
Réalisation et scénario : Serge Gainsbourg, d'après *Le Coup de lune* de Georges Simenon. Directeur de la photo : Willy Kurant. Cameraman : Yann Le Masson. Son : Michel Brethez. Montage : Babeth Si Ramdane. Production : Corso, TF1, Gaumont. Musique : Serge Gainsbourg. Durée : 1 h 25. Sorti le 17 août 1983 à Paris.

Avec Barbara Sukowa (Adèle), Francis Huster (Timar), René Kolldehoff (Eugène), François Dyrek (le commissaire), Jean Bouise (le procureur), Julien Guiomar (Bouilloux).

Charlotte For Ever
Réalisation et scénario : Serge Gainsbourg. Directeur de la photo : Willy Kurant. Cameraman : Olivier Guéneau. Montage : Babeth Si Ramdane. Musique : Serge Gainsbourg. Durée : 1 h 32. Sorti le 10 décembre 1986 à Paris.

Avec Serge (Stan), Charlotte Gainsbourg (Charlotte), Roland Dubillard, Roland Bertin, Anne Zamberlan, Anne Le Guernec, Sabeline Campo...

Stan The Flasher
Réalisation, scénario, dialogues et musique : Serge Gainsbourg. Production : François Ravard pour R. Films/Canal +. Directeur de la photo : Olivier Guéneau. Son : Michel Brethez. Décors : Raoul Albert. Scripte et monteuse : Babeth Si

Ramdane. Durée : 1 h 05. Avant-première télé : le 4 mars 1990 pour les abonnés de Canal+. Sorti en salle le 7 mars 1990.

Avec Claude Berri (Stan), Aurore Clément (Aurore), Richard Bohringer (David), Elodie Bouchez (Natacha), Lucie Cabanis (Rosallie), Daniel Duval (le père), Michel Robin (le détenu), Mark Stokle (Jojo) et Jacques Wolfsohn (ami de David).

Gainsbourg réalisateur de courts métrages et de clips

Le Physique et le Figuré

Réalisation et musique : Serge Gainsbourg. Production : Comité français des produits de beauté. Durée : 5 minutes. Projeté en salle dans 250 cinémas des grandes villes de France, du 14 au 27 octobre 1981.

Avec Alexandra (le modèle).

Marianne Faithfull

Deux clips tournés à Londres pour *Les Enfants du rock* sur Antenne 2, diffusé en 1982. Image : Bruno de Keyzer.

Scarface

Réalisation, scénario et dialogues : Serge Gainsbourg, d'après le film de Howard Hawks. Image : Bruno de Keyzer. Montage : Babeth Si Ramdane. Production : FR3. Diffusé le 15 avril 1982 dans le cadre de *CinéParade* (Claude Villers).

Avec Jane Birkin (Cesca), Daniel Duval (Toni).

Renaud, Morgane de toi

Clip, 1984.

Total

2 versions : 12 minutes (circuit privé) et 5 minutes (en salle), réalisé en mai 1985.

Bubble Gum

1 minute 12 secondes... « Premier court métrage tourné en vidéo », projeté à la FNAC Montparnasse en juin 1985.

Serge et Charlotte Gainsbourg, Lemon Incest

Clip, 1985.

Indochine, Tes yeux noirs

Clip, 1986.

Springtime in Bourges

Documentaire sur le Printemps de Bourges 1987, diffusé en juillet sur FR3.

Charlotte Gainsbourg, Charlotte for Ever

Clip, 1987.

Jane Birkin, Amours des feintes

Clip, 1990.

Gainsbourg, acteur au cinéma

Les dates indiquées correspondent aux années de sortie des films en France.

Voulez-vous danser avec moi ?
Michel Boisrond, 1959. Scénario : Annette Wademant. Musique : Henri Crolla et André Hodeir.
Avec Brigitte Bardot (Virginie Dandieu), Henri Vidal (Hervé), Dawn Addams (Anita), Noël Roquevert (Albert), Dario Moreno (Florès), Philippe Nicaud (Daniel), Serge Gainsbourg (Léon), Paul Frankeur (inspecteur Marchal), Maria Pacôme (Clémence), Georges Descrières (Gérard Lalemand)...

La Révolte des esclaves (La Rebelion de los Esclavos)
Nunzio Malasomma, 1961. Scénario : Tessari Duccio. Musique : Angelo Francesco Lavagnino.
Avec Dario Moreno (Massimiano), Rhonda Fleming (Fabiola), Wandisa Guida (Agnese), Gino Cervi (Fabio), Serge Gainsbourg (Corvino).

Hercule se déchaîne (Furia di Ercole)
Gianfranco Parolini, 1962. Scénario : C. Madison, P. Parolini, G. C. Simonelli et G. Simonelli.
Avec Brigitte Corey, Brad Harris, Serge Gainsbourg, Mara Berni...

Samson contre Hercule (Sansone)
Gianfranco Parolini, 1962. Scénario : Giovanni Simonelli.
Avec Brad Harris (Samson), Brigitte Corey (Jasmine), Walter Reeves, Serge Gainsbourg, Mara Berni, Sergio Ciani, Carlo Innocenzi...

Strip-Tease
Jacques Poitrenaud, 1963. Scénario : Jacques Poitrenaud, Alain Maury et Jacques Sigurd. Musique : Serge Gainsbourg.
Avec Krista Nico, Dany Saval (Berthe), Darry Cowl (Paul), Joe Turner, Jean Sobiesky (Jean-Loup), Jean Tissier (le peintre), Renée Passeur (la femme riche) et Serge Gainsbourg (le pianiste, rôle muet).

L'Inconnue de Hong Kong
Jacques Poitrenaud, 1963.
Avec Dalida, Philippe Nicaud, Taïna Beryll, Serge Gainsbourg, Louis Liang-Chouei.

Le Jardinier d'Argenteuil
Jean-Paul Le Chanois, 1966. Dialogues : Alphonse Boudard. Musique : Serge Gainsbourg.
Avec Jean Gabin (M. Tulipe), Curd Jurgens (le baron), Liselotte Pulver (Hilda), Pierre Vernier (Noël), Mary Marquet, Jean Tissier, Noël Roquevert et Serge Gainsbourg.

Toutes folles de lui
Norbert Carbonnaux, 1967. Musique : Serge Gainsbourg.
Avec Robert Hirsch, Sophie Desmarets, Serge Gainsbourg.

Estouffade à la Caraïbe
Jacques Besnard, 1967. Scénario : Pierre Foucard et Marcel Lebrun.
Avec Jean Seberg (Colleen O'Hara), Frederick Stafford (Morgan), Maria-Rosa Rodriguez (Estella), Serge Gainsbourg (Clyde), Paul Crauchet (Valdès), Mario Pisu (Patrick O'Hara), Fernand Bellan (Targo), Vittorio Sanipoli (Kosta)...

Anna
Pierre Koralnik, 1967. Scénario : P. Koralnik. Musique : Serge Gainsbourg. Dialogues : Jean-Loup Dabadie.
Avec Anna Karina (Anna), Jean-Claude Brialy (Serge), Serge Gainsbourg (l'ami de Serge), Isabelle Felder, Barbara Somers (les tantes), Marianne Faithfull (la jeune fille), Eddy Mitchell (lui-même).
Anna, première comédie musicale en couleurs tournée pour la télévision, a été projetée comme film, et non téléfilm, hors de France, raison pour laquelle elle figure dans cette filmographie. Initialement, elle devait également être exploitée en salle.

L'Inconnu de Shandigor
Jean-Louis Roy, 1968. Scénario : Jean-Louis Roy et Gabriel Arout. Musique : Alphonse Roy et Serge Gainsbourg.
Avec Jacques Dufilho (le Russe), Marie-France Boyer (Sylvaina), Ben Carruthers (Manual), Howard Vernon (Yank), Daniel Emilfork (von Krantz), Serge Gainsbourg.

Vivre la nuit
Marcel Camus, 1968. Scénario : Paul Andreota.
Avec Jacques Perrin (Philippe), Catherine Jourdan (Nora), Estella Blain (Nicole), Georges Geret (Bourgoin), Serge Gainsbourg (Mathieu), Venantino Venantini (Bollert).

Le Pacha
Georges Lautner, 1968. Dialogues : Michel Audiard. Musique : Serge Gainsbourg.
Avec Jean Gabin (Joss), Dany Carrel (Nathalie), Jean Gaven (le sergent), Serge Gainsbourg (lui-même), Robert Dalban (un ami), André Pousse (Quinquin), Félix Marten (Ernest), Maurice Garrel, Louis Seigner...

Ce sacré grand-père
Jacques Poitrenaud, 1968. Scénario : J. Poitrenaud, Maria Suire et Albert Cossery. Dialogues : A. Cossery. Musique : Serge Gainsbourg.
Avec Michel Simon (Jéricho), Marie Dubois (Marie), Yves Lefebvre (Jacques), Serge Gainsbourg (Rémy)...

Erotissimo
Gérard Pirès, 1969. Scénario, adaptation et dialogues : G. Pirès et Nicole de Buron. Musique : Michel Polnareff et William Sheller.
Avec Jean Yanne (Philippe), Francis Blanche, Dominique Maurin (Bernard), Annie Girardot (Annie), Jacques Higelin (Bob), Robert Benayoun, Serge Gainsbourg, Rufus, Jacques Martin...

Slogan
Pierre Grimblat, 1969. Scénario et dialogues : Pierre Grimblat, Melvin Van Peebles, Francis Girod. Musique : Serge Gainsbourg.

Avec Serge Gainsbourg (Serge), Jane Birkin (Evelyne), Andréa Parisy (Françoise), Juliet Berto (l'assistante de Serge), Henri-Jacques Huet, James Mitchell (Hugh), Pierre Doris, Daniel Gélin (le père)...

Les Chemins de Katmandou
André Cayatte, 1969. Scénario et dialogues : A. Cayatte, René Barjavel. Musique : Serge Gainsbourg.
Avec Renaud Verley (Olivier), Jane Birkin (Jane), Elsa Martinelli (Martine), Serge Gainsbourg (Ted), Pascale Audret (Yvonne), Arlene Dahl (Laureen)...

Mister Freedom
William Klein, 1969. Scénario : W. Klein. Musique : Serge Gainsbourg, Michel Colombier, W. Klein.
Avec Delphine Seyrig (Marie-Madeleine), John Abbey (Mister Freedom), Philippe Noiret (Moujik Man), Jean-Claude Drouot (Dick Sensas), Serge Gainsbourg (Mr. Drugstore), Yves Lefebvre, Donald Pleasence (Dr. Freedom), Catherine Rouvel (Marie Rouge), Sami Frey (Christ), Yves Montand (Capitaine Formidable), Rufus (Freddie Fric), Michel Creton, Simone Signoret...

Paris n'existe pas
Robert Benayoun, 1969.
Avec Serge Gainsbourg (l'ami), Richard Leduc (l'artiste), Danièle Gaubert (la petite amie), Tamara Belnekki, Monique Lejeune.

Cannabis
Pierre Koralnik, 1970. Scénario et dialogues : P. Koralnik et Frantz André Burguet. Musique : Serge Gainsbourg.
Avec Jane Birkin (Jane), Serge Gainsbourg (Serge), Paul Nicholas (Paul, le tueur), Curd Jurgens (Emery), Gabriele Ferzetti (l'inspecteur), Rita Renoir, Marcel Lupovici...

Le Voleur de chevaux (Romance of a Horse Thief)
Abraham Polonsky, 1971. Scénario : David Opatoshu. Musique : Mort Shuman et une chanson de Gainsbourg (« La noyée »).
Avec Yul Brynner (Stoloff), Eli Wallach (Kifke), Jane Birkin (Naomi), Olivier Tobias, Lainie Kazan, Marilu Tolo, Serge Gainsbourg...

Le Traître ? (19 Djevojaka I Mornar ; autre titre français : *19 jeunes filles et le matelot)*
Milutin Kosovac, 1971. Scénario : Luka Pavlovic et Sead Fetahagic. Musique : Serge Gainsbourg.
Avec Jane Birkin (Milja), Serge Gainsbourg (Mornar), Spela Rozin, Dina Rutic, Milos Kandic, Mira Nikolic...

Trop jolies pour être honnêtes
Richard Balducci, 1972. Scénario : Catherine Carone. Dialogues : Guy Grosso. Musique : Serge Gainsbourg.
Avec Jane Birkin (Christine), Bernadette Lafont (Bernadette), Elisabeth Wiener (Frédérique), Daniel Ceccaldi, Serge Gainsbourg...

La Dernière Violette
Court-métrage d'André Hardellet, 1972, inspiré de sa nouvelle *Le Tueur de vieilles.*
Avec Serge Gainsbourg et M. Damien.

Les Diablesses (Corringa) (sorti sous plusieurs titres différents, par exemple *Sept morts dans les yeux du chat*)
Anthony M. Dawson, 1974. Scénario : Antonio Margeriti (A.M. Dawson). Musique : Riz Ortolani.
Avec Jane Birkin (Corringa), Hiram Keller (James), Françoise Christophe (Lady Mary), Venantino Venantini, Serge Gainsbourg...

Sérieux comme le plaisir
Robert Benayoun, 1975. Scénario et dialogues : R. Benayoun et Jean-Claude Carrière. Musique : Michel Berger.
Avec Jane Birkin (Ariane Berg), Richard Leduc (Bruno), Georges Mansart (Patrice), Michel Lonsdale (Fournier), Roland Dubillard (Berg), Jean-Luc Bideau (le suicidaire), Pierre Etaix (l'homme du bus), Andréa Ferréol (la femme en blanc), Serge Gainsbourg (un inconnu), Jean-Claude Carrière (le chef)...

Je vous aime
Claude Berri, 1980. Scénario : C. Berri, Michel Grisolia. Musique : Serge Gainsbourg.
Avec Catherine Deneuve (Alice), Jean-Louis Trintignant (Julien), Gérard Depardieu (Patrick), Alain Souchon (Claude), Serge Gainsbourg (Simon), Christian Marquand (Victor)...

En 1981, Serge fit de la figuration involontaire (il se trouvait là, par hasard) dans *Le Grand Pardon* d'Alexandre Arcady (avec Roger Hanin, Clio Goldsmith, Richard Berry) et dans *Reporters* de Raymond Depardon (on le voit avec Catherine Deneuve à une réception chez le bijoutier Cartier). En 1987, on l'aperçoit répétant avec Jane au Bataclan dans *Jane B. par Agnès V.*, un film d'Agnès Varda avec entre autres Jean-Pierre Léaud, Laura Betti et Charlotte Gainsbourg.

Divers

L'Histoire du soldat d'après Stravinski
Dessin animé américain.
Avec les voix de François Perrier (récitant) et Serge Gainsbourg (le Diable).

Gainsbourg acteur à la télé

Des fleurs pour l'inspecteur dans la série des *Les cinq dernières minutes*.
Réalisation : Claude Loursais. Première diffusion le 23 septembre 1964 à l'ORTF.
Avec Raymond Souplex (Antoine Bourrel), Bruno Balp (Chassenœil), Jean Daurand (Dupuy), Serge Gainsbourg (le mendiant).

Noël à Vaugirard (une « nativité beatnik » diffusée dans *Dim Dam Dom*)
Réalisation : Jacques Espagne. Diffusé le 23 décembre 1966.
Avec Serge Gainsbourg (Joseph), Chantal Goya (Marie), Marie-France Boyer, Jacques Dutronc, Guy Marchand, Jean-Pierre Rambal, Régine, etc.

Valmy (seconde partie) dans la série *Présence du passé.*

Emission de J. Mauduit, B. Revon et J. Chérasse. Réalisation : Abel Gance. Musique : Baden Powell et Edu Lobo. Première diffusion le 3 avril 1967 sur la première chaîne.

Avec Jacques Castelot (Restif de la Bretonne), Bernard Dhéran (Robespierre), Marc Eyraud (Jean-Jacques Rousseau), William Sabatier (Danton), Serge Gainsbourg (le marquis de Sade, rôle muet).

Vidocq à Bicêtre dans la série *Vidocq.*

Réalisation : Claude Loursais Musique : Serge Gainsbourg. Diffusé début 1967.

Avec Bernard Noël (Vidocq), Alain Mottet (Flambart), Geneviève Fontanel (Annette), Hélène Dieudonné et Serge Gainsbourg.

Le Prisonnier de Lagny dans la série *Les Dossiers de l'agence O*

Série inspirée de Georges Simenon, réalisée par son fils Marc Simenon. Episode diffusé en mars 1968 sur la première chaîne.

Avec Marlène Jobert (Mlle Berthe), Pierre Tornade (Joseph Torrence), Jean-Pierre Moulin (Emile), Chantal Goya (Cécile) et Serge Gainsbourg (Jean Dassonville).

Le Lever de rideau

Dramatique de Wladimir Pozner, réalisée par Jean-Pierre Marchand. Musique originale de Michel Colombier. Première diffusion le 28 novembre 1973 sur la deuxième chaîne.

Avec Agathe Deschamps (Diane), Mélanie Brévan (Annette), Micheline Presle (Mme Devilliers), Serge Gainsbourg (le prince).

Les Guignols de l'info

Dès sa première apparition fin août 1988 dans *Les Guignols de l'info* de Canal+, la marionnette à l'effigie de Serge (avec la voix d'Yves Lecoq) fut, avec celle de Johnny, l'une des plus populaires, catégorie stars du show-biz (à une époque où les Guignols n'étaient globalement pas drôles du tout : c'était les débuts). Qui plus est, Serge a trouvé d'emblée sa réplique en latex très rigolote, au point de tourner juste avant sa grave opération d'avril 1989 onze sketches en duo avec son Guignol, diffusés entre le 26 avril et le 10 mai 1989 (scénarios d'Arnold Boiseau).

Divers

Marie-Mathématique, série de six films d'animation noir et blanc (5 minutes chacun) produite par Daisy de Galard pour l'émission *Dim Dam Dom*, diffusée dès le 28 octobre 1965 sur la deuxième chaîne. Scénario et dessin : Jean-Claude Forest. Animation (papiers découpés) : Jacques Ansan. Musique et interprétation : Serge Gainsbourg. Paroles : André Ruellan.

En 1967, toujours dans la série *Dim Dam Dom*, un conte d'après Topor : *Le lapin de Noël* avec Jean Rochefort, Haydée Politoff, France Gall, Françoise Hardy, etc.

Saint-Tropez priez pour eux, comédie musicale avec Pierre Perret, Danyel Gérard, Guy Marchand et Serge Gainsbourg dans le rôle du grand prêtre. Diffusé en avril 1968.

Gainsbourg compositeur de musiques de films
(y compris courts métrages, séries télé, etc.)

Lorsqu'un astérisque précède le titre, cela signifie qu'il s'agit d'une bande originale inédite sur disque ; pour plus d'infos, voir aussi la discographie et la filmographie réalisateur / acteur.

L'Eau à la bouche de Jacques Doniol-Valcroze, 1959, avec Bernadette Lafont, Françoise Brion, Alexandra Stewart.

Les Loups dans la bergerie d'Hervé Bromberger, 1960, avec Pascale Roberts, Françoise Dorléac, Pierre Mondy.

* *La Lettre dans un taxi*, téléfilm de Louise de Vilmorin, ORTF, 1962.

Week-end en mer de François Reichenbach, 1962 ; film réalisé à l'occasion du voyage inaugural du *France* ; sur le EP rarissime qui est distribué aux voyageurs figurent trois titres de Georges Delerue ainsi que la « Valse de l'au revoir » (paroles de Gainsbourg, musique de Robert Viger), interprétée par Juliette Gréco.

Strip-Tease de Jacques Poitrenaud, 1963 (voir filmo acteur).

Dans le vent de William Rozier, 1963 (court métrage). Simple repiquage de la chanson « L'appareil à sous ».

Comment trouvez-vous ma sœur ? de Michel Boisrond, 1963. En sus de l'EP sorti en même temps que le film (voir discographie), on entend dans ce film un mini-opéra, *Les Hussards*, composé par Serge, ainsi qu'un début de chanson (« Avec moi »).

* *Dix grammes d'arc-en-ciel* de Robert Ménégoz, 1963 (court métrage).

* *Les Plus Belles Escroqueries du monde*, film à sketches de Hiromichi Horikawa, Roman Polanski, Ugo Gregoretti, Claude Chabrol, Jean-Luc Godard, 1964, avec Jean-Pierre Cassel, Francis Blanche, Catherine Deneuve, Nicole Karen, Charles Denner, Jean Seberg... (chanson inédite : « L'escroc »).

* *Le Jardinier d'Argenteuil* de Jean-Paul Le Chanois, 1966 (voir filmo acteur).

Vidocq de Claude Loursais et Marcel Bluwal, 1966 (série télé).

* *L'Espion* de Raoul Lévy, 1966, avec Montgomery Clift, Hardy Kruger, Macha Méril, Jean-Luc Godard, Rody McDowall, Christine Delaroche, Curd Jurgens...

* *Carré de dames pour un as* de Jacques Poitrenaud, 1966, avec Roger Hanin, Catherine Allégret, Dominique Wilms, Sylvia Koscina, etc.

Anna de Pierre Koralnik, 1967 (voir filmo acteur).

L'Horizon de Jacques Rouffio, 1967, avec Jacques Perrin, Macha Méril, René Dary, Monique Melinand...

Toutes folles de lui de Norbert Carbonnaux, 1967 (voir filmo acteur).

* *Les Cœurs verts* d'Edouard Luntz, 1966, avec Gérard Zimmerman, Erick Penet... Musique inédite en tant que telle. Le thème des « Cœurs verts » fera carrière sous le titre « Je t'aime moi non plus » dès 1969.

* *L'Une et l'Autre* de René Allio, 1966, avec Philippe Noiret, Claude Dauphin, Christian Alers, Marc Cassot, Françoise Prevost, Malka Ribovska.

* *Anatomie d'un mouvement* de François Moreuil, 1967 (court métrage).

Si j'étais un espion de Bertrand Blier (*Break Down*), 1967, avec Bruno Cremer, Suzanne Flon, Patricia Scott, Bernard Blier...

* *L'Inconnu de Shandigor* de Jean-Louis Roy (avec une chanson inédite : « Bye, Bye Mister Spy »), 1967 (voir filmo acteur).

Le Pacha de Georges Lautner, 1967 (voir filmo acteur).

Ce sacré grand-père de Jacques Poitrenaud, 1968 (voir filmo acteur).

Manon 70 de Jean Aurel, 1968, avec Catherine Deneuve, Samy Frey, Jean-Claude Brialy, Elsa Martinelli, Robert Webber, Paul Hubschmid, Jean Martin...

* *Mini-Midi* de Robert Freeman, 1968 (court métrage). Autre titre : *The World of Fashion.*

Mister Freedom de William Klein, 1969 (voir filmo acteur).

Slogan de Pierre Grimblat, 1969 (voir filmo acteur).

* *Les Chemins de Katmandou* d'André Cayatte, 1969 (voir filmo acteur).

Une veuve en or de Michel Audiard, avec Michèle Mercier, Claude Rich, Jacques Dufilho, André Pousse, Roger Carel... Simple repiquage de la chanson « La fille qui fait tchic-ti-tchic », écrite pour M. Mercier (1969).

* *Paris n'existe pas* de Robert Benayoun, 1969 (voir filmo acteur).

Cannabis de Pierre Koralnik, 1970 (voir filmo acteur).

La Horse de Pierre Granier-Deferre, 1970, avec Jean Gabin, André Weber, Pierre Dux, Christian Barbier, Danièle Ajoret, etc. (45 tours promo tiré à 300 exemplaires en 1970, repris sur l'album *Chansons et musiques de film*, CD Horizon, 1991).

* *Piggies* de Peter Zadek, avec Gisela Fischer, Dinah Hinz, Hannelorre Hoger, Michael Hoenig, Robert Müller... 1970 (RFA, téléfilm).

Un petit garçon nommé Charlie Brown, 1971.

* *Le Voleur de chevaux* d'Abraham Polonsky, 1971 (voir filmo acteur, avec « La noyée », chanson inédite).

* *Le Traître ? (19 Djevojaka I Mornar* ; autre titre français : *19 jeunes filles et le matelot)* de Milutin Kosovac, 1971 (voir filmo acteur).

Sex-Shop de Claude Berri, 1972, avec Jean-Pierre Marielle, Claude Piéplu, Nathalie Delon, Claude Berri, Juliet Berto, Daniel Auteuil...

Trop jolies pour être honnêtes de Robert Balducci, 1972 (voir filmo acteur).

* *Projection privée* de François Leterrier, 1973, avec Jane Birkin, Françoise Fabian, Jean-Luc Bideau, Bulle Ogier, Barbara Laage, Jacques Weber... (seule la chanson « L'amour en privé », interprétée par Françoise Hardy, est publiée).

Je t'aime moi non plus, 1976 (voir filmo réalisateur).

Madame Claude de Just Jaeckin, 1977, avec Françoise Fabian, Dayle Haddon, Murray Head, Maurice Ronet, Klaus Kinski, Robert Webber, Pascal Greggory...

Goodbye Emmanuelle de François Leterrier, 1978, avec Sylvia Kristel, Alexandra Stewart, Olga Georges Picot, Umberto Orsini, Jean-Pierre Bouvier...

Vous n'aurez pas l'Alsace et la Lorraine, de et avec Coluche, 1977, ainsi que Gérard Lanvin, Michel Blanc, Dominique Lavanant, Martin Lamotte, Jean Jacques... (chansons « Le chevalier blanc » et « Où t'en vas-tu dis gars Fernand », musique de Gainsbourg, paroles de Coluche).

* *Aurais dû faire gaffe... Le choc est terrible* de Jean-Henri Meunier, 1977.

Melancholy Baby de Clarisse Gabus, 1979, avec Jane Birkin, Jean-Louis Trintignant, Jean-Luc Bideau, François Beukelaers.

Les Bronzés de Patrice Leconte, 1978, avec Josiane Balasko, Thierry Lhermitte, Christian Clavier, Michel Blanc, Gérard Jugnot, Marie-Anne Chazel, Dominique Lavanant.

Tapage nocturne de Catherine Breillat, 1979, avec Dominique Laffin, Bertrand Bonvoisin, Joe Dallessandro, Marie-Hélène Breillat.

Je vous aime de Claude Berri, 1980 (voir filmo acteur).

Le Physique et le Figuré, 1981.

* *Equateur*, 1983 (voir filmo réalisateur).

* *Mode in France* de William Klein, 1985 (+ voix *off*), avec Bambou, Sapho, Caroline Loeb, Grace Jones, etc.

Tenue de soirée de Bertrand Blier, 1986, avec Gérard Depardieu, Michel Blanc, Miou-Miou, Bruno Cremer, Jean-Pierre Marielle.

Charlotte For Ever, 1986 (thèmes instrumentaux inédits, voir filmo réalisateur).

Stan The Flasher, 1990 (voir filmo réalisateur).

Gainsbourg documentaire

La Naissance d'une chanson par Yves Lefebvre, 1968. De la page blanche au mixage de la bande *master*, la création d'« Initials B.B. ». Douze minutes, tourné à Paris et Londres.

Requiem pour un fumeur par Frédéric Sojcher, 1991. Version recyclée d'un court métrage produit en Belgique en 1985, *Fumeurs de charme*, qui comprenait également Pichat, Bernard Lavilliers, Michael Lonsdale, etc.

Actualités Gaumont en mai 1970, Jane et Serge en studio ; en avril 1971, Jane interviewe Serge à propos de *Melody Nelson.*

Pathé-cinéma : programmés sans doute entre les actualités et le grand film, on vit Serge dans la série *Paris Music-Hall* interpréter « Le poinçonneur des Lilas » et « Le claqueur de doigts » en 1958-59 à l'occasion de deux petits films de la durée de la chanson. Autrement dit, des ancêtres du clip. En 1962, on l'aperçoit dans un reportage pour les quarante ans de Raymond Devos ; en 1965, il est interviewé à son retour de l'Eurovision (avec France Gall) ; en 1968, les actualités Pathé lui consacrent un court sujet ; *idem* en 1972 à la sortie de « La décadanse », etc.

Gainsbourg acteur à la radio

L'Exception et la Règle, pièce en un acte de Bertolt Brecht (diff. : Radio-France, janvier 1963), réal. J.-J. Vierne, avec Jean-Roger Caussimon (le guide), Jacques Mauclair (le juge) et Serge (le coolie).

Les Rendez-vous de Senlis, de Jean Anouilh (diff. : Radio-France, 1963) avec Françoise Hardy et Serge.

Gainsbourg réalisateur, compositeur et acteur pour la pub (télé et cinéma)

Woolite (shampooing pour la laine), 3 films en 1976-77, avec Jane Birkin, Brigitte Fossey et Marlène Jobert. Réalisateur.

Bayard (costumes), 1980. Comédien uniquement.

Brandt (lave-vaisselle), 1980. Réalisateur et compositeur.

Sortir (pub cinéma pour un magazine), 1980. Comédien uniquement.

Roudor Saint-Michel (biscuits), 1981. Réalisateur et compositeur.

Lee Cooper (jeans), 1982. Réalisateur et compositeur

Renault 9 (autos), 1982. Réalisateur et compositeur.

Maggi (soupes), 1982. Réalisateur. Rebelote en 1985.

Gini (limonade), trois films entre 1982 et 1984. Réalisateur et compositeur.

Orelia (jus d'orange), 1983. Réalisateur.

Roumillat (fromage), 1984. Réalisateur.

Faure (cuisinières), 1984. Réalisateur.

Anny Blatt (laines), 1984. Réalisateur et compositeur. *Idem* en 86.

Babyliss (fers à friser), 1984. Réalisateur et compositeur.

Palmolive (shampooing), 1984. Réalisateur.

Spring Court (chaussures de tennis), 1984. Réalisateur et compositeur.

Danone aux fruits (yaourt), 1985. Réalisateur et compositeur.

Konica (pellicule photo), 1985. Réalisateur et acteur.

Saba (télés et magnétoscopes), 4 films en 1985, 1 en 1986. Réalisateur et compositeur.

Connexion (hi-fi), 1986. Réalisateur, compositeur et acteur.

RATP, 1986. Acteur (Serge brûle un ticket choc).

Pepsodent (dentifrice), 1986. Réalisateur et compositeur.

Sagamore de Lancôme (parfums), 1986. Réalisateur et compositeur.

Pentex (correcteur), 1987. Réalisateur et compositeur.

Tutti Free (sucrettes), 1988. Réalisateur (interprète : Héléna Noguerra).

On utilisa aussi son image et son nom dans la presse et l'affichage : campagnes rasoir Bic, costumes Bayard et enfin Renoma (1986). Il écrivit et composa également des pubs radio pour Martini, les parfums Caron, etc.

Vidéographie
(vidéos musicales exclusivement)

Gainsbourg Live (Casino de Paris 1985), réalisé par Claude Ventura, TF1/Polygram Music Video, 1986.

Le Zénith de Gainsbourg, réalisé par Gainsbourg (chef-op Jacques Rouveyrollis, montage Babeth Si Ramdane), Polygram Music Video, 1989.

Gainsbourg : L'intégrale vidéo en 4 volumes (1958-1967 ; 1967-1973 ; 1973-1981 ; 1981-1991), réalisée par Yves Desnos, Gilles Verlant et Yann Grasland, publiée par Polygram Video en 1995, 5 heures de programmes, près de 90 chansons. Il en existe plusieurs éditions : une édition de luxe en bois laqué, le « Coffret Gitanes » (interdit par le Centre national contre le tabagisme, devenu un collector), en laser-disc puis (février 1996) sous la forme de deux coffrets de deux cassettes. Le programme a été réédité en 2000 en DVD.

Gainsbourg du Poinçonneur... au Légionnaire, réalisé par Yves Desnos, Gilles Verlant et Yann Grasland : 25 chansons, Polygram Video, 1998.

Remerciements

Je tiens d'abord à exprimer ma plus profonde gratitude à Jacqueline et Liliane, les deux sœurs de Serge qui, en plus de leurs souvenirs, m'ont permis de consulter les cahiers des Mémoires de leur père Joseph Ginsburg ainsi que deux cents de ses lettres manuscrites.

Ma plus profonde gratitude également à Jane Birkin et ses filles Kate Barry et Charlotte Gainsbourg : j'ai réalisé grâce à vous de magnifiques interviews. Andrew Birkin m'a confié une étonnante interview d'Olia, la maman de Serge, mais aussi ses propres anecdotes.

Les neveux et nièces de Serge, Michèle Zaoui, Yves et Isabelle Le Grix, m'ont révélé un insoupçonnable Gainsbourg « en famille ».

Philippe Lerichomme, l'homme de l'ombre, ainsi que Jean-Yves Billet et toute l'équipe d'Universal France : ce livre ne se serait jamais fait sans vous.

Merci à : Bertrand de Labbey, Rose Léandri, Anne-Marie Durox et les équipes d'Artmédia et de VMA ; Jean-Claude Chamoux et Pascal Teychenné à la SACEM ; Patricia Costedouat-Lamarque au Bureau central d'archives administratives militaires ; Dominique Dufaut et le fan-club français de l'Eurovision ; service des archives du *Canard enchaîné*.

Beyond the call of duty : Nathalie Lauwers et Xavier Lefebvre.

Parce qu'ils sont des mines d'informations : Laurent Aknin, Eric Didi, Christian Eudeline, Mathieu Fantoni, Olivier Julien, Joseph Lanza, Gérard Lenne, Christian Nauwelaers, Jean-Claude Romer, Jean-William Thoury, Daniel Vandel, Daniel Vanderdonckt et Annie Vincent.

Indispensable : Durant la rédaction de cette ultime édition, j'avais constamment à portée de main l'édition définitive de toutes les paroles des chansons de Serge, *Dernières nouvelles des étoiles — L'intégrale*, édition établie et annotée par l'excellent Franck Lhomeau.

Merci à : Chris Acher, Bénédicte Antoniol, Anne Apostolidès, Pierre Arnould, Arthur, M. Auzanneau, Catherine Barma, Bayon, François Beller, Alex Berger, Dr Thierry Biger, Yves Bigot, Michel Blanc, Bruno Blazvic, Denis Boissier, Anne-Emmanuelle Bondu, Alain Bonnefoit, Jean-Michel Boris, Charles-Antoine Bourdeau, Véronique Bru, Jacqueline et Paul Callebaut, Jean Cocart, Anne-Sophie Cognard, Stéphane Courbit, Mme et Mlle Dardelet, Jean-Paul Delcourt, Michel Denisot, Michel Denis, Yves Desnos, Eric Dufaure, Dominique Duforest, Jacques Duvall, Paul Férel, Philippe Ferrari, Christian Fevret, Tony Fletcher, Joachim Garrot, Victoire Gavoty, Didier Hanson, Rodolphe Hasold, Daniel Hérouard, Anne Hislaire, Barbara Jankowski, Guy Job, François Jouffa, François Julien, Arno Klarsfeld, Jean-Claude Kuentz, Ann Lanster, Mathias Ledoux, Jean-Luc Leray, Jean-Claude Maillard, Stéphane Manel, Anne Marcassus, Violette Meernout, Pascal Mercier, Thomas Michiels, Jacques Monard, Robert Nador, Amandine Nicolas, Martin Pénet, Jean-Eric Perrin, Patrick Renassia, Martine Rudler, Frank Saurat, François Siegel, Noël Simsolo, Marie Stym-Popper, Frank Ténot, Didier Vallée, Jacques Vassal, Serge Vincendot, Brigitte Vincens, Agnès Varda, Jean-François Vergiete et Alain Wais.

Liste alphabétique des personnes interviewées .

1. Ces dames : Isabelle Adjani, Michèle Arnaud, Huguette Attelan, Isabelle Aubret, Bambou, Barbara, Brigitte Bardot, Minouche Barelli, Kate Barry, Laura Betti, Jane Birkin, Simone Bruno, Buzy, Judy Campbell-Birkin, Maritie Carpentier, Petula Clark, Coccinelle, Dani, Mireille Darc, Danièle Delmotte, Catherine Deneuve, Sophie Desmarets, Chantal Franckhauser-Suggs, Charlotte Gainsbourg, Jacqueline, Liliane et Olia Ginsburg, France Gall, Thérèse Gaugain, Juliette Gréco, Mme Pierre Guyot, Françoise Hardy, Yvette Hervé, Andrée Higgins, Myrtille Hugnet, Zizi Jeanmaire, Jacqueline Joubert, Anna Karina, Bernadette Lafont, Valérie Lagrange, Claude Lalanne, Simone Langlois, Isabelle Le Grix, Anne Le Guernec, Elisabeth Levitsky, Sophie Makhno, Elsa Martinelli, Vanessa Paradis, Mme Léo Parus, les sœurs Péchaud, Régine, Sylvie Rivet, France Roche, Gabrielle Sansonnet, Catherine Sauvage, Babeth Si Ramdane, Nicole Schluss, Claudine Sonjour, Stone, Barbara Sukowa, Michèle Torr, Aude Turpault, Cora Vaucaire, Simone Véliot, Ursula Vian, Anne Zamberlan, Michèle Zaoui.

2. Ces messieurs : Pierre Achard, Robert « Dada » Adamy, Jean-François Agaësse, Gert Alexander, Paul Alt, Georges Arditi, Pierre Arditi, André Arpino, Jean Astima, Rémy Aucharles, Hugues Aufray, Jean-Christophe Averty, Ricet Barrier, Serge (et Georgette) Barthélémy, Alain Bashung, Guy Béart, Robert Benayoun, Claude Berri, Roland Bertin, Jacques Besnard, Gérald Biesel, Andrew Birkin, Gérard Blanc, Dominique Blanc-Francard, Bertrand Blier, Michel Boisrond, Roger Bouillot, Denis Bourgeois, Romain Bouteille, Jean-Claude Brialy, Jacques Canetti, Bernard Cassaigne, Jean-Pierre Cassel, Alain Chamfort, Henri Chapier, Eric Charden, Georges Chazelas, Jean Chazelas, Professeur Choron, Francis Claude, Phillippe Clay, Julien Clerc, Michel Clerc, Roger Coggio, Michel Colombier, Georges Conchon, René Cousinier, Paul Crauchet, Jean-Loup Dabadie, Claude Dagues, Joe Dallessandro, Philippe Dauga, Gilles Davidas, Claude Dejacques, Jo Dekmine, Claude Delorme, Jean-Claude Desmarty, Jean d'Hugues, Sacha Distel, Philippe Doyen, Michel Drucker, Jacques Dufilho, Jean Dumur, Jacques Dutronc, Thomas Dutronc, Daniel Duval, François Dyrek, Paul Facchetti, Robert Faucher, Boris Fiakolvsky, William Flageollet, Flavio, André Flédérick, Jean-Claude Forest, Jean-Pierre Foucault, Daniel Foucret, Tony Franck, Fulbert, Lucien Fusade, Michel Gaudry, Erik Gilbert, Gogol, Alain Goraguer, Arthur Greenslade, Pierre Grimblat, Pierre Guénin, Roland Guinet, André

Halimi, Bernard Haller, Alan Hawkshaw, Louis Hazan, Bernard Herman, Albert Hirsch, Francis Huster, J. Izuno, Jacky Jackubowicz, C. Jérôme, Gérard Jouannest, Jean Conrad Kasso, William Klein, Pierre Koralnik, Willy Kurant, Bertrand de Labbey, Philippe Labro, René (et Renée) Lafleur, Louis Laibe, Jacques Lasry, Georges Lautner, Jacques Lebihan, Yves Lefebvre, Michel Legrand, Yves Le Grix, Patrick Lehideux, Jean-Pierre Leloir, Claude Lepage, Philippe Lerichomme, Jean-Luc Leridon, Gabriel Leylavergne, Pierre Louki, Gérard Louvin, Philippe Manœuvre, Charley Marouani, Dr Marcantoni, Jean-Marie Masse, Eddy Matalon, Marcel Maton, Franck Maubert, Jean Méjean, Marc Meneau, Eddy Mitchell, Guy Moreau, Fernand Moulin, Billy Nencioli, Vacha Neubert, Philippe Nicaud, Louis Nucera, Lucien Oberdorf, Brian Odgers, Jacob Pakciarz, Didier Pain, Vincent Palmer, Yves Parachaud, Léo Parus, Noël Pasquier, Kenout Peltier, Vittorio Perrotta, Carolin Petit, Phify, Michel Piccoli, Ramon Pipin, Claude Plet, Georges Pludermacher, Jacques Poitrenaud, Hugues Quester, François Ravard, Pierre et Emile Riou, Lucien Rioux, Ernest Rosner, Paul Rovère, Billy Rush, Jean-Pierre Sabar, Patrick Sabatier, Camille Safiris, Jules Schneider, M. Schwindling, George Simms, Nicolas Sirkis, Martial Solal, Jimmy Somerville, Gilbert Sommier, Jacques-Eric Strauss, Jean-William Thoury, Pascal Tonazzi, Paul Tourenne, Jean-Claude Vannier, Dominique Walter, Jean-Pierre Weiller, Claude Wolff, Jacques Wolfsohn, Claude Zylberberg et Léonard Zurlinden.

Je remercie ma famille à Canal+ : Alain de Greef, Pierre Lescure, Bruno Gaston, Philippe Gildas et le bureau des Bandes Annonces au grand complet.

Je remercie mes amis : Bernard Goffin et Judith Good, Yann Grasland et Christine Lamiable, Antoine de Caunes, Christian et Karine Debusscher, Christian et Muriel Fletcher, Philippe Kopp et Kathleen Vanderlinden, Philippe Lengelé, Pascal Forneri et Coco, Marc Moulin et Laurence Fasbinder, Bernard Faroux et Corinne, Peter et Anne Stuart, Yves Desnos et Pascale, CharlElie Couture et Annie, Loïc Picaud.

Et surtout, merci à toi, Serge...

Pour toute remarque, correction, question : gverlant@bygcollector.com
Collectionneurs : visitez le site www.bygcollector.com

Index des chansons, des albums, des livres, des super-45 tours et des films

Note : Les titres des albums, des livres et des super-45 tours sont écrits en italiques.

Index des principales personnes citées

Table

Du même auteur

David Bowie, éditions Albin Michel, collection Rock & Folk, 1981 et 1983.

Gainsbourg, éditions Albin Michel, 1985, 1988 et 1992, éditions du Livre de Poche 1993.

70's The Book – Les années 70 de Woodstock au Walkman, éditions Vade Retro, 1994 (en collaboration avec Gérard Lenne, Brigitte Fitoussi, François Julien et Philippe Trétiack).

Daniel Balavoine, éditions Albin Michel, 1995 (en collaboration avec Christine Lamiable, Jean-Eric Perrin et Yann Grasland).

Gainsbourg et caetera, éditions Vade Retro, 1995 (en collaboration avec Isabelle Salmon) ; édition CD-livre 1996.

L'histoire de Les Nuls, éditions Canal+/Abonnés, 1995.

Gainsbourg au bout de la nuit, éditions Hors Collection, 1996 (textes, chansons, propos, aphorismes et vacheries rassemblés par G.V.).

Canal+ de Bande Dessinée avec Etienne Robial, éditions Canal+/Abonnés, 1996 (en collaboration avec Etienne Robial).

L'Encyclopédie de la chanson française des années 40 à nos jours, éditions Hors Collection, 1997 et France Loisirs, 1998 (en collaboration avec Jean-Dominique Brierre, Dominique Duforest, Christian Eudeline et Jacques Vassal).

Je me souviens du rock, éditions Actes Sud, 1999.

Le rock et la plume – Le rock raconté par les meilleurs journalistes 1960-1975, éditions Hors Collection, 2000 (en collaboration avec Philippe Desvalois et Christian Eudeline).

Les vertus du vice, éditions Albin Michel, 2000.

L'Encyclopédie du rock français, éditions Hors Collection, 2000 (en collaboration avec Jean-Dominique Brierre, Christian Eudeline, Hervé Deplasse, Jean-Eric Perrin et Jean-William Thoury).

La composition de cet ouvrage
a été réalisée par Nord Compo,
l'impression et le brochage ont été effectués
sur presse Cameron dans les ateliers
de ***Bussière Camedan Imprimeries***
à Saint-Amand-Montrond (Cher),
pour le compte des Éditions Albin Michel.

Achevé d'imprimer en février 2001.
N° d'édition : 19719. N° d'impression : 011059/4.
Dépôt légal : février 2001.